中印经典和当代作品
互译出版项目
CHINA-INDIA TRANSLATION PROJECT

苏尔诗海（上）

सूरसागर

【印】苏尔达斯◎著
姜景奎 等◎译

中国大百科全书出版社

图书在版编目（CIP）数据

苏尔诗海 / 姜景奎等译. — 北京：中国大百科全书出版社，2016.1

（中印经典和当代作品互译出版项目）

ISBN 978-7-5000-9736-5

Ⅰ. ①苏…　Ⅱ. ①姜…　Ⅲ. ①诗集—印度—中世纪　Ⅳ. ①I351.23

中国版本图书馆CIP数据核字（2015）第313454号

译　　者　姜景奎　王　靖　任　婧
　　　　　　张忞煜　任筱可　贾　岩
总　　校　姜景奎
责任编辑　朱建毅　曹　来　张　然
封面设计　许润泽　叶少勇
责任印制　常晓迪
出版发行　中国大百科全书出版社
地　　址　北京阜成门北大街17号　**邮政编码**　100037
电　　话　010-88390636
网　　址　http://www.ecph.com.cn
印　　刷　小森印刷（北京）有限公司
开　　本　710 毫米 × 1000 毫米　1/16
印　　张　93.75
字　　数　1100 千字
印　　次　2020 年 1 月第 1 版　2020 年 1 月第 1 次印刷
书　　号　ISBN 978-7-5000-9736-5
定　　价　360.00 元（全三册）

中印经典和当代作品互译出版项目
中方专家组

总序：印度经典的汉译

一、概念界定

何谓经典？经，“织也”，本义为织物的纵线，与“纬”相对，后被引申为典范之作。典，在甲骨文中上面是“册”字，下面是“大”字，本义为重要的文献，例如传说中五帝留下的文献即为“五典”[①]。《尔雅·释言》中有“典，经也”一说，可见早在战国到西汉初，“经”“典”二字已经成为近义词，“经典”也被用作一个双音节词。

先秦诸子的著作中有不少以“经”为名，例如《老子》中有《道经》和《德经》，故也名为《道德经》，《墨子》中亦有《墨经》。汉罢黜百家之后，“经”或者“经典”日益成为儒家权威著作的代称。例如《白虎通》有“五经何谓？谓《易》《尚书》《诗》《礼》《春秋》也”一说，《汉书·孙宝传》有“周公上圣，召公大贤。尚犹有不相说，著于经典，两不相损”一说。然而，由印度传来的佛教打破了儒家对这一术语的垄断。自汉译《四十二章经》以来，“经”便逐

① “典，五帝之书也。”——《说文》

渐成为梵语词 sutra 的标准对应汉译，“经典”也被用以翻译“佛法”（dharma）[①]。随着佛教在中国的传播和发展，类似以“经典”指称佛教权威著作的说法也多了起来。[②] 到了近代，随着西学的传入，“经典”不再局限于儒释道三教，而是用以泛指权威、影响力持久的著作。

来自印度的佛教虽然影响了汉语“经典”一词的语义沿革，但这又可以反过来帮助界定何为印度经典。汉译佛经具体作品的名称多以 sutra 对应“经”，但在一般表述中，“佛经”往往也囊括经、律（vinaya）、论（abhidharma）三藏。例如法显译《摩诃僧祇律》（*Mahasanghika-vinaya*）、玄奘译《瑜伽师地论》（*Yogacarabhumi-sastra*），均被收录在“大藏经”之中，其工作也统称为“译经”。来华译经的西域及印度学者多为佛教徒，故多以佛教典籍为“经典”。不过也有一些非佛教徒印度学者将非佛教著作翻译为汉语，亦多冠以“经”之名，其中不乏相对世俗、与具体宗教义理不太相关的作品，例如《婆罗门天文经》《婆罗门算经》《啰嚩拏说救疗小儿疾病经》（*Ravankumaratantra*）等。如此，仅就译名对应来说，古代汉语所说的“经典”可与 sutra, vinaya, abhidharma, sastra, tantra 等梵语词对应，这也基本囊括了印度古代大多数经典之作。

然而，古代中印文化交流也有一定的局限性，若以现在对经典的理解以及对印度了解的实际情况来看，吠陀、梵书、森林书、奥义书、往世书等古代宗教文献，两大史诗、古典梵语文学著作等文学作品，以及与语法、天文、法律、政治、艺术等相关的专门论著都是印度经典不可或缺的部分。从语言来看，除梵语外，巴利语、波罗克利特语、阿波布朗舍语等古代语言，伯勒杰语、阿沃提语等中世纪语言，印地语、孟加拉语、乌尔都语等现代语言，以及殖民时期被引入印度并在印度生根发芽的英语都在不同的历史时期承载了印度经典的传承。

---

① “又睹诸佛，圣主师子，演说经典，微妙第一。”——《妙法莲华经》卷一《序品》（T09, no. 262, c18-19）

② “佛涅槃后，世界空虚，惟是经典，与众生俱。”——白居易《苏州重玄寺法华院石壁经碑》

二、古代中国对印度经典的汉译

经典翻译，是将他者文明的经典之作译为自己的语言，以资了解、学习，乃至融合、吸纳。这一文化行为首先需要一个作为不同于自己的“他者”客体具有足以令主体倾慕的经典之作，然后需要主体“有意识”地开展翻译工作。印度文明在宗教、哲学、医学、天文等方面的经典之作具有较高的知识水平，在不同时代对中国社会各阶层产生了独特的吸引力。中印文明很早就有了互通记录，有着甚深渊源，在商品贸易、神话传说、天文历法等方面已有学者尝试考证。[①] 随着张骞出使西域，佛教传法僧远来东土，中印之间逐渐建立起“自觉”的往来，古代中国对印度经典的汉译也在汉代以佛经翻译的形式得以展开。

1. 佛教经典汉译

毫无争议，自已佚的《浮屠经》[②] 以来，佛教经典汉译在古代中国对印度经典的翻译中占有主流地位。译经人既有佛教僧人，也有在家居士，既有本土学者，也有西域、印度的传法僧人。仅以《大唐开元释教录》以及《贞元新定释教目录》的统计为例，从东汉永平十年至唐贞元十六年，这 734 年间，先后有 185 名重要的译师翻译了佛经 2 412 部 7 352 卷（见表 1)，成为人类历史上少有的翻译壮举。

---

① 季羡林:《中印文化交流史》(北京：新华出版社，1993 年）及薛克翘:《中国印度文化交流史》(北京：昆仑出版社，2008 年）中部分内容均介绍了相关观点。

② 学术界关于第一部汉译佛经的认定，历来观点不一。不少学者认为,《四十二章经》是第一部汉译佛经；但有学者经过考证发现，西汉哀帝元寿元年（公元前 2 年）大月氏使臣伊存口授的《浮屠经》应该是第一部，可惜原本失佚，后世知之甚少。目前，学术界基本倾向于认为《浮屠经》为第一部汉译佛经，并已意识到《浮屠经》在中国佛教史及学术史上的重要地位。参见方广錩:《〈浮屠经〉考》,《法音》，1998 年第 6 期。

表 1　东汉至唐代汉译佛经规模[①]

朝代	年代	历时	重要译师人数	部数	卷数
东汉	永平十年至延康元年	154 年	12	292	395
魏	黄初元年至咸熙二年	46 年	5	12	18
吴	黄武元年至天纪四年	59 年	5	189	417
西晋	泰始元年至建兴四年	52 年	12	333	590
东晋	建武元年至元熙二年	104 年	16	168	468
前秦	皇始元年至太初九年	45 年	6	15	197
后秦	白雀元年至永和三年	34 年	5	94	624
西秦	建义元年至永弘四年	47 年	1	56	110
前凉	永宁元年至咸安六年	76 年	1	4	6
北凉	永安元年至承和七年	39 年	9	82	311
南朝宋	永初元年至升明三年	60 年	22	465	717
南齐	建元元年至中兴二年	24 年	7	12	33
南朝梁	天监元年至太平二年	56 年	8	46	201
北朝魏	皇始元年至东魏武定八年	155 年	12	83	274
北齐	天保元年至承光元年	28 年	2	8	52
北周	闵帝元年至大定元年	25 年	4	14	29
南朝陈	永定元年至祯明三年	33 年	3	40	133
隋	开皇元年至义宁二年	38 年	9	64	301
唐[②]	武德元年至贞元十六年	183 年	46	435	2 476

自东汉以后的约 6 个世纪中，大量佛教经典被译为汉语，其历程与佛教在中国的传播历程基本同步。在这一过程中，涌现出许多重要译师，仅译经 50 部或 100 卷以上的译师就有 16 人（见表 2），其中又以鸠摩罗什、真谛、玄奘、义净、不空做出的贡献最为卓越，故此他们被称为“汉传佛教五大译师”。他们的生平事迹和具体贡献在许多佛教典籍中均有叙述，此不赘述。

---

① 本表主要依据《大唐开元释教录》整理而成，其中唐代的数据引用的是《贞元新定释教目录》。

② 唐代数据至德宗贞元十六年（800）为止，并不完整。但考虑到贞元年后，大规模译经基本停止，故此数据亦有相当高的参考价值，至贞元十六年，唐代已经译经 435 部 2 476 卷，足以确立其在中国译经史上的地位。

表 2　译经 50 部或 100 卷以上的译师

时代	朝代	人名	译经部数	译经卷数
三国西晋	吴	支谦	88	118
	西晋	竺法护	175	354
东晋十六国	东晋	竺昙无兰	61	63
		瞿昙僧伽提婆	5	118
		佛陀跋陀罗	13	125
	北凉	昙无谶	19	131
	后秦	鸠摩罗什	74	384
南北朝	宋	求那跋陀罗	52	134
	陈	真谛	38	118
	北魏	菩提留支	30	101
隋唐	隋	阇那崛多	39	192
	唐	玄奘	76	1 347
		实叉难陀	19	107
		义净	68	239
		菩提流志	53	110
		不空	111	143

自唐德宗之后，译经事业由于政局等多方面因素影响而受阻，此后又经历了唐武宗和后周世宗两次灭佛，佛教在中国的发展受到冲击。直到 982 年，随着天竺僧人天灾息和施护的到访，北宋朝廷才重开译经院，此时距唐德宗年间已有约两百年，天灾息等僧人不得不借助朝廷的力量重新召集各地梵学僧，培养本土翻译人才。在此后的约半个世纪中，他们总计译出五百余卷佛经。此后，汉地虽有零星译经，却再也不复早年盛况，古代中国对印度经典的汉译逐渐落下帷幕。

2. 非佛教经典汉译

佛教经典汉译占据了古代中国对古代印度经典汉译的主流，除此之外，其他一些印度经典也被译为汉语。这些文献大致可以分为两类：一类是在翻译佛教经典的过程中无意之中被译为汉语的，尤其是佛教文献中所穿插的印度民间故事等。[①] 一类是在翻译佛教经典之外，有意翻译的非佛教经典，例如婆罗门教哲学、天文学、医学著作等，尽管数量无法与佛教经典相提并论，但这些非佛教经典的翻译在一定程度上体现了古代中华文明对古代印度文明的关注开始逐渐由佛教辐射到印度文明的其他领域，不过从译者的宗教信仰以及对经典的选择来看，这类汉译大部分是佛教经典翻译的附属产品。

3. 其他哲学经典汉译

佛教自产生以来，与印度其他思潮之间既有争论，也有共通之处。因而在佛教经典的汉译过程中，中国人也逐渐接触到古代印度的其他哲学。有关这些哲学派别的基本介绍散见于包括佛经、梵语工具书、僧人传记的作品中，例如《百论疏》对吠陀、吠陀支、数论、胜论、瑜伽论，甚至与论释天文、地理、算术、兵法、音乐法、医法的各种学派相关的记载、注释和批判也可以在这些作品中找到。[②] 很有可能出于佛教对数论派和胜论派知识的尊重，以及辨析外道与佛法差别的需要等原因，真谛和玄奘才分别译出了数论派的《金七十论》和胜论派的《胜宗十句义论》。[③] 这两部经典的汉译在一定程度上拓宽了中国知识界对印度哲学的视野，但其翻译在很大程度上受到了佛教对其他哲学派别好恶的影响，依然是在佛教经典汉译的主导思路下完成的。

4. 非哲学经典汉译

除宗教哲学经典外，古代印度的天文学、数学、医学在人类科

---

① 新文化运动以来，这一领域已有多部论著问世，此不赘述。

② 宫静：《谈汉文佛经中的印度哲学史料——兼谈印度哲学对中国思想的影响》，《南亚研究》，1985 年第 4 期，第 52~59 页。

③《金七十论》译自数论派的主要经典《数论颂》（*Samkhya-karika*），相传为三四世纪自在黑（Isvarakrsna）所作。《胜宗十句义论》的梵文原本已佚，从内容看属于胜论派较早的经典著作。参见黄心川：《印度数论哲学述评——汉译〈金七十论〉与梵文〈数论颂〉对比研究》，《南亚研究》，1983 年第 3 期，第 1~11 页。

学史上也具有重要地位，其中一些著作也被译为汉语。古代印度天文学经典多以佛教经典的形式由传法僧译出。[①] 隋唐时期，天文学著作汉译逐渐出现了由非佛教徒印度天文学家主导的潮流。据《隋书》记载，印度天文著作有《婆罗门天文经》《婆罗门竭伽仙人天文说》《婆罗门天文》。[②] 瞿昙氏（Gautama）、迦叶氏（Kasyapa）和拘摩罗氏（Kumara）三个印度天文学家氏族曾先后任职于唐代天文机构太史阁，其中瞿昙氏的瞿昙悉达翻译了印度天文学经典 *Navagraha-siddhanta*，即《九执历》。[③] 此外，印度的医学、数学、艺术经典也因其实用价值通过不同渠道被介绍到中国，其中一些著作或部分或完整地被译为汉语。

5. 落幕与影响

中国古代的印度经典汉译在唐代达到巅峰，此后逐渐走向低谷，无论是数量还是质量都难以达到唐代的水平。造成这一现象的原因主要有两个方面：一方面，唐代中后期，阿拉伯帝国的崛起以及唐朝与吐蕃关系的恶化阻断了中印之间两条重要的陆路通道：西域道和吐蕃道，之后五代十国以及宋代时期，这两条通道均未能恢复，只有南海道保持畅通。[④] 另一方面，中国宗教哲学的发展和印度佛教的密教化这两种趋势决定了中国对印度佛教经典的需求逐渐下降。在近千年的历程中，佛教由一个依附于黄老信仰的外来宗教逐渐在汉地生根发芽，成为汉地宗教生活不可缺少的一部分，其作为“中国佛教”的独立性日益增强。甚至权威如玄奘，也不能将沿袭至那烂陀寺戒贤大师

---

① 例如安世高译《佛说摩邓女经》、支谦等译《摩登伽经》、竺法护译《舍头谏太子二十八宿经》等。

②《隋书·经籍志》，北京：中华书局，1982 年，第 1019 页。

③ 参见 P.C.Bagchi, *India and China: A Thousand Years of Cultural Relations*. 1981, Calcutta, Saraswat Library, p.212. 此后，依然有传法僧翻译佛教天文学著作的记载，具体参见郭书兰：《印度与东西方古国在天文学上的相互影响》，《南亚研究》，1990 年第 1 期，第 32~39 页。

④ 菩提迦耶出土的多件北宋时期前往印度朝圣的僧人所留下的碑铭证明，宋代依然有僧人前往印度朝圣，且人数不少。法国汉学家沙畹（E. Chavannes）、荷兰汉学家施古德（G. Schlegel）、印度学者师觉月（P. C. Bagchi）等国外学者在这方面均有讨论，具体参见周达甫：《改正法国汉家沙畹对印度出土汉文碑的误释》，《历史研究》，1957 年第 6 期，第 79~82 页。

的"五种姓说"完全嵌入汉地佛教的信仰之中。汉地"伪经"的层出不穷也从某种角度反映了佛教的中国本土化进程。不空等人在中国传播密教虽然形成了风靡一时的"唐密"，但未能持久。究其根本在于汉地佛教的发展受到本土儒家信仰的影响，很难与融合了婆罗门教信仰的佛教密宗契合。此外，本土儒家、道家也在吸纳佛教哲学的基础上有了新的变革。至宋代，三教合一的趋势逐渐显现，源自印度但已本土化的佛教与儒家、道家的融合进一步加深，致使对印度经典的诉求越来越少。由此，义理上的因素使得中国的知识分子不再追求印度佛教的哲学思想；再者，随着佛教在印度的衰落，以及中国佛教自身朝圣体系的建立和完善，前往印度朝圣也失去了意义。

古代中国对古代印度经典的汉译始于佛教，也终于佛教。尽管如此，古代中国对以佛教经典为主的古代印度经典汉译已经在中国历史上烙下了深刻的印记，其影响是持久和多方面的。在这一过程中，译师们开创的汉译传统给后人翻译印度经典留下了巨大财富：

其一，汉译古代印度经典除早期借助西域地方语言外，主要翻译对象都是梵语经典，本土学者和外来学者编写了不少梵汉工具书。其二,一套与古代印度宗教哲学术语对应的意译和音译相结合的汉译体系得以建立。由于佛教经典的流传，很多术语已经成为汉语的常用语，广为人知。其三，除术语对应外，梵语作品译为汉语需要克服语法结构、文学体裁等方面的限制，其实践在一定程度上影响了汉语的一些表达法。[①] 如此等等都为后人继续翻译印度经典提供了便利之处。

更为重要的是，历史上重要的译师摸索出一套大规模翻译经典的方式方法，他们的努力对于后继的翻译工作来说具有很高的参考价值。经过早期的翻译实践，鸠摩罗什译经时便开始确立了译、论、证几道基本程序，并辅之以梵本、胡本对勘和汉字训诂，经总勘方

① 例如汉语中常见的"所 + 动词"构成的被动句就可能源自对佛经的翻译。参见朱庆之《汉译佛典中的'所 V'式被动句及其来源》（载《古汉语研究》，1995 年第 1 期，第 29~31、45 页）及其他相关著述。

定稿。在后秦朝廷的支持下，鸠摩罗什建立了大规模译场，改变了以往个人翻译的工作方式，配合翻译方法上的完善，大大提高了译经的效率和质量。唐代译场规模更大，翻译实践进一步细化，后世记载的翻译职司包括译主、证义、证文、度语、笔受、缀文、参译、刊定、润文、梵呗等十余种之多。

此外，先人还摸索出一套翻译人才的培养模式，隋代译师彦琮曾以“八备”总结了译师需具备的一系列条件，具体内容为：

一诚心受法，志在益人；二将践胜场，先牢戒足；三文诠三藏，义贯五乘；四傍涉文史，工缀典词，不过鲁拙；五襟抱平恕，器量虚融，不好专执，耽于道术，淡于名利，不欲高衒；六要识梵言；七不坠彼学；八博阅苍雅，粗谙篆隶，不昧此文。①

这八备之中，既有对译者宗教信仰、个人品行的要求，也有对梵语、汉语表达的语言技能以及对佛教义理的知识掌握等方面的要求，今天看来，依然有很大的借鉴意义。

三、近现代中国对印度经典的汉译

佛教在印度的衰落及消亡使中印失去了最为核心的交流主题。中国对印度经典的汉译停留在以梵语为主要媒介、以佛教经典为主要对象的时代，自 11 世纪末②至 20 世纪初，这一停滞状态持续了数个世纪之久。19 世纪中后期，印度士兵和商人随着欧洲殖民者的战舰再次来到中国，中印之间的交往以一种并不和谐的方式得以恢复。中印孱弱的国力和早已经深藏故纸堆的人文交往传统都不足以阻挡西方诸国强势的物质力量和文化力量，中印人文交往便在这新的格局中，借助西方列强构建起来的“全球化”体系开始复苏。

①《释氏要览》卷 2，T54, no. 2127, b21-29。
② 宋神宗元丰五年（1082）废置译经院，佛教经典汉译由此不再。

由于缺乏对印度现代语言和文化的了解，早期对印度经典的译介在语言工具和主题设置两个层面均在一定程度上受制于西方的话语体系。20 世纪上半叶中国对泰戈尔作品的译介便是明证。1913 年，泰戈尔自己译为英语的诗集《吉檀迦利》以英语文学作品的身份获得诺贝尔文学奖，这在当时的世界文坛引起了轩然大波，对当时正在探索民族出路的中国知识分子来说同样具有很大的震撼力和吸引力。陈独秀在 1915 年 10 月 15 日出版的《青年杂志》上刊载了自己译自《吉檀迦利》的四首《赞歌》，为此后持续了近一个世纪并且至今依然生机勃勃的泰戈尔著作汉译工程拉开了序幕。据刘安武统计，至 1949 年中华人民共和国成立止，“我国翻译介绍了印度文学作品 40 种左右（不包括发表在报刊上的散篇）。这 40 种中占一半的是泰戈尔的作品”。① 泰戈尔之所以在中国受到格外关注固然始于西方学术界对他的重视，但他的影响如此之大亦在于他的作品恰好满足了当时中国在文学思想领域的需求。首先，从语言文学来看，泰戈尔的主要创作语言是本土的孟加拉语，而非印度古典梵语。这引起了当时正致力于推广白话文的中国知识分子的广泛关注，并被视为白话文替代古文的成功榜样。② 此外，泰戈尔的文学创作，尤其他的散文诗为当时正在摸索之中的汉语诗歌提供了一个重要的参考对象。其次，从思想上来说，泰戈尔的思想与当时作为亚洲国家“先锋”的日本截然相反，为当时正在探索民族出路的中国知识分子提供了另一个标杆。于是，泰戈尔意外地成为中印之间自佛教之后的又一重大交流主题。尽管中国知识分子对其思想和实践的评价并不一致，许多学者依然扎实地以此为契机重启了中国翻译印度经典的进程。当时中国尚未建立起印度现代语言人才培养机制，因此早期

① 刘安武：《汉译印度文学》，《中国翻译》，1991 年第 6 期，第 44~46 页。

② 胡适向青年听众强调泰戈尔对孟加拉语文学的贡献时说：“泰戈尔为印度最伟大之人物，自十二岁起，即以阪格耳（孟加拉）之方言为诗，求文学革命之成功，历五十年而不改其志。今阪格耳之方言，已经泰氏之努力，而成为世界的文学，其革命的精神，实有足为吾青年取法者，故吾人对于其他方面纵不满足于泰戈尔，而于文学革命一段，亦当取法于泰戈尔。”（载《晨报》，1924 年 5 月 11 日）

对泰戈尔作品的汉译多转译自英语。凭借译者深厚的文学功底，不少经典译作得以诞生，尤其是冰心、郑振铎等人翻译的泰戈尔诗歌，时至今日依然在中国广为流传。

与泰戈尔一同被引介到中国的还有诸多印度民间故事文学作品。[①]如前文所述，古代翻译印度经典时就有不少印度民间故事被介绍到中国，但多以佛教经典为载体。[②]近现代以来，印度民间文学以非宗教作品的形式被重新介绍过来。这在很大程度上是因为“中国缺少创作儿童文学的传统”[③]，印度丰富的民间文学正好满足了中国读者的需求。与此同时，印度民间文学与中国文学之间的关系也日益进入中国学者的视野，“中印文学比较研究”这一新的研究领域开始初露端倪，其研究领域最广为人知的课题之一便是《西游记》中孙悟空形象与《罗摩衍那》中哈奴曼形象的渊源，当时许多新文化运动的大家都参与其中，鲁迅、叶德均认为孙悟空形象源于本土神话形象“无支祁”，胡适、陈寅恪、郑振铎则认为孙悟空形象源于哈奴曼。[④]

自西方语言转译印度经典的尝试为增进对印度的认知、重燃中国知识界和民众对印度文化的兴趣起到了积极作用，许多掌握西方语言的汉语作家投身其中，其翻译作品受到读者喜爱。然而，转译的不足也显而易见，因此，对印度经典的系统汉译需要建立一支如古代梵汉翻译团队一样的专业人才队伍。

1942 年，出于抗战需要，民国政府在云南呈贡建立了国立东方语文专科学校，设有印度语科，开始培养现代印度语言人才。1946 年，季羡林自德国学成回国，在北京大学创设东语系；1948 年，金克木加盟东语系。1949 年，国立东方语文专科学校并入北京大学东

---

① 参见刘安武:《汉译印度文学》,《中国翻译》, 1991 年第 6 期，第 44~46 页。

② 参见薛克翘:《中国印度文化交流史》，北京：昆仑出版社,2008 年，第 261~265 页。

③ 刘安武:《汉译印度文学》,《中国翻译》, 1991 年第 6 期，第 44~46 页。

④ 参见鲁迅:《中国小说史略》,《鲁迅全集》第 9 卷，北京：人民文学出版社，1981 年；鲁迅:《中国小说的历史的变迁》,《鲁迅全集》第 9 卷，北京：人民文学出版社，1981 年、胡适:《〈西游记〉考证》,《胡适文存》第 2 集第 4 卷，上海：亚东图书馆，1924 年；陈寅恪:《〈西游记〉玄奘弟子故事之演变》,《金明馆丛稿二编》，上海：上海古籍出版社，1982 年、郑振铎《〈西游记〉的演化》,《郑振铎全集》第 4 卷，石家庄：花山文艺出版社，1998 年；叶德均:《无支祁传说考》,《戏曲小说丛考》，北京：中华书局，1999 年。

语系。东语系开设梵语－巴利语、印地语、乌尔都语三科印度语言专业，并很快培养出第二代印度语言专业队伍。随之，印度经典得以从原文翻译。第一代学者季羡林、金克木领衔的梵语团队翻译了印度大史诗《罗摩衍那》及以迦梨陀娑为代表的印度古典梵语文学作家的许多作品，如《沙恭达罗》《优哩婆湿》《云使》《伐致呵利三百咏》等，并启动了《摩诃婆罗多》等经典作品的翻译；旅居印度的徐梵澄翻译了《五十奥义书》① 及奥罗宾多创作、注释的诸多哲学著作。季羡林、金克木的弟子黄宝生等延续师尊开创的传统，完成了《摩诃婆罗多》、奥义书②、《摩奴法论》、古典梵语文论、故事文学作品等一系列著作的翻译。与此同时，由第二代学者刘安武领衔的近现代印度语言团队译介了大量的印地语、乌尔都语、孟加拉语等语言的文学作品，其中尤以对印地语 / 乌尔都语作家普列姆昌德和孟加拉语作家泰戈尔的作品的汉译最为突出。③ 殷洪元对印度现代语言语法著作的翻译以及金鼎汉对中世纪印度教经典《罗摩功行之湖》的翻译也开拓了新的领域。巫白慧等学者陆续将包括“吠檀多”在内的诸多婆罗门教哲学经典译为汉语。④ 文献资料是学术研究的基础，这一系列经典汉译成果打破了古代中国对古代印度经典汉译中存在的“佛教主导”的局限，增加了现代视角，并以经典文献为契机，首次较为全面系统地介绍了印度文明，奠定了现代中国印度学研究的基础。由这两代学者编订的《印度古代文学史》《梵语文学史》和

---

① 参见徐梵澄译:《五十奥义书》，北京：中国社会科学出版社，1995 年。

② 参见黄宝生译:《奥义书》，北京：商务印书馆，2010 年。

③ 刘安武自印地语译出的普列姆昌德作品（集）有《新婚》（贵阳：贵州人民出版社，1982 年）、《如意树》（上海：上海译文出版社，1983 年）、《普列姆昌德短篇小说选》（北京：人民文学出版社，1984 年）、《割草的女人：普列姆昌德短篇小说新集》（长沙：湖南人民出版社，1985 年）等，加之其他学者的译介，普列姆昌德的重要作品几乎全被译为汉语。此后，刘安武又主持编译出版了 24 卷本《泰戈尔全集》（石家庄：河北教育出版社，2000 年），泰戈尔的主要作品均被收录其中。

④ 其中重要的译著成果包括巫白慧译《圣教论》（乔荼波陀著，北京：商务印书馆，1999 年）、姚卫群译《古印度六派哲学经典》（节译六派哲学经典，北京：商务印书馆，2003 年）、孙晶译《示教千则》（商羯罗著，北京：商务印书馆，2012 年）等。

《印度印地语文学史》等著作成为中国现代印度学研究的必读文献。①

由于印度文化的独特之处及其在历史上形成的巨大影响力，以现代学术研究的方式开展的印度经典汉译所产生的影响进一步辐射了包括语言、文学、哲学、历史、考古等多个学科领域，并形成了一些跨学科研究领域：

其一，中印文化比较研究。由胡适等老一辈学者开创的中印文学比较取得了新的进展，其中一部分研究形成了中印文化交流史这一新的学术研究领域；另一部分研究成为东方文学研究领域最重要的组成部分，东南亚、西亚等区域文学研究也受益于印度文学研究的开展和所取得的成就。此外，从具体作品到文艺理论的印度文学译介也从整体上进一步拓展了比较文学研究的视野。

其二，佛教研究。现代中国对印度经典汉译的范围不再局限于传统的汉语系佛教传统经典，在许多领域都取得了新的突破。在佛教文献来源方面，开拓了对巴利语系和藏语系佛教的研究。② 由于梵语人才的培养，中国学者得以恢复梵汉对勘的学术传统。③ 对非佛教宗教思想典籍的译介也使得对佛教的认识跳出了佛教自身的范畴，对其与其他宗教思想之间的互动与联系有了更加全面的认识。

其三，语言学研究。对梵语及相关语言的研究推动了梵汉对音，以及对古汉语句法的研究。一些接受了梵语教育的汉语言学学者结合古代语料，尤其是汉译佛经，对古汉语的语音、句法等做出研究。

---

① 单就印度文学翻译而言，据不完全统计，1950~2005 年，中国翻译印度文学作品（以书记）约 400 余种，其中中印关系交好的 1950~1962 年约有 70 种，关系不好的 1962~1976 年仅有 4 种，关系改善后的 1976~2005 年则有 300 余种。不过，2005 年之后，除黄宝生、薛克翘等少数学者仍笔耕不辍外，其他前辈学人逐渐“离席”，这类汉译工作进入某种冬眠期。

② 相关成果包括郭良鋆译《佛本生故事选》（与黄宝生合译，北京：人民文学出版社，1985 年）、《经集：巴利语佛教经典》（北京：中国社会科学出版社，1998 年），以及段晴等译《汉译巴利三藏・经藏・长部》（上海：中西书局，2012 年）等。

③ 自 2010 年以来，黄宝生主持对勘出版了《入菩提行论》（北京：中国社会科学出版社，2011 年）、《入楞伽经》（北京：中国社会科学出版社，2011 年）、《维摩诘经》（北京：中国社会科学出版社，2011 年）等佛经的梵汉对勘本，叶少勇以梵藏汉三语对勘出版了《中论颂》（上海：中西书局，2011 年）。

四、现状和汉译例解

尽管取得了上述成就，但由于印度文明积累深厚、经典众多，目前亟待翻译的印度经典还有很多。其中，以梵语创作的经典包括四部吠陀本集、梵书、森林书、往世书、《诃利世系》《利论》《牧童歌》等；以南印度语言创作的经典包括桑伽姆文学、《脚镯记》《玛妮梅格莱》《大往世书》《甘班罗摩衍那》等；以波罗克利特语创作的经典包括《波摩传》等；以中世纪北印度地方语言创作的经典包括《地王颂》《赫米尔王颂》《阿底·格兰特》《苏尔诗海》《莲花公主》，以及格比尔、米拉巴伊等人的作品等；以现代印度语言创作的经典包括帕勒登杜、杰辛格尔·普拉萨德、般吉姆·钱德拉·查特吉、萨拉特·钱德拉·查特吉、拉默金德尔·修格尔、默哈德维·沃尔马、阿格叶耶等著名现当代文学家的作品以及迦姆达普拉沙德·古鲁、提兰德尔·沃尔马等人的语言学著作等。此外，20世纪以来，一些印度思想家、政治家、文学家以英语创作的作品也可列入印度现代经典之列，目前中国仅对圣雄甘地、贾瓦哈拉尔·尼赫鲁、辨喜、纳拉扬、安纳德、拉贾·拉奥、奈都夫人等人的个别作品有所译介，大量作品仍然处于有待翻译的名单之中。

这些经典汉译的背后离不开相关学者的努力。进入21世纪以来，中国从事印度经典汉译工作的人员大致有两支队伍：第一支是自20世纪四五十年代以来成型的印度语言专业队伍，其人员构成以高等院校和研究机构从业人员为主，兼有相关外事机构从业人员，他们均接受过系统、专业的印度语言训练。第二支是20世纪初译介包括泰戈尔作品在内印度文学作品的作家和出版业者，随着80年代改革开放以来，越来越多接受过英语教育的人或全职或兼职地参与到印度作品的汉译工作之中。相比第一支队伍，这支队伍的人员构成较为复杂，水平也参差不齐，但在市场经济的推动下，一些能够成为市场热点的著作往往很快就翻译过来，例如两位与印度相关的诺贝尔文学奖得主泰戈尔和奈保尔的作品一版再版，四位印度裔布克奖得主萨尔曼·拉什迪、阿兰达蒂·罗伊、基兰·德塞、阿拉文德·阿迪加的作品也先后译出；此外，由于瑜伽的普及，包括克里希那穆提在内的一些现代宗教家的论著也借由英语转译为汉语。一方面，随着市场化改革的需求，第二支队伍日益蓬勃发展，但其翻译质量往往难以保障。另一方面，由于现行科研体制对从事翻译和研究者的不利状况，第一支队伍也面临着诸多问题。如何在接下来的实践中取长补短，或者说既要尊重市场机制的要求，又要以学术传统克服市场失灵的状况等，这也是需要进一步思考的问题。

应该说，印度经典汉译主要依靠第一支队伍，原文经典翻译比通过其他语言转译更为重要。20 世纪 80 年代以来，这支队伍勤勤恳恳，笔耕不辍，为印度经典汉译做出了巨大贡献，取得了丰硕成果。然而，就现状看，除黄宝生、薛克翘等极少数学人外，这支队伍的第一代和第二代学人已然“离席”，后辈学人虽然已经加入进来，但毕竟年轻，经验不足，加之现行科研体制自身问题的牵制，后续汉译工作亟需动力。好在已有些年轻人在这方面产生了兴趣，其汉译意识很强，对印度梵文原典和中世纪及现当代原典的汉译工作的理解也令人刮目。可以预见，印度经典汉译将会迎来又一个高潮，汉译印度经典的水平也将有新的提升。

从某种角度说，在前文罗列的种种有待翻译的印度经典中，印度中世纪经典尤为重要。中世纪时，随着传统婆罗门教开始融合包括佛教、耆那教等在内的异端信仰与民间的大众化宗教传统，加之伊斯兰教的进入，印度进入了一个新的“百家争鸣”时代。这一时期留下了许多经典之作，它们对后世印度的宗教、社会、文化均产生了重要影响。长期以来，中国对印度中世纪经典的译介几乎一片空白，仅有一部《罗摩功行之湖》和零星的介绍。近年来，笔者组织团队着手翻译印度中世纪经典《苏尔诗海》，并初步总结了以下心得：

第一，经典汉译并非简单的语言转换，除需要精通相关语言外，还需要译者具备与印度文化相关的背景知识，以便能够精准地理解原文含义。例如，在一首描写女子优雅体态的艳情诗中，作者直接以隐喻的修辞手法描述了包括莲花、大象、狮子、湖泊等在内的一系列自然景象和动植物，若不熟悉印度古代文学中一些固定的比喻意象，则很难把握这首诗的含义。[①]由于审美标准不同，被古代印度诗人视为美丽的“象腿”在当今语境中已经成为足以令女子不悦的比喻。此类审美视角需要辅之以例如《沙恭达罗》中豆扇陀国王对沙恭达罗丰乳肥臀之态的称赞才能理解。

第二，古代中国对古代印度经典汉译的传统在很大程度上为现代翻译经典提供了以资可鉴的便利，譬如许多专有词汇在汉语中已有完全对应的词汇可供选择，省去了译者的诸多麻烦。但是，这也要求译者了解相关传统，并能将其中的一些内容为己所用；同时，还应避免由于古代中国对古代印度经典翻译在视角、理解上的偏差所带来的问题。例如，triguna 这一数论哲学的基本概念已由真谛在《金七十论》中译为“三德”，后来的《薄伽梵歌》等哲学经典的汉译也已沿用，新译经典中便不宜音译为“三古纳”之类的新词。此外，由于受佛教信仰的影响，一些读者在看到“三德”时往往容易将之与佛教中所说的法身德、般若德、解脱德等其他概念联系起来，对此需要给出注释加以说明以免误解。

第三，现代中国对现代印度经典的汉译虽然已经取得了不俗的成绩，但由于时间、人员等条件的限制，在翻译体例、内容理解等方面依然存在不少可改进之处。

笔者以《苏尔诗海》中黑天的名号为例予以说明。黑天是印度教大神毗湿奴最重要的化身之一，梵语经典中通常称之为 Krsna，字面义为“黑”，汉语之所以译为“黑天”，很可能是因为汉译佛经将婆罗门教诸神（deva）译为“天”，固在 Krsna 的汉语译名“黑”之后加上了“天”，大约与 Brahma 被译为“梵天”、Indra 被译为“帝释天”，以及 Sri 被译为“吉祥天”等相当。后世对相关经典文

① 参见姜景奎等:《〈苏尔诗海〉六首译赏》，载《北大南亚东南亚研究》(第一卷)，北京：中国青年出版社，2013 年，第 261~262 页。

献的介绍都沿用了这一名称。然而，若实际对照各类经典，可以发现毗湿奴名号繁多。[①] 中世纪印度语言继承并发扬了这一传统，在伯勒杰语《苏尔诗海》中，黑天的名号有数十种之多，其中仅字面义为“黑”的常见名号就有四个，分别是 Krsna, Syama, Kanha, Kanhaiya。这四个名号之中只有 Krsna 是标准的梵语词，且使用最少，只用于黑天摄政马图拉之后人们对他的尊称；其他三个均为伯勒杰语词，多用于父母家人、玩伴女友对童年和少年黑天的称呼。因此，汉译中如果仅使用天神意义的“黑天”一名就违背了《苏尔诗海》所描述的黑天的成长情境。为此，结合不同名号的使用情状以及北印度农村生活的实际情况，笔者重新翻译了其他三个名号，即将多用于牧女和同伴对少年黑天称呼的 Syama 译为“黑子”，多用于父母和其他长辈对童年黑天称呼的 Kanha 和 Kanhaiya 分别译为“黑黑”和“黑儿”。此外，还有一些名号或表明黑天世俗身份，或描述黑天体态，或宣扬黑天神迹，笔者也重新进行了翻译，例如：nanda-namdana“难陀子”、madhava“摩图裔”等称呼说明了黑天的家族、家庭身份，kesau“美发者”、srimukha“妙口”等以黑天身体的某一部分代指黑天，giridhara“托山者”、manamohana“迷心者”等以黑天在其神迹故事中的表现代指黑天，等等。

结合以上几方面的思考，《苏尔诗海》汉译实际上兼具深入而系统的研究性质，包括四部分：第一，校对后的原文。到目前为止，印度出版了多个《苏尔诗海》版本，各版本虽大同小异，但仍有差异，笔者团队搜集到影响较大的几个主要版本，并进行核对比较，最后确定一种相对科学的原文进行翻译研究。第二，对译。从经典性和文献性出发，尽可能忠实于原文，在体例选择上尽量保持诗词的形态，在内容上尽量逐字对应，特殊情况则以注释说明。第三，释译。从文献性和思想性出发，尽可能客观地阐明原文所表现的文献内容和宗教思想。该部分为散文体，其中补充了原文省略的内容

① 参见葛维钧：《毗湿奴及其一千名号》（载《南亚研究》，2005 年第 1 期，第 48~53 页）及相关著述。

并清楚地展现出情节的发展、人物的心理变化以及作品的思想内涵。第四，注释。给出有关字词及行文的一些背景知识，例如神话传说故事、民间信仰、生活习俗、哲学思想等，以及翻译中需要说明的其他问题。

试以下述例解说明：

【原文】略①

【对译】

此众得乐自彼时

听闻诃利②你之信，当时即刻便昏厥。
自隐蔽处蛇③出现，欣喜尽情吸空气。
鹿④心本已忘奔跃，复又撒开四蹄跑。
群鸟大会高高坐，鹦鹉⑤言称林中王。
杜鹃⑥偕同自家族，咕咕欢呼唱庆歌。
自山洞中狮子⑦出，尾巴翘到头顶上。
自密林中象王⑧来，周身上下傲慢增。
如若想要施救治，莫亨⑨现今别耽搁。
苏尔言，
如若罗陀⑩再这般，一众敌人大欢喜。

【释译】

黑天离开牛村很久了，养父难陀、养母耶雪达以及全村的牧人牧女都非常思念他，希望他能回来看看。牧女们对黑天的思念尤为

---

① 由于原文字体涉及较为复杂的排版问题，这里仅呈现该首诗的对译、释译和注释三部分，原文略。本诗为《苏尔诗海》（天城体推广协会版本）第 4 760 首，参见 Dhirendra Varma, *Sursagar Sara Satika*, Sahitya Bhavan Private Ltd., 1986, No. 181, p.334.

② 诃利，原文 Hari，“大神”之义，黑天的名号之一。

③ 此处以蛇代指罗陀的发辫，意在形容发辫柔软纤长、乌黑发亮。

④ 此处以鹿的眼睛代指罗陀的眼睛，意在形容眼睛大而有神、灵动美丽。

⑤ 此处以鹦鹉的鼻子代指罗陀的鼻子，意在形容鼻子又挺又尖、美妙可爱。

⑥ 此处以杜鹃的声音代指罗陀的声音，意在形容声音甜美悠扬、清脆嘹亮。

⑦ 此处以狮子的腰代指罗陀的腰，意在形容腰身纤细柔顺、婀娜灵活。

⑧ 此处以大象的腿代指罗陀的腿，意在形容腿脚步态从容、端庄稳重。

⑨ 莫亨，原文 mohana，黑天的名号之一。

⑩ 罗陀，原文 Radha，黑天最主要的恋人。

强烈，其中又以罗陀最甚。罗陀是黑天的恋人，两人青梅竹马，两小无猜，曾经你欢我爱，形影不离。可是，黑天自离开后就再也没有回来过，甚至连信也没有寄过一封。伤离别，罗陀时刻处于煎熬中。为了教育信奉无形瑜伽之道的乌陀，也为了看望牧区故人，黑天派乌陀来到牛村，表面上让他传授无形瑜伽之道，实则置他于崇尚有形之道的牛村人中间，让他迷途知返。乌陀的到来，打乱了牛村人的生活，一者，牛村人沉浸在思念黑天的离情别绪之中，乌陀破坏了气氛，于表面的宁静之中注入了不宁静。二者，牛村人本以为乌陀会带来黑天给予牛村的好消息，但适得其反，乌陀申明自己是为传授无形的瑜伽之道而来，甚至说是黑天派他来传授的，牛村人对此不解、迷茫。他们崇尚有形，膜拜黑天，难道黑天完全抛弃了他们？他们陷入了更深一层的痛苦之中。三者，对牧区女来说，与黑天离别本就艰难，但心中一直抱有再次见面再次恋爱的期望，乌陀的到来打消了她们的念头，从精神上摧毁了她们。其中，罗陀尤甚，她所遭受的打击要比别人更甚。由此，出现了本诗开头提及的罗陀晕厥以及晕厥之后乌陀“看到”的情况，具体内容是乌陀向黑天口述的：

乌陀对黑天说道：“黑天啊，你的恋人罗陀非常思念你，她忍受离别之苦，渴望与你相见。可是，你却让我去向她传授无形的瑜伽之道。唉，她一听到是你让我去的，当即就昏了过去，倒在地上，不省人事。唉，真是凄凉啊！这边罗陀昏迷不醒，那边动物界却出现了一派喜气景象：黑蛇从洞里出来了，它高兴地尽情享受空气；此前，罗陀的又黑又亮的长发辫曾使它羞于见人，认为自己形体丑陋，不得不躲藏起来。已经忘记奔跑的小鹿出来了，它撒开四蹄，愉悦地到处奔跳；此前，罗陀那明亮有神的大眼睛曾使它羞于见人，认为自己的眼睛丑陋，不敢出来乱逛。鹦鹉出来了，它参加群鸟大会，坐在高高的枝丫上，声称自己是林中之王；此前，罗陀又尖又挺的鼻子曾使它羞于见人，认为自己的鼻子丑陋，躲藏起来。杜鹃鸟出来了，它和同族一起，咕咕叫个不停，欢庆胜利；此前，罗陀那甜美悠扬的声音曾使它感到拘束，认为自己的声音难听，不敢开口。狮子从山洞中出来了，他得意扬扬，悠闲自在，尾巴翘到了头顶上；此前，罗陀纤细柔软的腰肢曾使它羞于见人，认为自己的腰肢粗笨僵硬，不敢示人，躲进山洞。大象从茂密的森林里出来了，它一步一昂头，傲慢自大，目中无人，盛气凛然；此前，罗陀稳重美丽的妙腿曾使它自惭形秽，认为自己的腿丑陋不堪，羞于展露，躲进森林。唉，黑天啊，你快救救罗陀吧，如果再不行动，稍后想要施救就来不及了……”

“此众得乐自彼时”是本诗的标题，意思是罗陀晕倒之时，即是众动物高兴之时，它们羞于与罗陀相比，虽然视罗陀为敌，却不敢直面罗陀，纷纷逃遁躲藏。听说罗陀遭到黑天抛弃，晕厥不醒，它们自然高兴，便迫不及待地恢复了原来的自由生活。“如若罗陀再这般，一众敌人大欢喜”，是诗外音，是苏尔达斯的总结性话语。在这首诗里，苏尔达斯主要展现了罗陀的美，但整首诗中没有出现任何对罗陀的溢美之词，没有提到罗陀的名字，更没有提到她的发辫、眼睛、鼻子、声音、腰肢和腿等，甚至没有提到蛇、鹿、鹦鹉、杜鹃鸟、狮子和大象的相关部位，仅以这些动物对罗陀晕厥不醒后的反应进行阐释，这就给听者和读者留下了巨大的想象空间，似形似景，情景交融。这种手法似乎是印度特有的，其审美视角值得深入研究。

上述例解仅为笔者及笔者团队之于印度中世纪经典汉译的一己之见，希望能开拓印度经典汉译与研究的新视角、新路子，以期印度经典在中国能得到更为深入系统的翻译与研究。

五、中印经典及当代作品互译出版项目

2013 年初，笔者与中国大百科全书出版社社长龚莉女士、副总编辑马汝军先生和社科分社社长滕振微先生合作，提出了“中印经

典和当代作品互译出版项目”的动议。该动议得到相关单位的积极回应。2013 年 5 月李克强总理访印期间，国家新闻出版广电总局和印度外交部签署合作文件，决定启动“中印经典和当代作品互译出版项目”，并写入两国发表的联合声明（第 17 条）。2014 年 9 月，习近平主席访问印度，该项目再次被写入两国发表的联合声明（第 11 条）。该项目成为中印两国的重大文化交流项目之一。双方商定，双方各翻译对方的 25 种图书，以 5 年为期。2016 年 5 月，国家新闻出版广电总局印发“关于实施《“十三五”国家重点图书、音像、电子出版物出版规划》的通知”，该项目被列入“‘十三五’国家重点图书出版规划”。在此期间，笔者与薛克翘先生商量组织翻译团队事宜。我们掰着指头算，资深的老辈学人几乎都不能相扰，后辈学人又大多刚刚走上工作岗位，有的还在求学，翻译资质存疑。我俩怎一个愁字了得！然，事情得做，学人得培养。我们决定抓住机遇，大胆启用后辈学人，为国家培养出一支新的汉译团队。因此，除薛克翘、刘建、邓兵等少数几位前辈学人外，我们的翻译成员绝大多数在 40 岁左右，有的还不过 30 岁。两三年的实践证明，我们的决定完全正确。新生代学人知识全面，学习能力强，执行能力更强。从已完成待出版的成果看，薛克翘先生对审读过的一本书的评价最能说明问题:“字里行间，均见功夫。”译文质量是本项目的重中之重。除薛克翘、刘建和笔者外，我们邀请了黎跃进教授、石海军研究员和邓兵教授作为特约编审，约请了尼赫鲁大学的狄伯杰（B. R. Deepak）教授以及德里大学的阿妮达·夏尔马（Anita Sharma）教授和苏林达尔·古马尔（Surinder Kumar）先生作为印方顾问，对译文质量进行全面把关。译者完成翻译后，译稿首先交予编审审校，如遇大问题时向印方顾问咨询，之后返予译者修改。如有必要，修改稿还需经过编审二次审校，译者再次修改。这以后，稿件才会交予出版社编辑进行审读，发现问题再行修改……我们认为，唯如此，译文质量才能得到保障，译者团队才能得到锻炼。

本项目是中印两国的重大文化交流项目之一。因此，印度方面也有相应团队，负责汉译印的工作，由上文提及的狄伯杰教授领衔，由印度国家图书托拉斯负责实施。需要指出的是，双方翻译的作品并非译者自选，而是由双方专家通过充分沟通磋商确定。汉译作品的选定过程是这样的，笔者先拟定了50多种印度图书，这些书抑或是中世纪以来有重要影响的经典巨著，比如《苏尔诗海》《格比尔双行诗集》和《献牛》等，抑或是印度独立以后获得过印度国家级奖项的作家之名作，如默哈德维·沃尔马、毗什摩·萨赫尼、古勒扎尔的代表作等。而后，笔者请相熟的印度学者从中圈定出30种。之后，国家新闻出版广电总局的相关领导、中国大百科全书出版社的龚莉社长和滕振微先生以及笔者本人专赴印度，与印方专家组进行面对面的交流探讨，最终确定了25种汉译印度图书名录。印度团队的印译中国图书名录的选定过程与此类似。具体的汉译书单如下表：

序号	书名	作者	备注
1	苏尔诗海 *Sursagar*	苏尔达斯 Surdas	诗歌
2	格比尔双行诗集 *Kabir Dohavali*	格比尔达斯 Kabirdas	诗歌
3	献牛 *Godan*	普列姆昌德 Premchand	长篇小说
4	帕勒登杜戏剧 *Bharatendu Natakavali*	帕勒登杜 Bharatendu	戏剧
5	普拉萨德作品集 *Prasad Rachna Sanchayan*	杰辛格尔·普拉萨德 Jaishankar Prasad	戏剧、诗歌、短篇小说
6	鹿眼女 *Mriganayani*	沃林达温拉尔·沃尔马 Vrindavanalal Verma	长篇小说
7	献灯 *Deepdan*	拉默古马尔·沃尔马 Ramkumar Verma	独幕剧
8	灯焰 *Dipshikha*	默哈德维·沃尔马 Mahadevi Verma	诗歌
9	谢克尔传 *Shekhar: Ek Jeevani*	阿格叶耶 Ajneya	长篇小说
10	黑暗 *Tamas*	毗什摩·萨赫尼 Bhisham Sahni	长篇小说
11	肮脏的边区 *Maila Anchal*	帕尼什瓦尔·那特·雷奴 Phanishwar Nath Renu	长篇小说
12	幽闭的黑屋 *Andhere Band Kamare*	莫亨·拉盖什 Mohan Rakesh	长篇小说

序号	书名	作者	备注
13	宫廷曲调 *Raag Darbari*	室利拉尔・修格勒 *Shrilal Shukla*	长篇小说
14	鸟 *Parinde*	尼尔莫勒・沃尔马 Nirmal Verma	短篇小说
15	班迪 *Aapka Bunti*	曼奴・彭达利 Mannu Bhandari	长篇小说
16	一街五十七巷 *Ek Sadak Sattavan Galiyan*	格姆雷什瓦尔 Kamleshwar	长篇小说
17	被抵押的罗库 *Rehan par Ragghu*	加西纳特・辛格 Kashinath Singh	长篇小说
18	印度与中国 *India and China*	师觉月 P. C. Bagchi	学术著作
19	向导 *Guide*	纳拉扬 R. K. Narayan	长篇小说
20	烟 *Dhuan*	古勒扎尔 Gulzar	短篇小说、诗歌
21	那时候 *Sei Samaya*	苏尼尔・贡戈巴泰 Sunil Gangopadhyaya	长篇小说
22	一个婆罗门的葬礼 *Samskara*	阿南特穆尔蒂 U. R. Ananthamurthy	短篇小说
23	芥民 *Chemmeen*	比莱 T. S. Pillai	短篇小说
24	印地语文学史 *Hindi Sahitya ka Itihas*	罗摩金德尔・修格勒 Ramchandra Shukla	学术著作
25	棋王奇着 *The Chessmaster and His Moves*	拉贾・拉奥 Raja Rao	长篇小说

毫无疑问，这些作品均是印度中世纪以后的经典之作，基本上代表了印度现当代文学水准，尤其反映出印地语文学的概貌。我们以为，通过这些文字，中国读者可以大体了解印度现当代文学的基本情况。

就本项目而言，笔者在这里需要表达由衷谢意：

首先，感谢国家新闻出版广电总局的相关领导，没有他们的认可，本项目不可能正式立项。其次，感谢中国大百科全书的前社长龚莉女士、前副总编辑马汝军先生和前社科分社社长滕振微先生，没有他们的奔走，本项目不可能成立。再次，感谢中国大百科全书出版社社长刘国辉先生，社科学术分社社长郭银星女士、副社长王宇女士以及诸位编辑大德，没有他们的付出，本项目不可能实施。感谢另两位主编薛克翘先生和刘建先生，两位前辈不仅担当主编、审校工作，还是主要译者；他们是榜样，也是力量。十分感谢黎跃进和邓兵两位教授，两位是特邀编审，邓兵教授也是译者，他们认真负责的精神令人起敬。感谢印度尼赫鲁大学的狄伯杰教授以及德里大学的阿妮达·夏尔马教授和苏林达尔·古马尔先生，他们的付出为本项目的实施提供了某种保障。特别感谢石海军研究员，他是特邀编审之一，可惜天不假年，他于2017年5月13日凌晨突然辞世，享年仅55岁，天地恸哭，是中国印度文学研究的一大损失！最后，感谢翻译团队的诸位译者，他们是新时代的精英，是中国印度研究领域的后起之秀，他们的成就由读者面前的文字可见一斑。

祝福诸位，祝福所有为本项目的立项和实施有所付出的先生大德们！

自《浮屠经》以来，汉译印度经典已有两千多年的历史。这一人类历史上少有的浩大文化工程背后既有对科学技术的追求，也有对宗教信仰的热忱；既有统治者的意志，也有普通民众的需求。印度经典汉译一方面极大地丰富了中华文化，另一方面也保存和传播了印度文化；既形成了自己的学术传统，又推动了许多相关领域研究的发展。时至今日，在中印关系具有特殊意义的大背景下，继续推进对印度经典的汉译在两国关系层面有助于加深两国之间的认知和了解，构建更为均衡、更为深厚的国际关系，在学术研究层面也有助于推动相关领域研究的继续发展。

姜景奎

北京燕尚园

2017年12月31日

2019年12月25日修订

译序：简论苏尔达斯

苏尔达斯的生平与创作

苏尔达斯（Surdas）是印度中世纪最为著名的虔诚诗人之一，是有形派虔诚文学中最有成就和最有影响的黑天派诗人的代表。印度学者认为："苏尔文学是帕克蒂运动的文化成果。"[①]"苏尔达斯不仅在印地语文学史上，而且在整个印度文学史上都占有重要地位。"[②]

有关苏尔达斯的生平资料可分为两类：（1）第二手资料，即苏尔达斯同时代文人创作的作品、民间传说、虔诚派诗人的作品及相关历史资料；（2）第一手资料，即苏尔达斯对自己生平的零散记述。前者以《八十四位毗湿奴教圣徒传》等为主，后者以《文学之波》和《苏尔诗海》等为主。不过，这些资料本身也有很多疑点，使苏尔达斯的生平杂乱无序，学者们在很多方面都没有达成一致的看法。

苏尔达斯生活在15世纪七八十年代至16世纪的七八十年代。据说他比当时著名的毗湿奴派帕克蒂大师也是他后来的导师瓦拉帕（Vallabhacarya）只小10天，瓦拉帕大师生于1478年。这一记载见

---

① 英迪拉·甘地国家开放大学：《印地语诗歌：虔诚诗》（第二部），德里：1990年，第102页。

② 刘安武：《印度印地语文学史》，北京：人民文学出版社，1987年，第84页。

于与苏尔达斯相关的瓦拉帕派文献中。不过，印度著名文学理论家拉姆·金德尔·修格尔认为这一时间不准，他的推测是1482年。学者们对苏尔达斯的去世时间也有不同看法，有学者认为是1583年，但修格尔认为是1573年。[①] 不过，在大的时间段上，学者们比较一致，没有原则性争议。

至于苏尔达斯的出生地，大范围应该在今北方邦，具体地点则不确定，学者们有4种看法：(1) 戈巴吉尔村；(2) 马土拉的某一村庄；(3) 龙格达村；(4) 希黑村。他的诗集《文学之波》有他的父亲住在戈巴吉尔之说，因此第一种看法得到不少人支持。拉姆·金德尔·修格尔先生持第三种观点，因为苏尔达斯在该村不远的戈卡德[②]岸边度过了很长一段时间的出家修行生活。第四种观点的支持者也不少，但希黑村到底在哪里，现已无从查考，只知道这个村子肯定存在过，而且离德里不远。

关于苏尔达斯的家庭和种姓，说法也不一，有出身婆罗门家庭说，也有出身民间艺人家庭说。苏尔达斯酷爱唱歌，又在诗中表现黑天与牧区女孩嬉戏歌舞，这似乎说明后一种说法更有道理。此外，苏尔达斯是否是他的真名，也有争议。从他的诗歌中，我们可以得到“苏尔”“苏尔吉达斯”“苏尔吉”“苏尔希亚姆”和“苏尔达斯”五个名字。因此有人在这方面做文章，花工夫去考证其真伪。我们认为，这类考证意义不大：一者，由于没有可靠的资料，这类考证总是见仁见智，难有一致意见；二者，不管哪个名字是真的，都不会影响人们对苏尔达斯的评价；三者，从上述五个名字来看，“苏尔”是共有的，而“达斯”意指神的奴仆、仆从，加之诗人个人对

① 还有其他看法，参见刘安武：《印度印地语文学史》，北京：人民文学出版社，1987年，第84~85页。

② 戈卡德（Goghat），传说是黑天小时候经常饮牛的河岸。

神虔敬有加，因此“苏尔达斯”应该是诗人自己满意的名字。“苏尔”是简称，其余三个名字可能是诗人临时使用的别名。

苏尔达斯是盲人已成定论，但他是先天盲，抑或后天盲，什么时候什么原因致盲，都无定论。一般认为，他是后天盲的，理由是他在诗歌中所表现的内容非常细致，其中与颜色及花草树木等相关描写是那么真切，没有见过实物的人不可能描述出来。不过，也有学者认为他是天生盲人，这样优秀的人物天生聪慧，描述没有见过的东西根本就是小事一桩。

苏尔达斯生活于伊斯兰王朝统治印度时期，前期处于德里苏丹国的洛迪王朝时期（1451~1526 年），后期处于莫卧儿王朝时期（1526~1858 年）。虽然阿克巴执政时期（1556~1605 年）的宗教矛盾有所缓和，但总体上伊斯兰教处于强势地位。不过，苏尔达斯好像并不十分关心这些，在作品中没有反映这类问题，没有像格比尔达斯那样反对宗教歧视，也没有像杜勒西达斯那样呼吁大家团结在印度教大神周围，复兴印度教的理想社会——罗摩盛世。据说，苏尔达斯和阿克巴大帝见过面。《八十四位毗湿奴教圣徒传》记载，阿克巴在一次从德里到阿格拉的路上遇见了苏尔达斯，阿克巴很欣赏他的音乐和诗歌才能，特意换了衣服来听他唱诗，据说还请他去当自己的宫廷歌手，但苏尔达斯拒绝了。这说明了两个问题：一、苏尔达斯当时已很有名，阿克巴大帝听说过他；二、苏尔达斯不反对伊斯兰教，身为印度最高统治者并主张宗教宽容的阿克巴希望苏尔达斯能为他所用。苏尔达斯拒绝的原因似乎与宗教无关，他的任务是要服务自己所崇拜的主神——黑天，而非皇帝。显然，这事发生在苏尔达斯人生的后期，他已经是一个十分成熟的有形虔诚派圣徒了，世俗的任何享乐已经打动不了他了。

苏尔达斯不关心政治现实并不代表他不受现实生活的影响，也不代表他不关心普通百姓。实际上他受现实影响很大，帕克蒂运动及虔诚派大师瓦拉帕等的影响改变了他的信仰，阿克巴的“神圣信仰”[①] 对他可能也产生过作用。他的诗中没有教派之争，没有种族矛盾，有的只是和谐——人和神之间的神圣和谐。他的注意力完全在于和谐，他是要把人们引向和谐，要人们关注至上的黑天大神，从而在精神层面感知幸福，忘却现实中的苦痛。伊斯兰风格的音乐和当地的民歌等也对他产生了很大影响，他主要是一位歌者，而非诗人，他的诗是唱出来的，是先有唱后有诗的。阿克巴大帝专门更衣聆听他唱诗说明他有音乐和诗歌的非凡天赋，同时表明他并不反对伊斯兰文化。

有关拜瓦拉帕大师为师一事，资料记载，苏尔达斯终生未婚，很早就出家修行，在马土拉附近的戈卡德岸边栖身。那时他受格比尔达斯等修士诗人影响很大，他吟唱的内容大多与现实相关。1505年的一天，[②] 瓦拉帕大师来到戈卡德岸边小憩，遇到他，两人相见恨晚，苏尔达斯拜瓦拉帕为师，后者欣然接受。之后，瓦拉帕谆谆教诲，嘱他放弃修士诗人的修行方式，改为歌颂有形神，做黑天的信徒，颂扬黑天在世上的游乐人生。苏尔达斯听从师父教诲，不仅改变了自己的信仰，而且把余生都献给了黑天，在戈沃尔屯[③] 的黑天庙里敬侍神灵，并成为著名的“八印”[④] 之一。《苏尔诗海》的全部或核

① 阿克巴大帝力图创建的新型宗教形式，其目的主要有二：一、集各种宗教之优点于一体，宣扬宽容、和解；二、集宗教权力和世俗权力于一体，阿克巴本人为最高领袖。

② 还有1523年之说。

③ 又译牛增山。神话传说，在因陀罗神施雨时，黑天用双手举起此山拯救了村庄。

④ 八印（Ashtachapa），毗湿奴教派（黑天派）八位著名的圣徒诗人：贡鹏达斯（Kumbhandas）、苏尔达斯、伯尔马难德达斯（Paramanandadas）和克里希纳达斯（Krishnadas）四人是瓦拉帕大师的徒弟，齐德斯瓦米（Chitasvami）、戈温德斯瓦米（Govindasvami）、难德达斯（Nandadas）和杰杜尔普吉达斯（Caturbhujadas）四人是维特勒纳特大师（Vitthalnathacarya）的徒弟，维特勒纳特大师是瓦拉帕大师的儿子。

心部分可能就是在这期间吟唱出来的。

苏尔达斯一生创作颇丰，据说有25种之多:《苏尔精诗集》《苏尔诗海》《文学之波》《戈沃尔屯本事》《黑蜂本事》《生命之爱》《〈薄伽梵〉语言》《〈苏尔诗海〉之魂》《苏尔〈罗摩衍那〉》《本事剧》《蛇王本事》《服务之果》等。不过，经过研究甄别，多数学者认为《苏尔精诗集》《苏尔诗海》和《文学之波》三部作品出自他的手笔，其他作品暂时存疑。无疑,《苏尔诗海》是他的代表作，不仅代表了他本人创作的最高成就，也是中世纪有形黑天派虔诚文学的代表作。

有印度学者认为,《苏尔精诗集》是《苏尔诗海》的背景阐述性作品及其一些诗歌的摘录，相当于目录或注释类作品，而非独立的创作。似不符合实际。该诗集共有1107首诗[①]，以描写霍利节[②]为核心，时间从一月份的春节持续到三月份的霍利节，历时近两个月。作品表现的主要是在此期间伯勒杰地区[③]人民的欢乐场景，其中有吟诗歌舞，不乏黑天神与牧区女子们的欢娱场面。作品还描写了此间自然万物的生长状况，春天来临，大地复苏，万物开始发育，一切进入无限旺盛的生长阶段。此外，作品还写了神话传说中的不少故事。如，从毗湿奴大神的肚脐中长出一支莲花，梵天从莲花中生出并端坐莲花之上，然后根据毗湿奴的命令创造世界。再如，金座是罗刹王，其子波罗诃罗陀却是毗湿奴大神的虔诚信仰者，金座获得三界后，众神惊慌，毗湿奴化身人狮在金座即将杀害波罗诃罗陀的危急关头杀死金座，救出波罗诃罗陀，等等。无疑，这都是关于崇

① 苏尔达斯的诗实际上是唱出来的，在印度文学传统中称“伯德”，即一种用来唱或可以唱的诗，每首少则6~8行，多则10行。

② 霍利（Holi），印度的传统节日，也译为洒红节，类似中国傣族的泼水节。

③ 今北方邦的马图拉及附近地区，是传说中黑天出生、成长的地区。

拜毗湿奴大神的神话传说。从内容可知，往世书和《薄伽梵歌》是他创作这部作品的蓝本，苏尔达斯实际上是要在这部作品中表现三方面的内容：（1）众信徒和大神在一起的嬉戏是一种虔诚方式，即敬神方式，众信徒越是高兴欢舞，大神就越高兴；（2）万物都来自大神，其发育、生长和成熟都由大神决定，其过程美妙无比；（3）宣传毗湿奴大神，虔信者有善报，不信者得恶果。当然，最后三者是归一的，苏尔达斯要表达的是一个目的，即颂扬毗湿奴大神，希望普通百姓能皈依他、虔敬他。

由此，我们可以断定，《苏尔精诗集》是苏尔达斯的一部异于《苏尔诗海》的作品，是一部独立作品。

《文学之波》是苏尔达斯的另一部独立著作，共118首诗，其中有些诗和《苏尔诗海》中的有相似之处。有学者据此认为这也是后者的某种翻版，不足信。在这部诗集里，苏尔达斯写了与古代文论相关的内容，如艳情、滑稽、悲悯、英勇、暴戾、恐怖、厌恶和奇异八种“味”，以及中年、发育、未意识自己已成熟、积怨、追寻刺激等各类女主角；还写了黑天和罗陀的爱情故事，以及黑天使者乌陀回访牧区时与牧区少女们关于黑天及黑天崇拜等方面的对话，等等。诗集中的诗都是抒情类的，在写乌陀访问牧区的部分里，诗歌的语气和口吻经常变换，有时是女主角罗陀的，有时是罗陀女友的，有时是乌陀的，有时是双方的，有时是多方的。由此可以看出，苏尔达斯有非凡的驾驭诗歌的能力和掌控诗歌叙事空间的才能。从另一方面说，这部诗集中的诗歌似有过分强调诗才之嫌，作者好像有显示自己创作能力和创作技巧的意图。不过，从作品内容看，作者的主要目的还是颂扬黑天大神。其中，罗陀及其女友对黑天的怀念和爱恋被诗人表述得哀婉动人，她们非黑天不爱的态度表达得极有感染力。需要指出的是，诗人在这部分诗歌里大量使用了印度传统文学中的“艳情味”和“男女主角分类”等创作手法，有时候艳情不免过分，描写不免露骨。不过，这在中世纪的印度似乎无伤大雅。有理由认为，作者在这里要表现的是神我合一的帕克蒂情怀。

《苏尔诗海》

苏尔达斯之所有今天的地位和声誉，是因为他创作了不朽名著《苏尔诗海》。《苏尔诗海》是苏尔达斯的诗歌集，也是他规模最大、质量最高的一部诗歌集。该诗集以颂扬黑天神为要旨，以表现黑天在人世间的游乐人生为基本内容。但该类主题并非作者创造，在苏尔达斯之前有很多诗人以同样的主题进行过创作，而且有很多优秀的诗篇。

一、《苏尔诗海》以前的黑天文学

黑天的名字最早出现于《梨俱吠陀》，但作为文学形象或从黑天崇拜的角度看，史诗《摩诃婆罗多》，尤其是其第六篇《毗湿摩篇》中的《薄伽梵歌》具有滥觞的意义。此外，在《摩诃婆罗多》的附录《诃利世系》和《薄伽梵往世书》等作品中，关于黑天生平业绩的故事已经很详细。但几乎在整个《摩诃婆罗多》主干故事的发展过程中，黑天都是一个比较普通的军事谋略家。他出身雅度族，刹帝利种姓，实力不强，姑母贡蒂嫁给了当时强大的俱卢国国王般度，妹妹嫁给了般度之子阿周那，由此亲上加亲，来往频繁（主要是黑天往俱卢国）。他的目的很简单，就是想借助俱卢势力消灭大国摩揭陀国国王。他表面上主持正义，穿梭于持国百子集团和般度五子集团之间，实则时时事事以般度五子的利益为重。战时他更是几乎亲自投入战斗，并往往在关键时刻唆使般度族一方违反战争规则，使计谋，直至般度族一方最后胜利。而正是由于这些不光彩的行为，他及整个雅度族遭到持国百子的母亲甘陀利王后的诅咒，大战 36 年后一语成谶，雅度族自相残杀而亡，他自己也走到生命的尽头。因此，从史诗的主体部分看，黑天的故事比较简单，他这个人物也似乎没有什么值得夸耀的地方。

不过，在显然晚出而被编入史诗第六篇并成为印度教重要圣典的《薄伽梵歌》中，他的身份变了，他成为人主和绝对至上者，成为人们崇拜的大神。在长诗《薄伽梵歌》中，黑天向阿周那阐明达到人生最终解脱的三条道路：业（行动）瑜伽、智（知识）瑜伽和信（虔信）瑜伽，并说这三条道路不是互相冲突的，而是相辅相成的；由于阿周那处于投身大战的心理危机时刻，黑天着重解释了业瑜伽。这里有一个问题值得注意，即整篇《薄伽梵歌》基本上是黑天自己说出来的，他自称是世界的创造者和毁灭者，并宣称“崇拜天神者归天神，崇拜祖先者归祖先，崇拜生物者归生物，崇拜我者归于我”。“思念我，虔信我，献祭我，崇拜我，控制自己依赖我，你将肯定归于我。”[①] 自诩自己为最高神灵的例子在印度这样的宗教国度虽然可以理解，但像这样“狂妄”的言论仍然不多。这就是黑天信仰的最早哲学说明，是后世黑天崇拜的源头。自此以后，印度典籍中的黑天都是神化了的人物，成为毗湿奴大神的重要化身之一。

同样是在晚出的史诗《摩诃婆罗多》的附录《诃利世系》中，黑天走出了自我标榜、自我神化的阶段，已经成为人们虔信的大神了。整个作品分成三篇：《诃利世系》《毗湿奴篇》和《未来篇》。《诃

---

① 转引自季羡林主编：《印度古代文学史》，北京：北京大学出版社，1991 年，第 67 页。

利世系》讲述世界的创造和其他神话传说，包括印度上古太阳族系和月亮族系的帝王谱系，以及黑天的前生传说。在世界面临危机时刻，黑天作为毗湿奴大神的化身降临月亮族系后裔雅度族中，为救世奔波。《毗湿奴篇》讲述黑天降世后的人间功行：从小寄养在牧人家里，深得养父母和邻人的喜爱。童年时代力大无比，与天神之王因陀罗斗法，后者屈服。少年时代降妖除魔，诛杀暴君，享受牧女们的爱情。青年时代结婚生子。本篇还讲述了黑天的儿子钵罗提耶摩纳和孙子阿尼鲁达的事迹。《未来篇》有某种预言或展望的性质，有关于迦利时代毗湿奴大神下凡的预言：在世界面临艰难时刻，毗湿奴大神会分别化身为巨鱼、人狮和野猪降世，拯救世界。整体看来，《诃利世系》是一部迟到的黑天履历书，是完善黑天神话的补充之作。由此，黑天的出身、前生、后世都有了出处，使信徒不再有任何疑惑。所以，《诃利世系》实际上是黑天的信仰者为《薄伽梵歌》写的说明性文字，是补充说明黑天身世的。

黑天传说也从此在民间更加流行，在信徒心中积淀下来，成为印度教神话体系中固有的部分。也许正是由于这些原因，才有了黑天神话传说的“集大成者”《薄伽梵往世书》的问世。

学者们比较一致的意见是，《薄伽梵往世书》成书于公元 10 世纪以前。不过，其成书过程应该很长，可能开始于史诗时代甚至更早，其间，随着流传而有所增减。在印度教通俗文化中，《薄伽梵往世书》的地位仅次于两大史诗《摩诃婆罗多》和《罗摩衍那》，它是毗湿奴教派最为重要的经典之一，也是各种往世书中内容最连贯集中的一部，是所有黑天神话作品中叙事性、故事性最强的一部，历来为毗湿奴教派的宗教家和虔敬者所推崇。可以说，正是由于有了《薄伽梵往世书》，黑天神话才有了后世的规模和影响。

与两大史诗和其他往世书一样，《薄伽梵往世书》是由一位歌手讲述给森林里的一群修行仙人听的，全书分12章，讲述了毗湿奴大神的功德及崇拜毗湿奴大神的各种至上功果、湿婆大神的传说、第七摩奴的谱系——太阳族系和月亮族系的历史、摩诃婆罗多大战等。其中也包括毗湿奴大神化身黑天的故事，美化其事迹，颂扬其功德。不过，其第十篇尤其重要，是全书最长的一篇，也是最重要最受信徒欢迎的一篇。本篇专门讲述黑天的故事，其中包括：（1）神助诞生：黑天的父母婆苏提婆和提婆吉结婚时，传来天音说他们的第八个儿子将杀死提婆吉的堂兄——摩度罗国的暴君刚沙。他们被刚沙囚禁，提婆吉生下的前六个儿子都为刚沙所杀，第七个儿子大力罗摩[①]通过神力被转移到婆苏提婆另一个妻子的子宫里生下。第八个儿子即人类婴儿小黑天。他出生时，婆苏提婆通过神力把他带出监狱，偷偷把黑天和戈古尔村难陀和耶雪达生的女儿做了替换。由此，黑天成为戈古尔村难陀夫妇的养子。（2）降魔脱险：刚沙不知道黑天藏在哪儿，就下令手下的阿修罗捕杀所有新生婴儿。妖魔多次欲伤害小黑天，都被小黑天成功打败。一次，一个阿修罗化作美女假意给黑天喂奶，企图用奶汁毒死黑天，结果被黑天吸尽生命而亡；另一次，一个阿修罗化作旋风将婴儿黑天卷入空中，结果在空中被黑天掐死。（3）淘气怜人：会走路后，黑天十分淘气，经常惹得养母耶雪达哭笑不得。有一次，耶雪达用绳索把他绑在木臼上，不料他拖着木臼爬行，撞到两颗孪生大树，以致把它们连根拔起。（4）林中游戏：因村中经常有妖魔作怪，难陀率全村人迁到沃林达林，黑天在此一方面继续诛杀前来作乱的刚沙手下的阿修罗，一方面和牧童们一起放牧嬉戏。（5）救世业绩：黑天经常为本村及当地百姓谋

① 也是毗湿奴大神的一个化身，有陪伴配合黑天的性质，不太重要。

福，他曾和哥哥大力罗摩一道诛灭一个危害人类的阿修罗部落；曾制服盘踞在叶木拿河的白头毒蛇，叶木拿河河水从此可以被人和牲畜饮用；还曾吞食过突然爆发的森林大火，使牧童和牛群免遭劫难；在因陀罗连降暴雨和冰雹时，黑天单手托起牛增山，庇护牧民和牛群躲过灭顶之灾。（6）情爱嬉戏：少年黑天是牧区所有女子恋爱和追求的对象。夜晚，黑天吹起牧笛，悠扬的笛声深深打动和吸引众牧区女郎，她们不顾父母、兄弟和丈夫的劝阻，前去和黑天相会。他们一起在叶木拿河边唱歌、跳舞和调情，通宵达旦。（7）诛灭刚沙：得知黑天就是提婆吉的第八个儿子后，刚沙决计杀他。黑天和哥哥大力罗摩将计就计，进京杀死刚沙，救出老国王和自己的亲生父母。（8）使者回访：离开牧区太久，黑天想念沃林达林的养父母和众牧区女子，于是派乌陀前往探视和抚慰，他还派人前往象城探望姑姑贡蒂及表兄般度五子等。（9）定居多门岛：摩揭陀国国王妖连多次率兵进犯摩度罗国，后大秦（希腊）又来侵略，国难连连。为保护臣民，黑天举国迁往多门岛。（10）娶妻纳妾：黑天按照传统抢亲方式抢得早已爱上自己的维达巴国公主卢格米尼为妻；之后通过各种际遇，再娶七个妻子；他还杀死阿修罗那罗迦，并将其掳掠来的一万六千个各国公主收为自己的嫔妃。（11）诛杀妖连：受到妖连迫害的国家越来越多，他们都派人向黑天求救。得知般度五兄弟要举行王祭后，他趁机出访天帝城，协助怖军和阿周那杀死妖连。后来又在王祭大典上杀死反对自己的表弟童护。（12）重逢温情：在一次朝拜圣地时，雅度族和难陀夫妇及众牧童牧女相逢，共叙旧情，黑天赠送养父母大量礼物，并派军队专程送他们回家。（13）母子相见：朝圣回来，母亲提婆吉恳求黑天和大力罗摩让她见到被刚沙杀死的六个儿子，黑天和大力罗摩施展幻力，进入地下世界，带回六个哥哥。见到儿子，提婆吉奶汁满溢，给六个儿子喂奶。吃完奶后，六子恢复知觉，向父母和两位弟弟鞠躬致礼，而后升天而去。这些是《薄伽梵往世书》中最为吸引人的情节，后世最看重的也是这部分内容。文人骚客及宗教家经常从这些内容中汲取材料，广大信众也多以此为传颂内容。

《薄伽梵往世书》被黑天崇拜者视为自己的“圣经”，黑天传说由此定型，成为后世同类题材文学作品及宗教经典的典范之作和蓝本，后世出现的所有同题材作品似乎都与《薄伽梵往世书》相关。

中世纪，印度各地方语言兴起之后，纷纷翻译《薄伽梵往世书》，在民间产生广泛影响。而这些翻译者基本都是虔诚派的诗人们，他们还在此基础上进行了大量的文学创作。

帕克蒂运动在南方泰米尔地区兴起后，毗湿奴派信徒和湿婆派信徒创作了大量的虔诚文学作品。毗湿奴派诗人中出现了不少与黑天传说有关的帕克蒂抒情诗歌。

大约生活在 9 世纪的贝里雅尔瓦尔是南印度帕克蒂运动中颇负盛名的毗湿奴派圣徒，他的作品《贝里雅尔瓦尔圣言》主要描写黑天的故事，每 10 首诗为一章，每一章写一个方面的内容。这些内容包括黑天降生时戈古尔村的热烈气氛及难陀夫妇和村民们的喜悦心情、大家对婴儿黑天的热爱及养母耶雪达为黑天唱的摇篮曲、儿童黑天的顽皮、少年黑天持鞭放牧以及他和牧区少女之间的情爱场面等。在《圣言》中，贝里雅尔瓦尔怀着对毗湿奴大神的无限崇敬心情，讴歌了黑天的种种“功行”。不过，从以上内容可以看出，诗人讴歌的主要是人格化了的黑天，诗歌所反映的是现实社会中的世俗生活场景。在诗人笔下，黑天不是无所不能神秘莫测的大神，而是一个活生生的人，是一个孩子：可爱的婴儿、顽皮的儿童和天真活泼的少年。

无疑，贝里雅尔瓦尔参考了《薄伽梵往世书》等当时流行的梵语文学作品及民间传说中关于黑天的故事。但值得特别指出的是，诗人还采取了印度民间自古以来就流行的摇篮曲形式进行创作。诗人写道：

梵天送给你金摇篮，
宝石镶嵌真非凡。
宝贝儿快睡吧，达咪啰！
湿婆神给你送来玉项链，
还有石榴花环在眼前。
宝贝儿快睡吧，达咪啰！
因陀罗送给你银脚镯，
伐楼拿送来珍珠珊瑚和海螺。
宝贝儿快睡吧，达咪啰！
财富女神送给你杜罗西花环，
还有天宝树花环金光闪。
宝贝儿快睡吧，达咪啰！
花神送给你金莲花，
还有一顶宝石王冠放光华。
宝贝儿快睡吧，达咪啰！①

民间歌谣进入黑天崇拜，不仅使黑天这一形象更大众化和真实

---

① 引自季羡林主编：《印度古代文学史》，北京：北京大学出版社，1991年，第411~412页。

化，还是黑天文学的一种新发展。这种把民间歌谣用于黑天虔诚文学的做法以前几乎没有，值得肯定和提倡。

此外，南印度泰米尔毗湿奴派女诗人安妲尔、12 世纪的著名诗人胜天、14~15 世纪出现的诗人维德亚伯迪等，都在苏尔达斯之前创作了富有影响的歌颂黑天的诗歌。前文已有介绍，此不赘言。

二、《苏尔诗海》评介

《苏尔诗海》不仅是黑天文学中重要的部分，也是黑天文学得以继续发展的重要凭借，是黑天“现代化”过程中的重要基石。

苏尔达斯是个盲人，不能写作也不能阅读，他的所有诗歌都是自己唱出来的，唱完后如果没有别人记载就不可能流传下来。又由于这些诗歌是多次吟唱出来的，吟唱时不可能严格遵守黑天故事发生的先后顺序，因此如果没有人对他的诗歌加以整理就不可能有比较完整的具有一定逻辑的《苏尔诗海》。再者，苏尔达斯一生唱诗，不可能专门有一个人为他记录。因之，几乎可以肯定，苏尔达斯的诗歌是由别人记录、整理而成的。而且，记录人、整理人肯定不止一人，整理出来的《苏尔诗海》可能也不止一部，其间，必定会存在某些细节方面的差别。事实也是这样，《苏尔诗海》有多个流行本，最早的是 1573 年的手抄本，后来又发现了一个 1696 年的本子。从时间上看，1573 年抄本的内容及规模可能最为接近原创。不过，我们也不能由此否认 1696 年本和其他本子，原因是苏尔达斯一生所唱很多，1573 年本可能是最真实的本子，但也可能不是最全的本子。

迄今为止，印度共出版了数十种全本和选本《苏尔诗海》，内容大同小异，其中以瓦拉纳西出版的规模最大，包含 4936 首诗歌。据说这还不是全部，其全部诗歌超过 5000 首甚至更多。不过，到底遗漏了哪些、遗漏了多少，现在无从查考。另外，现存的这部近 5000 首诗中肯定有托名之作，但究竟有多少，也难考订。既然苏尔达斯是盲人，就很难像正常人一样看本子琢磨词语章节，如果编纂者不加修饰，不在章节间加进过渡性词句，诗歌全貌很难展现。但是，不可否认的是，不管编纂者或记录者做了多少工作，《苏尔诗海》就是苏尔达斯的。成为瓦拉帕大师的弟子之后，他全身心地投入对黑天的虔信和敬奉之中，与其他七位圣徒一起每天向黑天唱诗献歌，敬水奉花。无疑，他唱诵的多是《苏尔诗海》中的内容。

苏尔达斯前期是位行吟诗人，肯定游历过很多宗教圣地，对黑天传说有比较全面的了解。在他游历圣地和吟唱黑天诵诗的过程中，他对自史诗《摩诃婆罗多》以降的黑天传说肯定有所接触。他虽是位盲人，所幸印度的古代文学作品和宗教经典都是口耳相传的，史诗、往世书等集体创作如此，南印度虔诚派诗人和胜天、维德亚伯迪等人的作品同样如此。游历于这样的地方，面对这样的丰富遗产，天生聪颖又擅长吟诵的苏尔达斯不可能不为之动容，不可能不汲取前人的成就。加之师尊瓦拉帕大师的嘱托，他心无旁骛，视敬奉黑天为最高职责和最善功果，最终吟诵出了长篇巨著《苏尔诗海》。由此可以得出一个结论：《苏尔诗海》的主要部分是在苏尔达斯拜瓦拉帕为师以后创作出来的。

另一个问题也值得探讨，即《苏尔诗海》的原创性问题。有学者认为，它是《薄伽梵往世书》的印地语译本，另一些学者则认为它是苏尔达斯的完全独立的创作。我们不妨从结构和内容来比较一下这两部巨著。

（一）篇幅结构：《薄伽梵往世书》分 12 篇，全诗近一万五千颂，每颂两行，共约三万句诗，译成汉语相当于六万行；其第 10 篇集中描写黑天的故事，最为重要，分量也最重。《苏尔诗海》也分 12 篇，全诗近 5000 首，译成汉语也相当于六万行左右；第 10 篇也集中描写黑天故事，在全诗中最为重要，篇幅最长。但不能据此得出苏尔达斯翻译或编译《薄伽梵往世书》的结论。

（二）主题内容:《薄伽梵往世书》以黑天故事为主体，其分量占全诗的四分之一左右，但内容相对庞杂，涉猎面广。《苏尔诗海》也以黑天故事为主，其分量占全诗的五分之四以上，其他内容相对较少。单就黑天故事来说,《薄伽梵往世书》不仅关注黑天的童年和少年生活，也关注他作为部族首领的成年生活;《苏尔诗海》则突出了黑天的童年和少年形象，对其他时期的描写较少。另外,《苏尔诗海》增加了许多《薄伽梵往世书》中没有的内容，如黑天和罗陀的爱情故事等。

（三）如前所述，摆在苏尔达斯面前的黑天传说并非《薄伽梵往世书》一部，还有《薄伽梵歌》和《诃利世系》，有南印度圣徒诗人贝里雅尔瓦尔和安妲尔的诗歌，有胜天的《牧童歌》，有维德亚伯迪的《维德亚伯迪诗集》，还有同时代的米拉巴伊和南德达斯等的相关诗歌，另有未入集的各类民间传说等。我们不能说苏尔达斯只接受了《薄伽梵往世书》，更不能说除《薄伽梵往世书》外，苏尔达斯没有接触到别的作品和传说。

由此，我们绝不能简单地说《苏尔诗海》是《薄伽梵往世书》的译本，当然也不能说它是完全独立的原创。面对丰富多彩的黑天故事遗产，苏尔达斯肯定会有所筛选。从《苏尔诗海》中我们可以看出，他选取了《薄伽梵往世书》的篇章结构，同时也选取了其他遗产中的主题内容，如《牧童歌》和《维德亚伯迪诗集》中黑天和罗陀的爱情故事，再如南印度圣徒诗歌中的民间歌谣诗，等等。更何况，《苏尔诗海》的架构也许是编纂者加的，即除第10篇以外的其他篇目及内容也许都是编纂者的手笔。因之，我们可以说，苏尔达斯是在参照所有黑天故事的基础上创作出《苏尔诗海》的，在借用《薄伽梵往世书》的篇章结构的同时，也大量借用了前辈甚至同辈的创作成果。

下面具体探讨一下《苏尔诗海》这部长篇巨著。

《苏尔诗海》是苏尔达斯关于黑天的诗歌总集，各篇所包含的诗歌数量不等，每首诗歌长短不一。除第10篇外，其他11篇的篇幅相对较小，总数是全诗的五分之一。在全诗的框架和内容方面，《苏尔诗海》在因袭《薄伽梵往世书》的同时也有很多创新。和《薄伽梵往世书》一样，《苏尔诗海》也提到或描写了毗湿奴大神的24次化身和其他大神的故事，涉及宇宙起源的故事以及传说中的帝王世系和家谱等。不过，《苏尔诗海》没有在这类故事或传说上多做文章，而是删繁就简，摒弃了《薄伽梵往世书》中很多重复和烦琐的成分，直切主题，着重描写黑天的故事，这便是《苏尔诗海》第10篇的内容。从某种意义上说，《苏尔诗海》的第10篇就是它的代表，其内容就是全诗的主要内容，其他部分甚至可以忽略不计。因此，如果说《苏尔诗海》只是关于黑天故事的一部著作，也是无可非议的。

实际情况就是如此，在分析《苏尔诗海》时，人们关注的也是黑天的传说部分即第10篇的内容，其他部分从略。我们这里也只考察第10篇的内容。

上面说过，苏尔达斯非常关注黑天的童年和少年生活。他将黑天从出生到成长为少年这一时期的若干情节挑选出来作为《苏尔诗海》的主要内容，反复吟诵和描写，形成了数千首若干组组诗，每组诗描写黑天的一个侧面，汇总起来就构成了整个第10篇。需要指出的是，苏尔达斯是以抒情诗的方式咏唱黑天事迹的，但某几首抒情诗构成一组，就这一组来说具有叙事性质，各组之间又有时间先后顺序。这样组与组相连，就构成了具有大体连贯的故事情节，黑天从出生到童年到少年的过程就显现出来了。综合起来，这些诗歌主要塑造了婴儿、童年和少年黑天三个时期的形象。婴儿黑天可爱怜人，童年黑天顽皮淘气，少年黑天风流倜傥，其中包含母子之情、黑天受责、林中放牧、情侣相会、彻夜歌舞等情节，构成了苏尔达斯心目中黑天形象的主体。此外，作品中还有不少表现其他内容的组诗，如表现使者乌陀访问牧区并与牧区少女对话的场面及内容的“黑蜂之歌”组诗，表现儿童黑天形象过程中还穿插有小黑天降妖除魔内容的诗歌等，但这些似乎不是苏尔达斯最为关注的内容，不是作品中最吸引人的部分。

在瓦拉帕派看来，这个世界上主要有三种人，第一种是毗湿奴大神的虔信者，第二种是“吠陀”等传统经典的信奉者，第三种是世俗生活的享乐者。三种人中以第一种人为最优，他们通过虔信神灵、献身神灵就能获得解脱。苏尔达斯对此深信不疑，在他看来，这个世界就是神的游乐场。神化身降临，以最优秀或超人的形象示人，这个神就是黑天，他是毗湿奴大神的化身，是宇宙的至上主宰。而信徒所能做的就是虔爱神、颂扬神，为神服务，除此以外，别无他事。所以，他把自己全部献给了黑天神，以侍奉黑天、咏唱黑天为自己最高职责和生存理由。毗湿奴教派认为，对神灵的爱有五种，即通过祭祀表达的神人之爱、把神灵当作长辈或孩童所表达的亲情之爱、把神灵当作丈夫所表达的夫妻之爱、把神灵当作伙伴所表达的友伴之爱以及把神灵当作主人所表达的主仆之爱。对神的服务有内外之别，外在的只是名义上的，没有实质内容，内在的有身体、金钱和精神三种。而精神服务又存在传统的重视经典知识的服务和瓦拉帕派强调的满足神灵的服务。显然，苏尔达斯接受过这类教育，他在总体上把黑天当作伙伴看待，在给予他平等友爱的前提下，也表达了其他类型的爱。同时，他把自己视为满足神灵需要的“工具”式信徒，他坚信把最纯的爱献给黑天是必要的。在《苏尔诗海》中，他几乎描写了黑天在世的所有功行，但却最热衷于婴儿、童年和少年黑天的形象描写。他认为这几个阶段最能体现他对神灵的全身心服务，不仅可以表达神与我双方的慈爱，还可以尽情刻画神与我之间的情爱。

按理说，这种慈爱的真正含义应当是神为父、我为子，慈爱即神灵对信徒的慈悲之爱、父母之爱。但在《苏尔诗海》中，苏尔达斯却颠倒了这一关系，小黑天为子，其养父母给予他慈爱，慈爱由普通人（小我）给予天神（大我）。请看黑天养母耶雪达在给予慈爱时的愉悦：

耶雪达为诃利①摇摇篮

摇晃爱昵亲吻哄，顺口哼唱歌些许。

瞌睡且来我儿旁，何故不来哄入眠，

为何你不快快来，黑黑②在把你呼唤。

诃利时而合上眼，时而嘴唇响噗噗。

以为入眠便沉默，屡做手势来示意。

此间诃利忽不安，耶雪达又甜甜唱。

---

① 大神之一，指黑天。

② 难陀、耶雪达夫妇对黑天的爱称。

苏尔言，

天神摩尼[①]难得福，难陀多情女[②]得占。[③]

面对这样可爱的婴儿，耶雪达付出了所有可以付出的母爱，她不烦不嗔，不停地唱着歌，摇着摇篮，一次次重复同一支催眠曲。但就像诗中所写的那样，她也获得了无上乐趣，这乐趣连天神和仙人也难以得到。这一慈爱换来了比慈爱还要强烈的天神之爱，作为虔诚信徒，耶雪达在满足黑天的同时自己也得到了无上满足。在苏尔达斯看来，这更是黑天神对虔信者的一种恩赐，他是有意化身为孩子而带给信徒们以快乐和满足的。

黑黑在地上走出三两步

祈求渴望心所愿，难陀内人[④]瞧看见。

叮叮当当脚铃响，声音甚为夺人心。

坐下即刻又站起，彼种美妙描不出。

瞧见瑰丽美情状，伯勒杰女皆惊诧。

苏尔言，

耶雪达子命长久，苏尔达斯之扁舟[⑤]。[⑥]

果然，小黑天会走路后母亲耶雪达兴奋，邻居们也十分高兴，

---

① 摩尼，指修道士仙人。

② 指耶雪达。

③ 参见 Śrī Nanddulāre Vājapeyī, *Sūrsāgar*, Nāgarīpracāriṇī Sabhā, Vārāṇasī, 1964, No. 661, p.276.

④ 指耶雪达。

⑤ 意指救赎之舟。

⑥ 参见 Śrī Nanddulāre Vājapeyī, *Sūrsāgar*, Nāgarīpracāriṇī Sabhā, Vārāṇasī, 1964, No. 741, pp.302-303.

“瞧见瑰丽美情状，伯勒杰女皆惊诧”，她们也从黑天这里得到了无上快乐。这在黑天出生时就有所展现：黑天出生后，难陀夫妇和全村人都非常高兴，大家奔走相告，对这个人类婴儿关心备至，并从中享受到了无上幸福。

婴儿小黑天招人怜爱，儿童小黑天同样带给人快乐和幸福。在描写儿童黑天形象的时候，苏尔达斯从世俗的角度出发，着重写了他的顽皮和淘气：

> 妈，辫子何时长？
> 喂我牛奶何其多，如今它仍短又细！
> 大力[①]发辫长又粗，你言会与它一样，
> 散开编拢洗澡时，犹如黑蛇[②]蜷地上。
> 回回喂饮生牛奶，不予奶油与大饼。
> 苏尔言，
> 长命百岁两兄弟，诃利持犁[③]这一对！[④]

辫子不长也赖妈妈，找妈妈的“不是”，多么“无赖”、多么天真！

> 妈啊，我要去放牛
> 你告族主难陀爸，已经长大不再怕。

---

① 指大力罗摩，黑天的哥哥。

② 印度审美中，经常以蛇比喻头发，意指头发又黑又长。

③ 此处指代“持犁者”，即大力罗摩。

④ 参见 Śrī Nanddulāre Vājapeyī, *Sūrsāgar*, Nāgarīpracāriṇī Sabhā, Vārāṇasī, 1964, No. 793, pp.319-320.

莱达拜达与莫纳，心乐持犁一同在。[①]

笛榕树下众牧童，一同嬉戏至乐得。

米饭餐食与酸奶，挂上扁担饿时吃。

苏尔达斯言，

叶木拿水为见证，立下誓言不嬉水。[②]

牧人家的孩子当然要放牛，但不到年龄是不行的，因为森林里、小河中隐藏着种种危险。小黑天却不管这些，但他不敢和爸爸说，只好缠着妈妈，并发誓说自己会小心，不会到河里去玩水。苏尔达斯出身下层，游历于人民中间，了解人民生活，自然有如此美妙的歌咏。

和其他儿童一样，童年的小黑天做出了不少让大人伤脑筋的事：

妈，我没偷吃奶油

犹记同伴齐聚集，往我嘴上抹奶油。

你且看那盛奶罐，置放篮中高高悬。

且问凭我这小手，自己怎能碰得着？

灵机一动擦嘴角，盛奶叶盘藏身后。

耶雪达弃手中棍，笑将黑子拥入怀。

童戏之喜迷心醉，虔诚炙力得显现。[③]

苏尔达斯言，

① 莱达、拜达、莫纳、心乐都是牧童的名字，原文分别为 raitā, paitā, manā, manasukh。持犁是黑天的哥哥大力罗摩，原文为 haladhar。

② 参见 Śrī Nanddulāre Vājapeyī, *Sūrsāgar*, Nāgarīpracāriṇī Sabhā, Vārāṇasī, 1964, No. 1030, pp.399-400.

③ 此句是指，黑天显示了吸引信徒虔诚崇拜的炙热力量，他通过显现天真可爱孩童的狡黠相，使耶雪达迷醉于慈爱情味中，获得极大福乐。

耶雪达之此福乐，湿婆梵天皆不得。[①]

《苏尔诗海》中这样生动的场景很多，往往令人忍俊不禁。这样的孩子，这样的母亲，多么幸福。不过，有谁会相信小黑天的话呢？他个子矮，但聪明伶俐，他不会找凳子或其他东西作工具吗？他不会唆使大孩子去偷吗？但一番诡辩和责难却换来了母亲的开怀和拥抱。耶雪达相信了他的诡辩？肯定不是。

夫人，不好意思对你讲
黑子[②]德行全不知，还与我等相争辩！
双耳丝毫听不进：诃利胡闹又赖皮，
路上挡道行阻拦，无人得以汲取水，
莫亨[③]顽皮恶劣极，布垫[④]抛向水深处。
苏尔言，
少女愠怒生怨气：教了恩主哪般事？[⑤]

赖皮，不听话，拦路，不让人去河边打水，把布垫扔到水里……这才是真实的儿童形象，他调皮捣蛋，不知深浅。这时候的苏尔达斯不是在写神，是在写某一真实的孩子，也许他见过这类孩子的所作所为，也许他也被这类孩子“骚扰”过。不过，我们从诗中看不到厌恶，看不到诗人有任何不满情绪，看到的是这个孩子的

---

① 参见 Śrī Nanddulāre Vājapeyī, *Sūrsāgar*, Nāgarīpracāriṇī Sabhā, Vārāṇasī, 1964, No. 952, p.372.

② 指黑天，牧区牧童牧女对他的称呼。

③ 黑天的一个称号。

④ 妇女头顶水罐，罐子与头顶之间的布质垫子。

⑤ 参见 Śrī Nanddulāre Vājapeyī, *Sūrsāgar*, Nāgarīpracāriṇī Sabhā, Vārāṇasī, 1964, No. 2040, p.752.

天真和淘气，他的行为是恶作剧，而非什么原则性的罪过，是无邪的捣乱，而非什么本质恶劣。不过，也确实是个麻烦，耽误正事。怎么办呢？大家只好到耶雪达那里去告状：他这般顽劣，你都教了他什么呀？你可得管教管教他！

面对这类责难，母亲耶雪达如何反应呢？

都说说，我该怎么办？
如若抓获让你瞧，当即狠狠揍一顿。
捆绑缚上木臼时，诃利德行你即晓。
拿起树枝抽打时，众人又来阻拦我。
从小就做恶作剧，彼时我已知德行。
苏尔言，
如若诃利现在来，我即抓住狠狠罚。[①]

有什么办法呢？他自小就捣乱，为了不让他出去惹祸，我曾把他绑到木臼上，结果两棵大树被连根拔起；我曾用树枝狠狠抽打，可你们大家又赶着过来阻拦我！看着吧，这次我肯定狠狠整治他！在大家的抱怨声中，耶雪达只好赔礼又赔笑！其实，耶雪达明白，大家告状归告状，谁会真心要去惩治小黑天呢。在苏尔达斯心里，小黑天带给大家那么多快乐和幸福，大家感谢他还回报不了呢，怎么忍心惩罚他。

苏尔达斯口中的牧童形象也是小黑天的重要形象之一，他皮肤黝黑，身上涂着檀香末，头上戴着插有孔雀羽毛的“王冠”，两耳带

① 参见 Śrī Nanddulāre Vājapeyī, *Sūrsāgar*, Nāgarīpracāriṇī Sabhā, Vārāṇasī, 1964, No. 2041, pp.752-753.

着圆形大耳环，脖子上挂着野花项圈或珠子项链，手里拿着短笛或鞭子，肩上披着彩色披肩，腰间系着黄色围布，光着脚板，或立或走或跑，追赶牛群，林中嬉戏……不过，并非一切都一帆风顺：

妈啊，大力哥哥大坏蛋！
言说林中有好戏，所有男孩一起去。
把我哄骗偕同往，彼处茂密怪柳①林。
从那逃跑呼喊道，啊呜②要来把人咬。
恐惧战栗我大哭，然而无人来鼓劲。
颤抖不已不能逃，他们纷纷在前跑。
言说我乃贩卖来，而说自己是亲生③。
苏尔达斯言，
大力造谣又诽谤，所交朋友也一样。④

搞恶作剧不是小黑天的专利，他也许惹恼了哥哥，也许惹恼了其他放牛娃，作为回报，别的小伙伴也要吓唬吓唬他。结果就有了向妈妈告哥哥状的机会。

这些都是生活中的小事真事，熟悉普通人生活的苏尔达斯随手拈来，顺口咏来，自然纯朴清新，具有很强的艺术感染力。通过这类吟诵，诗人把一个可爱淘气的小黑天写得生动活泼，天真无邪。

---

① 原文为 jhāū，通 jhābuka 或 jhāvaka。据 Brajabhāṣā Sūr Kośa 词条，其枝条常被用于制作篓筐或绳索。《印地语汉语大词典》将其译为三春柳，别名怪柳，属怪柳科，是一种灌木，拉丁学名 Tamarix chinensis。但由于三春柳原产于中国和朝鲜半岛，且生长于相对干燥的气候，在海外并不常见，故此处存疑。

② 原文为 hāū，通 hauā，拟声词，用以模仿猛兽或者妖怪恐吓小孩，类似汉语中的“啊呜”。

③ 原文为 sāū，字面义为富商、大人物、国王，此处疑为 sagā，即亲生的。

④ 参见 Śrī Nanddulāre Vājapeyī, *Sūrsāgar*, Nāgarīpracāriṇī Sabhā, Vārāṇasī, 1964, No. 1099, p.424.

在诗人看来，天堂也不过如此，“在天堂里能干什么？那里没有叶木拿河，没有布罗杰，没有牧牛人，没有情味乐趣”。[①] 在这赛过天堂的地方，大神黑天满足着，众信徒也满足着。

除相互满足着慈爱类的感情以外，苏尔达斯还吟诵了另一类感情，即少男少女之间的情爱。在苏尔达斯看来，神我之间的慈爱固然重要，但梵我合一的标识——情爱更为重要，这类感情的结果就是人类的终极理想——梵我合一。

梵我合一的条件是神、我相互吸引，直至最终结合，其间要经历种种磨难，如无形虔爱派诗人在作品中所表述的一样，男女主人公要经历思念、磨难、相会、享受、分离、再思念、再磨难、再相会、最终合一的漫长过程。苏尔达斯持有相近的看法，他借助黑天和牧区女子之间的关系来表述这一过程。不过，不像无形虔爱派诗人靠想象来构思故事，苏尔达斯同样从现实生活出发，生动客观地刻画了少男黑天和少女罗陀之间的关系：

诃利在伯勒杰小巷玩耍
黄色围裤腰上系，陀螺鞭绳手中拿，
吉祥耳环雀翎冠，齿光胜过闪电美，
黑子身抹檀香俊，来到太阳女[②]之畔。
忽然彼处见罗陀，额点红痣大眼睛。
身着蓝衣腰系裙，身后摇摆长发辫。

---

① 英迪拉·甘地国家开放大学：《印地语诗歌：虔诚诗》（第二部），第 102 页。

② 太阳女，原文为 rabi-danayā，字面义为太阳的女儿，此处指叶木拿河。据印度神话，太阳神的妻子与太阳神媾和时，因为惧怕太阳神的强烈光芒闭上了眼睛，太阳神十分生气，诅咒说她生下的儿子将永远生活在黑暗中，所以阎摩（Yama）总是在地底居住。当她再次与太阳神媾和时，努力睁开双眼，但眼睛却因阳光太强而流泪，太阳神又大怒，诅咒说她生下的女儿将永远泪流不止，所以阎密（Yami）整日流泪，阎密即叶木拿河。因此，叶木拿河也被称为太阳的女儿。

偕同女伴行至此，年轻貌美身白皙。
苏尔言，
黑子一见即倾心，四目相遇陷魔力。[①]

黑子问，白皙女子你是谁？
住在何处谁人女？伯勒杰巷未曾见。
为何我来伯勒杰？一直自家门前戏，
双耳听闻难陀子，奶油酸奶四处偷。[②]
你有何物让我偷？结伴一同且嬉戏。
苏尔达斯言，
恩主风流情味主[③]，言语迷倒纯罗陀。[④]

这类故事既可能发生在村边溪旁，也可能发生在田间地头，是生活中少男少女情窦初开时的自然表现，不用想象，不用虚构。深入民间生活的苏尔达斯对此耳熟能详。所以，在表现这类情爱故事时，他一样不用刻意做作。不过，这毕竟不同于对婴儿黑天和儿童黑天的刻画，他没有亲身体验，他需要素材和样板。

苏尔达斯有足够的素材和样板可以借鉴，这便是摆在他面前的丰富的黑天文学财产，前辈有胜天的《牧童歌》和维德亚伯迪的

---

① 参见 Śrī Nanddulāre Vājapeyī, *Sūrsāgar*, Nāgarīpracāriṇī Sabhā, Vārāṇasī, 1964, No. 1290, pp.496-497.

② 此处，罗陀在揶揄黑天经常偷食奶油的事情。

③ 恩主，指黑天。风流情味主，原文为 rasik-siromani，其中 siro+mani，通 siro+maṇi，字面义为头顶（皇冠）上的宝石，用以代指翘楚或至上之人。此处风流情味主，即风流情味中的翘楚，指代黑天。

④ 参见 Śrī Nanddulāre Vājapeyī, *Sūrsāgar*, Nāgarīpracāriṇī Sabhā, Vārāṇasī, 1964, No. 1291, p.497.

《维德亚伯迪诗集》，同辈有南德达斯的《乐章五篇》和《黑蜂歌》等。实际情况也如此，在成功塑造了婴儿黑天和儿童黑天的形象并表述了神、我之间的慈爱之情以后，苏尔达斯在借鉴了他人成果的基础上又塑造了少年黑天的形象，成功地描述出了神我之间微妙的情爱关系。这类描述可以分成两类：一、黑天和众牧区女之间的情爱。每到傍晚，黑天吹起牧笛，召唤众女欢聚。众女听到笛声以后，放下手中的活计，丢下正在吃奶的孩子，不顾父亲、兄弟甚至丈夫的阻挠，急切地奔向树林，与黑天相会。大家一起游戏、一起玩耍、一起歌舞，直至天明。在这类场合，为了平等对待每一个女子，黑天使用分身术，同时和所有女子游乐、拥抱、接吻，甚至交合。二、黑天和罗陀之间的情爱。在众牧区女中，罗陀是佼佼者，如出水芙蓉，令少男黑天割舍不下；同样，罗陀一心一意地爱着黑天。苏尔达斯咏道，他们俩一见钟情，此后相互思念，热切地盼望着再度相见。为了相见，罗陀曾装病，黑天曾不再放牧。见面以后，他们情意绵绵，由害羞到触摸到歌舞到结合。不久又会闹出种种小矛盾，抑或罗陀妒忌其他女子，抑或黑天故意搞小动作，结果两人分别。此后两人又开始新一轮的相互思念过程，其间，经常是黑天主动认错，罗陀故作生气，稍后和好如初，再享床第之乐。也许是个人经历的缘故，苏尔达斯在这类描述中经常“借用”胜天和维德亚伯迪等人的诗风和内容，反复吟诵两人的相互吸引和思恋之情以及最后结合的愉悦。

如前文所述，有些学者对这类描述持批评态度，认为“露骨”和“庸俗”。我们在基本认可这一意见的同时也尊重印度的这一传统。这类描述和印度不少雕塑艺术和绘画艺术中体现出来的“露骨”内容一样，之所以为大多数信徒所接受所喜爱，应该看到其背后的宗教文化原因。这一原因上文已有表述，不再赘述。

《苏尔诗海》中还有黑天离别后派使者乌陀赴牧区探视牧区女郎的组诗，史称《黑蜂之歌》。在这部分里，诗人表达了两层意思：

第一，与黑天分别后，众女非常想念黑天，黑天的使者乌陀到来后，更激起了她们的思念之情，她们回忆和黑天在一起时的快乐时光，哀叹目前的孤单状况：

梦中我忧伤
那日别离难陀子①，自彼日起此恶况。
仿佛牛护②来我家，笑将手臂抓挽起。
睡眠成敌我何言，瞬间亦不再停留。
仿若鸯鸟见其影，误认情偶欢愉喜，
苏尔言，
遇风水面起涟漪，残酷无情造物主！③

第二，苏尔达斯通过乌陀和众牧区女郎之口探讨了有形神信仰和无形神信仰的问题。众牧区女郎一致反对虚幻的抽象的无形神信仰，认为只有通过具体的爱，看着黑天，恋着黑天并和黑天结合才能实现自己的梦想，实现解脱，这是苏尔达斯念念不忘的。

这里，读者可能会提出黑天的多妻多恋人问题。黑天故事告诉我们，除妻子卢格米尼以外，黑天还有上万个嫔妃；除恋人罗陀以外，还有上万个恋人。这如何解释呢？首先，从社会发展史的角度看，一夫多妻的现象普遍存在于印度古代社会。在雅利安人的氏族

① 难陀的儿子，指黑天。
② 指黑天。
③ 参见 Śrī Nanddulāre Vājapeyī, *Sūrsāgar*, Nāgarīpracāriṇī Sabhā, Vārāṇasī, 1964, No. 3887, p.1269.

社会和奴隶社会，酋长或奴隶主对部落中所有女子享有性占有权的现象普遍存在，这一现象不仅存在于印度，也存在于欧洲。作为这一现象的遗存，欧洲中世纪尚有领主对领地新婚女子享有“初夜权”的情况。同样，黑天多妻多恋人的故事也是这种社会现象的遗存。其次，从宗教信仰的角度看，这类故事具有象征意义。故事中的黑天代表宇宙最高神，是大我，是唯一；他的妻子、嫔妃、恋人代表的是个体灵魂，是小我，是无数。无数的小我必须通过和大我的结合才能最终解脱，达到那个理想中的无限美好、无限欢乐的境界。所以，黑天多妻的传说可能是很古老的，而他多恋人的故事可能出现较晚，是宗教人士的哲学隐喻。

苏尔达斯的历史地位及影响

印度有“苏尔达斯是太阳，杜勒西达斯是月亮”的说法，可见苏尔达斯在印度人民心目中具有非常重要的地位。

苏尔达斯的地位与其巨著《苏尔诗海》有直接关系。那么，苏尔达斯在《苏尔诗海》中除宣讲黑天传说和黑天帕克蒂（虔诚）以外还给了人们什么呢?

首先，苏尔达斯宣传了近乎平等的神人关系，把神带到了人世间，把他变成了人民中的一员，使他走进人群，和普通信众一起生活。婴儿黑天的可爱，童年黑天的淘气以及少年黑天的风流都是人的特点，而非传统认可的神的特性。这样，神和普通信众结成了朋友式的平等关系，这一平等关系有时表现为母子关系（如耶雪达和黑天），有时表现为伙伴关系（如放牛娃和黑天），有时表现为恋人关系（如罗陀和黑天）。在这一对对关系中，作为神的化身的黑天表面上并不是主导者，甚至是被动者。也就是说，苏尔达斯从新的角度阐释了神人关系，使神人亲近成为可能，从而也就使视解脱为终极目标的信徒们更有信心去实现之，并为之努力。

其次，苏尔达斯宣传了社会平等的观点。无疑，中世纪的印度社会存在宗教压迫和种族纷争，印度教内部还存在种姓歧视和贵贱体制。但苏尔达斯不在乎这些，《苏尔诗海》中没有教派之争，也没有种族矛盾，种姓没有高低之分，贱民也没有受到不公正对待。实际上，《苏尔诗海》中连这类名词也不存在，诗中的人们好像都信仰一种宗教一个神灵（黑天），好像都属于一个种族一个种姓（或根本没有种姓）。苏尔达斯似乎要宣传一个没有宗教信仰区别、没有种族种姓差别的大同社会，在这样的社会中，人人平等，大家共享生活，共奉一神，共度美好时光。

第三，苏尔达斯给普通信众带来了爱的福音、自由的世界和自信的人生。不可否认，中世纪的印度并不是一片乐土，这里有侵略，有反抗，有剥削，有压迫，充满贫穷。但苏尔达斯并不看重这些，只宣传自由奔放的感情和清新执着的爱情。在他的《苏尔诗海》中，我们看不到痛苦，看不到贫穷，看到的是潺潺的流水、青青的草地和茂密的树林以及生机盎然的大地，看到的是幸福充实的母亲、衣食无忧的邻居和顽皮淘气的牧童以及渴望爱情的少女。这对处于艰难中的普通百姓来说无疑是一种精神食粮，人民从中找到了自尊、自信和自足，从而忘却了现世的痛苦，获得了生活的兴趣和信心。

第四，苏尔达斯在《苏尔诗海》中展示了非凡的融合能力。他不仅将不同宗教、不同民族、不同种姓、不同阶层的人融合到同一作品中，使这些不同不再存在；还将前人的遗产和同时代人的成果融合到一起，作为自己创作的依据和参考。同时，他更吸收了当时的种种素材，如阿克巴大帝的“神圣信仰”、伊斯兰民族的音乐形式、当下流行的口头文学等。也就是说，他把自己当成了大熔炉，表现出了宽大的胸怀和气魄。实际上，这正是印度文化的最为重要的特点之一。所以说，苏尔达斯是属于印度的，理应受到人民的爱戴。

第五，苏尔达斯巩固了印度伯勒杰地区的文化及信仰。传统认为，毗湿奴大神的化身之一黑天就出生、生长在这里。苏尔达斯以此为据点，借《苏尔诗海》之影响，使这一地区染上了浓厚的黑天色彩，使黑天传说得以在该地区继续存在和扩大影响，还使这一影响波及其他地区，使黑天故事在更大的范围内得到传播。伯勒杰地区也由此成为黑天崇拜最著名的印度教圣地，成为宗教修行者、普通信徒，以及旅游者最向往的去处之一。

第六，苏尔达斯是瓦拉帕大师的弟子，属于瓦拉帕派信徒，但他创立了一个新的教派。由于《苏尔诗海》的影响，苏尔达斯名声大振，吸引了众多宗教追随者和普通信徒，从而形成了苏尔达斯派。无疑，该派以苏尔达斯为最高导师，以大神毗湿奴的化身黑天为最高崇拜对象，以咏唱颂诗为虔敬方式；该派视黑天和罗陀的爱情为神人之爱的典范，主张用男女之爱阐释神人关系。同时，该派以人性为基础，主张世俗世界是大神的游乐场，大神黑天就在人民中间，平易近人，爱人，也需要人爱，和信众的关系相对平等，虔信者通过虔爱就能实现解脱这一最高理想。

第七，可能从中世纪开始，印度就出现了不少民间戏剧表演形式，以“罗摩本事剧”和“黑天本事剧”最为有名，前者表现罗摩的功行，后者表现黑天的业绩。我们认为，《苏尔诗海》很可能就是“黑天本事剧”的表演“脚本”之一，即《苏尔诗海》是“黑天本事剧”发展（抑或也包括产生）的重要因素之一。这自然也是苏尔达斯的功劳之一。

当然，苏尔达斯不是完人，他也有很多不足之处，主要有两点：其一，苏尔达斯不关注现实社会中的不公平现象，不看重普通老百姓的生活疾苦。《苏尔诗海》不表现社会问题，从某种角度说这是它的优点，但从另一方面看也是它的缺点。这体现出他对宗教压迫和种族矛盾熟视无睹，对印度教种姓歧视和不可接触制度麻木不仁，从而也就在一定意义上麻痹了人民和普通信众。其二，在表现神与人情爱关系时，苏尔达斯没有超越前人，《苏尔诗海》中同样出现了不少“露骨”和“庸俗”的描述，这是作为一代大师的他本可以避免的。

不过，瑕不掩瑜。总体说来，苏尔达斯无愧于印度人们授予的“太阳”称号，在印度这块崇尚宗教的土地上，他的英名以前为人传诵，现在为人传诵，将来也同样会为人传诵。

姜景奎

北京燕尚园

2015 年 12 月 19 日

版本及体例说明

尽管《苏尔诗海》被誉为苏尔达斯“规模最大、质量最高”[①]的作品，但是这部诗集并不是苏尔达斯直接撰写的，而是由他按照固定的曲调和韵律吟唱，他人记录所成。因此，《苏尔诗海》在流传的过程中，经过不同人的多次修订，必然存在多种版本。至于最早的抄本成于何时，现已无从考证。相关文献提及，阿克巴大帝（1542~1605 年）曾命人整理苏尔达斯的诗歌。或许那个时候就已存有若干抄本，但是它们都未能保存下来。现今能找到的最早的是 1573 年的抄本。之后的抄本中，1696 年的值得关注，它是现存最早按照《薄伽梵往世书》12 章结构编排的本子，这种编排形式在目前已经发行的版本中最为常见。

从诗歌编排顺序来看，早期的《苏尔诗海》比较松散，有些抄本甚至按照字母的顺序组织诗歌。后期的抄本主要有两种传统：一是将与黑天伯勒杰功行相关的诗歌按照本事顺序（लीला-क्रम）编排，这种组织方式相对古老；二是将苏尔达斯的大部分作品，包括抒情诗和叙事诗，全部集中起来，按照《薄伽梵往世书》12章的顺序编

① 薛克翘、唐孟生、姜景奎等著:《印度中世纪宗教文学》，北京：昆仑出版社，2011 年，第 178 页。

排。迄今为止，印度已经出版了数十种全本和选本，比较重要的有：新少年出版社（नवल किशोर प्रेस，1920）依据第一种传统出版的《苏尔诗海》、温格戴希瓦尔出版社（वेंकटेश्वर प्रेस，1897）和天城体推广协会（नागरी प्रचारिणी सभा，1944）依据第二种传统分别出版的两个本子。此外，近几十年，印度还出版了一些较好的印地语注释本，包括D.沃尔马（धीरेंद्र वर्मा）编写的《〈苏尔诗海〉精选注释》（सूरसागर सार सटीक）[①]、H.巴诃利（हरदेव बाहरी）和R.古马尔（राजेन्द्र कुमार）编写的《〈苏尔诗海〉注释》（सूरसागर सटीक）[②]，以及K.L.古普塔（किशोरी लाल गुप्त）编写的《苏尔诗海全集》（सम्पूर्ण सूरसागर）[③]等。这些本子内容大同小异，但诗歌的数量却从百首至几千首不等，其中天城体推广协会和古普塔的版本规模最大，诗歌总数达5000首左右。据说，这5000首诗歌不是苏尔达斯的全部作品，但究竟遗漏了多少，又有多少是后人添补的成分，已经无从考证。

受方言俗语、惯用语以及地区发音习惯等影响，在长期的流传和编订过程中，各种版本的《苏尔诗海》在词汇、字形等方面存在种种差异和讹误。因此，本书在对《苏尔诗海》进行翻译和阐释的同时也采用对勘的方式，对目前在学界具有影响的几种版本进行比较，希望能够根据诗歌的韵律和内容，为读者呈现更为准确、真实的《苏尔诗海》。在此过程中，本书主要以天城体推广协会出版的《苏尔诗海》（Sabha 本）为底本，同时参考 D. 沃尔马编写的《〈苏尔诗海〉精选注释》（Varma 本），以及 K.L. 古普塔编写的《苏尔诗海全集》（Gupta 本）。也就是说，当 Varma 本或 Gupta 本与 Sabha 本原文不符时，本书会在相应内容下画线并配合注释标出异文（“Varma

① धीरेन्द्र वर्मा: सूरसागर सार सटीक, साहित्य भवन प्राइवेट लिमिटेड, इलाहाबाद, 1986.

② हरदेव बाहरी, राजेन्द्र कुमार: सूरसागर सटीक, लोकभारती प्रकाशन, इलाहाबाद, 2005.

③ किशोरी लाल गुप्त: सम्पूर्ण सूरसागर, लोकभारती प्रकाशन, इलाहाबाद, 2008.

本作……”“Gupta 本作……”）；而当 Sabha 本出现明显疏漏时，本书亦会从 Varma 本和 Gupta 本中选择更为合适的内容，并以相同的方式标注异文（“Sabha 本作……”）。

就体例而言，涉及印地语或印地语伯勒杰方言的书写时，本书在正文部分采用天城体字母，注释部分则采用相应内容的拉丁字母转写形式（详见后附“本书所用拉丁转写体系”）。诗歌的编号统一置于“原文”部分，在诗歌末尾以括号形式标示。括号中包含的两个数字，前者代表该诗在该章节中的排序，后者代表该诗在 Sabha 本中的排序，例如，（5/11）代表该诗在对应章节中排第 5 首，在天城体推广协会出版的《苏尔诗海》中排第 11 首。

本书所用拉丁转写体系

一、字母转写对照表

天城体——拉丁字母转写对应表

अ - a	आ - ā	इ- i	ई - ī	
उ- u	ऊ- ū	ऋ- ṛ		
ए - e	ऐ - ai	ओ - o	औ - au	
क - k	ख - kh	ग - g	घ - gh	ङ - ṅ
च - c	छ - ch	ज - j	झ - jh	ञ - ñ
ट - ṭ	ठ - ṭh	ड - ḍ	ढ - ḍh	ण - ṇ
त - t	थ - th	द - d	ध - dh	न - n
प - p	फ - ph	ब - b	भ - bh	म - m
य - y	र - r	ल - l	व - v	
श - ś	ष - ṣ	स - s	ह - h	
ड़ - ṛ	ढ़ - ṛh	◌ं - ṃ	◌ँ - ṁ	◌ः - ḥ

说明：

1. 本体系主要基于梵语天城体转写的IAST（International

Alphabet of Sanskrit Transliteration）标准，同时参考了英语世界的印地语研究成果，力求天城体字母与拉丁转写一一对应。

2. 由于中世纪印地语文献涉及的字母和语素较梵语更多，故存在以下不同于 ISAT 的情况：

2.1 字母 ऋ 使用转写 r̥（r 下方加一个空心点），而非 ISAT 中的 ṛ（r 下方加一个实心点）；

2.2 不送气闪音 ड़ 转写为 ṛ，送气闪音 ढ़ 转写为 ṛh；

2.3 半鼻音 ँ（anunāsika）转写为 ṁ，区别于 ं（anusvāra）转写为 ṃ，例如：

संसार 转写为 saṃsār，कहाँ 转写为 kahāṁ。

3. 应区分 ं（anusvāra）和其他鼻音，例如：

अंग 应依据读音转写为 aṅg，而非 aṃg 或者 ang。

二、其他说明

1. 注释转写中落尾 a 的去留问题

1.1 规则一：注释中引自印地语（包括中世纪印地语和现代印地语）文献的单词，落尾 a 一律不写；

1.2 规则二：注释中引用梵语原形词来标注印地语词的情况下，梵语词的落尾 a 依据梵语转写的习惯予以保留；例如对原文中 सिव 一词的注释：

“原文为 siv，通 śiva”

2. 大小写

不区分大小写（包括句首），统一使用小写，而固定的人名或名号除外。

目 录

前往马图拉（मथुरा गमन）

乌陀送信（उद्धव संदेश）

विनय
恭顺诗①

मंगलाचरण
吉祥之足

【原文】

चरन-कमल बंदौं हरि राइ।

जाकी कृपा पंगु गिरि लंघै, अंधे कौं② सब कछु दरसाइ।

बहिरौ सुनै, गूँग पुनि बोलै, रंक चलै सिर छत्र धराइ।

सूरदास स्वामी करुनामय, बार बार बंदौं तिहिं पाइ॥

（1/1）

---

① 恭顺诗中的“恭顺”vinaya 基本义为“带走、引导”，进而引申为“教育、纪律”等含义。佛教中，vinaya 特指“律”（或音译为毗奈耶），与“经”（sūtra）、“论”（śāstra）构成佛教的三藏。尽管词汇相同，但是由于基本的宗教思想出发点的差异，印度教帕克蒂运动有形派作品中的恭顺诗基本上没有类似佛教律典中的具体行为规范，更多的是诗人对大神的“陈情”，表达自己的虔诚之情，祈求大神对卑微的自己进行眷顾。由于这种功能，恭顺诗在具体内容和叙事风格等方面都与讲述大神化身本事的叙事诗或者抒情诗有所不同：第一，恭顺诗不以大神化身的本事作为叙述对象，多以一种诗人“自言自语”的方式呈现；第二，诗人是恭顺诗的主角，诗人在诗中或歌颂大神，或描述自己的卑微，或劝诫他人，或忏悔己过；第三，恭顺诗并没有一定的情节，因而各诗之间也很少有连贯性。不过，除了表达虔诚之情，恭顺诗中还不乏一些推崇念诵名号、强调自知之明的诗歌，从思想上与格比尔等无形派诗人相近。由此也可以看出印度教帕克蒂运动复杂、多元的一面。

② Varma 本作 koṁ。

【对译】

敬诃利王[①]莲花足

跛子翻山因他恩，盲人亦能见一切，

哑巴复语聋子闻，穷人华盖遮头行[②]。

苏尔达斯言，

主人[③]充满慈悯情，遍遍礼敬他之足。

【释译】

本诗借由歌颂黑天的脚表达对大神的恭顺、虔爱之情。内容大致如下：

在此，我礼敬诃利那如莲花一般的脚。得到了这神足的恩惠，跛子能翻山越岭，盲人能看到一切，哑巴能说话，聋子能听到声音，连穷困潦倒的乞丐也能成为尊贵的国王，走在路上会有人为他撑着华盖。黑天如此的慈悲为怀，我们自当一遍又一遍地礼敬他的神足。

跛子翻山、盲人复明、哑巴开口、穷人称王，这些不可思议之事被用以说明虔信毗湿奴的殊胜功德，开宗明义，规劝世人。

सगुणोपासना
敬拜有形

【原文】

अबिगत-गति कछु कहत न आवै।

ज्यौं गूँगैं मीठे फल कौ रस अंतरगत हीं भावै।

---

① 诃利王，原文为 hari-rāi，Hari “诃利”，字面义为狮子，毗湿奴的名号之一。古代用于人名中也译为“师子”，例如 Haribhadra 译为“师子贤”。rāi，通 rājā，字面义为国王、王者。诃利王即对毗湿奴的尊称。

② 华盖遮头行，即在行走的时候有人为他在头顶撑起华盖，指成为富贵的国王。

③ 主人，swāmī，既指一般意义上的主人，也常被用以指称至高存在、主宰。

परम स्वाद सबही सु निरंतर अमित तोष उपजावै।

मन-बानी कौं अगम-अगोचर, सो जानै जो पावै।

रूप-रेख-गुन-जाति-जुगति-बिनु निरालंब कित धावै।

सब बिधि अगम बिचारहिं, तातैं सूर सगुन-पद गावै।

（2/2）

【对译】

隐秘情状[①]无可述

恰似哑巴品甘果，只可内心喜汁味，

上味[②]所生一切喜，连绵不绝无止境，

心意言语不可及[③]，唯有得者可知晓。

色形性生理皆无，[④]无所依靠何所趋？[⑤]

苏尔言，

诸般思虑犹不及，因此歌唱有性词[⑥]。

---

① 隐秘情状，原文为 abigata-gati。abigata 可理解为通 avi-gata，即“非去”，也就是不可及之意；亦可理解为通 a-vyakta，即“不显现”。gati 基本义为“去、行进”，由此衍生出去向、途径、目的、状况等诸多意象，古译为“趣”，所谓六道轮回中的“道”亦是此词。译文取 abigata 的第二解以及 gati 的引申义，译为“隐秘情状”，用以说明无形派所说的无属性至高存在不可知晓。从 gati 的其他语义出发，也可以将 abigata-gati 理解为无形派所推崇的修行之后所达到的类似涅槃的状态和归宿，这在苏尔达斯等有形派信徒看来是“不可去、不可及之去向”。

② 上味，原文为 param svād，其中 param 指上梵 parama brahma，上味即品尝到上梵的滋味，也就是正统宗教哲学中所说的证悟上梵。

③ 不可及，原文为 agam-agocar。其中 agam 即“非去、不可及”之意，详见上文注释。agocar 即 a-go-car，基本义为“非牧牛地”，引申为范围之外、感知之外的。agam，agocar 此处语义接近，加之字数限制，故译为不可及。

④ 色，rūpa，指各种形态；形，rekha，基本义为线，引申为轮廓、形体；性，原文为 gun，通 guṇa，属性、性质，也作功德，此处取前义；生，jāti，既泛指抽象意义上的出生，也可专指种姓；理，原文为 jugati，通 yukti，即逻辑、道理。本句的意思是无形派所信奉的至高存在不具备形象，没有属性，无生无灭，也不可以逻辑推测，是虚无缥缈的。

⑤ 本句省略了主语，即信徒或者信徒的心。

⑥ 有性词，sagun-pad，其中 sagun 通 saguṇa，字面义为有性质的、有属性的，即与无形派所信奉的无属性、无性质的至高存在相对的具体的人格神，例如毗湿奴及其诸多化身。词，pad，通 pada，一种随固定旋律“拉格”演唱的唱词，类似中国古代文学中的词。有性词即歌颂有属性、有性质的大神的唱词。

【释译】

本诗指出了无形派所信奉的无性质、无属性至高存在的虚无缥缈，进而规劝人们尊奉有属性、有性质、有形象的大神。内容大致如下：

那无形派所说的无性质、无属性至高存在实在无法描述。这就好像哑巴吃了甘甜的果实，只能在心中暗自欢喜，无法与他人分享一样，体味到上梵纵使能带来无止境的欢喜，却也因为思想和言语都无法触及而无法告知他人，体证者只不过自己知晓而已。无形派所信奉的至高存在没有形象、没有属性、没有出生，不可以逻辑推测，若要皈依这难以触及的虚幻，我们的心岂不是要无所依靠？无论我怎么思考，都无法触及这无属性的至高存在。因此，我还是歌颂有属性的大神吧！

这首诗中，诗人旗帜鲜明地指出了本人信奉有属性的大神，并指出了无形派信仰的虚无缥缈和难以理解。值得注意的是，即便是在这么一首可以说是“立论”的诗中，诗人也没有完全否认无属性神的存在或者其信仰可能带来的福乐，更多的是强调了有形派信仰的现实意义，劝诫心系无形派信仰的人改为信奉有形派的人格神。

भक्तवत्सलता
慈爱信徒

【原文】

बासुदेव[①] की बड़ी बड़ाई।
जगत-पिता, जगदीस, जगत-गुरु, निज भक्तनि की सहत ढिठाई।

① Gupta 本作 vāsudev。中世纪伯勒杰方言中 b, v 两个读音并无音位对立，常混用。

भृगु कौ[①] चरन राखि उर ऊपर, बोले बचन[②] सकल-सुखदाई।
सिव-बिरंचि[③] मारन कौं धाए, यह गति काहू देव न पाई।
बिनु-बदलैं[④] उपकार करत हैं, स्वारथ बिना करत मित्राई।
रावन अरि कौ अनुज विभीषन, ताकौं मिले भरत की नाई।
बकी कपट करि मारन आई, सो हरि जू बैकुंठ पठाई।
बिनु दीन्हैं ही देत सूर प्रभु, ऐसे हैं जदुनाथ गुसाईं।
（3/3）

【对译】

富天之子[⑤]至伟大

世父世主世师尊[⑥]，忍已信徒之傲慢：
婆利古足置胸上，赐福众人之言辞，
跑离湿婆造者[⑦]害，如此情状无神得。[⑧]
不求回报施恩德，毫无自私结友谊：

① Gupta 本作 kauṁ。
② Gupta 本作 vacan。
③ Gupta 本作 virañci。
④ Varma 本作 badaleṁ。
⑤ 富天之子，原文为 bāsudev，通 Vāsudeva，由 Vasudeva“富天”一词派生而来，即“富天之子”，黑天的名号之一，另有音译“婆薮提婆子”，见诸黄宝生等译《摩诃婆罗多》。富天即黑天生父、刚沙王的妹夫。刚沙王由于被告知其妹与富天所生之子将推翻他的暴政，故而将富天夫妇囚禁。刚沙本想在黑天出生之时将他杀死，但不想黑天出生之时显出种种异象，富天得以将黑天送往牧区，交由难陀夫妇抚养。
⑥ 世父，jagat-pitā，即世界之父；世主，jagdīs，通 jagat-īśa，即世界之主；世师尊，jagat-guru，即世界之师。三者皆为对黑天的尊称。
⑦ 造者，virañci，大神梵天的名号之一。
⑧ 以上两句讲述了这么一个称颂毗湿奴的神话故事。传说，众生需要决定究竟尊奉哪一位大神，于是他们请婆利古仙人前去考察梵天、湿婆、毗湿奴三位大神，婆利古仙人素来傲慢，他分别去找了湿婆和梵天，但这两位大神都对婆利古的傲慢十分愤怒，要加害他。最后，婆利古来到了毗湿奴的住所，当时毗湿奴正在休息，婆利古毫不客气地在毗湿奴的胸上踢了一脚，毗湿奴醒来后一见仙人，急忙握住他的脚，问道：“不知仙人的脚是否因我而受伤？”毗湿奴的这种高尚品德赢得了众生的称赞，一致决定尊奉毗湿奴。

见敌罗波那之弟，维毗申[①]同婆罗多。[②]

鹤女[③]伪装害命来，诃利送她上天堂。[④]

苏尔言，

胜尊[⑤]不取惟给予，如此牛主[⑥]雅度主[⑦]。

【释译】

本诗歌颂了黑天的种种伟大事迹。内容大致如下：

富天之子黑天啊，你是如此的伟大！你是世界之父、世界之主、世界的师尊！对信徒所做的傲慢行为，你是如此的宽容！当婆利古用脚踢你的胸口，你不但没有生气，反而握住他的脚，放在自己的胸口，口中说着那赐予众人福乐的言辞。相比之下，无论是湿婆还是梵天，都没有你这样的肚量，他们只知道追杀冒犯了他们的婆利古，像你这样的情状，众神之中再没有第二个！此外，你施予恩惠从来不求回报，你无私地与他人结为朋友。你对待罗波那的弟弟维毗沙那就是这样。虽然他的哥哥与你为敌，但你对待他就好像对待自己的亲弟弟婆罗多一样。还有那鹤女，原本是刚沙王派来扮作妇人害你性命的，你却宽宏地让她升入了你自己的天界，让她解脱。胜尊啊！我们从来不曾给你什么，你却在不停地施予，雅度之主，

---

① 维毗申，即维毗沙那，罗波那之弟，投靠罗摩帮助他击败了自己的兄长，后由罗摩加冕为楞伽国王。此处由于字数限制，取《罗摩功行之湖》译名“维毗申”。

② 本句译文受限于字数，实为“对待敌人罗波那的弟弟维毗沙那如同婆罗多一样”，所述的是毗湿奴的化身之一罗摩的故事。罗摩击败了罗波那之后为罗波那之弟维毗沙那加冕，对待他如同对待自己的亲弟弟婆罗多一样。

③ 鹤女，bakī，刚沙王派来谋害小黑天的罗刹之一，原形为一只鹤，化为一个妇人要以有毒的乳汁毒害黑天；又被称作 pūtanā，亦译为毒乳怪。具体故事参见后文。

④ 天堂，原文 baikuṇṭh，通 vaikuṇṭha，此处指毗湿奴的天界。送鹤女上毗湿奴天，即令她解脱。

⑤ 胜尊，prabhu，亦译作自在、大自在、殊胜主等，也有国王、主人、大师之意，印度宗教中多用于指称至高存在。

⑥ 牛主，gusāīṁ，通 go-svāmī，即牛群的主人，黑天名号之一，也指一般意义上的主人、主宰。

⑦ 雅度主，jadunāth，通 yadunātha，即雅度族之主，黑天名号之一。

众牛之主，你就是如此仁慈啊！

本诗引用了史诗、往世书的故事作为例证，来说明毗湿奴的殊胜之处。这种形式在恭顺诗中颇为常见。本诗引用了毗湿奴善待婆利古仙人、罗摩善待罗波那之弟维毗沙那、小黑天降伏毒乳怪的故事，将毗湿奴本尊、化身罗摩、化身黑天三者的故事联系在了一起，强化了人们对于毗湿奴化身说的认识，突出了毗湿奴善待信徒的品质。

【原文】

प्रभु कौ देखौ एक सुभाइ।
अति-गंभीर-उदार-उदधि हरि, जान-सिरोमनि राइ।
तिनका सौँ अपने जनकौ गुन मानत मेरु-समान।
सकुचि गनत अपराध-समुद्रहिँ बूँद①-तुल्य भगवान।
बदन②-प्रसन्न-कमल सनमुख ह्वै देखत हौँ हरि जैसैँ③।
बिमुख④ भए अकृपा न निमिषहूँ, फिरि चितयौँ तौ⑤ तैसैँ⑥।
भक्त-बिरह-कातर करुनामय, डोलत पाछैँ लागे।
सूरदास ऐसे स्वामी कौँ देहिँ पीठि सो अभागे॥
（4/8）

① Varma 本作 bund。
② Gupta 本作 vadan。
③ Varma 本作 jaiseṁ。
④ Gupta 本作 bimukh。
⑤ Varma 本作 to。
⑥ Varma 本作 taiseṁ。

【对译】

胜尊显现一本性

诃利慷慨深似海，头上宝石智者王[①]。

己信徒之叶草德，受之如同弥卢山[②]。

若海罪责同水滴，世尊[③]将其缩小计。

面朝诃利瞧看时，欣喜面容若莲花，

转面亦不瞬间愠，再视亦复那般样。[④]

离别信徒慌不安，满慈悲者身后随。

苏尔达斯言，

如此这般之主人，如若背弃实不幸。

【释译】

本诗赞颂了黑天宽宏、慷慨、慈悲的美德。内容大致如下：

胜尊对信徒慷慨仁慈，这便是他所显现出来的自性。诃利是最智慧者中最智慧之人，他的慷慨仁慈如大海一样深厚。他乐于接受信徒们的美好德行，哪怕微不足道如一叶野草者，他也将它视为如须弥卢山一样高大巍峨。相反，纵使信徒们犯下了如大海一般深重的罪责，世尊毗湿奴也不会计较，只把它看作如水滴一般微不足道的过失。当信徒凝视诃利，皈依他时，他欣喜万分，面若莲花；哪怕信徒暂时不看诃利，他也不会生气，等到信徒回过头来再想起他

---

① 头上宝石，原文为 siromani，通 śiro-maṇi，即头顶上所佩戴的宝石，用以形容人或者物的殊胜，故此处“头上宝石智者王”的意思是“最优秀的智者中的王者”，即最智慧者中最智慧之人。

② 弥卢山，即 Meru，亦称须弥卢山 Sumeru，也称须弥山，印度神话中位于瞻部洲中央的神山。又因古代将 meru 意译为“高”，故佛经中也译作妙高山。

③ 世尊，即 bhagavān，梵语敬称，用以称呼敬重之人或大神，亦常音译为“薄伽梵”。

④ 这两句诗原文几处省略了“信徒”和“诃利”，补充后是：（信徒）面朝诃利瞧看时，（诃利就会）面容喜悦若莲花，（哪怕信徒）转面（不理睬，诃利）亦不瞬间愠，（信徒）再视（诃利时，他）亦复前般样。

时，他依然和以前一样欢欣，毫不改变。慈悲的诃利关心信徒，离开了信徒他就会慌张不安，担心信徒的安危福祉，紧紧跟随。这样慈爱的主宰者，若是背弃了他，实在是信徒的不幸啊！

本诗强调了黑天对信徒的宽容，尤其是“离别信徒慌不安，满慈悲者身后随”一句，很容易让人联想到之后苏尔诗歌中刻画的孩童黑天形象。本诗以一种将大神人格化的方式激发信徒心中的爱意，以期将其转化为宗教的虔爱。

【原文】

राम भक्तवत्सल निज बानौं।
जाति, गोत, कुल, नाम, गनत नहिं, रंक होइ कै रानौं।
सिव①-ब्रह्मादिक कौन जाति प्रभु, हौं अजान नहिं जानौं।
हमता जहाँ तहाँ प्रभु② नाहीं, सो हमता क्यौं मानौं ?
प्रगट खंभ तैं दए दिखाई, जद्यपि कुल कौ दानौ।
रघुकुल राघव कृष्न③ सदा ही गोकुल कीन्हौं थानौ।
बरनि न जाइ भक्त की महिमा, बारंबार बखानौं।
ध्रव रजपूत, बिदुर दासी-सुत, कौन कौन अरगानौ।
जुग जुग बिरद यहै चलि आयौ, भक्तनि-हाथ बिकानौ।
राजसूय मैं चरन पखारे स्याम लिए कर पानौ।
रसना एक, अनेक स्याम-गुन, कहँ लगि करौं बखानौ।
सूरदास-प्रभु की महिमा अति, साखी बेद-पुरानौ॥
（5/11）

① Varma 本作 sib。
② Varma 本作 pracu。
③ Sabha 本作 kṛṣṇ。

【对译】

罗摩[①]本性爱信徒

不计种姓族与名，[②]或为穷人或国王。

湿婆梵天等何种？胜尊我愚不知晓。

我傲之处无胜尊，此般我傲为何纳？

显现现身自柱中，尽管家族檀奴裔。[③]

罗怙族中罗怙裔，[④]黑天永驻在牛村。[⑤]

信徒伟大不可述，一遍一遍来赞颂：

陀鲁婆与维杜罗，何分王子女仆子？[⑥]

世代流传此美名：成为信徒手中奴。

黑子捧水于手中，王祭之上濯洗足。[⑦]

黑子诸多功德行，一条舌头赞几多？

苏尔达斯言，

胜尊至极之伟大，吠陀往世书见证。

【释译】

本诗以诸多神话故事典故表明毗湿奴对信徒的慈爱。内容大致

---

① 此处罗摩指最高存在，不一定特指大史诗《罗摩衍那》中的主人公阿瑜陀王子罗摩。

② 种，jāti，种姓；姓，原文为 got，通 gotra，指家族世系的姓氏；族，kul，家族；名，nām，名字、名望，本句指大神对信徒的慈爱不分种姓出生，一视同仁。

③ 檀奴裔，原文为 dānau，通 dānava，由“檀奴”danu 一词 vṛddhi 派生而来，即檀奴的后裔。相传檀奴为生主达刹之女，众多阿修罗之母。本句前半句省略了主语毗湿奴，后半句省略了主语钵罗诃罗陀，说的是阿修罗钵罗诃罗陀尊奉毗湿奴，毗湿奴化身人狮拯救他，使他免于其父暴君金座谋害的故事。

④ 罗怙裔，rāghava，由 raghu“罗怙”一词 vṛddhi 派生而来，即罗怙的后裔，此处指的就是《罗摩衍那》的主人公罗摩。本分句的意思是，毗湿奴化作罗摩降生于罗怙家族。

⑤ 本分句说的是毗湿奴化身黑天，降生于牛村。

⑥ 陀鲁婆，dhruva，虔信毗湿奴的王子。维杜罗，原文为 Bidur，通 Vidura，《摩诃婆罗多》主要人物之一，为毗耶娑仙人与女仆所生，是般度五子的叔叔，与般度五子交好。黑天作为般度族的使者出使象城时谢绝了难敌提供的宫殿和美食，借宿在维杜罗家中。

⑦ 本句的意思是黑天在王祭之上为他人洗脚，但《摩诃婆罗多》和《薄伽梵往世书》中无此说法，可能是出自后来的神话传说。

如下：

大神罗摩的本性就是对信徒始终如一的慈爱，而且这种慈爱不分种姓、姓氏、家族、名誉，也不管信徒是落魄的穷人还是尊贵的国王。胜尊啊，湿婆、梵天等大神又是什么种姓出身呢？无知的我真是不知道啊！既然自傲之处难觅胜尊，我又为什么要接纳这种自傲呢？尽管钵罗诃罗陀出身阿修罗的檀奴世家，但是因为他虔信大神，大神依然在他危难之际从石柱之中现身拯救了他。大神固然在罗怙家族化身为罗摩，但他也在不起眼的牛村化身为黑天，常驻那里。信徒的伟大难以描述，我只有一遍遍来赞颂！陀鲁婆出身王族，维杜罗为女仆所生，但是大神又怎么会区分这种差别呢？只要他们都对大神虔信，大神就会对他们一视同仁。大神对信徒如此慈爱，以至于成了信徒们的奴仆，他的这一美名世代流传。在坚战王的王祭之上，黑天甚至亲手端着水为信徒洗脚，这是何等的仁慈啊！我只有一条舌头，大神的功德却有许许多多，我又怎么歌颂得过来呢？大神伟大至极，“吠陀”“往世书”等圣典中均有记载，都可作为见证！

本诗借助经典故事指出毗湿奴对信徒一视同仁。“湿婆梵天等何种？胜尊我愚不知晓”一句表现了诗人对正统婆罗门教的叛逆，这也是帕克蒂运动区别于正统婆罗门教的重要之处。本诗引用了人狮化身解救钵罗诃罗陀、黑天眷顾维杜罗等传说，还加入了未见诸正统圣典的黑天为他人洗脚的故事；诗人将这些出处不一、背景有别的故事联系在一起，作为重新诠释信徒与大神关系的例证。

【原文】

काहू के कुल तन न[①] बिचारत।

अविगत[②] की गति कहि न परति है, व्याध[③]-अजामिल तारत।

कौन जाति अरु पाँति[④] बिदुर[⑤] की, ताही कैं पग धारत।

भोजन करत माँति घर उनकैं, राज-मान-मद टारत।

ऐसे जनम-करम के ओछे, ओछनि हूँ ब्यौहारत[⑥]।

यहै सुभाव सूर के प्रभु कौ, भक्त-बछल[⑦]-प्रन पारत॥

（6/12）

【对译】

何人家族不计较

隐秘情状[⑧]不可述，卑鄙阿阇密罗[⑨]度。

属何种姓与家族[⑩]？维杜罗处来踏足，

在他家中索饭食，推拒国王之尊荣。[⑪]

如此低贱生与业，[⑫]低贱之人亦往来。

苏尔言，

---

① Varma 本作 tanan。

② Sabha 本作 abigat。

③ Sabha 本作 byādh。

④ Gupta 本作 pānti。

⑤ Gupta 本作 vidur。

⑥ Gupta 本作 vyavahārat。

⑦ Gupta 本作 vachal。

⑧ 隐秘情状，avigata-gati，此处代指最高存在，与第二首中指称的无属性最高存在不同。

⑨ 阿阇密罗，ajāmila，根据《薄伽梵往世书》的记载，是一名贪恋妓女的美色并抛家弃子的罪恶的婆罗门。但是在他濒死的那一刻，他呼唤自己的小儿子“那罗延”，却不想由于“那罗延”也是毗湿奴的一个名号，反而引来了毗湿奴的使者。毗湿奴的使者与前来带阿阇密罗下地狱的阎魔的使者展开了辩论，最终由于他念诵毗湿奴的名号这一行为得以免死。阿阇密罗由此觉悟，并成为坚定的毗湿奴信徒。

⑩ 家族，pāṁti，基本义为排、列，引申为可以坐在一起的人，即属于同一种姓的亲族。

⑪ 这两行所引用的是《摩诃婆罗多》中的故事：黑天作为般度族的使者出使象城时谢绝了难敌的邀请，借宿在维杜罗家中。

⑫ 低贱生指的是维杜罗由女仆所生，低贱业指的是阿阇密罗行为不端。

此为胜尊之本性，履行誓言爱信徒。

【释译】

本诗以阿阇密罗和维杜罗的故事歌颂了大神毗湿奴对信徒无差别的关爱。内容大致如下：

至高存在的美妙德行无可描述，他关爱信徒，并不考虑信徒出身什么家族，甚至卑贱如阿阇密罗，大神也义无反顾地将他解救；若要说出身低贱，维杜罗的又算是出身什么家族、种姓？但大神依旧莅临他的家中，并与他共餐，并拒绝了难陀提供给他的尊荣和荣耀。阿阇密罗和维杜罗，一个行为下贱，一个出身卑微，但大神并不嫌弃他们，依旧与他们往来。这就是胜尊的本性啊，他关爱信徒，拯救他们的生命！

本诗承接上一首诗，继续用维杜罗和阿阇密罗的故事说明大神对信徒的一视同仁。

【原文】

सरन गए को को न उबार्यौ।

जब जब भीर परी संतनि① कौं चक्र सुदरसन तहाँ सँभार्यौ।

भयौ प्रसाद जु अंबरीष कौं, दुरबासा कौ क्रोध निवार्यौ।

ग्वालनि हेत धर्यौ गोबर्धन, प्रकट इंद्र कौ गर्ब प्रहार्यौ।

कृपा करी प्रहलाद भक्त पर, खंभ फारि हिरनाकुस मार्यौ।

नरहरि रूप धर्यौ करुनाकर, छिनक माहिं उर नखनि बिदार्यौ।

ग्राह ग्रसत गज कौं जल बूड़त, नाम लेत वाकौ दुख टार्यौ।

सूर स्याम बिनु② और करै को, रंग-भूमि मैं कंस पछार्यौ।

（7/14）

① Varma 本作 santati。
② Varma 本作 vinu。

【对译】

皈依庇护何人未得救

每当灾祸降圣人，彼处掌控妙见轮①。

安婆力娑②得恩惠，抑制敝衣仙人③怒。

为众牧人托牛增，现身除傲因陀罗。④

信徒钵罗诃罗陀，惠其撕柱杀金座，

慈悲藏⑤持人狮色，指甲撕胸刹那间。

象遭鳄咬将溺水，呼唤名号彼苦消。⑥

苏尔言，

战场之上胜刚沙，无黑子又何人为？

【释译】

本诗以毗湿奴诸多化身的典故赞颂了毗湿奴对信徒的庇护。内容大致如下：

只要皈依了毗湿奴的庇护，无论什么人陷于什么样的危难之中

---

① 妙见，sudarasan，通 sudaraśana，毗湿奴的飞轮。参见葛维钧《毗湿奴及其一千名号》（载《南亚研究》，2005 年第 1 期，第 48~53 页）。

② 安婆力娑，Ambarīṣa，亦译作天主，印度传说中一位虔信那罗延（即毗湿奴）的王仙。《薄伽梵往世书》中记载了本行所说的他与敝衣仙人的故事：有一次，安婆力娑在叶木拿河边修持一种在每月第 11 天不得饮水的斋戒，适逢敝衣仙人路过。安婆力娑便邀请仙人作客，仙人答应在沐浴之后回来，却久不现身。正在此时，安婆力娑的斋戒时间结束，在祭司的建议下，他饮用了一小片杜勒西草所盛的水并继续等待敝衣仙人。敝衣仙人回来之后知道此事十分愤怒，幻化出一个恶魔，要杀安婆力娑。这时，那罗延得知自己的信徒陷入困境，便掷出了自己的妙见飞轮，飞轮杀死了恶魔，并对敝衣仙人穷追不舍。敝衣仙人先后去梵天、湿婆、毗湿奴处求救，毗湿奴告诉他他其实也受制于自己的信徒，只有安婆力娑的谅解才能解决这一问题。最终，在敝衣仙人的恳求下，安婆力娑原谅了他，妙见飞轮也恢复了平静。

③ 敝衣仙人，原文为 durabāsā，通 Durvāsa，以容易愤怒而诅咒他人著称。《摩诃婆罗多》中便有诅咒沙恭达罗、黑天的故事，但也会对伺候周到的人予以恩惠，比如恭蒂的求子咒便得自敝衣仙人。

④ 本行诗说的是黑天托举牛增山，挫败因陀罗的故事，详见后文。

⑤ 慈悲藏，karunākar，通 karuṇā-ākara，字面义为慈悲的矿藏、大慈悲者，常用于指最高存在。

⑥ 本行诗说的是那罗延拯救象王的故事。象王在河中沐浴时被鳄鱼所咬，危难之际喊出了那罗延的名号，那罗延立时出现，用妙见飞轮杀死了鳄鱼，拯救了象王。

都能够得到拯救。每当圣人们面临什么灾难时，毗湿奴就会现身，以他的妙见飞轮为他们消除祸端，例如他曾经欣慰于安婆力娑的虔诚，并为他抑制住了敝衣仙人的愤怒。他还曾化身黑天，为使牧人们免遭洪水之害，托起了牛增山，消除了因陀罗的傲慢。他还曾化身人狮，为了信徒钵罗诃罗陀，撕开石柱现身，杀死了残暴的金座王。无限慈悲的毗湿奴，他用锐利的指甲只在一刹那就撕开了金座的心。他还曾在象王被鳄鱼咬住，就要溺水之时听到了象王的呼唤，立刻现身解救象王于危难之中。他还在战场之上击败了残暴的刚沙王，如此功绩除了他的化身黑子，又有谁能够做到呢？

如前文所述，本诗引用了毗湿奴本尊那罗延解救安婆力娑和象王、黑天化身托举牛增山拯救牛村和击败刚沙、人狮化身杀死金座的典故，在有限的诗篇中浓缩毗湿奴的种种功德事迹，并强化这些不同故事之间的联系，增进信徒对毗湿奴的虔信和爱戴。

【原文】

स्याम गरीबनि हूँ के गाहक।
दीनानाथ हमारे ठाकुर, साँचे प्रीति-निबाहक।
कहा बिदुर की जाति-पाँति, कुल, प्रेम-प्रीति के लाहक।
कह पांडव कैं घर ठकुराई? अरजुन के रथ-बाहक।
कहा सुदामा कैं धन हौ? तौ सत्य-प्रीति के बाहक[①]।
सूरदास सठ, तातैं हरि भजि आरत के दुख-दाहक॥
（8/19）

① Gupta 本作 vāhak。

【对译】

黑子紧握穷人者

穷人之主我之神，维持真正爱意者。

维杜罗何种姓族？欲求虔诚爱意者。[①]

般度子家何高贵？阿周那之御车者。[②]

苏达玛有何钱财？欲求真正爱意者。[③]

苏尔达斯言，

由此蠢人且歌颂，诃利灼烧痛苦难。

【释译】

本诗以毗湿奴化身的典故称颂了他对信徒只求付出，不求回报的高尚品德。内容大致如下：

黑子慈爱信徒，哪怕信徒是穷人，他也会紧紧抓住不放，不离不弃。他是穷人之主，是我们的神，他一直在维持着真正的爱。维杜罗出身低贱，黑天依然莅临他的居处，这是因为他所求的只是信徒的虔诚爱意而已。般度之子的家也并非多么高贵，黑天却甘愿作阿周那的御者。落魄的苏达玛又有什么钱财呢？黑天依然盛情款待了他，这是因为他所求的只是信徒真正的虔诚爱意。听了这些故事，愚蠢的人啊，你还是快快歌颂诃利吧，他是将所有苦难都烧尽的人！

如同前一首诗一样，本诗依旧引用了维杜罗的例子说明黑天对

① 本行诗省略内容较多，补充之后应为：维杜罗（出身低贱）属于哪个种姓，哪个家族？（但是黑天依然莅临他的房子，是因为）所求的只是（信徒的）虔诚爱意。

② 本行诗省略了部分内容，补充之后应为：般度之子的家也并非多么高贵，（但是黑天却甘愿作为）阿周那的御者。讲的是大史诗《摩诃婆罗多》中黑天为阿周那驾驶马车的故事。

③ 本行诗省略了部分内容，补充之后为：苏达玛有什么钱财？（但是黑天依然盛情款待了他，这是因为他）所求的只是（信徒的）真正的虔诚爱意。这里讲的是黑天成为国王之后款待落魄的儿时玩伴苏达玛的故事，详见后文。

信徒的眷顾。此外，本诗还“矮化”了王族出生的般度五子，并加入了脍炙人口的苏达玛的事迹。

【原文】

जैसैं तुम गज कौ पाउँ छुड़ायौ।

अपने जन कौं दुखित जानि कै पाउँ पियादे धायौ।

जहँ जहँ गाढ़ परी भक्तनि कौं, तहँ तहँ आपु जनायौ।

भक्ति-हेत प्रहलाद उबान्यौ, द्रौपदि-चीर बढ़ायौ।

प्रीति जानि हरि गए बिदुर कैं, नामदेव-घर छायौ।

सूरदास द्विज दीन सुदामा, तिहिं दारिद्र नसायौ।

（9/20）

【对译】

如同你救象王足

知晓自己信徒苦，光脚赤足奔来到。

何处信徒陷艰苦，彼处令人知自己[①]。

钵罗诃罗陀虔诚，[②] 救之增衣木柱女。[③]

知爱维杜罗处赴，[④] 诃利盖屋为名天。[⑤]

苏尔达斯言，

穷婆罗门苏达玛，彼之贫困祛除消。

【释译】

本诗以毗湿奴化身的典故称颂了他对信徒施予的种种恩惠。内

---

① 令人知自己，即现身之意。

② 此处指的是毗湿奴化身为人狮解救钵罗诃罗陀的故事。

③ 此处指的是《摩诃婆罗多》中，黑天在黑公主遭难敌等人调戏之际延长了她的衣服，使她免于出丑的故事。

④ 此处指的是黑天拒绝了难敌的要求，借宿在维杜罗家中的故事。

⑤ 名天，亦作纳默德沃，印度中世纪虔诚诗人。这里说的是一则与他相关的神话传说。据说有一次他的家中失火，但是他没有救火，反而将所有财物都献给了火神。有感于他对神的敬意，毗湿奴为他新建了屋舍。

容大致如下：

世尊啊！就如同你在象王危难之际将他的双足挣脱鳄鱼之咬一样，你一旦知道了自己的信徒正在遭受苦难，就会急忙跑来，甚至来不及穿上鞋子。无论信徒身在何方，只要他陷入困境，你就会现身拯救他。因为钵罗诃罗陀的虔诚之情，你拯救了他，你还在黑公主危难之际延长了她的衣衫，使她免于被辱。你知道维杜罗对你的虔爱之意，于是就莅临了他的居舍。你知道名天对你的虔诚，也来到他的家中，为他修建新的房舍。还有那贫穷落魄的婆罗门苏达玛，你也为他消除了贫困，过上了富足的生活。

【原文】

जापर दीनानाथ ढरै।
सोइ कुलीन, बड़ौ सुंदर सोइ, जिहिं पर कृपा करै।
कौन विभीषन① रंक-निसाचर, हरि हँसि छत्र धरै।
राजा कौन बड़ौ रावन तैं, गर्बहिं②-गर्ब③ गरै।
रंकव कौन सुदामाहूँ तैं, आप समान करै।
अधम कान है अजामील तैं, जम तहँ जात डरै।
कौन विरक्त अधिक नारद तैं, निसि-दिन भ्रमत फिरै।
जोगी कौन बड़ौ संकर तैं, ताकौं काम छरै।
अधिक कुरूप कौन कुबिजा तैं, हरि पति पाइ तरै।
अधिक सुरूप कौन सीता तैं, जनम बियोग④ भरै।
यह गति-मति जानै नहिं कोऊ, किहिं रस रसिक ढरै।

---

① Sabha 本作 bibhīṣan。
② Gupta 本作 garvahiṁ。
③ Gupta 本作 garv。
④ Gupta 本作 viyog。

सूरदास भगवंत-भजन बिनु फिरि[1] फिरि जठर जरै ॥

（10/35）

【对译】

穷人之主青睐谁[2]

谁人获得恩惠施，此为高贵此最美。
维毗沙那窘迫魔，诃利欢笑持华盖。[3]
何王强过罗波那，终因傲慢自毁灭。
何人穷比苏达玛[4]，如同自己一般待。
谁贱过阿阇密罗，阎摩恐惧不近身。[5]
谁无欲胜那罗陀，日夜漫游不停歇。[6]
何人苦行比湿婆，亦为欲神所迷惑。[7]
何人丑比驼背女，得夫诃利获解脱。[8]
何人美貌赛悉多，一生充满离别苦。
此种思量无人知，何种情味欢喜享。
苏尔达斯言，

---

① Gupta 本作 phir。

② 穷人之主，dīnā-nāth，此处即指大神毗湿奴。

③ 此处的故事见诸《罗摩衍那》，指的是毗湿奴的化身罗摩将维毗沙那扶上楞伽国的王位一事。“持华盖”原文为 chatr dharai，可以引申为加冕为王。

④ 苏达玛，黑天少年时的同伴。黑天成为国王之后款待了落魄的昔日同伴，传为佳话。详见后文情节。

⑤ 阿阇密罗，Ajāmila，根据《薄伽梵往世书》的记载，他是一名贪恋妓女美色并抛家弃子的罪恶的婆罗门。但是在他濒死的那一刻，他呼唤自己的小儿子“那罗延”，却不想由于“那罗延”也是毗湿奴的一个名号，反而引来了毗湿奴的使者。毗湿奴的使者与前来带阿阇密罗下地狱的阎魔的使者展开了辩论，最终由于他念诵毗湿奴的名号这一行为得以免死。阿阇密罗由此觉悟，并成为坚定的毗湿奴信徒。

⑥ 那罗陀，Nārada，在毗湿奴信仰中，那罗陀是一个四处云游，吟唱毗湿奴事迹的得道仙人，据说他可以在不同的世界之间穿梭，他的事迹见诸《薄伽梵往世书》等“往世书”文献。

⑦ 此处的故事见诸《鸠摩罗出世》。为了打破湿婆的苦修，让他与雪山神女生下拯救天神的战神鸠摩罗，欲神奉命前往打扰湿婆苦修。

⑧ 驼背女，Kubijā，马图拉的一名按摩师。一次，她正要给刚沙王送软膏，却在路上遇到了黑天、大力罗摩两兄弟。她被黑天的美貌所吸引，于是转而为黑天按摩。黑天触碰了她，并赐她恩惠，使她变美丽了。详见后文情节。

若不吟唱世尊诵，子宫烈火屡屡灼。[1]

【释译】

本诗以诸多典故说明世间的一切，唯有大神的恩惠是最重要的。内容大致如下：

穷人的保护者毗湿奴如果对某个人青睐有加并施加恩惠，这才是真正的出身好、真正的美丽。相比之下，一般所说的出身好、长相好根本就不算什么。落魄的罗刹维毗沙那又是谁呢？诃利笑着帮他登上王位。君王之中又有谁比罗波那更加强大呢？他却由于傲慢而落败。谁又能比苏达玛更加穷困潦倒呢？大神给予了他和自己一样的地位。谁又能比阿阇密罗更加卑鄙下流呢？但是由于世尊的仁慈，即便是阎魔也不敢靠近他。谁又能比那罗陀大仙更加厌世呢？但是他却能够日夜不停地四处游荡，歌颂着毗湿奴的事迹。苦行者中谁又能比得过湿婆呢？但他也被欲神所迷惑。有谁能比驼背女更加丑陋呢？但她却得以侍奉黑天并获得解脱。又有谁能够比悉多更加美丽呢？但她的人生中却充满了离别之苦。毗湿奴究竟享受哪一种情味，这想法没有谁知道。不过，可以确定的是，若是不吟唱世尊的赞歌，人便无法超脱生死的轮回。

本诗沿袭了以经典论证的手法，但是篇幅更长，引用的故事也更多，并且以反问句引出例证，更加强化诗人想要传达的观点。除了前文已经出现的例子，本诗还对一些经典故事做出了新的解读，尤其是悉多曲折的人生经历被用以比照驼背女的幸运，用以说明毗湿奴并不会因为信徒的美丑而影响他施予恩惠。由这种从自己观点出发，重新诠释经典的做法可以看出苏尔诗歌的创新之处。

① “子宫烈火屡屡灼”，形容一遍又一遍出生、死亡，即无法摆脱生死的轮回。

अविधा माया

无明摩耶

【原文】

विनती[1] सुनौ दीन की चित दै, कैसैं तुव गुन गावै ?
माया नटी लकुटि कर लीन्हे कोटिक नाच नचावै।
दर-दर लोभ लागि लिए डोलति, नाना स्वाँग बनावै।
तुम सौं कपट करावति प्रभु जू, मेरी बुधि भरमावै।
मन अभिलाष-तरंगनि करि करि, मिथ्या निसा जगावै।
सोवत सपने मैं[2] ज्यौं संपति, त्यौं दिखाइ बौरावै।
महा मोहिनी मोहि आतमा, अपमारगहिं लगावै।
ज्यौं दूती पर-बधू भोरि कै, लै पर-पुरुष दिखावै।
मेरे तो तुम पति, तुमहीं गति, तुम समान को पावै ?
सूरदास प्रभु तुम्हारी कृपा बिनु, को मो दुख बिसरावै॥
（11/42）

【对译】

恳请一听卑者[3]心

恳请一听卑者心，如何将你德赞颂？
摩耶舞女手持棍，指使起舞千万遍。
因贪徘徊门户外，种种洋相皆出尽。
被驱欺骗胜尊你，我之心智被误导。
渴求心潮涌动疾，谬误黑夜中惊醒。
诸般财富似梦中，显露眼前心痴狂。

① Sabha 本作 binatī。
② Sabha 本作 m；Gupta 本作 mai。
③ 卑者，原文为 dīn，字面义为“穷苦的、可怜的”，常用于谦称。此处用以表达信徒在大神面前深感自身的卑微。

巨大迷惑[1]惑自我，使得步入荒谬路。

蒙骗朴实他人妇，皮条拉予他人夫。

你为我主皈依你，能得何人与你同？

苏尔达斯言，

若无胜尊你恩惠，何人能使我忘苦？

【释译】

本诗陈述了为摩耶所惑导致的种种后果，祈求得到胜尊的眷顾。内容大致如下：

胜尊啊，请你听听卑微的我的心声吧，我该如何才能歌颂你的大德呢？摩耶就好像一个女舞者一样，手中挥舞着棒子，像要猴一样逼迫我不断起舞。在摩耶的控制下，我被贪欲所蒙蔽，挨家挨户地奔波，出尽了洋相。胜尊啊，因此我才胆敢对你行不忠不信之事，我的智慧也因此步入歧途。然而，内心的渴求如同海浪一样不断涌动，将我从谬误的黑夜之中惊醒。就好像在睡梦中，我梦到了种种财富摆在我面前，我因它而痴狂。巨大的摩耶迷惑了我的自我，误导自我走上了错误的道路。她就好像一个女皮条客，将无辜又愚蠢的良家妇女撮合给了别的男人。你才是我的胜尊，我皈依你。对我来说，还有谁能和你相提并论呢？胜尊啊，假如没有你的恩惠，谁又能让我忘却痛苦？谁又能让我摆脱这些由摩耶造成的无知、无明呢？

本诗以及下一首诗将描述的重点由具备诸般美德的大神转向了自己，强调了自己深陷摩耶所控的状况。这些诗歌所反映出的总体观点在帕克蒂诗歌中具有一定的普遍性。不管如何理解至高存在，帕克蒂诗歌多承袭了印度各流派哲学的基本观点：即认为凡人受困

① 迷惑，原文 mohinī，亦可拟人化指迷惑他人的女子，此处指摩耶。

于无明，故无法解脱。本诗以社会生活中真实存在的现象说明了这一状态，让信徒更加明白自己身处的状况，从而达到警醒世人的目的。

【原文】

हरि, तेरौ भजन कियौ न जाइ।
कह करौं, तेरी प्रबल माया देति मन भरमाइ।
जबै आवौं साधु-संगति, कछुक मन ठहराइ।
ज्यौं गयंद अन्हाइ सरिता, बहुरि वहै सुभाइ।
बेष[①] धरि धरि हर्यौ पर-धन, साधु-साधु कहाइ।
जैसे[②] नटवा लोभ-कारन करत स्वाँग बनाइ।
करौं जतन, न भजौं तुमकौं, कछुक मन उपजाइ।
सूर प्रभु की सबल माया, देति मोहि भुलाइ॥
（12/45）

【对译】

诃利啊，不能歌颂你
怎奈何你之摩耶，力大将人心意惑。
唯当得遇良伴[③]时，心中方得些许静。
复又显露彼自性，恰如象王河中浴。
扮装窃夺他人财，善哉善哉来念诵。
犹如贪念使戏子，假意装扮来做戏。
努力亦难歌颂你，心中又生些许念。
苏尔言，

① Gupta 本作 veṣ。
② Gupta 本作 jaisaiṁ。
③ 良伴，sadhu-saṅgati，亦作 sat-saṅg，字面义为良好的陪伴。在宗教上特指有诸多修行人一同参加的一类宗教聚会。

胜尊摩耶具大力，迷惑引人入歧途。

【释译】

本诗陈述了自己想要歌颂大神，但却受到摩耶的种种诱惑而不得歌颂的情况。内容大致如下：

世尊啊，我想要赞颂你但却无能为力。我又能做什么呢？你的摩耶如此强大，我的心智都被她所迷惑。只有当我在善人的陪同下，心中方能获得些许的平静，但是不安分的本性很快就又显现了出来，就好像象王在河中沐浴，虽然没有必要，但也会不自觉地用鼻子喷水清洗身体。我装扮成苦行者的样子，口中念叨着“善哉，善哉”去骗取他人的钱财，这就好像戏子为贪念所控制，去做那假扮他人的事情一样。我不断努力，但却依然没法赞颂你，因为每当我想要赞颂你的时候，心中总是会升起其他杂念。胜尊啊，摩耶力大无穷，正是她使人迷惑、步入歧途。

摩耶或者无明的观点见诸佛教和吠檀多哲学，两者都认为至高存在的终极形态是不可思议、难以言表的。有形派叙述在引用了这一术语之后无疑就会面临一个问题，如果神全知全能而又慈悲，为什么还会有世人受困于摩耶不能解脱呢？这就好像针对基督教中的上帝提出“为什么还会有撒旦存在”的问题一样。本诗开头点明“怎奈何你之摩耶，力大将人心意惑”，说明摩耶也属于大神，其背后隐含着帕克蒂文学对这个问题的回答——一切皆是至高存在的一场“游戏”。

गुरु महिमा

师尊至大

【原文】

गुरु बिनु ऐसी कौन करै।

माला-तिलक मनोहर बाना, लै सिर छत्र धरै।

भवसागर तैं बूड़त राखे, दीपक हाथ धरै।

सूर स्याम गुरु ऐसो समरथ, छिन मैं लै उधरै॥

（13/417）

【对译】

师尊外，何人如此作

念珠符志[①]迷人相，辉煌华盖头顶遮。

未免沉沦轮回海，手持明灯来护佑。

苏尔言，

师尊此力黑子啊，瞬间即可将人度。

【释译】

本诗歌颂了师尊的殊胜功德。内容大致如下：

除了师尊，还有谁能这样给予我恩惠呢？师尊手持念珠，额点符志，衣着迷人，头顶撑着华盖。为了解救在轮回的汪洋中沉沦的弟子，师尊手持着智慧的明灯来指引我。黑天啊，师父的神力巨大，只在一瞬间就将我救赎！

本诗以及之后两首称颂大神名号功德的诗并不具备典型的有形派诗特点，在本诗中并没有展现出大神的形象。从内容上看，这几首诗与格比尔、达杜、纳那克等无形派诗人的观点差距不大，提倡敬师、诵名号。由此也可以看出帕克蒂运动中一些为不同诗人所共

① 符志，印度教徒用彩泥、檀香木等在额头上装点的图样，不同教派的符志有所不同。

享的宗教观点。时至今日，敬师、诵名号的宗教实践也依然是印度各类宗教团体共同传承的理念。

नाम महिमा
名号至大

【原文】

हमारे निर्धन के धन राम।

चोर न लेत, घटत नहिं कबहूँ, आवत गाढ़ैं काम।

जल नहिं बूड़त, अगिनि न दाहत, है ऐसौ हरि-नाम।

बैकुंठनाथ[1] सकल सुख-दाता, सूरदास सुख-धाम॥

（14/92）

【对译】

罗摩是我穷人财

不可偷窃不会减，苦难之际见功效。

不沉水中火不燃，诃利名号即如此。

苏尔达斯言，

天国之主[2]授众喜，欢喜福乐之居所。

【释译】

本诗强调了“罗摩”名号的殊胜功德。内容大致如下：

对我们这些穷人来说，罗摩便是我们的财富。罗摩的财富是这样的，它既不会被人偷窃，也从不会减少，并且在人遇到困难的时候能够起到作用。它既不会在水中沉没，也不会被火所烧，诃利的

① Sabha 本作 vaikuṁṭhanāth。

② 天国之主，baikuṁṭhanāth。其中 baikuṁṭha，即毗湿奴所在的天国，故天国之主指的就是毗湿奴。

名号就是这样的财富。天堂的主人是所有欢喜的授予者，也是一切福乐的所在。

“罗摩罗摩”常常被北印度的印度教徒用以打招呼，在格比尔等无形派文化的叙述中，“罗摩”是至高存在的一个代称，但在脍炙人口的史诗故事中，“罗摩”是伟大的毗湿奴化身、具备诸般功德的十车王之子。这两首诗中并没有任何具体的功行事迹，“罗摩”与“诃利”混用，并被比作具有密教色彩的点金石，可以看出苏尔达斯诗歌在思想内容上的多样性。

【原文】

बड़ी है राम नाम की ओट।

सरन गऍं प्रभु काढ़ि देत नहिं, करत कृपा कैँ कोट।

बैठत सबै सभा हरि जू की, कौन बड़ौ को छोट ?

सूरदास पारस के परसैँ मिटति लोह की खोट[1] ॥

（15/232）

【对译】

罗摩名号庇护大

胜尊不拒求庇护，施予恩惠若城堡。

诃利之会众人坐，谁人伟来谁人渺？

苏尔达斯言，

只要一碰点金石[2]，铁瑕便会尽褪去。

【释译】

本诗继续歌颂罗摩名号的殊胜之处。内容大致如下：

---

① Sabha 本作 khāṭ。

② 点金石，此处指罗摩的名号。此处用点金石点石成金的比喻来说明罗摩名号解脱世人的功效。

罗摩的名号提供了巨大的庇护所。胜尊从不拒绝人们向他请求庇护，他的恩惠如同一座坚固的城池一样保护着寻求庇护的人。在诃利的大会上所有人都齐聚一堂，何来大人物与小人物之分？就好像铁一触碰点金石就褪去了自身的瑕疵，成了金子，有罪之人一念诵罗摩的名号，便能成为善良的信徒。

【原文】

जो सुख होत गुपालहिं गाऐं।
सो सुख होत न जप-तप कीन्हैं, कोटिक तीरथ न्हाऐं।
दिऐं लेत नहिं चारि पदारथ, चरन कमल चित लाऐं।
तीनि लोक तृन-सम करि लेखत, नंद-नँदन उर आऐं।
बंसीबट, बृन्दाबन, जमुना, तजि बैकुंठ न जावै।
सूरदास हरि कौ सुमिरन करि, बहुरि न भव-जल आवै॥
（16/349）

【对译】

颂唱牛护①所得乐

彼乐苦行祷不得，千万圣地沐浴无。
四种句义②有何干，心意唯系莲花足。
三界视若同草般，难陀之子心中往。
笛榕③沃林叶木拿，抛弃天国不前往。
苏尔达斯言，

① 牛护，原文为gupāl，通gopāl，即牛的保护者，是黑天的一个名号。
② 句义，原文为padārath，通padārth，指基本范畴或者概念。此处特指法、欲、利、解脱人生四大目的。
③ 笛榕，原文为baṃsībaṭ。据说黑天特别喜欢在叶木拿河畔的一棵榕树下吹笛子，久而久之，这棵榕树便被称为了“笛榕”。这句中的沃林达林、叶木拿河都是黑天曾经活跃的地方。

主要作诃利之念，便不再入俗世水[①]。

【释译】

本诗称赞了歌颂牛护黑天的功德。内容大致如下：

颂唱黑天所能得到的喜悦，即便是诵经、修苦行，或者去千万个圣地沐浴也不能得到。如果心向世尊的莲花足，那么法、欲、利、解脱人生四大目的又与我何干？对能够进入难陀之子黑天心中，与神合一的信徒来说，三界就好像草芥一样毫无价值。对他来说，只要有笛榕、沃林达林、叶木拿河，甚至可以放弃升入天国的机会。只要心中存有诃利的名号，就不会再陷入轮回的汪洋中。

相比前两首诗，本诗的叙述更加接近《苏尔诗海》的主体内容，即毗湿奴化身黑天的本事。本诗将歌颂黑天的功德置于传统的宗教修行和朝圣沐浴之上，颇有为传播自己的歌曲做宣传的意味。笛榕、沃林达林、叶木拿河三者皆为与黑天本事密切相关的意象，在此点出，也能起到一种向听众"预告"故事的作用。

बिनती
祈求

【原文】

बंदौं चरन-सरोज तिहारे।

सुंदर स्याम कमल-दल-लोचन, ललित, त्रिभंगी प्रान-पियारे।

जे पद-पदुम सदा सिव के धन, सिंधु-सुता उर तैं नहिं टारे।

जे पद-पदुम तात-रिस-त्रासत, मन-बच[②]-क्रम प्रहलाद सँभारे।

① 俗世水，原文为 bhava-jala，即世俗世界的水，指轮回，与 bhava-sāgar 同义。

② Gupta 本作 vac。

जे पद-पदुम-परस-जल-पावन-सुरसरि-दरस कटत अघ भारे।

जे पद-पदुम-परस रिषि-पतिनी बलि, नृग, ब्याध[1], पतित बहु तारे।

जे पद-पदुम रमत बृंदाबन अहि-सिर धरि, अगनित रिपु मारे।

जे पद-पदुम परसि व्रज[2]-भामिनि सरबस दै, सुत-सदन बिसारे।

जे पद-पदुम रमत पांडव-दल दूत भए, सब काज सँवारे।

सूरदास तेई पद-पंकज, त्रिबिध-ताप-दुख-हरन हमारे॥

（17/94）

【对译】

顶礼汝之莲花足

美丽黑天莲瓣眼，俊俏可爱三曲躯。[3]

莲足湿婆永恒财，乳海之女捧胸前。[4]

莲足以心口业念，钵罗[5]被父愤怒慑。

莲足触水成圣河，得见便能消重罪。

莲足触碰得解救，众多沉沦堕落者：

① Gupta 本作 vyādh。

② Varma 本作 braj。

③ 三曲躯，即印度传统引以为美的“三道弯”体态，见诸各类雕塑、壁画、舞蹈造型。

④ 本行省略了一个莲足，补充之后为“莲足湿婆永恒财，（莲足）乳海之女捧胸前”。“莲足”既有可能是后面所描述的对象，也有可能是所说典故的缘由；既有可能特指大神毗湿奴的双脚，也有可能直接指代毗湿奴，视具体情况而定。相传吉祥天女是天神与阿修罗搅乳海得来的，故有了乳海之女的名号。加之吉祥天女是毗湿奴的妻子，其经典形象中有一个即是为毗湿奴捏脚的样子。

⑤ 钵罗，原文为 prahalād，通 Prahlāda，钵罗诃罗陀。阿修罗金座之子，因信仰毗湿奴而受到父亲迫害，最终毗湿奴化为人狮将他解救。此处因为字数限制译为钵罗。

仙人之妻[①]钵利王[②]，纳利古王[③]与猎人。

莲足乐沃林达林，登上蛇头诛众敌。[④]

莲足触伯勒杰女，抛家弃子献一切。[⑤]

莲足喜入般度军，出使诸务皆完满。[⑥]

苏尔达斯言，

既有如此莲花足，我等三重折磨[⑦]灭。

【**释译**】

本诗借歌颂大神莲花足的非凡之处来歌颂大神。内容大致如下：

美丽的黑天双眼如莲花的花瓣，身躯呈现出美妙的三道弯，我顶礼你的莲花足。你那莲花一般的双足就好像湿婆那不朽的财富，乳海之女吉祥天将它们牢牢捧在胸前。钵罗诃罗陀受到父亲金座的恐吓和威慑，他依然心智、言辞、行为均不忘你的莲花足，最终也因此得救。一碰到你的莲花足，恒河水便变得神圣，恒河也就成了圣河，只要看到它，再重的罪孽也能得到荡涤。一碰到你的莲花足，

---

① 仙人之妻，此处特指乔答摩仙人的妻子阿诃厘耶。传说阿诃厘耶十分貌美，因陀罗倾慕已久。终于有一天，因陀罗趁仙人外出沐浴，假扮成仙人与阿诃厘耶发生了关系。东窗事发之后，乔答摩仙人诅咒阿诃厘耶变成一块石头，只有触碰罗摩的脚才能现回原形。后罗摩在众友仙人的指点下来到这里，解救了阿诃厘耶。

② 钵利王，是一位击败了天神的阿修罗王。天神走投无路，最终祈求毗湿奴施予恩惠。毗湿奴化作侏儒婆罗门，向钵利索要三步之地。钵利答应了，却不想毗湿奴跨出巨大的三步，囊括了天地，正当第三步无处可落时，钵利意识到了自己面前的是毗湿奴，故要求将第三步落在自己的头上。由此，天神在毗湿奴的帮助下夺回了世界，钵利也不得不回到地下。此处显然将毗湿奴第三步落在钵利头上视为一种恩典。

③ 纳利古王，甘蔗族的一位国王。他虔诚地供养婆罗门，却不想有一头献给了婆罗门的牛自己走了回来。不知情的纳利古又将这头牛献给了另一位婆罗门，由此引发了两位婆罗门之间的争吵。婆罗门一怒之下，诅咒纳利古变成一条蜥蜴。最终，在黑天的解救下，纳利古变回人形。

④ 本行诗指的是小黑天在沃林达林斩妖除魔的故事。其中“登上蛇头”指的是降伏迦利耶的故事，“诛众敌”讲的是消灭各类阿修罗的故事。具体内容参见后文。

⑤ 本行诗指的是少年黑天在牧区与牧区女郎嬉戏玩耍的故事。具体内容详见后文。

⑥ 本行诗指的是黑天在《摩诃婆罗多》的大战中担任般度一方使者的故事。

⑦ 三重折磨，tribidhi tāp。多解释为 daihik, daivik, bhautik 三类，其中 daihik 为自己身心导致的煎熬，daivik 为因为神力而导致的灾祸，bhautik 为因为外在其他元素、生物导致的折磨。

仙人的妻子阿诃厘耶、魔王钵利、纳利古国王和猎人等许多堕落的人都得到了救赎。你的莲花足迹遍布沃林达温森林，在森林中玩耍，站在蛇头上，诛灭了敌人。一碰到你的莲花足，伯勒杰那些多情的女子都献出了自己的一切，甚至忘了自己的孩子和家。你的莲花足欢欣地加入了般度五子一方，最终世尊代表般度族出使并在之后使得一切事宜圆满完成。正是世尊这样的莲花足，才能消除我们的三重煎熬和痛苦。

在苏尔达斯的话语体系中，必须全身心地虔信大神，才有可能获得大神的眷顾，施予恩惠。为了表达这一情感，诗人或引经据典，歌颂大史诗、往世书等文献中所记载的毗湿奴及其化身的种种神迹；或对大神的名号、双足等象征符号顶礼膜拜。本诗便将这两方面结合起来，列举了包括钵罗诃罗陀、阿诃厘耶、魔王钵利等许多赞颂毗湿奴的经典故事，表达了对大神的象征——莲花足的深深敬意。

【原文】

अब कैँ राखि लेहु भगवान।
हौँ अनाथ बैठ्यौ द्रुम-डरिया, पारधि साधे बान।
ताकैँ डर मैँ भाज्यौ चाहत, ऊपर ढुक्यौ सचान।
दुहूँ भाँति दुख भयौ आनि यह, कौन उबारै प्रान ?
सुमिरत ही अहि डस्यौ पारधी, कर छूट्यौ संधान।
सूरदास सर लग्यौ सचानहिं, जय-जय कृपानिधान॥
（18/97）

【对译】

世尊现在请救我

孤立枝头无人助，猎人箭镞已瞄准。

欲从盯视恐惧逃，头顶猎鹰迫近即。

双重困苦此番临，谁人可以救此命？

一念[①]猎人被蛇咬，手中准星即刻失。

苏尔达斯言，

箭镞射出中猎鹰，胜利胜利慈悲藏[②]。

【释译】

本诗以一只小鸟的口吻叙述如何在危难之中被大神拯救的故事。内容大致如下：

世尊啊，这次请你救救我吧！我独自站在枝头，无依无靠。树下，猎人的弓箭已经瞄准了我。猎人盯着我，令我感到恐惧。我想要从这种恐惧中脱身，却发现在我的上方，有一只猎鹰正在向我飞来。我进退维谷，面临着两方面的危难，这时候又有谁能够拯救我的生命呢？正当我想起世尊念及他的名号，就有一条蛇出现，咬了猎人一口。猎人因而失去了准星，弓箭反而射中了猎鹰。如此像慈悲的宝藏一样的世尊，我为你的胜利欢呼！

本诗在诸多引经据典的诗中独树一帜，将类似《五卷书》的动物故事也纳入到了恭顺诗的素材范围之中，并且以第一人称带入，用一个纯属巧合而又趣味盎然的结局歌颂了大神的功德。

---

① 念，此处指想神、念诵神的名号，是印度宗教中常见的修行方式之一。

② 慈悲藏，原文为 kṛpānidhān，字面义为“慈悲的宝藏”，此处用以称呼世尊毗湿奴。

【原文】

आछौ गात अकारथ गार्यौ।

करी न प्रीति कमल-लोचन सौं, जनम जुवा ज्यौं हार्यौ।

निसि-दिन बिषय-विलासनि बिलसत[①], फूटि गई[②] तब चार्यौ।

अब लाग्यौ पछितान पाइ दुख, दीन, दई कौ मार्यौ।

कामी, कृपन, कुचील, कुदरसन, को न कृपा करि तार्यौ।

तातैं कहत दयाल देव-मनि, काहैं सूर बिसार्यौ ?

（19/101）

【对译】

身形已憔悴

不曾虔爱莲花眼[③]，人生败尽如赌博。

日夜沉溺尘世乐，因而四个皆破裂[④]。

现受痛苦始懊悔，信仰命运皆逝去。

色苦褴褛丑陋徒，何人不得恩惠度？

故祈慈悲神中宝，为何要把苏尔忘？

【释译】

本诗痛陈过往的不堪行径，祈求获得大神的恩泽。内容大致如下：

我的身体和容貌已经日渐憔悴。我不敬爱拥有莲花美眸的世尊，因而我的人生就如同在赌场上输掉的赌资一样消失殆尽。我日日夜夜地沉溺于凡俗的享乐，肉身和心中的四只眼睛都因此失明。我现在感受到了痛苦，因而开始后悔，但是我的信仰和命运都已经逝去

---

① Varma 本作 vilasat。

② Sabha 本作 gaīṁ。

③ 莲花眼，原文为 kamal-locan。莲花常常被用于比作黑天或者毗湿奴的眼睛，此处以莲花眼代指世尊毗湿奴。

④ 此处指四只眼睛都失明了，四只眼睛中，两只为肉身的眼睛，两只为心灵的眼睛。

了。好色之徒、苦难之人、衣衫褴褛者、相貌丑陋之人，世尊对谁不会伸出援手、施以恩惠、使之解脱呢？因此我要向仁慈的神中之宝、世尊祈求，你为何唯独将苏尔达斯我忘了呢？

【原文】

तुम बिनु भूलोइ भूलौ डोलत।
लालच लागि कोटि देवनि[①] के फिरत कपाटनि खोलत।
जब लगि सरबस दीजै उनकौं, तबहीं लगि यह प्रीति।
फल माँगत फिरि जात मुकर ह्वै, यह[②] देवनि[③] की रीति।
एकनि कौं जिय-बलि दै पूजे, पूजत नैंकु न तूठे।
तब पहिचानि सबनि कौं छाँड़े, नख-सिख लौं सब झूटे।
कंचन मनि तजि काँचहि सैंतत, या माया के लीन्हे।
चारि पदारथ हूँ कौ[④] दाता, सु तौ बिसर्जन[⑤] कीन्हें।
तुम कृतज्ञ, करुनामय, केसव, अखिल लोक के नायक।
सूरदास हम दृढ़ करि पकरे, अब ये चरन सहायक॥
（20/177）

【对译】

无你迷失疑惑中

贪念所驱令徘徊，千万天神门户扣。
献出一切向他们，方生此种虔爱情。
然俟祈求果报时，转身悖誓此神习。
献出一生为众神，既得祭拜仍不满。

---

① Varma 本作 devan。
② Sabha 本作 mah。
③ Varma 本作 devan。
④ Varma 本作 ko。
⑤ Sabha 本作 bisarjan。

方识众神尽抛弃，从头至尾[①]皆谎言。

抛金弃宝拾玻璃，受到此般摩耶控。

四种句义授赐予，我却将其抛开弃。

知晓正误满慈悲，美发[②]你带领众世。

苏尔达斯言，

我等坚定捧神足，现今唯有此足助。

【释译】

本诗陈述了受控于摩耶之后求助其他神灵的境遇。内容大致如下：

世尊啊，若是没有你的话，我就会不断地在迷惑中徘徊。我为贪念所驱使，叩开了千万个天神的房门，我向天神献出一切，也对天神心生敬爱。然而，当我想要向天神索取回报时，他们却百般抵赖不再理睬我，这便是天神们的习惯呀！我向有的神献出了自己的生命，祭拜他，但他们却仍然对祭拜一点也不满意。直到此时，我才将遍访诸神的念头抛诸脑后，他们从头到脚都是假的。我因为受到了这种摩耶的控制，所以抛弃了世尊的宝贵的黄金和宝石，转而去追求诸神那普通的玻璃。世尊是四种元素法、欲、利、解脱的授予者，但我却依然抛弃了世尊。美发者啊，你明察秋毫、慈悲为怀，你是所有世界的引领者。我们要牢牢抓住世尊的这双脚，现在只有它能够帮助我们！

前诗中已经以不同的比喻说明了受困于摩耶的“我”的状况，本诗描写的是受困于摩耶的另一种表现：胡乱信神，有眼不识泰山。本诗讲述了众神的“薄情寡义”，坚定了对黑天的信仰。

---

① 从头至尾，原文为 nakh-sikh，字面义为从趾甲到头。

② 美发，原文为 kesav，通 Keśava，美发者，毗湿奴的名号之一。

【原文】

आजु हौं एक-एक करि टरिहौं।

कै तुमहीं कै हमहीं, माधौ, अपुन भरोसैं लरिहौं।

हौं तौ पतित सात पीढ़िनि कौ, पतितै ह्वै निस्तरिहौं।

अब हौं उघरि नच्यौ चाहत हौं, तुम्हैं[1] बिरद बिन करिहौं।

कत अपनी परतीति नसावत, मैं पायौ हरि हीरा।

सूर पतित तबहीं उठिहै, प्रभु, जब हँसि देहौ बीरा॥

（21/134）

【对译】

今日便要决雌雄

或你摩豆裔或我，只靠自己来相斗。

我已七世堕沉沦，沉沦亦要获解脱。

现今我要裸身舞，汝之美名将逝去。

为何你欲毁自信，诃利钻石已属我。

苏尔言，

堕落之人彼时起，胜尊笑予槟榔时。

【释译】

本诗以胁迫的口吻，用自身的堕落来央求大神予以救赎，从另一个侧面歌颂了大神的仁慈。内容大致如下：

摩豆族的后人黑天啊，今天我俩就来比比谁的信念更加坚定。我祖上七世堕落于尘世之中，虽然堕落，但我也一定要得到解救。现在我要在大庭广众之下不知廉耻地裸身起舞，这样的话，你那救赎堕落者的美名就不得保存了。诃利啊，难道你就要这么看着你自

① Varma 本无此 tumhaiṁ。

己的信念毁灭吗？你那用以拯救堕落者的坚硬如钻石的信念已经被我得到了。胜尊啊，堕落的我只有等到你笑着将槟榔叶给我，向我认输的时候，我才会罢手。

如果用一句汉语俗语来描述本诗，“破罐子破摔”再贴切不过了。这首诗以一种别具一格，甚至有些荒谬的逻辑歌颂了大神，从文学技法上有一定的创新性。本诗背后的潜台词便是大神实际上不可能对信徒的堕落袖手旁观，必将出手解救。

【原文】

प्रभु हौं सब पतितनि कौ टीकौ।
और पतित सब दिवस चारि के①, हौं तौ जनमत ही कौ।
बधिक अजामिल, गनिका तारी और पूतना ही कौं।
मोहिं छाँड़ि तुम और उधारे, मिटै सूल क्यौं जी कौ② ?
कोउ न समरथ अघ करिबे कौं, खैंचि कहत हौं लीकौ③।
मरियत लाज सूर पतितनि मैं④, मोहूँ तैं को नीकौ⑤॥
（22/138）

【对译】

胜尊啊，众沉沦中吾翘楚
其他皆只四日沦，我乃自从出生始。

① Sabha 本作 kai。
② Sabha 本作 kauṁ。
③ Sabha 本作 līkauṁ。
④ Varma 本作 meṁ。
⑤ Sabha 本作 nīkauṁ。

阿阇密罗卑鄙者，妓女[1]毒乳[2]亦得度。

你既舍我救他人，心中伤痛如何消？

无人罪重与我同，咧嘴微笑且告知。

苏尔言，

将因你之错误[3]死，沉沦无人堪比我。

【释译】

本诗将自己与诸多获得毗湿奴解救的罪人相比，强烈要求获得大神的眷顾。内容大致如下：

胜尊啊，在所有堕落者中，数我最为突出。其他堕落的人不过是沉沦三四天，哪像我从一出生便是如此。阿阇密罗为人卑劣，还有那不知廉耻的妓女和妄图毒害世尊的女妖，你都使他们获得了解脱。你救助了他人，而唯独将我落下，我心中的伤痛又怎么办？我可以微笑地说，没有人的罪孽能比我更重。我就要因为你的疏漏而死去了，在堕落的人中没有人的罪孽能和我相提并论。

本诗延续了上一首诗的荒诞风格，将自己与阿阇密罗等受惠于毗湿奴的卑下之人相提并论，并毫不顾忌地说“无人罪重与我同”，更进一步“胁迫”大神速速解救自己。

---

① 妓女，原文为 ganikā，通 gaṇikā，此处特指妓女 jīvantī。相传她养了一只鹦鹉，一天有一位过路的圣人让她教鹦鹉说“罗摩”。她虽然不知道“罗摩”的含义，但也教会了鹦鹉说这句真言。当她即将死去时，口中说出了“罗摩”，虽然她作为妓女罪孽深重，但也因为这句真言得到了救赎。

② 毒乳，原文为 pūtanā，指刚沙王派去谋害小黑天的阿修罗。她本想以有毒的奶水毒害黑天，却被黑天吸干并送上了天堂。详情参见后文。

③ 错误，此处指由于大神的疏忽导致信徒未能获得解救的错误。

【原文】

अब मैं नाच्यो बहुत गुपाल।

काम, क्रोध कौ पहिरि चोलना, कंठ विषय की माल।

महामोह के नुपुर बाजत, निंदा-सब्द-रसाल।

भ्रम-भोयौ[1] मन भयौ पखावज, चलत असंगत चाल।

तृष्ना नाद करति घट भीतर, नाना बिधि दै ताल।

माया को कटि फेंटा बाँध्यौ, लोभ-तिलक दियौ भाल।

कोटिक कला काछि दिखराई जल-थल सुधि नहिं काल।

सूरदास की सबै अविद्या दूरि करौ नँदलाल॥

（23/153）

【对译】

牛护啊，我现在已起舞久

穿着情欲愤怒衣，脖上俗尘之项链。

大迷惑之脚镯响，诅咒辱骂甜蜜辞。[2]

迷惑如粉[3]敷心鼓，笨拙舞步相伴随。

陶罐[4]中奏渴求声，节奏旋律各不同。

摩耶裤带腰间系，贪婪符志额上点。

装饰展现千万分[5]，水土之中已忘时。

苏尔达斯言，

---

① Gupta 本作 bhoyo。

② 此处指由于人们受到摩耶的控制，即便是咒骂的话听在耳中也觉得甜蜜。

③ 印度鼓在使用前常常使用面粉涂抹鼓面，从而使得发出的声音更加响亮。将摩耶导致的迷惑比作面粉，将心比作鼓，用以表达人心被摩耶所迷惑的情况，这也是印度宗教颂歌常用的比喻之一。

④ 陶罐，原文为 ghaṭ。宗教诗歌中常将人的身躯比作陶罐，由于在北印度，传统上将烧制的陶罐和陶罐工视为不洁的，即便是未经烧制的生陶罐也在使用后被人们丢弃，所以用陶罐比喻身躯，同样有轻视肉身的含义。

⑤ 分，原文为 kalā。字面义为部分，引申世间的种种元素，进一步指俗世的各种存在。此处千万分指的是小我沉沦在轮回之中，历经数千万次，先后化作俗世间不同的存在。

所以一切众无明，难陀之子祛远去。

【释译】

本诗陈述了自己沉沦在轮回之中不得解脱的情况，祈求得到大神的救赎。内容大致如下：

牛护黑天啊，我已经为摩耶所控不断起舞了。我身上披着情欲和愤怒制成的长袍，脖子上挂着世俗享乐制成的花环。巨大的迷惑制成的脚镯叮当作响，由咒骂而来的甜言蜜语由此响起。如同面粉敷上鼓面，迷惑也笼罩了我的心，我开始跳起笨拙的舞步。我的皮囊唱出了渴求的声音，但节奏不一。我系着摩耶制成的腰带，额头上点着贪婪的符志。在水和大地都记不起的亘古岁月中，我不断轮回，不断化为千万其他生灵。难陀之子啊，请消除所有的无明吧！

本诗将情欲愤怒比作衣裳、俗尘比作项链、迷惑比作脚镯等，以各种象征符号展现了轮回之中的“我”的困境，用生动的舞者形象表达了复杂而抽象的宗教哲学思想。

【原文】

हमारे प्रभु औगुन चित न धरौ।

समदरसी[①] है नाम तुम्हारौ, सोई पार करौ।

इक लोहा पूजा मैं राखत, इक घर बधिक परौ।

सो दुबिधा[②] पारस नहिं जानत, कंचन करत खरौ।

इक नदिया इक नार कहावत, मैलौ नीर भरौ।

जब मिलि गए तब एक बरन ह्वै, गंगा नाम परौ।

---

① Sabha 本作 samadarasīṃ。

② Gupta 本作 duvidhā。

तन माया, ज्यौं ब्रह्म कहावत, सूर सु मिलि बिगरौ।

कै इनकौ निरधार कीजियै, कै प्रन जात टरौ॥

（24/220）

【对译】

胜尊啊，我等无德心不持

视同一般乃你名，并依如此行解救。

一人祭拜用铁块，另有一户为猎户。

不知如此两重别，神石点化成黄金。

说有一河一沟渠，满溢肮脏污垢水。

待到相去汇聚时，成为一色名恒河。

摩耶之躯名梵者，如此结合变腐朽。

苏尔言，

抑或将其化解除，抑或背弃承诺言。

【释译】

本诗一方面陈述自己的卑微，一方面歌颂大神对信徒的一视同仁，祈求获得大神眷顾。内容大致如下：

胜尊啊，请不要在意我们身上的缺点。你拥有一视同仁的美名，你在解救众生的时候不挑三拣四。这就好像在祭拜时，有一个人用铁块祭拜，另有一个人是猎户，他只能用打猎所得的动物来祭祀。不过，这种差别对点金石来说并不重要，它都能将它们变为黄金。这也好像假如现在有一条水流清澈的河流和污水横流的沟渠，但是当两者汇合时，颜色也就变得一样了，若是汇入恒河，那么两者也就享有了恒河之名。我们的躯体从本质上讲只是摩耶，而小我从本质上讲却是大梵，两者融合后，小我也就变质了，成了肉体凡胎。胜尊啊，你来决定，或是解决这个问题，或是背弃自己拯救众生的诺言。

भगवदाश्रय

世尊庇护

【原文】

मेरो मन अनत कहाँ सुख पावै।

जैसैं उड़ि जहाज कौ[①] पच्छी, फिरि जहाज पर आवै।

कमल-नैन कौं छाँड़ि महातम, और देव कौं[②] ध्यावै।

परम गंग कौं छांड़ि पियासौ दुरमति कूप खनावै।

जिहिं मधुकर अंबुज-रस चाख्यौ, क्यौं करील-फल भावै।

सूरदास प्रभु कामधेनु तजि, छेरी कौन दुहावै॥

（25/168）

【对译】

我心他处何得喜

如同鸟儿飞离船，复又返回船上来。

抛弃伟大莲花眼，谁将他神来膜拜？

口渴不汲圣恒河，愚蠢之人掘水井。

黑蜂既尝莲花蜜，格藜木[③]果为何喜？

苏尔达斯言，

胜尊谁挤山羊奶，如意神牛却抛弃？

【释译】

本诗通过不同的比喻、对比，表明了自己对大神的坚定信仰。内容大致如下：

离开了世尊，我的心在其他地方又怎么会获得喜乐呢？就好像鸟儿从在大海中航行的船上飞走，终究会因为无处可去而返回船上，谁

① Varma 本作 ko。

② Gupta 本作 ko。

③ 格藜木，原文为 karīl，拉丁名 Capparis Aphylla，是生长在沙漠的一种有刺的无叶灌木，类似骆驼刺。

又会抛弃伟大的拥有莲花美眸的世尊，转而去膜拜其他诸神呢？谁又会在口渴的时候弃最为神圣的恒河不顾，转而愚蠢地去自己挖掘水井呢？黑蜂在尝过了莲花的花蜜之后，又怎么会去喜欢沙漠中格藜木的果子呢？胜尊啊，谁会放弃如意神牛，转而去挤山羊的奶呢？

在大海航行的水手以飞鸟判断是否远离陆地，这原本是一种朴素的航海知识。不过诗人却将其与其他一系列对比联系在一起，用以类比信仰毗湿奴与遵从其他信仰，最终引导信众做出选择。

【原文】

हमैं नँदनंदन मोल लिये।
जम के फंद काटि मुरकराए, अभय अजाद किये।
भाल तिलक स्रवननि[①] तुलसीदल, मेटे अंक बिये।
मूँड़्यौ मूँड, कंठ बनमाला, मुद्रा चक्र दिये।
सब कोउ कहत गुलाम स्याम कौ, सुनत सिरात हिये।
सूरदास कौं और बड़ौ सुख जूठनि[②] खाइ जिये॥
（26/171）

【对译】

我等为难陀子赎[③]
斩断阎摩之索套，施予无畏释自由。
耳坠杜草[④]额符志，身上印记消抹去。
剃头项挂野花环，轮宝法印亦施予。
众人言我黑子奴，闻之心中得慰藉。

① Varma 本作 srabanani。
② Sabha 本作 jūṭhan。
③ 标题字面义为“我们已经被难陀之子买下了”，引申为“我们已经被难陀之子赎买，成了他的信徒”。
④ 杜草，原文为 tulasī，即杜勒西草，此处由于字数限制，缩译为杜草。

苏尔达斯言，

复又享有大福乐，食用神赐祭品生。①

【释译】

本诗歌颂了黑天对信徒的救赎，刻画了黑天信徒的形象。内容大致如下：

难陀之子黑天已经将我们从奴役之中赎买了出来。他为我斩断了阎摩套在我身上的索套，并赐给我无畏，使我解脱，获得自由。他给我在耳朵上戴上杜勒西草，在我的前额点上符志，并给我除去其他为人奴役所留下的印记。他给我理发修面，给我的脖子挂上野花环，还赐予我轮宝、法印。其他人看到我现在的样子都说我已经成了黑天的奴仆，听到这种说法我的心中感到十分慰藉和平静。现在我终于又增添了一份喜乐，我现在可以以世尊吃剩的食物来维生。

本诗刻画了一个祭司的形象，并将其佩戴的耳环、符志、花环、轮宝等装饰与黑天信仰一一关联起来，塑造了一个典型的黑天信徒的形象。

【原文】

राखौ पति गिरिवर गिरि-धारी।

अब तौ नाथ, रह्यौ कछु नाहिंन②, उघरत माथ अनाथ पुकारी।

बैठी सभा सकल भूपनि की, भीषम-द्रोन-करन व्रतधारी।

① 祭品，原文为 jūṭhani，字面义为“吃剩的食物”。在印度，信徒常以各类食物供奉大神，祭祀结束后信徒又食用这些祭品，并被认为是食用大神享用之后的剩余食物，被视为享用了大神的恩惠。

② Varma 本作 nāhin。

कहि न सकत कोउ बात बदन पर, इन पतितनि[1] मो अपति[2] बिचारी।

पांडु-कुमार पवन से डोलत, भीम गदा कर तैं महि डारी।

रही न पैज प्रबल पारथ की, जब तै धरम-सुत घरनी हारी।

अब तौ नाथ न मेरौ कोई, बिनु श्रीनाथ-मुकुंद-मुरारी।

सूरदास अवसर के चूकैं, फिरि पछितैहौ देखि उघारी॥

（27/248）

【对译】

妙山主托山者[3]救我

除主你外再无他，光额无助来呼救。[4]

忠誓诸王朝堂坐，毗摩德罗迦尔纳。[5]

然却无人当面斥，堕落人辱可怜我。

般度之子随风颤，脱手坠地怖军锤。

自从法神子输妻，大力普利子失信。[6]

除吉祥主[7]解脱授[8]，穆罗敌[9]现我无主。

苏尔达斯言，

莫让机会空流逝，待睹裸身懊悔憾。

---

① Varma 本作 patitati。

② Varma 本作 āpati。

③ 妙山主托山者，原文为 pati girivar giri dhārī。其中 girivar 指牛增山，pati girivar 牛增山主; giri giriārī 指的是托山之人。两者均为黑天名号，典故出自黑天托举牛增山保护牧民的故事。

④ 此处引用了《摩诃婆罗多》中难敌、难降兄弟等人对黑公主百般羞辱的典故，作者自比黑公主。但在具体情节上为了突出毗湿奴的伟大，对般度五子等人进行了一定程度上的矮化。

⑤ 毗摩德罗迦尔纳，此处指的是《摩诃婆罗多》中的人物毗湿摩、德罗纳、迦尔纳，由于字数限制有所缩减。

⑥ 普利子，原文为 pārath，通 Pārtha，由 pṛthā（恭蒂的别名）派生而来，指般度五子。

⑦ 吉祥主，原文为 śrīnāth，可以将吉祥理解为形容词，则本词意为“吉祥之主”，或将吉祥理解为吉祥天女，则本词意为“吉祥天女的丈夫”。均可作为毗湿奴名号。

⑧ 解脱授，原文为 mukund，字面义为“赐予解脱者”，毗湿奴名号。

⑨ 穆罗敌，原文为 murāri，其中穆罗为一个魔王的名字，为黑天所杀。穆罗敌即黑天的名号。

【释译】

本诗引用了《摩诃婆罗多》中的典故，诗人自比黑公主，祈求大神的庇佑。内容大致如下：

黑公主道："山中翘楚之主，托山者黑天啊，请你保护我吧！胜尊啊，现在我无依无靠，被人拽着头发，想要扒光我身上的衣服。我在如此绝境之中向你呼救啊！现在端坐在朝堂上的所有王者，这其中包括忠于自己诺言的毗湿摩、德罗纳和迦尔纳，没有任何一个人站起来当着难敌的面斥责他的不端行径。这个堕落的人正在想尽办法让我丢人现眼，陷入令人可怜的不幸境地。此时，般度五子已经由于恐惧而颤动，就好像在随风飘动一样。怖军的铁锤也从手上滑落，掉到了地上。至于法王之子坚战，更是从赌输了妻子的一刻起失去了坚守自己诺言的力量。现在除了作为吉祥主、赐予解脱者和穆罗的敌人的世尊你以外，再没有任何人是我的主人了！我也只相信你啊！世尊啊，你不要让这个解救我的机会白白流逝啊，等到我被难降脱光了衣服，你见到了我赤身露体的样子，你可就要后悔不迭了呀！"

黑天解救黑公主的故事在恭顺诗以及其他部分的诗歌中多有提及，是表现黑天拯救信徒的一个典型案例。不过本诗的特别之处在于，诗人在诗中直接以黑公主的口吻央求黑天。为了突出黑天的神武，本诗不惜对般度五子进行一定程度的"丑化"，恰如诗中所说："般度之子随风颤，脱手坠地怖军锤。自从法神子输妻，大力普利子失信。"此消彼长，般度五子等人的懦弱更加凸显了黑天正义的高大形象。虽然在《摩诃婆罗多》的叙事中黑天的这一形象已经得以树立，但本诗更进一步，使黑天的形象更加高大。

भावी
天命注定

【原文】

करी गोपाल की सब होइ।

जो अपनी पुरुषारथ मानत, अति झूठौ है सोइ।

साधन, मंत्र, जंत्र, उद्यम, बल, ये सब डारौ धोइ।

जो कछु लिखि राखी नँदनंदन, मेटि सकै नहिँ कोइ।

दुख-सुख, लाभ-अलाभ, समुझि तुम, कतहिँ मरत हौ रोइ।

सूरदास स्वामी करुनामय, स्याम-चरन मन पोइ॥

（28/262）

【对译】

牛护所作皆实现

盲信自身之勇者，此为极大之谬误。

修行真言与法力，精进力量皆洗去。

难陀之子旦所写，无人再能擦拭去。

苦乐利弊你既知，哭中逝去为何故？

苏尔达斯言，

主人充满悲悯情，黑子之足心意系。

【释译】

本诗否定了其他修行方式以及个人的力量，独尊黑天的神力。内容大致如下：

牛护黑天所定的事情都成了现实。那些盲目相信自己的勇力的人啊，你们实在是荒谬至极。无论你相信的是修行、真言、法力、精进、力量还是其他什么，都快快放弃这些念头，就好像洗去衣服上的污点一样将它们从心中洗去吧！因为只要难陀之子黑天写下的东西，就再也没有人能够擦拭、修改。既然如此，你又何必忧心苦乐利弊之事，并在惶恐不安中哭泣着死去呢？主人黑天以慈悲为怀，你且快快将他的神足捧在胸前，系在心间吧！

既然至高存在是威力无边而又具备种种德行的人格神，那么，在其他话语体系中不可违逆、非人格化的业力也就成了大神的种种念头。包括本诗在内的一系列歌虽然以“天命注定”为标题，但这里的“天”指的就是黑天。从这一逻辑出发也就不难理解“游戏”一说，种种修行在黑天的意志和神力面前也就变得毫无意义了。

【原文】

होत सो जो रघुनाथ ठटै।

पचि-पचि रहैं सिद्ध, साधक, मुनि, तऊ न बढ़ै-घटै।

जोगी जोग धरत मन अपनैं, सिर पर राखि जटै।

ध्यान धरत महादेवऽरु ब्रह्मा, तिनहूँ पै न छटै।

जती, सती, तापस आरधैं चारौं बेद[1] रटै।

सूरदास भगवंत-भजन बिनु, करम-फाँस न कटै॥

（29/263）

【对译】

所成罗怙主所定

悉陀牟尼修行者，努力彼亦无增减。

心持瑜伽瑜伽士，头上盘起发髻辫，

大天[2]梵天禅定持，亦未由此便消减。

---

① Sabha 本作 ved。

② 大天，原文为 mahādev，湿婆名号。

行者萨蒂[1]尽膜拜，四部吠陀亦诵读。

苏尔达斯言，

然若不作世尊诵，业障束缚不可断。

【释译】

本诗否定其他修行方式和其他大神，推崇大神毗湿奴，认为只有他才有斩断业障的神力。内容大致如下：

那些发生的事情，都是罗怙之主世尊毗湿奴所定下的事情。悉陀、得道的苦行者、牟尼们受尽煎熬、修行努力，却依然无法改变那些世尊定下的事情。瑜伽行者们在自己的头顶盘起发髻，不断修苦行，心中练习着瑜伽，他们心中默念着大天湿婆或是梵天，但这也同样改变不了什么。纵使一遍又一遍地膜拜那些修苦行者和虔诚的信徒，或是诵读四部吠陀，只要不吟唱世尊的颂歌，业障的束缚就不可能被切断。

本诗承接上一首诗，继续否定各类修行方式的价值，提倡虔信大神毗湿奴。从诗的最后一句“然若不作世尊诵，业障束缚不可断”可以明显看出诗人的宗教观点，即业障的消除必须仰赖歌颂毗湿奴的功德。

【原文】

भावी काहू सौं न टरै।

कहँ वह राहु, कहाँ वै <u>रवि</u>[2] ससि, आनि सँजोग <u>परै</u>[3]।

---

① 原文为 jatī satī tāpas，其中 jatī 和 tāpas 指的都是苦行者，故此处省去了一个单词。satī 原指因为湿婆而投入火中的贞烈女神萨蒂，此处也用以引申指愿为大神献身的虔信之人。

② Gupta 本作 rabi。

③ Varma 本作 pare。

मुनि बसिष्ठ पंडित अति ज्ञानी, रचि-पचि[1] लगन धरै।
तात-मरन, सिय-हरन, राम बन-बपु धरि बिपति भरै।
रावन जीति कोटि तैंतीसौ, त्रिभुवन राज करै।
मृत्युहिं बाँधि कूप मैं राखै, भावी-बस सो मरै।
अरजुन के हरि हुते सारथी, सोऊ[2] बन निकरै।
द्रुपत-सुता कौ राजसभा, दुस्सासन चीर हरै।
हरीचंद सो को जगदाता, सो घर नीच भरै।
जौ गृह छाँड़ि देस बहु धावै, तउ[3] वह संग फिरै।
भावी कैं बस तीन लोक हैं, सुर नर देह धरै।
सूरदास प्रभु रची सु ह्वैहै, को करि सोच मरै॥

（30/264）

【对译】

无人可移命注定

日月之所罗睺在，追逐合体命注定。[4]
极裕仙人大智者，精心斟酌定吉日，
罗摩父亡悉多劫，穿树皮衣祸难免。
战胜天神三亿五，称王三界罗波那。
纵然井中囚死神，[5] 依如命定终死去。
固有诃利为御者，流放森林阿周那。
木柱王女现朝堂，难降褫夺衣服去。

① Sabha 本作 raci。
② Sabha 本作 soū。
③ Varma 本作 taū。
④ 罗睺，原文 rahu，本为阿修罗，因窃饮甘露被毗湿奴用飞轮腰斩，但其头部因受甘露之惠得以永生，他迁怒于告发者——日神和月神，便在天上追赶、撕咬日月，由是形成日食和月食。
⑤ 传说十首王罗波那征服了包括地府在内的三界，此处说罗波那囚禁了死神，即是此意。

金辉王[①]施何人比，下人家中为奴仆。

抛家云游遁世者，他[②]亦终究影随行。

三界皆为命运控，无论神骨或凡胎。

苏尔达斯言，

一切已为胜尊定，何人忧心中死去？

【释译】

本诗引经据典，说明命运不可改变。内容大致如下：

命中注定之事没有人能够改变。罗睺在哪里，太阳和月亮也就在哪里，罗睺追逐、撕咬日月，他们紧紧地结合在一起。极裕仙人是拥有大智慧的智者，他精心为罗摩和悉多挑选了结婚的良辰吉日，但这也无法避免罗摩遭受父亲暴毙、妻子悉多被掳劫、自己穿上树皮衣被流放森林的悲惨命运。十首王罗波那战胜了三亿五千万天神，称霸三界；死神也成了他的阶下囚，被他囚禁在一口井中。但即便如此，他也逃脱不了命运的控制，最终命丧毗湿奴在凡间的化身罗摩之手。纵有世尊亲自作为阿周那的御者，但是般度五子还是避免不了被流放，木柱王的女儿黑公主在朝堂上也逃脱不了被难降脱衣的羞辱。这世上再没有谁比金辉王赫利谢金德尔更加乐善好施了，但是如他这样的好人却也最终在下贱之人的家中为奴。人们纵使可以离开家庭四处游荡，但是无论走到哪里，命运都会如影随形。三界皆在命运的控制之下，不论是天神还是凡人都逃脱不了。胜尊已经策划好了一切，又有谁还会明知如此，忧心未来已经注定之事呢？

本诗承袭了上几首诗的观点，以两大史诗和往世书中的故事进

---

① 金辉王，原文为 hariścand，通 hariścandra。传说中乐善好施的国王，献出了自己的一切，沦为焚尸场的佣人。

② 此处指命运。

一步丰富了诗歌的叙述。

【原文】

तातैं सेइयै श्री जदुराइ।

संपति बिपति, बिपति तैं संपति, देह कौ यहै सुभाइ।

तरुवर फूलै[1], फरै, पतझरै, अपने कालहिं पाइ।

सरवर नीर भरै, भरि उमड़ै, सूखै, खेह उड़ाइ।

दुतिया चंद बढ़त ही बाढ़ै, घटत-घटत घटि जाइ।

सूरदास संपदरा-आपदा, जिनि कोऊ पतिआइ॥

（31/265）

【对译】

缘此尊奉雅度主

福生祸兮祸生福，肉体凡胎此自性。

结果开花叶落去，此亦树木循自时。

湖中水满复满溢，干涸之后尘土扬。

朔后二日新月长，既满复又消瘦去。

苏尔达斯言，

无论福乐或灾祸，此间无一可信赖。

【释译】

本诗以自然现象等为比喻，提倡对黑天的尊奉。内容大致如下：

之所以说雅度之主黑天值得我们尊奉，是由于以下的原因：但凡凡人，由于自性，往往或由福中生祸，或由祸中生福，难有一丝恒定。这就好像树木依照时节结果、开花、落叶；就好像湖泊中或水盈溢出，或湖水干涸，或尘土飞扬；就好像朔日之后两日的新月

① Varma 本作 bhūle。

渐渐变为满月，后又慢慢变回弯月一样。无论祸福，皆不可信。在这个变化不断的世上，只有胜尊恒定不变，我们唯有以他为依靠。

本诗从另一个角度，即俗世的无常来规劝世人莫要留恋，而应当信仰世尊，因为唯有他永远不变。

वैराग्य
出家遁世

【原文】

किते दिन हरि-सुमिरन बिनु खोए।
पर-निंदा रसना के रस करि, केतिक जनम बिगोए।
तेल लगाइ कियौ रुचि-मर्दन, बस्तर मलि-मलि धोए।
तिलक बनाइ चले स्वामी ह्वै, विषयिनि के मुख जोए।
काल बली तैं सब जग काँप्यौ, ब्रह्मादिक हूँ रोए।
सूर अधम की कहौ कौन गति, उदर भरे, परि सोए॥
（32/52）

【对译】

不念诃利虚度几多日
他人咒骂欣然品，荒废生命何其多！
涂油抹身兴致勃，衣着污点皆洗净。
额点符志仿圣人，仍然追求世俗乐。
死亡威力颤众生，梵天等等皆号啕。
苏尔达斯言，
卑贱之人何情状？吃饱肚子便睡觉。

【释译】

本诗讽刺了不虔信诃利而浪费生命的人。内容大致如下：

我心中不念诃利，就这样白白失去了多少日子呀！我就这样将他人的咒骂视为美味细细品尝，荒废了几多生命呀！我兴致勃勃地将身上涂抹精油，然后费力地清洗自己衣服上的每一处污点，却不曾清洗自己的心灵。我在额前点上符志，学着修行者的样子，但目光却依然盯着尘世间的种种享乐。死亡是如此强大有力，以至于所有世界都因为恐惧它而颤抖，梵天和其他诸天神也都害怕得号啕大哭。卑贱之人这时候又在干些什么呢？他只是吃饱了睡，睡饱了吃，荒废生命啊！

本诗以及之后几首诗都旨在以死亡警示世人，劝诫世人莫要沉溺于尘世的享乐，而应当抓紧为人的机会，皈依大神，进而获得解脱。“额点符志仿圣人，仍然追求世俗乐”一句讽刺了许多道貌岸然的所谓“虔诚信徒”。结尾“卑贱之人何情状？吃饱肚子便睡觉”更是毫不留情地抨击了毫无意识，沉溺于世俗享乐的人们。

【原文】

नर तैँ जनम पाइ कह कीनो ?

उदर भर्यौं कूकर-सूकर लौं, प्रभु को① नाम न लीनौ ।

श्री भागवत सुनी नहि स्रवननि②, गुरुगोविंद③ नहिं चीनौ ।

भाव-भक्ति कछु हृदय न उपजी, मन बिषया मैँ दीनौ ।

झूठौ सुख अपनौ करि जान्यौ④, परस प्रिया कैँ भीनौ ।

अघ कौ मेरु बढ़ाइ अधम तू, अंत भयौ बलहीनौ⑤ ।

---

① Varma 本作 kau。

② Varma 本作 śravanani。

③ Varma 本作 gurugobind。

④ Varma 本作 jānyo。

⑤ Varma 本作 valahīnau。

लख चौसारी जोनि भरमि कै फिरि वाही मन दीनौ।

सूरदास भगवंत-भजन बिनु ज्यौं अंजलि-जल छीनौ॥

（33/65）

【对译】

你生为人何作为

不过果腹若狗犬，胜尊名号不曾提。
耳中不闻薄伽梵[①]，师尊牛得[②]亦不识。
丝毫虔爱心不生，意念交予世俗乐。
虚谬福乐自接纳，感官俗爱中沉沦。
罪孽高似须弥山，卑贱如你弱无力。
转世八百四十万，[③]深陷之处心犹系。
苏尔达斯言，
若不吟唱世尊颂，如是掌中水流逝。

【释译】

本诗抨击了碌碌无为不知虔信毗湿奴的人。内容大致如下：

你说说看，你以人类的形式来到这个世上做了什么？你不过整天和狗一样只知道填饱肚子，既不知道念诵胜尊的名号，也不曾听过《薄伽梵往世书》中世尊毗湿奴的神圣事迹，甚至连师尊和世尊毗湿奴也不认。你心中丝毫没有生出虔爱之情，而是陶醉于凡俗的享乐之中。你欣然接受那些虚假、荒谬的快乐，一接触到就爱不释手、沉浸其中。你这卑贱的人啊，你的罪孽如此深重，摞起来的话和须弥山一样高了！你最终将无力面对这沉重的罪孽。你已经轮回转世了八百四十万次，但你的心智依然深陷其中。如果不诵读世尊

① 薄伽梵，此处指《薄伽梵往世书》，尤其是其中有关毗湿奴的神话故事。

② 牛得，原文 govind，通 go-vinda，黑天名号之一。

③ 此处指转世八百四十万次，印度有一种说法，认为世间共有生灵八百四十万种，所以此处亦指转世化为所有的生灵，用以描述轮回之漫长、痛苦。

的颂歌，你的人生就好像手掌托起的水一样，很快就流逝了。

在佛教所描述的六道轮回中，人道是唯一能够获得解脱的世道。这种对人的价值的推崇基本为之后的印度宗教所接受。也正是因为降生为人是难能可贵的解脱良机，所以帕克蒂诗歌中不乏劝诫碌碌无为之人的作品，本诗便是这方面的代表。“不过果腹若狗犬”“罪孽高似须弥山”“转世八百四十万”等夸张而强有力的表达表现出了诗人的痛心疾首，颇有“怒其不争”的感觉。

【原文】

इत-उत देखत जनम गयौ।

या झूठी माया कैँ कारन, दुहुँ दृग अंध भयौ।

जनम-कष्ट तैँ मातु दुखित भई, अति दुख प्रान सह्यौ।

वै त्रिभुवनपति बिसरि गए तोहिं, सुमिरत क्यौँ[1] न रह्यौ।

श्रीभागवत सुन्यौ नहिं कबहूँ, बीचहिं भटकि मर्यौ।

सूरदास कहै, सब जग बूड़्यौ, जुग-जुग भक्त तर्यौ॥

（34/261）

【对译】

左顾右盼生命逝

因此虚幻摩耶故，双眼尽皆失光明。

分娩苦痛母亲受，极度苦难人生忍。

彼三界主你竟忘，为何不将心念系？

不曾听闻薄伽梵[2]，中途迷失亡歧路。

苏尔达斯言，

尘世一切尽沉没，诸时代中信徒度。

---

① Varma 本作 kyoṃ。

② 薄伽梵，此处指《薄伽梵往世书》，尤其是其中有关毗湿奴的神话故事。

【释译】

本诗描写了不坚定信仰大神导致的迷惘和付出的代价。内容大致如下：

生命在（追求幸福的）左顾右盼中消失殆尽。正是由于受到了这虚幻的摩耶的蒙蔽，我的双眼都瞎了。每次当我降生在这尘世间，母亲都要承受分娩生产的痛苦，而我也不得不忍受这极度痛苦的人生。为何你竟然忘记了三界之主？为何你不曾将他系在心间，念诵他的名号？你不曾听过《薄伽梵往世书》中世尊毗湿奴的故事，就好像在中途迷了路，最终在迷失和徘徊中死去。尘世间的一些生灵都好像沉入海中一样深陷轮回的汪洋之中。在所有时代中，唯有世尊的虔诚信徒可以得到救度。

【原文】

सबै दिन गए विषय के हेत① ।
तीनौं पन ऐसैं हीं खोए, केस भए सिर सेत ।
आँखिनि अंध्र स्रवन नहिं सुनियत, थाके चरन समेत ।
गंगा②-जल तजि पियत कूप-जल, हरि तजि पूजत प्रेत ।
मन-बच-क्रम जौ भजै स्याम कौं, चारि पदारथ देत ।
ऐसौ प्रभू छाँड़ि क्यौं③ भटकै, अजहूँ चेति अचेति ।
राम नाम बिनु क्यौं④ छूटौगे, चंद गहैं ज्यौं केत ।
सूरदास कछु खरच न लागत, राम नाम मुख लेत ॥
（35/296）

① Varma 本作 hetu。
② Sabha 本作 gāg。
③ Gupta 本作 kyauṃ。
④ Varma 本作 kyoṃ。

【对译】

所有时日皆因俗尘逝

人生三段[①]已荒废，头顶发丝已苍白。

眼瞎耳聋双脚乏，浑身上下皆倦怠。

弃恒河水饮井水，不尊诃利祭拜鬼。

以心口业[②]颂黑天，便得四大句义[③]赐。

为何抛弃此胜尊？迷惑不觉今且醒。

不念罗摩不得度？即如月被罗睺[④]咬。

苏尔达斯言，

罗摩名号口中诵，代价丝毫亦不需。

【释译】

本诗表达了对虚度人生的懊悔之情，奉劝世人尊奉大神。内容大致如下：

我人生的所有时日都为了追求世俗享乐而消失殆尽，我的童年、少年和青年三个阶段都已经荒废。现在我已年迈，白发苍苍，双目失明，两耳失聪，包括双脚在内的四肢也已无力。由于摩耶的迷惑，就好像抛弃了圣洁的恒河水而去饮用井水一样，我不曾祭拜世尊，反而顶礼魔鬼。那些以心意、言语、行动三方面赞颂黑天的人得到了四大元素的赏赐，实现了法、欲、利、解脱人生四大目的。我昏了头，在迷失中抛弃了这样的胜尊！今天我得醒醒了！如果不念诵罗摩的名号，我就好像被罗睺紧紧咬住的月亮，深陷轮回之海不得解脱。口中念诵罗摩的名号吧！这根本不需要付出任何代价。

---

① 此处泛指人生的大部分阶段，说明已经步入暮年。

② 身口意三业。

③ 句义，原文为 padārath，通 padārtha。印度基本概念范畴之一，可作多种解释。此处可以理解为法、欲、利、解脱人生四大目的。

④ 有关罗睺的神话故事，参见前文注释。

本诗以一个老年人的口吻表达了对未曾虔信大神的悔恨。所谓“人之将死其言也善”，诗人以这样一种更具说服力的方式继续规劝执迷不悟的世人。

【原文】

द्वै मैँ एकौ तौ न भई।

ना हरि भज्यौ, न गृह सुख पायौ, वृथा① बिहाइ② गई।

ठानी हुती और कछु मन मैँ, औरै आनि ठई।

अबिगत-गति कछु समुझि परत नहिं, जो③ कछु करत दई।

सुत सनेहि-तिय सकल कुटुँब मिलि, निसि-दिन होत खई।

पद-नख-चंद चकोर बिमुख मन, खात अँगार मई।

विषय④-बिकार-दवानल उपजी, मोह बयारि-लई।

भ्रमत-भ्रमत बहुतै दुख पायौ, अजहुँ न टेँव⑤ गई।

होत कहा अबके पछिताएँ, बहुत बेर बितई⑥।

सूरदास सेये न कृपानिधि, जो सुख सकल मई॥

（36/299）

【对译】

二者之中无所得

不颂诃利既荒度，家居福乐亦未得。

心中既已有所定，所现却为另一事。

① Sabha 本作 bṛbhā；Gupta 本作 bṛthā。
② Varma 本作 vihāi。
③ Varma 本作 jau。
④ Gupta 本作 biṣay。
⑤ Gupta 本作 ṭev。
⑥ Varma 本作 vidai。

隐秘情状①无所知，旦有所为皆神作。
儿子爱妻家中人，得之日夜皆被噬。
转头不看趾甲月，心意鹧鸪食炭火。②
沉沦俗乐林火生，复有疑惑风助阵。
徘徊游荡众苦受，至今亦无有所移。
现在后悔有何用？几多时光已流逝。
苏尔达斯言，
未曾侍奉仁慈藏③，所有喜乐尽其中。

【释译】

本诗表达了对荒废人生的懊悔，劝诫人们皈依大神毗湿奴。内容大致如下：

人生在世，有世俗或超世俗两种喜乐。我既不曾拥有家居生活的欢乐，也不曾赞颂世尊，获得那超凡的喜乐。实际情况总是与我心中所想相去甚远。其实世事都是世尊所定，而我对世尊的这种情状和方式却一无所知。在拥有了儿子、爱妻和其他家庭成员之后，我的时间就被消耗殆尽了。我就好像鹧鸪一样，不仅不心系世尊，享用那如世尊的脚趾甲一般的月亮所发出的月光，反而去吃那炙热的炭火，忍受沉溺凡俗之乐所带来的种种痛苦。我这般对凡俗之乐的沉溺升起，就好像林火一样；更糟糕的是，摩耶就好像大风，让这林火愈演愈烈。因此，我屡屡转世，受尽煎熬。迄今为止，我依

① 隐秘情状，原文为 abigat-gati。其中 abigat 通 avigata，根据不同的词根拆分，字面义既可以解释为“永恒、不朽”，也可以解释为“不可知的”，两种解释均可以用于指称至高存在。与 gati 连用表示至高存在不为人知的情状和行为方式，此处用以指称世尊在冥冥之中安排世间诸事。

② 此处引用了有关鹧鸪的传说。据说，此处的鹧鸪 cakor 是一种红爪鹧鸪，他或以初升的微红色月光为食，或以点着的炭火为食。作者在这里进一步将月亮比作世尊的脚趾甲，将鹧鸪比作人心，因而“转头不看趾甲月”可以引申为心中不敬世尊；“食炭火”则被作者用以比作沉溺于凡俗之乐的苦痛。

③ 仁慈藏，原文为 kṛpānidhi，字面义为仁慈的宝藏，此处指毗湿奴。

然没有改变这种方式。现在后悔还有什么用呢？多少时间已经白白过去了呀！我未能去侍奉如仁慈的宝藏一般的世尊，错过了所有的喜乐。

【原文】

अब मैं जानी, देह बुढ़ानी।
सीस, पाउँ, कर कह्यौ न मानत, तन की दसा सिरानी।
आन कहत, आनै कहि आवत, नैन-नाक बहै पानी।
मिटि गइ① चमक-दमक अँग-अँग की, मति अरु दृष्टि हिरानी।
नाहिं रही कछु सुधि तन-मन की, भई जु बात बिरानी।
सूरदास अब होत बिगूचनि, भजि लै सारंगपानी॥
（37/305）

【对译】

如今我知身已老
头足双手不听唤，身躯情状不如前。
开口所言非所想，眼泪鼻涕自流淌。
周身容光尽褪去，心与眼力亦消逝。
身心已然无意识，所现诸事面目非。
苏尔达斯言，
现今困境既降临，华彩神弓持者②颂。

【释译】

本诗以老年人的口吻表达了对虚度人生的懊悔。内容大致如下：

直到今天我才知道自己的身体已然衰老。现在，我的脑袋、双

① Sabha 本作 dai。
② 华彩神弓持者，原文为 sāraṁgapāni，通 sāraṅga-pāṇi。其中 sāraṅga 指的是毗湿奴的神弓，因而 sāraṅga-pāṇi 便指“手持色彩绚丽的神弓者”，也就是世尊毗湿奴。

手、双脚都已经不听使唤，身体健康每况愈下。我的嘴巴也不听使唤了，每当我想要说什么时，却往往说出另一些话来；眼泪和鼻涕也控制不住地横流。我身上各处的那种精神和光芒都已经褪去了，脑子也转不动了，眼睛也看不清了。我的身心已经失去了意识，一切都变了。现在身处令人绝望的困境之中，绝不能再留恋俗世之乐，来诵读手持华彩神弓者、世尊毗湿奴的颂歌吧！

मन प्रबोध

训诫心念

【原文】

सब तजि भजिऐ नंद कुमार।
और भजे तैं काम सरै नहिं, मिटै न भव-जंजार[①]।
जिहिं जिहिं जोनि जन्म धार्यौ, बहु जोर्यौ अघ कौ भार।
तिहिं काटन कौं समरथ हरि कौ[②] तीछन नाम-कुठार।
वेद[③], पुरान, भागवत, गीता, सब कौ यह मत सार।
भव-समुद्र हरि-पद-नौका बिनु, कोउ न उतारै पार।
यह जिय जानि, इहीं छिन भजि, दिन बीते जात असार।
सूर पाइ यह समौ लाहु लहि, दुर्लभ फिरि संसार॥
（38/68）

① Varma 本作 jambhār。
② Varma 本作 kauṃ。
③ Varma 本作 bed。

【对译】

弃一切颂难陀子

赞颂他人功不成，轮回之网难除去。

不论生于何子宫，深重罪孽尽汇聚。

何物能将此削砍，诃利名号锐利斧。

吠陀以及往世书，薄伽梵歌薄伽梵[①]，

一切经典旦所言，尽皆为此一要义：

若无诃利足为舟，无人可渡轮回海。

既知如此即刻颂，时日无谓徒然逝。

苏尔言，

获此机缘善利用，轮回海中复难得。

【释译】

本诗奉劝世人坚定信念，一心虔信黑天。内容大致如下：

你应当抛弃一切，专注地吟诵难陀之子的颂歌，因为赞颂其他神明并不能使你功德圆满，不能令你超脱生死轮回。无论你转世到谁的子宫中，那里都会因你而变得罪孽深重，也只有诃利的名号这把锋利的斧头才能将它砍去。“吠陀”“往世书”、《薄伽梵往世书》和《薄伽梵歌》，所有这些经典的要义都是一致的：在这轮回的大海中，若不坐上诃利的颂诗所做的渡船，谁也不能得到解脱。你既然已经知道了这个道理，那就马上开始赞颂诃利吧！不然你的生命也将白白流逝。既然已经得到了这个转世为人的机会，那就好好利用吧！这样的机会在轮回之中很难再次得到。

本诗继续规劝世人虔信黑天，值得一提的是在本诗中，诗人对诸多梵语经典做出了非常简单的诠释。“吠陀以及往世书，薄伽梵歌

① 此处薄伽梵指《薄伽梵往世书》。

薄伽梵，一切经典且所言，尽皆为此一要义”，这些内容各异的经典被概括为一句话“若无诃利足为舟，无人可渡轮回海”。由此可以看出，以苏尔达斯为代表的中世纪帕克蒂诗人简化宗教，将各种论述归于虔诚信仰的尝试。

【原文】

जा दिन मन पंछी उड़ी जैहै।
ता दिन तेरे तन-तरुवर के① सबै पात झरि जैहैं।
या देही कौ गरब न करियै②, स्यार-काग-गिध खैहैं।
तीननि मैं③ तन कृमि, कै बिष्टा④, कै ह्वै खाक उड़ेहै⑤।
कहँ वह नीर, कहाँ वह सोभा, कहँ रँग-रूप दिखेहै⑥।
जिन लोगनि सौं नेह करत है, तेई⑦ देखि घिनैहैं।
घर के कहत खबारे काढ़ौ, भूत होइ धरि⑧ खैहैं।
जिन पुत्रनिहिं बहुत⑨ प्रतिपाल्यौ⑩, देवी-देव मनैहैं⑪।
तेई लै⑫ खोपरी बाँस दै सीस फोरि बिखरैहैं⑬।
अजहूँ मूढ़ करौ सतसंगति, संतनि मैं कछु पैहै⑭।

---

① Varma 本作 kai。
② Varma 本作 kariye。
③ Varma 本作 meṁ。
④ Gupta 本作 viṣṭā。
⑤ Varma 本作 uṛaihaiṁ.
⑥ Varma 本作 dikhaihaiṁ。
⑦ Sabha 本作 tei。
⑧ Varma 本作 ghar。
⑨ Varma 本作 vahut。
⑩ Gupta 本作 pratipāryau。
⑪ Sabha 本作 manahaiṁ。
⑫ Sabha 本作 le。
⑬ Sabha 本作 bikharehai。
⑭ Varma 本作 paihaiṁ。

नर-बपु[1] धारि नहिं जन हरि कौं, जम की मार सो खैहै[2]।

सूरदास भगवत-भजन बिनु बृथा सु जनम गँवैहै[3]॥

（39/86）

【对译】

他日心意鸟飞去

彼日你身若树木，所有树叶尽凋落。

切勿为此身躯傲，豺狗乌鸦鹫所食。

身体无非此三种[4]：蛆虫粪土灰烬飞。

何来水分与容光，何来彼等色相现？

纵使爱恋此般者，如今见之生厌恶。

家人亦云速拖走：化为鬼魂纠缠噬。

异常关爱所养儿，为其祈愿男女神，

他持竹杖击头颅，敲开脑袋碎成片。[5]

蠢货今且寻良伴，圣人之间有所得。

不尊诃利纵为人，阎摩惩罚亦须受。

苏尔达斯言，

若不吟唱世尊颂，降生亦然徒浪费。

【释译】

本诗刻画了人死后的景象，劝诫及早皈依大神毗湿奴，以求获得解脱。内容大致如下：

等到心意如鸟儿一般飞走时，你的身体就会像落叶凋零的树木一样毫无美丽可言。你不要再为自己的身躯而感到骄傲了！最终它

① Gupta 本作 vapu。

② Varma 本作 kaihaiṁ。

③ Varma 本作 gaṁvaihaiṁ；Gupta 本作 gaṁvaihai。

④ 此处三种，指三种结果。

⑤ 印度部分地区丧葬习俗，火化时由儿子用竹杖将死者的头骨敲开，这样死者的灵魂方能解脱。

也不过是豺狼、乌鸦和鹰隼的事务罢了。所谓身体，无非有三种下场：或者被埋入地下，最终化为蛆虫；或者被食腐动物所吃，化为污秽的粪土；或者被火化，成为灰烬被风吹走。待到那时，哪里还有什么容光、相貌可言？即便是那些曾经喜欢你的人也会对这样的身体心生厌恶。甚至你的家人也会忙不迭地说：“快把他搬走吧，别成了鬼把我们抓住，咬我们。”即便是你的儿子，虽然你辛辛苦苦将他们养大，为了他们，你向各种男神、女神求助，他们还是会用竹杖打你的头，将头骨打成碎片。即使你已经得到了转世为人的机会，但是如果你不能成为诃利的信徒，那么也逃脱不了阎摩的惩罚和煎熬。如果不吟唱世尊的颂歌的话，这个机会也就被白白浪费了。

死亡为常人所畏惧，本诗以人死后的场景规劝世人可以说是切中要害。有意思的是，诗中还对丧葬习俗作了一番新的解读，将儿子敲击头骨促使灵魂解脱的仪式解释为恶意的打击。这种刻画一方面可能是为了讽刺烦冗的丧葬习俗，另一方面也通过丑化、贬低家庭成员的表现，奉劝世人不要留恋世俗生活，而应尽力寻求解脱。

【原文】

तिहारौ कृष्न कहत कह जात ?

बिछुरैं① मिलन बहुरि कब ह्वैहै, ज्यौं तरवर के पात।

सीत-बात②-कफ कंठ बिरोधै, रसना टूटै बात।

प्रान लए③ जम जात, मूढ़-मति देखत जननी-तात।

छन इक माहिं कोटि जुग बीतत, नर की केतिक बात।

---

① Varma 本作 bichurai。

② Varma 本作 vāt。

③ Sabha 本作 laai。

यह जग-प्रीति सुवा-सेमर ज्यौं, चाखत ही उड़ि जात।

जम कैं फंद पर्यौं नहिं जब लगि, चरननि किन लपटात।

कहत सूर बिरथा यह देही, एतौ कत इतरात॥

（40/313）

【对译】

你诵黑天有何用？

既离何时复得见？如同落叶于树木。

冷风淤痰阻喉咙，舌尖不得吐辞言。

父母亲眼目睹下，阎摩夺你蠢货命。

千万时代一瞬间[①]，凡夫俗子几多事？

此等俗爱若木棉，鹦鹉一啄絮纷飞。[②]

未落阎摩索套时，何不拥抱世尊足？

苏尔言，

百无一用此皮囊，如此傲慢为哪般？

【释译】

本诗描写了临死之际不能亡羊补牢的场景，奉劝世人尽早皈依大神毗湿奴。内容大致如下：

你现在念诵黑天又有什么用呢？既然已经离别就很难再失而复得，这就好像树木不能再次和落叶重逢一样。冷风和淤痰已经阻塞了嗓子，舌头再也说不出话来了。蠢货啊！就在父母的亲眼观视下，阎摩正要夺走生命。其实人世间的千万个时代对世尊来说不过是一瞬间，凡人是多么渺小啊！人们所留恋的凡俗之爱就好像木棉花一样徒有其表、华而不实。虽然木棉花红彤彤得甚是好看，但若是鹦

① 时代，原文为 juga，通 yuga，印度宗教中一个巨大的时间单位。此句称大神的一瞬相当于人世间的千万个时代，用以说明凡人的渺小。

② 此处将人世间的凡俗之爱比作木棉花，虽然红彤彤，十分好看，但若有鹦鹉前去试图吮食花蜜，只会飞出一些如棉花一般的絮状物。作者以此比喻说明凡俗之爱徒有其表，毫无内涵。

鹉真要去品尝它的花蜜，还不等它将喙伸入花朵，便会有如棉花一般的花絮飞出。在你还没有陷入阎摩的索套前，为什么就没有想起来要顶礼世尊的双足呢？若是没有对世尊的虔爱之心，纵使转生为人，这具皮囊也是毫无益处的。你又凭什么这么妄自尊大呢？

本诗再次借死亡的题材，奉劝世人及时皈依大神毗湿奴，不要到生命落幕之时才懊悔。

【原文】

मन, तोसौं किती कही समुझाइ।
नद-नंदन के चरन-कमल भजि, तजि पाखंड-चतुराइ।
सुख-संपति, दारा-सुत, हय-गय, छूट सबै समुदाइ।
छनभंगुर यह सबै स्याम बिनु, अंत नाहिँ संग जाइ।
जनमत-मरत बहुत जुग बीते, अजहूँ[1] लाज न आइ।
सूरदास भगवंत-भजन बिनु, जैहै जनम गँवाइ॥
（41/317）

【对译】

心啊，向你言劝何其多

伪善狡猾尽抛弃，称颂难陀子莲足。
乐财妻儿马与象，芸芸一切皆放弃。
此皆瞬灭无黑子，终了无以相伴随。
生死转世多时代，至今犹然不觉愧。
苏尔达斯言，
若不吟唱世尊颂，生命消逝空荒废。

---

① Varma 本作 ajahuṁ。

【释译】

本诗以自言自语的形式规劝世人皈依黑天。内容大致如下：

我对自己的心训诫道："心啊，我已经多少次劝说你了，让你抛弃伪善和狡猾，全心全意地赞颂难陀之子世尊黑天的莲花足。无论多少福乐、财富、妻子、儿子、骏马、大象，都放弃吧。因为若是没有黑天，一切只不过在一瞬之间便要毁灭，没有什么可以陪你走到最后，超越死亡。你已经经历了这许多次生死轮回转世了，为何直到今天还不感到惭愧呢？如果不吟唱世尊的颂歌，这人生也就白白浪费了。"

【原文】

धोखैं ही धोखैं डहकायौ।

समुझि न परी, विषय-रस गीध्यौ, हरि-हीरा घर माँझ गँवायौ।

ज्यौं कुरंग जल देखि अवनि कौ, प्यास न गई चहूँ दिसि धायौ।

जनम-जनम बहु करम किए हैं, तिनमैं आपुन आपु बँधायौ।

ज्यौं सुक सेमर सेव आस लगि, निसि-बासर हठि चित्त लगायौ।

रीतौ① पर्यौ जबै फल चाख्यौ, उड़ि गयौ तूल, ताँवरौ आयौ।

ज्यौं कपि डोरि बाँधि बाजीगर, कन-कन कौं चौहटैं② नचायौ।

सूरदास भगवंत-भजन बिनु, काल-ब्याल③ पै आपु④ डसायौ॥

（42/326）

【对译】

上当受骗

无知贪恋尘俗味，诃利钻石弃家中。

---

① Varma 本作 rīti。
② Varma 本作 cauhahaiṁ。
③ Varma 本作 vyāl。
④ Varma 本作 āp。

如同鹿视地为水，四处奔跑渴不解。[1]

生生世世积重业，自身受困在其中。

如同鹦鹉好木棉，日夜固执心念系，

待到品尝果实日，棉絮纷飞头晕眩。

如同猴被耍者系，旦为粒米路口舞。

苏尔达斯言，

若不吟唱世尊颂，死亡蛇咬咎自取。

【释译】

本诗旨在向执迷不悟之人描述骗局，奉劝世人皈依黑天。内容大致如下：

你已经陷入了骗局之中，不能自拔。你非但不能看穿这个骗局，贪恋尘世间凡俗之乐的情味，更将世尊这样如钻石一般宝贵的财富扔在家中白白浪费。这就好像小鹿误将太阳光照在地上的投影看作水一样，不管它如何四处奔走，终究不可能以这种虚幻解渴。为了追逐福乐，你不断地轮回，在这个过程中你的业障越积越多，终究将自己完全束缚住了啊！这就好像鹦鹉喜欢木棉树，日日夜夜地守着木棉树，心想着它。但是等到木棉树结果，鹦鹉想要品尝果子时，得到的不过是到处飞扬的如棉絮一般的木棉丝，鹦鹉由于急火攻心也晕死过去。同样，小丑把猴子用绳子捆着，然后用米粒引诱它在路口起舞、表演，使它洋相出尽。如果不吟唱世尊的颂歌的话，你就无异于把自己送到了如蛇一般危险的死亡口中，终究不得解脱。

① 本句将追寻福乐的人心比作口渴的鹿，鹿误将阳光照在地表所形成的波纹状幻影误认为是水，这种类似海市蜃楼的景象不可能为鹿解渴，以此来比喻尘世间的凡俗之乐不可能使人真正幸福。

【原文】

भक्ति कब करिहौ, जनम सिरानौ।

बालापन खेलतहीं खोयौ, तरुनाई गरबानौ।

बहुत प्रपंच किए माया के, तऊ न अधम अघानौ।

जतन-जतन करि माया जोरी, लै गयौ रंक न रानौ।

सुत-बित[①]-बनिता[②]-प्रीति लगाई, झूठे भरम भुलानौ।

लोभ-मोह तैं चेत्यौ नाहीं, सुपनैं[③] ज्यौं डहकानौ।

बिरध भऐं कफ कंठ बिरौध्यौ[④], सिर धुनि धुनि पछितानौ।

सूरदास भगवंत-भजन बिनु, जम कैं हाथ बिकानौ॥

（43/329）

【对译】

何时行虔敬，生命已结束

童年荒废嬉戏中，青年之时自傲慢。

摩耶戏法[⑤]几多重，卑贱之人犹不满。

努力结伴与摩耶，穷人国王带不走。[⑥]

妻儿财爱心所系，陷入虚幻歧途迷。

未从贪欲迷惑醒，如同受骗睡梦中。

既已年老痰阻喉，唯有捶首懊恼悔。

苏尔达斯言，

---

① Varma 本作 vit；Gupta 本作 bin。

② Varma 本作 vanitā。

③ Varma 本作 supaneṁ。

④ Gupta 本作 birodhyau。

⑤ 摩耶戏法，原文为 māyā prapañc kie，字面义为“摩耶变戏法”。由于俗世间的一切都是由摩耶幻化而来，因此“摩耶变戏法”也指世间万物的产生和创造，此处实际上指的是物质上的富足。结合后半句，描述人心的贪婪，即便在得到了诸多摩耶所生的物质享受之后依然不满足。

⑥ 本句指无论如何努力换来的物质财富都是生不带来死不带去的，穷人也好、国王也好，都是如此。

若不吟唱世尊颂，贩作阎摩手中奴。

【释译】

本诗回顾了一个人荒废而沉溺于尘世的一生，劝诫世人尽早皈依大神毗湿奴。内容大致如下：

你的生命已经要结束了，你到底要什么时候才会开始虔诚地敬神呢？童年已经在嬉戏中荒度了，青年也因为自己的傲慢而毫无意义。卑贱的人啊，摩耶已经作了这许多戏法，生出了这许多东西，你怎么还不满足呢？你孜孜不倦地追求，终于算是得到了财富、享乐等摩耶所化之物，那又怎么样呢？这些身外之物，无论是穷困潦倒的农民还是富有的国王，都不可能在死后带走。你一直紧盯着儿子、财富、妻子、爱情这些凡俗之事，已经深陷歧途，难以自拔了。你这样沉溺于贪婪的迷惑中不能自觉，就好像沉浸在睡梦中一样。现在你已经步入老年，口中的淤痰已经阻塞了喉咙，说不出话来。你现在除了捶首后悔，又能做什么呢？如果不吟唱世尊的颂歌的话，你就沦为了阎摩的奴仆，深陷生死轮回而不得解脱。

“生不带来死不带去”常被用来规劝世人不要执着于俗世所有，本诗中“穷人国王带不走”说的也是这个道理。不过这个道理说来容易，实践起来却是很难。大概也是因为这个原因，所以才有了这些不断重复、内容相近的诗歌来劝世人放下对俗世的执着。

【原文】

तजौ मन, हरि-बिमुखनि कौ संग।
जिनकैं संग कुमति उपजति है, परत भजन मैं भंग।
कहा होत पय-पान कराऐं, बिष① नहिं तजत भुजंग।

① Varma 本作 viṣ; Sabha 本作 bib。

कागहिं कहा कपूर चुगाऐं, स्वान न्हवाऐं गंग।

खर कौं कहा अरगजा-लेपन, मरकट भूषन अंग।

गज कौं कहा सरित अन्हवाऐं, बहुरि धरै वह ढंग।

पाहन पतित बान नहिं बेधत, रीतौ करत निषंग।

सूरदास कारी कामरि पै, चढ़त न दूजौ रंग॥

（44/332）

【对译】

心啊，抛掉背弃诃利者

与之同行恶念起，颂神歌中障碍生。

蛇饮牛奶有何用？毒液依旧不舍弃。

鸦食樟果有何用？犬浴恒河又何用？

驴抹香水有何用？猴戴首饰又何用？

象浴河中有何用？复又变回那般样。[①]

沉沦堕落如顽石，掏空箭壶亦不穿。

苏尔达斯言，

黑色羊毛织就毯，其他颜色难复染。

【释译】

本诗劝人远离不信黑天之人。内容大致如下：

心啊，你抛弃那些背离诃利的恶人吧！与他们在一起的话，你的心中也会生出恶念，甚至你吟唱世尊的颂歌也会为之阻挠。试问，如果让蛇喝牛奶有什么用呢？它并不会因此而丢弃自己的毒液。用樟树果喂食乌鸦又有什么意义呢？让狗在恒河里沐浴有什么意义呢？给驴全身抹上香水有什么意义呢？给猴子戴上首饰有什么意义呢？让大象在河水中沐浴有什么意义呢？他还是会回到以前的德行，

① 此处指的是大象在河中沐浴完毕之后回到岸上依然会用鼻子往身上洒泥土，这本是大象用来防止蚊虫的做法，此处被理解为白白浪费了洗澡的机会。

用鼻子往洗干净的身上喷洒泥土。那些堕落的人就好像顽固的石头，正确的教导就好像弓箭一样无法射穿这些石头，固执不过浪费箭镞，掏空箭壶。黑色的羊毛毯上染不上别的颜色。所以说那些恶人不可交，只能抛弃、远离他们。

虽然在前面的诗歌中，诗人描述了大神对信徒的宽容和仁慈。不过，并非所有人都可以被称为“信徒”。“近朱者赤近墨者黑”，这种将人区分为信徒和非信徒的观点无疑是建立宗教共同体的重要依据。

【原文】

रे मन मूरख, जनम गँवायौ।
करि अभिमान① विषय②-रस गीध्यौ स्याम-सरन नहिँ आयौ।
यह संसार सुवा③-सेमर ज्यौं, सुंदर देखि लुभायौ।
चाखन लाग्यौ रुई गई उड़ि हाथ कछू नहिँ आयौ।
कहा होत अब पछिताऐँ पहिलैँ④ पाप कमायौ।
कहत सूर भगवंत-भजन बिनु, सिर धुनि-धुनि पछितायौ⑤॥
（45/335）

【对译】

愚蠢之心啊，人生已荒废
妄自尊大贪俗味，黑子庇所不前去。
此般轮回若木棉，鹦鹉见美便向往，
旦得啄食絮纷飞，手中空空无所得。

---

① Varma 本作 abhiyān。
② Gupta 本作 biṣay。
③ Gupta 本作 yuvā。
④ Sabha 本作 pahalaiṁ。
⑤ Varma 本作 pachatāyau。

如今后悔有何用？罪孽业障已累积。

苏尔言，

若不吟唱世尊颂，落得捶首空懊悔。

【释译】

本诗表达了荒废人生的悔恨，奉劝世人尽早皈依黑天。内容大致如下：

愚蠢的心啊，这一生已经白白荒度了！你一味地骄傲自大，只知道贪恋尘世间凡俗之乐的情味，却不去那黑天的庇护所。殊不知这世间的轮回就好像华而不实的木棉树，你就好像那愚蠢的鹦鹉，只看到了外表的美丽就倾心于它，然而等到你要吃它的果实时，才会发现木棉果中不过是一团飞絮，到头来你也是两手空空，一无所获。不过，你现在后悔又有什么用呢？在不断的轮回转世中，你已经积累了重重罪孽了。如果还不吟唱世尊的颂歌的话，你就只能捶胸顿足，空自懊悔了。

चित्-बुद्धि-संवाद
心智对话

【原文】

चकई री, चलि चरन सरोवर, जहाँ न प्रेम बियोग①।

जहँ भ्रन-निसा होति नहिं कबहूँ, सोइ सायर सुख जोग।

जहाँ सनक-सिव हंस, मीन मुनि, नख रवि-प्रभा प्रकास।

प्रफुलित कमल, निमिष नहिं ससि-डर, गुंजत निगम सुबास②।

① Varma 本作 viyog。
② Varma 本作 suvās。

जिहिं सर सुभग भक्ति-भक्ताफल, सुकृत-अमृत-रस पीजै।

सो सर छाँड़ि कुबुद्धि बिहंगम, इहाँ कहा रहि कीजै।

लछमी[①]-सहित होति नित क्रिड़ा, सोभित सूरजदास।

अब[②] न सुहात बिषय[③]-रस-छीलर, वा समुद्र की आस॥

（46/337）

【对译】

鸯鸟[④]且去神足湖[⑤]

鸯鸟且去神足湖，彼处没有爱别离。

黑夜迷惑不复存[⑥]，彼处福乐若海洋。

天鹅嬉戏在湖中，湿婆大神萨纳格。[⑦]

水中鱼若牟尼化，趾甲日轮放光芒。

无须惧月[⑧]莲绽放，尼笈摩经[⑨]馨香嗡[⑩]。

湖有虔诚美珍珠，复有功德甘露饮。

笨鸟抛弃如是湖，驻留此地为哪般？

吉祥天女相伴随，无限游戏光辉现。

苏尔吉达斯言，

俗味小塘黯失色，如今追求彼海洋。[⑪]

---

① Varma 本作 lakṣamī。

② Varma 本作 av。

③ Varma 本作 viṣay。

④ 鸳鸯，原文为 cakai，通 cakavā，即雌性的翘鼻麻鸭。传说雌雄翘鼻麻鸭夜夜分离，故而叫声悲怆。也译为印度雌鸳鸯，此处将其简化为鸯鸟，指代人的心智。

⑤ 此处将世尊的双足，也就是对世尊的虔敬之情比作湖，也可以特指印度教的圣湖玛纳斯湖 Mānasasarovar，字面义“心湖”，即中国西藏的玛旁雍错。

⑥ 此处将迷惑比作黑夜，与鸳鸯在夜晚分离的传说相对应。

⑦ 此处将大神湿婆和梵天之子萨纳格比作天鹅。

⑧ 原文字面义为“对月亮的恐惧哪怕只是一瞬也没有”，即没有黑夜，与上文的迷惑黑夜和鸳鸯的习性对应。

⑨ 尼笈摩经，原文为 nigam，与阿笈摩经（āgam，汉译佛经中常用“阿含经”之名）为印度教经典的两个类别，泛指圣典。

⑩ 此处将诵读吠陀的声音比作蜜蜂在花间采蜜时发出的嗡嗡声。

⑪ 此处将凡俗之乐的情味比作小池塘，将对世尊的虔敬比作海洋。其中小塘一词，原文为 chīlar，常用于与玛纳斯湖的对比。

【释译】

本诗以印度教圣湖玛纳斯湖比喻大神毗湿奴的脚，规劝人们皈依大神。内容大致如下：

心智所化的雌鸳鸯啊，你去那世尊双足的圣湖玛纳斯吧，你拜倒在世尊的脚下吧。那里不会有迷惑所化的黑夜，你也因此不会与自己的爱人分离、痛苦，你在那里所享受的福乐如大海一般。那里水面上有湿婆和萨纳格一般的天鹅，水中还有牟尼一般的鱼儿，天上如世尊的脚趾甲般的日轮光芒万丈。那里莲花盛开，永为白昼，念诵吠陀经典的声音如蜜蜂在花间采蜜时发出的嗡嗡声，掺杂着花朵的馨香。那里的湖中还有虔诚之情所化的美丽珍珠，还能喝到功德所化的甘露。愚蠢的鸟儿啊！你为什么要离开这样的圣湖，抛弃对世尊的虔诚之心，转而在这里停留，留恋这摩耶幻世？这有什么意义呢？在那里，世尊和吉祥天女演绎着永恒的本事，大放异彩。现在，那凡俗享乐的情味所化的小池塘再也不能吸引我，我一心只念那神赐的辽阔海洋。

本诗将象征符号和比喻修辞的运用发挥到了一个很高的水平，诗人将心智比作鸳鸯，将大神的脚比作神湖，将迷惑比作黑夜，将福乐比作海洋，将湿婆和萨纳格比作天鹅，将牟尼比作鱼儿，等等。通过连续的比喻，诗人同时展开了两个叙述空间，一个空间讲的是规劝世人虔信大神，另一个空间则展现了一幅美妙的神湖风景，以情入景，情景相容，巧妙地将宗教劝导和美学表现融为了一体。

【原文】

सुवा, चलि ता बन कौ रस पीजै।

जा बन राम नाम अम्रित-रस, स्रवन-पात्र भरि लीजै।

को तेरौ पुत्र, पिता तू काकौ, घरनी, घर कौ तेरौ।

काग-सृगाल[1]-स्वान कौ भोजन, तू कहै मेरौ-मेरौ।

बन बारानसि मुक्ति-क्षेत्र है, चलि तोकौं दिखराऊँ।

सूरदास साधुनि की संगति, बड़े भाग्य जो पाऊँ॥

（47/340）

【对译】

鹦鹉啊，且饮那森林汁[2]

罗摩名号甘露汁，耳碗盛满彼林间。

谁为你子你谁父？谁是家人谁为妻？

乌鸦豺狼狗所食[3]，你却声称为己有。

林若迦尸解脱地[4]，且行向你来展示。

苏尔达斯言，

修行圣人之陪伴，命运大幸将其得。

【释译】

本诗以鹦鹉和森林做比喻，劝诫世人追随修行人，以获得解脱。内容大致如下：

我心化作的鹦鹉啊，你去品尝一下栖息森林的滋味吧！去体验一下与修行人一同林栖的感受吧！森林里的修行者们口中唤着罗摩的名号，这就好像甘露一样。用你的耳朵当作汤碗，慢慢地盛满并享用吧！到底谁是你的儿子，你又是谁的父亲？谁是你的妻子，你的家人又是谁呢？说到底，这些皮囊终究不过沦为乌鸦、豺狼、野狗的食物，你却还口口声声说这些都是你的。森林和迦尸一样，都

---

① Varma 本作 sṛgāl。

② 此处鹦鹉指代人心，森林为对有修行者为伴的比喻，饮森林汁可以理解为劝说人们出家到森林中修行。

③ 此处指人的肉身，人死后肉身为乌鸦等食腐动物所食，故以此指代肉身。

④ 迦尸，原文为 bārānasi，瓦拉纳西。此处由于字数限制，用古名迦尸 kāśī。根据《薄伽梵往世书》，迦尸是能使人在离世时获得解脱的圣地之一。此处指森林和迦尸一样，是能够使人获得解脱的圣地。

是能让灵魂获得解脱的地方，你来，我向你展示。有修苦行者做我的伙伴，我的命运多么幸运啊！

हरिविमुख-निन्दा
谴责背弃诃利者

【原文】

अचंभौ इन लोगनि कौ आवै।
छाँड़ैं स्याम-नाम-अम्रित-फल, माया-बिष[1]-फल भावै।
निंदत मूढ़ मलय चंदन कौं, राख अंग लपटावै।
मानसरोवर छाँड़ि हंस तट काग-सरोवर न्हावै।
पग तर जरत न जानै मूरख, घर तजि घूर बुझावै।
चौरासी लख जोनि स्वाँग धरि, भ्रमि भ्रमि[2] जमहिं हँसावै।
मृगतृष्ना आचार-जगत जल, ता सँग मन ललचावै।
कहत जु सूरदास संतनि मिलि हरि जस काहे न गावै॥
（48/356）

【对译】

此等众人实可怪

黑天名号甘露弃，却将摩耶毒果嗜。
摩罗耶山檀香诋[3]，蠢货周身香灰涂。
玛纳斯湖天鹅畔，抛弃却浴乌鸦池。
愚人不觉脚底火，弃家却顾垃圾堆。

---

① Varma 本作 viṣ。
② Varma 本作 bhram。
③ 摩罗耶山，原文 malay，“往世书”所说的七大名山之一，位于西高止山脉南部。其山盛产上乘的白色檀香。

子宫八百四十万，持形迷惑阎摩笑。[①]

幻景似水鹿口渴[②]，俗世行为心所求。

苏尔达斯言，

何不结伴修行者，同唱诃利美名誉？

【释译】

本诗旨在以种种对比和比喻说明不信诃利之人的荒谬之处。内容大致如下：

这种背弃世尊的人实在让人觉得奇怪。他们抛弃了如甘露一般的黑天名号，却转而去追求那如有毒的果实的摩耶。这些蠢货不知摩罗耶山所产的白檀香的上乘之处，却将自己浑身上下涂满灰烬。他们不待在神圣的玛纳斯湖天鹅栖息的湖畔，却去和乌鸦一起挤一个水塘洗澡。这些笨蛋连自己家里着火了，甚至都烧到脚底下了还不知道，却去给垃圾堆灭火。他们在尘世间不断地转世轮回，总共转世了八百四十万次，化为世间一切生物，却还毫不自知。阎摩见到他们这深陷困惑的样子也不禁觉得好笑。就好像鹿在口渴的时候将太阳光的幻影视为流水一样，蠢货们把尘世间的言行系在心间，渴求万分。蠢货啊，为什么不和修行之人一起唱诵诃利的美名呢？

① 本句字面义为“在八百四十万个子宫中扮作（其他生灵的）样子，（他们）陷入迷惑、误入歧途，让阎摩发笑”，由于印度教认为世间的生物共有八百四十万种，因此这样的说法被用于表示反复轮回、不得解脱，永远受制于死亡。

② 幻景，原文为 mṛgadriṣnā，字面义为“鹿口渴”，指的是上文提及的鹿在口渴的时候误将阳光形成的幻象视为流水，因此这个词也就引申出了“幻景、海市蜃楼”的词义。此处对译使用的是引申义。

【原文】

भजन बिनु① कूकर-सूकर जैसौ ।

जैसैं घर बिलाव के मूसा, रहत बिषय-बस वैसौ② ।

बग-बगुली अरु गीध-गीधिनी, आइ जनम लियौ तैसौ ।

उनहूँ कैँ गृह, सुत, दारा हैं, उन्हैं भेद कहु कैसौ ।

जीव मारि कै उदर भरत हैं, तिनकौ लेखौ ऐसौ ।

सूरदास भगवंत-भजन बिनु, मनौ ऊँट-वृष-मैंसौ③ ॥

（49/357）

【对译】

若不赞颂同猪狗

如若有猫人家鼠，陷于尘俗控制中。

如此生命生就来，雌雄苍鹭④雌雄鹫。

有妻有儿亦有家，相比他们何不同？

杀生只为果己腹，他们之状便如此。

苏尔达斯言，

若不吟唱世尊颂，宛若骆驼劳作牛⑤。

【释译】

本诗以各类动物做比喻，说明不信毗湿奴的人的命运可悲。内容大致如下：

那些不赞颂世尊毗湿奴的人，就好像猪狗一样不洁。他们贪恋俗世的享乐，就好像贪吃的老鼠在有猫的房子里，终究会被猫逮住一样，他们也因为自己对俗乐的贪恋而深陷其中，不能自拔。这些

---

① Sabha 本作 kinu。

② Varma 本作 baisau。

③ Gupta 本作 bṛṣ。

④ 在印度的一则民间故事中，苍鹭伫立在水中骗其他动物自己在修行，等到小鱼靠近之后就张口将其吃掉。因此，苍鹭被视为一种卑鄙的动物，为达目的不择手段。

⑤ 劳作牛，原文为 bṛṣ bhaiṁsau，指黄牛和水牛，泛指需要辛苦劳作的牛。

为了世俗利益不择手段还不知悔改的人投胎转世也只能变为雌雄苍鹭或者秃鹫这样卑贱的动物。其实仔细想想看，他们和这些动物又有什么区别呢？苍鹭和秃鹫同样有巢，有配偶，有子嗣；这些人也不过如此，他们只是为了填饱自己的肚子就去杀害别的动物。如果不吟唱世尊的颂歌的话，人就好像骆驼、公牛、母水牛一样，背负着业障那沉重的负担，不得解脱。

在抨击不信毗湿奴之人的诗歌中，本诗将他们比作各种动物，言辞极为激烈。

सत्संग-महिमा
良伴至大

【原文】

जा दिन संत पाहुने आवत।
तीरथ कोटि समान करैं फल जैसौ दरसन पावत।
नयौ नेह दिन-दिन प्रति उनकैं चरन-कमल चित लावत।
मन-बच-कर्म और नहिं जानत, सुमिरत① औ सुमिरावत।
मिथ्याबाद②-उपाधि-रहित ह्वै, बिमल-बिमल जस गावत।
बंधन कर्म कठिन जे पहिले, सोऊ काटि बहावत।
संगति रहैं साधु की अनुदिन, भव-दुख दूरि नसावत।
सूरदास संगति करि तिनकी, जे हरि-सुरति करावत॥
（50/360）

① Sabha 本作 mumirat。
② Gupta 本作 mithyāvād。

【对译】

他日圣人作客至

千万圣地沐浴果，得见此等功德获。

日日躬身奉虔爱，心系他们莲花足。

心口业不认其他，念诵并教他人念。

断无谎言欺诈行，无尘无垢功德颂。

业障束缚先所积，他可斩断尽除去。

日日皆得圣人伴，轮回苦痛祛除灭。

苏尔达斯言，

念诵称赞诃利者，如此圣人作良伴。

【释译】

本诗歌颂了修行圣人的功德，劝诫世人与其为伴，以获得解脱。内容大致如下：

如果哪一天有修行的圣人光临你的家中，这对你来说就是无上的光荣，因此你可以得到巨大的功德，这功德相当于你前往一千万个圣地沐浴。你应当每天对他恭敬、虔爱，你应当把他视为世尊毗湿奴的莲花足一样以心系之。无论是心意、言辞，还是行为，圣人只知道感念世尊和向他人颂扬世尊。他们根本不会撒谎、做坏事，他们都是无尘无垢之人，专注于颂扬世尊的美名。你之前所积累的重重业障，圣人都可以将它们斩断、去除。如果你能够每天与圣人为伴，那么你就可以远离并摧毁不断转世的痛苦。你去找那些心中念想、口中颂扬诃利的圣人为伴吧！

供养圣人是印度宗教的标志之一。自古以来，不同信仰的人们所供养的对象不尽相同。值得注意的是，本诗所用的圣人“sant”一词常常被用来指包括许多格比尔等在内的无形派诗人。和前文个别诗歌一样，这首诗所反映的宗教思想代表了帕克蒂运动中持不同观点的诗人所共享的一些理念。

स्थितप्रज्ञ

虔诚修行

【原文】

हरि-रस तौऽब[①] जाइ कहुँ लहियै।
गएँ सोच आएँ नहिं आनंद, ऐसौ मारग गहियै।
कोमल बचन, दीनता सब सौं, सदा अनंदित रहियै।
बाद-बिवाद, हर्ष-आतुरता, इतौ द्वंद जिय सहियै।
ऐसी जो आवै या मन मैं, तौ सुख कहँ लौं कहियै।
अष्ट सिद्धि, नवनिधि, सूरज प्रभु, पहुँचै जो कछु चहियै॥
（51/361）

【对译】

现去获取诃利汁

去亦无忧来无喜，如是道途须力争。
细语谦逊向众人，永远喜悦度人生。
正反辩驳欣喜忧，此般矛盾心须受。
心中若存此等念，福乐何须多言说？
苏尔言，

① Varma 本作 tauṁ'b；Gupta 本作 taub。

无论九宝[①]八成就[②]，旦有所欲胜尊赐。

【释译】

本诗奉劝世人虔信黑天，阐述了需要做到的事情。内容大致如下：

现在既然你明白了俗世间的种种欺诈，就应当去追寻诃利的甘露。在你的人生道路上，你应当选择这么一条正确的道路：有人离开你不忧心，有人来你不狂喜。也就是说，你不能因为一时的得失而惶恐不安。在那里，人们都轻声细语地说话，言行举止十分谦恭，喜悦地享受着永恒的生命。在那里，心中所受的种种矛盾和纠结，无论是互相争辩还是乐极生悲都不复存在。如能如此，那么获得的至大的福乐又怎么能用言语来描述呢？只要你有什么想要的，无论是八成就还是财神的九宝，胜尊都会一一赏赐予你。

【原文】

जौ लौं मन-कामना न छूटै।
तौ कहा जोग-जज्ञ-ब्रत कीन्हैं, बिनु कन तुस कौं कूटै।
कहा सनान कियैं तीरथ के, अंग भस्म, जट-जूटै।
कहा पुरान जु पढ़ैं अठारह, ऊर्ध्व धूम के घूटैं।
जग सोभा[③] की सकल बड़ाई, इनतैं कछू न खूटै।

---

① 九宝，原文为 navanidhi，指财神俱毗罗的九种财宝，一种解释为：莲花 padm、大莲花 mahāpadm、海螺 shaṃkha、一种类似海豚或鳄鱼的海怪 makar、乌龟 kacchap、穆昆陀宝石 mukund、一种茉莉花 nand、青玉或蓝宝石 nīl 和侏儒 kharv。

② 八成就，原文为 aṣṭ siddhi，指八种特殊的神力，“成就”siddhi 一词广泛应用于印度各宗教中。不同的宗教、经典、教派对具体成就的数字和表现存在差异，另有五成就说。八成就的一种说法为：（1）aṇimā, 将自己的身体缩小为蚂蚁大小；（2）mahimā，将自己的身体变得巨大无比；（3）garim，变得很重；（4）laghim，变得很轻；（5）prāpti，能获得一切；（6）prākāmy，心想事成；（7）iṣṭv，主宰一切；（8）vaṣṭv，降伏一切。

③ Varma 本作 śobhā。

करनी और, कहै कछु और[1], मन दसहूँ दिसि टूटै।

काम, क्रोध, मद, लोभ सत्रु[2] हैं, जो इतननि सौं छूटै।

सूरदास तबहीं तम नासै, ज्ञान-अगिनि-झर फूटै॥

（52/362）

【对译】

只要心欲不祛除

瑜伽斋祭有何用？不过舂打无米糠。

身涂祭灰发束髻，圣地沐浴有何用？

吟诵十八往世书，倒悬纳烟[3]有何用？

世间所有大光华，并不因此损分毫。

所作为此所言彼，心念十方横冲撞。

醉贪欲怒皆敌人，待到从此获解脱。

苏尔达斯言，

无知黑暗方褪去，智慧火光得绽放。

【释译】

本诗强调克服心中欲望在修行中的重要性，并否定了其他形式主义的做法。内容大致如下：

只要心不能从欲望之中挣脱出来，无论你如何修习瑜伽、组织祭祀、受持斋戒，都没有用。这就好像舂没有米粒的糠一样，徒劳无益。只要心不能从欲望之中挣脱出来，纵使你全身上下涂抹圣灰，头顶盘起修行者的发髻，前往圣地沐浴，又有什么用？纵使你诵读十八部“往世书”，将自己倒挂在火堆之上修习苦行又有什么用？你的这些举动并不能哪怕只是一丝一毫消除俗世所表现出来的那虚假

① Sabha 本作 aure。

② Varma 本作 śatru。

③ 倒悬纳烟，原文为 ūrdhv dhūm ghūṭai，字面义为“直立着吸入烟气”，指的是一种将自己倒悬在火堆上，然后吸入烟雾的苦行。

的大光辉。欲望、愤怒、迷醉、贪婪，这些都是我们的敌人，等到我们可以从它们手中逃脱出来之时，也就是无知所形成的黑暗消去，智慧的火光燃起、放光之日。

帕克蒂运动的核心理念之一是强调内心虔诚，而非流于形式主义的宗教仪式。本诗开头便将形式主义的宗教修行比作“不过舂打无米糠”，突出了内心的改变才是信仰的核心内容。

आत्मज्ञान
自我之明

【原文】

अपुनपौ, आपुन ही बिसर्यौ।
जैसैं स्वान काँच-मंदिर मैं, भ्रमि-भ्रमि भूकि पर्यौ।
ज्यौं सौरभ मृग-नाभि बसत① है, द्रुम-तृन सूँघि फिर्यौ।
ज्यौं सपने मैं रंक② भूप भयौ, तसकर अरि पकर्यौ।
ज्यौं केहरि प्रतिबिंब देखि कै, आपुन कूप पर्यौ।
जैसैं गज लखि फटिकसिला मैं, दसननि जाइ अर्यौ।
मर्कट मूँठि③ छाँड़ि नहिं दीनी, घर घर-द्वार फिर्यौ।
सूरदास नलिनी कौ सुवटा, कहि कौनैं पकर्यौ॥
（53/369）

① Varma 本作 vasat。
② Sabha 本作 raṅk。
③ Varma 本作 mūṭhi。

【对译】

自己却将自我忘

如狗受困玻璃庙，浑然不觉咆哮吠。①

如香住在鹿脐中，嗅树闻草自徘徊。②

如王梦中成穷人，受困盗贼敌人手。

如狮看见井中影，自己纵身跳入水。

如象盯视水晶石，冲去落得牙俱折。③

如猴不舍拳中食，家家户户门前晃。④

苏尔达斯言，

如同鹦鹉挂荷莲，却说被人抓捕住。⑤

【释译】

本诗以多个动物寓言故事讽刺了那些缺乏自我之明的人。内容大致如下：

那些缺乏自知之明的人到头来连自己都不记得了，辨别不清。这就好像曾经有一条狗，它被关在了一座到处都是镜子的宫殿中，狗以为镜子中自己的投影是其他狗，于是就狂吠不已，最终就这么精疲力竭地死去了。这也好像曾经有一头麝香鹿，它闻到麝香的芬芳，非常想找到这芳香的源头，于是到处闻树木花草，却不知道麝香就在自己的肚脐中。这也好像强大的国王在睡梦中梦见自己成了

① 这则故事讲的是狗在玻璃宫中时误以为镜中自己的投影是另一条狗，故而狂吠不已。此处用这个故事来比喻人忘记了自己的本性。

② 这则故事讲的是麝香鹿不知道自己闻到的麝香味其实出自自己的肚脐，却到处闻林中的草木，一直找不到香气的来源。此处用这个故事来比喻人忘记了自己的本性。

③ 这则故事讲的是大象看到水晶石光亮的表面印出的自己，以为是另一头大象，于是奋力冲去，结果折断了自己的象牙。这个故事同样被用来比喻人忘记了自己的本性。

④ 这则故事讲的是猴子将手伸进细颈陶罐中抓取食物，抓到一把后不愿松手，结果拳头被卡在了罐子里。猴子没有办法，只有挨家挨户寻求帮助。

⑤ 这则故事讲的是鹦鹉坐在白莲上，莲花无法完全承载鹦鹉的体重于是低垂下去，鹦鹉于是便以为自己被谁抓住了。结果真的等到猎人来的时候，鹦鹉毫不反抗，并不奋起飞走，于是被猎人抓住。

落魄的穷人，还被盗贼打劫，被敌人囚禁。这也好像曾经有一头狮子，有一天它路过一口井，看到井水中自己的倒影，误以为那也是一头毫不示弱的狮子，于是跳入井中与那头“狮子”一较高下，结果溺死在了水中。这也好像大象看到水晶石光亮的表面映出的自己，以为是另一头大象，于是奋力冲去，结果折断了自己的象牙。这也好像猴子将手伸进细颈陶罐中抓取食物，抓到一把后不愿松手，结果拳头被卡在了罐子里。猴子没有办法，只好挨家挨户寻求帮助。这也好像鹦鹉坐在白莲上，莲花无法完全承载鹦鹉的体重，于是低垂下去，鹦鹉却以为自己被谁抓住了。结果真的等到猎人来的时候，鹦鹉也毫不反抗，并不奋起飞走，于是真被猎人抓住了。

和之前引经据典讲述毗湿奴大神功行的颂诗相近，本诗也基本上一行一个故事，密集地展现了诸多论据。不同的是本诗所引用的多是寓言故事，强调的观点在于人应当具备了解自我的智慧。

【原文】

अपुनपौ आपुन ही मैं पायौ①।

सब्दहि सब्द भयौ उजियारौ②, सतगुरु भेद बतायौ।

ज्यौं कुरंग-नाभी कस्तूरी, ढूँढ़त फिरत भुलायौ।

फिरि चितयौ जब चेतन ह्वै करि, अपनैं ही तन छायौ।

राज-कुमारि कंठ-मनि-भूषन भ्रम भयौ कहूँ गँवायौ।

दियौ बताइ और सखियनि तब, तनु कौ ताप नसायौ।

सपने③ माहिं नारि कौं भ्रम भयौ बालक कहूँ हिरायौ।

① Gupta 本作 pāyo。

② Varma 本作 ujiyārī。

③ Varma 本作 apane。

जागि लख्यौ, ज्यौं कौ त्यौं ही है ना कहुँ गयौ न आयौ।

सूरदास समूझे को यह गति, मनहीं मन मुसुकायौ।

कहि न जाइ या सुख की महिमा, ज्यौं गूँगैं गुर खायौ॥

（54/407）

【对译】

自我只在自身中

言辞圣音化光芒，真师秘密相告知。

如鹿肚脐存麝香，寻觅徘徊陷迷失；

待到觉悟复察时，不过隐藏己身中。

公主项佩珍宝饰，迷惑只道遗某处；

待到女伴相告知，身心煎熬方消除。

妇人做梦错觉中，孩儿遗失无踪影；

待到醒来复察时，原封未动无去来。

苏尔达斯言，

旦若明了此情状，心中暗自欣喜笑，

此乐至大不可述，如同哑巴品红糖。

【释译】

本诗描述了信徒在师尊的指导下，具备了自我之明，了解了“自我”（也就是小我、灵魂）就存于自己身中的情况。内容大致如下：

说到底，自己只在自己的身体中。贤明智慧的世尊向我传授了这个秘密，他那美妙的言语如同光一样，点亮了我心中的自觉。这就好像麝香鹿不知道芳香的源头就在自己的肚脐之中，却盲目地到处乱窜，寻找香气的源头，结果陷入了迷失。然而，当它意识过来，再次仔细查看时，就会发现麝香其实就在自己的体中。这也好像公主在脖子上带着宝石装饰的首饰，但自己却忘了，还到处寻找，以为把首饰落在了什么地方。直到其他女伴告诉她其实她正戴着那首饰的时候，她因为丢失项链，身心所受的煎熬才得以消除。这也好像有一个妇人晚上做梦梦见孩子丢了，结果醒来时发现，孩子还好好地在那里，没有任何问题。

只要明白了自己的所在，拥有自我之明，人们便会高兴地暗自发笑、暗自庆幸。这种至大的福乐已经很难描述了，就好像哑巴没有办法说出红糖到底是啥味道一样。

以这首诗为代表的恭顺诗所指的“愚昧无知”不仅仅停留在有形派常说的沉溺凡俗或不信大神这个层面。诗中所使用的比喻，例如“如鹿肚脐存麝香，寻觅徘徊却迷失”“公主项佩珍宝饰，迷惑只道遗某处”等与无形派的格比尔的一些作品是有着相似之处的，这些比喻所反对的愚昧也指不能发现至高存在其实就在自己心中的宗教哲学观点。

गोकुल लीला
牛村本事

कृष्ण जन्म
黑天出世

【原文】

आनंदै आनंद बढ़्यौ[1] अति।

देवनि दिवि दुंदुभी[2] बजाई, सुनि मथुरा प्रगटे जादवपति।

विद्याधर-किन्नर कलोल मन उपजावत मिलि कंठ अमित गति।

गावत गुन गंधर्व पुलकि तन, नाचतिँ सब सुर-नारि रसिक अति।

बरषत[3] सुमन सुदेस सूर सुर, जय-जयकार करत, मानत रति।

सिव-विरंचि-इन्द्रादि अमर मुनि, फूले सुख न समात मुदित मति॥

(1/624)

① Varma 本作 baṛhyo。

② Varma 本作 dundabhī。

③ Gupta 本作 barasat。

【对译】

欢愉喜乐大增长

雅度主[①]现马图拉，闻后天界神擂鼓。

心喜持明[②]紧那罗[③]，无限旋律齐声生。

身欣颂德乾闼婆[④]，神女皆舞极情味。

天神降下美花雨，欢呼胜利致爱意。

苏尔言，

湿婆造者[⑤]不朽牟[⑥]，帝等[⑦]心喜乐不支。

【释译】

本诗描述的是天界众神和牟尼仙人们得知黑天降生马图拉后欢欣喜乐的状况。内容大致如下：

得知雅度族主黑天降生马图拉的消息，天界众神和仙人牟尼们欣喜不已。黑天的降生使得天地四方都洋溢着极大的幸福和喜乐，天界众神开始欢呼庆祝，纵情歌舞。众神擂响神鼓；半神类持明和紧那罗齐聚一起，满心欢喜以无限恢宏的韵律发音唱颂黑天降生的幸事；天界的乐仙乾闼婆满怀欣喜歌颂着黑天的美德；众神之妻翩

① 雅度主，原文 jādavapati，意通 jadunāth，通 yadunātha，意思是“雅度族之主”，此处缩译为“雅度主”，黑天的名号之一。

② 持明，原文 vidyādhar，字面义为“持有知识者，持明咒者”，此处译为“持明”，指印度神话中的一类半神。据印度教传说，他们具有魔力，住在喜马拉雅山，是湿婆神或者财神的扈从，常与紧那罗、乾闼婆等半神一同出现。

③ 紧那罗，原文 kinnar，指印度神话中的一类半神，擅歌舞、音乐，常与持明、乾闼婆等半神一同出现。

④ 乾闼婆，原文 gandharv，亦译作“健闼缚”“犍闼婆”等，指印度神话中天界的一类乐者，半人半神，传说以香味为食，擅长音乐与幻术。

⑤ 造者，原文 virañci，通 birañci，即 virañc karane vālā，字面义为“创造者、造物者”，梵天的名号之一。

⑥ 牟，原文 muni，意为“牟尼”，指印度教中的苦修者，圣仙。此处因字数限制，故缩译为“牟”。

⑦ 帝等，原文 indrādi，indra 是“因陀罗”，亦译为“帝释天”，ādi 意思是副词“等，等等”，indrādi 意思是“因陀罗等其他众天神”。此处因字数限制，故缩译为“帝等”。

翩起舞，跳起充满极致情味的舞蹈；天神撒下美丽花雨，欢呼胜利，向黑天致敬，表达他们的爱意。

这里，苏尔达斯通过展现天界众神和仙人牟尼们在得知黑天降生消息后的种种欢欣喜乐的举动，一是说明黑天是降魔者和救世主，他的降生是为了来到世间除妖降魔，为了拯救和维护天神与凡人的幸福安乐生活；二是说明黑天是给予天神和凡人福乐的仁慈主，他值得敬仰、顶礼和膜拜。诗歌的最后“天神降下美花雨，欢呼胜利致爱意”和“湿婆造者不朽牟，帝等心喜乐不支”两句表明黑天是受到众天神和仙人牟尼尊敬爱戴的至高之神，湿婆、梵天和因陀罗等大神也纷纷对黑天表达爱意；得知黑天降生的消息，他们亦充满福乐，喜不自胜。通过这首诗，苏尔达斯告诉世人，连天界众神都对黑天如此敬仰爱戴，世间凡人更应信仰黑天，顶礼膜拜黑天。

【原文】

देवकी मन मन चकित भई।

देखहु आइ पुत्र-मुख काहे न, ऐसी कहुँ देखी न दई।

सिर पर मुकुट, पीत उपरैना, भृगु-पद उर, भुज चारि धरे।

पूरब कथा सुनाइ कही हरि, तुम माँग्यौ इहिं[1] भेष करे।

छोरे निगड़, सोआए पहरू, द्वारे कौ कपाट उघर्यौ।

---

① Gupta 本作 ihi。

तुरत मोहिं गोकुल पहुँचावहु, यह कहि कै① सिसु वेष② धर्यौ।

तब बसुदेव③ उठे यह सुनतहिं④, हरषवंत नँद-भवन गए।

बालक धरि, लै सुरदेवी⑤ कौं⑥, आइ सूर मधुपुरी ठए॥

（2/626）

【对译】

内心诧异提婆吉

为何不来看儿面，何处亦未见此神：

四臂黄巾头上冠，婆利古足⑦胸口具。

诃利⑧言说前世事：此装乃为你所求，⑨

镣铐已开看守睡，大门门扉亦打开，

① Varma 本作 kahike。

② Sabha 本作 beṣ。

③ Gupta 本作 vasudev。

④ Gupta 本作 sunatahi。

⑤ Sabha 本作 suradevīṃ。

⑥ Gupta 本作 kauṃ。

⑦ 婆利古足，原文 bhṛgu-pad，bhṛgu 是仙人“婆利古”，pad 意思是“足”。据印度教神话传说，众神需要决定究竟尊奉哪一位大神，于是他们请婆利古仙人前去考察梵天、湿婆、毗湿奴三位大神，婆利古仙人素来傲慢，他分别去找了湿婆和梵天，但这两位大神都对婆利古的傲慢十分愤怒，要加害他。最后，婆利古来到了毗湿奴的住所，当时毗湿奴正在休息，婆利古毫不客气地在毗湿奴的胸上踢了一脚，毗湿奴醒来后一见仙人，急忙握住他的脚，问道：“不知仙人的脚是否因我而受伤？”毗湿奴这种谦逊高尚的品德赢得了众神的称赞，一致决定尊奉毗湿奴大神。

⑧ 诃利，原文 hari，“大神”之义，黑天的名号之一。

⑨ 诃利言说前世事：此装乃为你所求，原文 pūrab kathā sunāi kahī hari, tum māṁgyau ihiṁ bheṣ kare। 其中，pūrab 通 pūrava，意思是“先前的”，bheṣ 意思是“装束，打扮”，指上句中婴儿呈现出的神奇相貌和外观。字面意思是诃利对富天和提婆吉言及了前世之事，告诉他们这样的儿子正是他们所祈求的。根据《薄伽梵往世书》，主要故事是说毗湿奴化作具有四只手臂等神奇相貌的男婴，对提婆吉说道：“在 Swayambhu 摩奴时期，富天是生主 Sutapa，你是他的妻子 Prishni。你俩对我十分虔诚，故我问你们有什么愿望，你们说希望以我为子，于是我便化作了你们的儿子 Prishnigarbh。此后一生，你俩是迦叶波（Kashyap）和阿底提（Aditi），我便是你俩的儿子乌波因陀罗（Upendr）。今生，我也将作为你们的儿子降世。”

即刻送我至牛村[①]。言此立持婴儿装。

彼时听此富天[②]起，欣喜即去难陀[③]家。

苏尔言，

放下孩童携神女[④]，复又来至摩图城[⑤]。[⑥]

【释译】

本诗描述的是看到刚出生的黑天形相后，富天与提婆吉夫妇大为惊异以及黑天展现神相神力解救自己的状况。内容大致如下：

提婆吉在狱中生下了小黑天，看到婴孩的奇异形相，她十分惊奇诧异，马上呼唤丈夫富天前来观看："快来看啊！快来看看孩儿，他的身体具有四只手臂，身上覆着黄色披巾，头上戴着雀翎冠，胸口具有婆力古仙人的足印，这是何等神奇的形相！这般神相我们在别处从未见过！"夫妇两人百思不得其解之时，由毗湿奴大神所化的具有神相的男婴突然开口对两人言道："我（毗湿奴大神）向你们展示了我的神性。你俩在前世曾希冀以我为子，现在这神奇的婴孩正是我的降世化身，正是你们所祈求的儿子啊！你们的孩儿马上要

---

① 牛村，原文 gokul，地名，是毗湿奴大神化身黑天幼年和童年成长的地方，是牧人放牧牛群聚集的村落，其牧人群落的族长是难陀（Nand）。

② 富天，原文 basudev，通 vasudeva，是黑天生父的名字。

③ 难陀，原文 nand，是黑天在牛村的养父，为牛村牧人部族的首领。

④ 神女，原文 suradevī，是难陀和耶雪达夫妇刚出生女儿的名字，sura 意思是"神"，devī 是"女神"，此处译为"神女"。根据《薄伽梵往世书》，神女是女神瑜伽摩耶（Yogamāya），也就是杜尔迦的化身。她降世为难陀夫妇的亲生女儿，便是为了在黑天出生时保护她。富天用小黑天换取了难陀和耶雪达的女儿 suradevī，将她抱回马图拉城。刚沙得知富天与提婆吉的孩子出生之后便命人将她抱来摔死。就在摔死女婴之际，女婴化作杜尔迦女神，痛斥了刚沙，并预言他即将死亡。

⑤ 摩图城，原文 madhupuri，指马图拉城。

⑥ 放下孩童携神女，复又来至摩图城，原文 bālak dhari，lai suradevī kauṁ，āi sūr madhupurī ṭhae，根据《薄伽梵往世书》，主要故事是说富天受到大神的指引，将刚出生的黑天带到牛村，用黑天换取了牧人难陀和耶雪达夫妇刚出生的女儿，并带其回到马图拉城。富天这样做是为了使小黑天免于黑天的叔父马图拉国王刚沙的迫害。刚沙王是富天妻子提婆吉的兄长，他是一个残酷的暴君，有预言说他将会被妹妹生出的儿子所杀，他得知后便把富天和怀孕的提婆吉关进监牢，命令看守待他俩的孩子一出生，即将其杀死。

大祸临头了，刚沙下令看守，他一出生就会被即刻杀死。我已经施展神力让看守熟睡，并打开了你们手脚的镣铐和牢房的门扉，为避灾祸，你们此刻就把我送到牛村难陀夫妇家吧！”大神言毕，即刻又化作普通男婴的形相。富天听到大神言语后激动不已，立刻抱起婴儿小黑天，奔赴牛村难陀家中，悄悄用小黑天换取了难陀夫妇的亲生女儿，并把此女婴抱回马图拉城其被关押的监狱中。

这里，苏尔达斯讲述了黑天降生牛村故事的背景，黑天是毗湿奴大神的化身，此世降生为富天和提婆吉的儿子，为避舅舅刚沙王的迫害来到牛村牧人难陀家中。

【原文】

गोकुल प्रगट भए हरि आइ।
अमर-उधारन, असुर-सँहारन, अंतरजामी त्रिभुवन-राइ।
माथैं धरि बसुदेव[①] जु ल्याए, नंद महर-घर गए पहुँचाइ।
जागी महरि, पुत्र-मुख देख्यौ, पुलकि अंग उर मैं न समाइ।
गदगद कंठ, बोल नहिं आवै, हरषवंत ह्वै नंद बुलाइ।
आवहु कंत, देव परसन भए[②], पुत्र भयौ, मुख देखौ धाइ।
दौरि नंद गए, सुत-मुख देख्यौ, सो सुख भोपै[③] बरनि न जाइ[④]।
सूरदास पहिलैं ही माँग्यौ, दूध पियावन जसुमति माइ॥
（3/631）

① Gupta 本作 vasudev。
② Varma 本作 bhaye。
③ Gupta 本作 mopai，Varma 本作 mope。
④ Varma 本作 jāī。

【对译】

诃利显现来牛村

灭阿修罗[①]救众神[②]，三界之王[③]内控者[④]。[⑤]

富天携其置头上，送至难陀族主家。

夫人醒来见儿颜，乐不可支身心中。[⑥]

声音磕巴不能言，欣喜愉悦唤难陀：

天神满意是一子，夫君且跑来见面。

难陀跑至见儿面，我不能描彼福乐，

苏尔达斯言，

从前所求所乞请，耶雪达[⑦]妈把奶喂。

【释译】

本诗承接上一首诗，描述的是富天将小黑天送至难陀家中，悄悄用婴儿黑天调换了难陀和耶雪达的亲生女儿，毫不知情的难陀和

---

① 灭阿修罗，原文 asur-sṁhāran，意为“灭阿修罗者”，此处指黑天，因字数限制，译为“灭阿修罗”。

② 救众神，原文 amar-udhāran，意为“拯救天神者”，此处指黑天，因字数限制，译为“救众神”。

③ 三界之王，原文 tribhuvan-rāi，tribhuvan 是“三界”，rāi 是“王，国王”，tribhuvan rāi 是“三界之王”，此处指黑天。

④ 内控者，原文 antarajāmī，意为“控制内心者，知晓内心者”，此处译为“内控者”，黑天的名号之一。

⑤ 灭阿修罗救众神，三界之王内控者，原文 amar-udhāran，asur- sṁhāran antarajāmī tribhuvan rāi，意思是内控者黑天是灭阿修罗者、救众神者和三界之王。据《薄伽梵往世书》，许多阿修罗化身成人间国王，在大地上作乱，女神大地母亲（Bhūmi-Devī）不堪重负，众神也深受其扰。于是，大地母亲化身成母牛来到梵天近前寻求帮助，梵天带领母牛和众神找到毗湿奴大神，请求他下凡消灭那些作乱的阿修罗，拯救天神和众生，毗湿奴大神应允。黑天便是毗湿奴大神下凡降生在牛村的化身。

⑥ 夫人醒来见儿颜，乐不可支身心中，原文 jāgī mahari, putr-mukh dekhyau，pulaki aṅg ur maiṁ n samāi，意思是牛村牧人族主难陀的夫人耶雪达醒来看见小黑天的面容，得知自己生了个漂亮的儿子，身心喜悦至极，激动不已。根据《薄伽梵往世书》，这段故事的前话是毗湿奴大神在降世化身为提婆吉的儿子之前，向瑜伽摩耶（Yogamāya），即杜尔迦女神请求，由她降世化作耶雪达的女儿，并在耶雪达女儿刚出生之时施展神力使得整个牛村的人陷入短暂的沉睡。女神瑜伽摩耶答应了这个请求。耶雪达的女儿刚出世，牛村众人立刻陷入沉睡，而耶雪达也因为精疲力竭昏睡过去，没来得及看清孩子的相貌和性别。这就为富天赶来换取婴孩创造了条件。

⑦ 耶雪达，原文 jasumati，即 jasodā，是黑天在牛村的养母，是牧人族主难陀的妻子。

耶雪达夫妇喜获麟儿黑天后欢欣福乐的状况。内容大致如下：

富天将婴儿黑天顶在头上，来到牛村难陀家中。因为黑天显现出了神力，所以富天在牛村众人毫无知觉的情况下用小黑天调换了难陀夫妇的亲生女儿。富天抱走女婴之后，全牛村的人们逐渐苏醒。耶雪达夫人醒来后，看到婴儿黑天，得知自己生的是个儿子，十分欣喜，激动不已，呼唤夫君难陀的声音也因激动而断断续续，语不成言："夫君啊，天神对我们的虔诚信奉很满意，给我们赐了个儿子啊！快跑来看我们的儿子啊！"难陀听后立刻跑进屋，见到儿子面容后也乐不可支，那种福乐难以形容。

本诗末"我不能描彼福乐"和"从前所求所乞请，耶雪达妈把奶喂"中，"我"指诗人苏尔达斯，"彼"指难陀，意思是：难陀当时的欣喜福乐，即便我这个诗人也难以描述啊！难陀夫妇两人之前乞求大神恩赐给他们的那个儿子，妈妈耶雪达正抱他在怀中喂奶。这里，诗人苏尔达斯采用了第一人称的作者插入手法，对故事的情节发展进行了评论和描述，就像在描写自己的亲眼所见、亲耳所闻一样，增强了故事的真实性和生动性。

【原文】

हौं इक नई बात सुनि आई।
महरि जसोदा ढोटा जायौ, घर-घर होति बधाई।
द्वारैं भीर गोप①-गोपिनि की, महिमा बरनि न जाई।
अति आनन्द होत गोकुल मैं, रतन भूमि सब छाई।
नाचत वृद्ध, तरुन अरु बालक, गोरस-कीच मचाई।

① Varma 本作 gopi。

सूरदास स्वामी सुख-सागर, सुन्दर स्याम कन्हाई ॥
（4/639）

【对译】

我听来个新鲜事

夫人耶雪达生子，家家户户来贺喜。

牧人牧女门边挤，伟大庄严不可描。

牛村之中甚喜乐，地上皆为宝石覆。

老人青年孩童舞，牛奶①散洒成淤积。②

苏尔达斯言，

主人③乃为福乐海，俊美黑子④小黑儿⑤。

【释译】

本诗承接上一首诗，描述的是难陀与耶雪达夫妇喜获麟儿黑天后欢欣福乐及牛村人欢喜庆祝的状况。内容大致如下：

伯勒杰地区的一位牧女在向人们诉说她在牛村的新鲜见闻："我在牛村听说了件大喜事：牛村牧人族主难陀的夫人耶雪达生了个儿子，牛村家家户户都去难陀家道喜，整个牛村都在热烈庆祝，那场面壮观得难以描述！牛村所有的牧人牧女都去了，难陀家挤满了人，有些人只能挤在门边、站在门外。牛村地上镶满了宝石，光彩闪耀，男女老幼都在尽情歌舞，欢庆这幸福喜乐的盛事。他们一边跳舞一边喝牛奶，还兴奋地将牛奶泼洒在地上。地上牛奶多得淤积在一起不能流动，沉淀成了奶浆。牛村现在是一片欢乐富足的海洋啊！"

---

① 牛奶，原文 goras-kīc，goras 意为奶汁，指牛奶酸奶等；kīc 意为流质的淤积物，此处意译为牛奶酸奶淤积。

② 牛奶散洒成淤积，原文 goras-kīc macāī 这句指牛奶酸奶太多，布满牛村，不能流动，产生了许多淤积物。在印度，牛奶酸奶众多是圣洁富足的象征。这句描述的是黑天的出生为牛村带来了欢乐和富足。

③ 主人，原文 svāmī，此处指黑天，诗人苏尔达斯虔信黑天，黑天是他的主人。

④ 黑子，原文 syām，意思是"黑色，青黑色"，黑天的名号之一。

⑤ 小黑儿，原文 Kanhāī，幼年黑天的名号之一。

这里，苏尔达斯通过牧女之口描述了牛村人庆祝黑天出生的喜乐兴奋之情。本诗最后一句“主人乃为福乐海，俊美黑子小黑儿”乃是苏尔达斯对恩主黑天的赞颂，主人黑天是福乐的海洋，俊美黑天的出生是多么吉祥幸福的消息！他为牛村带来了喜乐和富足。

【原文】

आजु नन्द के द्वारैं① भीर।
इक आवत, इक② जात बिदा③ ह्वै, इक ठाढ़े मन्दिर कैं④ तीर।
कोउ केसरि कौ तिलक बनावति, कोउ पहिरति कंचुकी सरीर।
एकनि कौं⑤ गौ-दान समर्पत, एकनि कौं⑥ पहिरावत चीर।
एकनि कौं⑦ भूषन पाटंबर, एकनि कौं⑧ जु देत नग हीर।
एकनि कौं⑨ पुहुपनि की माला, एकनि कौं⑩ चन्दन घसि नीर।
एकनि माथैं⑪ दूब⑫-रोचना, एकनि कौं⑬ बोधति दै⑭ धीर।
सूरदास धनि स्याम सनेही, धन्य जसोदा पुन्य-सरीर॥
（5/643）

---

① Gupta 本作 dvāraiṃ。
② Varma 本作 ek。
③ Gupta 本作 vidā。
④ Gupta 本作 kaiṃ。
⑤ Gupta 本作 kauṃ。
⑥ Gupta 本作 kauṃ。
⑦ Gupta 本作 kauṃ。
⑧ Gupta 本作 kauṃ。
⑨ Gupta 本作 kauṃ。
⑩ Gupta 本作 kauṃ。
⑪ Varma 本作 mathaiṁ。
⑫ Varma 本作 dūdh。
⑬ Gupta 本作 kauṃ。
⑭ Gupta 本作 daiṃ。

【对译】

今日难陀家门庭拥挤

一人别去一人来，还有一人屋旁站。

某人点上红花①痣②，某人身穿紧身衣③。

一人获献戈丹礼④，一人获穿纱丽衣。

一人首饰与丝衣，一人获赠宝石钻。

一人诸般鲜花环，一人檀香和水磨⑤。

一人额头杜巴黄⑥，一人被唤且耐心。

苏尔达斯言，

身体圣洁爱黑子，幸运幸运耶雪达。

【释译】

本诗承接上一首诗，描述的是难陀耶雪达夫妇喜获麟儿黑天，牛村乡亲邻里喜悦兴奋，纷纷到难陀家道贺的喜庆状况。内容大致如下：

众乡邻听闻黑天诞生的消息后，纷纷来到难陀家道喜，女人们盛装打扮，额点红花志，身着美丽的紧身衣。难陀家里挤满了客人，来来往往，川流不息，就连门外都挤满了前来道贺的客人。难陀夫妇为了庆祝自家的大喜事，也为了表示对客人的欢迎和回赠，送给他们各种礼品。向村里前来道喜的婆罗门行戈丹礼，向他们献牛；

---

① 红花，原文 kesari，意思是“藏红花”，印度妇女额头中间点的吉祥志多用藏红花汁做染料，红色，此处因字数限制，缩译为“红花”。

② 志，原文 tilak，指印度妇女额头中间点的吉祥志，此处因字数限制，缩译为“志”。

③ 紧身衣，原文 kañcukī，指印度妇女穿的紧身胸衣，此处译为“紧身衣”。

④ 戈丹礼，原文 gau-dān，指给婆罗门的献牛礼。

⑤ 檀香和水磨，原文 candan ghasi nīr，和了水的檀香磨的粉末抹在额头上，是印度人迎接贵客的一种习俗。

⑥ 杜巴黄，原文 dūb-rocanā，dūb 意思是“杜巴草”，是印度教的圣草，rocanā 通 gorocana，godanta，意思是“牛黄，雌黄”，印度教的一种习俗，将杜巴草弄成短碎，与牛黄混合抹在额头上，现今牛黄太贵，印度人大多用雌黄或者姜黄代替。

为女客穿上美丽的纱丽；向客人奉上珠宝和钻石，华贵的首饰与丝衣；为客人戴上美丽的鲜花环；在客人额头点上和水磨出的檀香粉或者用杜巴草和牛黄研碎的粉末浆。客人挨挨挤挤，大家都等着上前道喜，并得到难陀夫妇的回赠礼，沾沾喜气和福气。有人开始着急何时轮到自己，于是，难陀夫妇劝说他们不要着急，耐心等待。

苏尔达斯描写上述喜庆热闹的场面后，在本诗最后一句“身体圣洁爱黑子，幸运幸运耶雪达”中直接表达了对耶雪达的赞扬和歌颂：耶雪达生出小黑天的身体十分圣洁，又对黑天满怀慈爱，她是多么幸运伟大啊！同时，又间接表达了他对黑天的崇敬和赞美。

【原文】

सोभा सिंधु न अन्त रही री।

नंद-भवन भरि पूरि उमँगि चलि, ब्रज की बीथिनि① फिरति बही② री।

देखी जाइ आजु गोकुल मैं③, घर-घर बेंचति④ फिरति दही री।

कहँ लगि कहौं बनाइ बहुत बिधि⑤, कहत न मुख सहसहुँ निबही री।

जसुमति-उदर-अगाध-उदधि तैं⑥, उपजी ऐसी सबनि कही री।

सूरस्याम⑦ प्रभु इंद्र-नीलमनि, ब्रज-बनिता उर लाइ गही री॥

（6/647）

① Gupta 本作 bītin。
② Varma 本作 vahī。
③ Gupta 本作 maiṃ。
④ Gupta 本作 beñcati。
⑤ Varma 本作 vidhi。
⑥ Gupta 本作 taiṃ。
⑦ Varma 本作 sūraśyām。

【对译】

光辉海洋无边际

充溢欢喜难陀家，伯勒杰[1]路此流传。

走家串户卖酸奶，去往牛村今日见。

多般言说止何处？千口言说亦不尽。

如此众言出生自，耶雪达腹无边海。

苏尔言，

胜尊[2]黑子蓝宝石，伯勒杰女尽心持。

【释译】

本诗描述的是一位伯勒杰女子向人们讲述她前往牛村卖酸奶时见到牛村人欢喜庆祝黑天的出生，牛村到处洋溢欢乐幸福的状况。内容大致如下：

我今日去牛村走街串巷、挨家挨户卖酸奶的时候，看到了这样一番景象：牛村的难陀家充溢着激动欢乐的气氛，整个村子的人都聚在那里欢庆小黑天的诞生。这欢乐的氛围和喜庆的消息在伯勒杰地区的大街小巷流传。这般光辉喜悦和美好的景象我如何描述得出呢？即便我用各种方式去描述也不知能描述到哪种地步？就是我有一千张口也不能讲述尽啊！人们都在言说这喜乐源自耶雪达的腹部，因为小黑天诞生于此，耶雪达的腹肚犹如无边无际的光辉喜乐之海。

本诗末“胜尊黑子蓝宝石，伯勒杰女尽心持”句既直接描写了惹人疼爱的小黑天出生之后被女人们小心翼翼地怀抱在胸前、疼爱有加的情景；又一语双关，赞叹吉祥珍贵犹如蓝宝石的胜尊黑天，受到伯勒杰的女子们虔信热爱，尽心侍奉！

---

① 伯勒杰，原文 braj，今印度北方邦境内的一个地区，不是一个固定的行政区域，而是泛指伯勒杰方言 braj bhāṣā 流行地区，牛村、马图拉等属伯勒杰地区。

② 胜尊，原文 prabhu，意思是“国王，主人，尊者，自在，尊贵位”，此处意译为“胜尊”，为信徒对黑天的尊称。

शँशव चरित्र
婴幼儿功行

【原文】

जसोदा हरि पालनैं① झुलावै②।
हलरावै, दुलराइ मल्हावै, जोइ-सोइ कछु③ गावै।
मेरे लाल कौं④ आउ निंदरिया, काहैं⑤ न आनि सुवावै।
तू काहैं⑥ नहिं बेगिहिं⑦ आवै, तोकौं⑧ कान्ह बुलावै।
कबहुँ⑨ पलक हरि मूँदि लेत हैं⑩, कबहुँ अधर फरकावै।
सोवत जानि मौन ह्वै कै⑪ रहि, करि-करि सैन बतावै।
इहिं अन्तर अकुलाइ उठे हरि, जसुमति मधुरैं⑫ गावै।
जो सुख सूर अमर-मुनि दुरलभ, सो नँद-भामिनि पावै॥
(7/661)

【对译】

耶雪达为诃利摇摇篮

摇晃爱昵亲吻哄，顺口哼唱歌些许，
瞌睡且来我儿旁，何故不来哄入眠，
为何你不快快来，黑黑⑬在把你呼唤。
诃利时而合上眼，时而嘴唇响噗噗。

---

① Gupta 本作 pālanaiṃ，Varma 本作 pālanai。
② Gupta 本作 jhulāvaiṃ。
③ Varma 本作 kachū。
④ Gupta 本作 kauṃ。
⑤ Gupta 本作 kāhaiṃ。
⑥ Gupta 本作 kāhaiṃ。
⑦ Varma 本作 begahiṁ。
⑧ Gupta 本作 tokauṃ，Varma 本作 tokoṁ。
⑨ Varma 本作 kabahuṁk。
⑩ Gupta 本作 haiṃ。
⑪ Varma 本作 hvai。
⑫ Gupta 本作 madhuraiṃ。
⑬ 黑黑，原文 kānh，意译为“黑黑”，婴儿黑天的名号之一。

以为入眠便沉默，屡做手势来示意。

此间诃利忽不安，耶雪达又甜甜唱。

苏尔言，

天神牟尼难得福，难陀多情女得占。

【释译】

本诗描述的是妈妈耶雪达为小黑天摇摇篮，哄他入睡的情形。内容大致如下：

小黑天躺在摇篮中，妈妈耶雪达摇晃着他哄他入睡。耶雪达一边摇晃着摇篮，一边亲着小黑天，亲昵地哄着，口中还随意地哼唱着曲子："瞌睡啊，你快快到我儿的身边来吧！为什么还不来哄他入眠呢？为什么你还不快快前来呢？小黑黑正在呼唤你啊！"

听着妈妈的催眠曲，小黑天时而闭合双眼，时而小嘴发出噗噗声。渐渐地，小黑天安静了下来。耶雪达妈妈以为儿子已经睡着，便不再摇晃摇篮，停止了唱曲，还不断向别人做手势不要发出声响，生怕吵醒儿子。这时，许是做了噩梦，小黑天又开始不安起来。于是，耶雪达妈妈赶忙又唱起了甜蜜的曲子。

苏尔达斯在本诗末不无羡慕地赞叹道：天神和圣仙都难享的福乐，都被难陀家的多情女子耶雪达得到了！

【原文】

कपट करि ब्रजहिं पूतना आई।

अति सुरूप, विष अस्तन लाए, राजा कंस पठाई।

मुख चूमति अरु नैन निहारति, राखति कंठ लगाई।

भाग बड़े तुम्हरे नन्दरानी[1], जिहिं के कुँवर कन्हाई।

① Gupta 本作 naṁdarānī。

कर गहि छीर पियावति अपनौ[1], जानत केसवराई।

बाहर ह्वै कै असुर[2] पुकारी, अब बलि लेहु छुड़ाई।

गइ मुरछाइ, परी धरनी पर, मनौ भुवंगम[3] खाई।

सूरदास प्रभु तुम्हरी लीला, भक्तनि गाइ सुनाई॥

（8/670）

【对译】

毒乳怪[4]伪装后来伯勒杰

极其美艳携毒乳，国王刚沙派遣来。

凝视眼睛又亲脸，搂搂抱抱拥脖颈：

难陀妻你运气大，有个孩子小黑儿。

手抱便将己奶喂，美发王者[5]明知晓。

阿修罗现形喊叫：现且解救且受献[6]！

昏迷晕厥倒地上，仿若宛如被蛇咬。

苏尔达斯言，

你之本事[7]胜尊啊，众信徒们唱赞颂。

【释译】

本诗描述的是黑天出生后，刚沙王派遣的毒乳怪来到牛村难

① Varma 本作 apanī。

② Gupta 本作 asuri。

③ Gupta 本作 bhujaṅgam。

④ 毒乳怪，原文 pūtanā，一种妖怪，音译为“富多那，布怛那，富单那”等。此处即指刚沙王派来谋害小黑天的妖怪之一，原形为一只鹤，化为一个妇人要以有毒的乳汁毒害黑天，也被称作 bakī，即“鹤女”，为明确区分刚沙所派这些意欲谋害小黑天的妖怪，本诗中将 pūtanā 译为“毒乳怪”。

⑤ 美发王者，原文 kesavarāī，kesava 通 keśava，意思是“美发者”，rāī 意思是“国王，王者”，kesavarāī 意译为“美发王者”，黑天的名号之一。

⑥ 现且解救且受献，原文 ab bali lehu chuṛāī，ab 意为“现在，如今”，bali 意为“牺牲，献出”，指俯首听命，lehu 是动词 le，即“接受，拿取”的第二人称祈使语气，chuṛāī 是 chuṛānā 即“解放，解救，放开”的完成时形式，即 chuṛākara。此句意思是“现在请你解救我并接受我的奉献吧”，毒乳怪请求小黑天饶恕并放过她，她将俯首听命于黑天。

⑦ 本事，原文 līlā，意即印度教大神在人世间的娱乐生活。黑天本事是指大神毗湿奴的化身之一黑天在人间游乐的故事。

陀家，企图将小黑天杀死，结果反被小黑天制服的状况。内容大致如下：

受国王刚沙之命前来牛村加害小黑天的一个妖怪伪装成了一位风姿绰约的美女，她在丰腴的乳房里装满毒汁，意欲毒死襁褓中的小黑天。这位美艳的少妇来到难陀家中，看到摇篮中的小黑天后欢喜不已，凝望着小黑天乌黑明亮的眼睛，装出一副喜爱小黑天的样子以获取摇篮旁边耶雪达的好感和信任，之后她主动从摇篮中抱起小黑天，又亲又哄，在没有受到耶雪达的阻止后，开始进一步行动，夸赞耶雪达运气好、福气大，生了小黑天这么漂亮聪明可爱招人疼的孩子，语气之中极尽羡慕之情。这些言语行为瓦解了耶雪达对陌生人的防备心理，毒乳怪彻底获得了耶雪达的好感与信任。她见时机成熟，便立刻开始毒杀小黑天的行动，把自己的奶汁喂给小黑天。小黑天不是普通的婴孩，他是超凡大神毗湿奴的化身，他早已识破了毒乳怪的诡计，打算给妖怪来个将计就计。

毒乳怪将乳汁喂进小黑天口中，黑天在吸吮的时候暗发神力，要将妖怪的精魄吸尽。毒乳怪顿觉剧痛，仿佛自己的身体要被撕裂一样。此时，毒乳怪才知晓黑天的神力，立刻现出原形，开口求饶道：大神啊！现在我知道您的厉害了！请您解救我，放过我吧！我向您献出一切，俯首听命于您，请您接受我的奉献吧！听到妖怪的求饶，黑天方才松口，放开了毒乳怪。毒乳怪由于之前受到吮吸，疼痛难忍，仿佛被巨大的毒蛇咬伤，顿时倒在地上昏迷不醒。

苏尔达斯在本诗末“你之本事胜尊啊，众信徒们唱赞颂”唱述了胜尊黑天的这类非凡的本事，被信徒们永远铭记心间，传唱赞颂。这些表现黑天神奇力量和非凡本领的故事通过信徒之口，口口相诵，代代流传，更加巩固和坚定了一代又一代信徒们对黑天的虔信与崇拜。

【原文】

काग-रूप इक दनुज धर्यौ।
नृप-आयसु लै धरि माथे पर, हरषवंत उर गरब भर्यौ।
कितिक बात प्रभु तुम आयसु तैं①, वह जानौ मो जात मर्यौ।
इतनी कहि गोकुल उड़ि② आयौ, आइ नन्द-घर-छाज रह्यौ।
पलना पर पौढ़े③ हरि देखे, तुरत आइ नैननिहिं अर्यौ।
कंठ चाँपि बहु बार फिरायौ④, गहि फटक्यौ⑤, नृप पास पर्यौ।
तुरत कंस पूछन तिहिं⑥ लाग्यौ, क्यौं⑦ आयौ, नहिं⑧ काज करयौ ?
बातैं जाम बोलि तब आयौ, सुनहु कंस, तब आइ सर्यौ।
धरि अवतार महाबल कोऊ, एकहिं⑨ कर मेरौ गर्ब हर्यौ⑩।
सूरदास प्रभु कंस-निकंदन, भक्त-हेत अवतार धर्यौ॥
（9/677）

① Gupta 本作 taiṃ，Varma 本作 teṁ。
② Varma 本作 uṛ。
③ Varma 本作 pauṛhai。
④ Varma 本作 phirāyo。
⑤ Varma 本作 phaṭkyo。
⑥ Gupta 本作 tihiṃ。
⑦ Gupta 本作 kyauṃ，Varma 本作 kyoṁ。
⑧ Gupta 本作 nahiṃ。
⑨ Gupta 本作 ekahiṃ。
⑩ Sabha 本作 rahyau。

【对译】

一个檀奴生[①]持具乌鸦形[②]

领得王命置前额[③]，傲慢自大满心喜：

主[④]你且晓多大事？依令我去他即死。

言此即飞来牛村，来到难陀家露台。

看见诃利篮中躺，即刻眼上来停留。

掐住脖颈抡数圈，抓摔落至国王旁。

刚沙即刻质问他，事未完成为何回？

三时[⑤]才来话语言：刚沙且听寿命尽，

某大力者持化身，只手将我威风灭。

苏尔达斯言，

胜尊乃灭刚沙者，为信徒益持化身。

【释译】

本诗描述的仍然是黑天出生后，又一个妖魔受刚沙王派遣，幻化成乌鸦飞到牛村难陀家，企图将小黑天杀死，结果反被小黑天制服的状况。内容大致如下：

领得刚沙王的命令，一个名叫檀奴生的妖魔狂傲自大地道："主人您知道，这根本算不得什么大事！您的命令我很快便可完成，只要我去到牛村，马上就可以杀死小黑天。"这个妖魔觉得刚沙王的

---

① 原文 danuj 意为"檀奴生"，ja 意为"生，产生"，danu 音译"檀奴"，她是生主（Prajapati）陀刹（Daksha）的女儿，她与仙人迦叶波（Kasyapa）生下了四十个儿子，被称作 danuj，也称 danav"檀那婆"，danuj 指檀奴所生的妖魔，此处意译为"檀奴生"。

② 此处指檀奴所生的一个恶魔奉刚沙王之命，幻化成乌鸦，飞往牛村意欲杀害小黑天。

③ 置前额，原文 dhari māte par，听到命令后双手放置前额的举动，表示接受国王或主人的命令。

④ 主，原文 prabhu，意为"国王，主人，尊者，自在，尊贵位"，此处指刚沙王。

⑤ 三时，原文 jām 通 yāma，印度古代时间单位，指三小时的时间，此处虚指，意为"很长时间"。

命令不过是小事一桩，觉得自己能够轻松完成任务。说完他便化作一只乌鸦，很快飞到了牛村难陀家的露台上。这只妖魔幻化的乌鸦站在露台上张望，看到小黑天独自躺在摇篮中玩耍，四周空无一人。乌鸦瞅准机会，立刻飞到小黑天的跟前，企图用爪子将婴儿黑天掐死。这妖魔哪里知道黑天的超凡神力，他刚欲下手，却被小黑天猛然间伸出的一只手掐住了脖颈。小黑天抡了几圈，就把它甩了回去，重重摔落在刚沙王的座位旁。

看到自己所派的妖魔突然出现在近旁，刚沙王大为吃惊，质问道：“派给你的任务没有完成吗？为何这么快就返回了？”过了好久，那个被摔晕的妖魔才迷迷糊糊苏醒过来。此时他才意识到小黑天并非普通的婴孩，而是大神的化身，便对刚沙王说道：“刚沙啊，你听着，你的寿命算是要到头了！那小黑天是某位大力神者的化身，这个婴孩，一只手就将我打败，让我威风扫地！”

“胜尊乃灭刚沙者，为信徒益持化身。”苏尔达斯不仅在本诗末赞颂了黑天的这一本事，还讲明了胜尊化身黑天下凡的任务是为了消灭暴君刚沙，也是为了保护信徒们的安全和利益。

【原文】

कर पग गहि, अँगुठा मुख मेलत।

प्रभु पौढ़े पालनैं① अकेले, हरषि-हरषि अपनैं② रँग③ खेलत।

सिव सोचत, बिधि बुद्धि विचारत, बट बाढ़्यौ④ सागर-जल झेलत।

---

① Gupta 本作 pālanaiṃ。
② Gupta 本作 apane。
③ Varma 本作 raṅg。
④ Gupta 本作 bāṛyau。

बिडरि[1] चले घन प्रलय जानि कै, दिगपति दिग-दंतीनि सकेलत।

मुनि मन भीत भए, भुव कंपित सेष सकुचि सहसौ फन पेलत।

उन ब्रज-बासिनि[2] बात न जानी, समुझे सूर सकट पग ठेलत।

（10/681）

【对译】

手抓大脚趾放入嘴中[3]

胜尊独自篮中躺，欢喜玩耍自游戏。

造物明思湿婆忧，榕树变大受海水[4]，

浓云爆发当末日，各方具齿[5]方主[6]拢，

牟尼心惧大地颤，湿舍[7]蜷缩千冠[8]顶。

苏尔言，

彼等伯民[9]不知情，以为脚踩大牛车[10]。

【释译】

本诗描述的是黑天出生后，受刚沙王派遣的另一个恶魔来到牛村难陀家，幻化成大牛车企图将小黑天杀死，结果反被小黑天制服

---

① Sabha 本作 baḍiri。

② Gupta 本作 brajvāsini。

③ 印度神话中大洪水来临时，毗湿奴大神为拯救世界，把整个世界吸入体内，以婴儿吮吸大脚趾的形相躺在榕树叶子上面，等待洪水退去。黑天手抓大脚趾放入嘴中的婴儿形相预示着世界末日的来临。因此，后文中湿婆、梵天才会做冥想思虑世界末日是否来临及其原因，牟尼仙人们紧张害怕，十方守护神聚拢了守护十方的大象，用千个兜帽抵托大地的千头蛇王湿舍也蜷缩起来。

④ 榕树变大、海水上涨是世界末日的征兆。

⑤ 具齿，原文 dig-dantīni，dig 意为“方向”，dantīni 是 dantī 的复数形式，dantī 意为“具有牙齿者”，此处意译“各方具齿”，指守护天地十方的十头大象，一说天地四方八角的八头大象。

⑥ 方主，原文 digapati，diga 意为“方向”，pati 意为“主人”，此处意译为“方主”，指天地十方的守护神。

⑦ 湿舍，原文 seṣa，千头蛇王的名字，在印度神话传说中它用一千个蛇冠抵托大地。

⑧ 冠，原文 phan，通 phaṇa，指蛇冠，也称兜帽。

⑨ 伯民，原文 braj-bāsini，意为“伯勒杰居民”，此处因字数限制，缩译为“伯民”。

⑩ 大牛车，原文 sakaṭ，意为“牛车，大车”，此处指一恶魔奉刚沙王的命令来到牛村，变作小黑天摇篮旁的大牛车，意欲杀害小黑天，结果反被小黑天所灭。伯勒杰居民并不知其中缘故，只看到小黑天脚踩大牛车，以为他在玩耍。

的状况。内容大致如下：

难陀家的庭院中，小黑天独自躺在摇篮里游戏玩耍，突然他用手抓住大脚趾放入嘴中。看到婴儿黑天做出这个姿势，梵天、湿婆、各方众神和圣仙们都紧张忧虑起来，因为婴儿黑天手抓大脚趾放入嘴中的姿势预示着世界末日的来临。湿婆忧虑，梵天开始做冥想，思虑世界末日是否真要来临及其原因。大地上的榕树不断变大承受不断涨涌的海水，天空中浓云密布，汹涌翻滚，自然界也以为世界末日将要到来而开始出现异象。天地十方守护神聚拢了守护十方的大象。用一千个蛇冠抵托大地的千头蛇王湿舍也蜷缩起来，大地震颤，牟尼仙人们心中充满恐惧。这些现象都是因为小黑天手抓大脚趾放入口中的这个姿势引起的。事实上，小黑天只是在摇篮中独自游戏做出姿势罢了。这种情况恰恰说明了小黑天的超凡神力，他的一个小举动就能引发三界恐慌。

但小黑天也不是毫无来由地做出这个举动，苏尔达斯在诗末点明了个中因由。小黑天做出这个姿势，是因为他知道又有一个妖魔奉刚沙王的命令，幻化成大牛车前来加害于他。大车停在小黑天的摇篮旁边，想要轧过摇篮，将小黑天压死。但这对黑天来说不是什么大事，他一边玩耍，一边伸出一只脚踩住了向摇篮倒来的大牛车。对于这一危险，受黑天护佑的伯勒杰民众却毫不知情，他们还以为小黑天在摇篮里愉快地玩耍，却不知道小黑天刚刚又制服了一个妖魔。

【原文】

महरि मुदित उलटाइ कै मुख चूमन लागी।
चिरजीवौ मेरौ लाड़िलौ①, मैं भई सभागी।
एक पाख त्रय-मास कौ मेरौ भयौ कन्हाई।
पटकि रान② उलटौ पर्यौ, मैं③ करौं④ बधाई।
नन्द⑤-घरनि आनन्द⑥ भरी, बोलीं⑦ ब्रजनारी।
यह सुख सुनि आई⑧ सबै, सूरज बलिहारी॥
（11/686）

【对译】

夫人喜悦来翻身

夫人喜悦来翻身，随后亲脸吻面颊：
长命百岁我宝贝，我有福气好幸运！
我的孩儿小黑黑，已有三个半月大，
大腿蹬踹会翻身，我要欣喜来庆贺。
难陀之妻满喜乐，告知伯勒杰女子。
苏尔吉言，
此般福乐既听闻，众皆前来献一切。⑨

【释译】

本诗描述的是耶雪达夫人看到自己的儿子——三个半月大的小

① Varma 本作 lāḍilau。
② Sabha 本作 rāl。
③ Gupta 本作 maiṃ。
④ Varma 本作 karaiṁ。
⑤ Sabha 本作 nann。
⑥ Gupta 本作 ānaṁd。
⑦ Gupta 本作 bolīṃ。
⑧ Gupta 本作 āīṃ。
⑨ 此般福乐既听闻，众皆前来献一切，原文 yeh sukh suni āīṁ sabai, sūraj balihālī，意思是“闻此福乐众皆来，苏尔吉奉献牺牲”，为了与众多诗文翻译格式保持一致，此句翻译稍有改动。

黑天能够蹬腿翻身后欣喜不已的状况。内容大致如下：

耶雪达夫人走近小黑天的摇篮，看到原本仰面躺着的小黑天现在俯身趴在摇篮里，马上意识到小黑天自己会翻身了，特别高兴。她笑嘻嘻地将小黑天翻过身来，之后亲昵地吻着小黑天的脸颊说道：“我的宝贝啊，愿你长命百岁！我真是太有福气太好运了！我的孩儿小黑黑你现在三个半月大了，已经会用腿蹬着翻身了，这可真是个大好的消息！我要跟大家分享这个喜讯，一起来庆祝！”说完，耶雪达夫人立刻满心欢喜地走家串户去通知伯勒杰的女人们。大家听到这个福乐的消息，十分喜悦，都聚拢到难陀家中看望小黑天，欢喜庆贺。

【原文】

जसुमति मन अभिलाष करै।
कब मेरौ① लाल घुटुरुवनि रेंगै②, कब धरनी③ पग द्वैक धरै।
कब द्वै दाँत दूध के देखौं④, कब तोतरैं⑤ मुख बचन⑥ झरै।
कब नंदहिं⑦ बाबा कहि बोलै, कब जननी कहि मोहिं⑧ ररै।
कब मेरौ अँचरा गहि मोहन, जोइ-सोइ कहि मोसौं⑨ झगरै।
कब धौं⑩ तनक-तनक कछु खैहै, अपने कर सौं⑪ मुखहिं भरै।

---

① Sabha 本作 mero。
② Varma 本作 reṁgai，Gupta 本作 reṅgai。
③ Gupta 本作 dharatī。
④ Gupta 本作 dekhauṃ。
⑤ Gupta 本作 totaraiṃ。
⑥ Gupta 本作 vacan。
⑦ Varma 本作 nandahi。
⑧ Sabha 本作 modiṁh。
⑨ Gupta 本作 mosauṃ。
⑩ Gupta 本作 dhauṃ。
⑪ Gupta 本作 lai。

कब हँसि बात कहैगौ① मोसौं②, जा छबि③ तैं④ दुख दूरि हरै।

स्याम अकेले आँगन छाँड़े, आपु गई कछु काज घरै।

इहिं अंतर अँधवाह⑤ उठ्यौ⑥ इक, गरजत गगन सहित घहरै।

सूरदास ब्रज-लोग सुनत धुनि, जो जहँ-तहँ सब अतिहिं डरै॥

(12/694)

【对译】

耶雪达心中祈愿

何时我儿膝爬行？何时地上迈两步？

何时看见俩乳牙？何时咿呀话出口？

何时呼唤难陀爸？何时反复叫我妈？

何时莫亨⑦抓我襟，说这说那吵闹我？

何时能够食些许，自己亲手填满口？

何时欢笑对我言，由彼美妙苦去除？

独留黑子在院中，为些家务自回屋。

此时突起一风暴，天空咆哮隆隆响。

苏尔达斯言，

伯勒杰民闻声音，处处众皆极恐慌。

【释译】

本诗描述的是耶雪达夫人祈盼自己的儿子小黑天快快长大的状况。内容大致如下：

耶雪达看着几个月大的儿子小黑天，心中充满祈盼：我的儿子

① Varma 本作 kahaigo。
② Gupta 本作 mosauṃ。
③ Gupta 本作 chavi。
④ Gupta 本作 taiṃ。
⑤ Gupta 本作 aṁdhavāi。
⑥ Varma 本作 uṭhyo。
⑦ 莫亨，原文 mohan，意思是“吸引人的，迷人者”，此处音译为“莫亨”，黑天的名号之一。

什么时候能在地上用膝盖爬行？什么时候能在地上迈步走路？什么时候能看到他长出两三颗乳牙？什么时候能听到他咿咿呀呀开口说话？什么时候能听到他叫难陀爸爸？什么时候能听到他开口叫我妈妈？什么时候小莫亨能抓住我的衣襟，吵吵闹闹向我撒娇？什么时候他能够自己吃饭，用手抓饭送入自己口中？什么时候他能够嬉闹欢笑，对我叽叽喳喳？由此我的一切烦恼苦楚都会烟消云散，我会得到怎样的福乐啊！

如同人世间所有抚育孩子的母亲一样，耶雪达就这样沉浸在幸福之中，在心中想象着小黑天成长的模样，想象着儿子在成长过程中将会给她带来的福乐。突然，她意识到屋里还有家务没有做完，就留小黑天独自在院落的摇篮中玩耍，自己回到房中。这个时候，忽然风云变色，突如其来的一阵风暴使天空隆隆作响，这阵风暴咆哮着向伯勒杰地区侵袭，来势凶猛。伯勒杰的人们听到这风暴震颤天地的咆哮声都恐慌起来。事实上，这阵风暴是刚沙王派遣来的另一个妖怪旋风怪，意欲加害小黑天。

【原文】

सुत-मुख देखि जसोदा फूली।

हरषति देखि दूध[①] की दँतियाँ, प्रेममगन तन की सुधि भूली।

बाहिर तैं तब नंद बुलाए, देखौ धौं सुन्दर सुखदाई।

तनक-तनक सी[②] दूध-दँतुलिया, देखौ, नैन सफल करौ आई।

आनँद[③] सहित महर तब आए, मुख चितवत दोउ नैन अघाई।

① Varma 本作 dūdhi。

② Sabha 本作 sīṃ。

③ Sabha 本作 ānand。

सूर स्याम किलकत द्विज देख्यौ, मनौ कमल पर बिज्जु जमाई ॥

（13/700）

【对译】

看儿面庞，耶雪达乐开花

欣然欢喜见乳牙，沉迷爱中身失觉，

当即向外唤难陀：且看俊美予福者，

且看小小乳牙齿，来使眼睛具成果[①]。

族主偕喜即刻至，双眼望颜被满足。

苏尔言，

黑子欢叫露出牙，宛若莲上闪电生。

【释译】

本诗描述的是耶雪达和难陀看到自己的儿子小黑天长出乳牙后欣喜激动的状况。内容大致如下：

在小黑天张口欢叫的时候，耶雪达妈妈发现儿子长出了一颗洁白的小乳牙，顿时欣喜不已，沉浸在幸福喜悦之中而忘记一切。突然她意识到要马上同夫君分享这个喜讯，当下向屋外呼唤难陀道："你来看看我们俊美的小黑天，他是赐予我们福乐的人啊！你来看看他小小的乳牙啊，快来让你的眼睛得到满足！"族主难陀听到妻子说孩儿长出了乳牙，立刻跑进屋中，看到儿子的乳牙之后满心欢喜，心满意足。

苏尔达斯在本诗末也赞颂了小黑天欢叫时露出乳牙的情形，犹如在蓝莲花上生出的一道闪电。

---

① 来使眼睛具成果，原文 nain saphal karau āī，是耶雪达催促难陀来瞧看孩子乳牙的语句。这句描写，把眼睛拟人化，意思是让难陀的眼睛看到长出的乳牙，感到十分满足，与下句中的"双眼望颜被满足"都是指难陀看到儿子长出乳牙后，内心喜悦满足。

【原文】

हरि किलकत जसुमति की कनियाँ।
मुख मैं तीनि लोक दिखराए, चकित भई नँद-रनियाँ।
घर-घर हाथ दिखावति[1] डोलति, बाँधति गरैं बघनियाँ।
सूर स्याम की अद्भुत लीला नहिं जानत मुनिजनियाँ॥
（14/701）

【对译】

诃利在耶雪达肩头欢叫
口中三界显现出，惊异不安难陀妻。
挨家奔走示手相，虎甲[2]饰品戴脖颈。
苏尔言，
黑子奇异之本事，众多牟尼亦不知。

【释译】

本诗描述的是耶雪达看到小黑天口中显出三界众相后惊异不安，四处奔走询问缘由未果的状况。内容大致如下：

耶雪达哄着小黑天，看着他趴在自己肩头玩耍。小黑天一时高兴，展现出了他的神性，张嘴欢叫时在口中显现出了三界众生相。耶雪达看到这般奇异的景象惊异不安起来，不知儿子为何会显出这样神奇的异象来，是中了什么妖术魔法吗？她立刻带着小黑天在牛村四处奔走，挨家挨户询问，期盼有人能解开她心头的疑惑和担忧。耶雪达向人们述说她看到儿子的异象，向人们展示儿子的手相，却没人知道小黑天为何会显出这般奇相。耶雪达多方奔走询问打听此般缘由，结果却一无所获。为求平安她又向婆罗门大师求来虎甲制成的饰品作为护身符戴在小黑天的脖颈上。

---

① Sabha 本作 divāvati。

② 虎甲，原文 baghaniyāṁ，意思是“老虎爪甲”，因其坚硬锋利，被印度教徒制成饰品，作为护身符用。

苏尔达斯在本诗末插入自己的解释，道出这是黑天大神在游戏人间时展示出神性。他叙说道黑天大神这般神奇的本事，圣者仙人们都不知晓，更别说我们这些凡夫俗子了。

【原文】

कान्ह कुँवर की करहु पासनी, कछु दिन घटि षट मास गए।
नंद महर यह सुनि पुलकित जिय, हरि अनप्रासन जोग भए।
बिप्र① बुलाई नाम लै बूझ्यौ, रासि सोधि इक② सुदिन धर्यौ।
आछौ दिन सुनि महरि जसोदा, सखिनि बोलि सुभ गान कर्यौ।
जुवति महरि कौं गारी गावतिं③, और महर कौ④ नाम लिए।
ब्रज-घर-घर आनंद बढ़्यौ अति प्रेम पुलक न समात हिए।
जाकौं नेति-नेति स्रुति गावत, ध्यावत सुर-मुनि ध्यान धरे।
सूरदास तिहिं कौं ब्रज-बनिता⑤, झकझोरतिं उर अंक भरे॥
（15/706）

【对译】

且办黑儿⑥首食礼⑦

且办黑儿首食礼，还差几日六个月。
闻诃利适首食礼，难陀族主心激动，
唤婆罗门询以名，考星座定一吉日。
闻听佳日耶雪达，夫人唤伴唱吉歌。

---

① Gupta 本作 vipr。

② Varma 本作 ek。

③ Varma 本作 gāvati。

④ Gupta 本作 ko。

⑤ Gupta 本作 vanitā。

⑥ 黑儿，原文 kānh kuṁvar，kānh“黑黑”是黑天的名号之一，kuṁvar 意思是“儿子”，因字数限制，缩译为“黑儿”。

⑦ 首食礼，原文 pāsanī，意通 annaprāśana sṃskāra，annaprāśana 意思是“喂食”，sṃskāra 意思是“仪式”，pāsanī 和 annaprāśana 均指印度教首次给婴儿喂饭的仪式。

少女唱起俗庆曲，提及夫人族主名。

伯地①各家喜极增，爱与欣喜心不支。

天神牟尼持禅定，天启所颂非此者，②

苏尔达斯言，

伯勒杰地之女子，满拥入怀将他摇。

【释译】

本诗描述的是小黑天即满六个月，欢喜的难陀和耶雪达夫妇为给小黑天举办首食礼四处张罗，以及众人闻听消息后喜乐庆祝的状况。内容大致如下：

耶雪达对夫君难陀道："我们的儿子黑黑差几天就满六个月了，为他举办首食礼的仪式吧。"族主难陀听后心情激动又喜悦，马上派人请来了婆罗门大师。婆罗门大师问询了小黑天的姓名、生辰八字等，仔细测算出了一个良辰吉日。耶雪达闻听吉时已定，欢欣不已，呼朋唤友一起欢唱吉祥的歌曲来庆祝。少女们将难陀和耶雪达的名字编入歌中，唱起传统风俗中的庆祝歌曲，歌声传遍四方。听闻这个喜讯后，伯勒杰的家家户户都十分欢喜，满怀慈爱，乐不可支，纷纷来到难陀家道喜，尤其是伯勒杰的女子们聚集在难陀家，争相瞧看搂抱小黑天。

诗人苏尔达斯在本诗末陈述伯勒杰的女子们争相将小黑天抱在怀中轻轻摇晃时，也情不自禁赞颂自己虔爱的大神黑天是天启经所赞颂非此的无限者，是天神和牟尼修禅定的所持所念者。

---

① 伯地，原文 braj，意即"伯勒杰"，因字数限制，缩译为"伯地"。

② 天神牟尼持禅定，天启所颂非此者，原文 jākauṁ neti-neti sruti gāvat，dhyāvat sur-muni dhyān dhare，sruti 意思是"天启经"，指吠陀经典，gāvat 意思是"唱颂"，neti 意思是"非此"，是印度教称颂大神的词，意即"他是无限的"，jākauṁ 意通印地语的 jis ko，即印地语 jo 的宾格形式，dhyāvat 意通印地语 dhyāna karate haiṃ，意思是"修禅定"，dhyān dhare 意思是"禅定所持"，整句的意思是天启经所颂无限者，天神和牟尼修禅定所持者，因字数限制，并考虑到与下句句意的连接，此处调换顺序，译为"天神牟尼持禅定，天启所颂非此者"。

【原文】

लाल हौं वारी① तेरे मुख पर।
कुटिल अलक, मोहनि-मन बिहँसनि भृकुटी बिकट ललित नैननि पर।
दमकति दूध②-दँतुलिया बिहँसत, मनु सीपज घर कियौ बारिज पर।
लघु-लघु लट सिर घूँघरवारी③, लटकन लटकि रह्यौ④ माथैं पर।
यह उपमा कापै कहि आवै, कछुक कहौं सकुचति हौं जिय पर।
नव-तन-चंद्र-रेख-मधि⑤ राजत, सुरगुरु-सुक्र-उदोत परसपर।
लोचन लोल कपोल ललित अति, नासा कौ मुकता रदछद पर।
सूर कहा न्यौछावर करियै⑥ अपने लाल ललित लरखर पर॥
（16/711）

【对译】

儿啊，我为你颜献一切

眉毛弯弯美眼上，卷发浅笑迷人心。
莞尔微笑乳牙闪，似珠安家莲花上。
头上卷曲小发辫，垂落悬挂前额上。
谁人所述堪比此，欲言些许我心羞，
神师⑦金星⑧相辉映，闪耀新月轮廓中。⑨

---

① Varma 本作 bārī。

② Varma 本作 dūn。

③ Varma 本作 ghugharavārī。

④ Varma 本作 rahyo。

⑤ Gupta 本作 mathi。

⑥ Varma 本作 kariye。

⑦ 神师，原文 suraguru，意思是“天神的师尊”，在印度占星学中，指木星，木星也被称作“神师”。

⑧ 金星，原文 sukr，意思是“火”，但在印度占星学中，sukr 指金星。

⑨ 此句为比喻句，将两只眼睛比为木星和金星，将微笑的嘴角比为弯弯的新月，整张笑脸比为木星和金星交相辉映，闪烁在新月之上，月亮轮廓之中。

眼睛灵动面极美，鼻之珍珠[1]嘴唇上。

苏尔言，

己儿蹒跚跌撞美，于其可作何奉献？

【释译】

本诗描述的是耶雪达看到儿子小黑天可爱美妙的笑颜，心中充满无限喜悦和福乐的状况。内容大致如下：

耶雪达看到拥有俊美面容的儿子小黑天在向她微笑。只见小黑天那弯弯的眉毛挂在一双美丽的大眼上，卷卷的头发四散开来，卷曲的小发辫从头上垂落，有几缕悬挂在额头前。小黑天俊美的面庞仿若莲花，他莞尔微笑时露出的洁白乳牙闪闪发光，宛如镶嵌在莲花上的珍珠一样闪耀美丽。

小黑天的可爱俊美让诗人苏尔达斯在此处也忍不住插入赞叹道：“小黑天美丽迷人的笑颜，有谁能够比喻得出呢？虽然我会因为不能描绘得尽善尽美而心中羞愧，但我也意欲尝试做此一比，仿若那夜晚天空中的木星与金星一样交相辉映，竞相闪耀在一轮新月之上。”苏尔达斯在做此比喻之后又接着描写耶雪达眼中的小黑天“眼睛灵动面极美，鼻之珍珠嘴唇上”，小黑天一双大眼睛灵动机敏，明亮闪烁，如弯月般的小嘴上装饰的一颗珍珠也熠熠生辉，更将小黑天的面庞衬托得极其俊美。

望着小黑天这样俊美迷人的笑颜，耶雪达迷醉了，心中顿时充满无限甜蜜、喜悦和福乐，情不自禁感叹道：“儿啊，为能永远看到你这美丽迷人的容颜，我愿意奉献一切！瞧你蹒跚行进的可爱模样，我又能拿什么奉献给你呢，我的爱儿？”

---

① 鼻之珍珠，原文 nāsā kau mukatā，指孩童形相的黑天嘴唇上方的人中处装饰的一颗珍珠。

【原文】

उमँगीं① ब्रजनारि सुभग, कान्ह बरष गाँठि उमँग②, चहतिं③ बरष बरषनि④।
गावहिं मंगल सुगान, नीके सुर नीकी⑤ तान, आनँद अति हरषनि।
कंचन-मनि-जटित-थार, रोचन, दधि, फूल-डार, मिलिबे की तरसनि।
प्रभु बरष-गाँठि जोरति, वा छबि⑥ पर तृन तोरति, सूर अरस परसनि॥
（17/714）

【对译】

幸运伯勒杰女悦

幸运伯勒杰女悦，黑黑喜诞年年期。
吉祥美好歌曲唱，音优调美极喜乐。
镶宝金盘盼会面，放入酸奶花姜黄。
苏尔言，
触碰胜尊系年结⑦，为彼妙美折草叶⑧。

【释译】

本诗描述的是伯勒杰女子聚集在一起庆祝小黑天一周岁喜辰的状况。内容大致如下：

伯勒杰的女子今日喜悦万分，因为小黑天的一周岁喜辰到了。她们期盼着年年有今日的祥瑞，岁岁有今朝的吉祥，她们是多么的幸运啊！她们聚在一起唱起吉祥美好的歌曲，音调是那么的优美动听，歌声中流淌的满是喜悦和福乐。她们将意味着财富、吉祥和喜

---

① Gupta 本作 umaṁgī，Varma 本作 umagīṁ。
② Gupta 本作 umag。
③ Gupta 本作 cahati。
④ Sabha 本作 baraṣāni。
⑤ Varma 本作 nīke。
⑥ Gupta 本作 chavi。
⑦ 系年结，原文 baraṣ-gāṁṭhi jorati，一种印度习俗，孩童过生日要打绳结，意指过生日。
⑧ 折草叶，原文 tṛn torati，一种印度习俗，在折草仪式上折草叶，意思是为某人禳灾祛祸，求平安，同时也表达为了维护美好事物而承受苦难或奉献一切。

庆的酸奶、姜黄和鲜花装满镶嵌着宝石的金盘。她们一边喜庆而又忙碌地准备着这些贺礼，一边热切期盼着能够立刻去到难陀族长家，与可爱又俊美迷人的小黑天相见，庆祝他的生辰，能够拥抱小黑天可爱美妙的身体。

在本诗末“触碰胜尊系年结，为彼妙美折草叶”中，诗人苏尔达斯一语双关，“折草叶”这个举动即描写了伯勒杰女子们折下草叶，为小黑天禳灾，愿替他承担灾祸，祈求他平安的行为，又表达了为能够获得触碰小黑天美妙身体的吉祥与福乐，她们可以奉献一切的心愿。

【原文】

सोभित कर नवनीत <u>लिए</u>①।

घुटुरुनि चलत रेनु तन मंडित, मुख दधि लेप <u>किए</u>②।

चारु कपोल, लोल लोचन, <u>गोरोचन</u>③-तिलक <u>दिए</u>④।

लट-लटकनि मनु मत्त मधुप-गन मादक मधुहिं पिए।

कठुला-कंठ, <u>बज्र</u>⑤ केहरि-नख, राजत रुचिर हिए।

धन्य सूर <u>एकौ</u>⑥ पल इहिं सुख, का सत कल्प जिए॥

（18/717）

【对译】

手拿新鲜奶油光辉耀

双膝爬行满身土，奶油涂抹脸蛋上。

面颊俊美眼灵动，牛黄符志被点上。

---

① Varma 本作 liye。

② Varma 本作 kiye。

③ Sabha 本作 goroc。

④ Varma 本作 diye。

⑤ Gupta 本作 vajr。

⑥ Sabha 本作 eko。

发辫垂若醉蜂群，饮用醉人蜂蜜浆。

项圈[①]金刚狮甲饰[②]，胸前闪耀美迷人。

苏尔言，

此福一瞬亦幸运，纵活百劫[③]又如何？

【释译】

本诗描述了小黑天手拿奶油在地上爬行的可爱迷人模样。内容大致如下：

小黑天双膝使力，欢乐地在地上爬行。只见他向盛有奶油的罐子爬去，身体沾满尘土却依然乐此不疲。他伸出小手兴奋地抓把奶油，随即就往嘴上一通乱抹，脸蛋上也沾黏了些奶油。这些灰尘和奶油滴反而把额头点缀有吉祥的牛黄符志的小黑天的面颊衬托得更加俊美和光辉闪耀了。他那双如莲花般的美丽大眼忽闪忽闪，溜溜直转，四下瞧看，生怕被家人看到后被阻止。在确认四周没有旁人后，小黑天开始更加尽情地享受美味的奶油，贪吃之时也顾不得许多，他四散垂落的卷曲发辫上也沾染了许多奶油滴。这些沾上奶油滴的黑黝黝的发辫就如同贪吃的黑蜂群，沉醉于吸食甜美的蜂蜜浆之中。小黑天脖颈佩戴的小项圈和金刚狮甲饰品，在胸前熠熠生辉，越发衬托出他的俊美和闪耀迷人。

---

① 项圈，原文 kaṭhulā-kṇṭh，指戴在脖颈的小项圈。

② 金刚狮甲饰，原文 bajr kehari-nakh，bajr 通 vajra，意思是“金刚”，kehari 意思是“狮子”，kehari-nakh 是“狮子爪甲”，意通 baghaniyāṁ，即“虎甲”，均是指用坚硬锋利的猛兽爪甲制成的护身符饰品。印度方言中，有时存在狮虎不分的情况。

③ 百劫，原文 sat kalp，sat 意思是“百”，kalp，音译“劫波”，亦称“劫”，印度古代宇宙的时间概念，在印度教和佛教中，一劫波的时间长度不同。印度教认为，一劫波就是大神梵天的一个白昼，即 43.2 亿年，两个劫波构成大神梵天的一昼一夜，梵天在一劫波中创造出一千个四分时期（four yugas）的循环，一个四分时期的循环为 432 万年，四分时期包括有圆满时期（satya-yuga，期限为 172.8 万年）、三分时期（tretā-yuga，期限为 129.6 万年）、二分时期（dvāpara-yuga，期限为 86.4 万年）和迦利时期（kali-yuga，即争斗时期，期限为 43.2 万年）。佛教认为劫波分为小劫、中劫和大劫，一小劫为 1679.8 万年，一中劫为 3.3596 亿年，一大劫为 268.768 亿年。

看到这样俊美可爱、机灵狡黠、光彩夺目的小黑天，苏尔达斯在诗末忍不住赞叹道：观看小黑天的这些本事，从中能够得到极大的福乐，哪怕是看上一眼，也是十分幸运的！我宁愿得到这种一瞬间的福乐，也不愿枉然活上千万年！

【原文】

किलकत कान्ह घुटुरुवनि आवत।
मनिमय कनक नंद कैं① आँगन, बिंब पकरिबैं②, धावत।
कबहुँ निरखि हरि③ आपु छाँह कौं④, कर सौं पकरन चाहत।
किलकि हँसत राजत द्वै दतियाँ, पुनि-पुनि तिहिं अवगाहत।
कनक-भूमि पर कर-पग-छाया, यह उपमा इक राजति।
करि-करि प्रतिपद प्रतिमनि⑤ बसुधा⑥, कमल बैठकी साजति।
बाल-दसा-सुख निरखि जसोदा, पुनि-पुनि नन्द बुलावति।
अँचरा तर लै ढाँकि, सूर के प्रभु कौं दूध पियावति॥
（19/728）

【对译】

黑黑欢叫膝行来

难陀具宝黄金院，奔行为将影子捉。
诃利时盯自影瞧，想要用手捕捉住。
欢叫大笑俩牙闪，遍遍探寻其究竟。
黄金地上手脚影，此一比喻熠生辉：

① Gupta 本作 ke。
② Gupta 本作 pakaribe，Varma 本作 pakaribai。
③ Varma 本作 harī。
④ Gupta 本作 kau。
⑤ Gupta 本作 prati-mani。
⑥ Gupta 本作 vasudhā。

只只手足道道影[1]，大地装扮莲花座。

瞧见儿状之福乐，耶雪达屡唤难陀，

苏尔言，

拿起裙裾下摆边，包裹胜尊喂乳汁。

【释译】

本诗描述的是耶雪达看到儿子小黑天在地上欢乐爬行追捉影子的可爱模样，心中充满喜乐的状况。内容大致如下：

阳光明媚，耶雪达将小黑天放在庭院中爬行玩耍。难陀家庭院装饰有宝石和黄金，在太阳的照耀下十分夺目，光彩闪耀，发出道道光束。在太阳光和这些光束的照耀下，地上处处都是小黑天的影子。小黑天看到自己的这些影子十分新奇，兴奋激动，欢叫着朝影子爬去，想要用手捕捉住那道道光影，但是伸出手后却发现影子狡猾地溜走了，自己啥也抓不到。他并不气馁，盯着溜到别处去的影子，又敏捷地爬行过去，再次伸手捕捉，却依然手中空空。小黑天一遍遍重复着捉影子的游戏，乐此不疲，想要探明其中的究竟。他沉浸在与自己的影子伙伴所做的游戏之中，兴奋欢叫时口中的两颗乳牙在阳光的映射下闪闪发亮。

耶雪达妈妈看到小黑天在地上爬行玩耍时的美丽光辉又可爱迷人的模样，心中充满福乐，一边情不自禁屡屡呼唤夫君难陀前来瞧看，一边又担心小黑天玩耍过久而饥肠辘辘，便将小黑天抱回怀中，撩起自己纱丽的裙裾下摆包裹住小黑天，喂他乳汁。

小黑天在地上欢乐爬行时光辉闪耀的美丽景象也引起了诗人苏尔达斯的赞叹，他情不自禁在诗中插入自己的想象：“黄金地上手脚

---

① 道道影，原文 pratimani，在伯勒杰方言中是名词 pratim 的复数形式，pratim 意通印地语 pratimā，意思是“影子”。

影，此一比喻熠生辉：只只手足道道影，大地装扮莲花座。”他将金黄大地上小黑天的手和脚投射出的道道影子比喻成莲花瓣，将投映着道道影子的熠熠生辉的大地比喻成专为小黑天而装饰的莲花宝座。这种比喻充满了浓厚的印度古典文学特色。

【原文】

सिखवति चलन जसोदा मैया।

अरबराइ कर पानि गहावत, डगमगाइ धरनी धरे पैया।

कबहुँक सुंदर बदन बिलोकति①, उर आनंद भरि लेति② बलैया।

कबहुँक कुल देवता मनावति, चिरजीवहु मेरौ कुँवर कन्हैया।

कबहुँक बल कौं टेरि बुलावति, इहिं आँगन खेलौ दोउ भैया।

सूरदास स्वामी की लीला, अति प्रताप बिलसत नँदरैया॥

（20/733）

【对译】

耶雪达妈教走路

跌跌撞撞手拉手，蹒跚地上迈出脚。

时而瞧看俊美面，心满喜乐承灾祸。

时而祈愿家族神，我孩黑儿③命百岁。

时而呼喊唤大力④，哥俩嬉戏此院中。

苏尔达斯言，

主人本事甚光辉，欢欣喜悦难陀王。

【释译】

本诗描述的是妈妈耶雪达带领小黑天，教他学走路的状况。内

---

① Varma 本作 vilokati。

② Varma 本作 let。

③ 黑儿，原文 kanhaiyā，意译为“黑儿”，黑天的名号之一。

④ 大力，原文 bal，即 balarām 的简称，指黑天兄长大力罗摩。

容大致如下：

妈妈耶雪达一双大手紧紧拉住小黑天的一双小手，要教小黑天学走路。只见小黑天踉踉跄跄向前迈出了一步，因为他的小腿还不能够稳稳地站立，迈步跌跌撞撞，但即便是蹒跚而行，小黑天也很配合妈妈的牵引，欢乐地一步步向前迈进。妈妈耶雪达看到儿子的成长，感叹不已，时而看着儿子俊美的面容，心中充满喜乐，愿意为儿子承担一切灾祸以换得儿子一生平安，时而暗自心中向家族神明祈祷，祈佑儿子黑黑长命百岁。耶雪达教小黑天练习了一会儿走路，觉得应该让孩儿歇一歇，自己也要进屋忙些家务活儿。于是，她就把哥哥大力呼唤来，让他们哥俩儿在自家院中玩耍。

苏尔达斯在本诗末又补充了族主难陀看到小黑天学走路这一幕景象时的心理状态，“主人本事甚光辉，欢欣喜悦难陀王”。这其中描写了两个层面，世俗层面是说族主难陀瞧看小儿子学走路时心中充满喜悦和欣慰，见证了儿子的成长；而从宗教层面讲，则是族主难陀观看了黑天的这种美妙光辉的幼儿本事，与大神亲近而得到了福乐，获得了宗教信仰中精神需求的满足。

【原文】

चलत देखि जसुमति सुख पावै।

ठुमुकि-ठुमुकि① पग धरनी रेंगत, जननी देखि दिखावै।

देहरि लौं चलि जात, बहुरि फिरि-फिरि इतहीं कौं आवै।

गिरि-गिरि परत, बनत नहिं नाँघत सुर-मुनि सोच करावै।

कोटि ब्रह्मंड करत छिन भीतर, हरत बिलंब② न लावै।

① Varma 本作 ṭhumaki-ṭhumaki。

② Gupta 本作 vilamb。

ताकौं लिए नंद की रानी, नाना खेल खिलावै।

तब जसुमति कर टेकि स्याम कौ, क्रम-क्रम करि उतरावै।

सूरदास प्रभु देखि-देखि, सुर-नर-मुनि-बुद्धि भुलावै॥

（21/744）

【对译】

看见走路，耶雪达得福乐

地上顿足蹒跚走，看见妈妈予展示。

行走去至门槛处，复又折返回此处。

屡次摔倒不能越，致使天神牟尼虑。

千万梵卵[①]瞬间造，毁灭亦不需多时。

难陀之妻带着他，各式游戏逗弄耍。

手扶黑子耶雪达，彼时步步向下走。

苏尔达斯言，

天神牟尼与凡人，瞧看胜尊忘智慧。

【释译】

本诗描述的是小黑天刚刚学会走路就急于展示给妈妈看，妈妈耶雪达看后心中欢喜的状况。内容大致如下：

小黑天刚刚学会走路，在屋子里高高兴兴地要展示给妈妈看。只见他在地上一步一顿他迈开脚步，走得还不很稳当，摇摇晃晃，蹒跚踉跄。他向门槛走去，又从那里折回妈妈身边。来回几趟之后，他开始试图跨越那高高的门槛，但尝试了几次，都没有成功跨越，屡屡摔倒在地。

天神和圣仙们也在关注着小黑天在人世间的活动。他们看到小黑天这样的表现，纷纷疑虑起来，这是至高无上、无所不能、神力无边的大神吗？他能够在一瞬间创造出千万个世界，又能在瞬间将

① 梵卵，原文 brahmṇḍ，印度教认为梵卵是宇宙的胚胎，意为“宇宙，世界”。

其全部毁灭，怎么此时却不能跨越这小小的门槛呢？众神思虑了一会儿，才领悟到这是大神在人间的游戏娱乐，黑天故意表现得如同人间普通平凡的孩童一样，平凡地成长，蹒跚地学习走路。大神的化身通过这些表演展现给凡人信徒看，与他们亲近，让他们的心灵和精神得到满足和福乐。

耶雪达看到儿子能够独自行走，十分喜悦，看到儿子走路还是有些蹒跚，时时摔倒，心疼不忍，于是上前来拉着小黑天的手，与他一边做各种各样的游戏，一边拉着他慢慢向屋门外走去。走到门槛处，耶雪达小心翼翼地手扶着小黑天的身体，帮助他越过门槛，又扶着他一步一步走下台阶。

苏尔达斯在本诗末赞叹道："天神牟尼与凡人，瞧看胜尊忘智慧"，看着黑天学走路的美妙可爱的幼儿本事，天神、圣仙和凡人都忘却一切，沉醉其中了。

【原文】

नंद जू① के बारे कान्ह, छाँड़ि दै② मथनियाँ।
बार-बार कहति मातु जसुमति नँदरनियाँ।
नैंकु रहौ③ माखन देउँ मेरे प्रान-धनियाँ।
आरि जनि करौ, बलि बलि जाउँ हौं निधनियाँ।
जाकौ ध्यान धरैं सबै, सुर-नर-मुनि जनियाँ।
ताकौ नँदरानी मुख चूमै लिए कनियाँ।
सेष सहस आनन गुन गावत नहिं बनियाँ।

---

① Varma 本作 ju。
② Varma 本作 de。
③ Sabha 本作 raho。

सूर स्याम देखि सबै भूलीं गोप-धनियाँ ॥

（22/763）

【对译】

难陀之儿黑黑，且请放开搅乳棒[①]

难陀之妻耶雪达，妈妈遍遍言说道：

我之生命财宝啊，给予奶油稍停歇，

我穷还要屡次献，莫作固执莫任性。

天神凡人牟尼众，皆专注他持禅定。

将他抱起在肩头，难陀之妻亲面颊。

湿舍千口来歌唱，亦不能颂美功德。

苏尔言，

牧人之妻瞧黑子，便把一切皆忘却。

【释译】

本诗描述的是妈妈耶雪达劝说小黑天放开搅乳棒的状况。内容大致如下：

小黑天学会走路后，最喜欢跑到庭院中搅乳缸旁边偷吃新鲜奶油，被妈妈耶雪达阻止也不肯放手，小手紧紧握住搅乳棒不放，赖在那里，一动不动。妈妈耶雪达很无奈，只好一遍一遍地劝说道："我的孩儿黑黑啊，快放开那搅乳棒吧！我的生命财宝啊，妈妈给你吃奶油，你就稍作停歇，别闹了，放开那搅乳棒吧！"妈妈一遍一遍地劝说，可是小黑天还是站在那里执拗不动，这让妈妈耶雪达稍有不快，她接着道："我都快被你吃穷了，但我还是会尽力满足你，给你奶油吃的，你快别耍性子，别在那儿任性固执，快点放开搅乳棒！"说完这话，耶雪达又有些后悔了，暗自思忖自己是不是把话

① 搅乳棒，原文 mathaniyāṁ，mathanī 的复数形式，做酸奶或其他奶制品过程中翻搅奶水的木棒。

说重了，毕竟小黑天是个幼童，刚刚学会走路，小孩子对奶油喜爱又贪吃也是他的天性使然，自己对他发脾气是不对的。想到这些，耶雪达立刻愠色全无，只觉得站在那里执拗着要吃奶油的小黑天非常可怜又惹人疼惜。她快步跑去将小黑天抱在肩头，亲吻小脸哄着他。看着小黑天可人疼的委屈小模样，耶雪达的心顿时融化，生出无限柔情蜜意，眼光沉浸在小黑天可爱的面容里，无法自拔，已然忘我。

苏尔达斯也忍不住在本诗中插入自己的赞颂，“天神凡人牟尼众，皆专注他持禅定”和“湿舍千口来歌唱，亦不能颂美功德”，这两句诗是苏尔达斯从神性层面来歌颂黑天。作为大神的化身，亦是主宰万物且神力无边的至高万能者，黑天是天神、圣仙和凡人专注冥想的宇宙至高存在，是他们修禅定时所念所持者。黑天下凡来诛灭妖魔，拯救和教化众生的功德是无量的；信徒们通过参与黑天在人间所做的美妙功行，观看或听闻黑天本事，亦能够获得极大的福乐。大神黑天的这些功德是难以描绘的，即便是千头蛇王湿舍用尽一千张口也赞颂不尽！

【原文】

कहन लागे मोहन मैया-मैया।

नंद महर सौं बाबा बाबा, अरु हलधर सौं① भैया।

ऊँचे चढ़ि चढ़ि कहति जसोदा, लै लै नाम कन्हैया।

दूरि खेलन जनि जाहु लला रे, मारैगी काहु की गैया।

गोपी ग्वाल करत कौतूहल, घर-घर बजति बधैया।

---

① Varma 本作 som̐。

सूरदास प्रभु तुम्हरे दरस कौं, चरननि की बलि जैया ॥
（23/773）

【对译】

莫亨开始叫妈妈

向难陀族主唤爸，又对持犁[①]叫哥哥。
步步登高耶雪达，黑儿之名屡屡唤：
爱儿莫去远处嬉，某人之牛或伤你。
牧人牧女欢乐戏，家家户户喜庆贺。
苏尔达斯言，
为能看见胜尊你，愿为双足献一切。

【释译】

本诗描述的是小黑天学会说话，又能离家出门玩耍，闻此消息牛村人欢喜庆祝的状况。内容大致如下：

小黑天刚刚学会说话，他聪明伶俐，会对着耶雪达叫妈妈，向难陀叫爸爸，对着持犁叫哥哥。看着儿子的成长，耶雪达十分欣慰，她允许小黑天离开家门到附近去玩耍，可又担心他会远去或出什么意外，所以做家务过程中会时时登上家中的高台张望孩儿在外玩耍的情况，并屡屡呼唤儿子叮嘱道："我亲爱的黑儿啊，你别走远啊，小心别人家的大牛会弄伤你，你就在家门口玩耍啊！"

牛村的牧人和牧女们听到耶雪达的话，得知小黑天已经能外出玩耍了，都十分欣喜激动，因为这样他们就可以经常在村中看到小黑天，和小黑天亲近说话了。牧人牧女们纷纷出门，要与小黑天一起欢乐游戏，牛村的家家户户都开始欢喜庆祝这个好消息。

苏尔达斯在本诗末感叹道："为能看见胜尊你，愿为双足献一切。"这是苏尔达斯自己的感叹，也是替牧人牧女们感叹，替信徒们感叹。为了能够见到胜尊黑天，亲近黑天，信众都愿意奉献一切，虔诚拜倒在黑天的双足下！

① 持犁，原文 haladhar，意思是"持犁者"，即此处指大力罗摩。

【原文】

गोपालराइ दधि माँगत अरु रोटी।

माखन सहित देहि मेरी मैया, सुपक सुकोमल रोटी[1]।

कत हौ आरि करत मेरे मोहन तुम आँगन मैँ लोटी？

जो चाहौ[2] सो लेहु तुरतहीँ, छाँड़ौ[3] यह मति खोटी।

करि मनुहारि कलेऊ दीन्हौ, मुख चुपर्यौ[4] अरु चोटी।

सूरदास कौ ठाकुर ठाढ़ौ, हाथ लकुटिया छोटी॥

（24/781）

【对译】

牛护王[5]讨要奶油和面饼

熟软面饼配奶油，我的妈妈且相予。

我的莫亨你为何，院中打滚耍任性?

想要何物即拿去，抛开此等坏念头。

为使满意予早饭，面颊与辫抹油膏。

苏尔达斯言，

主人直直站立着，小小木棍在手中。

【释译】

本诗描述的是为向妈妈讨要奶油和面饼吃，小黑天任性要赖撒泼的状况。内容大致如下：

小黑天一大早就想吃奶油和大饼，缠着妈妈耶雪达给他做。妈妈不答应，他们没有一大早就吃奶油和面饼的习惯，再有小黑天年岁还太小，不能吃太多奶油和面饼，怕他肠胃消化不了。小黑天见

---

① Varma 本作 moṭī。

② Sabha 本作 cāhī。

③ Varma 本作 chāṁṛauṁ。

④ Sabha 本作 cupanyau。

⑤ 牛护王，原文 gopālarāi，gopāla 意思是“牛护”，黑天的名号之一，rāi 意思是“国王”，此处意译为“牛护王”，也是黑天的名号之一。

自己的要求得不到满足，开始动起了歪脑筋，他赖在院子中撒泼打滚，不断向妈妈求道："我的好妈妈，快给我吃又香又软的熟面饼，再配上新鲜香浓的奶油！"其实，吃面饼倒是其次，小黑天是想讨要奶油吃，但又怕妈妈因为他贪吃奶油而拒绝他，所以他故意说早餐要吃面饼抹奶油来分散妈妈的注意力。妈妈耶雪达看透了小黑天的小把戏，又爱又恼，便对小黑天说道："我的莫亨啊，为何要在院子里打滚耍赖？你想要吃什么就来拿什么，别再耍小把戏，丢掉这个坏习惯吧！"说完，耶雪达从地上扶起小黑天，喂他吃了些牛奶作早餐。小黑天在地上打滚时身上脸上头发上都沾染了许多泥土，耶雪达为他擦洗干净，又给他的面颊和发辫抹上了香香的油膏。

小黑天见自己的小伎俩被妈妈拆穿，妈妈又对他百般疼爱，虽然自己的欲望没有得到满足，但暂时也不好再任性嚣张。他只觉无趣，闷闷不乐，不再言语，直直地站在妈妈旁边，手中摆弄着自己的玩具小木棍，任凭妈妈打扮着他。

【原文】

बरनौं बाल-बेष मुरारि।
थकित जित-तित अमर-मुनि-गन, नंद-लाल निहारि।
केस सिर बिन बपन[①] के चहुँ दिसा छिटके झारि।
सीस पर धरि जटा, मनु सिसु रूप कियौ त्रिपुरारि।
तिलक ललित ललाट केसरिबिंदु[②] सोभाकारि।
रोष-अरुन तृतीय लोचन, रह्यौ[③] जनु रिपु जारि।

① Gupta 本作 pavan。
② Varma 本作 kesarabindu。
③ Sabha 本作 rahyo。

कंठ कठुला नील मनि, अंभोज-माल सँवारि।

गरल ग्रीव, कपाल उर इहिँ भाइ भए मदनारि।

कुटिल हरि-नख हिऍं[1] हरि के हरषि निरखति नारि।

ईस जनु[2] रजनीस राख्यौ[3] भाल तैँ जु उतारि।

सदन-रज तन स्याम सोभित, सुभग इहिँ अनुहारि।

मनहुँ अंग-बिभूति-राजित संभु सो मधुहारि।

त्रिदस-पति-पति असन कौँ अति जननि सौँ करै आरि।

सूरदास बिरंचि[4] जाकौँ जपत निज मुख चारि॥

（25/787）

【对译】

描述穆罗敌[5]的孩童装束

天神牟尼停各处，视难陀子[6]众呆滞。

未曾行过剃发礼[7]，头发散开垂四方，

仿若头上顶发髻，三城之敌[8]做童色。

藏红花志与符志，美丽额上熠生辉，

仿若将敌来焚烧，愤怒血红第三眼。

脖颈装饰莲花环，蓝色宝石之项圈，

---

① Gupta 本作 hiyeṃ。

② Varma 本作 jhanu。

③ Sabha 本作 rākyau。

④ Sabha 本作 birñci。

⑤ 穆罗敌，原文 murāri，mura 是一个恶魔的名字，音译为“穆罗”，ari 意思是“敌人”。印度神话中，黑天诛灭了穆罗这个恶魔，mura 和 ari 构成 murāri，即“穆罗之敌”，此处译为“穆罗敌”，黑天的名号之一。

⑥ 难陀子，原文 nand-lāl，意思是“难陀的孩子”，此处意译为“难陀子”，指黑天。

⑦ 剃发礼，原文 bapan，意同 muṁḍan，印度教剃婴儿胎发的仪式。

⑧ 三城之敌，原文 tripurāri，tripura 意思是“三城”，ari 意思是“敌人”，意译为“三城之敌”。印度神话中，大神湿婆曾用一支神箭摧毁了阿修罗王在天上地下分别用金、银、铁铸就的三座号称永固的城池要塞，又称“三连城”，三城之敌即指大神湿婆。

胸前头骨与毒项，这般好似欲神敌[①]。
诃利胸前曲狮甲，女子欢欣喜悦瞧，
此恰宛若彼月亮，自额摘下来放置。
家中尘土黑子身，光彩闪耀美如斯，
彼诛摩图者[②]宛若，祭灰湿婆身闪耀。[③]
三十之主之主人，[④]为饭对妈极耍赖。
苏尔达斯言，
亲自以己四张口，造者[⑤]念颂祈祷他。

【释译】

本诗描述的是为向妈妈讨要饭食，小黑天在地上耍赖打滚的形相和装束。内容大致如下：

小黑天为向妈妈耶雪达讨要大饼和奶油吃，赖在地上撒泼打滚，他的形相和装束令众神和圣仙们纷纷瞧看，不知不觉沉迷其中。妈妈耶雪达已经看穿和习惯了小黑天的这种小把戏，她暂时并不理会他，只是满心喜悦与怜爱，站在一旁观瞧这聪明狡黠的孩儿。只见小黑天在地上来回打滚，头发已经不再整齐，他与生俱来的胎发浓黑卷曲，头上梳着的厚厚发髻虽然还在，但已松散凌乱，有好多小

---

① 欲神敌，原文 madanāri，madana，即 kāmadev “欲神” 的另一个称号，kāmadev 有时也译为 “爱神”，madanāri 意思是 “欲神之敌”。印度神话中，欲神施法力要使湿婆大神动情欲，却被湿婆大神额头上第三只眼喷发出的神火焚毁了形体，此处缩译为 “欲神敌”，湿婆的名号之一。

② 诛摩图者，原文 madhuhāri，madhu 是一个恶魔的名字，hāri 为 “打败，消灭” 之意，此处意译为 “诛摩图者”，黑天的名号之一。

③ 祭灰湿婆身闪耀，原文 aṅg-bibhūti-rājit smbhu，aṅg 意思是 “身体”，bibhūti，意通 bhasma，意思是 “烧尸架化成的灰，祭火烧成的灰”，据《往世书》中神话故事，湿婆神把此灰涂抹在自己身上，因此印度教湿婆神信徒将此灰涂在额上，修行出家人则涂于全身，是光辉圣洁的行为，rājit 意思是 “光辉，闪耀”，smbhu 是大神的称号，此处指湿婆。

④ 三十之主之主人，原文 tridas-pati-pati，tridas 意为 “三十”，虚指三界的 “三十三重天”，即天、地、空三界共三十三位神，此处指诸神，pati 意为 “主人”，tridas-pati 意思是 “诸神之主”，指因陀罗，tridas-pati-pati 此处指黑天，意思是 “三十三天主人的主人”，即 “因陀罗之主”。印度毗湿奴教派黑天支派认为，因陀罗之主是黑天。

⑤ 造者，原文 viranci，此处指大神梵天。

碎发四下散落开来，如同头顶挽着散乱发髻的湿婆大神的孩童形相。小黑天额头上点着的鲜艳的藏红花志和由牛黄、杜巴草制成的吉祥符志美丽耀眼，如同湿婆大神为焚毁敌人而睁开的愤怒血红的第三只神眼，正喷发出愤怒之火。小黑天胸前佩戴的长长莲花环，如同湿婆大神胸前的骷髅头骨链。他脖颈上紧紧箍着的蓝宝石项圈，如同湿婆大神装有毒药的青颈。他胸前佩戴的弯曲的狮甲饰品，如同湿婆大神将额旁的那弯月亮摘下来放在胸前。小黑天沾满尘土的身体光彩闪耀，如同湿婆大神涂满祭灰的身体熠熠生辉。

苏尔达斯以湿婆大神的形相作比，描写了小黑天在地上撒泼打滚时身上各处的美丽动人之处，他在本诗末赞颂道："亲自以己四张口，造者念颂祈祷他。"大神梵天张开自己的四张口来赞颂黑天，亲自为他祈福。由此可见，在苏尔达斯的心目中，大神黑天的地位是高于湿婆和梵天的。

【原文】

मैया, कबहिं बढ़ैगी चोटी ?

किती बार मोहिं दूध पियत भई, यह अजहूँ है छोटी !

तू जो कहति बल की बेनी ज्यौं, ह्वै है लाँबी-मोटी।

काढ़त-गुहत न्हवावत जैहै नागिनि सी भुइँ① लोटी।

काँचौ② दूध पियावति③ पचि-पचि, देति न माखन-रोटी।

सूरज चिरजीवौ दोउ भैया, हरि-हलधर की जोटी॥

（26/793）

① Sabha 本作 bhuīṁ。

② Varma 本作 kācau。

③ Sabha 本作 piyāvat。

【对译】

妈妈，辫子何时长？

喂我牛奶何其多，如今它仍短又细！

大力发辫长又粗，你言会与它一样，

散开编拢洗澡时，犹如黑蛇蜷地上。

回回喂饮生牛奶，不予奶油与大饼。

苏尔言，

长命百岁两兄弟，诃利持犁这一对！

【释译】

本诗描述了小黑天抱怨妈妈耶雪达不给他吃奶油、大饼致使发辫长不长的情形。内容大致如下：

小诃利不满地对耶雪达妈妈抱怨道：“妈妈啊，我的辫子什么时候才能长长呢？你喂我喝了那么多牛奶，可是我的发辫到今天还是这样的短小！你喂我牛奶的时候总是说，喝了牛奶以后，我的发辫就会如大力哥哥的发辫一样又长又粗，不论是散开的时候还是编拢的时候，抑或洗澡的时候，都如同又长又粗又亮的黑蛇一样蜷曲翻滚在地上。我觉得，大力哥哥总是吃奶油和大饼，所以他的辫子才又粗又长。但你却一遍遍地喂我喝生牛奶，从来不给我吃奶油和大饼。只喝生牛奶却不能吃奶油和大饼，我的辫子怎么会长长呢？”

苏尔达斯在本诗中描写了小黑天抱怨妈妈总喂他牛奶，以致自己发辫没有长长，找借口向妈妈讨要奶油和大饼时耍赖的可爱伶俐模样。幼儿黑天的可爱耍赖的模样让苏尔达斯情不自禁地对自己的恩主发出祝愿，祝愿诃利和持犁这对兄弟长命百岁！

【原文】

हरि अपनैं आँगन कछु गावत।

तनक-तनक चरननि सौं नाचत, मनहीं① मनहिं रिझावत।

बाँह उठाइ काजरी-धौरी, गैयनि टेरि बुलावत।

कबहुँक बाबा नंद पुकारत, कबहुँक घर मैं आवत।

माखन तनक आपनैं कर लै②, तनक बदन मैं नावत।

कबहुँक③ चितै④ प्रतिबिंब खंभ मैं, लौनी लिए खवावत।

दुरि देखति जसुमति यह लीला, हरष आनंद बढ़ावत।

सूर स्याम के बाल चरित, नित नितही देखत भावत॥

（27/795）

【对译】

诃利在自家庭院唱些歌

小小双足起舞蹈，内心欢乐又喜悦。

举起手臂大声唤，奶牛小黑与小白。

时而呼唤难陀爸，时而来到家屋中。

自己小手取奶油，放入小小嘴巴中。

时而瞧见柱上影，拿着奶油来喂食。

躲藏观看此本事，耶雪达之喜乐增。

苏尔言，

喜爱日日来观看，黑子孩童之功行。

【释译】

本诗描述了小黑天独自在家中庭院玩耍的可爱情形。内容大致如下：

① Varma 本作 manahiṁ。
② Gupta 本作 laiṃ。
③ Gupta 本作 kabahuṁ。
④ Sabha 本作 cite。

大力兄长出门了，爸爸妈妈也都在屋中忙碌，只留小黑天在家中庭院独自玩耍。阳光灿烂，太阳光把庭院照得金光闪闪，小黑天一人并不觉无聊和孤独，他在美丽的庭院中找到了一些特殊的朋友和乐趣。只见他欢欣喜悦地举起手臂招呼院中的奶牛小黑和小白，为它们哼唱美妙的歌曲，手舞足蹈逗弄它们，两只小奶牛也蹦蹦跳跳地回应他。小黑天高兴极了，赶忙呼唤爸爸难陀来看这两只欢乐的奶牛。而后，他觉得饿了，馋奶油了，便跑到屋子里，找到装奶油的小罐子，伸出小手抓把奶油就往小小的嘴巴里送。他一边大吃一边还时时环顾四周，担心妈妈出现并阻止他吃这么多奶油。突然，他瞧见了阳光照耀下自己映射在屋柱上的影子，正在盯着自己看。刚开始他被吓一跳，后来靠近仔细瞧后，认为这应该是跟自己差不多高的一个沉默的小伙伴，于是他爽快地抓把奶油送给那位影子伙伴，与它分享。

妈妈耶雪达并没有走远，而是悄悄地躲藏起来。看到小黑天这可爱的举止，她心中充满了慈爱与欢喜。苏尔达斯在本诗末赞颂道："喜爱日日来观看，黑子孩童之功行。"信徒们喜欢天天能看到小黑天美妙可爱的孩童功行，这能使他们的福乐得到极大的增长。

【原文】

जसुमति जबहिं① कह्यौ अन्हवावन, रोइ गए हरि लोटत री।

तेल उबटनौ लै आगैं धरि, लालहिं चोटत पोटत री।

मैं बलि जाउँ②, न्हाउ जनि सोहन, कत रोवत बिनु काजैं री।

① Varma 本作 jabahi。

② Varma 本作 jāūṁ。

पाछैं[1] धरि राख्यौ छपाइ कै उबटन-तेल-समाजैं री।

महरि बहुत बिनती[2] करि राखति, मानत नहीं कन्हैया री।

सूर स्याम अतिहीं[3] बिरुझाने, सुर-मुनि अंत न पैया री॥

（28/804）

【对译】

耶雪达言来洗澡

耶雪达言来洗澡，当时诃利打滚哭。

香膏油脂取放前，来把孩儿爱抚哄：

莫亨为何无故哭？那就别洗我奉献[4]。

香膏油脂等物品，藏起放置在身后。

夫人一直多般求，黑儿不从不接受。

苏尔言，

黑子大闹之秘密，天神牟尼亦不得。

【释译】

本诗描述了小黑天因不愿洗澡而哭闹撒泼，妈妈耶雪达耐心安抚他的情形。内容大致如下：

耶雪达取来香膏和油脂，要给小黑天洗澡。但她刚说完要小黑天过来洗澡的话，小黑天立刻不高兴起来，哭闹着在地上撒泼打滚，不愿意洗澡。妈妈耶雪达一看儿子这样的情形，连忙把香膏和油脂收藏起来放在身后，充满爱意地安抚着小黑天道："莫亨啊，我愿为你奉献一切！你有什么要求就满足你，这样无缘无故哭泣是做什么？是不是不想洗澡啊？不想洗就不洗了，别哭了，我的爱儿！"

① Varma 本作 pāche。

② Gupta 本作 vinatī。

③ Gupta 本作 atihiṃ。

④ 我奉献，原文 bali jāuṁ，bali 意为"牺牲，奉献"，jāuṁ 意为"我做出"，bali jāuṁ 意思是"我做出牺牲，我做出奉献"。此句指妈妈耶雪达哄着哭泣的小黑天说：莫亨啊，别哭了，我愿为你献出一切，不想洗就不洗了。

妈妈就这样一遍一遍地哄着小黑天，想着能把他哄高兴了，然后再给他洗澡。可是聪明机灵的小黑天知道妈妈哄他的目的还是要给他洗澡，所以任妈妈怎么爱抚哄他，依然不依不饶，继续大哭大闹。他这样的举动让妈妈十分无奈，没有办法招架。

苏尔达斯在本诗末也不无风趣地赞颂道："黑子大闹之秘密，天神牟尼亦不得。"小黑天大哭大闹的秘密连天神和圣仙都没有办法探知和解决，耶雪达妈妈当然更加无奈了。

【原文】

ठाढ़ी अजिर जसोदा अपनैं, हरिहिं लिए चंदा दिखरावत।
रोवत कत बलि जाऊँ तुम्हारी, देखौं धौं①भरि नैन जुड़ावत।
चितै रहै तब आपुन ससि-तन अपने कर लै-लै जु बतावत।
मीठौ लगत किधौं यह खाटौ, देखत②अति सुन्दर मन भावत।
मनहीं मन हरि बुद्धि करत हैं; माता सौं कहि ताहि③मँगावत।
लागी भूख, चँद मैं खैहौं; देहि देहि रिस करि बिरुझावत।
जसुमति कहति कहा मैं कीनौ④रोवत मोहन अति दुख पावत।
सूर स्याम कौं जसुमति बोधति, गगन चिरैयाँ⑤उड़त दिखावत॥
(29/806)

【对译】

耶雪达站自家院

耶雪达站自家院，抱起诃利让看月。
为何要哭向你献，且看即可慰盈眼。

① Varma 本作 dhau。
② Varma 本作 dekhan。
③ Varma 本作 tāhiṁ。
④ Varma 本作 kīnauṁ。
⑤ Varma 本作 ciraiyā。

彼时自己朝月望，举起己手来言说：
这个是甜还是酸，瞧着极美心喜爱。
诃利暗自耍机灵，向妈言说讨要它：
我觉饥饿要吃月，且予且予生气闹。
耶雪达言我做何？莫亨哭泣甚受苦。
苏尔言，
耶雪达把黑子劝，天空飞鸟予瞧看。

【释译】

本诗描述的是妈妈耶雪达为了安抚大哭大闹的小黑天，抱着他站在庭院中给他看美丽的月亮，想要以此转移他的注意力，好让他停止哭闹的情形。内容大致如下：

夜晚，小黑天又开始哭闹，妈妈耶雪达为了安抚他，抱着他站在自家院子中，一边指着天上美丽的月亮给他看，一边安慰道："我的宝贝，你不要哭了，妈妈愿为你献出一切！你快抬头看看那天上的明月，一望见它，眼睛就会很舒服很满足的。"

小黑天听了妈妈的话，朝天上明月望去，一看到皎洁的明月，他立刻伸出小手指着月亮向妈妈问道："这个月亮是甜的还是酸的，一看见它我就好喜欢啊！"小黑天看着白白的月亮，觉得它应该像鲜美的奶油一样美味。于是，他向妈妈讨要月亮吃，说道："妈妈，我突然觉得好饿啊！快把月亮摘下来给我吃吧！快些给我拿下来吧！"妈妈怎么可能摘下月亮给他吃呢。愿望得不到满足，小黑天闹得更凶。他在耍小聪明，看起来是他闹着要妈妈给他摘月亮吃，其实是想让妈妈喂他吃奶油。不过妈妈好像并不理解他，他只能靠哭闹撒泼来表达自己的愤怒。妈妈耶雪达实在拿小黑天没有办法，原本想转移他的注意力，让他停止哭闹，没想到，这会儿他反倒哭得更凶。耶雪达感叹道：“唉！天啊！我这是在做什么啊？没有安抚好孩儿，反而惹得他哭闹得更凶。”她看着孩儿哭闹，心中难过，但也实在是没有别的好办法来哄劝小黑天，只能接着转移他的注意力，不让他看月亮，指着天空中的飞鸟给他瞧看。

【原文】

सुनि सुत, एक कथा कहौँ प्यारी।
कमल-नैन मन आनँद उपज्यौ, चतुर सिरोमनि देत हुँकारी।
दसरथ नृपति हुतौ रघुवंसी, ताकैँ① प्रगट भए सुत चारी।
तिनमैँ मुख्य राम जो कहियत, जनक सुता ताकी बर नारी।
तात-बचन लगि राज तज्यौ② तिन, अनुज घरनि सँग गए बनचारी।
धावत कनक मृगा के पाछैँ③, राजिव लोचन परम उदारी।
रावन हरन-सिया कौ कीन्हौ, सुनि नँद-नंदन नींद निवारी④।
चाप चाप कहि⑤ उठे सूर प्रभु, लछिमन देहु, जननि भ्रम भारी॥
（30/816）

【对译】

儿且听，讲一好故事
心生喜乐莲花眼⑥，机灵头上宝⑦叫好。
罗怙世系十车王，四个儿子他生有。
其中长子称罗摩，遮那竭女其贤妻。

---

① Varma 本作 tākai。
② Varma 本作 tajyo。
③ Varma 本作 pāchai。
④ Varma 本作 niṁvārī。
⑤ Sabha 本作 kari。
⑥ 莲花眼，原文 kamal-nain，kamal 意思是“莲花”，nain 意思是“眼睛”，此处意译“莲花眼”，指黑天。
⑦ 头上宝，原文 siromani，通 śiro-maṇi，即头顶上所佩戴的珍宝摩尼珠，此处译为“头上宝”，指黑天。

为父誓言弃王权，偕弟同妻去森林。

至高伟大莲花眼①，金鹿身后追逐跑。

罗波那②将悉多③掳，难陀子闻睡意消。

苏尔言，

罗什曼那④且予弓，胜尊开言母大惑。

【释译】

本诗描述的是妈妈耶雪达为小黑天讲睡前故事的情形。内容大致如下：

妈妈耶雪达哄小黑天睡觉，说道："我的爱儿，妈妈给你讲个好听的故事吧！"小黑天一听妈妈要讲故事，心中十分欢喜，大声叫道："好啊！"看到孩儿如此高兴，耶雪达便绘声绘色地开始讲道："从前，罗怙世系中有个国王名叫十车王。他生有四个儿子，其中最大的儿子名叫罗摩。罗摩成年以后娶了遮那竭国王美丽贤惠的女儿悉多为妻。后来为了遵守父亲曾经许下的誓言，罗摩主动放弃王位的继承权，自愿流放到森林中。他的妻子悉多和他的弟弟罗什曼那对罗摩情谊深厚，跟着罗摩同去森林中生活。一天，悉多看到了一头美丽的金鹿，便让罗摩帮她捕来养，金鹿一路狂奔，罗摩越追越远。悉多见罗摩长久不回，担心他的安危，便又让弟弟罗什曼那去寻找和帮助罗摩。这正中了魔王罗波那调虎离山的诡计，那头美丽的金鹿正是罗波那命令一个罗刹所变。金鹿引得罗摩和罗什曼那远

---

① 莲花眼，原文 rājiv-locan，rājiv 意通 kamal，locan 意思是"眼睛"，此处意译"莲花眼"，指罗摩。罗摩和黑天是大神毗湿奴下凡的两个不同化身，但在神性层面，罗摩和黑天均是大神毗湿奴。

② 罗波那，原文 rāvan，通 rāvaṇ，楞伽岛的魔王，因贪图罗摩妻子悉多的美貌而掳走悉多，后被罗摩杀死。

③ 悉多，原文 siyā，通 sītā，遮那竭王的女儿，罗摩的妻子悉多。

④ 罗什曼那，原文 lachiman，通 lakṣmaṇ，十车王的三儿子，罗摩同父异母的弟弟，对兄长罗摩感情深厚，一直陪伴罗摩左右，同甘共苦，不离不弃，忠心耿耿。

离悉多后，罗波那幻变成一位修道仙人来到悉多近旁，欺骗悉多离开了罗什曼那给她画的保护圈，将美丽柔弱的悉多掳走了……”小黑天听着妈妈讲的故事原本快要睡着了，但听到罗摩追逐金鹿的情节后，立刻睡意全无，突然张口大叫道：“罗什曼那，快把弓箭给我！”耶雪达听到这话惊异万分，不知孩儿为何没来由突然说出这么一句来，是孩儿做梦的梦话吗？这情形让她彻底迷惑了。

苏尔达斯在本诗末的描写间接表述了小黑天的神性，罗摩和黑天是大神毗湿奴在凡间不同的化身，在神性层面，两者是相通的，小黑天的潜意识中还存有罗摩化身功行的记忆。这些是凡人所不知道的，所以妈妈耶雪达陷入了极大的迷惑之中。

【原文】

जागौ, जागौ हो गोपाल।

नाहिंन[①] इतौ सोइयत सुनि सुत, प्रात परम सुचि काल।

फिरि-फिरि जात निरखि मुख छिन छिन, सब गोपनि के बाल।

बिन बिकसे कल कमल कोष तैं मनु मधुपनि की माल।

जो तुम मोहिं न पत्याहु सूर प्रभु, सुन्दर स्याम तमाल।

तौ तुमहीं देखौ आपुन तजि निद्रा नैन बिसाल॥

（31/825）

【对译】

牛护[②]且醒来

儿听莫再此般睡，清晨至上圣洁时。

瞧见面容瞬折返，所有牧人之孩童，

① Varma 本作 nāhiṁ。

② 牛护，原文 gopāl，即牛的保护者，黑天的名号之一。

仿佛宛若黑蜂群，因莲蜜蕾未绽放。[1]

美丽青黑多摩罗，胜尊你若不信我，

苏尔言，

你且放弃舍睡眠，以己大眼亲瞧看。

【释译】

本诗描述的是清晨时分母亲耶雪达想办法唤醒睡懒觉的小黑天的状况。内容大致如下：

我的爱儿牛护啊，你快快醒来吧！别再睡懒觉了！你睁眼看看现在已是什么时间了？现在是早上最圣洁的时刻，你的面容在此时最为美丽，快快醒来吧！那些牧童们为了在这个时候瞧看你美丽圣洁的容颜，都纷纷前来，却又失望而归了。这都是因为你那双美丽莲花般的眼睛没有睁开！他们好比那些飞来欲采莲蕊蜜的黑蜂群，却因莲花蜜蕾没有绽放，采不得花蜜而失望返回了。

诗人苏尔达斯此时也如母亲般在本诗末着急催促小黑天醒来，感叹道："美丽青黑多摩罗，胜尊你若不信我，你且放弃舍睡眠，以己大眼亲瞧看。"犹如青黑色多摩罗树般美丽的胜尊啊，你如果不相信我们所说，就不要再睡了，且醒来睁开自己的大眼睛看个究竟啊！这里，苏尔达斯并没有像前面那些诗中的末尾一样赞美或虔拜黑天，而是不由自主用母亲般的口吻补全了耶雪达的言语。诗人由此直接表达了对黑天天真可爱的赖床孩童形象的喜爱，酣畅淋漓地展现了本诗的慈爱味。

---

① 仿佛宛若黑蜂群，因莲蜜蕾未绽放，原文 bin bakase kal kamal koṣ taiṁ manu madhupani kī māl，其中，madhupani kī māl，意即"黑蜂群"，这是前来瞧看小黑天的众牧童的喻体，kamal 意即"莲花"，是小黑天面庞的喻体，kal kamal koṣ 意即"莲花蜜蕾"，是小黑天眼睛的喻体。此处意思是小黑天在熟睡，眼睛闭合，仿若莲花花苞闭合，花蕾没有绽放，众牧童们没有看到睡醒的小黑天，都很失望，仿佛欲采莲花花蜜，却因没有看到绽放的莲花，未得花蜜而失望折返的黑蜂群。

【原文】

कमल-नैन हरि करौ कलेवा।

माखन-रोटी, सद्य जम्यौ दधि, भाँति-भाँति के मेवा।

खारिक, दाख, चिरौंजी, किसमिस, उज्ज्वल गरी बदाम।

सफरी, सेव, छुहारे, पिस्ता जे तरबूजा नाम।

अरु मेवा बहु भाँति-भाँति हैं षटरस के मिष्ठान्न।

सूरदास प्रभु करत कलेवा, रीझे स्याम सुजान॥

（32/830）

【对译】

莲眼诃利吃早饭

新制酸奶奶油饼，各式各样之果子：

椰枣①葡萄②豆腐果③，杏仁④白椰⑤葡萄干，

苹果⑥干枣⑦番石榴⑧，西瓜⑨开心果⑩为名。

复有果子诸多种，六种滋味⑪之甜食。

苏尔达斯言，

---

① 椰枣，原文“kārik”，伯勒杰语词汇，意通印地语“chuhārā”，与下文中“干枣（chuhāre）”同义，印度枣属椰枣，为避免与下文“chuhāre”一词重复，此处译为“椰枣”。

② 葡萄，原文“dākh”，意思是“葡萄藤，葡萄”，依据上下文意思，此处译为“葡萄”。

③ 豆腐果，原文“ciraunjī”，伯勒杰语词汇，意思是“豆腐果（piyāl）树果实的果核”，属干果类。

④ 杏仁，原文“badām”，意通“bādām”，意思是“巴旦杏树、巴旦杏、巴旦木”，此处因字数所限，缩译为“杏仁”。

⑤ 白椰，原文“ujval garī”，意指“śvet garī nāriyal”，意思是“白色的椰子肉”。

⑥ 苹果，原文“sev”，意通印地语“seb”，意思是“苹果”。

⑦ 干枣，原文“chuhāre”，意通印地语“chuhārā”，意思是“干枣”。

⑧ 番石榴，原文“sapharī”，意通印地语“amarūd”，意思是“番石榴”。

⑨ 西瓜，原文“tarabūjā”，意通印地语“tarabūj”，意思是“西瓜”。

⑩ 开心果，原文“pistā”，意思是“阿月浑子或其果实”，又名“开心果”，依据上下文意思和字数限制，缩译为“开心果”。

⑪ 六种滋味，原文“ṣaṭaras”，意思是“六味”，分别是甜（mīṭhā）、咸（namakīn）、苦（kaṛavā）、辣（tītā）、涩（kasailā）、酸（khaṭṭā）。

胜尊黑子聪慧者，吃着早饭欢欣喜。

【释译】

本诗描述的是小黑天享用丰盛早餐的状况。内容大致如下：

拥有美丽莲花般眼睛的诃利醒来梳洗后，家人为他准备了丰盛的早饭。这些都是他爱吃的美味食物，有刚制作好的酸奶和奶油，新鲜出炉的美味油饼，还有各式各样的水果和干果，以及混合着酸、甜、苦、辣、咸、涩六种滋味的甜食。新鲜的水果有葡萄、白椰肉、苹果、番石榴和西瓜等，美味的果干有干枣和葡萄干，坚果有豆腐果、巴旦杏仁和开心果等，还有许多叫得上来和叫不上来名字的美味果子。黑子看着这些自己爱吃的丰盛美味的食物十分欢喜，高兴地不能自已，大快朵颐起来。

咏颂着黑子欢欣无比的贪吃模样，苏尔达斯心中自是无限欢喜，不禁发出对黑天的赞叹，“胜尊黑子聪慧者”，我主黑天是多么得聪慧，惹人喜爱啊！

【原文】

मैया मोहिं दाऊ① बहुत खिझायौ।

मोसौं कहत मोल कौ लीन्हौ, तू जसुमति कब जायौ ?

कहा करौं② इहि रिस के मारैं③ खेलन हौं नहिं जात।

पुनि-पुनि कहत कौन है माता, को है तेरौ तात।

गोरे नंद जसोदा गोरी तू कत स्यामल गात।

चुटकी दै-दै ग्वाल नचावत, हँसत सबै मुसकात④।

---

① Varma 本作 dāu。

② Gupta 本作 karau。

③ Sabha 本作 māre。

④ Gupta 和 Varma 本作 musukāt。

तू मोहीं कौं मारन सीखी, दाउहिं कबहुँ[1] न खीझै।

मोहन मुख रिस की ये बातैं[2], जसुमति सुनि-सुनि रीझै।

सुनहु कान्ह, बलभद्र चबाई, जनमत ही कौ[3] धूत।

सूर स्याम मोहिं[4] गोधन की सौं, हौं माता तू पूत॥

（33/833）

【对译】

妈，哥哥经常惹我恼

对我言说乃买来，耶雪达何曾生你？

因为此怒不去玩，我还能做什么呢？

遍遍言说母为谁，你的父亲是何人？

耶雪达白难陀白，为何你身却青黑？

牧童屡屡弹响指[5]，使起舞蹈皆嘲笑。

你只晓得将我打，从来不生哥的气。

莫亨口中此嗔语，耶雪达闻欢欣喜：

黑黑且听力贤[6]啊，嚼舌根子生来黠，

苏尔言，

黑子我以牛群[7]誓，我为母亲你为儿。

【释译】

本诗描述的是小黑天向母亲耶雪达告状说哥哥大力罗摩经常取笑、嘲弄他的状况。内容大致如下：

---

① Varma 本作 kabahūṁ。

② Sabha 本作 bāt。

③ Varma 本作 ko。

④ Gupta 本作 mohiṃ，Varma 本作 mohi。

⑤ 弹响指，原文 cuṭakī dai，意思是“打响指，弹响指”，对着人弹响指是挖苦、讽刺、挑逗的意思，此处指嘲笑、捉弄小黑天。

⑥ 力贤，原文 balabhadr，意译为“力贤”，即指大力罗摩。

⑦ 牛群，原文 godhan，印度社会认为牛群是财富的象征，耶雪达以牛群起誓，即是以拥有的财富起誓，如果说谎话，就将一无所有，一文不名。

有一天，小黑天跑到母亲身边，气鼓鼓地嚷道："妈妈啊，哥哥经常烦扰我，这让我很恼火！不是我不愿去跟他一起玩耍，因为每次跟他在一起，他都要嘲弄我说我不是妈妈亲生的，是从市场上买来的。他总是取笑我是没爹没娘的孩子，说你爹是谁啊，你娘是谁啊？母亲耶雪达和父亲难陀都是白皮肤，为何你身体的皮肤颜色却是青黑色呢？不仅如此，他还挑拨教唆其他的牧童一起欺负我，每次跟他们一起玩耍时，他们屡次打起响指，嘲笑着调戏我让我跳舞，跟耍猴一样！妈妈啊，你说我除了避开他们不跟他们一起玩之外，还能怎么办呢？你怎么不去管管这事儿呢？你平时只知道教训、打骂我，为什么从来不去管教哥哥呢？"耶雪达看着莫亨一副又气恼又惹人怜爱的小模样，听着莫亨这些小大人般口气的话语，感受着莫亨孩童般的天真无邪，心中自是充满无限欢喜，她怜爱地抱起他来劝解道："黑黑啊，你且听我说，你哥力贤他就是这样的坏秉性，天生就爱嚼舌根说人坏话，又狡猾无比，你别跟他一般见识，别理会他。"说完这些，耶雪达又怕小黑天多心，继续宽慰他道："我的黑黑啊，别听你哥还有那些牧童的胡言乱语，我以咱们家的牛群起誓，我要是说谎，我们家就变得一无所有！我发誓：我确实是你的母亲，你是我的爱儿！"

苏尔达斯在本诗末尾仍旧使用了母亲的口吻来叙述这个小故事，直接体现了苏尔达斯对于小黑天的慈母般的虔爱。

【原文】

खेलन दूरि जात कत कान्हा？

आजु सुन्यौ मैं हाऊ आयौ, तुम नहिं जानत नान्हा।

इक[1] लरिका अबहीँ भजि आयौ, रोवत देख्यौ[2] ताहि।

कान तोरि वह लेत सबनि के, लरिका जानत जाहि।

चलौ न, बेगि सवारैं[3] जैयै[4], भाजि आपनैं[5] धाम।

सूर स्याम यह बात सुनत ही बोलि लिए बलराम॥

（34/838）

【对译】

黑黑为何去远处玩

今日我闻啊呜[6]至，你尚幼小不知道。

刚刚看见一男孩，逃跑奔来他哭泣，

它会扯掉众人耳，男孩对此明知晓。

快快走吧早些回，逃跑奔向自己家。

苏尔言，

黑子一闻此言语，便把大力罗摩唤。

【释译】

本诗描述的是母亲耶雪达吓唬小黑天，不让他跑到远处玩耍的情形。内容大致如下：

小黑天任性，想要离开家门跑到远处去玩耍。妈妈耶雪达担心他年幼出门遇不测，想把他留在家中，就吓唬他道：“黑黑你为何要跑到外面那么远的地方去玩耍呢？今天我听乡邻们说咱们村里来了一只名叫啊呜的大怪物。你年纪幼小所以不知这个怪物，它威力无比又凶残。我刚刚还见到一个男孩从怪物那里奔逃过来，一边跑一边哇哇大

① Gupta 本作 ek。

② Varma 本作 nhiṁ dekhyau。

③ Gupta 和 Varma 本作 sabārai。

④ Varma 本作 jaiye。

⑤ Sabha 本作 āpane。

⑥ 啊呜，原文 hāū，猛兽发出的声音，由拟声词衍生出的妖怪名字，成人为吓唬孩童而编出的。

哭，他可是很清楚那个怪物的厉害，还好他侥幸逃脱了。他边往自己家中奔逃边向乡亲们大喊：‘快跑啊！快跑啊！快早早回到自己家中躲避吧！大怪物啊呜来了，它会撕扯掉大家的耳朵的！’”

苏尔达斯在本诗末尾描绘了小黑天闻听母亲言语后的行为：“黑子一闻此言语，便把大力罗摩唤。”黑子并没有因为妈妈的吓唬而放弃出门玩耍的念头，聪明狡黠的他呼唤哥哥大力罗摩来，他深知母亲说的多半是为了吓唬他，不让他出门，但他非常理解母亲对他的担心。他想要得到母亲的允许出门玩耍，所以立刻呼来哥哥大力罗摩，他这样做是想让母亲放心，万一在外面有什么不测，哥哥可以保护他。

【原文】

जेंवत कान्ह नंद इकठौरे।

कछुक खात लपटात दोउ[①] कर बालकेलि अति भोरे[②]।

बरा कौर मेलत मुख भीतर, मिरिच दसन टकटौरे।

तीछन लगी नैन भरि आए, रोवत बाहर दौरे।

फूँकति बदन रोहिनी ठाढ़ी, लिए लगाइ अँकोरे।

सूर स्याम कौं मधुर कौर दै, कीन्हे तात निहोरे॥

（35/842）

【对译】

黑黑难陀一处吃

稍食些许糊双手，儿童游戏极纯真。

一口波拉[③]嘴中放，牙齿触碰到辣椒，

顿觉辛辣眼充盈，哭哭啼啼跑出去。

① Varma 本作 doū。

② Varma 本作 more。

③ 波拉，原文 barā，一种混合了辣椒等食料的面糊炸成的食物。

拥入怀中罗醯尼[1]，站着向嘴来吹气。

苏尔言，

父亲来把黑子哄，给予一口甜蜜食。

【释译】

本诗描述的是小黑天跟父亲一同用餐时被辣椒辣到舌头而大哭不止，家人纷纷哄慰他的情形。内容大致如下：

黑黑和父亲难陀在一起用餐。小黑黑学着大人的样子用手抓饭吃，才刚开始吃就弄得满手满脸黏满饭菜的糊糊。他年纪尚小，还不能专心好好吃饭，一边吃饭一边玩耍，用手把玩着饭菜，把各种饭食混在一起，捏成糊糊团，又时不时任意抓上一团塞进口中。此时，小黑黑随意放入口中的这团糊糊里有波拉，因为波拉里面有辣椒，所以黑黑刚把波拉吃进口中，顿觉辛辣无比，舌头被辣味灼烧得好似被烫伤了一般疼。小黑黑被辣得大哭起来，丢掉饭食，起身跑出屋门，正好遇到正要端菜进屋的小妈罗醯尼。罗醯尼立刻把菜搁到一边，温柔地把黑黑抱入怀中，捧起他的脸，让他张开口，对着他的嘴吹气，好让他被辣椒刺痛的舌头消消辣味。这时，父亲难陀也捏着一块甜食赶过来，为了哄慰黑子止住哭闹，赶紧把那块甜食放入了他的口中。

本诗描绘的是日常生活中一个很普通的场景，父母与孩子在一起吃饭，孩子被辣到舌头，大哭不止，父母紧忙上前哄劝安慰，但正是这种平凡普通的生活细节，却深刻体现了父母对小黑天的深爱。

---

① 罗醯尼，原文 rohinī，通 rohiṇī，富天的另一个妻子，黑天的哥哥大力罗摩的生母。大力罗摩本应由提婆吉所生，但为了保护他不受刚沙王的残害，在毗湿奴大神的法力下将其由提婆吉腹中转至罗醯尼腹中。在大力罗摩转入腹中之后，罗醯尼就前往难陀家寄住，并在难陀家生下了大力罗摩。

【原文】

हरि कौं टेरति है नँदरानी।

बहुत अबार भई कहँ खेलत रहे, मेरे सारँग पानी ?

सुनतहिं टेर, दौरि तहँ आए, कब के निकसे लाल।

जेंवत नहीं① नंद तुम्हरे② बिनु③, बेगि चलौ, गोपाल।

स्यामहिं④ ल्याई महरि जसोदा, तुरतहिं पाइँ पखारे।

सूरदास प्रभु संग नंद कैं, बैठे हैं, दोउ बारे॥

（36/855）

【对译】

难陀之妻唤诃利

已经很晚何处嬉，我之手持彩弓者⑤？

彼处闻唤跑回来。孩儿何时出去的？

无你难陀不食饭，快快走吧牛护啊！

耶雪达夫人即刻，带回黑子洗双足。

苏尔达斯言，

两个孩儿伴难陀，一同坐下胜尊啊。

【释译】

本诗描述的是母亲耶雪达呼唤小黑天回家跟父亲一起吃晚饭的情形。内容大致如下：

夜幕降临，黑天仍旧在外面玩耍。耶雪达呼唤黑天道："我的宝贝啊，华彩神弓持者啊，天色已晚，你还在什么地方玩耍呢？快快回来吧！"黑天听到了母亲的呼唤，即刻从远处跑回家中。耶雪达

① Varma 本作 jahīṁ。

② Varma 本作 tumharai。

③ Gupta 本作 bin。

④ Gupta 本作 syāmahi。

⑤ 手持彩弓者，原文 sāraṅg pānī，通 sāraṅgpāṇi，意思是"华彩神弓持者"，因字数限制，缩译为"手持彩弓者"，指毗湿奴大神，此处指代黑天。

看到黑天，放下心来，却还要假装少许嗔怒地埋怨说：“我的孩儿啊，天这么晚了，你怎么还出去玩耍呢？何时跑出去的？你明明知道要跟你爸爸难陀一起吃晚饭，却还在晚饭前跑出去玩耍。你可知道，如果你不在，爸爸就会担忧你，会茶不思饭不想的。牛护啊！看你在外面玩的一身脏，你快点去清洗一下，之后去吃晚饭。”说罢，耶雪达便带着黑子去濯洗手足。黑子梳洗妥当，与哥哥大力罗摩一起，陪伴着父亲难陀一同坐下，开始吃晚饭。

苏尔达斯在本诗中描绘了耶雪达对于小黑天贪玩的埋怨，但看似埋怨，却满含母亲对于孩儿的深情与关爱。

【原文】

खेलत मैं को काकौ① गुसैयाँ।

हरि हारे जीते श्रीदामा②, बरबस हीं③ कत करत रिसैयाँ।

जाति पाँति हमतैं④ बड़ नाहीं, नाहीं बसत तुम्हारी छैयाँ।

अति अधिकार जनावत यातैं⑤, जातैं अधिक तुम्हारैं⑥ गैयाँ।

रुहठि⑦ करै तासौं को खेलै⑧, रहे बैठि जहँ-तहँ सब ग्वैयाँ⑨।

सूरदास प्रभु खेल्यौइ चाहत, दाउँ दियौ करि नंद-दुहैयाँ॥

（37/863）

---

① Varma 本作 kāko。

② Varma 本作 sudāmā。

③ Gupta 本作 hī。

④ Sabha 本作 hamateṁ。

⑤ Varma 本作 yātai。

⑥ Varma 本作 tumhāre。

⑦ Varma 本作 rūṭhahi。

⑧ Gupta 本作 khelaiṃ。

⑨ Varma 本作 gvaiyāṁ。

【对译】

游戏中谁为谁之主

室利达玛赢诃利：为何徒劳生怒气？[①]

种姓不比我们高，亦不居你荫庇中。

展现显摆大权威，岂因你家母牛多？

生气之人谁与耍？一众牧童四下坐。

苏尔达斯言，

胜尊想要做游戏，将难陀唤[②]予轮次。

【释译】

本诗描述的是小黑天与牧童朋友们做游戏时耍赖的情形。内容大致如下：

黑天在同牧童朋友们做游戏，在一局游戏中，他输了，他的朋友室利达玛赢了，所以接下来的一局游戏本应该由室利达玛来玩。可是，黑天想要玩，就耍赖说自己上局游戏没有输。小伙伴们与他争执起来，黑天很任性，一直坚持由自己来玩下一局游戏，他同牧童们越争辩越生气。有一位牧童实在看不下去了，站出来斥责黑天道："游戏中难道还有谁是谁的主人一说吗？大家都是平等的。上一局明明是室利达玛赢了，黑子你输了，为什么你还要任性坚持跟我们生气呢？大家都是牧民，就算你爹是族主，你的种姓也没有比我们高多少，我们也不受你家的福荫庇佑！你跟我们显摆什么权力，耍什么威风呢？难道就是因为你们家的母牛多，家里财产多吗？你

① 为何徒劳生怒气，原文 barabas hīṁ kat karat risaiyāṁ，barabas 意思是"徒劳，白白地"生气，hīṁ 是强调语气词，kat 意思是"为什么"，risaiyāṁ karat 意思是"发怒，生气"。这句话是室利达玛与小黑天在游戏中起了争执，在与他理论时说的，输了就是输了，发脾气也没有用。

② 将难陀唤，原文 kari nand-duhaiyāṁ，意思是"以难陀起誓"，是小黑天的口头禅，即"难陀保佑"，表达无奈，小黑天想与小伙伴们接着玩耍，就说："唉，算了，难陀保佑！"不再与室利达玛争执，游戏中的这一局就让室利达玛玩了。

这样无理取闹，跟我们恼怒耍脾气，谁还要同你玩？”说完这话，众牧童四下散开，纷纷坐下，不再与黑天玩耍了。

苏尔达斯在本诗末尾叙述了黑天闻听牧童言语之后的举动：“胜尊想要做游戏，将难陀唤予轮次。”小黑天仍然想要跟牧童们玩耍，就喊了声“难陀保佑”让步了，把游戏的轮次给了室利达玛，跟牧童们和好如初。苏尔达斯在本诗中表现了其关于人神关系的深刻思想。诗面上看是牧童斥责小黑天耍赖，说出“游戏中谁为谁之主”，实则体现了大神下凡游戏人间和在世俗中做功行之时，神与人的关系是平等的、亲近的。

【原文】

मोहन काहैं[1] न उगिलौ माटी।
बार-बार अनरुचि उपजावति, महरि हाथ लिए साँटी।
महतारी सौं मानत नाहीं, कपट-चतुरई ठाटी।
बदन[2] उघारि दिखायौ[3] अपनौ, नाटक की परिपाटी।
बड़ी बार भई लोचन उघरे, भरम-जवनिका फाटी।
सूर निरखि नँदरानि भ्रमित भई, कहति न मीठी-खाटी॥
（38/872）

【对译】

莫亨啊，为何不吐出泥土
手拿木棍一次次，夫人要使生厌恶。
不服从母不接受，开始动起诡机灵。
表演做戏之方式，张开己口来展示。

① Varma 本作 kāheṁ。
② Gupta 本作 vadan。
③ Gupta 本作 dikhāvau。

瞪大眼睛已许久，迷惑之幕已撕开。[①]

苏尔言，

难陀之妻看后惑，无法说出甜或酸。[②]

【释译】

本诗描述的是母亲耶雪达制止小黑天偷吃泥土的情形。内容大致如下：

莫亨年幼，如同其他幼儿一样，无论抓起什么都喜欢往嘴里放，尤其是泥土。母亲耶雪达一次次劝阻他都未能生效。小莫亨依旧乐此不疲，喜爱偷吃泥土。这次，耶雪达又看到莫亨偷吃泥土，制止他道："莫亨啊，快把吃入嘴中的泥土吐出来！"可是莫亨并不听从母亲的管教，坚决不吐出泥土。耶雪达无奈地说道："莫亨啊，为何还不把泥土吐出来？"耶雪达屡次制止莫亨偷吃泥土，甚至手拿木棍吓唬莫亨说要再吃泥土就要挨打，但这些方法都不管用。莫亨根本不听母亲的话，也不接受母亲让他吐出泥土的命令，反而要起聪明，抖起机灵来跟母亲周旋做戏。为了证明自己没有吃过泥土，他主动张开嘴巴，让耶雪达瞧看个究竟，殊不知他早已把泥土吞进了肚中。耶雪达瞧看了许久，也没能在他口中看到什么泥土的痕迹，她知道很可能莫亨把泥土吃进了肚子，却因为没有证据而无法驳他。"无法说出甜或酸"，耶雪达觉得又好气又好笑，一方面无奈于莫亨的顽皮与狡黠；另一方面又觉得孩儿这般聪慧，惹人喜爱。

苏尔达斯在本诗末尾言道："难陀之妻看后惑"，此句的情节背景是小黑天张开了嘴巴让耶雪达瞧看，耶雪达没有在他口中看到泥土，

---

① 迷惑之幕已撕开，原文 bharam-javanikā phāṭī，bharam-javanikā 意思是"迷惑的幕布"，phāṭī 意思是"撕裂"，字面意思是"幕布揭开，迷惑之剧开始上演"。耶雪达在小黑天口中没有看到泥土，反而看到了整个宇宙，她万分惊奇，陷入迷惑之中。

② 无法说出甜或酸，原文 kahati n mīṭhī-khāṭī，意思是"说不出甜还是酸"。因为小黑天的小诡计，耶雪达陷入惊奇与迷惑之中，什么话都说不出来了。

却在他口中看到了三界的景象，顿时迷惑不已。苏尔达斯在此处表现的是小黑天区别于凡人孩童的神性，这为小黑天吃泥土提供了一个非凡的解释，即整个三界都在黑天的口中，黑天即三界，他乃是三界中至高无上的存在。

【原文】

कहत नंद, जसुमति सौं[1] बात।
कहा जानिए[2] कह तैं[3] देख्यौ[4], मेरैं कान्ह रिसात।
पाँच बरष का[5] मेरौ[6] कन्हैया, अचरज[7] तेरी बात।
बिनहीं काज साँटि लै[8] धावति, ता पाछैं[9] बिललात।
कुसल रहैं बलराम स्याम दोउ, खेलत-खात-अन्हात।
सूर स्याम कौं कहा लगावति, बालक कोमल गात[10]॥
(39/875)

【对译】

难陀对耶雪达把话言
何处知晓何所见，对我黑黑生怒气。
我的黑儿五岁大，你之所言令人奇。
无故拿着木棍跑，之后悲伤又哭泣。
大力黑子两安康，嬉戏吃饭沐浴时。

---

① Varma 本作 soṁ。
② Sabha 本作 jāniai。
③ Varma 本作 tai。
④ Varma 本作 dekhyauṁ。
⑤ Gupta 和 Varma 本作 ko。
⑥ Gupta 本作 mero。
⑦ Sabha 本作 ajaraj。
⑧ Varma 本作 le。
⑨ Varma 本作 pāchai。
⑩ Sabha 本作 bāt。

苏尔言，

为何要把黑子打？孩儿身体柔又娇。

【释译】

本诗描述的是父亲难陀劝阻母亲耶雪达惩戒小黑天的情形。内容大致如下：

顽皮的黑黑又犯了错，母亲耶雪达手拿小木棍想要捉住他打一顿以示惩戒。狡黠的小黑黑赶紧跑到父亲难陀身后躲起来。耶雪达手持木棍气呼呼地追上来道："小黑黑，你屡次犯错都不改正，我今天要教训教训你！看你长不长记性！"刚想要动手，父亲难陀立刻拦住，质问耶雪达道："你从哪儿听说的，又在什么地方看见我的黑黑犯错误了，就对我的小黑黑发这么大的脾气？我的小黑儿才五岁，这么幼小的年纪怎么可能犯什么大错儿呢？不过是年幼无知，随性而为罢了，你说他犯错的话让人不能相信！你就这么无缘无故、无凭无据拿着木棍追着他打，打完之后还不是伤在儿身疼在娘心？若是打了他，过后你肯定又会因为心疼孩子而悲伤，后悔地哭起来，所以你还是趁早放弃这个举动吧！"

苏尔达斯也不忍心让小黑天受罚，"为何要把黑子打？孩儿身体柔又娇"。为什么要打这么年幼的黑子呢？他还只是个身体娇柔纤弱的幼儿啊！哪里经得起你的严厉惩戒呢？苏尔也如难陀一般护着小黑天，并在本诗末尾祝福赞叹道："大力黑子两安康，嬉戏吃饭沐浴时。"祝愿黑天和大力罗摩两兄弟任何时候都福乐安康！

【原文】

नंद करत पूजा, हरि देखत।

घंट[1] बजाइ देव अन्हवायौ, दल[2] चंदन लै भेटत।

पट अंतर दै भोग लगायौ, आरति करी बनाइ[3]।

कहत कान्ह; बाबा तुम अरप्यौ, देव नहीँ कछु खाई।

चितै रहे तब नंद महरि-मुख, सुनहु कान्ह की बात।

सूर स्याम देवनि कर जोरहु, कुसल रहै जिहिँ[4] गात॥

（40/879）

【对译】

诃利看难陀祭拜

敲钟浴神来奉献，檀香以及嫩草叶，

盖上衣衫供祭品，又把阿尔迪礼[5]行。

黑黑言说爹你献，大神却不食分粒。

彼时难陀看向妻：且听黑黑之言语。

苏尔言，

黑子且对神合掌，由此身体久安康。

【释译】

本诗描述的是小黑天与其父难陀关于向大神祭拜行礼的对话。内容大致如下：

这天，小黑天一早看到父亲难陀和母亲耶雪达在向神像行礼祭拜，便上前探个究竟。他看到难陀先是敲钟，之后用大量的牛奶为

① Varma 本作 ghaṭ。

② Varma 本作 jal。

③ Varma 本作 banāī。

④ Gupta 本作 jihi。

⑤ 阿尔迪礼，原文 ārati，通 āratī，一种印度教仪式，用手托着放有酥油灯的铜盘在神像或贵宾面前画圈致敬。除酥油灯外，铜盘内还可放上鲜花瓣、甜食和檀香末、杜巴与牛黄粉末或藏红花粉末等。

神像沐浴，接着又给神像献上了檀香、圣草，在神像面前供上各种美味食物，还用上好的布料披在神像上。做完这些烦琐的步骤之后，难陀开始虔诚地行阿尔迪礼。黑黑看到这番景象后十分奇怪，询问难陀道："爹爹，你奉献了这么多美味食物给这尊神像，可他啥也没吃啊。白白浪费了这么多牛奶和美味食物！"黑黑的言下之意是还不如给我吃呢。难陀听了黑黑的话，既惊奇又无奈，他对妻子耶雪达说道："你听听，黑黑说的这都是什么话啊？这是对大神不敬啊！"之后，他害怕黑黑所言不吉，赶紧呼唤他一起敬拜神像，说道："黑子你快来对大神合掌行礼，祈求你身体永久安康啊！"

苏尔达斯在本诗中借助小黑天之口表达了其反对偶像崇拜及宣扬虔爱黑天的主张。对神像进行祭拜会造成许多物质浪费，这对于穷苦人来说是艰难的负担，而崇拜黑天大神，只需付出完全的虔诚的爱就可以得到福佑与庇护。

माखन-चोरी

偷奶油

【原文】

मैया री, मोहिं माखन भावै।

जो मेवा पकवान कहति तू, मोहिं नहीं रुचि आवै।

ब्रज-जुवती इक पाछैं① ठाढ़ी, सुनत स्याम② की बात।

मन-मन कहति कबहुँ③ अपनैं घर, देखौं माखन खात।

① Varma 本作 pāchai。

② Varma 本作 śyām。

③ Varma 本作 kambahu。

बैठ① जाइ मथनियाँ कैँ② ढिग, मैँ तब रहौँ छपानी③ ।

सूरदास प्रभु अंतरजामी④, ग्वालिनि मन की जानी ॥

（41/882）

【对译】

妈啊，我喜爱奶油

油炸食品与干果，你所言及非我爱。
后站伯勒杰一女，黑子之言听仔细，
心下言道于何时，自家观其食奶油，
彼时我掩藏一处，其坐搅乳棒近旁。
苏尔达斯言，
胜尊乃是内控者，通晓明了牧女心。

【释译】

本诗描述的是一位伯勒杰牧女偷听到小黑天向妈妈撒娇讨要奶油吃的情形。内容大致如下：

耶雪达妈妈带着黑子在房外空地上玩耍。正午时分，妈妈跟小黑天说他们得回家了，因为妈妈得开始准备做饭了。黑子问妈妈会准备什么美味餐食，妈妈回答说有各种各样的油炸食物和美味果子。小黑天一听便不高兴了，没有自己最喜爱的奶油，怎么吃得下这餐饭呢？黑子耍起了小机灵，他动情地望着妈妈撒娇道："妈妈，我最喜爱吃奶油啦！你刚说的那些什么油炸食品还有干果什么的都不是我最爱吃的呀！"小黑子的这些话被站在他们身后的一位同村牧女听到了。这位少女很喜欢小黑天，悄悄在他们身后停留，一直注视着小黑天的一言一行。当听到他说极其喜爱吃奶油的时候，她心下

① Gupta 本作 baiṭhaiṃ，Varma 本作 peṭhe。
② Gupta 本作 ke。
③ Gupta 本作 chapāy。
④ Varma 本作 antarajāmīṁ。

暗自思量：“唉！我什么时候才能看到黑子来我家中吃奶油呢？如果他来了，我肯定会躲藏起来，看他走近盛奶油的罐子，看他一屁股坐在罐子和搅乳棒旁边，欣赏他一人纵情享用美味奶油的可爱模样！”少女这样思忖，不知不觉便沉浸在自己的美好幻想之中。

苏尔达斯在本诗末颂道：“胜尊乃是内控者，通晓明了牧女心。”我的胜尊黑天乃是内控者，他能通晓人们内心一切的想法，这位牧女当然也不例外。本诗中，苏尔达斯描绘了小黑天的机灵可爱，同时也赞颂了黑天大神的全知全能。

【原文】

गए स्याम तिहिं ग्वालिनि कैं① घर।
देख्यौ द्वार नहीं कोउ, इत-उत चितै② चले तब भीतर।
हरि आवत गोपी जब जान्यौ, आपुन रही छपाइ।
सूनैं③ सदन मथनियाँ कैं ढिग, बैठि रहे④ अरगाइ।
माखन भरी कमोरी देखत लै-लै लागे खान।
चितै रहे मनि-खंभ-छाँह तन, तासौं करत सयान।
प्रथम आजु मैं चोरी आयौ, भलौ बन्यौ है संग।
आपु खात प्रतिबिंब⑤ खवावत, गिरत कहत, का रंग？
जौ चाहौ सब देउँ कमोरी, अति मीठौ⑥ कत डारत।
तुमहिं⑦ देति⑧ मैं अति सुख पायौ, तुम जिय कहा बिचारत？

---

① Gupta 本作 kai。
② Varma 本作 citaiṁ。
③ Varma 本作 sūneṁ。
④ Varma 本作 rehai。
⑤ Gupta 本作 prativimb。
⑥ Varma 本作 mīṭho。
⑦ Varma 本作 tumahi。
⑧ Gupta 本作 det。

सुनि-सुनि बात स्याम के मुख की उमँगि हँसी[1] ब्रजनारी।

सूरदास प्रभु निरखि ग्वालि मुख तब भजि चले मुरारी॥

（42/883）

【对译】

黑子去到彼女家

门旁瞧看无一人，四下张望溜入内。

牧女知晓诃利来，独自躲藏在一处。

无人住所悄悄进，搅乳棒之近旁坐。

一见奶油满陶罐，取之即始食不停。

宝石房柱映身影，瞧见与其耍聪明。

今我首次来偷食，便交得个好同伴。

自食还请影子食，奶落言说为何故？

若欲整罐皆予你，如此甜蜜缘何弃？

给予你后我甚喜，你心究竟作何想？

听闻黑子口中言，伯勒杰女醉心笑。

苏尔达斯言，

胜尊瞧见牧女面，穆罗之敌逃夭夭。

【释译】

本诗承接上一首诗，描述了通晓内心者、全知全能的黑天听到牧女的心声——在自家中见到小黑天偷吃奶油的愿望。为了满足牧女的心愿，他就以孩童相跑进那位牧女家中偷吃奶油。内容大致如下：

黑子来到那位牧女家中，先站在门旁四下张望，见空无一人，便进入房中。牧女得知黑子来了，独自躲藏在屋中角落。黑子悄悄走到搅乳棒和盛放奶油的陶罐旁坐下，开始不断地从罐子中取出奶油吃起来。

① Varma 本作 uṭhī。

这时，偷吃奶油的黑子看到自己映在宝石制成的房柱上的影子，就以为那是个与他一样大的孩童，正在盯着他。黑子开始耍起小聪明，想讨好他，这样那个孩童就不会跑去告状了。于是，黑子对影子朋友说道："今天是我第一次来偷奶油吃，就交到了你这么个好朋友。"言罢，自己吃奶油的同时，又捧起一捧奶油，伸出手请影子朋友吃。那位影子朋友当然不会接奶油，奶油洒落在地上。黑子见后稍稍不悦，说道："你这是做什么？你想要的话，整罐奶油都给你吃，这奶油如此香甜，你为何要丢弃呢？把奶油给你吃，我心里是十分欢喜的，你心里在想些什么啊？"听了黑子这番话，那位伯勒杰牧女内心喜乐无比，陶醉不已，不禁笑出声来。黑子听到笑声，循声望去，一瞧见那位牧女的脸庞，便倏然遁逃了。

苏尔达斯在本诗中描绘了小黑天的顽皮可爱、机灵聪慧的孩童形象，同时也展现了大神黑天为满足信徒心愿，赐予他们福乐，下凡与他们游戏行本事的仁慈之爱。

【原文】

प्रथम करी हरि माखन-चोरी।

ग्वालिनि मन इच्छा करि पूरन, आपु भजे ब्रज खोरी।

मन मैं यहै विचार करत हरि,ब्रज घर-घर सब जाउँ①।

गोकुल जनम लियौ सुख-कारन, सबकैं माखन खाउँ②।

बाल-रूप जसुमति मोहिं जानै, गोपिनि मिलि सुख भोग।

सूरदास प्रभु कहत प्रेम सौं, ये मेरे ब्रज-लोग॥

（43/886）

---

① Varma 本作 jāūṁ。

② Varma 本作 khāūṁ。

【对译】

诃利首次偷奶油

既已实现牧女愿，伯勒杰巷只身逛。

诃利心中此思量，伯勒杰户俱前往。

生于牛村此福因，挨家挨户奶油食。

耶雪达知稚童相，吾会牧女喜乐享。

苏尔达斯言，

胜尊满怀爱意言，此吾伯勒杰之民。

【释译】

本诗承接上一首诗，描述的是黑天欲往伯勒杰家家户户偷奶油，赐予他们福乐的情形。内容大致如下：

满足了那位伯勒杰牧女的心愿后，黑天只身在伯勒杰小巷中游逛，思量着要去伯勒杰牧人家中偷食奶油。他心中这样想到：伯勒杰的家家户户我都要前往，无论男女老幼，我要偷吃他们的奶油，因为他们都沾有我出生在牛村的这份福因，所以我要赐予他们福乐的果报。耶雪达认为我还是个幼童，只知晓我这个孩童相，并不知晓我真身，她会认为我只是出门玩耍，并不知道我真正要做什么大事。我要去与牧女相会，与她们一起尽享福乐！

苏尔达斯在本诗末有云："胜尊满怀爱意言，此吾伯勒杰之民。"胜尊充满爱意地说道："所有这些伯勒杰人都是我的子民。"这表明了黑天作为大神的仁爱之情。从宗教意义上来说，黑天偷食奶油，并不是小孩子的顽劣、贪嘴和恶作剧，而是大神对信徒们的一视同仁，为他们传播福乐。这其中饱含了胜尊黑天对伯勒杰子民的爱意和护佑。

【原文】

गोपालहिं माखन खान दै।

सुनि री सखी, मौन ह्वै रहिऐ①, बदन दही लपटान दै।

गहि बहियाँ हौं लैकै② जैहौं③, नैननि तपति बुझान दै।

याकौ जाइ चौगुनौ लैहौं मोहिं जसुमति लौं④ जान दै।

तू जानति हरि कछु न जानत, सुनत मनोहर कान दै।

सूर स्याम ग्वालिनि बस कीन्हौ⑤, राखतिं तन मन प्रान दै॥

（44/892）

【对译】

且允牛护食奶油

女伴且听莫出声，让他嘴边沾酸奶。⑥

我抓其臂且送返，现请熄灭眼中火。

此去必得四倍还，允我去见耶雪达。

你知他懵然无知，诃利唯听心所欲。⑦

苏尔言，

黑子掌控众牧女，身心命献来维护。

【释译】

本诗描述的是小黑天偷吃酸奶奶油时被人瞧见，牧女们本打算抓他个现行，立即制止他的偷吃行径并好好教训他一顿，却有牧女站出来劝阻女伴，维护小黑天并替他解围的情形。内容大致如下：

---

① Varma 本作 rahie。

② Varma 本作 laike。

③ Varma 本作 jaihaiṁ。

④ Varma 本作 lau。

⑤ Varma 本作 kīnho。

⑥ 让他嘴边沾酸奶，原文 badan dahī lapa ṭān dai，牧女劝阻女伴不要打断小黑天吃酸奶时说出此话，她的理由是让小黑天大吃吧，让他嘴边沾上酸奶汁好做个罪证，以便向耶雪达告状。

⑦ 诃利唯听心所欲，原文 sunat manohar kān dai。此句是牧女维护小黑天的说辞，意思是小黑天只是个小孩子，没有是非观，只按照内心的想法做事，内心喜欢什么就做什么。

小黑天正在偷吃酸奶和奶油，不巧被一众牧女撞见了，他装作没有察觉继续偷吃，一边竖起耳朵听着牧女们的下一步举动。众牧女见到小黑天偷吃她们的酸奶油，十分生气，本打算立刻上前制止小黑天的偷吃行径，抓他个现行，好好教训他一番。此时，却有一位牧女站出来劝阻女伴们道：“女友们啊，你们先别激动，先别嚷嚷，且听我说，就暂且让牛护他偷吃酸奶奶油吧！这样做不是要纵容他，而是让他脸上嘴边沾满酸奶和奶油，这可以当作罪证啊！过一会儿我就上前去抓他，扭送他去向他妈妈告他的状！女友们啊，请你们熄灭眼中的怒火，消消气吧！你们要是让我扭送他去见耶雪达，我肯定不白走这一趟，我这一去肯定向他们家讨要牛护偷吃我们的酸奶和奶油的四五倍还多！你们也知道他只是个懵懂无知的小孩子，没有是非观，只按照内心的想法做事，内心喜欢什么就做什么，犯不着跟他生气啊，要怪也只能怪耶雪达这个母亲当得不合格，没有把自己的儿子管教好啊！”

本诗中，那位出面的牧女先是劝解女伴们消消怒气，以让小黑天嘴沾奶油留罪证为由劝阻她们不要立刻上前抓小黑天，随后又自告奋勇站出来说要自己一个人扭送小黑天去找耶雪达评理并讨还奶油的损失。实际上，她这样做完全是为了给小黑天解围，让他能够不仅享用美味的奶油，同时还能够免于众牧女的责罚。这位牧女为了解救黑天可谓煞费苦心，有策略、有步骤地完成给黑天解围的计划。苏尔达斯也在本诗末赞颂道：“黑子掌控众牧女，身心命献来维护。”

【原文】

जसुदा कहँ[1] लौं[2] कीजै कानि।
दिन प्रति कैसैं[3] सही परति है, दूध-दही की हानि।
अपने या बालक की करनी, जौ तुम देखौ आनि।
गोरस खाइ, खवावै लरिकनि, भाजत भाजन भानि।
मैं अपने मंदिर के कोनें[4] राख्यौ माखन छानि।
सोई जाइ तिहारैं ढोटा, लीन्हौ है पहिचानि।
बूझि ग्वालि निज गृह मैं आयौ, नैंकु न संका मानि।
सूर स्याम यह उत्तर बनायौ, चींटी काढ़त पानि॥

（45/898）

【对译】

耶雪达，你要纵容到几时

日复一日如何忍，牛奶酸奶之损失。
你那孩童之所为，你且前来察看之。
自食牛奶贿同伴，打坏奶罐即逃走。
自家墙边小角落，我将牛奶仔细藏。
你家小子彼处去，循迹辨味寻觅得。
牧女质问不犹豫，我到自己家中来。
苏尔达斯言，
黑子做出此回答，用手去除其中蚁。

【释译】

本诗描述的是一位牧女来找耶雪达告小黑天的状，怒诉他带领众伙伴屡次到她家偷吃酸奶奶油并把她家搞得凌乱不堪的情形。内

① Sabha 本作 jahaṁ。
② Varma 本作 laiṁ。
③ Varma 本作 kaise。
④ Gupta 本作 konaiṁ，Varma 本作 konai。

容大致如下：

一位牧女怒气冲冲来到耶雪达面前，嚷道："耶雪达啊耶雪达！你到底要纵容你家小儿到何时？他天天趁我家没人的时候跑到我们家偷喝牛奶和酸奶，一个人偷喝也就罢了，还用奶油贿赂他的一众伙伴，偷吃就偷吃吧，还把我家的瓶瓶罐罐都打碎了，把我家搞得乌烟瘴气、凌乱不堪之后嬉笑着跑了。我实在是忍无可忍！这么多的损失，我家如何承受得了呢？你快跟我前去瞧瞧你家小儿干下的好事！他实在是太聪明了！我想尽办法把盛牛奶和奶油的罐子藏起来，可就算是藏在墙边儿小角落里，你家小子闻着味儿就找到了。我实在是没有任何办法了！你要好好管教管教他啊！"

耶雪达听了牧女的话，将信将疑，唤来了小黑天与她当面对质。黑子刚到跟前，牧女就对他一通质问。面对牧女的质问，黑子毫不紧张、毫无惧意，笑盈盈地注视着牧女，嬉皮笑脸地辩驳答道："我哪是偷跑到你家里去呢？你是看错了吧，实在是冤枉我了。你家不就是我家嘛，我对自己家的事务一向是认真负责的！我是趁你不在，替你去除奶罐中的蚂蚁啊！"

苏尔达斯在本诗中把小黑天的顽皮无赖、刁钻狡黠的形象刻画得淋漓尽致。

【原文】

आपु गए हरुएँ सुनैं घर।

सखा सबै बाहिर ही छाँड़े, देख्यौ दधि-माखन हरि भीतर।

तुरत मथ्यौ दधि-माखन पायौ, लै-लै खात, धरत अधरनि पर।

सैन देइ सब सखा बुलाए, तिनहिं देत भरि-भरि अपनैं कर।

छिटकि[1] रही दधि-बूँद[2] हृदय पर, इत-उत चितवत करि मन मैँ डर।
उठत ओट लै लखत सबनि कौं, पुनि लै खात लेत ग्वालनि बर।
अंतर भई ग्वालि वह देखति मगन भई, अति उर आनँद भरि।
सूर स्याम मुख निरखि थकित भई, कहत न बनै, रही मन दै हरि॥

（46/900）

【对译】

独自悄入无人所

诃利留众伴在外，酸奶奶油入内见。
新制酸奶奶油得，取之便往嘴上抹。
示意召唤众伙伴，亲手捧满分众人。
胸前溅满酸奶滴，四下张望心生畏。
起身掩藏各处望，再食还使牧童食。
屋内牧女见此醉，心中充满无限喜。
苏尔言，
睹黑子容显呆相，心献诃利不能语。

【释译】

本诗描述了小黑天带领众伙伴到牛村一户牧女家中偷吃酸奶和奶油，而牧女则躲藏在屋中偷看小黑天吃奶油的情形。内容大致如下：

一天，为了偷吃酸奶和奶油，小黑天带领一众伙伴来到一位牧女家院前。牧女家中寂静无声，他先让同伴在房子外面望风，随后独自悄悄进入牧女家中。

院中放着几个大陶罐，陶罐盛满了牧女刚搅拌好的新鲜酸奶和奶油。小黑天一进院子，目光马上就被罐子中的酸奶和奶油吸引了。

---

① Varma 本作 chiṭakī。

② Varma 本作 dadhi-būṁdi。

他不由分说，双手捧起大吃起来，弄得嘴唇上、鼻子上到处都是。他还边吃边打手势招来外面的同伴，让大家一同吃。他用小手一捧一捧地分送给大家。手小人多，加之大家慌慌张张，小黑天的衣服上沾满了奶汁。毕竟做贼心虚，小黑天不由紧张起来，心中生出几丝不安。他不时谨慎地四下张望，生怕这家主人突然出现。他又跑到院中角落里躲藏起来察看动静，并指挥其他伙伴也分散躲开。在没有发现异常状况后，他便又召集同伴再次来到酸奶和奶油罐子前痛快地大吃起来。

此间，藏在屋中的牧女看到小黑天的这番举动，心中无限欢喜。看着黑天可爱的面容，她不禁沉浸其中，人惊呆，已忘我，不能言，因为她的一颗心早已完全奉献给了黑天。

苏尔达斯在本诗中重点刻画了小黑天和牧女这两个人物形象，并展现了小黑天“人性”与“神性”的双重特质。诗面上看是小黑天淘气顽劣又惹人喜爱，来到牧女家中大吃大喝，实际从宗教层面上看，黑天的这种行为是为了满足牧女的心愿，让牧女能观看到他的本事并以此得到福乐。黑天是大神毗湿奴的化身，是全知全能的，他洞悉一切，凡人心中所想他皆了若指掌。正是黑天的“神性”使他能够了解牧女心中期许而跑到她家去满足她的心愿，让牧女能够得见他的面容和所做功行，使牧女一见到他便情不自禁沉浸其中，忘掉自我，沉浸在极大的喜悦和福乐之中，与神亲近。

【原文】

जानि[1] जु पाए हौँ हरि नीकैँ।

चोरि-चोरि दधि माखन मेरौ, नित प्रति गीधि रहे हो छीकैँ।

रोक्यौ भवन-द्वार ब्रज-सुन्दरि, नूपुर मूँदि अचानक ही कै।

अब कैसैँ[2], जैयतु अपनैँ[3] बल, भाजन भाँजि, दूध दधि पी कै?

सूरदास प्रभू भलैँ परे फँद, देउँ[4] न जान भावते जी कैँ[5]।

भरि गंडूष, छिरक[6] दै नैननि, गिरिधर भाजि चले दै कीकै[7]॥

（47/905）

【对译】

诃利啊，我认清你了

我家吊篮酸牛奶，日日偷窃成恶习。

伯勒杰女止脚铃，突然现身家门口。

偷喝奶后打碎罐，今凭己力怎逃脱。

苏尔达斯言，

胜尊已陷妙圈套，我心所爱不得去。

托山者满捧酸奶，洒眯其眼讥笑逃。

【释译】

本诗描述了一位牧女设圈套在自己家中抓住正在偷吃酸奶的小黑天的情形。内容大致如下：

小黑天日日到牧女家中偷吃她家屋中吊篮里的酸奶和牛奶，偷吃之后即刻逃跑，面对牧女的质问还抵赖说自己没有偷吃。牧女忍

---

① Varma 本作 jān。
② Varma 本作 kaise。
③ Varma 本作 apane。
④ Sabha 本作 deu。
⑤ Varma 本作 kai。
⑥ Varma 本作 chiraki。
⑦ Gupta 本作 kīkaiṃ。

无可忍，终于想出了个好办法要当场抓住正在偷吃的小黑天。这天，牧女一早离开家门，却没有走远，而是悄悄在家附近一个隐蔽的地方躲藏起来，等着小黑天前往她家偷食牛奶。果然，不一会儿的工夫，小黑天便跑到寂静的牧女家中，确认家中四下无人之后，便开始偷食吊篮中的酸奶和牛奶。此时，牧女悄悄回到自家门口，轻手轻脚慢慢靠近家门，不让自己的脚铃发出声音，生怕惊动正在偷吃的小黑天。然后，她猛然“砰”的一声迅速用力推开大门，高声呵斥道：“诃利啊诃利，我算是认清你了！现在抓你个现行，看你还如何狡辩抵赖！你天天来我家偷吃，不仅如此，偷吃之后还把罐子都打破了，如此恶行我不能再忍受下去了！现在抓到你，看我不好好教训你！看你小子今天怎么逃脱！”说罢，牧女堵住黑天去路，随即便要上前揪住他。形势紧急，小黑天却满不在乎，嬉皮笑脸，毫不畏惧。

苏尔达斯在本诗末颂道：“胜尊已陷妙圈套，我心所爱不得去。”连苏尔达斯都替小黑天着急，担心他落入牧女圈套不能逃脱，眼看就要被牧女抓住，可转眼之间，“托山者满捧酸奶，洒眯其眼叽笑逃”，托山者黑天双手捧满酸奶，向逼上前来的牧女的眼睛抛洒过去，牧女被酸奶眯了眼睛，视线模糊，趁这短暂工夫，小黑天“叽叽”笑着从牧女身边溜走了。尽管落入了圈套，聪慧狡黠的黑天还是逃脱了。

【原文】

अब ये झूठहु बोलत लोग।

पाँच बरष अरु कछुक दिनिन कौ, कब भयौ चोरी जोग।

इहिं मिस देखन आवति ग्वालिनि, मुँह फाटे जु गँवारि।

अनदोषे कौं दोष लगावतिँ, दई देइगौ टारि।

कैसैं[①] करि[②] याकी भुज पहुँची, कौन बेग ह्याँ आयौ ?

ऊखल ऊपर आनि, पीठि दै, तापर सखा चढ़ायौ।

जौ न पत्याहु, चलौ[③] सँग जसुमति, देखौ नैन निहारि।

सूरदास प्रभु नैकुँ न बरजौ, मन में महरि विचारि[④] ॥

（48/910）

【对译】

如今众人说谎话

不过五岁多几日，何时能行偷窃事。

牧女借此来瞧看，信口开河粗鄙俗。

指责毁谤无罪人，大神岂会赐宽恕。

其臂如何触碰得，何速才能返回此。

臼槽之上躬下身，同伴攀爬其背上。

耶雪达你若不信，同往亲眼看究竟。

苏尔达斯言，

胜尊丝毫不受束，夫人心中起思量。

【释译】

本诗描述了众牧女来找耶雪达告小黑天的状，耶雪达同她们理论争辩的情形。内容大致如下：

牧女们又来找耶雪达告状，斥责耶雪达没有管教好小黑天，对他放任骄纵，以致天天到她们家中偷吃奶油。耶雪达不示弱，面对牧女的指责，辩驳道："你们这些人都在说谎吧！黑黑不过才五岁多，如此年幼矮小又纤弱的他怎么可能到你们这些人家中偷东西呢？你

① Varma 本作 kaiseṁ。
② Gupta 本作 kahi。
③ Varma 本作 calo。
④ Gupta 本作 bicāri。

们这些人不过是想以此为借口来我们家瞧看美丽可爱的小黑黑罢了！想来看就直接来好了，何苦如此粗俗鄙贱、信口开河地来做这劳什子！这样无端指责诽谤无辜纯洁的小黑黑，大神难道会饶恕你们吗？你们不害怕大神降罪吗？黑黑如此幼小，短胳膊短腿儿的，怎么可能够得到你们悬挂的奶罐子和篮子呢？又怎么能吃完后如此迅速地跑回家呢？”听到耶雪达的质问，牧女们回答道：“小黑黑站在臼槽上面，躬下身子，让他的小伙伴爬到他的后背上，站着就能够到奶罐子啊！要是耶雪达你还不相信，就跟我们走一遭去看个究竟！说不定这会儿小黑黑就正在哪家偷吃呢！”耶雪达本以为小黑黑此刻正在家中，正好可以找来跟牧女们对质，于是就呼唤黑黑前来，却半天没有回应。耶雪达这才发觉原来黑黑早已不在家中。如此，耶雪达心中才起了疑虑，是不是小黑天真地丝毫不服从她的管束和命令，如牧女们所说，在外面偷窃，无法无天呢？

苏尔达斯在本诗中生动刻画出了耶雪达在牧女面前极力维护自己爱儿的慈母形象。

【原文】

इन अँखियनि① आगैं तैं② मोहन, एकौ पल जनि होहु नियारे।

हौं बलि गई, दरस देखैं बिनु तलफत हैं③ नैननि के तारे।

औरौ सखा बुलाइ आपने इहिं आँगन खेलौ मेरे बारे।

निरखति रहौं फनिग की मनि ज्यौं, सुन्दर बाल-बिनोद तिहारे।

मधु, मेवा, पकवान, मिठाई व्यंजन④ खाटे, मीठे, खारे।

---

① Gupta 本作 aṁkhiyan，Varma 本作 akhiyani。

② Varma 本作 tai。

③ Varma 本作 hai。

④ Gupta 本作 byañjan。

सूर स्याम[1] जोइ-जोइ तुम चाहौ सोइ-सोइ माँगि लेहु मेरे बारे॥

（49/914）

【对译】

莫亨在此双眼前

莫亨在此双眼前，片刻莫与其分离。

奉献于你眼之星，不得见你我焦虑。

我儿且唤同伴来，嬉戏自家院落中。

你等美妙孩童戏，观之如若见蛇宝[2]。

蜂蜜干果油炸品，甜酸咸味之吃食。

苏尔言，

黑子你想要哪样，吾儿尽可来索要。

【释译】

本诗描述了耶雪达哄劝小黑天待在家中玩耍的情形。内容大致如下：

耶雪达屡屡受到牧女们的指责，怒斥她不能好好管教小黑天，太过骄纵他，以至于让他天天在外面无法无天，顽劣偷窃，大行破坏之事。耶雪达虽然觉得牧女们所指无凭无据，过于添油加醋、煽风点火，但她也隐约担心小黑天在外面顽皮捣蛋，会惹得乡邻们不高兴。她怕小黑天出门影响不好，同时又怕小黑天出门会遇到危险，于是哄劝他留在家中玩耍。她说道："莫亨啊，你就在我的视线之内玩耍吧，你行行好！片刻也不要离开我的视线啊，一刻不见你，我都会感到焦虑不安，痛苦不已，你就可怜可怜妈妈吧！我愿把一切奉献给你啊，只要你听话别自己跑出去。你大可以把同伴们召唤来，

① Varma 本作 śyām。

② 蛇宝，原文 phanig kī mani，phanig 意思是"大蛇"，mani 通 maṇi，意思是"宝石"。印度神话传说中，大蛇在蛇信子下藏有珍宝，此处用"蛇宝"来形容小黑天游戏本事的奇异珍贵。

在咱们家这个大庭院中玩耍啊！我十分喜爱看你们这些孩儿们在一起玩耍游戏，看着你们在一起游戏的可爱纯真模样，欣赏着你们游戏的奇异，我心中便万分欢喜，就如同见到了珍稀罕见的大蛇宝石一样欣喜！黑子啊！咱家还有很多美味的食物，不论是什么蜂蜜、干果、油炸物，还是酸甜咸鲜味道的一切美食，你想要吃哪样，你都可以向我索要，妈妈一定会满足你的！”

苏尔达斯在本诗中依然刻画出了耶雪达的慈母形象，为了挽留孩子在家中玩耍而不出门惹是生非，耶雪达煞费苦心，苦苦哀求，物质利诱，使尽浑身解数。

【原文】

चोरी करत कान्ह धरि पाए।

निसि-बासर① मोहिं बहुत सतायौ अब हरि② हाथहिं आए।

माखन-दधि मेरौ सब खायौ, बहुत अचगरी कीन्ही।

अब तौ③ घात परे हौ लालन, तुम्हैं भलैं④ मैं चीन्ही।

दोउ भुज पकरि, कह्यौ कहँ जैहो⑤ माखन लेउँ मँगाइ।

तेरी⑥ सौं मैं नैकुँ⑦ न खायौ, सखा गये सब खाइ।

मुख तन चितै, बिहँसि हरि दीन्हौ, रिस तब गई बुझाइ।

लियौ स्याम उर लाइ ग्वालिनी, सूरदास बलि जाइ॥

（50/915）

---

① Gupta 本作 nisi-vāsar。

② Varma 本作 hari ari。

③ Varma 本作 to。

④ Sabha 本作 bhalai。

⑤ Gupta 本作 jaihau，Varma 本作 jaihauṁ。

⑥ Sabha 本作 tero。

⑦ Varma 本作 nekuṁ。

【对译】

黑黑偷奶油被抓

日夜频繁将我扰，如今诃利入我手。

吃尽我之酸奶油，万分淘气又顽劣。

此时此刻逮着你，我将竖子识究竟。

抓牢双臂何处逃，定将奶油讨要还。

向你起誓我未沾，所有皆为同伴食。

诃利朝她露微笑，顿时怒火尽消散。

牧女拥抱起黑子，苏尔达斯献一切。

【释译】

本诗描述的是小黑天偷奶油时被牧女逮个正着的情形。内容大致如下：

这天，小黑天又在牧女家中偷吃奶油，不巧被回家的牧女撞到，上前抓个正着。牧女愤愤地说道：“诃利啊诃利，之前你日日夜夜来我家捣乱，又偷奶油又砸罐，终日烦扰我，之前都被你侥幸逃脱了，今天你终于被我逮到，落到我手中来了！”牧女一边说着一边又握紧双手把小黑天的双臂揪得更牢了，接着怒气冲冲地说：“你把我家的酸奶奶油都吃完了，你是要吃穷我啊！你这个万分淘气又顽劣的小子，现在老天开眼，让我抓住了你，我要让你知道知道我的厉害，今日定要好好教训你一顿，然后扭送你到你妈那儿去，让她将我家损失的奶油双倍奉还给我！”牧女越说越气，怒火中烧，双手把小黑天的胳膊箍得更紧了。

小黑天身陷危情，却不慌不忙，不挣不扎，依旧泰然自若，他缓缓地抬起头，脸庞正对着牧女的脸，一双美丽的莲花眼深情款款地注视着牧女的眼睛，倏然间一朵灿烂的微笑在他脸上绽放了，这如春风般的微笑顿时融化了牧女心中坚硬的愤恨，这如甘露般的微笑瞬间浇熄了牧女胸中的怒火，这又如秋月般的微笑霎时平静了牧女纷扰的心绪。牧女心中的愤恨烟消云散，不剩丝毫，现在她的心中只存有无限的甜蜜，极大的喜乐油然而生。她早已忘了为何要把黑天抓在手中了，此刻只觉得欢喜无比，便张开怀抱，身心投入地拥抱着小黑天，亲昵着，借此获得更大的福乐。

苏尔达斯在本诗中刻画的是小黑天聪慧狡黠的形象。诗中，牧女对待小黑天前后的态度形成了鲜明的反差，之前还怒火中烧、几欲动手教训黑天的牧女就在黑天冲她明媚的微笑之后就忘情了。这说明牧女实际上是喜爱黑天的，期望能与黑天亲近的，但凡小黑天表现出一点温柔可爱的样子就马上能够俘获牧女的心，并对他之前的种种恶行恶状忽略不计。牧女对于黑天亲也好，骂也好，抓也好，抱也好，无不透露出想要亲近黑天以及对于黑天的浓浓爱意。

【原文】

कान्हहिं बरजति किन नँदरानी।

एक गाउँ कैं बसत कहाँ लौं[①] करैं नँद की कानी।

तुम जो कहति हौ, मेरौ[②] कन्हैया, गङ्गा कैसौ[③] पानी।

बाहिर तरुन किसोर बयस बर, बाट घाट कौ दानी।

बचन[④] बिचित्र[⑤], कमल-दल लोचन, कहत सरस बर[⑥] बानी।

① Gupta 本作 lau。
② Varma 本作 mero。
③ Gupta 本作 kai sau，Varma 本作 kaiso。
④ Gupta 本作 vacan。
⑤ Varma 本作 bicitr。
⑥ Gupta 本作 var。

अचरज महरि तुम्हारे[①] आगैं[②] अबै जीभ तुतरानी।

कहँ मेरौ[③] कान्ह, कहाँ तुम ग्वारिनि, यह बिपरीति[④] न जानी।

आवति सूर उरहने कैं मिस, देखि कुँवर मुसुकानी॥

（51/929）

【对译】

难陀妻为何不阻拦黑黑

同住一村为乡邻，难陀尊荣至何度？

你言我的小黑儿，恰如恒河水一般。

在外秀若少年人，路上岸边索施舍。

眼若莲花语怪异，声言美妙满情味。

现时夫人你面前，口齿不清令人奇。

我之黑黑汝牧女，此天渊别不能解。[⑤]

苏尔言，

借口抱怨前来此，得见孩童[⑥]起笑颜。

【释译】

本诗描述了牧女又来向耶雪达告黑天的状，耶雪达反驳她们的情形。内容大致如下：

牧女们又来向耶雪达告状了，她们因为之前的屡次告状并没有得到耶雪达的积极回应而气愤，也顾不得说话的分寸和礼数，嚷道："难陀家的，你怎么不拦着你们家黑黑？让他在外面胡作非为，无法

① Gupta 本作 tumhāraiṃ。

② Sabha 本作 āg。

③ Varma 本作 merī。

④ Gupta 本作 viparīt。

⑤ 我之黑黑汝牧女，此天渊别不能解，原文 kahaṁ merau kānh，kahāṁ tum gvārini，yeh biparīti n jānī， 其 中，kahaṁ merau kānh，kahāṁ tum gvārini， 通 kahāṁ merau kānh，kahāṁ tum gvārini，"kahāṁ...kahāṁ..." 的意思是"甲是甲，乙是乙，相差悬殊，天渊之别"。前半句意思是"我家的黑黑与你们这些牧女口中所说的黑黑相差悬殊，天渊之别"，后半句 yeh biparīti n jānī 意思是"这个差异让人不能理解"。

⑥ 孩童，原文 kuṁvar，意思是"儿子，男孩，王子"，此处指黑天。

无天！我们都是住在同一村的乡邻，你整天这样纵容黑黑肆意欺负我们，不怕给你家难陀族主的光辉形象抹黑吗？不怕你家黑天的恶劣行径会让难陀的脸面无处安放吗？你总维护你们家小子，说你家小黑儿天真纯洁，毫无瑕疵，犹如恒河水一般纯净圣洁。但你可知这小子在外面的所作所为吗？他在外面的行径可跟在你家有天壤之别，在你家他是个天真纯洁、可爱懵懂的小幼童，可到了外面，突然就变作一个俊秀的少年郎，在村里的道路上，在汲水的河岸边，肆意调戏我们这些牧女，向我们索要什么施舍，那时的黑天跟你面前的小黑天完全不像一个人，那时他眼睛灿若莲花，语调怪异如风流少年郎，声音甜蜜美妙，充满艳情之味，与我们调情技艺极为娴熟，言谈举止都极显暧昧。但怎么一回到你面前，他就又变成了懵懂无知，连话都说不清楚的小幼童呢？这太让人惊奇了！”耶雪达听了牧女的话，丝毫不相信她们的胡言乱语，反驳说：“你们这些牧女怎么能跟我家圣洁纯真的黑黑比？更别谈什么调情之事，我家黑黑还年幼，怎么会懂这些风月之事，你们这些粗俗之女、村野鄙妇对我说的这些实在让人不能理解！你们别在这里胡说八道了，我知道你们不过是找个告状的借口来我家，为的是瞧看我们家宝贝黑黑，想从他那里得到喜乐罢了！”

苏尔达斯在本诗中借牧女之口表现了黑天的奇异本事，即在家是一副天真无邪的孩童相，而在村中小路上和河岸边却是一副风流少年郎的皮相。这是黑天神力的展现，体现了他的非凡之处，他不同于平凡的孩童，能够随心所愿，变化成自己需要的模样。

【原文】

मथुरा जाति हौं बेचन दहियौ।

मेरे[①] घर कौ द्वार, सखी री तबलौं देखति रहियौ।

दधि-माखन द्वै माट अछूते तोहिं[②] सौंपति हौं सहियौ।

और नहीं या ब्रज मैं कोऊ, नन्द-सुवन सखि लहियौ।

ये[③] सब बचन[④] सुने मन-मोहन, वहै राह मन गहियौ।

सूर पौरि लौं गई न ग्वालिनि[⑤], कूदि[⑥] परे दै धहियौ॥

（52/931）

【对译】

我去马图拉卖酸奶

在此期间我家门，女友你且看仔细。

两罐新鲜酸奶油，我托付你请守好。

伯勒杰地无他人，唯有难陀子需防。

迷心者[⑦]闻此番言，心中暗把道路记。

苏尔言，

未待牧女走出门，大声喊叫跃入内。

【释译】

本诗描述了一位牧女离家去马图拉卖酸奶，临行前特意嘱托女友替她盯紧家中门户，防止黑天去她家捣蛋的情形。内容大致如下：

一位牧女要离家去马图拉卖酸奶，却放心不下家中存放的酸奶、牛奶和奶油，她十分担心黑天会趁她不在，跑到她家吃光所有酸奶、

① Varma 本作 merai。

② Gupta 本作 tohi。

③ Varma 本作 te。

④ Varma 本作 bacapan。

⑤ Varma 本作 gvālin。

⑥ Varma 本作 kūd。

⑦ 迷心者，原文 man-mohan，man 意思是“心”，mohan 意思是“吸引人的，迷人者”，此处意译为“迷心者”，指黑天。

奶油，甚至把她家闹个乌烟瘴气。因此，临行前她特意找来一位亲密的女友，嘱托她道：“女友啊，我要去马图拉卖酸奶，外出离开家这段时间拜托你帮我把家中物品看管好！尤其是我家里存放的两大罐新鲜的酸奶和奶油，你一定要帮我守好啊！我就拜托你了！在咱们伯勒杰这个地方，别的人都不用提防，唯独需要仔细提防难陀的小儿子！”牧女对女伴反复嘱托，终于犹犹豫豫地收拾所需物品准备动身了。迷心者黑天是全知全能的，他早就感应到了牧女的言语，在心中记住了去该牧女家的道路。他迅速来到牧女家的后墙外，还没等牧女走出正门上锁，黑天就大叫一声从墙外跃进了牧女家中。

本诗表现了小黑天调皮捣蛋的顽童形象，同时，也展现了黑天的奇异本事和非凡本领。

【原文】

गए स्याम ग्वालिनि① घर सूनैं।
माखन खाइ, डारि सब गोरस, बासन फोरि किए सब चूनै②।
बड़ौ माट इक बहुत दिननि कौ, ताहि③ कयौं दस टूक।
सोवत लरिकनि छिरकि मही सौं, हँसत चले दै कूक।
आइ गई ग्वालिनि तिहिं औसर, निकसत हरि धरि पाए।
देखे घर बासन④ सब फूटे, दूध दही ढरकाए।
दोउ भुज धरि गाढ़ैं करि लीन्हे,⑤ गई महरि के⑥ आगैं⑦।

① Varma 本作 gvālin。
② Varma 本作 cūne。
③ Sabha 本作 tāhiṁ。
④ Gupta 本作 vāsan。
⑤ Varma 本作 līnhaiṁ。
⑥ Varma 本作 kai。
⑦ Varma 本作 āgai。

सूरदास अब बसै① कौन ह्याँ, पति रहिहै② ब्रज त्यागैं③ ॥

（53/935）

【对译】

黑子进入寂静牧女家

吃罢奶油打翻奶，打坏瓶罐碎成片。

颇有年份大陶罐，破坏使其碎十块。

乳浆④洒向熟睡娃，欢叫嬉笑跑将去。

彼时牧女恰返回，诃利出门时被抓。

见家中器皿俱毁，牛奶酸奶满地淌。

牢牢抓紧其双臂，挟他来到夫人前。

苏尔达斯言，

如今谁还在此住，维誉离弃伯勒杰。

【释译】

本诗描述了小黑天又跑到牧女家调皮捣蛋，牧女忍无可忍揪着他找耶雪达告状的情形。内容大致如下：

黑子走近牧女家，先在墙外探了探里面的动静，发觉家中寂静无声，料定家中无人，便大胆地翻墙跃入，开始在牧女家翻箱倒柜，到处寻找奶油和牛奶。只见他扒开各种瓶瓶罐罐，如果不是装奶油的就随手丢在地上摔得粉碎，如果是装有牛奶或奶油的罐子就开怀享用，之后把空罐子丢在地上摔得粉碎。牧女屋中有个专门盛放酸奶用的颇有年份的大陶罐，黑子把里面的酸奶都吃光了，然后猛地一推，大陶罐倒在地上，立刻成了碎片。黑子大肆破坏，吃饱喝足之时正好瞧见里屋有个小娃娃正在熟睡，即刻眼睛一转，肚里起坏

① Varma 本作 base。

② Varma 本作 rahihaiṁ。。

③ Varma 本作 tyāgai。

④ 乳浆，原文 mahī，通 mṭṭhā，意思是“乳浆”，即牛奶除去奶油后剩下的部分，品质较低。

水儿，打起了小娃娃的主意。他捧了一捧自己不爱吃的次等的乳浆向正在熟睡的娃娃泼了过去，娃娃“哇”的一声被吓醒了。黑子却觉得自己阴谋得逞，得意扬扬，嬉皮笑脸地跑走了。跑到门口时正好碰到回家的牧女，于是被抓了个现行。牧女看到自己家里一片狼藉，器皿皆毁，牛奶酸奶遍地都是，自己的娃娃也脏兮兮地躺在床上“哇哇”大哭。见到这番景象，牧女怒从中来，一把揪起黑子的双臂，牢牢抓住他，把他扭送到了耶雪达夫人的面前，恨恨地说：“耶雪达啊耶雪达，这是你养的好儿子！到我家中胡作非为，不仅毁尽我家所有器皿，还欺负我家小娃。你到底管不管？你要是仍旧任由他胡作非为，谁还敢住在你这牛村，谁还敢住在伯勒杰这个地方呢？为了自家的安宁和脸面，我们还是离开这里到别处居住好了！”

苏尔达斯在本诗中描绘的小黑天真是顽劣无比，惹人讨厌。诗面上看，此时的小黑天淋漓尽致地展现了顽劣淘气、不服管教的小男孩形象，但从宗教层面来说，这也是黑天在人间所行本事中的一种。大神黑天可以掌控凡人的喜怒哀乐，让人在体会世间七情六欲之中得到与其亲近以及获得福乐的机会。

【原文】

करत कान्ह ब्रज घरनि अचगरी।
खीझति महरि कान्ह सौं पुनि-पुनि, उरहन लै आवति हैं सगरी।
बड़े बाप के पूत क्हावत, हम वै① बास② बसत इक बगरी।
नन्दहु तैं ये बड़े कहैहैं फेरि बसैहैं यह ब्रज नगरी।
जननौ कैं खीझत हरि रोए, झूठहिं मोहिं लगावति धगरी।

① Varma 本作 vai。
② Varma 本作 vās。

सूर स्याम मुख पोंछि जसोदा, कहति सबै जुवती हैं लँगरी ॥

（54/937）

【对译】

黑黑在伯勒杰各家捣蛋

夫人屡次发脾气，众女抱怨黑黑至。

人称伟大父之子，与彼同处为乡邻。

现言更胜难陀名，伯勒杰民重安置。

母亲怒怨诃利哭，淫女说谎诬陷我。

苏尔言，

耶雪达拭黑子面，言说众女皆卑劣。

【释译】

本诗描述的是因为小黑天的顽劣牧女们又来找耶雪达告状，小黑天佯装哭泣向妈妈诉说自己冤枉的情形。内容大致如下：

黑黑又在伯勒杰众牧女家中捣蛋，弄得各家鸡犬不宁。牧女们怒气冲冲前来找耶雪达夫人告状，说道："夫人，你屡次维护黑黑，跟我们发脾气，说我们胡言乱语冤枉你的好儿子。现如今你看看，因为你好儿子的大名，伯勒杰这块地方还有谁愿意住呢？他的名气可是比他伟大父亲难陀的名字还更为响亮啊！谁都知道咱们村有个黑黑了，他天天挨家挨户去捣蛋，弄得家家鸡犬不宁，人人终日惶惶不安，谁还愿意继续在这儿跟他比邻而居呢？看来咱们伯勒杰地区的居民如果要想生活安宁，都得重新找个地方去住了！"耶雪达听了牧女的话，顿时心中又羞愧又恼怒。耶雪达心想：牧女们总是因为小黑黑前来烦扰她，惹得她恼羞成怒，自己这儿子也太不争气了，真是丢人啊！她当下喊来小黑黑，要当着众人的面教训他，算作是对乡邻牧女抱怨的回应。哪知道小黑黑刚到母亲耶雪达身边，就哇哇大哭，还委屈地道："妈妈我没有犯错，我知道这些淫贱女人的丑事，所以她们恶人先告状，想方设法说谎话、编瞎话来诬陷我！我还没说她们的那些‘好事’呢！”耶雪达见到儿子痛哭流涕，本就已经心软神慌了，现在又听了黑子的这番话，立刻觉得自己孩子被冤枉了。她赶忙上前帮儿子擦拭脸上的泪水，边擦边劝慰儿子道：“这帮女人真是够卑劣的，咱们别跟她们一般见识！”

本诗中小黑天又一次运用自己的聪明狡黠耍了小诡计，利用了妈妈对他的深爱与信任，完胜了前来告状的牧女们。

【原文】

अपनौ गाउँ लेउ नँदरानी।
बड़े बाप की बेटी, पूतहिं भली पढ़ावति बानी।
सखा-भीर लै पैठत घर मैं आप खाइ तौ सहिऐ।
मैं जब चली सामुहैं पकरन, तब के गुन कहा कहिऐ।
भाजि गए दुरि देखत कतहूँ, मैं घर पौढ़ी आइ।
हरैं हरैं बेनी गहि पाछैं बाँधी पाटी लाइ।
सुनु मैया, याके गुन मोसौं, इन मोहिं लयौ बुलाई।
दधि मैं पड़ी सेंत कीं मोपै① चीटी② सबै कढ़ाई।
टहल करत मैं याके घर की यह पति सँग मिलि सोई।
सूर बचन③ सुनि हँसी जसोदा, ग्वालि④ रही मुख गोई॥
（55/940）

【对译】

难陀妻，请收回你的村子吧
伟大父亲之亲女，教子有方好言语。

---

① Gupta 本作 mopaiṃ。
② Gupta 本作 cīṇṭī，Varma 本作 cīṭīṁ。
③ Gupta 本作 vacan。
④ Varma 本作 gvāl。

独自偷吃尚可忍，还领众伴进家门。

当我将他捉现行，彼时德行难形容。

见我逃跑躲某处，我至家中卧床歇。

蹑手蹑脚抓发辫，自后绑在床帮上。

妈听我述她品行：她将我呼唤而去。

酸奶之中落入蚁，无偿使我尽数除。

我照看她家之时，她与丈夫睡一起。

苏尔言，

耶雪达听言大笑，牧女掩藏羞颜面。

【释译】

本诗承接上一首诗，描述的依然是牧女前来找耶雪达告小黑天的状，小黑天与牧女对质狡辩的情形。内容大致如下：

牧女前来找耶雪达告状，抱怨小黑天的种种恶行，说道："难陀族主的妻子啊，请你收回你的村子吧！我们可住不起这里了！伟大父亲的亲生女儿啊，你可真是教子有方啊！真是会说话啊！你如此维护你的儿子，你可知你儿子做下的那些好事？我们实在忍无可忍！他跑到我们家偷吃，还呼朋唤友，带领众人进我家门，翻箱倒柜寻找牛奶和奶油，跟土匪一样摔瓶破罐，把我家搞得乌烟瘴气，一片狼藉。正巧我回家时撞到了这一恶行，想要上前抓他个现行。他竟然嬉皮笑脸、厚颜无耻大笑着逃跑了。你是没有瞧见他当时的那个德行！这还不算，他没有跑远，只是躲在我家附近，等我收拾完家里的狼藉后卧床歇息之时，又蹑手蹑脚跑回我家。他轻手轻脚来到床边，从我身后把我的发辫绑在床帮上。待我醒来起身时，头发被揪扯得好一阵疼！这种恶作剧实在让人更加忍无可忍啊！"耶雪达听了这些话，无言以对，只能让小黑天跟她对质。黑天随即反驳道："妈妈啊，现在你听我来说说她的那些好品行！本来我不想去她家的，是她把我招呼去的，因为她想让我帮她照看她家的酸奶和奶油，让我无偿帮她把落入酸奶和奶油中的蚂蚁除掉。我不计报酬，尽职尽责地帮她除去奶中的蚂蚁。在我尽心尽力帮她看护好家中酸奶和牛奶的时候，她在做什么呢？大白天的，她却躺在床上跟她丈夫睡大觉，睡得那叫一个美啊……"小黑天说到此处欲言又止，狡黠地冲牧女眨了眨眼睛，嬉笑不已。耶雪达和众人听了这话哄然大笑，那位牧女顿时羞愧难当，迅速抓起衣襟把通红的脸庞遮掩起来。

本诗中的小黑天真是狡猾无比，长于诡辩！面对牧女一次次的指责和质问毫无畏惧，反而嬉皮笑脸地回应她们，把牧女驳得哑口无言，有苦说不出。

【原文】

महरि तैँ बड़ी कृपन है माई।
दूध-दही बहु बिधि① कौ दीनौ, सुत सौँ धरति छपाई।
बालक बहुत नहीँ री तेरैँ एकै कुँवर कन्हाई।
सोऊ तौ घरही घर डोलतु, माखन खात चोराई।
वृद्ध② बयस, पूरे③ पुन्यनि तैँ④, तैँ बहुतै निधि पाई।
ताहू⑤ के खैबे-पीबे कौँ, कहा करति चतुराई।
सुनहु⑥ न बचन चतुर नागरि के जसुमति नन्द सुनाई।

① Varma 本作 vidhi。
② Gupta 本作 bṛddh。
③ Varma 本作 pūrai。
④ Sabha 本作 t。
⑤ Varma 本作 tāhūṁ。
⑥ Varma 本作 sunahuṁ。

सूर स्याम कौं चोरी कैं[1] मिस देखन है यह आई॥

（56/943）

【对译】

夫人，你是个吝啬的妈妈

神赐许多酸牛奶，防备儿子藏起来。

你的孩子不算多，只有一个小黑儿。

他却家家户户窜，偷吃酸奶和奶油。

皆因你功德圆满，高龄得此无尽宝。

哺育喂养他之事，为何还要耍聪明。

耶雪达对难陀语，且听狡黠女之言。

苏尔言，

为了能够见黑子，借口偷吃之事来。

【释译】

本诗承接上一首诗，描述的仍然是牧女前来找耶雪达告状兼理论的情形。内容大致如下：

一位牧女向耶雪达抱怨道："耶雪达夫人啊，你真是个吝啬的妈妈！大神眷顾你家，给你们那么多母牛，赐予你家那么多酸奶和牛奶，你怎么就舍不得拿出来给儿子吃呢？藏着掖着就是不让儿子吃！你的孩子很多吗？不就只有一个亲生儿子小黑儿吗？怎么就这么吝啬，守着那么多牛奶，却偏偏不给自己的亲生儿子吃呢？他在家啥也吃不着，就只好到我们村家家户户上蹿下跳，偷吃我们的酸奶和奶油，祸害我们！大神念你之前的功德圆满，在你这么大年纪的时候赐予你这么一个珍宝，他可是比一切东西都珍贵的无尽财宝啊！怎么你还在喂养哺育他的这等小事上抠门儿呢？你要这种小聪明有意思吗？让他去吃穷我们，唯独留着你们家的！能做出这种事

① Varma 本作 kauṁ。

来，你也真是够费心思的！”

耶雪达听了牧女的话，虽然半信半疑，但思来想去她还是选择相信自己的儿子，不去理会牧女的讥讽之言。耶雪达回到屋中对丈夫难陀说：“你听听那些牧女都说什么啊！简直是一派胡言！她们要什么机灵我还看不出来吗？能有她们说的那么严重吗？不过都是找借口来咱们家，瞧看宝贝黑子罢了！”

【原文】

अनत सुत गोरस कौँ कत जात ?

घर सुरभी कारी धौरी कौ① माखन माँगि न खात।

दिन प्रति सबै उरहने कैँ मिस, आवति है② उठि प्रात।

अनलहते अपराध लगावति, बिकट③ बनावतिँ④ बात।

निपट निसंक बिवादतिँ⑤ संमुख, सुनि-सुनि नन्द रिसात।

मोसौँ कहतिँ कृपन तेरैँ घर ढोटाहू न अघात।

करि मनुहारि उठाइ गोद लै, बरजति सुत⑥ कौँ मात।

सूर स्याम नित सुनत उरहनौ, दुख पावत तेरौ तात॥

（57/944）

【对译】

孩儿为牛奶缘何去别家

家中母牛黑与白，取其牛奶从不吃。

每日众人藉抱怨，清早起身就前来。

---

① Varma 本作 kauṁ。

② Gupta 本作 haiṃ。

③ Gupta 本作 vikaṭ，Varma 本作 bikaṭi。

④ Varma 本作 banāvati。

⑤ Varma 本作 bibādati。

⑥ Varma 本作 gut。

进行指责毫无据，编造荒谬之事件。

毫无顾忌当面吵，遍遍听闻难陀恼。

对我言道吝啬鬼，从不喂饱你家儿。

妈妈抱起儿入怀，安抚劝慰阻其行。

苏尔言，

天天不断听抱怨，你爹苦闷黑子啊。

【释译】

本诗承接上一首诗，描述的是耶雪达听完牧女的抱怨，怕黑天出门再惹是生非，便告诫哄劝小黑天留在家中切莫出门的情形。内容大致如下：

这天清晨，小黑天刚要出门玩耍。妈妈耶雪达立刻拦住他的去路，劝说道：“孩儿你出去做什么？是不是又要去别人家里喝牛奶吃奶油啊？你为何要去别人家里吃呢？咱们家里的母牛小黑和小白都产奶，怎么你就从来不喝呢？就因为这件事，村里众街坊邻里天天都有借口跑到咱家来抱怨。他们清早一起床就跑到咱家门前，不厌其烦地一遍一遍说你偷吃他们的奶油，打坏他们的奶罐，无凭无据地信口胡编一通，还一个劲儿地指责我没有好好教养你，辱没了你爹难陀的名声。尤其那些粗俗的牧女们说起话来毫不讲理，毫无顾忌，当面跟我争吵，说的话实在难听，就连你爹难陀听了也很生气。牧女们还骂我是吝啬鬼，在家不给你吃饱饭，专门教唆你出去偷吃别人家的牛奶。这些话多难听啊！妈妈我实在是不想再担负这样莫须有的指责了。儿啊，你就可怜可怜爸爸妈妈吧！”说话间，为了不让小黑天出门，又顺势将他抱入怀中，爱抚着他哄劝道：“黑子啊，我的爱儿，咱就别总跑出去了，别总在外面招惹是非。别说我了，就连你爹这么好脾气、好秉性、好修养的人，天天听村民们那些个无端的抱怨、辱骂和莫须有的指责，都受不了啊！”

本诗中耶雪达妈妈苦心规劝小黑天，为了不让孩子任性出门惹是生非，也是费尽心思，言辞切切。

【原文】

हरि सब भाजन फोरि पराने।
हाँक देत पैठे दै पेला[1] नैंकु न मनहिं डराने।
सींकै छोरि, मारि लरिकनि[2] कौं, माखन-दधि सब खाइ[3]।
भवन मच्यौ दधि काँदौ, लरिकनि रोवत पाए जाइ[4]।
सुनहु-सुनहु सबहिनि के लरिका तेरौ सौ कहुँ नाहिं।
हाटनि[5]-बाटनि, गलिनि कहूँ कोउ चलत नहीं डरपाहिं।
रितु आए कौ खेल, कन्हैया सब दिन खेलत फाग।
रोकि रहत गहि गली साँकरी, टेढ़ी बाँधत पाग।
बारे[6] तैं सुत ये ढङ्ग लाए, मनहीं मनहिं सिहाति[7]।
सुनैं सूर ग्वालिनि की बातैं सकुचि महरि पछिताति॥
（58/946）

【对译】

诃利打碎所有器皿逃跑
鼓动进攻喊冲锋，心中丝毫无畏惧。
放下吊篮揍孩童，吃光所有酸奶油。
屋中牛奶起淤积[8]，得见孩童在哭泣。

① Varma 本作 pailā。
② Varma 本作 larakani。
③ Varma 本作 khāī。
④ Varma 本作 jāī。
⑤ Varma 本作 hāṭaniṁ。
⑥ Gupta 本作 vāre。
⑦ Varma 本作 sihāt。
⑧ 淤积，原文 kāṁdau，意通“kīcaṛ”，意思是“流质的淤积物”。

且听家家都有子，无一能比你家儿。

集市巷中道路上，惧他处处无人去。

时节到来纵可耍，黑儿日日过霍利①。

抓挠扰乱窄巷中，歪戴头巾②阻人行。

自小儿即此德行，然却暗自心渴求。

苏尔言，

听闻牧女之言辞，夫人踌躇悔不已。

【释译】

本诗描述的是随着年龄的增长和母亲的信任包容，小黑天越来越顽劣任性，在村中惹是生非，遭殃的牧女们又来找耶雪达告状的情形。内容大致如下：

小黑天越来越顽劣猖狂。这天，他进入一位牧女家中捣乱，逼得她忍无可忍，跑到耶雪达这里来告状。刚见到耶雪达，牧女愤恨道："你听听你儿子做的好事！趁我出门的工夫，他便和同伴来到我家。他在前面带头，如冲锋陷阵带兵打仗一样嘴里喊着'冲啊冲啊，发起进攻！'领着众人闯进屋子，翻箱倒柜，洗劫我家所有的酸奶、牛奶和奶油。不仅大吃大喝不说，还随手乱丢。他扔掉的牛奶四处流淌，淤积成浆。他要摘下我挂在屋中盛放鲜奶油的吊篮，我家孩

---

① 霍利，原文 phāg，意通"phaguā"，亦通"holī"，音译为"霍利"，意思是"洒红节"，也称"霍利节"，印度的洒红节在每年印历十二月（phālgun），即公历二、三月份的望日举行。印度的洒红节标志着印历新年的开始，是印度人为庆祝新春到来，祈求新的一年五谷丰登的节日。印度人民只有在洒红节过节期间，才能不分贵贱，不分等级，不论种姓，上至达官显贵，下至寻常百姓，人人聚在一起载歌载舞，畅饮加着类似大麻料一样的奶汁，纵情歌舞，尽情嬉戏，用五彩缤纷的颜色装扮大地，用五颜六色的彩水、染料或粉末泼洒在自己或他人身上以示喜庆与祝福。一说该节源于印度大史诗《摩诃婆罗多》中的神话传说。

② 歪戴头巾，原文 ṭeṛhī bāṁdhat pāg，pāg 的意思是"缠头布"（男子用的），ṭeṛhī 是形容词 ṭeṛhā 的阴性变形，其意思是"歪的，斜的，不正的"，bāṁdhat 是动词不定式 bāṁdhanā 的一般现在时阳性变位，其意为"捆绑"。整句话的意思是"绑扎着歪斜的缠头布"，意指调皮捣蛋的小黑天衣冠不整，装作一副无赖流氓的坏样子。由于字数限制，缩译为"歪戴头巾"。

子阻止他，被他狠狠揍了一顿，推倒在地，哇哇大哭！他还幸灾乐祸，嬉皮笑脸跟猴子一样上蹿下跳，打破我家所有瓶瓶罐罐，把我家祸害完之后嬉笑着逃走了！耶雪达啊，人人家里都有小娃子，年幼顽皮也是常事，我们可以理解和包容，可谁能比得上你家这个混世魔王啊！我们实在忍受不了了！”牧女继续怒斥说：“你可知道他在外面的诸般恶行？他天天在村里的集市、街巷和道路上撒泼耍赖，胡作非为，村里人人怕他，都不敢出门了。村里原本热热闹闹的地方现在都变得冷冷清清！尤其在村中狭窄的巷子里，这小子衣冠不整，歪戴着头巾在那里耍无赖耍流氓，又抓又挠，骚扰阻挡来往路人，索要过路费。如果是女子更要遭殃，不仅被索要施舍，还要被调戏一番！你说你这儿子是怎么生养出来的？”

耶雪达听了牧女这番犀利的指责，心中不免又吃惊又惭愧，万万没想到自己的儿子越长越不省心，给她惹的麻烦越来越多。她暗自思忖：“唉！我家小儿自幼便是这个样子，让这些牧女们说成这副德行，我的管教一直不起什么作用。可我又有什么办法呢？无论他被这些牧女们说的有多么不堪，他依然是我心中一直向大神渴求的爱儿，是我的心头肉、掌中宝啊！”

本诗描述了牧女对小黑天的控诉，以及耶雪达之后的反思，体现了耶雪达对黑天慈母之情。

【原文】

कन्हैया तू नहिं मोहिं डरात।

षटरस धरे छाँड़ि कत पर घर, चोरी करि करि खात।

बकत-बकत तोसौं पचिहारी, नैंकहुँ[1] लाज न आई।

① Sabha 本作 naiṁkuhuṁ。

ब्रज-परगन-सिकदार[1] महर, तू ताकी करत नन्हाई।

पूत सपूत भयौ[2] कुल मेरैं, अब मैं जानी बात।

सूर स्याम अब लौं तुहिं बकस्यौ[3], तेरी जानी घात॥

（59/947）

【对译】

黑儿啊，你不怕我

家中六味食皆弃，缘何他家行偷食。

苦口婆心劝你累，丝毫不曾觉羞耻。

族长伯勒杰之主，而你为他添耻辱。

真是我家好儿郎，如今我方晓此事。

苏尔言，

一直原谅你黑子，至此看清你伎俩。

【释译】

本诗承接上一首诗，描述的是听完牧女的控诉后，母亲耶雪达对小黑天的训斥。内容大致如下：

听完牧女的犀利指控，耶雪达意识到如果再对黑天疏于管教，他会更加无法无天从而招致大麻烦，于是她叫来黑天。虽然之前屡次哄劝都不起什么作用，耶雪达很无奈，但孩子是她自己的，只能由她来管教。因此，她板起脸孔，对黑天训斥道："黑儿啊，我屡次劝慰你，不让你出门惹是生非。你却根本不听我的话，你是一点儿都不怕我啊！咱家吃食应有尽有，酸、甜、苦、辣、咸和涩这所有味道的食物，你说哪样没有？为何抛弃家里的食物，跑到别人家偷吃呢？我是苦口婆心多次劝你，已经身心俱疲，我对你是彻底失望了。咱家的门槛都被天天来抱怨吵架的村里人踩烂了，你却丝毫不

① Varma 本作 sigadār。
② Sabha 本作 bhayo。
③ Sabha 本作 bakasyo。

为这事感到羞耻！你爹难陀是居住在伯勒杰地区牧人一族有威望的族长，是备受伯勒杰人民爱戴拥护的主人，你的所作所为把他的脸面丢光了，你给咱家原本光耀的门楣增添耻辱，你可真是咱家的好儿子啊！我过去一直相信你的狡辩，现如今才知道是上了你的当，受了你的骗，村里乡邻和牧女对你的抱怨都是真的。我一次又一次的原谅你、包容你，你却屡次利用我们对你的信任和疼爱，背着你爹和我在村里为所欲为。现在我算是认清你了，你这小黑子再也不要跟我耍什么花招，做什么狡辩，我再也不会相信你了！”

本诗中，慈母耶雪达虽然刻意板起面孔，严厉训斥小黑天，但从中依然能够体会出母亲对儿子的深切情意！

【原文】

मैया मैं नहिं माखन खायौ।

ख्याल <u>परैं</u>① ये सखा सबै मिलि, मेरैं मुख लपटायौ।

देखि <u>तुही</u>② <u>सींकै</u>③ पर भाजन, <u>ऊँचै</u>④ धरि लटकायौ।

हौं जु कहत नान्हे कर अपनैं मैं <u>कैसैं</u>⑤ करि पायौ।

मुख दधि पोंछि, बुद्धि इक <u>कीन्ही</u>⑥, दोना पीठि दुरायौ।

डारि साँटि मुसुकाइ जसोदा, स्यामहिं कंठ लगायौ।

बाल-<u>बिनोद</u>⑦ मोद मन मोह्यौ, भक्ति प्रताप दिखायौ।

---

① Gupta 本作 parai。
② Varma 本作 tuhīṁ。
③ Varma 本作 sīṁkai。
④ Varma 本作 ūṁce。
⑤ Varma 本作 kaiseṁ。
⑥ Gupta 本作 kīnhīṃ。
⑦ Gupta 本作 vinod。

सूरदास जसुमति[1] कौ यह सुख, सिव बिरञ्चि[2] नहिं पायौ ॥

（60/952）

【对译】

妈，我没吃奶油

犹记同伴齐相会，往我嘴上抹奶油。

你且看那盛奶罐，置放篮中高高吊。

且问凭我这小手，如何可以够得着。

灵机一动擦嘴角，盛奶树叶[3]藏身后。

耶雪达弃手中棍，笑将黑子拥入怀。

童戏之喜迷心醉，虔诚炙力得展现。[4]

苏尔达斯言，

耶雪达之此福乐，湿婆梵天[5]皆不得。

【释译】

本诗描述了小黑天偷吃别人家奶油被抓，妈妈耶雪达手拿小棍打算惩罚小黑天，小黑天向妈妈狡辩说自己没有偷吃奶油，受到冤枉的情形。内容大致如下：

黑子对妈妈耶雪达道："妈妈啊，我可没有偷吃奶油。我还记得小伙伴们与我一起玩耍，他们偷吃完奶油又捣鬼，聚在一起争相往我嘴上抹奶油，害得我看起来也同他们一样偷吃了奶油。其实我是冤枉的啊！妈妈你看那盛酸奶和奶油的罐子，被放在吊篮里挂得那么高！我这么矮小，手如此短，怎么能够碰得到挂那么高的篮子呢？"

---

① Varma 本作 jasumat。

② Gupta 本作 virñci。

③ 树叶，原文 donā，指用树叶制成的盘子或杯子，为印度的风俗习惯。

④ 此句是指，黑天显示了吸引信徒虔诚崇拜的炙热力量。他通过显现自己天真可爱又狡黠的孩童相，使耶雪达迷醉于慈爱情味中，获得了极大的福乐。

⑤ 梵天，原文 birñci，梵天的一个称号，其解释不一，有学者认为是"被爱欲所控者"，有学者认为 birñci 从"创造 raca"一词而来，可译为"创造者"。为避分歧，此处译为"梵天"。

说话的同时，小黑子悄悄把偷吃时用来装酸奶和奶油的叶盘藏在身后，突然想到嘴角可能还会留有奶汁，就连忙伸手擦了擦嘴角，抹去“罪证”。

耶雪达妈妈看到儿子在她面前耍小机灵，顿觉儿子可爱伶俐，不免心生欢喜和怜爱之情。她立刻丢掉了打算惩罚他的小棍子，亲昵地把他搂入怀中。

恩主黑天向耶雪达显现了他的孩童相，天真可爱，伶俐狡黠，这使得耶雪达沉浸在慈爱情味之中，得到了极大的福乐。这样，恩主就显现出了他吸引信徒虔爱于他的炙热强大的力量。诗人苏尔达斯在本诗末感叹道：耶雪达所获得的这种大福乐，纵是大神湿婆和梵天也得不到啊！

【原文】

जसुमति तेरौ बारौ कान्ह अतिही जु अचगरौ।
दूध-दही माखन लै डारि देत सगरौ।
भोरहिं नित प्रतिही① उठि, मोसौं करत झगरौ।
ग्वाल-बाल संग लिए घेरि रहै डगरौ।
हम-तुम सब बैस एक, कातैं को अगरौ।
लियौ② दियौ सोई कछु, डारि देहु झगरौ।
सूर स्याम③ तेरौ अति, गुननि माहिं अगरौ।
चोली अरु हार तोरि, छोरि लियौ④ सगरौ॥
（61/954）

---

① Gupta 本作 prātahi。
② Sabha 本作 liyā。
③ Varma 本作 śyām。
④ Varma 本作 liyo。

【对译】

耶雪达啊耶雪达

耶雪达啊耶雪达，你儿黑黑太顽劣。

牛奶酸奶和奶油，抓将起来四处抛。

每天清晨一大早，起床就与我争闹。

带领牧童携众伴，路上围困不得行。

你我年岁皆一样，谁也不比谁在上。

你来我往那些事，抛掉不提单理论。

苏尔言，

你家黑子实非凡，品行举止皆出格。

扯掉胸衣与项链，所有一切皆掠去。

【释译】

本诗描述的是忍受不了小黑天顽劣行径的牧女前来找耶雪达抱怨和理论的情形。内容大致如下：

这天，遭受小黑天祸害的牧女恼羞成怒又来告状，一见到耶雪达便叫嚷道：“耶雪达啊耶雪达，瞧瞧你家顽劣小子黑黑干的好事！他跑到我家肆意偷吃不说，还把我家的牛奶、酸奶和奶油抓起来任意抛洒，随意丢弃，最后被他祸害得精光！不仅如此，他每天一大清早就伙同众牧童在路上拦截围堵我，让我不得前行。可以说每天一起床，我必定受你家小子的烦扰，天天与我闹个不休！算起来我们俩年岁相仿，你也不比我大多少，平时乡里乡亲，姊姊妹妹那些个你来我往的交情先抛在一旁，我们今天单就黑子顽劣成性这个事情好好理论理论，你看到底怎么办吧？你怎么管教他的？！别家的孩子绝对不能跟他比，他的言行举止实在太出格，太胡闹，太无理！趁我没有防备之时，他竟然伙同众伴把我的胸衣和项链撕扯掉，把我身上值钱的首饰和衣物都抢走了！这跟土匪流氓有什么两样！”

本诗中，诗人苏尔达斯通过牧女的“控诉”刻画出了小黑天的小流氓小无赖形象，此时的小黑天不再是那个天真可爱的孩童模样，而变成了一副令人无奈的小泼皮形象。

उलूखल-बँधन
木臼上被绑

【原文】

ऐसी रिस मैं जौ① धरि पाऊँ।

कैसे हाल करौं② धरि हरि के, तुमकौं प्रगट दिखाऊँ।

सँटिया लिए हाथ नँदरानी, थरथरात रिस गात।

मारे बिना आजु जौ छाँड़ौं, लागै मेरैं तात।

इहिं अंतर ग्वारिनि इक औरै③, धरे बाँह हरि ल्यावति④।

भली महरि सूधौ सुत जायौ, चोली-हार बतावति।

रिस मैं रिस अतिहीं⑤ उपजाई, जानि जननि अभिलाष।

सूर स्याम भुज गहे जसोदा, अब बाँधौं कहि माष॥

（62/959）

【对译】

若此怒中抓住他

如何处置小诃利，我将让你瞧分明。

难陀之妻手拿棍，恼怒至极身颤抖。

① Gupta 本作 jo。
② Sabha 本作 karoṁ。
③ Varma 本作 aure。
④ Sabha 本作 lyābati。
⑤ Gupta 本作 ris atihiṃ，Varma 本作 atihīṃ。

我以父之名起誓，今不打他不罢休。

此间复有一牧女，扭臂挟持诃利来。

夫人生儿好直率，言指胸衣和项链。

母亲恼怒气更盛，其心恼意被识明。

苏尔言，

耶雪达抓黑子臂，怒言现在就绑你。

【释译】

本诗承接上一首诗，描述的是耶雪达听了牧女的控诉，十分恼怒，扬言要惩罚小黑天之时，正巧又有一位牧女扭送小黑天前来找耶雪达告状的情形。内容大致如下：

耶雪达听了牧女的控诉，气得恼羞成怒，当即捡起一根木棍并将之举起，对牧女扬言道："别让我抓住小黑天，要是让我抓住他，我会让你好好见识见识我的手段！我以我父亲的名誉发誓，今天要是不好好抽打他一顿我绝不罢休！"耶雪达越说越来气，浑身颤抖，把手中的木棍攥得更紧了。此时，又有一位牧女，反扭着小黑天的双臂押送着他来到了耶雪达的面前。刚到近前，这位牧女就大声嚷道："夫人，你看看你生的好儿子！言行举止可真是率直无比啊，小小年纪就是一副泼皮无赖流氓样儿，光天化日之下在路上跟我放肆索要胸衣和项链！"耶雪达听了这话愈发恼怒，因为胸中燃烧的怒火，她攥着木棍的手握得更紧，浑身抖得更厉害了！她立刻上前揪起小黑天的手臂，怒气冲冲地吼道："你个小兔崽子，不学好！屡教不改，越来越无法无天。我现在就把你绑起来，好好打一顿，让你长长记性！"小黑天对母亲的言行举止一目了然，他十分清楚地意识到母亲现在已是满腔怒火，自己再做什么狡辩和抗争都便于事无补，便乖乖地低下头，任由母亲来捆绑他。

本诗中，诗人苏尔达斯淋漓尽致地刻画了母亲耶雪达对屡教不改的小黑天爱恨交织的形象。

【原文】

बाँधौं[①] आजु कौन तोहिं छोरै[②]।

बहुत लँगरई कीन्हौ मोसौं, भुज गहि रजु ऊखल सौं जोरै।

जननी अति रिस जानि बँधायौ, निरखि बदन, लोचन जल ढोरै।

यह सुनि ब्रज-जुवतीं[③] सब धाईं कहतिं[④] कान्ह अब क्यौं[⑤] नहिं छोरै।

ऊखल सौं गहि बाँधि जसोदा, मारन कौं साँटी कर तोरै।

साँटी देखि ग्वालि पछितानी, बिकल भई जहँ-तहँ मुख मोरै।

सुनहु महरि ऐसी न बूझिऐ सुत बाँधति माखन दधि थोरैं[⑥]।

सूर स्याम कौं बहुत सतायौ, चूक परी हम तैं यह भोरैं॥

（63/962）

【对译】

今日绑你谁人救

多次跟我耍滑头，扭臂绳捆木臼上。

知晓母亲怒气盛，任绑望母眼泪淌。

伯女[⑦]闻此皆跑来，言今何不放黑黑？

捆上木臼为抽打，耶雪达手折枝棍。

见棍牧女皆懊悔，脸转别处心惶恐。

① Gupta 本作 bāṁdhau。

② Varma 本作 chore。

③ Varma 本作 jubatīṁ。

④ Sabha 本作 kahati。

⑤ Varma 本作 kyoṁ。

⑥ Varma 本作 thorai。

⑦ 伯女，原文 braj-juvatīṁ，意思是“伯勒杰少女”，由于字数限制，此处缩译为“伯女”。

夫人且听此不妥，为点奶油把儿捆。

苏尔言，

责黑子之罚太过，我们疏忽犯此错。

【释译】

本诗承接上一首诗，描述的是耶雪达把小黑天捆绑在木臼上要抽打责罚他，牧女们纷纷上前劝阻的情形。内容大致如下：

众牧女控诉小黑天越来越无法无天，由小偷小摸已经发展成光天化日之下在路上公然抢劫调戏女子。听到这些，耶雪达十分生气，恼怒无比。她意识到必须严厉管教儿子，一是为了吓唬小黑天，让他知道敬畏，给他个警示；二是为了演给村中牧女看，表明自己并没有娇纵小黑天。因此，耶雪达怒气冲冲要把小黑天捆绑在木臼上，手握木棍，做出一副准备抽打他的架势。同时，耶雪达故意开口大声喊道："今天就把你绑起来抽打，看有谁能来救你？！你这小兔崽子，天天出去惹是生非，顽劣成性，却回来跟我耍滑头，说谎狡辩，白白辜负了我对你的教育、信任、疼爱和包容，今天不把你好好打一顿我绝不罢休！现在就拿绳子把你捆绑在木臼上，看谁敢来救你？"听了母亲这番怒言怒语，小黑天知道再说什么再做什么都会无济于事，只好眼泪汪汪任由母亲捆绑，装出一副可怜相。耶雪达见到儿子如此可怜也是心中一软，但随即又硬下心肠用绳子把小黑天捆在木臼上，心中想着：这孩子就是不知畏惧，今天确实要好好教训教训他，让他知道害怕，也好对那些受祸害的乡邻牧女有个交代！不过我要适可而止，注意分寸，不能真的弄伤了宝贝儿子。耶雪达如此想着，一边用余光留意周围，等待着牧女的到来。

村中的牧女早早听到了耶雪达的厉声严语，纷纷跑来围观。本想看个热闹，以解心头之气，但一看到被母亲捆绑在木臼上的眼泪汪汪、可怜兮兮的小黑天，心中即刻柔软疼爱起来，原本的一腔怨气立刻消散，瞬间化成了对小黑天的满腔柔情与疼惜。她们立即上前阻止耶雪达道：“夫人啊，赶快放了惹人疼爱的小黑黑吧。我们已经不怨他不怪他了，快快放了吧！”耶雪达等的就是牧女的这些话，但她还是觉得不能这么轻易了结这件事情，做戏就要做足。于是，耶雪达故意不理会那些牧女的劝说，举起手中的木棍对小黑天道：“这木棍太细小，打你使不上力，你小子等着，我去找根又粗又长的棍子！”言毕前往院墙边的树下，找寻一根粗枝折下来。牧女们因为不忍心看到小黑天凄惨可怜的模样，不忍心看到耶雪达严厉责罚小黑天的场景而纷纷掉转头去看向别处，心中惶恐不已，后悔不已，懊恼不已。她们依然没有放弃劝阻耶雪达，继续说道：“夫人啊，快别这样做，这样做不好！只不过为了一点儿奶油和牛奶的芝麻绿豆大点儿的事，就把自己的亲儿捆绑起来惩罚抽打，这样做实在是太过分了！这事儿根本不怪小黑黑，要怪就怪我们添油加醋、夸大其词，我们没想到夫人会动这么大的怒来如此过分地惩罚黑黑，如果我们知道，我们肯定不会那么说了！”

本诗中诗人苏尔达斯栩栩如生地刻画出了耶雪达为教育儿子，用心良苦的慈母形象。

【原文】

कहा भयौ जौ घर कैं लरिका चोरी माखन खायौ।

अहो जसोदा कत त्रासति हौ यहै कोखि को जायौ।

बालक अजौं① अजान न जानै केतिक दह्यौ लुटायौ②।

---

① Varma 本作 ajoṁ。

② Gupta 本作 luṭhāyau。

तेरो[①] कहा गयौ ? गोरस कौ गोकुल अंत न पायौ।

हा हा लकुट त्रास दिखरावति आँगन पास बँधायौ।

रुदन करत दोउ नैन रचे हैं, मनहुँ कमल-कन छायौ।

पौढ़ि रहे[②] धरनी पर तिरछैं बिलखि[③] बदन[④] मुरझायौ।

सूरदास प्रभु रसिक-सिरोमनि, हँसि करि कंठ लगायौ॥

(64/974)

【对译】

家中孩儿偷食奶

家中孩儿偷食奶，如此这般又如何?

耶雪达你缘何吓，子宫亲生此稚儿。

如今孩子不懂事，不知糟践几多奶。

你此作为又如何? 牛村牛奶不会绝。

手拿棍棒示恐吓，捆绑院中唏嘘叹。

泣时两眼泪珠饰，仿若莲花凝滴露。

斜身躺地直啜泣，沮丧面庞可怜相。

苏尔达斯言，

胜尊情味头上宝[⑤]，已被笑拥入怀中。

【释译】

本诗承接上一首诗，描述的是一位牧女上前劝阻耶雪达责罚被捆绑起来的小黑天的情形。内容大致如下：

牧女劝阻耶雪达道：“耶雪达啊，你家的孩儿不过是偷吃了别

---

① Sabha 本作 terau。

② Varma 本作 rah。

③ Gupta 本作 vilakhi。

④ Gupta 本作 vadan。

⑤ 情味头上宝，原文 rasik-siromani，通 rasik-śiromaṇi，rasik 意思是“有情味的，风流的”，śiro-maṇi 意思是“头上宝石”，即头上所佩戴的珍宝摩尼珠，rasik-siromani 此处译为“情味头上宝”，指黑天。

人家的牛奶和奶油而已，你又何苦因为这种小事儿如此过分责罚小黑黑呢？把他打坏了怎么办？即便不打他，把他吓坏了谁负责？他可是从你肚子里出来的亲生骨肉啊！如此年幼又身体娇嫩，可经不起你这么折腾啊！孩子这么小，不懂事很正常，在他这个年纪，调皮捣蛋那也是再平凡不过的事，就算是多偷吃了几口奶油，多抛洒糟蹋了几斤牛奶那又如何？他懵懂无知，都是可以理解的。你如此大动干戈有什么用？就算被孩子吃几口、扔几口，咱们牛村的牛奶也不会断绝，牛奶浪费就浪费了，就是你狠心打了他，牛奶也不会增加啊！你这样把他绑起来着实没有意思！把孩子吓坏吓傻了可怎么办？你这样大动干戈，如此严苛的责罚让我们这些外人看得都唏嘘不已。你看那可怜的小黑黑在不停哭泣，那两只泪眼仿若两朵凝结着露水的莲花一样美丽又惹人怜爱。你看他被绑在木臼上的身体无力地倾斜着躺在地上，柔嫩的面庞显出无助的表情，更加惹人疼惜！耶雪达啊，你狠心看到儿子如此遭罪吗？”牧女说着说着，禁不住心中怜惜，赶忙上前把歪躺在地的小黑天扶起来，温柔地抱在怀中，笑盈盈地安抚他。

苏尔达斯在本诗末赞叹黑天是情味头上宝。尤其对牧女来说，在与黑天的互动中体会到了喜怒哀乐等各种情味，并从中得到了大福乐。

【原文】

हलधर सौं कहि ग्वालि सुनायौ।

प्रातहिं तैं तुम्हरौ लघु भैया, जसुमति ऊखल बाँधि लगायौ।

काहू के लरिकहिं[1] हरि मार्यौ[2] भोरहि आनि तिनहिं गुहरायौ।

तबहीं[3] तैं[4] बाँधे हरि बैठे, सो हम तुमकौं आनि जनायौ।

हम बरजी, बरज्यौ[5] नहि[6] मानति, सुनतहि[7] बल आतुर ह्वै धायौ।

सूर स्याम बैठे ऊखल लगि, माता उर तनु अतिहिं[8] त्रसायौ॥

（65/987）

【对译】

牧女向持犁通风报信

耶雪达妈黎明时，木臼之上绑你弟。

诃利打了某家儿，清晨那人来叫门。

自此诃利被捆绑，我且前来告知你。

我之劝阻不被纳，闻此大力慌忙跑。

苏尔言，

身心皆被母恐吓，黑子木臼旁边坐。

【释译】

本诗描述的是牧女跑去向小黑天的哥哥大力罗摩通风报信，让他赶回家劝阻母亲并解救弟弟黑天的情形。内容大致如下：

牧女的劝解对耶雪达毫无作用，她们没能救出小黑天。于是有位牧女便转身跑出去找到大力罗摩，向他通风报信道："持犁啊，今天黎明时分你的妈妈耶雪达把你弟弟绑在木臼上了。据说是因为小黑天打了谁家的孩子，那家人一大早就跑去你家告状，你妈妈恼怒不已，当即便把诃利捆绑在了木臼上，我怎么劝她都没用，她就是

---

① Gupta 本作 larikahi。
② Sabha 本作 māryo。
③ Sabha 本作 tavahīṁ。
④ Varma 本作 te。
⑤ Varma 本作 barajyo。
⑥ Varma 本作 nahiṁ。
⑦ Varma 本作 sunatahiṁ。
⑧ Varma 本作 atihi。

不肯放了你弟弟。我实在没有办法，只好赶紧跑来告诉你，你快回去看看吧！”牧女刚说完，大力罗摩立刻往家跑。到家一看，弟弟黑子倚靠着木臼坐在地上，身体被绳索紧紧地捆绑着，眼泪汪汪，凄凄惨惨，看起来是被母亲严厉的责罚吓坏了。

本诗通过对大力罗摩听到牧女报信后立即火急火燎赶回家这个举动的描述，表现出了大力罗摩与黑天深厚的兄弟情义。

【原文】

यह सुनि कै हलधर तहँ धाए।
देखि स्याम ऊखल सौं बाँधे, तबहीं दोउ लोचन भरि आए।
मैं बरज्यौ① कै बार कन्हैया, भली करी दोउ हाथ बँधाए।
अजहूँ② छाँड़ौगे लँगराई, दोउ कर जोरि③ जननि पै आए।
स्यामहिं छोरि मोहिं बाँधै④ बरु, निकसत सगुन भले नहिं पाए।
मेरे प्रान-जिवन-धन कान्हा, तिनके भुज मोहिं बँधे दिखाए।
माता सौं⑤ कह करौं ढिठाई, सो सरूप कहि⑥ नाम सुनाए।
सूरदास तब कहति जसोदा दोउ भैया तुम इक मत पाए॥
（66/988）

【对译】

闻此持犁跑回去
黑子捆绑木臼上，见此双眼泪充盈。
我劝黑儿你多次，双手被绑可觉好？

① Varma 本作 barajyo。
② Varma 本作 ajahuṁ。
③ Varma 本作 jor。
④ Sabha 本作 bāṁdhaiṃ。
⑤ Varma 本作 sau。
⑥ Sabha 本作 kani。

今天你把顽劣弃，双手合十至母旁。

出门未遇好兆头，放了黑子将我绑。

黑黑乃我生命宝，却捆其臂给我瞧。

为何与妈耍花招？言说有形述其名。①

苏尔达斯言，

彼时耶雪达言道，你俩兄弟好聪明！

【释译】

本诗承接上一首诗，描述的是听了牧女的通风报信，大力罗摩立刻跑回家劝阻母亲不要责罚弟弟黑天的情形。内容大致如下：

大力罗摩听了牧女的信报，立刻跑回家，看到弟弟黑子被妈妈捆绑在木臼上，眼泪汪汪，可怜兮兮，心中实在疼惜弟弟，不禁流下了眼泪。但聪慧的他吸取了牧女的失败教训，并没有直接劝母亲释放黑子，而是上前用严厉的口吻对弟弟道："黑儿啊，我劝了你多少次，要你别顽皮，出门别惹事，你就是不听，现在好了，落得这种下场！双手被绑的感觉是不是很好啊？从今起，你要改掉顽劣的秉性！快快向妈妈承认你的错误，改邪归正！"说完这些，他又来到妈妈耶雪达面前，双手合十恭敬地道："妈妈啊，今天我出门的时候遇见了坏兆头，那时我还在想今天会有什么坏事发生呢？现在才知道原来是黑黑今天遭罪的坏事啊！早知道我就不出门了，是我没有把弟弟看管好，才使他犯了错。主要都是我的疏忽、我的错啊！妈妈你现在就把黑子放开，把我绑上吧！黑黑于我，是如生命一样珍贵的宝贝弟弟啊！您怎能将他捆绑起来呢？我实在是不忍瞧看

① 言说有形述其名，原文 so sarūp kahi nām sunāe，so 意思是"他，那个"，sarūp 意思是"有形的"，kahi 是动词不定式 kahanā 的过去时变位，意思是"说，声明，称作"，nām 意思是"名字"，sunāe 是动词不定式 sunānā 的过去时变位，意思是"讲述，述说"。此句字面义为"言说他的有形，述说他的名字"，实际上是指黑天是有形的梵，是毗湿奴大神的化身。

了！黑黑啊，你究竟与妈妈要了什么花招，你这样淘气顽皮有什么意思呢？”随后，他又自己小声咕哝道：“黑黑虽然是耶雪达的儿子，但实际上却是有形的梵，是万能的毗湿奴大神的化身啊！”除了最后小声咕哝的那句话之外，大力罗摩所说的话都被耶雪达听进耳中。她深知大力罗摩也在变着法子为小黑天说情，想让她放了小黑天。她当即说道：“你们这两兄弟都是一样的聪明伶俐啊！黑黑犯错受罚，大力你是在责怪他呢还是在为他求情呢？你也跟黑黑一样，是个小机灵鬼啊！”

苏尔达斯在本诗中着重刻画了大力罗摩为弟弟求情的言行举止，既表现出了大力罗摩的机智聪慧，又表现出了大力罗摩与黑天的兄弟情深。同时，苏尔达斯在本诗中用“言说有形述其名”表明了黑天是有形的梵，是万能的毗湿奴大神的化身，从而宣扬了他作为有形派黑天支信徒的虔信思想。

【原文】

तबहिं स्याम इक बुद्धि उपाई।

जुवती गईं① घरनि सब अपनैं②, गृह कारज③ जननी अटकाई।

आपु गए जमलार्जुन-तरु-तर④, परसत पात उठे झहराई।

दिए गिराइ धरनि दोऊ तरु, सुत कुबेर⑤ के प्रगटे आई।

दोउ कर जोरि करत दोउ अस्तुति, चारि भुजा तिन्ह प्रगट दिखाई।

---

① Sabha 本作 gaī。

② Varma 本作 apaneṁ。

③ Gupta 本作 kāran。

④ Varma 本作 taru。

⑤ Varma 本作 kuver。

सूर धन्य ब्रज जनम लियौ हरि, धरनी① की आपदा नसाई ॥

（67/1001）

【对译】

彼时黑子生一念

一众牧女各返家，母亲专心忙家务。

独往阿周那双树②，触碰树叶沙沙响。

双生两树推倒地，俱毗罗子③得显现。

双手合十唱赞颂，两子得见四臂相。

苏尔言，

伯勒杰幸诃利生，世间苦难尽消除。

【释译】

本诗描述了小黑天展现神力解救财神俱毗罗两个儿子的故事。内容大致如下：

牧女们千方百计劝说耶雪达释放小黑天，但耶雪达始终不肯听从。最后无计可施，牧女们只好悻悻然各自返回家中，耶雪达也进屋去忙家务了。此时，被绑在木臼上的黑子心中生出一个念头。他四下瞧望，院中再无他人。于是他便身负大木臼，一步一步来到院墙边的阿周那双生树下，用手轻轻触碰树叶，树叶摇晃，愉快地发

① Varma 本作 dharatī。

② 阿周那双树，原文 jamalārjun-taru-tar，taru 和 tar 意思同为“树”，jamalārjun 由 jamal 和 arjun 构成，jamal，通 yamal，意思是“双生”，arjun 指阿周那树，印度树种，也有译作“阿江榄仁树”，为榄仁树（Terminalia）属。由于字数限制，此处译为“阿周那双树”。

③ 俱毗罗子，原文 sut kuber ke，sut 意思是“儿子”，ke 意思是“的”，kuber 音译为“俱毗罗”，印度神话中的财神，掌管世间所有的财富，夜叉（yakṣa）族的首领，也是北方的守护神，即佛教神话中的多闻天王。俱毗罗有两个儿子，那罗鸠婆（Nalkubar）和摩尼格利瓦（Manigriv），两兄弟素喜饮酒。一次，两人酒醉后在林中小河里与妻子嬉戏作乐，不巧遇到那罗陀（Narada）仙人经过，两位妻子赶紧上岸穿好衣服向仙人行礼，可两兄弟却骄傲自大，依仗着家中的财富而目中无人，待在水中光着身子不去理会仙人。见到两兄弟如此傲慢无礼，那罗陀仙人十分生气，当即便诅咒他们变成阿周那双生树，两兄弟的妻子向仙人求情，仙人稍稍消气后说只有毗湿奴大神下凡化身为黑天，那时他们才会被黑天解救出来。

出沙沙的声响，像是要对小黑天急切地倾诉些什么。只见小黑天又用双手轻轻一推双生树，顷刻间两棵大树轰然倒在地上，财神俱毗罗的两个儿子那罗鸠婆和摩尼格利瓦现出了真身。原来他们之前受到那罗陀仙人的诅咒变成了阿周那双生树，只有黑天才能解救他们。如今，两兄弟被解救后万分感激黑天，立刻双手合十站立在黑天近前赞扬唱颂他。黑天回应他们的赞颂，显出了拥有四只手臂的毗湿奴大神真身，同时赐福他们。

苏尔达斯在本诗中着重刻画了黑天非凡孩童的形象，一个身负大木臼的孩童竟然能随易挪动，移步到院墙边的树下，并能轻松推倒两棵大树，这种神力实在非凡。这些非凡的举动又为下文做了铺垫，小黑天解救出两位被诅咒的神仙，向他们展示了自己大神的真身。

苏尔达斯通过这一情节和内容宣扬了毗湿奴大神化身黑天消除苦难，解救众生的慈悲形象。因此，他在最后颂扬道：“伯勒杰幸诃利生，世间苦难尽消除。”

【原文】

अब घर काहूँ कैं जनि जाहु।

तुम्हरैं आजु कमी काहे की, कत तुम अनतहिं खाहु।

बरै जेंवरी जिहिं तुम बाँधे①, परै हाथ भहराइ।

नंद मोहिं अतिहीं② त्रासत हैं, बाधे③ कुँवर कन्हाइ।

रोग जाउ मेरे हलधर के, छोरत हो तब स्याम।

① Varma 本作 bāṁdhai。

② Varma 本作 ātahīṁ。

③ Gupta 本作 bāṁdhe，Varma 本作 bāṁdheṁ。

सूरदास प्रभु खात फिरौ जनि, माखन-दधि तुव धाम ॥

（68/1007）

【对译】

现今莫往别家去

如今你还缺何物，为何要在别处食？

绑你之绳已烧毁，捆你之手已断掉。

束缚捆绑小黑儿，难陀对我多苛责。

放开黑子自由时，我家持犁毛病除。

苏尔达斯言，

胜尊为食莫他往，奶油酸奶你家有。

【释译】

本诗描述的是小黑天被释放后耶雪达宽慰他的情形。内容大致如下：

小黑天施展神力推到了院中两棵大树，大树倾倒的巨响惊动了乡邻和难陀耶雪达夫妇，他们以为小黑天会遭遇什么不测，纷纷赶来，结果看到身绑木臼的小黑天安然无恙地坐在两棵倒地的大树中间。难陀赶紧上前解开捆绑小黑天的绳子。众人都感到不可思议，平时连飓风都无法撼动的两棵大树怎么突然间就倾倒在地了呢？耶雪达也怀疑，暗自心想：难道是小黑天所为吗？说不好他真是大神的化身，但无凭无据的，不可信啊。不管怎样，无论黑儿是不是大神的化身，自己能有这样的儿子都是大福运啊！

如此想着，耶雪达快步上前搂抱小黑天，劝慰他说："爱儿啊，从今后莫再去别人家中吃奶油了！你在咱们家有吃有喝，还缺什么呢？咱们家的牛奶、奶油和酸奶那么多，怎么吃都吃不完，你干吗还要到别人家里去吃呢？乖乖听话，从今后咱不去别人家里捣乱了，好吗？之前是妈妈太生气，所以重重地惩罚了你，妈妈心里也不好受，打在儿身疼在娘心啊！黑儿啊，妈妈现在也很后悔，不该那么重地责罚你，让你受惊了！”耶雪达轻轻擦拭小黑天的脸庞，继续温柔地哄道："乖乖不哭了，你看刚才绑你的绳子已经烧毁了，妈妈捆绑你的手也断掉了，你消消气。你看你爹难陀已经责骂了我好长时间，说我不应该捆绑爱子小黑儿。你的哥哥持犁也跟我闹别扭，现在看到你被放开，他的毛病全好了！黑儿啊，从今后你乖乖待在家，想吃什么妈妈都满足你。”

苏尔达斯在本诗末以耶雪达的口吻唱颂道："胜尊为食莫他往，奶油酸奶你家有。”他在本诗中惟妙惟肖地刻画了母亲耶雪达发脾气责罚儿子之后，那种心疼、后悔但又担心孩子屡教不改的复杂心情。

【原文】

भूखौ भयौ आजु मेरौ① बारौ।

भोरहिं ग्वारि उरहनौ ल्याई, उहिं यह कियौ पसारौ।

पहिलेहिं रोहिनि सौं कहि राख्यौ, तुरत करहु जेवनार।

ग्वाल-बाल सब बोलि लिए, मिलि बैठे नन्द-कुमार।

भोजन बेगि ल्याउ कछु मैया भूख लगी मोहिं② भारी।

आजु सबारैं कछु नहिं खायौ, सुनत हँसी महतारी।

रोहिनि चितै रही जसुमति-तन सिर धुनि-धुनि पछितानी।

परसहु बेगि, बेर कत लावति, भूखे सारँगपानी।

बहु ब्यंजन③ बहु भाँति रसोई षटरस के परकार।

सूर स्याम हलधर दोउ भैया, और सखा सब ग्वार॥

（69/1013）

① Gupta 本作 mero，Varma 本作 meraurṁ。

② Varma 本作 mohi。

③ Sabha 本作 vyaṃjan。

【对译】

我儿今日饿得慌

牧女清早来抱怨，絮絮叨叨她不停。

先对罗醯尼言道，即刻去把饭食备。

唤来一众小牧童，随难陀子皆落座。

快快拿些饭食来，妈妈啊我饿得慌，

粒米未食今早起，夫人闻此起笑颜。

罗醯尼望耶雪达，捶头懊恼悔不已。

将饭摆上莫迟疑，手持彩弓者饿极。

多样饭食多种菜，六味佳肴各式食。

苏尔言，

黑子持犁两兄弟，与牧童伴在一起。

【释译】

本诗描述的是释放小黑天之后，耶雪达立即嘱咐罗醯尼马上为小黑天、大力罗摩和牧童伙伴们准备美味佳肴的情形。内容大致如下：

耶雪达心疼地抚摸着小黑天，知道他现在肯定是饥肠辘辘。一大早那位告状的牧女就跑到家里絮絮叨叨，不停抱怨。之后小黑天便被捆绑责罚，从清早到现在被折腾得无法安生，也没吃上早饭。细细想来，耶雪达心中后悔不已，连忙对罗醯尼道："马上为黑儿准备丰盛的美味饭食！"之后，她又召唤一众牧童伙伴来到家中，让他们陪着小黑天一起坐下吃饭。小黑天见到牧童伙伴前来陪伴他，立刻来了精神，对着耶雪达大声叫喊道："妈妈啊，我快饿死了，今天一早到现在我可是粒米未食，滴水未进啊！快给我们拿些好吃的来！"耶雪达夫人听了儿子的话，知道他又恢复了活泼调皮的本性，不禁心中欢喜，笑容满面，赶忙催促罗醯尼说：“还愣什么神？快快去将饭菜端上来！我们的黑儿饿得不行了！”罗醯尼听了，捶着头懊恼地说：“哎呀！饭菜早就已经准备妥当了，这会儿只顾得欢喜地看着可爱的小黑黑，把这事忘了！我这就去端上来！”言罢，赶忙向厨房走去。不一会儿的工夫，罗醯尼就摆好了丰盛的美味佳肴：各种各样的饭菜，六味齐全的美食，散发着诱人的香味。小黑天、大力罗摩和一众牧童闻到饭菜香味，立刻食欲大增，大吃了起来。

本诗中，耶雪达责罚儿子之后又心疼又后悔，因而加倍疼惜儿子。苏尔达斯对于母爱的描绘可谓细致入微、栩栩如生！

【原文】

मोहिं कहतिं[1] जुवती सब चोर।

खेलत कहूँ रहौं मैं बाहिर, चितै रहतिं सब मेरी ओर।

बोलि लेतिं भीतर घर अपनैं, मुख चूमतिं[2], भरि लेतिं अँकोर।

माखन हेरि देतिं अपनैं कर कछु कहि बिधि सौं करतिं निहोर।

जहाँ मोहिं, देखतिं, तहँ टेरतिं. मैं नहिं जात दुहाई तोर।

सूर स्याम हँसि कंठ लगायौ, वै तरुनी कहँ बालक मोर॥

（70/1016）

【对译】

众女唤作我小偷

我到外面去游戏，处处众女盯我瞧。

呼唤进入自家门，亲脸拥我入怀中。

寻得奶油亲手递，言语之间谢大神。

哪儿见我哪儿唤，向你起誓我不去。

---

① Gupta 本作 kahati。

② Sabha 本作 cūmati。

苏尔言，

笑将黑子拥入怀，彼女岂能比我儿？

【释译】

本诗描述的是小黑天向妈妈耶雪达抱怨说牧女们如今都称呼他“小偷”的外号。内容大致如下：

小黑天跑回家中，撅着嘴向妈妈抱怨道：“妈妈啊，牧女们都嘲笑我，叫我‘小偷’！今天我到外面与伙伴们一同玩耍游戏，时时处处都有牧女目不转睛盯着我瞧看，她们呼唤我说：‘小偷啊，快快到我家里来吃奶油啊。’她们把我招呼到她们家中，抱着我，亲着我，手拿着奶油给我吃，边亲我边说着感谢大神之类的话语。她们无论在哪儿看见我都要呼唤我到她们家中去。妈妈啊！我向你发誓，绝对不是我个人擅自去她们家偷吃！她们为什么还将我叫作‘小偷’呢？”听了黑子的抱怨和信誓旦旦的话语，看着这个讨人喜爱又机灵聪明的儿子，妈妈耶雪达心中欢喜不已，上前一把把黑子搂入怀中，笑盈盈地说道：“是啊！那些牧女都喜欢我这个美丽又可爱的宝贝黑黑，想要亲近你，所以才会故意招惹你，想让你跟她们一起多戏耍会儿多待会儿。你不要跟她们一般见识，她们这些村野俗妇怎么能跟我的宝贝儿子比呢？”

苏尔达斯在本诗中活灵活现地描绘了小黑天机灵聪明又狡黠的孩童形象。同时，通过小黑天与妈妈的对话间接展现了牧女们对小黑天的亲昵与热爱。

【原文】

जसुमति कहति कान्ह मेरे प्यारे, अपनैं ही आँगन तुम खेलौ।
बोलि लेहु सब सखा संग के, मेरौ[①] कह्यौ कबहुँ जिनि पेलौ।
ब्रज-बनिता सब चोर कहतिं तोहिं, लाजनि सकुचि जात मुख मेरौ[②]।
आजु मोहिं[③] बलराम कहत है[④], झूठहिं नाम धरति हैं तेरौ।
जब मोहिं रिस लागति तब त्रासति, बाँधति, मारति, जैसैं[⑤] चेरौ।
सूर हँसति[⑥] ग्वालिनि[⑦] दै[⑧] तारी, चोर नाम कैसैंहु[⑨] सुत फेरौ॥

（71/1017）

【对译】

耶雪达对黑黑言

耶雪达对黑黑言，爱儿你嬉自家院。
所有伙伴呼唤来，我之言语莫违背。
伯勒杰女唤你贼，我之颜面丢失尽。
大力罗摩今语我，造谣诽谤坏你名。
恼怒之时斥责你，如对奴仆捆又打。
苏尔言，
牧女拍手皆讥笑，儿之贼名怎退还？

【释译】

本诗承接上一首诗，描述了小黑天向妈妈抱怨牧女们冤枉他，叫他小偷，耶雪达听后安抚小黑天。安抚儿子之后，耶雪达又不放

① Varma 本作 merī。
② Sabha 本作 mairau。
③ Gupta 本作 mohi。
④ Varma 本作 he。
⑤ Varma 本作 jaiseṁ。
⑥ Varma 本作 haṁsit。
⑦ Varma 本作 gvālin。
⑧ Varma 本作 de。
⑨ Varma 本作 kaisaihuṁ。

心儿子，担心儿子这样出门玩耍又会惹出什么事端，所以特意嘱咐小黑天在自己家中玩耍，记住之前受罚的教训，不要再出去惹是生非。内容大致如下：

耶雪达担心小黑天跑出去玩耍时又生事端，便嘱咐他道："爱儿啊，你就别出门玩耍了，咱们家庭院这么大，你就在院子里玩吧！你把所有的牧童伙伴都招呼到家中来，你若是跟他们玩累了，咱们家有吃有喝，你想怎么盛情款待他们都行！乖儿子，一定要听妈妈的话，莫出门玩耍啊！你听那些伯勒杰的牧女们都叫你小偷，还不都是因为之前你去她们家中捣蛋的事情吗？她们因为这事天天登门抱怨，出言不逊，咱们家的颜面都丢光了，你爹难陀他更是为这事烦恼不已。我后来也是忍无可忍，恼羞成怒，脾气一上来就失去理智，像对待做错事的奴仆一样将你绑起来抽打你。让你遭了罪，妈妈我事后也是又心疼又后悔。虽然我知道她们大都是冤枉你，你哥大力罗摩今天还对我说牧女们那是在诽谤你，造谣生事坏你的名声；但是孩儿啊，你这样总往外跑，难保不再惹出祸端啊！你若是再惹出祸来，我要是忍不住又发起脾气来，免不了又要把你捆起来打一顿，你遭罪，妈妈心疼后悔，你说这是何苦呢？还是听妈的话，乖乖地在家里面玩吧！"耶雪达说着把小黑天拽着留在了家中。

附近的牧女听到了小黑天和耶雪达的对话，拍着手掌，打着节奏，讥笑着，欢快地编起歌谣："儿之贼名怎退还？"耶雪达你制止得了小黑天不再出门到牧女家去偷吃奶油，可你却制止不了小黑天窃取牧女们的真心啊！小黑天即便现在不是奶油小偷了，那他也是偷心的贼！牧女们的心早就被小黑天偷走了！

苏尔达斯在本诗中细致入微地描绘了耶雪达对小黑天循循善诱的母亲形象。同时，本诗通过对牧女心理和言行的刻画巧妙地展现了牧女们对于"偷心贼"黑天的深爱。

वृन्दावन-लीला
沃林达林[1] 本事

वृन्दावन प्रस्थान
前往沃林达林

【原文】

महर-महरि कैं मन यह आई।

गोकुल होत उपद्रव दिन प्रति, बसिऐ वृंदावन मैं जाई।

सब गोपनि मिलि सकटा साजे, सबहिनि के मन मैं यह भाई।

सूर जमुन-तट डेरा दीन्हे, पाँच बरष के कुँवर कन्हाई॥

（1/1020）

【对译】

族主夫妇心生此意

牛村日日有灾祸，迁往沃林达林住。

众人心中亦喜此，牧人一起饰牛车。

苏尔言，

① 沃林达林，Vṛndā-vana。Vṛndā 即圣草 Tulsī，拉丁语学名为 Ocimum sanctum（亦作 Ocimum tenuiflorum），属于被子植物门双子叶植物纲唇形目唇形科罗勒属。由于其为印度教圣草，故中文又译为圣罗勒。

叶木拿畔扎营帐，黑儿方为五龄童。

【释译】

本诗讲述了牛村举村前往沃林达林的故事。内容大致如下：

族主难陀和夫人耶雪达心中生出了同样的想法：“牛村现在如此混乱，每天都会有不同的灾祸降临，我们还是迁往沃林达林居住吧。”村子里的其他牧人心里也是这么想的，所以他们在听说了族主夫妇的决定以后都赶来装饰牛车，准备出发。一行人就这样在叶木拿河畔的沃林达林住下了。这时，小黑天还只是一个五岁的孩子。

沃林达林在黑天信仰中具有十分重要的地位。这里因为是黑天展现种种神迹之地，故成为黑天信徒们向往的圣地。历史上的沃林达林究竟在何处实际上已经很难考证，现在的沃林达林是由北印度帕克蒂运动时期来到这里复兴黑天信仰的耆坦亚和瓦拉帕等大师及其追随者“重新发现”的。时至今日，沃林达林已经成了一个遍布庙宇的宗教圣城，黑天的种种本事依然被信徒们一遍又一遍地演绎着。下一首诗继续这一主题，歌颂了沃林达林作为圣地的殊胜之处。

【原文】

धनि यह बृन्दावन की रेनु।

नंद-किसोर चरावत गैयाँ, मुखहिं बजावत बेनु।

नम-मोहन को ध्यान धरैं जिय, अति सुख पावत चैनु।

चलत कहाँ मन और पुरी तन, जहँ कछु लैन न दैनु।

इहाँ रहहु जहँ जूठनि पावहु, ब्रजवासिनि कै ऐनु।

सूरदास ह्याँ की सरवरि नहि, कल्पवृच्छ सुर-धेनु।

（2/109）

【对译】

这沃林达林尘土幸

放牧牛群难陀子，亲口吹奏竹笛声。

心若持念迷心者，无上福乐安宁得。

其他城邑心不往，彼处复有何可求。

伯勒杰民所住屋，且留此地得余食[①]。

苏尔达斯言，

此地难以相比拟，如意神树[②]或神牛[③]。

【释译】

本诗通过颂扬沃林达林尘土的幸运表达对黑天的虔信之情。内容大致如下：

这沃林达林中的尘土是多么幸运啊！大神就在这片土地上放牛，他在这里亲口吹奏着美妙的笛声。在这里，人们只要心系那迷人心魄的黑天，就会得到无上的福乐和心中的安宁。只要住在这里，谁还会去惦记其他圣地呢？相比在沃林达林所获得的一切，我们还能指望在其他地方获得什么更为殊胜的收获呢？来吧，让我们就安住在这伯勒杰的居民所住的小屋之中吧！在这里我们能够得到大神赏赐给我们的祭品！这里的殊胜，实在是无与伦比！在这里，一切心愿都能得到满足，甚至如意神树和如意神牛都不能望其项背！

---

① 余食，原文为 jūaṭhani，字面义为吃剩的食物，常被用以指 prasād，即供奉给大神的祭品。由于印度教认为供奉给神的祭品可以在被神享用以后分给信众，因此这种祭品也可以被理解为大神享用后剩余的食品。

② 如意神树，原文为 kalpavṛcch，通 kalpavṛkṣa，亦作 kalpataru，传说是诸神和阿修罗搅乳海时现出的宝物之一。可以和下文所说的如意神牛一样令人心想事成。

③ 神牛，原文为 sur-dhainu，即如意神牛 kāmadhenu。传说为极裕仙人所有，有求必应。

गोदोहन

挤牛奶

【原文】

मैं दुहिहौं मोहिं दुहन सिखावहु।

कैसैं[①] गहत दोहनी घुटुवनि कैसैं[②] बछरा थन लै लावहु।

कैसैं[③] लै नोई पग बाँधत, कैसैं[④] लै गैया अटकावहु।

कैसैं[⑤] धार दूध की बाजति, सोइ सोइ बिधि तुम मोहिं बतावहु।

निपट भई अब साँझ कन्हैया, गैयनि पै कहुँ चोट लगावहु।

सूर स्याम सौं कहत ग्वाल सब, धेनु दुहन प्रातहिं उठि आवहु॥

（3/1019）

【对译】

我要挤奶教我挤

如何双膝夹奶罐？如何拽犊舐奶头？

如何用绳捆牛腿？如何不让奶牛动？

如何让奶滋滋流？如是方法尽教我。

黑儿现在已天黑，奶牛之蹄或受伤。

苏尔言，

所有牧人语黑子，早起来学挤牛奶。

【释译】

本诗描述黑天央求牧人教他挤牛奶的故事。内容大致如下：

黑天向牧人们央求道："我也要挤牛奶，你们教教我怎么挤牛奶吧。到底怎么样才能用膝盖夹住奶罐？又要怎么样把小牛犊拉到奶

---

① Varma 本作 kaiseṁ。

② Varma 本作 kaiseṁ。

③ Varma 本作 kaiseṁ。

④ Sahba 本作 kais，Varma 本作 kaiseṁ。

⑤ Varma 本作 kaiseṁ。

牛那里，让它舔奶头，让奶牛出奶？还有怎么样用牛绳把奶牛捆住，怎么样不让她跑走？怎么样才能挤出牛奶，发出那‘滋滋’的美妙声音呢？这些你们都告诉我吧。”

牧人们对小黑天说道：“小黑儿啊，现在太阳已经完全落山了，牛看不清楚路，可能会伤到蹄子。你要想学挤牛奶的话，明天一早起床再来吧。”

童年黑天对牧区生活充满了好奇。“我要挤奶教我挤”一诗将小黑天固执任性而又好奇可爱的一面描绘得淋漓尽致。本诗的开头以一连串的问题询问了挤奶的各个步骤，农村生活的场景随之跃然纸上。牧人们无奈的答复也让一切显得更具生活气息。

गो चारण
放牛

【原文】

आजु मैं गाइ चरावन जैहौं।
वृन्दावन① के भाँति-भाँति फल अपने कर मैं खेहौं।
ऐसी बात कहौ जनि बारे②, देखौ③ अपनी भाँति।
तनक-तनक पग चलिहौ कैसैं④, आवत ह्वैहै राति⑤।
प्रात जात गैया लै चारन, घर आवत हैं साँझ।
तुम्हारौ कमल बदन⑥ कुम्हिलैहै, रेंगत घामहिं माँझ।

---

① Sabha 本作 bṛndāban。
② Gupta 本作 vāre。
③ Sabha 本作 deko。
④ Sahba 本作 kais；Varma 本作 kaiseṁ。
⑤ Sabha 本作 rīti。
⑥ Gupta 本作 vadan。

तेरी सौं मोहिं घाम न लागत, भूख नहीं कछु नेक।

सूरदास प्रभु कह्यौ न मानत, पर्यौ आपनी टेक॥

（4/1029）

【对译】

今天我要去放牛

沃林达林诸般果，我要亲手来享用。

孩儿莫要如此语，自己样子看看清。

小小步伐如何行？归来之时夜即深。

清晨赶牛放牧去，黄昏时分才回家。

你若蹒跚烈日下，如莲脸蛋晒枯萎。

向你发誓不挨饿，也不会被太阳晒。

苏尔达斯言，

胜尊不听母亲言，一味固执持己见。

【释译】

本诗描写了黑天执意要去放牛，母亲劝阻无效的情况。内容大致如下：

小黑天说道："今天我就要去放牛！我要去沃林达林，亲手摘那些各色各样的果子来吃！"

母亲听黑天这么说，急忙劝阻道："孩子啊，可别这么说。你先看看你自己的样子吧。你的脚这么娇小，迈的步子也小，你怎么能去放牛呢？其他牧人一大清早就去放牛，傍晚才会回到家里。你怎么行呢？如果依你，你何时才能回到家里呢？怎么也得深夜了吧。再说了，外面的太阳这么厉害，你走在太阳底下还不把你那如莲花一般娇弱的面庞给晒坏了？"

小黑天说道："妈啊，我向你发誓，我一定不到太阳底下走，也不会让自己哪怕挨一丁点儿饿，你就放心吧！"

就这样，小黑天丝毫不听母亲的劝阻，而是任性、固执地坚持己见。

本诗以耶雪达和黑天母子之间的对话再现了童年黑天在牧区的生活场景。黑天的固执、任性可怜可爱，而耶雪达对孩子的关爱，生怕小黑天受苦的心情更是让人感叹。诗人也正是以这种母爱表现了信徒须对大神具备的虔爱。

【原文】

बृंदाबन देख्यौ नँद①-नंदन, अतिहिं परम सुख पायौ।
जहँ-जहँ गाइ चरति②, ग्वालिनि सँग, तहँ-तहँ आपुन धायौ।
बलदाऊ मोकौं जनि छाड़ौ, संग तुम्हारैं ऐहौं।
कैसेहूँ③ आजु जसोदा छाँड्यौ, काल्हि न आवन पैहौं।
सोवत मोकौं टेरि लेहुगे, बाबा नंद-दुहाई।
सूर स्याम बिनती करि बल सौं, सखनि समेत सुनाई॥
（5/1033）

【对译】

沃林达林得以见

沃林达林得以见，难陀之子获至喜。
牧人放牛所去处，自己跟随跑过去。
哥哥大力勿弃我，我要跟你一起走。
耶雪达今终允来，别致明日来不得。
以父难陀来起誓，熟睡之中唤我起。
苏尔言，

① Sabha 本作 nad。
② Varma 本作 caratiṁ。
③ Varma 本作 kaisehuṁ。

黑子央求向大力，一并告知众伙伴。

【释译】

本诗描写了小黑天来到沃林达林后，央求兄长大力罗摩记得带他一同回家的场景。内容大致如下：

难陀之子黑天看到了沃林达林的风光之后兴高采烈、乐不可支。小黑天和牧人们一同去放牛，牧人去哪里，他也跟着跑去那里。小黑天向兄长大力罗摩请求道："哥哥啊，你可千万不要扔下我一个人在林子里，我可是和你一起来的。今天好歹耶雪达妈妈让我来了沃林达林，如果出了什么岔子我明天可就来不了了。哥哥你来以爸爸难陀的名字发誓，如果我不小心睡着了，哥哥你一定要把我叫醒。"

小黑天机灵地当着伙伴们的面央求兄长大力罗摩，这样便有了众多见证人。

初次来到沃林达林的树林中，小黑天又喜又怕。喜的是可以见到完全不同于村落中的景象，可以与牧童们一同放牛，怕的是被大家，尤其是哥哥大力罗摩丢下不管。短短几行诗将孩童的心态描绘得淋漓尽致。"黑子央求向大力，一并告知众伙伴"更可以看出小黑天生怕哥哥失信，还多要了个小心眼，一个小机灵鬼的形象跃然纸上。

【原文】

बन तैं आवत धेनु चराए।

संध्या समय साँवरे मुख पर, गो-पद-रज लपटाए।

बरह मुकुट कैं निकट लसति लट, मधुप मनौ रुचि पाए।

बिलसत सुधा जलज-आनन पर, उड़त न जात उड़ाए।

बिधि बाहन-भच्छन की माला, राजत उर पहिराए।

एक बरन बपु नहिं बड़ छोट, ग्वाल बने इक धाए।

सूरदास बलि लीला प्रभू की जीवत जन जस गाए ॥

（6/1035）

【对译】

森林之中牧牛归

黄昏时分黑脸蛋，牛蹄掀灰沾其上。

雀翎冠旁发辫耀，宛若蜜蜂得所爱；

莲花脸上享甘露，欲飞却又不得起。

梵天坐骑所食物①，穿成一串耀胸前。

同色同身无长幼，牧童皆作同一样。

苏尔达斯言，

献出一切为本事，颂主美名众得存。

【释译】

本诗描写了小黑天与牧童们放牛归来的情景。内容大致如下：

黄昏时分，小黑天和牧童们从林中放牛回来了。踱步的牛群掀起了阵阵灰尘，都沾在了小黑天黝黑的脸蛋上。小黑天头戴雀翎冠，边上有一缕发辫粘在了浸满汗水的额头上，显得格外引人注目。这就好像有一只贪吃的蜜蜂，正在贪婪地享用着莲花上的甘露汁，想飞却又不愿放下口中的美味。再看小黑天的胸前挂着的花环，就好像将那梵天的天鹅所喜爱的珍珠穿成了一串。再看看其他的小牧童，都和小黑天长得一模一样，一样的肤色、一样的身躯、一样的年龄，简直就是一个模子里出来的。

苏尔达斯不禁说道："我愿意为了胜尊的这些本事献出自己的一切！我们这些虔诚的信徒之所以活着，正是因为要不断地颂扬胜尊的这些美名！"

本诗充满想象力地将小黑天的头发比作黑蜂，并由此引出蜜蜂贪恋花蜜的比喻；又将小黑天花环上的花比作珍珠，进而引出天鹅

① 传说梵天的坐骑喜欢吃珍珠，所以此处指的是珍珠。

爱吃珍珠、梵天的坐骑的典故。这种由此及彼的修辞运用将诸多审美意象纳入到了短短的几行诗中，是苏尔诗歌常用的表现手法。

【原文】

मैया बहुत बुरो बलदाऊ।
कहन लग्यौ बन बड़ौ तमसौ, सब मौड़ा मिलि आऊ।
मोहूँ कौं चुचकारि गयो लै, जहाँ सघन बन झाऊ।
भागि चलौ कहि गयो उहाँ तैं, काटि खाइ रे हाऊ।
हौं डरपौं कापौं अरु रोवौं कोऊ नहिं धीर धराऊ।
थरसि गयौ नहिं भागि सकौं, वै भागे जात अगाऊ।
मोसौं कहत मोल कौ लीनो, आपु कहावत साऊ।
सूरदास बल[①] बड़ौ चबाई, तैसेहिं मिले सखाऊ।
（7/1099）

【对译】

妈啊，大力哥哥大坏蛋！
说林中有大看头，所有男孩一起来。
把我哄骗偕同往，彼处茂密怪柳[②]林。
从那逃跑呼喊道，啊呜[③]要来把人咬。
害怕战栗我大哭，却没有人来鼓劲。
颤抖不已不能逃，他们纷纷在前跑。

① Varma 本作 gal。

② 原文为 jhāū，通 jhābuka 或 jhāvaka。据 *Brajabhāṣā Sūr Koś* 词条，其枝条常被用于制作篓筐或绳索。《印地语汉语大词典》将其译为三春柳，别名怪柳，属怪柳科，是一种灌木，拉丁学名 Tamarix chinensis。但由于三春柳原产于中国和朝鲜半岛，且生长于相对干燥的气候，在海外并不常见，故此处存疑。

③ 原文为 hāū，通 hauā，拟声词，用以模仿猛兽或者妖怪恐吓小孩，类似汉语中的“啊呜”。

言说我乃贩卖来，却说自己是亲生[1]。

苏尔达斯言，

大力造谣又诽谤，所交朋友也这样。

【释译】

本诗描写了小黑天向妈妈告状说哥哥大力罗摩在外面欺负他的情况。内容大致如下：

小黑天可怜兮兮地向妈妈哭诉道："妈妈啊，哥哥大力罗摩实在是个大坏蛋！他自己说树林里有很好看的东西，让所有男孩子都一块儿去。他又亲又哄地把我也骗去了，谁知道他带去的地方到处都是茂密的怪柳树。突然，哥哥大叫道：'快跑啊，快跑啊！有怪物要出来吃人啦！快跑啊！'听了这话，我吓坏了。我站在原地大哭起来，浑身发抖。就这样也没有人来帮助我，给我鼓劲。他们一个一个都跑得远远的，只有我自己害怕得动弹不得，一个人孤零零地被落在了后面。坏大力还骂我，说我是你们买来的，说他自己才是你和爸爸的亲生儿子。"

耶雪达看着黑天委屈的样子，急忙安慰他说道："孩子啊！大力真是个大坏蛋！他的朋友也都和他一样，到处嚼舌根，说谎话。你就是我们亲生的孩子啊！"

手足之情是人世间难能可贵的感情之一。小黑天与大力罗摩一同在牧区长大，两个男孩子之间也少不了打打闹闹。本诗写的是小黑天向母亲告状的故事，其中说道哥哥如何哄骗自己，自己如何被吓得不知所措，其可怜又可爱的样子跃然纸上。本诗语言直白、生动，具有浓郁的生活气息，是描写黑天童年生活中不可多得的佳作。

---

① 原文为 sāū，字面义为富商、大人物、国王。Gupta 本将其对应为 sagā，即亲生的。此处据此解释译为亲生的。

【原文】

मैया हौं न चरहौं गाइ।

सिगरे ग्वाल घिरावत मोसौं, मेरे पाइ पिराइ।

जौ न पत्याहि पूछि बलदाउहिं, अपनि सौंह दिवाइ।

यह सुनि माइ जसोदा ग्वालनि, गारी देति रिसाइ।

मैं पठवति अपने लरिका कौ, आवै मन बहराइ।

सूर स्याम मेरौ अति बालक, मारत ताहि रिगाइ।

（8/1128）

【对译】

妈啊，我不要去放牛

一众牧童令我圈[①]，害我双脚直犯疼。

若不信问大力哥，以己之名来起誓。

听罢此言耶雪达，责骂牧童把火发：

我将自家孩子遣，只为让他心消遣。

苏尔达斯言：

黑子乃我幺儿郎，将他差遣要他命！

【释译】

本诗描写了小黑天向妈妈抱怨一同放牛的牧童欺负他的场景。内容大致如下：

小黑天对妈妈抱怨道："妈妈啊，我不要再去放牛了。一起放牛的小朋友们都欺负我。你看，他们就知道让我去做这做那，让我去把牛赶到一块儿，我这么东奔西走地，脚都疼了。妈你要是不相信我说的，你大可以去问大力哥哥，你让他向你发誓，问他们是不是

① 原文为 ghirāvat，字面义为将……围起来，此处指放牧时将牛群赶到一起。

这么欺负我的！”

耶雪达听黑天这么说，想道自己疼爱的小儿子受到了这样的对待，顿时怒不可遏。她向牧童们破口大骂：“你们这些熊孩子！我让我家的孩子和你们一起去放牛，只是要让他开心、消遣。谁知道你们却这么对他！小黑天是我的心肝小儿子，你们这么差遣他，让他东奔西走，简直是要了他的命！”

बकासुर-बध
杀鹤阿修罗

【原文】

बन-बन फिरत चारत धेनु।
स्याम हलधर संग, सँग बहु गोप-बालक-सेनु।
तृषित भए सब जानि मोहन, सखनि टेरत बेनु।
बोलि ल्यावहु सुरभि-गन, सब चलौ जमुन-जल देनु।
सुनत हीं[1] सब हाँकि ल्याए, गाइ करि इक ठैन।
हेरि दै-दै ग्वाल-बालक, कियौ जमुन-तट गैन।
बकासुर रचि रूप माया, रह्यौ छल करि आइ।
चोंच इक पहुमी लगाई, इक अकास समाइ।
आगैं बालक जात हे, ते पाछैं आए धाइ।
स्याम सौं वै कहन लागे, आगैं एक बलाइ।
नितहिं आवत सुरभि लीन्हे, ग्वाल गो-सुत संग।
कबहुँ नहिं इहिं भाँति देख्यौ आजु कैसौ रंग।
मनहिं मन तब कृष्न भाष्यौ, यह बकासुर अंग।

① Gupta 本作 hasī。

चोँच फारि बिदारि डारौँ, पलक मैँ करौ भंग।

निदरि[1] चले गोपाल आगैँ, बकासुर कैँ पास।

सखा सब मिलि कहन लागे, तुम न जिय की आस।

अजहुँ नाहिँ डरात मोहन, बचे कितनैँ गाँस।

तब कह्यौ हरि, चलहु सब मिलि, मारि करहिँ विनास[2]।

चले सब मिलि, जाइ देख्यौ, अगम तन बिकरार।

इत धरनि उत व्योम कैँ[3] बिच, गुहा कैँ आकार।

पैठि बदन बिदारि डार्यौ, अति भए बिस्तार[4]।

मरत असुर चिकार पार्यौ, मार्यौ नंद-कुमार।

सुनत धुनि सब ग्वाल डरपे, अब न उबरे[5] स्याम।

हमहिँ बरजत गयौ, देखौ, किए कैसे काम।

देखि ग्वालनि बिकलता तब, कहि उठे बलराम।

बका-बदन बिदारि डार्यौ, अबहिँ आवत स्याम।

सखा हरि तब टेरि लीन्हे, सबै आवहु धाय।

चोँच फारि बका सँहारौ, तुमहु करहु सहाय।

निकट आए गोप-बालक, देखि हरि सुख पाए।

सूर प्रभु के चरित अगनित, नेति निगमनि गाए॥

（9/1045）

【对译】

放牛游逛树林间

黑子持犁在一起，复有一众牧童群。

莫亨既知众皆渴，以竹笛唤众伙伴，

---

① Gupta 本作 bidari。
② Gupta 本作 binās。
③ Gupta 本作 kai。
④ Gupta 本作 bistār。
⑤ Gupta 本作 ubarai。

言众且驱牛群来，使饮叶木拿水去。
闻之众人吆喝赶，聚拢母牛在一处，
嘿呖嘿呖牧童唤，去往叶木拿河畔。
鹤阿修罗前来至，作幻色相行欺骗，
一喙贴在大地上，一喙容纳吞天空。
走在前面彼牧童，复又向后奔跑来，
他们言说向黑子：有一灾难在前面。
日日带着母牛来，牧童牛犊皆一起，
今日状况为哪般，这般从未看见过。
黑天当时暗自语：此为鹤阿修罗身，
要把鸟喙撕裂开，眨眼之间即诛灭。
牛护轻蔑前行至，鹤阿修罗之身旁，
一众伙伴同说道：难道你已不想活？
逃过如此大灾难，莫亨现今还不怕？
当时诃利言说道：众人一同去诛杀！
众人同往瞧看见，无边身躯极恐怖，
大地此处天彼处，之间形状如山洞。
钻入口中撕裂开，伸展变大至极致，
垂死尖啸阿修罗：要把难陀子来杀！
所有牧童闻声惧：如今黑子不得救！
我们已经行阻拦，瞧瞧做了什么事！
当时瞧见牧童慌，大力罗摩便说道：
鹤妖之口撕裂开，黑子即刻就来到！
彼时诃利唤伙伴：大家且请奔跑来！
且请你们来相助，撕开鸟喙灭鹤妖！

牧童来到至近旁，瞧见诃利得福乐。

苏尔言，

胜尊功行不可数，尼笈摩经颂非此。

【释译】

本诗讲述了小黑天英勇诛杀鹤阿修罗的故事。内容大致如下：

有一天，小黑天、持犁还有许多牧童们在树林间四处游荡，放牧嬉戏。玩着玩着，大家都口干舌燥，小黑天知道了，就吹起了竹笛，将同伴们都召唤到身旁。他说道："大家都把牛群吆喝过来，赶到叶木拿河边喝水去。"听了黑天的话，大家都十分赞同。于是，牧童们便口中喊着"嘿呖——嘿呖——"地把牛群往叶木拿河畔赶去。

这时，鹤阿修罗以幻力化出了巨大的形象，来到这里行骗。他的鸟喙一半贴着大地，一半将天空纳入其中。看到了这恐怖的景象，走在前面的牧童又纷纷转身回来，惊慌不安地对小黑天说道："前面不好了，出大事了！我们这些牧童每天带着牧牛和牛犊来这里放牧，从来没有见过这样的景象。"

这时，小黑天暗自思忖，心中想道："这是鹤阿修罗的身体，我去把他的鸟喙撕开，一下子就能把他杀死！"于是，黑天毫不畏惧地来到了阿修罗身旁。小伙伴们看到了，慌忙喊道："黑子，难道你不要命了吗！好不容易逃出虎口，你怎么还不怕？"小黑天却对大家喊道："杀啊，大家一起上，杀了他！"于是，牧童们就随着黑天往前走，终于看到了鹤阿修罗恐怖的身躯。天地之间，他张开的大嘴，就好像一个巨大的山洞，实在可怕。

正当大家不知所措的时候，小黑天钻入了阿修罗的口中，然后不断变大自己的身体，要撑裂阿修罗。阿修罗痛苦万分，垂死挣扎之时高声喊道："我已经杀了难陀家的儿子了！"牧童听到了这声音，万分恐惧，纷纷说："黑子这下是没得救了！我们当时不让他去，可他就是不听，这下倒好，出大事了！"看见牧童们惶恐不安的样子，大力罗摩急忙说道："大家不要相信阿修罗的话，黑子就要撕裂阿修罗的身体了，马上就会出现！"这时，小黑天呼唤同伴们，喊道："大家现在快来一下！我已经将他的鸟喙撕开了，你们也来帮个忙！"

牧童听到了黑子的声音，急忙来到他的身旁，他们看到黑子，心中无限欢喜。

胜尊类似这样的功行还有许多，数不胜数，尼笈摩经所歌颂的"非此非此"也就是对他唱的。

这首诗的情节在《薄伽梵往世书》中已有出现，本诗以较长的篇幅再现了这一故事。类似的叙述框架在黑天斩妖除魔的神迹故事中出现不止一次，即"众人不小心落入了阿修罗的圈套——阿修罗扬扬得意，轻视牧童——牧童惊慌失措，唯有黑天泰然自若——黑天降伏阿修罗，牧童表达对黑天的虔诚敬意"，后文还会有类似故事。

除了这一叙事框架外，阿修罗形象也值得关注。本诗中的阿修罗原型是一只鹤，后文的阿修罗还有驴、牛、蛇等牧区生活常见的动植物。我们不妨假设，这类故事的原型很可能是牧区生活中的一些志怪故事，讲得很有可能是一些动植物化成的妖怪如何祸害牧人，最终为英雄所收复。人对自然界的敬畏和对英雄的期盼渗透进了这些故事之中，并成为黑天信仰、黑天文学所吸纳的重要元素。

【原文】

ब्रज मैं को उपज्यौ यह भैया।

संग सखा सब कहत परस्पर, इनके गुन अगमैया।

जब तैं ब्रज अवतार धर्यौ इन, कोउ नहिं घात करैया।

तृनावर्त पूतना पछारी, तब अति रहे नन्हैया।

कितिक बात यह बका बिदान्यौ, धनि जसुमति जिनि जैया।

सूरदास प्रभु की यह लीला, हम कत जिय पछितैया॥

（10/1046）

【对译】

兄弟啊，何人降生伯勒杰？

伙伴一起议纷纷，他之德行不可及。

自他降生伯勒杰，无人侵扰可得逞。

击毙旋风与毒乳，彼时他尚襁褓中。

撕裂鹤妖非凡迹，耶雪达幸生此儿。①

苏尔达斯言，

此皆胜尊之本事，我们何须心忧虑？

【释译】

本诗描写了牧童们议论小黑天的种种神迹的场景。内容大致如下：

牧童们聚在一块儿，议论纷纷："兄弟们啊，你们说说，究竟是谁降生在了伯勒杰呢？他的品质、德行无与伦比，他人遥不可及。自从他化身降世伯勒杰，再没有谁进犯伯勒杰的阴谋诡计能够得逞。当他还是小婴儿时，就消灭了旋风怪和毒乳怪，他还撕裂了鹤妖，这是多么非同凡响的事迹啊！耶雪达真是幸运，生了这样无与伦比的孩子！"

苏尔达斯道："这些都是胜尊的游戏本事，世人还有什么必要担心伯勒杰的安危呢？"

这是一首简短的颂神诗，诗人借牧童之口说出了小黑天的种种

① 旋风、毒乳、鹤妖，均为小黑天诛杀的阿修罗的名字。

神迹，尤其是先后挫败许多阿修罗的故事。

अघासुर-बध

杀罪蛇怪

【原文】

नंदराइ सुत लाड़िले, सब-ब्रज जीवन-प्रान।
बार-बार माता कहै, जागहु स्याम सुजान।
जसुमति लेति बलाइ, भोर भयौ उठौ कन्हाई।
संग लिए सब सखा, द्वार ठाढ़े बल भाई।
सुंदर बदन दिखाइ कै, हरौ नैन कौ तापु।
नैन कमल मुख धोइ कछु करौ कलेऊ आपु।
माखन रोटी लेहु सद्य दधि रैनि जमायौ।
षटरस के मिष्टान्न, सु जेँवहु जो रुचि आयौ।
मो पै लीजै माँगि कै, जोइ-जोइ भावै तोहिं।
सँग जेँवहु बलराम कैं, रुचि उपजावहु मोहिं।
तब हँसि चितए स्याम, सेज तैं बदन उघार्यौ।
मानहुँ पय-निधि मथत, फेन फटि चंद उजार्यौ।
सखा सुनत देखन चले, मानहुँ चंद-चकोर।
जुगल कमल मनु इंदु पर, बैठि रहे अति भोर।
तब उठि आये कान्ह, मातु जल बदन पखार्यौ।
बोलि उठे बलराम, स्याम कत उठे सबार्यौ।
दाऊ जू कहि, हँसि मिले, बाँह गही बैठाइ।
माखन रोटी सद दही, जेँवत रुचि उपजाइ।
जल अँचयौ, मुख धोइ, उठे बल-मोहन भाई।

गाइ लईं सब घेरि, चले बन कुँवर कन्हाई।
टेर सुनत बलराम की, आए बालक धाइ।
लै आए सब जोरि कै, घर तैं बछरा गाइ।
सखनि कान्ह सौं कह्यौ, आजु वृनदाबन जैऐ।
जमुना-तट तृन बहुत, सुरभि-गन तहाँ चरैऐ।
ग्वाल गाइ सब लै गए, वृंदाबन समुहाइ।
अतिहिं सघन बन देखिकै, हरषि उठे सब गाइ।
कोउ टेरत, कोउ हाँकि सुरभि गन, जोरि चलावत।
कोऊ हेरी देत, परस्पर स्याम सिखावत।
अंतरजामी कहत जिय, हमहिं सिखावत टेरि।
कान्ह कहत अब गाइ जे गईं सु लीजै फेरि।
कोउ मुरली कोउ बेनु-शब्द, शृंगी① कोउ पूरैं।
कृष्न कियौ मन ध्यान असुर इक बसत अधेर②।
बालक बछरनि राखिहौं, एक बार लै जाउँ③।
कछुक जनाउँ अपुनपौ, अब लौं रह्यौ सुभाउ।
असुर-कुलहिं संहारि धरनि कौ भार उतारौं।
कपट रूप रचि रह्यौ दनुज, इहिं तुरत पछारौं।
गिरि समान धरि अगम तन बैठ्यौ बदन पसारि।
मुख भीतर बन घन नदी, छल माया करि भारि।
पैठि गए मुख ग्वाल धेनु बछरा सँग लीने।
देखि महाबन भूमि हरे, तृन-द्रुम कृत कीने।
कहन लगे सब अपुन मैं सुरभी चरैं अघाइ।
मानहुँ पर्वत-कंदरा, मुख सब गए समाइ।

① Gupta 本作 sṛgī。
② Gupta 本作 aṁdheraiṁ。
③ Sabha 本作 jāuṁ。

जब मुख गए समाइ, असुर तब चाब सकोर्यो।
अंधकार इमि भयौ मनहुँ निसि बादर जोर्यो।
अतिहिं उठे अकुलाइ कै, ग्वाल बच्छ सब गाइ।
त्राहि-त्राहि करि कहि उठे, परे कहाँ हम आइ।
धीर-धीर कहि कान्ह, असुर यह, कंदर नाहीँ।
अनजानत सब परे अघा-मुख-भीतर माहीँ।
जिय लाग्यौ यह सुनत हीँ, अब को सकै उबारि।
वा तैँ दूनी देह धरी, असुर न सक्यौ सम्हारि।
सबद कर्यौ आघात, अघासुर टेरि पुकार्यौ।
रह्यौ अधर दोउ चाँपि, बुद्धि बल सुरति बिसार्यौ।
ब्रह्म द्वार सिर फोरि कै, निकसे गोकुलराइ।
बाहिर आवहु निकसि कै, मैँ करि लियौ सहाइ।
बालक बछरा धेनु सबै मन अतिहिं सकाने।
अंधकार मिटि गयौ देखि जहँ-तहँ अतुराने।
आए बाहिर निकसि कै, मन सब कियौ हुलास।
हम अजान कत डरत हैँ, कान्ह हमारैँ पास।
धन्य कान्ह, धनि नंद, धन्य जसुमति महतारी।
धन्य लेयौ अवतार, कोखि धनि, जहँ दैतारी।
गिरि-समान तन अगम अति, पन्नग की अनुहारि।
हम देखत पल एक मैँ, मार्यौ दनुज प्रचारि।
हरि हँसि बोले बैन, संग जौ तुम नहिँ होते ?
तुम सब कियौ सहाइ, भयौ तब कारज मोते।
हमहुँ तुमहुँ मिलि बैठि बन, भोजन करैँ अघाइ।
बंसीबट भोजन बहुत, जसुमति दियौ पठाइ।
ग्वाल परम सुख पाइ, कोटि मुख करत प्रसंसा।

कहा बहुत जो भए, सपूतौ एकै बंसा।

चढ़ि बिमान सुर देखहीं, गगन रहे भरि छाइ।

जय-जय धुनि नभ करत हैं, हरषि पुहुप बरषाइ।

ब्रह्मा सुनी यह बात, अमर-घर-घरनि कहानी।

गोकुल लीन्हौ जन्म, कौन मैं यह नहिं जानी।

देखौं इनकी खोज ले, सोच पर्यौ मन माहिं।

सूर श्याम① ग्वालनि लए, चले बंसीबट-छाहिं॥

（11/1049）

【对译】

亲爱难陀王之子

亲爱难陀王之子，伯勒杰众生之命，

母亲遍遍来呼唤：聪慧黑子醒来吧。

耶雪达代承灾祸②：黑儿且起已清晨，

大力兄长门口站，偕同所有小伙伴。

美丽容颜且展现，消除眼睛之炙热，

且洗莲花眼与面，自己且食些许餐。

且食奶油与面饼，晚上新凝之酸奶，

六种滋味之甜食，如有所好且食用。

但凡有你所喜者，向我索要且拿去，

且同大力罗摩吃，让我生出欢欣喜。

彼时露颜自床单，黑子笑着瞧望看，

宛若乳海被搅动，泡沫裂开月亮现。

伙伴如同鹧鸪鸟，闻听前来看月亮，

仿若好似大清早，一对莲花月上坐。

---

① Gupta 本作 syām。

② 代承灾祸，原文为 leti balaī，妇女以手和裙裾抚摸孩子的头顶以禳灾避险的手势。

彼时黑黑起身来，母亲以水濯洗面，
大力罗摩即刻言：黑子怎么清早起？
兄长言毕欢笑拥，抓着手臂让坐下，
奶油面饼鲜酸奶，吃着吃着生欢喜。
以水漱口洗嘴巴，大力莫亨兄弟起，
围拢带上众母牛，孩童黑儿赴森林。
听闻大力罗摩唤，儿童奔跑前来至，
家中牛犊与母牛，尽皆集拢携带来。
伙伴言说向黑黑：沃林达林今天去，
叶木拿畔草茂盛，彼处放牧母牛群。
牧童携带众母牛，面向沃林达林去，
看见非常浓密林，所有母牛皆欢欣。
某在吆喝某在叫，驱赶聚拢母牛群，
某在嘿呖嘿呖唤，互相教授予黑子。
内控者在心中言：竟然教我学吆喝！
黑黑言说现携回，那些走离之母牛。
某在奏响竹笛声，某在吹奏兽角号，
黑天心中定念想：一阿修罗居暗处。
保护儿童与牛犊，仅用一次携带走，
保持天性至今日，要使稍知自我性。
消灭阿修罗家族，卸下大地之负担，
檀奴生作假色相，立刻将其来击败。
身持山状无边际，坐着嘴巴大张开，
施展摩耶大骗术，口中密林与河流。
携带奶牛与牛犊，牧童进入口中去，

瞧见绿地大森林，所造青草与树木。
自言自语众人道：且让母牛吃个饱，
嘴巴宛若大山洞，一切皆被容纳下。
进入容于口中时，阿修罗便合拢吞，
如此这般黑暗现，仿若夜晚云朵聚。
所有牧童牛与犊，顿时非常惊惶恐，
救命救命呼喊道：我们到了何地方？
镇定镇定黑黑说，此阿修罗非山洞，
不知不觉大家伙，落入罪妖之口中。
听闻此言内心焦，现在何人能拯救？
较之两倍身躯持，阿修罗不能承受。
罪阿修罗受创伤，呼喊嚎叫大声吼，
两唇一直紧闭合，智慧力量知觉忘。
头上梵门破裂开，牛村之王现出来：
我已相助行庇护，且出来到外面吧！
孩童牛犊与奶牛，心中尽皆极畏惧，
瞧见黑暗已祛除，四处匆忙又慌乱。
众皆出到外面来，心中欢欣又激动，
无知我们为何惧？黑黑就在我身旁。
黑黑幸运难陀幸，夫人耶雪达幸运，
提迭之敌化身幸，所在子宫亦幸运。
如山身躯极无边，诛杀消灭爬行者[1]，
我见只在一瞬间，挑战杀死檀奴生。
诃利笑着把话说：若无你伴能成吗？

① 爬行者，原文为 pannag，即蛇，此处指化作蛇的罪阿修罗。

你们大家皆襄助，故而我方能成事。
你我且坐树林中，一同饱餐吃食物，
耶雪达将许多食，差遣送至笛榕树。
无上福乐牧童得，千万口作称赞颂，
家族有一好儿郎，还要许多有何用？
天神登上车驾看，密布遮盖满天空，
胜利之音天上作，欢欣喜悦降花雨。
天神家家之传言，此事梵天亦听闻，
诞生出世在牛村，我竟不知此何人。
内心陷入思量中：察看将他来搜寻。
苏尔言，
黑子带着众牧童，前往笛榕树荫下。

【释译】

本诗讲述了小黑天诛杀化作蛇的阿修罗的故事。内容大致如下：

一天早上，母亲耶雪达来到了还在熟睡的小黑天身旁，对他说道："亲爱的难陀王之子，我的儿啊，你是伯勒杰一切众生的生命所在。你快点起来吧。"一边说着，耶雪达用手抚摸着黑天的头，"黑儿，快点起来吧，现在已经是早上了。你看哥哥大力还有你的那些小伙伴们都已经站在门口等你了。他们都热切地期盼着你呢，你快点起来让他们看看，快点洗脸，吃点早饭。来，吃点奶油和面饼，妈这里还有昨天晚上刚做的酸奶。这里还有各种各样的甜点，你喜欢什么就吃什么。快点来和大力一块儿吃饭，我看着你们吃饭心里就高兴。"

听到妈妈说了这番话，黑子才从被单里露出笑脸。这美妙的景象就好像搅动乳海时生出了月亮一样。这时，小伙伴们就好像沉迷于月亮的鹧鸪鸟一样，期盼着黑天。黑天的笑容如月光一样，而他的眼睛也好像莲花一样。仿佛清晨之时月光和莲花构成了一幅美妙的图景。

看到黑子起来了，母亲便端来水给他洗脸。大力罗摩坏笑地调侃道："呦，黑子今天怎么这么早就起来了？"说着说着哥哥就笑了起来，抓着黑子的手臂坐下来。兄弟俩人吃着奶油、面饼还有新鲜的酸奶，欢喜异常。吃完了饭，兄弟俩用水漱口，洗了嘴巴，起身来到了牛圈。黑儿将所有母牛都围拢，赶着往树林方向去了。大力罗摩也不忘招呼其他同伴，大家也纷纷带着自家的母牛赶来。

伙伴们对黑黑说道："今天我们去沃林达林放牧吧，那里叶木拿河畔的牧草长得茂盛，就去那里吧！"于是，牧童们就赶着牛群往沃林达林的方向走去。眼见那里草木茂盛，所有母牛都非常高兴，四散跑开了。见到这情况，有的牧童急忙吆喝，想把母牛赶到一起，还有的牧童不忘教授年幼的黑黑怎么赶牛。黑子其实是知晓一切的内控者，他在心中暗暗想道："这些无知的牧童，竟然还教我怎么赶牛。"想到这里，他说道："大家现在就去把那些走开了的母牛赶回来。"于是，有的牧童吹起了竹笛，有的牧童吹起了兽角。正在这时，黑天感到了危险正在降临，他定念一想便知道了一切："这里有一个阿修罗住在暗处。我要保护所有的牧童和牛群，一次把他们救走。一直以来，我都呈现出孩童的天性，今天也要让他们知道一下我作为神的自性。我要消灭所有阿修罗，为大地卸下负担。这狡猾的檀奴所生的后裔，居然幻化出假象，我这就把他击败！"

这时，阿修罗早已经将自己的身体变得巨大无比，坐在地上，张开了大嘴。与此同时，他还施展了摩耶幻术，在口中幻化出了许多树林和河流。牧童们不知所以，还是带着牧牛和牛犊走进了阿修罗的口中。他们看到了这幻化出来的草地和树木，都不禁自言自语道：“这儿真是上好的放牧之地啊，今天一定要让母牛们吃个饱！”阿修罗的大嘴就好像巨大的山洞，将一切都收纳其中。等到所有牧童和牛群都已经进入了阿修罗口中时，它便合上了嘴。突然间，天地失色，黑暗降临，就好像阴云密布的夜晚一样。牧童和牛群顿时惊慌失措，慌忙呼救道：“天啊，我们这是到了哪儿啊！”这时，黑黑说道：“大家要镇定，这里不是山洞，而是一个阿修罗！我们大家在不知不觉中已经落入了罪蛇怪的口中了！”听到黑子这么说，大家内心都十分焦虑：“这下可怎么办！现在还有谁能来救我们呢？”

正当大家束手无策时，黑子不断地变大自己的身体，变得足足有阿修罗两倍这么大，阿修罗再也坚持不了了。罪蛇怪身负重伤，痛苦地大叫起来。但即便如此，他还是紧紧地闭着双唇，不让他们出来。阿修罗痛得已经忘却了一切，最终牛村之王黑天从阿修罗头顶的梵门钻了出来。他大声对还困在里面的牧童喊道：“我已经来保护你们了，你们也出来吧！”牧童、牛犊还有母牛原本已经惶恐至极，现在看到黑暗消除，又慌乱起来，直到逃到了外面，看到了真相，才转而高兴、激动。他们不禁说道：“你说说看，我们真是无知啊！有黑黑在我们身旁，我们有什么可担心害怕的呢？”

牧童们高兴地唱起了黑天的赞歌：“黑黑伟大幸运！难陀也伟大幸运！夫人耶雪达也伟大幸运！提迭之敌化身降世伟大幸运！他所降生的子宫也伟大幸运！他的身躯如巍峨的高山一样无边无际，它消灭了爬行的蛇怪！我们亲眼看到，他只用了一瞬间就杀死了檀奴所生的后裔阿修罗！”诃利笑着，谦虚地对大家说道：“若是没有你们相助，我可做不了这件事！正是因为有了你们的帮助，所以我才能够完成这一事业。现在就让我们一起去树林里吃饭吧！妈妈耶雪达已经让人把做好的饭菜都送到了笛榕树下了！”牧童们欢喜万分，依然歌颂着黑天：“出色的儿子，家里有一个就足够了，这便超过了许多平庸的儿子！”

为了目睹这一胜景，天神们也登上神车前来观看。他们的身影遍布天际。欢庆胜利的美妙天音在天际回响，天空还降下了欢喜的花雨。天国的天神也在家家户户传诵着黑天的事迹，梵天大神也听说了这件事情。他暗自想道：“据说有大神降生在牛村，为什么我不知道呢？我还得仔细将他来查看才是。”

与此同时，黑子带着一众牧童，前往笛榕树的树荫下准备吃饭了！

这首诗的篇幅在《苏尔诗海》中显得十分突出，从一早起床开始讲述了黑天诛杀罪蛇怪的故事。虽然本诗的描述还有一定的牧区生活气息，但就主题来说更加突出的却是黑天作为牧童的老成以及作为大神化身的神力和威严。不乱不惊的镇定自若，事成之后的谦虚承让都已经超出了一个年幼牧童所应有的表现，或许只有这样才更加应了诗中“保持天性至今日，要使稍知自我性”一句吧。本诗中的黑天从形象上看不像是《苏尔诗海》中其他诗歌所表现的那样，充满了俗世生活的气息，而更像是《摩诃婆罗多》中威严的国王、大神。这也可以看出黑天信仰中黑天形象的多面性——他既可以是招人怜爱的孩童，同样还是威严、强大的神明！

【原文】

आजु जसोदा जाइ कन्हैया महा दुष्ट इक मार्यौ।

पन्नग-रूप सिसु गो-सुत इहिं सब साथ उबार्यौ।

गिरि-कंदरा समान भयानक जब अघ बदन पसार्यौ।

निडर गोपाल पैठि मुख भीतर, खंड-खंड करि डार्यौ।

याकै बल हम बदत न काहुहिं सकल भूमि तृन चार्यौ।

जीते सवै असुर हम आगैं, हरि कबहूँ नहिं हार्यौ।

हरषि गए सब कहनि महरि सौं अबहिं अघासुर मार्यौ।

सूरदास प्रभु की यह लीला ब्रज कौ काज सँवार्यौ॥

（12/1051）

【对译】

耶雪达啊，今天有个大妖怪

今天有个大妖怪，已被黑儿诛杀掉。

化蛇吞犊与孩童，一同皆被解救出。[①]

彼时罪蛇张大嘴，如同山洞甚恐怖；

牛护无惧坐口中，撕成碎片一块块。

我们不能述他力，到处草地皆可牧。

诃利尽胜阿修罗，我们面前未尝败。

众人欢欣语夫人，今已诛杀罪蛇怪。

苏尔达斯言，

胜尊此般之本事，伯勒杰地诸事成。

【释译】

本诗讲述了牧童们向耶雪达转述黑天诛杀罪蛇怪的神迹。内容大致如下：

牧童们兴高采烈地向耶雪达说道："今天有一个大妖怪被黑天给杀了。那妖怪化作一条大蛇，将牧童和牛犊们都吞进了肚子里。小黑天将我们从妖怪的肚子里救了出来，也让那妖怪获得了解脱。"牧童接着说道："那条大蛇的血盆大口足足有山洞那么大，实在是可怕。

① 解救，原文 ubāryau，意为"使解脱、解救"。此处包含两层意思：第一，黑天将牧童和牛犊们从蛇怪的腹中就出；第二，黑天作为大神毗湿奴的化身杀了蛇怪的同时也使他进入了天神的世界，得以解脱。

但是黑天没有一丝畏惧，就安坐在大蛇的口中。随后，黑天破口而出，将妖怪撕成了一块一块的。他的威力我们谁都难以描述！现在妖怪死了，我们可以到所有草地去放牧了！黑天在我们面前杀了所有的妖怪，他还从来没有失败过呢。”牧童们就这样高兴地和耶雪达不断地说着“今天罪蛇怪被杀了哦！”

正是因为胜尊做出了这种种本事，伯勒杰才能一切顺利。

本诗承接上一首诗的情节，以牧童之口称颂了黑天的功德，再现了黑天大显神威的场面。

ब्रह्मा बालक-बच्छ हरण

梵天偷牛与牧童

【原文】

बिहारी लाल, आवहु, आई छाक।

भई अबार, गाइ बहुराबहु, उलटावहु दै हाँक।

अर्जुन, भोजऽरु सुबल, सुदामा, मधुमंगल इक ताक।

मिलि बैठे सब जेँवन लागे, बहुत बने कहि पाक।

अपनी पत्रावलि सब देखत, जहँ-तहँ फेनि पिराक।

सूरदास प्रभु खात ग्वाल सँग, ब्रह्मलोक यह धाक॥

（13/1082）

【对译】

开饭了，贪玩小娃[①]快快来！

吆喝驱赶众奶牛，时间已晚快快回。

阿琼婆杰与妙力，摩图蒙戈苏达玛，[②]

① 此处指黑天。

② 阿琼、婆杰、妙力、摩图蒙戈、苏达玛，这些都是黑天的牧童伙伴。

一同安坐享餐食，言说饭菜甚可口。

众伴一看己叶盘[①]，美味甜食[②]处处现。

苏尔达斯言，

胜尊共餐与牧童，此景震惊梵天界[③]。

【释译】

本诗描写了小黑天与伙伴们一同放牛，一同吃饭的场景。内容大致如下：

牧童伙伴们呼唤着小黑天："贪玩的小娃儿黑天，开饭了，快点来吧！别迟了，你快点吆喝牛群回来，我们一起吃饭。"阿琼、婆杰、妙力、摩图蒙戈和苏达玛，所有这些小伙伴们坐在一起开始吃饭。一边吃，他们还一边啧啧称赞："今天的饭真好吃！"他们看着自己面前盛饭的叶盘，盘中都是各种好吃的甜食。

胜尊就这样和牧童伙伴们一起吃饭。梵天看到了这样的情况，震惊道："难道这个小牧童就是大神毗湿奴的化身吗？"

尽管还只是年幼的牧童，小黑天已经开始展现出自身的种种神力。包括本诗在内的一系列诗歌均将牧区童年生活与神迹故事融合在一起，成为一种特殊的牧区神话，歌颂着黑天的种种功德。无论是梵天、因陀罗诸神，还是各种不知名的阿修罗，都先后沦为了黑天展现神力的对象。

【原文】

---

① 叶盘，原文为 patrāvali，即一种芭蕉叶制成的盛饭用的容器。

② 甜食，原文为 pheni pirāk，分别指两种甜食，此处统一译为"美味甜食"。

③ 根据《薄伽梵往世书》记录的故事，梵天在目睹了黑天与牧童一同就餐的情景之后，由于觉得大神的化身不可能与卑微的小牧童一起吃饭，因而对黑天是否是毗湿奴的化身产生了质疑。在之后的故事中，梵天以神力考验了黑天，偷走了所有的牧童和牛，然而，黑天却凭借神力变出了牧童和牛，依旧放牧如故。最终，梵天意识到黑天就是毗湿奴的化身，感到自己冒犯了大神毗湿奴，便来到凡间向黑天致歉。

ब्रह्मा बालक-बच्छ हरे।
आदि अंत प्रभु अंतरजामी, मनसा तैँ जु करे।
सोइ रूप वै बालक गौ-सुत, गोकुल जाइ भरे।
एक बरष निसि बासर रहि सँग, काहु न जानि परे।
त्रास भयौ अपराध आपु लखि, अस्तुति करत खरे।
सूरदास स्वामी मनमोहन, तामैँ मन न धरे॥

（14/1201）

【对译】

梵天掳走牧童与牛犊

自始至终内控者[①]，胜尊凡事由心成。
恰如那般形相样，牧童牛犊满牛村。
一年日夜同相伴，无人能够分辨出。
察觉己过生畏惧，站立来把赞歌颂。
苏尔达斯言，
胜尊乃为迷心者，并未将此放心上。

【释译】

本诗讲述了黑天以自己的神力，幻化出被梵天掳劫走的牧童和牛犊，从而令梵天敬服的神迹。内容大致如下：

梵天掳走了与黑天一同放牛的牧童，还有他们的牛犊。其实对知晓一切而又无处不在的黑天来说，这点把戏又算什么呢？自始至终黑天都知晓得一清二楚。黑天以自己的神力幻化出了牧童和牛犊，这些幻象和被梵天掳走的牧童和牛犊们都长得一模一样，黑天就和这些"牧童"和"牛犊"一块儿回到了牛村。

一转眼，一年过去了。人们每天都和这些黑天幻化出来的牧童

① 内控者，原文 antarajāmī，通 antaryāmī，字面义为"通过里面来控制的"，指的是灵魂，由此引申为"住在内心里面的"或"通过心里来知晓的"，由于在印度哲学观念中个体的灵魂与至高存在是一体的，所以该词也被用以指代最高存在，全知全能。

和牛犊们生活在一起，但是没有任何人发现他们不过是幻象而已。这下，梵天终于发现自己冒犯的是大神毗湿奴，觉察到了自己犯下的过错。他恐惧不已，立刻恭敬地站着，开始称颂黑天。

不过，那迷人心的黑天是世间一切的主人，他又怎么会将梵天的这件小事记恨在心呢？

धेनुक-बध
杀驴怪[①]

【原文】

सखा कहन लागे हरि सौँ तब। चलौ ताल-बन कौँ जैऐ अब।
ता बन मैँ फल बहुत सुहाए। वैसै हम कबहूँ नहिं खाए।
धेनुक असुर तहाँ रखवारी। चलौ कह्यौ हँसि बल बनवारी।
बिहँसत हरि सँग चले गुवाला। नाचत गावत गुन-गोपाला।
सोयो हुतौ असुर तरु-छाया।सुनत सब्द तुरतहिं उठि धाया।
हलधर कौँ देख्यौ तिन आए। हाथ दोऊ बल करि जु चलाए।
पकार[②] पाइ बल भद्र फिरायौ। मारि ताहि तरू माहिं गिरायौ।
और बहुत ताकौ परिवारा। हरि-हलधर मिलि सबकौँ मारा।
ग्वालनि बन-फल रुचि सौँ खाए। बहुरौ बृदाबनहिं सिधाए।
हरि-हलधर-छबि बरनि न जाई। सूरदास यह लाला गाई।
（15/1117）

---

① 驴怪，原文为 dhenuka，本义奶牛，泛指一切雌性哺乳动物。结合相关故事和阿修罗修行，此处 dhenuka 指的是母驴怪。

② Gupta 本作 pakāri。

【对译】

彼时同伴语诃利

彼时同伴语诃利：现今且去棕榈林，

彼林果实甚美妙，那般我等从未食。

驴阿修罗守彼处，大力林环[1]笑言走。

牧童偕同诃利去，笑舞歌颂牛护德。

阿修罗眠树荫下，闻声即刻起身奔。

她见持犁前来到，两蹄用力蹬又踹。

力贤抓住足蹄甩，摔入树中将她杀。

复有许多她亲族，诃利持犁同杀尽。

牧童喜食林中果，沃林达林启程回。

苏尔达斯言，

难述诃利持犁美，此般本事来歌颂。

【释译】

本诗讲述了黑天和大力罗摩兄弟二人诛杀驴怪的故事。内容大致如下：

一同放牧的伙伴对小黑天说道："我们这会儿去棕榈林吧，那儿有许多好吃的果子，我们从来没有吃过。"大力罗摩和戴着野花环的小黑天笑着说道："那我们就去吧，那里不过有一头驴怪，没什么可怕的！"于是，牧童们和小黑天一同开开心心地走着，一边走一边手舞足蹈地唱着小黑天的赞歌。

这时，阿修罗驴怪正在树荫下睡觉，听到了牧童们的声音立刻起身冲过来。他一眼看到了正往这边走来的大力罗摩，于是高高地抬起双蹄，用力踩下，想要杀了大力。但是大力镇定自若，抓住他

① 林环，原文为 banavārī，通 banamālī，即佩戴用林间的野花编成的花环之人，指黑天。

的双蹄，甩向空中，砸向大树，就这样轻而易举地杀了驴怪。这驴怪还有其他亲族看到这番景象，愤怒地冲来，也被小黑天和大力罗摩一同杀得干干净净。这样，牧童们终于可以畅快地享用林中的果实了，吃饱了以后才返回沃林达林。

苏尔达斯不禁说道：“小黑天和大力罗摩的俊美实在是难以描述，就让我来歌颂他们的这一本事吧！”

不同于其他妖怪，驴怪并非刚沙派来谋害黑天的恶人，故事源于牧童们对棕榈林的好奇。若是站在非信徒的角度上看，无疑是牧童们侵扰了驴怪的领地在先，只可怜驴怪一家不敌黑天和大力罗摩，被杀得一干二净。时至今日，南亚次大陆依然生活着不少群居的野驴，对牧民来说，这些野驴占据了牧场，阻碍了进一步拓展牧场，文学作品中将其塑造为站在神的对立面的妖怪也不足为奇。值得一提的是在牧童们表达了希望前往棕榈林的意愿之后，黑天和大力罗摩的反应是“驴阿修罗守彼处，大力林环笑言走”，大有“正好借此机会铲除驴怪”的感觉，凸显了黑天本事的游戏色彩。最终也正是因为兄弟俩的武力，牧童们得以乐享棕榈果。虽然以儿童题材表现出来，但是这首诗的背后多少隐含着牧民们猎杀野生动物、拓展牧场的历史。

प्रलंब-बध
杀树阿修罗

【原文】

आजु कन्हैया बहुत बच्यौ री।

खेलत ह्यौ घोष कैं बाहर, कोउ आयौ सिसु रच्यौ री।

मिलि गयौ आइ सखा की नाईं, लै चढ़ाइ हरि कंध सच्यौ री।

गगन उड़ाइ गयौ लै स्यामहिं, आनि धरनि पर आप दच्यौ री।

धर्म सहाइ होत है जहँ-तहँ, स्रम करि पूरब पुन्य पच्यौ री।

सूर स्याम अब कैं बचि आए, ब्रज-घर-घर सुख-सिंधु मच्यौ री।

（16/1224）

【对译】

黑儿今日死里逃生

村外玩时有人来，化作孩童之形相。

如同伙伴相见罢，肩扛诃利便离开。

挟持诃利飞上天，自己坠落陷入地。

达摩终有相助处，前世劳作功德验。

苏尔言，

黑子无恙家家庆，伯勒杰今福乐洋。

【释译】

本诗讲述了牧童们所转述小黑天诛杀波罗仑钵的神迹故事。内容大致如下：

牧童们回到了牛村，高兴地说道："小黑天今天死里逃生啊！今天当我们在村外玩耍的时候，有一个小孩也过来想要加入我们。我们当时并不知道，他其实是妖怪变的。我们像对待其他伙伴一样接纳了他，让他和我们一块儿玩耍。但是谁想到玩着玩着他就肩扛着小黑天跑开了。他挟持着黑天向天空飞去。我们正不知该做什么好的时候，他却自己突然掉了下来，重重地砸在了地上。达摩在这个世界上总有灵验的时候，善有善报恶有恶报。"

就这样，黑子又一次逃过了妖怪的魔爪回到了村子里。伯勒杰的家家户户都十分高兴，到处都是福乐的海洋。

本诗采用的不是全知第三者的视角，而是借助牧童的转述来展现黑天的神迹故事，诛妖故事中不少诗歌都采用了这种方式。相比全知第三者，借牧童之口转述的方式可以为听众塑造一个更容易代入的场景，诗人就好像传来喜讯的牧童，而听众则变成了在村中等待黑天归来的牧人、牧女。听完了又一个让人欢喜的故事，“黑子无恙家家庆，伯勒杰今福乐洋”也就不仅仅代表了故事中牧人们的反应，对虔诚的听众来说，他们此刻就好像自己置身于牧人之间，庆祝着黑天的又一次神迹。

从内容上来看，这首诗不同于《薄伽梵往世书》中诛杀波罗仑钵的故事。往世书中波罗仑钵死于大力罗摩，而非黑天手下。但是在这首诗中，这一功绩被记到了黑天的头上。其实仅凭这首诗的字面内容很难确定黑天所杀的阿修罗的身份。可以看出在黑天神话传播的过程中，尽管《薄伽梵往世书》等梵语文献具有很重要的地位，但其中的故事也并非唯一的标准，诗人依然有很大再创造的空间。除了对诛杀妖怪具体情节的描述，牧童们的叙述和牧人们的反应对听众来说也有很重要的意义，毕竟他们成不了黑天，但却可以将自己设想为黑天的这些同伴和同乡。

दावाग्नि बुझाना
消除林火

【原文】

अब कैं राखि लेहु गोपाल।

दसहूँ दिसा दुसह दावागिनि, उपजी है इहिं काल।

पटकत बाँस, काँस कुस चटकत, लटकत ताल तमाल।

उचटत अति अंगार, फुटत फर[1] झपटत लपट कराल।

धूम धूँधि बाढ़ी धर[2] अम्बर, चमकत बिच-बिच ज्वाल।

हरिन, बराह, मोर, चातक, पिक, जरत जीव बेहाल।

जनि जिय डरहु, नैन मूँदहु सब, हँसि बोले नँदलाल।

सूर अगिनि सब बदन समानी, अभय दिये ब्रज-बाल।

（17/1233）

【对译】

牛护现且来保护

十方熊熊森林火，便在此时升起来。

竹倒长草[3]拘舍[4]噼[5]，棕榈多摩罗树垂。

火光四射果实裂，火焰猛冲实恐怖。

烟雾弥漫天地间，中有火光时时烁。

鹿猪孔雀布谷鸟，杜鹃生灵被灼慌。

难陀之子微笑言，众人闭眼心莫惧。

苏尔言，

大火全部收嘴中，伯勒杰童施无畏。

【释译】

本诗描写了小黑天吞食森林大火，保护伯勒杰民众的神迹故事。内容大致如下：

森林突然着起了大火，人们纷纷前来找黑天求助，说道："黑天啊，这次你一定要救救我们啊！你看，这突然之间就烧起了这样的大火。四面八方都是，火势汹汹，我们无处可逃。竹子都倒在了大火之中，长草和拘舍草在灼烧之下发出了噼里啪啦的声音，棕榈树

① Varma 本作 par。

② Varma 本作 ghar。

③ 原文为 kāṃs，意为荒地或高坡上生长的一种在秋季开花的长草。

④ 此处指拘舍草。

⑤ 原文为 caṭkat，意为草木燃烧时发出噼里啪啦的声音。

和多摩罗树也被烧得耷拉了下来，水果在大火中也被烧得干裂了。你看那火光四射，火焰横冲直撞，横行无阻。火势如此之大，以至于天地之间全是大火燃烧之后的烟雾。除了时不时能看到的闪烁的火光之外，伸手不见五指。森林里各种各样的动物都大惊失色，野鹿、野猪、孔雀、乌鸦、布谷鸟、杜鹃鸟等都四处逃窜。”

听到了人们的请求，黑天笑着说道：“大家都不要害怕，把眼睛闭上就行。”

大家按照黑天说的闭上了眼睛，这时，黑天张开嘴，将大火全都吸入了嘴中。就这样，伯勒杰的孩童小黑天又一次拯救了大家，人们不再害怕。

这次，黑天需要面对的不再是某一个阿修罗，而是住在林间的牧民最为害怕的森林大火。黑天再一次展现了自己的神力，“难陀之子微笑言，众人闭眼心莫惧”也显出了他的沉着和冷静。

स्यामहिं नींद आइ
黑子入眠

【原文】

सोवत नींद आइ गइ स्यामहिं।

महरि उठी पौढ़ाइ दुहुँनि कौं, आपु लगी गृह कामहिं।

बरजति है घर के लोगनि कौं, हरुऐं लै-लै मामहिं।

गाढ़ै बोलि न पावत कोऊ, डर मोहन बलरामहिं।

सिव सनकादि अंत नहिं पावत ध्यावत अह-निस जामहिं।

सूरदास-प्रभु ब्रह्म सनातन, सो नँद धामहिं॥

（18/1133）

【对译】

黑子一睡即入眠

哄睡俩人夫人起，自己去做家务活。

家中诸人之名字，一一轻唤作警示。

怕扰莫亨与大力，无有人再大声语。

萨纳格等与湿婆，日夜冥思终不得，

苏尔达斯言，

难陀家中把觉睡，胜尊永恒之大梵。

【释译】

本诗讲述了大力罗摩、黑天兄弟俩在家中酣睡时的情况。内容大致如下：

小黑天躺在床上，渐渐地睡着了。族主夫人耶雪达终于将大力罗摩、黑天兄弟俩给哄睡着了。于是，她站起身来，又开始忙着自己的家务。不过，为了不让家里的人们打扰到两兄弟的休息，耶雪达轻轻地把这些人一个个叫来，千叮咛万嘱咐不让他们打扰小黑天兄弟二人睡觉。正因为如此，没有人敢大声说话，生怕吵到他们俩。

胜尊就是那永恒的梵，现在却在难陀的家中睡着了。

父母对子女的爱永远是细腻而无处不在的。本诗以及之后的一系列诗歌以黑子入眠之后耶雪达和难陀的种种行为展现了这种细腻而伟大的情感。在本诗中，耶雪达在哄孩子入睡之后还要操持家务，更不忘“家中诸人之名字，一一轻唤作警示”，生怕打扰了入睡的孩子。虽然本诗最终的表达落在了黑天神圣的身份之上，但更加容易感受到的却是这种无微不至的呵护，而诗人也正是希望以这种父母对子女之爱来表现对大神的虔诚之爱。

【原文】

देखत नंद कान्ह अति सोवत।
भूखे भये आजु बन-भीतर, यह कहि कहि मुख जोवत।
कह्यौ नहीँ मानत काहू कौ, आपु हठी दोऊ बीर।
बार-बार तनु पोँछत कर सौँ, अतिहिँ प्रेम की पीर।
सेज मँगाइ लई तहँ अपनी, जहाँ स्याम-बलराम।
सूरदास प्रभु कैँ ढिग सोए, सँग पौढ़ी नँद-बाम॥

（19/1134）

【对译】

难陀看着熟睡中的黑黑

凝视面庞作此言：今日挨饿森林中，
兄弟二人自固执，无人所言能听进。
爱深意切成煎熬，手抚身躯一遍遍。
让人搬来自己床，放至黑子大力旁。
苏尔达斯言，
胜尊近侧来安寝，难陀之妻亦同眠。

【释译】

本诗描写了父亲难陀对儿子的疼爱。内容大致如下：

父亲难陀久久地盯着沉睡的小黑天，自言自语道："今天他们在森林中可挨饿了。哎呀，这哥俩都十分固执，听不进他人的话。"想着想着，难陀心中对儿子们的爱意油然而生，他用自己的手一遍又一遍抚摸着儿子的身体，来缓解这份炽热的父爱对自己的煎熬。他叫人把自己的床铺搬到小黑天和大力罗摩的床边，他就想在儿子们的身边睡觉，他的妻子耶雪达也是一样，希望睡在儿子身旁。

父爱如山。相比表达更加直接的母爱，父爱往往显得更加深沉。苏尔达斯的诗歌中刻画难陀的父爱的诗歌并不多，本诗便是具有代表性的一首。尤其是“让人搬来自己床，放至黑子大力旁”一句将难陀的慈父形象展现得淋漓尽致——他没有对儿子直接说什么或者做什么，而是在儿子入睡以后以一种安静的方式表达了自己的爱。

【原文】

जागि उठे तब कुँवर कन्हाई।

मैया कहाँ गई मो ढिग तैं, सँग सोवति बल भाई।

जागे नंद, जसोदा जागी, बोलि लिए हरि पास।

सोवत झझकि उठे काहे तैं, दीपक कियौ प्रकास।

सपनैं कूदि पर्यौ जमुना दह, काहू दियो गिराइ।

सूर स्याम सौं कहति जसोदा, जनि हो लाल डराइ॥

（20/1135）

【对译】

黑儿小娃惊醒时

离我身旁妈何去？大力兄长睡在侧。

难陀耶雪达醒来，招呼诃利至身旁。

睡时为何忽战栗？点上灯火现光芒。

梦中有人推倒我，跌入叶木拿深渊。

苏尔言，

耶雪达语向黑子：孩儿莫要生畏惧。

【释译】

本诗描写了耶雪达安慰做了噩梦的小黑天的场景。内容大致如下：

小黑天睡着睡着，做了噩梦，突然醒了过来，他突然发现怎么原来躺在自己身边的妈妈不见了？妈妈去哪儿了？身旁怎么躺着哥哥大力罗摩？听到了黑天的声音，难陀和耶雪达都醒过来，他们急忙把小黑天叫到自己的身边，一边关切地问道：“黑儿啊，你怎么睡着睡着突然发抖呢？”一边急忙点上烛火。小黑天回答道：“妈啊，我做梦我掉进了叶木拿河很深很深的水洼之中，有人绊倒了我，害我摔了下去……”耶雪达急忙安慰小黑天，说道：“孩子别怕啊，有妈妈在呢。”

人人都有做噩梦的经历，对年幼的孩童来说，最重要的莫过于能够及时得到父母的慰藉。小黑天是幸福的，他从噩梦中醒来发现妈妈不在身旁，急得喊叫时，妈妈很快就招呼他到了身边，安慰他。诗人以简单的语言展现了这一温馨的场面，让听众似乎都能感受到耶雪达母爱的温暖。

【原文】

मैं बरज्यौ जमुना-तट जात।
सुधि रहि गई न्हात की तेरैं, जनि डरपौ मेरे तात।
नंद उठाई लियौ कोरा करि, अपने सँग पौढ़ाइ।
वृन्दावन मैं फिरत जहाँ तहँ, किहिं कारन तू जाइ।
अब जनि जैहौ गाइ चरावन, कहँ को रहति[①] बलाइ।
सूर स्याम दम्पति बिच सोए, नींदँ गइ तब आइ।
（21/1136）

① Varma 本作 rahita。

【对译】

我不让你去叶木拿河畔

洗澡记忆你犹存，我的心肝莫害怕。

难陀抱起入怀中，安置躺在自身旁。

沃林达林随处逛，是何缘由非要往？[①]

如今莫再放牛去，哪里需要麻烦你！

苏尔言，

夫妇中间黑子卧，立时便已熟睡去。

【释译】

本诗描写的是难陀安慰做了噩梦的小黑天，并劝他不要去放牛的场景。内容大致如下：

难陀爸爸一边安慰受了惊吓的小黑天，一边说道："儿子啊，我说过不让你去叶木拿河边的吧，你一定是还记得在叶木拿河沐浴的场景，才做了这么一个溺水的噩梦。我的心肝宝贝啊，你不要害怕啊。"说着说着，难陀将黑天抱到了自己的膝盖上，让他在自己的身边躺下，他又说道："你看你啊，沃林达林你要去哪里大可以随便去，就是为什么非要去那叶木拿河边呢？现在好了吧。你就别再去放牛了，那里也不知道会有什么危险。"

小黑天就这样躺在爸妈中间，很快就睡着了。

本诗承接上几首诗，继续描绘温暖的家庭场面。得知儿子的噩梦后，难陀想办法安慰着孩子，并告诫他不要再去叶木拿河畔放牛。然而，小黑天却在这温暖的话语中很快又进入了梦乡，不知道他究竟真是做了这个噩梦，还是只是想用这小小的机灵来换得在父母怀中入睡的幸福。

---

① 往，此处指到河畔放牛。

काली दमन
降伏迦利耶

【原文】

नारद ऋषि नृप सौं यौं भाषत।
वे हैं काल तुम्हारे प्रगटे, काहैं उनकौं राखत।
काली उरग रहै जमुना मैं, तहँ तैं कमल मँगावहु।
दूत[1] पठाइ देहु ब्रज ऊपर, नंदहिं अति डरपावहु।
यह सुनि कै ब्रज लोग डरैंगे, वै सुनिहैं यह बात।
पुहुप लैन जैहैं नँद-ढोटा, उरग करै तहँ घात।
यह सुनि कंस बहुत सुख पायौ, भली कही यह मोहि।
सूरदास प्रभु कौं मुनि जानत, ध्यान धरत मन जोहि॥
（22/1140）

【对译】

那罗陀仙人[2]向国王如是说
他现身为你亡兆，却又为何让他活？
迦利耶[3]居叶木拿，且令自彼取莲花。
派使者去伯勒杰，难陀定然深惧怕。
伯勒杰民闻此恐，他亦得将闻此言。
难陀之子去摘花，蛇怪将于彼害他。
闻此刚沙获大喜：对我言此甚为好！
苏尔达斯言，
牟尼自然知胜尊，持此关注以心瞧。[4]

---

① Varma 本作 det。

② 那罗陀仙人，是一个穿梭于各个世界的使者。他是毗湿奴的忠实信徒，同时也在天界和人间传播各类信息，是推动许多故事发展的重要人物。

③ 迦利耶，原文为 kālī，通 kālīya，是一条住在沃林达林附近的叶木拿河中的一条黑色毒蛇。

④ 那罗陀仙人此处向刚沙王进言，并非意在谋害黑天，对此释译将做解释。

【释译】

本诗讲述了那罗陀仙人唆使刚沙王以毒蛇迦利耶谋害小黑天的故事。内容大致如下：

那罗陀仙人对刚沙王说道："国王啊，那难陀家的小儿是你死亡的预兆，是你的克星，你怎么能这样让他安安稳稳地活着呢？现在毒蛇迦利耶就住在沃林达林边上的叶木拿河中，你大可以下令让难陀的儿子为你去取河中的莲花。你就这样派使者去伯勒杰传达你的王命，难陀听了一定会十分害怕，他一怕，其他伯勒杰的草民自然也就惶恐不安了，难陀的小儿也就会知道你要他去取莲花的命令了。只要他一去，哪里逃得过迦利耶的毒牙呀？"

刚沙王闻此大喜，说道："仙人啊！你说的真是妙招！我这就去安排。"

不过，那罗陀仙人自然知道难陀的小儿子是胜尊，所以他说完了这些便暗自关注着事情的进展。

降伏迦利耶是小黑天诛妖故事中最广为流传的一个。时至今日，在有关黑天的各类故事书、动画片、电视剧中，这一故事都必不可少。刚沙的阴险、黑天的机智神勇以及他对迦利耶的宽宏大量都得到了充分的展现。本诗讲的是降伏迦利耶一事的缘起，即那罗陀仙人对刚沙王的唆使，正是在那罗陀的推动下，才有了之后的情节发展。《苏尔诗海》的诛妖故事中，也只有少数几个故事详细交代了刚沙王在背后的谋划。最终，在这首诗中，愚蠢的刚沙王经不住唆使上了钩，从最后一句"牟尼自然知胜尊，持此关注以心瞧"可见这一切不过是毗湿奴大神定下的"剧情"，因为那罗陀也是大神毗湿奴的信徒。这也更好地诠释了"本事"一词中游戏的含义，对大神来说，人间的一切行为都只是他的游戏，强大如刚沙王，也逃不过大神设下的命运捉弄。

【原文】

कंस बुलाइ दूत इक लीन्हौ।
कालीदह के फूल मँगाए, पत्र लिखाइ ताहि कर दीन्हौ।
यह कहियो ब्रज जाइ नंद सौं, कंस राज अति काज मँगायो।
तुरत पठाइ दिऐं ही बनिहै भली-भाँति कहि-कहि समुझायौ।
यहि अंतरजामी जानी जिय, आपु रहे, बन ग्वाल पठाए।
सूर स्याम, ब्रज-जन-सुखदायक, कंस-काल, जिय हरष बढ़ाए॥
（23/1141）

【对译】

刚沙唤来一使者
下令摘花迦利潭[①]，写成敕函予他手：
去伯勒杰语难陀，刚沙王有要务需，
即刻送来方得成，明明白白去说明。
内控者心既知此，牧童遣林独自留。
苏尔言，
黑子赐福伯勒民[②]，刚沙克星[③]心喜增。

【释译】

本诗讲述了刚沙王派人前往伯勒杰施展谋害黑天的诡计。内容大致如下：

刚沙王听从了那罗陀仙人的主意，急忙唤来了一名使者。他让人将索要迦利潭中的莲花的旨意写成敕令，亲手交到使者手中。并

① 迦利潭，原文 kālīdah，指毒蛇迦利耶所在的水潭。
② 赐福伯勒民，原文 braj-jan-sukhadāyak，字面义为“给予伯勒杰的民众福乐之人”，指代黑天。
③ 刚沙克星，原文 kaṃs-kāl，字面义为“刚沙之死”，指代黑天。

不忘叮嘱道:“你速速去伯勒杰，就这么对难陀说，‘刚沙大王有很重要的事务需要迦利潭中的莲花，难陀你一定要立刻着人呈上，大王的功德才能圆满。’这话你一定要和难陀说得清清楚楚、明明白白。”

然而就在此时，洞悉内心的胜尊已经知道了一切，他将牧童都撵去了森林，自己留下来面对刚沙王的诡计。黑子啊，他既为伯勒杰的民众带来无限的喜乐，也将为刚沙王带去死亡，他的心中现在是喜难自禁!

刚愎自用的刚沙王就这样落入了那罗陀仙人设下的圈套，开始谋划他的诡计。他本以为这计划足以要了小黑天的命，但却不知黑天早已做好了准备。中国人常说“人算不如天算”，而在印度的宗教文学中更常出现的是更加人格化的“魔算不如神算”。不过相比之下，前者是对命运的无奈，而后者则寄托了对大神的虔诚信仰。

【原文】

पाती बाँचत नंद डराने।

कालीदह के फूल पठावहु, सुनि सबही घबराने।

जो मोकौं नहिं फूल पठाहु, तौ ब्रज देहूँ उजारि।

महर, गोप, उपनंद न राखौं, सबहिनि डारौं मारि।

पुहुप देहु तौ बनै तुम्हारी, ना तरु गए बिलाइ।

सूर स्याम बलरामु तिहारे, माँगौं उनहिं धराइ॥

(24/1144)

【对译】

读罢敕函难陀惧

迦利潭中去摘花，闻此众人皆生畏。

若不将花呈送我，必来摧毁伯勒杰。

族主牧人与乌波[①]，不留一人皆杀尽。

献花你们便无恙，否则草木亦不留。

苏尔言，

你家黑子与大力，就让他们去取来。

【释译】

本诗主要讲述了刚沙王的信函中如何威胁难陀。内容大致如下：

使者给难陀送来了刚沙王的信，难陀读着信，心中十分恐慌。伯勒杰的男男女女们听说刚沙王要让人献上迦利潭中的莲花，也都心生恐惧。刚沙的信中充斥着威胁的言辞，信中说道：

"你如果胆敢不将迦利潭中的莲花呈送予我，我一定会率领大军来踏平伯勒杰。到时候，不管是你这个族主，还是你的弟弟乌波难陀，乃至其他所有牧人，我会一个不留地赶尽杀绝。你们如果乖乖地献上花，我就保你们安然无恙，不然的话我一定让伯勒杰寸草不生。你就让你家的那两个孩子，黑子和大力罗摩去给我把花取来吧。"

刚沙蛮不讲理的暴君形象在这首诗中表露无遗。为了谋害黑天，刚沙在信中极尽恫吓，点明要两个孩子去毒蛇迦利藏身的水潭中摘莲花。也正是因为这一描述，这一系列诗在斩妖除魔的神话色彩之外，又多了一层反抗暴君的现实色彩。古往今来，类似刚沙这样竭泽而渔的暴君恐怕不在少数，小黑天这一降妖除魔的故事中可能或多或少都包括了先人对英雄的期盼，期望他们能够拯救自己于水火之中。

① 乌波，原文为 upanand，乌波难陀，难陀的兄弟。

【原文】

पूछौ जाइ तात सौं बात।
मैं बलि जाउँ मुखारबिंद की, तुमहीं काज कंस अकुलात।
आए स्याम नंद पै धाए, जान्यौ मातु-पिता बिलखात।
अबहीं दूर करौं दुख इनकौ, कंसहिं पैठ देउँ जलजात।
मोसौं कहो बात बाबा यह, बहुत करत तुम सोच बिचार।
कहा कहौं तुमसौं मैं प्यारे, कंस करत तुमसे कुछ झार।
जब तैं जनम भयौ है तुम्हारौ, कैते करबर टरे कन्हाइ।
सूर स्याम कुलदेवनि तुमकौं जहाँ तहाँ करि लियौ सहाइ॥

（25/1148）

【对译】

且去问爸爸

我愿牺牲为莲颜[①]，刚沙因你而不安。
黑子奔至难陀旁，方知父母皆痛苦。
现当祛苦为他们，莲花送去给刚沙。
爸爸你且对我说，几多思虑所为事。
爱儿我怎向你言，刚沙对你多敌意。
自你黑儿出生起，多少灾难已消除。
苏尔言，
家族所奉诸天神，处处襄助黑子你。

【释译】

本诗描写读了刚沙王的敕令之后难陀一家犯愁的情况。内容大致如下：

黑子想要知道发生了什么，便去问妈妈耶雪达，但此时，妈妈

① 莲颜，原文 mukhārbind，通 mukha-arvinda，字面义为“如莲花一般的面庞”，此处指代黑天。

已经悲痛欲绝，他只是说道："儿啊，这话你去问你父亲吧。我愿意为了你那如莲花一般的面庞献出一切，但是这刚沙王为什么就偏偏对你坐立不安，不愿放过你呢？"

黑子跑着来到父亲难陀的身旁，看到难陀也愁眉不展。看着父母都是这般痛苦，黑子心中暗暗想道："我这会儿就要为爸妈消除这种痛苦，我要去把迦利潭中的莲花拿来给那刚沙王。"

于是他问父亲："爸爸，你告诉我吧，你为什么事情这么担心犯难？"

难陀无奈地说道："我亲爱的儿子啊，我怎么和你说呢？刚沙他记恨你啊！从你出生到现在，我们躲过了多少飞来横祸呀！一直以来，有我们家族信奉的诸神眷顾，你都能平安无事，这次可怎么是好啊！"

妻离子散是人世间的一大苦难，而在刚沙的暴政下，难陀一家正面临着这样的灾难。越是深爱孩子的父母越是害怕失去孩子。有了之前诸多描绘父母之爱的诗歌作铺垫，此刻更能体会难陀夫妇的痛苦。为人母的耶雪达自不必说，"且去问爸爸"可以说是她最无奈地表达了。可纵使是难陀又能如何呢？"爱儿我怎向你言"显出了一个男人的苦楚。虽然小黑天此时显得十分懂事，但作为一家之主的难陀却不得不面临艰难的选择。类似无奈、痛苦的故事时至今日依然在我们身边发生，想必诗人也是希望通过神话故事来给世人一种安慰吧。

【原文】

खेलत स्याम सखा लिए संग।

इक मारत, इक रोकत[①] गेँदहिं, इक भागत करि नाना रंग।

मार परसपर करत आपु मैँ, अति आनंद भए मन माहिँ।

खेलत ही मैँ स्याम सबनि कौँ, जमुना तट कौँ लीन्हेँ जाहिँ।

मारि भजत जो जाहि, ताहि सो मारत, लेत आपनौ दाउ।

सूर स्याम के गुन को जानै, कहत और कछु और उपाउ॥

（26/1151）

【对译】

黑子玩耍与同伴

一人掷球一人接，一人奔跑花样多。

相互之间自来掷，心中生出非常喜。

黑子于这玩耍中，叶木拿畔领众至。

利用自己之机会，被击中者掷击者。[②]

苏尔言，

黑子德行无人知，言此却行彼方法。

【释译】

本诗描写了黑子借与同伴玩耍之机接近叶木拿河，为降伏迦利耶做准备的情节。内容大致如下：

看，黑子正在和他的同伴们玩耍。他们一个人扔球，一个人接球，一个人在中间想出各种各样的办法来回跑着拦球。他们相互之间扔着球，玩得不亦乐乎。黑子借着这玩耍的机会，慢慢地将伙伴们带到了叶木拿河畔。孩子们相互之间扔球，谁被砸到了，就会再

① Varma 本作 rovat。

② 此处描述的游戏规则大致如下：几个人围在一起互相掷球，中间有一个人负责拦球。如果掷球者未能将球砸中别人并最终被中间拦球的人拾获，则掷球者输，转而由拦球者掷球，由掷球者拦球；如果掷球者将球砸中了其他人，球被拦球者拾获，则被砸中者输。

找机会用球砸那个砸他的人。

苏尔达斯说道："黑子的德行没有人能够看透，他说是这样，做又是那样，表面上他在和伙伴们一起玩耍，实际上正在找机会接近叶木拿河降伏迦利耶呢！"

"穷人的孩子早当家"，难陀一家虽然在经济上并不贫穷，但在暴君刚沙的暴政下也不过是苦命的普通百姓。在这种情况下，小黑天的机智和沉稳是唯一可以化解这一苦难的药方。小黑天一方面安慰父母，另一方面借玩球的机会不动声色地降伏了迦利耶，最终化解了这一危机。这样的手法一方面刻画了黑天的机智与神性，另一方面也将孩童打闹的场景融入了这一降妖除魔的故事之中，丰富了这一故事的文学性。

【原文】

स्याम सखा कौँ गेँद चलाई।

श्रीदामा मुरि अंग बचायौ, गेँद परी कालीदह जाई।

धाइ गही तब फैँट स्याम की, देहु न मरी गेँद मँगाई।

और सखा जनि मोकौ जानौ, मोसौँ तुम जनि करौ ढिठाई।

जानि-बूझि तुम गेँद गिराई, अब दीन्हैँ ही बनै कन्हाई।

सूर सखा सब हँसत परसपर, भली करी हरि गेँद गँवाई॥

（27/1153）

【释译】

黑子向同伴掷球

室利达玛转身躲，球直落入迦利潭。

跑来抓黑子腰带：一定把我球还来！

不要把我当他人，不要把我傲慢待。

你是故意将球扔，黑儿还来今方休。

苏尔言，

一众同伴相嬉笑：诃利这球丢得好！

【释译】

本诗描写了黑子故意将球丢入迦利潭后引起了同伴之间纷争的情节。内容大致如下：

黑子铆足了劲将球扔向了室利达玛。室利达玛奋力一躲，虽然躲过了黑子掷过来的球，球却也径直飞入了迦利潭中。室利达玛转身一看自己的球掉入了水中，一下子就不高兴了。他跑来抓着黑子的腰带，嚷道："黑子！你一定把球捡回来还给我！你别以为我是别人，你也别对我摆架子。就是你故意把球扔到河里去的，你把球还给我，不然我决不罢休！"

一旁的其他同伴们看着室利达玛拽着黑子，一边笑，一边起哄道："哎呀！黑天这球扔得好啊！亏得不是我们扔的啊！"

包括本诗在内的几首诗描写了黑天与小伙伴，主要是与室利达玛的争端。每个人的童年中可能都发生过类似的拌嘴和打闹，而诗人正是将这种普通人的共同体验提炼成为引起共鸣的文学作品。此外，这种自然的描写也突显了小黑天创造机会，降伏迦利耶的机智。

【原文】

फेँट छाँड़ि मेरी देहु श्रीदामा।

काहै कौं तुम रारि बढ़ावत, तनक बात कैं कामा।

मेरी गेँद लेहु ता बदलैं, बाँह गहत हौ धाइ।

छोटौ बड़ौ न जानत काहूँ, करत बराबरी आइ।

हम काहे कौं तुमहिं बराबर, बड़े नंद के पूत।
सूर स्याम दीन्है ही बनिहैं, बहुत कहावत धूत॥
（28/1154）

【对译】

室利达玛，放开我腰带

只为一点小事情，为何你竟要闹架？
拿去我球作交换，居然跑来抓胳膊！
不会区分大与小，竟来一般作计较[①]。
我们何能与你同，伟大难陀小儿郎？
苏尔言，
已作太多狡猾言，黑子还来事方休。

【释译】

本诗继续描写黑子与室利达玛的争执。内容大致如下：

黑子不耐烦地说道：“室利达玛，快点放开我的腰带。不过是这一点小事，怎么你还非得闹架不可？大不了你拿我的球去呗，咱俩做个交换呗，你干吗跑过来抓住我的胳膊？你这么做真是没大没小，以大欺小，居然与我这样的小孩子计较！”

室利达玛不依不饶地说道：“瞧你这话说的，我们哪有资格和你计较呀？你可是我们的头人难陀家的孩子啊！你这小孩儿说话最是狡猾，快点把球还给我，不然说什么都没用。”

小黑天的调皮是他的一大特征，这其中估计也少不了平时对其他伙伴耍赖的事迹。“我们何能与你同，伟大难陀小儿郎？”一句更是将孩童之间的争吵描写的生动、活泼。不过从全文的叙事看来，小黑天的蛮不讲理也是作为大神化身的黑天所使用的“激将法”，从

① 一般作计较，原文 karat barābari āī，字面义为“来把（你我）当作一样的”。小黑天以此说法指责室利达玛以大欺小，与自己纠缠不休。

而为他跳入潭中降伏迦利耶做好了铺垫。

【原文】

रिस करि लीन्ही फेंट छुड़ाइ।

सखा सबै देखत हैं ठाढ़े, आपुन चढ़े कदम पर धाइ।

तारी दै-दै हँसत सबै मिलि, स्याम गए तुम भाजि डराइ।

रोवत चले श्रीदामा घर कौं, जसुमति आगैं कहिहौं जाइ।

सखा सखा कहि स्याम पुकार्यौ, गेंद आपनौ लेहु न आइ।

सूर स्याम पीताम्बर काछे, कूद[1] परे दह में भहराइ॥

（29/1157）

【对译】

生气松开腰带

一众伙伴伫立看，自跑爬上团花树[2]。

众人齐聚鼓掌笑：黑子你被吓跑啦！

室利达玛哭着回：回家告诉耶雪达。

伙伴伙伴黑子唤：来把你球拿去吧。

苏尔言，

黑子扎紧黄衣衫，猛然跳入水潭中。

【释译】

本诗讲述黑天与室利达玛发生争执，黑天最终跳入迦利潭中的情节。内容大致如下：

室利达玛继续纠缠不休，黑子实在是生气了，他干脆放开了腰带，任由室利达玛夺去。就在众目睽睽之下，黑子疾步跑向了水边的一棵团花树，爬了上去。大家都以为黑子是落荒而逃了，纷纷起

① Gupta 本作 kudi。

② 团花树，原文为 kadam，通 kadambha，拉丁语学名为 Neolamarckia cadamba，热带乔木，属于黄粱木的一种。

哄，并鼓掌笑道：“黑子啊，看你这样子，被室利达玛吓得跑了啊！”室利达玛看到黑子爬上了树，奈何不了他，就哭着往家跑，一边跑一边说道：“黑子你等着，我要去你妈妈耶雪达面前告状！”黑天在树上不停地叫室利达玛：“嘿，哥们儿，你来啊，把你的球拿回去！”

正说话间，黑天扎紧了自己的黄衫，纵身跳入了迦利潭中。

【原文】

चौंकि परी तन की सुध आई।

आजु कहा ब्रज सोर मचायौ, तब जान्यौ दह गिर्यौ कन्हाई।

पुत्र-पुत्र कहिकै उठि दौरी, व्याकुल[①] जमुना-तीरहिं धाई।

ब्रज-बनिता सब संगहिं लागीं, आइ गए बल अग्रज भाई।

जननी व्याकुल[②] देखि प्रबोधत, धीरज करि नीकैं जदुराई।

सूर स्याम कौं नैंकुं नहीं डर, जनि तू रोवै जसुमति माई॥

（30/1166）

【对译】

念及身体[③]顿惊慌

伯勒杰今何喧闹？方知黑儿落潭中。

声声唤儿起身跑，叶木拿畔慌奔至。

伯勒杰女齐纷聚，兄长大力亦同来。

见母不安忙开导：雅度王安且冷静，

苏尔言，

黑子什么都不怕，耶雪达妈你莫哭。

① Gupta 本作 byākul。

② Gupta 本作 byākul。

③ 身体，原文 tan，此处指儿子黑天的身体，代指黑天。

【释译】

本诗讲述了耶雪达得知黑子掉入迦利潭中后的故事。内容大致如下：

正在睡梦中的妈妈耶雪达突然惊醒，她正暗自纳闷：“今天怎么回事？伯勒杰为什么喧闹？”突然，她从别人口中得知黑子落入了迦利潭中。耶雪达一下子慌了神，她口中喊着“儿啊，儿啊”，惊慌失措地奔跑着来到叶木拿河边。这时，伯勒杰的女子们纷纷聚拢过来，黑子的兄长大力罗摩也一同过来了。大力罗摩看到母亲惊慌失措的样子，急忙开导母亲，说道：“妈妈啊，你要冷静，不要担心，我的弟弟，雅度之王黑子不会有事的！”

苏尔达斯也不禁说道：“是啊，耶雪达妈妈，你别哭，黑子一定不会有事的，你千万不用担心。”

本诗以及下一首诗都描写了耶雪达惊慌失措的样子。急忙跑去、声声呼唤都代表了母亲的焦虑和其背后对孩子的深爱。而此时大力罗摩的角色便是安慰母亲，同时表达对黑天的无比信赖。若进行宗教化的解读，则两者都代表了对大神的虔爱，只不过表现形式上不一致而已。

【原文】

जसुमति टेरति कुँवर कन्हैया।

आगैँ देखि कहत बलरामहिँ, कहाँ रह्यौ तुव भैया।

मेरौ भैया आवत अबहीँ तोहिँ दिखाऊँ मैया।

धीरज करहु, नैँकु तुम देखहु, यह सुनि लेत बलैया।

पुनि यह कहति मोहिँ परमोधत, धरनि गिरी मुरझैया।

सूर बिना सुत भइ अति ब्याकुल, मेरौ बाल कन्हैया॥

（31/1178）

【对译】

耶雪达唤黑儿儿郎

见到面前大力问：你的兄弟在哪里？
我弟现在即现身，妈啊这就让你见，
你且耐心好好看。闻此以手置头上[1]：
复作此言开导我。昏迷晕厥倒在地：
苏尔言，
我的孩儿小黑儿！不见儿子极不安。

【释译】

本诗描写了耶雪达担心黑天的情状。内容大致如下：

妈妈耶雪达看到大力罗摩就在自己面前，急忙问道："大力，你弟弟呢？他去哪里了？"大力罗摩急忙说道："妈妈你别着急，我弟弟这会儿就会现身，你冷静一下，好好看着。"听到大力罗摩这么说，耶雪达把手放到了大力头上，现在他也只能选择相信自己的大儿子所说的话了。"儿啊，你又这么说，也不过是开导我罢了。可怜我那儿子小黑儿啊！"儿子不见了，耶雪达慌乱不安，一下子没了精神，瘫倒在地上。

黑天跳入迦利潭的消息传回了村子，惊慌失措的耶雪达和其他村民们一同急忙赶到河边。通过这样的情节设计，村民们也被纳入到了故事的叙述之中，耶雪达的慌乱一方面展现出了母亲对孩子的关心和爱意，另一方面也增加了故事的戏剧性。诗的最后，苏尔达斯以耶雪达之口说出来的"我的孩儿小黑儿！不见儿子极不安"更是将听众们的胃口完全吊了起来。

① 以手置头上，原文 let balaiyā，字面义为"接受灾祸"，指一种习俗。印度人将手置于头上，表达面对突然降临的灾难时的痛苦。

【原文】

अति कोमल तनु धर्यौ कन्हाई।
गए तहाँ जहँ काली सोवत, उरग-नारि देखत अकुलाई।
कह्यौ कौन कौ बालक है तू, बार-बार कहि, भागि न जाई।
छनकहि मैं जरि भस्म होइगौ, जब देखे उठि जाग जम्हाई।
उरग-नारि की बानी सुनि कहैं आपु हँसे मन मैं मुसुकाई।
मोकौं कंस पठायौ[①] देखन, तू याकौं अब देहि जगाई।
कहा कंस दिखरावत इनकौं, एकहि फूँकहिं मैं जरि जाई।
पुनि-पुनि कहत सूर के प्रभु कौ, तू अब काहे न जाइ पराई॥
（32/1168）

【对译】

黑儿显身极柔弱

去往迦利[②]睡觉处，蛇女[③]见之惊惶惶：
且言你是谁家孩？遍遍劝说还不逃，
待看睡醒打哈欠，刹那之间化灰烬。
听闻蛇女此番话，心中暗自窃窃笑。
刚沙派我来看望，你现去把他唤醒。
刚沙怎令他来看？吹口气间便烧尽。
苏尔言，
反反复复语胜尊，现你怎还不遁逃？

【释译】

本诗描写了黑儿潜入水中之后与迦利耶之妻蛇女的对话。内容大致如下：

① Gupta 本作 paṭhāyo。
② 迦利，此处指蛇怪迦利耶。
③ 蛇女，原文 urag-nāri，指蛇怪迦利耶的妻子。

黑儿游向了迦利耶休息的地方，迦利耶的妻子看到黑儿的身躯如此细小柔弱，顿时惊慌失措地说道：“小孩儿，你是谁家的孩子？快告诉我。我一次又一次警告过你们，你怎么还要来这里？快快回去！待会儿迦利耶睡醒了，他只要打一哈欠，喷出的毒气就能在一瞬间让你化作灰烬。”黑儿听了蛇女这一番为自己担心的话，心中暗自觉得好笑。他镇定地对蛇女说道：“刚沙派我来探望迦利耶，你现在去把他叫醒吧！”蛇女听了黑儿的这话，心中纳闷：“刚沙怎么会派这么一个小孩儿来见迦利耶？迦利耶只要一吐气就能把这小孩儿烧成灰啊。”于是，她一遍又一遍地规劝黑儿：“你快跑吧，别白白送命了！”

本诗开始进入降伏迦利耶的核心战斗情节。黑天潜入水下之后首先碰到的是善良的蛇女，蛇女不知黑天的本领，善意劝说黑天不要惹恼迦利耶。不过黑天并没有费心向蛇女解释，而是径直要让蛇女叫醒迦利耶。小黑天这种天不怕地不怕的样子不禁让人联想到《西游记》中闯入东海龙宫的孙悟空和痛打龙王三太子的哪吒。苦口婆心的蛇女、不为所动的小黑天，再加上后文出现的傲慢自大的迦利耶构成了一台好戏。这种三角人物关系比起其他降妖除魔故事中黑天、牧童、妖魔的三角更加丰满，在之前的三角叙述中，牧童只有两个状态：慌乱得不知所措和事后的歌功颂德，形象十分单薄。相比之下，蛇女一方面是迦利耶的妻子，另一方面她也担心黑天的安危，事后也正是蛇女的劝解促使黑天没有杀死迦利耶。包括佛教文学作品在内的其他印度古代文学作品中不乏类似正面、积极的蛇女（古译龙女）形象，黑天文学中的这一蛇女形象与其他文献中的蛇女是否存在着关联还有待进一步挖掘和分析。

【原文】

झिरकि कै नारि, दै गारि गिरिधारि तब, पूँछ पर लात दै अहि जगायौ।
उठ्यो अकुलाइ, डर पाइ खग-राज[1] कौं, देखि बालक गरब अति बढ़ायौ।
पूँछ लीन्ही झटकि, धरनि सौं गहि पटकि, फुंकर्यौ लटकि करि क्रोध फूले।
पूँछ राखी चाँपि, रिसनि काली काँपि, देखि सब साँपि, अवसान भूले।
करत फन घात, विष जात उतरात अति, नीर जरि जात, नहिं गात परसै।
सूर के स्याम प्रभ लोक अभिराम, बिनु जान अहिराज विष ज्वाला बरसै॥

（33/1170）

【对译】

彼时托山者斥责

彼时托山者斥责，恶言相向冲蛇女，
尾巴之上用脚踩，把那蛇怪惊醒来。
起身不安怕鸟王[2]，见是孩童巨傲增。
抓起蛇尾砸向地，摇摆身胀怒吐气。
迦利怒颤尾被踩，见状蛇女皆丢魂[3]。
吐信攻击喷剧毒，水被灼烧身不沾。
苏尔言，
世界胜尊美黑子，蛇王不识喷毒焰。

【释译】

本诗描写了黑天激怒迦利耶的场景。内容大致如下：

就在那时，黑天大声斥责了蛇女，对她们恶语相向。他不顾蛇女们的劝阻，在迦利耶的尾巴上重重地踢了一脚，将他从睡梦中惊

① Gupta 本作 rāī。

② 鸟王，此处指迦楼罗。迦利耶本为蛇王，由于惧怕众鸟之王金翅鸟迦楼罗的攻击，不得已躲在沃林达林附近的叶木拿河中。迦楼罗由于仙人的诅咒不能靠近这里。

③ 丢魂，原文 avsān bhūle，字面义为“忘记了感官”，这里用以形容蛇女惊慌失措的样子。

醒。迦利耶一下子醒来，以为是迦楼罗来杀他了，害怕得不得了。不过他定睛一看，在他眼前的不是迦楼罗，只是一个小孩子，便又傲慢起来。黑天一把抓住迦利耶的尾巴，把他重重地摔在地下，用脚踩着。迦利耶怒气冲冲，整个身体都因此而膨胀起来。他不断扭动着身躯，向黑天“噗噗”地吐着气。但是，他的尾巴还是被黑天牢牢地踩着，他怒气冲天，浑身不断颤抖。在一旁观战的蛇女们也被眼前这可怕的景象吓得魂飞魄散。终于，迦利耶忍无可忍，吐出了他的蛇信，喷出了剧毒的汁液。蛇毒甚至将河水烧了起来，但却无法靠近黑天的身体。其实他不知道眼前这美丽的黑子正是世界的主宰，还在那里徒劳地喷洒着蛇毒。

蛇女的善意无法阻挡黑天的决心，“不知天高地厚”的黑天用“一踩”拉开了战斗的序幕。迦利耶“起身不安怕鸟王，见是孩童巨傲增”的表现无疑是滑稽的，暴露了他欺软怕硬的本性。根据神话传说，蛇族为了躲避金翅鸟的杀害四处逃窜。但躲过金翅鸟的追杀之后，迦利耶却又傲慢起来。汉语中常说“有眼不识泰山”，迦利耶便是“有眼不识毗湿奴”了。不过，也正是迦利耶的无知无畏，才将故事情节在后面的诗中推向了又一个高潮，更加彰显了黑天的神勇。

【原文】

उरग लियौ हरि कौ लपटाइ।

गर्व-वचन कहि-कहि मुख[1] भाषत, मोकौं नहिं जानत अहिराइ।

लियौ लपेटि चरन तैं सिख लौं, अति इहिं मोसौं करत ढिठाइ।

① Varma 本作 rukh。

चाँपी पूँछ लुकावत अपनी, जुवतिनि कौं नहिं सकत दिखाइ।

प्रभु अंतरजामी सब जानत, अब डारौं इहिं सकुचि मिटाइ।

सूरदास प्रभु तन बिस्तार्यौ, काली बिकल भयौ तब जाइ॥

（34/1173）

【对译】

蛇怪缠住诃利

口中遍遍言傲语：蛇王竟然不识我！

从头到脚缠绕住，他对我行大不敬；

尾巴被踩自掩藏，使得众女不能见。

内控者胜尊尽晓：今来除他羞耻感。

苏尔达斯言，

胜尊展现伟岸身，迦利当即陷绝望。

【释译】

本诗描写了蛇怪迦利耶与黑子纠缠的场景。内容大致如下：

迦利耶将黑子从头到脚，牢牢缠住，黑子以傲慢的口吻说道："蛇王，你竟然不认识我！怎么敢如此冒犯我？"一边说，一边想道："迦利耶把我从头到脚紧紧缠住，实在是对我傲慢至极。"他接着将蛇尾踩住。在妻妾面前，大蛇觉得难堪，便躲藏起来。黑子当然明白他的这些想法，心想："既然迦利耶还有如此侥幸的心态，我便让他不再犹豫，立刻臣服。"于是，黑子展现出了自己伟岸的身躯，迦利耶看到这样，立即陷入绝望。

本诗继续描写了黑天与迦利耶的缠斗。蛇王"尾巴被踩自掩藏，使得众女不能见"，表现了蛇王死要面子而又十分滑稽的逼真场面。

【原文】

जबहिं स्याम तन अति बिस्तार्यौ।

पटपटात टूटत अँग जान्यौ, सरन-सरन सु पुकार्यौ।

यह बानी सुनतहिं करुनामय, तुरत गए सकुचाइ।

यहै बचन[①] सुनि द्रुपद सुता-मुख, दीन्हौ बसन बढ़ाइ।

यहै बचन[②] गजराज सुनायौ, गरुड़ छाँड़ि तहँ धाए।

यहै बचन[③] सुनि लाखा[④] गृह मैं, पांडव जरत बचाए।

यह बानी सहि जात न प्रभु सौं, ऐसे परम कृपाल।

सूरदास प्रभु अंग सकोर्यौ, ब्याकुल देख्यौ ब्याल॥

（35/1174）

【对译】

彼时黑子显现巨伟身

身躯断裂啪啪响，方知呼唤求庇护。

充满仁爱慈悲者[⑤]，听闻此声即收身。

听闻木柱女此言，便将衣衫来延长。[⑥]

象中王者说此言，弃迦楼罗奔彼处。[⑦]

听闻般度子此言，施救紫胶宫火中。[⑧]

胜尊如此至上悯，此种声音难承受。

苏尔达斯言，

既见蛇怪惊惶状，胜尊便将身收缩。

---

① Gupta 本作 vacan。

② Gupta 本作 vacan。

③ Gupta 本作 vacan。

④ Varma 本作 lakhā。

⑤ 满慈悲者，原文为 karunāmay，通 karuṇāmaya，字面义为“充满了慈悲之情的”，此处用以指代黑天。

⑥ 本句话讲的是黑天帮助木柱王之女黑公主免于难敌等人羞辱的故事。

⑦ 本句话讲的是毗湿奴搭救被鳄鱼攻击的象王的故事。

⑧ 本句话讲的是黑天帮助般度五子逃过阴谋的故事。

【释译】

本诗描写了迦利耶皈依黑天的情节。内容大致如下：

当黑天展现出了自己庞大的身躯时，迦利耶顿时吓坏了，他的身体被黑子压得快要裂开了。这时他才意识到黑天其实是大神，便央求道："我皈依你，求你庇护我！庇佑我！"

慈悲的胜尊黑天听到迦利耶说出这样央求的话，立刻收缩了自己的身躯。胜尊黑天就是如此慈悲，他是无法忍受这样的哀求的，这就好像胜尊曾经因为黑公主向他说出了求救的话，他就施展神力，使得黑公主纱丽的布料连绵不绝；象王也曾经求助于胜尊，胜尊也是立刻前往，甚至抛下了寸步不离的迦楼罗去搭救他；胜尊也曾经这样在紫胶宫中搭救了般度五子，使他们免于火灾。胜尊看着迦利耶现在可怜兮兮、惴惴不安的样子，便将身躯收缩了起来。

本诗以描写战斗场面开头，但重点却在于之后的引经据典，以大史诗和往世书中的故事歌颂黑天的慈悲，这种手法颇似恭顺诗中赞颂大神慈悲的诗歌。"胜尊如此至上悯，此种声音难承受"一句再次强调黑天最重要的属性之一——慈悲。在这一信仰体系中，黑天自己甚至也要受制于他对信徒的慈悲，因而即便是迦利耶这样冒犯了大神的恶魔，只要愿意皈依黑天，最终也会得到宽恕；而对像刚沙王、鹤阿修罗等冥顽不灵的反对者，黑天无疑也表现出了冷酷无情的一面。这在某种程度上也是对信奉其他神明的民众的一种"布道"，说服他们一同皈依在黑天信仰的大旗下。

【原文】

नाथत ब्याल बिलंब न कीन्हौ।
पग सौं चाँपि घींच[1] बल तोयौं, नाक फोरि[2] गहि[3] लीन्हौ।
कूदि चढ़े ताके माथे पर, काली करत बिचार।
स्रवननि सुनी रही यह बानी, ब्रज ह्वैहै अवतार।
तेइ अवतरे आइ गोकुल मैं, मैं जानी यह बात।
अस्तुति करन लग्यौ सहसौ मुख, धन्य-धन्य जग-तात।
बार-बार कहि सरन पुकार्यौ, राखि-राखि गोपाल।
सूरदास प्रभु प्रगट भए जब, देख्यौ ब्याल बिहाल॥
（36/1175）

【对译】

不久便将蛇怪降
脚踩拉拽力尽摧，打烂鼻子[4]揪起来。
一跃跳上他额头，迦利方才作思量：
耳边一直闻此言，化身显现伯勒杰，
他即化身来牛村，此事我终得知晓。
千口方始作赞颂：吉祥吉祥世之父！
一遍一遍说皈依，呼唤牛护行庇佑。
苏尔达斯言，
蛇怪焦躁不安状，胜尊见之行显现[5]。

【释译】

本诗描写了黑子降伏迦利耶的场景。内容大致如下：

① Varma 本作 dhīṁc，Gupta 本作 ghīṁci。
② Varma 本作 phauri。
③ Varma 本作 gahi。
④ 打烂鼻子，原文 nāk phori，常用以形容狼狈落败的样子。
⑤ 展现，原文 pragaṭ bhae，此处指黑天显现出其毗湿奴的本相。

黑子没有用多久就降伏了蛇怪迦利耶，他脚踩着迦利耶的尾巴，拉开了迦利耶的身体，迦利耶再也无力抵抗。他狼狈不堪，被黑子抓在手里。黑子一下子跳上了迦利耶的额头，迦利耶这时才意识到眼前的孩童不是一般人，他想道："我一直听说世尊毗湿奴化身降临了伯勒杰，现在看来，他就是在牛村化身成了这个小孩儿。现在我终于明白了这一切！"于是，迦利耶用他的一千张嘴开始大声赞颂毗湿奴："你是世界之父！愿你一切吉祥，幸运！"他一遍遍地说道："世尊啊，我皈依你！牛护啊，请你保护我吧！"

胜尊看到迦利耶如此不安，便显现出了自己毗湿奴的本相。

本诗承接上一首诗对黑天的仁慈的赞颂，并且描述了战斗过程。蛇怪迦利耶终于意识到了自己冒犯的是大神毗湿奴，表达出了对黑天的赞颂和顺服。

【原文】

आवत उरग नाथे स्याम।

नंद, जसुदा, गोप-गोपी[①] कहत हैं बलराम।

मोर-मुकुट, बिसाल लोचन, स्रवन कुंडल लोल।

कटि[②] पितंबर, बेष नटवर, नृतत फन प्रति डोल।

देव दिवि दुँदुभि बजावत, सुमन-गन बरषाइ।

सूर स्याम बिलोकि ब्रज-जन, मातु-पितु सुख पाइ॥

（37/1181）

【对译】

降罢蛇怪黑子现

难陀牧女耶雪达，牧人大力言说道。

① Varma 本作 gopī。

② Varma 本作 koti。

雀翎羽冠大眼睛，耳上环佩快速晃。

腰间黄衫舞胜[1]妆，诸兜帽上来回舞。

天神空中奏鼓鸣，降下缤纷鲜花雨。

苏尔言，

伯勒杰民看黑子，父母双亲得福乐。

【释译】

本诗描写了黑子降伏迦利耶后现身的场景。内容大致如下：

难陀、耶雪达、大力罗摩，还有其他牧人和牧女们都在河边焦急地等待着。这时黑天浮出了水面，大家忙欢呼道：“看啊，那是黑子！他已经降伏了迦利耶了！”只见黑子头戴着雀翎冠，睁着大大的眼睛，耳环在灵动地摇晃着。他的腰间扎着黄色的衣衫，呈现出舞胜的装扮，在迦利耶的兜帽上来回舞蹈。见到了这美妙的景象，众天神也纷纷赶到，他们在天空中奏起了鼓乐，为黑子的舞蹈降下了阵阵花雨。伯勒杰的民众们看着黑子，难陀和耶雪达看到这番景象也喜不自禁。

黑天最终成功降伏了迦利耶，浮出了水面。值得注意的是，黑天在这里呈现出了“舞胜”的形象，“腰间黄衫舞胜妆，诸兜帽上来回舞”。众所周知，大神湿婆被称为“舞王”（naṭarāja），在这一故事中黑天的“舞胜”似乎是模仿了湿婆大神的这一形象。

【原文】

गोपाल राइ निरतत फन-प्रति ऐसे।

गिरि पर आए बादर देखत, मोर अनंदित जैसे।

डोलत मुकुट सीस पर हरि के, कुंडल-मंडित-गंड।

① 舞胜，原文 naṭavar，字面义为“最殊胜的舞者”，是黑天的名号之一。

पीत बसन, दामिनि[1] मनु घन पर, तापर सुर-कोदंड।
उरग-नारि आगैं, सब ठाढ़ीं, मुख-मुख अस्तुति गावैं।
सूर स्याम अपराध छमहु अब, हम माँगैं[2] पति पावैं।
（38/1184）

【对译】

牛护王舞诸兜帽上

如同山上云彩来，孔雀见之欢欣喜。
诃利头上冠摇晃，耳环装饰面颊美。
黄衫仿若云上闪，其上复有神之弓[3]。
一众蛇女面前立，口口赞美唱颂歌。
苏尔言，
黑子现今请恕罪，我们请求夫君还。

【释译】

本诗描写了黑子在迦利耶的兜帽之上起舞的场景。内容大致如下：

就好像山上的孔雀看到了天边飘来的云彩欣喜若狂一样，黑子也一样兴奋地来回在迦利耶的一个个兜帽上跳起舞来。诃利头上的雀翎羽冠来回晃动，大大的耳环闪闪放光，映照着黑子的面庞熠熠生辉。黑子身穿着黄色的衣衫，就好像云朵上的闪电，闪电之上又有宛若大神弓弩一样的彩虹。迦利耶的妻子们见到这般景象，纷纷站在黑子面前，每一个人都唱着大神的颂歌："黑子，现在请你宽恕我们的所有罪过吧，求您把我们的夫君还给我们吧！"

善良的蛇女再次回到了故事情节之中，他们见到黑子的形象，了解到了事实真相之后，开始向黑天为迦利耶求情。仁慈的黑天也

① Varma 本作 dāmin。
② Varma 本作 māgaiṁ。
③ 神之弓，原文 sur-kodaṇḍ，多用于比喻彩虹。

终将答应她们，放过迦利耶。

【原文】

गरुड़-त्रास तैं जौ ह्याँ आयौ।

तौ प्रभु चरन-कमल फन-फन प्रति, अपनैं सीस धरायौ।

धनि रिषि साप दियौ खगपति कौं, ह्याँ तब रह्यौ छपाइ।

प्रभु-वाहन-डर भाजि बच्यौ अहि[①], नातरु लेतौ खाइ।

यह सुनि कृपा करी नँद-नंदन, चरन चिह्न प्रगटाए।

सूरदास प्रभु अभय ताहि करि, उरग-द्वीप पहुँचाए॥

（39/1191）

【对译】

惧迦楼罗来这里

自己头上诸兜帽，方得胜尊莲足置。

诅咒鸟王[②]仙人幸[③]，得以藏身在此地。[④]

惧怕胜尊之坐骑，避免被吃蛇逃生。

难陀之子闻此言，施予恩惠留足印。

苏尔达斯言，

胜尊对他施无畏，让他返回蛇岛去。

【释译】

本诗说明了迦利耶藏身沃林达林的缘由。内容大致如下：

迦利耶对黑天说道：“胜尊啊，我因为害怕金翅鸟王迦楼罗，所以才藏身在这里啊，现在得到了这样的福分，能够由你在我的每一

① Varma 本无此 ahi。

② 鸟王，此处指金翅鸟迦楼罗。

③ 幸，原文 dhani，通 dhanya，指迦利耶对诅咒了迦楼罗的仙人的赞颂和祝福。

④ 此处涉及迦利耶为何藏身沃林达林的故事。金翅鸟发愿除尽龙族（即蛇），蛇王迦利耶因此四处躲藏。由于仙人的诅咒，迦楼罗不能前往沃林达林，因此迦利耶得以在当地藏身。

个兜帽上起舞。多亏了伟大的仙人的诅咒，迦楼罗不能接近沃林达林，我才能在藏身于此，不然那大神的坐骑迦楼罗一定会把我吃了，我可无处躲藏啊！”难陀之子听到迦利耶这样的说明，决定施予他一个恩惠，于是他在迦利耶的头上留下了自己的足印，以此向迦楼罗表明迦利耶得到了自己的庇护，这样迦楼罗就不会再加害于他了。得到了胜尊施予的无畏，迦利耶高高兴兴地返回了蛇岛。

迦利耶向黑天说出了与迦楼罗的恩怨以及自己的苦衷，而黑天也宽容地施予了迦利耶无畏，并为蛇族与金翅鸟之间的恩怨画上了一个句号。这一恩怨故事在印度广为流传，《佛本生》故事中佛的前世云乘王子以自身供金翅鸟吞噬，最终以慈悲感化了金翅鸟，从此不再食用蛇族。相比之下，《苏尔诗海》承袭了《薄伽梵往世书》的情节，黑天的处理方式更加简单一些：毗湿奴的化身黑天施予迦利耶无畏，因为迦楼罗是大神毗湿奴的坐骑，自然也就不会再为难迦利耶了。至此，降伏迦利耶的战斗情节也画上了句号。

【原文】

सहस सकट भरि कमल चलाए।

अपनी समसरि और गोप जे, तिनकौं साथ पठाए।

और बहुत काँवरि दधि-माखन, अहिरनि काँधैं जोरि।

नृप कैं हाथ पत्र यह दीजौ, बिनती कीजौ मोरि।

मेरो नाम नृपति सौं लीजौ, स्याम कमल लै आए।

कोटि कमल आपुन नृप-माँगे, तीनि कोटि हैं पाए।

नृपति हमहिं अपनौं करि जानौ, तुम लायक हम नाहिं।

सुरदास कहियौ नृप आगैं, तुमहिं छाँड़ि कहँ जाहिं॥

（40/1201）

【对译】

发车千辆满莲花

另有同己牧牛人[1]，一并将其派遣去。

复有许多酸奶油，牧人[2]扁担肩上挑。

此信呈送国王手，代表我去作恳求，

以我之名禀国王：黑子摘得莲花来，

国王您索一千万，得到莲花三千万，

我与国王你不配，权且认我自己人。

苏尔达斯言，

国王面前且言说：若离开你何所去？

【释译】

本诗描写了难陀安排牧人向刚沙王复命的场景。内容大致如下：

黑子从迦利潭中摘来了莲花，难陀连忙让人将莲花装满了整整一千辆牛车，由与他地位相仿的牧人头人送去呈现给刚沙王。此外，难陀还准备了许多酸奶和奶油，找来许多年轻力壮的牧人用扁担挑着一同呈送给刚沙王。看一切都安排妥当，难陀拉住了一个头人，将一封信交给了他，说道："你一定要亲手把这封信交到刚沙大王的手中。并代我向他致敬。你以我的名字禀告大王，黑天已经亲手为大王取来了莲花，而且国王陛下要求的是一千万朵，我们总共呈上了三千万朵。你要和大王说，我们虽然是卑微的牧人，与大王不能相提并论，但是也一定让大王将我们视作自己的子民。我们若是离开了大王，又能去哪里生活呢？"

降伏了迦利耶之后，难陀也得以向刚沙王复命。不知不觉中，

---

① 牧牛人，原文 gop，此处指与难陀地位相仿的头人，与下一句中挑扁担的牧人平民不同。

② 牧人，原文 ahirani，字面义为许多牧人，此处指的是大量帮助挑担的普通牧人，与上一句的地位较高的牧人不同。

这一“降伏迦利耶”的故事已经熟练地运用了印度文学中常见的框架式叙事方式，将刚沙王的刁难、难陀一家的纠结、黑天与伙伴们的玩耍、黑天降伏迦利耶几个情节串联在了一起，其中还穿插了蛇族与金翅鸟的恩怨、黑天解救黑公主与象王等更小的“插话故事”，以不同的方式、从不同的角度反复说明一个道理：黑天是全知全能的，也是仁慈的，皈依他可以化解难题、获得解救。就难陀一家来说，黑天的机智和神勇化解了刚沙王的这次刁难。随着黑天一天天长大，他也终将主动出击，消灭刚沙。

मुरली
笛子

【原文】

जब हरि मुरली अधर धरत।

थिर चर, चर थिर, पवन थकित रहैं, जमना-जल न बहत।

खग मेहैं, मृग-जूथ भुलाहीं, निरखि मदन-छबि छरत।

पसु महैं सुरभी विथकित[①], तृन दंतनि टेकि रहत।

सुक सनकादि सकल मुनि मोहैं, ध्यान न तनक गहत।

सूरजदास भाग हैं तिनके, जे या सुखहिं लहत॥

（41/1238）

【对译】

诃利置笛唇边时

停者行来行者停，风止水滞叶木拿。

鹿群迷惘鸟亦惑，见莫登美被欺骗。

① Sabha 本作 bithakit。

野兽迷惑母牛静，牧草停置牙齿间。

萨纳格等与苏迦[1]，牟尼皆难持禅定。

苏尔达斯言，

如此这般喜福乐，得到之人皆幸运。

【释译】

本诗描写了一切众生陶醉于黑天的笛声的场景。内容大致如下：

诃利举起竹笛，放在自己的双唇间，奏起了美妙的乐声。听到这天籁之音，静止不动的东西也动了起来，而原本变动不居的东西却停了下来，风不再吹，叶木拿河的水不再流。原本活蹦乱跳的鹿群陷入了迷惘，鸟儿们也陷入了深深的迷惑，他们在笛声的吸引下见到了莫登的美貌，被迷得失了魂魄。听到这般美妙的笛声，野兽们陷入了迷惑，母牛也伫立不动，正在咀嚼的牧草也就留在了牙齿间。还有苏迦、萨纳格等所有仙人牟尼，听到了诃利的笛声，再也不能静下心来修习禅定。这样美妙的福乐啊！只有十分幸运之人才有机会得到啊！

在各类艺术形象中，竹笛往往是必不可少的一部分。尤其少年黑天往往竹笛不离手。以本诗为代表的一系列诗歌通过描写、歌颂竹笛寄托了对黑天的虔爱。这部分诗歌大致可以分为两类，第一类以竹笛为歌颂对象，通过赞美竹笛来歌颂黑天，本诗便是其中之一；第二类将竹笛拟人化，通过竹笛和牧女们之间充满醋意的对话，以一种特殊的手法表达对黑天的虔爱。

① 苏迦，原文 suk，通 śuka，指叙述往世书的苏迦仙人，是毗耶娑仙人之子。

【原文】

(कहौं कहा) अंगनि की सुधि बिसरि गईं।

स्याम अधर मृदु सुनत मुरलिका, चकित नारि भईं।

जो जैसें तो तैसें रहि गईं, सुख-दुख कह्यौ न जाई।

लिखी चित्र सी सूर ह्वै रहिं इकटक पल[1] बिसराई॥

（42/1239）

【对译】

（怎述）忘却身体念

黑子唇奏美笛声，女子闻之皆惊诧，

保持原状不变样，福乐痛苦不能言。

苏尔言，

眼睑忘合凝神望，宛若画中所绘景。

【释译】

本诗描写了牧女们在听到黑子的笛声之后忘情的样子。内容大致如下：

黑子用嘴唇奏出了美妙的笛声。听到了这笛声，女子们都愣住了，她们都忘记了自己的身体。我该怎么才能描述这神奇的景象啊？她们站在那里一动不动，说不出自己的快乐或者痛苦。她们目不转睛专注地看着，甚至连眼皮也不合，就好像身处画中一样。

往日活泼健谈的牧女此时此刻“宛若画中所绘景”一般静止不动，这种由动转静的变化既展现出了牧女们安静深情的一面，更凸显了黑天笛声的美妙动人。

---

① Varma 本作 patr。

【原文】

मुरली धुनि स्रवन सुनत, भवन रहि न परै।
ऐसी को चतुर नारि, धीरज मन धरै।
सुर नर मुनि सुनत सुधि न, सिव-समाधि टरै।
अपनी गति तजत पवन, सरिता नहिं ढरै।
मोहन मुख-मुरली, मन मोहिनि बस करै।
सूरदास सुनत स्रवन, सुधा-सिंधु भरै॥
（43/1270）

【对译】

但凡耳闻竹笛声

但凡耳闻竹笛声，便不再能留家中。
哪个女子这般慧？内心保持沉与稳。
闻之湿婆三昧动，神人牟尼意识无。
风儿放弃自行进，河水亦不再奔流。
莫亨嘴上之竹笛，惑心女子亦被控。
苏尔达斯言，
耳朵听闻充盈满，不死甘露之海洋。

【释译】

本诗描写了黑天的笛声引人入胜的场景。内容大致如下：

只要是听到了黑子这美妙的笛声，又有谁还能乖乖地待在家中呢？又有谁家的女子能够如此持重呢？听到了黑子的笛声，天神、男人、牟尼都会沉浸其中，失去意识，甚至能动摇苦行中的湿婆。听到了黑子的笛声，风停下了自己的脚步，河水也不再流动。莫亨所奏的这美妙的笛声啊，即便是迷惑人心的女子，此刻她的心也已经牢牢地被控制住了。耳朵只要听到了这美妙的天籁之音，就好像充满了甘露的海洋。

本诗承接上一首诗，继续展现黑子笛声的奇妙和不可思议。用以说明的对象不再仅限于牧女，而是囊括了天神、男人、牟尼，甚至精于苦修的湿婆大神也不能幸免。最后一句“耳朵听闻充盈满，不死甘露之海洋”运用了通感的修辞，将笛声以一种更加具体而神奇的形象展现出来。

【原文】

बाँसुरी बजाइ आछे① रंग सौं मुरारी।

सुनि कै धुनि छूटि गई②, संकर की तारी।

वेद③ पढ़न भूलि गए, ब्रह्मा④ ब्रह्मचारी।

रसना गुन कहि न सकै, ऐसी सुधि बिसारी।

इंद्र-सभा थकित भइ, लगी⑤ जब करारी।

रंभा कौ मान मिट्यौ, भूली नृत कारी।

जमुना जू थकित भईं, नहीं सुधि⑥ सँभारी।

सूरदास मुरली है तीन-लोक-प्यारी॥

（44/1267）

【对译】

五首王敌妙奏笛

湿婆修行凝神视⑦，但闻此声亦作罢。

梵行之人与梵天，亦将诵读吠陀忘，

① Varma 本作 āchеṁ。

② Sabha 本作 gaī。

③ Sabha 本作 bed。

④ Sabha 本作 brahyā。

⑤ Sabha 本作 lāgī。

⑥ Varma 本无此 sudhi。

⑦ 修行凝神视，原文 tārī，指 trāṭikā，即双目盯着一点凝神远望的瑜伽修行方式。

忘却意识竟至此，舌头不能言其性。

因陀罗之大朝会，彼时亦停变安静。

兰跋①傲慢亦消除，舞蹈技艺尽忘却。

停滞不流叶木拿，身不由己不自控。

苏尔达斯言，

可亲可爱此竹笛，三界珍视又钟爱。

【释译】

本诗描写了黑天笛声的种种神奇之处。内容大致如下：

五首王敌吹奏出了美妙的笛声，展现出种种非凡的神迹。听到这美妙的笛声，正在苦行的湿婆大神也停了下来。听到了这美妙的笛声，无论是梵天还是梵行之人都将诵读吠陀抛诸脑后，他们听得出了神，虽有舌头，却无法说出这笛声的美妙。听到这美妙的笛声，因陀罗的朝会也停了下来，众神都安静地聆听着。连最能歌善舞的兰跋都甘拜下风，甚至忘了自己早已熟练的舞技。听到这美妙的笛声，叶木拿河也停止了流动。苏尔达斯赞叹道：这美妙的笛声为三界所深爱呀！

【原文】

मुरली तऊ गुपालहिं भावति।

सुनि री सखी जदपि नँदलालहिं, नाना भाँति नचावति।

राखति एक पाइ ठाढ़ौ करि, अति अधिकार जनावति।

कोमल तन आज्ञा करवावति, कटि टेढ़ी② ह्वै आवति।

अति आधीन सुजान कनौड़े, गिरिधर नार नवावति③।

---

① 兰跋，原文为 lambh，是因陀罗宫廷中最为能歌善舞的天女。

② Varma 本作 ṭeṛhau。

③ Gupta 本作 nacāvati。

आपुन पौढ़ि[①] अधर सज्जा पर, कर[②]-पल्लव पलुटावति।

भृकुटी[③] कुटिल नैन नासा-पुट, हम पर कोप करावति।

सूर प्रसन्न जानि एकौ छिन, धर तैं सीस डुलावति॥

（45/1273）

【对译】

竹笛仍为牛护爱

女伴且听虽如此，令难陀子舞种种。

令站只凭一只脚，展现极大之权威。

发号施令向柔体，命其把腰来弯曲。

弯下托山之脖颈，具智[④]谦卑极顺从。

自己躺卧唇床上，令花蕾手按摩脚。[⑤]

眉毛眼睛鼻尖斜，[⑥]令生怨怒向我等。

苏尔言，

但知欢喜一刹那，便以身躯摇脑袋。

【释译】

本诗借牧女之口将竹笛拟人化为一个吃醋的女子，力图控制黑儿。内容大致如下：

女伴啊！你且听我说，你看那难陀之子，纵使被那竹笛百般刁难，让他一遍又一遍地跳着不同的舞蹈，却依然深爱着竹笛！你看那竹笛，让黑儿用一只脚站着，真是好不威风！她还向黑儿那柔软的身体发号施令，让黑儿不得不一直弯着腰！黑儿是具有大智慧的

---

① Varma 本作 pauṁṛhi；Gupta 本作 pauṛhi。

② Varma 本作 par。

③ Sabha 本作 mṛkuṭī；Gupta 本作 bhrakuṭī。

④ 具智，原文 sujān，通 sajñāna，字面义为具有智慧的，常被用以指最高存在，此处指黑天。

⑤ 此处将竹笛比作一个人，她躺在床上让他人为自己捏脚，其中床是黑天嘴唇的喻体，这个比喻描写的就是黑天吹奏竹笛的场景。

⑥ 眉毛、眼睛、鼻尖三个身体部位歪斜均表示人生气。

大梵啊，他曾经不费吹灰之力就托起了牛增山，但现在他却在竹笛面前卑躬屈膝，还不得不低下头！反倒是那竹笛，自己懒洋洋地躺在黑儿双唇所化作的床上，还发号施令地让黑儿那如花骨朵一般柔美的双手为她捏脚，从而奏出笛声！你看，黑儿冲我们没有好脸，弯着眉毛斜睨着我们，一副生气的样子。肯定是那自私的竹笛吃醋，让黑儿生我们的气！这自私的竹笛只要知道黑儿哪怕只是对我们有一瞬间的欢喜，就会用自己的身体摇晃黑子的脑袋，让他一直不理我们！

本诗中，竹笛不再是黑天手中的乐器，而是被拟人化为黑天的一位“新欢”。诗人借牧女之口，以不可思议的想象力将黑天吹奏竹笛的种种姿态比作黑天因为爱恋而被竹笛迷得神魂颠倒的样子。黑天吹奏竹笛时身体呈现出的三道弯成了竹笛对黑天发号施令的结果，黑天低着头变成了对竹笛的谦恭，黑天用手指捏着竹笛更被想象成了为竹笛捏脚按摩！更有甚者，黑天吹笛子时的神态被演绎成了竹笛挑拨离间的表现。如此令人惊奇的想象力真是让人感叹！

【原文】

अधर-रस मुरली लूटन लागी।

जा रस कौं षट रितु तप कीन्हौ, सो① रस पियति सभागी।

कहाँ रही, कहँ तैं इहँ② आई, कौनैं③ याहि बुलाई ?

चक्रित भई कहतिं ब्रजबासिनि④, यह तौ भली न आई।

सावधान क्यौं होति नहिं तुम, उपजी बुरी बलाई।

① Varma 本作 mo。
② Varma 本作 yaha。
③ Varma 本作 kauneṁ。
④ Gupta 本作 brajavāsini。

सूरदास प्रभु हम पर ताकौं, कीन्हौ सौति बजाई ॥
（46/1839）

【对译】

竹笛开始夺唇汁

苦行六季为此汁，此汁却为幸者饮。
曾居何处由何至？何人将她唤来此？
伯勒杰女惊异言：她之到来非好事！
你等为何不警惕？恶劣灾祸生出来。
苏尔达斯言，
胜尊对我公开[①]示，将要纳她为妾侍。

【释译】

本诗将竹笛拟人化为黑天的新欢，描写了牧女对竹笛的抱怨。内容大致如下：

一个牧女对女伴们说道：“看啊！那可恶的竹笛已经开始抢夺黑子嘴唇的蜜汁了。为了这蜜汁，为了获得黑子的青睐，我们可是付出了百般的努力，简直就像是苦苦修行了整个六季啊，现在倒好，反倒是这个笛子命好，占了先机！这笛子是哪里的？从哪里来？又是谁让她来这里的？”说着说着，伯勒杰的女子们都惊呆了：“是啊，她来这里可绝不是什么好事！”那个牧女接着说道：“你说说你们，怎么也不小心一点，警惕一点！现在倒好，已经生出了这么大的祸端！你听听，黑子现在只顾着吹奏竹笛，他是在公开告诉我们，他要纳竹笛为妾呢！”

本诗进一步描写了打翻了醋坛子的牧女们的种种怨言，妙趣横生。牧女们对黑天的深情爱意也得以展现得淋漓尽致。

① 公开，原文 bajāī，基本义为“吹奏乐器”，引申义为“公开地”，此处为双关用法。

【原文】

अबहीं तैं हम सबनि बिसारी।

ऐसे बस्य भए हरि वाके[1], जाति न दसा बिचारी।

कबहूँ कर पल्लव पर राखत, कबहुँ अधर लै धारी।

कबहुँ लगाइ लेत हिरदै सौं, नैंकहुँ करत न न्यारी।

मुरली स्याम किए बस अपनैं, जे कहियत गिरिधारी।

सूरदास प्रभु कैं तन-मन-धन, बाँस बँसुरिया प्यारी॥

（47/1854）

【对译】

从此尽将吾等忘

诃利陷入她之控，如此情状难思量：

时而花蕾手上置，时而持握至唇边，

时而紧贴在胸前，一丝一毫不分离。

黑子称为托山者，却被笛子自掌控。

苏尔达斯言，

可亲可爱小竹笛，之于胜尊身心财。

【释译】

本诗借牧女之口描述了黑子陶醉于竹笛的情状。内容大致如下：

牧女怨念地道："自从迷恋上竹笛之后，黑子将我们忘了个一干二净！他那副沉醉其中的样子，我实在是不忍心去想！你看他对竹笛如此爱不释手，用他如花蕾一般的双手爱抚着竹笛，将竹笛放在他那美妙的双唇之上尽情吹奏。纵使不吹的时候，他也将竹笛牢牢地贴在胸前，一刻都不愿放开。这可是曾经托举了牛增山的黑子啊！现在怎么落得如此迷恋这小小的竹笛，为她所控！现在，对黑

① Varma 本作 bāke。

子来说，这可爱的小竹笛就是他的身体、他的心肝、他的财富、他的一切啊！”

【原文】

मुरली की सरि कौन करै।

नंद-नँदन[1] त्रिभुवन पति नागर, सो जो बस्य करै।

जबहीँ जब मन आवत, तब तब अधरनि पान करै।

रहत स्याम आधीन सदाई, आयसु तिनहिँ करै।

ऐसी भई मोहिनी माई, मोहन मोह करै।

सुनहु सूर याके गुन ऐसे, ऐसी करनि करै॥

（48/1892）

【对译】

何人可与竹笛同

难陀子慧三界主，她亦将其控制住。

无论何时心愿生，皆可畅饮于双唇。

黑子永远为从属，她之命令尽遵从。

竟为这般惑人女，莫亨[2]被惑女伴啊，

苏尔言，

且听她之这般德，还将这般行径做！

① Varma 本作 naṁd-naṃdan。

② 莫亨，原文 mohan，黑天名号之一，字面义为“迷惑”，因此此处有双关义，可理解为“黑天本是迷惑他人之人，现在却反过来被竹笛所迷惑”。

【释译】

本诗是牧女之间的对话，描写了黑子沉迷竹笛的情状。内容大致如下：

牧女酸溜溜地道：“现在对黑子来说，还有谁能够和竹笛相提并论啊！纵使难陀的儿子黑子是聪慧的三界之主，她竟也将他牢牢地控制住了！你看无论何时何地，只要她想，就可以尽享黑子双唇的美妙汁水！她不断向黑子发号施令，黑子对她也是言听计从。看这样子，黑子是要永远受控于她了！女伴啊，你看啊，这迷惑人的女子竟将迷人的黑子迷了个神魂颠倒！你听听啊，这就是她的种种德行！”

【原文】

काहैँ न मुरली सौँ हरि जोरैँ①।
काहैँ न अधरनि धरैँ जु पुनि-पुनि, मिली अचानक भोरैँ②।
काहैँ नहीँ ताहि कर धारैँ, क्यौँ नहिँ ग्रीव नवावैँ③।
काहैँ न तनु त्रिभंग④ करि राखैँ, ताके मनहिँ चुरावैँ⑤।
काहैँ न यौँ⑥ आधीन रहैँ ह्वै, वै अहीर वह बेनु।
सूर स्याम कर तैँ नहिँ टारत, बन-बन चारत धेनु॥
（49/1898）

---

① Sabha 本作 jorai。
② Varma 本作 bhīaiṁ。
③ Sabha 本作 navāv。
④ Varma 本作 tribhaṃgā。
⑤ Sabha 本作 curāvai。
⑥ Varma 本作 yau。

【对译】

诃利怎能不与竹笛结连理

见面顿时陷迷惑，怎不遍遍置唇上？

怎不双手将她持？怎能不使脖颈弯？

怎不身呈三道弯？他之心神被偷去。

他为牧人她竹笛，如此怎能不依附？①

苏尔言，

不与双手相分离，黑子牧牛森林中。

【释译】

本诗以牧女的口吻讽刺黑子与竹笛的关系。内容大致如下：

牧女道："你说说看，黑子有什么理由不和竹笛结为连理呢？竹笛设计了这骗局与诃利突然相见，诃利自然是欲罢不能。诃利怎么能不把她时时放在嘴唇上呢？怎么能不用双手拿着她呢？怎么能不拜倒在她的石榴裙下，向她卑躬屈膝呢？为了讨好她，诃利怎么能不呈现出三道弯呢？怎么能不乖乖地献出自己的心给她呢？黑子是放牛人，天天在林中转悠，她是那黑子爱不释手的笛子，他们可不就是天生一对吗！他能不对她言听计从吗？"

本诗中，牧女们已经由吃醋转为了愠怒，言辞所指也不仅仅是竹笛，而是将"负心人"黑天也一块儿说了进去。"他为牧人她竹笛，如此怎能不依附？"一句讽刺黑天和竹笛是"天生一对"。俗话说"打是亲骂是爱"，这种酸溜溜的讽刺更是将少女的情爱展现无遗。

---

① 由于牧人放牛时常常拿着驱赶牛群的棍子，盖其与竹笛相似，牧女借此讽刺竹笛与黑子"天生一对"。

【原文】

मुरलिया कपट चतुरई ठानी।
कैसैं[1] मिलि गई नंद-नँदन[2] कौं, उन नाहिंन पहिचानी।
इक वह नारि, बचन मुख मीठे, सुनत स्याम ललचाने।
जाति[3]-पाँति की कौन चलावै, वाकैं रंग भुलाने।
जाकौ मन मानत है जासौं, सो[4] तहँई सुख मानै[5]।
सूर स्याम वाके गुन गावत, वह हरि के गुन गानै॥
（50/1922）

【对译】

巧妙骗局竹笛设

如何相会难陀子？他们本来不相识。
她为一女口蜜语，黑子闻之生渴求。
种姓出身谁人说？迷失在彼情色中。
以心接纳其他人，他即那厢当作福。[6]
苏尔言，
黑子歌颂她之德，她亦歌颂诃利德。

【释译】

本诗描写了黑子与笛子“甜蜜相爱”的场景。内容大致如下：

这小小竹笛设下了巧妙的骗局，得以与黑子坠入爱河。他们本来并不认识，不知她用了什么手段来与黑子相会？她口中说着甜言蜜语，现在想来，恐怕是黑子被她的这一特点所吸引，听了她的话以后爱上了她，对她心生渴望。这种情况下，还会有谁会去介意她

① Gupta 本作 kaise。
② Varma 本作 naṁd-naṃdan。
③ Varma 本作 pāṁti。
④ Varma 本作 sau。
⑤ Gupta 本作 mānaiṁ。
⑥ 本句的意思为“以真心去接纳他人的人也会将这种付出视作福乐”。

出身什么种姓，他们是否般配呢？现在的他俩只顾沉浸在那无限的情色欢愉之中。有人以真心去接纳他人，喜爱他人，他也就会将这种爱恋视为福乐。你看他俩现在甜甜蜜蜜，黑子歌颂着她的德行，她也唱着黑子的功德！一唱一和，何其美满！

本诗的开头，牧女们依然在猜测竹笛的来历以及她和黑天相识的经过。不过渐渐地，牧女们对竹笛和黑天关系的态度也发生了变化，由一开始的嫉妒、愤怒逐渐转向了理解，“以心接纳其他人，他即那厢当作福”。诗人借牧女之口说出了自己的爱情观，包含了对浪漫爱情的向往。

【原文】

स्यामहिं दोष कहा कहि दीजै।

कहा बात मुरली सौं कहियै, सब अपनेहिं① सिर लीजै।

हमहीं कहति बजावहु मोहन, यह नाहीं② तब जानी।

हम जानी यह बाँस बँसुरिया, को जानै पटरानी।

बारे तैं मुँह लागत-लागत, अब ह्वै गई सयानी।

सुनहु सूर हम भोरी-भारी, याकी अकथ कहानी॥

（51/1931）

【对译】

黑子何过可言说

又向笛子说何言？自己头上揽一切。

我们劝说莫亨奏，当时并不晓此事，

我们当她竹制笛，谁知乃为正宫后③？

① Varma 本作 apanaihiṁ。

② Varma 本作 nahiṁ。

③ 正宫后，原文 paṭarānī，字面义为“可以坐在王座上的王后”，即正宫王后。

自从童年贴嘴边，如今精明又狡猾。

苏尔言，

且听我等老实人，难以言说他之事。

【释译】

本诗描写了牧女对黑子迷恋竹笛一事的自责。内容大致如下：

牧女道：“仔细想想，我们有什么可以责怪黑子的呢？又有什么可以去说竹笛的呢？还是找找自己的问题吧，其实一切都是我们自己的责任啊！想当初，不正是我们对莫亨说，‘莫亨啊，给我们吹曲笛子吧’的吗？当时我们只当她是用竹子制成的笛子，哪里知道她如此狡猾？回想起来，黑子小时候就常常将她贴在嘴边吹奏。现在黑子长大了，她也变得精明狡猾了！哎，你说说看，我们这些牧女都是老实巴交的人，她那些狡猾的事情我们怎么说得清楚呢。”

【原文】

मुरली कहै सु स्याम करैं री।

वाही कैं बस भए रहत हैं, वाकैं रंग ढरैं री।

घर-बन, रैनि-दिना सँग डोलत, कर तैं करत न न्यारी।

आई बन बलाइ यह हमकौं, कहा दीजियै गारी।

अब लौं रहे① हमारे माई, इहि अपने अब कीन्हे②।

सूर स्याम नागर यह नागरि, दुहुँनि भलैं करि चीन्हे③॥

(52/1937)

---

① Varma 本作 raheṁ。

② Varma 本作 kīnheṁ。

③ Varma 本作 cīnheṁ。

【对译】

竹笛怎么说黑子怎么做

已然陷入她掌控，沉溺她之情色中。

家中林中昼与夜，携行与手不分离。

之于我们她成祸，还有什么好咒骂！

至今属我女伴啊，现已被她据己有。

苏尔言，

黑子慧男她慧女，俩人熟识又相好。

【释译】

本诗展现了牧女对黑天与竹笛情感的无可奈何。内容大致如下：

牧女对女伴道："你看现在黑子和竹笛亲密无间的样子，黑子对她可是言听计从！他已经完全陷入了他的掌控之中，完全沉浸在了与她的情色欢愉之中。他无论是回家还是去森林，无论是白天还是夜晚，不论在什么地方，他都紧紧地握着她一刻也不放手。现在她已经成了我们的灾难，我们纵使咒骂她又有什么用呢？女伴啊，这之前黑子是属于我们的，从今往后就要被她据为己有了。他们俩，一个是聪慧的男子，一个是聪慧的女子，两个人天天在一起好得不得了！"

虽然未必有直接联系，但是本诗所反映出的牧女的无奈与之后黑天离开沃林达林前往马图拉的故事遥相呼应。相比聪慧的竹笛，生长于农村的牧女们觉得自己无疑差了一截。"黑子慧男她慧女，俩人熟识又相好"背后的哀怨和无奈将牧女心中的感情充分展现了出来。

【原文】

मेरे दुख कौ ओर नहीं।
षट रितु सीत उष्न बरषा मैं, ठाढ़े पाइ रही।
कसकी नहीं नैकहूँ① काटत, घामैं राखी डारि।
अगिनि-सुलाक देत नहिं मुरकी, बेह बनावत जारि।
तुम जानति मोहिं बाँस बँसुरिया②, अगिनि छाप दै आई।
सूर स्याम ऐसैं तुम लेहु न, खिझति कहा③ हौ④ माई॥
（53/1955）

【对译】

我之痛苦无止境

六季寒暑大雨中，仅凭单脚久站立。⑤
砍伐丝毫不喊疼⑥，复又放置阳光下。⑦
纵受火烤与铁烙，但为制孔不动摇。⑧
承受烈火烙印来，你只当我竹制笛。
苏尔言，
怎不此般得黑子？婆娘你发什么火？

【释译】

本诗为竹笛对牧女的反驳，讲述了她为黑天付出的种种努力。内容大致如下：

竹笛生气地反驳道：“你们这些无知的女子，怎么知道我为了能

---

① Gupta 本作 naikuhūṁ。
② Sabha 本作 basuriyā。
③ Varma 本作 kahāṁ。
④ Varma 本作 ho。
⑤ 此处以一个人单脚站立比喻竹子直立的样子。
⑥ 喊疼，原文 kasakī，可作感觉到疼痛时口中发出的“嘶嘶”声，亦可作感觉疼痛，此处译为“喊疼”。
⑦ 此处指的是制作竹笛时砍竹子、晒竹子两道工序。
⑧ 此处指的是制作竹笛时以火烤竹并用铁棍钻出笛身上的气孔两道工序。

够与黑天相伴所承受的无边的痛苦呢！日复一日，年复一年，无论是天寒地冻，还是酷暑难耐，抑或是大雨瓢泼，我都仅凭一只脚站立着等待着黑天。当我被砍下来的时候，一丝也没有叫疼。之后，我又被扔在炙热的阳光下暴晒。刚被晒完，我又被扔进了熊熊烈火之中，还要承受火热的烙铁条洞穿我的身体，但是为了能够在身上制作出合适的气孔，我毫不动摇。你们这些愚昧的女子，只当我是竹子做成的笛子，却不知道我为了来到黑天的身旁，身上留下了烈火的烙印！若你们真心对黑天好，你们大可也去行这般苦行以得到黑天，对我生气有什么用！”

牧女们自以为自己对黑天的感情已经深到无以复加，但是这首出自竹笛之口的答复无疑是对牧女们的“当头棒喝”。本诗的手法既是一种文学技法的超越，也代表了一种宗教情感的超越。几百年来，牧女代表虔诚信徒的概念逐渐形成，本诗却以竹笛之口完成了新的突破。诗人在诗中以丰富的想象力将制作竹笛的各道工序比作一个女子对黑天的爱，比作信徒对大神的虔诚，读来让人耳目一新、印象深刻。

【原文】

स्रम करिहौ जब मेरी सी।

तब तुम अधर-सुधा-रस बिलसहु, मैँ ह्वै रहिहौँ चेरी सी।

बिना कष्ट यह फल न पाइहौ, जानति हौ① अवडेरी सी।

षट रितु सीत तपनि तन गारौ, बाँस बँसुरिया केरी सी।

कहा मौन ह्वै ह्वै जु रही हौ, कहा करति② अवसेरी सी।

---

① Gupta 本作 hauṁ。
② Varma 本作 karat。

सुनहु सूर मैं न्यारी ह्वैहौं, जब देखौं तुम मेरी सी ॥
（54/1956）

【对译】

当如我般辛劳时

唇甘露汁你可享，我自作为女奴仆。

磨难当作麻烦事，无彼不得此果报。

六季严寒酷暑中，且如竹笛行瘦身。

如何默然如此状？如何担心又忧虑？

苏尔言，

待到见你如我时，且听我自分离去。

【释译】

本诗是竹笛对牧女的进一步反驳。内容大致如下：

竹笛向牧女道："等到你们付出和我一样的辛劳之时，你们自然也可以品尝到胜尊嘴唇的甘露汁，我到时候也会心甘情愿化作女仆复试你们。你们把为了得到黑子所经历的种种磨难当作麻烦之事，只知道一味回避，却不知道不经历这些磨难，又怎么能够得到这美妙的果报？你们也去和我一般为了黑子而历经六季的寒暑吧！"

牧女们听到了竹笛的叙述，惭愧得默不作声。竹笛见状，接着道："怎么了？你们怎么都这般沉默不语？你们在忧心忡忡地想什么呢？其实只要你们能付出这些辛劳，让我看到你们和我一样愿意为了黑子付出一切之时，我自然会离开他，让你们享有黑子的恩宠！"

【原文】

मुरली स्याम बजावन दै री।
स्रवननि सुधा पियति काहैं नहिं, इहिं तू जनि बरजै री।
सुनति नहीं वह कहति कहा है, राधा राधा नाम।
तू जानति हरि भूलि गए मोहिं, तुम एकै पति बाम।
वाही कैं मुख नाम धरावत, हमहिं मिलावत ताहि।
सूर स्याम हमकौं नहिं बिसरे, तुम डरपति हौ काहि॥
（55/1975）

【对译】

且让黑子奏竹笛

为何耳不饮甘露？你且莫要阻挠此。
不曾听闻他何语？罗陀罗陀之名字。
你当诃利把我忘，① 你们一体夫与妻。
名字置于他嘴上，她令我们得相会。②
苏尔言，
黑子未将我等忘，你为什么恐惧怕？

【释译】

本诗描写了牧女们在发现了黑天实际上并没有“移情别恋”之后安慰罗陀的场景。内容大致如下：

牧女对罗陀道：“罗陀啊，你就让黑子吹竹笛吧！这笛声如美妙的甘露，你为什么不让你的双耳来畅饮一番呢？你就不要再阻拦了吧！你难道没有听到黑子的笛声中所传达的言语吗？那一声声全是‘罗陀！罗陀！’的呼唤啊！你只当黑子将你忘了，这怎么可能呢？

---

① 本句实为表达牧女对罗陀心绪的猜测，其中使用的是直接引语，即牧女对罗陀说：“你只是自己觉得：‘黑天把我给忘了。’”句中的“我”指的是罗陀自己。

② 本句中第一个“他”指的是黑天，第二个“她”指的是竹笛，“名字”指的是牧女们的名字。

你们俩同为一体，是真正的夫妻啊！再看那小小竹笛，正是她将我们的名字放在了黑子的嘴边，正是她让我们得以与黑子相会啊！其实黑子并没有将我们忘记，你还有什么可担心恐惧的呢？”

【原文】

मुरलिया मोकौं लागति प्यारी।

मिली अचानक आइ कहूँ तैं, ऐसी रही कहाँ री।

धनि याके पितु-मातु, धन्य यह, धन्य-धन्य मृदु बोलनि।

धन्य स्याम गुन गुनि कै ल्याए, नागरि चतुर अमोलनि।

यह निरमोल मोल नहिं याकौ, भली न यातैं कोई।

सूरदास याके पटतर कौ, तौ दीजै जौ होई॥

（56/1979）

【对译】

我觉竹笛真可爱

从哪突然来相会？如此曾在何处居？

她之父母皆幸运，她幸甜言蜜语幸。

无价机智聪慧女，念[①]德携来黑子幸。

无价之她无她价，再无何人胜过她。

苏尔达斯言，

何人能与她比拟？但有且请给出来。

【释译】

本诗表达了牧女对竹笛的赞美和喜爱。内容大致如下：

牧女赞美竹笛道：“我觉得这小小竹笛实在是讨人喜欢。她是从哪里来的啊？怎么就突然来到了这里，与黑子和我们相会呢？这美

① 念，原文 guni，意为“考虑到、顾及到”。

妙的小竹笛是哪里人？曾经住在哪里啊？有这么一个乖巧的女儿，他的父母实在是大幸啊！除此之外，她自己以及她那甜蜜的声音也是万分的幸运啊！她这出色的聪慧女子，黑子正是看到了她身上的美德才将她一同带来的吧！黑子实在是幸运啊！她实在是一件无价之宝，再没有什么人能够胜过她了！还有谁能够和她相提并论呢？有的话就指出来让我们看一看吧！”

经历了一番吃醋和纷争之后，牧女终于又和竹笛重归于好，而这种和好的基础正是双方对黑天的虔诚爱意。

कमरी
毯子

【原文】

धनि धनि यह कामरी मोहन स्याम की।

यहै ओढ़ि जात बन, यहै सेज कौ बसन, यहै निवारिनि मेह बूँद, छाँह घाम की।

याही ओट सहत सीसिर-सीत, याहीँ[①] गहने हरत, लै धरत ओट कोटि बाम की।

यहै जाति पाँति परिपाटी यह सिखवति, सूरज प्रभ के यह सब बिसराम की॥

（57/2134）

【对译】

莫亨黑子此毯幸

将它披裹赴林中，它为床上遮盖布，

它阻云滴蔽日灼，因它遮蔽耐寒冷，

他抢首饰拿来放，遮蔽女子一千万。

苏尔言，

① Varma 本作 yāhī。

种姓习俗它授他，[1] 它为胜尊诸安逸。

【释译】

本诗赞颂了黑天的毛毯。内容大致如下：

黑子披在身上的毛毯真是十分的幸运啊！你看！黑子披着它去了森林，用它做铺盖在林中露宿。下雨时，它为黑子挡雨；晴天时，它为黑子遮阳。因为有了它的隐蔽，黑子才能忍受冬天的严寒。黑子放开手脚抢夺牧女们的首饰，也正是因为可以将这些夺来的东西藏在毛毯之中！种姓亲族相关的诸般习俗，谁能够和他分享这条毛毯，尽是这毛毯教他的，也正是它让黑子舒服地休息！

毛毯在印度人的生活中必不可少，毫不夸张地说是“居家旅行必备”。《苏尔诗海》中对黑天生活相关的事物多有歌颂，其实是借此来歌颂黑天。“毛毯”诗中对毛毯诸般功德的描述，正是从一个侧面展现了黑天的种种“本事”。

【原文】

यह कमरी कमरी करि जानति।
जाके जितनी बुद्धि हृद्य मैं, सो तितनौ अनुमानति।
या कमरी के एक रोम पर, वारौं चीर पटंबर।
सो कमरी तुम निंदति गोपी, जो तिहुँ लोक अडंबर।
कमरी कैँ बल असुर सँहारे, कमरिहिं तैँ सब भोग।
जाति-पाँति कमरी सब मेरी, सूर सबै यह जोग॥
（58/2133）

① 毯子在印度是人们生活中常用之物，例如本诗所列举的种种用途。但在日常生活中可以与什么人使用同一条毛毯却涉及种姓、家族，以及个人关系亲疏远近等各方面。故此处将毛毯拟人化为教授相关习俗的人。

【对译】

只将此毯认作毯

心中但有几多智，便能推理几多事。

但为此毯之一毛，献上锦缎衣与衫。

你等牧女所骂毯，三重世界它覆盖。

毯力消灭阿修罗，诸般受用因毛毯。

苏尔言，

我之种姓皆毛毯，它为一切之瑜伽！

【释译】

本诗赞颂了黑子的毛毯。内容大致如下：

你们这些愚蠢的牧女啊！你们只当黑子所披的毛毯仅仅只是一条毛毯！俗话说得好，“一个人心中有多少智慧，他就能考虑到多远”，你们这样的想法实在是愚蠢至极啊！哪怕只能得到这毛毯上的一根毛，我也愿意献上不计其数的珍贵衣物。你们这些牧女口口声声责骂的这条毛毯，实际上是覆盖了三界的毛毯。因为这毛毯的神力，阿修罗灭亡了，我们才能够享受这世间的一切。我的种姓、亲族皆是这条毛毯，它是所有一切的瑜伽，是达成一切的方式！

चीर हरन

夺衣本事

【原文】

भवन रवन सबही बिसरायौ।

नंद-नँदन जब तैं मन हरि लियौ, बिरथा जनम गँवायौ।

जप, तप, ब्रत, संजम, साधन तैं, द्रवति होत पाषान।

जैसैं[1] मिलै[2] स्याम सुंदर बर, सोइ कीजै, नहिं आन।
यहै मंत्र दृढ़ कियो सबनि मिलि, यातैं होइ सु होइ[3]।
बृथा[4] जनम जग मैं जिनि खोवहु, ह्याँ अपनौ नहिं कोइ।
तब प्रतीत सबहिनि कौं आई, कीन्हौ दृढ़ बिस्वास।
सूर स्यामसुंदर पति पावैं, यहै हमारी आस॥
（59/1383）

【对译】

屋宅丈夫尽忘却

自从难陀子夺心，此生徒然浪费逝。[5]
念诵苦行誓与制，[6] 修行能将石头熔，
如何得夫美黑子，照此去做再无它，
众会作此坚决意：由此所生任其成。[7]
此生世间莫徒失，此处再无何属己。
至此众女方知觉，坚定信念得确立。
苏尔言，
得美黑子为夫君，我们唯有此心愿。

【释译】

本诗描写了牧女们沉迷于黑子的情状以及对黑子的坚定爱意。内容大致如下：

自从黑子夺去了牧女们的心，她们就将家庭、丈夫都抛诸脑后，

---

① Varma 本作 jaiseṁ。
② Varma 本作 milaiṁ。
③ Sabha 本、Varma 本作 suhoi。
④ Varma 本作 vṛthā。
⑤ 本句后半句指的是牧女在为黑子所掌控以后所想的内容，即在心属黑子之后顿时觉得过往的人生徒劳无益，白活了。
⑥ 念诵（jap）、苦行（tap）、誓（brat，通 vrata，即发愿、誓愿）、制（saṃjam，通 saṃyama，即瑜伽修行中所说的“总制”）均为修行方式。
⑦ 由此所生任其成，体现了牧女们的决心，决意不计后果地一心向往黑天，不论发生什么都无所谓，顺其自然。

她们觉得自己过往的人生过得完全没有意义，完全被浪费了。现在她们所有人一起做出决定：只要能够得到黑子作为自己的夫君，她们愿意付出一切，甚至于能够将石头熔化的修行——无论是念诵、苦行，还是发誓愿、总制，她们都愿意承受，不计后果，不管这样做会导致什么后果都无所谓。牧女们发愿不再让自己的人生在俗世轮回之中消逝，这俗世之间再没有什么是属于她们的，她们再也没有什么可以留恋的。就这样，牧女们才获得了智慧，才坚定地信仰黑子。她们发愿道：“我们只有一个心愿，那就是能够获得美丽的黑子作为我们的夫君！”

对神的虔爱的核心在于坚定的意志。这首诗表达不再借助艳情的修辞，而是直接以诸多宗教的术语描述了这一坚定意志。念诵、苦行、发誓愿、总制，都是见诸印度宗教的修行方式，诗人也借此说明对黑天的虔诚远远高于也难于这些一般性的修行，突出了虔信在信仰中的核心地位。与此同时，对这一部分“夺衣本事”的诗歌来说，这首诗也起到了为这部分诗歌定调的作用，如同整部《苏尔诗海》以恭顺诗定调一样。结合后文的诗歌，不难看出，黑天要求牧女们抛弃羞耻之念与自己欢愉嬉戏正是要求她们坚定对自己的爱，也是神要求信徒坚定自己的信仰。

【原文】

जमुना-तट देखे नँद-नंदन।

मोर-मुकुट, मकराकृत-कुंडल, पीत-बसन, तन चंदन।

लोचन तृप्त भए दरसन तैँ उर की <u>तपति</u>① बुझानी।

① Varma 本作 tapani。

प्रेम-मगन तब भईं[1] सुंदरी उर, गदगद मुख-बानी।

कमल नयन तट पर हैं ठाढ़े, सकुचहिं मिल ब्रज-नारी।

सूरदास प्रभु अंतरजामी, ब्रत[2]-पूरन पगधारी[3] ॥

（60/1396）

【对译】

叶木拿畔见难陀子

鳄形耳环雀翎冠，黄色衣衫身檀香。

因为目睹眼满足，心中炙热亦熄灭。

彼时美女心陷爱，结结巴巴口中语。

莲花眸者岸边立，伯勒杰女见面羞。

苏尔达斯言，

胜尊乃为内控者，为全誓愿踏足来。

【释译】

本诗描写了牧女们在叶木拿河畔见到黑天，激动不已的场景。内容大致如下：

牧女们看到黑天站在叶木拿河畔，他头上戴着孔雀翎羽制成的头冠，耳边垂着鳄鱼形状的耳环，穿着黄色的衣衫，身上抹着檀香粉。得以目睹黑子的美丽容颜，牧女们的双眼得以意足，灼烧着牧女们心中的相思之火也得以熄灭。牧女们心陷爱恋，激动地结结巴巴地说不出话来。那拥有莲花一般美丽眼眸的黑子就伫立在叶木拿岸边，伯勒杰的女子们却依然在犹豫要不要去和他相会。可犹豫不决的她们哪里知道胜尊其实洞悉人心、知晓一切！他正是为了让女子们的誓愿得以实现才来到这里的！

本诗为“夺衣本事”拉开了序幕，场景转移到了叶木拿河畔。

① Sabha 本作 bhai。
② Gupta 本作 vrat。
③ Gupta 本作 pag dhārī。

诗人指出牧女们原本心中就存在着相思之火，这无疑为之后黑天的种种行径起到了“正名”的作用。但对此也可以做出一番宗教解读，即每个人就好像牧女一样，心中原本就存在对神的虔诚信仰，但是这种信仰受制于种种因素无法表达出来，就好像牧女们的羞耻感一样。此时，大神就会以不可思议的方式，打破这些因素的限制，让虔诚之情完完全全地展现出来。

【原文】

बनत नहीँ जमुना कौ ऐबौ।

सुंदर स्याम घाट पर ठाढ़े, कहौ कौन बिधि जैबौ।

कैसैँ① बसन उतारि धरैँ, हम कैसैँ② जलहिँ समैबौ।

नंद-नँदन हमकौँ देखैँगे③, कैसे④ करि जु अन्हैबौ।

चोली, चीर, हार लै भाजत, सो कैसैँ⑤ करि पैबौ।

अंकम⑥ भरि-भरि लेत सूर प्रभु, काल्हि न इहिँ पथ ऐबौ⑦॥

（61/1397）

【对译】

叶木拿河不该来

俊美黑子岸边立，且说以何方式去？

脱去衣衫如何放？我们如何入水中？

难陀之子将我看，又该如何去沐浴？

胸衣衣衫与首饰，夺走逃跑怎抓他？

① Varma 本作 kaiseṁ。
② Varma 本作 kaiseṁ。
③ Varma 本作 daikaiṁge。
④ Varma 本作 kaiseṁ，Gupta 本作 kaisaiṁ。
⑤ Varma 本作 kaiseṁ。
⑥ Varma 本作 aṃkan。
⑦ Varma 本作 paibau。

苏尔言，

胜尊满满拥入怀，明日不再来此路。

【释译】

本诗描写了牧女们犹豫是否要在黑子在场的情况下去叶木拿河中沐浴，踌躇不定的情状。内容大致如下：

牧女们看到了黑子正站在叶木拿河边，说道：“今天我们不该来这叶木拿河。你们看，那俊美的黑子正站在岸边呢，我们还怎么过去？你想想，我们怎么能在他在场的情况下脱去衣服，去河水中沐浴？他惯于偷女子的衣服，我们把衣服放在哪里是好？他就这么站在那里看着，我们怎么好意思去沐浴？回头如果他把我们的胸衣、衣服还有首饰都偷走了，我们又怎么去把他抓回来？而且那黑子还强行搂抱我们，实在是令人讨厌！看来明天我们不能走这条路了！”

本诗主要描述了牧女们见到黑天，预感到他要行不端之后的不安，还提到了黑天的“斑斑劣迹”。这与之后她们与黑天的欢乐嬉戏形成了鲜明对比。这种不安、疑惑实际上正是诗人对人们完全信仰黑天之前的疑惑的比喻。

【原文】

नीकैं① तप कियौ तनु गारि।

आपु देखत कदम पर चढ़ि, मानि लियौ मुरारि।

वर्ष② भर ब्रत③-नेम-संजम, स्रम कियौ मोहिं काज।

कैसे हूँ मोहिं भजै कोऊ, मोहिं बिरद की लाज।

---

① Gupta 本作 nīkai。
② Sabha 本作 barṣ。
③ Gupta 本作 vart。

धन्य ब्रत[1] इन कियौ पूरन, सीत तपति निवारि।

काम-आतुर भजीं मोकौं, नव तरुनि ब्रज-नारि।

कृपा-नाथ कृपाल भए तब, जानि जन की पीर।

सूर-प्रभु अनुमान कीन्हौ, हरौं इनके चीर॥

（62/1401）

【对译】

认真苦行身消瘦

攀上团花[2]自瞧看，穆罗之敌已接受。

为我经年辛劳苦，发愿守戒与总制。

我之功德美名誉，他人如何将我颂？

抛开严寒与酷暑，她们成全誓愿幸。

为欲所苦赞颂我，少女妇人伯勒杰。

彼时知晓众人苦，仁慈之主现怜悯。

苏尔言，

胜尊考虑又思量：且夺她们之衣衫！

【释译】

本诗描写了黑子观察牧女，如何从宗教思想出发，决意将牧女们的衣物夺去。内容大致如下：

正当牧女们在叶木拿河中沐浴之时，黑子爬上了岸边的团花树窥视。他看到了牧女们纤瘦的身形，想道："这些牧女为了我力行苦修，为了我发愿、受戒、止息修行了整整一年，我必须得接受这份心意。我一直有着仁慈悲悯的美名，如果现在袖手旁观，以后别人还怎么歌颂我的美誉呢？这些坚毅的牧女啊，她们抛开了严寒酷暑，完成了自己的誓愿，她们真是了不起，愿她们幸运！伯勒杰的少女

① Gupta 本作 vart。

② 团花，此处指团花树。

少妇，她们深受情欲之苦，一遍遍将我歌颂！”

就在那时，仁慈的黑天知晓了众人的痛苦，于是他决定对信徒施以恩惠，他决意为了使女子们免于痛苦，一定要将她们的衣服抢去！

【原文】

बसन हरे सब कदम चढ़ाए।

सोरह सहस गोप-कन्यनि के, अंग-अभूषन सहित चुराए।

नीलांबर, पाटंबर, सारी, सेत पीत चुनरी, अरुनाए।

अति बिस्तार नीप तरु तामैं, लै-लै जहाँ-तहाँ लटकाए।

मनि-आभरन डार डारनि प्रति, देखत छबि मनहीं अँटकाए①।

सूर स्याम जु तिनि ब्रत पूरन, कौ फल डारनि कदम फराए॥

（63/1402）

【对译】

抢衣皆挂团花树②

一万六千牧女衣，随身首饰亦偷去。

蓝白红黄与丝衣，红底白点及纱丽，

从中拿出一件件，团花树上四散挂。

宝石首饰各枝悬，心中暗自赏美景。

苏尔言，

黑子为践彼等誓，团花树枝硕果结。

【释译】

本诗承接上一首诗，描述的是黑天偷走牧女们的衣服和首饰，将它们挂在树上的情景。内容大致如下：

---

① Sabha 本作 aṭakā’e。

② 原文为 kadama，通 kadamba，学名 Nauclea cadamba，音译为迦昙婆树，意译为团花树，别名黄梁木，为茜草科大乔木，亚热带树种。此树经年常青，印度雨季（约 6 月中旬开始）开成橙黄色球形花，有香气，花期至 9 月。

一万六千名牧女在叶木拿河中沐浴。黑天跑过来抢走了她们的衣服和她们褪下的各种首饰。女孩们的衣服各色各样，有蓝色的、白色的、黄色的、红色的还有红底白点的，有丝绸衣服还有纱丽。黑天把它们一件件拿出来，分散着挂在团花树各处。挂完衣服后，他又把她们镶嵌宝石的首饰也拿出来，分别挂上各个枝头。之后，他自己开始饶有兴趣地欣赏起眼前这番美丽的景象来。

本诗的最后一句——“黑子为践彼等誓，团花树枝硕果结”是苏尔达斯的诗外音，内容上与总第 1383 首诗和总第 1401 首诗相呼应。诗人借此向世人宣告，黑天是仁慈之主，他了解到牧女们对他长久而坚定的爱恋之后，为了让牧女们实现自己要以黑天为夫的誓愿，才做出此番功行，偷走她们的衣服和首饰，希望能够给予她们福乐，使她们免于痛苦，这正是黑天给予信徒的莫大恩惠。此时，挂满各色衣物和首饰的团花树，美丽无比，仿佛结满黑天赐下的累累福果一般。

【原文】

हमारे अंबर देहु मुरारी।
लै सब चीर कदम चढ़ि बैठे, हम जल-माँझ उघारी।
तट पर बिना बसन क्यौं आवैं, लाज लगति है भारी।
चोली हार तुमहिं कौं दीन्हौं, चीर, हमहिं द्यौ डारी।
तुम यह बात अचंभौ माषत, नाँगी आवहु नारी।
सूर स्याम कछु छोह करौ जू, सीत गई तनु मारी॥
（64/1406）

【对译】

且还我衣穆罗敌[①]

抢衣攀坐团花树，我等裸露于水中。
无有衣衫怎上岸，备感羞耻愧难当。
胸衣项链皆予你，快将我等衣衫还。
你竟说此奇怪话：姑娘你就光身来。
苏尔言，
黑子你且行行好，浑身挨冻真要命！

【释译】

本诗描述的是牧女们请求黑天将衣服还给她们的情景。内容大致如下：

牧女们站在水中，向黑天请求道："黑子啊，你行行好，把我们的衣服还给我们吧。你倒好，把我们的衣服都拿走了，挂得满树都是，然后自个儿爬到树上坐下来欣赏自己的杰作。可怜我们却裸露着困在水中，冷得瑟瑟发抖。唉，这样光着身子站在这里真是羞死了，可是没有衣服我们又无法回到岸边。黑子啊，你高兴的话，花环胸衣都给你，你就快把我们的衣服还给我们吧。你怎么能够对我们说出这么奇怪的话，什么女孩们啊，你们就光着身子出来吧。黑子啊，你就行行好吧，我们都快冻死了。"

这首诗中，牧女们将自己没有衣服被困水中浑身冰冷的悲惨状况与黑天坐在树上欣赏成果的闲适状况进行对比，希望能够博取黑天的同情和怜悯，将衣服归还自己。

---

① 穆罗敌，原文 murāri，即 mura+ari，其中 mura 指五首阿修罗穆罗，他是大地女神之子阿修罗那罗迦（Naraka）的帮手，ari 意为敌人。由于黑天在与那罗迦的斗争中杀死了穆罗，所以得名号"穆罗敌"。

【原文】

लाज ओट यह दूरि करौ।

जोइ मैं कहौं करौ तुम सोई, सकुच बापुरिहिं[1] कहा करौ।

जल तैं तीर आइ कर जोरहु, मैं देखौं तुम बिनय[2] करौ।

पूरन ब्रत अब भयौ तुम्हारौ, गुरुजन-संका दूरि करौ।

अब अंतर मोसौं जनि राखहु, बार-बार हठ बृथा[3] करौ।

सूर स्याम कहैं[4] चीर देत हौं, मो आगैं[5] सिंगार करौ॥

（65/1408）

【对译】

且去这一羞愧纱

旦我所言你照做，为何害羞小可怜？

出水上岸手合十，我且瞧你恳切求。

今你誓愿得实现，长辈担忧且去除。

现在莫与我区分，次次坚持皆枉然。

苏尔言，

黑子言说将还衣，于我面前梳妆扮。

【释译】

本诗描述的是黑天劝说牧女们消除羞怯心理的情景。内容大致如下：

听到牧女们的请求，黑天对她们道：“哎呀，我说你们就别害羞了！我怎么说，你们就怎么做吧！你们这些小可怜啊，你们要这羞涩的内心有什么用呢？现在你们赶紧从水里出来，到岸边后再对我

① Varma 本作 bāpurihi。
② Sabha 本作 vinay。
③ Varma 本作 vṛthā。
④ Varma 本作 kahauṁ。
⑤ Varma 本作 āgeṁ。

双手合十，向我致敬请求吧。如今，你们已经实现了自己的誓愿，我已经成为你们的夫君，所以你们就不用再继续顾虑和害怕长辈们了。你们也别再我对划清界限，区分你我，就赶紧上岸来吧。你们一次又一次作这种坚持，其实都是无谓的。我倒是可以把衣服还给你们，但是你们要先上来，然后在我面前穿衣和梳妆。”

这里，黑天通过上述劝诫向牧女表明，经过她们持续不断的虔诚和努力，她们苦盼得黑天为夫的誓愿终于实现。如今，她们应当抛弃心中原本存在的那些担忧和畏惧，摒弃世俗的男女之别和你我之差，真正认识到他与她们虽身为二命却同一的本质，将他视为夫君。按他所言，祛除一切迷茫和痛苦，与他一起享受无上的幸福和欢乐。

【原文】

ब्रत पूरन कियौ नंद-कुमार। जुवतिनि के मेटे जंजार।
जप तप करि तनु अब जनि गारौ। तुम घरनी मैँ कंत तुम्हारौ।
अंतर सोच दूरि करि डारौ। मेरौ① कह्यौ सत्य उर धारौ।
सरद-रास तुम आस पुराऊँ। अंकम② भरि सबकौँ उर लाऊँ।
यह सुनि सब मन हरष बढ़ायौ। मन-मन कह्यौ कृष्न③ पति पायौ।
जाहु सबै घर घोष-कुमारी। सरद-रास दैहौँ सुख भारी।
सूर स्याम प्रगटे गिरिधारी। आनँद सहित गईँ घर नारी।।
（66/1415）

【对译】

难陀之子使誓圆

难陀之子使誓圆，去除少女世俗绊。

---

① Varma 本作 mero。
② Varma 本作 aṃgan。
③ Varma 本作 kṛsn。

今莫念[①]修[②]身憔瘦，你们为妻我为夫。

内心顾虑快消除，我言为真置心间。

秋日圈舞[③]遂你愿，拥抱众人满心怀。

众女闻此心喜增，暗自言得黑天夫。

牧女且都归家去，秋日圈舞赐多福。

苏尔言，

托山黑子明白语，女子欢喜归家去。

【释译】

本诗描述的是黑天向牧女允诺，劝说她们回家的情景。内容大致如下：

黑天对牧女们道："现在你们是妻子，我是你们的丈夫。你们已经完成了自己的誓愿，不用继续念咒和苦修让自己的身体受累了。你们要消除心中的各种顾虑，将我说的这些话当作真理放在心上，时刻记着。我将在秋天满月的夜晚与你们拥抱着一起跳圈圈舞，满足你们所有人的愿望。"

听到黑天的这番话，所有牧女都感到欢喜无比，她们暗暗在心里说道，如今终于得到黑天作为自己的夫君了。随后，黑天又对她们说道："亲爱的女子们，你们都各自回家去吧。我会在秋天共舞时给你们带来很多欢乐的。"

这首诗中，苏尔达斯通过"难陀之子使誓圆，去除少女世俗绊"和"托山黑子明白语，女子欢喜归家去"两个侧面展现了黑天仁慈悲悯、施恩信徒的一面。黑天看到牧女们为了得到自己为夫，坚定地进行念咒和苦修，使得身体憔悴消瘦，他便施恩为她们实现了自

① 念，原文为 japa，意为念咒，是印度的一种修行方法。

② 修，原文为 dapa，意为苦行。

③ 秋日圈舞，原文为 sarada-rasa，意为秋天满月之夜黑天与牧女们一起跳的圆圈舞。

己的誓言，消除了长久束缚她们、使她们身心受苦的世俗牵绊。此外，他还向她们公开表明了自己的心迹，允诺将与她们共舞，赐予她们更多的福乐，让她们当即幸福和欢乐地回家去了。

गोवर्धन पूजा

祭拜牛增山

【原文】

बाजति नंद-अवास बधाई।

बैठे खेलत द्वार आपनैं, सात बरस के कुँवर कन्हाई।

बैठे नंद सहित वृषभानुहिं[1], और गोप बैठे सब आई।

थापैं देत घरनि के द्वारैं, गावतिं मंगल नारि बधाई।

पूजा करत इंद्र की जानी, आए स्याम तहाँ अतुराई।

बार-बार हरि बूझत नंदहिं, कौन देव की करत पुजाई।

इंद्र बड़े कुल-देव हमारे, उनतैं सब यह होति बड़ाई।

सूर स्याम तुम्हरे हित कारन, यह पूजा हम करत सदाई॥

（67/1436）

【对译】

喜庆欢腾难陀家

七岁孩童小黑儿，坐在自家门前戏。

难陀偕同牛光坐，其他牧人皆来坐。

女子家门拍手印[2]，欢唱吉祥祝福歌。

得知祭拜因陀罗，黑子焦急至彼处。

---

① Gupta 本作 bṛṣabhānuhiṃ。

② 拍手印，原文为 tapain deta，字面义为拍手印。在印度，女人们常在欢庆的时候用手在各家门上拍上自己的手印，祈求吉祥，驱除邪恶。

诃利遍遍问难陀：礼敬膜拜哪位神？

伟大家神因陀罗，我此尊荣皆因他。

苏尔言，

若为黑子你之益，我将永行此祭拜。

【释译】

本诗描述的是难陀家里喜庆欢腾，祭拜因陀罗神的情景。内容大致如下：

难陀家中为祭拜因陀罗神举行庆典，欢天喜地，喧闹鼎沸。此时，七岁的小黑天正坐在自家门前玩耍。屋内，难陀和牛光坐在那里，所有的牧人也都来了，大家一起坐着进行祭拜。女人们用手在各家门上拍上自己的手印，祈求吉祥，驱除邪恶，然后唱起祝福和欢庆的歌曲。知道大家在举行祭拜仪式，小黑天急忙从门口跑进来，一遍遍地向难陀询问："爸爸，爸爸，你们在祭拜什么神呢？"难陀回答道："我们正在祭拜因陀罗神。他是我们家的伟大保护神，全因有他的庇护，我们才有今天这种尊荣。黑儿啊，为了你的幸福安康，我们愿意永远祭拜他，向他祈祷。"

这首诗中，苏尔达斯将小黑天塑造成一个顽皮好奇的小孩童，看见家里一片欢腾热闹的场景，忍不住跑进来向父亲询问缘由。作为一个慈爱的父亲，难陀不仅耐心地解答了儿子的问题，还在不经意间吐露出自己的心声——"若为黑子你之益，我将永行此祭拜"。看见黑天，难陀心中充满父爱，正所谓父爱无边，所以只要是为了黑天你的安好，难陀我愿意付出自己的一切。

【原文】

मेरौ कह्यौ सत्य करि जानौ।

जौ[1] चाहौ ब्रज की कुसलाई, तौ गोबर्धन[2] मानौ।

दूध दही तुम कितनौ[3] लैहौ, गोसुत बढ़ैं अनेक।

कहा पूजि सुरपति सौं पायौ, छाँड़ि देहु यह टेक।

मुँह माँगे फल जौ तुम पावहु, तौ तुम मानहु मोहिं।

सूरदास प्रभु कहत ग्वाल सौं, सत्य बचन[4] करि दोहिं॥

（68/1439）

【对译】

知晓我言为真话

若愿伯勒杰安泰，尊崇礼敬牛增山。

酸奶牛奶随你取，牛犊繁衍多又多。

祭拜神主[5]得何物？且将此般执念弃。

口中所求果你得，你会认可接受我。

苏尔达斯言，

胜尊言语向牧人，发誓所说皆真实。

【释译】

本诗描述的是黑天劝说牧人们放弃祭拜因陀罗的情景。内容大致如下：

知晓牧人们正在祭拜因陀罗，黑天对大家说，曾经有一个伟大的人告诉他牛增山才是众神之中的翘楚。听到黑天的这番话后，牧人们议论纷纷，有人相信有人怀疑。

---

① Gupta 本作 jau。

② Gupta 本作 govardhan。

③ Varma 本作 kitanī。

④ Gupta 本作 vacan。

⑤ 神主，原文为 surapati，意为神的主人。根据吠陀典籍，因陀罗为众神之首，故又称为众神之主。

看到这种场景，黑天继续道：“你们要相信我说的都是真话。如果你们希望伯勒杰安宁幸福，你们就听我的话，不要再祭拜因陀罗了，去礼敬牛增山吧。如果你们尊崇牛增山的话，无论想要多少酸奶、牛奶，你们都可以得到，而且，小牛犊的数量也会越来越多。你们说说，你们至今一直向因陀罗祭拜祷告都得到了什么？你们现在赶紧放弃自己这种固执的做法吧。一旦你们得到自己心中祈求的东西，你们就会知道我所言不假了。我向你们发誓，我说的可都是实话。”

这首诗中，黑天反复陈述只有祭拜牛增山才能得偿心愿、永保平安，再三要求牧人们相信他所说的一切。从人性的角度来看，这里苏尔达斯塑造的小黑天是个淘气的孩童，在大人的祭祀上捣乱调皮；从神性的角度看，黑天是无所不能超越一切的存在，牛增山在某种程度上可以说是他自己的化身，苏尔达斯借此号召大众向黑天膜拜；从现实角度看，苏尔达斯沿袭了传统的黑天故事，这里黑天劝说大家放弃崇拜因陀罗在一定程度上是早期宗教变革和发展遗留的痕迹，反映了牧人和婆罗门的斗争。

【原文】

बिप्र बुलाइ लिए नँदराइ।

प्रथमारंभ जज्ञ① कौ कीन्हौ②, उठे बेन-धुनि गाइ।

गोबर्धन सिर तिलक चढ़ायौ, मेटि इंद्र ठकुराइ।

अन्नकूट ऐसौ रचि राख्यौ, गिरि की उपमा पाइ।

भाँति-भाँति ब्यंजन परसाए, कापैं बरन्यौ जाइ।

---

① Sabha 本作 yajñ。
② Sabha 本作 kīnhā。

सूर स्याम सौं कहत ग्वाल गिरि, जेवहिं कहौ बुझाइ॥

（69/1450）

【对译】

难陀王唤来婆罗门

开始举行祭祀礼，吠陀颂声首先起。

牛增额头点符志[1]，消除霸位因陀罗。

粮食如此堆放好，得以与山相类似。

各种饭食呈奉上，谁人可以来描述？

苏尔言，

牧人言语向黑子：劝请神山享祭品。

【释译】

本诗描述的是牧人们开始举行祭祀敬拜牛增山的情景。内容大致如下：

听完黑天的话，难陀请来婆罗门，第一次供奉牛增山的祭礼开始了，各处弥漫着吟诵吠陀的声音。牧人们不再供奉因陀罗，他们在牛增山的神像上点上符志，向牛增山献上自己的虔诚。他们按照山的样子堆放好供奉的粮食堆，以求与牛增山形似，各种各样的饭食也端上了祭台。一切准备妥当之后，牧人对黑天说道："现在你就劝请牛增山享用我们献上的这些祭品吧！"

关于牧人们祭拜牛增山的此番盛况，苏尔达斯分述完各个细节之后，仍觉不足，于是诗人又站在全知者的视角感叹道："谁人可以来描述？"

---

① 此处指在牛增山神像的额头上点符志，象征牛增山的无上地位，表明自己对牛增山的皈依和虔信。

【原文】

गिरिवर[1] स्याम की अनुहारि।
करत भोजन अधिक रुचि यह, सहस भुजा पसारि।
नंद कौ कर गहे ठाढ़े, यहै गिरि कौ रूप।
सखी ललिता राधिका सौं, कहति देखि स्वरूप।
यहै कुंडल, यहै माला, यहै पीत पिछौरि।
सिखर सोभा स्याम की छबि, स्याम-छबि गिरि जोरि।
नारि बदरौला रही, बृषभानु[2]-घर रखवारि।
तहाँ तैं उहिं भोग अरप्यौ, लियौ भुजा पसारि।
राधिका-छबि देखि भूली, स्याम निरखैं ताहि।
सूर प्रभु-बस भई प्यारी, कोर-लोचन चाहि।।
（70/1455）

【对译】

妙山黑子一模样[3]

千条手臂他展开，兴致勃勃享美食。
抓住难陀手站立，此乃山之美形相。
瞧见本真美形相，罗丽达伴语罗陀：
此等花环大耳环，此等黄色长披肩，
山峰璀璨黑子美，黑子与山美相配。
伯德劳拉一女子，照看守护牛光家。
她自彼处献祭品，张开手臂尽拿去。
罗陀见美忘自我，黑子细细将她瞧。

① Varma 本作 giribar。
② Varma 本作 vṛṣabhānu。
③ 根据《薄伽梵往世书》，为了让伯勒杰居民们信服祭拜牛增山的仪式，黑天自己显现出牛增山的形相宣称自己是山中之王，现在就要开始享用祭品。但是，他自己仍然保持小黑天的孩童形相站在虔诚祭拜的人群当中。

苏尔言，

正以眼角来瞧看，情女陷入胜尊控。

【释译】

本诗描述的是牛增山享用祭品，美丽形态一如黑天的情景。内容大致如下：

牛增山张开自己的千条手臂，开始兴致勃勃地享用祭品。伯勒杰的居民惊讶地发现，此时牛增山展现出与黑天一模一样的形态。罗丽达看见牛增山的真实形态，对罗陀说："罗陀啊，你瞧瞧牛增山的美丽形态，就像拉着难陀的手站立着的小黑子一样。你快看那大耳环，那花环和那黄色的披肩，这不就是黑子平日的装扮嘛！牛增山光彩闪耀，黑子美丽迷人，山的美和黑子的美是一模一样的。"

此时，一位名为伯德劳拉的牧女为了照看牛光的家没能前来参与祭礼。知晓此事之后，她就在原地拿出祭品供奉牛增山，牛增山也伸出手臂欣然接受了。罗陀看见牛增山这番美丽形态忘记了自我，小黑天则在一旁朝她望去。

这首诗中，牛增山接受伯勒杰居民供奉的祭品，显现出与黑天一样的形相，意在宣告自己正是黑天的化身，在本质上与黑天是同一不二的，敬奉自己实际上就是敬奉黑天。罗陀看见牛增山的这种形相，知晓了这个道理，于是沉迷在他的美丽之中，不可自拔，正如苏尔达斯在本诗末尾所言——"正以眼角来瞧看，情女陷入胜尊控"。此外，在本诗中，苏尔达斯特意穿插了牧女伯德劳拉的故事，诗人借此告诉世人，只要诚心敬拜黑天，无论是否身处祭礼之中，黑天都会欣然接受他们的虔爱。

गिरिधारण लीला
托山本事

【原文】

ब्रज बासिनि① मोकौं② बिसरायौ।

भली करी बलि मेरी जो कछु, सो सब लै परबतहिं चढ़ायौ।

मोसौं गर्व कियौ लघु प्रानी, ना जानियै कहा मन आयौ।

तैंतिस③ कोटि सुरनि कौ नायक, जानि-बूझि इन मोहिं भुलायौ।

अब गोपनि④ भूतल नहिं राखौं, मेरी बलि मोहिं नहिं पहुँचायौ।

सुनहु सूर मेरैं⑤ मारत धौं, परबत कैसैं होत सहायौ।।

（71/1469）

【对译】

伯勒杰民将我忘

属我祭品全拿走，尽数献山真倒好！

卑微生灵对我傲，不知心中何所想。

三亿三千万神主，他们故意将我忘。

今若不献我祭品，不允牧人地上存。

苏尔言，

且听我若开杀戒，山会如何予帮助？

【释译】

本诗描述的是因陀罗知晓伯勒杰居民不再供奉自己，怒意大发的情景。内容大致如下：

因陀罗知晓伯勒杰居民停止祭拜自己之后，在心里暗暗道：“这

① Gupta 本作 vāsini。
② Gupta 本作 mokau。
③ Sabha 本作 taitis。
④ Gupta 本作 gopan。
⑤ Sabha 本作 merai。

下可好，这些胆大包天的伯勒杰居民现在已经把我忘记了，他们把原本用来供奉我的食物都拿去供奉牛增山了。这些卑微的生命竟然敢对我如此傲慢，真不知道他们心里都在想些什么！我可是三亿三千万天神的主人，他们却不知死活地故意把我忘记了。现在，如果他们不赶紧向我祭拜的话，我决不会允许这些牧人在这片大地上生存下去。我倒要看看，待我弄死他们的时候，牛增山能给他们多大的帮助！”

这首诗中，苏尔达斯通过描写因陀罗得不到牧人祭拜时的愤怒心理和报复心态，揭露出上层婆罗门和统治者惯享尊荣、狂妄傲慢、残暴无道，视社会中下层人民福祉为无物的丑恶嘴脸。

【原文】

गिरि पर बरषन लागे बादर।
मेघवर्त्त, जलवर्त्त, सैन सजि, आए लै-लै आदर।
सलिल अखंड धार धर टूटत, किये इंद्र मन सादर।
मेघ परस्पर यहै कहत हैं, धोइ करहु गिरि खादर।
देखि देखि डरपत ब्रजबासी, अतिहिं भए मन कादर।
यहै कहत ब्रज कौन उबारै, सुरपति कियैं निरादर।
सूर स्याम देखैं गिरि अपनैं, मेघनि कीन्हौ दादर।
देव आपनौ नहीं सम्हारत, करत इंद्र सौ ठादर।।
（72/1476）

【对译】

山上云朵始降雨

云转水转[①]集军队，怀带崇敬谦恭来。

水流不断大地裂，敬遂因陀罗心愿。

云朵相互言此语：冲毁山丘成洼地。

伯勒杰民瞧见惧，心中极度惊恐慌，

言此不敬神之主，谁人可救伯勒杰？

黑子且看自己山，云朵正在造灾难，

苏尔言，

自家天神不敬奉，闹事挑衅因陀罗！

【释译】

本诗描述的是因陀罗派来的乌云开始降雨，欲将伯勒杰摧毁的场景。内容大致如下：

因陀罗一怒之下，派遣名为云转和水转的两朵乌云来到伯勒杰。它们集结了自己的军队，带着对因陀罗的崇敬来到了牛增山上空，为了恭敬地完成因陀罗的心愿，开始降下瓢泼大雨。雨水倾盆，聚集成的水流一刻都没有间断，大地也被冲裂开了。云朵们互相道：“让我们把牛增山冲垮，让伯勒杰成为一片洼地吧。”

伯勒杰的居民看着这种状况，心中极其恐惧和惊慌。他们互相道：“我们听了黑子的话，对因陀罗不敬，招致如今这种恶果，现在谁还拯救救伯勒杰呢？小黑子他倒是看看自己的牛增山吧，乌云正在那儿下着暴雨呢！哎，你说黑子他为什么不敬重仰仗自己的家神，对因陀罗进行挑衅呢！如今可怎么是好！”

---

① 云转水转，原文为 meghavartt 和 jalavartt，通 meghavartt 和 jalavartta，可拆分为 megha+vartta 和 jala+vartta，字面义为云转和水转。此处指名为云转和水转的两团末世乌云，因陀罗派他们来摧毁牛庄。

这首诗中，苏尔达斯通过言语和行动，生动地描绘了两团乌云仰仗因陀罗的力量来到伯勒杰气焰嚣张、作威作福，而不明真相的伯勒杰居民恐惧埋怨、惊慌失措，两者形成鲜明对比，突显出上层婆罗门和统治者肆虐横行、蛮横凶暴，以及暴政下百姓无奈无助，为求平安只能向强权表示顺从。

【原文】

ब्रज के लोग फिरत बितताने।
गैयनि लै बन ग्वाल गए, ते धाए आवत ब्रजहिं पराने।
कोउ चितवत नभ-तन चक्रित ह्वै, कोउ गिरि परत धरनि अकुलाने।
कोउ लै रहत ओट वृच्छनि① की, अंध-धुंध दिसि-बिदिस भुलाने।
कोउ पहुँचे जैसैं②-तैसैं गृह, कोउ ढूँढ़त गृह नहिं पहिचाने।
सूरदास गोबर्धन③-पूजा, कीन्हे कौ फल लेहु बिहाने।।
（73/1478）

【对译】

伯勒杰民逃散慌

牵牛去林放牧人，飞奔回来伯勒杰。
有人惊恐望向天，有人慌乱摔在地，
有人躲在大树后，漆黑之中忘方向，
有人勉强把家回，有人寻觅未至家。
苏尔达斯言，
祭礼膜拜牛增山，早早既已尝果报！

① Sabha 本作 bṛcchini，Varma 本作 vṛcch。
② Sabha 本作 jaisai。
③ Gupta 本作 govardhan。

【释译】

本诗描述的是暴雨中伯勒杰居民惊慌逃散的场景。内容大致如下：

看见牛增山上暴雨倾盆的景象，牵着母牛去往树林放牧的人们开始飞奔回往伯勒杰。他们惊慌失措，四处逃散。有人惊恐万分地望着天空，有人焦急不安地摔倒在地，有人躲在大树后面。这时，乌云笼罩着天空，到处漆黑一片，伸手不见五指。黑暗中，有人忘记了回家的方向，有人好不容易才回到家中，有人一直寻寻觅觅却始终没能到家。

这里，苏尔达斯通过人们逃散时的各种状态，表现出普通百姓遭遇上层暴行时痛苦、迷茫、惊恐和无助的状态。本诗末尾，诗人以全知者的视角道出人们在张皇失措中难免自怨自艾的心声——“祭礼膜拜牛增山，早早既已尝果报”，都是因为祭拜牛增山，我们如今才会惨遭如此灾难，颇有早知如此何必当初的味道。

【原文】

राखि लेहु अब नंदकिसोर।

तुम जो[①] इंद्र की मेटी पूजा, बरसत है अति जोर।

ब्रजबासी[②] तुम तन चितवत हैं, ज्यौं करि चंद चकोर।

जनि जिय डरौ, नैन जनि मूँदौ, धरिहौं नख की कोर।

करि अभिमान इंद्र झरि लायौ, करत घटा घन घोर।

सूर स्याम कह्यौ तमु कौं राखौं, बूँद न आवै घोर।।

(74/1483)

① Sabha 本作 jau。

② Varma 本作 brajavāsī。

【对译】

难陀子，现请庇护

因陀罗祭你废除，大雨滂沱迅猛下。

伯勒杰民朝你看，仿若鹧鸪[①]凝望月。

心莫恐惧眼莫闭，指甲一角可托起。[②]

傲慢无礼因陀罗，密布乌云降大雨。

苏尔言，

黑子言说保护你，滴雨亦不沾边角。

【释译】

本诗描述的是伯勒杰民请求黑天护佑，黑天安慰他们的场景。内容大致如下：

惊慌恐惧中，伯勒杰的居民向黑天请求道："难陀的儿子啊，请你保护我们吧！你劝说大家终止敬拜因陀罗的祭礼，激怒了他，伯勒杰才下起了如此瓢泼大雨。现在，我们这些可怜无助的伯勒杰居民只能看着你、期盼着你，就像鹧鸪望着月亮那样。"

听完他们的话，黑天安慰他们道："你们别害怕，也别因为恐惧闭上眼睛。眼前这些没什么大不了的，我只需要用指甲的一角就能把牛增山托起，为你们遮风挡雨。因陀罗傲慢无礼，让伯勒杰乌云笼罩，下起倾盆大雨。我会保护你们的，不会让一滴雨水落在你们身上。你们就放宽心吧。"

这首诗中，伯勒杰的居民面对危难惊慌失措，将一切缘由归结为黑天劝服大家停止祭拜因陀罗。然而，面对他们的埋怨，黑天非但没有生气和不满，反而耐心和善地安慰他们，并对他们允诺自己

---

① 鹧鸪，原文为 cakora，特指一种红脚鹧鸪，印度传统认为它以月光为生。由于其对月亮的专注，常被引用作为虔信者或爱人的象征。

② 此句诗乃黑天所述，他称自己将用指甲一角托起牛增山以庇护伯勒杰。

将保护他们周全。苏尔达斯借此歌颂了黑天对待普通信众宽厚和仁慈的美好品德。

【原文】

स्याम लियौ गिरिराज उठाइ।

धीर धरौ हरि कहत सबनि सौं, गिरि गोबर्धन① करत सहाइ।

नंद गोप ग्वालनि के आगैं, देव कह्यौ यह प्रगट सुनाइ।

काहे कौं व्याकुल② भएँ डोलत, रच्छा करै देवता आइ।

सत्य बचन③ गिरि-देव कहत हैं, कान्ह लेहि मोहिं कर उचकाइ।

सूरदास नारी-नर ब्रज के④, कहत धन्य तुम कुँवर कन्हाइ॥

(75/1489)

【对译】

黑子托举山之王

诃利语众且冷静，牛增山会施援手。

难陀牧人牧童前，山神清楚话此言：

为何惊慌四逃散，大神将来行保护。

山神道出真实话：黑黑以手高举我。

苏尔达斯言，

伯勒杰地男女言：少年黑儿你幸运⑤！

【释译】

本诗描述的是黑天和牛增山劝慰伯勒杰居民的场景。内容大致如下：

① Gupta 本作 govardhan。

② Sabha 本作 byākul。

③ Gupta 本作 vacan。

④ Sabha 本作 kai。

⑤ 你幸运，原文为 dhanya tum，字面义为祝福你幸运多福，此乃表示感谢的一种方式。

看见伯勒杰居民们焦躁不安，黑天劝慰他们道：“你们冷静点儿，耐心点儿，牛增山会帮你们的。”此时，在难陀、牧人和牧童面前，牛增山明明白白地道出真相：“你们为什么如此惊慌失措地四处逃散呢？你要知道，黑天大神会来保护你们的，他会用手把我托起，为你们挡住暴雨侵袭的。”伯勒杰的居民听到这话，心里感到十分欢喜，他们忙向黑天道：“小黑儿啊，谢谢你！祝福你幸运多福！”

这首诗与上一首诗即总第 1483 首诗主题类似，同样表现是黑天为信徒禳灾灭祸、消除苦痛、赐予无限喜乐的一面。本诗的最后一句——“伯勒杰地男女言：少年黑儿你幸运”，作为诗的一部分，是伯勒杰居民对黑天的感恩，作为诗外音，亦是苏尔达斯对黑天仁慈宽厚、惠及普通信众的赞颂。

【原文】

गिरि जनि गिरै स्याम के कर तैं।
करत बिचार[①] सबै ब्रजबासी[②], भय उपजत अति उर तैं।
लै लै लकुट ग्वाल सब धाए, करत सहाय जु तुरतैं।
यह अति प्रबल, स्याम अति कोमल, रबकि-रबकि हरबर तैं।
सप्त दिवस कर पर गिरि धार्यौ, बरसि थक्यौ अंबर तैं।
गोपी ग्वाल नंद-सुत राख्यौ, मेघ-धार जनधर तैं।
जमलार्जुन दोउ सुत कुबेर के, तेउ उखारे जर तैं।
सूरदास प्रभु इन्द्र-गर्ब[③] हरि, ब्रज राख्यौ करबर तैं।

（76/1491）

① Varma 本作 vicār。
② Sabha 本作 vrajabāsī，Gupta 本作 brajavāsī。
③ Gupta 本作 garv。

【对译】

山莫从黑子手掉落

伯勒杰民皆担虑，极端恐惧由心生。

所有牧童携木棍，立即飞跑来帮忙。

黑子极弱它极重，慌乱匆匆疾奔行。

手上托山达七日，天空降雨终停止。

云降大雨成湍流，难陀子庇众牧人。

俱毗罗子双生树①，他俩连根被拔起。

苏尔达斯言，

因陀罗傲胜尊除，护伯勒杰危难中。

【释译】

本诗描述的是伯勒杰居民担心黑天独力无法支撑牛增山的场景。内容大致如下：

伯勒杰的居民看见黑天托着牛增山，心中既担心又害怕。他们心里想着，这个牛增山奇重无比，小黑儿娇嫩柔弱，他怎么能独自把这山托起来呢。万一这山从他手上滑落的话，我们都要被压死的！可千万不能让它掉下来呀！于是，大家急急忙忙拿着木棍跑过来，帮忙支撑。就这样，在瓢泼大雨中，黑天一直用手托着牛增山，保护着伯勒杰的居民，直至七天后天空的降雨停止。

"俱毗罗子双生树，他俩连根被拔起"和"因陀罗傲胜尊除，护伯勒杰危难中"是苏尔达斯以诗外音的方式对黑天功行的赞颂。诗

---

① 双生树，原文为 jamalārjuna，意为双生阿周那树。该树亦简称为阿周那树，是一种大型落叶乔木。传说财神俱毗罗的两个儿子一次在恒河岸边裸身与天女们一同嬉戏。正巧那罗陀拜见完毗湿奴神从那儿经过。天女们看见那罗陀急忙以衣蔽体，而两兄弟过于陶醉以至于没有看见他。为此，他们受到那罗陀的诅咒，变成了双胞胎的阿周那树。后来，被母亲绑在木臼上的小黑天试图从两棵树中间穿过，木臼碰巧卡在两棵树中间，他一用力就将树连根拔起，使他们获得了解脱。

人希望借此向世人宣告：黑天伟大又仁慈，他总是对信徒施恩，解救信徒于危难，是信徒坚实可靠的大救星。以前，他曾连根拔起了双生树，使俱毗罗的两个儿子获得了解脱。现在，他又在暴雨中保护了伯勒杰居民的安全，消除了因陀罗的傲慢。

【原文】

मेघनि जाइ कही पुकारि।
दीन ह्वै सुरराज आगैँ, अस्त्र दीन्हे डारि।
सात दिन भरि बरसि ब्रज पर, गई नैँकु न झारि।
अखँड धारा सलिल निझर्यौं, मिटी नहिं[①] लगारि।
धरनि नैँकु न बूँद पहुँची, हरषे ब्रज-नर-नारि।
सूर घन सब इंद्र आगैँ, करत यहै[②] गुहारि।।
（77/1500）

【对译】

诸云去往呼唤言
可怜兮兮神王前，丢盔卸甲弃兵器。
整整七日降下雨，丝毫未淋伯勒杰。
湍流不绝水降落，源源不断不可除。
滴雨未落大地上，伯勒杰地男女喜。
苏尔言，
因陀罗前众乌云，作此呼唤和求助。

【释译】

本诗描述的是乌云遭遇挫败，向因陀罗哭诉求助的场景。内容大致如下：

---

① Sabha 本作 nāhiṁ。
② Gupta 本作 bhalai。

云朵们消沉沮丧、悲惨可怜地来到因陀罗面前，放下自己的武器，向他哭诉道："因陀罗啊，我们连续在伯勒杰上空下了整整七日的大雨，其势之大，源源不断，无人能阻。然而，这些雨水却一滴也没有落在伯勒杰的土地上，伯勒杰一点儿都没有被淋着。伯勒杰的男男女女现在心里可高兴了。你说，我们该如何是好。"

乌云受命因陀罗，使出浑身解数却惨遭失败，凄凄惨惨地返回主人身边。这里，苏尔达斯通过乌云的哭诉从侧面烘托出黑天的伟大。

【原文】

घरनि-घरनि ब्रज होति बधाई।

सात बरष कौ[①] कुँवर कन्हैया, गिरिवर धरि जीत्यौ सुरराई।

गर्ब[②] सहित आयौ[③] ब्रज बोरन, वह कहि मेरी भक्ति घटाई।

सात दिवस जल बरषि सिरान्यौ, तब आयौ पाइनि तर धाई।

कहाँ कहाँ नहिं संकट मेटत, नर-नारी सब करत बड़ाई।

सूर स्याम अब कैं ब्रज राख्यौ[④], ग्वाल करत सब नंद दोहाई॥

（78/1579）

【对译】

伯勒杰地家家贺

七岁孩童小黑儿，托举妙山胜神王。

彼言对我虔信减，傲慢来淹伯勒杰。

七日降水终止时，跑来拜伏双脚下。

何处危难不消除，男男女女皆尊崇。

① Varma 本作 ko，Gupta 本作 kauṃ。
② Varma 本作 garv。
③ Gupta 本作 āyo。
④ Varma 本作 rākhyo。

苏尔言，

黑子今护伯勒杰，幸有难陀牧人谢[①]。

【释译】

本诗描述的是黑天战胜因陀罗，伯勒杰家家欢庆的场景。内容大致如下：

七天降雨过后，伯勒杰家家户户都开始欢庆黑天的胜利。小黑天才七岁，就托起了牛增山，保护了伯勒杰，战胜了因陀罗。此前，因陀罗还趾高气扬、傲慢无礼地道："如今伯勒杰居民都不祭拜我，不虔信我了。"为此，他派来两团乌云企图淹没伯勒杰。然而，大雨停止时，伯勒杰在黑天的保护下完好无损，所有的牧人都对难陀感叹道："难陀啊，谢天谢地，幸亏有你养育了黑儿，我们才能逃过此劫。"因陀罗也由此认识到自己的失败和黑天的伟大，于是急忙跑来伏倒在他脚下，对他表示礼敬。

"何处危难不消除，男男女女皆尊崇"既是伯勒杰所有居民在危难过后对黑天的歌颂，也是苏尔达斯对黑天消除世人灾难、根除世人痛苦的赞美。在诗人看来，无论信徒在何处遭遇苦难，只要冥想、念诵黑天的名号，黑天必将现身解救他们。因此，这个世上哪里存在黑天未曾解救人们于危难之中的故事呢？黑天是世人仁慈的主人，是世人的大救星，世间的男男女女都歌颂着他的伟大，对他礼敬有加。

---

① 幸有难陀牧人谢，原文为 gvāl karat sab nand dohā'ī，即 sab gvāl nand dohā'ī karat。其中 dohā'ī 一词本义为呼唤、呼救，在特定语境下亦可用以表达说话者感恩、感激的心情，有多亏、幸亏之意。此处，经历危难后，牧人们对难陀表示感激，意即幸亏难陀育有黑天这样的儿子，大家才得以安好。

【原文】

तेरैं भुजनि बहुत बल होइ कन्हैया।

बार बार भुज देखि तनक से[①], कहति जसोदा मैया।

स्याम कहत नहिं भुजा पिरानी, ग्वालनि[②] कियौ सहैया।

लकुटिनि टेकि[③] सबनि मिलि राख्यौ, अरु बाबा नँदरैया।

मोसौं क्यौं रहतौ गोबरधन, अतिहिं बड़ौ वह[④] भारी।

सूर स्याम यह कहि परबोध्यौ चकित देखि महतारी॥

（79/1583）

【对译】

黑儿啊，愿（你）双臂力无穷

遍遍瞧看小手臂，耶雪达母把话语。

黑子言说臂不疼，诸多牧人行帮助。

众人持棍来支撑，会同爸爸难陀王。

沉重非常牛增山，凭我怎能将其举？

苏尔言，

瞧见母亲惊诧异，黑子言此作解释。

【释译】

本诗描述的是黑天向母亲解释自己如何托起牛增山的场景。内容大致如下：

母亲耶雪达一遍又一遍地看着黑天小小的手臂，惊奇又心疼地对他道："黑儿啊，愿你的手臂力大无穷！只有那样，托举牛增山的时候你才不会觉得劳累。"

黑天看见母亲满脸的惊讶，连忙解释道："妈妈，其实我的手臂

① Vamra 本作 sai。
② Varma 本作 gvālin。
③ Varma 本作 ṭek。
④ Varma 本作 yeh。

一点儿也不累。你也瞧见了，托起牛增山的时候，所有的牧人和难陀爸爸都来帮忙一起用木棍支撑。否则，就我一个人怎么能托得动呢，您也知道那山可是非常沉重的。”

这首诗中，苏尔达斯通过母子二人的对话，生动地勾勒出一幅母慈子孝的温暖图景。母亲耶雪达看见小黑天用柔嫩的小手臂托起牛增山，虽然感到惊奇，却更多地害怕儿子受累受伤，仅“愿（你）双臂力无穷”这一句祝愿语中流露出她对黑天浓浓的母爱和深切的关怀。黑天看见母亲的迷惑，知晓母亲的担忧后，急忙解释此举非自己一人之功，乃合众人之力达成，故而自己并未受苦，希望能让母亲安心放心。

【原文】

मातु पिता इनके नहिं कोइ।
आपुहिं करता, आपुहिं हरता, त्रिगुन रहित हैं सोइ।
कितिक बार अवतार लियौ ब्रज ये हैं ऐसे ओइ।
जल-थल, कीट-ब्रह्म के व्यापक, और न इन सरि होइ।
बसुधा-भार-उतारन-काजैं, आपु रहत तनु गोइ।
सूर स्याम माता-हित-कारन, भोजन माँगत रोइ।।
（80/1590）

【对译】

谁也不是他父母

自为创造毁灭者，他为脱离三德[①]者。
多次降临伯勒杰，如此这般他即是。
遍及水陆虫与梵，与其相同无他者。

① 三德，原文为 triguṇa，意为“三德”，即喜德（sattva）、忧德（rajas）、暗德（tamas），为印度教数论哲学中自然界最初物质的三种本质。

为释大地沉重负，一直隐藏自己身。

苏尔言，

黑子仅为母亲益，哭着闹着要饭食。

【释译】

本诗描述的是大力罗摩对黑天的颂扬。内容大致如下：

大力罗摩瞧见母亲心疼地揉搓黑天小手的模样，心中暗暗笑着道：“黑儿他托起这山算什么，他原本就是毗湿奴大神。他自己是宇宙的创造者，也是毁灭者，不为任何人所生，谁也不是他的父母。他是大梵，超越喜、忧、暗三德。他为了解救信众，多少次化身下凡来到伯勒杰。他就是这样的。他无所不在，无论水中还是陆地上，无论昆虫还是大梵，都有他的存在，世间无人和他一般。为了减除大地的重负，他才隐藏着自己无限的身体，化身成孩童的形象，来到伯勒杰。”

这首诗中，苏尔达斯借大力罗摩之口，道出黑天托举牛增山的根本奥秘，并向世人宣告：黑天是大梵，是宇宙中超越一切的最高存在。他热爱信徒，视信徒为己出，多番降世解救信徒于危难之中。他想其所想，忧其所忧，下凡所作一切功行皆为信徒之益。为了证明自己所言非虚，为了使自己的说教更具说服力，本诗的末尾，诗人特加以佐证——“黑子仅为母亲益，哭着闹着要饭食”，他本无饥无渴，只是为了向热爱他的母亲撒娇，讨母亲欢喜，他才整日哭着闹着向母亲讨要饭食。借此，诗人想表达一个意思——黑天对待信徒如此宽厚仁慈，又怎能不为世人全心侍奉、虔诚信爱呢?

【原文】

सुरगन सहित इंद्र ब्रज आवत।

धवल बरन ऐरावत देख्यौ, उतरि गगन तैं धरनि धँसावत।

अमरा-सिव रबि-ससि-चतुरानन, हय-गय बसह-हंस-मृग-जावत।

धर्मराज, बनराज अनल दिव, सारद, नारद, सिव-सुत भावत।

मेढ़ा, महिष, मगर, गुदरारौ, मोर, आखुमन वाहन, गावत।

ब्रज के लोग देखि डरपे मन, हरि आगैं कहि कहि जु सुनावत।

सात दिवस जल बरषि सिरान्यौ, आवत चल्यौ ब्रजहिं अतुरावत।

घेरौ करत जहाँ तहँ ठाढ़े, ब्रजबासिनि कौं नाहिं बचावत।

दूरहिं तैं बाहन सौं उतर्यौ[1], देवनि सहित चल्यौ सिर नावत।

आइ पर्यौ चरननि तर आतुर, सूरदास-प्रभु सीस उठावत॥

（81/1594）

【对译】

因陀罗偕众神来到伯勒杰

看见白色云裔象[2]，自天降落大地上。

湿婆日月四面[3]神[4]，象牛马鹿天鹅行。

法王[5]水王[6]莎罗陀[7]，那罗陀湿婆子[8]喜。

---

① Gupta 本作 ubaryau。

② 云裔象，原文为 Airābat，通 Airāvata，字面义为云的后裔，音译为爱罗婆多，指因陀罗的大象坐骑。传说该象全身洁白无瑕，长有 4 个长鼻和 7 颗象牙。根据《罗摩衍那》，该象的母亲名为云（Irāvata），故其得名云之后裔，此处缩译为云裔。

③ 四面，原文为 cadurānan，即 cadura+ānana，字面义为四面，此处指具有四面的梵天大神。

④ 神，原文为 amarā，字面义为永恒的、不朽的，代指天神，此处疑指毗湿奴神，与下文大鹏鸟（gudarārau）坐骑对应。

⑤ 法王，原文为 vanarāj，即法王阎摩。

⑥ 水王，原文为 banarāj，通 vanarāja，此处指水神伐楼那。

⑦ 莎罗陀，原文为 Sārad，通 Śārada，即文艺女神。

⑧ 湿婆子，原文为 Siva-sut，通 Śiva-suta，字面义为湿婆的儿子，此处指战神和象鼻神。

水牛鳄鱼公羊鼠，孔雀大鹏[1]心骑[2]唱。

伯勒杰民见心惧，诃利面前把话言。

七日降雨才终止，急忙来到伯勒杰。

团团包围到处立，伯勒杰民不得救。

走下坐骑自远方，偕同诸神低头行。

苏尔达斯言，

来到急忙伏脚边，胜尊却将头抬起。

【释译】

本诗描述的是因陀罗在众神的陪伴下向黑天拜服的场景。内容大致如下：

因陀罗与众神一起来到伯勒杰。伯勒杰的居民们首先看见白色的云裔大象自天而降，随即他们又看见因陀罗骑着大象，湿婆骑着公牛，太阳神骑着马，月神骑着鹿，梵天骑着天鹅，毗湿奴骑着大鹏鸟，法王阎摩骑着水牛、水神伐楼那骑着鳄鱼，火神骑着公羊，湿婆的儿子战神骑着孔雀，象鼻神骑着老鼠，文艺女神骑着天鹅，那罗陀大仙以心灵为坐骑，心中十分欢喜地唱着颂歌来到伯勒杰。

伯勒杰的居民看到这种场景，心中十分恐惧。他们赶忙来到黑天面前，对他讲述起自己所看到的状况："黑子啊，之前因陀罗下了七天的瓢泼大雨，前不久总算停止了。可是，现在他又心急火燎地来到伯勒杰，究竟想干什么呢？你瞧，他还带着一大群手下把我们团团围住，这可怎么办才好？"此时，因陀罗走下自己的坐骑，谦恭地低着头，与众神一起，朝黑天走来。

这首诗中，因陀罗通过众神了解到自己失败的原因和黑天即为

---

① 大鹏，原文为 gudarārau，指毗湿奴神的坐骑大鹏鸟迦楼罗。

② 心骑，原文为 man vāhan，指那罗陀大仙喜好自由，四处游历，以心灵作为自己的坐骑。

大梵的奥秘，摒除了原本的傲慢和狂妄，来到伯勒杰向黑天致敬。本诗的最后一句——“来到急忙伏脚边，胜尊却将头抬起”具有转折色彩，因陀罗怀带崇敬之心一见到黑天便向他礼敬，而黑天却因为看到因陀罗对自己的虔诚，心中十分欢喜，赶忙将他扶起来。这里，苏尔达斯将因陀罗的谦卑和黑天的友好放在一起，愈发能够突显出黑天对待信众的宽厚和仁慈。

रास लीला
圆圈舞本事

【原文】

जबहिं बन मुरली स्रवन परी①।
चक्रित भईं गोप कन्या सब, काम-धाम बिसरीं।
कुल मर्जाद बेद② की आज्ञा, नैंकहुँ③ नहीं डरीं।
स्याम सिंधु, सरिता-ललना-गन, जल की ढरनि ढरीं।
अंग-मरदन करिबे कौं लागीं, उबटन तेल धरी④।
जो जिहिं भाँति चली सौ तैसैंहिं⑤, निसि बन⑥ कौंजु खरी⑦।
सुत-पति-नेह, भवन-जन-संका, लज्जा नाहिं करी⑧।
सूरदास प्रभु मन हरि लीन्हौ, नागर नवल हरी⑨॥
（82/1618）

① Varma 本作 parīṁ。
② Gupta 本作 ved。
③ Sabha 本作 naiṁkuhuṁ。
④ Varma 本作 dharīṁ。
⑤ Varma 本作 daiseṁhiṁ，Gupta 本作 daisehiṁ。
⑥ Varma 本作 van。
⑦ Varma 本作 kharīṁ。
⑧ Varma 本作 karīṁ。
⑨ Varma 本作 harīṁ。

【对译】

林中笛声入耳时

所有牧女皆惊喜，全然忘却家务事。

吠陀训示家族誉，一丝一毫不畏惧。

迷人女子似河川，水流齐赴黑子海。

专心致志抹身体，持拿香膏和油脂。

无论处于何情状，夜起那般赴林中。

夫儿之爱家人忧，不再顾及和害羞。

苏尔达斯言，

胜尊将心掠夺去，年轻聪慧美诃利。

【释译】

本诗描述的是牧女们听到黑天笛声，不顾一切奔赴林中的场景。内容大致如下：

秋夜迷人的沃林达林中，黑天吹奏竹笛，声声呼唤着牧女们的名字。当这美妙的声音传到牧女们耳朵里的时候，她们都感到惊喜无比。这些女子沉迷陶醉，完全忘记了自己手中的家务活，也不再对吠陀的训示以及家族的荣誉感到畏惧。她们不再顾及对丈夫和儿子的爱恋，也不再考虑家人的担忧。那些原本专心致志涂抹身体的女孩儿们，手中拿着擦身体的油脂和香膏，就急急忙忙地朝林中奔去。其他牧女也是一样，无论她们当时正在干什么，都不管不顾地站起来，大半夜地就朝树林走去。她们这样心心念念地一齐向黑天身边奔去，如同百川流归入海洋一般。

本诗末尾，苏尔达斯以诗外音——“胜尊将心掠夺去，年轻聪慧美诃利”交代了这些牧女在夜晚忘记一切、抛开一切，一心只顾朝黑天身边飞奔而去的根本原因，即聪慧年轻、俊俏迷人的黑天已将她们芳心夺去。

【原文】

चली बन बेनु सुनत जब धाइ।
मातु-पिता-बाँधव अति त्रासत, जाति कहाँ अकुलाइ।
सकुच नहीँ, संका कछु नाहीँ, रैनि कहाँ तुम जाति।
जननी कहति दई की घाली, काहे कौँ इतराति।
मानति नहीँ और रिस पावति, निकसी नातौ तोरि।
जैसैँ जल-प्रवाह भादौँ कौ, सो को सकै बहोरि।
ज्यौँ केंचुरी भुअंगम त्यागत, मात-पिता यौँ त्यागे।
सूर स्याम कैँ हाथ बिकानी, अलि अंबुज अनुरागे।।
（83/1621）

【对译】

闻笛奔向林中时
父母兄长恐慌极：急急忙忙去哪里？
毫无顾虑不矜持，夜晚你朝何处去？
母亲言说天杀女，为何傲慢不讲理？
不予接受生怒气，断绝关系出门去。
仿若六月[①]之水流，谁人能够使返还？
仿若蛇将蜕皮弃，如此父母皆抛弃。
苏尔言，
成为黑子手中奴，黑蜂迷恋爱莲花。

【释译】

本诗描述的是牧女奔向林中时家人的种种反应以及牧女的应对。

① 原文为 bhādauṃ，指印历第六个月（即公历 8~9 月中旬）。传说黑天降生于该月黑半月的第八天，该日天降大雨，叶木拿河中水流湍急。

内容大致如下：

牧女们听到林中的竹笛声，不顾一切地跑出去。她们的父母、兄弟和亲友们见此感到十分恐慌，他们斥责道：“你们急急忙忙地这是要去哪儿？作为女孩子，你们这样毫无矜持，毫无顾念，大晚上的要到哪里去啊？”母亲生气地对她们说道：“天杀的女儿啊，你们为何如此傲慢，什么都不管不顾呢！”

然而，这些牧女不但不听从家人的劝阻，反而生气地断绝了与他们的一切关系，逃出门去。她们前往林中的劲头就像印历六月叶木拿河中湍急的流水，还有谁能使其折返回去呢？她们向往黑天，头也不回地跑出家门，抛弃了自己的父母，就像蛇抛弃自己的蜕皮一样。她们就是这样深深地爱恋着黑天，成为他手中的奴隶，就像黑蜂爱恋莲花，总是绕其飞行一样。

这首诗中，牧女们面对父母、家人的劝阻，非但没有停止前往林中的脚步，反而坚决地与他们切断关系，夺门而去。仅从表面来说，牧女们为了与情郎相会，做出抛弃家人、抛弃父母这种看似疯狂而不可理喻的行为实属不该，然而，探其究竟，这里牧女是世间无数个体灵魂、无数小我的代表，而黑天则是大梵，是宇宙的最高存在。牧女们对黑天不顾一切、一心一意的爱恋是小我对大梵、个体灵魂对最高存在的无限向往，这正是诗人在诗中想极力渲染、强调和说明的精髓。

【原文】

मातु-पिता तुम्हरे धौँ नाहीँ।

बारंबार कमल-दल-लोचन, यह कहि-कहि पछिताहीँ।

उनकैँ लाज नहीँ, बन तुमकौँ आवन दीन्ही राति।

सब सुंदरी, सबै नवजोबन, निठुर अहिर की जाति।

की तुम कहि आईँ, कि ऐसेहि कीन्ही कैसी रीति।

सूर तुमहिं यह नहीं बूझियै[1], करी बड़ी बिपरीति।।

（84/1631）

【对译】

难道你无父母亲

莲瓣眼者言说此，懊悔一次又一次。

羞耻害臊彼不具，夜晚允你来林中？

众女美丽又年轻，牧人[2]种姓实无情。

言毕而来或如此，你等所依何礼俗？

苏尔言，

此事你等不知晓，已然大大违礼俗。

【释译】

本诗描述的是黑天假意斥责前来林中的诸位牧女的场景。内容大致如下：

看到牧女们急急忙忙地赶来树林中，黑天对她们道："女子呀，你们这么晚还跑过来，难道你们都没有父亲和母亲吗？如果有的话，难道他们都没有羞耻心，三更半夜还允许你们到树林里来？唉，你们都是美丽而年轻的少女，然而你们的家人却不关心你们，这么晚了还让你们来这充满危险的树林，阿希尔种姓的人们是多么无情啊！话说回来，你们究竟是先告诉了家人才来的，还是就这么不顾一切、不声不响地就来了？我说你们究竟遵守什么样的礼法？你们还不知道吧，你们这样做大大违背了礼俗，实属不该啊！"

这首诗中，黑天看到牧女们听到自己的笛声就匆匆从家里赶来，心中立刻知晓了她们对自己的爱意。然而，为了考验她们的爱恋是否坚定，黑天故意对她们说出上面的话，假意斥责她们不该做出如

① Gupta 本作 būjhibai。

② 牧人，原文为 ahīr，指一个以养牛为生的副种姓，其成员主要集中在北印度。

此违背世俗礼法的事情。但是，黑天是仁慈的海洋，对待爱他信他的人一向宽厚，虽然他嘴里说着这些话，心里却感到不安，苏尔达斯为突显黑天的这种矛盾心理，一开篇即交代道——“莲瓣眼者言说此，懊悔一次又一次”，看着眼前这些美丽的女子，黑天一次又一次地后悔，心想自己真不该对她们说出这些残酷无情的话来。

【原文】

इहिं बिधि[1] बेद[2]-मारग सुनौ।
कपट तजि पति करौ पूजा, कहा तुम जिय गुनौ।
कंत मानहु भव तरौगी[3], और नाहिं उपाइ।
ताहि तजि क्यौं बिपिन[4] आईं, कहा पायौ आइ।
बिरध[5] अरु बिन भागहूँ कौ, पतित जौ पति होइ।
जऊ मूरख होइ रोगी, तजै नाहीं जोइ।
यहै मे पुनि कहत तुम सौं, जगत मैं यह सार।
सूर पति-सेवा बिना, क्यौं तरौगी संसार।।
（85/1634）

【对译】

且听此般吠陀道
且弃虚假礼敬夫，你等心中作何想？
尊崇夫君自有渡[6]，此外别无其他法。

① Gupta 本作 vidhi。
② Gupta 本作 ved。
③ Varma 本作 tarogī
④ Gupta 本作 vipin。
⑤ Sabha 本作 biridh，Gupta 本作 viradh。
⑥ 原文为 bhava taraugī，其中 bhava 字面义为有、存在，源自√ bhū。佛典将其译为“有”，为十二缘起之一，分为欲有、色有、无色有三有。此处 bhava tarogī，字面义为从“有”中渡，即摆脱世俗存在，获得解脱之意。

为何弃彼来林中，到此又可有何得？

无论丈夫多灾难，堕落败坏或年迈，

无论愚蠢或生病，皆不应该将其弃。

我对你等再言此：此乃世界之精粹。

苏尔言，

倘若不把夫侍奉，如何可渡轮回苦？

【释译】

本诗描述的是黑天假意教育牧女应当尊崇夫君的场景。内容大致如下：

黑天继续对众牧女道："女子们啊，你们听我跟你们讲述吠陀的训导。吠陀有云，女子应当抛弃虚情假意，全心全意地礼敬自己丈夫。可是，你们现在却抛弃丈夫跑到树林里来，你们心里都在想什么呢？你们要知道，只有尊崇礼敬自己的丈夫，女子才能获得解脱，除此之外，再也没有别的什么方法了。我说你们干吗到树林里来，你们来了又能得到什么好处呢？吠陀中有规定，无论丈夫是年迈的、不幸的、堕落的、愚蠢的还是生病的，你们都不能将其抛弃。我再告诉你们一遍，侍奉丈夫才是世界的精髓所在。你们说说，如果不服从并侍奉自己的丈夫，你们还怎么能从轮回中获得解脱呢？"

这首诗与上一首诗即总第 1631 首诗主题类似，同样表现的是黑天施展诡计，以假怒来考验众牧女对自己信仰是否坚定。

【原文】

तुम पावत हम घोष न जाहिं।

कहा जाइ लैहैं हम ब्रज, दरसन त्रिभुवन नाहिं।

तुमहूँ तैं ब्रज हितू न कोऊ, कोटि कहौ नहिं मानैं।

काके पिता, मातु हैं काकी, काहूँ हम नहिं जानैं।

काके पति, सुत-मोह कौन कौ, घरही कहा पठावत।

कैसौ धर्म, पाप है कैसौ, आस[①] निरास करावत।

हम जानैं केवल तुमहीं कौं, और बृथा संसार।

सूर स्याम निठुराई तजियै, तजियै बचन-बिकार।।

（86/1639）

【对译】

得你我不回牧村

回伯勒杰我何得，此等见面三界无。

伯地[②]无人亲胜你，劝说千万不认可。

谁有父亲谁有母，我等谁人亦不识。

谁爱儿子谁有夫，为何派遣返回家？

达摩何罪如何，使得希望变失望。

我等所知唯有你，世间其他皆徒然。

苏尔言，

残酷无情冷言语，黑子且请将其弃。

【释译】

本诗描述的是牧女们向黑天表明自己不回牧区的决心。内容大致如下：

听到黑天的话，牧女们惊恐万分。她们对黑天道："黑子啊，现在见到了你，我们怎么都不会回牧区去的。能够见到你，这是三界中都不可多得的好事，你说我们回伯勒杰又能得到什么呢？伯勒杰中我们对谁还有比对你更热爱？所以即使你劝我们一千次一万次，我们也不会听你的。我们这些人中，谁有父母，谁有丈夫，谁

① Varma 本作 āp。

② 伯地，原文为 braj，指伯勒杰地区，此处受字数限制，缩译为伯地。

有爱着自己的儿子？我们除了你谁也不认识，你现在为什么一次次地叫我们回家去呢？正法是什么，罪又是什么，我们压根不在乎。原本我们都希望到这里来能够与你一同嬉戏，可你却非要让我们回去，这可真是让我们灰心又失望。黑子啊，这个世界上，我们只认识你，除了你，其他的一切对我们来说都是没有任何价值和意义的。就请你别再这么冷酷无情地说这么伤人的话了，我们是不会回去的！”

这首诗中，牧女们为向黑天表明自己对他的爱恋之深，反复强调世上一切皆为虚空，否定了世间的一切关系，包括子女与父母、妻子与丈夫、母亲与儿女的至亲关系，只有黑天才是她们心心念念所向往和牵挂的。她们所说的这些话语实际上与总第1621首诗中牧女不顾家人劝阻的疯狂行为有相似之处，两者体现的都是小我对大我方为宇宙本原的认识，以及小我对与大我合一的渴盼。

【原文】

कहत स्याम श्रीमुख यह बानी।

धन्य-धन्य दृढ़ नेम तुम्हारौ, बिनु दामनि मो हाथ बिकानी।

निरदय बचन कपट के भाखे, तुम <u>अपनैं</u>① जिय नैंकु न आनी।

भजीं निसंक आइ <u>तुम</u>② मोकौं, गुरुजन की संका नहिं मानी।

सिंह रहै जंबुक सरनागत, देखी सुनी न अकथ कहानी।

सूर स्याम अंकम भरि लीन्हीं, बिरह-अग्नि-झर तुरत बुझानी।।

（87/1652）

① Varma 本作 apanem̐。

② Sabha 本作 dam。

【对译】

黑子吉口话此语

意志[①]坚定你们幸，不计代价为我奴。

述说虚假无情语，你们丝毫不在意。

长辈忧虑你不管，无所顾忌来敬我。

狮子请求豺狗护[②]，不可言事未闻视。

苏尔言，

黑子拥抱满心怀，离苦炙火立熄灭。

【释译】

本诗描述的是诃利对牧女们的赞扬。内容大致如下：

看到牧女们对自己坚定的爱恋，黑天高兴地对牧女们道："牧女们啊，意志坚定的你们是多么幸运啊！你们没有索取任何代价和回报，就跟随我、爱我，甘愿成为我的奴隶。虽然我对你们说了那么多虚假又无情的话语，可是你们一点儿都没有介怀，丝毫没有对我记恨。你们不顾念长辈们的担心和忧虑，就这样无所顾忌地来到我的身边，对我礼敬。"

对此，牧女们回答道："世上哪有狮子去寻求豺狗保护的事情呢，这种荒唐的事情我们从来没有听过和见过。"

这首诗中，黑天向牧女们坦言自己已经明白她们的心意和委屈，语气中透露出一丝对自己之前言说无情话语的自责和懊悔，而牧女们不但没有责怪他，反而出言劝慰自己所做的一切都是心甘情愿、情理之中的事情。本诗最后落尾至"黑子拥抱满心怀，离苦炙火立熄灭"，听到牧女发自肺腑的话语，面对如此真心诚意的虔诚者，黑

---

① 原文为 niyam，字面义为规定，此处根据上下文，引申为意志。

② 根据《本生经》，一只豺狗曾向狮子寻求保护，希望能以狮子残羹为食。狮子允之，并以己所剩食喂之。于是，豺狗日益渐壮，其傲慢之心亦增。后来，它向狮子宣称自己将捕食大象为食，狮子可食自己剩余之食，后遭大象踩踏而死。

天自然会欣喜万分地将她们拥在怀中，施恩消除一直折磨她们的分别之苦。

【原文】

कियौ जिहिं काज तप घोष-नारी।
देहु① फल हौं तुरत लेहु तुम अब घरी, हरष चित करहु दुख देहु डारी।
रास रस रचौ, मिलि संग बिलसौ②, सबै वस्त्र③ हरि कहि जो निगम बानी।
हँसत मुख मुख निरखि, बचन④ अमृत⑤ बरषि⑥, कृपा-रस-भरे सारंग-पानी।
ब्रज-जुवति चहुँ पास, मध्य सुंदर स्याम, राधिका बाम⑦, अति छबि बिराजै⑧।
सूर नव-जलद-तनु सुभग स्यामल कांति इंदु-बहु-पाँति-बिच अधिक छाजै॥
（88/1653）

【对译】

牧女苦行为何故

我赐彼果你即取，且除痛苦使心喜。
情味舞作齐同欢，夺衣言如尼笈摩。
手持华彩神弓者，微笑瞧看众人颜，
语如甘露纷落下，充满恩惠慈悲味。
四周伯勒杰少女，俊俏黑子居中央，
左边还有小罗陀，美丽无限光彩现。
苏尔言，

---

① Gupta 本作 dehuṁ。
② Gupta 本作 vilasau。
③ Sabha 本作 bastr。
④ Gupta 本作 vajan。
⑤ Gupta 本作 aṃmṛt。
⑥ Sabha 本作 varaṣi。
⑦ Gupta 本作 vām。
⑧ Gupta 本作 virājai。

青黑美光新云身，诸行月中璀璨耀。

【释译】

本诗描述的是黑天向牧女们允诺即将开始圆圈舞的场景。内容大致如下：

黑天微笑地看着牧女们秀丽的面庞，充满仁慈地继续对她们道："亲爱的女孩儿们，你们之前苦修所求的心愿，我马上就会让你们实现，你们就赶紧把心中的所有痛苦都抛去，让自己高兴地享受吧！我即将跟你们一起跳充满情味和乐趣的圆圈舞，你们就尽情地欢乐吧！这件事情在我夺走你们衣服的时候，我就已经非常确定、非常郑重地告诉过你们了。"黑天的这番话语如同天降甘露一般，带给牧女们无限欢乐。

本诗的后半部分，苏尔达斯以比喻的手法描绘了黑天与众牧女站在一起迷人奇妙的美丽图景。诗人将黑天青黑的身体比喻为美丽的新云散发着青黑色的光芒，将肤色白皙的牧女比喻为一轮轮的明月。所以，此时此刻，这幅图画中，黑天站在中间，罗陀在他左边，其他牧女围在他们周围，远远望去，就像新云的青黑色的光芒在一排排月亮中间璀璨闪耀。

【原文】

मानौ माई घन घन अंतर दमिनि।

घन दामिनि दामिनि घन अंतर, सोभित हरि ब्रज भामिनि।

जमुन पुलिन मल्लिका मनोहर, सरद-सुहाई-जामिनि।

सुंदर ससि गुन रूप-राग-निधि, अंग-अंग अभिरामिनि।

रच्यौ रास मिलि रसिक राइ सौं, मुदित भईं गुन ग्रामिनि।

रूप-निधान स्याम सुंदर घन, आनँद मन बिस्रामिनि①।

खंजन-मीन-मयूर-हंस-पिक, भाइ-भेद गज-गामिनि।

को गति गनै② सूर मोहन सँग, काम बिमोह्यौ③ कामिनि॥

（89/1666）

【对译】

仿若闪电云中间

闪电中间有云彩，云彩中间有闪电，

伯勒杰地多情女，复有诃利光辉现。

叶木拿畔妙秋夜，迷人可爱茉莉花④，

美德美色情爱海⑤，美月周身悦人女。

共舞偕同风流王，有德村女皆陶醉。

黑子美云美色藏，女悦其心使怡然。

鹡鸰孔雀鱼鹁鸪，情态不同行如象⑥。

苏尔言，

何述共伴莫亨状，情欲已然迷妙女。

【释译】

本诗描述的是黑天在秋季夜晚与牧女共舞的美丽场景。内容大致如下：

---

① Gupta 本作 visrāmini。

② Sabha 本作 gane。

③ Gupta 本作 vimohyau。

④ 迷人可爱茉莉花，原文为 mallikā manohar，字面义为迷人的茉莉花。Dhirendra Varma 将其解释为叶木拿河畔美丽的茉莉花，而 Kishori lal Gupta 则将其解释为秋天如茉莉花般迷人的满月，译者认为此处应指茉莉花。

⑤ 美德美色情爱海，原文为 gun rūp-rāg-niti。Dhirendra Varma 将其解释为美丽和情爱云集，而 Kishori lal Gupta 则将其解释为美德、美丽和情爱的海洋，译者此处采用后者观点。

⑥ 关于本句的理解，Dhirendra Varma 认为，印度女子的形态通常以上半句的几种动物做比，而此刻牧女们与黑天共舞表现出与往常不同的情态，她们像大象一样行走。而 Kishori lal Gupta 则认为“行走如象”与上半句一样，同为形容此刻牧女的美丽形态，bhā'ī-bhed 指她们表现出音乐的不同情感。译者认为此处还有另外一种解释，即行走如象的牧女们各自展现出不同的喜悦情态。

秋季美丽的夜晚，叶木拿河畔朗月当空，茉莉花迷人可爱。那里，黑天正与伯勒杰的牧女们一起跳舞。他们围成一个圆圈，两两相隔，每两个牧女中有一个黑天，每两个黑天中又夹着一个牧女，远远望去，就像团团云朵间电光闪耀，而电光之中又有云朵浮现，光彩迷人，美丽无限。此刻，牧女们深深地陶醉在与黑天共舞的幸福和喜悦中，她们品德高尚，周身曼妙，她们的美丽和情爱就像无边无际的海洋。她们如明月一般迷人，给俊俏如新云一般的黑天带来无限的欢愉。她们眼波流转如同鹡鸰和鱼，舞姿翩翩如同孔雀，姿态优雅如同天鹅，歌声美妙如同杜鹃，此刻她们像大象一样行走，表现出各不相同的喜悦情态，

这首诗中，叶木拿河畔，秋季满月之夜，茉莉花的香气隐约袭来，黑天显现神通，化身为一万六千个黑天，陪伴在每一位牧女身边，与她们起舞嬉戏，共享欢乐。对于脑海中这幅人美景美、人景合一的美妙图景，苏尔达斯亦觉难以言述，故而在本诗的末尾以诗外音的方式唱诵道——“何述共伴莫亨状，情欲已然迷妙女”，尽管这些美妙的女子因为喜悦呈现出各种不同的情态，然而她们已然深陷情爱之中，不可自拔，谁又还能描述她们与黑天在一起的各种情状呢?

गोपिका-गर्व और कृष्ण का अंतर्धान होना
牧女傲慢和黑天消失

【原文】

गरब भयौ ब्रजनारि कौं, तबहीं हरि जाना।

राधा प्यारी सँग लिये, भए अंतर्धाना।

गोपिनि हरि देख्यौ नहीँ, तब सब अकुलाई[①]।

चकित होइ पूछन लगीँ, कहँ गए कन्हाई।

कोउ मर्म जानैँ नहीँ, ब्याकुल[②] सब बाला।

सूर स्याम ढूँढ़ति फिरैँ, जित-तित ब्रज बाला॥

（90/1703）

【对译】

伯勒杰女傲慢生

伯勒杰女傲慢生，诃利即刻便知晓。

携同罗陀小情女，消失不见无踪影。

牧女不得见诃利，彼时众人躁不安。

惊恐万分始询问：黑儿已到何处去？

秘密无人能知晓，一众女孩皆慌张。

苏尔言，

伯勒杰地众女孩，四处徘徊寻黑子。

【释译】

本诗描述的是牧女心生傲慢，黑天携同罗陀消失的场景。内容大致如下：

秋夜共舞之后，伯勒杰的牧女们认为自己得偿所愿，已然得到黑天作为自己的丈夫，所以心中变得骄傲起来。然而，她们的这点小心思怎么能够逃过黑天的法眼呢？黑天知悉一切之后，便悄悄地带着罗陀从她们身边消失了。牧女们忽然在各处都找不到黑天的踪迹，于是焦躁不安起来。她们惊慌失措地互相询问：“黑儿到哪儿去了呀？”

这首诗中，牧女们对待黑天的心态由渴盼变成傲慢，黑天为了

① Gupta 本作 akulā' īṃ。

② Varma 本作 vyākul。

警示她们，就将自己隐匿起来。黑天是知晓一切的主人，他的这些秘密牧女们如何能够知晓呢？所以，慌乱不安的她们只能如诗人在本诗末所唱的那样——“伯勒杰地众女孩，四处徘徊寻黑子”。通过这首诗，苏尔达斯希望告知世人，虔信黑天的心灵必须时时刻刻保持谦卑和恭顺，唯有如此，才能常得神恩，常享福乐。

【原文】

तुम कहुँ देखे स्याम बिसासी।

तनक बजाइ बाँस की मुरली, लै गए प्रान निकासी।

कबहुँक आगैँ, कबहुँक पाछैँ, पग पग भरति उसासि।

सूर स्याम-दरसन के कारन, निकसीँ चंद-कला सी॥

（91/1708）

【对译】

你在哪见过黑子大骗子吗

竹笛稍稍吹奏响，魂魄即已被勾去。

时而向前时而后，一步一步长叹息。

苏尔言，

为与黑子相见故，宛如月光遍洒去。[①]

【释译】

本诗描述的是牧女们四处找寻黑天的场景。内容大致如下：

牧女们找不到黑天，慌乱无助地四处徘徊。她们边走边向路人打听：“你在哪里见过黑子吗？他这个大骗子，只稍稍对我们吹了吹竹笛，我们的魂魄从此就被他夺走了。然而，他让我们爱上他以后却消失不见了。”牧女们就这样毫无头绪地迷茫着、寻找着，她们有

① 此处指牧女们四处寻找黑天，就像月光遍洒大地一般。

时向前行进，有时又返回向后，每走一步都忧伤地长叹一口气。

本诗的末尾，苏尔达斯站在全知者的视角，纵观整个画面，如是唱道——“为与黑子相见故，宛如月光遍洒去”，为了与心爱的黑子相见，牧女们出门四处寻找，就像月光遍洒大地各处一样。这里，诗人借用比喻的修辞手法，将牧女们比喻为月光，一来可以月光之美形容牧女肤色白皙，颜美如月；二来可以月光之广形容此刻牧女们徘徊树林各处寻寻觅觅的模样，正可谓一箭双雕，巧妙形象。

【原文】

कहि धौं री बन① बेलि कहूँ तैं, देखे हैं नँद-नंदन।

बूझहु धौं मालती कहूँ तैं पाए हैं तन-चंदन।

कहि धौं कुंद, कदंब बकुल, बट②, चंपक, ताल③, तमाल।

कहि धौं कमल कहाँ कमलापति, सुंदर नैन बिसाल।

कहि धौं री कुमुदिनि, कदली कछु, कहि बदरी करबीर।

कहि तुलसी तुम सब जानति हौ, कहँ घनस्याम④ सरीर।

कहि धौं मृगी मया करि हमसौं, कहि धौं मधुप मराल।

सूरदास प्रभु के तमु संगी, हैं कहँ परम कृपाल॥

（92/1709）

【对译】

林中藤蔓且相告

林中藤蔓且相告，何处曾见难陀子？

茉莉花儿可知道，何处曾得檀香身？

① Gupta 本作 van。
② Gupta 本作 vaṭ。
③ Gupta 本作 tarun。
④ Gupta 本作 ghanaśyām。

络石花[①]与乌檀木，枪弹木[②]与金香木[③]，
多摩罗树与榕树，复有棕榈且相告。
莲花且告在何处，美丽妙眼莲女夫[④]。
睡莲蕉树[⑤]夹竹桃，复请枣树告些许。
杜勒西草[⑥]你尽晓，且告青云身何在。
小鹿妹妹告诉我，蜜蜂天鹅且相告。
苏尔达斯言，
胜尊乃为你伙伴，无上慈悲者何在。

【释译】

本诗描述的是牧女们在树林中向各种植物和动物询问黑天下落的场景。内容大致如下：

为了寻找黑天，牧女们在树林中徘徊着，向林中的各种动植物询问道："林中的藤蔓啊，请你告诉我，你曾经在哪里见过黑子吗？小茉莉花呀，你可知道，在哪里能找到身抹檀香的黑子呢？络石花、乌檀树、枪弹树、榕树、金香木、棕榈树，还有多摩罗树啊，请你们告诉我吧，黑子他在哪里啊。莲花呀，请你告诉我，莲花女的丈夫，那个双眼美丽迷人的小黑子现在究竟身处何处。杜勒西草啊，你是知晓一切的吉祥圣草，请你发发慈悲告诉我吧，身如青黑美云

---

① 络石花，原文为 kund，拉丁学名为 Trachelospermum jasminoides，为夹竹桃科的常绿藤本，茎赤褐色，幼枝被黄色柔毛长，有气生根。通常于初夏时节开白色花，形如"万"字，气味芳香，亦通称为石龙藤，万字花，万字茉莉。

② 枪弹木，原文为 bakul，拉丁学名为 Mimusops elengi Linn，俗称为 bullet wood，即埃郎氏枪弹木，一种常青植物，花呈白色，香气馥郁，常用来制作香料。

③ 金香木，原文为 campaka，拉丁学名为 Michelia champak，乔木，花色浅黄，香气浓郁。音译为旃簸迦树，亦称黄玉兰、黄缅桂、大黄桂、黄葛兰。

④ 莲女夫，原文为 kamalāpati，字面义为莲花女之夫，其中，kamalā 即莲花女，是吉祥天女的一个称号。

⑤ 蕉树，原文为 kadalī，指印度的一种香蕉树及果实。

⑥ 杜勒西草，原文为 tulasī，拉丁学名为 Ocimum tenuiflorum，意译为圣罗勒，音译为杜勒西草，为印度教的一种圣草。

的黑子现在何方。小鹿啊，蜜蜂啊，天鹅啊，请你们可怜可怜我，告诉我吧”。

自古以来，印度人与自然之间即存在一种和谐、友好的关系，人类对待自然的这种态度自然也会在文学作品中有所反映。在印度诗人看来，自然界的所有生物都和人一样具有灵性，懂得感情，这首诗歌即是苏尔达斯平等自然观的集中体现。这里，当牧女们四处寻觅黑天不得时，她们只得向林中生长的各种植物和动物苦苦哀求，希望以自己对黑天的深情打动它们，让它们说出黑天的去向，因为在她们看来，“胜尊乃为你伙伴，无上慈悲者何在”，黑天他整日整日地待在树林中放牧嬉戏，林中所有动物和植物都是他的亲密伙伴，所以它们一定知道他此刻究竟藏身在何处。

【原文】

स्याम सबनि कौं देखहीं①, वै देखतिं नाहीं।
जहाँ तहाँ ब्याकुल② फिरैं, धीर न तनु माहीं।
कोउ बंसीबट कौं चलीं, कोउ बन घन जाहीं।
देखि भूमि वह रास की, जहँ-तहँ पग छाँहीं।
सदा हठीली लाड़िली, कहि-कहि पछिताहीं।
नैन सजल जल ढारहीं ब्याकुल मन माहीं।
एक-एक ह्वै ढूँढ़हीं, तरुनी बिकलाहीं।
सूरज प्रभु कहुँ नहिं मिले, ढूँढ़ति द्रुम पाहीं।
（93/1714）

① Varma 本作 dekhahī。
② Varma 本作 vyākul。

【对译】

黑子瞧看所有人

黑子瞧看所有人，彼等却不见黑子。

四处徘徊神慌乱，身体之中无安宁。

有人走向笛榕树[①]，有人赴往密林中。

圈舞之地彼环顾，四周各处足印布。

言说之中懊悔生：总是固执又骄纵。

目中盈泪簌簌流，心中慌乱不知措。

少女单独各自寻，焦躁惶恐又不安。

苏尔吉言，

寻寻觅觅树林中，处处不得会胜尊。

【释译】

本诗描述的是牧女各处寻找黑天，焦急不安的情状。内容大致如下：

此时，隐匿起来的黑天一直在旁边瞧看着到处寻觅自己的牧女们，可是牧女们却看不见他。她们为了寻找黑天，四处游走，惊慌失措，不得安宁。她们之中有人朝着黑天总是吹奏竹笛的那个大榕树走去，有人朝着密林深处走去。她们绕着与黑子一起跳圆圈舞的地方寻找，看见那里到处都布满了他们共同嬉戏时留下的足印。回忆起当初的甜蜜，她们懊悔不已，一遍遍地道："哎，都怪我们总是这么骄纵蛮横，总是这么固执任性。"说着说着，想起黑天，她们心中焦急又慌乱，泪水不断地从眼睛里流下来。这些可怜的牧女们，尽管她们一个接着一个，不停地在树林中找寻黑天，可是依旧还是没能找到他。

---

① 笛榕树，原文为 vaṃsibaṭ，即为某棵印度榕树。其生长于叶木拿河边，为黑天至爱之树。传说黑天时常爬上去吹奏竹笛，呼唤牧女，故此得名笛榕。

这里，牧女们虽然意识到自己不该心生傲慢，然而她们已经失去黑天，各处寻找又无所获，只能在后悔和懊恼中落得“寻寻觅觅树林中，处处不得会胜尊”这种凄惨无奈、悲苦慌乱的境地，整首诗洋溢着浓厚的离别艳情味。

【原文】

तब नागरी जिय गर्ब① बढ़ायौ।
मो समान तिय और नहिँ कोउ, गिरिधर मैँ ही बस करि पायौ।
जोइ-जोइ कहति करत पिय सोइ-सोइ मेरैँ ही हित रास उपायौ॥
सुंदर, चतुर और नहिँ मोसी, देह धरे कौ भाव जनायौ।
कबहुँक बैठि जाति② हरि कर धरि, कबहुँ कहति मैँ अति स्रम③ पायौ।
सूर स्याम गहि कंठ रही तिय, कंध चढ़ौँ④ यह बचन सुनायौ॥
（94/1718）

【对译】

彼时慧女心中傲慢增
同我女子别无他，我已得控托山者。
但凡有言情郎从，只为我喜行圜舞。
美慧似我别无他，明白讲述持身情。
时握诃利手而坐，时言我已疲倦极。
苏尔言，
女子环抱黑子颈，欲上肩头言此语。

【释译】

本诗描述的是罗陀心中傲慢增长的各种表现。内容大致如下：

---

① Varma 本作 garv。
② Gupta 本作 jāti。
③ Sabha 本作 bhram。
④ Varma 本作 caṭhau。

当黑天在牧女中只带走罗陀一人，当她看着牧女们四处苦寻黑天时，她不由得傲慢起来。她暗自想着，现在看来，我已经使黑子深深地爱上了我，他受我控制了，或许这世间再也没有其他女子能与我媲美。如今，我说什么，他就做什么。为了讨好我，让我高兴，他才与大家一起跳圆圈舞。黑子可是把他全部的爱意都告诉我了，我想这世上再也没有其他女孩儿跟我一样美丽又聪明了吧。

本诗进行到此，苏尔达斯已然明白透彻地将罗陀自以为是、狂妄自大的傲慢心态展露出来。接下来，罗陀的内心想法也必然会透过外在的情态表现出来：受到心中傲慢的驱使，她有时候拉着黑天的手坐着，有时候又对黑天说跳完舞现在已经疲惫不堪，甚至她还得寸进尺地搂着黑天的脖子对他说道："黑子啊，我要坐上你的肩头去。"这里，诗人将内在心理和外在行为相结合，双管齐下，把罗陀的傲慢淋漓尽致地展现在世人面前。

【原文】

कहै भामिनी कंत सौं, मोहिं कंध चढ़ावहु।
नृत्य करत अति स्रम भयो[①], ता स्रमहिं मिटावहु।
धरनी धरत बनै नहीं, पग अतिहिं पिराने।
तिया-बचन सुनि गर्ब[②] के पिय मन मुसुकाने।
मैं अबिगत, अज, अकल हौं, यह मरम न पायौ।
भाव बस्य सब पैं रहौं, निगमनि यह गायौ।
एक प्रान द्वै देह हैं, द्विबिधा[③] नहिं यामैं।

① Gupta 本作 bhayau。
② Gupta 本作 garv。
③ Varma 本作 dvividhā。

गर्ब[1] कियौ नरदेह तैं, मैं रहौं न तामैं।
सूरज प्रभु अंतर भए, संग तैं तजि प्यारी।
जहँ की तहँ ठाढ़ी[2] रही, वह घोष कुमारी।।
（95/1748）

【对译】

且请让我上肩头

多情女子向夫言：且请让我上肩头。
跳完舞蹈乏累极，且请消除此疲惫。
双脚感觉疼痛极，无法稳稳抓住地。
听闻少女傲慢语，情郎心中微微笑。
不灭不生我全知，此般奥秘不曾得。
为情所控居众旁，尼笈摩经颂唱此。
身体为二命为一，此中无有质疑处。
因人之身行傲慢，彼中我将不复留。
胜尊放弃伴情女，消失不见无踪影。
苏尔言，
那个牧家小姑娘，久久站立在原地。

【释译】

本诗描述的是看见罗陀心生傲慢，黑天消失不见的场景。内容大致如下：

罗陀傲慢地对黑天道："黑子啊，跳了半天圆圈舞，我感到十分疲惫。如今，我的双脚又疼又累，都不能好好站在地上了。你就让我坐到你的肩头上歇歇脚，以缓解缓解我的劳累吧。"

听完罗陀傲慢的话，黑天默默在心中笑了。他想，我是不生不

① Gupta 本作 garv。
② Varma 本作 ṭhāṛī。

灭、智慧全知的最高存在。因为众人对我全心全意地爱恋着，所以我才会一直停留在他们身旁。这些奥妙吠陀中亦有唱颂，然而罗陀却不明白。虽然我与她身体为二，但是我们的命是同一的，这一点毋庸置疑。如今，她因为具有人的身体，产生了这样的傲慢，我还如何能够继续停留在这样的身体里呢？

这首诗大致可以分为三个部分：首先，承接上一首诗，苏尔达斯讲述了罗陀要求坐上黑天肩头的缘由；其次，诗人借黑天的内心独白，向世人宣告，黑天是宇宙的最高存在，与众人在本质上同一不二，因为世人对他的虔爱而感到欢喜；最后，本诗的末尾，苏尔达斯进一步交代了黑天面对傲慢之心时所采取的举措——“胜尊放弃伴情女，消失不见无踪影”，以及罗陀失去黑天时的茫然——“那个牧家小姑娘，久久站立在原地”。无论是牧女，还是罗陀，只要其内心生出傲慢，黑天都不会继续停留在其身旁。借此，诗人希望劝导世人自始至终都要以虔诚、谦卑的心灵敬奉黑天，如此才能够取悦黑天、得到黑天。

【原文】

जौ देखैँ द्रुम के तरैँ, मुरझी सुकुमारी।

चकित भईँ सब सुंदरी, यह① तौ राधा री।

याही कौँ खोजति सबै, यह रही कहाँ री।

धाइ परीँ② सब सुंदरी, जो जहाँ-तहाँ री।

तन की तनकहुँ सुधि नहीँ, ब्याकुल③ भईँ④ बाला।

---

① Gupta 本作 vah。

② Sabha 本作 paraum̐。

③ Varma 本作 vyākul。

④ Sabha 本作 bha’ ī。

यह तौ अति बेहाल है, कहँ[1] गए गोपाला।

बार-बार बूझतिं सबै, नहिं बोलति बानी।

सूर स्याम काहैं तजी, कहि सब पछितानी।।

（96/1724）

【对译】

昏迷不醒妙龄女

一棵树下瞧看见，昏迷不醒妙龄女。

美丽女子皆惊异，此人恰是小罗陀。

众女正在寻找她，她人停留在何方。

处于各处之美女，众人尽皆奔跑来。

身体丝毫意识无，女孩惊慌不知措。

她之情形极糟糕，牛护已往何处去？

一遍一遍众女问，然却不言亦不语。

苏尔言，

为何缘故黑子弃，言毕众女皆懊悔。

【释译】

本诗描述的是牧女们找寻黑天时，发现罗陀昏迷的场景。内容大致如下：

牧女们在树林中四处寻找黑天，意外地看见一个美丽的女孩儿昏迷不醒地倒在一棵树下。她们惊奇地发现，那人正是罗陀。自从黑天将她带走以后，牧女们一直在寻找她，却始终不知道她究竟身处何方。听闻找到罗陀的消息，所有牧女连忙从各处跑过来。然而，她们却看见罗陀此刻一点意识都没有。看到她的这种情形，牧女们惊慌失措。她们不由得暗暗在心里念道，罗陀现在的情形真是糟糕透了，黑子究竟到哪里去了呢？她们就这样一遍遍地向她询问，然

① Varma 本作 kahuṁ。

而她却一句话也说不出来。

这首诗中，苏尔达斯着重表现的是牧女们与罗陀之间相亲相爱、关怀体贴的深厚友谊。这里，知晓罗陀倒在树下，牧女们从四处赶来，聚集在她身边；看到罗陀昏迷不醒，她们着急慌张，连声询问黑天的去向，因为她们深知只有黑天才能够唤醒罗陀。本诗的末尾，短短一句“为何缘故黑子弃”将牧女们此时五味杂陈的心理表达得淋漓尽致，一方面，她们不解如此爱恋罗陀的黑天怎么会将她一个人留在树下；另一方面，她们又对黑天独自离去，让罗陀深陷痛苦感到一丝不满。然而，“言毕众女皆懊悔”，念头一转，她们想到自己，黑天正是因为自己傲慢才消失不见，想必罗陀也是如此吧，因此，她们又开始后悔起来。

【原文】

केहिं मारग मैं जाउँ सखी री, मारग मोहिं बिसर्यौ।
ना जानौं① कित ह्वै गए मोहन, जात न जानि पर्यौ।
अपनौ पिय ढूँढ़ति फिरौं, मोहिं मिलिबे कौ चाव।
काँटो लाग्यौ प्रेम कौ, पिय, यह पायौ दाव।
बन डोंगर ढूँढ़त फिरी, घर मारग तजि गाउँ।
बूझौं द्रुम प्रति बेलि कोउ, कहै न पिय कौ नाउँ।
चकित भई, चितवत फिरी, ब्याकुल अतिहिं अनाथ।
अब कैं जौ कैसहुँ② मिलौं, पलक न त्यागौं साथ।
हृदय माँझ पिय-घर करौं③, नैननि बैठक देउँ।

① Varma 本作 jānaiṁ，Sabha 本作 jānau。
② Varma 本作 kaisehu。
③ Sabha 本作 karau。

सूरदास प्रभु सँग मिलौं, बहुरि रास-रस लेउँ॥

（97/1729）

【对译】

女伴我已把路忘

女伴我已把路忘，我该去向哪条路？

不知莫亨何处往，离去即已不得知。

徘徊寻找己情郎，相聚会面我心愿。

爱情圈套巧设下，此等良机情郎得。

抛弃村庄归家路[①]，森林山间来回寻。

问各藤蔓及树木，无有人称情郎名。

惊慌失措四张望，孤苦无助不安宁。

无论如何今若见，瞬间亦不弃相伴。

心中建起情人屋，双目予以当坐席。

苏尔达斯言，

愿与胜尊相会见，再享共舞情爱味。

【对译】

本诗描述的是罗陀向牧女们讲述自己苦寻黑天不得，满心盼望能够再次与黑天相聚的场景。内容大致如下：

在牧女们的询问下，罗陀对她们道："女伴们啊，我该到哪里去呢，我已经完全忘记黑子带我来时走过的路了。黑子已经离开我了，我不知道他到哪儿去了，甚至连他什么时候离开的我也不知道。为了寻找心爱的他，我在林中各处徘徊，希望能够再次见到他。他巧妙地对我设下爱情的圈套，带着我一个人离开你们，让我心生骄傲，

① 抛弃村庄归家路，原文为 ghar-mārg taji gā'uṁ。Dhirendra Varma 结合上下文，将其解释为放弃了自己的村庄，在回家的路上寻找，而 Kishori lal Gupta 的解释是放弃了家庭、道路和村庄。译者认为还有另外一种解释，即将 ghar-mārg 作为复合词，其意应是放弃了归家之路和村庄。

如今他算是抓着个好机会把我抛弃了。我远离自己的村庄和回家的路，独自一人在树林和山间寻找。我向每一棵树木和每一根藤蔓询问，可是谁都不知道我情郎的名字。我又惊又慌，四下张望，孤苦无助，心中没有一丝安宁。无论如何，如果现在能让我再次见到他的话，我片刻都不会让他离开我。我愿在自己心中为他建起家园，我愿将自己的眼睛给他当坐垫。”

之前略去的诗中，牧女们看到罗陀的惨状，反复向她询问黑天的去向，并提出自己愿意将罗陀带到黑天身边。这里，针对女伴们的问话和建议，罗陀满心无奈地由不知黑天去往何方讲述到自己四处打听寻觅却一无所获，继而又幻想着自己与黑天重新相见的画面，逐层递进、层层深入地表达了离开黑天以后的种种苦闷以及对黑天的深切思念和渴盼。本诗末尾，苏尔达斯以“愿与胜尊相会见，再享共舞情爱味”点明全诗的核心和精髓，道出此时罗陀及牧女们内心深处最为强烈的愿望——唯愿自己能够再次与黑天相会，再次享受与他一起跳圆圈舞的情爱与欢愉。

【原文】

कृपा सिंधु हरि कृपा करौ हो।
अनजानैँ मन गर्व[①] बढ़ायौ, सो जिनि हृदय धरौ हो।
सोरह सहस पीर तनु एकै, राधा जिव, सब देह।
ऐसी दसा देखि करुनामय, प्रगटौ हृदय-सनेह।
गर्व-हत्यौ तनु, बिरह प्रकास्यौ, प्यारी व्याकुल[②] जानि।

---

① Varma 本作 garb。
② Sabha 本作 byākul。

सुनहु सूर अब दरसन दीजै, चूक लई इनि मानि।।

（98/1741）

【对译】

慈海诃利请开恩！

无知内心生傲慢，切莫将彼置心上。

十六千身痛同一，罗陀为命众为身。

瞧见此状慈悲者，且将心中爱意现[①]。

除傲之身别苦耀，且知情女神慌乱。

苏尔言，

且听如今请现身，她已承认所犯错。

【释译】

本诗描述的是牧女们见到罗陀神慌失措的模样，请求黑天现身的场景。内容大致如下：

牧女们向黑天请求道："黑子啊，你是仁慈的海洋，你就开开恩吧。由于无知，我们心生傲慢，请你原谅我们，千万不要把这件事放在心上。虽然表面看起来我们一共有一万六千名牧女，但是实际上我们只是身体不同，命都是一样的，与你同一不二的罗陀就是我们的灵魂。所以，在你离去之后，我们承受着与罗陀一模一样的切肤之痛。仁慈的黑子啊，请你看看她和我们现在这种悲惨的状况吧，请你赶紧将心中的爱意展现出来吧。黑子啊，如今罗陀已经除去了自己的傲慢，她的身体正受离别的苦痛所折磨。她已经认识到自己的错误，黑子啊，你知晓了她的不安之后就快快现身吧。"

略去的诗中，罗陀因为思念黑天深陷苦痛、痛哭流涕甚至几度昏迷，在一旁陪伴她的牧女们心生不忍，百般劝慰，想尽各种办法

① 原文为 pragaṭau hṛday-saneh。Dhirendra Varma 将本句解释为"黑天的心中展现出爱意"，认为这是对黑天状态的一种描述。Kishori lal Gupta 则连同下文，将其解释为牧女对黑天的请求，即"请你展现心中的爱吧"。结合上下文内容及语法形式，译者更倾向于后者。

却依旧无法让罗陀冷静下来。无奈之中，她们只能向黑天祈求。这首诗中，为了能获得黑天的原谅，牧女们巧妙地将整个陈情过程分成了三步：第一步，承认自己由于无知犯下过错，实属不该；第二步，讲述罗陀的重要性以及我们离开你之后与罗陀一样悲痛的心情，奠定了自己代罗陀请求的合理性；第三步，告知黑天罗陀知错神慌，恳请黑天施恩现身。如此一来，牧女们的祈求不仅饱含情感、感人至深，而且入情入理，具有说服力。心怀仁慈的黑天听到这样一番祈愿，还有什么理由拒绝呢？

【原文】

अंतर तैं हरि प्रगट भए।

रहत प्रेम के बस्य कन्हाई, जुवतिनि कौं मिलि हर्ष दए।

वैसोइ सुख सबकौं[1] फिरि दीन्हौं, वहै भाव सब मानि लियौं।

वै जानति हरि संग तबहिं[2] तैं, वहै बुद्धि सब, वहै हियौ।

वहै रास-मंडल-रस जानतिं, बिच गोपी, बिच स्याम धनी।

सूर स्याम स्यामा मधि नायक, वहै परस्पर प्रीति बनी॥

（99/1748）

【对译】

诃利从隐蔽处现身

为爱所控小黑儿，相会少女予欢愉。

那般再予众女福，众女乐享那般情。

自从彼知诃利伴，彼智彼心众女具。[3]

---

① Sabha 本作 sabakau，Gupta 本作 sabakī。

② Sabha 本作 tabahi。

③ 彼智彼心众女具，原文为 vahai buddhi sab, vahai hiyau，此处 buddhi 和 hiyau 均指牧女的智慧和心意。从字面来看，这句话的意思是牧女们具有了这样的智慧和心意，此处指牧女们明白或了解了黑天以消失的方式为她们消除心中傲慢的良苦用心。

知晓圈舞那情味，牧女相间黑子夫[①]。

苏尔言，

黑子黑子女中主，成就相互那般爱。

【释译】

本诗描述的是黑天从隐秘之处现身，赐予牧女幸福喜乐的场景。内容大致如下：

听到牧女们的请求，黑天从隐秘处现身，与她们相会，为她们带来幸福和欢愉。他像消失之前一样赐予牧女们福乐，所有牧女都沉浸享受在与之前一样的情感当中，喜不自胜。这时候，所有牧女都明白，黑天其实一直跟她们在一起，从来没有离开过，只是她们到现在才明白了黑天的良苦用心和一起跳圆圈舞的美妙情味。黑天和牧女们相互间隔着围成一个圆圈，黑天在牧女中，牧女在黑子中，黑天和罗陀在圆圈中间领舞。起舞欢歌之时，黑天和牧女们相亲相爱，又如原来那般相爱。

这首诗中，苏尔达斯从第三者的视角，以全知者的口吻，歌颂了黑天对待牧女、对待信徒的仁慈、宽容和关爱。这里，诗人由“自从彼知诃利伴，彼智彼心众女具”点出黑天之所以看似冷酷无情地离开牧女，让她们饱受离别之苦，是为了让她们看清自己的傲慢，回归本心。所以，当黑天知晓牧女们的爱之后，他就现身“相会少女予欢愉”“那般再予众女福”，丝毫没有计较她们过去的无知和过错，因为他本就“为爱所控小黑儿”。诗人借此希望告诉世人，黑天仁慈似海，即使信徒犯错，只要他能够重新回归正途、虔爱黑天，最后都能获得原谅，“成就相互那般爱”。

---

① 牧女相间黑子夫，原文为 bic gopī，bic syām dhanī，此处两句为互文关系，严格对译原文的字面义为牧女中间有黑子，黑子中间有牧女，略显啰嗦，加上此处受字数限制，故译为牧女相间黑子夫。

【原文】

आजु हरि अद्भुत रास उपायौ।

एकहिं सुर सब मोहित कीन्हे, मुरली नाद सुनायौ।

अचल चले, चल थकित भए, सब मुनिजन ध्यान भुलायौ।

चंचल पवन थक्यौ नहिं डोलत, जमुना उलटि बहायौ।

थकित भयौ चंद्रमा सहित-मृग, सुधा-समुद्र बढ़ायौ।

सूर स्याम गोपिनि सुखदायक, लायक दरस दिखायौ॥

（100/1758）

【对译】

诃利今作神奇舞

奏响竹笛悦耳声，唯此一音使众迷。

无动者行动者停，所有牟尼忘冥想。

习习微风徘徊止，叶木拿河水倒流。

月亮偕鹿[①]停止住，甘露海洋水上涨。

苏尔言，

黑子赐福牧女者，德高者前把身现。

【释译】

本诗描述的是黑天现身编演圆圈舞的场景。内容大致如下：

如今，黑天开始带领众牧女跳圆圈舞。他奏响竹笛，发出悠扬的乐音，让所有人都入了迷。于是，原本站着不动的人开始行走，原本行走着的人却停了下来，所有的修行者也都忘记了冥想。周围习习的微风不再吹动，叶木拿的河水开始倒着流淌，甚至天上驾着鹿车的月亮也停止下来，甘露海洋的水不断上涨。

---

① 偕鹿，原文为 sahit-mṛg，字面义为相随相伴的鹿。在印度神话中，月亮常常驾驭着鹿拉的车在天空四处行走，因此月亮也常被称为鹿之主（mṛga-pati）。

这首诗中，苏尔达斯以“奏响竹笛悦耳声，唯此一音使众迷”统领全诗，进而采用层层递进，以从人到自然再到天界的各种变化突显黑天奏笛的美妙奇异。本诗的末尾，苏尔达斯插话道，黑天他是赐予牧女福乐的人，他只出现在品德高尚的人面前，这既是对黑天的歌颂，也是对牧女长久虔诚怀爱的肯定。

【原文】

बनावत रास-मँडल प्यारौ।

मुकुट की लटक, झलक कुंडल की, निरतत नंद-दुलारौ।

उर बनमाल सोह सुंदर बर[1], गोपिनि कैं सँग गावै।

लेत उपज नागर नागरि सँग, बिच-बिच तान सुनावै।

बंसीबट-तट रास रच्यौ है, सब गोपिनि सुखकारौ।

सूरदास प्रभु तुम्हरे मिलन सौं, भक्तनि प्रान अधारौ[2]॥

（101/1761）

【对译】

情郎编演圆圈舞

羽冠摇曳耳环晃，难陀爱子翩翩舞。

胸前花环妙美丽，偕同牧女齐声唱。

慧男慧女同领唱，间间歇歇和声歌。

笛榕树下作圈舞，使众牧女享福乐。

苏尔达斯言，

与胜尊你相会面，信徒生命之支撑。

【释译】

本诗描述的是黑天与牧女一同跳圆圈舞的场景。内容大致如下：

---

① Gupta 本作 var。

② Sabha 本作 adhārau。

此刻，牧女们的情郎黑天跳起圆圈舞。他头上的孔雀翎羽冠随着舞蹈摇曳摆动，他耳朵上的大耳环在脸旁前后摇晃，他胸前的花环美丽迷人。黑天和罗陀站在圆圈中间领唱着新的曲调，其他牧女站在四周，时不时地与他们一起放声高歌。就这样，黑天在笛榕树附近组织牧女们跳起圆圈舞，让她们享受着无上的幸福和欢乐。

这首诗中，苏尔达斯主要侧重描写的是圆圈舞的组织者和领舞者黑天，诗人不仅赞美黑天舞姿优雅迷人，更对他赐予众牧女无限福乐的伟大事迹歌颂有加。故此，本诗末尾，苏尔达斯以信徒的身份，站在信徒的角度，怀揣着满心对黑天的虔爱，对自己心中的大神感叹道——“与胜尊你相会面，信徒生命之支撑”，期盼着得到你的恩赐，能够与黑天你相聚会面，这正是我们这些虔信者生命的支柱。

【原文】

रास रस स्रमित भईँ ब्रजबाल।
निसि सुख दै जमुना-तट लै गए, भोर भयौ तिहिं काल।
मनकामना भई परिपूरन, रही न एकौ साध①।
षोड़स② सहस नारि सँग मोहन, कीन्हौ सुख अवगाधि।
जमुना-जल बिहरत नँद-नंदन, संग मिलीँ सुकुमारि।
सूर धन्य धरनी बृंदाबन③, रवि④-तनया सुखकारि॥
（102/1774）

① Varma 本作 sādhi。
② Gupta 本作 ṣoḍas。
③ Varma 本作 bṛdāvan，Gupta 本作 vṛdāvan。
④ Varma 本作 rabi。

【对译】

情味舞倦伯勒杰女童[①]

夜赐福罢已清晨，带至叶木拿河畔。
心中所盼皆满足，一个愿望亦不留。
莫亨伴女十六千，赐享福乐深无边。
难陀子偕众妙女，叶木拿河水中嬉。
苏尔言，
沃林达林大地幸，太阳之女[②]造福者。

【释译】

本诗描述的是跳完圆圈舞后，黑天将牧女们带至叶木拿河畔的场景。内容大致如下：

黑天与一万六千名牧女们在一起跳了一整夜充满爱意和情味的圆圈舞，赐予她们深不可测的无限福乐，满足了她们所有的愿望，一个都没有剩下。此时，清晨已然来临。历经一夜狂欢，牧女们都感到十分疲累。于是，黑天又将这些美妙的少女们带至叶木拿河边，与她们一同继续在河水中嬉戏玩乐。

本诗行进至此，东方破晓，圆圈舞热闹欢腾的高潮落下帷幕，画上句号，故事的场景也随之由沃林达林切换至叶木拿河边。这里，苏尔达斯不禁一如既往地赞美黑天道："莫亨伴女十六千，赐享福乐深无边"。本诗的末尾，诗人也以诗外音的方式对因其嬉戏欢声笑语

① 伯勒杰女童，原文为 brajbāl，字面义为伯勒杰的儿童，此处指伯勒杰的女孩们，即 brajbālā。因受韵的限制，尾音 ā 省略为 a。

② 太阳之女，原文为 ravi danayā，字面义为太阳的女儿，此处指叶木拿河。根据印度神话，太阳神的妻子与太阳神交媾时，因为惧怕太阳神的光芒闭上了眼睛，太阳神十分生气，诅咒说他们生下的孩子将永远生活在黑暗中，所以阎摩（Yama）总是在地界居住。当她再次与太阳神交媾时，努力睁开双眼，眼睛却因为太阳神的光芒流出眼泪，太阳神再怒，诅咒说他们生的孩子将不断流泪，所以他们的女儿阎密（Yami）整日流泪不断，形成了叶木拿河。因此，叶木拿河也被称为太阳的女儿。

不断的沃林达林和叶木拿河进行了歌颂，称“沃林达林大地幸，太阳之女造福者”，即黑天和牧女在一起嬉戏玩乐给他们带去无限欢愉的沃林达林和叶木拿河真是幸运无比啊！

【原文】

ललकत स्याम मन ललचात।

कहत हैं घर जाहु सुंदरि, मुख न आवति बात।

षट सहस①दस गोप-कन्या, रैनि भोगीं②रास।

एक छिन भईं कोउ③न न्यारी, सबनि पूजी आस।

बिहँसि सब घर-घर पठाईं, ब्रज गईं ब्रज-बाल।

सूर-प्रभु नँद धाम पहुँचे, लख्यौ काहु न ख्याल।।

（103/1787）

【对译】

黑子心怀强烈愿

欲劝美女且回家，口中却无言语出。

一万六千牧家女，夜晚享受圆圈舞。

无人刹那相分别，众女得偿心所愿。

含笑各家遣送众，众女归返伯勒杰。

苏尔言，

胜尊返至难陀处，游戏无人得瞧见。

【释译】

本诗描述的是嬉戏过后，黑天和牧女们各自回家的场景。内容大致如下：

---

① Gupta 本作 sahas-ṣaṭ。

② Gupta 本作 bhogī。

③ Gupta 本作 kauṃ bha’iṁ。

戏水过后，清晨已至，牧女们是时候该回家去了。黑天知道此时自己应当跟她们说，美丽的女孩儿们啊，你们回家去吧。然而，看见眼前这些少女们迷人的样子，他的心中产生了与她们继续游戏的强烈愿望，所以口中始终没能将这些话说出来。这一万六千名牧女整夜享受着与黑天共跳圆圈舞的欢愉，谁也没有片刻离场，她们长久以来心中一直期盼的愿望终于得到了满足。最后，黑天还是笑着让牧女们各自回家去，于是她们依言返回了伯勒杰，黑天也回到了难陀家。

这首诗中，苏尔达斯描摹了黑天为他人着想的美好品德。本诗以黑天的矛盾心理开篇，以他和牧女各自回家收尾。这里，黑天为牧女们着迷，想继续与她们共欢，但却不得不考虑时间和牧女们的名誉、家族等各类问题。尽管心中百般不舍，却仍然压抑住心中强烈的愿望，笑着规劝牧女们归返各家。本诗末尾苏尔达斯的插话——“游戏无人得瞧见”既突出了黑天的人性也强调了黑天的神性。从人性的角度，结合全诗来看，黑天在清晨及时地让牧女们回家，神不知鬼不觉，他们整夜的嬉戏无人知晓；从神性的角度来看，黑天赐予牧女们整夜的福乐，伯勒杰的居民却无从得知，这正是黑天的神迹所致。

【原文】

ब्रजबासी सब सोवत पाए।

नंद-सुवन मति ऐसी ठानी, उनि घर लोग जगाए।

उठे प्रात-गाथा मुख भाषत, आतुर रैनि बिहानी।

ऐंडत[1] अंग जम्हात बदन भरि, कहत सबै यह बानी।

जो जैसे[2] सो तैसे[3] लागे अपनैं-अपनैं[4] काज।

सूर स्याम के चरित अगोचर, राखी कुल की लाज॥

（104/1788）

【对译】

伯勒杰民皆安睡

难陀爱子决此意，唤醒彼等家中人。

起身口念拂晓颂[5]，夜晚匆匆即已度，

众人皆把此话言，呵欠连连懒腰伸。

各自开始忙工作，一切照旧如往常。

苏尔言，

黑子功行不可知，维护家族之荣誉。

【释译】

本诗承接上一首诗，描述的是黑天回到牛村，唤醒众人的场景。内容大致如下：

当黑天与牧女嬉戏完回到家中时，伯勒杰所有居民依旧还在沉睡之中。见此，黑天决定把他们都唤醒。于是，众人纷纷起床，他们一边伸伸懒腰，一边哈欠连天地道："晚上这么快就过去了！"之后，他们又像往常一样，开始进行各自的劳作。

这首诗中，苏尔达斯以全知者的视角，突出了黑天神性的一面。这里，诗人将伯勒杰居民的安睡和晨起都归因于黑天的神迹，而黑天演绎这种功行的根本原因正如本诗末尾的插话所揭示的——"黑

① Gupta 本作 aiṁṛat。

② Varma 本作 jaiseṁ。

③ Varma 本作 daiseṁ。

④ Sabha 本作 apanai-apanai。

⑤ 拂晓颂，原文为 prāt-gāthā，指印度人清晨起床之后吟诵的歌曲等。

子功行不可知，维护家族之荣誉”，黑天是神，是最高的存在，他在世间演绎的功行超越人们的一切感知，他一方面为了赐予牧女们福乐，与她们整夜欢歌乐舞；一方面又希望保全她们家族的荣誉，不让他人说三道四。归根结底，苏尔达斯借此想要告诉世人：黑天所作一切皆是为信徒考虑。

【原文】

ब्रज-जुवति सर-रास पगीं।
कियौ स्याम सब कौ मन भायौ[1], निसि रति-रंग जगीं।
पूरन ब्रह्म, अकल, अबिनासी, सबनि संग सुख चीन्हौ[2]।
जितनी नारि, भेष भए तितने, भेद न काहू कीन्हौ।
वह सुख टरत न काहूँ मन तैं, पति-हित-साध पुराईं
सूर स्याम दूलह सब दुलहिनि, निसि भाँवरि दै आई॥
（105/1789）

【对译】

伯勒杰少女着迷情味舞

黑子杰作喜众心，情色爱中整夜醒。
全知不灭完满梵，陪伴众女显福乐。
女子多少形多少，秘密无人能知晓。
无法自心移彼福，实现夫君情爱愿。
苏尔言，
黑子新郎众新娘，夜晚举行绕行礼[3]。

---

① Sabha 本作 dhāyau，Varma 本作 bhāyo。
② Varma 本作 dīnhau。
③ 绕行礼，原文为 bhāṁvari，该词原意为漫步、绕圈，此处指举行婚礼时，新娘和新郎围绕祭火绕行的仪式。

【释译】

本诗描述的是黑天与牧女们夜晚嬉戏的场景。内容大致如下：

回家之后，伯勒杰的少女们依旧沉迷在夜晚充满情爱味的圆圈舞中。黑天组编的舞蹈让她们满心欢喜，整夜都陶醉在与黑天的欢爱之中。黑天是完满的梵，他知悉一切，不生不灭。他与所有牧女在一起，赐予她们无限福乐。在圆圈舞中，有多少牧女，他就化身为多少个牧童黑子，陪伴在她们身边。黑天的这些秘密，谁也无法洞悉。与黑子共舞的这种福乐充斥着牧女的内心，无论如何都移除不去。黑天满足了牧女们以其为夫的愿望，给予她们许多爱恋。与牧女们在一起，黑子是新郎，牧女们是新娘，他们晚上在叶木拿河边举行婚礼。

这首诗中，苏尔达斯借牧女们归家后仍长久沉迷于圆圈舞的情味之中不可自拔为题，对黑天化身一万六千个黑天与牧女们整夜共舞的场景进行了回顾，再次对黑天满足所有牧女们心愿、赐予她们无限福乐的伟大功行进行了赞美和歌颂。

【原文】

रास रस लीला गाइ सुनाऊँ।

यह जस कहै, सुनै, मुख स्रवननि, तिहि चरननि सिर नाऊँ।

कहा कहौं बक्ता① स्रोता फल, इक रसना क्यौं गाऊँ।

अष्ट सिद्धि नवनिधि सुख-संपति, लघुता करि दरसाऊँ।

जौ परतीति होइ हिरदै मैं, जग②-माया धिक देखै।

हरि-जन दरस हरिहिं सम बूझे③ अंतर कपट न लेखै।

---

① Varma 本作 vaktā。

② Gupta 本作 jap。

③ Gupta 本作 būjhai。

धनि वक्ता, तेई धनि[1] स्रोता, स्याम निकट हैं ताकैं।

सूर धन्य तिहिं के पितु-माता, भाव-भगति है जाकैं।।

（106/1796）

【对译】

我颂情味舞本事

口述耳闻此荣耀，低头向其行足礼。

述者听者之功果，单口如何来称诵。

九宝[2]以及八成就[3]，福乐财富显渺小。

心中若存真信仰，视作受责将俗幻。

觐见信徒如诃利，心中不存真和伪。

述者听者皆幸运，黑子即在彼身旁。

苏尔言，

但凡具有虔爱情，彼之父母亦幸运。

【释译】

本诗阐述了歌颂和聆听圆圈舞本事之人所能获得的功果。内容大致如下：

苏尔达斯道："让我来歌颂黑天的圆圈舞本事吧。但凡有幸口中歌颂或耳朵聆听圆圈舞之荣耀的人，我愿将头置于他们足下，向他们行触足礼。然而，歌颂和聆听此本事的人，他们的功果就凭我一张口如何能够讲得清楚呢？相比起黑天的圆圈舞本事，修行瑜伽所

① Varma 本作 dhan。

② 九宝，原文为 navanidhi，指财神俱毗罗的九宝，包括莲花（padma）、大莲花（mahāpadma）、海螺（shaṅkha）、一种类似海豚或鳄鱼的海怪（makara）、乌龟（kacchapa）、穆昆陀宝石（mukunda）、万字茉莉（kunda）、青玉或蓝宝石（nīla）和侏儒（kharva）。

③ 八成就，原文为 aṣṭ siddhi，指修瑜伽术可以获得的八种超自然力。根据《瑜伽经》，这八种超自然力为：一、能变极小；二、能变极轻；三、能变极大；四、能到达要到的地方；五、能实现所希望的事情；六、能获得一切自有；七、能支配世界的生灭和秩序；八、能随意阻止一切的发展。

得的八成就以及俱毗罗的九种财宝这些原本令人幸福欢乐的财富也就不算什么了。如果人们心中存在真正的信仰，如果对黑天真心虔信的话，必然把俗世摩耶看作应该受到谴责的事物，然后将其抛弃。要知道，见到诃利的信徒与见到黑天本身是一样的。知道这个以后，心中就不会对两者进行区分了。歌颂和聆听本事的人幸运无比，因为黑天永远在他们身边。但凡心中存有虔诚信爱的人，连生下他们的父母都是幸运的。”

这首诗作为圆圈舞本事的结束诗，以歌颂和赞美为主题，从内容上，对这一部分进行了总结和升华。这里，苏尔达斯虽然也对黑天的圆圈舞本事进行了颂扬，称其超越“八成就”和“九宝”，但是更多篇幅却是对怀有虔爱的歌颂者和聆听者的赞美，并将他们抬升与黑天相等地地位，告知世人，觐见他们与觐见黑天效果一样，意在号召更多的人聆听或者歌颂黑天的事迹，虔信黑天。从某种角度来说，这种赞美也是诗人宣传黑天信仰和自己宗教思想的一种方式。

（本章未完，接中册）

中印经典和当代作品
互译出版项目
CHINA-INDIA TRANSLATION PROJECT

苏尔诗海（中）

सूरसागर

【印】苏尔达斯◎著
姜景奎 等◎译

中国大百科全书出版社

目 录

前往马图拉（मथुरा गमन）

乌陀送信（उद्धव संदेश）

वृन्दावन-लीला
沃林达林本事
（接上册）

पनघट लीला
汲水岸本事

【原文】

पनघट रोके रहत कन्हाई।

जमुना-जल कोउ भरन न पावै, देखत हीँ फिरि जाई।

तबहिँ स्याम इक बुद्धि उपाई, आपुन रहे छपाई।

तट ठाढ़े जे सखा संग के, तिनकौँ लियौ बुलाई।

बैठार्यौ ग्वालनि कौँ द्रुम-तर, आपुन फिरि-फिरि देखत।

बड़ी बार भई कोउ न आई, सूर स्याम मन लेखत॥

（107/2021）

【对译】

黑儿挡道汲水岸

众人一见转身回，叶木拿水不得汲。

彼时黑子生一智，自己偷偷隐藏起。

岸边站立同行伴，便将他们呼唤来。

安排牧童树下坐，自己徘徊四处瞧。

苏尔言，

黑子心中暗暗想，已过良久无人来。

【释译】

本诗描述的是黑天偷偷藏在河边，等待牧女到来的场景。内容大致如下：

小黑天在河边汲水的地方挡着前来打水的牧女，所以牧女们一看见他，纷纷掉头就走。如此一来，谁也没能取到叶木拿河的水。黑天看见这种状况，灵机一动，想出了一个办法。他自己先藏匿起来，随后又将站在叶木拿河边的小伙伴喊到身边，让他们坐在大树底下。接着，他到在附近晃来晃去，四处张望，想看看是否有牧女前来。然而，过了很久牧女也没有来。这时，小黑天不禁在心里犯起嘀咕，怎么这么久都没有人来呢？

这里，苏尔达斯将黑天描述成一个聪明机灵、淘气调皮的小孩童。他先在河边逗弄前来汲水的牧女，而当牧女们因此不敢前来汲水时，他又使出小诡计，藏起自己，召集同伴，坐在树下守株待兔。整首诗歌就像是一幅乡村小孩童合伙捣乱的生动图景，充满无限童趣和欢乐。本诗最后一句“黑子心中暗暗想，已过良久无人来”，短短一句内心的独白既透露出小黑天等待中的焦急，又显现出他天真无邪、毫无心机的稚嫩可爱。

【原文】

जुवति इक आवति देखी स्याम।

द्रुम कैं ओट रहे① हरि आपुन, जमुना-तट गई बाम।

① Varma 本作 rahai。

जल हलोरि गागरि भरि नागरि, जबहीँ सीस उठायौ।

घर कौँ चली जाइ① ता पाछै, सिर तैँ घट ढरकायौ।

चतुर ग्वालि कर② गह्यौ स्याम कौ, कनक-लकुटिया पाई।

औरनि सौँ करि रहे अचगरी, मोसौँ लगत कन्हाई।

गागरि लै हँसि देत ग्वारि-कर, रीतौ घट नहिँ लैहौँ।

सूर स्याम ह्याँ आनि देहु भरि, तबहि लकुट कर दैहौँ॥

（108/2022）

【对译】

黑子见一少女来

诃利自己树后藏，叶木拿畔女子至。

舀水盛满小水罐，彼时慧女置头上，

归家去时尾随她，打翻水罐自头顶。

一把抓住黑子手，机灵牧女得金棍。

惯与他人恶作剧，黑儿亦来招惹我。

笑交水罐牧女手，空空水罐不接受。

苏尔言，

黑子装满来此还，届时小棍予手上。

【释译】

本诗描述的是黑天对前来叶木拿河盛水的牧女恶作剧的场景。内容大致如下：

左等右等，小黑天终于看见一个牧女朝河边走来。他赶紧跑到大树后面，将自己躲藏好。牧女来到河边，舀水盛满了装水的小罐子，然后把它放在头顶上，准备朝家走去。这时候，小黑天突然从

① Sabha 本作 jā’e。

② Sabha 本作 kari。

树后跑出来，自她身后出现，把她顶着的水罐打翻在地。机灵的牧女一把抓住黑天的手，拿走了他手上的小金棍。牧女对小黑天道："黑儿啊，你一直都在跟别人恶作剧，今天倒好，招惹到我头上来了！"听完她的话，小黑天笑着捡起地上的水罐，想交还给她。没想到，牧女却道："我才不要这个空水罐呢。你去把它装满水之后再拿到这儿来给我吧。那时候我才会考虑把你的小棍子还给你。"

这首诗承接上一首诗，侧重表现的也是黑天作为小孩童的天真烂漫、调皮捣蛋。这里，小黑天好不容易盼到牧女前来，欢天喜地、自鸣得意地实施了自己筹谋已久的小诡计，不料牧女也身手敏捷，一把夺去了他的小金棍。此时，牧女一句"惯与他人恶作剧，黑儿亦来招惹我"，一方面对小黑天起到了震慑作用，表明自己跟被他一贯欺负的牧女不一样，惹到自己算他倒霉；另一方面也揭示出小黑天淘气顽皮、喜欢恶作剧的常性。看见眼前情形不妙，聪明的小黑天立即更改"战术"，嬉皮笑脸地想要息事宁人，岂知牧女却不依不饶，非要将他惩罚到底。

【原文】

घट भरि दियौ स्याम उठाइ।
नैंकु तन की सुधि न ताकौं, चली ब्रज-समुहाइ।
स्याम सुंदर नैन-भीतर, रहे आनि समाइ।
जहाँ-जहाँ[1] भरि दृष्टि देखै, तहाँ-तहाँ कन्हाइ।
उतहिं तैं इक सखी आई, कहति कहा भुलाइ।

① Varma 本作 tahaṁ，Gupta 本作 jahaṁ。

सूर अबहीं हँसत आई, चली कहा[1] गँवाइ॥

（109/2025）

【对译】

黑子拾罐装满水

她身丝毫意识无，朝向伯勒杰走去。

双眼之中充盈满，俊俏迷人美黑子。

无论仔细看何处，彼处皆有小黑儿。

一个女伴自彼来，言说为何忘自我？

苏尔言，

方才离开笑微微，去往丢失何等物？

【释译】

本诗描述的是牧女陷入对黑天的迷恋，魂不守舍地走回伯勒杰的场景。内容大致如下：

应牧女的要求，小黑天拿起水罐，去到叶木拿河边给它装满了水。女孩看着小黑天的美丽，着迷至深，以至于完全忘记了自我，一点意识也没有。她呆呆地接过水罐，放在头顶，然后向伯勒杰走去。这时，牧女的眼中尽是美丽俊俏的小黑天，无论她望向何方，那里都有小黑天的存在。此刻，恰巧一个女伴从伯勒杰方向走来，看见她魂不守舍的模样，女伴不禁询问："我说你都到哪儿去了，怎么魂不守舍的呢？刚刚你还笑着离开去打水的，是不是把什么东西丢了呢？"

在略去的诗中，牧女告知黑天自己是牛光族主的女儿，所以对黑天一点都不畏惧。作为应答，黑天提起在河边夺去牧女衣物的趣事，牧女由此回忆起往昔与黑天在一起的种种欢愉，看着眼前俊美的小黑天，心中早已忘却对黑天恶作剧的不满，再次充满爱意，陷入痴迷。这首诗所描写的正是牧女此时入迷忘我的这种痴态。本诗末尾女伴不

① Varma 本作 kahāṁ。

解的问话中，牧女出门时的欢天喜地与返回时的魂不守舍形成强烈对比，更加突显出牧女对黑天的迷恋之深、爱慕之切。

【原文】

नीकैं देहु न मेरी गिंडुरी।
लै जैहैं धरि जसुमति[1] आगैं, आवहु री सब मिलि इक[2] झुँड री।
काहूँ नहीं डरात कन्हाई, बात-घाट तुम करत अचगरी।
जमुना-दह गिंडुरी फटकारी, फोरी सब मटुकी अरु गगरी।
भली करी यह कुँवर कन्हाई, आजु मेटिहैं तुम्हरी[3] लँगरी।
चलीं सूर जसुमति के आगैं, उरहन लै ब्रज-तरुनी सगरी॥
（110/2034）

【对译】

好，切莫还我布垫！
耶雪达前扭送去，众聚一群且同行。
黑儿何人亦不惧，路上岸边恶作剧。
叶木拿中扔布垫，大罐小罐[4]皆破碎。
黑儿小童做此好，今要根除你顽劣！
苏尔言，
伯勒杰地众少女，耶雪达前去告状。

【释译】

本诗描述的是牧女们对黑天各种恶作剧的抱怨。内容大致如下：

牧女对黑天埋怨道：“黑儿啊，有本事你就别把我的布垫圈还我，

① Sabha 本作 jasusati。

② Varma 本无此词。

③ Sabha 本作 tumhārī。

④ 大罐小罐，原文为 maṭukī aru gagarī，其中 maṭukī 指夹在腋下的小水罐，gagarī 指顶在头上的大水罐。

你可真是做得好啊！”随后，她又对同行的女伴说道：“女伴们啊，现在我们一起把黑儿抓住，送到耶雪达面前去吧！”接着，她继续对黑天说：“黑儿啊，我知道你谁都不怕，所以你才如此肆无忌惮地在路上、在河岸边恶作剧。你还记得吧，在叶木拿河岸边，你把我们头上的布垫圈扔到水中了，把所有水罐、瓦罐都弄下来摔碎了。你这小黑儿做得真好啊！现在我们必须要根治你的这种毛病！”说完，所有伯勒杰的少女们一起到耶雪达面前告状去了。

这首诗中，苏尔达斯抓住了日常生活中各种趣味横生的小细节，向世人展现了一众孩童嬉闹时最为常见也最为熟悉的“找他妈妈告状”的闹剧。这里，牧女细数了小黑天的各种顽劣行为，并且认定他无畏无惧，所以自己对他无能为力，只能去找耶雪达夫人告状，让她来整治这个调皮的小顽童。本诗行进至此自然收尾，整个故事的画面也随之转向黑天家中耶雪达母亲面前。

【原文】

सुनहु महरि तेरौ लाड़िलौ, अति करत अचगरी।
जमुन भरन जल हम गईं, तहँ रोकत डगरी।
सिरतैं नीर ढराइ दै, फोरी सब गगरी।
गेंडुरि दई फटकारि कै, हरि करत जु लँगरी।
नित प्रति ऐसे ढँग करै, हमसौं कहै धगरी।
अब बस-बास बनै नहीं, इहिं तुव ब्रज-नगरी।
आपु गयौ चढ़ि कदम पर, चितवत रहीं सगरी।
सूर स्याम ऐसैंहि सदा, हम सौं कहै झगरी।।
（111/2038）

【对译】

夫人你且来听言

且来听言夫人啊，你之爱儿极顽皮。

我去叶木拿汲水，彼处阻拦来挡路，

打翻顶在头上水，所有水罐皆破碎，

扔掉头上之布垫，此等坏事诃利做。

每日不断行此般，还将我等唤荡妇。

你这伯勒杰小村，现已无法再居住。

自己爬上团花树，众人只得巴巴望。

苏尔言，

黑子总是此般样，争执吵闹与我等。

【释译】

本诗描述的是牧女们向耶雪达告状的场景。内容大致如下：

牧女们对耶雪达抱怨道："夫人啊，您听我们说，您的儿子可真是顽皮至极！我们去叶木拿河畔打水，他却在路上挡道。他将我们头上顶着的装满水的罐子打翻，水罐都摔碎了。他还把我们头上的布垫圈朝着叶木拿河水深的地方丢去。这些都是黑儿他干的坏事儿。他就是这样每天胡闹，甚至还骂我们是荡妇！现在我们已经无法在你这伯勒杰地待下去了。夫人啊，您可知道，黑儿他做完所有的坏事儿，今天我们去找他理论的时候，他自己却爬到团花树上，让我们在树下干瞪眼。黑子总是这样跟我们胡闹。"

这首诗中，牧女们不仅向耶雪达诉说了小黑天干的各种坏事，还特意向耶雪达强调他"自己爬上团花树，众人只得巴巴望"这副不知悔改、无畏无惧的模样。与此同时，为了表示自己的委屈和无奈，为了让自己的话更具有说服力，也为了引起耶雪达足够的重视与同情，牧女们还特意略带夸张地叙述自己现在处境的艰难——“你这伯勒杰小村，现已无法再居住”。本诗最后一句“黑子总是此般样，争执吵闹与我等”，既是对全诗内容的一个概括和回顾，也是牧女无奈情绪的一个宣泄。言外之意就是，黑天他总是这样，夫人您可得好好管教管教他。

【原文】

ब्रज-घर-घर यह बात चलावत।
जसुमति कौ सुत करत अचगरी, जमुना-जल कोउ भरन न पावत।
स्याम बरन① नटवर बपु काछे, मुरली राग मलार बजावत।
कुंडल-छबि रबि-किरनहुँ तैँ दुति, मुकुट इंद्र-धनुहूँ तैँ भावत।
मानत काहु न करत अचगरी, गागरि धरि जल भुइँ② ढरकावत।
सूर स्याम कौँ मात पिता दोउ, ऐसे ढग आपुनहिँ पढ़ावत।।
（112/2049）

【对译】

伯勒杰户户传此言
耶雪达子恶作剧，无人得汲叶木拿。
舞胜扮身青黑色，竹笛奏调莫拉尔③。
耳环美胜太阳光，羽冠妙超因陀弓④。
谁也不听行顽劣，夺罐致水满地流。
苏尔言，
黑子父母两个人，亲自教成此般样。

① Varma 本作 varan。
② Varma 本作 muṁh。
③ 莫拉尔调，原文为 rāg malār，为印度音乐中的一种曲调，通常唱于雨季夜晚。
④ 因陀弓，原文为 indr-dhanuhūṁ，通 indra-dhanu bhī，意为因陀罗弓，此处受字数限制，故缩译为因陀弓。

【释译】

本诗描述的是伯勒杰地家家户户议论黑天恶作剧的事情。内容大致如下：

如今，伯勒杰的家家户户都议论纷纷。人们都说，耶雪达的儿子小黑天胡闹干坏事，所以哪个牧女都不能到叶木拿河去汲水。小黑天皮肤青黑，常常把自己装扮成舞胜的模样，站在河边用竹笛吹奏莫拉尔调。他的耳环美丽无限，胜过太阳的光芒。他头上戴着的雀翎羽冠比因陀罗的弯弓还要漂亮。他无畏无惧，谁的话都不听，调皮捣蛋，从牧女头上夺过水罐，把里面盛着的水打翻，流了一地。哎，这都是他的爸爸妈妈教出来的！

俗话说，好事不出门，恶事行千里。这首诗正是这句话的写照，小黑天在河边拦路挡道，弄翻牧女水罐的淘气行为很快就传遍了整个伯勒杰地区，家喻户晓。从本诗的内容来看，在人们眼中，黑天仍是一个俊俏可爱的小孩童，虽然他“作恶多端”，但是发生这一切并不是他的过错，因为大家都认为是“黑子父母两个人，亲自教成此般样”，言外之意即小黑天尚且年幼，什么都不懂，要怪就怪难陀和耶雪达平日太过于骄纵宠爱他，才导致他现在这样有恃无恐，顽劣无比。

【原文】

करत अचगरी नंद महर कौ।

सखा लिये जमुना-तट बैठ्यौ, निबह न लोग डगर कौ।

कोउ खीझौ, कोउ किन बरजौ, जुवतिनि कैँ मन ध्यान।

मन-बच-कर्म स्याम सुंदर तजि, और न जानतिँ① आन।

---

① Varma 本作 jānati。

यह लीला सब स्याम करत हैं, ब्रज-जुवतिनि[1] कैं हेत।
सूर भजै[2] जिहिं भाव कृष्न कौं, ताकौं सोइ फल देत॥
（113/2050）

【对译】

难陀族主之子恶作剧

叶木拿畔携伴坐，人们无法从路过。
有人劝阻有人怒，少女心中皆专注。
心言业献美黑子，所识再无其他人。
黑子行就此本事，皆为伯勒杰少女。
苏尔言，
敬拜黑天以何情，彼将得赐相应果。

【释译】

本诗描述的是伯勒杰少女们对黑天的爱。内容大致如下：

难陀族主的儿子小黑天调皮捣蛋，总是喜欢恶作剧戏弄牧女们。他跟小伙伴们一起坐在叶木拿河边挡道，所有前去打水的牧女们都没办法顺利通行。尽管她们之中有人因为他的顽皮对他生气，有人也曾对他进行过劝诫和阻拦，但是这些少女心中还是装满了对黑天的专注和敬爱。她们把自己的心灵、言语和行为都献给了黑天，除了他之外，她们谁都不认识。

讲述完少女对黑天无条件的爱恋之后，苏尔达斯站在全知者的角度揭示了黑天所作一切恶作剧的根本原因——“黑子行就此本事，皆为伯勒杰少女”，即黑天都是为了伯勒杰少女们的欢愉和福乐才化作不懂事的小孩童演绎了上述这类本事。借此，诗人想向世人表明自己的虔诚观——“敬拜黑天以何情，彼将得赐相应果”，即人们以什么样情感敬拜黑天，黑天就会赐予他们与之相应的果。这里，伯

① Varma 本作 juvatin。
② Varma 本作 bhaje。

勒杰的牧女们对待黑天全心全意，甘愿为他奉献一切，所以黑天也相应地赐予她们想要的一切福乐，满足她们的各种心愿。

दान लीला

施舍本事

【原文】

ऐसौ दान माँगियै नहिं जौ①, हम पैं दियौ② न जाइ।
बन मैं③ पाइ अकेली जुवतिनि, मारग रोकत धाइ।
घाट-बाट औघट जमुना-तट, बातैं④ कहत बनाइ।
कोऊ ऐसौ दान लेत है, कौनैं⑤ पठए सिखाइ।
हम जानति तुम यौं नहिं⑥ रैहौ, रहिहौ गारी खाइ।
जो रस चाहौ सो रस नहीं, गोरस पियौ अघाइ।
औरनि सौं लै लीजै मोहन, तब हम देहिं बुलाइ।
सूर स्याम कत करत अचगरी, हम सौं कुँवर कन्हाइ।।
（114/2080）

【对译】

我等无法予之礼

我等无法予之礼，且莫将其来索取。
林中得遇孤单女，奔跑来将道路阻。
叶木拿畔岸与路，花言巧语来阻拦。
有人讨要此般礼？谁人教唆派遣来？

---

① Gupta 本作 jo。
② Gupta 本作 diyau。
③ Sabha 本作 mai。
④ Sabha 本作 bātem̐。
⑤ Varma 本作 kaunem̐。
⑥ Gupta 本作 nahi。

我知如此你不宁，挨骂之后才罢休。

无有想要之情味，且饮牛奶尽兴情。

莫亨且向他女索，彼时唤来我等予。

苏尔言，

少年黑子小黑儿，为何对我恶作剧？

【释译】

本诗描述的是牧女对黑天拦路索礼的埋怨。内容大致如下：

牧女们对黑天道："黑天啊，你别向我们要我们给不了的礼物。你看见我们几个孤零零地从林中走来打水，你就跑到叶木拿河边汲水岸的路上来挡道，花言巧语地哄骗我们、欺负我们。你倒是说说，除了你之外，还有谁会向过路的人索要这样的礼物，也不知道是谁教唆你让你来的？我们知道，你就是放着好日子不过，非要挨骂后你才老实！我们告诉你，你想要的那种情味我们这里没有。不过，你要是想要牛奶的话，就随心所欲地喝个痛快吧。要不你先到别人那儿去拿你要的，别人能给你的话，你再把我们唤来，到时候我们一定也都给你。小黑儿啊，你干吗非要对我们恶作剧呢？"

略去的诗中，苏尔达斯交代了这个故事发生的缘由，即小黑天和伙伴们拦路挡道，向前去叶木拿河畔打水的牧女收取"过路费"。这首诗中，牧女们就此向黑天表达不满，内容有控诉、有埋怨，同时也有请求、有情意，牧女们心中对黑天又爱又恨、又气又无奈的复杂情感透过她们的以上话语表达得淋漓尽致。本诗的最后一句——"少年黑子小黑儿，为何对我恶作剧"正是牧女这种情感的生动写照，借此牧女们想对黑天说，黑天啊黑天，我们如此爱恋着你，你为何不能对我们好一点，非要这样整我们呢？

【原文】

ऐसैं जनि बोलहु नँद-लाला।
छाँड़ि देहु अँचरा मेरौ नीकैं, जानत और सी बाला।
बार-बार मैं तुमहिं कहति हौं, परिहौ बहुरि जँजाला।
जोबन, रूप देखि ललचाने, अबहीं तैं ये ख्याला।
तरुनाई तनु आवन दीजै[1], कत जिय होत बिहाला।
सूर स्याम उर तैं कर टारहु, टूटै मोतिनि-माला॥

（115/2089）

【对译】

难陀子，且莫此般言
放开我之美裙裾，视我等同其他女？
遍遍向你我言说，再次陷入麻烦网！
青春美色见生欲，现在开始此游戏！
且让青春至身体，心中为何着急狂？
苏尔言，
黑子手且自胸移，珍珠项链要断裂。

【释译】

本诗描述的是牧女劝黑天放开自己的场景。内容大致如下：

牧女对黑天道：“小黑儿啊，你可千万别这么说啊。你赶紧放开我美丽的裙裾，你还真以为我跟别的女孩儿一样？我一遍遍地跟你说，你再不放手，你就惹上大麻烦了！你说你，看见女孩们的青春和美色就心生渴望，你这才多大啊，就想这些事。黑儿啊，你等长大点儿再来说这些事吧，你现在着什么急啊？黑儿啊，你快把手从我胸前拿开，我的珍珠项链都快被你扯断了！”

① Varma 本作 daujai。

略去的诗中，小黑天扬言要让牧女上缴“青春之礼”，对牧女“动手动脚”。然而，在牧女眼中，此时的小黑天仍旧是一个小孩童，天真可爱。她们将他的这种行为视为小孩子的顽皮和胡闹，觉得又好气又好笑，最终只能以一句“且让青春至身体，心中为何着急狂”来教育小黑天。如此一来，在这首诗中，牧女自始至终一直以嗔怒又带有吓唬性质的口吻来教训小黑天，让他赶紧放手，不要继续捣乱，完全是大人管教和训斥不肯听话的淘气小孩童的一套做法和说辞。

【原文】

तैँ कत तोर्यौ हरि नौ सरि कौ।

मोती बगरि रहे सब बन मैँ, गयौ कान कौ तरिकौ।

ये अवगुन जु करत गोकुल मैँ, तिलक दिये केसरि कौ।

ढीठ गुवाल दही कौ मातौ, ओढ़नहा①र कमरि कौ।

जाइ पुकारैँ जसुमति आगैँ, कहति जु मोहन② लरिकौ।

सूर स्याम जानी चतुराई, जिहिँ③ अभ्यास महुअरि कौ।।

（116/2105）

【对译】

你为何扯断九串链

珍珠散落满树林，耳上装饰亦不见。

藏红符志额上点，还作此恶牛村中！

顽固无礼小牧童，沉醉酸奶裹毛毯。

耶雪达前去告状，彼言莫亨小男孩。

① Varma 本作 auṛhanahār。

② Varma 本作 mojan。

③ Sabha 本作 jihi。

苏尔言，

黑子明了耍诡计，练习吹奏小竹笛。[①]

【释译】

本诗描述的是牧女对黑天弄断自己珍珠项链的埋怨。内容大致如下：

牧女对黑天道："小黑天啊，你为什么把我九串珠链弄断了呢？你瞧瞧，现在珍珠散落在树林中，找都找不到了，还有，我的耳饰也被你弄不见了。你表面上像修行者一样额上点着红色的符志，身上裹着小毯子，却在牛村中调皮捣蛋，做出这样的恶劣行为。说白了，你就是个沉迷于酸奶中的无礼小牧童！哎，我们到耶雪达面前去告状也不管用，她就会护着你，说你还只是个小孩童。"

略去的诗中，牧女不满黑天执意索取"青春之礼"，声称要去向耶雪达告状，黑天一生气上前将她的珍珠项链扯断了。牧女愤怒至极，在这首诗中指责小黑天表面上一副乖巧可人的模样，迷惑住了耶雪达，让她完全不知道自己儿子到底有多顽劣。本诗的末尾，苏尔达斯将视线重新投向小黑天，听完牧女的话，小黑天知道她们要去向母亲告状，害怕被母亲责罚，于是耍起小机灵，假装练习吹笛子去了。至此，小黑天聪明淘气的小孩童形象跃然纸上，假装练习竹笛的行为也从侧面再次呼应了牧女对他的抱怨——表面装乖，背后顽劣。

---

① 小竹笛，原文为 Mahu'ari，该词在伯勒杰方言中有两义，一指蜜蜂，一指小竹笛。故针对该句亦可以有两种解释，一为牧女们指责黑天如今像蜜蜂采蜜一般想要索取少女们的青春情味，一为黑天练习吹奏竹笛。此处，译者更倾向于后者。

【原文】

हँसत[1] सखनि यह कहत कन्हाई।
जाइ चढ़ौ तुम सघन द्रमनि पर, जहँ-तहँ रहौ छपाई।
तब लौं बैठि रहौ मुख मूँदे, जब जानहु सब आईं
कूदि परौ तब द्रमनि-द्रमनि तैं, दै दै नंद-दुहाई।
चकित होहिं जैसैं जुवती-गन, डरनि जाहिं अकुलाई।
बेनु-विषान[2]-मुरलि-धुनि कीजौ, संख-सब्द घहनाई।
नित प्रति जाति हमारै[3] मारग, यह कहियो[4] समुझाई।
सूर स्याम माखन-दधि-दानी, यह सुधि नाहिँन पाई?॥

（117/2113）

【对译】

黑儿笑向伴言此
四处繁茂大树上，你等爬上且躲藏。
缄口不语安静坐，直至知晓众女至，
彼时自树跳跃下，声声来唤难陀护[5]。
众位少女神惊慌，害怕焦躁不安时，
即刻奏响兽角号，复将竹笛海螺吹。
解释说明告知此：每日都要过我路。
苏尔言，
奶油酸奶黑子索，难道未得此消息？

① Sabha 本作 haṁsati。
② Gupta 本作 biṣān。
③ Sabha 本作 hamāraiṁ。
④ Varma 本作 kahiyau。
⑤ 声声来唤难陀护，原文为 dai dai nand duhā'ī，由于难陀是族主，是小牧童心中的保护者，小伙伴们在此呼唤难陀族主之名，希望自己得到难陀的护佑，能够安全从树上跳下，免受伤害。

【释译】

本诗描述的是黑天告诉同伴如何拦住过路牧女的场景。内容大致如下：

小黑天笑着对小伙伴们说道：“我跟你们说，你们赶紧爬上枝叶繁茂的大树上，各自躲藏起来。你们都先闭紧嘴巴，别说话。等到看见牧女们来到这里的时候，你们就呼唤着难陀爸爸的名字，求他护佑，马上从树上跳下来。忽然瞧见你们，牧女们一定会惊慌失措、恐惧不安的。然后，你们就赶紧吹响竹笛、兽角和海螺，吵得她们不可开交。她们一定会问这是干什么，那时你们就跟她们说，你们这些女孩儿天天从我们这条路上经过。难道你们不知道，小黑儿是要收取黄油和酸奶当过路费的吗？”

略去的诗中，小黑天灵机一动，又生一智，遂将小伙伴们召集起来“共商大计”。这首诗表现的即是小黑天向伙伴们传授自己的“高招”。这里，苏尔达斯借小黑天之口，假想了整个计策实施的所有步骤，从上树、躲藏，到跳下树、喧哗，直至与牧女对话，将孩子王带领一群小伙伴如何欺负过路少女的各种细节描绘得具体生动、趣味盎然。

【原文】

ग्वारिनि जब देखे नँद-नंदन।

मोर-मुकुट पीतांबर काछे, खौरि किये तन चंदन।

तब यह कह्यौ कहाँ अब जैहौ, आगैं कुँवर कन्हाई।

यह सुनि मन आनंद बढ़ायौ①, मुख कहैं②, बात डराई।

---

① Gupta 本作 baṛhāyo，Sabha 本作 baṛhā’au。

② Sabha 本作 kahai。

कोउ कोउ कहति चलौ री जैये[①], कोउ कहै घर फिरि जैये[②]।

कोउ-कोउ कहति कहा करिहैं हरि, इनसौं कहा परैये[③]।

कोउ कोउ कहति कालिहीं हमकौं लूटि लई नँद-लाल।

सूर स्याम के ऐसे गुन हैं, घरहिं फिरीं ब्रज-बाल॥

（118/2120）

【对译】

牧女瞧见难陀子

戴雀翎冠着黄衫，身上涂抹檀香粉。

彼时言此现何去，孩童黑儿在前方。

闻此心中喜乐增，嘴里却说害怕话。

某说接着继续走，某说转身回家去，

某说诃利作何为，如何才能摆脱他，

某说难陀之小儿，昨日刚把我们抢！

苏尔言，

黑子德行即如此，伯勒杰女返家去。

【释译】

本诗描述的是伯勒杰的少女看见黑天站在前方不知所措的场景。内容大致如下：

当牧女们看见路上头戴孔雀羽冠、身着黄衫、身抹檀香的小黑天时，她们互相道："现在我们能去哪里呢？小黑儿站在前面呢！"听到这番话，牧女们心里其实都很高兴，然而，她们嘴上却说起恐惧害怕的话。她们之中，有人说继续向前走，有人说要回家去；有人说，黑儿现在想干吗，我们如何才能摆脱他呢，有人说昨天他还

① Sabha 本作 jaiyai。

② Sabha 本作 jaiyai。

③ Gupta 本作 paraiye。

抢了我们的酸奶呢！黑儿他啊，就这副德行，我们别招惹他了，还是回家算了吧。于是，牧女们都回家去了。

这首诗中，苏尔达斯以“闻此心中喜乐增，嘴里却说害怕话”为核心，生动刻画了牧女们对黑天又爱又怕的心理。一方面，牧女们爱恋着黑天，心中时时刻刻都牵挂着黑天，在略去的诗中，牧女们启程前往马图拉卖酸奶，路上一直期盼着能与黑天偶遇，因此，听到黑天站在前方的消息便感到万分欢喜；另一方面，黑天调皮捣蛋，总是对牧女们恶作剧，牧女们心中也不免对碰到这个“小太岁”感到慌张，所以难免“嘴里却说害怕话”，不知所措，最终只能走为上策，返回家去。

【原文】

कान्ह कहत, दधि-दान न दैहौ।

लैहौं①छीनि दूध दधि माखन, देखति ही तुम रैहौ।

सब दिन कौ भरि लेउँ आजु हीं, तब छाड़ौं मैं तुमकौ।

उघटति हौ तुम मातु-पिता लौं, नहिं जानति हौ हमकौ②।

हम जानति हैं तुमकौं मोहन, लै-लै गोद खिलाए।

सूर स्याम अब भए जगाती, वै दिन दिन सब बिसराए॥

（119/2126）

【对译】

黑儿言，不给酸奶？

酸奶奶油我若抢，你们只能巴巴看。

今日取齐所有日，彼时我即放过你。

① Sabha 本作 laihoṁ。

② Sabha 本作 yamakau。

说三道四父母前，你却不甚了解我。

莫亨我等知晓你，抱在怀中曾哄逗。

苏尔言，

黑子今成收税人，全然忘却彼时日。

【释译】

本诗描述的是黑天与牧女就收取酸奶和奶油一事的对话。内容大致如下：

小黑儿挡在路上对牧女们道：“你们真不主动给我奶油和酸奶？你们要知道，如果我要硬抢的话，你们也只好无能为力地眼巴巴看着，所以你们还是自己给我吧。今天，我要你们把以前欠下的统统补齐，那样的话，我才会放过你们。你们呀，总是跑到我的爸爸妈妈跟前告状，说三道四的，其实你们根本就不了解我。”

听完他的话，牧女们反驳道：“我们怎么会不了解你呢？你小的时候，我们还把你抱在怀里逗你玩呢。只是小黑子你把那些美好的日子都忘记了，现在反倒向我们收起过路费了。”

略去的诗中，小牧童们依计敲锣打鼓向牧女讨要酸奶和奶油，遭到牧女们的强烈反对。于是，这首诗中，小黑天自己开口，先威胁恐吓，又委屈抱怨，可谓软硬兼施。提起过往，牧女们忆起那段哄逗小黑天的日子，心中不由得充盈着对小黑天的爱。然而，对比起他现在对她们的种种捉弄和恶作剧，她们有苦难言，只能一句“黑子今成收税人，全然忘却彼时日”表达自己满腹的委屈和无奈。

【原文】

जाइ सबै कंसहि गुहरावहु।
दधि माखन घृत लेत छुड़ाए, आजु हजूर बुलावहु।
ऐसे कौं कहि मोहिं बतावति, पल भीतर गहि मारौं।
मथुरापतिहिं सुनौगी तुमहीं, जब धरि केस पछारौं।
बार-बार दिन हमहिं बतावति, अपनौ दिन न विचार्यौ[①]।
सूर इंद्र ब्रज जबहिं बहावत, तब गिरि राखि उबार्यौ॥
（120/2131）

【对译】

都去求助刚沙

酥油酸奶奶油抢，现今且去唤陛下。
跟我提及这种人，抓住杀死仅瞬间，
彼时你等将听闻，马图拉主揪发摔。
遍遍对我提往日，自己却不念昔时，
苏尔言，
因陀罗淹伯勒杰，彼时托山行救护。

【释译】

本诗描述的是黑天不满牧女向刚沙求助的场景。内容大致如下：

黑天对牧女们道：“你们总跟我说刚沙，既然你这么想，你们就去吧，都去向刚沙求助吧！你们尽管去他面前告状，说我夺走了你们的酸奶、奶油和酥油，我倒要看看他能把我怎么样！你们跟我说这种人，殊不知我只要一瞬间就能抓住他弄死他。这个等日后刚沙被揪着头发摔死的时候，你们就会有所听闻了。你们呀，总跟我提过去的那些日子，自己却忘了因陀罗来下雨淹没伯勒杰的时候，是

① Gupta 本作 bicāryau。

我托起牛增山保护了伯勒杰，保护了你们啊。”

在与黑天的辩驳时，牧女们一次又一次地以小黑天没有国王的授权来质疑他收取“过路费”的合理性和合法性，惹怒了小黑天，故而这里小黑天放出狠话，表明自己丝毫不畏惧牧女们所谓的权威。本诗的末尾两句中，小黑天进一步吐露了自己的不满和委屈。就这两句话，可以有两层意思的解释：其一，你们怎么忘了，过去“因陀罗淹伯勒杰”，伯勒杰面临危险的时候，“托山行救护”保护了伯勒杰的那个人是我，而你们一直仰仗的国王刚沙当时在哪里？他怎么没有出来救助你们？其二，你们这些牧女一直记着自己哄逗我、对我好的时候，怎么没记住危难时刻我是如何托山保护你们的？言外之意，我救了你们的性命，你们现在却连一点酸奶和奶油都不肯给我！

【原文】

मोसौं बात सुनहु ब्रज-नारी।
इक उपखान चलत त्रिभुवन मैं, तुमसौं कहौं उघारी।
कबहूँ बालक मुँह न दीजीयै[①], मुँह न दीजियै नारी।
जोइ मन करैं सोइ करि डारैं, मूँड़ चढ़त हैं भारी।
बात कहत अँठिलाति[②] जाति सब, हँसति देति कर तारी।
सूर कहा ये हमकौं[③] जानैं, छाँछहिं बेंचनहारी।।
（121/2136）

① Gupta 本作 dījiye。
② Sabha 本作 aṭhilāti。
③ Varma 本作 hamakoṁ。

【对译】

伯勒杰女听我言

有一古语传三界，对你讲述来说明：

任何时候亦不要，给脸孩童与女子，

随心所欲乱行事，蹬鼻上脸惹人烦。

众女傲慢把话讲，讥笑拍手又鼓掌。

苏尔言，

此等贩卖乳浆女，知晓了解我什么！

【释译】

本诗描述的是黑天训斥众牧女不了解自己的场景。内容大致如下：

黑天对牧女们道："伯勒杰的女子们啊，三界之中流传着这么一句古话，现在我就来跟你们讲一讲。俗语说，不管在任何时候，绝对不要放纵小孩和女人，因为他们蠢笨无知，给脸不要脸，总是随心所欲，做事不经考虑，不顾后果，惹人讨厌。你瞧瞧你们，可不就是这样，一直傲慢地拍着巴掌笑话我，自以为是地在这儿胡说八道。哎，不是我说你们，你们不过就是些贩卖乳浆的牧女，又能知道关于我的什么呢？"

略去的诗中，牧女们嘲弄小黑天只是肩上裹着小毛毯的孩童而已，并无伟大之处。听完牧女所言之后，小黑天满心不悦，于是在此指责牧女们蠢笨无知，不知晓自己存在的真实奥秘。为了使自己的观点具有说服力，小黑天特意引出千古流传的俗语，再附以牧女们现在的自鸣得意的状态作为事实证据，让人无可辩驳。此外，小黑天的这段话，究其语境虽为孩童的愤怒叛逆之言，然则也从某种程度上反映出当时印度社会盛行的女性观，即女性愚蠢无知，地位低下。

【原文】

यह जानति तुम नंदमहर-सुत।

धेनु दुहत तुमकौं① हम देखतिँ, जबहिँ जाति खरिकहिँ उत।

चोरी करत यहौ पुनि जानतिँ, घर-घर ढूँढ़त भाँड़े।

मारग रोकि भए अब दानी, वे② ढँग कब तैँ छाँड़े।

और सुनौ जसुमति जब बाँधे, तब हम कियौ सहाइ।

सूरदास प्रभु यह जानति हम, तुम ब्रज रहत कन्हाइ।।

（122/2137）

【对译】

知晓你是族主难陀之子

我等去往牛圈时，瞧见你给牛挤奶。

复又知晓行偷窃，家家户户找奶罐。

那般行径何时弃，现成挡道索贡人？

且听我等帮过你，耶雪达行捆绑时。

苏尔达斯言，

胜尊我等知晓此，黑儿你居伯勒杰。

【释译】

本诗承接上一首诗，描述的是牧女们对黑天说她们不了解他的反驳。内容大致如下：

牧女们对黑天道：“黑儿啊，你说我们什么也不知道，那是不对的，我们可是很了解你的啊。我们知道你是难陀族主的儿子。我们去牛圈的时候，总是看见你在给母牛挤奶。还有啊，我们知道你经常在各家各户寻找奶罐，偷吃酸奶和奶油。现在，你还在路上挡道收过路费，你什么时候开始改变了过去的习惯，变成如今这副模样

① Sabha 本作 tumakoṁ。

② Gupta 本作 vai。

了？你再听我说，当你妈妈耶雪达把你捆在木臼上的时候，我们可是帮了忙说了情的。我们什么都知道，你不就是住在伯勒杰的小黑儿嘛。”

这首诗中，牧女们不仅道出了小黑天的身份，还细数了他在牛村中成长的各种事迹，以表明自己对他熟知了解。最后，本诗以“胜尊我等知晓此，黑儿你居伯勒杰”收尾，既是对全诗的一个总结和归纳，同时也突出了牧女们对上一首诗中小黑天指责她们一无所知的不屑态度，在牧女们眼中，他不过就是一个居住在伯勒杰地区调皮捣蛋的小孩童而已。

【原文】

को माता को पिता हमारै①।

कब जनमत हमकौं② तुम देख्यौ, हँसियत बचन③ तुम्हारैं।

कब माखन चोरी करि खायौ, कब बाँधे महतारी।

दुहत कौन को④ गैया चारत, बात कही यह भारी।

तुम जानत मोहिं नंद-ढुटौना, नंद कहाँ तैं आए।

मैं पूरन अबिगत, अबिनासी, माया सबनि भुलाए।

यह सुनि ग्वालि सबै मुसुक्यानी, ऐसे गुन हौ जानत।

सूर स्याम जो निदर्यौ सबहीं, मात-पिता नहिं मानत॥

（123/2138）

① Varma 本作 hamāraiṁ。

② Gupta 本作 hamakau。

③ Varma 本作 vacan。

④ Gupta 本作 kau，Varma 本缺此词。

【对译】

谁为我父谁为母

何时你见我出生？你之话语实可笑。

何时偷取奶油吃？何时被母捆绑住？

谁牧母牛谁挤奶？将此大话来言说。

你知我为难陀子，难陀又自何处来？

我满[1]不灭不可知，摩耶迷惑所有人。

闻此牧女皆讥笑：此般德行明知晓，

苏尔言，

不敬众人小黑子，亦不承认父母亲。

【释译】

本诗承接上一首诗，描述的是黑天向牧女阐述自己本性却遭牧女嘲笑的场景。内容大致如下：

黑天对牧女们道："你们说你们了解我，你们知道谁是我的父亲，谁又是我的母亲？你们之中谁什么时候亲眼看见我出生？你们说的话真是让人发笑。你们谁看见我偷奶油吃，又有谁看见我被妈妈捆绑在木臼上？你们说说，谁给母牛挤过奶，又是谁放牧过奶牛，你们什么都不知道就敢说这样的大话！你们说我是难陀的儿子，那我问你们，难陀又是打哪儿来的呢？实际上，我是完满不灭、深不可知的梵，你们都被我的摩耶欺骗迷惑了。"

听见黑天的话，牧女们都笑了。她们说道："你的这些德行我们都知道。我们还知道你就是那个不尊敬所有人，也不认父母亲的小黑子。"

这首诗中，小黑天试图通过一系列问话告知牧女，自己并不是她们眼中顽劣淘气的小孩童，而是"我满不灭不可知"，她们以往在

① 我满，原文为 maiṁ pūran，意思为我乃完满，此处因为字数限制，译者将其缩译为我满。

牛村在树林眼见亲历的一切亦非如其所想，因为他的“摩耶迷惑所有人”，归根结底，小黑天还是想说牧女们完全不了解自己，在内容上与前面总第 2136 首诗呼应。然而，不知真谛的牧女们却认为这都是小黑天的推诿抵赖之辞。在她们看来，这样一个整天游戏嬉闹的顽皮小孩童怎么可能是宇宙至高的存在呢？因此，在本诗末尾，她们依旧嘲弄着他说“此般德行明知晓，不敬众人小黑子，亦不承认父母亲”。

【原文】

भक्त हेत अवतार धरौं।①

कर्म-धर्म कैं बस मैं नाहीं, जोग जज्ञ मन मैं न करौं।

दीन-गुहारि सुनौं स्रवननि भरि, गर्ब②-वचन③ सुनि हृदय जरौं।

भाव अधीन रहौ सबही कैं, और न काहू नैंकु डरौं।

ब्रह्मा कीट आदि लौं व्यापक④, सबकौं सुख दै दुखहिं हरौं।

सूर स्याम तब कही प्रगटही, जहाँ भाव तहँ तैं न टरौं।।

（124/2140）

【对译】

化身降世为信徒

不受业行达摩控，瑜伽祭祀心不念。

穷人求助耳充闻，听见傲语心焦灼。

依附众人之情存，其他丝毫亦不惧。

由虫至梵遍布者，予众福乐袪除苦。

苏尔言，

虔情之处来现身，黑子自彼不移离。

① Sabha 本中无此句。
② Gupta 本作 garv。
③ Sabha 本作 bacan。
④ Gupta 本作 byāpak。

【释译】

本诗描述的是黑天告诉牧女自己下凡降世的缘由。内容大致如下：

黑天对牧女们道：“我是完满不灭的大梵，不受业行和达摩所控，我是为了我的信徒才化身成小孩童来到这个世上的。我只在意信徒们对我的爱，一点也不在意瑜伽和祭祀。对于穷苦人的呼救声，我会认真去听，然后给予回应。但是，如果听见人们傲慢的话语，我的心中就会感到焦灼和难受。我无畏无惧，依附信徒的虔诚信爱而存在。我遍及宇宙各处，从小虫到大梵都有我的存在。我给予众人福乐，消除众人的痛苦。哪里有信徒的虔爱，我就一直待在那里，决不离开。”

略去的诗中，牧女们质问黑天是否是母亲十月怀胎所生，黑天针对牧女们的问话，讲述了自己的本性和实在。这里，与其说是黑天的表白，不如说是苏尔达斯借黑天之口，向世人宣扬黑天是无所不在的最高存在，他依托信徒之爱而存在，一心只为信徒之益，是值得世人交托所有虔诚和信爱的仁慈之主。

【原文】

आपुन भईं सबै अब भोगी।

तुम हरि कौ पीतांबर झटक्यौ, उन तुम्हरी मोतिनि लर तोरी।

माँगत दान ज्वाब नहिं देतीं, ऐसी तुम जोबन की जोरी।

उर नहिं मानतिं नंद-नँदन कौ, करतिं आनि झकझोरा झोरी।

इक तुम नारि गँवारि भली हौ, त्रिभुवन मैं इनकी सरि को री।

सूर सुनहु लैहैं छँड़ाइ सब, अबहिं फिरौगी दौरी दौरी॥

（125/2152）

【对译】

现今众女自愚笨

诃利黄衫你抢夺，他才扯断你珠链。

青春活力你如此，索要贡礼不回答。

毫不畏惧难陀子，过来推搡又扭打。

你一村女真是好，三界之中谁似他！

苏尔言，

且听若夺所有物，只能即刻来回跑。

【释译】

本诗描述的是牧童们教训牧女们的场景。内容大致如下：

牧童们对牧女道："现在可怨不得黑儿，是你们这些女孩自己笨！你们自己之前要去抢他的黄衫，他气不过才扯断了你们的珍珠项链。而他跟你们索要过路费的时候，你们可是年少轻狂、青春傲慢的，理都不理他呢！你们真是一点儿都不怕他啊，现在竟然还来这儿推搡扭打。你们这群小村姑娘可倒好，你也不想想三界之中有谁能跟他一样。还有啊，就算我们要把你们的东西抢走，你们除了跟着我们，到处追着我们要，还能怎么样呢？"

略去的诗中，牧女们指责众牧童受小黑天蒙蔽欺骗，对自己无礼，扬言要去告诉父母，让他们尝尝恶果，这首诗正是牧童们就此做出的回答。在这场孩童们的嬉闹中，众牧童与小黑天合成一伙，是他的"同谋""帮凶"，所以不管对错，发生争论时他们都会向着小黑天说话。在他们看来，明明就是这群小牧女无礼傲慢，对小黑天动手动脚，此刻却恶人先告状，硬说自己被他们欺负了，真是毫无道理。更何况，"且听若夺所有物，只能即刻来回跑"，言外之意是就算我们真的欺负你们了，你们又能怎么样！

【原文】

जौ तुमहीं हौ सबके राजा।

तौ बैठौ सिंहासन चढ़ि कै, चँवर, छत्र सिर भ्राजा।

मोर-मुकुट, मुरली पीतांबर, छाड़ो नटवर-साजा।

बेनु, बिषान[1], संख क्यौं पूरत, बाजै नौबत बाजा।

यह जु सुनैं हमहूँ सुख पावैं, संग करैं कछु काजा।

सूर स्याम ऐसी बातैं सुनि, हमकौं आवति लाजा॥

（126/2164）

【对译】

如若你为众人王

国王宝座且登坐，拂尘华盖头上耀。

黄衫竹笛雀翎冠，舞胜装扮且抛掉。

为何吹笛兽角螺，且去奏响大铜鼓！[2]

若闻此音得福乐，我等同你行些事。

苏尔言，

此般言语黑子啊，我等听闻觉害臊。

【释译】

本诗表达的是众牧女对黑天蛮横拦路的不满。内容大致如下：

牧女对黑天道：“黑儿啊，若然如你所说，你才是众人之王，那你干脆抛弃头上的雀翎羽冠、身上的黄衫和手上的竹笛，别再像现在这样打扮成舞胜了吧。我说，你就直接登上王座去，让头顶尘拂和华盖闪耀，岂非妙哉！如果你是国王，你又干吗要吹奏竹笛、兽角和海螺这些民间小乐器，有本事你就去奏响那气势磅礴的大铜鼓呗！如果能够听到这些美妙的乐音，得到无限福乐的话，我们就相

① Varma 本作 viṣān。

② 大铜鼓，原文为 naubat，通常指喜庆时刻在国王或王子宫殿前演奏的大型铜鼓。

信你的本事。那时候，我们全部都听你的，你要我们干吗，我们就干吗。黑儿啊，可是你瞧瞧现在，哎，听到你说的那些大话，我们都觉得害臊！”

略去的诗中，黑天强行阻拦牧女前行，抢夺了她们的酸奶，扯断了她们的胸衣，并声称自己不惧怕包括国王刚沙在内的任何人，这首诗正是牧女们针对小黑天此番言行的回应。她们从装扮和奏乐两方面着手，奚落小黑天不知天高地厚地胡乱夸口吹牛，其实也没有什么真本事，只能在她们面前逞逞能罢了。故此，牧女们在本诗的末尾直接道出了自己对小黑天之前所作所为嗤之以鼻的态度——“此般言语黑子啊，我等听闻觉害臊”。

【原文】

हमहिं और सो रोकै कौन।

रोकनहारौ नंदमहर-सुत, कान्ह नाम जाकौ है तौन।

जाकैं बल है काम-नृपति कौ, ठगत फिरत जुवतिनि कौं जौन।

टोना डारि देत सिर ऊपर, आपु रहत ठाढ़ौ ह्वै मौन।

सुनहु स्याम ऐसी न बूझियै, बानि परी तुमकौं यह कौन।

सूरदास-प्रभु कृपा करहु अब, कैसैँहु① जाहिं आपनै भौन।।

（127/2211）

【对译】

挡我道者还有谁

难陀族主子挡道，其名乃为小黑黑。

欲王神力他具备，四处徘徊骗少女。

施展咒语头顶上，自己站立默不语。

① Varma 本作 kaiseṁhu，Sabha 本作 kesaiṁhu。

黑子且听不明此：此乃何习你养成？

苏尔达斯言，

胜尊现今且施恩，好歹我等要回家。

【释译】

本诗描述的是牧女们请求黑天不要挡道，让自己回家的场景。内容大致如下：

牧女们道："黑儿啊，除了你，还有谁会拦我们的路呢？我跟你说，挡我们路的那个小坏蛋正是难陀族主的儿子，他叫黑黑。他拥有欲天的力量，总是四处闲晃、招摇撞骗，专门哄逗我们这些无辜的少女。他对我们施展自己的魔法，让我们都迷恋上他，可他自己却装傻，一声不吭地站着。黑儿啊，我们真是不明白，原本可爱乖巧的你，现在这是养成了什么坏习惯！哎，你就开开恩、行行好，让我们过去吧！我们好歹是要回家的啊。"

略去的诗中，黑天让牧女们献出青春和身体作为"过路费"，然后消除心中的疑惑，大胆地通过这条路。针对黑天之前的问话——"挡你道者还有谁"，牧女们在这首诗中做出如是回复。这里，虽然牧女们口中言称小黑天"四处徘徊骗少女"，表达对小黑天的顽劣行径百般不满，但是接下来她们又说"黑子且听不明此：此乃何习你养成"，在她们眼中，小黑天原本就是天真可爱又迷人的，因此，她们的这种困惑和疑惑同时也透露出她们对黑天满满的爱。而这种爱恋，正如她们之前所言，"欲王神力他具备""施展咒语头顶上"，无论黑天是欺哄也罢，施展魔法也罢，牧女们早已深深地爱恋着他了。

【原文】

राधा सौं माखन हरि माँगत।

औरनि की मटुका कौ खायौ, तुम्हरौ कैसौ लागत।

लै आई वृषभानु[1]-सुता हँसि, सद लवनी है मेरौ।

लै दीन्हौं अपनैं[2] कर हरि मुख, खात अल्प हँसि हेरौ।

सबहिनि तैं मीठौ[3] दधि है यह, मधुरैं कह्यौ सुनाइ।

सूरदास-प्रभु सुख उपजायौ, ब्रज ललना मनभाइ।।

（128/2217）

【对译】

诃利向罗陀要奶油

已食他人罐中物，你之又是哪般样？

牛光之女拿来笑：我之奶油新鲜妙。

亲手喂入诃利口，看着品尝微微笑。

诉说甜言又蜜语：所有酸奶此最甜。[4]

苏尔达斯言，

胜尊赐予福乐生，伯勒杰女心欢愉。

【释译】

本诗描述的是黑天向罗陀讨要酸奶和奶油的场景。内容大致如下：

小黑天对罗陀道："罗陀啊，我已经吃过别人家罐子里的酸奶和奶油了，不知道你罐子里的是怎么样的呢，你快拿来给我尝尝看。"罗陀依言将酸奶和奶油拿来，然后笑着对黑天说道："我的奶油总是新鲜又甜美的。"接着，她亲手将酸奶和奶油喂入黑天口中，看见他

① Gupta 本作 bṛṣabhānu。

② Sabha 本作 apaneṁ。

③ Sabha 本作 mīṭh。

④ 根据原文，标题为奶油，此处为酸奶，为奶制品一类的代称，并非具体实指。

心满意足地吃相，罗陀满心喜悦地笑了笑。吃完之后，黑天对她称赞道："嗯！你家的酸奶和奶油果然比所有人家的都好吃呢！"

略去的诗中，牧女向黑天坦言，他已经夺去了她们的心，请求他这次先尝尝奶油和酸奶，因为看见他的吃相，她们可以获得无上的福乐，于是黑天开始与小伙伴们一起品尝酸奶和奶油。这首诗中，黑天表面上装成贪吃的小孩童向罗陀讨要，实际上是想跟她亲近和调情。这里，苏尔达斯通过小黑天的讨要、罗陀亲手喂食、小黑天的称赞和罗陀的微笑等一系列细节描写将黑天和罗陀之间两小无猜、你侬我侬的喜悦表现得淋漓尽致。本诗的末尾，诗人站在全知者的视角，以诗外音的方式对此点评和赞颂道——"胜尊赐予福乐生，伯勒杰女心欢愉"，黑天说着甜言蜜语，赐予了罗陀无限的福乐，让她心中备感欢愉。

【原文】

मेरे दधि कौ हरि स्वाद न पायौ।
जानत इन गुजरिनि कौ सौ है, लयौ छिड़ाइ मिलि ग्वालनि खायौ।
धौरी धेनु दुहाइ छानि पय, मधुर आँचि मैं औटि सिरायौ।
नई दोहनी पोंछि① पखारी, धरि निरधूम खिरनि पै तायौ।
तामैं मिलि मिस्रित मिसिरी करि, दै कपूर-पुट जावन नायौ।
सुभग ढकनियाँ ढाँकि बाँधि पट, जतन राखि छीकैं② समुदायौ।
हौं तुम कारन लै आई गृह, मारग मैं न कहूँ दरसायौ।
सूरदास प्रभु रसिक-सिरोमनि, कियौ कान्ह ग्वालिनि मन भायौ॥
（129/2218）

① Gupta 本作 pauṃchi。
② Sabha 本作 chīkai。

【对译】

诃利未得我之酸奶味

视其等同牧女物，抢走会同牧童食。

挤奶白牛又过滤，文火加热复冷却。

崭新奶罐擦洗净，放上无烟粪火①烧。

其中放入绵砂糖，以及酵母樟脑珠。

盖上美盖用布绑，使劲一起放网兜。

自家拿来因为你，我在路上未示人。

苏尔达斯言，

胜尊风流情味主，黑黑愉悦牧女心。

【释译】

本诗承接上一首诗，描述的是罗陀制作酸奶的过程。内容大致如下：

罗陀对黑天道："黑黑啊，你都没有品尝到我酸奶的真滋味！你把我的酸奶看成跟别人的酸奶一样的东西，完全没了解到其独特之处。你看看你，一把抢来就跟众伙伴们一起分着吃，也不知道自己好好品尝。你要知道，我这酸奶制作起来可讲究了。我先给我家的小白牛挤了奶，过滤后放在文火上加热，随即又放置冷却。擦洗干净崭新的奶罐后，我才把牛奶倒入，然后放在无烟的用牛粪烧火的炉子上加热。我在奶罐中加入了上等的砂糖，还有樟脑珠和酵母。烧好之后，我又盖上优质的盖子，用布绑好，努力踮着脚尖把它们都放进墙上挂着的网兜中。我可是为了你才把它从家里拿出来的，一路上我都小心谨慎，就怕被别人看见，也跟我讨要。"

这首诗中，苏尔达斯巧妙地将伯勒杰地区牧人制作酸奶的日常

① 粪火，原文为 khirani，字面义为牛粪，此处指用牛粪烧的火。

生活融入自己的创作当中，使得诗富有浓郁的地方文化气息。这里，罗陀向黑天详细讲述了自己制作酸奶的各个步骤，一方面是为了突出自己酸奶的好，因为自己从选择原料、器皿到加热冷却到最后放入网兜，无处不精心，无处不严格；另一方面也是借酸奶抱怨黑天不懂得珍惜自己对他的一番心意，对于罗陀来说，这么优质的酸奶，“自家拿来因为你，我在路上未示人”，黑天却“视其等同牧女物，抢走会同牧童食”。本诗最后一句——“胜尊风流情味主，黑黑愉悦牧女心”与本诗的主题内容关联不大，是苏尔达斯的插话，意在赞颂黑天。

【原文】

गोपी कहतिं①धन्य हम नारी।

धन्य दूध, धनि दधि, धनि माखन, हम परुसति② जेंवत गिरिधारी।

धन्य घोष धनि दिन, धनि निसि वह, धनि गोकुल प्रगटे बनवारी।

धन्य सुकृत③ पाछिलो④, धन्य धनि नंद धन्य जसुमति महतारी।

धनि धनि ग्वाल, धन्य बृंदाबन⑤, धन्य भूमि यह अति सुखकारी।

धन्य दान, धनि कान्ह मँगैया, धन्य सूर त्रिन-द्रुम-बन-डारी॥

（130/2220）

【对译】

牧女言，我等女子幸

托山分食我等供，牛奶酸奶奶油幸。

彼日彼夜牧区幸，饰环者⑥现牛村幸。

① Varma 本作 kahati。

② Sabha 本作 parusasi。

③ Sabha 本作 sukṛṣ。

④ Varma 本作 pāṁchilau。

⑤ Varma 本作 vṛdāvan。

⑥ 饰环者，原文为 banavārī，字面义指以野花环装饰的人，为黑天的名号之一，此处受字数限制，故缩译为饰环者。

前世善行功德幸，难陀耶雪达妈幸。

沃林达林牧童幸，予极福乐此地幸。

苏尔言，

黑黑索者贡礼幸，林中草木树枝幸。

【释译】

本诗描述的是牧女对黑天的赞颂。内容大致如下：

牧女们道：“得到黑儿，我们这些伯勒杰少女多么幸运啊！由我们拿来，黑儿与小伙伴一起分食的牛奶、酸奶和奶油多么幸运！黑儿出生的那天那夜以及他出生的牛村和牧区多么幸运！抚养黑儿的难陀爸爸和耶雪达夫人多么幸运啊，他们前世一定做了很多好事，积累了许多功德，这一世才得到黑儿作为他们的儿子。他们的这些善行和功德多么幸运！这些常常与黑儿一起放牧一起吃饭的小牧童多么幸运！沃林达森林多么幸运，那片给黑儿和我们带来福乐的土地多么幸运！黑儿索要的‘过路费’以及黑儿多么幸运，林中的草木和树枝多么幸运！”

这首诗中，牧女们看见黑天与小牧童们一起分食酸奶和奶油满心喜悦，发出由衷的感叹和赞美。此时，在她们眼中，所有与黑天相关的人、事和物都无比幸运，是值得称颂的。这里，苏尔达斯通过牧女之口，不仅表现出此刻牧女心中无法描摹的欢愉以及牧女对黑天难以言明的深爱，也同时向世人传达了自己对黑天的虔爱和歌颂。

【原文】

गन गंधर्व देखि सिहात।

धन्य ब्रज-ललनानि कर तैं, ब्रह्म माखन खात।

नहीँ रेख, न रूप, नहिं तनु बरन, नहिं अनुहारि।

मातु-पितु नहिं दोउ जाकैं, हरत मरत न जारि।

आपु कर्त्ता आपु हर्त्ता, आपु त्रिभुवन-नाथ।

आपुहीँ सब घट कौ ब्यापी, निगम गावत गाथ।

अंग प्रति-प्रति रोम जाकैं, कोटि-कोटि ब्रह्मंड।

कीट ब्रह्म प्रजंत[1] जल-थल, इनहिं[2] तैं यह मंड।

येइ विस्वंभरन नायक, ग्वाल-संग-बिलास[3]।

सोइ प्रभु दधि-दान माँगत, धन्य सूरजदास।।

（131/2221）

【对译】

乾达婆见心欢喜

伯勒杰地少女幸，梵[4]自其手食奶油。

无形无色无身色，无有等同相似者。

父母双亲彼俱无，摧毁杀死亦不可。

自为创造毁灭者，自为三界之主宰。

所有罐[5]中自遍及，尼笈摩唱赞颂歌。

彼身根根毫毛中，千千万万梵卵存。

由虫至梵及水陆，皆因他故光辉闪。

此般世界维持主，偕同牧童共游戏。

苏尔吉达斯言，

索要酸奶之贡礼，那般胜尊实幸运。

【释译】

本诗描述的是乾达婆对黑天的赞颂。内容大致如下：

---

① Sabha 本作 grajaṃt。

② Sabha 本作 inhi。

③ Sabha 本作 vilās。

④ 梵，原文为 brahm，此处指黑天。

⑤ 罐，原文为 ghaṭ，字面义为陶罐，在印度哲学中常用来指代人的身体。

乾达婆们见到黑天向牧女索要酸奶作为“过路费”的功行，十分欢喜地歌颂道：“伯勒杰的少女们真是幸运，黑天正取她们手中的奶油吃食。黑天他没有轮廓、没有形相、没有身体和颜色，三界之中无人与他相同。他没有父母，没有人能够将他毁灭或杀死。他自己本就是创造者和毁灭者，是三界的主人。他遍布所有人的身体之中，吠陀经典也唱诵他的赞歌。他周身上下的每一处汗毛都包含了千千万万个梵卵，从小虫到大梵，由水及陆地，都因为有他的存在才美丽闪耀。然而，这个维持世界的主人，他却化身成为小孩童降临伯勒杰，与众牧童一块玩耍嬉戏，还向牧女们讨要酸奶当过路费。这样的主人他真是幸运无边啊！”

这首诗内容可以分为两个部分，前半段主要阐述黑天如何伟大，末尾两句是全诗的核心和重点，主要讲述黑天演绎的功行，突出的是他仁慈的一面。这里，苏尔达斯借乾达婆之口向世人宣告：黑天是三界的主宰，是宇宙的最高存在，但是他却为了信徒之益化身降世伯勒杰，演绎出这些本事，给予牧童和牧女们无限欢愉。在诗人看来，黑天正是如此伟大和仁慈的神，是值得所有世人为他奉献一切的主人。

【原文】

ब्रह्म जिनहिँ यह आयसु दीन्हौ।

तिन तिन संग जन्म लियौ परगट, सखी सखा करि कीन्हौ।

गोपी-ग्वाल कान्ह द्वै नाहीँ, ये कहुँ नैँकु न न्यारे।

जहाँ-जहाँ अवतार धरत हरि, ये नहिँ नैँकु बिसारे।

एकै[1] देह बहुत करि राखे, गोपी ग्वाल मुरारी।

① Sabha 本作 aikai。

यह सुख देखि सूर के प्रभु कौं, थकित[1] अमर-सँग-नारी॥

（132/2223）

【对译】

大梵下达此命令

彼等现身同出生，与之结为男女伴。

牧童牧女与黑黑，他们不二毫无别。

无论何处化身降，诃利毫不将彼忘。

身体为一化多重，五首王敌牧男女。

苏尔言，

瞧见胜尊此福乐，诸神偕妻皆呆立。

【释译】

本诗讲述的是牧童和牧女降世的缘由。内容大致如下：

毗湿奴大神向众神下达命令，让他们与他一同在伯勒杰化身降世。接到命令之后，众神纷纷以牧童和牧女的形相与黑天一起出生在牛村，被黑天视作自己的伙伴和女伴。因此，牧童、牧女和黑天在本质是同一不二的，他们之间没有丝毫差别。不论黑天在哪里化身下凡，他从来都未曾忘却信奉自己的这些神。虽然他们在表面上化作多重形象，但实际上，黑天、牧童与牧女的身体同一不二。就连众神和他们的妻子看见黑天带给牧村、牧女和牧童的这般福乐，都惊呆错愕，呆立不动了。

这首诗中，苏尔达斯通过讲述牧童和牧女降世的始末根本向世人传达：尽管表相不同，但是黑天与他的信徒在本质上是同一不二的。并且，无论黑天以何种形相在何处现身，只要世人虔诚信奉，他都会施恩给予他们会让“诸神偕妻皆呆立”的无上福乐。诗人希望借此号召世人虔信黑天，向他奉献一切。

---

① Gupta 本作 cakit。

【原文】

यह महिमा येई पै जानैं।

जोग-यज्ञ[①]-तप ध्यान न आवत, सो दधि-दान लेत सुख मानैं।

खात परस्पर ग्वालनि मिलि कै, मीठौ[②] कहि कहि आपु बखानैं।

बिस्वंभर[③] जगदीस कहावत, ते दधि दोना माँझ अघाने।

आपुहिं करता, आपुहिं हरता, आपु बनावत, आपुहिं भानैं[④]।

ऐसे सूरदास के स्वामी, ते गोपिनि कैं हाथ बिकाने॥

（133/2226）

【对译】

此般伟大彼知晓

无意瑜伽苦修祭[⑤]，索取酸奶当福乐。

会同牧童共分食，自言好甜声声赞。

被称维持世界主，叶盘酸奶他满足。

自为创造毁灭者，自行创造和毁灭。

苏尔达斯言，

如此这般之胜尊，成为牧女手中奴。

【释译】

本诗是对黑天演绎施舍本事的赞颂。内容大致如下：

黑天伟大的奥秘只有黑天自己才知道。他毫不在意瑜伽、祭祀和苦行，却将向牧女们讨要酸奶作为过路费视为福乐。他将抢来的酸奶和奶油分与伙伴们一起享用，一边吃一边不断称赞："好甜啊，

---

① Gupta 本作 jajñ。

② Sabha 本作 mīṭho。

③ Varma 本作 visvaṃbhar。

④ Varma 本作 bhāne。

⑤ 瑜伽苦修祭，原文为 yog-yajñ-tap，意思为瑜伽、祭祀和苦修，受字数限制，此处缩译为瑜伽苦修祭。

好甜啊！”虽然被称为世界的维持者，他却满足于在叶盘中吃食酸奶。他是创造者，创造世界，也是毁灭者，毁灭世界。然而如此伟大的主人，却为了让钟爱自己的牧女们高兴，甘愿成为她们的奴隶。

这首诗与总第2221首诗主题一致，是苏尔达斯站在全知者的视角对黑天的称颂。本诗充满对比色彩，诗人始终以大比小、以高比低，将瑜伽、祭祀和苦行与讨要酸奶作比、将黑天的伟大与满足于享用酸奶作比，着重突出了黑天一切以信徒之益为重的仁慈和宽厚。本诗最后落尾至“如此这般之胜尊，成为牧女手中奴”，对全诗进行了概括和升华。至此，黑天的伟大与黑天的仁慈这两种品质相互辉映、相互增色。于是，在这样的大神面前，信徒还有什么理由不对其奉献自己的身心和一切呢？

【原文】

सुनहु बात जुवति इक मेरी।
तुमतैं① दूरि② होत नहिं कबहूँ, तुम राख्यौ मोहिं घेरी।
तुम कारन बैकुंठ तजत हौं, जनम लेत ब्रज आइ।
बृंदाबन③ राधा-गोपी सँग, यह④ नहिं बिसर्यौं जाइ।
तुम अंतर-अंतर कह भाषति, एक प्रान द्वै देह।
क्यौं राधा ब्रज बसैं बिसारौं, सुमिरि पुरातन नेह।
अब घर जाहु दान मैं पायौ, लेखा कियौ न जाइ।

① Varma 本作 tumataiṁ。
② Sabha 本作 duri。
③ Varma 本作 vṛdāvan，Gupta 本作 bṛdāvan。
④ Varma 本作 yahi。

सूर स्याम हँसि-हँसि जुवतिनि[1] सौं, ऐसी कहत बनाइ॥

（134/2232）

【对译】

少女啊，且听我一言

从未与你远离别，你却将我团团围。
弃离天国[2]我为你，降生来到伯勒杰。
不忘沃林达林中，相伴罗陀与牧女。
身故为二命实一，你却遍遍言差别。
犹记旧时恋爱情，怎忘罗陀居伯地[3]？
现今贡礼我已得，无须再要作计算。
苏尔言，
黑子笑对众少女，将此话语来言说。

【释译】

本诗描述的是黑天得到酸奶和奶油后劝牧女回家的场景。内容大致如下：

黑天笑着对众牧女道："嘿，美丽的少女们啊！你们听我说，我从来没有要远离你们，你们干吗将我团团围住呢？我不会跑的，你们要相信我。你看，我本来好好地住在自己的天国里，就是为了你们我才放弃了自己的家，出生来到伯勒杰的。我曾经在沃林达林中跟罗陀和你们一起玩游戏，我是不会忘记这个的。你们总是在说我们之间有差别的话，你们要知道，我们虽然表面上身体不一样，但实际上我们的命却是一样的。你们看，往日的那些情爱和爱恋我都记得，又怎么会忘了住在伯勒杰的罗陀和你们呢？现在我已经得到

① Varma 本作 jubatini。

② 天国，原文为 baikuṇṭ，通 vaikuṇṭa，由 vi+kuṇṭa 复合而成，字面义为离钝地，指毗湿奴的天国，一说坐落于北海，一说坐落于须弥山的东峰。

③ 伯地，原文为 braj，意为伯勒杰地区，此处受字数限制，故缩译为伯地。

了我的过路费，以后也不会再跟你们计较了，现在你们就快回家去吧！”

略去的诗中，牧女们让黑天一次性把过往的过路费都算清，并且向他表示自己愿意对他奉献一切，希望黑天不要与她们相区分。这首诗是黑天对她们的回应和安抚，这里，黑天了解到牧女对他的爱恋之后，首先向她们讲述自己来到伯勒杰的原因、以前一起进行过的游戏以及他们之间身二命一的终极奥秘，表明自己也是同样爱慕着她们的。然后，他以一句“犹记旧时恋爱情，怎忘罗陀居伯地”反问牧女，加强语气，再一次强调了自己对她们的爱；最后，黑天向她们保证以后不再计算过路费，希望她们安心，劝服她们回家。

【原文】

तमुहिँ बिना मन धिक अरु धिक घर①।
तुमहिँ बिना धिक धिक माता पितु, धिक कुल-कानि, लाज, डर②।
धिक सुत पति, धिक जीवन जग कौ, धिक तुम बिनु संसार।
धिक सो दिवस, पहर, घटिका, पल जो बिनु नंद-कुमार।
धिक धिक स्रवन कथा बिनु हरि के, धिक लोचन बिनु रूप।
सूरदास प्रभु तुम बिनु③ घर ज्यौं, बन भीतर के कूप॥
（135/2235）

【对译】

无你心与家庭有何用

无你父母家族誉，羞耻恐惧有何用？

① Varma 本作 gharu。
② Varma 本作 ḍaru。
③ Sabha 本作 bin。

无你世俗之生活，夫儿尘世有何用？

无你瞬间与时日，分分秒秒[①]有何用？

无诃利事耳何用，无美丽色眼何用？

苏尔达斯言，

胜尊如若没有你，家便如同林中井。

【释译】

本诗描述的是牧女们对黑天诉说他对她们的重要性。内容大致如下：

牧女们对黑天道："黑子啊，如果我们身边没有你，那么我们要心灵和家庭有什么用！如果没有你，父亲母亲、家族的荣誉、羞耻心和恐惧感，这些对我们来说有什么用！黑子啊，如果没有你，我们的丈夫、儿子，我们现在的俗世生活，乃至整个世界又有什么用！没有你的那些日日夜夜、分分秒秒，我们要来干吗！如果耳中没有听到有关你的事情，眼中没有看见你美丽的容貌，那我们留着它们干吗！黑子啊，如果没有你的话，家对我们来说就如同树林中的枯井，一点儿用也没有。"

这里，苏尔达斯通过"dhik"一词的反复使用，使得整首诗满满地洋溢着牧女对黑天的爱恋。在伯勒杰语中，该词的基本意思是应受谴责的、应受诅咒的，人们在日常对话使用该词时通常带有一种咒骂的性质，其意大致相当于汉语口语当中常用的"要来干吗""去他的""有何用"等。此处，牧女们再三运用这个词语，就是为了向黑天强调，他就是她们的一切，起到了加强语势的作用。本诗末尾，牧女以一句"胜尊如若没有你，家便如同林中井"说明

---

① 分分秒秒，原文为 ghaṭikā，为印度的计时单位，指 24 分钟，此处为泛指而非具体指示，故译者对其做出模糊处理，将其译为分分秒秒。

了自己讲述上述一段独白的用意，即此时此刻她们不愿也不舍得离开黑天返回自己家里，是对前一首诗即总第 2232 首诗黑天劝其回家的回应。

गोपियों की प्रेमोन्मत्तता

牧女醉爱

【原文】

रीती मटुकी सीस धरैं।
बन की घर की सुरति न काहूँ, लेहु दही यह① कहति फिरैं।
कबहुँक जाति कुंज भीतर कौं, तहाँ स्याम की सुरति करैं।
चौंकि परतिं, कछु तन-सुधि आवति, जहाँ तहाँ सखि②-सुनति ररैं।
तब यह कहति कहीं③ मैं इनसौं, भ्रमि भ्रमि बन मैं वृथा④ मरैं।
सूर स्याम कैं रस पुनि छाकतिं, वेसैंही⑤ ढ़ंग बहुरि ढरैं।।
（136/2241）

【对译】

空空奶罐头上置
无人记得林或家，徘徊吆喝卖酸奶。
有时行至树林中，彼处忆起小黑子。
顿惊稍复身意识，处处听闻女伴声。
我要告她即言此：林中徘徊白拼命。
苏尔言，

① Varma 本作 yā。
② Varma 本作 sukh。
③ Gupta 本作 kahauṃ。
④ Gupta 本作 bṛthā。
⑤ Varma 本作 vaiseṁhīṁ。

再次沉醉黑子味，复又沦为那般样。

【释译】

本诗描述的是众牧女头顶着空奶罐在树林中四处叫卖徘徊的场景。内容大致如下：

牧女们将空空的奶罐放在头上顶着，在树林中漫无目的地四处徘徊。她们完全不记得自己到底是在家中还是树林里，只是到处乱转，口中不断吆喝着“卖酸奶咯，卖酸奶咯”。有时候，有人碰巧进入树林，想起曾经和小黑天在这里嬉戏玩闹，才稍稍回过神来。她惊奇地听着耳边传来的女伴们在各处一遍又一遍的吆喝声，不由得自言自语道：“我们这是怎么了？我要去告诉女伴们，干吗一直无缘无故地在这个树林里瞎转悠啊！”然而，此后不久，她又再次沉醉在对黑天的爱恋之中，又回到之前那副模样，继续在林中吆喝乱转。

这首诗中，苏尔达斯着力刻画了众牧女爱恋、思念黑天成疾，如痴如狂地群体形象。这里，众牧女本应依照黑天之言顶着空奶罐朝家走去，然而她们却完全沉醉在对黑天的情爱之中，以至于忘记了一切，只是机械地、下意识地做着平日里惯常进行的卖奶行为。她们如此着迷，非要看见往昔与黑天一起游戏的地方，想起黑天，才能稍稍回复一些神智。之后，峰回路转，本诗巧妙地以“再次沉醉黑子味，复又沦为那般样”收尾，短暂清醒后，牧女们再次恢复如上疯疯癫癫、失去理智的样子。整首诗构成一个无限循环，整个过程没有开始，没有结束，正如牧女们沉醉爱恋不可自拔一样。

【原文】

तरुनी स्याम रस मतवारी।

प्रथम जोबन-रस चढ़ायौ, अतिहि भई खुमारि।

दूध नहिं, दधि नहीं, माखन नहीं, रीतौ माट।

महा रस अँग अँग पूरन, कहाँ घर, कहँ बाट।

मातु-पितु गरुजन कहाँ के, कौन पति, को नारि।

सूर प्रभु कैं प्रेम-पूरन, छकि रहीं ब्रजनारि।।

（137/2242）

【对译】

少女沉醉黑子味

青春情味初涌起，极度沉迷又陶醉。

无有酸奶与牛奶，无有奶油奶罐空。

周身布满大情味，家在何处路何方？

哪有父母与长辈，谁人为夫谁为妻？

苏尔言，

爱恋胜尊情意满，伯勒杰女沉醉迷。

【释译】

本诗描述的是众牧女沉醉与黑天情爱之中的状态。内容大致如下：

牧女们沉醉在对黑子的情爱之中。她们情窦初开，心中初次涌动起青春情爱的滋味，所以，她们沉迷陶醉其中，不可自拔。她们顶着一个空空的奶罐四处徘徊，奶罐中没有牛奶，没有酸奶，也没有奶油。她们周身充满着对黑天的爱，以至于忘记了一切，不知道家在哪里，也不知道回家的路在哪里，于是就这么四处乱转着、徘徊着。她们也不再记得谁是父母和长辈，谁是丈夫，谁又是妻子。

这首诗主题与上一首诗即总第 2241 首诗相同，表现的都是牧女们顶着空奶罐，沉醉忘我的情态，突出的都是她们对黑天深深的爱恋。本诗的末尾，苏尔达斯以诗外音的方式歌唱道“爱恋胜尊情意满，伯勒杰女沉醉迷”，即牧女们心中充满着对黑天的爱，沉醉又着迷，与诗的开头遥相呼应，亦对全诗的内容进行了总结和回顾。

【原文】

लोक-सकुच कुल-कानि तजी।

जैसैं[①] नदी सिंधु कौं धावै, वैसैंहि[②] स्याम भजी।

मातु पिता बहु त्रास दिखायौ, नैंकु न डरी, लजी।

हारि मानि बैठे, नहिं लागति, बहुतै बुद्धि सजी।

मानति नहीं लोक-मरजादा, हरि कैं रंग मजी।

सूर स्याम कौं मिलि, चूनौ-हरदी ज्यौं रंग रँजी॥

（138/2249）

【对译】

抛弃世俗耻与家族誉

仿若河流奔入海，那般疾跑向黑子。

父母严厉行恫吓，畏惧羞愧丝毫无。[③]

绞尽脑汁皆无效，接受失败认输坐。

沉浸诃利情爱中，不再遵守世俗礼。

苏尔言，

会面黑子如那般，石灰姜黄着颜色。[④]

---

① Sabha 本作 jesaiṁ，Varma 本作 jaiseṁ。

② Varma 本作 vaisehiṁ。

③ 此处两个分句主语不同，前半句主语为父母，后半句主语为朝黑子飞奔而去的牧女。

④ 石灰姜黄染颜色，原文为 cūnau haradī jyauṁ raṁjī，字面义为石灰与姜黄染上颜色，指白色的石灰与姜黄混合之后会变成红色，印度人常用此种方法制作用来涂抹吉祥符志的颜料。

【释译】

本诗描述的是牧女对黑天不顾一切地爱恋。内容大致如下：

伯勒杰的这些牧女们曾经抛弃了世俗的羞耻心和家族的荣誉，像河流齐奔入海洋一般，不顾一切地飞跑去与黑子见面。父亲和母亲多番严厉威胁和吓唬她们，但是她们却没有感到丝毫畏惧，也丝毫没有觉得这样不管不顾地跑去见黑天是件丢人的事情。看到女儿的这种状况，父母们绞尽脑汁，想出各种办法，但是一点作用也没有。无奈之下，他们只能承认自己的失败，眼巴巴地看着她们离家而去。这些牧女们就是这样着迷地沉浸在对黑天的情爱之中，无暇顾及世俗的礼法和风俗。她们与黑天相聚会面，就像姜黄和石灰混合后变成红色一样，再也不能分离。

略去的诗中，牧女们看着空奶罐想起黑天，终于恢复了神智，回到家中。这首诗中，苏尔达斯特意回顾了圆圈舞本事中牧女们听到黑天吹笛，不理睬父母的阻拦和世俗的礼法，飞奔向他的情节，与上面几首诗中牧女们顶着空奶罐在林中忘我徘徊的模样形成呼应。在诗人眼中，无论是牧女们“沉浸诃利情爱中，不再遵守世俗礼”的不顾一切，还是沉醉疯癫的痴狂，都是牧女们深爱黑天最为自然的流露和最为直接的表达。因此，这首诗看似与这部分内容的主线故事无关，实则却对其主题的深化起到了衬托和加强作用。

【原文】

कोउ माई लैहै री गोपालहिं।

दधि कौ नाम स्यामसुंदर रस, बिसरि गयौ ब्रज-बालहिं।

मटुकी सीस, फिरति ब्रज-बीथिनि, बोलति बचन रसालहिं।

उफनत तक्र चहूँ दिसि चितवत, चित लाग्यौ नँद-लालहिं[1]।

हँसति, रिसाति, बुलावति, बरजति देखहु इनकी चालहिं।

सूर स्याम बिनु और न भावै, या बिरहिनि बेहालहिं।।

（139/2257）

【对译】

大娘啊[2]，有谁要牛护？

俊美黑子情味中，酸奶之名伯女[3]忘。

伯勒杰路徘徊转，头顶奶罐情味语。

乳浆荡出四处瞧，心系难陀之儿郎。

且看她等之情状，笑怒吆喝又阻止！

苏尔言，

无有黑子离别女，复无所喜情况糟。

【释译】

本诗描述的是牧女卖酸奶时心不在焉的状态。内容大致如下：

牧女们沉醉在对黑天的爱恋之中。她们一心想着黑天，以至于卖酸奶的时候都一路不停地吆喝着："要牛护吗，有人要牛护吗？"她们头上顶着奶罐在伯勒杰的路上来回转悠，口中言说着各种充满情味的话语，四处张望找寻黑天的踪影。随着她们左顾右盼地将头来回摆动，头上罐子里的酸奶也来回晃荡，溢出来撒落在地上。想着黑天，她们有时候欢笑，有时候生气，有时候叫唤，有时候停下来说道："看呀，这就是黑子耍的诡计！"

"无有黑子离别女，复无所喜情况糟"是苏尔达斯的诗外音，亦是全诗的点睛之笔。正是因为与黑天分离，饱受离别之苦的折磨，

① Sabha 本作 lālahi。

② 大娘啊，原文为 mā'ī，在伯勒杰语中通常用于两个女性的对话当中，用来表示说话一方对对方的称呼。由于这里牧女在伯勒杰的巷子中贩卖酸奶，而一般出来买牛奶的都是家里的主妇，故此这里翻译为大娘。

③ 伯女，原文为 braj-bālhiṁ，字面义为伯勒杰女孩，此处受字数限制缩译为伯女。

心系黑天的牧女们才会思念成疾，以至于卖酸奶的时候吆喝黑天，左顾右盼将酸奶洒落，甚至出现时笑时闹的疯癫状态。

【原文】

कहा कहति तू मोहिं री माई।

नंद-नँदन मन हरि लियौ मेरौ, तब तैं मोकौं कछु न सुहाई।

अब लौं नहिं जानति मैं, को ही, कब तैं तू मेरैं ढिग आई।

कहाँ गेह, कहँ मातु पिता हैं, कहाँ सजन, गुरुजन कहँ भाई।

कैसी लाज, कानि है कैसी, कहा कहति ह्वै ह्वै रिसहाई।

अब तौ सूर भजी नँद-लालहिं, की लघुता की होइ बड़ाई।।

（140/2269）

【对译】

女伴啊，你对我说什么

难陀之子夺我心，自彼一切我不喜。

至今不晓我是谁，你自何时至我旁。

父母何在家何在，夫兄长辈又何在。

羞耻荣誉又如何，恼怒遍遍说什么？

苏尔言，

现只顶礼难陀子，无论卑贱与伟大！

【释译】

本诗描述的是牧女向女伴表明自己心中只有黑天的场景。内容大致如下：

牧女对自己的女伴道：“女伴啊，你不停地在我耳边对我说什么啊？我跟你说，自从黑子把我的心夺走，我就一心爱着他，除他之外，我什么都不喜欢。我心里装着的都是他，其他一切我都不再关心也不再记得。如今，我都不知道你什么时候来到我身边的，也不知道家在哪里，父母在哪里，丈夫在哪里，兄弟在哪里，长辈又在哪里，更别提羞耻是什么，荣誉是什么，甚至我连自己是谁都不知道了。你还一直在那儿生气地唠叨什么呢？我现在只要赞颂顶礼我亲爱的小黑子就够了，管你们说我是卑贱还是伟大呢！”

略去的诗中，女伴看见牧女卖酸奶时疯癫的模样，听见伯勒杰家家户户中对她的指责和非议，前来劝阻，让她顾虑家族和世俗的礼法，在心里秘密地爱恋黑天，不要表现出来。这里，牧女听到女伴的好言相劝，不但没有心怀感激地予以接受，反而坚决地向女伴表明现今除了黑天，自己什么都不知道也不想知道，言外之意是自己心意已决，“现只顶礼难陀子，无论卑贱与伟大”，女伴在此多说无益，无须再徒劳地浪费口舌。此时，她的心中只有黑天，对她而言，世上一切都不如黑天重要和珍贵。

【原文】

मेरे कहे मैं कोउ नाहिं।
कह[1] कहौं, कछु कहि न आवै, नैकुहूँ न डराहि।
नैन ये हरि दरस लोभी, स्रवन सब्द रसाल।
प्रथमहीं मन[2] गयौ तन तजि, तब भई बेहाल।
इंद्रियनि पर भूप मन है, सबनि लियौ बुलाइ।
सूर प्रभु कौं मिले सब ये मोहिं करि गए बाइ॥
（141/2272）

① Varma 本作 kahā。
② Varma 本作 ban。

【对译】

我言语中无他人

语不成言何可说？一丝一毫无畏惧。

此眼渴求见诃利，耳朵贪恋情味语。

起初心将身体弃，彼时状况已变糟。

心乃感官之大王，将众呼唤与召集。

苏尔言，

彼等皆去会胜尊，使我成为风病人。[①]

【释译】

本诗描述的是牧女向女伴诉说自己身不由己的状态。内容大致如下：

牧女对自己的女伴道："女伴啊，我的言语之中，除了黑天，什么也没有。哎，我还有什么可说的呢，即使想说，我也说不出来。你可知道，如今我的感官都只听心儿的话，对我一丝畏惧也没有。你瞧，我的这双眼睛一直贪恋着黑儿的容颜，耳朵只想听到他充满情爱的话语。心儿它首先背弃了我，抛弃了我的身体，跟着黑儿走了。那时候，我的状况就已经变得十分凄惨糟糕了。心儿它是所有感官的国王，它将众感官召集到自己身边，带着它们一起去觐见黑儿，就只留下我一个人孤零零的。我都被它们逼疯了，你说，我还有什么可说的？"

这首诗中，苏尔达斯将心和各种感官视作有别于牧女本身的独立个体，将它们拟人化，赋予它们人的意识，让它们拥有自己的想法，能够脱离牧女独立思考、独立行动。如此一来，嘴巴可以只讲

① 风病人，原文为 kari ga'e bā'i，其中 bā'i 即 vāyu 或 vāta，在印度传统医学理论中指三病（tridoṣa）中的风病，即体内之风不平衡而引发的疾病，导致行为失常。此处指感官的注意力都在黑儿身上，而让我的境况变得很糟糕，让我变得疯癫，用来形容牧女思念黑天，身不由己的状况。

有关黑天的话语，眼睛可以只看黑天的容颜，耳朵可以只听黑天的声音，心更是可以飞到黑天身边去，只留下牧女无可奈何地变成一个“风病人”。通过这种奇思妙想，一方面诗人能够更加生动地将牧女心系黑天，不受控制的情态表现出来，使牧女对黑天情不自禁的爱恋表达得更为深刻；另一方面，诗人也为这首充满离别相思之苦的诗增添了些许趣味。

【原文】

अब तौ प्रगट भई जग जानी।

वा मोहन सौँ प्रीति निरंतर क्यौँ अब रहैगी छानी।

कहा करौँ सुंदर मूरति, इन नैननि माँझ समानी।

निकसति नहीँ बहुत पचि हारी, रोम रोम अरुझानी।

अब कैसैँ निरवारि जाति है, मिली दूध ज्यौँ पानी।

सूरदास प्रभु अंतरजामी, उर अंतर की जानी॥

（142/2275）

【对译】

现已昭然世界知

对那莫亨爱不断，如今为何要隐藏？

美像盈满此双眼，尚有什么可作为？

竭力摆脱已然败，根根毫毛缠绕紧。

仿若水乳相交融，现今如何能分离？

苏尔达斯言，

胜尊乃为内控者，知晓内心之秘密。

【释译】

本诗描述的是牧女讲述自己无须也无法隐瞒对黑天爱恋的场景。

内容大致如下：

牧女继续对女伴道："女伴啊，如你所言，既然现在我爱慕黑天的事全世界都已经知道了，我还干吗要隐瞒自己对黑子的一直以来长久的爱恋呢？我迷恋着他，眼睛里都是他美丽迷人的样子。虽然我曾竭尽全力想要摆脱他，然而却以失败告终。他那俊美的模样不仅没有从我眼睛里移除，反而与我的根根汗毛紧紧缠绕。你说我还能怎么办？现在他在我心里就像牛奶与水交融一样，我要怎样才能与他分离？"

这首诗中，苏尔达斯通过牧女的独白，展现了牧女对黑天爱恋的两个方面：其一，牧女知晓自己爱恋黑天的事情众所周知之后，并未表现出慌张或者担忧，反而觉得如此甚好，这是牧女对黑天爱恋的不顾一切和无畏无惧；其二，牧女讲述自己也曾如女伴所言为家族的荣誉或者世俗的礼法努力过、克制过，但是这一切都抵不过黑天在她心中的分量，这是牧女对黑天爱恋的深沉和浓烈。"胜尊乃为内控者，知晓内心之秘密"是苏尔达斯的诗外音，诗人借此想告知世人：黑天是能洞悉世人内心秘密的恩主，牧女或者世人对黑天的爱，黑天是完全知晓和了解的。

【原文】

सखि मोहिं हरि-दरस-रस प्याइ।

हौं रँगी अब स्याम मूरति, लाख लोग रिसाइ।

स्यामसुंदर मदन-मोहन, रंग-रूप सुभाइ।

सूर स्वामी-प्रीति-कारन, सीस रहौ कि जाइ।।

（143/2277）

【对译】

女伴啊，且让我品见诃利之情味

黑子像色我染上，十万人今愠怒怨。

俊俏黑子迷莫登①，形色美丽又迷人。

苏尔言，

皆为爱恋恩主故，任他头颅留或去！

【释译】

本诗描述的是牧女恳求女伴让自己与黑天相见。内容大致如下：

牧女对女伴道："女伴啊，你是我最亲爱的朋友，你就让我见见黑儿吧。我现在沉浸在黑儿的爱恋中不可自拔，大家都对我生气。黑儿他是如此美丽俊俏，连欲天都为他着迷，更何况是我呢？女伴啊，现在我爱恋着黑儿，管不了那么多了！至于人们，他们爱生气就生气，爱怎么样对我就怎么样对我吧！"

这首诗中，牧女对女伴的倾诉和恳求可以分为三个层次：第一，众人生气，表明自己处境可怜；第二，黑天俊美至极，解释为何不能自拔；第三，宁死不屈，语气强烈，诉说自己对黑天爱恋的坚定。以上三层逐层递进，既说出了牧女思念黑天的痛苦和无奈，又表明了对待黑天不顾一切的立场，如此一来，迫切想与黑天相见的愿望便入情入理、感人至深了。

【原文】

नंदलाल सौँ मेरौ② मन मान्यौ, कहा करैगौ③ कोउ।

मैँ तौ④ चरन कमल लपटानी, जो भावै सो होउ।

बाप रिसाइ, माइ घर मारै, हँसैँ बिरानै लोग।

① 莫登，原文为 madan，为欲天的名号之一。

② Sabha 本中无此词。

③ Varma 本作 karegau，Gupta 本作 karaigo。

④ Gupta 本作 to。

अब तौ स्यामहिं सौँ रति बाढ़ी, बिधना रच्यौ सँजोग।

जाति महति पति जाइ न मेरी, अरु परलोक नसाइ।

गिरिधर बर[①] मैँ नैकु न छाँड़ौँ[②], मिली निसान बजाइ।

बहुरि कबहिं यह तन धरि पैहौँ, कहँ पुनि श्री बनवारि।

सूरदास स्वामी कैँ ऊपर, यह तन डारौँ वारि।।

（144/2281）

【对译】

我心珍视难陀子

我心珍视难陀子，他人能有何作为？

我就紧贴莲花足，一切顺应所喜好。

家中父怒母责打，其他人等皆讥笑。

爱恋黑子现增长，造物和合作配对。

出身尊荣名声失[③]，我之彼世亦毁灭。

丝毫不弃托山夫，奏响铜鼓我相会。

何时再得持此身，何处复得吉饰环[④]？

苏尔达斯言，

以此身体作祭品，敬献奉上向胜尊。

【释译】

本诗是牧女向女伴讲述自己无论如何都要珍视黑天。内容大致如下：

牧女对女伴道："女伴啊，我的心珍视黑子，将他视为一切，别人又能对我怎么样？我就是想要紧紧贴着黑儿莲花般的双足，至于

---

① Gupta 本作 var。

② Sabha 本作 chāṛauṁ，Gupta 本作 chāṁṛau。

③ 出身尊荣名声失，原文为 jāti mahati pati jā'i na merī，此处 na 不是表示否定，而是用来表示强调。

④ 吉饰环，原文为 śrībānavāri, 字面义为用野花环装饰的吉祥之人，全译应为吉祥饰野花环者，指黑天，此处受字数限，缩译为吉饰环。

其他的，就顺其自然吧。如今，家里父亲生气，母亲责打我，其他的人看见我如此眷恋黑儿也都讥笑我。然而，我对黑儿的爱恋却有增无减，要知道我和他可是大梵天撮合配对的呢！所以，就算我的出身、荣誉、名声和后世的福报都毁于一旦了，可我还是一点儿也不愿意离开我的小黑子。现在，我要敲锣打鼓，大摇大摆地去跟他相会。哎，我这辈子好不容易能够生为牧女跟他一起嬉戏游玩，错过这一世，以后还不知道什么时候才能再像现在这样跟他在一起玩耍，也不知道在哪里才能与他再次相会。”

这首诗中，牧女向女伴坦言，这一世能够与黑天相见会面、游玩嬉戏实属来之不易，所以不管他人如何阻拦，事态如何恶化，她都不会放弃自己对黑天的爱恋。这里表现的仍然是牧女对黑天不顾一切、义无反顾的爱。诗歌的最后一句——“以此身体作祭品，敬献奉上向胜尊”，既可以看作是牧女甘愿向黑天奉献一切的心声，亦可以理解成是苏尔达斯的诗外音，表达了诗人自己对黑天的虔诚之情。

【原文】

करन दै लोगनि कौं① उपहास।
मन क्रम बचन नँद-नंदन कौ, नैंकु न छाड़ौं पास।
सब या ब्रज के लोग चिकनियाँ, मेरे भाऐं घास।
अब तौ यहै बसी री माई, नहिं मानौं गुरु त्रास।
कैसें② रह्यौ परै री सजनी, एक गाँव कै बास।
स्याम मिलन की प्रीति सखी री, जानत सूरजदास।।
（145/2282）

① Sabha 本作 kau。
② Sabha 本作 kaisaiṁ。

【对译】

且让人们去讥笑

心意言语及行动，丝毫不离难陀子。
伯勒杰人装扮美，我觉此众为草芥。
女伴现今他驻留，长辈恫吓不接受。
如何过活女伴啊，居住同一村庄中。
苏尔达斯言，
相会黑子之心愿，知晓了解女伴啊！

【释译】

本诗描述的是牧女向女伴诉说自己渴盼与黑天相见。内容大致如下：

牧女对女伴道："女伴啊，我就是思念着黑儿，心中渴盼着与他相会，人们要是想嘲笑我、讥讽我，就让他们笑去吧。我用心意、言语和行动追随着黑儿，丝毫也不愿意与他分离。尽管这伯勒杰的人们都把自己打扮得漂漂亮亮的，可是对我来说，他们就如同草芥一样微不足道。现在黑儿他留驻在我的心中，我才懒得理会长辈们的责骂和恐吓。亲爱的女伴啊，我跟他住在同一个村庄里却不能相见，你说我要如何才能活得下去？你也知道，我一直心心念念渴盼跟他见面。"

这首诗主要表现的是牧女对黑天的思念之情。本诗的前半段中，牧女通过第一句的直接表白、第二句的对照比较以及第三句的让步强调，着重突出了自己对黑天的爱恋和黑天对自己的重要。接下来，牧女向女伴吐露了自己与心爱之人近在咫尺却不能相见，一个反问句即将她百般思念却始终无法如愿的痛苦表达得淋漓尽致。本诗末尾，牧女再次向女伴表态，作为亲密好友，她定然知晓自己对黑天长久以来的渴盼之情，所以也定然能够理解自己"且让人们去讥笑"的心情。至此，本诗首尾呼应，牧女对黑天的相思和爱恋也在苏尔达斯的歌声中得到了细腻、动人的体现。

【原文】

एक गाउँ के बास सखी[①], हौं कैसैं[②] धीर धरौं।
लोचन मधुप अटक नहिं मानत जद्यपि जतन करौं।
वै इहिं मग नित प्रति आवत हैं, हौं दधि लै निकरौं।
पुलकित रोम रोम, गदगद सुर, आनँद उमँग भरौं।
पल[③] अंतर चलि जात, कलप बर बिरहा अनल जरौं।
सूर सकुच कुल-कानि कहाँ लगि, आरज पथहिं डरौं।।
（146/2283）

【对译】

居住一村女伴啊

居住一村女伴啊，让我如何持稳重？
虽然尽心又竭力，眼如黑蜂不肯停。
每日他自此路来，我携酸奶亦出来。
毫毛竖立语不连，幸福欢愉充盈满。
转瞬之间离开去，离火炙烤胜似劫。
苏尔言，
羞耻正途家族誉，还能畏惧到何处？

【释译】

本诗描述的是牧女每日与黑天相见又分离的痛苦。内容大致如下：

牧女对女伴道："女伴啊，你要知道，我跟黑儿可是住在同一个村庄中，抬头不见低头见的，我怎么可能如你所说保持矜持和冷静

① Varma 本作 basī。
② Sabha 本作 keṃs，Varma 本作 kaiseṁ。
③ Varma 本作 par。

呢？我的眼睛像黑蜂一样时时跟随着像莲花一样的他，尽管我百般努力千般尝试，可是还是不能让它停下来。黑儿他天天从这条路上经过，我也在这儿卖酸奶。每次看见他时，我都激动万分，心中充满着幸福和喜悦，连话都说不连贯了。然而，他一瞬间就从我面前走开了，自那之后，我就一直忍受着离别的烈火炙烤，度日如年。女伴啊，你说说，这样的我还如何能够顾忌什么世俗的羞耻、家族的荣誉和所谓的人生正途呢？”

这首诗具有强烈的对比色彩。在描述过程中，牧女将自己每日卖酸奶时与黑天相见以及分离的两种情态进行比较，相见时欣喜若狂，“幸福欢愉充盈满”，以至于“毫毛竖立语不连”，而分离时却痛苦万分，如同“离火炙烤”。此外，牧女在这两种情态下对时间的不同感知也形成了一组对比，即在牧女看来，相聚的时光短暂如“转瞬之间”，而分别的时间却漫长“胜似劫”。通过这两组对比，牧女对黑天的爱恋和思念自然而然地流露出来，展现在世人面前。本诗最后一句——“羞耻正途家族誉，还能畏惧到何处”是诗的点睛之笔，再次强调了牧女对黑天的爱慕之深，连这些原本对人生非常重要的东西现在对她而言都是微不足道的身外之物了。

【原文】

हौं संग साँवरे के जैहौं।

होनी होइ होइ सो अबहीं, जस अपजस काहूँ न डरैहौं।

कहा रिसाइ करे[①] कोउ मेरौ, कछु जो कहै प्रान तिहिं देहौं।

देहौं त्यागि राखिहौं यह ब्रत[②], हरि-रति बीज बहुरि कब बैहौं।

---

① Gupta 本作 karai。

② Gupta 本作 vrat。

का यह सूर अचिर[1] अवनी[2], तनु तजि अकास[3] पिय-भवन समैहौं।

का यह ब्रज-बापी[4] क्रीड़ा जल, भजि नँद-नँद सबै सुख लैहौं।

（147/2286）

【对译】

我愿伴随黑肤[5]去

现该如何就如何，荣誉耻辱皆不惧。

某怒又能奈我何，若言些许予他命。

抛弃身体护此誓，爱诃利种复何植？

此地短暂算什么？抛身入天情郎屋。

苏尔言，

伯池[6]戏水算什么？颂难陀子[7]享诸福。

【释译】

本诗描述的是牧女向女伴讲述自己甘愿放弃一切追随黑天。内容大致如下：

牧女对女伴道："女伴啊，我愿一直追随着黑儿，不离不弃。现在什么荣誉耻辱，我一点都不担心和畏惧，一切都顺其自然吧。谁爱生气就生气，他生气又能把我怎么样呢？如果谁要对我多说什么的话，我把我的命给他总行了吧！就算放弃身体，放弃性命，我也要维护跟黑儿在一起的誓愿。如果我现在不爱他，不追随着他，什么时候还有机会像现在这样爱他呢？相比与黑儿在一起的

---

① Sabha 本作 ācir。

② Sabha 本作 āpani。

③ Sabha 本作 ākās。

④ Gupta 本作 vāpī。

⑤ 黑肤，原文为 sāṁvare, 字面义为青黑色的，青黑色皮肤的，为黑天的一个名号。

⑥ 伯池，原文为 braj-bāpī，字面义为伯勒杰的池塘，此处受字数限制，缩译为伯池。

⑦ 难陀子，原文为 nand-nand，根据上下文，此处实际应为 nand-nandan，受韵律的限制才简写为 nand-nand，即难陀之子，指黑天。

幸福快乐，伯勒杰这即将逝去的土地算什么，我甘愿放弃自己的身体，跟他一起去往他居住的天国。没有他，在伯勒杰池塘里玩耍的水戏算什么！女伴啊，只要赞颂黑儿，我就可以得到所有的福乐。”

这首诗依旧表现的是牧女对黑天不顾一切的爱恋和甘愿为他奉献一切的决心。本诗最后一句——“颂难陀子享诸福”是牧女对黑天全心爱慕的吐露，亦是苏尔达斯的心声。这里，诗人希望借此向世人宣告，只要敬拜赞颂黑天就可以获得一切福乐，希望号召世人都向黑天顶礼膜拜。

रूप-माधुरी
形色之美

【原文】

देखौ माई सुंदरता कौ सागर।

बुधि-बिबेक[①]-बल पार न पावत, मगन होत मन-नागर।

तनु अति स्याम अगाध अंबु-निधि, कटि पट पति तरंग।

चितवत चलत अधिक रुचि उपजति[②], भँवर परति सब अँग।

नैन-मीन, मकराकृत कुंडल, भुज सरि सुभग भुजंग।

मुक्ता-माल मिलीँ मानौ[③] द्वै सुरसरि एकै संग।

कनक खचित मनिमय आभूषण, मुख[④] स्रम-कन सुख देत।

जनु जल निधि मथि प्रगट कियौ, ससि, श्री अरु सुधा समेत।

---

① Gupta 本作 vivek。

② Varma 本作 upajat。

③ Gupta 本作 mānauṃ。

④ Sabha 本作 sukh。

देखि सरूप सकल गोपी जन, रहीँ बिचारि-बिचारि।

तदपि सूर तरि सकीँ न सोभा, रहीँ प्रेम पचि हारि॥

（148/1246）

【对译】

女伴且看美丽海

凭借智慧理智力，慧心沉溺不得渡。

身为青黑极深海，腰上黄衫为波浪。

边看边走趣味增，周身上下漩涡现。

鳄状耳环眼如鱼，手臂如同美丽蛇。

珍珠项链就好似，两条神河[1]合为一。

宝石首饰镶黄金，脸上劳汗赐福乐，

仿若搅海明月现，复有吉祥[2]与甘露。

所有牧女见妙色，遍遍不停作思量。

苏尔言，

然而光辉不可渡，竭力仍败爱中留。

【释译】

本诗描述的牧女向女伴讲述黑天的美丽形态。内容大致如下：

牧女对女伴道："女伴啊，黑儿俊美至极，如同海洋，你快看看他吧！尽管用尽智慧、理智和力量，我聪慧的心灵依旧沉溺在他的美丽之中，难以自拔。他的身体就像青黑色的深不可测的大海，他腰上围着的黄衫随风舞动，就像海上涌动波浪。他一边走一边四处环顾，这让原本就美丽的他变得更加迷人。女伴啊，黑儿他浑身上下如同海上的漩涡一般，无时无刻不吸引着人的目光。还有，他的眼睛灵活闪动，如同水中的游鱼，他耳边垂挂着的鳄形耳环如同鳄

① 神河，原文为 sursari，字面义为神之河，即恒河。

② 吉祥，原文为 śrī，字面义为吉祥，为吉祥天女的名号之一，此处指代吉祥天女。

鱼，而他纤长的手臂就像美丽长蛇一样。你瞧，他脖子上戴着的珍珠项链，像两条恒河汇聚入海洋。他可爱的脸庞上挂着一滴滴的汗珠，如同搅乳海时浮现的明月和甘露，他那黄金镶嵌宝石的华丽首饰，如同吉祥天女一般光辉闪耀。女伴啊，黑儿的美丽容颜给予了我无限的福乐。”

看着黑天的美貌，牧女们一遍又一遍地在心里琢磨着，惊叹着，着了迷。自此之后，无论她们如何竭尽全力，都游不过黑天这片美丽的海洋，只能一直沉溺对黑天的爱恋之中，不可自拔。

这首诗中，苏尔达斯精心选取了普通民众日常生活中熟知的事物，巧妙地运用了比喻的修辞手法，从整体入手，然后深入细节，将黑天的美丽生动形象地展现在世人面前。首先，苏尔达斯将黑天身体的整体美比喻为海洋，突出其无边无垠、深不可测的广博性；其次，诗人以此为基础，分别将他的黄衫、眼睛、手臂、珍珠项链、脸庞、汗珠、耳饰、首饰等比喻为各种与海相关的事物。如此，原本抽象的一首美貌描摹诗在诗人丰富的想象之下变成了一幅具象的海上明月图。本诗最后一句——“然而光辉不可渡，竭力仍败爱中留”是对牧女的描述。这里，诗人将牧女对黑天的迷恋比喻成海洋的不可渡，与前文再次形成呼应。

【原文】

स्याम भुजनि की सुंदरताई।

चंदन खौरि अनूपम राजति, सो छबि कही न जाई।

बड़े बिसाल जानु लौं परसत, इक उपमा मन आई।

मनौ भुजंग गगन तैं उतरत, अधमुख रह्यौ झुलाई।

रत्न-जटित पहुँची कर राजति, अँगुरी सुंदर भारी।

सूर मनौ फनि-सिर मनि सोमित, फन-फन की छबि न्यारी।।

（149/1259）

【对译】

黑子双臂之美丽

无双闪耀檀香末，那般美妙不可述。

非常纤长可触膝，心中涌现一比喻：

宛如长蛇自天降，摇摇摆摆头朝下。

手上镯嵌宝石美，手指美妙丽非常，

苏尔言，

宛如蛇头宝石耀，各个兜帽美不同。

【释译】

本诗描述的是黑天手臂的美丽形态。内容大致如下：

黑天涂抹着檀香的手臂光辉闪耀，举世无双，其美其妙仅用言语实在难以描述。那双妙臂修长非凡，直触膝盖。瞧见如此美妙的双臂，我的心中不由得涌现出一种比喻。你瞧，他的那双长臂宛若长蛇的身体，他的那双美手如同蛇头，他的双臂垂放在身体两侧，就如同长蛇头朝下摇摇摆摆着自天而降。他的手臂上还戴着镶嵌宝石的手镯，如同蛇头上镶嵌的宝石一般光辉。而他那一根根绝妙的手指就像蛇的各个兜帽一样，各不相同却奇美无比。

这首诗中，苏尔达斯首先称颂黑天的手臂“无双闪耀”，为全诗定下基调。然而，“那般美妙不可述”，所以诗人只能在此将黑天的双臂比喻成自天而降的长蛇，以形比形，先突显出手臂的修长匀称，从整体上予人以美感。之后，诗人进一步对手臂的装饰以及手指进行描述，分别将其比喻为蛇头镶嵌的宝石以及蛇的各个兜帽，前者突显其光辉，后者突显其灵动各异，两者相结合，又从细节上突显出手臂的精妙绝伦。如此一来，苏尔达斯心目中黑天美丽的手臂就具体、形象地展现在世人面前了。

【原文】

स्याम-अंग जुवती निरखि भुलानी।
कोउ निरखति कुंडल की आभा, इतनेहिं माँझ बिकानी॥
ललित कपोल निरखि कोउ अटकी, सिथिल भई ज्यौं पानी।
देह-गेह की सुधि नहिं काहूँ, हरषति[1] कोउ पछितानी॥
कोउ निरखति रही ललित नासिका, यह काहू नहिं जानी।
कोउ निरखति अधरनि की सोभा, फुरति नहिं मुख बानी॥
कोउ चक्रित भइ दसन-चमक पर, चकचौंधी अकुलानी।
कोउ निरखति दुति चिबुक चारु की, सूर तरुनि बिततानी॥
（150/1262）

【对译】

见黑子身少女迷

某见耳环之光辉，顷刻之间成奴隶。
某见可爱之面颊，停滞懈怠宛若水。
无人犹记身与家，有人懊恼有人喜。
某人久盯可爱鼻，她即什么亦不晓。
某见嘴唇之璀璨，话语无法自口出。
某因齿光惊诧异，目眩眼花焦急慌。
苏尔言，
某见下巴美光辉，少女张皇不安宁。

① Varma 本作 haraṣat。

【释译】

本诗描述的是牧女们看见黑天的俊美之后惊慌失措的情态。内容大致如下：

看见美丽俊俏的黑天，伯勒杰的少女们着了迷。她们当中，有人看见黑天光辉闪耀的耳环，即刻成了他的奴隶。有人看见他迷人的面颊，迷恋得不可自拔，身体失去了意识，就像流水一样懈怠无力。这些看见黑天的少女，谁都不记得自己的身体和家庭，为此她们有人懊悔有人欢喜。她们有些人一直盯着黑天可爱的鼻子，然后就什么都不知道了。有人看见黑天璀璨夺目的嘴唇惊呆了，口中再也说不出话语。有人看见他齿间闪耀的光芒后讶异万分，但是这种光芒太过耀眼，以至于她目眩眼花看不清楚黑天，心中为此感到焦急不安。也有人因为看见黑子下巴闪耀的美丽光辉感到惊奇，不知所措。

这首诗中，苏尔达斯并没有继续像前两首诗一样，运用比喻的手法直接描述黑天的美丽。这里，诗人巧妙地转换视角，将牧女看见黑天身体各部分之后惊呆、着迷的模样作为主要描写对象，以牧女表现的不同情态来见证和烘托黑天美丽的举世无双、叹为观止。这样，诗人不仅实现了描述黑天之美的目的，而且还具体、可信地表现出黑天美丽的程度之最，可谓一箭双雕。

【原文】

मैँ बलि जाउँ स्याम-मुख छबि पर।

बलि-बलि जाउँ कुटिल कच बिथुरे, बलि भृकुटी लिलाट[①] पर।

बलि-बलि जाउँ चारु अवलोकनि, बलि बलि कुंडल-रबि की।

---

① Varma 本作 lalāṭ。

बलि बलि जाउँ नासिका सुललित, बलिहारी वा छबि की।

बलि बलि जाउँ अरुन अधरनि की, बिद्रुम①-बिंब लजावन।

मैँ बलि जाउँ दसन चमकनि की, वारौँ② तड़ितनि सावन।

मैँ बलि जाउँ ललित ठोड़ी③ पर, बलि मोतिनि की माल।

सूर निरखि तन मन बलिहारौँ④, बलि बलि जसुमति-लाल॥

（151/1282）

【对译】

我为黑子颜美献一切

愿为蓬松卷发献，愿为眉毛额头献，

愿为迷人目光献，愿为如日耳环献，

愿为可爱鼻子献，愿为彼等美丽献。

愿为唇上红色献，使愧珊瑚栝楼者。

愿为五月闪电献，我为牙齿光辉献。

愿为美丽下巴献，我为珍珠项链献。

苏尔言，

瞧见愿献身与心，愿为耶雪达子献。

【释译】

本诗描述的是牧女看见黑天的美丽，甘愿为他奉献一切的心声。内容大致如下：

牧女感叹道："黑子的容颜如此俊美，我愿为它奉献一切。我愿为黑子蓬松卷曲的头发奉献一切，我愿为他美丽的前额和弯弯的眉毛奉献一切，我愿为他迷人的目光奉献一切，我愿为他耳上如太阳一般闪耀的耳环奉献一切。他红红嘴唇美丽无限，让红珊瑚和红栝楼都不禁

① Gupta 本作 vidrum。

② Varma 本作 vāraum̐。

③ Gupta 本作 ṭhoṛhī。

④ Gupta 本作 balihārī。

感到羞愧，我愿为这可爱的红唇奉献一切。他齿间闪现的白光如同印历五月的闪电，我愿为它奉献一切。我愿为他可爱的下巴奉献一切，我愿为他胸前佩戴的珍珠项链奉献一切。看见他的美丽，我愿意献上自己的身体与心灵，我愿向耶雪达美丽的儿子黑儿奉献一切。”

从结构上看，这首诗采用了总分总的结构，即诗第一行“我为黑子颜美献一切”总起统领全诗，奠定了诗的感情基调，其后诗人连用了十个排比，分述了黑天容颜的十个部分，本诗最后一句“瞧见愿献身与心，愿为耶雪达子献”是对全诗的总结，与诗第一行遥相呼应。通过首尾呼应、中间排比的结构，苏尔达斯将牧女看见黑天容颜之后震惊、喜爱、着迷，甚至甘愿为其奉献的强烈情感表达得淋漓尽致，黑天容颜的俊美也就自然被从侧面烘托和反衬出来了。

【原文】

नटवर वेष① धरे ब्रज आवत।
मोर मुकुट मकराकृत कुंडल, कुटिल अलक मुख पर छबि पावत।
भ्रकुटी② बिकट नैन अति चंचल इहिं छबि पर उपमा इक धावत।
धनुष देखि खंजन बिबि डरपत, उडि न सकत उड़िबै अकुलावत।
अधर अनूप मुरलि-सुर पूरत, गौरी राग अलापि बजावत।
सुरभी-बृंद गोप-बालक-संग, गावत अति आनंद बढ़ावत।
कनक-मेखला कटि पीतांबर, निर्तत मंद-मंद सुर गावत।
सूर स्याम प्रति③ अंग-माधुरी, निरखत ब्रज-जन कैँ मन④ भावत॥
（152/1986）

---

① Gupta 本作 beṣ。
② Varma 本作 bhṛkuṭī。
③ Varma 本作 prani。
④ Gupta 本作 mān。

【对译】

舞胜装扮回伯勒杰

鳄形耳环雀翎冠，脸上卷发得到美。

眼极灵动眉毛弯，一喻疾现[①]此美上：

两只鹡鸰见弓惧，欲飞不能慌张急。

无双嘴唇吹竹笛，起调高利[②]绵长奏。

成群母牛与牧童，欢唱增添极致喜。

腰系黄衫金饰带，边舞边唱悠扬歌。

苏尔言，

黑子周身各处美，伯勒杰民见心喜。

【释译】

本诗描述的是黑天与牧童一起回到伯勒杰的场景。内容大致如下：

黑天穿着舞胜的服饰从沃林达林中回到伯勒杰。他的头上戴着孔雀翎羽冠，耳朵上戴着鳄鱼形状的耳环，脸上挂着一缕卷卷的头发，美丽又迷人。他的眉毛弯弯，如同弯弓，眼睛灵动如同活泼的两只鹡鸰鸟。此时，他的眼睛叽里咕噜地在眉毛下方闪动着、活跃着，就如同鹡鸰鸟看见弯弓心里害怕，然却欲飞不得，感到着急和慌张。他那举世无双的嘴唇吹奏着竹笛，响起高利调的起音，声音绵长悦耳。牧童在笛声的伴奏下唱着歌曲，赶着一群母牛，心中十分惬意。黑天的腰上系着黄色的围裤，装饰着黄金的饰带，他也一边跳舞一边舒缓悠扬地唱着歌。看见黑天周身各处的甜美，伯勒杰居民的心里乐开了花儿。

---

① 疾现，原文为 dhāvat，字面义为奔跑、跑来，此处用来形容诗人看见黑子眉毛和眼睛的美丽，心中立即涌现出一种比喻，突出速度之快。因此，此处译为疾现。

② 起调高利，原文为 gaurī rāga alāpi，其中 gaurī rāga 指在黄昏时候演奏的一种拉格，alāpi 拉格演奏中的起音部分，通常在这部分中奏者或歌者以拉长主音的方式起调。

这首诗中，苏尔达斯以全知者的视角，生动地描摹了一幅孩童放牧归来的农村生活图景。这里，黑天的容貌之美、服饰之美以及笛音之美是核心，周围牧童们的歌声以及伯勒杰人的欢喜是陪衬，画面中几个要素相互交融、相互衬托，美者更美，喜着愈喜，不仅黑天的美得到了最大程度的展现，整幅图画也充满着无限的和谐和美感。

【原文】

आवत मोहन धेनु चराए।

मोर-मुकुट सिर, उर बनमाला, हाथ लकुट, गो रज लपटाए।

कटि कछनी① किंकिनि-धुनि बाजति, चरन चलत नूपुर② रव लाए।

ग्वाल-मंडली-मध्य स्यामघन, पीत बसन दामिनिहिं लजाए।

गोप सखा आवत गुन गावत, मध्य स्याम हलधर छबि छाए।

सूरदास प्रभु असुर सँहारे, ब्रज आवत मन हरष बढ़ाए।।

（153/2007）

【对译】

莫亨牧牛归来

胸野花环③头雀冠，牛蹄扬土手木棍，

腰上围裤铃声响，足行携来脚铃音。

牧童群中青黑云④，黄衫致使闪电愧。

唱诵功德牧伴来，间覆黑子持犁美。⑤

① Varma 本作 kāchanī。

② Sabha 本作 nūpūr。

③ 野花环，原文为 banamālā，指用杜勒西草（tulasī）、万字茉莉（kund）、曼陀罗花（mandār）以及刺桐（pārijāt）四种植物的叶子及花串成的长串，黑天常常将其戴在胸前。

④ 青黑云，原文 syāmghan，即 syām+ghan，字面义为青黑色的云，黑天青黑色的身体常常被比喻为青黑色的新云，此处用青黑云代指黑天。

⑤ 间覆黑子持犁美，原文为 madhy syām haladhar chabi chā’e，从字面来看，这句话的意思是黑天和持犁在中间，他们的美丽覆盖（所有人）。此处，“覆盖”一词的使用能够突出两人的美丽超群，影响范围很广。

苏尔达斯言，

胜尊诛杀阿修罗，伯勒杰来心喜增。

【释译】

本诗描述的是黑天与伙伴诛杀牛怪之后归来伯勒杰的美态。内容大致如下：

消灭了牛怪之后，小黑天与伙伴们欢天喜地地赶着牛群回到伯勒杰。他的头上戴着孔雀翎羽冠，胸前挂着用五种野花串成的花环，手上拿着赶牛的小木棍，腰上系着有小铃铛的围裤，脚上戴着脚铃。他一边走，腰上和脚上的铃铛跟随着一边摇晃，发出叮叮当当的响声。牛群跟着他们，牛蹄所到之处，踏起一片尘土飞扬。在成群的牧童中间，小黑天身上穿着黄色衣衫，美丽闪耀，连闪电都自愧不如。牧童们就这样一边歌颂着小黑天诛妖的功德，一边回到伯勒杰。小黑天和哥哥大力罗摩走在他们中间，迷人可爱，光辉璀璨了整个队伍。

这首诗与前一首诗即总第1986首诗类似。这里，苏尔达斯亦是在黑天与小牧童放牧归来的图景中，以喜衬美，展现了小黑天的俊美和光辉。本诗最后一句——“胜尊诛杀阿修罗，伯勒杰来心喜增”既是对黑天消灭牛怪归家时喜悦状态的描述。也是苏尔达斯以诗外音的方式对黑天诛杀阿修罗功行的歌颂和赞美。

【原文】

उपमा हरि तनु देखि लजानी।

कोउ जल मैं, कोउ बननि रहीं दुरि, कोउ कोउ गगन समानी।

मुख निरखत ससि गयौ अंबर कौं, तड़ित दलन छबि हेरि।

मीन कमल, कर, चलन, नयन डर, जल मैं कियौ बसेरि।

भुजा देखि अहिराज लजाने, बिबरनि[1] पैठे धाइ।

कटि निरखत केहरि डर मान्यौ, बन-बन रहे दुराइ।

गारी देहिँ कबिनि कैं बरनत, श्री-अँग पटतर देत।

सूरदास हमकौं सरमावत, नाउँ हमारौ[2] लेत॥

（154/2375）

【对译】

见黑子身喻体[3]愧

某躲水中某入空，某隐藏入树林中。

闪电瞧见牙齿美，月见容颜朝天去。

莲畏手足鱼惧眼，居住停留水中间。

看见手臂蛇王愧，疾走跑入洞穴中。

看见腰身狮子惧，躲藏片片树林中。

描述比喻吉祥身，诗人遭受詈咒骂。

苏尔达斯言，

提及念叨我等名，致使我等觉羞愧。

【释译】

本诗描述的是常被用来比喻黑天体态美的喻体看见黑天后自愧不如，到处躲藏的场景。内容大致如下：

看见黑天的美丽身体，那些常被诗人用来比喻黑天身体之美的喻体感到十分羞愧，于是它们有的躲进水里，有的藏进树林中，有的飞入云霄间。月亮看见黑天的迷人容颜，闪电看见他牙齿的光辉，纷纷朝向天空跑去。鱼儿看见他灵动的双眼，莲花看见他的手和脚，都待在水里不好意思出来。蛇王看见他的长臂亦感到羞愧，于是跑

① Varma 本作 bibaran。

② Gupta 本作 hamārai。

③ 喻体，原文为 upamā，该词意指比喻或比喻中的本体。根据上下文，此处应为喻体（upamān），而非本体。故译者认为，此处受诗韵律所限，吟唱时鼻音脱落，实际应为喻体（upamān）。

进洞穴中躲藏起来。狮子看见他的腰身，心生畏惧，躲进树林中。诗人们总是用这些喻体来比喻描述黑天体态的美丽，可当这些喻体看见黑天的身体后，都詈骂起诗人来，它们说道：“你们这些该死诗人，总是念叨着用我们来比喻黑天，可是我们哪里有他那么美妙呢？你们真是让我们感到万分羞愧！”

为了突显黑天身体的美丽，为了让世人能够切实体会到黑天美丽的举世无双，这首诗中，苏尔达斯并没有简单地将描绘美丽的词语堆叠起来或者像之前的诗一样用各种比喻来加以形容。这里，诗人充分发挥了自己的奇思妙想，虚构出鱼、月、莲花、闪电、蛇、狮子等诗人常用来形容人眼睛、面容、手足、齿光、手臂、腰身等的事物看见黑天本尊之后的各种反应，并以它们的惊奇、恐惧、惭愧、逃窜、躲藏来向世人表明，黑天的身体并非只是如同这些事物一般美好。在苏尔达斯看来，黑天的俊美远远超越它们，让它们自叹不如，以致愤怒地责骂诗人道：“提及念叨我等名，致使我等觉羞愧。”如此，虽然全诗没有一句描写黑天身体如何美丽如何迷人的话语，但是黑天的美丽却已经完全展现在世人面前，令人惊叹。

【原文】

स्याम सुख-रासि, रस-रासि भारी।

रूप की रासि, गुन-रासि, जोबन-रासि, थकित भईं निरखि नव तरुन नारी।

सील की रासि, जस-रासि, आनँद-रासि, नील नव जलद छबि बरन कारी।

दया की रासि, विद्या-रासि, बल-रासि, निर्दयाराति दनु-कुल-प्रहारी।

चतुरई रासि, छल-रासि, कल-रासि, हरि भजै जिहिं हेत, तिहिं देन हारी।

सूर प्रभु स्याम सुख-धाम पूरन काम, बसन-कटि-पीत मुख मुरलि-धारी।।

（155/2421）

【对译】

黑子福乐情味之大聚[①]

美色美德青春聚，年轻少女瞧见呆。

品行名誉喜乐聚，美蓝新云黑肤者。[②]

仁慈知识力量聚，毁残酷敌檀奴族[③]。

狡黠诡计技巧聚，恩赐爱敬诃利者。

苏尔言，

遂欲福所黑子主[④]，嘴边持笛腰黄衫。

【释译】

本诗描述的是黑天的品行和美德。内容大致如下：

黑天充满福乐和情味。他是美貌、美德和青春的宝藏。他肤色青黑，像蓝色的新云一般美丽，年轻的少女们看见他都着了迷。他品行端正，美名远扬，总能为他人带来喜乐。他仁慈悲悯，学识渊博，强大有力，杀死了残酷的敌人和罪恶的阿修罗。他聪慧狡黠，擅施计谋，精通情爱之术。无论谁用虔爱之心敬拜赞颂他，他都会如其所愿，赐予所求。这个总是在腰上系着黄色的围裤，嘴边吹着竹笛的黑天，他满足信徒的心愿，是信徒福乐的永恒所在。

这首诗中，苏尔达斯反复使用“rāsi”（即“聚”）来形容黑天所具有的美丽、聪慧、仁慈、宽厚等诸般美德，意在突出其程度之高、

---

① 聚，原文 rāsi，通 rāśi，基本义为某类事物的堆积、聚集。例如真谛译《金七十论》卷 1 中有“如粒豆在豆聚，同类难可知”（T54, no. 2137, b16-17）一说，其中“豆聚”一词即译自梵语 mudgarāśi。

② 该句意思为黑肤者黑天美丽迷人，就像蓝色的美丽新云一般。

③ 檀奴族，原文为 danukul，即 danu+kul，其中 danu 指生主达刹的女儿，她与迦叶波生下了四十个阿修罗。此处用檀奴族指代阿修罗。

④ 主，原文为 prabhu，字面义为有能力的、强大的、主人等，是对伟大人物的尊称，通常译为胜尊，此处受字数限制，特殊译为主。

数量之多。通过对黑天的赞颂，苏尔达斯一方面向心中的大神表达了自己的虔诚之情；另一方面也告知世人，黑天正如诗中所述一般完美，是值得世人敬仰、膜拜和虔信的主人。

【原文】

स्याम कमल पद नख की सोभा।

जे नख चंद्र इंद्र सिर[①] परसे, सिव बिरंचि मन लोभा।

जे नख चंद्र सनक मुनि ध्यावत, नहिं पावत भरमाहीं।

ते नख चंद्र प्रगट ब्रज जुवती, निरखि निरखि हरषाहीं।

जे नख चंद्र फनिंद हृदय तैं, एकौ निमिष न टारत।

जे नख चंद्र महा मुनि नारद, पलक न कहूँ बिसारत।

जे नख चंद्र भजन खल नासत, रमा हृदय जे परसति।

सूर स्याम नख चंद्र बिमल छबि, गोपी जन मिलि दरसति।।

（156/2424）

【对译】

黑子莲足趾甲之光辉

如月趾甲帝[②]头触，湿婆造者[③]心渴求，

如月趾甲牟尼禅，萨纳格惑因未得，

那般如月趾甲现，伯勒杰女瞧见喜。

如月趾甲未曾移，片刻自心兜帽王[④]，

① Varma 本作 sar。

② 帝，原文为 indr，通 indra，即吠陀神话中的神王因陀罗。佛经中称其为 Śakro devānām indraḥ，汉译“帝释天”，其中 śakra 音译为“释”，deva 意译为“天”，Indra 意译为“帝”。此处由于字数限制，姑且将 Indra“因陀罗”依此意译为“帝”。

③ 造者，原文为 biraṃci，即 viraṃc karane vālā，字面义为创造者、造物者，是梵天的名号之一，此处因受字数限制，缩译为造者。

④ 兜帽王，原文为 phanind，通 phaṇindra，即 phaṇ+indra，其中 phaṇ 指蛇的兜帽，indra 意为王者、征服者、最胜者，此处用兜帽王指蛇中的王者，即蛇王湿舍。

如月趾甲瞬未忘，伟大牟尼那罗陀，
如月趾甲敬消恶[①]，触动悦人女[②]之心，
苏尔言，
黑子如月之趾甲，牧女相聚瞧纯美。

【释译】

本诗描述了黑天脚趾甲的光辉。内容大致如下：

黑天莲花足上的趾甲美丽闪耀。那如明月一般美丽的趾甲，因陀罗向它们顶礼膜拜，湿婆和梵天心中无限渴求；那如明月一般美丽的趾甲，萨纳格等牟尼修行禅定也没能得到，为此他们感到迷惘和困惑；就是那如月一般美丽的趾甲，伯勒杰的少女们却能目不转睛地看着，心中无限欢喜。

那如月一般美丽的趾甲，蛇王湿舍时时挂念着，片刻也没将它们从心中移开；那如月一般美丽的趾甲，那罗陀大仙瞬间也没把它们忘记；那如月一般美丽的趾甲，只要敬拜它们就能够消除罪恶；那如月一般美丽的趾甲，它们时时触动着吉祥天女的心；黑天那如月一般的趾甲圣洁又美丽，牧女们相聚在一起，聚精会神地瞧看着它们。

这首诗是苏尔达斯对黑天趾甲的歌颂，可以分为两个部分：前半部分交代黑天趾甲的珍贵和难得，然而伯勒杰的牧女却因为黑天的仁慈和恩赐得以瞧看；后半部分主要展现黑天趾甲的强大吸引力，凡是见过它们的人都会不由自主地被其吸引，伯勒杰的牧女也不例外。这里，诗人不仅对趾甲本身如月一般的美丽进行了赞美，而且同时还彰显出黑天对待信徒的非同一般的仁慈以及伯勒杰牧女对黑

① 此句的意思是敬拜黑天如月一般的趾甲能够消除罪恶。

② 悦人女，原文为 ramā，该词源自动词√ram，意为使人愉悦的，使人欢喜的，是吉祥天女的名号之一。

天的迷恋和热爱。

【原文】

स्याम हृदय जल-सुत की माला, अतिहिं अनूपम छाजै (री)।
मनहुँ बलाक पाँति नव घन पर, यह उपमा कछु भ्राजै (री)।
पीत, हरित, सित, अरुन माल-बन, राजति हृदय बिसाल (री)।
मानहुँ इंद्र-धनुष नभ-मंडल, प्रगट भयौ तिहिं काल (री)।
भृगु पद-चिह्न उरस्थल प्रगटे, कौस्तुभ मनि ढिग दरसत (री)।
बैठे मानौ षट बिधु[①] इक सँग, अर्द्ध निसा मिलि हरषत (री)।
भुजा बिसाल स्याम सुंदर की, चंदन खौरि चढ़ाए (री)।
सूर सुभग अँग अँग की सोभा, ब्रज ललना ललचाए (री)।।

（157/2425）

【对译】

黑子胸前水子[②]链

黑子胸前水子链，极其美丽无可比，
如鹭成行新云上，此般比喻稍闪光。
黄绿白红野花环，宽阔胸前璀璨耀，
仿若因陀罗神弓[③]，彼时现于天穹中。
胸前显出大宝石[④]，旁现婆利古足印，
仿若半夜六轮月，相聚一同欣喜坐。
俊俏黑子修长臂，檀香粉末涂抹上。

① Gupta 本作 vidhu。
② 水子，原文为 jal-sut，字面义为水之子，指珍珠。
③ 因陀罗神弓，原文为 indra-dhanuṣ，字面义为因陀罗的神弓，常用来比喻彩虹。此处指彩虹。
④ 大宝石，原文为 kaustubh mani，指诸神和阿修罗共同搅动乳海所得的十四件宝物之一，后成为毗湿奴大神胸前的饰物。亦有音译为憍斯杜跋宝石。

苏尔言，

周身美丽之光辉，伯勒杰女渴盼求。

【释译】

本诗描述的是黑天胸前各种装饰的美丽形态。内容大致如下：

黑天胸前戴着珍珠项链，看上去极其美丽，无可比拟，苏尔我只能勉强用一行白鹭停在青黑色的新云上来形容它。他胸膛宽阔，上面戴着黄色、绿色、白色和红色野花编织成的花环，光辉闪耀，就像彩虹出现在天穹之中。此外，婆利古仙人的足印也留在他的胸前，旁边还装饰着憍斯杜跋宝石，就这样，仙人足印的五个脚趾和憍斯杜跋宝石在一起，就像六轮明月半夜聚集起来，欢欣雀跃地坐在那里。黑天修长的手臂涂抹着檀香沫，十分好看。

这首诗中，苏尔达斯以新云上的白鹭、天穹中的彩虹和夜晚的六轮明月这三组比喻，分别描绘了珍珠项链、野花环以及足印和宝石所衬托的黑天胸前的美丽。之后，苏尔达斯也没有忘记垂放在身体两侧、涂抹着檀香沫的手臂，诗末对其也进行了特写。由此，诗人最后得出结论——“周身美丽之光辉，伯勒杰女渴盼求”，黑天的身体一处比一处美丽，伯勒杰的少女们看见之后心里生出了无限的渴求。

【原文】

मुख पर चंद डारौं वारि।

कुटिल कच पर भौंर वारौं, भौंह पर धनु वारि।

भाल केसरि तिलक छवि① पर, मदन सर सत वारि।

मनु चली बहि सुधा धारा, निरखि मन द्यौं वारि।

---

① Sabha 本作 chabi。

नैन सुरसति जमुन गंगा, उपम डारौँ वारि।

मीन खंजन मृगज वारौँ, कमल के कुल वारि।

निरखि कुंडल तरनि वारौँ, कूप स्रवननि वारि।

झलक ललित कपोल छवि① पर, मुकुट सत सत वारि।

नासिका पर कीर वारौँ, अधर बिद्रुम② वारि।

चिबुक पर चित बित्त③ वारौँ, प्रान डारौँ④ वारि।

सूर हरि की अंग सोभा, को सकै निरवारि।।

（158/2455）

【对译】

愿向容颜奉献月

愿向卷发献黑蜂，愿向眉毛献弯弓。

愿向红花额志美，献上成百莫登⑤箭，

仿若甘露水流淌，瞧见愿将心奉献。

愿向眼睛献比喻，辩才⑥恒河叶木拿，⑦

愿献鹌鸽小鹿鱼，愿献丛丛莲花群。

瞧见耳环献太阳，愿向双耳献深井。

愿向光辉美面颊，献上王冠数百千。

愿向鼻子献鹦鹉，愿向嘴唇献珊瑚。

愿向牙齿敬奉献，粒粒金刚石榴籽。

愿向下巴置心宝，愿将生命敬奉献。

---

① Sabha 本作 chabi。

② Gupta 本作 vidrum。

③ Gupta 本作 vitt。

④ Gupta 本作 ḍārau。

⑤ 莫登，原文为 madan，为欲天的名号之一，此处指欲天。

⑥ 辩才，原文为 surasati，通 sarasvatī, 字面义为话语、语言，意译为辩才，音译为娑罗室伐底，此处指娑罗室伐底河。

⑦ 此处以娑罗室伐底河、叶木拿河及恒河比喻黑天眼睛的不同部分，娑罗室伐底河河水颜色发红，比喻眼睑，叶木拿河水青黑色，用来比喻黑眼球，恒河水洁白，用来比喻白眼球。

苏尔言，

诃利身体之光辉，谁能摆脱与分离？

【释译】

本诗讲述的是牧女们愿为黑天的美貌奉献一切的心声。内容大致如下：

牧女道："我愿向黑天迷人的容颜奉献明月，我愿为黑天卷曲蓬松的头发奉献黑蜂，我愿为他弯弯的眉毛献上弯弓。他额头用红花粉点上的长形吉祥符志美丽无限，如同甘露流淌在额前一般，我愿为它奉献成百上千的欲天箭矢。看见它的美丽，我欢欣喜悦，甘愿向它奉献自己的心灵。黑子的眼睛迷人可爱，红红的眼睑就像红色的娑罗室伐底河，灵动的黑眼珠就像青黑色的叶木拿河，白色的眼球就像圣洁的恒河，我愿为这双眼睛献上鱼儿、鹡鸰、小鹿和莲花丛。看见他耳朵上戴着的耳环，璀璨耀眼，我愿为它献上太阳。我愿为他的耳朵献上深井。我愿为他光辉迷人的面颊献上成百上千的王冠。我愿为他的鼻子献上鹦鹉，我愿为他的嘴唇献上红珊瑚。我愿为他的牙齿献上粒粒钻石和石榴洁白的种子。我愿将自己的心灵放在他的下巴上，我愿为他奉献自己的生命。黑天的身体美丽迷人，光辉闪耀，有谁能够不想着它恋着它？有谁能够与他分离？"

这首诗与总第1282首诗有异曲同工之妙，两首诗在主题上都是通过牧女甘愿向黑天奉献的心声来突显黑天的俊美迷人和牧女以及诗人对黑天之美的热爱和迷恋。然而，比较有趣的是，苏尔达斯在这首诗中向黑天奉献的事物，除了自己的身心和生命之外，更多是之前的诗中经常被用来比喻黑天身体各部分特征的喻体。这样一来，虽然这里诗人没有直接用这些事物来形容黑天之美，但其精髓却早已通过一系列的甘愿奉献得到了最充分的表达。在诗人心中，黑天身体各部分的美丽正如上述这些事物一般，让人迷恋，难以分离，故而诗人在本诗末尾才如此反问道："诃利身体之光辉，谁能摆脱与分离？"

नेत्र अनुराग

眼睛之爱

【原文】

नैन न मेरे हाथ रहे।

देखत दरस स्याम सुंदर कौ[①], जल की ढरनि बहे।

वह नीचे कौं धावत आवत आतुर, वैसेहि नैन भए।

वह तौ जाइ समात उदधि मैं, ये प्रति अंग रए।

वह अगाध कहुँ वार पार नहिं, येउ सोभा नहिं पार।

लोचन मिले त्रिबेनी[②] ह्वैकै, सूर समुद्र अपार।।

（159/2848）

【对译】

眼睛不留我手中

看见俊俏美黑子，如水一般流淌去，

彼朝低处急切奔，眼睛亦成那般样，

彼去汇入海洋中，她们迷恋各肢体，

此海无底无边际，他之光辉无尽头。

苏尔言，

眼为三河交汇处[③]，相会浩瀚无垠海。

---

① Gupta 本作 ko。

② Varma 本作 trivenī。

③ 三河交汇处，原文为 tribenī，通 triveṇī，指恒河、叶木拿河和娑罗室伐底河者三条河的汇合处。

【释译】

本诗描述的是牧女向同伴抱怨眼睛不受自己控制的场景。内容大致如下：

牧女对女伴抱怨道：“女伴啊，自从看见美丽的黑子之后，我的这双眼睛就再也不受我控制了。你也知道，水总是迫不及待地朝低洼之处流去，最后汇入海洋，而我这双眼睛如今迷恋着黑子身体的各个部分，正以这样的一股劲头朝着黑子义无反顾地飞奔而去。黑子的美丽光辉就如同海洋一般无边无际、深不可测，而我的这双由红红的眼睑、黑色的眼珠和白眼球构成的眼睛就像娑罗室伐底河、叶木拿河与恒河这三条河流的交汇，它们聚合在一处，然后一同奔流向黑子这片浩瀚无垠的美丽海洋中。”

这首诗中，苏尔达斯将牧女的眼睛比喻为河流，将黑天之美比喻为海洋，前者以色比色，巧妙有趣，后者突显出美丽的无边无际。与此同时，牧女迷恋黑天的俊美，目不转睛地向他凝望的这个场景也就自然转换为河水奔流入海的过程。如此安排的精妙之处在于，河流入海本是大自然的普遍规律，不可阻挡，不可逆转，以此可以恰如其分地表现出牧女望向黑天时的情不自禁和情难自已。

【原文】

इन नैननि मोहिं बहुत सतायौ।

अब लौं कानि करी मैं सजनी, बहुतैं मूँड़① चढ़ायौ।

निदरे रहत गहे रिस मोसौं, मोहीं दोष लगायौ।

लूटत आपुन श्री② अँग सोभा, ज्यौं निधनी धन पायौ।

① Varma 本作 mūṁṛh。

② Gupta 本作 srī。

निसिहूँ दिन ये करत अचगरी, मनहिं कहा धौं आयौ।

सुनहु सूर इनकौं प्रतिपालत, आलस नैंकु न लायौ॥

（160/2864）

【对译】

此眼使我很烦恼

女伴至今我尊重，却使无礼上头顶，

对我不敬生愠怒，错误过失归咎我。

自夺吉身美光辉，仿若穷人获财宝。

彼等日夜行顽劣，心中究竟作何想？

苏尔言，

且听照护对彼等，偷懒懈怠丝毫无。

【释译】

本诗描述的是牧女对眼睛只顾瞧看黑天，不理会自己感受的抱怨。内容大致如下：

牧女对女伴道："女伴啊，我的这双眼睛真是让我烦恼透顶！你要知道，至今为止，我对它们都是尊敬有加，可不曾想这却让它们得寸进尺，竟敢蹬鼻上脸，对我粗鲁无礼。如今，它们不但不尊重我，反而还对我生气，把见不到黑子的一切过失都归咎在我头上。一旦与黑子相会，它们就自顾自地抢夺黑天身体的美丽光辉，就像穷人突然得到财宝一样，爱不释手。它们整天都这样冥顽不灵，真不知道它们心里都在想什么。女伴啊，平日在保护和照顾它们这件事上，我可是尽心尽力的，一点儿懒都没偷过，你说它们怎么能这样对我！"

这首诗中，苏尔达斯采用拟人的修辞手法，经由牧女之口，将牧女贪恋黑天美色的双眼描述成一个得寸进尺、忘恩负义、自私自利的恶人。然而，究其原因，眼睛的所作所为归根结底都是因为它们过于渴盼看见黑天美丽的容颜。所以，这里牧女的埋怨越是委屈，眼睛的行径越是顽劣，牧女对黑天的爱恋和痴迷就越是能够表现出来。

【原文】

नैन करैं सुख, हम दुख पावैं।
ऐसौ को परवेदन[1] जानै, जासौं कहि जु सुनावैं।
तातैं मौन भलौ सबही तैं, कहि कै मान गँवावैं।
लोचन, मन, इंद्री हरि कौं भजि, तजि हमकौं सुख पावैं।
वै तौ[2] गए आपने कर तैं वृथा[3] जीव भरमावैं।
सूर स्याम हैं चतुर सिरोमनि, तिनसौं भेद जनावैं॥
（161/2874）

【对译】

眼睛享福我得苦

如此谁知他人苦，又可向谁倾诉说？
故此沉默方为佳，若言尊严亦失去。
眼心感官将我弃，敬颂诃利得福乐。
从自手中彼离去，使得生命徒徘徊。
苏尔言，
黑子机敏头上宝[4]，且将秘密告知彼。

【释译】

本诗描述的是牧女向女伴抱怨眼睛的场景。内容大致如下：

牧女对女伴道："女伴啊，我的这双眼睛一直盯着黑天看，不受控制。它们自己享受着福乐，却让我十分痛苦。像它们这样的人中，有

---

① Sabha 本作 parabedan。

② Sabha 本作 to。

③ Sabha 本作 vṛthā。

④ 头上宝，原文为 siromani，字面义指头上的宝石，通常用来形容黑天的珍贵、至高无上，为黑天的名号之一。

谁会去理会别人的痛苦，我又能跟谁诉说我的苦闷？因此，我还是什么都不说，保持沉默的好，否则的话，我就连自己最后的尊严都保不住了。如今，我的眼睛、心灵和所有的感官都抛弃我，去敬拜赞颂黑子了。它们倒好，自己跑了，独独留下我的生命没有意义地迷惑徘徊着。黑子他是伟大聪慧的主人，我们可得去告诉他眼睛干的这些坏事。”

这首诗与前首诗具有相似之处。这里，苏尔达斯通过牧女对双眼自私自利、独享福乐，从而导致自己备感痛苦的指责，突显出眼睛对黑天的迷恋，实际上即是从侧面反衬出牧女对黑天的贪恋和渴求。从另一个角度来看，由于牧女的痛苦根源于受到家族荣誉和世俗礼法的限制，自己不能公然追随眼睛和心灵前往黑天所在之处，故而，这里与其说是牧女对眼睛抛弃自己的指责，不如说是她对自己身不由己的无奈和对世俗礼教的不满。本诗最后一句中，牧女扬言要去向黑天告眼睛的状，无非只是想给自己制造一个去见黑天的借口和机会罢了。

【原文】

ऐसे आपु स्वारथी नैन।

अपनोइ पेट भरत हैँ निसिदिन, और न लैन न दैन।

बस्तु① अपार परी ओछैँ कर, ये जानत घटि जैहै।

को② इनसौँ③ समुझाइ कहै यह, दीन्हैँ ही अधिकैहै।

सदा नहीँ रैहैँ अधिकारी, नाउँ राखि जौ लेते।

सूर स्याम सुख लूटैँ आपुन, औरनि हूँ कौँ देते॥

（162/2885）

---

① Varma 本作 vastu。

② Varma 本作 kau。

③ Varma 本作 inasaiṁ。

【对译】

眼睛自己如此自私

日夜充填自己肚，不予他人亦不取。

无限之物落贱手，彼等认为会减少。

谁向彼等解释此：分予亦将增添多。

若要维持好名声，不可永久行霸占。

苏尔言，

予人黑子福乐时，自己抢占掠夺去。

【释译】

本诗描述的是女伴对眼睛自己独占黑子福乐的抱怨。内容大致如下：

牧女抱怨道："我的这双眼睛是多么自私自利呀，它们自己独享得见黑子美丽容颜的福乐，一点儿都不愿意分给我。它每天每夜只顾填饱自己的肚子，完全不顾及别人。黑子美丽容颜这个无限至上的宝贝现在落到了它们卑贱的手中。它们认为，如果与他人分享的话，这个宝贝一定会变少。唉，谁能跟它们解释解释，即使与别人分享，这个无限的宝贝也不会减少。并且，一个人如果要想维持自己的好名声，就不能一直独自霸占着好东西，不与别人分享。唉，这双眼睛，它们在本该与人一起分享得见黑子的福乐时，却独自把所有福乐都抢走了，一点也不留给别人。"

这首诗中，苏尔达斯将黑天美丽的容颜比喻为无限至上的宝藏，将眼睛塑造成一个卑贱的、自私自利的人。如此一来，牧女指责眼睛只顾自己独占宝藏，不与他人分享的过程就可以转化为牧女双眼长久地、目不转睛地凝视黑天、不肯偏移的过程，仍旧突显的是牧女对黑天的迷恋和渴盼。

【原文】

नैन भए बस मोहन तैं।

ज्यौं कुरंग बस होत नाद के, टरत नहीं ता गोहन तैं।

ज्यौं मधुकर बस कमल कोस के, ज्यौं बस चंद चकोर।

तैसैंहि[①] ये बस भए स्याम के, गुड़ी बस्य ज्यौं डोर।

ज्यौं बस स्वाति[②] बूँद के[③] चातक, ज्यौं बस जल के मीन।

सूरज प्रभु के बस्य भए ये, छिनु छिनु प्रीति नवीन।।

（163/2899）

【对译】

眼睛为莫亨所控

伴他不会移离去，仿若鹿儿声音控，

仿若黑蜂莲蕊控，仿若鹧鸪月亮控，

仿若风筝线绳控，如此彼等黑子控。

仿若鱼儿为水控，杜鹃为角星雨控，

苏尔言，

彼等乃为胜尊控，时时刻刻爱恋新。

【释译】

本诗描述的是牧女向女伴诉说自己的眼睛为黑天所控的状况。内容大致如下：

牧女道："我的这双眼睛为黑子所控，一直凝视着他，跟随着他。它们受黑子所控，就像鹿听到声音一直跟随，就像黑蜂总是围绕着莲花蕊飞行，就像鹧鸪一直凝望明月，就像风筝受线绳牵引，就像杜鹃鸟总是期待月入大角星时降下的雨滴，就像鱼儿离不水一样。"

为了让听众能够更加切实、准确地体会牧女双眼受黑天控制的

① Varma 本作 taiseṁhi。
② Varma 本作 svāṁti。
③ Varma 本作 kai。

状况，这首诗中，苏尔达斯特意选取了鹿与声音、黑蜂与莲花蕊、鹧鸪与明月、风筝与线绳、杜鹃鸟与角星雨、鱼和水这六组普通民众在日常生活中十分熟悉和常见的事物，采用比喻的手法，以这些事物一方对另一方的吸引来表现黑天对牧女双眼的吸引。“彼等乃为胜尊控，时时刻刻爱恋新”是全诗的点睛之笔，前半句即牧女的双眼就是这样受到黑天的控制，是对诗总结；后半句即它们对黑子的爱恋每时每刻都在增添，是对诗主题的升华。

【原文】

तब तैँ नैन रहे इकटकहीँ।

जब तैँ दृष्टि परे नँदनंदन, नैँकु न अंत मटकहीँ।

मुरली धरे अरुन अधरनि पर, कुंडल झलक कपोल।

निरखत इकटक पलक भुलाने, मनौ① बिकाने मोल।

हमकौँ वै काहैँ न बिसारैँ②, अपनी सुधि उन्न नाहिँ।

सूर स्याम छबि सिंधु समाने③, बृथा④ तरुनि पछिताहि॥

（164/2914）

【对译】

眼睛凝视自彼时

自目光落难陀子，毫不移离向别处。

竹笛放置红唇上，耳环闪耀面颊旁。

注视凝望忘眼睑，⑤ 仿若一价售卖出。⑥

① Varma 本作 mano。

② Gupta 本作 bisāraiṁ。

③ Varma 本作 sāmane。

④ Varma 本作 vṛthā。

⑤ 注视凝神忘眼睑，原文为 nirakhat ikaṭak palak bhulāne，其中 palak bhulāne 的字面义为忘记了眼睑，此处指眼睛凝神注视着黑子，连眨眼都忘记了。

⑥ 仿若一价售卖出，原文为 manau bikāne mol，此处的意思是眼睛就好像被卖给黑天，沦为黑天的奴隶。

彼等自己意识无，怎能不将我等忘？

苏尔言，

融入黑子美丽海，少女徒然懊恼悔。

【释译】

本诗描述的是牧女向女伴诉说双眼凝视黑天，忘记一切的状况。内容大致如下：

牧女对女伴道："女伴啊，黑子他将竹笛放置在红红的嘴唇边，他的耳环在可爱的面颊旁闪烁着光芒。我的双眼自从看见这样俊美的他之后，就一直目不转睛地、毫无偏移地凝视着他，甚至连眨眼都忘记了，就好像成为了他的奴隶一样。哎，它们连自己都不记得了，又怎么会记得我呢？"

"融入黑子美丽海，少女徒然懊恼悔"是苏尔达斯站在全知者的视角以诗外音的方式对牧女这番话语的评论。如今，牧女的这双眼睛已经彻底沉入黑子美丽的海洋中去了，无论她如何懊恼后悔当初不该让它们看见黑天也都是徒劳无功的。有关这点，实际上在上面一句"彼等自己意识无，怎能不将我等忘"中已经有所体现，牧女自己也很明白现在无论对眼睛说什么都为时已晚。

【原文】

नैननि सौं झगरौ करिहौं री।

कहा भयौ जौ स्याम संग हैं, बाँह पकरि संन्मुख लरिहौं री।

जन्महिं तैं प्रतिपालि बड़े[1] किये, दिन दिन कौ लेखौ करिहौं री।

रूप-लूट कीन्ही तुम काहैं, अपने बाँटे कौ धरिहौं री।

---

① Varma 本作 gaṛe。

एक मातु पितु भवन एक रहे[1], मैं काहैं उनकौं डरिहौं री।

सूर अंस जौ नहीं देहिंगे[2], उनकैं[3] रँग मैंहूं ढरिहौं री॥

（165/2937）

【对译】

要与眼睛相争吵

相伴黑子又如何，抓臂抗争面对面。

自从出生照护大，按天按日来算账。

你为何将美色夺，自己份额要拿回。

父母同一一屋住，为何我要惧彼等？

苏尔言，

若不给予应得份，我将流入彼等色！[4]

【释译】

本诗描述的是牧女对自己双眼独占黑天福乐的不满。内容大致如下：

牧女对女伴道：“女伴啊，我决定要跟我的双眼据理力争，夺回属于我的那部分福乐！就算它们紧紧跟随，一直陪伴着黑儿又怎么样，现在我就要抓着它们的胳膊，将它们抓到跟前来比试比试，看看谁更厉害。打从出生起，我就尽心尽力地照顾保护它们，以往日子的这些账我都要按天跟它们算算清楚！我倒是要问问它们，你们凭什么把黑儿的美丽容貌都夺走了！我要把属于自己的那份拿回来。我们生自同一父母，住在同一屋檐下，我干吗要害怕它们？如果它们不把我应得的那份还给我的话，我就随了它们的意，也变得跟它

① Gupta 本作 rahaiṃ。

② Varma 本作 dehige。

③ Varma 本作 unageṁ，Gupta 本作 unagai。

④ 我将流入彼等色，原文为 unkeṁ raṅg maiṁhūṁ ṭarihauṁ rī，根据上下文，这里的意思是如若眼睛不肯将这种福乐分给自己的话，她们也将像眼睛一样一直跟随黑天，自己去夺取应得的福乐。

们一样，天天跟着黑子，恋着黑子，也自顾自地把所有的福乐都抢过来！”

这首诗中，牧女把自己与眼睛对立，将眼睛视为自己的“情敌”，指责眼睛不顾亲情和自己往昔对它们的悉心照顾，扬言要把它们抓到面前比试高低。然而，从日常生活的角度来看，这里的场景应该是：牧女自己爱慕黑天，目不转睛地盯着他瞧看，眼睛作为视觉器官，自然纳尽了黑天的俊美。这时，牧女却因为自己与黑天分离，饱受离苦折磨，所以觉得眼睛独自将黑天的福乐占据，不肯分给自己一点。故此，牧女这段看似疯癫的气话，一方面表现出牧女情不自禁长久凝视黑天的状态，另一方面也从侧面反衬出牧女对黑天的爱恋和渴盼。

【原文】

कपटी नैननि तैं कोउ नाहीं।

घर कौ भेद और के आगैं, क्यौं कहिबे कौं जाहीं।

आपु गए निधरक ह्वै <u>हमतैं</u>①, बरजि बरजि पचिहारी।

मन-कामना भई परिपूरन, ढरि रीझे गिरिधारी।

<u>इनहिं</u>② बिना वै, उनहिं बिना ये, अंतर नाहीं भावत।

सूरदास यह जुग की महिमा, कुटिल तुरत फल पावत॥

（166/2953）

【对译】

无人虚伪比双眼

为何前去他人前，诉说家庭之分歧？

自行前去不顾我，回回力阻终失败。

① Varma 本作 hamateṁ。

② Gupta 本作 inahi。

完成实现心中愿，托山者喜陷迷恋。

若他无它它无他，内心之中不欢喜。

苏尔达斯言，

此乃时代之伟大，虚伪奸人立得果。

【释译】

本诗描述的是牧女对眼睛在自己与黑天之间挑拨离间的埋怨。内容大致如下：

牧女对女伴道："女伴啊，这个世界上再没有比我的这双眼睛更加虚伪奸诈的人了。的确，我跟它之间出现了矛盾，可那是属于家庭内部的纷争，它们为什么非要到黑子面前告状呢？它们就这样自顾自地去找黑子，丝毫不畏惧顾虑我，无论我怎么竭尽全力地阻止都没用。现在倒好，它们总算满足了自己的心愿，让黑子喜欢上她们了。如今它们如果见不到黑子，黑子身边没有它们的话，双方心里都不好过。哎，这就是这个时代的伟大之处，虚伪奸诈的人总能很快实现心里的愿望，而好人就只能一无所有。"

略去的诗中，牧女责怪眼睛向黑天告状，说牧女因为害怕世俗的礼教所以自己不敢前来寻找黑天，从而导致黑天无情地将她们遗忘，不再来看望她们，这首诗是该主题的一个延续。这里，在牧女看来，自己的这双眼睛是一个虚伪奸诈、为达目的不惜搬弄是非的小人。它们施展诡计，挑拨离间，实现了自己的愿望，终日与黑天相伴共聚，而自己却被得不到黑天，不得不时时忍受分离的痛苦。由此可以看出，在这首诗歌中，牧女与眼睛是完全独立的两个个体。为了奠定这种独立的可行性，苏尔达斯巧妙地将双睛凝视黑天想象成女子与情郎相会，将眼睛对黑天的渴盼想象成女子前去寻找情郎，将牧女眼中时刻浮现着黑天的身影想象成两人相依相偎、密不可分。这样，既避免了在诗中出现违反自然规律和法则的矛盾，又使得牧女对眼睛的指责更加具有情感基础，更加容易被人们理解和接受。

【原文】

नैना घूँघट मैं न समात।

सुंदर बदन नंदनंदन कौ, निरखि निरखि न अघात।

अति रसलुब्ध महा मधुलंपट, जानत एक न बात।

कहा कहौं दरसन सुख माते, ओट भएँ अकुलात।

बार बार बरजत हौं हारी, तऊ टेव नहिं जात।

सूर तनक गिरिधर बिनु देखैं[①], पलक कलप सम जात।।

（167/2964）

【对译】

眼睛不容面纱中

难陀子之美妙身，遍遍瞧看不满足。

贪恋大甜至情味，一事不知好色徒。

沉醉瞧看之福乐，被遮不安何可言？

遍遍阻拦我却败，习惯仍然未能去。

苏尔言，

稍稍不见托山者，瞬间逝去如同劫。

【释译】

本诗描述的是牧女讲述眼睛渴望看见黑天的状况。内容大致如下：

牧女道："我的这双眼睛啊，现在连面纱都挡不住它们了。它们就这样一遍遍地瞧看黑子美丽的身体，却仍然得不到满足。它们就是些好色之徒，就只晓得贪恋黑子的甜美和情味，对于其他却一概

① Varma 本作 dekhai。

不知。我又能说什么呢，它们沉醉在得见黑子的福乐之中，因为被面纱遮挡而焦急不安。尽管我一次又一次地阻止它们，但都以失败告终，它们跟着黑子的习惯还是没能改掉。它们啊，只要稍稍见不到黑子就觉度日如年。”

在印度，女子通常以纱遮面，此时眼睛自然也就会被面纱挡住。这首诗中，苏尔达斯采用拟人的手法，以眼睛跳出面纱之外的想象和牧女的不满和无奈来表现眼睛对黑天美丽容颜的极端渴盼。“稍稍不见托山者，瞬间逝去如同劫”是全诗的点睛之笔，以两个极端的时间概念作为对比，直接道出眼睛看不见黑天时那种着急不安的状态，这实际上也就是牧女与黑天分离时的痛苦状态。

【原文】

ये नैना मेरे ढीठ भए री।

घूँघट ओट रहत नहिं रोकैं, हरिमुख देखत लोभि गए री।

जउ मैं कोटि जतन करि राखे, पलक कपाटनि मूँदि लए री।

तउ ते उमँगि चले दोउ हठ करि, करौं कहा मैं जान दए री।

अतिहिं चपल, बरज्यौ नहिं मानत, देखि बदन तन फेरि नए री।

सूर स्यामसुंदर-रस अटके, मानहुँ लोभी उहँइ[1] छए री।।

（168/2980）

【对译】

放肆无礼我此眼

面纱遮盖阻不住，贪婪瞧看诃利颜。

我虽努力千千万，眼睑门扉亦合拢，

她俩固执兴奋去，我何可为且放行。

---

① Varma 本作 uahaṁha。

不认阻拦极灵动，瞧望身体复趋向。

苏尔言，

停驻俊美黑子味，仿若贪者覆彼处。

【释译】

本诗描述的是牧女对自己眼睛不顾一切瞧看黑天的无奈。内容大致如下：

牧女对女伴道：“女伴啊，我的这双眼睛真是放肆无礼！尽管我用面纱遮盖着它们，它们还是贪婪地向往着黑子美丽的容颜，挡都挡不住。尽管我已经努力了千百万次，甚至我还阖上了眼睑这道大门，但是它们仍然固执地兴致勃勃地要到黑子那里去。我还能怎么办？只能让它们去啊！更何况，它们极端灵动活泼，又不肯听人劝阻。它们啊，看见黑子的身体以后，就一直朝着那个方向望去。”

这首诗中，牧女向女伴讲述了自己的百般劝阻和眼睛的固执放肆，两者形成对比，后者更为强烈。故而，这里牧女最后的妥协正是眼睛对于黑天俊美容颜的迷恋和向往的结果，本诗最后一句“停驻俊美黑子味，仿若贪者覆彼处”正是苏尔达斯对眼睛此种情形的直接描述，这双眼睛已经完全沉醉在黑天的美丽之中，就像两个贪婪的人永久居住在那里一样。

【原文】

अँखियाँ हरि कैँ हाथ बिकानीँ①।

मृदु मुसुकानि मोल इनि लीन्ही, यह सुनि सुनि पछितानीँ।

कैसैँ रहति रहीँ② मेरैँ बस, अब कछु औरै भाँति।

① Gupta 本作 bikānī。

② Sabha 本作 rahauṁ。

अब वै लाज मरतिँ मोहिँ देखत, बैठीँ मिलि हरि पाँति।

सपने की सी मिलनि करति हैँ, कब आवतिँ कब जातिँ।

सूर मिलीँ ढरि नंदनँदन कौँ, अनत नहीँ पतियातिँ।।

（169/3020）

【对译】

双眼诃利手中奴

甜美微笑购得彼，闻此懊恼又悔恨。

原先如何受我控，现今已然别番样。

今会诃利并排坐，见我彼等羞愧死。

相聚会面如梦境，何时前来何时去。

苏尔言，

沉迷会面难陀子，不再信赖其他处。

【释译】

本诗描述的是牧女的双眼时刻追随黑天，不受自己控制的场景。内容大致如下：

牧女对女伴道：“女伴啊，我的这双眼睛已经变成了黑子的奴隶。它们被黑子甜美迷人的笑容收买，一心一意只想着黑子，我知道这些的时候真是懊恼又悔恨。虽然以往它们总是乖巧听话的，可是如今，她们已经完全变了，还怎么能继续受我的控制呢？现在她们天天与黑子黏在一起，看见我之后，它们反倒羞愧地在心里想，以前我们怎么浪费了这么多时间跟她在一起呢？现在，我与它们的相聚就像做梦一样，不知道它们什么时候来，也不知道它们什么时候离开我到黑子那儿去。哎，它们已经完全沉迷在与黑子的会面当中，其他任何地方都不想去了。”

这首诗表现的依旧是眼睛对黑天美色的贪恋、着迷和渴望。但是与前面几首诗不同的是，这里，牧女回忆起之前眼睛听话顺从的时光，感叹着现在自己想要与眼睛相会就像做梦一样，其中流露出来的情感更多的是懊恼和悔恨，而非愤怒不平。

【原文】

अँखियनि तब तैं बैर धर्यौ।

जब हम हटकी हरि दरसन कौं, सो रिस नहिं बिसर्यौ।

तबहीं[①] तैं उनि हमहिं भुलायौ, गईं उतहिं कौं धाइ।

अब तौ तरकि तरकि ऐंठति हैं, लेनी लेतिं बनाइ।

भईं जाइ वै स्याम-सुहागिनि, बड़भागिनि कहवावैं।

सूरदास वैसी प्रभुता तजि, हम पै कब वै आवैं।

（170/3023）

【对译】

自彼眼睛决意为敌

自我阻拦见诃利，那般怨气未曾忘，

从此她们将我忘，朝向彼处奔跑去。

如今生气愠怒盛，傲慢无礼行报复。

去成黑子幸福妻，人称彼等大幸女。

苏尔达斯言，

何时抛弃那尊荣，彼等回到我身边？

【释译】

本诗描述的是牧女讲述眼睛执意与自己争斗的场景。内容大致如下：

牧女说对女伴道：“女伴啊，自从我阻拦双眼去见黑子开始，它们就一直怀恨在心，执意与我为敌。从那时候起，它们就彻底把我

① Gupta 本作 tabahi。

忘记，一心一意地跑到黑子那里去了。现在它们还是非常生气，对我傲慢无礼，对我进行打击报复。它们到黑子那儿去，成了他幸福的妻子，人们都说它们是幸运非常的女子。哎，现在的状况都那样了，它们还怎么可能会抛弃黑子，抛弃作为他的妻子的这种尊荣，回到我身边来呢？”

前面几首诗和本诗所表达的核心主题都是指责眼睛对黑天痴情迷恋，对自己不管不顾，但是主要陈述者即牧女的态度却发生了根本性转变。前面几首诗中，牧女生气、愤恨，怒斥眼睛自私自利、虚伪奸诈，而到这里，牧女已经完全消气妥协，并且略带忧伤地开始讲述眼睛对自己的愤怒，最后甚至说着“何时抛弃那尊荣，彼等回到我身边”，表达了自己的无奈和对眼睛的想念。从某种程度上说，牧女态度的这种转变也正反映了她内心天平由她一直所顾忌的世俗礼法向她对黑天的情感倾斜的过程。

राधाकृष्ण
黑天罗陀本事

प्रथम मिलन
初遇

【原文】

खेलत हरि निकसे ब्रज-खोरी

कटि कछनी पीतांबर बाँधे, हाथ लए[1] भौंरा, चक, डोरी।

मोर-मुकुट, कुंडल स्रवननि बर, दसन-दमक दामिनि-छबि छोरी।

गए स्याम रबि-तनया कैं तट, अंग लसति चन्दन की खोरी।

औचक ही देखी तहँ राधा, नैन बिसाल भाल दिये रोरी।

संग लरिकिनी चली इत आवति, दिन-थोरी, अति छबि तन-गोरी।

सूर स्याम देखत हीं रीझे, नैन-नैन मिलि परी ठगोरी॥

（1/1290）

【对译】

诃利在伯勒杰小巷玩耍

黄色围裤腰上系，陀螺鞭绳手中拿，

① Varma 本作 liye。

吉祥耳环雀翎冠，齿光胜过闪电美，

黑子身抹檀香俊，来到太阳女[①]之畔。

忽然彼处见罗陀，额点红志大眼睛。

身着蓝衣腰系裙，身后摇摆长发辫。

偕同女伴行至此，年轻貌美身白皙。

苏尔言，

黑子一见即倾心，四目相遇陷魔力。

【释译】

本诗描述的是黑天在伯勒杰小巷玩耍时初遇罗陀的场景。内容大致如下：

黑天在伯勒杰的巷子中玩耍。他的腰上系着黄色的围裤，手中拿着陀螺和线绳，头上戴着孔雀翎羽冠，两耳戴着吉祥大耳环，齿间闪耀的白光比闪电还要美丽。他身上涂抹着檀香粉，俊俏无比。黑天到叶木拿河边玩耍，突然，他在那里看见了一个大眼睛、额上点着红志的姑娘。她年轻貌美，皮肤白皙，和女伴们一起来到这里。她身穿蓝色上衣，腰上系着美丽的裙子，乌黑的发辫走路时在背后一摇一摆。黑天一看见她就为她的美貌倾倒，四目相对之间擦出了爱情的火花。

黑天与罗陀及诸位牧区女子的爱情是少年黑天本事的重要组成部分，这首诗正是黑天与罗陀爱情的初始。在这首诗中，苏尔达斯既详细描绘了黑天的美貌，也生动刻画了罗陀的漂亮，将一对可心

---

① 太阳女，原文为 rabi-danayā，字面义为太阳的女儿，此处指叶木拿河。根据印度神话，太阳神的妻子与太阳神交媾时，因为惧怕太阳神的光芒闭上了眼睛，太阳神十分生气，诅咒说他们生下的孩子将永远生活在黑暗中，所以阎摩（Yama）总是在地界居住。当她再次与太阳神交媾时，努力睁开双眼，眼睛却因为太阳神的光芒流出眼泪，太阳神再大怒，诅咒说他们生的孩子将不断流泪，所以他们的女儿阎密（Yami）整日流泪不断，形成了叶木拿河。因此，叶木拿河也被称为太阳的女儿。

的璧人栩栩如生地展现在听众面前。最后，苏尔达斯以“黑子一见即倾心，四目相遇陷魔力”。奠定了两人初遇的基调，预示着美妙爱情的萌动和生发。

【原文】

बूझत स्याम कौन तू गोरी।
कहाँ रहति, काकी है बेटी, देखी नहीं कहूँ ब्रज खोरी।
काहे कौं हम ब्रज-तन आवतिँ, खेलति रहतिँ आपनी पौरी।
सुनत रहतिँ स्वननि नँद-ढोटा, करत फिरत माखन-दधि-चोरी।
तुम्हरौ कहा चोरि हम लैहैँ, खेलन चलौ संग मिलि जोरी।
सूरदास प्रभु रसिक-सिरोमनि, बातनि भुरइ राधिका भोरी॥
（2/1291）

【对译】

黑子问，白皙女子你是谁？
住在何处谁人女？伯勒杰巷未曾见。
为何我来伯勒杰？一直自家门前戏，
双耳听闻难陀子，奶油酸奶四处偷。
你有何物让我偷？结伴一同且嬉戏。
苏尔达斯言，
胜尊情味头上宝①，言语迷倒纯罗陀。

【释译】

本诗描述的是黑天与罗陀初遇后的对话。内容大致如下：

黑天问罗陀：“白皙的女子啊，你是谁，家住在哪里，又是谁的女儿啊，我在伯勒杰的街巷中从来没有见过你。”罗陀回答道：

① 情味头上宝，原文为 rasik-siromani，其中 siro+mani，通 siro+maṇi，字面义为头顶（皇冠）上的宝石，用以代指翘楚或至上之人。此处情味头上宝指代黑天。

“我一直都在自己家门前玩耍，为什么好端端地要到你们伯勒杰来呢。我听说过你，人家都说难陀的儿子总是偷别人家的黄油和酸奶。”黑天道：“那你有什么可让我偷的呢？来和我一起玩吧！”

这首诗承接上一首诗，黑天对罗陀一见倾心后，主动上前与她搭讪，邀请她与自己一起玩耍。此时的黑天不再是高高在上的大神，而是一个耍赖皮、千方百计讨好心爱女孩的乡村少年。而纯洁的小罗陀又怎么能抵挡住眼前这个翩翩美少年的殷勤呢？于是，在诗歌的结尾，苏尔达斯以诗外音的方式告诉大家这场爱情追逐的结果，那就是“胜尊情味头上宝，言语迷倒纯罗陀”。

【原文】

प्रथम सनेह दुहुँनि मन जान्यौ।

नैन नैन कीन्ही सब बातैं, गुप्त प्रीति प्रगटान्यौ।

खेलन कबहुँ हमारैं आवहु, नंद-सदन, ब्रज गाउँ।

द्वारैं आइ टेरि मोहिं लीजौ, कान्ह हमारौ नाउँ।

जौ कहियै घर दूरि तुम्हारौ, बोलत सुनियै टेरि।

तुमहिं सौंह बृषभानु बबा की, प्रात-साँझ इक फेरि।

सूधी निपट देखियत तुमकौं, तातैं करियत साथ।

सूर स्याम नागर, उत नागरि राघा, दोउ मिलि गाथ॥

（3/1292）

【对译】

两人心中知初恋

目目来把话语言，隐藏爱意尽流露。

某时来我处游戏，伯勒杰村难陀家。

且至门前将我唤，黑黑乃为我名字。

若言你家相隔远，叫喊呼唤便听见。

你且以父牛光誓，或晨或昏转一圈。

瞧你简单极淳朴，一同行事缘于此。

苏尔言，

聪颖黑子慧罗陀，两人相会彼处歌。

【释译】

本诗描述的是黑天劝罗陀来家里相会的场景。内容大致如下：

初次见面后，黑天与罗陀互相对彼此产生了爱慕的情愫。他们四目相对，隐藏着的爱意就这样流露了出来。黑天对罗陀说："罗陀啊，你什么时候来我家玩玩吧，我住在伯勒杰村的难陀家。你来到门口，喊我就行，我的名字叫黑黑。如果你说你家相隔很远，那可就不对了。你瞧，你只要大声呼喊我就能听见，这距离算什么远呢。你就快答应我。我要你以牛光爸爸发誓，要么清晨，要么傍晚，一定要到我家这儿来一回。我不是对谁都这样的，我正是看见你简单淳朴又纯洁，所以才想跟你在一起玩耍的。"

本诗承接上一首诗，是黑天对罗陀的表白和邀请。在这首诗中，苏尔达斯将初陷爱情的少年面对心爱的女孩那种复杂矛盾的心理刻画得栩栩如生。这时的他既急于想让罗陀明白自己的心意，前来与他一起玩耍，又害怕她误会自己，找理由拒绝自己。实际上，罗陀也早已爱上了他。自然而然，苏尔达斯在本诗结尾以诗外音的方式展现了一片欢乐的场景，"聪颖黑子慧罗陀，两人相会彼处歌"。

【原文】

गई बृषभानु[①]-सुता अपने[②] घर।

संग सखी सौँ कहति चली यह, को जैहैँ इनकैँ दर।

बड़ी बेर भई जमुना आए, खीझति ह्वैहै मैया।

बचन कहति मुख, हृदय प्रेम-दुख, मन हरि लियौ कन्हैया।

माता कहति कहाँ ही[③] प्यारी, कहाँ अबेर लगाई।

सूरदास तब कहति राधिका, खरिक देखि हौँ आई॥

（4/1295）

【对译】

牛光之女回自家

边走边语同伴此：谁人要去他那里？

叶木拿至已很晚，母亲将会把气生。

口言话语心爱苦，黑儿已将心儿夺。

母谓爱女何所在，迟迟逗留于何处？

苏尔言，

彼时小罗陀言说：瞧罢牛圈我才来。

【释译】

本诗描述的是遇见黑天后，罗陀回家的场景。内容大致如下：

在路上偶遇黑天之后，罗陀与自己的女伴一起回家去了。她一边走一边对同行的女伴道："黑子他就是臭美，谁要去他家，我才懒得理他呢！哎，我们来到叶木拿河边的时候就已经很晚，妈妈肯定生我的气了。"虽然她嘴里这样说，心却早就被黑天夺去，所以一直

① Gupta 本作 vṛṣabhānu。

② Gupta 本作 apanaiṃ。

③ Varma 本作 rī。

想着黑天，念着黑天，饱受爱情折磨。回到家里，母亲看见她就问："女儿啊，你到哪里去了，又在哪里逗留，迟迟不回来呢？"罗陀掩饰回答道："妈妈，我去查看完牛圈才回来的。"

苏尔达斯在这首诗中着重描写了罗陀初陷爱恋时矛盾的少女情怀，心里明明喜欢黑天，嘴上却不肯承认，明明想继续跟黑天一起玩耍嬉戏，心里却又担心母亲责骂生气。苏尔达斯以全知者的视角点出"口言话语心爱苦，黑儿已将心儿夺"，奠定了全诗的基调。

【原文】

नंद गए खरिकहिं[1] हरि लीन्हे।
देखी तहाँ राधिका ठाढ़ी, बोलि लिए तिहिं चीन्हे।
महर कहयौ खेलौ तुम दोऊ, दूरि कहूँ जिनि जैहौ।
गनती करत ग्वाल गैयनि की, मोहिं नियरैए तुम रैहौ।
सुनि बेटी बृषभानु महर की, कान्हहिं लेइ खिलाइ।
सूर स्याम कौं देखे रहिहौ, मारै जनि कोउ गाइ।।
（5/1298）

【对译】

难陀携诃利去牛圈
瞧见彼处罗陀立，认出将她来呼唤。
族主言说你们俩，且去游戏莫走远，
牧人点算母牛数，你们且留我身旁。
牛光族主女且听，且使黑黑快乐嬉，
苏尔言，
且请一直看黑子，勿使去打任一牛。

① Gupta 本作 kharikahi。

【释译】

本诗描述的是难陀让黑天和罗陀在牛圈附近共同嬉戏的场景。内容大致如下：

难陀带着黑天去牛圈，刚好看见罗陀正站在那里。认出她之后，难陀把她叫到身边，对她和黑天道："你们两人去玩耍吧，但是别走远了。牧人现在正在点算母牛的数目，你们还是留在我身边吧。牛光的女儿罗陀啊，你可要让我们家小黑儿玩得高兴啊。你要一直看着黑子，别让他一个人跑了，别让他去打母牛啊！"

本诗最后一句"且请一直看黑子，勿使去打任一牛"是难陀解释自己要求两人在牛圈附近玩耍，以及希望罗陀一直陪伴黑天的原因，即表现出难陀对儿子的疼爱，又表现出小黑天调皮顽劣的本性。

【原文】

नन्द बबा की बात सुनौ हरि।
मोहिं छाँड़ि जौ कहूँ जाहुगे, ल्याऊँगी तुमकौं धरि।
भली भई तुम्हैं सौंपि गए मोहिं, जान न दैहौं तुमकौं।
बाँह तुम्हारी नैंकु न छाँड़ौं, महर खीझिहैं हमकौं।
मेरी बाँह छाँड़ि दैं राधा, करत उपरफट बातैं①।
सूर स्याम नागर, नागरि सौं, करत प्रेम की घातैं॥
（6/1299）

【对译】

诃利且听难陀爸爸言
若你弃我去别处，必将抓住带回来。

① Sabha 本作 bāṁtaiṁ。

幸好托付你于我，不会允许你离去。

丝毫不放你手臂，族主将对我生气。

在说多余无益话，罗陀且放我手臂！

苏尔言，

慧男黑子对慧女，施展爱情之诡计。

【释译】

本诗承接上一首诗，描述的是罗陀与黑天玩耍，不让他到别处去的场景。内容大致如下：

罗陀劝黑天道：“黑子啊，你就听听难陀爸爸的话，我们就在这儿玩耍吧。如果你要想丢下我去往别的地方的话，我一定会把你抓回来。你这么顽皮，幸好难陀爸爸将你托付给我，我是绝对不会允许你离开的。我就要紧紧抓着你的手臂不放开，要是你走了的话，难陀爸爸会对我生气的。”听完罗陀的话，黑天回答道：“罗陀啊，你就松开我的手臂吧，我不会走的，你现在说的都是废话，你干吗非要说这种无意义的话呢。”

“慧男黑子对慧女，施展爱情之诡计。”是苏尔达斯的诗外音，借此点出天性活泼顽皮的黑天想离开走远，但又拗不过罗陀，于是假意嗔怒，想让罗陀上当，放开自己的赖皮形象。这也是对少男少女甜蜜爱情中的小摩擦的生动描画。

【原文】

खेलन कैँ मिस कुँवरि राधिका, नंद-महरि कैँ आई (हो)।

सकुच सहित मधुरे करि बोली, घर हौ कुँवर कन्हाई (हो)।

सुनत स्याम कोकिल सम बानी, निकसे अति अतुराई (हो)।

माता सौँ कछु करत कलह हे, रिस डारी बिसराई (हो)।

मैया री तू इनकौं चीन्हति, बारंबार बताई (हो)।

जमुना-तीर काल्हि मैं भूल्यौ, बाँह पकरि लै आई (हो)।

आवति इहाँ तोहिं सकुचति है, मैं दै सौंह बुलाई (हो)।

सूर स्याम ऐसे गुन-आगर, नागरि बहुत रिझाई (हो)।।

（7/1318）

【对译】

少女罗陀借口玩

少女罗陀借口玩，来到难陀夫人处。

语带羞涩甜美言：少年黑儿在家中？

声如杜鹃黑子闻，匆忙出来极慌乱。

些许争执与母亲，生气怒怨即刻忘。

一遍一遍反复言：母亲你应认识她，

叶木拿畔昨迷路，抓住手臂带我回，

来此因你而害羞，我让发誓呼唤来。

苏尔言，

黑子此般美德藏，使得慧女甚欢喜。

【释译】

本诗描述的是罗陀借口玩耍来到黑天家，黑天告诉母亲缘由的场景。内容大致如下：

小罗陀以玩耍为借口来到黑天家里。她带着羞怯甜甜地向耶雪达问道："夫人啊，小黑儿他现在在家里吗？" 坐在家里的黑天听见罗陀像杜鹃鸟一样美妙悦耳的声音，慌忙出来。当时，黑天与母亲之间发生了一些争执，然而看见罗陀后，他立刻就把心中的不悦都忘记了。黑天对母亲道："妈妈啊，您应该认识她吧。" 为了解释，他一遍又一遍地说道："我昨天在叶木拿河边迷了路，是她抓着我的手臂把我带回家的。人家一个女孩儿来到我们家，多少都会有些不好意思。看到你，她就更加害羞了。妈妈，是我让她发誓说要来的，不是她自己要来的。”

本诗中，苏尔达斯描述了黑天善解人意的一面。罗陀思念黑天，来到他家，作为一个情窦初开的少女，见到耶雪达，自然会感到羞涩。这时，黑天主动向耶雪达解释，说是自己非要让她来的，害怕妈妈觉得罗陀是一个随便的女孩儿。如此，罗陀对善解人意的黑天的爱恋也自然会更加投入和热烈。所以，在本诗末尾，苏尔达斯以诗外音的方式道出“黑子此般美德藏，使得慧女甚欢喜”，既赞颂了黑天的美德，又点出了黑天是具有如此美德的翩翩少年，罗陀怎能不为之着迷。

【原文】

नाम कहा तेरौ री प्यारी।

बेटी कौन महर की है तू, को तेरी महतारी।

धन्य कोख जिहिं तोकौ राख्यौ, धनि घरि जिहिं अवतारी।

धन्य पिता माता तेरे, छबि निरखति हरि-महतारी।

मैं बेटी बृषभानु[1] महर की, मैया तुमकौं जानतिं।

जमुना-तट बहु बार मिलन भया, तुम नाहिंन पहिचानतिं।

ऐसी कहि, वाकौं मैं जानति, वह तो बड़ी छिनारि।

महर बड़ौ लंगर सब दिन कौ, हँसति देति मुख गारि।

राधा बोलि उठी, बाबा कछु, तुमसौ ढीठौ कीन्हौ।

ऐसे समरथ कब मैं देखे, हँसि प्यारिहिं उर लीन्हौ।

महरि कुँवरि सौं यह कहि भाषति, आउ करौ तेरी चोटी।

① Sabha 本作 vṛṣabhānu。

सूरदास हरषित नँदरानी, कहति महरि हम जोटी॥

（8/1321）

【对译】

你名为何亲爱女

你为哪位族主女，谁人又为你母亲？

承载你之子宫幸，你降生之家庭幸，

你之父亲母亲幸，诃利母亲细看美。

我乃牛光族主女，母亲知晓认识你，

叶木拿畔多次遇，你不熟悉与相识？

如此说来我知她，她嘛乃为大淫女，

族主整日很无礼，含笑口中骂脏话。

罗陀突然言说道：爸爸些许冒犯你？

笑将爱女揽入怀：何时我见此能耐？

夫人说此对少女：来吧为你编发辫。

苏尔言，

难陀之妻欢悦语：夫人与我是同伴。

【释译】

本诗描述的是罗陀在黑天家与耶雪达的对话。内容大致如下：

耶雪达盯着美丽的罗陀，向她问道："可爱的女孩儿啊，你叫什么名字，是哪位族长的女儿，你的母亲又是谁呢？你是如此可爱，孕育你的子宫真是幸运，你诞生的家庭很幸运，生下你的父亲母亲也都幸运无比啊！"罗陀回答道："夫人，我是牛光的女儿，我母亲她认识您呢。她曾经多次在叶木拿河畔与您相遇，难道您不认识她吗？"

耶雪达闻此，开玩笑地说道："听你这么一说，我倒是想起来，我确实认识她。她嘛，作风不好，牛光也是整日无礼放肆的。"罗陀听耶雪达这么说自己的父亲，心里又急又怒，于是赶忙问道："我的爸爸是否对您有些许无礼？"耶雪达听到罗陀纯洁的话语心里十分欢喜，于是将她搂入怀中，对她说道："乖，我跟你妈妈是好朋友呢。至于你爸爸，我从来也没见过他有那本事。来，到我这来吧，我来给你编辫子。"

本诗中，苏尔达斯通过描述耶雪达与罗陀的对话，包括耶雪达对罗陀父母的戏言、罗陀焦急的询问进而到耶雪达对罗陀的安慰，即表现出耶雪达对罗陀的喜欢和疼爱，衬托出罗陀的单纯、可人和美丽，也从侧面反映出两家关系已经亲密友好到可以互相调侃、随意笑骂的程度。本诗最后一句"难陀之妻欢悦语：夫人与我是同伴"是对这种亲密关系的说明和解释。

【原文】

जसुमति राधा कुँवरि सँवारति।
बड़े बार सीमंत सीस के, प्रेम सहित निरुवारति।
माँग पारि बेनी जु सँवारति, गूँथी सुन्दर भाँति।
गोरैं भाल बिंदु बंदन, मनु इन्दु प्रात-रबि[1] काँति।
सारी चीरि नई फरिया लै, अपने हाथ बनाइ।
अंचन सौं मुख पौंछि अंग सब, आपुहि लै पहिराइ।
तिल, चाँवरी, बतासे, मेवा, दियौ कुँवरि की गोद।
सूर स्याम-राधा तनु चितवत, जसुमति मन-मन मोद॥
（9/1322）

---

① Varma 本作 ravi。

【对译】

耶雪达为少女罗陀梳妆

头上分路之长发，怀带爱意梳解开，

分开发线梳发辫，编成漂亮美样式。

白皙额头朱砂痣，美似朝阳与明月。

裁剪纱丽为新裙，自己亲手来缝制，

裙裾拭面与周身，亲自拿来给穿上。

芝麻干果糖[①]与米，给予少女怀抱中。

苏尔言，

看着黑子与罗陀，耶雪达心暗自喜。

【释译】

本诗描述的是耶雪达为罗陀梳妆打扮的场景。内容大致如下：

耶雪达为少女罗陀梳妆打扮。罗陀的头发分着发路，又黑又长，编着辫子。耶雪达把原本的辫子解开，沿着头发的分路，满怀爱意地把它梳理开，然后细心地将头发的发线分开，高兴地为她编辫子。罗陀白皙的额头上点着红色的朱砂吉祥痣，像月亮与朝阳加在一起那般美丽。耶雪达裁剪纱丽，亲自为她缝制了一件新裙，然后用自己的裙边将罗陀的脸和全身各处擦拭干净，接着又亲手为她将新裙子穿上。此后，耶雪达又将芝麻、大米、糖和干果放入罗陀的怀中。看着自己的儿子和罗陀，耶雪达心中暗自欢喜。

本诗承接上一首诗，仍旧表现了耶雪达对罗陀的喜欢和疼爱。

① 糖，原文为 batāse，为印度的一种甜点，类似中国的糖果。制作中需先把白糖制成糖浆，然后向其中注入空气，使其形成中空状态。

【原文】

बूझति जननि कहाँ हुती प्यारी।

किन तेरे भाल तिलक रचि कीनौ, किहिं कच गूँदि माँग सिर पारी।

खेलति① रही नंद कैं आँगन, जसुमति कही कुँवरि ह्याँ आ री।

मैरे नाउँ बूझि बाबा कौ, तेरौ बूझि दई हँसि गारी।

तिल, चाँवरी गोद करि दीनी, फरिया दई फारि नव सारी।

मो-तन चितै②, चितै ढोटा-तन, कछु सबिता③ सौं गोद पसारी।

यह④ सुनि कै बृषभानु⑤ मुदित चित, हँसि-हँसि बूझत बात दुलारी।

सूर सुनत रस-सिन्धु बढ्यौ अति, दम्पति एकै बात बिचारी।।

（10/1326）

【对译】

母问爱女何所在

谁在你额点上痣，谁分发路编头发？

少女难陀院中戏，耶雪达言且来此。

我与父亲及你名，询问含笑骂脏话。

芝麻大米予怀中，裁新纱丽给予裙。

看看我又看看儿，敞怀些许朝太阳。⑥

闻此牛光心欢喜，微笑问话向爱女。

苏尔言，

情味海洋高涨极，夫妻听闻想一事。

① Varma 本作 khelat。

② Varma 本作 citai。

③ Varma 本作 savitā。

④ Varma 本作 yā。

⑤ Gupta 本作 vṛṣabhānu。

⑥ 敞怀些许朝太阳，原文为 kachu sabitā saum̐ god pasārī，此处 sabitā saum̐ god pasārī 的意思是朝向太阳敞开怀抱，即向太阳礼敬祈祷的意思。

【释译】

本诗描述的是罗陀回家，父母向她问话的场景。内容大致如下：

罗陀回到自己家中，母亲看见她，连忙问："亲爱的女儿啊，这么晚你到哪儿去了，谁在你的额上点了吉祥痣，谁分开了你头上的发路又给你编了辫子？"罗陀回答道："我在难陀家的院子里玩耍。耶雪达夫人看见我，然后说，小女孩儿啊，到我这儿来吧。她问了我和父亲的名字，接着又问了你的名字，然后笑着骂你们哩。她对我可好了，她将芝麻和大米塞进我的怀中，又把自己的新纱丽裁剪开缝制成新的裙子为我穿上。她看看我，又看看自己的儿子，然后伸展双臂打开怀抱向太阳祈祷。"听到这些，牛光心里非常高兴，于是笑着就此向罗陀细细询问。

在这首诗中，苏尔达斯通过描写牛光夫妻的情绪变化表现了两家关系的亲密以及他们对难陀一家的喜爱。罗陀迟迟归家，而且穿着新裙子，梳着美丽的发辫，母亲先是着急，然得知女儿受到耶雪达的喜爱之后，夫妻俩心中十分欢喜，想着自己的女儿能得到耶雪达如此疼爱真是太好了，这正如结尾处苏尔达斯以诗外音的方式道出："情味海洋高涨极，夫妻听闻想一事。"并且，夫妻从女儿口中得知耶雪达笑骂自己之后，并不恼怒，这也正是两家关系亲密的表现，与前面第 1321 首诗形成呼应。

गारुड़ी कृष्ण

祛蛇毒者黑天

【原文】

सखियनि मिलि राधा घर लाईं

देखहु महरि सुता अपनी कौं, कहुँ इहिं कारैं खाई।

हम आगैं आवति, यह पाछैं, धरनि परी भहराई।

सिर तैं गई दोहनी ढरिकै, आपु रही मरझाई।

स्याम-भुअंग डस्यौ हम देखत, ल्यावहु गुनी बुलाई।

रोवति जननि कंठ लपटानी, सूर स्याम गुन राई॥

(11/1361)

【对译】

女伴送罗陀回家

夫人且瞧自己女，某处她遭黑蛇咬。

我等在前她在后，来时跌倒在地上。

奶罐自头滑落下，自己昏迷无知觉。

我等看来黑蛇咬，且请召唤德者①来。

苏尔言，

母亲紧抱泪涕下：黑子乃为德之王。

【释译】

本诗描述的是女伴将昏迷的罗陀送回家的场景。内容大致如下：

女伴们一起将罗陀送回家中，看见耀光夫人，她们说道："夫人啊，你快看看自己的女儿吧，她不知道在哪里被黑蛇咬伤了。一起回家的时候，我们走在前面，她走在后面。走着走着，她就跌倒在地上了。牛奶罐从她的头上滑落下来，她自己也知觉全无，昏迷不

① 德者，原文为 gunī，字面义为有德之人，此处特指具有施咒祛除蛇毒之德的能人，即黑天。

醒。依我们看，她是被黑蛇咬伤了，夫人您快把能祛除蛇毒的能人请来吧。”耀光一边抱着罗陀一边哭泣着说：“黑子他就是能祛除蛇毒的翘楚啊！”

本诗中，罗陀思念黑天成疾，为见黑天要起小诡计。女伴们配合着她，谎称她被黑蛇咬伤，实际上，女伴口中的“黑蛇”一语双关，对耀光夫人而言是指黑色的蛇，实际上也将黑天比喻为蛇，蛇毒正是罗陀对黑天的思念。本诗最后一句“黑子乃为绳之王”，是耀光的话，说明黑天无所不能，是解蛇毒者中的翘楚，也是苏尔达斯对黑天美德的赞颂，只有黑天才能缓解罗陀的思念之苦。

【原文】

नंद-सुवन गारुड़ी बुलावहु।

कह्यौ हमारौ सुनत न कोऊ, तुरत जाहु, लै आवहु।

ऐसौ गुनी नहीँ त्रिभुवन कहुँ, हम जानतिँ हैँ नीकै।

आइ जाइ तौ तुरत जियावहिँ, नैकु छुवत उठै जी कै।

देखौ धौँ यह बात हमारी, एकहि मंत्र जिवावै।

नंद महर कौ सुत सूरज जौ， कैसेहुँ ह्याँ लौ आवै॥

（12/1364）

【对译】

且唤祛蛇毒者难陀子

我等所言无人听，且请即刻去带来。

如此德者三界无，我等甚为明知晓。

若来即刻能救活，稍触即活可起身。

务必重视我此言：一句咒语便救活。

苏尔吉言，

难陀族主之儿郎，无论如何带至此。

【释译】

本诗描述的是女伴劝耀光夫人赶紧请黑天来治罗陀的蛇毒的场景。内容大致如下：

女伴们对耀光夫人道：“难陀的儿子黑子能够祛除蛇毒，您快去请他来吧。哎，我们说了半天也没人听，赶紧去把他请来吧。我跟您说啊，这样的解毒好手，除他之外，三界之中没有别人了，我们对此非常了解。如果他来的话，立刻就能把人救活，只要他稍微碰触一下，罗陀就能活过来，站起来。夫人啊，您务必要听我们的话，黑子他只需一句咒语就能将人救活。因此，无论如何，您都要把难陀族主的儿子请来啊。”

本诗依旧是女伴们配合罗陀在耀光夫人面前演的一场好戏。为了让罗陀能够尽早见到黑天，她们再三强调黑天如何擅长解毒，话外音却是：只有黑天才能解除罗陀的思念之苦。本诗从另一个侧面描画了罗陀对黑天的思念和爱恋之深。

【原文】

महरी, गारुड़ी कुँवर कन्हाई।
एक बिटिनियाँ कारैँ खाई, ताकौ स्याम तुरतहीँ ज्याई।
बोलि लेहु अपने ढोटा कौँ, तुम कहि कै देउ नैँकु पठाई।
कुँवरि राधिका प्रात खरिक गई, तहाँ कहूँ धौँ कारैँ खाई।
यह सुनि महरी मनहिँ मुसुक्यानी, अबहिँ रही मेरैँ गृह आई।
सूर स्याम राधहिँ कछु कारन, जसुमति समुझि रही अरगाई॥
（13/1372）

【对译】

夫人啊，少年黑儿乃祛蛇毒者

一女遭受黑蛇咬，黑子即刻救活她。

你且呼唤自儿郎，稍许言说予派遣。

少女罗陀晨赴圈，彼处某地黑蛇咬。

夫人闻此暗自笑，刚刚还来我家中。

苏尔言，

黑子罗陀些许因，耶雪达知却不语。

【释译】

本诗描述的是耀光夫人请耶雪达让黑天来为罗陀治疗蛇毒的场景。内容大致如下：

耀光对耶雪达道：“夫人啊，您的儿子黑儿是治疗蛇毒的能手，你就让他来给我的女儿治治蛇毒吧。我听说以前一个女孩儿遭到黑蛇噬咬，黑子很快就把她救活了。您就把自己的儿子叫来，跟他说说，派他到我家去吧。我们家的小罗陀清早去牛圈，在那儿被黑蛇咬了。”听到这些，耶雪达在心中暗笑，她想，小罗陀刚才不是还到我家来玩了吗，怎么就被蛇咬了呢？这肯定是小黑子和罗陀之间商量好的吧。

本诗中，不明缘由的耀光夫人以为罗陀真的被黑蛇噬咬，忧心忡忡，情急之下也来不及分辨事情真假，于是听从女伴的话，心急火燎地来到耶雪达家；而耶雪达一听事情的经过便洞悉了罗陀的小聪明，但是出于对罗陀的喜爱，罗陀和黑天的爱恋也是她喜闻乐见的，所以她并没有戳穿这对小情侣的小诡计，正如在本诗末尾所描述的“黑子罗陀些许因，耶雪达知却不语”。

【原文】

तब हरि कौं टेरति नंदरानी।
भली भई सुत भयौ गारुड़ी, आज सुनी यह बानी।
जननी-टेर सुनत हरि आए, कहा कहति री मैया?
कीरति महरि बुलावन आई, जाहु न कुँवर कन्हैया।
कहूँ राधिका कारैं खाई, जाहु न आवौ झारि।
जंत्र-मंत्र कछु जानत हौ तुम, सूर स्याम बनवारि।।
（14/1373）

【对译】

彼时难陀妻唤诃利
儿成祛除蛇毒者，好啊此言今方闻。
闻母呼唤诃利至：妈妈在说什么呢？
耀光夫人前来唤，少年黑儿且前往，
罗陀某处黑蛇咬，且去作法再回来。
苏尔言，
黑子饰野花环者，些许法术你知晓。

【释译】

本诗描述的是耶雪达叫来黑天，让他去为罗陀祛毒的场景。内容大致如下：

难陀的妻子耶雪达即刻呼唤黑天，她跟耀光道：“这真是好，我儿子成为能施咒祛除蛇毒的人了，他竟有这本事，我到今天才知道呢。”听到母亲的呼唤，黑天来到耶雪达跟前，对她道：“妈妈，你说什么呢？”耶雪达回答道：“小黑儿啊，听说你会施法念咒，罗陀她被黑蛇咬了，耀光夫人来请你去为罗陀祛除蛇毒，你赶紧去吧，去念咒施法祛除她的蛇毒吧！”

本诗承接上一首诗，耶雪达听闻耀光的讲述，决定成全这对小情侣，于是应耀光所求，将黑天唤来，名义上是让他去为罗陀祛除蛇毒，实际上是让他赶紧去解除罗陀的相思之苦。从本诗第一句起，耶雪达话外隐含的意思就很明确：我家的小黑儿哪懂什么法术啊，不过是些小伎俩而已，耀光你被他们骗了。本诗末尾，苏尔达斯又以诗外音的方式代耶雪达说出“些许法术你知晓”，这里法术指的是黑天的小聪明和小诡计。

【原文】

हरि गारुड़ी तहाँ तब आए।

यह बानी बृषभानु सुता सुनि, मन-मन हरष बढ़ाए।

धन्य-धन्य आपुन कौं कीन्हौ, अतिहिं गई मुरझाई।

तनु① पुलकित रोमांच प्रगट भए, आनँद-अस्रु② बहाई।

बिह्वल देखि जननि भई ब्याकुल, अँग विष गयौ समाइ।

सूर स्याम-प्यारी दोउ जानत, अन्तरगत कौ भाइ।।

（15/1376）

【对译】

彼时祛蛇毒者诃利至彼处

听闻此言牛光女，心中暗自增欢喜。

极度虚弱又憔悴，而当自己大幸运。

身体激动毫毛现，喜乐眼泪簌簌流。

母亲一见极不安，以为毒素遍全身。

苏尔言，

黑子以及小情女，个中情状二人知。

① Varma 本作 tan。

② Varma 本作 aśru。

【释译】

本诗描述的是，得知黑天来到家中，罗陀欢喜的场景。内容大致如下：

那时候，能够祛除蛇毒的黑天来到罗陀的家中。听闻这个消息，小罗陀心里乐开了花。尽管神色憔悴、精神不济，但是她却认为自己非常幸运。她激动万分，全身汗毛竖立，眼睛也淌下幸福的眼泪。母亲看到她的模样，误以为蛇毒已经遍布了她的周身，因此感到十分焦急、慌张。

本诗中，罗陀的小诡计在女伴和耶雪达的帮助下终于得逞。黑天来到罗陀家，罗陀的相思之苦总算得以消除，于是她兴奋激动，显出各种喜态。只有她的母亲耀光夫人仍旧被蒙在鼓里，白白着急。苏尔达斯在本诗末尾也以诗外音的方式向大家表明这一切，即“黑子以及小情女，个中情状二人知”。

【原文】

रोवति महरि फिरति बिततानी।
बार-बार लै कंठ लगावति, अतिहिं सिथिल भई पानी①।
नन्द सुवन कैं पाइ परी लै, दौरि महरी तब आई।
ब्याकुल भई लाड़ीली मेरी, मोहन देहु जिवाइ।
कछु पढ़ि-पढ़िकर, अंग परस करि, विष② अपनौ लियौ झारि।
सूरदास-प्रभु बड़े गारुड़ी, सिर पर गाड़ू डारि।।
（16/1377）

① Gupta 本作 bānī。
② Sabha 本作 biṣ。

【对译】

夫人不安徘徊泣

一次一次来拥抱，极度瘫软似成水，[1]

夫人随即又奔来，匍匐难陀子脚边：

惊慌焦躁我爱女，莫亨且请予救命。

念诵些许触碰身，亲自施法祛除毒。

苏尔达斯言，

伟大祛除蛇毒者，胜尊施咒头顶上。

【释译】

本诗描述的是罗陀的母亲哭泣着请求黑天施咒救活女儿的场景。内容大致如下：

罗陀的母亲耀光夫人哭泣着，惶惶不安地在黑天和女儿之间徘徊。她一回回地抱起罗陀像流水一样瘫软无力的身体，又一回回地跑过去跪倒在黑天脚边，向他请求道：“我心爱的女儿因为蛇毒惊慌失措、焦躁不安，黑天啊，请你救救她吧。”于是，黑天应她所求，口中振振有词地念诵起咒语，又碰了碰罗陀的身体，就这样将她体内的蛇毒祛除了。

本诗承接上一首诗，耀光夫人着急紧张地请求黑天为罗陀祛除蛇毒。这里，黑天装成懂祛蛇毒法术和咒语的人，装模作样地为罗陀祛毒。这原本就是两个小情侣之间的小诡计，自然黑天一到，罗陀的“蛇毒”就祛除了。于是，苏尔达斯在本诗的结尾以诗外音的方式道出：“伟大祛除蛇毒者，胜尊施咒头顶上。”此处胜尊指黑天，这句话既是对黑天施咒的描摹，也是苏尔达斯对黑天的歌颂，只有像黑天这样伟大的尊者，才能予人祝福和欢乐。

① 此处指罗陀的身体瘫软无力，像水一样。

【原文】

लोचन दए कुँवरि उघारि।
कुँवर देख्यौ नन्द कौ, तब सकुची अंग सम्हारि।
बात बूझति जननि सौँ री, कहा है यह आज।
मरत तैँ तू बची प्यारी, करति है कह लाज।
तब कहति तोहिँ कारै खाई, कछु न रहि सुधि गात।
सूर प्रभु तोहिँ ज्याइ लीन्ही, कही कुँवरि सौँ मात॥
（17/1378）

【对译】

少女睁开双眼

彼时瞧见难陀子，羞涩腼腆支起身。
询问事情向母亲：今天这是怎么了？
死里逃生爱女你，为何还要觉害羞？
遂说你遭黑蛇咬，身体些许意识无。
苏尔言，
母亲言说向少女：胜尊将你来救活。

【释译】

本诗描述的是罗陀苏醒后看见黑天的场景。内容大致如下：

少女罗陀睁开双眼，看见了难陀家的少年黑天，顿时觉得很不好意思。于是，她急忙羞涩地支撑起身体，向母亲询问道：“妈妈，今天这是怎么了？怎么黑儿他在我们家呢？”母亲回答道：“爱女啊，你今天遭到黑蛇噬咬，身体失去了意识，昏迷不醒，险些丧命。是黑儿他救活了你，看见他，你还有什么不好意思的呢？”

本诗承接上一首诗，黑天假装念咒施法后，罗陀跟着假装苏醒过来，还装成什么都不知道的样子。一对小情侣为求相见，耍机灵瞒骗长辈的调皮模样就这样活灵活现地出现在苏尔达斯的诗中。最后，苏尔达斯借耀光夫人的口点出本诗的主旨，“胜尊将你来救活”，只有黑天才能解除罗陀心中的相思之苦。

【原文】

बड़ौ मंत्र कियौ कुँवर कन्हाई।

बार-बार लै कंठ लगायौ, मुख चूम्यौ दियौ घरहिं पठाई।

धन्य कोषि[①] वह महरि जसोमति, जहाँ अवतर्यौ यह सुत आई।

ऐसौ चरित तुरतहीं कीन्हौं, कुँवरि हमारी मरी जिवाई।

मनहीं मन अनुमान कियौ यह, बिधिना जोरी भली बनाई।

सूरदास प्रभु बड़े गारुड़ी, ब्रज घर-घर यह घैरु चलाई।।

（18/1379）

【对译】

少年黑儿施大咒

一次一次来拥抱，亲吻面颊遣归家。

那位夫人耶雪达，诞下此儿子宫幸。

即刻做出此功行，救活我之濒死女。

她在心中暗揣度：缔造佳配造物主[②]。

苏尔达斯言，

户户议此伯勒杰：胜尊伟大祛毒者。

【释译】

本诗承接上一首诗，描述的是耀光夫人对黑天救活罗陀的感谢。内容大致如下：

---

① Gupta 本作 kokhi。

② 造物主，原文为 vidhinā，该词源自梵语词 vidhi，字面义为创造、创造者，为梵天的一个名号。

看到女儿苏醒，耀光夫人心里欢喜无比。她感叹道：“小黑儿所施的咒语真是伟大呀！”她一次一次拥抱黑天，亲吻他的面颊，然后才让他回家。她暗想：耶雪达夫人的子宫真是幸运无比，能生下如此厉害能干的儿子；他一来就做出这样的功行，将我濒临死亡的女儿救活了。继而，她又在心里估摸着：黑儿和罗陀这一对大概是大梵天所缔造的吧。

描摹完耀光夫人的喜悦之后，苏尔达斯在本诗结尾处忽然笔锋一转，写道：“户户议此伯勒杰：胜尊伟大祛毒者。”实际上，所有伯勒杰的人们都已知晓黑天和罗陀诡计背后的真相，所以他们才戏谑地议论道：黑天真是伟大的祛毒者啊！到这时，只有爱女心切的耀光仍被蒙在鼓里，被耍得团团转。

सम्बन्ध रहस्य
关系秘密

【原文】

राधा बसन स्याम तनु चीन्ही।

सारंग बदन, बिलास बिलोचन, हरि सारंग जानि रति कीन्ही।

सारंग बचन, कहत सारंग सौं, सारंग रिपु दै राखति झीनी।

सारंग-पानि गहत रिपु-सारंग, सारंग कहा कहति लियौ छीनी।

सुधा पान करिकै नीकी बिधि[①], रह्यौ सेस फिरि मुद्रा दीन्ही।

सूर सुदेस आहि रति-नागर, भुज आकर्षि बाम कर लीन्ही॥

（19/2298）

① Sabha 本作 bighi。

【对译】

黑子身衣罗陀晓[①]

知晓诃利为欲天，莲颜大眼行情乐。

杜鹃语[②]向彩者[③]言：且请给予薄灯敌[④]。

手持彩弓抓灯敌，彩者言说何可夺？

酣畅淋漓饮甘露，留有剩余复予印。

苏尔言，

风流慧男俊俏美，将女拉入臂弯中。

【释义】

本诗描述的是黑天与罗陀在林中嬉戏的场景。内容大致如下：

罗陀这个貌若莲花，长着灵巧大眼睛的女孩将黑天视为欲天，与他一起享受情爱的欢愉。当黑天把她纱丽的裙裾抢去披在身上时，她就对黑天道："黑子啊，你就把我那薄薄的裙裾还给我吧！"黑天手抓着罗陀的裙裾，对她说道："你说什么呢，你有什么可以让我抢夺的？"说完，他将罗陀拉入自己的臂弯中，热烈亲吻她。之后，他仍觉意犹未尽，又忍不住在她的嘴唇上留下亲吻的印记。

在这首诗中，苏尔达斯将少男在林中为与少女调情，故意抢走她的裙裾还赖皮不肯归还，继而两人又热烈亲吻的场景描述得栩栩如生，引人入胜。与此同时，黑天的无理问话又引发了下文罗陀的

---

① 本诗巧妙运用了 sāraṅg 一词的多种含义，在不同语境下指代不同事物。该词本意为"具有色彩的、五彩缤纷的"，可引申为一切色彩斑斓、光彩亮丽的事物，包括天体、云、水、珍珠、灯、莲花、杜鹃、孔雀、鹿、马、大象等，还可以指代欲天和毗湿奴大神的华彩神弓，也为黑天的名号之一。

② 杜鹃语，原文为 sāraṅg bacan，其中 sāraṅg 取意杜鹃，字面义为声音似杜鹃鸟般甜美，此处指代罗陀。

③ 彩者，原文为 sāraṅg，此处指代黑天，为黑天的名号之一。

④ 灯敌，原文为 sāraṅg ripu，其中 sāraṅg 取意灯，由于布可以掩盖灯的光亮，因此也被称为灯的敌人，由此又可引申为纱丽的裙裾，此处恰取此意，指代罗陀被黑天抢去的裙裾。

一肚子委屈和表白，推动了整个故事情节的发展。

【原文】

तुम सौं कहा कहौं सुन्दर घन।
या ब्रज मैं उपहास चलत है, सुनि सुनि स्रवन रहति मनहीं मन।
जा दिन सबनि पछारि, नोइ करि, मोहि[1] दुहि दई धेनु बंसीबन।
तुम गही बाँह सुभाइ आपनैं, हौं चितई हँसि नैंकु बदन-तन।
ता दिन तैं घर मारग जित तित, करत चवाव सकल गोपीजन।
सूर-स्याम अब साँच पारिहौं, यह पतिब्रत तुम सौं नँद-नंदन॥
（20/2299）

【对译】

美云啊[2]，何可对你说
嘲笑传此伯勒杰，暗自遍遍耳听闻。
那日竹林甩开众，绑腿挤奶为我牛，
自己本能你抓臂，我瞧容颜笑微微。
所有牧女自彼日，家路各处作非议。
苏尔言，
对你黑子难陀子，此真忠贞现遵守。

【释译】

本诗描述的是罗陀对黑天表明自己要忠实于他的场景。内容大致如下：

罗陀对黑天道：“如新云一般美丽的黑子啊，我还能对你说什么呢？现在伯勒杰到处流传着讥笑我的话，我一遍遍地听着却只能自

① Varma 本作 mohiṁ。
② 美云啊，原文为 sundar ghan，字面义为美丽的云，因黑天青黑色的身体常被比喻为美丽的新云，此处为用美云代指黑天，为黑天的名号之一。

已暗自忍耐。那天，你在竹林中甩掉了所有人，独独跑来将我的母牛的后腿绑住，并为它挤奶。然后，你很自然地抓住了我的手臂。我看着你，忍不住笑了。自那天起，无论在家里，还是在路上，所有牧女都在议论这事儿。黑子啊，现在我只能真地对你遵守这种妻子对丈夫的忠贞了。”

本诗中，苏尔达斯将情窦初开的少女面对情郎羞涩矛盾的心理刻画得淋漓尽致。小罗陀明明深爱着黑天，想向对方表达，却因为害羞而不好意思直说。恰逢上文中黑天的无理问话，于是她就接过话茬，先抱怨说是黑天让她遭受他人非议，最后才以无奈的语气对黑天说出“对你黑子难陀子，此真忠贞现遵守”，遂将自己的真实心意表达出来。

【原文】

स्याम यह तुमसौं क्यौं न कहौं।
जहाँ तहाँ घर घर कौ घैरा, कौनी भाँति सहौं।
पिता कोपि करवाल गहत कर, बंधु बधन कौं धावै।
मातु कहै कन्या कुल कौ दुख, जनि कोऊ जग जावै।
बिनती एक करौं कर जोरे, इनि बीथिनि[①] जनि आवहु।
जौ आवहु तौ मुरली-मधुर-धुनि, मो जनि कान सुनावहु।
मन क्रम बचन कहति हौं साँची, मैं मन तुमहिं लगायौ।
सूरदास-प्रभु अन्तरजामी, क्यौं न करौ मन भायौ॥
（21/2302）

① Varma 本作 bīdhin。

【对译】

黑子啊，为何不对你言此

包围户户与各处，何种方式能忍受？
父亲愤怒手持剑，兄长奔走为诛杀，
母言女为家族苦，谁也不应至世间。
双手合十一请求：且莫来此小巷间，
若来莫使我双耳，听闻甜美妙笛音。
以心业言说实话：我已将心系于你。
苏尔达斯言，
胜尊乃为内控者，为何不使心欢愉？

【释译】

本诗描述的是罗陀向黑天诉苦的场景。内容大致如下：

罗陀对黑天道：“黑子啊，为什么我不能把这个告诉你。现在，流言包围着伯勒杰的家家户户，你叫我如何才能默默忍受？家人都埋怨我。父亲生气地拿起了利剑，兄长要跑去杀你。母亲也说，女儿就是家族的痛苦和灾难，任何女孩都不该出生在人世间。黑子啊，我双手合十向你请求，你就别来这个巷子了，如果你非要来，你千万不要让我听见你那悦耳的笛声。我以心、业及言跟你说实话，我已经深深爱上了你。你为什么不让我高兴呢？”

这首诗仍然描述的是少女爱慕黑天，却羞于表达。虽然顶受着乡亲和父母的压力，心里承受着痛苦，但她心中盼望的却是能与黑天在一起谈恋爱，做游戏。口中虽然说着让黑天别再来她家附近的话，心里却希冀着能够与黑天见面。苏尔达斯在本诗最后一句“胜尊乃为内控者，为何不使心欢愉？”以诗外音的方式直接点出了罗陀的真实心声：黑天你是知道他人内心真意的人，为什么不能满足我的心愿呢？

【原文】

हँसि बोले गिरिधर रस-बानी।

गुरुजन[①] खिझैं कतहिं रिस पावति, काहे कौं पछितानी[②]।

देह धरे कौ धर्म यहै है, स्वजन कुटुँब गृह-प्रानी।

कहन देहु, कहि कहा करैंगे, अपनी सुरत हिरानी? ।

लोक लाज काहे[③] कौं छाँड़ति, ब्रजहीं बसैं भलानी।

सूरदास घट द्वै हैं, मन इक, भेद नहीं कछु जानी।।

（22/2303）

【对译】

托山者笑言情味语

长辈生气为何怒，为何后悔又懊恼？

持身达摩乃为此：近邻亲戚与家人，

且让言说何可为，自己欢愉岂消失？

世俗荣辱为何弃，伯勒杰居会忘却。

苏尔达斯言，

身体为二心为一，些许差别亦不晓。

【释译】

本诗承接上一首诗，描述的是黑天针对罗陀抱怨的回答。内容大致如下：

他笑着对她道：“罗陀啊，长辈们生气就生呗，你干吗也要跟着愤怒和懊恼呢。你要知道，持有身体的人具有这样的达摩：那些亲戚和家人想说什么，就让他们说个够。你想啊，他们说了又怎样呢，

① Varma 本作 gurajan。

② Varma 本作 pachitānī。

③ Varma 作 kāhai。

你的那些美好记忆就会消失吗？为什么要抛弃世俗的荣辱呢？他们说他们的，我们的心意我们知道。我们一起住在伯勒杰，人们过不多久就会把这一切都忘记的，所以你不必在意。我们虽然具有两个身体，可心是一样的，没有任何差别。”

之前几首诗中，罗陀一边抱怨自己承受的来自各方的舆论压力，一边向黑天表达了自己对他割舍不掉的爱慕。自然而然，在本诗中，黑天要对她进行安慰和劝解。然而，他们都生活在伯勒杰，双方家庭又都拥有显赫的地位，所以黑天也不能直接让罗陀抛弃一切跟随自己，于是就想出了这个阳奉阴违的办法，让罗陀对长辈和亲人实行软抵抗。

本诗的最后一句“身体为二心为一，些许差别亦不晓”既是黑天对罗陀的劝慰，向她表明自己也同样爱慕着她，和她是一体的，同时也是苏尔达斯对黑天和信徒关系、对大梵和小我关系的理解和表述。诗人想借此告诉大家，虽然存在外在形式的差别，但大梵和小我、黑天和信徒在本质上是完全一致的。

【原文】

ब्रज बसि काके बोल सहौं।
तुम बिनु स्याम और नहिं जानौं, सकुचि न तुमहिं कहौं।
कुल की कानि कहा लै करिहौं, तुमकौं कहाँ लहौं।
धिक माता, धिक पिता बिमुख तुव, भावै तहाँ बहौं।
कोउ[①] कछु करै[②], कहै कछु कोऊ, हरष न सोक गहौं।
सूर स्याम तुमकौं बिनु देखैं, तनु मन जीव दहौं।।

---

① Sabha 本作 kau’u。
② Sabha 本作 kar，Gupta 本作 kare。

（23/2304）

【对译】

居伯勒杰忍受何人言

除你不识其他人，害羞未告黑子你。

何以维持家族誉，何处才能得到你。

无视厌你之父母，游走彼处随心喜。

某做些许言些许，不持喜悦不持悲。

苏尔言，

如若不见黑子你，身心与命受灼烧。

【释译】

本诗承接上一首诗，描述的是罗陀对黑天表达爱慕之心的场景。内容大致如下：

罗陀对黑天道："黑子啊，我就住在伯勒杰，我干吗要忍受别人的话呢？除你之外，我谁都不认识，因为害羞我才没有告诉你。我要怎么维护家族的荣誉呢，我想的都是去哪儿才能见到你。嫌恶背离你的父亲母亲，我要他们有什么用。我高兴去哪儿就去哪儿，他们管得着么？别人爱说什么说什么，爱做什么做什么，我不会因为他们的所言所行而感到高兴或者悲伤。黑子啊，如果见不到你，我的身体、心灵和生命都备受煎熬啊。"

听到黑天的劝解和阳奉阴违的办法，罗陀依旧觉得为难，因为她强烈地爱恋着黑天，甚至"如若不见黑子你，身心与命受灼烧"。这个时候，她如何还能顾及家族的荣誉、父母的训斥和他人的看法这些原本对女子来说十分重要的事物，又如何能实现黑子所提出的表面不违背世俗礼法，私下心意相通的两全情感呢？

【原文】

ब्रजहिं बसैं आपुहिं बिसरायौ।

प्रकृति पुरुष एकहि करि जानहु, बातनि भेद करायौ।

जल थल जहाँ रहौं तुम बिनु नहिं, बेद उपनिषद गायौ।

द्वै-तन जीव-एक हम दोऊ, सुख-कारन उपजायौ।

ब्रह्म-रूप द्वितिया नहिं कोऊ, तब मन तिया जनायौ।

सूर स्याम-मुख देखि अलप हँसि, आनँद-पुँज बढ़ायौ।।

（24/2305）

【对译】

伯勒杰居忘自我

且视自性①神我②同，言语之间相区别。

无你水陆不停留，吠陀奥义书唱颂。

我俩身二命同一，出生只为福乐故。

大梵形色再无二，由此向女释心意。

苏尔言，

黑子容见微微笑，诸多喜乐又增添。

【释译】

本诗承接上一首诗，描述的是黑天向罗陀表明自己的心意。内容大致如下：

听完罗陀的表白，黑天继续向她解释道："罗陀啊，我住在伯勒杰，因为爱上了你，所以连我自己本来的样子都忘记了。你要知道，自性和神我只在言语上存在差别，它们的本质是一样的，你要将它们看成一个才行。无论水里还是陆上，没有你，我都不会在那里停

---

① 自性，原文为 prakṛti，指一种处于未显状态的原初物质，人生现象或世间万物皆由其转化演变而来，最后还要回归于它。它由喜、忧、暗三德构成。

② 神我，原文为 puruṣ，指一种独立的精神实体，是自性转变时必须结合的"观照者"和"指导者"，本身不能转变。

留，吠陀和奥义书也都这么说。我俩是为了福乐诞生的，虽然我们具有两个身体，但生命是同一的，大梵只具有这一种形式。”听完黑天的话，罗陀看着他的面庞，微微笑起来，感到无比欢喜。

本诗在内容上类似前一首诗即总第2303首诗。这里，黑天告诉罗陀自己原本为至高无上的存在，只因受到她强烈爱情的牵引，才忘记了自己原本为神的样子，诗人实际上想借此告诉世人，大神与信徒在本质上是完全一样的，只要像罗陀一样，通过虔诚和信爱对神敬仰、顶礼和膜拜，就能达到与神合一的无上欢愉境界。

【原文】

तब नागरि मन हरष भई।

नेह पुरातन जानि स्याम कौ, अति आनंद भई।

प्रकृति पुरूष, नारी मैँ वै पति, काहैँ भूलि[1] गई।

को माता, को पिता, बंधु को, यह तो भैँद नई।

जन्म-जन्म, जुग-जुग यह लीला, प्यारी जानि लई।

सूरदास प्रभु की यह महीमा, यातैँ बिबस भई॥

（25/2306）

【对译】

彼时慧女心欢喜

知悉黑子前世爱，极其喜悦和欢乐。

自性神我怎忘却：我为妻子他为夫！

谁为父母和兄弟，此等不过新相识。

生生世世此本事，可爱情女已知晓。

苏尔达斯言，

---

① Sabha本作bhūl。

胜尊此般之伟大，于此受控和依附。

【释译】

本诗承接上一首诗，描述的是罗陀知悉黑天心意后，欣喜欢愉的场景。内容大致如下：

经过黑天的开导，聪慧的罗陀终于明白了黑天和自己之间生生世世的爱恋，于是感到十分欢喜。她想到，我与黑天的关系就像自性和神我一样，我是妻子，他是丈夫，我怎么把这个给忘记了呢？无论谁是父亲，谁是母亲，谁是兄弟，相比于我们的爱恋，这都是新建立的关系，只有我和他之间的这些本事才是生生世世存在的。

这首诗依旧是苏尔达斯借罗陀所想，向世人阐述神与人、大梵与小我之间的关系。本诗最后一句“胜尊此般之伟大，于此受控和依附”是苏尔达斯的诗外音，既是对罗陀依附、爱慕黑天的状态的描述，也是对黑天的歌颂和赞扬，即黑天如此伟大，信徒们都不得不依附和膜拜他。

【原文】

देह धरे कौ कारन सोई।

लोक-लाज कुल-कानि न तजियै①, जातैं भलौ कहै सब कोई।

मातु पिता के डर कौं मानै, मानै सजन कुटुँब सब लोई।

तात मातु मोहूँ कौं भावत, तन धरि कै माया-बस होई।

सुनि बृषभानु②-सुता मेरी बानी, प्रीति पुरातन राखहु गोई।

सूर स्याम नागरिहिं सुनावत, मैं तुम एक नाहिं हैं दोई③॥

（26/1330）

① Varma 本作 dajiyai。

② Sabha 本作 vṛṣabhānu。

③ Sabha 本作 ho’ī。

【对译】

因持身故如那般

不弃家荣世俗誉，众人言称此为善。

承认畏惧父母亲，敬重亲朋众好友。

持身受到摩耶控，我爱父亲与母亲。

且听我言牛光女，且请藏护前世爱。

苏尔言，

黑子解释向慧女：你我同一非为二。

【释译】

本诗描述的是黑天向罗陀解释现状发生的原因和正确的行事方式。内容大致如下：

黑天向罗陀解释道：“罗陀啊，我和你确实是同一不二的。然而，我们现在之所以如此，是因为我们具有人的身体。既然如此，我们就不应该抛弃世间的礼法和家族的荣耀，因为大家都说这才是正确的行为。我们应该敬畏自己的父母，敬重自己的丈夫和亲人。因为我持有人的身体，所以我才陷入摩耶的控制中，才会对父亲和母亲产生喜爱。牛光族主的女儿罗陀啊，你听我说，你要把我们这生生世世的爱隐藏保护起来，以人的身体履行人应尽的达摩吧。”

本诗中，苏尔达斯借黑天之口告诉世人，人生在世，不仅应当全心对神虔诚、顶礼和膜拜，也应当遵守世俗的礼法和维护家族的荣誉。本诗最后一句“黑子解释向慧女：你我同一非为二”是苏尔达斯对人神之间同一不二关系的再次强调，并传递出，只要遵守应尽的达摩，对神虔爱，最终必定可以与神合一的信息。

राधा-सखी संवाद
罗陀与女伴的对话

【原文】

घरहिं जाति मन हरष बढ़ायौ।
दुख डार्यौ, सुख अंग भार भरि, चली लूट सौ पायौ।
भौंह सकोरति चलति मंद गति, नैंकु बदन मुसुकायौ।
तहँ इक सखी① मिली राधा कौं, कहति भयौ मन भायौ।
कुंज-भवन② हरि-संग बिलसि③ रस, मन कौ सुफल करायौ।
सूर सुगंध चुरावनहारौ, कैसैं दुरत दुरायौ॥
（27/2313）

【对译】

归家心中欢喜增
祛苦身满多福乐，行走如同得赃物。
扬起眉梢缓步行，面带微笑一丝丝。
彼处罗陀遇一伴，言说心中欢喜悦：
林中小屋伴诃利，享受情味心圆满？
苏尔言，
芬芳馨香窃取者，怎么可能隐瞒藏？

【释译】

本诗描述的是罗陀欢喜归家，途遇女伴的场景。内容大致如下：

与黑天共度一夜之后，罗陀满心欢喜地朝家走去。她走在路上，悲伤尽祛，诸多福乐遍布全身，就像强盗抢到赃物一样高兴。她扬起眉梢，慢慢走着，脸上露出一丝微笑。途中，她遇到一位女伴。

① Sabha 本作 sakhi sakhi。
② Varma 本作 suvan。
③ Varma 本作 bilas。

女伴看见她抑制不住的喜态，问道："罗陀啊，我看你心里甚为欢喜呢。你在林中小屋与黑天一起享受了情爱的滋味，心里很满足吧？"

此诗中，苏尔达斯着重描摹了罗陀得到黑天后喜不自胜、情难自控的状态，正如诗人在诗末所言"芬芳馨香窃取者，怎么可能隐瞒藏"。

【原文】

मोसौं कहा दुरावति राधा।

कहाँ मिली नँद-नंदन कौं, जिनि पुरई मन की साधा।

ब्याकुल भई फिरति ही[①] अबहीं, काम[②]-बिथा तनु बाधा।

पुलकित रोम रोम गद गद, अब अँग अँग रूप अगाधा।

नहिं पावत जो रस जोगी जन, जप तप करत समाधा।

सुनहु सूर तिहिं रस परिपूरन, दूरि कियौ तनु-दाधा॥

（28/2315）

【对译】

瞒我什么罗陀啊

何处相会难陀子，心中愿望他满足。

方才慌乱四徘徊，身体饱受情欲苦。

而今结巴毫毛立，周身形色深无底。

祷告苦行三摩地，瑜伽者亦不得味，

苏尔言，

且听充满彼情味，消除身体灼烧苦。

① Varma 本作 ho。

② Varma 本作 bāg。

【释译】

本诗描述的是女伴埋怨罗陀对自己隐瞒实情的场景。内容大致如下：

女伴对罗陀道："罗陀啊，你对我有什么隐瞒？说吧，你在哪里与黑子见了面？刚刚我看你还饱受情爱之苦，神色慌乱地四处乱窜，现在却容光焕发，身上的汗毛都因为激动竖了起来，说话也结结巴巴。与黑子在一起的这种情味，瑜伽行者通过祈祷、苦行与冥想都不能获得，现在那种情味充满了你的身体，于是你的痛苦也就消除了。"

本诗内容与总第 2313 首诗类似，苏尔达斯借女伴之口，展现了罗陀与黑天相会之后难以掩饰的狂喜状态。

【原文】

स्याम कौन कारे को गोरे।
कहाँ रहत काके पै ढौटा, बृद्ध[1], तरुन की धौं हैं भोरे।
इहँई रहत कि और गाउँ कहुँ, मैं देखे नाहिन कहुँ उनकौं।
कहै नहीं समुझाइ बात यह, मोहिं लगावति हौ तुम जिनकौं।
कहाँ रहौं मैं, वै धौं कहँकै, तुम मिलावति हौ काहैं ऐसी।
सुनहु सूर मोसी भोरी कौं, जोरि जोरि लावति हौ कैसी॥
（29/2317）

【对译】

黑子是谁黑或白

谁人儿子居何处，年长年轻或纯朴？
居某别村或此处，哪里我都未见他。

① Varma 本作 vṛddh。

你未解释言此事：将我与其相联系，

我居何处他何处，你为何作此联系？

苏尔言，

且听纯朴如我般，怎能联系在一起。

【释译】

本诗描述的是罗陀对女伴的回复。内容大致如下：

罗陀对女伴道："你口中的黑子是什么人，他是黑皮肤还是白皮肤，他住在哪里，是谁的儿子，是年轻还是年长，他是不是纯朴，这些我都不知道。你就在那儿瞎扯，也不听我解释就瞎说，还把我和他联系在一起。你也不想想，我住在哪里，他住在哪里，你为什么会这样联系呢？女伴啊，你听我说，像我这么纯朴的女孩儿，你怎么能把我跟这种事联系呢？"

这首诗中，苏尔达斯着重描绘的是：面对女伴的质疑，罗陀因为顾及作为女子的荣誉和颜面，所以害怕自己和黑天的事情被他人所知。正是出于这种心态，罗陀才如此强烈地否认和辩白，再三强调自己的纯朴和无辜。

【原文】

राधे तेरौ बदन बिराजत नीकौ।

जब तू इत-उत बंक बिलोकति, होत निसा-पति फीकौ।

मृकुटी धनुष, नैन सर, साँधे, सिर केसरि कौ टीकौ।

मनु घूँघट-पट मैं दुरि बैठ्यौ, पारधि रति-पतिही कौ।

गति मैमंत नाग ज्यौं नागरि, करे कहति हौं लीकौ।

सूरदास प्रभु बिबिध भाँति करि, मन रिझयौ हरि पी कौ।।

（30/2320）

【对译】

罗陀啊，美丽光辉你容颜

当你斜视四处瞧，夜晚之主光彩失。

眉弓眼箭瞄对准，头上红花吉祥志。

仿若猎人罗蒂夫[①]，躲藏坐在面纱中。

慧女步态似醉象，非常坚定我断言。[②]

苏尔言，

千方百计使迷恋，胜尊情郎诃利心。

【释译】

本诗描述的是女伴针对罗陀辩白的回答。内容大致如下：

女伴对罗陀道："罗陀啊，你看你多么光辉闪耀啊。当你斜着眼睛四下瞧看的时候，连月亮都变得黯淡无光。你的眉毛像弯弓，眼睛像利箭，你看着黑天，就像弓上的箭瞄准了黑天似的。你的额头点着红色的吉祥志，是那么美丽。你露出这种喜欲难掩的神态，就像欲天化身成猎人，拿着弓箭坐在面纱下，让你眉眼的神情与之前大不相同。啊，聪慧的罗陀啊，你步态缓慢，就像喝醉的大象一样高兴张扬，看着你这得意忘形的神态我就可以断定，你千方百计让黑子为你着迷。"

在这首诗中，经过罗陀激烈的辩白和质问，女伴说出这段看似赞美和称颂罗陀貌美迷人的言辞，实际上是为了说明你这张扬的神态与平常不一样，表明你才刚跟黑天幽会回来，以此为证据让罗陀承认自己与黑天幽会的事实。苏尔达斯在本诗末尾用诗外音的方式

---

① 罗蒂夫，原文为 rati-patihi，此处指欲天。在印度神话传统中，欲天一般不出现，让别人出现露出欲望张扬的神态。

② 非常坚定我断言，原文为 kare kahati hauṁ līkau，字面义为我画线而言，在印度语境下常用来表示说话人对所述事实的肯定和确定。

点出了这首诗的基调和主旨，即“千方百计使迷恋，胜尊情郎诃利心”。

माता की सीख
母亲的教诲

【原文】

काहैं कौं पर-घर छिनु-छिनु जाति।
घर मैं डाँटि देति सिख जननी, नाहिंन नैंकु डराति।
राधा-कान्ह कान्ह-राधा, ब्रज ह्वै रह्यौ, अतिहि लजाति।
अब गोकुल की जैबौ छाँड़ौ, अपजस हू न अघाति।
तू बृषभानु① बड़े की बेटा, उनकैं जाति न पाँति।
सूर सुता समुझावति जननी, सकुचति नहिं② मुसुकाति।।
（31/2326）

【对译】

为何时刻别家去

母亲家中训斥教：一丝一毫不害怕？
罗陀黑黑于伯地，反复流传极羞愧。
现且放弃去牛村，名声败坏还不够？
你乃伟大牛光女，他之种姓不适宜。
苏尔言，
母亲说明又解释，女儿微笑不觉羞。

① Sabha 本作 vṛṣabhānu。
② Sabha 本作 nahi。

【释译】

本诗描述的是罗陀回到家，母亲对她的训导。内容大致如下：

在家里，母亲生气地训斥罗陀："罗陀啊，你为什么不在自己家里老实待着，时时刻刻总跑别人家去呢？现在伯勒杰到处都在议论，罗陀和黑天，黑天和罗陀，我听着都觉得十分羞愧。从今天起，你就在家待着，别再去牛村了，现在这样身败名裂，你还嫌不够丢人吗？你是伟大族主牛光的女儿，他是什么出身啊！你们俩不适合在一起。"

本诗的末尾，苏尔达斯以全知者的视角将母女俩截然不同的神态描述了出来，母亲心急如焚，苦口婆心训导女儿要遵守世俗的礼法和女子的矜持，而罗陀却微微笑着在心里盘算鬼点子，一点也不觉得羞愧。

【原文】

खेलन कौं मैं जाउँ नहीं।

और लरिकिनी घर घर खेलति, मोहीं कौं पै कहति तुहीं।

उनकैं मातु पिता नहिं कोई, खेलत डोलतिं जहीं तहीं।

तोसी महतारी बहि जाइ न, मैं रैहौं तुमहीं बिनुहीं।

कबहुँ मोकौं कछू लगावति, कबहुँ① कहति जनि जाहु कहीं②।

सूरदास बातैं अनखौहीं, नाहिंन मो पै जातिं③ सही।।

（32/2327）

① Varma 本作 kabahūṁ。
② Varma 本作 kahī。
③ Varma 本作 jāti。

【对译】

我岂不能去玩

其他女孩家家戏，然你却对我言说。

彼等皆无父母亲，各处游荡与玩耍？

母亲如你该离开，无你我亦可生活。

时而些许加诸我，时言莫到某处去。

苏尔达斯言，

惹人生气恼怒话，忍耐承受我不能。

【释译】

本诗承接上一首诗，描述的是罗陀针对母亲的训斥所做出的答复。内容大致如下：

罗陀对母亲道：“难道我不能出去玩了吗？你看这儿其他家的女孩儿，她们想去哪家玩就去哪家玩，你却让我待在家里。难道她们是因为没有父亲母亲，所以才能到处去游玩吗？我说啊，像你这样的母亲就应该走得远远的，没有你我会活得挺好。你看你，一会儿给我乱加罪名，一会儿又说我哪儿也不能去。你这种让人恼怒的话，真是让我难以忍受！”

这首诗中，罗陀心里惦记着黑天，害怕母亲不让自己外出，不能去与黑天相会，于是假装生气，还以同村其他女孩到处嬉戏为由反驳母亲的话，最后要起小脾气，说自己没法忍受母亲的话。

【原文】

मनहीँ मन रीझति महतारी।

कहा भई जौ बाढ़ि तनक गई, अबहीँ तौ मेरी है बारी।

झूठैं[1] हीं यह बात उड़ी है, राधा-कान्ह कहत नर-नारी।
रिस की बात सुता के मुख की, सुनत हँसति मनहीं मन भारी।
अब लौं नहीं कछू इहिं जान्यौ, खेलत देखि लगावैं गारी।
सूरदास जननी उर लावति, मुख चूमति पोंछति रिस टारी॥
（33/2328）

【对译】

母亲心中暗自喜

稍稍过分又如何，现今仍为我幼女。
罗陀黑黑之此事，男女传言乃虚假。
女儿口中恼怒话，听闻心中暗欢笑。
至今对此毫不知，瞧见嬉戏添骂语。
苏尔达斯言，
拥抱拭颜又亲吻，母亲消除怨怒气。

【释译】

本诗承接上一首诗，描述的是母亲听完罗陀所言之后的所做所想。内容大致如下：

听完罗陀充满愤懑的回答，母亲心中十分欢喜，她暗想：就算她做的有点儿出格，可又有什么关系呢，现在她毕竟还小，不懂事呀。伯勒杰的男男女女都在议论罗陀和黑天，这事纯属谣传。她现在对男女之事完全不了解，不过是个小孩子而已。那些人什么都不知道，看见两个小孩在一起玩就开始胡乱指责。

在这首诗中，看见罗陀的愤怒，母亲已经完全相信了她的话，误认为自己错怪了她，还在心中埋怨伯勒杰的人散播谣言，胡说八道。因为母亲的疼爱，罗陀的小诡计再次得逞。在本诗最后两句中，苏尔达斯以全知者的视角对母亲的后续动作进行了描述：“拥抱拭颜

① Sabha 本作 jhūṭhai。

又亲吻，母亲消除怨怒气。”至此，母亲对罗陀和黑天的事情已经完全释怀，转而开始安慰起罗陀来。

【原文】

सुता लए जननी समुझावति।
संग बिटिनिअनि कैं मिसि खेलौ, स्याम-साथ सुनि-सुनि रिस पावति।
जातैं निंदा होइ आपनी, जातैं कुल कौं गारी आवति।
सुनि लाड़िली कहति यह तोसौं, तोकौं यातैं रिस करि धावति।
अब समुझी मैं बात सबनि की, झूठैं ही यह बात उड़ावति[1]।
सूरदास सुनि-सुनि ये बातैं, राधा मन अति हरष बढ़ावति॥
（34/2329）

【对译】

母亲揽女相劝解

且会女孩共游戏，闻听伴同黑子怒，
由此自己受指责，由此家族来骂言。
对你言此爱女听：由此朝你怒跑来。
现今诸事我皆晓，此事虚假被传播。
苏尔达斯言，
罗陀听闻此番语，极致欢喜心增添。

【释译】

本诗承接上一首诗，描述的是母亲安慰罗陀的场景。内容大致如下：

母亲耀光将女儿揽到自己身边，安慰她道：“乖女儿啊，你去跟女伴们玩耍吧，我是听说你跟黑天在一起的事情才这么生气的。你

① Gupta 本作 uṛāvatiṃ。

要知道，因为这件事，不仅我受到别人的指责，连我们的家族也遭别人骂了。乖女儿啊，你听我说，正因为这样，我才怒气冲冲地跑去骂你。现在我什么都明白了，这一切都只是人们胡说八道，你就别生气了啊！”

本诗末尾，苏尔达斯以全知者的视角点出了罗陀听完母亲这番话，知道母亲不再有所怀疑之后，松了一口气的情态：“罗陀听闻此番语，极致欢喜心增添。”

【原文】

राधा बिनय करत मनहीँ मन, सुनहु स्याम अंतर के जामी।

मातु-पिता कुल-कानिहिँ मानत, तुमहिँ न जानत हैँ जग-स्वामी।

तुम्हरौ① नाउँ② लेत सकुचत हैँ, ऐसैँ ठौर रही हौँ आनी।

गुरु परिजन की कानि मानियौ, बारंबार कही मुख बानी।

कैसैँ③ संग रहौँ बिमुखनि④ कैँ, यह कहि-कहि नागरि पछितानी।

सूरदास प्रभु कैँ हिरदै धरि, गृह-जन देखि-देखि मुसुकानी।।

（35/2330）

【对译】

罗陀心中暗恳求

罗陀心中暗恳求，黑子内控者且听，

父母只认家族誉，不识世界主人你，

我来住在此般地，提及你名都害臊。

遍遍口中言话语：尊重师尊亲人誉。

怎同背弃者共居，女子言此觉懊恼。

① Varma 本作 tumhārau。
② Varma 本作 nā’u。
③ Varma 本作 kaise。
④ Varma 本作 vimukhani。

苏尔言，

放置恩主于心间，看着家人微微笑。

【释译】

本诗承接上一首诗，描述的是罗陀在心中对黑天恳求的场景。内容大致如下：

得知母亲不再怀疑以后，罗陀开始在心中对黑天恳求道："黑子啊，你是知悉内心一切的人，请你听我说，我的爸爸妈妈都只看重家族的荣誉，却不知你是世界的主人。现在我就住在这样一个地方，在那儿他们都不认识你，所以我连你的名字都不想跟他们提。你一遍遍教育我说，要重视长辈和家人的名誉。可是我怎么能跟这些厌弃你的人住在一起呢？"罗陀在心中说着说着，不禁懊恼起来。

这首诗内容与总第1330首诗相关联，也是前几首诗的一个说明。由于接受了黑天的劝诫，罗陀有了后面顾及家族荣誉和世俗礼法，向女伴和母亲隐瞒的行动。可是，在这样的环境下，罗陀总要想辙要诡计，心里还是会觉得难过，毕竟爱情和家族荣誉难两全。本诗末尾，苏尔达斯以全知者的视角将罗陀想念黑天，不满家人，小诡计得逞后又暗自得意的神态描写得惟妙惟肖："放置恩主于心间，看着家人微微笑。"

【原文】

जब प्यारी मन ध्यान धर्यौ है।

पुलकित उर, रोमांच प्रगट भए, अंचल टरि मुख उघरि पर्यौ है।

जननी निरखि रही ता छबि कौं, कहन चहै कछु कहि नहिं आवै।

चकित भई अँग-अँग बिलोकति, दुख-सुख दोऊ मन उपजावै।

पुनि मन कहति सुता काहू की, कै धौं यह मेरी की जाई।

राधा हरि कैं रँगहिं राँची, जननि रही जिय मैं भरमाई।

तब जानी मेरी यह बेटी, जिय अपनैं जब ज्ञान कियौ है।

सूरदास प्रभु-प्यारी की छबि देखि, चहति कछु[1] सीख दियौ है।।

（36/2331）

【对译】

情女心持禅定时

心中激动毫毛显，裙裾滑开面容露。

母朝彼美久注视，欲言些许未成言，

惊诧打量周身瞧，苦乐二者心中生。

心中复言谁人女，她是否乃我所生？

罗陀染上诃利色，母亲心中久迷惑。

当使自心明了时，方晓她为我之女。

苏尔达斯言，

瞧见胜尊情女美，些许教诲欲给予。

【释译】

本诗承接上一首诗，描述的是罗陀心中想念黑天时呈现出无比的美丽，母亲看见后无比惊讶的状态。内容大致如下：

当罗陀在心中向诃利祈求祷告的时候，她兴奋又激动，身上的汗毛都竖了起来，原本遮住面颊的裙裾也滑了下去，露出美丽的容颜。罗陀因为专注想念黑天，所以自己也具有了与黑天一样的美丽。母亲看见她呈现出来的这种美，想说什么却说不出来。她上下打量着她的身体，心里就像打翻了的五味瓶，痛苦和幸福的感觉同时涌动出来。她沉浸在女儿的美丽中，心中犯起了迷糊，暗自道：这么美丽的女孩儿究竟是不是我生的女儿啊。然而，当她静下心来仔细

① Sabha 本作 kach。

思考的时候，她又明白过来，这就是我的女儿啊。

苏尔达斯在这首诗中着重突出了罗陀专注思念黑天时所呈现的非同一般的美丽，母亲的沉醉和迷惑正是对这种美丽的侧面烘托。从世俗层面来看，这描写的是一个陷入爱恋不可自拔的少女想到爱郎时心花怒放、喜不自胜的状态；从帕克蒂层面来看，诗人借此想告诉世人，只要将自己的身心全部献给黑天，用自己全部的虔诚和爱恋服务黑天，黑天就不会与他分开。本诗中，罗陀所具有的这种非凡的美丽，正是神与其合一的表露和显现，也是诗人借以劝导世人的典范。

【原文】

सुनहु सखी राधा की बातैं।
मोसौं कहति स्याम हैं कैसे, ऐसी मिलई घातैं।
की गोरे, की कारे-रँग हरि, की जोबन, की भोरे।
की इहिं गाउँ बसत, की अनतहिं, दिननि बहुत, की थोरे।
की तू कहति बात हँसि मोसौं, की बूझति सति-भाउ।
सपनैं हूँ उनकौं नहिं देखे, वाके सुनहु उपाउ।
मोसौं कही कौन तोसी प्रिय, तोसौं बात दुरैहौं।
सूर कही राधा मो आगैं, कैसैं मुख दरसैहौं॥
（37/2339）

【对译】

女伴且听罗陀言

掺此诡计对我说：黑子乃为哪般样？
诃利肤色白或黑，单纯天真或少年？
居住此村或别处，很多日子或少许？

你对我言玩笑话，抑或真意来询问？

梦中亦未见过他。她之伎俩且来听，

语我谁人亲似你，对你隐瞒把话藏？

苏尔言，

在我面前罗陀道：如何能把脸来露？

【释译】

本诗描述的是罗陀的一个女伴向其他女伴抱怨罗陀对她隐瞒事实的场景。内容大致如下：

一个女伴道："女伴啊，你听听罗陀的话。她对我使用诡计，非说自己没跟黑子在一起，还让我告诉她黑子是什么模样。她还问，黑子皮肤黝黑还是白皙，是不是年轻人，为人是不是纯朴？黑子他住在这个村子，还是别的什么地方，他刚在这儿住下，还是已经住了很久了？听了我跟她说的话，她还假惺惺地问我是跟她开玩笑还是真的质问她。她说自己在梦里都没见过黑子。你听听她说的这些鬼话。她甚至还说没有人比我跟她更为亲密，又怎么会对我隐瞒。罗陀她还在我面前说，如果真像你说的，我还怎敢在你面前出现啊。"

本诗在内容上与前文女伴在路上与罗陀相遇时对话的内容呼应，罗陀喜不自胜的样子实际上已经将她与黑天相会的事实表露无遗，只是她自己仍然不愿承认，还用各种假话搪塞女伴。于是，本诗最后一句——"在我面前罗陀道：如何能把脸来露？"是女伴对罗陀话语的转述，表达了女伴对她的愤怒。

【原文】

काकौ काकौ मुख माई, बातनि कौं गहियै।

पाँच की सात लगायौ, झूठी झूठी कै बनायौ, साँची जो तनक होइ, तौलौं सब सहियै।

बातनि गह्यौ अकास, सुनत न आवै साँस, बोलि तौ कछु[1] न आवै, तातैं मौन गहियै।

ऐसैं कहैं नर नारि, बिना भीति चित्रकारि, काहे कौं देखे मैं कान्ह कहा कहौ कहियै।

घर घर यहै घैर, बृथा मोसौं करैं बैर, यह सुनि सुनि स्रौन, हिरदय दहिए।

सूरदास बरु उपहास होइ सिर मेरैं, नंद कौ सुवन मिलै तौ[2] पै कहा चहियै।।

（38/2352）

【对译】

能挡谁人口中言

将五作七编假话，若稍存真皆可忍。

话语即可抓触天[3]，闻听大气不得出，

欲言些许说不出，因此沉默不言语。

男男女女如此说，无畏无惧绘图画，

我为何要见黑黑，且请告诉可言何？

家家户户此非议，毫无意义敌对我，

如此这般耳听闻，心儿灼烧又煎熬。

苏尔达斯言，

会难陀子复何求，宁愿嘲讽于我首。

【释译】

本诗描述的是罗陀针对女伴质问所做的回答。内容大致如下：

罗陀对女伴道："女伴啊，我怎么能封住别人的嘴，不让别人说话呢？他们非要说，我也没办法啊。你看这些人编造各种谎言来指

① Gupta 本作 kachu。

② Varma 本作 do。

③ 话语即可抓触天，原文为 bātani gahyau akās，字面义为言语即可抓住天空，在印度语境下意为说话没有事实根据地夸夸其谈，胡乱吹嘘，不负责任。

责我，如果他们的这些话里面有一句真话，我倒也忍了。可事实不是这样，他们都是胡说八道，我听着这些话惊愕万分，吓得连气都喘不上来了。我想说些什么，可是什么也说不出来，所以只能保持沉默了。这里的男男女女都这样无所顾忌地乱说话，就像画家任凭想象画画一样。你说我为什么要去见黑子，现在又能说什么呢。家家户户都在非议我、指责我，平白无故跟我作对，我听着这样的话，心里难受极了。我倒是宁愿自己真的见了黑子，宁愿让别人这么嘲讽我，我要真是得到了黑子，我还有什么可求的！”

这首诗在内容上依旧是罗陀和女伴在罗陀是否与黑天相会一事上的智勇斗争。在女伴们用尽各种方法逼问之下，罗陀依旧不肯说出实情，反而把自己的境况说得十分悲惨和无奈，甚至说出“会难陀子复何求，宁愿嘲讽于我首”这样的反话来突出自己遭受的莫大委屈，希望以此让女伴们放弃质疑，相信自己未曾见过黑天。

【原文】

कैसे हैँ नँद-सुवन कन्हाई।

देखे नहीँ नैन-भरि कबहूँ, ब्रज मैँ रहत सदाई।

सकुचति हौँ इक बात कहति तोहिं, सो नहिं जाति सुनाई।

कैसैहुँ मोहिं दिखावहु उनकौँ, यह मेरैँ मन आई।

अतिहीँ सुंदर कहियत हैँ वै, मोकौँ देहु बताई।

सूरदास राधा की बानी, सुनत सखी भरमाई॥

（39/2354）

【对译】

黑儿难陀子如何

常久居于伯勒杰，但却从未仔细瞧。

羞赧对你言一事，无法将其诉说出。

此般涌至我心中：让我见他任怎般。

据说他极俊俏美，且请对我讲诉说。

苏尔达斯言，

闻听罗陀之话语，女伴彷徨又迷惑。

【释译】

本诗描述的是罗陀向女伴请求面见黑天的场景。内容大致如下：

罗陀对女伴道："女伴啊，你跟我说说，难陀的儿子黑儿是什么样的？虽然他一直住在伯勒杰，可我从没有仔细瞧过他。女伴啊，我想跟你说件事，可我觉得很不好意思，所以一直没能说出来。我一直想着这件事，请你让我见见黑天吧。人们都说他很俊美，你跟我说说吧。"

在这首诗中，罗陀变换了战术，采用请求女伴让自己见黑天的策略来应付女伴的软硬兼施。她做出如此请求，一方面，是对自己从未见过黑天的再次肯定；另一方面，也是对女伴的一种试探，如能因此再次与黑天相见倒也确实遂了罗陀的心意。所以，正如苏尔达斯在本诗末尾以全知者的视角所描述的"闻听罗陀之话语，女伴彷徨又迷惑"，女伴这时也不知道该如何应对她了。

【原文】

सुनहु सखी राधा की बानी।

ब्रज बसि हरि देखे नहिं कबहूँ, लोग कहत कछु अकथ कहानी।

यह अब कहति दिखावहु हरि कौं, देखहु री यह अचिरज मानी।

जो हम सुनति रहीं[1] सो नाहीं, ऐसैंही यह बायु बहानी।

ज्वाब न देत बने काहू सौं, मन मैं यह काहू नहिं मानी।

सूर सबै तरुनी मुख चाहतिं, चतुर चतुर सौं चतुरई ठानी।।

（40/2355）

【对译】

女伴且听罗陀言

居伯地未见诃利，众议些许难言事。

现说让她见诃利，且来瞧此多奇怪。

我等所闻皆不是，如此让风吹走它。

无人心中认可它，谁也不能予应答。

苏尔言，

所有少女爱容颜[2]，纷纷机灵耍聪明。

【释译】

本诗承接上一首诗，描述的是女伴们听完罗陀所说之后的反应。内容大致如下：

女伴听完之后对其他女伴道："女伴们啊，你们听听罗陀的话。之前，她总说她住在伯勒杰却从未见过黑子，人们说的都是些无根无据、不堪入耳的话。如今她却说，让我见见黑子吧，你们瞧瞧，这是多么奇怪的事儿呀。我就知道，罗陀对我们说的那些话都是假的，这种话就让它随风飘走，我们可别当真。"对于罗陀的话，这些热爱着黑天容颜，想与黑天相会的少女们都不相信，却也没人能做出应答。

在这首诗中，针对罗陀前后不一的话，女伴们虽然很清楚她是

① Varma 本作 rahī。

② 此处容颜指黑天的容颜。

在要诡计欺骗她们，虽然不知道该怎么回答，但却各有各的想法和打算。最后，苏尔达斯以诗外音的方式点出这场“钩心斗角”的真正原因——“所有少女爱容颜，纷纷机灵要聪明”。

【原文】

सुनि राधे तोहिं स्याम दिखैहौं।
जहाँ तहाँ ब्रज-गलिनि फिरत हैं, जब इहिं मारग ऐहैं।
जबहीं हम उनकौं देखैंगी, तबहीं तोहिं बुलैहैं①।
उनहूँ कैं लालसा बहुत यह, तोहिं देखि सुख पैहैं।
दरसन तैं धीरज जब रैहै, तब हम तोहिं पत्यैहैं।
तुमकौं देखि स्याम सुंदर घन, मुरली मधुर बजैहैं।
तनु त्रिभंग करि अंग अंग सौं, नाना भाव जनैहैं।
सूरदास प्रभु नवल कान्ह बर, पीतांबर फहरैहैं।।
（41/2356）

【对译】

罗陀且听，使你见黑子

伯勒杰巷到处转，行至此条道路时，
我们瞧见他之时，彼刻即将你呼唤。
他亦怀此强烈愿：见到你便得福乐。
见后仍然存安宁，彼时我等相信你。
青黑美云看见你，吹奏竹笛甜又美，
身体做成三道弯，展现诸情以各肢。
苏尔达斯言，
胜尊黑黑年轻妙，黄色衣衫飞扬飘。

① Sabha 本作 bulehaiṁ。

【释译】

本诗描述的是女伴对罗陀所言的回答。内容大致如下：

女伴对罗陀道：“罗陀啊，我们会让你如愿，见到黑子的。黑子他总在伯勒杰的小巷中四处徘徊，等他走到这条路上，我们看到他的时候，我们就会喊你过来。黑子他也希望能够见到你，获得福乐。如果你看见他之后还能保持理智和安宁，我们就相信你说的不是假话。黑黑他是个小坏蛋，一看见你就会吹响甜美的竹笛，把身体弯成三曲式，向你展现各种情态。他的黄衫在风中飘扬，那可真是个年轻俊美的少年啊。”

本诗中，女伴顺着罗陀的话，假称将遂罗陀所愿，让她与黑天相见，假借向罗陀描述黑天的俊美，想引罗陀上当，说出见过黑天的事实。

कृष्ण-दर्शन/यमुना-जल-विहार
面见黑天 / 戏水叶木拿

【原文】

राधा जल बिहरति सखियन संग।

ग्रीव-प्रजंत नीर मैँ ठाढ़ी, छिरकति जल अपनैँ अपनैँ रँग।

मुख भरि नीर परसपर डारतिँ, सोभा अतिहिँ अनूप बढ़ी तब।

मनहु चंद-गन सुधा गँडूषनि, डारति हैँ आनंद भरे सब।

आईँ निकसि जानु कटि लौँ सब, अँजुरिनि[①] तैँ लै लै जल डारतिँ।

मानहु सूर कनक-बल्ली जुरि, अमृत-बूँद पवन-मिस झारतिँ।।

（42/2371）

① Varma 本作 aṁjurin。

【对译】

罗陀女伴同戏水

站立及颈水中央，各自欢乐将水泼。

含水满口互喷时，无比极致光辉增。

仿若群月满喜乐，口口甘露众喷洒。

及腰膝处众出至，以掌屡屡捧水洒。

苏尔言，

仿若黄金藤蔓聚，随风落下甘露滴。

【释译】

本诗描述的是罗陀与女伴一起戏水的场景。内容大致如下：

罗陀与女伴们一起站在叶木拿河及颈的水中嬉戏。她们沉浸在欢愉中，互相洒泼着水，有时也在口中含满水，互相喷洒。远远看去，这种场景真是美丽光辉，无与伦比，就像一群明月互相喷洒甘露一般，充满福乐。过了一会儿，她们由及颈的水中朝岸边走去，来到及膝或及腰的水中，用手捧起水，倾洒下去，这种景象就像金藤聚在一起，随风洒下一滴滴甘露一般迷人。

这首诗中，苏尔达斯以全知者的视角，以群月捧甘露和金藤随风洒甘露这两个充满诗意和想象的奇特景象作比，着重描摹了众牧女戏水时的欢乐和美丽。

【原文】

जमुना-जल बिहरति ब्रज-नारी।

तट ठाढ़े देखत नँद-नंदन, मधुरि मुरलि कर धारी।

मोर-मुकुट, स्रवननि मनि कुंडल, जलज-माल उर भ्राजत[1]।

① Varma 本作 bhājat。

सुंदर सुभग स्याम तन नव घन, बिच① बग पाँति बिराजत②।

उर बनमाल सुमन बहु भाँतिनि, सेत, लाल, सित, पीत।

मनहु③ सुरसरी तट बैठे सुक, बरन बरन तजि भीत।

पीतांबर कटि तट छुद्रावलि, बाजति परम रसाल।

सूरदास मनु कनकभूमि ढिग, बोलत रुचिर मराल॥

（43/2372）

【对译】

伯勒杰女叶木拿水中嬉

见难陀子立岸边，甜美竹笛手中持。

双耳宝环雀翎冠，胸前闪耀珍珠链，

青黑美丽新云身，中间璀璨白鹭行。

胸前野花之花环，白红白黄④多样花，

仿若各色之鹦鹉，弃惧停坐神河⑤岸。

腰间黄衫铃铛带，至极甜美悦耳响，

苏尔达斯言，

仿若黄金大地上，美好迷人天鹅鸣。

【释译】

本诗承接上一首诗，描述的是牧女们戏水时看见黑天的场景。内容大致如下：

伯勒杰的牧女们在叶木拿河中嬉戏时看见难陀家的儿子黑子站

---

① Varma 本作 vic。

② Sabha 本作 vijājat。

③ Varma 本作 manahuṁ。

④ 白红白黄，原文为 set lāl sit pīt，字面义为白色、红色、白色和黄色，其中 set 和 sit 都为白色，set 颜色略偏黄，sit 偏亮白。

⑤ 神河，原文为 surasarī，即 sura+sarī，字面义为神河，指恒河。此处用各色鹦鹉比喻黑天项上所戴花环，用神河比喻黑天项上所戴珍珠链，用鹦鹉停坐神河岸比喻黑天胸前花环与珍珠链靠在一起的样子。

在河岸边。他手中拿着能发出美妙音乐的竹笛，头上戴着孔雀翎羽冠，耳朵上戴着宝石大耳环，身体如新云般美丽迷人，胸前戴的珍珠项链，光辉闪耀，如同白鹭成行，穿梭在新云间。他的胸前还挂着由白色、红色、黄色等各色的鲜花串成的野花环，花环挂在珠链旁边，如同各色的鹦鹉停坐在晶莹清彻的恒河岸边。他系着黄衫，腰带上的小铃铛随着他身体的摆动，时不时发出悦耳的铃声，如同金色大地上天鹅悠扬啼鸣一般。

本诗中，苏尔达斯借牧女的眼睛，以新云、白鹭、恒河、鹦鹉、金色大地及天鹅啼鸣作比，生动细腻地描述了黑天身体各部分的俊秀迷人。

【原文】

राधा निरखि भूली अंग।
नंदनंदन रूप पर, गति मति भई तनु पंग।
इत सकुच अति सखिनि कौ, उत होति अपनी हानि।
ज्ञान करि अनुमान कीन्हौ, अबहिं लैहैं जानि।
चतुर सखियनि परखि लीन्हीं, समुझि भईं गँवारि।
सबै मिलि इत न्हान लागीं, ताहि दियौ बिसारि।
नागरी मुख-स्याम निरखति, कबहुँ सखियनि हेरि।
सूर राधा लखति नाहीं, इन दई अवढेरि।।
（44/2377）

【对译】

罗陀瞧看忘却身

难陀子之美色故，身智行动成瘫痪。
此厢踌躇因女伴，彼厢自己受伤害。

思考揣度作猜测：现今将会明白晓。

女伴狡黠行考验，知道却成不知道，

一众相会于此处，沐浴洗澡将她忘。

慧女时而瞧女伴，时而瞧看黑子颜。

苏尔言，

罗陀未能观察出：彼等欺骗使上当。

【释译】

本诗描述的是罗陀忍不住瞧看黑天，却担心女伴知晓的场景。内容大致如下：

看着黑天的俊美容颜，罗陀不由得忘记了自我，身体一动也不能动，理智和智慧也都不复存在。但她的心里却矛盾又痛苦。一方面，她怕女伴们知道自己已与黑天相会的事实，所以想忍着不去看他；另一方面，黑天近在眼前，她如何能按捺得住自己的眼睛，所以饱受着爱情的折磨。她暗想，哎，女伴们已经看到我这痴迷的模样，现在什么都瞒不住了，她们什么都会知道的。这样想着，罗陀时而看向黑天，时而又观察女伴是否在注意自己。

然而，她没想到的是，狡黠的女伴们早已知晓一切。为了考验她，她们故意装作什么都不知，跟她一起来到叶木拿河畔，然后假装专心洗澡，不再注意她，就像忘了她一样。

本诗最后一句“罗陀未能观察出：彼等欺骗使上当”是苏尔达斯对全诗的总结，即使罗陀平日聪明伶俐，爱耍小聪明，这回却没看出女伴们的小诡计，聪明反被聪明误，上当受骗了。

【原文】

यह कछु भौंरेंहि भाइ भई।
निरखत बदन नंद-नंदन कौ, और हुती सु गई।
हिरदै जामि प्रेम अंकुर, जड़ सप्त पताल गई।
सो द्रुम पसरि सिखर अंबर लौं, सब जग छाइ लई।
बचन सुपत्र, मुकुल अवलोकनि, गुन-निधि पुहुप[①] मई।
परसि परम अनुराग सींचि सुख, लगी प्रमोद जई।
मन के सकल मनोरथ पूरन सौं भरि[②] भार नई।
सूरदास फल गिरिधर नागर, मिलि रस रीति ठई।

（45/2380）

【对译】

此成些许纯真情

难陀子颜瞧看见，过去其他皆逝去。
爱情幼芽心中植，根至第七层地狱。
顶端伸展至天空，彼树覆盖众世界。
目光蓓蕾言语叶，美德宝藏为花朵。
触为至爱浇福乐，结出喜悦小花芽。
因遂心中所有愿，满负重载呈弯曲。
苏尔达斯言，
托山慧男为果实，相会同建情味习。

【释译】

本诗描述的是罗陀看见黑天俊美容颜后所呈现的全新情态。内容大致如下：

① Gupta 本做 pahup。
② Sabha 本与 Gupta 本作 sauṁbhari。由于 sauṁbhari 一词仅有一个意思，即指一位仙人，但是根据上下文此处解释不通。故译者怀疑此处 sauṁ 和 bhari 应当分开，sauṁ 通现代印地语的 se,bhari 指 bharakar。

看见黑天俊美的容颜，罗陀心中涌现出与之前完全不同的纯真情感，她也呈现出一种全新的情态。受到滋润后，她心中的爱情幼苗茁壮成长，其根深深扎入第七层地狱，顶端伸展直至天空，铺天盖地，覆盖了三界。她充满深情地望向黑天的目光是这棵爱情树的蓓蕾，她说出的那些爱恋黑天的言语是这棵树的叶子，她心中所念的黑天具有的诸般美德是树开出的朵朵鲜花。她与黑天的相互触碰为这棵至上的爱情树浇灌了福乐，于是树木结出了一个个喜悦的小花芽。因为心中的愿望得到了满足，这棵树结出了累累硕果，果实压弯了枝丫。黑天就是这棵树的果实，罗陀与他相会见面，两人总是一起嬉戏，享受欢愉。

本诗中，苏尔达斯抛开平铺直叙的手法，巧妙地运用比喻，将罗陀对黑天的爱恋比喻为一棵参天大树。首先，诗人着力形容其根之深、其冠之大，以树木的铺天盖地来表达这份爱的深沉和强烈；接着，诗人对罗陀之爱的各种外在体现进行了细节性描写，他以蓓蕾、树叶、花朵比喻情人的目光、对情人的甜言蜜语、情人的美德，以树木成长所需的灌溉来比喻情人间的爱抚，以花芽比喻罗陀此刻心中的喜悦；本诗最后，诗人点出“托山慧男为果实，相会同建情味习”，正好与上一句“因遂心中所有愿，满负重载呈弯曲”形成呼应。

【原文】

चितवनि रोकैं① हूँ न रही।

स्यामसुंदर सिंधु सनमुख②, सरित उमँगि बही।

① Varma 本作 rokai。

② Varma 本作 sanasukh。

प्रेमसलिल प्रवाह भँवरनि, मिति, न कबहुँ लही।

लोभ-लहर कटाच्छ, घूँघट-पट-करार ढही।

थके पल पथ[1], नाव धीरज परति नहिँन गही।

मिली सूर सुभाव स्यामहिँ, फेरिहू न चही।।

（46/2381）

【对译】

视线挡也挡不住

朝向美丽黑子海，河水欢快奔流去。

爱恋水流之漩涡，深度从来测不得。

贪求渴盼斜视浪，摧倒面纱之堤岸。

眼睑旅人停止滞，无法抓住平静舟。

苏尔言，

自然而然汇黑子，不再向后回顾望。

【释译】

本诗描述的是罗陀向黑天望去的模样。内容大致如下：

罗陀的视线如同河流，俊俏的黑子如同美丽的海洋，罗陀望向黑子就如同河流雀跃着朝大海奔流而去，不可阻挡。她对黑天的爱恋如同水流中深不可测的漩涡，把她的一切都吸了进去。她饱含渴盼的目光穿透面纱，就像浪潮将堤岸推倒一般。她的眼皮怎么都闭不上，就像疲惫的旅人怎么都抓不住小船，心中不得安宁。一看见黑子，罗陀的目光就自然而然地汇聚在他身上，不再折返。

本诗中，苏尔达斯从全知者的视角，巧用运用比喻的手法，以“河流奔入大海”“漩涡深不可测”“浪潮推倒堤岸”“疲惫停止并且抓不住小船的旅人”作比，形象生动地将罗陀目不转睛、贪婪渴盼地望着黑天的神态展现在世人面前。

---

① Varma 本作 pathi。

【原文】

देखौ री राधा उत अँटकी।

चितै रही इक टक हरि ही तन, ना जानियै कौन अँग लटकी।

काल्हि हमैं कैसैं निदरति[1] ही, मेरैं चित वह टरति न खटकी।

न्हात रही कैसैं सँग मिलिकै, चित चंचल बिरहा की चटकी।

बात कहत तुलसी मुख मेलै, नैन सैन दे दै मुँह मटकी।

सूर स्याम कैं रूप भुलानी, राधा कैं सुधि रही न घट की॥

（47/2382）

【对译】

且看罗陀陷彼处

久久凝视诃利身，不知悬停何肢体。

何等不敬昨对我，我心彼怏仍未移。

心碎不安离别苦，怎能相会同沐浴！

口置罗勒[2]言话语，眼传信息脸摇摆。

苏尔言，

迷失黑子美色中，罗陀身体[3]知觉无。

【释译】

本诗描述的是女伴对罗陀的议论。内容大致如下：

一个牧女对同伴道："女伴们啊，你们快看，罗陀已经沦陷在黑天的美貌中，不能自拔了。你瞧，她一直盯着黑天的身体，也不知道到底在看哪一部分？她昨天那样傲慢无礼地对待我，我心中的不快到现在都没消除！没见到黑天的时候，她因为受离别之苦的折磨而心碎不安，现在好不容易看见他了，又怎么能够与我们一起好好

① Gupta 本作 nidarit。

② 罗勒，原文为 tulasī，拉丁学名为 Ocimum tenuiflorum，学名为圣罗勒，又名神罗勒，为印度的圣草之一，通常译为杜勒西草，此处受字数限制，故缩译为罗勒。

③ 身体，原文为 ghaṭ，字面义为陶罐，常用来指代人的身体。

沐浴呢！昨天她还信誓旦旦地说没有与黑天相会过，瞧她现在那眼传秋波、摇头晃脑的模样！”

本诗表达了女伴对罗陀的埋怨，其中包括对她之前不说实话的气愤、对她现在只顾凝视黑天的不满。这些埋怨从侧面反映出罗陀对黑天的痴情与专注，正如诗人在本诗末所描绘，“迷失黑子美色中，罗陀身体知觉无”。

【原文】

चितै रही राधा हरि कौ मुख

भृकुटी बिकट①, बिसाल नैन लखि, मनहिं भयौ रतिपति दुख।

उतहिं स्याम इकटक प्यारि छबि, अंग अंग अवलोकत।

रीझे रहे इत हरि, उत राधा, अरस परस दोउ नोकत।

सखिनि कह्यौ बृषभानु② सुता सौं, देखे कुँवर कन्हाई।

सूर स्याम येई हैं, ब्रज मैं जिनकी होति बड़ाई।।

（48/2383）

【对译】

罗陀久视诃利颜

瞧见弯眉大眼睛，罗蒂之夫心中苦。

黑子凝视情女美，彼处打量各肢体。

诃利罗陀两厢迷，相互触摸两人盼。

女伴言向牛光女：且把少年黑儿看！

苏尔言，

黑子乃为如此般，伯勒杰中享尊荣。

① Gupta 本作 vikaṭ。

② Sabha 本作 vṛṣabhānu。

【释译】

本诗描述的是黑天罗陀两人相互对望的场景。内容大致如下：

罗陀一直凝视着黑天美丽的容颜，片刻也不舍得离开。黑天如此俊俏，看他那弯弯的眉毛和大大的眼睛，就连一向以美貌著称的欲天看到后亦会生苦闷，自叹不如。与此同时，黑天也在那里一直凝望着美丽的心上人，上下打量着她身体的各个部分。就这样，一边罗陀为了黑天着迷，另一边黑天为了罗陀着迷，他们两人相互对望着，渴盼着能够相互拥抱，相互触碰。这时候，明知罗陀一直在瞧望黑天的女伴们故意调戏罗陀，对她说道："罗陀啊，你快看那个小黑儿！"

本诗最后一句"黑子乃为如此般，伯勒杰中享尊荣"是苏尔达斯的诗外音，是诗人对黑天伟大的赞颂。

【原文】

हमहिँ कह्यौ हो स्याम दिखावहु।

देखहु दरस नैन भरि नीकैँ, पुनि-पुनि दरल न पावहु।

बहुत लालसा करति रही① तुम, वै तुम कारन आए।

पूरि साध मिली तुम उनकौँ, यातैँ हमहिँ भुलाए।

नीकैँ सगुन आजु ह्याँ आईँ, भयौ तुम्हारौ काज।

सुनहु सूर हमकौँ कछु दैहौ, तुमहिँ मिले ब्रजराज॥

（49/2384）

【对译】

向我等言，且让见黑子

且请仔细瞧看好，不得遍遍再瞧看。

你一直怀强烈愿，因你之故他来到。

① Gupta 本作 rahīṃ。

与彼相会已偿愿，由此你将我等忘。

今乃良辰好吉时，来到此地你事成。

苏尔言，

且听且予我些许，伯勒杰王你已会。

【释译】

本诗描述的是罗陀看见黑天后，女伴对罗陀说的话。内容大致如下：

女伴对罗陀道："罗陀啊，你曾经向我们请求说，让我见见黑天吧。现在你可得聚精会神仔细瞧看，他可不是你想见就能见的。只因为你十分想念他，渴望见到他，所以他才为了满足你的心愿到这儿来的。现在你见到黑子了，愿望也实现了，自然也就把我们忘了。今天可真是个好日子，你看你一到这儿来愿望就实现了。罗陀啊，现在你已经跟黑子相会了，你是不是也该给我们点儿好处啊！"

这首诗从内容上呼应总第 2377 首诗，女伴本就知道罗陀与黑天已经会面的事，如今看见他们两人互相瞧看和迷恋的神情，对于此事就更加确定了。她们故意装作什么都不知道，说出上面一番话，在某种程度上是对罗陀的一种调侃。本诗最后一句"且听且予我些许，伯勒杰王你已会"，也表达出了其他牧女的醋意和对黑天的渴求。

【原文】

राधा कह्यौ, आज इन जानीं।

बार बार मैं हरि तन चितई, तबहीं ये मुसुकानीं।

काल्हि कही मैं इनसौं वैसैं, अब तौ बात न ठानी।

यह चतुरई परी मोहीँ पर, मन मन अतिहिँ लजानी।

मेरी बात गई इन आगैँ, अबहिँ करतिँ बिनु पानी।

सूरदास प्रभु कहा कहौँ मैँ, अब तुम हाथ बिकानी।।

（50/2385）

【对译】

罗陀言，她们现知晓

我朝诃利回回瞧，彼时她们微微笑。

昨我对她言那般，现今不能再编谎。

此小聪明落于我[①]，心中暗暗羞愧极。

她前我语威信失，现今还让蒙羞辱。

苏尔达斯言，

现今成你手中奴，胜尊我还能言何！

【释译】

本诗承接上一首诗，描述的是罗陀听完女伴的话，知道自己诡计败露的心理活动。内容大致如下：

罗陀暗自道："女伴们现在什么都知道了。我忍不住一遍遍朝黑子望去，那时候她们都在笑。昨天我还信誓旦旦地对她们说，我从来都没见过黑子，现在这种谎话再也编不下去了。这下倒好，我搬起石头砸了自己的脚。现在我的话在她们面前一点威信都没有了，她们都认为我是个骗子，是个丢脸的人。"想着想着，罗陀觉得十分羞愧，她在心里暗自对黑天说道："黑子啊，我爱上你，成为你手中的奴隶了，我还能对她们说什么呢？"

① 此小聪明落于我，原文为 yah catura' ī parī mohīṁ par，字面义为是这个小聪明落在我身上。根据上下文内容，意指罗陀如今尝到之前要诡计的后果，聪明反被聪明误。

【原文】

राधा चलहु भवनहिं जाहिं।

कबहिं की हम जमुन[1] आईं, कहहिं अरु पछिताहिं।

कियौ दरसन स्याम कौ तुम, चलौगी की नाहिं।

बहुरि मिलिहौ चीन्हि राखहु, कहत, सब मुसुकाहिं।

हम चलीँ घर तुमहुँ आवहु, सोच भयौ मन माहिं।

सूर राधा सहित गोपी, चलीँ ब्रज-समुहाहिं।।

（51/2387）

【对译】

罗陀走吧，回家去

我早已至叶木拿，言说并且懊恼悔。

已经瞧看见黑子，你到底还走不走？

下次相会再结识，众人边说边微笑，

我等回家你也来。内心之中生思量。

苏尔言，

偕同罗陀众牧女，朝向伯勒杰走去。

【释译】

本诗描述的是众牧女叫罗陀一起回家的场景。内容大致如下：

女伴们对罗陀道："罗陀啊，走吧，我们回家去吧！我们一大早就来到叶木拿河畔了，现在天色已晚，我们该回家去了。"如此说着，牧女们心里却对黑天产生了种种不舍和留恋，开始感到懊恼。她们对仍旧傻望着黑天的罗陀道："罗陀啊，现在你已经见过黑天了，还不肯走啊？你下次见他时，再去认识他吧，别这么傻看着了。"说

① Varma 本作 jamunā。

完，所有女伴都笑了。她们继续说道：“我们要回家了，你也跟着来吧。”听到这个，罗陀暗自思量，我要怎么说才能瞒过她们呢。然后，罗陀和牧女们一起朝着伯勒杰走去。

这幅画面中，苏尔达斯描摹了各怀鬼胎的双方。牧女们一方面后悔自己不该引罗陀来看黑天，结果却看到黑天和罗陀互相着迷的场面，让自己吃醋难过；另一方面，她们也懊恼自己浪费了这难得的机会，只顾着观望罗陀的神情，都没好好将黑天瞧仔细。罗陀得偿心愿，得到了极大的幸福，然而却也担心回去怎么跟女伴交代。本诗末尾，苏尔达斯转向全知者的视角，描述众女一起回伯勒杰的场面，给世人留下了无限的想象空间。

【原文】

कहि राधा हरि कैसे हैँ।

तेरैँ मन भाए की नाहीँ, की सुंदर, की① नैसे हैँ।

की पुनि हमहिँ दुराव करौगी, की कैहौ वै जैसे हैँ।

की हम तुमसौँ कहति रहीँ ज्यौँ②, साँच कहौ③ की तैसे हैँ।

नटवर-वेष काछनी काछे, अँगनि रति-पति-सै से हैँ।

सूर स्याम तुम नीकैँ देखे, हम जानत हरि ऐसे हैँ॥

（52/2388）

① Varma 本作 ko。

② Varma 本作 jyoṁ。

③ Varma 本作 kaho。

【对译】

罗陀且说诃利如何

你心喜欢抑或否，俊美抑或非如此？

或将再次瞒我等，或将述说他如何，

是否如我久语你，是否那般且实言。

舞胜装束系围裤，肢体如百罗蒂夫。

苏尔言，

诃利如此我等知，你已好好瞧黑子？

【释译】

本诗描述的是众牧女让罗陀描述所见黑天的场景。内容大致如下：

女伴们对罗陀道："罗陀啊，你跟我们说说，你觉得黑天怎么样？你是不是喜欢他，他是不是俊俏又美丽？你是想如以前那样对我们隐瞒，还是愿意如实跟我们说说他是什么样的，是不是就像我们一直告诉你的那样。我们所知道的黑子，他总是舞胜装扮，腰上系着围裤，身体各部分就像千百个欲天一样美丽迷人。你是不是已经好好看过他了？"

这首诗中，众牧女明知罗陀早已见过黑天才故意说出上面的话，实际上是对罗陀的调侃和逗弄。

【原文】

स्याम सखि नीकैं देखे नाहिं।

चितवत ही लोचन भरि आए, बार बार पछिताहिं।

कैसेहुँ करि इकटक मैं राखति, नैंकहिं मैं अकुलाहिं।

निमिष मनौं छवि[①] पर रखवारे, तातैं अतिहिं डराहिं।

कहा करैं इनकौ कह दूषन, इन अपनी सी कीन्ही।

सूर स्याम छवि[②] पर मन अटक्यौ, उन सब सोभा लीन्ही॥

（53/2458）

【对译】

女伴啊，未能好好瞧黑子

眼睛一见充盈满，遍遍懊恼又悔恨。

勉强我才凝神视，稍许之间即慌乱。

眼睑仿若护美者，对其极度畏惧怖。[③]

它们竭力尽本分，彼等何罪能作何？

苏尔言，

心挂黑子俊美上，纳尽一切彼光辉。

【释译】

本诗是罗陀对自己瞧看黑天时具体状况的描述。内容大致如下：

罗陀对女伴道："女伴啊，我没能好好把黑子瞧看仔细。一看见他，我的双眼就立刻充满了泪水，我心里一遍遍地懊恼又着急。我好不容易才能凝神注视他，可我这两只眼睛不一会儿就惊慌失措，又充满了泪水。我的眼皮就像是俊美黑天的护卫者，让我的眼睛如此害怕，不得安宁。唉，我归罪它们干吗呢，它们有什么错，它们不过是尽了自己的本分。我的心时时刻刻挂念着黑子的美丽，它自己独享了黑子的光辉，却不让我的眼睛看清楚。"

本诗通过罗陀之口，通过对罗陀看见黑天时不能自控的激动状态的描摹，既从侧面反衬出黑天的俊美，也反映出罗陀对黑天的爱

---

① Sabha 本作 chabi。

② Sabha 本作 chabi。

③ 本句的意思是，一看见黑天就不停地眨眼，这时，眼睑就像保护黑天美丽不被人夺去的捍卫者，所以眼睛才感到不安，充满眼泪。

恋。本诗最后两句，“心挂黑子俊美上，纳尽一切彼光辉”，罗陀将自己的内心与双眼对立，用无奈的语气表达出对自己内心独享黑天的俊美，却不让眼睛看清楚的不满，这正是爱慕黑天的生动写照。

राधा का अनुराग/सखियों द्वारा राधा की प्रशंसा
罗陀之爱 / 牧女对罗陀的赞扬

【原文】

पुनि-पुनि कहति हैं ब्रज नारि।
धन्य बड़ भागिनी राधा, तेरैं बस गिरिधारि।
धन्य नंद-कुमार धनि तुम, धन्य तेरी प्रीति।
धन्य दोउ तुम नवल जोरी, कोक कलानि जीति।
हम विमुख[①], तुम कृष्ण सँगिनी, प्रान इक, द्वै देह।
एक मन, इक बुद्धि, इक चित, दुहुँनि एक सनेह।
एक छिनु बिनु तुमहिं देखैं, स्याम धरत न धीर।
मुरलि मैं तुव नाम पुनि पुनि, कहत हैं बलबीर[②]।
स्याम मनि तैं परखि लीन्हौ[③], महा चतुर सुजान।
सूर के प्रभु प्रेमहीं बस, कौन तो सरि आन।।
（54/2460）

【对译】

伯勒杰女遍遍言
大福运女罗陀幸，托山者受你之控。
你幸难陀之子幸，你之爱恋亦幸运。

① Sabha 本作 bimukh。
② Gupta 本作 balavīr。
③ Varma 本作 līvhauṁ。

两人结成新伴幸，你等赢得情爱术。

你伴黑天我远离，身体为二命同一，

意一心一智慧一，两人爱恋亦同一。

只要一瞬不见你，黑子不能持冷静，

大力之弟竹笛中，将你之名遍遍唤。

伟大机灵又聪慧，黑子以心作考验。

苏尔言，

胜尊为爱情所控，另有谁人与你同？

【释译】

本诗描述的是众牧女对罗陀的赞美。内容大致如下：

伯勒杰的女子们一遍遍地反复对罗陀道：“罗陀啊，你是幸运无比的，托山者黑子爱恋着你，受到你的控制。难陀家的少年黑子很幸运，你很幸运，你们之间的爱恋也很幸运。你们两人结成伴侣十分幸运，正因为你们两人在一起，所以你们才能够懂得情爱的艺术，畅享情爱的欢愉。我们都离他很遥远，只有你时时刻刻陪伴着他。你们两人虽然身体为二，但命却是同一的，你们两人的心、意和智慧都是一样的，你们的爱恋也是一样的。黑子他爱恋着你，只要一刻不见你，他就不得安宁。于是，大力罗摩的这个兄弟就会吹响竹笛，在笛声中一遍又一遍呼唤你的名字。黑子他伟大聪明又狡黠，总是喜欢以心来考验别人。你爱着他，通过了他的考验，让他十分满意。黑子他现在被你的爱情控制住了，还有谁能比得上罗陀你呢？”

这首诗既是牧女对罗陀的赞颂，也是苏尔达斯对人神关系的阐述。在诗人看来，“胜尊为爱情所控”，因此只有全心对神虔爱膜拜的信徒才能达到至上完满的极乐境界，即达到与神“身体为二命同一”，“意一心一智慧一，两人爱恋亦同一”的境界。

【原文】

राधा परम निर्मल नारि।
कहति हौं मन कर्मना करि[1], हृदय-दुविधा टारि।
स्याम कौं इक तुहीं जान्यौ, दुराचारिनि और।
जैसैं घट पूरन न डोलै, अध भरौ डगडौर।
धनी धन कबहूँ न प्रगटै, धरै ताहि छपाइ।
हैं[2] महानग स्याम पायौ, प्रगटि कैसैं जाइ।
कहति हौं यह बात तोसौं, प्रगट करिहौं नाहिं।
सूर सखी सुजान राधा, परसपर मुसुकाहिं।।
（55/2461）

【对译】

罗陀至上纯洁女

心中犹疑移去除，我用心业来言说。
仅你一人知黑子，其他乃为恶行女。
宛若罐满不晃动，装满一半却摇摆。
富人从来不显财，将其隐藏存放置。
既得黑子大宝石，怎么能够显露出？
我对你将此话讲：莫要显露与展现。
苏尔言，
聪慧罗陀与女伴，彼此相互微微笑。

【释译】

本诗描述的是一个女伴劝罗陀不要表明自己熟悉黑天的场景。

---

① Gupta 本作 vaj。
② Varma 本作 taiṁ，Gupta 本作 hai。

内容大致如下：

一个女伴对罗陀道：“罗陀啊，我消除了心中所有犹豫和顾虑，用心灵和行动跟你说啊，你是这世界上最为纯洁的女子。只有你一个人才真正认识和了解黑子，其他的女孩儿都行为不端庄，哪儿像你这么纯洁啊。这就像装满水的罐子不会摇晃，但是装了一半的却晃荡。人们都说，富人总是把自己的财产妥善地隐藏放好，从来不向外人显富。你既然得到了黑子这块大宝石，又怎么能暴露出来呢。我跟你说，你可千万藏好了，不能让别人知道啊。”

本诗承接上一首诗，从字面上看，仍是女伴对罗陀的赞美和劝说，实际却是女伴对罗陀的调侃。女伴假意夸奖罗陀，并劝她一定要把秘密藏好，实则意指罗陀的那些小聪明已经是众所皆知的了。于是，本诗末尾，诗人以全知者的视角栩栩如生地刻画出罗陀与女伴各怀鬼胎的神态，即“聪慧罗陀与女伴，彼此相互微微笑”。

【原文】

तैँ ही स्याम भले पहिचाने।

साँची प्रीति जानि मनमोहन, तेरेहिं हाथ बिकाने।

हम अपराध कियौ कहि तुमसौं, हमहीं कुलटा नारि।

तुमसौं उनसौं बीच नहीं कछु, तुम दोऊ बर①-नारी।

धन्य सुहाग भाग है तेरौं, धनि बड़भागी स्याम।

सूरदास प्रभु से पति जाकैं, तोसी जाकैं बाम।।

（56/2462）

① Gupta 本作 var。

【对译】

惟你熟识黑子

知悉真爱迷心者，成为你之手中奴。

我对你言乃犯错，我等就是淫荡女。

你他些许差别无，你们两人为夫妇。

你之福气命运幸，大福运之黑子幸，

苏尔达斯言，

拥有丈夫似胜尊，拥有妻子恰似你。

【释译】

本诗承接上一首诗，仍描述的是女伴对罗陀的赞美。内容大致如下：

女伴继续对罗陀道："罗陀啊，只有你才真正了解黑子。黑子他知晓你对他的真情实意之后，就爱上了你，成为你手中的奴隶。我们之前犯下了错误，对你说了那么多乱七八糟的话。你是至纯至洁的女子，我们都是德行不端的女人。你和黑子是妻子和丈夫，你们是一模一样的，中间没有任何差别。你得到像黑子这样的丈夫，你的福气和命运都是幸运的；黑子他得到你这样的妻子，他也是幸运有福气的。"

【原文】

राधा स्याम की प्यारी।

कृष्ण पति सर्वदा[1] तेरे, तू सदा नारी।

सुनत बानी सखी मुख की, जिय भयौ अनुराग।

① Sabha 本作 sarbatā。

प्रेम गदगद, रोम पुलकित, समुझि अपनौ भाग।

प्रीति परगट कियौ चाहै[①], बचन बोलि न जाइ।

नंद-नंदन काम-नायक, रहे नैननि छाइ।

हृदय तैं कहुँ टरत नाहीं, कियौ निहचल[②] बास।

सूर प्रभु-रस भरी राधा, दुरत नहीं प्रकास॥

（57/2463）

【对译】

罗陀黑子之情女

黑天永远为你夫，你亦永远为妻子。

女伴口中之话语，闻听心中生爱意。

明悉自己之幸运，因爱结巴毫毛立。

欲想表明爱恋意，却无法将话语言。

情欲之主难陀子，久久遮盖覆双眼，[③]

未从心中移某处，稳固不动停驻留。

苏尔言，

胜尊情味满罗陀，光芒无法隐瞒藏。

【释译】

本诗描述的是罗陀听闻女伴所言之后的表现和反应。内容大致如下：

女伴继续对罗陀道："罗陀啊，你才是黑天心爱的女孩儿，黑天永远是你的丈夫，你永远是他的妻子，你们俩会一直相依相伴的。"

听到女伴的这番话，罗陀心中充满了对黑天的爱恋。知晓了自己的幸运之后，因为爱恋和激动，罗陀连话都说不清楚了，结结巴

① Varma 本作 cāhaiṁ。

② Gupta 本作 bihaval。

③ 本句的意思是黑天一直驻留在罗陀眼中，就像一直遮盖着她的双眼一样。

巴，身上的汗毛都竖了起来。她很想说些什么来表达自己心中的爱恋，话到嘴边却什么也说不出来。现在，罗陀的双眼被情欲的主人黑子所占据，再也看不到别的东西了。他稳稳地停驻在罗陀的心中，未曾离开过。

本诗中，因为自己的所想所愿被女伴说出，罗陀心中既高兴又激动，于是再也忍耐不住，将自己的心事以及对黑天的爱恋完完全全地表现了出来。苏尔达斯在本诗末尾以诗外音的方式对全诗做出了总结，对罗陀此时的情态做出了描述，即“胜尊情味满罗陀，光彩无法隐瞒藏”。

राधा-उतर
罗陀的回答

【原文】

जौ बिधना[1] अपबस करि पाऊँ।
तो सखि कह्यौ होइ कछु तेरौ, अपनी साध पुराऊँ।
लोचन रोम-रोम-प्रति माँगौं, पुनि-पुनि त्रास दिखाऊँ।
इकटक रहैं पलक नहिं लागैं, पद्धति नई चलाऊँ।
कहा करौं छबि-रासि स्यामघन, लोचन द्वै नहिं ठाऊँ।
एते पर यै निमिष सूर सुनि, यह दुख काहि सुनाऊँ॥
（58/2465）

【对译】

若得造物为己控
你言便可些许成，己愿可遂女伴啊。

① Gupta 本作 vidhanai。

便可屡屡行恐吓，根根毫毛可索眼。

便可施行新方式，眼皮不合久凝视。

青黑云乃美丽聚，双目无地作何为？

苏尔言，

非但如此她还眨，且听此苦与谁诉。

【释译】

本诗描述的是罗陀针对女伴赞美的回答。内容大致如下：

罗陀听到女伴的赞扬，说道：“女伴啊，如果我能控制造物主的话，或许你说的话还有些许能够成真，我自己的心愿也才能够实现。那么，我就可以一遍遍地恐吓威胁，向造物主祈求让我的每根汗毛都长上眼睛，那样的话，我就能够施行新的方式，就能够不眨眼，目不转睛地凝视黑子美丽的容貌。黑子他是美丽的集合体，可是我只有两只眼睛，没有足够的地方容纳他如此的美丽。唉，我还能怎么办呢？不只如此，我这仅有的两只眼睛，她们还不停地眨啊眨啊，完全不让我把黑子看清楚，我的这种痛苦能够对谁诉说呢？”

针对女伴的上述赞扬，罗陀听完心里直发慌，她担心女伴们已经完全掌握了自己的心事，于是采用迂回政策，企图用本诗这段对白来加以掩饰，以说明自己虽然很想，却始终不能看清楚黑天而痛苦，希望获得女伴的同情和信任。

गोपी-वचन
牧女之言

【原文】

कहि राधिका बात अब साँची।
तुम अब प्रगट कही मो आगैं①, स्याम-प्रेम-रस माँची।
तुमकौं कहाँ मिले नँद-नंदन, जब उनकैं रँग राँची।
खरिक मिले, की गोरस बेंचत, की जब बिषहर② बाँची।
कहै बनै छाँड़ौ चतुराई, बात नहीं यह काँची।
सूरदास राधिका सयानी, रूप-रासि-रस-खाँची॥
（59/2478）

【对译】

小罗陀，现且说实话
方于我前你明言：沉浸黑子情爱味。
何处你会难陀子，当时染上他之色。
相会祛毒获救时？牛圈中或卖奶时？
且弃机灵且慎言，此非信口胡乱语。
苏尔达斯言，
聪明伶俐小罗陀，色聚之味所吸引。

【释译】

本诗描述的是女伴要求罗陀说实话的场景。内容大致如下：

女伴对罗陀道："罗陀啊，你现在就说实话吧。刚刚在我面前，你已经明明白白地说出，你已沉浸在深爱黑子的情味之中，不可自拔。那么，你是在哪里与黑子相会的，又是什么时候开始迷恋他的？是在牛圈里，还是卖牛奶的时候，抑或是你被黑蛇噬咬，黑子

① Gupta 本作 āge。
② Gupta 本作 viṣhar。

为你解毒的时候？现在，你就别要小聪明了，想清楚了再说。我可是很认真地跟你说这些话的，不是随口玩笑的。”

之前的诗中，女伴假意对罗陀进行各种赞美，使罗陀放松了警惕，说出自己是多么想见黑子。于是，在这首诗中，女伴抓住罗陀的话柄，再次对她进行质问。本诗末尾，苏尔达斯以诗外音的方式道出了罗陀现在的状态，“聪明伶俐小罗陀，色聚之味所吸引”。如此情状下，罗陀怎能隐瞒得住自己对黑天的爱呢？

राधा वचन

罗陀之言

【原文】

कब री मिले स्याम नहिं जानौं।

तेरी सौं करि कहति सखी री, अजहूँ नहिं पहिचामौं।

खरिक मिले, की गोरस बेंचत, की अबहीं, की कालि।

नैननि अंतर होत न कबहूँ, कहति कहा री आलि।

एकौ पल हरि होत न न्यारैं, नीकैं देखे नाहिं।

सूरदास प्रभु टरत न टारैं, नैननि सदा बसाहिं।।

（60/2479）

【对译】

不知何时曾会黑子

向女伴你立誓言：至今仍然不相识。

牛圈中或卖奶时，现今抑或昨日会，

作何言说女伴啊！眼睛从来未离开，

诃利一瞬亦未离，却未好好仔细瞧。

苏尔达斯言，

胜尊无法被移去，永远居于双目中。

【释译】

本诗承接上一首诗，描述的是罗陀对女伴要求说实话的回答。内容大致如下：

听到女伴的话，罗陀道：“女伴啊，我都不知道自己什么时候与黑子相会过。我对你发誓，至今我与黑子都不相识呢。你问我跟黑子是相会在牛圈还是卖奶的时候，是昨天还是刚才，你看你都说了些什么呀！的确，我刚刚一直盯着他看，他就在那儿，片刻没离开过我的视线，可就是这么一直盯着，我也还是没能瞧仔细呢。”

针对女伴的问话，罗陀仍在狡辩，并试图以没有看清楚所以才一直看的理由来圆谎。苏尔达斯在本诗末尾以诗外音的方式描述出罗陀此刻眼中只有黑天的情状，即“胜尊无法被移去，永远居于双目中”。

【原文】

स्याम मिले मोहिं ऐसैं[①] माई। मैं जल कौं[②] जमुना तट आई।।
औचक आए तहाँ कन्हाई। देखत ही मोहिनी लगाई।।
तबहीं तैं तन-सुरति गँवाई। सूधैं मारग गई भुलाई।।
बिनु देखैं कल परै न माई। सूर स्याम मोहिनी लगाई।।
（61/2480）

---

① Gupta 本作 aise。
② Gupta 本作 kau。

【对译】

伴我此般会黑子

伴我此般会黑子：为水我至叶河畔[1]。

忽然黑儿至彼处，一见便使陷迷恋。

从此身体知觉失，笔直道路亦忘却。

苏尔言，

不见不安女伴啊，黑子使人陷迷恋。

【释译】

本诗描述的是罗陀向女伴坦白自己如何与黑天相见的场景。内容大致如下：

罗陀对女伴道：“女伴啊，你非要问，我就告诉你吧，我是这样与黑子相会的。有一天，我为了取水来到叶木拿河边。忽然，黑子也到了那儿，一看见他，我就对他产生了爱恋。自此以后，我就忘记了自己，身体失去了知觉，连回家的道路也都忘记了。女伴啊，黑子就是那样使人迷恋，不看见他，我就不得安宁。”

【原文】

तबहीं तैं हरि हाथ बिकानी। देह-गेह-सुधि सबै भुलानी।।

अंग सिथिल भए जैसैं पानी। ज्यौं-त्यौं करि गृह पहुँची आनी।।

बोले तहाँ अचानक बानी। द्वारैं देखे स्याम बिनानी।।

कहा कहौं सुनि सखी सयानी। सूर स्याम ऐसी मति ठानी।।

（62/2481）

---

① 叶河畔，原文为 jamunā taṭ，字面义为叶木拿河的河畔，此处受字数限制，故将叶木拿河缩译为叶河。

【对译】

从此诃利手中奴

从此诃利手中奴，身家知觉尽忘却。

身体懈怠宛若水，勉强方才回到家。

忽然彼处言话语，狡黠黑子门前见。

苏尔言，

慧伴且听可言何，乃是黑子决此意。

【释译】

本诗承接上一首诗，仍为罗陀对女伴讲述自己与黑子相会的过程。内容大致如下：

罗陀接着道：“女伴啊，从那时候起，我就爱上了黑子，成为他手中的奴隶。我把自己的身体、家庭和知觉都忘却了，心里只想着他。我的身体变得像水一样懈怠无力，好不容易才从河边回到家里。刚以为能喘口气，谁知道在那儿又听见黑子说话，我往门口一看，在那儿又看见了他。聪慧的女伴啊，黑子他下定决心，非要来招惹我，你说我还有什么可说的呢？”

在女伴的一再逼问下，罗陀自知无法继续隐瞒下去，于是只好在总第 2480 首诗和本诗中向女伴坦白。然而，罗陀虽然承认自己爱恋黑天，却将责任推到黑天身上，说他不仅那样迷人，还非要招惹自己，希望以自己的“无辜”博取女伴的同情和谅解。

【原文】

जा दिन तैँ① हरि दृष्टि परे री।

ता दिन तैँ मेरे इन नैननि, दुख सुख सब बिसरे री।

① Gupta 本作 teṁ。

मोहन अंग गुपाल लाल के, प्रेम पियूष भरे री।
बसे उहाँ मुसुकानि बाँह लै①, रचि रुचि भवन करे री।
पठवति हौं मन तिनहिं मनावन, निसिदिन② रहत अरे री।
ज्यौं ज्यौं जतन करति उलटावति, त्यौं त्यौं हठत③ खरे री।
पचिहारी समुझाइ ऊँच-निच④, पुनि-पुनि पाइ⑤ परे री।
सो सुख सूर कहाँ लौं बरनौं, इक टक तैं न टरे री॥
（63/2482）

【对译】

自从彼日见诃利

我此双眼自彼日，痛苦福乐尽忘却。
牛护孩童迷人身，爱情甘露充盈满。
投靠微笑彼处居，兴致勃勃把家安。
日日夜夜停驻留，为劝彼等我遣心。
越是努力使返回，越是固执坚定立。
屡伏脚前析利弊，竭尽全力却失败。
苏尔言，
目不转睛未曾移，彼福可述至那般？

【释译】

本诗承接上一首诗，描述的是罗陀向女伴讲述自己看见黑天后的情状。内容大致如下：

罗陀继续对女伴道："女伴啊，自从那天见了黑子，我的这双眼睛忘却了所有的幸福和痛苦，她们除了黑子，其他什么都不知道了。黑子那迷人的身体充满爱情的甘露，这双眼睛一直看着他那带着微

① Varma 本作 laiṁ。
② Varma 本作 nisadin。
③ Varma 本作 uṭhat。
④ Varma 本作 nīc uṁc。
⑤ Varma 本作 pā’i。

笑的面庞一动不动，就像倚仗着微笑，精心装扮后在那儿安家居住下来一样。她们日日夜夜都停留在黑子身上，为了让她们回到我这儿，我派遣自己的心去劝说。可怎知道，我越是努力地让她们回来，她们就越发固执和坚定地站在那儿。我一次又一次地伏倒在她们脚前苦求，一次又一次地向她们解释其中的利弊，然而我的这些努力都失败了。她们仍然待在那儿一动不动。"

这首诗仍为罗陀的诉苦，她反复向女伴说明自己竭尽全力，可是眼睛仍然不听话，试图以自己的无奈来为自己开脱。最后，苏尔达斯以诗外音的方式道出了罗陀内心的真谛，即"目不转睛未曾移，彼福可述至那般？"

【原文】

जब तैं प्रीति स्याम सौं कीन्हीं।

ता दिन तैं मेरैं उन नैननि, नैंकहुं① नींद न लीन्ही।

सदा रहै मन चाक चढ़्यौ, सो② और न कछु सुहाइ।

करत उपाइ बहुत मिलिबे कौं, यहै बिचारत जाइ।

सूर सकल लागति ऐसीयै, सो दुख कासौं कहियै।

ज्यौं अचेत बालक की③ बेदन④, अपनैं ही तन सहियै⑤॥

（64/2483）

【对译】

自彼时起爱黑子

我此双眼自彼日，一丝一毫亦不眠。

① Sabha 本作 naiṁkuhuṁ。

② Varma 本作 soṁ。

③ Varma 本作 kau。

④ Gupta 本作 vedan。

⑤ Gupta 本作 lahiyai。

登上陶轮心常驻，其他任何彼不喜。

一直考虑思量此：实行诸法为相会。

所觉一切皆如此，彼苦可与何人说？

苏尔言，

如同昏迷小孩童，其痛只能自身忍。

【释译】

本诗承接上一首诗，为罗陀向女伴讲述自己爱上黑天的痛苦感受。内容大致如下：

罗陀继续道："女伴啊，自从那天起，我就爱上了黑子，我的双眼就再得不到片刻的安歇。我的心思念着黑子，对什么都不喜欢了，就像泥胚一直待在陶工的转盘上，转个不停，没有一丝一毫的安宁。我一直想着如何才能与他相会，想尽了诸多办法，却还是没能见着他。唉，现在村里所有的牧女都像我一样，我的痛苦还能去跟谁说呢？女伴啊，这种痛苦就像昏迷中孩子的痛苦一样，只能自己忍受，无法与别人诉说。"

本诗核心主题与上几首诗类似，仍为罗陀向女伴诉说爱恋却不得相见的痛苦。

【原文】

न जानौँ तबहीँ तैँ मोकौँ, स्याम कहा धौँ कीन्ही री।

मेरी दृष्टि परे जा दिन तैँ, ज्ञान ध्यान हरि लीन्हौ री।

द्वारैँ आइ गए औचक हीँ, मैँ आँगन ही ठाढ़ी री।

मनमोहन-मुख देखि रही तब, काम-बिथा[1] तनु बाढ़ी री।

---

① Gupta 本作 vithā。

नैन सेन दै दै हरि मो तन, कछु इक भाव बतायौ री।

पीतांबर उपरैना कर गहि, अपनैं सीस फिरायौ री।

लोक-लाज, गुरुजन की संका[1], कहत न आवै बानी री।

सूर स्याम मेरैं आँगन आए, जात बहुत पछितानी री।।

（65/2493）

【对译】

不知自从彼时起

不知自从彼时起，黑子对我作何为。

自从彼日我瞧见，知识专注诃利夺。

忽然来到大门前，我恰站立于院中。

彼时久视迷心[2]颜，身体增添情欲苦。

眼睛朝我传信息，诃利诉说些许情。

黄衫披肩手中持，自己头上转圈摇。

世俗荣辱长辈忧，话语无法言说出。[3]

苏尔言，

黑子来到我院中，离去之时甚懊悔。[4]

【释译】

本诗描述的是罗陀向女伴讲述在自己院中见到黑天的经过。内容大致如下：

罗陀继续道："女伴啊，自从我看到黑子的那天起，我的知识和专注力都被他夺走了。真不知道，他对我施了什么魔法，对我做

---

① Gupta 本作 sevā。

② 迷心，原文为 manamohan，字面义为使人心迷醉的，通常译为迷心者，为黑天的称号之一。此处受字数限制，故译为迷心。

③ 本句意思是由于担心世俗的荣辱和长辈们的忧虑，所以没能跟黑天说成话。

④ 本句两个分句主语不同，前半句主语是黑天，后半句懊悔的主语为罗陀，意思是黑天来到罗陀的院子又走了，黑天离去的时候，罗陀因为没能跟黑天说话而感到懊悔。

了什么。那天我在自家院子里站着，黑子突然来到了我家门口。那时候，我就忍不住一直看着他美丽的容颜，因为情欲，身体里增添了许多苦痛。他不断用眼睛朝我示意，向我诉说情意。他还用手拿着黄衫的披肩，将其举至头顶转着圈朝我挥舞。当时，我就明白了他的用意，但是因为害怕世俗的荣辱，不敢让长辈担忧，我没有走过去跟他说上话。唉，那天黑子来到我家的院子又离开了。知道他的离去，我却什么也没说，什么也没做，我真是懊悔啊！”

本诗核心主题与上几首诗类似，仍为罗陀的诉苦和诡辩之言。

【原文】

मैं अपनौ मन हरत न जान्यौ।

कीधौं गयौ संग हरि कैं वह, कीधौं पंथ भुलान्यौ।

कीधौं स्याम हटकि है राख्यौ, कीधौं आपु रतान्यौ।

काहे तैं[①] सुधि करी न मेरी, मोपै कहा रिसान्यौ।

जबहीं तैं हरि ह्यॉं ह्वै निकसे, बैरु तबहिं तैं ठान्यौ।

सूर स्याम सँग चलन कह्यौ मोहिं, कह्यौ नहीं तब मान्यौ॥

（66/2511）

【对译】

自心被夺我不知

是否她随诃利去，抑或迷失道路间？

是否黑子行阻拦，抑或自己生迷恋？

为何未曾忆及我，如何对我生怒怨？

自从诃利此处现，彼时开始敌意立。

苏尔言，

① Gupta 本作 deṃ。

语我随同黑天去，彼时未曾受所言。

【释译】

本诗描述的是罗陀不知道自己的心已然被诃利夺走的事情。内容大致如下：

罗陀对女伴道："女伴啊，我的心早就被黑子夺走了，只是我不知道而已。我不知道心她究竟是追随黑子离开了呢，还是在返回的途中迷了路，究竟是黑子阻拦她，不让她回来，还是她自己迷恋上黑子，不肯回来。我不知道我的心她为什么没有想起我，又为什么要对我生气。自从黑子在我家门口出现，心她就一直向着他，对我产生了敌意。她曾经跟我说，让我也一起追随黑子离开，我却没有答应她。大概从那时候起，心就以我为敌了吧。"

本诗的主题与上两首诗即总第 2506 首诗以及总第 2507 首诗相似。然而，在这首诗中，罗陀转变了劝说女伴的策略，由直接陈述自己所做的努力转为诉说自己的迷茫，为故事的进一步发展埋下了伏笔。

【原文】

स्याम करत हैं मन की चोरी।

कैसैं मिलत आनि पहिलैं① ही, कहि-कहि बतियाँ भोरी।

लोक-लाज की कानि गँवाई, फिरति गुड़ी बस डोरी।

ऐसे② ढंग स्याम अब सीख्यौ, चोर भयौ चित कौ री।

माखन की चोरी सहि लीन्ही③, बात रही वह थोरी।

---

① Gupta 本作 pahilai，Varma 本作 pahalaiṁ。

② Varma 本作 aisaiṁ。

③ Varma 本作 līnhīṁ。

सूर स्याम भयौ निडर तबहिं तैं, गोरस लेत अँजोरी॥

（67/2512）

【对译】

黑子将心偷

先前如何来相会，遍遍言说纯朴语。

世俗荣辱尊严失，线绳控制风筝飘。

黑子习得此般样，现今成为偷心贼。

偷窃奶油已忍受，彼还算是琐碎事。

苏尔言，

自彼黑子无畏惧，一把抢夺牛奶去。

【释译】

本诗描述的是罗陀对黑天偷心的埋怨。内容大致如下：

罗陀对女伴道："女伴啊，现在黑子都开始偷人心了。你可知道，当初他是如何来到我家与我相会的？那时他只是对我一遍遍地说着纯洁朴实的话语。不知不觉他就把我的心偷走了，让我不顾世俗的礼法和家族的荣辱迷恋着他，就像空中被线绳控制的风筝，随着线绳的走向飘飘荡荡。黑子现在竟然成了这副模样，竟然成为偷心贼。以前我们忍受他偷奶油的事情，是因为那也不是什么大事。可谁知道，自从那时起，他就变得无所畏惧，一把就从我们手里把牛奶夺走，现在更不得了，连偷心也不在话下。"

本诗内容与前文基调相似。罗陀再一次耍小聪明，企图再一次将自己内心不受控制的事情归咎为黑天，实属诡辩。

【原文】

माई कृष्न[①]-नाम जब तैं स्रवन सुन्यौ है री, तब तैं भूली री भौन[②], बावरी सी भई री।

भरि भरि आवैं नैन, चित न रहत चैन, बैन नहिं सूधौ दसा औरहिं ह्वै गई री।

कौन माता, कौन पिता, कौन भैनी, कौन भ्राता, कौन ज्ञान, कौन ध्यान, मनमथ हई री।

सूर स्याम जब तैं परे री मेरी डीठि, बाम[③], काम, धाम, लोक-लाज, कुल-कानि नई री॥

（68/2514）

【对译】

自从耳闻黑天名

自从耳闻黑天名，迷失家中如疯癫。

眼中盈泪心不宁，言语不清情状异。

谁为父亲谁为母，谁为姐妹与兄弟，

何为知识与专注，乱心者[④]已行摧毁。

世俗荣辱家族誉，妇德业行及家庭，

苏尔言，

自我瞧看见黑子，已然破灭不复存。

【释译】

本诗描述的是自从看见黑天后，罗陀忘我迷失的模样。内容大致如下：

罗陀对女伴道："女伴啊，自从我听到黑天的名字，从那时起，我就迷失了自我，在家里无论做什么事情都像疯子一样。我的眼中总是充满泪水，心里也没有片刻安宁，甚至连句完整的话都说不清楚。我再也不是以前那个我了。现在，我心里、脑海里、

① Varma 本作 kṛṣṇ。

② Varma 本作 maun。

③ Gupta 本作 vām。

④ 乱心者，原文为 manamath，通 manamatha，即 mana+matha，字面义为搅动人心，使人心混乱的，为欲天的名号之一。

意识里只有黑子，已然分不清谁是父亲，谁是母亲，谁是姐妹，谁是兄弟，什么知识，什么是专注，因为这一切都被住在我心里的欲天给摧毁了。女伴啊，自从黑子在我眼中出现，妇德、业行、家庭、世俗的礼法和家族的荣誉，这一切对我而言，都已经不复存在了。”

本诗仍为罗陀向女伴倾诉自己爱恋黑天之苦，以求博取女伴的同情。

【原文】

राधा तैं हरि कैं① रँग राँची।
तो तैं चतुर और नहिं कोऊ, बात कहौं मैं साँची।
तैं उनकौ मन नहीं चुरायौ, ऐसी है तू काँची।
हरि तेरौ मन अबहिं चुरायौ, प्रथम तुहीं② है नाँची।
तुम अरु स्याम एक हौ दोऊ③, बाकी नाहीं बाँची।
सूर स्याम तेरैं बस राधा, कहति लीक मैं खाँची।।
（69/2515）

【对译】

罗陀你染诃利色

我将真实话语言：无人机灵可及你。
你未偷去他之心，你竟青涩如此般？
如今诃利窃你心，早前你已跳起舞。
你与黑子两人一，此外不再有剩余。
苏尔言，

① Gupta 本作 kai。
② Gupta 本作 tuhī。
③ Sabha 本作 dau'ū。

非常坚定我断言[①]：罗陀黑子受你控。

【释译】

本诗描述的是女伴确信黑天和罗陀已然相爱的陈述。内容大致如下：

女伴对罗陀道："罗陀啊，你瞧你，已经完完全全地爱上黑子，沉浸其中不可自拔了。说实话，这个世界上，没有任何人比你更机灵了。你只说黑子偷了你的心，你就这般青涩，就没去偷他的心？如今黑子的确把你的心给偷走了，你一味在这儿抱怨、诉苦，其实你心里早就手舞足蹈，乐开了花吧！你和黑子两个人是一体的，你们之间再也没有别的什么了。我很确定地告诉你，罗陀啊，黑子也已爱上你了。"

本诗中，听完罗陀的诸番抱怨，女伴仍不相信，不接受罗陀的诡辩之词，她认为罗陀是主动爱黑天，还让黑天也爱上她的。

【原文】

तू काहे कौँ करति सयानी।
स्याम भए बस पहिलैँ तैँ[②], तब उन हाथ बिकानी।
बाकी नहीँ रही नैँकुहुँ अब, मिली दूध ज्यौँ पानी।
नँद-नँदन गिरिधर बहु-नायक, तू तिनकी पटरानी।
तोसी को बड़ भागिनि राधा, यह नीकैँ करि जानी।
सूर स्याम सँग हिलि-मिलि खेलौ, अजहूँ रहति दिवानी।।
（70/2516）

① 非常坚定我断言，原文为 kare kahati hauṁ līkau，字面义为我画线而言，在印度语境下常用来表示说话人对所述事实的肯定。

② Gupta 本作 tere。

【对译】

你为何要要机灵

黑子早已受你控，彼时成其手中奴。

现在丝毫无剩余，宛若水乳相交融。

众主托山难陀子，你为他之正宫后。

罗陀且请善识此，谁人似你大福运，

苏尔言，

和睦嬉戏伴黑子，即使如今久疯癫。

【释译】

本诗描述的是女伴劝罗陀不要再要聪明，实话实说的场景。内容大致如下：

女伴对罗陀道："罗陀啊，你为什么还要对我们要诡计撒谎呢？我们都知道，其实你爱上黑子的时候，他就已经迷恋上你，受你控了。现在你们两个人就像牛奶和水完全融合在一起。罗陀啊，黑子他的确与众多女子一起调情、一起游戏，他是我们所有女子的主人，然而你对他来说是特殊的，你才是他最钟情的女子。我们心里都很明白。罗陀啊，你要好好地想想，这个世界上还有谁能跟你一样拥有这种福气呢？你能够跟黑子一起愉快地游戏，即使现在疯了，也是无与伦比的啊。"

在这首诗中，女伴以退为进，以承认罗陀与黑子的情感和罗陀在黑子心中的特殊地位为策略，试图让罗陀说真话，同时也在某种程度上表达出女子面对爱郎与其他女子欢好时的嫉妒、无奈和苦闷。

【原文】

मन हरि लीन्हौ, कुँवर कन्हाई।

तबहीं तैं मैं भई दिवानी, कहा करौं री माई।

कुटिल अलक भीतर अरुझानौ[1],अब निरुवारि न जाई।

नैन कटाच्छ चारु अवलोकनि, मो तन गए बसाई।

निलज भई कुल-कानी गँवाई, कहा ठगौरी लाई।

बारंबर कहति मैं तोकौं, तेरे हियैं न आई।

अपनी सी बुधि मेरी जानति, मैं उतनी कहँ पाई।

सूर स्याम ऐसी गति कीन्ही, देह-दसा बिसराई।।

（71/2517）

【对译】

少年黑儿夺走心

自从彼时成疯癫，我能作何女伴啊？

缠绕弯曲卷发中，现在无法解脱出。

眼睛斜视美目光，停留居住我身体。

家族誉失不知耻，何种魔法被施予。

对你遍遍我言说，却不能至你心间。

我之智慧自己知，何处我得如那般？

苏尔言，

黑子造成此境况，身体情状忘却掉。

【释译】

本诗承接上一首诗，描述的是罗陀针对女伴所言的回答。内容大致如下：

听完女伴的话，罗陀对女伴道：“女伴啊，自从小黑儿他把我的

① Gupta 本作 arajhānī。

心夺走，我就丧失理智成了疯子，现在我还有什么能力，还能做什么呢？我的心缠绕在他弯弯曲曲的卷发中，不能自拔，他斜视时美丽的目光永远停留在我的身体中，无法去除。如今我就像被他施展了魔法一样，不知羞耻，不再顾忌家族的荣誉，只想跟他在一起。我对你一遍遍地诉说着我的痛苦，可是你却不愿听，还那样指责我，说我耍小聪明。我那点小聪明我自己还不知道吗，我哪儿有那么大的大智慧去欺骗你们啊？唉，都是黑子他让我变成这样，我连自己的身体都不记得了。”

由本诗可见，无论女伴采用何种策略，罗陀都一口咬定女伴所见的一切都是黑天夺走她芳心的结果。本诗的最后一句“黑子造成此境况，身体情状忘却掉”正是对全诗的总结和强调。罗陀借称现在自己已沦为受害人的事情来向女伴说明，自己现在连自己都不记得了，哪儿还能去想那样的诡计骗人呢？

【原文】

तुम जानति राधा है छोटी।
चतुराई अँग-अँग भरी है, पूरन ज्ञान, न बुधि की मोटी।
हमसौं सदा दुराव कियौ इहिं, बात कहै मुख चोटी-पोटी।
कबहुँ स्याम तैं नैंकु न बिछुरति, किये रहति हमसौं हठ ओटी।
नंद-नँदन याही① कैं बस हैं, बिबस देखि बेंदी छबि-चोटी।
सूरदास प्रभु वै② अति खोटे, यह उनहूँ तैं अतिहीं③ खोटी।।
（72/2519）

① Gupta 本作 vāhī。
② Gupta 本作 hai。
③ Gupta 本作 atihī。

【对译】

你只知道罗陀小

周身上下满机灵，知识充足非愚钝。

她常隐瞒对我等，口言虚假甜蜜语。

片刻未与黑子别，一直固执瞒我等。

难陀之子受她控，吉痣辫美一见迷。

苏尔达斯言，

胜尊已然阴险极，她却比他更邪恶！

【释译】

本诗描述女伴对罗陀不诚实的控诉。内容大致如下：

一个女伴对另外一个女伴道："女伴啊，你只知道罗陀年龄小，却不知道她浑身上下都布满了鬼机灵。她可是聪明无比，头脑灵光，一点儿都不笨。你瞧，她总是油嘴滑舌，对我们说尽各种好话，其实一直都欺骗我们、隐瞒我们。实际上，她一直跟黑子在一起，片刻不离。然而，当你问起她时，她凭借各种说辞，一直固执地不告诉我们实话。黑子一看见她那美丽的发辫和吉祥志就着了迷，受她控制了。唉，我们都说黑子诡计多端，是个大坏蛋，想不到罗陀比他还要狡诈。"

经过多番询问，罗陀仍固执一词，女伴终于失去耐心，愤怒无比，开始对她进行指责。

【原文】

सुनहु सखी राधा सरि को है।

जो हरि हैं① रतिपति मनमोहन, याकौ② मुख सो जोहै।

① Sabha 本作 hai。

② Varma 本作 yākauṁ。

जैसौ स्याम, नारि यह तैसी, सुंदर जोरी सोहै।

यह द्वादस, वहऊ दस द्वै कौ, ब्रज जुवतिनि मन मोहै।

मैं इनकौं घटि बढ़ि नहिं जानति, भेद करै सो को है।

सूर स्याम नागर, यह नागरि, एक प्रान तन दो है॥

（73/2521）

【对译】

女伴且听，谁与罗陀同？

诃利迷心罗蒂夫，注视朝向她容颜。

诃利如何此女同，俊俏伴侣美迷人。

他十有二她十二，迷倒伯勒杰女心。

孰高孰低我不知，又有何人作区分？

苏尔言，

黑子慧男她慧女，身体为二命合一。

【释译】

本诗描述的是女伴（罗丽达）对上述抱怨的同伴进行劝慰，说明黑天罗陀天生是一对的场景。内容大致如下：

听完女伴的抱怨和不满，罗丽达道："女伴啊，你听我说，罗陀虽狡诈，可是我们之中谁能跟罗陀一样秀色天成呢？我们都说，黑子他是欲天，是罗蒂的丈夫，使人迷恋。如此俊美的黑天也禁不住朝罗陀美丽的容颜凝望。实际上，罗陀与黑天一样美丽迷人，黑子12岁，罗陀也12岁，他们两人结成伴侣，将我们这些伯勒杰的少女们都迷倒了。至于他们两人谁更美一些，我不知道，但是谁又会去计较这个呢！女伴啊，黑子他是聪慧的男子，罗陀她是聪慧的女子，他们两人虽然具有两个身体，可是他们的命却是同一不二的呀。你还有什么可抱怨的呢！"

在这首诗中，苏尔达斯描绘出牧女的另一类形象，即对黑天和罗陀进行祝福和赞美的牧女。如此一来，牧女群体的形象不再单一，突显出更为丰富的色彩。

【原文】

सुनि सजनी ये ऐसे लागत।
एक प्रान, जुग तन, सुख कारन, एकौ निमिष न त्यागत।
बिछुरत नहीं संग तैं दोऊ, बैठत, सोवत, जागत।
पूरब नेह, आजु यह नाहीं, मोसौं सुनहु अनागत।
मेरी कही साँच तुम जानौ①, कीजौ आगत स्वागत।
सूर स्याम राधाबर② ऐसे, प्रीतिहिं तैं अनुरागत।।
（74/2523）

【对译】

女伴且听，须知他们如此般
命一身二福乐故，一瞬亦未曾离弃。
两人相伴从未别，坐时醒时睡眠时。
前世远古之爱恋，此非现今且听我。
你且知晓我言真，且行恭敬与礼待。
苏尔言，
罗陀之夫如此般，黑子所爱唯有爱。

【释译】

本诗描述的是罗丽达向女伴解释黑天和罗陀的根本形态。内容大致如下：

① Gupta 本作 jānauṃ。
② Gupta 本作 rādhā-var。

罗丽达对女伴道："女伴啊，你听我说，黑天和罗陀他们一直在一起，这点你必须认识清楚。他们的生命原本就是同一的，是为了享受爱情的福乐，才将身体分离为两个，成为今天你看到的模样，实际上他们片刻也没有离弃过对方。他们两人总是相依相伴，无论是坐着、睡着还是醒着，从未分离。他们两个人的爱情不是现在才形成的，而是前世就已存在，是始自远古的爱。女伴你要明白我说的都是真的，没有骗你，所以你必须要对他们恭恭敬敬，以礼相待。黑子只会爱深爱他的人。"

在这首诗中，苏尔达斯借罗丽达之口阐述黑天与罗陀的爱情关系，表达了自己对神与人、大梵与小我在本质上同一不二的观点。本诗最后一句"罗陀之夫如此般，黑子所爱唯有爱"，实际上是全诗的主旨和重点，是诗人帕克蒂思想的体现，即唯爱方为神之爱。

【原文】

धन्य धन्य यह तेरी बानी।

तैँ नीकैँ हरि कौँ① पहिचाने, अब हम तोकौँ जानी।

राधा आधा देह स्याम की, तू उनकी बिचवानी।

राधा हूँ तैँ अधिक स्याम सौँ, तेरी प्रीति पुरानी।

जौ हरि की संगिनि तू नाहीँ, आदि नेह क्यौँ गानी।

सूरदास प्रभु रसिक-सिरोमनि, यह रस कथा बखानी।।

（75/2525）

【对译】

你之此番话语幸

你才透彻识黑子，现今我等亦知你。

① Gupta 本作 kau。

罗陀黑子之半身，你乃彼等中间人。

你对黑子久远爱，较之罗陀更为甚。

如若你非黑子伴，如何能颂原初爱？

苏尔达斯言，

胜尊风流头上宝，讲述此番情味事。

【释译】

本诗描述的是女伴们对罗丽达洞悉一切的赞扬。内容大致如下：

听完罗丽达的解释，女伴们恍然大悟，对罗丽达道："罗丽达啊，你对我们说的这番话真是太美妙了！只有你才真正透彻地认识黑子，他的秘密我们都不知道，现在我们才知道原来你是如此聪慧。罗陀她是黑子身体的一半，你却是他们的中间人、调解人。我们认为，你对黑子的爱比罗陀更为长久。如果你不是一直陪伴着黑子，又怎能如此了解他们之间这始自远古的爱恋呢？"

罗丽达回答女伴道："黑子他是风流之主，是他将他和罗陀的这些秘密告诉我的。"

【原文】

राधा नँद-नँदन अनुरागी।

भय चिंदा हिरदै नहिं एकौ①, स्याम रंग रस पागी।

हरद② चून रँग, पय③ पानी ज्यौं, दुबिधा दुहुँ की भागी।

तन मन प्रान समर्पन कीन्हौ, अंग-अंग रति खागी④।

① Gupta 本作 eko。

② Sabha 本作 hṛday，Gupta 本作 haradi。

③ Gupta 本作 yak。

④ Gupta 本作 ravāgī。

ब्रज-बनिता[1] अनलोकन करि करि, प्रेम बिबस तनु त्यागी।

सूरदास प्रभु सौँ चित लाग्यौ, सोवत तैँ मनु जागी॥

（76/2527）

【对译】

罗陀爱恋难陀子

恐惧顾虑心无一，沉浸黑子爱恋味。

姜黄石灰色奶水，如此两者差别消。

奉献身心与生命，情爱刺入各肢体。

伯勒杰女遍遍望，为爱所控将身弃。

苏尔达斯言，

心儿系于胜尊上，如从睡中清醒来。

【释译】

本诗描述的是罗陀对黑天的爱恋。内容大致如下：

罗陀爱恋着难陀之子黑子。在对黑天的爱恋中，她心中没有一丝的恐惧和顾虑。他们两人在一起不可分离，就如同黄色的姜黄粉与白色的石灰混合变成红色，就如同牛奶与水混合后成为一体一样，他们两人之间的所有差异都已消除，两人合二为一。罗陀将自己的身体、心灵和生命都奉献给了黑天，对黑天的爱恋深入她的每一寸身体。伯勒杰的少女们一遍遍地看着眼前罗陀与黑天的这种爱恋，也因为爱而忘却了自己的身体。这时候，知悉一切的她们如梦初醒，消除了一切疑惑，与罗陀一样，全心全意地爱恋着黑天。

本诗中，苏尔达斯以全知者的视角，描摹了罗陀通过爱与黑天合一的状态，实际上也就是诗人倡导的，信徒通过对神虔诚的爱从而达到人生无上圆满之境时的状态。

① Gupta 本作 vraj-vanitā。

【原文】

स्याम रंग राँची ब्रज① नारी। और रंग सब दीन्हे② डारी।

कुसुम रंग गुरुजन पितु माता। हरित रंग भगनी अरु भ्राता③।

दिना चारि मैं सब मिटि जैहै। स्याम रंग अजराइल रैहै।

उज्ज्वल रंग गोपिका नारी। स्याम रंग गिरिबर④ के धारी।

स्यामहिं मैं सब रंग बसेरौ। प्रगट बताइ देउँ, कह झेरौ।

अरुन सेत सित सुंदर तारे। पीत-रंग पीतांबर धारे।

नाना रंग स्याम गुनकारी। सूर स्याम रँग घोष-कुमारी॥

（77/2530）

【对译】

伯女染上黑子色

伯女⑤染上黑子色，其他颜色皆放下。

长辈父母红花色，兄弟姐妹为绿色。

四日之7内众皆逝，黑子之内永不灭。

牧女之色为亮白，托妙山者色青黑。

青黑之中众色居，明白讲述何须争。

红色白色美丽瞳，黄色黄衫穿着上。

苏尔言，

黑子作德者⑥多色，牧区少女黑子色。

【释译】

本诗描述的牧女染上黑天之色的场景。内容大致如下：

---

① Gupta 本作 vraj。
② Gupta 本作 dīnheṃ。
③ Sabha 本作 bhātā。
④ Gupta 本作 girivar。
⑤ 伯女，原文为 braj nārī，字面义为伯勒杰的女子，此处受字数限制，缩译为伯女。
⑥ 作德者，原文为 guṇakārī，字面义为做功德的人，为黑天的名号之一。

伯勒杰的少女们都沉浸在对黑天的爱恋中，就像身上沾染了他的颜色一样。她们心里只有黑天，于是她们将其他的颜色都抛弃了，身上心里就剩下黑子的青黑肤色。在她们看来，家里的长辈们以及父亲母亲是红色的，兄弟姐妹是绿色的。这种红色和绿色都是短暂的，只有黑子的青黑色是永世长存、不可磨灭的。牧女们原本肤色白皙，是白色的，只有托举牛增山的黑子是青黑色的。然而，这种青黑色中还包含其他的颜色，这么说是毋庸置疑的。黑色、白色以及红色三种颜色构成了他的眼睛，他身上穿着黄色的衣衫。善行功德的黑子包含各种各样的颜色，而牧女们都染上了他的颜色，成为青黑色的了。

这首诗中，苏尔达斯奇思妙想，将牧女们爱恋黑天的感情通过颜色的转变具象化、视觉化。以青黑色为主调的各种颜色交织在一起，构成了一幅美妙绝伦的牧女爱恋黑天图。

【原文】

आँखिनि मैं बसै, जिय मैं बसै, हिय मैं बसत निसि दिवस प्यारौ।

तन मैं बसै, मन मैं बसै, रसना हू मैं बसै नंदवारौ।

सुधि मैं बसै, बुधिहू मैं बसै, अंग-अंग बसै मुकुटवारौ।

सूर बन बसै, घरहु मैं बसै, संग ज्यौं तरंग जल न न्यारौ॥

（78/2537）

【对译】

停驻眼中生命中

停驻眼中生命中，爱人日夜驻心中。

停驻意中身体中，难陀之子驻舌中。

停驻知觉智慧中，戴冠者驻各肢中。

苏尔言，

停驻家中树林中，相伴如浪不离水。

【释译】

本诗描述的是牧女爱恋黑天，以至于身体各部分都思念着黑子的场景。内容大致如下：

牧女们深爱黑天，于是黑天日日夜夜都停驻在她们的眼睛里、生命里、心里、身体里、意念里、舌尖上、意识中、智慧里，停驻在牧女们的各处肢体里。黑天他住在森林里，也住在牧女们的家里。牧女们时时刻刻都与他在一起，像水与浪一般，从不分离。

这首诗中，苏尔达斯逐一细数了人身体的各个部分以及人的思想、意识、知觉和智慧，点出对牧女们而言，无论哪一部分中都有黑天的存在，较之泛泛而述，这种列举之法更能突出牧女们对黑天的爱恋之深，排比之阵更能表达牧女们对黑天的情意之切。

उपहास
嘲讽

【原文】

नंद-नँदन बिनु कल न परै।

अति अनुराग भरीँ[1] जुवती सब, जहाँ स्याम, तहँ चित्त ढरै।

भवन गईं, मन तहाँ न लागै, गुरु गुरुजन अति त्रास करैं।

वै कछु कहैं, करैं कछु औरै, सासु ननद तिन पर झहरैं।

यहै तुमहिं पितु-मातु सिखायौ, बोल करति नहिं ,रिसनि जरैं।

① Gupta 本作 bharī。

सूरदास प्रभु सौं चित अरुझ्यौ, यह समुझैं जिय ज्ञान धरैं॥

（79/2538）

【对译】

无难陀子无安宁

众女极度盈满爱，黑子所在心向往。

归家心不系彼处，师尊长辈极愤怒。

彼等言行不一致，婆婆姑子怒斥彼：

父亲母亲教你此，不从所言愠怒炙。①

苏尔达斯言，

心中持念知晓此：心儿沉沦迷胜尊。

【释译】

本诗描述的是看到牧女们心恋黑天，家中长辈们的反应。内容大致如下：

牧女们心中充满对黑子的爱恋，一直追随着黑子，一刻看不见他，她们就得不到片刻的安宁。虽然现在她们已经回家了，但她们的心并不在家中，而仍然系缚在黑子身上。看见她们的这种模样，家中的长辈和师尊都很生气。她们平日里嘴上说得挺好，可实际上做出来的却是另外一套。她们的婆婆和大姑子、小姑子也异常愤怒，斥责她们道：“你瞧你，说一套做一套，你们的爸妈只教会你们这个了！”

本诗中，牧女们一心沉迷在对黑天的爱恋中不可自拔，以至于在家里表现出“身在曹营心在汉”的境况，这让她们的父母长辈十分生气，于是有了这段愤怒地斥责。然而，牧女们并非不明白长辈们所要表达的这些道理，但是正如诗人在本诗末所言——牧女们

① 本句主语不一致，其中“父亲母亲教你此，不从所言愠怒炙”为婆婆、姑子所怒斥的言语，“愠怒炙”的主语仍为婆婆、姑子。

“心中持念知晓此：心儿沉沦迷胜尊”。这时候，长辈们说什么，都不起什么作用了，只是白白生气罢了。

【原文】

सासु-ननद घर त्रास दिखावैं।
तुम कुल-बधू[1] लाज नहिं आवति, बार बार समुझावैं।
कब की गई न्हान तुम जमुना, यह कहि कहि रिस पावैं।
राधा कौ तुम संग करति हौ, ब्रज उपहास उड़ावैं।
वे हैं बड़े महर की बेटी, तौ ऐसी[2] कहवावैं।
सुनहु सूर यह उनहीं फाबै, ऐसी कहति डरावैं।।
（80/2539）

【对译】

婆婆姑子家中怒
一遍一遍来规劝：大家女你不觉耻，
叶木拿浴早早去，回回言此生怒气。
你偕罗陀相伴随，伯勒杰地嘲讽传。
她乃伟大族主女，方可让人言此般。
苏尔言，
且听彼才觉此宜，如此言说来恐吓。

【释译】

本诗描述的是婆婆和姑子们在家中对牧女们的教导。内容大致如下：

看见牧女们魂不守舍的模样，她们的婆婆和姑子们在家里十分生气。她们一遍又一遍地规劝牧女道：“你可是有体面的，是正经人

① Gupta 本作 vadhū。
② Gupta 本作 aisau。

家的女儿啊，你怎么一点儿也不觉得羞耻呢？你看你，早早就去叶木拿河边沐浴了，这么晚才回来。”她们越说越生气，于是继续斥责道：“我知道你是陪同罗陀一起去的，伯勒杰中早就流言满天飞了。罗陀她是伟大族主的女儿，有权势家的人总是能让别人说自己好的。他们谁都不怕，人家怎么说都行，反正别人不敢说他们不好。而你啊，只是无权无势之家的女儿，别人可以随便议论你。你可得知道这个啊！”

本诗中，婆婆和姑子故意在牧女面前强调罗陀与她们普通人家的家世不同，所以人们面对同一件事时，对待她们的态度也会与罗陀不同，希望以此吓唬牧女，告诫她们罗陀能够任性妄为，而她们却不能，希望能让她们回心转意。

【原文】

हम अहीर ब्रजबासी① लोग।

ऐसैं चलौ, हंसै नहिं कोऊ, घर मैं बैठि करौ सुख भोग।

दही मही, लवनी, घृत बेंचौ, सबै करौ अपने उतजोग।

सिर पर कंस मधुपुरी बैठ्यो, छिनकहि मैं करि डारै सोग।

फूँकि फूँकि धरनी पग धारौ, अब लागीं तुम करन अजोग।

सुनहु सूर अब जानौगी तब, जब देखौ राधा संजोग।।

（81/2540）

【对译】

我等居伯勒杰地之牧人

此般行事无人笑：安坐家中享福乐，

尽行己职卖奶油，酸奶乳浆及酥油。

① Gupta 本作 brajavāsī。

头上摩城刚沙坐，瞬间即可置苦难。

谨小慎微脚踏地，迈步不当如今你。

苏尔言，

且听今见伴罗陀，彼时便会知分晓。

【释译】

本诗承接上一首诗，仍为众牧女家的长辈们对她们的训诫。内容大致如下：

长辈们继续道："我们啊，就是居住在伯勒杰地区的普通牧民而已，跟罗陀家比不得啊。你只有干好自己分内的事情，要么好好在家坐着享福，要么就出去贩卖酸奶啊、乳浆啊、奶油或者酥油，可别再去招惹黑天了。只有这样，我们才能保住自己的名声，不被别人嘲笑。更何况，我们上边还有坐在马图拉城的刚沙王，他只要一个不高兴，随时都能要了我们的命，给我们带来痛苦和灾难。所以，我们平时必须规行矩步、谨小慎微，你看看你，还敢干出这样不恰当的事儿来。我可告诉你，要是你再跟罗陀在一起乱来，被人看见了，那时候你就知道厉害了！"

继上一首诗分析完自己家庭与罗陀家族的悬殊后，长辈们继续向牧女们讲述自家的生活不仅受到各种世俗礼法和舆论的限制，还受到刚沙国王的压迫，以此教导牧女们平日说话做事都必须规规矩矩、小心翼翼。本诗末尾，苏尔达斯一转之前苦口婆心的基调，又对牧女们进行威胁和吓唬，将家族长辈们对孩子又气又怒进行教导时的场景描绘得栩栩如生。

【原文】

तुम कुल बधू निलज जनि ह्वैहौ।
यह करनी उनहीँ की छाजै, उनकैँ संग न जैहौ।
राधा-कान्ह-कथा ब्रज[1]घर-घर, ऐसैँ जनि कहवैहौ।
यह करनी उन नई चलाई, तुम जनि हमहिँ हँसैहौ।
तुम हौ[2] बड़े महर की बेटी, कुल जनि नाउँ धरैहौ।
सूर स्याम राधा की महिमा, यहै जानि सरमैहौ॥
（82/2541）

【对译】

你乃大家女，莫要不知耻
此行于她添光彩，莫要伴她一同去。
伯地[3]罗陀黑黑事，莫让户户如此议。
她新实施此行为，你莫让我遭耻笑。
你乃伟大族主女，莫使家族名誉损。
苏尔言，
黑子罗陀之伟大，知此应当觉羞愧。

【释译】

本诗承接上一首诗，仍为众牧女家长辈们对她们的教诲。内容大致如下：

长辈们训导道："你呀，好歹是大户人家的女儿，就不要不知羞耻了。天天追随着黑子，这对罗陀来说是添光添彩的，可是对你来说是不好的，你就别整天跟她一起去了。你瞧，现在伯勒杰家家户户都在议论黑子和罗陀的事情，你就别让人家也这么议论你了。这

① Gupta 本作 vraj。
② Varma 本作 hī。
③ 伯地，原文为 braj，指伯勒杰地区，此处受字数限制，故缩译为伯地。

是罗陀新干的坏事，你就别跟着起哄，让我们家受人耻笑。你好歹也是族主的女儿，别败坏了家里的名声。”

这首诗的主体部分在内容和主题上与前几首诗歌类似，长辈们希望劝导自家女子恪守世俗礼法，以免遭人非议，导致家族名誉受损。然而，几经教育，牧女们对此却不以为然。在牧女心中，正如苏尔达斯在本诗末尾所述——“黑子罗陀之伟大，知此应当觉羞愧”，这句话既是诗人对黑天和罗陀爱情的赞美，也是牧女们对上文长辈诸般教育的回应，在整首诗的结构上起到了起承转合、铺垫下文和推动情节发展的作用。

【原文】

यह सुनि कै हँसि मौन रहीँ री।

ब्रज उपहास कान्ह राधा कौ, यह महिमा जानी उनहीँ री।

जैसी बुद्धि हृदय है इनकैँ[①], तैसीयै मुख बात कही री।

रबि[②] कौ तेज उलूक न जानै, तरनि सदा पूरन नभहीँ री।

बिष[③] कौ[④] कीट बिषहिँ[⑤] रुचि मानै, कहा सुधा रसहीँ री।

सूरदास तिल-तेल-सवादी, स्वाद कहा जानै घृतहीँ री।।

（83/2542）

【对译】

闻此笑不语

黑黑罗陀之嘲讽，伯地[⑥]此盛彼等知。

① Gupta 本作 inakai。

② Gupta 本作 ravi。

③ Gupta 本作 viṣ。

④ Varma 本作 ko。

⑤ Gupta 本作 viṣahiṁ。

⑥ 伯地，原文为 braj，指伯勒杰地区，此处受字数限制，故缩译为伯地。

彼等心具何般智，那般口中言话语。

鸮鸟不晓日之辉，光芒永恒满天空。

毒虫只认毒有趣，甘露之汁又如何？

苏尔达斯言，

芝麻油之品享者，怎会知晓酥油味？

【释译】

本诗描述的是牧女们经过长辈训诫之后的心理活动。内容大致如下：

听完长辈们的教导，牧女们笑而不语。她们想，家里的这些人啊，他们只知道现在伯勒杰地区到处都在盛传嘲讽黑子和罗陀的话，可是他们实际上什么都不知道。人有什么样的智慧，就会说什么样的话，这有什么关系呢？就像猫头鹰不知道太阳的光辉，然而太阳的光芒还是会永远布满整个天空；像毒虫只对毒液感兴趣，完全不知甘露的好处，即使它们得到甘露什么用处也没有。正如只会品尝芝麻油的人怎能知道酥油的美妙味道呢？

在这首诗中，面对长辈们的斥责和教导，牧女们却不以为然，淡然处之，丝毫没有放在心上，甚至还带有一丝嘲讽的意味。实际上，在苏尔达斯的诗中，长辈们代表的是世间众人，牧女代表的是获得真知的信徒，诗人是想通过牧女的这些心理活动告诉世人只有透彻理解和明白了黑天和罗陀之间的秘密，即神与信徒、梵与小我之间的奥秘之后，才不会像诗中的猫头鹰、毒虫和品尝芝麻油的人一样无知，才能获得真正的福乐。

【原文】

अहिर जाति गोधन कौ मानैँ[1]।

नंद-नँदन सुर नर मुनि बंदन[2], तिनकी महिमा ये क्यौं जानैं।

धनि राधा, उपहास धन्य यह, सदा स्यामही के गनु गानै[3]।

परम पुनीत ह्रदय अति निर्मल, बार बार वा[4] जसहिं बखानै।

स्याम काम की पूरनहारी, ताकौं कुलटा करि पहिचानै।

सूरदास ऐसे लोगनि कौ नाउँ न लीजै, होत बिहानै।।

（84/2543）

【对译】

牧人种姓只认牛

神人牟尼敬颂他，难陀子尊彼何知？

此嘲讽幸罗陀幸，永恒歌颂黑子德。

心极纯洁至神圣，遍遍赞扬彼美名。

圆满黑子欲愿者，她被认识为荡妇。

苏尔达斯言，

清晨时分莫提及，如此众人之姓名。

【释译】

本诗承接上一首诗，描述的是牧女们的心理活动。内容大致如下：

牧女心想，伯勒杰的这些人啊，只是些牧人而已，成天只知道跟牛群打交道，其他什么都不知道。因此，神、人、牟尼们歌颂和敬拜的黑子，他的伟大和尊荣又岂是他们能够了解的。他们传扬这些嘲讽挺好，罗陀天天歌颂黑子的美德，更是值得称颂的。她一遍

① Gupta 本作 mānai。

② Gupta 本作 vandan。

③ Gupta 本作 gāvai。

④ Gupta 本作 yā。

遍赞美黑子的美名，她的心灵是无上神圣和纯洁的。她跟黑子在一起游乐嬉戏，满足了黑子的所有心愿。如此美妙的女孩却被这些无知的人们认作荡妇。清晨的时候，可千万别提及这些人的名字，否则一天都没什么好结果。

本诗中，诗人通过牧女的所思所想，赞颂了那些全心虔爱黑天的信徒。苏尔达斯希望世人明白，有人暂时无法理解和接受信徒的虔诚之心，是由于他们并未了解虔信的真义，无论在什么情况下虔信黑天都是幸运和值得颂扬的。

【原文】

बिमुख जननि कौ संग न कीजै।

इनके① बिमुख बचन सुनि स्रवननि, दिन दिन देही छीजै।

मोकौं नैंकु नहीं ये भावत, परबस कौं कह कीजै।

धिक जीवन ऐसौ बहु दिन कौ, स्याम भजन पल जीजै।

धिक इहिं घर, धिक इन गुरुजन कौं②, इनमैं नहीं बसीजै।

सूरदास प्रभु अंतरजामी, यहै जानि मन लीजै।।

（85/2545）

【对译】

不应相伴离弃者

耳闻彼等离弃语，日日身体渐消瘦。

彼等丝毫我不喜，受制于人何可为？

此生多日有何用，念颂黑子活瞬间。

此家长辈有何用，不应居住于其中。

苏尔达斯言，

① Gupta 本作 inkau。

② Gupta 本作 koṃ。

胜尊乃为内控者，心中定然知晓此。

【释译】

本诗描述的是牧女对家族长辈的埋怨和不满。内容大致如下：

牧女无奈地道："我不应该跟这些背离黑子的人生活在一起。我总听他们说背离黑子的话，心里十分难受，于是身体也日渐消瘦了。我一点儿也不喜欢他们，可是我还是得待在家里受他们管束，我除了忍受之外，还能做什么呢？跟这样的人生活在一起，无论生活多久都是没什么好处的，还不如念颂黑子度过一瞬间。这个家也没什么价值，这些长辈们也没什么用，我就不应该生活在家里，生活在他们中间。幸好黑子他是了解别人内心所想的人，我心里的所思所想，他一定是明白的。"

在这首诗中，苏尔达斯表面上是在描述知晓一切奥秘的牧女不被家人理解和接受，反遭斥责的痛苦，实际上是想借此向世人传达，无论在虔信神的过程中受到何种阻碍，听到何种话语或与何种人生活在一起，只要信徒心中坚定虔诚和热爱，就会被神知晓，最终达到与神合一的完满境界。

सहसा भेंट
巧遇

【原文】

राधा स्याम-रंग रँगी।

रोम रोमनि भिदि गयौ सब, अंग अंग पगी।

प्रीति दै, मन लै गए हरि, नंद नंदन आपु।

कृष्न-रस उन्मत्त नागरि, दुरत नहिं परतापु।

चली जमुना जाति मारग, हदै यहै बिचार।

सूर प्रभु कौ दरस पाऊँ, निगम-अगम-अपार।।

（86/2546）

【对译】

罗陀染上黑子色

根根毫毛皆沁透，周身各肢沉浸爱。

难陀之子给予爱，自行将心掠夺去。

慧女迷醉黑天味，无法隐瞒煎熬苦[①]。

走向叶木拿河路，内心之中此思量：

苏尔言，

愿能得见于胜尊，尼笈摩亦难达者[②]。

【释译】

本诗描述的是罗陀思念黑天的情态。内容大致如下：

罗陀深深眷恋着黑子，她身上的每一根汗毛都浸透着对黑子的情意，她全身上下的各个肢体都沉浸在对黑子的爱慕中，不可自拔。难陀家的小黑子将他的爱交给罗陀，把罗陀的心夺去了。于是，聪慧的小罗陀迷醉情爱中，承受着与情郎分别的痛苦，无法隐瞒。她一边走在通往叶木拿河畔的道路上，一边想着，如果我现在能见一见黑子，该有多好啊！

在这首诗中，苏尔达斯通过直接陈述以及心理描写，主要表现了罗陀对黑天的爱恋和思念。从内容和情节来说，这首诗是少男少女之间另一段故事的契机和开端。

① 煎熬苦，原文为 paratāpu，字面基本义为热、炽热，也通常被引申为力量、权威、英雄气概等意思。结合上下文，此处以炽热来形容黑天给予罗陀的离别煎熬之苦，故此处取其引申义煎熬之苦。

② 尼笈摩亦难达者，原文为 nigam-agam-apār，其中 nigam 指吠陀经典，agam 指无法达到的、难以达到的，apār 意为难以超越，难以跨越的。该句字面义为吠陀经典亦难以达到，难以超越的。即吠陀等经典也难以形容的，此处指黑天。

【原文】

चित कौ चोर अबहिं जौ पाऊँ।

हृदय कपाट लगाइ जतन करि, अपने मनहिं मनाऊँ।

जबहिं निसंक होति गुरुजन तैं, तिहिं औसर जो आवैं।

भुजनि धरौं भरि सुदृढ़ मनोहर, बहु दिन कौ फल पावैं।

लै राखौं कुच बीच चाँपि करि, तन कौ[1] ताप बिसारौं।

सूरदास नँद नंदन कौ गृह गृह डोलनि स्रम टारौं।।

（87/2547）

【对译】

现在若得偷心贼

努力关闭心之门，劝慰安抚自己心。

不再畏惧怕长辈，若值彼时他来到，

双臂牢抱夺心者[2]，多日之果可获得，

按压紧抱乳房间，身体煎熬可忘却。

苏尔达斯言，

移去消除难陀子，徘徊各家之劳苦。

【释译】

本诗承接上一首诗，是罗陀构想若能得见黑天的内心独白。内容大致如下：

罗陀走在路上，心里想到，如果现在能够见到将我心偷去的黑子，那么我一定把我的心门关上，将他留在里面，不再让他出来，这样我就可以安抚我焦急不安的心灵，我将不再畏惧害怕长辈。如果此刻他来到此处，我将张开双臂紧紧抱住他，实现我多日以来的

① Gupta 本作 kī。

② 夺心者，原文为 manohar，通 manohara，该词由 mano+hara 构成，字面义为将心夺去的，通常作为形容词修饰名词时意思引申为迷人的，可爱的，美丽的。此处由于指代黑天，为与形容词作区分，故译者取其字面义进行翻译。

愿望和渴盼。我将把他按压在胸前，消除我身心的煎熬和痛苦。难陀家的黑子习惯在各家各户游荡，如果我能够见到他，我也希望能够与他一同嬉戏，消除他整日徘徊的劳累与辛苦。

这首诗的主题与上一首诗类似，只是诗人换了一种方式和角度，以罗陀想象自己见到黑天之后的场景，从侧面烘托出罗陀对黑天的相思。

【原文】

इततैं राधा जाति जमुन-तट, उततैं हरि आवत घर कौं।
कटि काछनी, वेष① नटवर कौ, बीच मिली मुरलीधर कौं।
चितै रही मुख इंदु मनोहर, वा छबि② पर वारति तन कौं।
दूरिहु तैं देखत ही जाने, प्राननाथ सुंदर घन कौं।
रोम पुलक, गदगद बानी कही, कहाँ जात चोरे मन कौं।
सूरदास प्रभु चोरन सीखे, माखन तैं चित-बित③-धन कौं।।
（88/2548）

【对译】

罗陀此去叶河畔

罗陀此去叶河畔④，诃利自彼返回家。
途中相遇持笛者，腰系围裤舞胜装。
久视迷人如月颜，奉献身体为彼美。
远远瞧见即知晓，生命之主俊美云⑤。

① Gupta 本作 veṣ。
② Gupta 本作 chavi。
③ Gupta 本作 vit。
④ 叶河畔，原文为 jamun-taṭ，字面义为叶木拿河的河边，此处受字数限制，故将叶木拿河缩译为叶河。
⑤ 俊美云，原文为 sundar ghan，字面义为俊俏美丽的云，此处指代黑天，为黑天的名号之一。

毫毛竖立结巴言：将心偷走何处去？

苏尔达斯言，

胜尊偷窃已习得，自奶油至心财宝。

【释译】

本诗承接上一首诗，描述的是罗陀与黑天在路上巧遇的场景。内容大致如下：

若有所思的罗陀正前往叶木拿河边，恰逢黑天从那里回家，于是两人刚好在途中相遇。黑天腰间系着围裤，身着舞胜的装束，只远远看了一眼，罗陀就立即认出那就是她心中日日夜夜期盼和思念的情郎。罗陀久久凝视着他如明月一般俊美的容颜，甘愿向他奉献自己的身体和一切。她激动万分，结结巴巴地对他说道："狠心的人啊，你偷走了我的心，这是又要去哪里呀？"

本诗最后一句"胜尊偷窃已习得，自奶油至心财宝"是苏尔达斯的诗外音，童年时期的黑天调皮捣蛋，只会偷别人家的奶油，而如今黑天长成一位翩翩美少年，小时候偷奶油的小把戏已经无法满足他，使他欢愉，于是他还学会了去俘虏少女如财宝一样珍贵的内心，让罗陀对他日思夜想、牵肠挂肚。

【原文】

भुजा पकरि ठाढ़े हरि कीन्हे।

बाँह मरोरि जाहुगे कैसैं, मैं तुम नीकैं चीन्हे।

माखन-चोरी करत रहे तुम, अब भए मन के चोर।

सुनत रही मन चोरत हैं हरि, प्रगट लियौ मन मोर।

ऐसे ढीठ[1] भए तुम डोलत, निदरे ब्रज[2] की नारि।

सूर स्याम मोहूँ मिदरौगे, देहुँ प्रेम की गोरि॥

（89/2550）

【对译】

抓住手臂止诃利

扭拧手臂如何去，我可透彻熟识你。

你一直将奶油窃，现今又成偷心贼。

诃利偷心久听闻，竟然公开偷我心！

此般无礼四徘徊，伯勒杰女你不敬。

苏尔言，

黑子对我亦不敬，必将爱之骂言递。

【释译】

本诗描述的是罗陀遇见黑天后不让他离开自己的场景。内容大致如下：

罗陀抓住黑天的手臂，不让他继续往前走。她对黑天道："黑子啊，我就要紧紧抓住你的手臂，即使你在这儿又推又扭的，也没办法摆脱我，我倒要看看，你还怎么能走得了！我对你十分了解。你小时候就常常跑到别人家去偷奶油吃，现在长大了，已经学会偷心了。虽然我一直都听说你偷心，却没想到你这么放肆，这么明目张胆就把我的心偷走了！你从小就一直如此无礼，徘徊在各家偷奶油，从来都不尊重伯勒杰的女子们。如果现在你连我也不尊重的话，我肯定要骂你千千万万遍。"

少女好不容易遇见心心念念的情人，自然不愿意就这样匆匆一见，又匆匆离别，于是拉着情人的手臂，想让他留下来与自己相伴。

① Sabha 本作 ḍhīṭ。

② Gupta 本作 vraj。

然而，由于少女的矜持和害羞，罗陀表面上还不肯承认自己的真实愿望，非说自己之所以落到今天的地步，都是少年公开偷心惹的祸，所以他必须要留下来，对自己做过的事情负责。正是通过这些微妙而具体的细节，苏尔达斯将一个深陷情爱却娇羞害臊的少女形象栩栩如生地展现在世人面前。

【原文】

यह बल केतिक जादौ राइ।

तुम जु तमकि कै मो अबला सौं, चले बाँह छुटकाइ।

कहियत हौ① अति चतुर सकल अँग आवत बहुत उपाइ।

तौ② जानौं जौ③ अब एकौ छन, सकौ हृदय तैं जाइ।

सूरदास स्वामी श्रीपति कौं, भावत अंतर भाइ।

सहि न सके रति-वचन④, उलटि हँसि लीन्ही कंठ लगाइ।।

（90/2551）

【对译】

此力何等雅度王

朝我弱女撒怒气，挣脱手臂你前行。

人称周身机智极，懂得办法诸多般，

现若自心离一瞬，彼时方才可知晓。

吉祥之主⑤及主人⑥，喜爱内心之情感，

① Varma 本作 ho。

② Varma 本作 to。

③ Gupta 本作 jo。

④ Sabha 本作 bacan。

⑤ 吉祥主，原文为 śripati，即 śri+pati。Śri 原意为吉祥、财富，为吉祥天女的一个名号。pati 字面义为丈夫、主人。Śripati 意为吉祥天女之夫、吉祥天女之主，即毗湿奴大神。此处指毗湿奴大神的化身黑天，为黑天的名号之一。

⑥ 主人，原文为 svāmī，字面义为恩主、主人，此处为苏尔达斯对黑天的尊称。

苏尔达斯言，

难以忍受情爱语，返回微笑拥入怀。

【释译】

本诗描述的是罗陀对黑天擅自强行离开的讽刺。内容大致如下：

黑天挣开罗陀抓住他的手，接着向前走。罗陀不满地道：“哎哟，雅度族的大王，你多有本事啊！你就只会对着我这样的弱女子发怒，挣脱开手臂走掉。人们都说你浑身上下机灵无比，总能想出许多好办法。那你现在倒是从我心里离开，哪怕只有一瞬间，我都会认同人们的说法。”

面对自己的挽留，黑天仍要离开，罗陀又羞又怒，又着急又无奈，只能对黑天说出这些讥讽的话语。黑天听后会做何反应呢？解开悬念之前，苏尔达斯先插入了一句诗外音“吉祥之主及主人，喜爱内心之情感”，意在赞颂黑天，并向世人说明黑天喜爱和看重的是信徒内心的虔诚和真爱。因此，本诗末尾，尽管罗陀说着讽刺的话，但是由于她的内心是真诚而深刻地爱着黑天，她的埋怨和不满皆是由爱而起，所以黑天还是笑着回到她身边，将她拥在怀中，满足了她的心愿。

【原文】

मैँ तुम्हरे गुन जाने स्याम।

औरनि कौ मन चोरि रहे हौ, मेरौ मन चोर्यौ किहिं काम।

वै①डरपतिं तुमकौँ धौँ काहैँ, मोकौँ जानत वैसी बाम।

मैँ तुमकौँ अबहीँ बाँधौँगी, मोहिं बूझि जैहौ तब धाम।

मन लैहौँ, पहुनाई करिहौँ राखौँ अटकि द्यौस अरु जाम।

① Gupta 本作 ve。

सूर स्याम यह कौन भलाई, चोर जहाँ तहँ तुम्हौ नाम॥

（91/2552）

【对译】

黑子啊，我知你德行

一直偷取他女心，何故来偷我之心？

为何彼等惧怕你，将我认作那般女。

现在我要绑住你，问我方可回家去。

殷情招待索要心，阻滞停留日与夜。

苏尔言，

小偷所在有你名，黑子此为何般善。

【释译】

本诗描述的是罗陀向黑天表明自己要留住他的决心。内容大致如下：

罗陀对黑天道："黑子啊，你的德行，我知道得一清二楚。你说你，一直偷别的女孩的心，偷得好好的，干吗无缘无故又跑来偷我的心呢？她们一直害怕你、纵容你，所以导致你今天做出这样的行为，也不知道她们为何害怕你。你可别把我当成她们那样的女孩，我谁都不怕！我现在要好好地绑住你，你得征得我的同意之后才能回家。现在，我要日日夜夜把你留在我身边，好好招待你，向你要回自己的心。黑子啊，你看你做了那么多坏事，现在，只要有小偷的地方，就跟你有关，这算什么好名声啊！"

本诗在主题上与总第2550首诗类似，罗陀虽然嘴上一直说黑天名声不好，总是偷心干坏事，如今竟然欺负到自己头上，所以一定要绑住他、教训他，实际上心里却深爱着黑天，舍不得与黑天分开，所以才以种种借口表达自己想将黑天留在身边的愿望。

【原文】

सुनि री कुल की कानि, ललन सौं मैं झगरौ माँड़ौंगी।
मेरे इनके कोउ बीच परै जिनि, अधर दसन खाड़ौंगी।
चतुर नायक सौं काम पर्यौ है, कैसैं कै छाड़ौंगी।
सूरदास प्रभु नँदनंदन कौ, रस लै लै डाँड़ौंगी।।
（92/2554）

【对译】

家族荣辱且来听

家族荣辱且来听，我欲争吵与情郎。
某莫介入我他间[1]，要用牙齿咬嘴唇。
打交道与狡黠主，如何能够释放开？
苏尔达斯言，
欲对胜尊难陀子，享受情味行惩罚。

【释译】

本诗描述的是罗陀要惩罚黑天的决心。内容大致如下：

罗陀对家族荣辱道："家族荣辱啊，你听我说，今天我就要和心爱的情郎黑子吵架争斗，谁都别来调解和阻止，你也一样！我要用我的牙齿啃咬他的嘴唇。你可是不知道啊，与机灵狡黠中的翘楚黑子打交道，是无论如何都不能轻易放过他的。我今天一定要惩罚他，然后享受其中的快乐和情味。"

苏尔达斯灵活巧妙地将罗陀与黑天会面嬉戏时心中一直顾忌的家族荣辱拟人化，将罗陀与自己内心的斗争变化为她与一个活生生

① 某莫介入我他间，原文为 mere inake ko'u bīc parai jini，其中 bīc parai 字面义为落入两者之间，现代标准印地语多引申为调停、调解之意，此处亦然。

的人的对话，将她对自己不要迟疑和退缩的劝说转换成对他人不要前来调解的劝阻，既生动形象，又趣味横生。

【原文】

कुल की लाज अकाज कियौ।

तुम बिना स्याम सुहात नहीँ कछु, कहा करौँ, अति जरत हियौ।

आपु गुप्त करि राखी मोकौँ, मैँ आयसु सिर मानि लियौ।

देह-गेह-सुधि रहति बिसारे, तुम तैँ हितु नहिँ और बियौ।

अब मोकौँ चरननि तर राखौ, हँसि नँद-नंदन अंग छियौ।

सूर स्याम श्रीमुख की बानी, तुम पैँ प्यारी बसत जियौ।।

（93/2558）

【对译】

家族荣誉行阻挠

黑子无你无欢喜，心煎熬极可作何？

让我将自秘密藏，我遵命令奉头顶。

身家知觉皆忘却，除你挚友别无他。

现且将我置足下，难陀子笑触碰身。

苏尔言，

黑子吉口之话语：命驻你中情女啊！

【释译】

本诗描述的是罗陀对黑天说明自己心意的场景。内容大致如下：

罗陀对黑天道："黑子啊，迄今为止，我的家族荣辱总是出来阻挠破坏我们。没有你陪在我身边，我一点儿都不好过。想着你，我的心备受煎熬，可我又该怎么办呢？你让顾虑家人和世俗荣辱，让我在亲人和长辈面前，隐瞒我对你的爱，你的命令我都照做了。可是，我还是很想念你啊。为了你，我忘记了自己的身体和家庭，对我来说，再也没有人比你更亲更好。现在就让我触碰你的双足，让我来服侍你吧！”

黑天听完罗陀的话，笑着抚摩她的身体，对她说道：“亲爱的人儿啊，你是我的生命所在啊！”

承接上一首诗的内容，在这首诗中罗陀原谅了黑天，并向他吐露了自己的心声。黑天知悉罗陀心中真爱后十分欢喜，也向她表明了自己对她的爱，以此安抚和劝慰她。

【原文】

मातु पिता अति त्रास दिखावत।
भ्राता मोहिं मारन कौं धिरवै, देखैं① मोहिं न भावत②।
जननी कहति बड़े की बेटी, तोकौं लाज न आवति③।
पिता कहै④ कैसी कुल उपजी, मनहीं मन रिस पावति⑤।
भगिनी देखि⑥ देति मोहिं गारी, काहैं⑦ कुलहिं लजावति।
सूरदास प्रभु सौं यह कहि-कहि, अपनी बिपति जनावति।।
（94/2559）

【对译】

父亲母亲恫吓极
兄弟威胁欲打我，亦不欢喜瞧见我。

① Varma 本作 dekheṁ，Gupta 本作 dekhai。
② Varma 本作 bhāvati。
③ Gupta 本作 āvat。
④ Varma 本作 kahaiṁ。
⑤ Gupta 本作 pāvat。
⑥ Varma 本作 dekh。
⑦ Gupta 本作 kāhai。

母亲言说大家女，羞耻害臊你不觉。

父称家中生何女，暗自心中生怒怨。

姊妹瞧见将我骂，为何蒙羞使家族？

苏尔达斯言，

遍遍言此向胜尊，倾诉自己之痛苦。

【释译】

本诗承接上一首诗，描述的是罗陀向黑天诉说自己在家中所承受的种种遭遇。内容大致如下：

罗陀对黑天道："黑子啊，现在我在家里日子难熬，爸妈都吓唬我。兄弟总是威胁说要打我，他们如此讨厌我，看到我就会不高兴。妈妈教训我说，作为大家闺秀，你一点都不知羞耻。爸爸心中暗自生气说，家里究竟生出个什么样的女儿！姐妹们看见之后骂我说，你为什么一定要让家族蒙羞呢？"

本诗最后一句"遍遍言此向胜尊，倾诉自己之痛苦"是苏尔达斯的诗外音，是诗人以全知者的视角对这首诗主题的概括和总结。罗陀得到情郎的抚慰之后，迫不及待地要将自己满腹的委屈统统告诉他，希望得到他更多的关爱，这也正是恋爱中少女对情人讨要关爱所惯用的一种撒娇方式。

【原文】

सुंदर स्याम कमल दल लोचन।

विमुख① जननि की संगति कौ दुख, कब धौं करिहौ मोचन।

भवन मोहिं② भाठी सौ③ लागत, मरति सोचहीं सोचन।

① Sabha 本作 bimukh。

② Gupta 本作 māhiṁ。

③ Varma 本作 sauṁ，Gupta 本作 so。

ऐसी गति मेरी तुम आगैं, करत कहा जिय दोचन।

धिक वै[①] मातु-पिता, धिक भ्राता, देत रहत मोहिं खोँचन[②]।

सूर स्याम मन तुमहिं लगान्यौ, हरद[③]-चून-रँग-रोचन॥

（95/2560）

【对译】

俊美黑子莲瓣眼

伴同厌弃诸人苦，何时方能行解救？

我觉家中似焙炉，忧思担虑将死去。

你前我境已如此，心中为何仍迟疑？

父母兄弟有何用，一直予我烦恼苦。

苏尔言，

心系于你黑子啊，姜黄石灰染颜色。[④]

【释译】

本诗承接上一首诗，仍为罗陀向黑天讲述自己在家中遭受的痛苦。内容大致如下：

罗陀向黑天道："眼若莲花瓣、俊俏美丽的黑子啊，你可知道，我每天在家里与那些背弃、嫌恶你的人生活在一起，心里有多么痛苦，你到底什么时候才来将我解救啊？家现在对我来说，就像炙热的焙炉一样，我整日生活在不安和忧虑当中，活不下去了。黑子啊，在你面前，我的境况就是这般悲惨，你到底还在犹豫什么呢？我要这样的父母兄弟有什么用啊，他们一点都不能让我快乐幸福，只是一味将我推向痛苦和烦恼中。黑子啊，我的一颗心全都系在你身上，

① Varma 本作 ve，Gupta 本作 dai。

② Varma 本作 khocan。

③ Varma 本作 hṛday。

④ 姜黄和石灰一经混合即变为红色，无法再次分开。本句以此来比喻罗陀的心系在黑天身上，就像姜黄和石灰混合一样，不可分离。

不可能再收回来了，就像姜黄和石灰一旦混合就会变成红色的颜料一样。”

本诗在内容上比上一首诗更进一层，罗陀在诉苦的同时，也向黑天传递出希望他能够有所行动，将她从家里解救出来，与他相伴共戏的心声。

【原文】

कुल की कानि कहाँ लगि करिहौं।
तुम आगैं मैं कहौं जु साँची, अब काहू नहिं डरिहौं।
लोग कुटुंब जग के जे कहियत, पेला सबहिं निदरिहौं।
अब यह दुख सहि जात न मोपैं, बिमुख① बचन सुनि मरिहौं।
आपु सुखी तौ सब नीके हैं, उनके सुख कह सरिहौं।
सूरदास प्रभु चतुर② सिरोमनि, अबकैं हौं कछु लरिहौं।
（96/2561）

【对译】

维持家誉至何处

我在你前真实语，如今不惧任何人。
亲属世人若有言，全部违抗不尊重。
现我无法忍此苦，厌弃之言闻将亡。
自己幸福万事安，彼等福乐可成何？
苏尔达斯言，
胜尊机灵头上宝，如今我将争些许。

① Varma 本作 vimukh。
② Varma 本作 caturu。

【释译】

本诗承接上一首诗，描述的是罗陀向黑天表明自己抗争决心的场景。内容大致如下：

罗陀对黑天道："黑子啊，你曾说要我维持家族的荣誉，我努力去做了。可是，你说，我现在还要维护家族的荣誉到什么地步呢？我在你面前说的都是实话，落到今天这个境地，我已经豁出去，不怕任何人了。亲人或是其他任何人，不管他们说什么，我都不再理会和尊重了。我每天听着他们说那些厌弃、嫌恶你的话，难过万分，现在我已经不能再继续忍受这种痛苦了。话说回来，如果我自己觉得幸福的话，那么一切都好说，可是现在我自己这么难受，还管他们的幸福干什么！机灵的黑子啊，现在我不会再继续顺从他们，我一定要为自己抗争！"

这首诗与前几首诗在内容和逻辑上构成层层递进的关系，罗陀先是向黑天倾诉自己之前听从了黑天的劝告，竭力维持家族荣誉，却受尽了各种痛苦，然后向黑天提出能够获得他的宽慰和解救的要求，进而表明自己如今不会再默默忍受痛苦，要为自己的幸福进行反抗和斗争，整个过程一气呵成，生动透彻地传递了罗陀对黑天不顾一切，相爱到底的决心。

【原文】

प्राननाथ <u>हो</u>① मेरी सुरति किन करौ।

मैं जु दुख पावति हौं, दीनद्याल, कृपा करौ, <u>मेरौ</u>② कामदंद-दुख औ बिरह हरौ।

---

① Gupta 本作 hau。

② Varma 本作 mero。

तुम बहु रमनी-रमन, सो तौ जानति हौं, याही के जु धोखैं हौ मोसौं काहैं लरौ।

सूरदास स्वामी तुम हौ[1] अंतरजामी सुनौ[2], मनसा बाचा[3] मैं ध्यान तुम्हरौई धरौं।

（97/2562）

【对译】

命之主啊，为何不想我

悯穷[4]施恩我得苦，除我离别情欲苦。

你众妙女之情郎，我亦知晓了解彼，

存在此般迷惑中，为何与我相争斗？

苏尔达斯言，

主人内控者你听，我以心言专注你。

【释译】

本诗承接上一首诗，描述的是罗陀请求黑天施恩关爱自己的场景。内容大致如下：

罗陀对黑天道："黑子啊，你是我生命的主人，你为什么不想念我呢？我痛苦万分，现在请你对我开开恩吧，请你将我因为情欲和离别产生的痛苦消除吧！你是众多美妙少女的情郎，你常与她们一起游乐嬉戏，这些我都知道。可是怎么办呢，我还是陷入了对你向往爱慕的迷惑中，不可自拔。黑子啊，你是知道人内心所思所想的人，我是如此爱恋着你，愿用我的所有专注你，想念你。你为什么仍然不肯对我好点呢？"

本诗最后一句，"主人内控者你听，我以心言专注你"，既是罗陀对黑天爱慕的表白，也是苏尔达斯对黑天的赞美和歌颂，意思是

---

① Gupta 本作 ho。

② Varma 本作 suno。

③ Gupta 本作 vācā。

④ 悯穷，原文为 dīnadyāl，即 dīna+dyāl，字面义为对穷人慈悲为怀的，怜悯穷苦人的，此处为罗陀对黑天的称呼，即怜悯穷人的人啊。

黑天你是信徒伟大的主人，你知道信徒内心的一切，我愿用我的一切向你顶礼致敬。

【原文】

हौं या माया ही लागी तुम कत तोरत।
मेरौ तौ जिय तिहारै चरननि ही मैं लाग्यौ[1], धीरज क्यौं रहै[2] रावरे मुख मोरत।
कोऊ लै बनाइ बातैं, मिलवति तुम आगैं, सोई किन आइ मोसौं अब है जोरत।
सूरदास पिय, मेरे तौ तुमहिं हौ[3] जु जिय, तुम बिनु देखैं मेरौ हिय ककोरत॥
（98/2563）

【对译】

我已系于此摩耶，你又何故要破坏？
我命系于你双足，安宁怎存你颜转？
某于你前编谎言，彼现何不来伴我？
苏尔言，
我命乃为情郎你，未瞧见你我心揪。

【释译】

本诗承接上一首诗，描述的是罗陀向黑天表明思念之切的场景。内容大致如下：

罗陀对黑天道："黑子啊，我已经陷入对你的爱恋之中了，你为什么要把我对你的这种羁绊毁掉呢？我的生命与你联系在一起，所以当你扭头不理我的时候，我怎么能保持安宁呢？有些人为了坏我们的事儿，故意在你面前编造谎言、胡说八道，你看他们怎么现在不到我这儿来，跟我理论理论呢？亲爱的黑子啊，你就是我的生命，

① Sabha 本作 lāgyo。
② Gupta 本作 rahe。
③ Varma 本作 ho。

看不见你，我的心一直备受煎熬。”

这首诗的主题仍然是罗陀向黑天倾诉自己对他的爱慕和渴盼之情。

【原文】

बिहँसि राधा कृष्न अंक लीन्ही।

अधर सौँ अधर जुरि, नैन सौँ नैन मिलि, हृदय सौँ हृदय लगि, हरष कीन्ही।

कंठ भुज-भुज जोरि उछँग लीन्ही नारि, भुवन-दुख टारि, सुख दियौ भारी।

हरषि बोले स्याम, कुंजबन[①] घन-धाम, तहाँ हम तुम संग मिलैँ प्यारी।

जाहु गृह परम धन, हमहुँ जैहैँ सदन, आइ कहुँ पास, मोहिँ सैन दैहौ।

सूर यह भाव दै, तुरतहीँ गवन[②] करि, कुंज-गृह-सदन तुम जाइ रैहौ।।

（99/2566）

【对译】

黑天微笑拥罗陀

唇唇相贴四目对，心心相印欢欣喜。

双臂绕颈将女拥，祛除家苦赐多福。

黑子喜言林密处，情女彼处你我会。

至宝归家我亦回，至某近旁予我信。

苏尔言，

作此手势立离去，你且前往林中屋。

【释译】

本诗描述的是黑天对罗陀进行安慰和哄劝的场景。内容大致如下：

黑天听完罗陀的话，笑着将她抱在怀里。他们热情相吻，四目

① Varma 本作 kunjaban。
② Varma 本作 gaban。

相对，脉脉含情。两人心心相印，享受着相会的喜悦。黑天双手绕过罗陀的脖子，紧紧抱着她。就这样，黑天去除了罗陀在家中遭受的各种苦闷，给她带来了许多幸福和喜乐。

随后，黑天高兴地打着手势对罗陀道："亲爱的罗陀啊，我们在小树林中茂密的地方相会吧。亲爱的宝贝，你现在赶紧回家去吧，我也要回家了。你等会儿先到我家附近来，给我个暗示，然后就直接到树林里等我吧。我看到你的暗示之后会立刻赶去与你相会。"做完手势，黑天立刻回家去了。

黑天知悉罗陀对自己的爱恋和思念后非常欢喜，于是满足罗陀的愿望，与她约定下一次相会的方法。苏尔达斯以此想告诉世人，黑天以信徒心中真实的虔爱为喜，只要坚定地虔信黑天，黑天必将如其所愿。

मोतिसरी लीला
珍珠链本事

【原文】

उत बृषभानु सुता उठी, वह भाव बिचारे।
रैनि बिहानी कठिन सौं, मनमथ-बल भारे।
ग्रीव मुतिसरी तोरि कै, अँचरा सौं बाँध्यौ।
यहै बहानौ करि लियौ, हरि मन अनुराध्यौ।
जननि उठी अकुलाइ कै, क्यौं राधा जागी।
कहाँ[1] चली उठी भोरही, सोवै न सभागी।
अब जननी सोऊँ नहीँ, रबि किरनि प्रकासी।

① Gupta 本作 kahā。

तुहूँ उठति काहैँ नहीं, जागे ब्रज-बासी।

आपु उठी आँगन गई, फिरि घरहीँ आई।

कब धौँ मिलिहौँ स्याम कौँ, पल रह्यौ न जाई।

फिरि फिरि अजिरहिँ भवनहीँ, तलबेली लागी।

सूर स्याम कैँ रस भरी, राधा अनुरागी।।

（100/2584）

【对译】

牛光之女彼厢起

牛光之女彼厢起，思量念想彼情感。

夜晚艰辛困难度，乱心者[①]之力量大。

摘下脖上珍珠链，衣裙边缘捆绑起。

制造此般之借口，心中顶礼敬诃利。

惊奇慌乱母亲起，为何罗陀已醒来？

清晨起床去何处，为何不睡福运女？

母亲现在不再睡，太阳已然放光芒，

伯勒杰地居民醒，你为何还不起床？

自己起床往庭院，复又徘徊至家中。

何时方可会黑子，瞬间亦不能停留。

庭院家中来回转，感觉焦急又不安。

苏尔言，

罗陀陷入爱恋中，充满黑子之情味。

【释译】

本诗描述的是罗陀想念黑天，清晨起床的场景。内容大致如下：

① 乱心者，原文为 manamath，通 manamatha，即 mana+matha，字面义为搅动人心，使人心混乱的，为欲天的名号之一。

罗陀心中满是对黑天的爱恋，她挂念着黑天，艰难地度过了一个晚上，一大清早就起床了。为了出门与黑天相会，她几经思量后，摘下自己脖子上的珍珠项链，用衣裙的边缘把它包裹起来，把珍珠项链藏了起来。她想，如此一来，我就可以借口寻找珍珠项链去见黑天了。

母亲见她这么早就起来，十分惊奇，于是问她：“罗陀啊，你怎么就醒了？你不睡觉，这么早起来是要到哪里去呀？”罗陀回答道：“妈妈啊，现在太阳都出来了，伯勒杰的人们也都醒了，我就不睡了，你怎么还不起床啊？”

说完，她径自走到院子中，转了一圈又回到家里。她一边转悠一边想着，什么时候才能见到黑子呢，我真是一刻都待不下去了。她就这样来来回回往返于家里和院子，焦急不安。

苏尔达斯精心刻画了一个为见情郎，费尽心思、度日如年、焦虑不安的少女形象。本诗末尾，诗人以诗外音——“罗陀陷入爱恋中，充满黑子之情味”，既点出了罗陀目前所处的整体境况和诗中所述场景出现的原因，又画龙点睛地奠定了全诗的基调。

【原文】

जननी पुनि पुनि ग्रीव निहारै।

देखौँ नहीँ मुतिसरी माला, सो जनि कतहूँ डारै।

बोलै नहीँ बात यह सुनि रही, मन लागी मुसुकान।

अबहीँ मोकौँ खीझि पठैहै, बनिहै ह्वाँ कौ जान।

भली बुद्दि मेरैँ चित आई, कृष्न-प्रीति है साँची।

सूरदास राधिका नागरी, नागर कैं[1] रँग राँची॥

（101/2586）

【对译】

母亲遍遍瞧脖颈

没有瞧见珍珠链，切莫将其置某处。

听闻此话未言语，心中开始微微笑。

现在将对我生气，派遣前往赴彼处。

我心涌现好智谋，爱恋黑天乃真实。

苏尔达斯言，

聪明慧女小罗陀，染上慧男之颜色。

【释译】

本诗描述的罗陀知晓母亲发现自己珍珠项链丢失时的心理活动。内容大致如下：

母亲无意中看向罗陀的脖子，发现她的珍珠项链不见了，于是看了一遍又一遍，接着对她道："罗陀啊，你的珍珠项链呢，我怎么没看见。你可别把它随便放在什么地方啊。"

听到母亲的话，罗陀什么也没说，她在心里暗自高兴地想，这下可好，母亲肯定要生气，会让我出去找寻项链了。因为我是如此真心实意地爱慕着黑子，所以才想到了这么一个好办法啊。

在这首诗中，苏尔达斯勾画了一幅青春期少女为与情人相会在母亲面前耍鬼机灵的日常家庭生活图景。眼见罗陀脖子上没有一贯戴着的珍珠项链，不知实情的母亲着急生气，告诫她要妥善保管好自己的东西，却不知罗陀正因为诡计得逞而暗自得意。母女二人一急一乐，形成对比，生动有趣，富有浓郁的生活气息。

① Gupta 本作 kai。

【原文】

सुनि री मैया काल्हिहीँ[1], मोतिसरी गँवाई।
सखिनि मिलै जमुना गई, धौँ उनहिँ चुराई।
कीधौँ जलही मैँ गई, यह सुधि नहिँ मेरैँ।
तब तैँ मैँ पछिताति हौँ, कहति न डर तेरैँ।
पलक नहीँ निसि कहुँ[2] लगी, मोहिँ सपथ तिहारी।
इहि डर तैँ मैँ आजुहीँ, अति उठी सबारी[3]।
महरि सुनत चक्रित[4] भई, मुख ज्वाब न आवै।
सूर राधिका गुन भरी, कोउ पार न पावै॥

（102/2588）

【对译】

且请聆听母亲啊

且请聆听母亲啊，昨日丢失珍珠链。
至叶木拿会女伴，或许彼等行偷窃，
或许落入河水中，我已无法记起此。
自从彼时我懊悔，惧怕你而未能言。
夜晚瞬间未阖眼，我向你立下誓言。
今日由于此恐惧，清晨极早我即起。
母亲听闻生惊奇，无有答复自口出。
苏尔言，
充满美德小罗陀，无人得以超越过。

【释译】

本诗描述的是罗陀告诉母亲自己丢失珍珠项链的经过。内容大

① Varma 本作 kālhihī。
② Varma 本作 kahūṁ。
③ Varma 本作 savārī。
④ Varma 本作 cakita。

致如下：

罗陀对母亲道："妈妈，你听我说，我昨天不小心把珍珠项链弄丢了。我本来是到叶木拿河畔去与女伴们见面的，可是后来就发现项链不见了。究竟是她们把项链偷走了，还是我们玩耍的时候项链从脖子上滑落掉进水里了，现在我什么也想不起来了。发现项链不见了以后，我就一直很懊悔。因为害怕您骂我，所以一直到现在都没敢跟您说。妈妈啊，我向您发誓，我真是忐忑不安，一整夜都没睡着。正因为这种不安，所以我今天一大清早就起床了。"

听完罗陀的话，母亲一时间感到十分惊诧，不知道该如何应答，所以一句话都没说。

罗陀故意谎称自己昨日与女伴戏水时将项链遗失在叶木拿河畔，一者戏水时项链滑落或者被盗皆合情合理，二者熟知母亲脾性的她料想，母亲如若听说自己将珍珠项链遗落在外，必然会生气地让她前往丢失的地方将项链寻回，她便可伺机外出与黑天相会。此外，罗陀还特意突出自己的懊悔、畏惧和忐忑，企图以此将这个故事烘托得更加圆满可信。罗陀如此聪明狡黠，正如苏尔达斯在诗末所说——"充满美德小罗陀，无人得以超越过"。此处，所谓"美德"指的正是罗陀的鬼机灵。

【原文】

सुनि राधा अब तोहिं न पत्यैहौं।

और हार चौकी हमेल अब, तेहैं कंठ न नैहौं।

लाख टका[1] की हानि करी तैं, सो जब तोसौं लैहौं।

① Varma 本作 ṭakaṭ。

हार बिना ल्याएँ लड़बौरी, घर नहिं पैठन देहौं।
जब देखौंगी वहै मोतिसरि, तबहीं तौ[1] सचु पैहौं।
नातरु सूर जन्म भरि तेरो[2], नाउँ नहीं मुख लैहौं।।
（103/2593）

【对译】

罗陀且听，现不再信你
哈尔娇吉赫梅拉[3]，现不再戴你脖颈。
你造损失十万币，直至从你取回彼。
笨女项链未带回，不会予以入家中。
直至瞧见彼珠链，彼时方可得幸福。
苏尔言，
否则终其一生中，口中不再唤你名。

【释译】

本诗描述的是母亲得知罗陀遗失项链后对罗陀的训斥。内容大致如下：

母亲对罗陀道："罗陀啊，你给我听着，现在你把珍珠项链弄丢了，你说什么我都不会再相信你。哈尔啊，娇吉啊，赫梅拉啊，无论什么样的项链，我都不会给你戴了。你遗失了那么贵重的珍珠项链，造成了我们家很大的经济损失，除非你把它找回来，否则我绝对不会就这么轻易饶你。你这小笨蛋，你要不把项链给我找回来，你就别回家了。你只有把项链拿回家来，让我亲眼看见它，这样我心里才会舒服，你也才有好日子过。否则的话，这一辈子我都不会

① Gupta 本作 to。
② Gupta 本作 terau。
③ 哈尔娇吉赫梅拉，原文为 hār chaukī hamel，指三种不同的项链，其中哈尔多指花环，娇吉指带方块状饰品的项链，赫梅拉指带金属片的项链。此处用这三种项链泛指各种各样的项链。

再搭理你！”

母亲果然如罗陀所料落入圈套，得知珍珠项链遗失后愤怒地呵斥她去将项链找回，一切正向着罗陀所期盼的方向发展。

【原文】

सुनि री राधा अति लड़बौरी, जमुन गई जब, संग कौन ही।
बूझति नहीँ जाइ अपननि कौ, न्हाति रही तब जौन जौन ही।
काकौ नाउँ धरौँ तो आगैँ, ललिता चंद्रावली हैँ① नहीँ।
बहुत रहीँ सँग सखी सहेली, कहौँ काहि मैँ सैन-सैन ही।
देखौँ जाइ जमुन तट ही मैँ, जहँ धरिकै मैँ न्हाति रही ही।
सूर जाइ बूझौँ धौँ वाकौँ②, ब्रज③ जुवती इक देखि रही ही॥
（104/2594）

【对译】

罗陀极笨女且听

罗陀极笨女且听，赴叶木拿偕同谁？
彼时沐浴何许人，自己怎不前去问？
在你面前提谁名，无非月群罗丽达。
同行女伴非常多，我要暗示言何人？
叶木拿畔我去瞧，放置彼处我沐浴。
苏尔言，
一个伯勒杰少女，一直瞧看去问彼。

---

① Gupta 本作 hai。
② Gupta 本作 vākau。
③ Gupta 本作 vraj。

【释译】

本诗描述是罗陀与母亲就寻找项链一事的对话。内容大致如下：

母亲对罗陀道："罗陀啊，你这个又蠢又笨的女孩儿，你听我说！你去叶木拿河畔的时候，有谁跟你一起去的？还有跟你一起在河里沐浴的那些同伴，你怎么不自己去问问她们，看看她们知不知道呢？你一个劲儿在家里转有什么用！"

罗陀听完回答道："你要我在你面前跟你说谁呢，经常跟我在一起的无非也就是罗丽达啊、月群啊。那时候，跟我一起去的同伴非常多，你要我问谁呢？我还是去叶木拿河边看看吧，我是在那里把项链摘下来，然后去沐浴的。对了，那时候岸边还有一个伯勒杰的女孩儿，她一直在那儿看着的。我去问问她吧。"

这里，为了寻找项链的下落，母亲让罗陀去向同行的女伴询问，但这个故事原本就是罗陀为了单独与黑天相会编造出来的，她又怎么能够找女伴们呢？所以，在母亲面前，罗陀只能极力为女伴"开脱"，向母亲说明事情与女伴无关。与此同时，狡黠的她又提到了另外一个陌生的女孩，为下文埋下了伏笔。

【原文】

जैहै कहाँ मोतिसरि मोरी।

अब सुधि भई लई वाही नैं, हँसति चली बृषभानु①-किसोरी।

अबरीं मैं लीन्हे आवति हौं, मेरैं सँग आवै जनि② को री।

देखौं धौं कह③ करिहौं वाकौ④, बड़े लोग सीखत हैं चोरी।

---

① Gupta 本作 vṛṣabhānu。
② Varma 本作 jāni。
③ Varma 本作 kahā。
④ Varma 本作 bākau，Gupta 本作 vākauṃ。

मोकौं आजु अबेर लागि है, ढूढ़ौंगी घर-घर ब्रज[①] खोरी।

सूर चली निधरक ह्वै[②] सब सौं, चतुर राधिका बातनि भोरी।।

（105/2595）

【对译】

我珍珠链何处去

现在忆起她拿去，笑着离去牛光女。

现在我去取回来，某人莫与我同行。

且看可对她作何，大人尚且习偷窃。

今日我将耽搁晚，伯勒杰巷挨户寻。

苏尔言，

狡黠罗陀以言惑，全然无惧前行去。

【释译】

本诗承接上一首诗，描述的是罗陀对母亲提议的进一步回答。内容大致如下：

罗陀道："妈妈啊，你那么一说，我现在倒是想起来我的珍珠链到底去哪里了，肯定就是那个女孩把它拿去了。"说完，罗陀笑着就往家门口走去。

她边走边道："妈妈，我现在就去找那个女孩把项链要回来，你们谁都别跟着我，我自己去就行了。你看，即使我找到她，除了把项链要回来，我还能对她做什么呢？现在大人都学会偷窃了，她还只是个孩子，我还能怎么样呢。行了，我走了，今天我要在伯勒杰的小巷中挨家挨户地找她，所以会在外面耽搁得比较晚才回家。"

① Gupta 本作 vraj。

② Varma 本作 hvaṁ。

本诗中，罗陀接着之前的对话，继续以那个不认识的女孩作文章，假装想起项链就是她偷走的。如此一来，一方面，项链的去处有了特定的方向，而且偷窃的人还是个小女孩，即使被捉住也不能对她怎么样，罗陀便有了独自出门的理由；另一方面，那个女孩不是罗陀认识的，所以想要找回项链必须要在伯勒杰各处查寻，罗陀又有了晚归的借口。整个过程正如苏尔达斯在本诗末以全知者的视角所概括的——“狡黠罗陀以言惑，全然无惧前行去”。

【原文】

नंद-महर घर के पिछवारैं, ऱाधा आइ बतानी।
मनौ अंब-दल-मौर देखि के①, कुहुकी कोकिल बानी।
झूठेहिं नाम लेति ललिता कौ, काहैँ जाहु परानी।
वृंदावन②-मग जाति अकेली, सिर लै दही मथानी।
मैँ बैठी परखति ह्वाँ③ रैहौँ, स्याम तबहिं तिहिं जानी।
कोक-कला-गुन आगरि नागरि, सूर चतुरई ठानी॥
（106/2599）

【对译】

难陀族主房屋后

难陀族主房屋后，罗陀到来把话言。
如见杧果之花芽，杜鹃啼鸣又叫唤。
假呼罗丽达之名，因何之故逃跑去？
头顶酸奶搅乳棒，沃林达林路独行，
我坐彼处久等候，黑子当即知晓彼。

① Varma 本作 keṁ。
② Sabha 本作 bṛṃdāban。
③ Varma 本作 hyāṁ。

苏尔言，

情术才德之翘楚，聪慧女子耍机灵。

【释译】

本诗描述的是罗陀来到黑天家，向黑天发出暗示的场景。内容大致如下：

罗陀来到难陀族主的房屋后面，开始向黑天传递信息。她话音美妙，宛若春天杜鹃看见杧果树开出花芽后欣喜啼叫一般。她故意假装自己正与女伴罗丽达说话。只听见她喊道："嘿，罗丽达啊！你怎么自己就跑了啊？我一个人顶着酸奶和搅乳棒，正向通往沃林达林的路上走呢！要不我在那儿等你吧！"黑天在家中听到她的话，立刻明白了罗陀现在就要去沃林达林等着他来相会的意思。

这里，罗陀机智地假借呼喊女伴，然后将自己的意图清清楚楚地向黑天传递。苏尔达斯在本诗末以全知者视角对此做出点评——"情术才德之翘楚，聪慧女子耍机灵"，即聪慧的罗陀是谈情说爱的能手，为见情郎她动起脑筋，耍起了鬼机灵。

【原文】

सैन दै नागरी गई बन कौं।

तबहिं कर-कौर दियौ डारि, नहिं रहि सके[①], ग्वाल जैंवत तजे, मोह्यौ उनकौं।

चले अकुलाई, बन धाइ, ब्याई गाइ, देखिहौं जाइ, मन हरष कीन्हौ।

प्रिया निरखति पंथ, मिलैं कब हरि कंत, गए इहिं अंत, हँसि अंक लीन्हौ[②]।

अतिहिं सुख पाइ, अतुराइ मिले धाइ, दोउ मनौ अति रंक नवनिधिहिं पाई।

सूर प्रभु की प्रिया, राधिका अति नवल, नवल नँदलाला के मनहिं भाई॥

（107/2602）

---

① Varma 本作 sakaiṁ。

② Varma 本作 līnho。

【对译】

慧女传信赴林中

放下手中一口食，彼时不再能停留，

抛弃牧童进食时，他已陷入迷恋中。

母牛分娩生牛犊，前去瞧看和观望。

匆忙离开朝林奔，心中喜悦又欢愉。

情女凝视望道路，何时可会诃利夫。

此刻之间已来到，微笑拥抱入怀中。

得获极致之福乐，为见急切奔跑来。

两人如同特困户，得到一笔新财富。

苏尔言，

胜尊情女罗陀妙，使美难陀子心悦。

【释译】

本诗描述的是黑天与罗陀在林中会面的场景。内容大致如下：

罗陀向黑天传递信息之后就向树林走去。当时，黑天正与小牧童们一起吃饭。听到罗陀的暗示后，他不顾一齐吃饭的小伙伴们，立刻放下手中的食物，起身准备前往树林与心爱的姑娘相会。他深深地迷恋着罗陀，急切地渴望与她相会，在家里一刻都待不下去了。此时，黑天的心中充满喜悦。他对牧童们道：“我家奶牛生小牛犊了，我得去看看。”说完，他焦急激动地朝森林跑去。

这个时候，罗陀正在树林中凝望着道路，焦急不安地等待着黑天。她思忖着，究竟什么时候才能与黑天相见呢？想着想着，黑天已经来到她身边，笑着把她拥入怀里。黑天为见情人急切地奔跑过来，两人相会，享尽人世间的一切幸福。他们两人欢欣无比，就像特别贫穷的人突然得到一笔财宝一般。

在这首诗中，黑天和罗陀两人费尽一切心思，历经分别的痛苦煎熬，终得相会相拥，幸福又欢喜。此刻两人的心情无论用什么样的词汇来形容，可能都会显得苍白无力，而苏尔达斯却运用穷困潦倒之人得到意外财宝的心情做比，一方面可以指出黑天和罗陀互为对方心中的宝贝，另一方面又将这种激动喜悦的心情生动贴切地表达出来，可谓精妙。

此外，本诗最后一句“胜尊情女罗陀妙，使美难陀子心悦”，也体现了诗人对罗陀的赞美。在诗人看来，能够使黑天内心充满愉悦的人，自然是值得歌颂和称赞的。

【原文】

दीजै कान्ह काँधे कौ कंबर।

नान्ही नान्ही① बूँदनि बरषन② लाग्यौ, भीजत कुसुँभी अंबर।

बार-बार अकुलाइ राधिका, देखि, मेघ-आडंबर।

हँसि हँसि रीझि बैठि रहे दोऊ, ओढ़ि सुभग पीतंबर।

सिव-सनकादिक नारद सारद, अंत न पावैं तुंबर③।

सूर स्याम गति लखि न परति कछु, खात ग्वाल सँग संबर④॥

（108/2609）

【对译】

黑黑啊，且将肩头小毯递

绵绵细雨始降落，打湿红花染色衣。

回回仰望乌云布，罗陀不安又焦急。

两人欣喜欢笑坐，遮盖美丽黄衣衫。

① Varma 本作 nānhīṃ nānhīṃ。
② Gupta 本作 barasan。
③ Gupta 本作 tuṃvar。
④ Gupta 本作 saṃvar。

萨纳格等[①]与湿婆，那罗陀与莎罗陀[②]，

即使复有敦钵罗[③]，奥秘依旧不可得。

苏尔言，

黑子行踪不可测，方偕牧童用饭食。

【释译】

本诗描述的是黑天和罗陀嬉戏时偶遇下雨的场景。内容大致如下：

“雨水”可谓是印度描摹爱情的重要组成部分，无论在绵绵细雨或是倾盆而下的暴雨中，男女欢爱的激情和愉悦都可以得到最大程度的释放和宣泄。这个场景自然在苏尔达斯的诗中也不会缺少。这首诗中，天空下起了绵绵细雨，打湿了罗陀红花白底的美丽衣衫。抬头望见满天密布的乌云，罗陀担心雨不知何时才会停止，心中掠过一丝不安。她对黑天说道：“黑黑啊，你看，现在下雨了，我都被淋湿了。你快把肩膀上的披肩拿过来，给我遮遮雨吧。”听到罗陀的请求，黑天用美丽的黄衫遮挡在两人身上。于是，他们两人就这么笑着，满心欢喜地相互依偎着坐在一起。

其后的两句，即“萨纳格等与湿婆，那罗陀与莎罗陀，即使复有敦钵罗，奥秘依旧不可得”，以及“黑子行踪不可测，方偕牧童用饭食”，是苏尔达斯的诗外音，意思是黑天的秘密，即使湿婆神、萨纳格四兄弟、那罗陀、文艺女神加上敦钵罗也无从得知。他刚刚还在与牧童们一起吃饭，转眼间就已经来到树林中与罗陀一起嬉戏享

---

① 萨纳格等，原文为 sanakādik，即 sanaka+ādik，字面义指萨纳格等，即梵天开始创世时生自意念的四个儿子。他们终生虔信毗湿奴大神，《薄伽梵往世书》将他们列入得到全知后依旧虔诚信奉毗湿奴神的十二圣人（Mahājanas）之中。他们违背父亲的意愿，坚持禁欲，一直保持童子的形象在世间行走。

② 莎罗陀，原文为 sārad，通 śāradā，为辩才天女的名号之一。

③ 敦钵罗，原文为 tuṃbar，是毗湿奴的侍从，擅长音乐，据称为最优秀的乾达婆和最优秀的歌者。

乐了。这在某种程度上是对黑天神性的一种强调。作为人，黑天与小伙伴一起进食，与罗陀一起欢爱；而作为神，黑天行事的奥秘却非轻易可知。

【原文】

कान्ह कह्यौ बन रैनि न कीजै, सुनहु राधिका प्यारी।
अति हित सौं उर लाइ कह्यौ, अब भवन आपनैं जा री।
मातु-पिता जिय जानै न कोऊ, गुप्त-प्रीति-रस भारी।
कर तैं कौर डारि मैं आयौ, देखत दोउ महतारी।
तुम जैसी मोहिं प्यारी लागति, चंद चकोर कहा री।
सूरदास स्वामी इन बातनि, नागरि रिझई भारी॥

（109/2614）

【对译】

且听情女小罗陀

且听情女小罗陀，林莫过夜黑黑言。
怀爱至极拥抱言：现在返回自家去。
父母心中全不知，秘密爱情滋味浓。
两位母亲瞧看时，我弃手中食而至。
此般情女我觉你，月亮鹧鸪[①]又如何。
苏尔言，
主人此等之话语，致使慧女深迷恋。

【释译】

本诗描述的是欢爱后黑天劝说罗陀回家的场景。内容大致如下：黑天满怀爱意，将罗陀拥在怀中，对她道：“罗陀啊，我亲爱的，

① 传说大鹧鸪食火，为月亮所爱。

你听我说。现在天已经黑了，你别在树林里过夜，现在赶紧回家去吧。我们之间的秘密爱情滋味浓厚，趣味横生，令人着迷，但是你的父母却什么都不会知道。我深爱着你，听到你的信号，为了与你相会，就连吃饭的时候两位妈妈一直看着我，我都不顾一切，丢下手中的饭食，立刻奔跑着来到你身边。在我们的爱情面前，鹧鸪对月亮的爱又算得了什么呢？”

夜幕降临，为了让罗陀高高兴兴、心甘情愿地回家去，黑天说尽好话，并且再三表明自己也是如此深爱着她，让她宽心。这些话无疑对罗陀是最好的定心丸，正如苏尔达斯在诗末以全知者的视角所点出——“主人此等之话语，致使慧女深迷恋”，即黑天就是用这样的甜言蜜语，让罗陀满心欢喜，深深地爱慕着他，依恋着他，不可自拔。

【原文】

स्याम प्रगट कीन्हौ अनुराग।
अति आनंद मनहिं मन नागरि, बदति[1] आपने भाग।
सुंदर घन उत ब्रजहिं सिधारे, इतहिं गमन कियौ नारि।
दंपति नैन रहे दोउ भरि भरि, गए सुरति रति सारि।
जननी मन अवसेर करति ही, हरि पहुँचे तिहिं काल।
सूर स्याम कौं मातु अंक भरि, कहति जाउँ बलि लाल॥
（110/2620）

【对译】

黑子表明爱恋

心中暗自喜乐极，慧女言说己命运。

① Gupta 本作 vadati。

那厢美云赴伯地[①]，这厢女子亦离去。

夫妻双眼泪充盈，完成情爱之欢愉。

母亲心中焦急慌，彼时诃利已到达。

苏尔言，

母亲满怀抱黑子，言说为儿献一切。

【释译】

本诗描述的是黑天和罗陀各自回家的场景。内容大致如下：

听见黑天向自己表明爱意，罗陀心中非常欢喜。她默默地对自己说到，我真是好福气好幸运啊。于是，她听从黑天的劝告，回家去了，黑天也朝伯勒杰走去。他们两人结束了情爱的游戏，享受了无限的欢愉。在这分别的时候，两个人眼中都含满泪水。

而在黑天的家中，母亲耶雪达着急又慌张，不知道自己的孩子到哪里去了。这时，黑天正好回到家中。母亲看见他，赶忙跑去紧紧抱住他，说道："我的爱儿啊，我愿为你奉献我的一切。"

这首诗将画面由黑天和罗陀在林中欢爱切换到黑天的家中，在内容上起到了承上启下的作用。

【原文】

मैं बलि जाउँ कन्हैया की।

कर तैं कौर डारि उठि धायौ, बात सुनी बन गैया की।

धौरी गाइ आपनी जानी, उपजी प्रीति लवैया की।

तातैं जल समोइ पग धोवति, स्याम देखि हित मैया की।

जो अनुराग जसोदा कैं उर, मुख की कहनि नन्हैया[②] की।

---

① 伯地，原文为 brajhiṁ，字面义为伯勒杰、伯勒杰地区，此处受字数限制，故缩译为伯地。

② Varma 本作 kanhaiyā。

यह सुख सूर और कहुँ नाहीँ, सौँह करत बल भैया की॥

（111/2621）

【对译】

我向黑儿献一切

听闻林中母牛事，弃置手中食奔去。

辨出自家白奶牛，牵回之人爱意生。

自彼盛水来洗脚，黑子瞧见母亲爱。

耶雪达之心中爱，口中话语乃微小。

苏尔言，

以大力兄长起誓，此等幸福别处无。

【释译】

本诗承接上一首诗，描述的是耶雪达对黑天的慈爱。内容大致如下：

看见黑天回到家中，母亲耶雪达心中暗自道："我愿向我心爱的小黑儿奉献我的一切。这个孩子，小小年纪就十分懂事。跟小伙伴们一起吃饭的时候，他一听说自家的白母牛在森林中生产小牛犊的事情，就立刻放下手中的食物跑去瞧看。到那儿之后，常常放牧的他很快就从牛群中辨认出自家的白母牛，看见它生产的小牛，心中充满了爱意。"接着，耶雪达端来洗脚水，准备为他洗脚。

黑天看见母亲对自己的关爱，在心中默默地道："母亲心中充满对我的慈爱，这份爱如此浓厚伟大，无论我怎么描述，都是微不足道、难以言明的。我以大力哥哥发誓，被这种爱包围的幸福，除了家里，别的地方都不可能有。"

在这首诗中，耶雪达看见黑天归来，情不自禁地流露出深深的母爱，端水来为他洗脚。黑天感受到母亲的爱，心中充满温暖。由此，苏尔达斯不仅通过心理描写表达了耶雪达对黑天的慈爱，也通过黑天的所思所想体现出黑天心中对母亲的爱。

【原文】

राधा अतिहिँ चतुर प्रवीन।

कृष्ण कौँ सुख दै चली हँसि, हंस-गति कटि छीन।

हार कैँ मिस इहाँ आई, स्याम मनि कैँ काज।

भयौ सब पूरन मनोरथ, मिले श्रीब्रजराज[1]।

गाँठि आँचर छोरि कै, मोतिसरी लीन्ही हाथ।

सखी आवति[2] देखि राधा, लई ताकौँ साथ।

जुबति[3] बूझति कहाँ नागरि, निसि गई इक जाम।

सूर ब्यौरौ कहि सुनायौ, मैँ गई तितिहिँ काम।

（112/2624）

【对译】

罗陀机灵又聪明

予福黑天笑而行，纤腰步态似天鹅。

假以珠链为借口，至此只为黑子宝。

所有心愿皆实现，吉祥伯勒杰王会。

解开裙边小袋囊，珍珠项链手中执。

瞧见女伴行将至，罗陀与其相伴随。

女问慧女在何处，夜晚已过一亚姆[4]。

苏尔言，

讲述详情相告知，我因彼事方离去。

---

① Gupta 本作 śrīvrajarāj。

② Varma 本作 avati。

③ Sabha 本作 juvati。

④ 亚姆，原文为 jāma，通 yāma，为印度的一种计时单位，相当于现在的 3 小时。

【释译】

本诗描述的是罗陀与黑天分别后走在回家路上的场景。内容大致如下：

罗陀十分聪明又狡黠。她与黑天一起嬉戏享乐，带给黑天无尽的幸福和喜悦之后，笑着回家去了。她的腰身纤细迷人，她的步伐优雅美丽，像天鹅一般。为了与心爱的情郎黑天相会，她假装丢失珍珠项链，并以寻找项链为借口，离开家，来到沃林达林中。在这里，她与黑天相会，实现了自己所有的心愿。然后，她才满足地解开裙边的小袋囊，拿出了之前放在里面的珍珠项链，准备回家去。

此刻，一个女伴正朝罗陀走来。看见女伴来到，罗陀赶紧迎上前去，跟她一起回家。这个时候看见罗陀，女伴惊讶万分，向她问道："罗陀啊，夜晚都已经过去三小时了，你这是到哪儿去了呢？"罗陀便将寻找项链的事情详细地对女伴讲述了一遍，并且道："我就是为了找项链那事才来这儿的。"

本诗中，苏尔达斯开篇即以"罗陀机灵又聪明"奠定了全诗的基调，本诗围绕罗陀与黑天会面后，心满意足地拿出事先藏好的项链准备回家展开，后来途中偶遇女伴，罗陀继续耍机灵以项链之事搪塞过去，与诗的开篇遥相呼应。

【原文】

करति अवसेर बृषभानु① -नारी।

प्रात तैं गई, बासर गयौ बीति सब, जाम निसि गई, धौं कहाँ बारी।

हार कैं त्रास मैं कुँवरि त्रासी बहुत, तिहिं डरनि अजहुँ नहिं② सदन आई।

① Gupta 本作 vṛṣabhānu。

② Sabha 本作 nahi。

कहाँ मैँ जाउँ, कह धौँ रहि रूसि कै[1], सखिनि सौँ[2] कहति, कहुँ मिली माई।

हार बहि जाइ, अति गई अकुलाई कै[3], सुता कैँ नाउँ इक वहै मैरैँ।

सूर यह बात जौ सुनैँ अबहीँ महर, कहैँगे[4] मोहिं ये ढंग तेरे।।

（113/2632）

【对译】

牛光之妻心忧虑

清晨外出整日过，夜过亚姆女何在？

我忧项链恐吓女，因惧她今未归家。

郁闷何在我何去，询问女伴何处会。

链失极度惶恐去，我女之名唯她一。

苏尔言，

若现族长闻此事，必言我你此般样。

【释译】

本诗描述的是罗陀的母亲耀光夫人在家担忧女儿的场景。内容大致如下：

不见罗陀回家，耀光夫人满心焦虑。她暗自想着，罗陀一大早离开家去找项链了。可是，现在一整天过去了，晚上也过去三小时了，她还是没有回来，她究竟到哪儿去了呢。都怪我，就顾着担心弄丢珍珠项链，对她发了那么大的火，恶言相向，让她感到害怕和恐惧，所以直到现在为了找项链，都不敢回家来。我真是自作自受啊，如今我该到哪儿去把她找回来？这丫头闷闷不乐地又到哪儿去了呢？我是不是该去问问她的小伙伴们，看看她们是不是在哪儿见过她。这下好了，珍珠项链不见了，女儿也被我吓唬得着急不安地

① Varma 本作 kaiṁ。

② Sabha 本作 soṁ。

③ Varma 本作 kaiṁ。

④ Varma 本作 kahaiṁ。

走了，我可就这么一个女儿啊！她可比项链宝贝多了，我怎么能对她发火赶她出家门呢？如果我跟牛光讲了这件事的话，他一定会说，你呀，你呀，就这么一个人。我该如何是好呢？

罗陀与黑天嬉戏迟迟未归，母亲却在家里担心着急，不知道这么晚女儿去了哪里，是否安全，同时又懊悔，埋怨自己不该为了一条珍珠项链对女儿发那么大的火，吓得她没找到项链就不敢回家。因为孩子做错事一时没有克制住生气发怒，但是冷静下来之后更多的是担忧和懊恼，这是日常生活中家长与孩子之间最常见的图景，其中包含了父母对孩子无尽的慈爱和关心。苏尔达斯正是在创作时善于抓住生活中这些平凡的点滴细节，才使得他的诗能够如此吸引大众，拨动大众的心弦。

【原文】

राधा डर डराति घर आई।
देखत हीँ कीरति महतारी, हरषि कुँवरि उर लाई।
धीरज भयौ सुता-माता-जिय, दूरि गयौ तनु-सोच।
मेरी कौँ मैँ काहेँ त्रासी, कहा कियौ यह पोच।
लै[①] री मैया हार मोतिसरी, जा कारन मोहिँ त्रासी।
सूर राधिका के गुन ऐसे, मिलि आई अबिनासी[②]॥
（114/2633）

【对译】

罗陀惶惶回家来
母亲耀光一瞧见，喜将爱女拥入怀。
母亲女儿心安宁，消除身体之忧虑。

① Gupta 本作 le。
② Varma 本作 avināsī。

我何故要吓我女，她曾做出何恶行。

母亲且拿珍珠链，为彼缘故威吓我。

苏尔言，

罗陀品性如此般，相会不灭者[①]方回。

【释译】

本诗描述的是罗陀回到家中，看见母亲的场景。内容大致如下：

罗陀战战兢兢、神色张皇地回到家里。一直为她担心忧虑的母亲耀光一看见她，心里无比高兴，急忙跑过去把她紧紧抱在怀里。如此一来，母女二人都消除了身体的疲惫和精神的忧虑，心里得到了安宁。抱着罗陀，母亲暗自想到，我为什么要让自己唯一的女儿感到如此害怕呢，她也没干什么坏事啊。

就在这个时候，罗陀拿出珍珠项链，故意埋怨母亲说："妈妈，你把项链拿去吧。就是为了它，你对我发火，还威胁恐吓我，让我感到十分害怕，让我没找到它都不敢回家来。"

本诗末尾，苏尔达斯以诗外音的方式道出这首诗蕴藏的奥妙——"罗陀品性如此般，相会不灭者方回"，无论罗陀表面上装出如何委屈和恐惧的模样，实际上她就是与母亲耍鬼机灵，瞒天过海，和黑天相会之后才回到家里来。

【原文】

परम चतुर वृषभानु[②] दुलारी।

यह मति रची कृष्न मिलिबे की, परम पुनीत महा री।

उत सुख दियौ नंद-नंदन कौं, इतहिं हरष महतारी।

---

① 不灭者，原文为 avināsī，字面义为不灭的、不被毁灭的、永恒的，此处代指黑天。

② Varma 本作 bṛṣabhānu。

हार इतौ उपकार करायौ, कबहुँ न उर तैं टारी।

जे सिव-सनक-सनातन दुलभ, ते बस किये कुमारी।

सूरदास प्रभु कृपा अगोचर, निगमनि हू तैं न्यारी।।

（115/2634）

【对译】

牛光爱女至机灵

为会黑天想此法，无上圣洁和伟大。

那厢予福难陀子，这厢母亲欢欣喜。

珠链助益如此大，再不摘下自胸前。

湿婆萨纳格兄弟[1]，其难得者少女控。

苏尔达斯言，

恩主仁慈不可知，更加胜于尼笈摩[2]。

【释译】

本诗描述的是苏尔达斯对罗陀的赞美。内容大致如下：

牛光族主的女儿罗陀十分聪明又机灵。为与心爱的黑天相会，她想出假装弄丢了项链，而出门寻找这种无上圣洁和伟大的方法。如此一来，她既可以在母亲不知情的状况下见到黑天，与他一起嬉戏享乐，带给他许多幸福，又可以假装自己找到了珍珠项链回家，令母亲心中欢喜。在整件事中，珍珠项链是关键，对黑天和罗陀的相会起到了巨大的帮助。因此，罗陀高兴地将它戴在胸前，再也不取下来了。

这首诗中，在字面上看，苏尔达斯赞颂的是罗陀在母亲面前要鬼机灵与黑天相会，让母亲和黑天都得到了幸福，实际上，诗人要赞颂的是信徒不顾一切、想尽办法虔信神、取悦神，最终与神合一

---

① 萨纳格兄弟，原文为 sanaka-sanādana，即萨纳格与萨纳登，两者同为梵天创世时之初生自意念的四个儿子之一，此处受字数限制故译为萨纳格兄弟。

② 尼笈摩，原文为 nigama，狭义指四吠陀，广义指所有吠陀文献。

的过程。正是由于罗陀心中怀有对黑天无比虔诚的热爱，所以连湿婆、萨纳格和萨纳登也难以得到的黑天，才会为她着迷，因为黑天正如诗人在本诗末尾所赞颂和宣扬的——“恩主仁慈不可知，更加胜于尼笈摩”，即黑天对信徒的仁慈是凡人不可感知的，其中的奥妙就连四吠陀也无法企及。

【原文】

प्रीति के बस्य ये हैँ मुरारी।

प्रीति के बस्य नटवर सुभेषहिँ धन्यौ प्रीतिबस करज गिरिराजधारी।

प्रीति के बस्य ब्रज[①] भए माखन चोर, प्रीति बस्य दाँवरि बँधाई।

प्रीति के बस्य गोप-रमन माम प्रिय, प्रीति बस[②] जमल तरु मोच्छदाई।

प्रीति बस नंद-बंधन बरुन[③]-गृह गए, प्रीति के बस्य बन-धाम कामी।

प्रीति के बस्य प्रभु सूर त्रिभुवन बिदित, प्रीति बस सदा राधिका स्वामी।।

（116/2636）

【对译】

为爱所控，五首王敌如此般

身着舞胜华美服，手指托起山之王[④]。

伯勒杰成奶油贼，甘愿让人用绳绑。

牧女情人爱名具，赐予双生树[⑤]解脱。

---

① Gupta 本作 vraj。

② Varma 本作 basy。

③ Gupta 本作 varun。

④ 此处特指牛增山。

⑤ 亦称阿周那树，是一种大型非常青树。传说财神俱毗罗的两个儿子一次在湖边与裸体的美女嬉戏玩乐，并且不知羞耻地裸着身体来回走动。那罗陀自那里经过时，他们亦不知收敛，因此受到他的诅咒变成双生的阿周那树。后来化作树形的他们被绑在木臼上的黑天用力拔起，使他们获得了解脱。

赴水神[1]家难陀囚[2]，渴求期盼林中屋。

苏尔言，

爱控胜尊三界晓，爱控永为罗陀主。

【释译】

本诗为苏尔达斯对黑天的赞美。内容大致如下：

黑天伟大圣洁，只为爱所控。因为被爱所控，他总是穿着华美的衣服，打扮成舞胜的模样；因为被爱所控，他才为了保护伯勒杰的居民用手指托起了牛增山；因为被爱所控，他才为了满足牧女的心愿，在伯勒杰家家户户偷奶油；因为被爱所控，他才甘愿被母亲用绳子绑在木臼上；因为被爱所控，他整日跟牧女们调情嬉戏，由此得到了“牧女情人”这个可爱的名号；因为被爱所控，他才将阿周那树拔起，让俱毗罗遭受诅咒的两个儿子从此获得解脱；因为被爱所控，他才在难陀被伐楼那抓走囚禁时，为了救他来到伐楼那的家中；因为被爱所控，他才如此留恋与罗陀和牧女们游戏的小树林；因为被爱所控，他才永远成为罗陀的情人。黑天为爱所控的这些事情，三界都知道。

这首诗中，苏尔达斯通过赞颂黑天为爱所控，赐福信徒的一系列事实，希望告诉世人，黑天对待真诚的信徒如此仁慈，所以只要人们心中坚守对神的虔诚和信爱，终能得到他的眷顾和恩赐，获得解脱。这既是诗人对黑天的信仰和歌颂，也是诗人虔诚观的体现与表达。

---

① 水神，原文为 barun，通 varuṇa，指水神伐楼那。

② 根据《薄伽梵往世书》，难陀一次在不合适的时间到叶木拿河沐浴，被水神伐楼那的随从抓走。难陀的朋友见状，将此事告诉了黑天。为了解救难陀，黑天来到伐楼那的家中。伐楼那看见黑天十分高兴，立刻释放了难陀，并为此请求黑天的原谅。

भ्रम

迷幻

【原文】

आजु सखी अरुनोदय मेरे, नैननि कौं धोख भयौ[①]।
की हरि आजु पंथ इहिं[②] गवने, स्याम जलद की उनयौ।
की बगपाँति भाँति, उर पर की मुकुतमाल बहु मोल।
कीधौं मोर मुदित नाचत[③], की बरह-मुकुट की डोल।
की घनघोर गँभीर प्रात उठि, की ग्वालनि की टेरनि।
की दामिनि कौंधति चहुँ दिसि, की सुभग पीत पट फेरनि।
की बनमाल[④] लाल उर राजति, की सुरपति धनु चारु।
सूरदास प्रभु रस भरि उमँगी, राधा कहति बिचारु॥
（117/2676）

【对译】

女伴今日破晓时

女伴今日破晓时，我之双眼受蒙蔽。
今日诃利此路去，亦或青黑云聚集？
胸前贵重珍珠链，亦或白鹭成行状？
雀翎羽冠轻摇曳，亦或孔雀沉醉舞？
拂晓密云低沉鸣，亦或牧人之呼唤？
美丽黄衫飘飘扬，亦或雷电闪四方？
野花环闪童胸前，亦或神主弓迷人？
苏尔达斯言，

---

① Gupta 本作 bhayo。
② Varma 本作 gahiṁ，Gupta 本作 ihi。
③ Varma 本作 mudit hvai nācat。
④ Gupta 本作 vanamāl。

胜尊情味充满溢，罗陀想象把话言。

【释译】

本诗描述的是罗陀一边想象一边描述黑天相貌的场景。内容大致如下：

面对女伴的质疑，罗陀一心想着黑天，念着黑天，对女伴们道："女伴们啊，你们知道吗，今天太阳初升的时候，我仿佛看见黑子了。对此，我并不敢确定，也许是我的眼睛受到了蒙骗。我无法分清自己看见的究竟是黑子从这条路上经过，还是天空中密布的乌云？我看见的究竟是他胸前戴着的珍珠项链，还是成行的白鹭从眼前飞过？我似乎看见有什么东西一直在摇晃，那究竟是黑天头上戴着的孔雀翎羽冠，还是孔雀欢喜陶醉地跳着舞蹈？我似乎听见远方传来低沉的声响，那是牧人们对黑子的呼唤，还是清晨密云的低声轰鸣？我似乎看见空中闪过一道亮光，那是黑子身上的黄衫随风飘扬，还是四方的闪电划破天际？我似乎看见了一个美丽的彩环，那是黑天胸前佩戴的野花环，还是天边一道弯弯的彩虹？女伴啊，我真是分辨不清，你快告诉我这究竟是怎么回事。"

这首诗中，罗陀故意将黑天平日的装束打扮与自然界中常见的各种景象联系在一起，假装自己犯迷糊，不知道究竟是不是真的看见了黑天，想以此转移女伴们对自己与黑天私会的追问。从另一个角度来说，这也是苏尔达斯巧妙地借助各种比喻对黑天之美进行的描绘和赞颂。此外，罗陀的这席话虽说是狡辩之词，但是诗人同样也想通过如此丰富的想象表现出她对黑天深厚浓郁的爱恋，正如诗人在本诗末点出的——"胜尊情味充满溢，罗陀想象把话言"。

【原文】

राधिका हृदय तै धोख टारौ।

नँद के लाल देखे प्रात-काल तैं, मेघ नहिँ स्याम तनु छबि बिचारौ[1]।

इंद्रधनु नहीँ बनदाम बहु सुमन के[2], नहीँ बगपाँति बर मोतिमाला।

सिखी वह नहीँ सिर मुकुट सीखंड पछ, तड़ित नहिँ पीतपट छबि[3] रसाला।

मंद गरजन नहीँ चरन नूपुर सबद, भोरहीँ आजु हरि गवन[4] कीन्हौ।

सूर प्रभु भामिनी भवन करि गवन[5], मनरवन दुखके दवन जानि लीन्हौ॥

（118/2679）

【对译】

小罗陀，且将心中错觉除

晨见难陀子非云，黑子身美且细想。

非是因陀罗神弓，诸多鲜花野花环，

非是白鹭排成行，珍珠项链美又妙。

彼非孔雀头雀冠，黄衫美艳非闪电。

非是低沉雷鸣声，足上铃铛之响音，

今日黎明破晓时，诃利出发向前行。

苏尔言，

多情女家胜尊赴，悦心去苦明知晓。

【释译】

本诗描述的是女伴劝罗陀恢复清醒的场景。内容大致如下：

听完罗陀说的糊涂话，女伴对她道："小罗陀啊，你就别假装糊涂了！我明白地告诉你，今天一大早，黑子确实从这条路上经过了，

① Gupta 本作 vicārau。
② Gupta 本作 kaiṃ。
③ Varma 本作 chavi。
④ Varma 本作 gaban。
⑤ Varma 本作 gaban。

所以你看见的正是黑子那健美的身姿，而不是所谓的乌云，你自己好好想清楚！我跟你说，你所谓的天边的彩虹，那是黑子胸前一直戴着的野花环；你看见的成行白鹭，那是黑天胸前的珍珠项链；路上也没有孔雀欢喜地跳舞，而是黑子头上的孔雀翎羽冠在他走路的时候不断摇晃；在你面前闪过的，那是黑子美丽的黄色衣衫而不是空中的一道闪电；在你耳边回响的，那是黑天走路时脚铃发出的清脆铃音，而不是云间低沉的轰轰雷鸣。小罗陀啊，黑子知道自己心爱的女孩深受离别之苦折磨，立刻就去她家安慰她、取悦她了。你看到的黑子，正是一早从那儿走过的。”

这首诗中，女伴识破了罗陀要的小诡计。“多情女家胜尊赴，悦心去苦明知晓”是苏尔达斯的诗外音，诗人以全知者的视角告诉世人，黑天不仅了解信徒内心的苦闷，而且能够将这些痛苦去除，从而使信徒心中充满欢喜愉悦，这样的神自然值得广大信徒顶礼膜拜。

एक निष्ठा
一种信念

【原文】

धन्य धन्य वृषभानु①-कुमारी।
धनि माता, धनि पिता तिहारे तोसो जाई बारी②।
धन्य दिवस, धनि निसा तबहिँ की, धन्य घरी, धनि जाम।
धन्य कान्ह तेरैँ बस जे③ हैं, धनि कीन्हे बस स्याम।
धनि मति, धनि रति, धनि तेरौ हित, धन्य भक्ति, धनि भाउ।

① Varma 本作 bṛṣabhānu。
② Sabha 本作 vārī。
③ Gupta 本作 jai。

सूर स्याम पति धन्य नारि तू, धनि धनि एक सुभाउ॥

（119/2683）

【对译】

幸运牛光女

你父幸运母亲幸，生下女孩如你般。
彼时夜幸日亦幸，加之科利[1]亚姆幸。
受你所控黑黑幸，情控黑子亦幸运。
你之思想情爱幸，爱恋虔信情感幸。
苏尔言，
黑子为夫你妻幸，本性同一亦幸运。

【释译】

本诗描述的是一众牧女对罗陀的赞美与颂扬。内容大致如下：

牧女们对罗陀道："牛光族长的女儿罗陀啊，你真是幸运无比。你的父亲和母亲何其有幸，能够生下像你这样貌美又聪慧的女儿。你出生的那个日子、那个夜晚和那个时刻亦是何等的吉祥幸运啊！黑黑爱着你，甘愿受你的控制，这样的他也是三生有幸。罗陀啊，能够控制黑子的你是何其幸运啊！你的智慧、你对黑子的情意、爱恋和虔诚，所有这些都是吉祥无比、值得颂扬的。现在你和黑子结成伴侣，他是你的丈夫，你是他的妻子，你们两个人都很幸运。身体不同的你们本性却同一不二，这又是何等幸运啊！"

本诗最后一句"黑子为夫你妻幸，本性同一亦幸运"为全诗的点睛之笔和精髓。仅从字面上看，本诗为牧女们对罗陀与黑天结成伴侣幸运无比的赞颂，实际上，苏尔达斯是想通过这首诗来告诉世人，只有像罗陀一样，通过内心的虔诚与信爱，最终达到与神合一

① 科利，原文为 gharī，为印度的一种计时单位，一科利时长相当于 24 分钟。

的无上境界，这才是世间值得称颂的幸运所在。

【原文】

तोहिं स्याम हम कहा[1] दिखावैं।
तुमतैं न्यारे रहत कहुँ न वै, नैंकु नहीं बिसरावैं।
एक जीव देही द्वै राची[2], यह कहि कहि जु सुनावैं।
उनकी पटतर तुमकौं दीजै[3], तुम पटतर वै पावैं।
अमृत[4] कहा अमृत[5]-गुन प्रगटै, सो हम कहा बतावैं।
सूरदास गूँगे कौ गुर ज्यौं, बूझति कहा बुझावैं।।
（120/2684）

【对译】

我等如何使你瞧黑天
他未曾与你分别，未曾忘记你丝毫，
所造身二命同一，反反复复将此言。
他之等同赋予你，你之等同他尽得。
甘露怎显不朽德，我等如何将其述？
苏尔达斯言，
如同哑巴之红糖，问及如何能解释？

【释译】

本诗描述的是牧女向罗陀解释自己为何无法让她看清楚黑天的缘由。内容大致如下：

牧女们对罗陀道：“罗陀啊，我们怎能让你瞧见黑子呢？他一直

---

① Varma 本作 kahāṁ。
② Gupta 本作 racī。
③ Varma 本作 dījaiṁ。
④ Sabha 本作 aṃmṛt。
⑤ Sabha 本作 anṛt。

跟你在一起，片刻也没有跟你分开。他的心里一直记挂着你，一丝一毫都没有忘记过你。虽然你们两人具有不同的身体，但你们的命却是同一不二的。罗陀啊，我们能告诉你的就只有这些了。你要知道，你与他，他与你，你们两个人是一模一样的。你说，甘露是如何显现其不朽的本质，这样的问题我们怎能说得清楚。这就像哑巴吃了红糖，他自己能够体会其中的甜味，却无法将这种甜味描述出来一样，你现在非要问我们如何能清楚黑子，我们能如何解释呢？”

这首诗中，苏尔达斯通过牧女之口，借用“甘露不朽难以解释”以及“哑巴品红糖无法述其味”作为例子，试图告诉世人：对黑天的认识和感悟是超越言语，超越直观所见的，这个过程只能通过自己内心的直觉去体验，去感知，因为黑天自始至终都与信徒本质同一、不分不离。这是牧女对罗陀疑问的回答，也是诗人虔诚观的表达。

【原文】

सुनि राधा यह कहा बिचारै।

वै① तैरैं② तू उनकैं रँग, अपनौ③ मुख क्यौं④ न निहारै।

जो⑤ देखै तौ छाँह आपनी, स्याम हृदै ह्याँ छाया।

ऐसी दसा⑥ नंदनंदन की, तुम दोउ निर्मल काया।

नीलांबर स्यामल तनु की छबि, तुम छबि पीत सुबास।

---

① Gupta 本作 ve。
② Varma 本作 tairaiṁ，Gupta 本作 teraiṃ raṁg。
③ Varma 本作 apano。
④ Sabha 本作 kyau。
⑤ Sabha 本作 jau。
⑥ Varma 本作 daśā。

घन भीतर दामिनी प्रकासित[①], दामिनि घन चहुँ पास।
सुनि री सखी बिलछ[②] कहौं तोसौं, चाहति हरि कौ रूप।
सूर सुनहु तुम दोउ सम जोरी, एक स्वरूप अनूप।।
(121/2685)

【对译】

罗陀且听何想此

他染你色你染他，何不细看己之颜？
欲见且瞧自身影，黑子之心覆此处。
难陀子亦此般状，你等二人纯洁身。
青黑身美如蓝天，你具黄色芳香美。
电光闪现云中间，云在闪电四周围。
伴听对你言惊奇，想要诃利之美色。
苏尔言，
且听你俩平等伴，本色同一无可比。

【释译】

本诗承接上一首，描述的是牧女劝说罗陀欲见黑天，先瞧自己的场景。内容大致如下：

牧女对罗陀道："罗陀啊，你听我说，你怎会无端这样想呢。黑子沉浸在对你的爱恋中，你也沉浸在对他的爱恋中，你们两人相互迷恋，结成伴侣，本性同一，无可比拟。你为什么不仔细看看自己呢？你要是想见黑子的话，就看看自己在镜中的映像吧，黑天的心早已将它满满地覆盖住了。现在，黑天的状况也是这样，如果他瞧看自己，也同样可以看见你的影子。罗陀啊，你们两人都拥有纯洁

① Varma 本作 prakāśit。
② Varma 本作 bilakh。

无瑕的身体。他青黑色的身体健美无瑕，宛若湛蓝的天空，你身体白皙，也是吉祥甜美的。肤色青黑的黑子如同密云，白皙的你如同闪电，你们两人在一起相偎相依，就像电光在云朵中闪现，也像云朵围绕着闪电。罗陀啊，我跟你说，你真是奇怪，明明整日跟黑子在一起，却还叫嚷着想要见他。”

苏尔达斯以罗陀为代表，试图通过牧女对罗陀的劝解和开导告知世人，黑天无所不在，无时无刻不围绕在信徒身边。然而，人们始终没有认识到这一点，因此才长久在心中祈愿渴盼得到神的恩慈，却又无法达到与神合一的完满境界。“且听你俩平等伴，本色同一无可比”是这首诗的主旨，即在本质上神与众人、大我与小我是同一不二的，世人只有获得此识，方能从世俗的羁绊中解脱出来。

【原文】

पिय तैरैँ बस यौँ री माई।
ज्यौँ संगहिं सँग छाँह देह-बस, प्रेम कह्यौ[①] नहिं जाई।
ज्यौँ चकोर बस सरद चंद्र कैँ, चक्रवाक बस भान।
जैसैँ मधुकर कमल-कोस-बस, त्यौँ बस स्याम सुजान।
ज्यौँ चातक बस स्वाति बूँद कैँ, तन कैँ बस ज्यौँ जीय।
सूरदास प्रभु अति बस तैरैँ, समुझि देखि धौँ हीय।।
（122/2687）

① Sabha 本作 kahyo。

【对译】

女伴啊，情郎如此受你控

如影随身为身控，爱情之意难言明。

如鹧鸪[①]受控秋月，鸳鸯亦受太阳控[②]。

如黑蜂受控莲蕊，至上黑子受控制。

如鹃受控角星雨[③]，如命受控于身体。

苏尔达斯言，

且瞧务必心知晓，胜尊深陷你之控。

【释译】

本诗描述的是罗丽达向罗陀讲述黑天是如何深爱着她，受她控制的场景。内容大致如下：

罗丽达对罗陀道："亲爱的女伴啊，你心爱的黑子他也同样深深地迷恋着你，你们两人之间的爱情炙热浓烈，我很难向你用言语说明。他满心牵挂着你，一举一动都受到你的控制，就像影子与身体紧紧相随，密不可分，总是受到身体的控制一样；就像鹧鸪受到秋月控制，总是目不转睛地凝望着它；就像鸳鸯受到太阳控制，只能在白天一同嬉戏玩耍，夜晚就要分开；就像黑蜂受到莲蕊的控制，平日总爱绕其飞舞；就像杜鹃鸟只在月入大角星时饮用降下的雨水；就像生命必须依存于身体一样。罗陀啊，你看，黑子对你也是一样的。他就是这样深陷于你的控制，无可自拔，你一定要了解他的这番心意啊。"

---

① 鹧鸪，原文为cakora，特指一种红脚鹧鸪，印度传说中，它以月光为生。由于它对月亮的专注，常被引用作为虔信者或爱人的象征。

② 根据印度民间传说，鸳鸯只在白天共戏，夜晚分开，故而此处诗人说鸳鸯受太阳所控，随太阳而变。

③ 根据印度民间传说，杜鹃鸟只爱饮用每年十月，月入大角星之时降下的雨滴。

这首诗中，女伴罗丽达为了让罗陀深切感悟到黑天对她满怀爱慕的心意，没有空洞抽象地讲述他们的爱恋之情如何浓烈，而是采用比喻的方式。其中涉及六组意象，即身和影、鹧鸪和秋月、鸳鸯和太阳、黑蜂和莲花蕊、杜鹃和角星雨以及生命和身体。这些意象在印度的日常生活中，有的是广为人知的民间传说，有的是十分常见的自然现象，借用这些例子，罗丽达的这番讲述更具说服力和感染力。实际上，苏尔达斯通过罗丽达之口也向世人表明黑天对信徒的喜爱，鼓励世人像罗陀一样，以一颗虔诚、纯洁的心去敬奉崇拜黑天。

लघु मान लीला
小傲慢本事

【原文】

मैं अपनैं जिय गर्व[①] कियौ।
वे[②] अंतरजामी सब जानत, देखत ही उन चरचि लियौ।
कासौं[③] कहौं, मिलावै को अब, नैंकु न धीरज धरत जियौ।
वै तौ निठुर भए या बुधि सौं, अहंकार फल यहै दियौ।
तब आपुन कौं निठुर करावति[④], प्रीति सुमिरि भरि लेति हियौ।
सूर स्याम प्रभु वै बहु नायक, मोसी उनकैं कोटि तियौ॥
（123/2694）

① Sabha 本作 garb。
② Varma 本作 vai，Gupta 本无该词。
③ Gupta 本作 kāsau。
④ Varma 本作 karābati。

【对译】

我心高气傲

内控者他晓一切，但凡一见他即明。

现向谁言使我会，心中丝毫无安宁。

因为此智他无情，赐下傲慢此果实。

忆及爱恋心沉重，彼时方称自无情。

苏尔言，

胜尊他为众女主，他有如我千万女。

【释译】

本诗描述的是罗陀懊悔自己对待黑天傲慢无礼的场景。内容大致如下：

罗陀暗自想到，我就是不知天高地厚，心存傲慢。黑子他是知晓众人心中所想的人，他只要看见我这副模样，立刻就什么都明白了，现在他不想见我，我又能跟谁说让我见见黑子呢？我自作自受，见不到他，我心中一点安宁都没有。都是因为我的傲慢想法，他才为了惩罚我而对我这样冷酷无情，让我饱尝自己心高气傲的恶果。想起以往我们之间的爱恋，我真是心如刀绞、痛苦不已。说到底，真正无情的人是对待黑子如此傲慢的我。我早就该明白，黑子他是诸多牧女爱恋的主人，他的身边像我这样的少女数不胜数，我还有什么可傲慢的呢？

这首诗中，罗陀知晓黑天对自己的爱恋后，一时得意忘形，连黑天来到都没有以礼相迎，黑天洞悉了罗陀心中的傲慢，立即转身离开，留下罗陀懊悔不已。通过这首诗，苏尔达斯希望告诫世人，无论何时何地，无论拥有什么或得到什么，都不能对神心存傲慢，因为只有以一颗谦卑、虔诚的心来顶礼和膜拜黑天，才能取悦黑天，最终获得解脱。

【原文】

महा बिरह-बन माँझ परी।

चकित भई ज्यौं चित्र-पूतरी, हरि मारग बिसरी।

सँग बटपार गर्ब[1] जब देख्यौ, साथी छोड़ि पराने।

स्याम-सहर-अँग-अंग-माधुरी, तहँ वै जाइ लुकाने।

यह बन माँझ अकेली ब्याकुल, संपति गर्ब[2] छँड़ायौ।

सूर स्याम सुधि टरति न उर तैं, यह मनु जीव बचायौ।।

（124/2696）

【对译】

迷失离别大森林

惊慌呆立如画像，全然忘却诃利路。

瞧见同行傲慢匪，伙伴抛弃逃开去。

黑天之城周身美，他们赴往彼处藏。

此林之中独自慌，傲慢已将财富夺。

苏尔言，

未自心移黑子忆，仿若它曾救性命。

【释译】

本诗描述的是罗陀与黑天分开后的不安和痛苦。内容大致如下：

黑天离开后，罗陀深陷不安，就像迷失在大森林之中。她惊恐慌乱，不知所措，不知该如何才能与黑天相聚，就像在广袤的森林中找不到前行方向的路人，只能如画像一般一动不动地呆立在原地。知晓罗陀心中的傲慢后，她的各种感官仍一心挂念着周身健美

① Varma 本作 garv。
② Varma 本作 garv。

的黑天，纷纷将她抛弃，投奔黑天去了，就像一路同行的伙伴，看见盗匪后，纷纷离开她，跑到迷人的城市中，把自己藏匿起来一样。傲慢曾经一度占据了她的内心，把黑天从她身边赶走，就像盗匪把她的财宝尽数夺走，让她一无所有。此刻，罗陀只能一个人在森林中独自徘徊，张皇不安。罗陀心想，现在幸好我还没有失去对黑天的所有记忆，我必须珍视它，紧紧抓住它，就像它救过我的性命一样。

这首诗中，苏尔达斯将罗陀与所有感官分离，别出心裁地将因为傲慢失去黑天而惊慌失措的罗陀比喻为被强盗夺去所有财宝又惨遭同伴抛弃，迷失在大森林中的路人，巧妙生动地将罗陀痛苦、失落而无助的状态表现得淋漓尽致。然而，幸好“未自心移黑子忆，仿若它曾救性命”，以往与黑天在一起欢爱嬉戏的回忆，已经成为此刻罗陀身边唯一能够抓住的救命稻草。借此，苏尔达斯想告知信众，对黑天的念想能帮助世人度过一切苦难。

【原文】

राधा-भवन सखी मिलि आईं
अति ब्याकुल① सुधि-बुधि कछु नाहीँ, देह दसा बिसराई।
बाँह गही तिहिँ बूझन लागीँ, कहा भयौ री माई।
ऐसी बिबस भई② तू काहैँ, कहौ न हमहिँ सुनाई।
कालिहिँ और बरन तोहिँ देखी, आजु गई मुरझाई।
सूर स्याम देखे की बहुरौ, उनहिँ ठगौरी लाई।।
（125/2698）

① Gupta 本作 vyākul。
② Varma 本作 bha’īṁ。

【对译】

女伴相会来到罗陀家

慌极忘却身体状，知觉智慧些许无。

抓臂开始向她问：发生何事女伴啊？

此般无力你为何，且向我等诉说言。

昨日见你光彩艳，今日却已神憔悴。

苏尔言，

是否再次见黑子，他复将那魔法施？

【释译】

本诗描述的是牧女们向罗陀询问，她为何憔悴无助的场景。内容大致如下：

牧女们结伴来到罗陀的家中，不料却看见她慌乱不安，没有智慧也没有理性，甚至连自己身体的状况都忘记了。她们十分讶异，于是急忙走上前抓住她的胳膊，问道："亲爱的罗陀啊，你这是怎么了？发生什么事了？你为什么这么有气无力？你道是快点儿告诉我们呀！昨天见你还光彩照人的，今天怎么就这么无精打采的呢？你是不是又去见黑天了？他是不是又对你施了什么魔法，才让你变成了如今这副模样？"

苏尔达斯主要突出的是牧女们看到罗陀神色憔悴时的惊奇和担心，重点描绘的是女伴与罗陀之间的友谊。

【原文】

अब मैं तोसौं कहा दुराऊँ।

अपनी कथा, स्याम की करनी, तो आगैं कहि प्रगट सुनाऊँ।

मैं बैठी ही भवन आपनैं, आपुन द्वार दियौ दरसाऊँ.

जानि लई मेरे जिय की उन, गर्ब[①]-प्रहारन उनकौ नाऊँ।
तबहीं तैं ब्याकुल[②] भई डोलति, चित न रहै कितनौ समुझाऊँ।
सुनहु सूर गृह[③] बन भयो[④] मोकौं, अब कैसैं हरि दरसन पाऊँ।।
（126/2702）

【对译】

现我对你何隐瞒

黑子所做己故事，在你面前坦白言。
我在自己家中坐，自己出现在门前。
我之内心他知晓，除傲慢者他名号。
自彼慌乱四徘徊，多少劝慰心不留。
苏尔言，
且听于我家成林，如何才得见诃利。

【释译】

本诗描述的是罗陀向女伴讲述自己为何惊慌失措的原因。内容大致如下：

罗陀对月群道：“女伴啊，现在我还有什么可对你隐瞒的呢？不管是我自己的心事还是黑子他所做的一切事情，我都将一五一十跟你坦白。今天，我坐在自己家中，黑子他突然跑到我家门口来。你也知道，他是知晓一切的人，我当时心中的那些傲慢自然也都逃不过他的眼睛。然而，随着他的离去，我的那些傲慢也都消失殆尽了。从那之后，我就知道我犯下了大错，惹他生气了，如今我也见不着他，所以才如此慌乱，不知道该怎么办才好。无论我怎样宽慰自己，始终不得安宁。”

① Varma 本作 garv。
② Gupta 本作 vyākul。
③ Varma 本作 grah。
④ Sabha 本作 bhayau。

这首诗中，罗陀将事情的经过原原本本地告诉女伴，将自己对黑天的爱恋和对心存傲慢的懊悔尽数表达了出来。本诗最后一句“且听于我家成林，如何才得见诃利”是罗陀在痛苦和无助中向女伴吐露的心声，她想念着黑天，现在对她来说，家就像森林一样，到处都充满着黑天的影子，然而她却不能与他相会。所以她只能求助女伴道：“女伴啊，你就想想办法，我要怎样才能见到黑子呢？”

【原文】

हमरी सुरति बिसारी बनवारी, हम सरबस दै हारी।
पै न भए अपने सनेह बस, सपनेहू गिरधारी।
वै मोहन मधुकर समान सखि, अनगन①, बेली चारी।
ब्याकुल बिरह ब्यापि② दिनदिन हम, नीर जु नैननि ढारी।
हम तन मन दै हाथ बिकानी, वै अति निठुर मुरारी।
सूर स्याम बहु रमनि रमन, हम इक ब्रत③ मदन प्रजारी।।

（127/2711）

【对译】

饰花环者将我忘

饰花环者将我忘，我献所有仍失败。
纵使梦中托山者，亦不受控于己爱。
女伴莫亨他似蜂，流连无数藤蔓间。
眼中泪水簌簌落，日日苦别我不安。

---

① Varma 本作 anaban。
② Varma 本作 vyāpī。
③ Varma 本作 brat。

我献身心成奴隶，他极无情穆罗敌[1]。

苏尔言，

黑子诸多妙女戏，我却专一爱火焚。

【释译】

本诗描述的是罗陀向女伴倾诉自己思念黑天的痛苦。内容大致如下：

罗陀对月群道："月群啊，你可知道，黑子他完完全全把我忘记了。即使我向他献上了自己的一切，我还是没能让他想起我，甚至在睡梦中，他也不为我的爱情所动。残忍的他成天徘徊在一大群美丽的少女之中，就像迷人的大黑蜂徘徊在无数藤蔓之间，但可怜的我却只能整日独自忍受与他分别的痛苦，生活在难过与不安中，眼泪不断流淌。我向他献上自己的身体与心灵，甘愿成为他手中的奴隶，可黑子他依旧如此冷酷无情。你瞧瞧，他天天与众多女伴一同游乐嬉戏，快乐无比，只对他一人专情的我却饱受折磨，痛苦无比。"

这首诗中，满腹委屈的罗陀在女伴面前将自己与黑天的境况进行对比，称自己专情专一，甘愿向黑天奉献一切，却惨遭遗弃，只能终日以泪洗面；而黑天却无动于衷、冷漠无情，整日徘徊众多妙龄少女之中纵情欢乐。通过这种反差，苏尔达斯既将罗陀对黑天毫无保留的爱恋淋漓尽致地表达了出来，同时又将一个深陷情爱，对情郎吃醋、不满、埋怨却又压抑不住渴盼、思念的少女形象刻画得有血有肉、活灵活现。

---

① 穆罗敌，原文 murāri，即 mura+ari，其中 mura 指五首阿修罗穆罗，他是大地女神之子阿修罗那罗迦（Naraka）的帮手，ari 意为敌人。由于黑天在与那罗迦的斗争中杀死了穆罗，所以得名号"穆罗敌"。

【原文】

मैं अपनी सी बहुत करी री।
मोसौं कहा कहति तू माई, मन कैं सँग मैं बहुत लरी री।
राखौं हटकि, उतहिं कौ धावत, वाकी[①] ऐसियै परनि परी री।
मोसौं बैर करै रति उनसौं, मोकौं राख्यौ द्वार खरी री।
अजहूँ मान करौं, मन पाऊँ, यह कहि इत-उत चितै डरी री।
सुनहु सूर पाँचनि मत एकै, मैं ही[②] मोही रही परी री॥

（128/2712）

【对译】

我已尽力

女伴你向我言何，多番争斗我与心。
一直阻拦朝彼跑，彼却养成此般习。
与我为敌爱恋他，置我立于大门口。
若得己心现听从，言此惶恐四下望。
苏尔言，
且听五感[③]想法一，我已陷入痴迷中。

【释译】

本诗描述的是罗陀向女伴诉说自己无奈的情状。内容大致如下：

罗陀对月群道："月群啊，你让我继续跟黑子生气，让他自动回到我的身边，你这跟我说的是什么啊！你可知道，为了让自己好过一些，我已经多番跟自己的内心斗争，劝它回到我的身边，可是它就是不肯听我的，非要朝黑子那儿跑，现在都养成习惯了。我的心

---

① Varma 本作 bākī。

② Varma 本作 rī。

③ 五感，原文为 pāṁcani，字面意思为五，此处指五种感觉器官，即眼、耳、鼻、舌、身。

它只爱黑子，完全不顾及我，还处处跟我敌对，把我一个人丢在大门口。如果现在我能得到我的心，我也愿意听你的话，按照你说的去做。”

说到这里，罗陀连忙四处张望了一下，生怕自己的这番话会被别人听见。然后，她又接着道：“月群啊，我是真的已经尽力了。现在我的五种感官都跟心儿一样执意爱恋黑天，我除了陷入痴迷，你说我还有什么别的办法呢。”

这首诗承接上一首诗，同样表现了罗陀的爱恋。苏尔达斯特意将罗陀本人与她的心和感官各自作为独立个体对待，尽管黑天有诸般不是，尽管罗陀百般苦闷，但是她的心却固执地不肯离开黑天，回到她身边。此外，“且听五感想法一，我已陷入痴迷中”，就连她的所有感官都爱恋着黑天，所以，这样的她又怎能控制自己，听从女伴的建议，继续对黑天傲慢和生气呢？

【原文】

भूलि नहीँ अब मान करौँ री।
जातैँ होइ अकाज आपनौ, काहैँ① बृथा② मरौँ री।
ऐसे तन मैँ गर्ब③ न राखौँ, चिंतामनि बिसरौँ री।
ऐसी बात कहै जो कोऊ, ताकैँ④ संग लरौँ री।
आरजपंथ चलैँ कह सरिहै, स्यामहिँ संग फिरौँ री।
सूर स्याम जउ आपु स्वारथी, दरसन नैन भरौँ री।।
（129/2720）

---

① Varma 本作 kahaiṁ，Gupta 本作 kāhai。
② Gupta 本作 vṛthā。
③ Varma 本作 garv。
④ Gupta 本作 tākai。

【对译】

现今犯错不生气

彼既于己无益处，何故白白瞎忙乎。

不置傲慢此身中，如意明珠尽忘却。

若某言说此般语，必将与其相争斗。

走上正道何所成，相伴黑子同漫步。

苏尔言，

纵使黑子本自私，得见却使双目盈。

【释译】

本诗描述的是罗陀向女伴表明自己不能再对黑天傲慢的立场。内容大致如下：

罗陀对月群道："女伴啊，现在我知道我自己犯下了过错，所以我再不会对黑子傲慢生气了。况且，对他傲慢生气，这件事情对我自己没什么好处，我干吗还要浪费力气，白白瞎忙活呢。我不会再让傲慢停留在我的身体里。这个傲慢害得我一时得意，把心中的至宝都忘记了。现在不论是谁再说让我对黑天生气的话，我都不会放过她。你瞧瞧，人们口中所谓的人生的正途，家族的荣誉，世俗的礼法，这些都有什么用？我就是要跟黑子在一起四处游玩。更何况不论黑天如何自顾自乐，只要看见他，我的双眼就再也离不开他了。"

罗陀开始反省、检讨自己，意识到如今面临的一切痛苦都是自己之前对黑天心存傲慢，犯下过错而导致的。如果说上一首诗中她不接受女伴的建议，是因为她无法控制自己的内心和感官，那么这个时候罗陀已经是"若某言说此般语，必将与其相争斗"的状态。因为经历过分离的痛苦，罗陀已然深刻地意识到一切都是虚妄的，

“走上正道何所成”，唯有“相伴黑子同漫步”才能获得至上的福乐，这也恰恰是苏尔达斯希望广大信徒能够铭记于心的信条。

【原文】

माई मेरौ मन पिय सौं यौं लाग्यौ, ज्यौं सँग लागी छाँहि।

मेरौ मन पिय जीव बसत है, पिय जिय मो मैं नाहिं।

ज्यौं चकोर चंदा कौं निरखत, इत-उत दृष्टि न जाइ।

सूर स्याम बिनु छिन-छिन जुग सम, क्यौं[①] करि रैनि बिहाइ॥

（130/2722）

【对译】

女伴我心恋情郎

女伴我心恋情郎，宛若影子常相随。

我心情人命中留，情人心却不在我。

宛若鹧鸪望明月，目光各处无旁顾。

苏尔言，

瞬如时代无黑子，夜晚如何方可度？

【释译】

本诗描述的是罗陀向女伴吐露自己对黑天的依恋。内容大致如下：

罗陀对月群道：“女伴啊，我的心迷恋着黑子，就像影子总是追随着身体，从不分离一样。我的心抛弃了我，它去停留在黑子的生命中，不再复返，可黑子的心却不在我这儿。我心系黑子，就像鹧鸪总是目不转睛凝望明月。没有黑子，对我来说，一瞬间就像一个时代一样难熬，你说这漫长的夜晚我要怎样才能度过呢？”

① Varma 本作 kyoṁ。

为了说服月群充当说客前去劝解黑天原谅自己，罗陀在这几首诗中，一再表明自己是如何无法控制自己的心，自己的心又是如何迷恋黑天不可自拔。这首诗与前几首诗主题类似，仍是苏尔达斯表现罗陀爱恋黑天的诗。

【原文】

अद्भुत एक अनूपम बाग।

जुगल कमल पर गज बर क्रीड़त, तापर सिंह करत अनुराग।

हरि पर सरवर①, सर पर गिरिवर②, गिरि पर फूले कंज पराग।

रुचिर कपोत बसत ता ऊपर, ता ऊपर अंमृत③ फल लाग।

फल पर पुहुप, पुहुप पर पल्लव, ता पर सुक, पिक, मृग मद काग।

खंजन, धनुष, चंद्रमा ऊपर, ता ऊपर इक मनिधर नाग।

अंग-अंग प्रति और-और छबि, उपमा ताकौं करत न त्याग।

सूरदास प्रभु पियौ सुधा-रस, मानौ अधरनि के बड़ भाग॥

（131/2728）

【对译】

神奇无双大花园

一双莲上妙象④戏，象上雄狮⑤怀爱意。

狮上有湖湖上山，山上开满含粉莲。

迷人鸽⑥居粉莲上，鸽子头上甘露果。

甘露果上花盛放，盛放花上小蓓蕾。

---

① Sabha 本作 sarabar。
② Sabha 本作 giribar。
③ Varma 本作 amṛt。
④ 印度女子以丰乳肥臀为美，此处以象腿比喻女子的腿。
⑤ 在印度语境下，狮子的细腰常被用来比喻女子纤细婀娜的腰身。
⑥ 此处以鸽子脖子的细长优雅比喻女子的美颈。

蓓蕾上面停鹦鹉，杜鹃美鹿并乌鸦。
复有鹡鸰弯弓月，上有一条持宝蛇[①]。
一处复比一处美，比喻不肯弃妙体。
苏尔达斯言，
恩主且品甘露饮，仿若双唇大福运。

【释译】

本诗描述的是女伴罗丽达向黑天描述罗陀身体的美丽形态。内容大致如下：

罗丽达道："罗陀的身体美丽无限，就像一个神奇无双的花园。她的双足像两朵莲花，双腿像在莲花上嬉戏的大象。她的腰像狮子的腰一样纤细婀娜，肚脐像澄碧宁静的湖泊。她傲然挺立的乳房，像湖上的小山。她胸前穿着的带花胸衣，就像含带花粉的莲花铺满山间。她的脖子像鸽子的脖子一样优雅细长，下巴圆润，就像长寿之果。她的下巴上长着一颗美痣，像果实上开着的一朵小花。她唇如蓓蕾，鼻如鹦鹉，舌如杜鹃，额上点着的吉祥志如同小鹿，头发乌黑，如同乌鸦。她的眼如鹡鸰，眉如弯弓，额如明月。她的长辫装饰着镶嵌宝石的饰品，如同兜帽上饰有宝石的蛇。从下往上看，她身体一部分比一部分美丽，让人忍不住用一切美好的事物来对其进行比喻，舍不得停止。苏尔达斯说，恩主黑天啊，你快品一品罗陀那永恒的甘露吧，就像你的双唇享有大神气一样。"

虽然这首诗的核心内容是展现罗陀之美，但诗人并没有直接告诉我们她的眼睛如何动人，面庞如何姣好，双足如何修长，青丝如何顺滑如绢，因为无论以何种方式将这些华美的词藻堆砌在一起，

① 根据印度传说，眼镜蛇的兜帽常常以宝石装饰，此处用来比喻女子用宝石装饰的发辫。

人们都很难在心中勾画出一个活生生的罗陀，很难想象出她到底有多美。缺乏想象的空间，审美价值也就无从谈起了。在这首诗中，诗人巧妙地抓住了女子身体各部分的主要特征，灵活运用了借喻的表现手法，只出现喻体，将无限遐想的空间留给读者，也将美人之美描述得惟妙惟肖。尽管全诗完全没有出现本体和喻词，然而读者在读到莲花、妙象、雄狮、湖泊、小山、迷人鸽、鹡鸰、弯弓、圆月、持宝蛇等词语时，头脑中会不自觉浮现出一个玉足纤纤，腰身婀娜，丰乳肥臀，曲线柔美，起伏微妙的印度传统美人形象。更妙的是，根据自身对这些具象的不同感知，每位读者会在脑海中产生不同的意象，于是一千个读者心中就有了一千个灵秀妙丽，色佳天下的罗陀，诗人创作的目的也就达到了。

【原文】

भुज भरि लई हिरदय लाइ।
बिरह ब्याकुल देखि बाला, नैन दोउ भरि आइ।
रैनि बासर बीचहि मैं, दोउ[1] गए मुरझाइ।
मनौ बृच्छ तमाल बेली कनक सुधा सिँचाइ।
हरष डहडह मुसुकी फूले, प्रेम फलनि लगाइ।
काम मुरझनि बेलि तरु की, तुरत ही बिसराइ।
देखि ललिता मिलन वह, आनंद उर न समाइ।
सूर के प्रभु स्याम स्यामा, त्रिबिध ताप नसाइ।।
（132/2737）

① Varma 本作 do'ū。

【对译】

紧紧相拥入心怀

少女苦别神慌乱，瞧见双眼充盈满。

仅仅旦夕昼夜间，二人萎靡愁容现。

宛若甘露来浇灌，多摩罗树[1]之金藤。

欣喜欢愉微微笑，鲜花绽放结爱果。

为欲枯萎树之藤，当即立马尽忘却。

罗丽达见彼会面，喜满心间容不下。

苏尔言，

胜尊黑子黑子女[2]，去除消灭三重苦。

【释译】

本诗描述的是黑天与罗陀再次相会的场景。内容大致如下：

黑天将罗陀紧紧拥在怀中，贴在胸前。看见饱受离别之苦折磨、慌乱不安的罗陀，黑天满心不忍，两只眼睛盈满了泪水。黑天像青黑色的多摩罗树，罗陀像攀爬其上的金色藤蔓。因为分别的痛苦，仅在一昼夜间，黑天和罗陀两人都显得无精打采、神色憔悴，就像树和藤蔓都枯萎凋零了一般。再次相会，两人爱满心间，无限欢喜，立刻就将之前的所有苦闷都忘却了，好似一度枯萎的树藤受到甘露的灌溉而开出美丽的花朵，结出累累硕果一般。

看到黑天和罗陀的会面，罗丽达也是喜满心头，难以自抑。

经过罗丽达的一番劝说，黑天来到罗陀身边，两人重归于好，

① 多摩罗树，原文为 tamāl，一种常青树木。因其具有黑色的树皮，常被比作黑天。环绕其上的藤蔓常被比作黑天颈上佩戴的花环，此处指罗陀。

② 原文为 syāmā，为 syām 的阴性形式，代指黑天的情人罗陀。

相拥相亲。单从故事情节而言，陷入爱恋的少男少女都因深受相思之苦折磨神色憔悴，所以再度重逢的时刻如同金风玉露的相逢，胜却人间无数情致；从另一方面来说，苏尔达斯笔下罗陀和黑天的相逢也是小我归于大我的象征，代表着无上的喜乐。因此，诗人在本诗末尾以诗外音的方式唱出的“胜尊黑子黑子女，去除消灭三重苦”蕴含有两层含义——黑天和罗陀重聚消除了两人的离别相思苦，大我和小我合一消除了尘世的一切苦难。

【原文】

ललिता प्रेम बिबस भई भारी।

वह चितवनि, वह मिलनि परस्पर, अति सोभा बर① नारी।

इकटक अंग अंग अवलोकति, उत बस भए बिहारी।

वह आतुर छबि लेत देत वै, इक तैं इक अधिकारी।

ललिता संग सखिनि सौं② भाषति, देखौ छबि पिय प्यारी।

सुनहु सूर ज्यौं होम अगिनि घृत, ताहू तैं यह न्यारी।।

（133/2738）

【对译】

深爱所控罗丽达

彼互凝望彼相会，少男少女极光辉。

目不转睛赏周身，那厢玩主③受控制。

交流彼美彼焦急，一个更加胜一个。

---

① Varma 本作 var。

② Varma 本作 soṁ

③ 玩主，原文为 bihārī，原意为好游戏的，此处指黑天。

罗丽达语同行伴：且看情郎情女美。

苏尔言，

宛若酥油祭火中，且听较之此更胜。

【释译】

本诗承接上一首诗，描述的是罗丽达看见黑天罗陀相会后欣喜激动的场景。内容大致如下：

黑天和罗陀久别相会，喜不自胜。此刻，他们深情对视，两两相望，迫不及待地要将情人的美丽收进自己的眼里、心里，一个比一个更急切。这边，罗陀目不转睛地欣赏着黑天的身体，那边，黑天深陷对罗陀的情爱之中，难以自拔。

一直站在旁边的罗丽达看着他们两人对望的样子，不知不觉入了迷，陶醉在这份深深的爱意中。她对同行的女伴们说道："快！你们快来瞧瞧黑天和罗陀这对美丽的情侣吧！我们都知道，向祭火中投入酥油，火焰会变得更为明亮闪耀。可是，黑天和罗陀相会所显现的光辉，比燃烧酥油的祭火更加美丽独特。"

这首诗的主题与上一首诗相类似，所表现和突出的亦是黑天和罗陀相会时的美丽和光辉。苏尔达斯先从正面直接对两人重逢的场景进行描述，赞颂他们是"少男少女极光辉"，接着从侧面以罗丽达的入迷来衬托这个场景的动人，最后通过罗丽达与女伴的对话，直接点出他们的相会"宛若酥油祭火中，且听较之此更胜"。如此一来，诗人的赞美之情完全得以宣泄出来。

【原文】

राधेहिं① मिलेहुँ प्रतीति न आवति।
जदपि नाथ बिधु② बदन③ बिलोकत④, दरसन कौ सुख पावति।
भरि भरि लोचन रूप परम निधि, उरमैं आनि दुरावति।
बिरह बिकल⑤ मति दृष्टि दुहुँ दिसि, सँचि⑥ सरघा⑦ ज्यौं धावति।
चितवत चकित रहति⑧ चित अंतर, नैन निमेष न लावति।
सपनौ आहि कि सत्य ईस यह, बुद्दि वितर्क⑨ बनावति।
कबहुँक करति बिचार कौन हौं⑩, को हरि कैं हिय भावति।
सूर प्रेम की बात अटपटी, मन तरंग उपजावति।।
（134/2741）

【对译】

罗陀相会犹不信

虽见恩主如月颜，相见福乐亦得到。
美貌至宝眼充盈，纳入心间妥收藏。
苦别神慌两边顾，目光似蜂采集蜜。
内心惊慌细瞧看，双眼一眨亦不眨。
左思右想做斗争：此乃真实抑或梦？
时而又想我是谁，谁使诃利心欢愉。

---

① Varma 本作 rādhahiṁ。
② Gupta 本作 vidhu。
③ Gupta 本作 vadan。
④ Gupta 本作 vilokat。
⑤ Gupta 本作 vikal。
⑥ Gupta 本作 kaṁci。
⑦ Gupta 本作 saradhā。
⑧ Varma 本作 rahat。
⑨ Sabha 本作 bitark。
⑩ Varma 本作 hīṁ。

苏尔言，

混乱荒唐爱情事，浪起心中波涛涌。

【释译】

本诗描述的是罗陀与黑天会面时难以置信的情状。内容大致如下：

虽然已与黑天会面，虽然已看见黑天如月亮一般英俊的面容，虽然已得到久别重逢的幸福和欢乐，罗陀还是不敢相信眼前的一切。她目不转睛地凝视着黑天。就这样，她不仅眼里充满黑天，还把他放在心里，妥妥地保藏起来，生怕他什么时候就不见了。之前因为离别，聪慧的女子罗陀饱受痛苦折磨，此刻她的目光不停地望向两边，就像蜜蜂为了采蜜四处翻飞一样。她内心慌乱，不断跟自己做斗争，暗自道："我看见黑天了，这到底是真实的，还是在梦里呢？"她转念又想，我到底是谁呢，让黑天欢喜愉悦的是我还是别人呢？

久经离别之苦折磨的罗陀忽然得以与黑天相会，获得无上的福乐。通常在这种情况下，人们虽然满心欢喜，但也会感到难以置信，害怕失去，罗陀亦如是。然而，她的这种质疑、迷惘、担忧和矛盾却从侧面更加突显出她内心难以抑制的狂喜。苏尔达斯在本诗末尾以诗外音的方式对罗陀此刻的心理状态进行了点评——"混乱荒唐爱情事，浪起心中波涛涌"。爱情本就让人变得混乱荒唐，沉陷情爱的女子总是容易胡思乱想、喜忧无常，只需一颗小石子便能在她们心中激起千重浪。

【原文】

स्याम भए राधा बस ऐसैं[①]।
चातक स्वाति, चकोर चंद ज्यौं, चक्रवाक रवि[②] जैसैं।
नाद कुरंग, मीन जल की गीत, ज्यौं तनु कैं बस छाया।
इकटक नैन अंग-छवि[③] मोहे, थकित भए पति जाया।
उठैं उठत, बैठैं बैठत हैं, चलैं चलत सुधि नाहीं।
सूरदास बड़भागिनि राधा, समुझि मनहिं मुसुकाहीं।
（135/2756）

【对译】

黑子如此受控罗陀

如杜鹃于大角星，鹧鸪于月鸳于日。
鱼于水流鹿于声[④]，如影受到身体控。
妻之体美夫着迷，目不转睛停止住。
随起而起坐而坐，随行而行知觉无。
苏尔达斯言，
大福运女乃罗陀，知悉暗自欣喜笑。

【释译】

本诗描述的是黑天为罗陀着迷的情景。内容大致如下：

黑天爱着罗陀，受罗陀控制，就像杜鹃鸟只喝月入大角星时的雨水，鹧鸪总是凝望月亮，鸳鸯只在白天相聚；就像鹿被声音吸引，鱼儿的游动受到水流影响，影子离不开身体一样。黑天迷恋着罗陀的美丽，呆立着目不转睛地盯着她看。他的行动也禁不住跟随着罗陀，随着她起身而起身，随着她坐下而坐下，罗陀走他也走，一点

① Varma 本作 aiseṁ。
② Sabha 本作 rabi。
③ Sabha 本作 chabi。
④ 根据印度传说，鹿受声音吸引，常用来比喻心灵受感官或梵音吸引。

自己的意识也没有了。罗陀知道黑天对自己的迷恋之后，在心里暗暗地笑了。

前几首诗中，苏尔达斯侧重描写的是罗陀对黑天的爱慕和痴迷，而在这首诗中，诗人转为描写黑天对罗陀的迷恋，意在告诉世人，只要像罗陀一样全心全意以虔诚和信爱敬奉黑天，将自己的一切献给黑天，那么黑天也会像爱恋罗陀一样赐予信徒恩慈和无上的福乐。

【原文】

निरखि पिय रूप तिय चकित भारी।
किधौं वै पुरुष मैं नारी, की वै नारि मैं ही हौं पुरुष①, तन सुधि बिसारी।
आपु तन चितै सिर मुकुट कुंडल स्रवन, अधर मुरली, माल बन② बिराजै।
उतहिं पियरूप सिर माँग बेनी सुभग, भाल बेंदी-बिंदु महा छाजै।
नागरी हठ तजौ, कृपा करि मोहिं भजौ, परी कह चूक सो कहौ प्यारी।
सूर नागरी प्रभु बिरह-रस-मगन भई, देखि छबि③ हँसत गिरिराजधारी।।
（136/2766）

【对译】

见情郎样女大惊

他男我女或相反，身体知觉尽忘却。
瞧看打量自己身，头顶羽冠耳戴环，
野花之环唇边笛，美丽俊俏光辉闪。
那厢情郎之模样，头分发路辫子美，
额上吉祥红花志，婀娜多姿迷人极。

① Varma 本无此词。
② Varma 本作 van。
③ Varma 本作 chavi。

慧女且将固执弃，发发善心把我颂，

如若犯下何过错，情女且请将其诉。

苏尔言，

胜尊离味慧女醉，托山王者见美笑。

【释译】

本诗描述的是罗陀看见装扮成自己模样的黑天时的迷惑和惊讶。内容大致如下：

看着女装的黑天，罗陀忘记了自己，讶异地思忖着，究竟他是男子我是女子，还是他是女子我是男子？随后，她朝自己望了望，发现自己头上戴着孔雀翎羽的头冠，耳边戴着大耳环，嘴边吹奏着竹笛，胸前戴着花环，美丽无限。接着，她又迷茫地朝黑天看去，那边的黑天也展现出无与伦比的模样，头上分着发路，梳着长长的发辫，额上点着吉祥志，婀娜多姿，秀色天成。此刻，罗陀已经完全迷乱，她认定自己就是黑天，而黑天则是自己。于是，她以黑天对罗陀说话的口吻对黑天说道："聪慧的女子啊，你别再固执生气了，赶紧歌颂我吧，如果我对你犯了什么错，你都可以告诉我。"

前几首诗中，黑天和罗陀重修旧好，共享欢愉之后，满心喜悦的黑天不舍罗陀的美丽，于是拿来罗陀的首饰将自己打扮成她的模样。同样，获得至福的罗陀亦贪恋着黑天的英俊，于是向黑天索要了他的装束，也将自己打扮成他的模样，并且请求扮成自己的黑天假装生气。两人开始进行一场新的游戏，于是就有了这首诗中罗陀瞧见黑天时迷茫又混乱的心理状态。苏尔达斯在本诗末尾用全知者的视角唱出"胜尊离味慧女醉，托山王者见美笑"，罗陀由于沉醉于黑天的情味中忘却了一切，分不清谁是谁，这是对黑天的全心投入所致，而黑天却欣赏着罗陀别样的美丽，欢喜无比，高兴地笑了。

कृष्ण गोपिका
小牧女黑天

【原文】

नंदनँदन तिय-छबि① तनु काछे।
मनु गोरी साँवरी नारि दोउ, जाति सहज मैं② आछे।
स्याम अंग कुसुमी नई सारी, फल गुंजा की भाँति।
इत नागरी नीलांबर पहिरे, जनु दामिनि घन काँति③।
आतुर चले जात बन धामहिं, मन अति हरष बढ़ाए।
सूर स्याम वा छबि④ कौं नागरि, निरखति नैन चुराए॥

（137/2773）

【对译】

难陀子扮美少女

仿若黑白二少女，婀娜款款向前行。
红花染色新纱丽，黑子身穿似贡迦⑤。
这厢慧女着蓝衣，宛若云间闪电光。
走向林屋兴冲冲，心中增添喜乐极。
苏尔言，
黑子此番迷人美，慧女羞涩窃窃瞧。

【释译】

本诗描述的是黑天扮成女子，与罗陀一起走向树林的场景。内容大致如下：

难陀的儿子黑天穿戴着女子的衣饰，将自己打扮成一个美丽的

① Varma 本作 chavi。
② Varma 本作 mai。
③ Gupta 本作 bhāṁti。
④ Varma 本作 chavi。
⑤ 贡迦，原文为 guṃjā，为某种灌木所结的浆果，颜色与藏红花（safflower）相似，此处用贡迦果形容身着红花染色纱丽的黑天，一则其颜色近似，二则可以突显黑天的美丽。

女子。他和罗陀二人正兴冲冲地在通往树林小屋的路上走着，心中喜乐增添，欢愉无限。远远看去，他们两人就像一个黑皮肤女孩和一个白皮肤女孩并肩前行，婀娜多姿，端正大方。此时，黑天身上穿着红花染色的新纱丽，颜色鲜亮，如同红红的贡迦果一样；而另一边，罗陀身上穿着蓝色的纱丽，就像乌云间的电光闪现一般。

苏尔达斯的诗中，黑天和罗陀的美一直是被唱颂和赞美的对象，本诗亦不例外。这里，黑天装扮女子的秀美丝毫不减，正如诗人在本诗末所唱——“黑子此番迷人美，慧女羞涩窃窃瞧”，黑天的这番装扮的美丽，风情万种，罗陀尽管心有羞涩，但还是压抑不住偷偷地向他看去。

【原文】

स्यामा स्याम कुंज बन आवत।
भुज भुज कंठ परस्पर दीन्हे①, यह छबि② उनहीँ पावत।
इततैँ चद्रावली जाति ब्रज③, उततैँ ये दोउ आए।
दूरिहिँ तैँ चितवति उनहीँ तन, इक टक नैन लगाए।
एक राधिका दूसरि को है, याकौँ नहिँ पहिचानौँ।
ब्रज बृषभानु④ पुरा जुवतिनि कौँ, इक-इक करि मैँ जानौँ।
यह आई कहुँ⑤ और गाँव तैँ, छबि⑥ साँवरी सलोनी।
सूर आजु यह नई बतानी, एकौ अँग न बिलोनी॥
（138/2775）

① Varma 本作 dīnhaṁ。
② Varma 本作 chavi。
③ Gupta 本作 vraj。
④ Sabha 本作 vṛṣabhānu。
⑤ Varma 本作 kahūṁ。
⑥ Varma 本作 chavi。

【对译】

黑子黑子女至林间

手臂绕颈互相拥，此番妙美彼等得。

月群此去伯勒杰，两人正由彼处来。

远远便朝彼等瞧，目不转睛细打量。

一为罗陀另为谁，此人完全不相识。

伯勒杰与牛光村，每位少女我熟知。

彼从其他某村来，青黑肤色秀丽美。

苏尔言，

她乃今日新来者，身无一处不迷人。

【释译】

本诗描述的是月群在路上遇见黑天和罗陀两人的场景。内容大致如下：

此时，黑天和罗陀两人已经来到了树林中。他们的手臂互相环绕着彼此的脖子，紧紧相拥，非常美丽动人，这种相互拥抱的美妙模样也只有他们才能拥有。

牧女月群正好途经树林去伯勒杰，黑天和罗陀正从相反的方向面对面走来。远远看见他们，月群不禁被二人的美妙所吸引，于是目不转睛地盯着他们看。看着看着，她暗想，这两个女孩儿中一个是罗陀，另一个是谁呢，我怎么不认识呢，说起来伯勒杰和牛光村的所有女孩我都认识啊。莫非她是从别的村子来的？肤色青黑的她可真是美丽啊。

这首诗的内容延续上一首诗，将画面由路上推至树林中，以偶遇牧女月群为契机，开启了一个新的故事。本诗的主题仍然是歌颂黑天的美丽，不过诗人巧妙地借用了月群的眼睛，先是好奇地忍不住朝两人看去，接着被吸引周身上下打量，心里琢磨着“她”的来历，最后由衷地感叹道——“她乃今日新来者，身无一处不迷人”，今天这个新来的女孩儿身上竟然没有一处是不温柔迷人的。

【原文】

यह वृषभानु①-सुता वह को है।

याकी सरि जुवति कोउ नाहीँ, यह त्रिभुवन मन मोहै।

अति आतुर देखन कौँ आवति, निकट जाइ पहिचानौँ।

ब्रज मैँ रहति किधौँ कहुँ और, बूझे तैँ तब जानौँ।

यह मोहिनी कहाँ तैँ आई, परम सलोनी नारी।

सूर स्याम देखत मुसुक्यानी, करी चतुरई भारी।।

（139/2777）

【对译】

此牛光女彼为谁

无有少女与她同，她使三界心迷恋。

极度焦急前来瞧，行至近旁把她辨。

伯勒杰或别处居，问问便可知分晓。

此迷人女何处来，无上妙美之女子。

苏尔言，

看着黑子微微笑，无比狡黠耍机灵。

【释译】

本诗承接上一首诗，描述的是月群林中巧遇黑天和罗陀后的心理活动。内容大致如下：

看见黑天和罗陀后，月群不禁暗想，这里面一个是罗陀，另外

① Gupta 本作 bṛṣabhānu。

一个是谁呢？她可真漂亮啊，三界众生都为她倾倒着迷，这世上可再也找不到跟她一样的女孩儿了。于是，她一边焦急万分地赶紧向前走去，一边在心里嘀咕着：或许走到她身边，我就能认出她来，她究竟住在伯勒杰还是别的什么地方呢，我去问问就知道了。这个美丽无比的女孩儿她到底是从哪儿来的呢。

诗行进到这里，月群迫不及待想知道美丽女子是谁，这仍是诗的主调。然而，在末尾处，苏尔达斯却将基调一转，以全知者的视角唱到——“看着黑子微微笑，无比狡黠要机灵”，为整个故事的发展增添了一个意外的波澜。走到近旁，月群一眼便将黑天认了出来。她一边看着黑天，一边想：这个黑子真是诡计多端，不过这些小伎俩怎么逃得过我的眼睛！想到这里，月群不由得笑了起来。

【原文】

कहि राधा ये को हैँ① री।

अति सुंदरि साँवरी सलोनी, त्रिभुवन-जन-मन मोहैँ री।

और नारि इनकी सरि नाहीँ, कहौ न हम-तन जोहैँ री।

काकी सुता, बधू② हैँ काकी, काकी जुवती धौँ हैँ री।

जैसी तुम तैसी हैँ येऊ, भली बनी तुमसौँ हैँ③ री।

सुनहु सूर अति चतुर राधिका, येइ चतुरनि की गौँ④ हैँ⑤ री॥

（140/2780）

---

① Varma 本作 hai。

② Gupta 本作 vadhū。

③ Varma 本无此词。

④ Varma 本作 gau。

⑤ Varma 本作 hai。

【对译】

罗陀且说这是谁

肤黑美丽极迷人，迷倒三界众人心。

无有他女与其同，且叫她朝我处瞧。

谁家女儿谁家媳，抑或仍为未嫁女。

你如何样她如是，天生丽质与你同。

苏尔言，

且听罗陀极机灵，耍下此等诡计俩。

【释译】

本诗描述的是月群向罗陀询问身边女孩来历的场景。内容大致如下：

月群对罗陀道："罗陀啊，你告诉我，你身边的这个女孩是谁啊？青黑肤色的她真是美丽又迷人，三界众人的心都为她倾倒。在这世上，再也没有别的女孩儿能跟她媲美了。罗陀你快跟她说说，让她也看看我呀。如此秀丽的她究竟是谁家的女儿或谁家的儿媳？又或者她仍是未嫁的少女？她呀，跟你生得一样美丽。你快告诉我吧。"

在上一首诗即总第 2777 首诗中，月群已知晓那个青黑肤色的美丽少女正是变装的黑天。她故意明知故问，想要试探一下罗陀的反应。罗陀会如何回答呢？苏尔达斯在本诗末尾以诗外音的方式为下面的故事埋下了伏笔——"且听罗陀极机灵，耍下此等诡计俩"，既然这是罗陀要机灵施展的小花招，那她又怎可能会一五一十地告诉月群呢？

【原文】

मथुरा तैं ये आई है।

कछु संबंध हमारौ इनसौं, तातैं इनहिं बुलाई हैं।

ललिता संग गई दधि बेंचन, उनहीं इनहिं चिन्हाई हैं।

उहै सनेह जानि री सजनी, आजु मिलन हम आई हैं।

तब ही की पहिचानि हमारी, ऐसी सहज सुभाई हैं।

सूरदास मोहिं आवत देखी, आपु संग उठि धाई हैं।।

（141/2781）

【对译】

她来自马图拉

些许关系她与我，因此才将她唤来。

偕罗丽达卖酸奶，正是彼将她介绍。

知晓彼爱女伴啊，今日来与我等会。

彼时我等才相识，如此淳朴之本性。

苏尔言，

我之来到瞧看见，自己起身相伴行。

【释译】

本诗承接上一首诗，描述的是罗陀对月群所问的回答。内容大致如下：

罗陀对月群道："月群啊，我身边这个美丽的女孩儿她来自马图拉。我与她之前有些交情，所以现在才把她叫来。之前有一次，我跟罗丽达一起到马图拉卖酸奶，她在那儿将这个女孩儿介绍给了我，那时候我们就这样认识了。她知道我对她的友爱，今天特意到这儿来看我。她可是一个好姑娘啊，本性纯洁又朴实。你瞧瞧，她一看我要到树林里来，也动身跟我一起来了。"

狡黠的罗陀又开始要起鬼机灵，不仅将自己与身边少女相识相知的过程讲述得头头是道、绘声绘色，还刻意提及女伴罗丽达的名字，试图增加故事的可信度，想以这些看似真实可靠的细节蒙混过关、取信月群，从而隐瞒黑天的真实身份。

【原文】

इनकौं ब्रज हीं[①] क्यौं न बुलावहु।
की वृषभानु[②]-पुरा, की गोकुल निकटहिं[③] आनि बसावहु।
येऊ नवल नवल तुमहूँ हौ, मोहन कौं दोउ[④] भावहु।
मोकौं देखि कियौ अति घूँघट, काहैं न लाज छुड़ावहु।
यह अचरज देख्यौ नहिं कबहूँ, जुवतिहिं जुवति[⑤] दुरावहु।
सूर सखी राधा सौं पुनि पुनि, कहति जु हमहि मिलावहु॥
（142/2782）

【对译】

为何不叫她来伯勒杰

牛村亦或牛光村，带来安顿在近旁。
青春活泼她与你，二人将为莫亨爱。
见我紧紧遮面纱，为何未将害羞弃。
此种奇事从未见，少女还对少女藏。
苏尔言，
女伴屡次语罗陀，言说且让我等会。

① Gupta 本作 hi。
② Varma 本作 vṛṣabhānu。
③ Gupta 本作 nikaṭahi。
④ Gupta 本作 do' ū。
⑤ Varma 本作 juhuti。

【释译】

本诗承接上一首诗，描述的是女伴让罗陀将身边的少女带回伯勒杰的场景。内容大致如下：

听完罗陀的话，月群接着道："罗陀啊，既然她这么好，你怎么不把她叫来伯勒杰呢？你就赶紧把她带到牛光的村子或者牛村附近吧，让她安顿下来。你和她都是青春活泼的少女，黑天肯定会喜欢你们俩的。咦，你倒是瞧瞧，她怎么一看见我就害羞得连忙把面纱紧紧遮盖起来呢？对我还害什么羞，我们都是女孩儿呀！我还真是从来没见过这种奇怪的事儿，女孩还对女孩躲躲藏藏的。"

月群继续假装什么也都不知道，紧接着上面罗陀对"少女"的描述和赞美，故意让罗陀将其带回伯勒杰，还说这必然会让她心爱的黑天欢喜，接着还假装惊讶地询问"少女"害羞的原因，充满了调侃和戏谑的味道。之后，她又一遍遍地对罗陀道："罗陀啊！你就给我们介绍介绍，让我们认识认识她吧！"如此一来，月群无疑给罗陀出了一个新难题，罗陀又该如何应对呢？

【原文】

मथुरा मैँ बस बास तुम्हारौ।

राधा तैँ उपकार भयौ यह, दुर्लभ दरसन भयौ तुम्हारौ।

बार-बार कर गहि-गहि① निरखति, घूँघट-ओट करौ किन न्यारौ।

कबहुँक कर परसति कपोल छुइ, चुटकि लेति ह्याँ हमहिँ निहारौ।

कछु मैँ हूँ पहिचानति तुमकौँ, तुमहिँ मिलाऊँ नंद दुलारौ।

काहे कौँ तुम सकुचति हौ जू, कहौ काह है नाम तुम्हारौ।

ऐसी सखी मिली तोहिँ राधा, तौ हमकौँ काहैँ न बिसारौ।

① Varma 本无此词。

सूरदास दंपति मन जान्यौ, यातैं कैसैं होत उबारौ॥

（143/2784）

【对译】

你家住在马图拉?

经由罗陀获此惠，难得可以瞧见你。

屡屡执手细打量，为何不除遮面纱?

时抚面颊时抚手，捏脸言且朝我瞧。

我已对你有所知，将使你会难陀儿。

踌躇犹豫为哪般，且言你名乃为何。

你般女伴罗陀得，何故不将我等忘?

苏尔达斯言，

情侣二人心中知，如何方可逃脱此。

【释译】

本诗描述的是月群向罗陀身边黑肤女子询问的场景。内容大致如下：

月群向那个青黑色皮肤的“少女”问道：“你家就住在马图拉吗？通过罗陀我才好不容易能够见到你，这对我来说真是莫大的幸运和欢喜啊！”随后，月群一次又一次地紧握着黑肤女子的手仔细打量她，对她道：“为什么你到现在还不肯把遮住容颜的面纱摘去呢？我们都是女孩儿，你还有什么好害羞的。”接着，月群时而摸摸那个少女的手，时而摸摸她的脸颊，时而又捏着她的脸亲昵地对她说：“你倒是也看看我嘛！现在，我已经对你有所了解了，我会让你去见见罗陀的情郎黑天的。你干吗要对我如此害羞呢？说吧，你叫什么名字？既然罗陀已经得到了如你这般美妙的女伴，怎会不把我们忘记呢？她应该早忘了我们吧！”

紧接上一首诗的内容，月群一方面觉得欣慰，若非罗陀，自己绝对见不到黑天这番装扮的美丽，掩饰不住对黑天的喜爱，心中暗自高兴；另一方面，她又对罗陀要机灵对她隐瞒表示不满，于是开始对黑天展开攻势，故意让“她”摘掉面纱，保证一定让“她”去见见罗陀最爱的黑天，还半感叹半讽刺地说罗陀有了“她”自然不会记得自己。面对月群的层层追问，此时的黑天和罗陀正如苏尔达斯在本诗末以全知者视角所言——“情侣二人心中知，如何方可逃脱此”，两人已然知道月群了解一切，都在心中思忖着如何才能应对？

【原文】

ऐसी कुँवरि कहाँ तुम पाई।

राधा हूँ तैँ① नख-सिख सुंदरि, अब लौँ कहाँ दुराई।

काकी नारि, कौन की बेटी, कौन गाउँ तैँ आई।

देखी सुनी न ब्रज, बृंदाबन②, सुधि बुधि हरति पराई।

धन्य सुहाग भाग याकौ, यह जुवतिनि की मनभाई।

सूरदास प्रभु हरषि③ मिले हँसि, लै उर कंठ लगाई।।

（144/2787）

【对译】

你自何得如此女

周身美妙胜罗陀，至今为止藏何处。

谁家女儿谁人妻，自何村庄前来到。

沃林④伯地⑤未见闻，理智知觉尽夺去。

---

① Varma 本作 deṁ。

② Varma 本作 vṛdāvan。

③ Varma 本作 hariṣi。

④ 沃林，原文为 bṛdāban，指沃林达林，此处受字数限制，故缩译为沃林。

⑤ 伯地，原文为 braj，指伯勒杰地区，此处受字数限制，故缩译为伯地。

她之福气命运幸，她使少女心欢喜。

苏尔达斯言，

胜尊喜会笑微微，拥抱入怀贴胸前。

【释译】

本诗描述的是月群再次向罗陀询问女子来历的场景。内容大致如下：

月群接着对罗陀道："罗陀啊，你到底是从哪儿找到这么美妙的少女呢？她从头到脚，比你还要美丽，这么一个大美人儿，你之前把她藏哪儿啦？怎么我们完全不知道呢？她是谁的妻子，又是谁家的女儿，她是从哪个村子来的呢？伯勒杰地区和沃林达林，这些我们经常活动的地方，我可从未碰见或是听说过她。她是如此美丽，人们只要看到她，就会为她倾倒，所有知觉、意识和理智都会被她夺走，甚至我们这些女孩儿都为她着迷。这个女孩儿一定是福气多多、幸运无比的。"

听到月群对自己一遍遍地赞美和歌颂，黑天再也按捺不住心中的欢喜和满意，正如苏尔达斯在本诗末所唱那样——"胜尊喜会笑微微，拥抱入怀贴胸前"，此处胜尊指黑天，他高兴地笑了，将月群拥抱在胸前，以此行动向她表明一切，满足了她的愿望。

【原文】

नंदनंदन हँसे नागरी-मुख चितै, हरषि① चंद्रावली कंठ लाई।

बाम भुज रवनि, दच्छिन भुजा सखी पर, चले बन धाम सुख कहि न जाई।

मनौ② बिबि दामिनी बीच नवघन सुभग, देखि छबि③ काम रति सहित लाजै।

① Varma 本作 hariṣi。

② Gupta 本作 manauṃ。

③ Varma 本作 chavi。

किधौं कंचन लता बीच① सु तमाल तरु भामिनिनि बीच गिरिधर बिराजै।

गए गृहकुंज अलि गुंज, सुमननि पुंज, देखि आनँद भरे सूर स्वामी।

राधिका-रवन, जुवती-रवन, मन-रवन निरखि छबि② होत मनकाम कामी।।

（145/2788）

【对译】

难陀子见女颜笑

难陀子见女颜笑，满心欢喜抱月群。
左拥妙女右搂伴，同赴林屋福难言。
宛若两道电光闪，中间新云迷人美，
欲天罗蒂见此美，自惭形秽觉羞愧。
多摩罗树金藤间，多情女中托山美。
行至林间小屋处，繁花似锦花团簇，
黑蜂嗡嗡正哼鸣，主人瞧见充满喜。
苏尔言，
罗陀少女心迷者③，瞧见美景心生欲。

【释译】

本诗描述的是黑天与罗陀和月群一起走到林中小屋的场景。内容大致如下：

黑天笑着看了看罗陀，欢天喜地把月群也抱在怀里。就这样，他搂抱着两个美丽的女孩一同朝林中的小屋走去。此刻，四处洋溢着幸福，美妙无比。黑天走在两个女孩中间，俊俏无比，既像美丽的新云出现在两道闪电间，又像美丽的多摩罗树竖立在金色的藤蔓间。他们三人如此迷人，就连一贯以美貌著称的欲天和罗蒂看见都

① Gupta 本作 vīc。

② Varma 本作 chavi。

③ 罗陀少女心迷者，原文为 rādhikā-ravan，juvatī-ravan，man-ravana，其中 ravan 通 ramana，意为令人为之迷恋的，此处意思为使罗陀迷恋的、使少女月群迷恋的、使心迷恋的，代指黑天。

不禁感到自惭形秽。

他们三人相伴来到林间小屋旁，那儿开满了鲜艳的花朵，黑蜂正在花朵间流连哼鸣。见此美景，黑天心中充满了幸福，产生了情欲。

这首诗中，苏尔达斯为世人描绘了一幅美丽光辉又幸福洋溢的动人图景。俊俏的黑天与两位秀色天成的妙龄少女相伴同行，这已是令人难舍的迷人画卷，然而，诗人仍觉不足，精心为其配上大自然的杰作——百花齐放，芳香四溢，花团间黑蜂绕行飞舞，发出嗡嗡的哼鸣声。在苏尔达斯所呈现的这幅图景中，佳人在美景的陪衬下愈发美丽，美景在佳人的配合下愈发醉人。

मान लीला
愠怒本事

【原文】

पियहि निरखि प्यारी हँसि दीन्हौ।

रीझे स्याम अंग अंग निरखत, हँसि नागरि उर लीन्हौ।

आलिंगन दै अधर दसन[①] खँडि, कर गहि[②] चिबुक उठावत।

नासा सौं नासा लै जोरत, नैन नैन परसावत।

इहिं अंतर प्यारी उर निरख्यौ, झझकि भई तब न्यारी।

सूर स्याम मोकौं दिखरावत, उर ल्याए धरि प्यारी।।

（146/3030）

① Varma 本作 dasat。

② Sabha 本作 gari。

【对译】

瞧看情郎情女笑

周身打量黑子喜，笑将慧女抱入怀。

相拥牙齿咬嘴唇，手抓下巴托抬起。

鼻鼻相对紧紧贴，目目互碰轻接触。

此间情女望胸前，彼时犹豫挣脱开。

苏尔言，

心中所系之情女，黑子向我来展示？

【释译】

本诗描述的是黑天与罗陀相会的场景。内容大致如下：

黑天与罗陀相会。罗陀看见自己的情郎黑天喜上心头，幸福地笑了，黑天也忍不住上上下下打量着罗陀，然后笑着将她拥入怀中。就这样，他抱着她，吻着她，又用牙齿轻轻咬了咬她的嘴唇，在那里留下了自己的齿印。他深情凝望着她，用手轻轻托起她的下巴。他用自己的鼻子贴着罗陀的鼻子，用自己的眼睛贴着罗陀的眼睛，两人甜蜜又陶醉。

就在此刻，罗陀忽然看见黑天胸前闪耀的宝石上自己的倒影，误以为那是别的女孩，于是她踌躇犹豫着挣脱了黑天的怀抱。她生气地对黑天说：“黑子啊，你喜欢别的女孩儿还不说，难道你今天就是来跟我炫耀她的吗？”

这首诗前半部分和后半部分具有明显的对比色彩。在前半部分中，苏尔达斯细致入微地描摹了黑天与罗陀拥抱、亲吻、凝视、陶醉的过程，极力营造出一个“你侬我侬，忒煞情多”的氛围。然而，当诗行进至后半部分，诗人忽然基调一转，罗陀挣脱出黑天的怀抱，嫉妒愠怒，大发脾气。整首诗从头到尾起伏明显，反差强烈，既推动了情节冲突的展现，又突出了罗陀沉醉爱中犯迷糊，不分青红皂白，乱发脾气的小女子形象。

【原文】

मोहि छुवौ जनि दूर रहौ जू।

जाकौं हृदय लगाइ लयौ है, <u>ताकी</u>① बाहँ गहौ जू।

तुम सर्वज्ञ और सब मूरख, सो रानी आरु दासी।

मै देखत हिरदय वह बैठी, हम तुमकौं भई हाँसी।

बाँह गहत कछु सरम न आवति, सुख <u>पावत</u>② मन माहीं।

सुनहु सूर मो तन वह इकटक चितवति, डरपति नाहीं।

（147/3034）

【对译】

别碰我，离远点！

拥抱何人入怀中，且去将她手臂抓。

你为全知众人愚？她为女王他人奴？

她坐心中我瞧见，我却成为你笑料。

抓臂些许不觉羞，心中仍然得福乐。

苏尔言，

她盯我看目不转，完完全全不惧怕！

【释译】

本诗描述的是罗陀挣脱黑天，怒斥黑天的场景。内容大致如下：

罗陀对黑天吼道：“黑子，你别碰我，离我远点儿！你喜欢谁，

① Varma 本作 tākīṁ。

② Varma 本作 pāvati。

总是心心念念着谁，就去抓她的手臂，跟她玩去吧，别来烦我！你以为这世上就你聪明，就你什么都知道，把别人都当成傻子！你喜欢她，把她当女王，却把别人都当成你的女仆！我告诉你，我明白得很，她稳坐你心间，而我对你来说只是笑料罢了，所以我才不要搭理你。亏你现在这样抓着我的手臂，一点儿都不觉得害臊，心里还好意思乐滋滋的？你看，你心里的那个她，正仗着你的宠爱，心安理得，正目不转睛地盯着我看呢！”

这首诗中，苏尔达斯通过罗陀的激烈言辞，展现出罗陀因爱生怒、因爱生妒、因爱生怨，从而对黑天发火大吼，对自己的倒影挑刺找茬的一面。

【原文】

कहा भई धनि बावरी①, कहि तुमहिं सुनाऊँ।
तुम तैँ को है भावती, जिहिं हृदय बसाऊँ।
तुमहिं स्त्रवन, तुम नैन हौ, तमु प्रान-अधारा।
बृथा② क्रोध तिय क्यौँ करौ, कहि बारंबारा।
भुज गहि ताहि बतावहू③, जेहि हृदय बतावति।
सूरज प्रभु कहैँ④ नागरी, तुम तैँ को भावति।।
（148/3035）

① Varma 本作 bābarī。
② Gupta 本作 vṛthā。
③ Sabha 本作 batābahū。
④ Varma 本作 kahai。

【对译】

是否疯癫幸运女

是否疯癫幸运女，对你言说来解释：
喜欢何人比你多，将其安居在心间？
你为耳朵你为目，你乃生命之根本。
女子为何徒恼怒，讲述一遍又一遍。
言说何人在心中，抓其手臂且相告。
苏尔吉言，
胜尊言语向慧女，喜爱何人更胜你！

【释译】

本诗承接上一首诗，描述的是黑天对罗陀误会的劝慰和解释。内容大致如下：

听到罗陀的这番怒言，黑天连忙对她道："亲爱的罗陀，幸运的罗陀，你是不是疯了？你到底怎么了？你听我跟你解释，这世上我最喜欢的人就是你。除了你，我心里还能有谁呢？要知道，你是我的耳朵，你是我的眼睛，你是我生命的根本，没了你，我根本就活不下去。罗陀啊，你干吗无缘无故如此生气，还反复说着上面那些没有意义的话。你跟我说说，我心里到底还有谁，你去抓住她来让我瞧瞧！"

苏尔达斯着重表现了黑天对罗陀的爱。本诗末，诗人站在全知者的角度言道——"胜尊言语向慧女，喜爱何人更胜你"，以此突出了黑天此番话语的核心，即他对罗陀的喜爱超越对其他任何人，再一次强化了本诗的主题。

【原文】

मान करौ तुम और सवाई।

कोटि करौ एकै पुनि ह्वैहौ, तमु अरु मोहन माई[1]।

मोहन सो सुनि नाम स्रवनहीँ, मगन भई सुकुमारी।

मान गयौ, रिस गई तुरतहीँ, लज्जित भई मन भारी।

धाइ[2] मिली दूतिका कंठ सौँ, धन्य[3] धन्य कहि बानी।

सूर स्याम बन धाम जानिकै, दरसन कौँ अतुरानी॥

（149/3055）

【对译】

你尽管生气吧！

纵作千万女伴啊，你与莫亨复合一。

耳中听闻莫亨名，美妙少女沉醉喜。

怨愤立消怒气灭，心中充满羞愧意。

奔跑抱住传信女，幸运幸运言说道。

苏尔言，

知悉黑子在林屋，为见焦急又迫切。

【释译】

本诗描述的是女伴言劝罗陀的场景。内容大致如下：

知晓罗陀对黑天生气的事情，女伴劝说罗陀道："罗陀啊，如果你要生气，你就尽管生气吧！越气越好！我很肯定地告诉你，不管你对黑子生多少次气，你跟他最终都会在一起的。"

听见黑子的名字，罗陀顿时沉醉在对黑天的爱恋中，心中充满欢喜。就这样，她消除了所有的怨怒，不再生气了。与此同时，她

① Sabha 本作 bhā'ī。
② Sabha 本作 dhā'ī。
③ Varma 本作 dhanva。

又为自己之前的所作所为感到羞愧。她冲上前去紧紧拥抱前来传信的女伴，口中不断说着：“女伴啊，你真好！你真好！”

经过女伴点明事实的真谛，罗陀重新感受到自己被怒气蒙蔽的对黑天的无限爱恋，于是再次回归喜悦，并且“知悉黑子在林屋”后，“为见焦急又迫切”。通过女伴的此番劝说，苏尔达斯也想向世人宣告：即使由于愚昧和无知暂时偏离黑天，人们最终仍要回归黑天，与黑天合一。只有清楚认识到这一点，才能够像诗中的罗陀一样，唤醒自己心中对黑天的虔诚和信爱，摆脱一切痛苦，获得心中的喜乐平安。

【原文】

स्याम नारि कै बिरह भरे।

कबहुँक बैठत कुंज द्रुमनि तर, कबहुँक रहत खरे।

कबहुँक तनु की सुरति बिसारत, कबहुँक तनु सुधि आवत।

तब नागरि के गुनहिँ बिचारत, तेई गुन गनि गावत।

कहूँ मुकुट, कहुँ मुरलि रही गिरि, कहुँ कटि पीत पिछौरी।

सूर स्याम ऐसी गति भीतर, आइ[①] दूतिका दौरी॥

（150/3057）

【对译】

黑子充满离女苦

时而林中树下坐，时而久久呆伫立。

时而身体知觉忘，时而身体意识回。

彼时念及慧女德，将其细数又称颂。

翎冠竹笛落某处，腰上黄衫于某处。

① Sabha 本作 ā’ī。

苏尔言，

黑子此般情状中，传信少女奔跑来。

【释译】

本诗描述的是黑天离别罗陀后的痛苦情态。内容大致如下：

此时此刻，在树林中等待罗陀的黑天充满了分离的苦痛。他时而坐在大树底下，时而又起身呆呆地站着。他时而忘记了自己的身体，时而又想起来了。他一心扑在罗陀身上，逐一回想、细数着她的诸般美德，赞颂不已。至于他自己一贯视若珍宝的孔雀翎羽冠、竹笛和腰上的黄色衣衫早就掉落在树林中的某个地方，他却完全没有察觉。

这首诗中，苏尔达斯通过黑天坐立不安的动作、无暇他顾的心态，以及念想罗陀的专注展现出黑天与心上人分别后充满离别情味的一面。本诗末，诗人以“黑子此般情状中，传信少女奔跑来”收尾，正当黑天深陷这种状况不可自拔的时候，前去罗陀处传信的少女带着罗陀即将前来的好消息回到了林中，既与诗的前部分内容遥相呼应，又以传信少女的到来为契机，推动了故事情节的发展。

【原文】

धनि बृषभानु①-सुता बड़ भागिनि।

कहा निहारति अंग अंग छबि, धन्य स्याम अनुरागिनि।

और त्रिया नख-सिख② सिँगार सजि, तेरैं सहज न पूरैं।

रति, रंभा उरबसी रमा सी, तोहिं निरतखि मन झूरैं।

ये सब कंत सुहागिनि नाहीँ, तू है कंत पियारी।

① Gupta 本作 vṛṣabhānu。

② Varma 本作 śikh。

सूर धन्य तेरी सुंदरता, तोसी और न नारी॥

（151/3062）

【对译】

牛光女幸大幸女

为何瞧看周身美，黑子爱侣实幸运。

他女全身艳情妆，亦不及你自然美。

罗蒂兰跋[1]广延女，见你心焦吉祥天[2]。

她们皆非主福妻，唯你才是主情女。

苏尔言，

你之美丽实幸运，别无他女媲美你。

【释译】

本诗描述的是传信的牧女对美丽罗陀的赞颂。内容大致如下：

负责传信的牧女再次回到罗陀身边，对她道："牛光的女儿、黑子心爱的女孩儿罗陀啊，你真是幸运无比。你干吗一直打量着自己周身的美丽呢？你要知道，其他的女孩即使从头到脚精心装扮，也比不上你秀色天成的自然美。就连罗蒂、兰跋、优哩婆湿、吉祥天女这些以美丽著称的女子见到你，也会自愧不如，心中感到焦灼难耐。再说了，尽管她们也算美丽，可惜都不是黑子情有独钟的妻子，只有你才是他深深爱恋的人儿啊！"

在上一首诗即总第 3057 首诗中，传信的牧女回到树林，将罗陀答应梳妆沐浴之后即去相会的消息告诉了黑天，于是黑天开始了漫长的等待，迫切焦灼、坐立不安、急不可耐。牧女见到这种状况，为了催促罗陀，所以再次找到罗陀，层层递进地对她说出上述一番

---

① 兰跋，原文为 rambhā，以美丽著称的天女，是使因陀罗宫殿增色的十四宝之一。

② 吉祥天，原文为 ramā，字面义为可爱的、使人欢喜的女子，为吉祥天女的名号之一。

溢美之词。牧女首先歌颂其为黑天钟情的幸运，接着称其美丽无人可比，进而说道，即使罗蒂、兰跋等天女甚美，可却不为黑天所爱，幸不及你。最后，在本诗末，她又再次强调道——“你之美丽实幸运，别无他女媲美你”，与“他女全身艳情妆，亦不及你自然美”遥相呼应。此时，牧女这番赞美背后隐含的意思已经表露无遗，即罗陀你已经足够美丽了，就别再磨蹭，赶紧去与黑天相会吧！

【原文】

चलौ किन मानिनि कुंज-कुटीर।
तुव बिनु कुँवर कोटि बनिता तजि, सहत मदन की पीर।
गदगद स्वर संभ्रम अति आतुर, स्रवत[1] सुलोचन नीर।
क्वासि क्वासि बृषभानु नंदिनी, बिलपत बिपिन अधीर।
बंसी बिसिष, माल ब्यालावलि, पंचानन[2] पिक कीर।
मलयज गरल, हुतासन मारुत, साखामृग-रिपु चीर।
हिय मैं हरषि प्रेम अति आतुर, चतुर चली पिय तीर।
सुनि भयभीत ब्रज के पिंजर, सूर सुरति रनधीर॥
（152/3070）

【对译】

傲女何不去林屋

失去你弃千万女，少男忍受情爱苦。
慌极迷乱语不连，美丽双眼泪滴垂。
焦急悲恸林中唤，牛光爱女你在哪？

① Gupta 本作 sravan。
② Gupta 本作 pañcānat。

花环成蛇笛成箭，鹦鹉杜鹃成猛狮①。

檀香成毒风成火，衣物成为猴之敌。

欣喜焦急心生爱，机灵女赴情人旁。

苏尔言，

镇定情爱战斗中，听闻金刚身②惶恐。

【释译】

本诗描述的是传信的女子向罗陀描述黑天不安状况的场景。内容大致如下：

传信的女子对罗陀道："骄傲生气的罗陀啊！你为什么迟迟不到林中的小屋去呢？黑子正在那儿焦急不安地等着你呢。没有你的陪伴，他伤心难过，无心理会伯勒杰的千万少女，独自承受着与你分离的痛苦。他整日慌乱不宁，连话都说不清楚了，双眼不断落下泪水。他在林中失声恸哭，口里不断说着：'罗陀你在哪儿啊，你在哪儿？'他是这样的悲伤，对他来说，手中的竹笛变成了利箭，脖上挂着的野花环变成了毒蛇，鹦鹉和杜鹃鸟美妙的声音成了狮子的怒吼，檀香变成了毒药，和风也如烈火般灼人，就连身上穿的衣服都仿佛变成了针，刺痛难忍。"

本诗主题延续上一首诗即总第3070首诗，女伴先从罗陀秀色天成无须刻意装扮入手，进而向罗陀诉说黑天与她分离，整日寻寻觅觅、忧伤落寞、悲恸哭泣，甚至连平日喜爱的各种装扮如今也成为对他的折磨，其所言如此娓娓动人、细致入情，罗陀本就深爱着黑

---

① 猛狮，原文为pañcānan，通pañcānana，即pañca+ānana，字面义为五脸，指毗湿奴大神的化身之一人狮具有的五种形态，即愤怒人狮（ugra narasiṃha）、英勇人狮（vīra narasiṃha）、瑜伽人狮（yoga narasiṃha）、财富人狮（lakṣamī narasiṃha）以及安宁人狮（śānta narasiṃha），后来该词可引申为狮子之意。

② 金刚身，bajrakepiṃjara，意为金刚之身，此处用来表示罗陀在情爱游戏中生气愠怒，坚决不理黑天时的铁石心肠，代指罗陀。

天，此刻又怎能不动容呢？正如苏尔达斯在本诗末所言——“镇定情爱战斗中，听闻金刚身惶恐”，听到牧女的这番话，即使在情爱游戏中铁石心肠的罗陀也不禁为黑天感到担忧，于是她的心中产生了爱意，欢天喜地地前往情人的身边。

【原文】

सँग राजति बृषभानु[1] कुमारी।
कुंज सदन कुसमानि सेज्या पर, दंपति सोभा भारी।
आलस भरे मगन रस दोऊ, अंग अंग प्रति जोहत।
मनहुँ गौर स्यामल ससि नव तन, बैठे सम्मुख[2] सोहत।
कुंज भवन राधा मनमोहन, चहूँ पास ब्रजनारी।
सूर रहीं लोचन इकटक करि, डारतिं तन मन वारी॥
（153/3081）

【对译】

牛光之女美相伴
林中屋内花床上，情侣璀璨光辉灿。
慵懒沉醉情味中，两人逐一打量身。
身似黑白之新月，面面相对坐而美。
林屋罗陀迷心者，伯勒杰女四周围。
苏尔言，
目不转睛久凝视，奉献身体与心灵。

【释译】

本诗描述的是黑天和罗陀相拥而坐的场景。内容大致如下：

此刻，罗陀伴着黑天，慵懒地坐在林间小屋的花床上，光彩夺

① Gupta 本作 vṛṣabhānu。
② Gupta 本作 sanmukh。

目，美丽耀眼。他们面对面坐着，美丽的身体就像黑白两轮新月。他们互相打量着对方身体的各个部分，完全沉醉在情爱之中，不可自拔。伯勒杰的其他少女聚集在他们四周，目不转睛地看着他们。看着看着，她们也不禁陶醉在两人的美丽之中，心中生出无限的爱意，甘愿向这对迷人的情侣献出自己的身体和心灵。

苏尔达斯在这首诗中所描绘的画面是黑天、罗陀与众牧女一同在林间嬉戏时最为常见和典型的场景，黑天相伴罗陀在中间，其他牧女围在四周，为两人相依相伴时所散发出来的独特光彩折服。本诗最后一句——“目不转睛久凝视，奉献身体与心灵”，既是苏尔达斯作为全知者对一众牧女叹美怀爱时心中所想的描述，也是诗人自己甘愿向黑天和罗陀奉献一切的由衷表达。

खण्डिता प्रकरण
不忠之言

【原文】

नाना रँग उपजावत स्याम। कोउ रीझति, कोउ खीझति बाम॥
काहूँ कैं निसि बसत बनाइ। काहू मुख छवै आवत जाइ॥
बहु नायक ह्वै बिलसत आपु। जाकौ सिव पावत नहिँ जापु॥
ताकौं ब्रजनारी पति जानैं। कोउ आदरैं[①], कोउ अपमानैं।
काहू सौं कहि आवन साँझ। रहत और नागरि घर माँझ॥
कबहुँ रैनि सब संग बिहात। सुनहु सूर ऐसे नँदतात[②]॥
(154/3093)

① Sabha 本作 ādar。
② Gupta 本作 nandalāl。

【对译】

黑子生出诸般爱

黑子生出诸般爱，有女生气有女喜。

留住某家彻夜度，抚摸某颜旋即走。

众女之主自娱乐，念颂湿婆未得者，

伯勒杰女视他夫，有人不敬有人尊。

对某言说黄昏至，其他慧女家中留。

苏尔言，

时而度夜伴众女，且听难陀子如是。

【释译】

本诗描述的是黑天与众牧女相处时呈现的不同情态。内容大致如下：

黑天总是以各种不同的情态与伯勒杰所有少女们游玩嬉戏。他有时候在某位牧女家陪她度过整个夜晚，有时候却只是来摸摸她的脸就立刻离开了；有时候他答应某位牧女黄昏时分前去与她会面，然而最后却流连在别的女子家中；有时候他与所有少女在一起游戏，共度长夜。他是众多牧女的主人，平等地爱恋着她们每一个人，他与她们一同游戏，自己享受着其中的无限福乐。修行者们反复念诵湿婆的名号也得不到的这个黑天，伯勒杰的少女们都将他视为夫君，她们有的对他欢喜迷恋，有的对他怨怒生气，有的他尊崇膜拜，有的又对他亲昵不敬。难陀的儿子就是这个样子。

这首诗中，苏尔达斯将黑天塑造成众女的丈夫和主人，赞颂他是“念颂湿婆未得者”，主要突出的是黑天神性的一面。由于他的恩慈，所以伯勒杰的牧女们才得以与他一同嬉戏享乐，而他在诗中呈现的各种情态也是为了满足她们的不同心愿，所以才演绎出包括会面、分离、爽约、共戏等各种充满不同情味的本事。如此一来，少女们尝尽爱情中的所有酸甜苦辣，心中尽管对他充满着爱恋，却通过迷恋、生气、尊崇、不敬等各种不同的情愫婉转地表达了出来，充满各种情味。

【原文】

अब जुवतिनि सौं प्रगटे स्याम।
अरस-परस सबहिनि यह जानी, हरि लुब्धे① सबहिनि कैं धाम।
जा दिन जाकैं भवन न आवत, सो मन मैं यह करति बिचार②।
आजु गए औरहिं काहू कैं, रिस पावति, कहि बड़े लबार।
यह लीला हरि कैं मन भावत, खंडित बचन③ कहत सुख होत।
साँझ बोल दै जात सूर प्रभु, ताकैं आवत होत उदोत।।
（155/3094）

【对译】

现今众女识黑子

众女交流知晓此，诃利贪恋众女处。
某日未至某女家，她即心中思量此：
今日定去别某家，生气言称大骗子。
诃利衷情此本事④，不忠言中得福乐。
苏尔言，
胜尊言说黄昏去，待到来时已天明。

【释译】

本诗描述的是牧女们对黑天流连诸位少女家之事的反应。内容大致如下：

① Gupta 本作 lubadhe。
② Varma 本作 vicār。
③ Gupta 本作 vacan。
④ 本事，原文为 līlā，意指印度教大神在人世间的娱乐生活。

伯勒杰的少女们聚在一起，相互谈论和交流，如今她们都已经摸清了黑天的本性。在她们看来，黑天喜爱在各个牧女家中逗留徘徊。因此，如果黑天哪天没去某个牧女家中，那时候她就会在心中暗想，这个该死的黑子今天一定又到别人家了，所以才没有来我这儿。如此到最后，她总会越想越生气，于是忍不住骂道："黑天他就是个大骗子！"

从字面来看，牧女们对黑天埋怨、猜疑、嫉妒、恼怒，甚至出言相斥，然而，苏尔达斯不仅对牧女们对黑天不敬的做法没有丝毫批判，反而持有赞美的态度。这是因为，《苏尔诗海》中，伯勒杰的每一个女子都深爱着黑天，想要与黑天一同游戏享乐，所以，当黑天风流多情、流连温柔乡不知归返时，她们才会忍不住变成怨妇的形象，这也是她们爱恋黑天的另外一种表现形式。正如诗人唱到——"诃利衷情此本事，不忠言中得福乐"，牧女的这种想法和行为令黑天十分欢喜，他从她们埋怨自己不忠的言辞里得到了她们的爱，得到了无上的福乐。也正因为如此，他才常常欺骗她们，总是跟某位少女约定黄昏的时候去与她相会，自己却又到别的女孩儿家度夜，直至清晨方才前往。

【原文】

काहे कौं कहि गए आइहैं, काहैं झूठी सौं हैं खाए।
ऐसे मैं नहिं जाने तुमकौं, जे गुन करि तुम प्रगट दिखाए।
भली करी यह दरसन दीन्हे, जनम जनम के ताप नसाए।
तब चितए हरि नैंकु तिया तन, इतनैंहि सब अपराध छमाए।
सूरदास सुंदरी सयानी, हँसि लीन्हे पिय अंकम लाए।।
（156/3106）

【对译】

为何言称要来此

为何言称要来此，为何立下虚假誓？
这般德行你显现，我本不知你如此。
幸好露出此面目，生生世世煎熬除。
彼时诃利稍瞧女，随即过错皆得谅。
苏尔达斯言，
美妙秀丽聪慧女，笑将情人拥入怀。

【释译】

本诗描述的是罗丽达抱怨黑天，然后两人又重归于好的场景。内容大致如下：

罗丽达整夜在家中苦等黑天，黑天却直至清晨才现身。罗丽达又气又恼，对他道："你为什么说来又不来呢，你为什么立下誓言又不履行呢？我竟不知道你是这副德行，现在你总算现出你的本来面目了。幸好大清早你来，让我看穿了你的真面目，我以后都不必为你感到煎熬痛苦了。"

听到罗丽达这番气话，黑天抬起眼睛朝她看了看。见到黑天这番情状，罗丽达立刻原谅了他的所有过错，笑着将情郎抱在怀里。

这首诗在主题上与上一首诗即总第 3094 首诗相呼应，在内容上是该诗的具体化和细节化。罗丽达晚上因为久等黑天不得，着急又担忧，好不容易清晨盼到情郎，却看到他身上留有与其他女子欢好的痕迹，一切情绪皆化为满腔的愤怒。然而，情郎只是稍稍朝她看了看，她的所有怒气就被心中浓烈的爱意取代，如若不是一往情深又岂会轻易原谅呢？

【原文】

राधिका गेह हरि-देह बासी। और तिय घरनि घर तनु-प्रकासी।

ब्रह्म पूरन द्वितिय नहीँ कोऊ। राधिका सबै, हरि सबै वोऊ।।

दीप सौँ दीप जैसैँ उजारी। तैसैँ ही[①] ब्रह्म घर-घर बिहारी।

खंडिता बचन[②] हित यह उपाई। कबहुँ कहुँ जात, कहुँ नहिँ कन्हाई।।

जन्म कौ सुफल हरि यहै पावैँ। नारि रस-वचन[③] स्रवननि सुनावैँ।।

सूर प्रभु अनतहीँ गमन[④] कीन्हौ। तहाँ नहिँ गए जहँ बचन[⑤] दीन्हौ।।

（157/3113）

【对译】

诃利身居罗陀家

诃利身居罗陀家，分身现于别女宅。

大梵圆满别无二，罗陀诃利皆一切。

如以一灯点一灯，大梵家家娱乐戏。

此法为闻不忠言，行无定所小黑儿。

耳闻女子情味语，降世功果诃利得。

苏尔言，

允诺所至却不往，胜尊已然别处去。

【释译】

本诗讲述的是黑天故意违背诺言，不去允诺之处的原因。内容大致如下：

黑天是完满不二的大梵，遍布世间各处，万物之中。他与罗陀虽然身体为二，但命却始终合一，罗陀的一切都是黑天的，黑天的

① Varma 本作 hau。
② Gupta 本作 vacan。
③ Sabha 本作 bacan。
④ Varma 本作 magan。
⑤ Gupta 本作 vacan。

一切也都是罗陀的。尽管黑天总是身处罗陀家中，与罗陀在一起，但是他也同样化为千万个分身，出现在其他女子家中。黑天就是以这种方式遍布在各位牧女家中，与她们一同嬉戏游乐，就像用一盏灯点亮另外一盏灯一般。牧女们满怀对黑天的爱恋，她们埋怨黑天不忠的话语中充满了情味，每当听到这些，黑天总是能够获得喜乐，他将这个视为自己降世的功果。为此，他才特意想出这样的办法，干出这样行无定所的事情，总是先答应某位少女要去与她相会，结果却又到别的地方去了。

这首诗中，苏尔达斯直接点出黑天即为大梵，他喜爱和享受众牧女对他的爱恋和痴迷，将获得她们的爱视作自己降世的圆满，所以才故意让她们从嗔怒和埋怨中更加强烈地释放自己心中的爱恋。通过这种形式，诗人也向世人宣告：在黑天面前，人们心中真诚纯洁的虔爱超越一切，胜过一切。此外，苏尔达斯特意指出“诃利身居罗陀家，分身现于别女宅”，“如以一灯点一灯，大梵家家娱乐戏”，黑天虽爱罗陀，却也同样热爱其他少女，虽常伴罗陀，却也总去其他牧女家与她们一起游戏。黑天对待众位牧女一视同仁的态度，也在某种程度上反映了苏尔达斯的社会平等观，即只要全心奉献黑天，无论是谁，皆能获得他的爱。

【原文】

धीर धरहु फल पावहुगे।

अपने हीँ सुख के पिय चाँड़े, कबहूँ तौ बस आवहुगे।

हम सौँ कहत और की औँरै उन बातनि मन भावहुगे।

कबहुँ राधका मान करैगी, अंतर बिरह जनावहुगे।

तब चरित्र हमहीँ देखैँगी, जैसैँ नाच नचावहुगे।

सूर स्याम अति चतुर कहावत, चतुराई बिसरावहुगे॥
（158/3143）

【对译】

耐心等，果终得

强烈热爱己福乐，终将落入束缚中。
不着边际于我言，此等话语使心悦？
某时罗陀生怒怨，期间便知离别苦。
如何使得翩翩舞[1]，彼时功行我等瞧。
苏尔言，
人称聪明机灵极，诡计智谋尽忘却。

【释译】

本诗描述的是月群抱怨黑天耍诡计，不按时赴约的场景。内容大致如下：

月群对黑天道：“黑子啊，你就耐心等着吧，你的这些行为终会得到报应的。你要知道，像你这样对自己的幸福喜乐具有强烈愿望的人，终究会受到别人控制的。你只会对我说这些不着边际乱的假话，难道你觉得用这样的话也能哄住罗陀，让她心花怒放吗？你瞧吧，等罗陀什么时候生气了，不理你了，那时候你就知道离别有多难受了。我倒要看看，罗陀会怎样把你玩弄于股掌之上。黑子啊，虽然人们都说你很机灵，可是在我看来，只要罗陀一生气，你立刻就会忘掉所有的诡计，在她面前老老实实。”

这里，月群以罗陀作为对比，埋怨黑天欺软怕硬，只敢糊弄自己，答应晚上相会却至清晨才来。尽管埋怨的内容和方式略显不同，

① 使得翩翩舞，原文为 nāc nacāvahuge，字面义为使人跳舞，在印度语境中意思引申为使人受迷惑，从而服从听命于自己。

这首诗仍与前几首诗主题一致，亦是一首以怨怒不满表现少女爱恋的诗。

【原文】

मैं हरि सौं हो मान कियौ री।
आवत देखि आन बनिता-रत, द्वार कपाट दियौ री।
अपनैं हीं कर साँकर सारी, संधिहिं संधि सियौ री।
जौ देखौ तौ सेज सुमूरति, काँप्यौ रिसनि हियौ री।
जब झुकि चली भवन तैं बाहिर, तब हठि लौटि लियौ री।
कहा कहौं कछु कहत न आवै, तहँ गोबिंद[1] बियौ री।
बिसरि[2] गई सब रोष, हरष मन, पुनि फिरि मदन जियौ री।
सूरदास प्रभु अति रति नागर, छलि मुख अमृत पियौ री॥
（159/3150）

【对译】

我生诃利气

诃利迷恋其他女，瞧见来到关上门。
所有门链皆拴紧，门闩木条亲手插。
然见美形[3]床上现，恼怒怨愤心颤抖。
低头离屋向外行，顽固执着被迫回。
无话可说无从言，彼处另有一牛得。
嗔怒恨意尽忘却，心喜复又生爱欲。
苏尔言，

① Varma 本作 govind。
② Gupta 本作 visari。
③ 美形，原文为 sumūrti，意为形态美丽的，此处代指黑天。

胜尊情爱大慧男，机巧骗饮口甘露[1]。

【释译】

本诗描述的是月群向女伴诉说自己对黑天生气的经过。内容大致如下：

应女伴的询问，月群回答道："女伴啊，黑天原本答应晚上来我家。结果直到清晨，我才看见黑子与别的女孩儿游戏过后来到我家门口。我又气又怨，立马把门关上。我亲手把所有的门链拴上，把门闩上的木条也插紧，不想让他进来。可不知怎地，他不仅进了房间，还躺在了我的床上。那时候，我恼怒至极，连心都跟着颤抖起来。一怒之下，我离开家就朝外走，可是心里还是挂念着他，于是我又被迫朝家走。可是当我走到门口的时候，竟然发现我的床上躺着一个黑子，门口又站着另外一个黑子。当时我吃惊的不知所措。即便这样，惊奇之余，我忘记了所有的愤怒，心里又高兴起来，再次陷入对他的爱恋之中。"

这首诗中，月群通过紧锁大门、心儿颤抖、离开家等动作表现出自己当时心中对黑天爽约却与其他女子欢好的愤怒和嫉妒，而黑天却通过展现自己的神迹，轻而易举地消除了她的怨气，两人和好如初，相亲相爱。对此，在本诗末尾，苏尔达斯不禁以诗外音的方式感叹道——"胜尊情爱大慧男，机巧骗饮口甘露"，黑天是谈情说爱的高手，他只要了点小伎俩，就俘获了少女的芳心，令她满心欢喜，与他亲热接吻。

① 即为亲吻之意。

राधा का मान
罗陀之怒

【原文】

नंदनँदन सुखदायक हैं।
नैन सैन दै हरत नारि मन, काम काम-तनु दायक हैं।
कबहुँ रैनि बसत काहू कैं, कबहुँ भोर उठि आवत हैं।
काहू कौ मन आपु चुरावत, काहू कैं मन भावत हैं।
काहूँ कैं[①] जागत सगरी निसि, काहूँ बिरह जगावत हैं।
सुनहु सूर जोइ-जोइ मन भावै, सोइ-सोइ रँग उपजावत हैं।।
（160/3152）

【对译】

难陀子乃赐福者
眉目传信夺女心，欲天身体赐情爱。
有时整夜某家度，有时清晨起身至。
自己偷走某女心，某女之心迷恋喜。
整夜清醒某女处，离别某女苦难寐。
苏尔言，
但凡心中所欢喜，定然生成那般样。

【释译】

本诗描述的是罗陀对黑天与众牧女调情的不满。内容大致如下：

难陀的儿子黑天是带给伯勒杰所有牧女幸福和喜乐的人。他对牧女们眉目传情，秋波暗送，夺去了她们的心，俊俏的他甚至能够使欲天的身体中产生情欲。有时，他在某个牧女家过夜；有时清晨才起身去找她；有时，他自己主动偷走了某位牧女的心；有时，某个牧

① Gupta 本作 kai。

女情不自禁地对他心生迷恋；有时，他陪着某个牧女整夜沉醉在情爱中嬉戏不眠；有时，又因为与某个牧女离别，心生苦闷，难以入睡。黑天他就是这样，任由着自己的喜好行事，从来不顾及他人。

这首诗通过罗陀的怨言，表现了与总第3093首诗相似的主题，两首诗都侧重呈现的是黑天与伯勒杰少女们嬉戏共处时的不同情态，可谓有异曲同工之妙。然而，讲述者角度的不同却使得两首诗呈现出截然不同的感情色彩。总第3093首诗是苏尔达斯以全知者视角对这一主题进行的客观描述，带有赞美的色彩，而这首诗中，罗陀作为爱慕黑天的少女，渴望黑天的专情，自然会对黑天流连其他女子感到不满，故而言辞充满埋怨、嫉妒之味。

【原文】

स्याम तिया सन्मुख① नहिं जोवत।
कबहुँ नैन की कोर निहारत, कबहुँ बदन पुनि गोवत।
मन मन हँसत त्रसत तनु परगट, सुनत भावती बात।
खंडित बचन② सुनत प्यारी के, पुलक होत सब गात।
यह सुख सूरदास कछु जानै, प्रभु अपने कौ भाव।
श्रीराधा रिस करति, निरखि मुख तिहिं छबि③ पर ललचाव॥
（161/3160）

【对译】

黑子不看情女颜
时而眼角偷偷瞥，时而又将脸掩藏。
心中暗笑身显惧，听闻话语欢欣喜。

① Gupta 本作 sammukh。
② Varma 本作 vacan。
③ Varma 本作 chavi。

听见情女不忠语，激动周身汗毛立。

此福自己胜尊情，苏尔达斯晓些许。

吉祥罗陀生怒气，见颜渴望她之美。

【对译】

本诗描述的是罗陀生气，黑天在一旁偷看她，心中暗自欢喜的场景。内容大致如下：

黑天整夜在别的牧女家度过，清晨才去与罗陀相会。罗陀看见他脸上有其他女孩留下的痕迹，大发脾气。因此，此刻的黑天不敢像以前一样凝视罗陀美丽的容颜。他一会用眼角偷偷地瞥一瞥她，一会又把自己的脸藏起来。

这里，苏尔达斯先以全知者的视角描绘了罗陀发怒时黑天显出畏惧的状态，并以此为契机引出黑天的真实意图。实际上，听见罗陀埋怨、生气的话语，黑天是满心喜悦的，甚至全身的汗毛都竖立起来。正如之前的诗所述，黑天喜欢、享受牧女们在怒火中迸发的爱恋，在这里他故意在罗陀面前做出害怕的模样，只是想取悦她，让她消减怒气，重获欢愉而已。对于黑天的这种感情和福乐，只有苏尔达斯是了解的。所以，诗人在本诗末又再次强调——“吉祥罗陀生怒气，见颜渴望她之美”，罗陀生气的模样具有别样的美丽，黑天看见不由得心生渴盼。

【原文】

नैन चपलता कहाँ गँवाई।

मोसौं कहा दुरावत नागर, नागरि रैनि जगाई।

ताही कैं रँग अरुन भए हैं, धनि चह सुंदरताई।

मनौ अरुन अंबुज पर बैठे, मत्त भृंग रस पाई।

उड़ि न सकत ऐसे मतवारे, लागत पलक जम्हाई।

सुनहु सूर यह अंग माधुरी, आलस भरे कन्हाई॥

（162/3169）

【对译】

眼睛神采何处失

慧男为何躲着我，慧女使你夜无眠。

彼等颜色成通红，此等美态何其幸！

宛若停坐红莲上，迷醉黑蜂得蜜汁。

迷醉如此不能飞，哈欠连连眼皮阖。

苏尔言，

黑儿充满倦怠意，此身甜美好迷人！

【释译】

本诗描述的是罗陀对黑天一夜未眠的倦态假意赞扬的场景。内容大致如下：

罗陀对黑天道："黑子啊，你明亮灵动的双目现在怎么失去了光彩？我都已经知道，你为了与别的女孩儿嬉戏，整夜没睡，你现在躲着我，不看我，还能隐瞒什么？你瞧瞧你自己现在这副模样，哈欠连连，眼皮打架，双眼通红，就像黑蜂停在红色的莲花上吸食花蜜，陶醉其中无法飞舞，这模样可真是美丽非凡啊！"

这里，罗陀故意对黑天因为缺少睡眠充满血丝的双眼进行赞美，称其"此等美态何其幸"，并将其比喻成停坐在红莲上的黑蜂，充满戏谑和不满的意味。"黑儿充满倦怠意，此身甜美好迷人！"是全诗的点睛之笔，包含两重意思：其一，这是罗陀对黑天整夜与其他女子欢爱导致如今倦态百出的讽刺；其二，在苏尔达斯看来，黑天的各种情态都是无比美丽、无比光辉的，因此这也同时是诗人对黑天美态的由衷称颂。

राधा जी का मध्यम मान
罗陀的中等愠怒

【原文】

यह कहि कै तिय धाम गई।
रिसनि भरी नख-सिख लौं प्यारी, जोबन-गर्ब-मई।
सखी चलीं[①] ग्रह देखि दसा यह, हठ करि बैठी जाइ।
बोलति नहीं मान करि हरि सौं, हरि अंतर रहे आइ।
इहिं अंतर जवती सब आईं, जहाँ स्याम घर द्वारैं।
प्रिया मान करि बैठि रही है, रिस करि क्रोध तुम्हारैं।
तुम आवत अतिहीं झहरानी, कहा करी चतुराई।
सुनत सूर यह बात चकित पिय, अतिहिं गए मुरझाई।।
（163/3182）

【对译】

女子言此归家去
情女年轻傲气盛，从头到脚怒意盈。
固执闷坐此情状，女伴即见回家去。
不言怒生诃利气，其间诃利已回去。
此间众女亦来到，此处黑子屋门前。
满怀怨愤情女坐，对你生气怒意盛。
见你来到生气极，你还可耍何机灵？
苏尔言，
且听情郎闻此惊，无精打采极忧伤。

【释译】

本诗描述的是罗陀对黑天生气，女伴将此告知黑天的场景。内

① Gupta 本作 calī。

容大致如下：

正当罗陀对黑天生气埋怨的时候，牧女们结伴来到罗陀家门前。罗陀让女伴们赶走黑天，让他再也不要来找她。之后，这个年轻骄傲、怒气满满的女孩儿回到家里，一个人固执地坐着，一句话也不肯说。牧女们看见她这般模样，也都只好无奈地各自回家。

这时候，黑天回到自己家中。牧女们也跟着来到那里，正好看到黑天站在大门口。她们对他道："黑子啊，你的心爱罗陀正对你生气，一个人坐在家里呢。她一见到你去她家，就愤怒至极。你看你现在还能要什么鬼机灵去哄哄她呢？"

罗陀原本对黑天整夜陪伴其他少女吃醋生气，对黑天说出让他离开的话，却不想他还真的听信了那种言不由衷、口不对心的话，离开她回家去了。罗陀愈发愤怒，返回屋内，倔强地独自坐着，谁都不理睬。牧女们眼见这种状况，自知无法相劝，于是只能来找黑天。她们告诉黑天，罗陀"见你来到生气极，你还可要何机灵？"言外之意是，虽然黑天你总能以各种小聪明哄骗我们原谅你，可是这次罗陀真的生气了，你又还能怎么办呢？这时，黑天忽然意识到问题的严重性，束手无策，只能"无精打采极忧伤"。

【原文】

नैँकु निकुंज कृपा करि आइयै।
अति रिस कृस ह्वै रही किसोरी, करि मनुहारि मनाइयै।
कर कपोल अंतर नहिँ पावत, अति उसास तन ताइयै।
छूटे चिहुर बदन कुम्हिलानौ, <u>सुहथ</u>① सँवारि बनाइये।

① Sabha 本作 subath。

इतनौ कहा गाँठि कौ लागत, जौ बातनि सुख पाइयै।

रूठेहिं आदर देत सयाने, यहै सूर जस गाइयै॥

（164/3188）

【对译】

发发慈悲来林中

少女怒盛身消瘦，且去安抚和劝慰。

手托脸颊不分离，叹气不止身煎熬。

面如枯槁发凌乱，且以美手细装扮。

福乐既可由言得，何须为此费周章。

苏尔言，

愠怒之人智者敬[①]，此般美誉值称颂。

【释译】

本诗描述的是传信的牧女规劝黑天前去安慰罗陀的场景。内容大致如下：

黑天知晓罗陀生气后忧伤不已，眼中不断淌下泪水。无奈中，他向身边的牧女求助，委托她们其中的一位前去安抚罗陀。

经过几番劝慰之后，传信的牧女知道罗陀心中已经不再生气，于是回到黑天身边，对他道："黑子啊，请你发发慈悲，到树林的小屋中去安慰安慰罗陀吧。正所谓怒极伤身，现在罗陀因为生气神色憔悴。她一直用手托着脸颊，叹气连连，深受煎熬。原本美丽迷人的她，现在脸上光彩全无，面容干瘦，头发也蓬乱不堪，你就用你美丽的手去给她好好梳妆打扮一番吧。黑子啊，你只需要跟罗陀说说好话，把你对她的喜爱和思念都告诉她，她马上就会原谅你的。这么容易就能得到的幸福，你何必要如此大费周章呢。"

这里，传信的牧女试图劝说黑天自己主动前去与罗陀和好，然

① 在印度语境中，婆罗门愠怒之时多发诅咒，为此有智慧的人通常对愠怒之人十分尊敬。

而她又担心黑天因为害怕罗陀不谅解而不愿前去，所以说出上面的话。“愠怒之人智者敬，此般美誉值称颂”是整首诗的点睛之笔，牧女以此为依据，告诉黑天，通常有智慧的人都会对生气的人礼遇三分，他们的这种美德是值得称颂，既然人们都说黑天你是智者，这次你就让让罗陀，主动前去向她示好，安抚安抚她吧。

【原文】

बैठी मानिनी गहि मौन।
मनौ सिद्ध समाधि सेवत, सुरनि साधे पौन।
अचल आसन, पलक तारी, गुफा घूँघट भौन।
रोषही कौ ध्यान धारै टेक टारै कौन।
अबहिं जाइ मनाइ लीजै, अवसि① कीजै गौन।
सूर के प्रभु जाइ देखौ, चित्त चौंधी जौन॥
（165/3192）

【对译】

傲女静坐不言语
仿若悉陀②修三昧③，仿若众神屏呼吸。
稳坐不动眼皮定，面纱如屋乃山洞。
专注禅定向愠怒，顽固执着谁人除？
现今且去行劝慰，务必一定要前往。
苏尔言，
胜尊且去瞧一瞧，心中不安迷惘人。

① Varma 本作 abasi。
② 悉陀，原文为 siddh，意即苦修者，修习瑜伽的人。
③ 三昧，原文为 samādhi，亦可译为三摩地、定、等持，即止息杂虑，心专注一境而不散乱的精神状态。

【释译】

本诗描述的是传信的牧女向黑天描述罗陀在屋中生气的模样，劝黑天亲自前去安抚的场景。内容大致如下：

牧女对黑天道：“黑子啊，现在罗陀在屋中默然静坐，不言不语，就像修行者证悟三摩地，就像众神屏住呼吸，排除杂虑，心定一处一样。她就坐在那里纹丝不动，甚至连眼睛都不眨一下。她的面纱遮住美丽的脸庞，就像修行者修行的山洞一样。罗陀她现在一心专注在生气上，除了你，谁还能使她消气，让她放下这般固执呢？所以，黑子啊，现在你就去看看那个心中迷惘不安的人儿，劝劝她吧。哎，你可一定要去一趟啊！”

这里，传信的牧女将罗陀固执生气比喻为止息专注怒气的修行者，以此突出她的怒气之盛，也从侧面证明自己确实对她无能为力，所以还是需要黑天亲自前往。在主题上，这首诗与上一首诗相似，也是表现牧女规劝黑天的诗，不过上一首诗中牧女主要强调的是罗陀的愁容惨况，落脚点在黑天乃智者，理应礼让罗陀，而本诗牧女强调的是罗陀的顽固和自己的无能，落脚点在解铃还须系铃人，黑天此去实属必然。

【原文】

स्यामा तू अति स्यामहिँ भावै।

बैठत उठत, चलत, गौ चारत, तेरी लीला गावै।

पीत बरन लखि पीत बसन उर, पीत धातु अँग लावै।

चंद्राननि सुनि, मोर चंद्रिका, माथैँ मुकुट बनावै।

अति अनुराग① सैन संभ्रम मिलि, संग परम सुख पावै।

---

① Varma 本作 anurāgi。

बिछुरत तोहिं क्वासि राधा कहि, कुंज-कुंज प्रति धावै।
तेरौ चित्र लिखैं, अरु निरखैं, बासर-बिरह नसावैं।
सूरदास रस-रासि-रसिक सौं, अंतर क्यौं करि आवै।।
（166/3197）

【对译】

黑子女啊，黑子极爱你

坐立行走放牛时，吟诵歌唱你本事。
见你黄色身抹黄，黄色衣衫胸前着。
且听如月容颜女，孔雀月华制头冠。
即示深爱复渴求，相见获得至福乐。
与你别后各林奔，言说罗陀你在哪？
绘你画像细细看，消除整日离别苦。
苏尔达斯言，
风情万种情味聚[①]，为何与之相分离？

【释译】

本诗描述的是传信的牧女劝说罗陀去与黑天相会的场景。内容大致如下：

黑天听完传信牧女对罗陀生气状态的描述，因为离别陷入痛苦中，不可自拔。无奈之下，牧女只能返回罗陀身边，对她道："罗陀啊，其实黑子他很爱你的。无论坐下站起，还是走路放牛的时候，他都会在口中念唱有关你的种种事情。看见你身体肤色偏黄，他就在胸前穿上了黄衫，在身上涂抹上黄色的粉末。罗陀你听我说啊，他看见你的脸庞如明月一般迷人，就用新月形的孔雀翎羽制成雀翎冠戴在头

① 聚，原文 rāsi，通 rāśi，基本义为某类事物的堆积、聚集，此处"情味聚"指黑天充满情味。

上。他就是这样向你传递充满爱意的信息。他爱恋着你，心中焦急渴盼，希望能够见到你。只有与你相会，他才能得到无上的福乐。一旦与你分开，他就在各个树林中奔跑，不断地四处询问：‘罗陀啊，你在哪里？你在哪里？’看不见你的时候，他画下你的肖像，整日盯着看，以此消除日日夜夜与你分别的痛苦。”

这首诗中，传信的牧女向罗陀细数黑天穿衣打扮和行为举止中所蕴含的浓烈爱意，以此再三向她表明黑天对她的深深眷恋和款款深情，希望通过黑天心中对相会的渴盼和对离别的失落来打动罗陀。在本诗末尾，苏尔达斯以“风情万种情味聚，为何与之相分离”作为本诗的落脚点，指出在牧女们心中，黑天本就是风流倜傥、充满情爱之味的美少年，他已经对罗陀你表示出如此爱慕，你又何必偏要为了这样一点小事如此残忍地与他分离呢？

【原文】

राधे हरि तेरौ नाम बिचारैं[1]।
तुम्हरेइ गुन ग्रंथित करि माला, रसना कर सौं टारैं।
लोचन मूँदि ध्यान धरि, दृढ़ करि, पलक न नैंकु उघारैं।
अंग अंग प्रति रूप माधुरी, उर तैं नहीं बिसारैं।
ऐसौ नेम तुम्हारौ पिय कैं, कह जिय निठुर तिहारैं।
सूर स्याम मनकाम पुरावहु, उठि चलि कहै हमारैं।।
（167/3205）

【对译】

罗陀诃利念你名
你之美德串成串，舌头如手捻不停。

① Varm 本作 vicāraiṁ，Gupta 本作 ucāraiṁ。

双目紧闭持静虑，执意不将眼帘抬。

周身各肢甜美色，丝毫不曾自心忘。

你之情郎守此规，你心却是多无情！

苏尔言，

依我之言起身去，实现黑子心所愿。

【释译】

本诗描述的是传信的牧女向罗陀描述黑天念想其名的场景。内容大致如下：

传信的牧女继续对罗陀道：“罗陀啊，黑子他总是念着你的名字呢。他的口中总是反复念叨着你的诸般美德，就像手来回地拨捻着念珠串一样。他现在想着你，双目紧闭，凝神专注，只要见不到你，就坚决不肯将眼睛睁开。你要知道，你周身肢体的美丽形态，他可从来都没有忘记过。罗陀啊，你看看，你的情郎黑子他如此要求自己，你却这么冷酷无情地对他，你的心多么残忍啊！”

与上一首诗一样，本诗的最后一句“依我之言起身去，实现黑子心所愿”仍是牧女上述一切描述的关键所在，即黑天如此爱你，罗陀你就依照我所说的去与他相会，实现他心中的愿望吧。

【原文】

कहा तुम इतनैंहि कौं गरबानी।

जोबन रूप दिवस दसही कौ, जल अँजरी कौ जानी।

तृन की अगिनि, धूम कौ मंदिर, ज्यौं तुषार-कन-पानी।

रिसहीं जरति पतंग ज्योति ज्यौं, जानति लाभ न हानी।

करि[1] कछु ज्ञान अभिमान जान दै, है अब कौन मति ठानी।

① Varma 本作 nari。

तब धन जानि जुग छाया, भूलति कहा अयानी।

नवसै नदी चलति मरजादा, सूधियै सिंधु समानी।

सूर इतर ऊसर के बरषैं, थोरैंहि जल इतरानी।।

（168/3210）

【对译】

既如此般你何傲

青春美色仅十日，如若易逝掌中水。

仿若雾中小水珠，草木火与烟雾宫。

怒中不知好与歹，恰如飞蛾扑向火。

明晓些许弃傲慢，如今还做何种想。

须知身财亚姆[1]影，无知女子为何忘？

江河沿着岸边流，直奔与海相汇合。

苏尔言，

它地荒原降雨时，少许水却自得意。

【释译】

本诗描述的是传信的牧女劝说罗陀抛弃心中的傲慢与怒气的场景。内容大致如下：

牧女继续对罗陀道："罗陀啊，即使你现在年轻又貌美，可是不管怎样，你也不该如此傲慢地对待黑子啊。你要知道，人的青春和美貌稍纵即逝，这就像用手掌捧水，一下就流光了；就像用草生火，只有瞬间的灿烂；就像烟雾缭绕，即便恢宏如宫殿也不过昙花一现；就像雾气中的小水滴，很快就蒸发得干干净净。你现在困于愤怒中，

① 亚姆，原文为 jām jug，原意为两个亚姆，即六个小时，此处代指短暂的时间。由于字数限制，在不影响意思的情况下，对译中未将"两"译出。

就像飞蛾不顾一切飞向火苗一样，完全看不清楚自己的得益或损失。罗陀啊，你得了解这些，然后赶紧抛弃你心中的傲慢吧。哎，你现在到底想什么呢，怎么不用脑子啊！你要知道，身体和财富都是短暂的幻影，你这无知的女子怎么把这个道理忘记了呢。再说，大河总是沿着岸边奔流入海，只有在荒漠缺水的地方，降下的那么一点儿雨水才自以为是。”

这里，传信的牧女先以掌中水、露珠、草木生火以及烟雾作比向罗陀阐明，她眼前拥有的青春和美貌如同梦幻泡影，虽然辉煌灿烂，却短暂易逝。紧接着，牧女又将江河和沙漠中的雨滴进行对比，告诉罗陀真正强大的人总是低调谦虚的，只有那些只看到眼前、不知道自己分量的人才洋洋自得，劝诫她不要妄自尊大。然而，牧女如此苦口婆心对罗陀讲述这些人生的大道理，归根到底，都是希望借此让陷入怒火、忘乎所以的她恢复清醒，珍惜眼前与黑天相恋的幸福。

【原文】

रहि री मानिनि मान न कीजै।

यह जोबन अँजुरी कौ①जल है, ज्यौं गुपाल माँगै त्यौं दीजै।

छिनु छिनु घटति, बढ़ति नहिं रजनी, ज्यौं ज्यौं कला चंद्र की छीजै।

पूरब पुन्य सुकृत फल तेरौ, काहैं न रूप नैन भरि पीजै।

सौंह करति② तेरे पाँइनि की, ऐसी जियनि दसौ दिन जीजै।

सूर सु जीवन सुफल जगत कौ, बैरी बाँधि बिबस करि लीजै③॥

（169/3216）

---

① Gupta 本作 ko。

② Sabha 本作 karani。

③ Sabha 本作 līje。

【对译】

傲女切莫总生气

此等青春掌中水，牛护所求且尽予。

如同明月光辉减，夜不增长瞬瞬短。

前世功德你善果，何不享受美盈目。

以你双足起誓言，如此人生十日胜。

苏尔言，

克制魔敌使从命，俗世此生乃成功。

【释译】

本诗描述的是传信牧女劝说罗陀珍惜短暂青春的场景。内容大致如下：

牧女继续对罗陀道："罗陀你这骄傲的女子啊，别一直对黑子生气了。正如我之前对你说的，我们的青春年华就像掌中的一捧水，稍纵即逝；就像夜晚明月的光辉总是慢慢减少，良宵总是过一刻少一刻。因此，罗陀啊，现在黑子他想要什么，你就依着他，统统给予。要知道，黑子现在之所以爱恋着你，是因为你前世的功德结出了善果，你如今怎么不晓得好好享受这来之不易的一切，不晓得仔细欣赏黑天美丽的容颜呢？我对你发誓，如果能过着与黑天相亲相爱的生活，即使只有十天，那也是无比美妙的。"

这首诗在内容上是上一首诗的延续和深入，牧女在此劝说罗陀，即使青春短暂，但是如果好好利用、好好珍惜、好好享受的话，还是很有意义的。言外之意即人生苦短，及时与黑天一同嬉戏享乐方为上道，更何况这一切还是上辈子行善修来的福果，来之不易。罗陀你怎能因为一点小事就轻易错过？最后，牧女又以"克制魔敌使从命，俗世此生乃成功"教育罗陀，如果一个人能够以爱对待自己的敌人，使其受到感化，服从自己的指令，那么这个人就不枉此生了，现在黑天只是在别的女孩儿家过了一夜而已，你又何必一直耿耿于怀，不肯原谅他呢？

【原文】

राधा सखी देखि हरषानी।

आतुर स्याम पठाई याकौं, अंतरगत की जानी।

वह सोभा निरखत अँग अँग की, रही निहारि निहारि।

चकित देखि नागरि मुख वाकौ, तुरत सिँगारनि सारि।

ताहि कह्यौ सुख दै चलि हरि कौं, मैं आवति हौं पाछैं।

वैसैंहि फिरी सूर के प्रभु पैं, जहाँ कुंज-गृह काछैं।।

（170/3225）

【对译】

瞧见女伴罗陀喜

黑子急急遣她来，内心所想尽明悉。

彼见周身之光辉，遍遍打量久凝视。

慧女瞧其惊奇颜，梳妆打扮立完成。

语彼随后我即来，且去给予诃利福。

苏尔言，

那般返回胜尊旁，彼处林屋黑子美。

【释译】

本诗描述的是罗陀让传信牧女先行返回向黑天报信的场景。内容大致如下：

罗陀听完牧女的话，不再固执生气，决定原谅黑天，随即朝着树林走去。另一边，牧女返回黑天身旁，故意向他描述罗陀受怒火折磨面容憔悴的模样，黑天听完立刻动身前去安慰自己心爱的女孩。两人在树林中相遇，罗陀向黑天暗示今晚在林屋中相会。黑天收到信号，在小屋中等待罗陀。他焦急难耐，请求牧女立刻去将罗陀带来，牧女只好再次回到罗陀身边。

罗陀看见前来传信的牧女，马上明白黑天为爱着急，现在已经迫不及待了。牧女看见罗陀此刻周身闪耀的光辉，情不自禁地入了迷，忍不住一遍一遍地仔细打量。罗陀看见女伴脸上惊奇的表情，很快就装扮好自己，然后高兴地对她道："女伴啊，你先回去把我随后就到这个好消息告诉他吧，也好让他高兴高兴。"听完罗陀的话，女伴立刻返回到黑天身边。此时，黑天正在林间的小屋中等待着罗陀，俊美又迷人。

这首诗中，看见牧女的到来，罗陀立刻体会到黑天等待相会时的焦急和痛苦。为了安抚他，她让牧女先行回去向黑天报信，还叮嘱说自己随后就到，两人的相会近在眼前，希望以此让黑天安心。这里，苏尔达斯不仅以牧女惊奇、专注的表情表现出罗陀的外在美，更以她的这一举动突显出她温柔细心、善解人意的心灵美。

【原文】

हरषि स्याम तिय बाँह गही।
अपनैं कर सारी अँग साजत, यह इक साध कही।
सकुचति नारि बदन मुसुकानी, उतकौं चितै रही।
कोक कला परिपूरन दोऊ, त्रिभुवन और नहीं।
कुंज-भवन सँग मिलि दोउ बैठे, सोभा एक चही।
सूर स्याम स्यामा सिर बेनी, अपनैं करनि गुही।।

（171/3245）

【对译】

黑子欣喜抓女臂

亲手纱丽装饰身，言说此乃一心愿。

女子羞涩面露笑，朝向别处一直瞧。

双双精通情爱艺，三界之中无人及。

二人相会林屋坐，瞧看独一之光辉。

苏尔言，

黑子女之头上辫，黑子亲手来编织。

【释译】

本诗描述的是黑天与罗陀在林中小屋相会的场景。内容大致如下：

久别重逢，黑天和罗陀在林间小屋相拥而坐，端详着彼此独一无二的美丽。这时，黑天欢喜地抓住罗陀的手臂，对她道："罗陀啊，我有一个心愿，希望能够亲手为你穿上纱丽，装扮你的身体。"听到他的心愿，罗陀羞涩地露出微笑，眼睛害羞得避开黑天的目光，望向别处。就这样，黑天先为她穿好纱丽，然后又亲手为她梳理头发，编好发辫。

对于黑天与罗陀两人相视而坐、眉目调情、言语传爱的动人画面，苏尔达斯也深受感染，不由得发出衷心的赞叹，称颂他们"双双精通情爱艺，三界之中无人及"：这对璧人精通情爱的艺术，是谈情说爱的高手，三界之中再也没有谁能够与他们相媲美。

【原文】

खंजन नैन सुरँग रस माते।

अतिसय चारु बिमल[①], चंचल ये, पल पिंजरा न समाते।

बसे कहूँ सोइ बात सखी, कहि रहे इहाँ किहिं नातैं।

① Varma 本作 vimal。

सोइ संज्ञा देखति औरासी, विकल[1] उदास कला तैं।

चलि चलि जात निकट स्रवननि के सकि ताटंक फँदा ते।

सूरदास अंजन गुन अटके, नतरु कबै उड़ि जाते।।

（172/3285）

【对译】

鸽眼妙色醉情味

彼极纯美极灵动，眼睑鸟笼容不下。

彼居某处女伴啊，言说此处何相关。

那般神情奇妙瞧，忧郁不安因技艺。

游走流转至耳边，耳环跳跃故生疑。

苏尔达斯言，

若非乌烟绳索系，早早即已飞离去。

【释译】

本诗描述的是罗陀双眼沉醉黑天情味之中的美妙情态。内容大致如下：

罗陀与黑天夜晚在林中享受了一夜欢爱的幸福，清晨回到家中。此时，月群带着牧女们来到罗陀家。看到罗陀陶醉忘我的模样，月群对女伴们道："女伴们啊，你们看，罗陀那双如鹡鸰一般的眼睛此刻正沉醉于与黑子欢爱的情味中，无法自拔。由于一夜未眠，纯洁美丽的它们充满血丝。它们时时刻刻总想跑到黑子身边去，灵动非常，眼睑都快容纳不下它们了。女伴啊，罗陀的那双眼睛总是停留在黑子身边，为何还一直说着自己跟我们这里有什么关联，要停留在我们这里呢？虽说它们是那样想的，可如今它们又因为自己灵动的本性感到不安和忧伤，此刻正以一种奇妙的神情看着我们呢。它们绕着眼眶来回转动，有时候绕到耳朵旁边，看到跳动着的耳环，

① Sabha 本作 bikal。

心中不免生出疑问，不知道这是不是黑子的耳环，如此才停顿下来。”

经过一夜与情郎的欢好，罗陀呈现出与以往不同的美丽情态。月群看在眼里，向罗陀询问却得不到她诚实的回答。为了印证自己的猜测，她开始向罗陀和女伴们描述罗陀的各种变化。这首诗中，苏尔达斯巧妙地以灵动、活泼的鹡鸰鸟来比喻罗陀来回转动、情难自控、呼之欲出的双眼，生动形象地突显出少女此刻陶醉情爱中、渴盼心爱郎、悲伤不得见的复杂神情。罗陀对黑天的迷恋如此之深，诗歌的末尾月群不禁感叹道“若非乌烟绳索系，早早即已飞离去”，幸好现在罗陀眼眶边涂抹的黑色油烟与黑子肤色相近，还能牵制住她的这双眼睛，否则它们早就随黑子远走高飞了吧。

【原文】

धन्य धन्य बृषभानु[1]-कुमारी, गिरिवरधर बस कीन्हे (री)।
जोइ जोइ साध करी पिय रस की, सो सब उनकौं दीन्हे (री)
तोसी तिया और त्रिभुवन मैं, पुरुष स्याम से नाहीं (री)।
कोक कला पूरन तुम दोऊ, अब न कहूँ हरि जाहीं (री)।
ऐसे बस तुम भए परस्पर, मोसौं प्रेम दुरावै (री)
सूर सखी आनँद न सम्हारति, नागरि कंठ लगावै (री)॥

（173/3292）

【对译】

牛光之女实幸运

牛光之女实幸运，使托妙山者[2]受控。

---

① Gupta 本作 vṛṣabhānu。

② 托妙山者，原文为 girivaradhar，其中 girivara 字面义为山之优者，此处特指牛增山，托妙山者即托牛增山者——黑天。

情郎凡有情味愿，彼等一切尽予他。

男若黑子女如你，三界之中别无他。

你俩充满情爱艺，诃利现不去别处。

你等互受此般控，却将爱情对我瞒。

苏尔言，

女伴喜乐不可支，拥抱慧女入怀中。

【释译】

本诗描述的是月群对罗陀爱情的赞颂。内容大致如下：

罗陀听到月群对自己情态的种种描述，心里十分欢喜，于是向月群讲述了自己夜晚与黑天嬉戏的经过。此后，月群高兴地对罗陀道："牛光的女儿罗陀啊，你让黑子深爱着你，被你控制，真是幸运无比啊！黑子心中所有关于情爱和幸福的愿望，你都一一为他实现了。像你一样的女子以及像黑天一样的男子，三界之中再也找不到别人了。你们两人都精通情爱的艺术，在一起享尽情爱的福乐，现在黑子只想待在你身边，哪儿也舍不得去了。哎，你说说你，你们二人互相受到彼此爱情的控制，我早就看得清清楚楚，你之前何必对我隐瞒呢，像现在这样将一切如实说出来多好！"说完，月群心中充满喜悦，乐不可支地与罗陀搂抱在一起。

这首诗中，苏尔达斯主要表现了月群对待罗陀的喜欢和友爱。在月群眼中，"男若黑子女如你，三界之中别无他"，在三界中能够满足黑天所有心愿的、能使黑天时时挂念的唯有罗陀一人，所以她由衷地赞叹道"牛光之女实幸运"。

बड़ी मान लीला

大愠怒本事

【原文】

राधेहिं स्याम देखी आइ।

महा मान दृढ़ाइ बैठी, चितै कापैं जाइ।

रिसहिं रिस भई मगन सुंदरि, स्याम अति अकुलात।

चकित ह्वै जकि रहे ठाढ़े, कहि न आवै बात।

देखि ब्याकुल① नंद नंदन, सखी करतिं बिचार।

सूर दोऊ मिलैं जैसैं, करौ② सोइ उपचार।।

（174/3354）

【对译】

黑子来到见罗陀

怒意正盛固执坐，谁人能够瞧望去？

美女沉浸怨怒中，黑子不安极焦急。

惊慌忧虑茫然立，话不能言语不成。

难陀之子慌乱状，女伴瞧见作思量。

苏尔言，

欲将施展彼方法，以使两人来相会。

【释译】

本诗描述的是黑天看见罗陀生气后不知所措的模样。内容大致如下：

清晨，罗陀带着女伴们去叶木拿河边沐浴，途中巧遇黑天从另外一个牧女家出来。罗陀大怒，折返家中。同行的女伴见状，赶忙抓着黑天的手臂将他带至罗陀家中。

---

① Gupta 本作 vyākul。

② Varma 本作 karauṁ。

此时，罗陀正在气头上，一个人固执地静坐着。她的怒火如此之大，以至于谁都不敢朝她望去。黑天看见罗陀生气的模样，心中惶恐不安，完全不知道该如何是好，只能呆呆地站在那里，一句话也说不出来。看见黑天神色慌乱的模样，牧女们也不禁为他着急起来。

本诗末尾，苏尔达斯以牧女看见一切后内心的想法——“欲将施展彼方法，以使两人来相会”：这下不好了，看来我们得赶紧采取某种措施，让他们两人重归于好。从侧面烘托出此刻罗陀的怒气之盛和黑天的惊慌之深，他们两人的这种对比就连在一旁观看的人都看不下去，忍不住要想办法缓解这种紧张的局面。

【原文】

यह ऋतु रूसिबे की नाहीं।
बरषत मेघ मेदिनी कैँ① हित, प्रीतम हरषि मिलाहीं।
जेती बेलि ग्रीषम ऋतु डाहीँ, ते तरवर लपटाहीं।
जे जल बिनु सरिता ते पूरन, मिलन समुद्रहिं जाहीं।
जोबन धन है दिवस चारि कौ, ज्यौँ② बदरी की छाहीं।
मैँ दंपति रस रीति कही है, समुझि चतुर मन माहीं।
यह चित धरि री सखी राधिका, दै दूती कौँ बाहीं।
सूरदास उठी चलि री प्यारी, मेरैँ सँग पिय पाहीँ③॥
（175/3363）

① Gupta 本作 keṁ。
② Varma 本作 kyī。
③ Sabha 本作 pāhī。

【对译】

此非生气之时节

云为大地普降雨，欢天喜地会至爱。

彼等夏日灼枯藤，紧紧缠绕附大树。

彼等无水之河流，满溢奔去汇入海。

青春财宝仅四日，仿若云朵之阴影。

我言夫妻情味法，且悟心中机灵女。

记此于心罗陀伴，且将手臂予使者。

苏尔达斯言，

情女且请站起身，随我前去情郎旁。

【释译】

本诗描述的是牧女劝罗陀不要继续生气的场景。内容大致如下：

牧女对罗陀道：“罗陀啊，你瞧，外面云儿为了灌溉大地降下细雨，现在可是一年之中最美好的雨季呢。这个时候，女孩子们都欢天喜地地与情郎相会去了，你干吗不珍惜时机，反倒一个人坐在这儿干生气呢？就连那些夏日里受烈日炙烤、焦灼枯萎的藤蔓，受到雨水的滋润，现在都生机勃勃地缠绕在树上。那些曾经干涸缺水的河流，现在也浪涛滚滚、气势汹涌地朝大海奔去。罗陀啊，美好的青春年华短暂如斯、稍纵即逝，就像天空中云儿投射到地上的影子，一阵风吹来云儿飘走，影子也就随之消散。聪慧的女孩啊，我现在跟你说的这些都是夫妻情爱的法则，你可得好好消化，牢记在心啊。来吧，亲爱的女伴，你就把手给我，站起来，跟我一起去找你的情郎黑子吧！”

在印度，每年经历了夏季炎热、干旱的三个月之后，印度洋季风掠过南亚次大陆，为众生带来了期盼已久的甘霖雨露。此时，原本枯焦的万物受到雨水的浇灌重新焕发生机，令人赏心悦目，陶醉其中。正是因为雨水为印度这片土地带来了生命和欢乐，所以印度人们爱雨、喜雨、赞雨、盼雨。在印度的文艺作品中，雨水总是被视为挚友和爱情的使者，雨季也常被视为充满情爱和欢喜的季节。这里，女伴特意向罗陀指出现在正值雨季，是情人相会、藤蔓复苏、干河重流的季节，希望以此来安抚罗陀，劝说她珍惜眼前这来之不易、稍纵即逝的美好季节，立即消除怒气，去与情郎携手游戏，共享福乐。

【原文】

तोहि किन रूठन सिखई प्यारी।

नवल बैस नव नागरि स्यामा, वे नागर गिरिधारी।

सिगरी रैनि मनावत बीती, हा हा करि हौं हारी।

एते पर हठ छाँड़ति नाहीँ①, तू वृषभानु② दुलारी।

सरद-समय-ससि-दरस समर सर, लागै उन तन भारी।

मेटहु त्रास दिखाइ बदन विधु③, सूर स्याम हितकारी।।

（176/3370）

【对译】

情女啊，谁人教会你生气

年少慧女黑子女，他乃慧男托山者。

劝解安慰整夜度，声声叹息我失败。

如此仍不弃固执，你这牛光娇宠女！

瞧见秋时美明月④，身受欲天箭重射。

---

① Varma 本作 na hīṁ。

② Varma 本作 bṛṣabhānu。

③ Sabha 本作 bidhu。

④ 在印度语境中，秋天的明月清澈、美丽，此处用来比喻罗陀美丽的容颜。

苏尔言，

如月容颜惠黑子，且来展现除忧惧。

【释译】

本诗描述的是牧女劝说罗陀不要继续生气的场景。内容大致如下：

牧女对罗陀道："亲爱的罗陀啊，究竟是谁教会你这样生气的呢？你是青春貌美的聪慧女孩儿，他是机灵的男孩儿，你们俩多般配呀。你瞧，我都劝你劝了一晚上，你却还是固执地非要生气，现在我真是无计可施，只能对着你声叹气。我跟你说，黑子他看见秋天的月亮，就会想起你如月一般美丽的面庞，那时候他就像被爱神的箭射入身体一样情意大动。可是，你却不肯原谅他，让他痛苦万分。罗陀啊，你就别再继续生气了，快去让他见见你，消除他内心的不安和忧虑吧。你要知道，这世上只有你才能给黑子带来幸福和欢乐啊。"

这首诗中，牧女从自己已经尽力相劝和黑天睹物思人两个方面对罗陀进行劝说，最后落脚在"如月容颜惠黑子，且来展现除忧惧"上，希望罗陀前去与黑天相会，在核心主题与上一首诗一致。

【原文】

हरि-मुख राधा-राधा बानी।

धरिनी[1] परे अचेत नहीँ सुधि, सखी देखि अकुलानी।

बासर गयौ, रैनि इक बीती, बिनु भोजन बिनु पानी।

बाँह पकरि तब सखिनि जगायौ, धनि-धनि सारँगपानी।

ह्याँ तुम बिबस भए हौ ऐसे, ह्वाँ तौ वै बिबसानी।

① Gupta 本作 dharanī。

सूर बने दोउ नारि पुरूष तुम, दुहुँ की अकथ कहानी॥

（177/3377）

【释译】

词利口中念罗陀

不省人事倒在地，女伴瞧见神慌乱。

已过一日又一夜，滴水未沾食未进。

彼时唤醒伴抓臂，手持彩弓者幸运。

这厢你受此般控，那厢她亦不知措。

苏尔言，

你们双双结连理，妙不可言二人事。

【释译】

本诗描述的是黑天悲伤昏厥，牧女唤醒宽慰的场景。内容大致如下：

因为罗陀生气，黑天心中悲痛万分。整整一天一夜，他滴水未沾，颗粒未进。此时，他倒在地上，不省人事，知觉全无，口中不断念着："罗陀啊，罗陀。"

另一边，牧女劝说罗陀未果，于是回到黑天身边。见他这般情形，牧女惊慌失措，连忙摇着他的手臂将他唤醒，安慰他道："黑子啊，你是幸运的。虽然你在这儿备受煎熬，忧伤难过，但是罗陀在那边也一样痛苦不安。你快振作起来，别这么难过了啊！"

这里，苏尔达斯以黑天哀伤欲绝的状态表现出他对罗陀的爱恋，以牧女焦急担忧的言行表现出她对黑天的关爱。本诗最后一句"你们双双结连理，妙不可言二人事"，一方面是女伴对黑天的安抚之词，意即你和罗陀两人在相伴共戏的美妙已然达到不可言述的境界，你又何必为了短暂的分离如此暗自神伤；另一方面也是诗人对黑天和罗陀两人的歌赞，称颂两人共同演绎的情爱本事无与伦比、美妙难言。

【原文】

सुनि री सयानी तिय, रूसिबे कौ नेम लियौ, पावस दिननि कोऊ ऐसौ है करत री।
दिसि-दिसि घटा उठी, मिलि री पिया सौं रूठी, निडर हियौ है तेरौ नैंकु न डरत री।
चलिए री मेरी प्यारी, मोकौं मान देन हारी, प्रानहूँ[1] तैं प्यारे पति, धीर न धरत री।
सूरदास प्रभु तोहिं दियौ चाहै हित-बित, हँसि[2] क्यौं न मिलै, तेरौ नेम है टरत री॥

（178/3404）

【对译】

聪慧女子且听言

聪慧女子且听言，立下生气之执念，
雨水季节之时日，岂有某人做此般?
四周雨云密密布，嗔女且与情郎会，
你心无畏亦无惧，丝毫没有胆怯意。
我之情女且动身，对我愤怒生气女，
夫君亲爱胜生命，安宁沉稳皆不具。
爱恋情意大宝藏，胜尊想要赐予你，
苏尔达斯言，
何不消除你执念，欢喜微笑去相会?

【释译】

本诗描述的是牧女劝罗陀放弃固执，去与黑天相会的场景。内容大致如下：

牧女安抚好黑天之后，答应他自己将把罗陀带至他身边，于是

① Varma 本作 prānahuṁ。
② Varma 本作 haṁs。

她又重新回去开始劝说罗陀。她对罗陀道：“聪慧的女子罗陀啊，你听我说，现在你下定决心要对黑天生气，始终不肯原谅他。可是，除了你，还有谁会在雨季这么美好的季节里做出这么愚笨的事情啊！你看，现在四周密云低垂，天空即将降下雨水，生气的女孩儿啊，你快去见见你的情郎吧。我都告诉过你，你那比生命还要亲爱珍贵的黑子，现在没有丝毫安宁。你还真是无所畏惧，一点都不担心他。哎，我亲爱的罗陀啊，你就快去吧！你要相信，黑子他始终爱恋着你，想要将自己情爱的宝藏都送给你，所以你现在怎么还不消消气，欢笑着去与他相会呢？”

这首诗仍以牧女对罗陀的规劝为主题。这里，牧女首先提出目前正值雨季，接着又提及黑天不安慌乱的悲痛情状。她双管齐下，希望以此告诉罗陀，无论是考虑到时节的氛围还是情郎的状况，她都不应该继续这样固执生气下去，这两点在内容上分别与前两首诗，即总第 3363 首诗和总第 3370 首诗相呼应。最后，诗落脚在黑天对罗陀的爱恋上，称“爱恋情意大宝藏，胜尊想要赐予你”，意即，退一万步说，即使没有前面两条理由，黑天这么爱恋着罗陀你，你又“何不消除你执念，欢喜微笑去相会”呢？

【原文】

माधौ, तहाँ बुलाई राधे, जमुना निकट सुसीतल छहियाँ।
आछी नीकी कुसुँभी सारी, गोरैं तन, चलि हरि पिय पहियाँ।
दूती एक गई मोहिनि पै, जाइ कह्यौ यह प्यारी कहियाँ।
सूरदास सुनि चतुर राधिका, स्याम रैनि बृंदाबन[1] महियाँ।।
（179/3411）

① Varma 本作 bṛdāvan。

【对译】

彼唤罗陀摩豆裔

彼唤罗陀摩豆裔①，叶木拿畔荫凉处。

红花妙纱白皙身，且赴情郎诃利旁。

迷人女旁一使至，将此甜美话语讲。

苏尔达斯言，

且听机灵小罗陀，黑子夜在沃林达。

【释译】

本诗描述的是牧女劝罗陀去与黑天相会的场景。内容大致如下：

一位牧女来到罗陀身边，对她道："亲爱的罗陀啊，此刻黑子正在叶木拿河畔荫凉的树林中声声呼唤着你的名字，你就别再生气了吧。你肤色白皙、身体迷人，穿上红花染色的纱丽一定很好看。不如现在，你就如此装扮，去与他相会吧。据我所知，黑子他会整晚待在沃林达林，你打扮好就快动身吧。"

这首诗中，牧女试图以黑天对罗陀的期盼、寻觅和呼唤来向罗陀表明黑天对她的思念，希望能够让罗陀感受到黑天对她深深的眷恋，让她消除心中的怒气，装扮好去与黑天相会，共享福乐。

【原文】

झूँमक सारी तन गोरैं हो।

जगमग रह्यौ जराइ कौ टीकौ②, छबि की उठतिं झकोरैं हो।

रत्न जटित के③ सुभग तयौंना, मनहुँ जात रबि भोरैं हो।

---

① 摩豆裔，原文为 mādhau，通 mādhava，字面义为属于摩豆的、由摩豆衍生出的，即摩豆的后裔，此处指黑天。摩豆是迅行王之子雅度的后裔，传说他有 100 个儿子，而黑天的父亲富天正是其长子的后裔，因此黑天也被称为摩豆的后裔。

② Gupta 本作 ṭīko。

③ Varma 本作 kai。

दुलरी कंठ निरखि पिय इक टक, दृग भए रहैं चकोरै हो।

सूरदास प्रभु तुम्हरे मिलन कौं, रीझि-रीझि तृन तोरैं हो॥

（180/3412）

【对译】

白皙身体着华纱[①]

额饰装点光彩耀，涌起美丽大浪潮。

绝妙耳环嵌宝石，仿若清晨初升日。

郎见颈上双行链，眼睛凝视成鹧鸪。

苏尔达斯言，

胜尊为与你相会，欢欣喜悦把草折[②]。

【释译】

本诗描述的是牧女对罗陀周身美态的赞颂。内容大致如下：

牧女继续对罗陀道："罗陀啊，你肤色白皙，装扮得多么好看啊！你瞧你，身上穿着缀有珠串的纱丽，额上装点着闪闪发光的饰品，耳朵上带着朝阳一般的宝石耳环，脖子上还戴着双串的项链，真是漂亮极了。在我看来，你的美丽如此之盛，无可阻挡，就像浪潮般汹涌袭来，让我惊叹不已。我想，如果你心爱的黑子看见你这副模样，也一定会像我一样，眼睛像鹧鸪似的目不转睛地盯着你这轮明月。"

这里，传信的牧女为了劝说罗陀采取了迂回策略，先着力称颂她是如何美丽，如何使人着迷，随后顺理成章地推出结论：黑天看了也一定会"眼睛凝视成鹧鸪"，听上去有理有据，说服力十足。接着此番赞美，诗最后落脚到"胜尊为与你相会，欢欣喜悦把草折"，

① 华纱，原文为 jhūṁmak sārī，特指一种缀有小金银串或小珠串的纱丽，此处为突出其华丽美艳，故以华纱译之。

② 在印度语境中，在看见美好的事物之后，折下草可以保护其免受邪恶目光的侵害。现代印地语将意思引申为保护美好的事物，甘愿自己承受痛苦。

此处胜尊指黑天，即黑天想到要与你相会，心里就万分高兴。他甚至为了保护你的美丽免受邪恶侵袭，还折下草叶，给你辟邪。整首诗看似是对罗陀的赞颂，主题实际上仍然是牧女向罗陀证实黑天对她的爱恋，试图说服罗陀前去与黑天相会。

【原文】

बेरस कीजै नाहिं भामिनी[1], रस मैं रिस की बात।
हौं पठई तोहिं लेन साँवरैं, तोहिं बिनु कछु न सुहात।
हाहा करि तेरे पाइँ परति हौं, छिनु छिनु निसि घटि जात।
सूर स्याम तेरौ मग जोवत, अति आतुर अकुलात॥

（181/3413）

【对译】

莫做无趣多情女

莫做无趣多情女，情味之中怨怒事。
清晨遣我带你去，无你万般不如意。
伏你足前我哀叹，时时刻刻夜消逝。
苏尔言，
黑子凝望你去路，焦急万分慌乱极。

【释译】

本诗描述的是女伴劝罗陀不要继续对黑天固执生气的场景。内容大致如下：

女伴继续对罗陀道："亲爱的罗陀啊，你就别再生气了。你瞧，现在正值雨季，到处都充满了欢乐和情爱，你就别这么扫兴了吧。黑子一早就让我来叫你回去，他思念着你，没有你在身边陪伴，他

① Gupta 本作 māninī。

怎么都高兴不起来。现在我叹息着拜倒在你的足下，求你快去与黑子相会吧。罗陀啊，时不我待，美好的夜晚正分分秒秒地流逝，你可得抓紧时间。何况，你心爱的黑子此刻正慌乱不安地凝望着你归返的道路，满心焦急地期盼着你呢。”

这首诗与上几首诗主题相同，表现的是牧女从雨季的情味、良辰的短暂和黑天的焦灼三个方面对罗陀的苦苦劝说。

【原文】

राधिका बस्य① करि स्याम पाए②।

बिरह गयौ③ दूरि, जिय हरष हरि कै भयौ, सहस मुख निगम जिहिं नेति गायौ④।

मान तजि मानिनी मैन कौ बल हर्यौ, करत तनु कंत जो त्रास भारी।

कोक विद्या⑤ निपुन, स्याम स्यामा बिपुल, कुंज-गृह द्वार ठाढ़े मुरारी।

भक्त-हित-हेत अवतारि लीला करत, रहत प्रभु तहाँ निजु ध्यान जाकैं।

प्रगट प्रभु सूर ब्रजनारि कैं हित बँधे, देत मन-काम-फल संग ताकैं।।

（182/3445）

【对译】

黑子得控小罗陀

离别苦痛远离去，诃利心中欢欣喜。

千口⑥以及尼笈摩⑦，非此非此⑧歌颂他。

欲天力使郎身忧，傲女怒消尽夺去。

---

① Gupta 本作 vasy。

② Gupta 本作 pāyī。

③ Sabha 本作 gayau。

④ Varma 本作 gā’e。

⑤ Sabha 本作 bidyā。

⑥ 千口，原文为 sahas mukh，字面义为一千张口，此处代指毗湿奴神的千头蛇王。

⑦ 尼笈摩，原文为 nigam，为印度教经典类别之一。尼笈摩经即指吠陀经典。

⑧ 非此非此，原文为 neti，根据连声规则，可拆分为 na+iti，意为“不是这样”，通常用以表现最高存在的不定性和无限。

黑子以及黑子女，双双精通情爱学，
林中小屋大门前，五首王敌正站立。
只为信徒之益故，化身下凡行本事，
何处有人专注念，胜尊自在彼处留。
苏尔言，
伯女[1]之爱胜尊缚，现身伴彼赐愿果。

【释译】

本诗描述的是罗陀消除怒气，黑天满心欢喜的模样。内容大致如下：

经过女伴和黑天的多番劝说，罗陀最终回心转意，不再生气，与黑天重归于好。如此一来，黑天心中曾经因与罗陀分别而产生的痛苦和烦闷一扫而空，随之感到无比欢喜。黑天和罗陀两人都精通情爱的学问，擅长情爱之术。此刻，黑天正站在林间小屋的门前。

“只为信徒之益故，化身下凡行本事，何处有人专注念，胜尊自在彼处留”是苏尔达斯对黑天恩泽信众、仁慈伟大的赞颂。诗人想借此告诉世人，黑天是超越一切的最高存在，他的伟大，就连“千口以及尼笈摩”都“非此非此歌颂他”。然而，他却一心为信徒考虑，在世间所演绎的一切本事皆是为了信徒的利益。只要信徒全神贯注地敬奉黑天、念想黑天，他就会出现在信徒身边，给予他们庇佑和保护。“伯女之爱胜尊缚，现身伴彼赐愿果”正是诗人上述言论的有力印证，黑天感动于伯勒杰女子对他的全心爱恋，才满足她们的心愿，留在她们身边，与她们相伴嬉戏，共享福乐。

---

① 伯女，原文 brajanāri，字面义为伯勒杰地方的女子，此处因受字数限制，故缩译为伯女。

झूलन

荡秋千

【原文】

झूलत स्याम स्यामा संग।
निरखि दंपति अंग सोभा, लजत कोटि अनंग।
मंद त्रिविध① समीर सीतल, अंग-अंग सुगंध।
मचत उड़त सुबास सँग, मन रहे② मधुकर बंध।
तैसियै जमुना सुभग जहँ, रच्यौ रंग-हिंडोर③।
तैसियै बृज-बधू④ बनि, हरि चितै लोचन कोर।
तैसोई बृंदा⑤-बिपिन-घन-कुंज-द्वार बिहार।
बिपुल⑥ गोपी, बिपुल⑦ बन गृह, रवन नंदकुमार।
नित्य लीला, नित्य आनँद, नित्य मंगल गान।
सूर सुर मुनि मुखनि अस्तुति, धन्य गोपी कान्ह॥
（183/3459）

【对译】

黑子黑子女相伴荡秋千
看见情侣肢体美，千万欲天觉羞愧。
三重凉风徐徐吹，周身上下遍芬芳。
抹身香粉同飞扬，心似黑锋久萦绕。
那般旖旎叶木拿，秋千情戏彼处嬉。
那般伯勒杰女郎，装扮眼角窥诃利。

---

① Gupta 本作 tribidh。
② Gupta 本作 rahai。
③ Varma 本作 hiḍol，Gupta 本作 hiṁḍol。
④ Gupta 本作 vadhū。
⑤ Gupta 本作 vṛdā。
⑥ Gupta 本作 vipul。
⑦ Gupta 本作 vipul。

那般游乐屋门前，沃林达林茂密处。

牧女众多林屋大，令人着迷难陀子。

永恒本事永恒喜，永恒祝福之颂歌。

苏尔言，

天神牟尼口称扬，黑黑牧女皆幸运。

【释译】

本诗描述的是黑天、罗陀和牧女们一起荡秋千的美丽场景。内容大致如下：

黑天和罗陀在一起荡秋千，光辉四射。看到这对情侣的美丽，即使千万个欲天加在一起也会自愧不如。带着香气的凉风徐徐吹来，罗陀周身上下馥郁芬芳，香气随风四溢。随着秋千的摆动，她身上涂抹的香粉也如花粉般漫天飞舞。闻到风中飘溢的芳香，人们的心儿也不禁像黑蜂迷恋花朵一般为之陶醉。

就这样，在叶木拿河风景旖旎的河畔，秋千游戏正在进行；就这样，伯勒杰的少女们都精心打扮，跑出门来用眼角偷偷朝他们瞥来；就这样，在沃林达森林的茂密深处，在林间小屋的门前，迷人黑天与众多牧女之间的游乐嬉戏一刻不停地上演。

这首诗中，苏尔达斯首先从视觉的美艳和嗅觉的馥郁两个方面直接突显出黑天和罗陀两人嬉戏时的动人景象。接下来，伯勒杰一众少女的精心装扮和眼角斜视更是锦上添花，为这对迷人情侣的共戏增添了光彩。“永恒本事永恒喜，永恒祝福之颂歌”是苏尔达斯对黑天与牧女们共同演绎的林间嬉戏本事的赞颂。在诗人心中，黑天和牧女们都是幸运的，他们创造的这种喜乐永恒不灭，他们一同唱诵的祝福之歌也是永恒长存的，这不仅是苏尔达斯一人的想法，就连天神和修行者都对此赞不绝口。

वसंतोत्सव/वसंत लीला
春月初五节

【原文】

नित्य धाम बृंदाबन① स्याम। नित्य रूप राधा ब्रज बाम।
नित्य रास, जल नित्य बिहार। नित्य मान, खंडिता अभिसार।
ब्रह्म रूप येई करतार। करन हरन त्रिभुवन येइ सार।
नित्य कुंज सुख नित्य हिंडोर। नित्यहिँ त्रिबिध② समीर झकोर।
सदा बसंत③ रहत जहँ बास। सदा हर्ष, जहँ नहीँ उदास।
कोकिल कीर सदा तहँ रोर। सदा रूप मन्मथ चित चोर।
बिबिध सुमन बन फूले डार। उन्मत मधुकर भ्रमत अपार।
नव पल्लव बन सोभा एक। बिहरत हरि सँग सखी अनेक।
कुहू कुहू कोकिला सुनाईं सुनि सुनि नारि परम हरषाईं
बार बार सो हरिहिँ सुनावतिं। ऋतु बसंत आयौ समुझावतिं।
फागु④ चरित रस साध हमारैं। खेलहिँ सब मिलि संग तुम्हारैं।
सुनि सुनि सूर स्याम मुसुकाने⑤। ऋतु बसंत आयौ हरषाने।।
（184/3462）

【对译】

永恒黑子沃林达

永恒黑子沃林达，永恒伯女⑥罗陀貌，
永恒水戏圆圈舞，永恒怒会不忠言。
他为梵色创造者，他为三界创灭粹。

① Varma 本作 bṛdāvan，Gupta 本作 vṛdāvan。
② Gupta 本作 trividh。
③ Gupta 本作 vasaṃt。
④ Varma 本作 phāgu。
⑤ Gupta 本作 musukāne。
⑥ 伯女，原文为 braj-bām，字面义为伯勒杰的女子，此处因受字数限制，故缩译为伯女。

永恒林乐秋千嬉，永恒习习三重风。
彼处春季恒常驻，彼处常喜无忧伤，
彼处鹦鹉鹃常啼，恒常欲天心偷色。
种种野花枝上开，无数黑蜂迷醉飞。
林中新芽光辉一，诃利众女共嬉戏。
杜鹃咕咕声声啼，女子听闻无上喜。
回回言语向诃利，解释春季已来临。
我愿洒红功行味，会众伴你共游戏。
苏尔言，
黑子听闻笑开颜，春季来临欢欣喜。

【释译】

本诗描述的是春季来临，牧女们请求黑天进行洒红游戏的场景。内容大致如下：

黑天和众牧女正在沃林达林中游玩嬉戏，欢乐无限。此时，正值春季，五彩缤纷、各式各样的野花在枝头朵朵绽放，无数黑蜂迷醉地萦绕着花朵嗡嗡飞舞。嫩绿的新芽从树上点点冒出，美丽又可爱。此时，杜鹃鸟站在树枝上咕咕地啼叫着，牧女们听在耳里，乐在心间。她们一遍遍请求黑天道："黑子啊，你看，现在春天已经来了。我们很想与你一起洒红，一起游戏。"黑天听到女伴们的话笑了，看见春季来临，林间景色一片大好，他心里也同样欣喜无比。

这首诗中，苏尔达斯勾勒出一幅生机勃勃、充满欢乐的春季嬉戏图。图中，自然风光之美映衬着黑天和牧女们的欢乐，而黑天和牧女们的游戏又正好为大自然增添了无限生机，可谓情景交融，恰到好处。

此外，苏尔达斯也表达了对黑天、伯勒杰的牧女们、他们经常游戏的沃林达林以及他们之间演绎的各种本事的赞颂。诗开篇，诗人便向世人宣告：黑天是大梵，是世界的创造者，实行创造和毁灭，是三界的根本。他恩泽广施，为了满足伯勒杰牧女们的心愿，常常与她们一同游戏享乐。黑天永恒不灭，常常带给黑天欢乐的罗陀和伯勒杰少女们永恒不灭，他们的约会、圆圈舞、水戏和秋千戏永恒不灭，牧女们对黑天充满爱意的怨言永恒不灭，就连他们常常一同嬉戏的沃林达林也同样值得称颂。那里是黑天最为喜爱的地方，春季长存，欢乐永驻，带着香气的徐徐凉风拂面而来，鹦鹉和杜鹃鸟啼鸣不断。试问身处这样的良辰美景，又有谁能不满心欢喜、陶醉其中呢?

【原文】

पिय प्यारी खेलैं जमुन तीर। भरि केसरि कुमकुम अरु अबीर।
घसि मृगमद चंदन अरु गुलाल। रँग भीने अरगज बस्त्र① माल।
कूजत कोकिल कल हंस मोर। ललितादिक स्यामा एक ओर।
बृंदादिक मोहन लई जोर। बाजै ताल मृदंग रबाब घोर।
प्रभु हँसि कै गेंदुक दइ चलाइ। मुख पट दै राधा गइ बचाइ।
ललिता पट-मोहन गह्यौ धाइ। पीतांबर मुरली लइ छिँड़ाइ।
हौं सपथ करौं छाँड़ौं न तोहिं②। स्यामा जू आज्ञा दई मोहिं।
इक निज सहचरि आई बसीठि। सुनि री ललिता तू भई ढीठि।
पट छाँड़ि दियौ तब नव③ किसोर। छबि रीझि सूर तृन दियौ तोर।।
（185/3475）

① Varma 本作 vastr。
② Gupta 本作 dohi。
③ Gupta 本作 nav bhav。

【对译】

叶木拿畔情侣戏

叶木拿畔情侣戏，红花云母粉①满盛。

红粉麝香檀香抹，衣衫花环色香浸。

杜鹃天鹅孔雀啼，黑女丽达等②一方，

莫亨阿群③等结伴，钹鼓拉巴布④齐鸣。

胜尊嬉笑将球抛，罗陀拉起面纱避。

跑来抓住莫亨衣，罗丽达夺黄衫笛：

黑子女曾予我令，立誓绝不放过你。

一伴自成使者至，罗丽达听你无礼！

苏尔言，

随即松开少年衣，沉迷美丽把草折。

【释译】

本诗描述的是黑天与众牧女一起进行洒红游戏的场景。内容大致如下：

黑天、罗陀和众牧女们一起在叶木拿河边进行洒红游戏。他们在小球中装满洒红用的红花粉和云母粉，在身上涂抹红粉、麝香和檀香，就这样，他们的衣服和花环上都浸满了红红的颜色和各种香料的气息。罗陀和罗丽达等牧女结伴站在一边，黑天拉着阿群等小伙伴站在另外一边。此时，树林中杜鹃鸟、天鹅和孔雀不断啼鸣，

---

① 红花云母粉，原文为 kumakum abīr，其中 kumakum 特指红花制成的红色粉末，亦称亮红粉，abīr 特指以云母制成的红色粉末，故称为云母粉，两者都是洒红时常用的红色颜料。

② 黑女丽达等，原文为 lalitādika syāmā，其中 lalitādika 意即罗丽达等牧女，syāmā 指黑子女，即罗陀，此处受字数限制，缩译为黑女丽达等。

③ 阿群，原文为 bṛdādik，即 bṛda+ādika，其中 ādika 意思为等等，bṛda 指阿群，为黑天的小伙伴之一。

④ 拉巴布，原文为 rabāb，指拉巴布琴，为印度的一种拨弦乐器。

铜钹、铙、鼓和拉巴布琴一同奏响，乐声震天。黑天笑着将装满红粉的小球丢向罗陀，罗陀赶紧拉起面纱躲避。罗丽达跑来抓住黑天的衣服，夺去他的黄衫和竹笛，对他道：“黑子啊，罗陀对我下了命令，所以我这次绝对不会放过你。”另一位牧女见状，赶紧过来给黑天解围，对罗丽达道：“罗丽达啊，听着，你也太无礼了，快点放了黑天吧！”听完女伴的话，罗丽达随即放开了黑天的衣服。

这里，黑天、牧童和牧女们浸染在色彩和香氛中，互相捉弄，高兴地游戏。尽管游戏中分为两边，黑天和牧童一边，罗陀和牧女一边，但是当黑天被罗丽达捉住时，牧女们依旧全心偏向黑天，为他着迷。整个树林里满是祥和、幸福和欢愉，不仅“杜鹃天鹅孔雀啼”，甚至“钹鼓拉巴布齐鸣”，这些只有在欢庆时刻才会出现的吉祥迹象也在此刻出现，为黑天的这场游戏增添喜乐。脑海里想象着如此场景，苏尔达斯唱着唱着也沉迷其中，以诗外音“沉迷美丽把草折”道出自己的心声：树林中如此和谐欢腾的景象，黑天的虔诚仆人苏尔达斯也甘愿折下草叶，献上一切，维护这种美好。

【原文】

तेरैं आवैंगे आजु सखी हरि, खेलत कौं फागु[①] री।

सगुन सँदेसौ हौं सुन्यौं, तेरैं आँगन बोलै काग री।

मदनमोहन तेरैं बस माई, सुनि राधे बड़भागरी।

बाजत ताल मृदंग झाँझ डफ, का सोवै, उठि जाग री।

चोवा चंदन लै कुमकुम अरु केसरि पैयाँ लाग री।

सूरदास प्रभु तुम्हरे दरस कौं, राधा अचल सुहाग री॥

（186/3478）

---

① Varma 本作 phāg。

【对译】

诃利今将来你处

诃利今将来你处，为洒红戏女伴啊。

吉祥之兆我描述，你家院中乌鸦啼。

且听罗陀幸运女，迷醉莫亨[1]受你控。

铙钹锣鼓声声鸣，为何贪睡快醒来。

香膏檀香红花粉，随身携带行触礼。

苏尔达斯言，

胜尊欲与你相见，罗陀永恒好福气。

【释译】

本诗描述的是牧女唤醒罗陀，告知她黑天即将到来的场景。内容大致如下：

一个牧女来到罗陀家中，瞧见她在家里酣睡，于是对她道："罗陀啊，你醒醒，黑天今天想与你一起玩洒红的游戏，为此他就要来到你家找你啦。你听，院子里的乌鸦都啼叫了起来，我跟你说，这可是个好兆头。罗陀啊，黑天爱着你，受你控制，你可真是个幸运的姑娘！我说你怎么还睡着呢，外面铙钹锣鼓都奏响了，黑天就要到了，你赶紧起来，带上香膏、檀香和红粉，以触足之礼去迎接他吧！"

这首诗中，苏尔达斯以"你家院中乌鸦啼"和"铙钹锣鼓声声鸣"渲染出黑天即将来到、洒红游戏即将开始时周围欢腾热烈的氛围，以及牧女们激动喜悦的心情。本诗最后一句——"胜尊欲与你相见，罗陀永恒好福气"是苏尔达斯的诗外音，表达了诗人对罗陀受到黑天所爱、福气永久恒常的赞颂。

① 迷醉莫亨，原文为 madanamohan，其中 madan 为使人迷醉之意，mohan 为使人着迷之意，为黑天的名号之一。

【原文】

हरि सँग खेलति हैं सब फाग।

इहिं मिस करति प्रगट गोपी, उर अंतर कौ अनुराग।

सारी पहिरि सुरँग, कसि कंचुकि, काजर दै दै नैन।

बनि-बनि निकसि-निकसि भईं ठाढ़ी, सुनि माधौ के बैन।

इफ, बाँसुरी रुंज अरु महुअरि, बाजत ताल मृदंग।

अति आनंद मनोहर बानी, गावत उठति तरंग।

एक कोध गोविंद① ग्वल सब, एक कोध ब्रज नारि।

छाँड़ि सकुच सब देतिँ परस्पर, अपनी भाई गारि।

मिलि दस पाँच अली चली② कृष्णहिं③, गहि लावतिँ अचाकाइ।

भरि अरगजा अबीर कनक घट, देतिँ सीस तैं न्हाइ।

छिरकतिँ④ सखी कुमकुमा केसरि, भुरकतिँ⑤ बंदन धूरि।

सोभित है तनु साँझ समै घन, आए हैं मनु पूरि।

दसहुँ दिसा भयौ परिपूरन, सूर सुरंग प्रमोद।

सुर बिमान कौतूहल भूले, निरखत स्याम बिनोद।।

（187/3479）

【对译】

诃利众女洒红戏

牧女藉此尽表明，心中秘密爱恋意。

鲜艳纱丽穿着好，眼抹油烟束胸衣。

闻听摩豆后裔声，精心装扮出门立。

手鼓竹笛与蛇笛，铙钹锣鼓齐奏鸣。

---

① Sabha 本作 gobind。

② Varma 本无此词，Gupta 本作 calīṃ。

③ Sabha 本作 kṛṣnahiṁ。

④ Gupta 本作 chirakati。

⑤ Gupta 本作 bhurakati。

幸福欢乐极美音，歌唱浪潮波波起。

一方牛得众牧童，一方伯勒杰诸女。

众人矜持皆抛弃，打情骂俏乐融融。

十数女伴合伙聚，突然抓将黑天虏。

放下头上金色罐，满满红粉与香膏。

红花朱粉尘纷飞，女伴抛洒向身体。

身躯迷人光彩现，宛若黄昏云彩布。

欢乐喜悦鲜艳美，十方之间满充盈。

苏尔言，

飞车中见黑子戏，天神惊奇忘一切。

【释译】

本诗描述的是黑天与众牧女一同洒红游戏的场景。内容大致如下：

黑天和伯勒杰的牧女牧童们一起进行洒红游戏。牧女们满心欢喜，她们借着这个大好时机，纷纷向黑天表明自己隐藏心中的爱慕之情。她们精心装扮，穿上色彩鲜艳的漂亮纱丽，束紧胸衣，在眼周涂上黑色的油烟。一听见黑天的声音，她们便急忙从各自家中走出来迎接他，向他行礼。

此时，手鼓、竹笛、铙钹、蛇笛、锣鼓等乐器奏齐，大家一起欢声高歌，歌声如海浪般此起彼伏。就这样，在一片充满幸福、喜悦的乐音中，洒红游戏开始了。黑天和众牧童站在一边，少女们站在一边。大家都抛弃了平日的矜持和羞涩，互相嬉笑着打骂逗趣。忽然，十几个牧女聚在一起，一把抓住了黑天。她们夺走了他头上装满红花和洒红粉的金罐子，朝他身上肆意地泼洒红粉。黑天的身体顿时被红色染遍，美丽迷人，就像黄昏时分漫天布满的云彩。

这首诗中，苏尔达斯从牧女们精心装扮、迎接黑天开始，一直唱到游戏上演、少女群攻黑天，整个过程遍布欢声笑语，大家笑着、唱着、跑着、闹着、打骂着、淘气着，气氛喜乐融融，美妙无比。牧女们着装艳丽、妆容精致，黑天被颜色浸染，显现出别样的俊美，两者的美丽在这幅欢腾的时空中交织，相互辉映，彼此增色。整个画面的美好恰如苏尔达斯所形容的那样——“欢乐喜悦鲜艳美，十方之间满充盈”，黑天和大家一同洒红嬉戏的这番美丽和欢乐充满四周，就连飞车上的天神看见了也大为惊奇，沉醉其中，将其余之事尽数忘却。

【原文】

नंद नँदन बृषभानु किसोरी, मोहन राधा खेलत होरी।
श्रीबृंदाबन अतिहिं उजागर, बरन① बरन नव दंपति भो री।
एकनि कर है अगरु कुमकुमा, एकनि कर केसरि लै घोरी।
एक अर्थ सौं भाव दिखावति, नाचति तरुनि बाल बृध भोरी।
स्यामा उतहिं सकल ब्रज बनिता, इतहिं स्याम रस रूप लहौ री।
कंचन की पिचकारी छूटति, छिरकत ज्यौं② सचुपावैं गोरी।
अतिहिं ग्वाल दधि गोरस माते, गारी देत कहौ न करौ री।
करत दुहाई नंदराइ की, लै जु गयौ कल बल छल जोरी।
झुँडनि जोरि रही चंद्रावलि, गोकुल मैं कछु खेल मच्यौ री।
सूरदास प्रभु फगुआ दीजै, चिरजीवौ राधा बर③ जोरी।।
（188/3513）

① Varma 本作 barat。
② Sabha 本作 jyau。
③ Gupta 本作 var。

【对译】

难陀子与牛光女

难陀子与牛光女，莫亨罗陀洒红戏。[①]
光彩吉祥沃林达，斑斓纯真小情侣。
一手沉香朱砂粉，一手调配红花水。
目的同一情态现，淳朴老少孩童舞。
那厢正有黑子女，复有伯勒杰众女，
这厢黑子正享受，情味以及美妙色。
金色喷筒互喷洒，白皙少女得欢愉。
酸奶牛奶牧童醉，嬉骂莫言且动手。
巧诈强力抢走物，索要求助难陀王。
月群诸女聚成团，游戏开始牛村中。
苏尔达斯言，
胜尊请赐洒红礼，罗陀与郎命长久。

【释译】

本诗描述的是黑天与众人一同洒红游戏的场景。内容大致如下：

黑天和罗陀这对年轻情侣正在吉祥的沃林达林中进行洒红游戏，他们身上沾满了洒红的颜料，五颜六色，美丽无比。他们一只手拿着沉香末和朱砂粉，另一只手则不断地把红花的粉末化在水中。在这洒红的欢快节日中，无论是纯朴的老人，还是少年和孩童，人们心中都怀着欢庆享乐的愿望，用舞蹈表达自己喜悦愉快的心情，展现出内心欢喜的情态。

新一轮游戏开始。罗陀和所有伯勒杰少女们站在一边，黑天在另一边看着她们，享受着她们美丽的容貌和各自散发出来的不同情

---

① 此处难陀子与莫亨都指黑天，牛光女指罗陀。

味。他们双方拿着金色的喷筒互相喷洒，皮肤白皙的少女们在游戏中得到了很大的快乐。此刻，牧童们沉醉在牛奶和酸奶中，不能自拔。听见牧女们对黑天的嬉骂逗趣，牧童们说道："你们别光说不做啊，赶紧行动吧！"

于是，少女们开始向黑天索要之前被他通过智取强夺拿走的东西，她们一边呼唤着难陀族主的名字，一边对黑天道："你快把东西还给我们！"月群等一众少女聚集成群，说道："牛村中洒红的游戏已经开始啦！黑子你快给我们洒红节的礼物吧，愿你和罗陀这对美妙的情侣长命百岁！"

这首诗依旧展现的是黑天与一众少女互相喷洒、欢喜洒红、逗乐嬉戏的生动图景。

फूल डोल
花秋千

【原文】

गोकुलनाथ बिराजत डोल।

संग लिये बृषभानु[①] नंदिनी, पहिरे नील निचोल।

कंचन खचित लालमनि मोती, हीरा जटित अमोल।

झुलवहिं जूथ मिलै ब्रज सुंदरि, हरषित करतिं[②] कलोल।

खेलतिं, हँसतिं परस्पर गावतिं, बोलतिं मीठे बोल।

सूरदास स्वामी, पिय प्यारी, झूलत हैं झकझोल॥

（189/3538）

---

① Varma 本作 vṛṣabhānu。

② Sabha 本作 karati。

【对译】

牛村主荡秋千美

携同相伴牛光女，蓝色衣衫身上穿，
金嵌珍珠红宝石，珍贵无价镶钻石。
伯勒杰地众美女，同聚欢戏摇秋千。
嬉笑玩耍把歌唱，相谈甜言又蜜语。
苏尔达斯言，
主人情郎与情女，摇来摆去秋千戏。

【释译】

本诗描述的是黑天与众牧女一同荡秋千的场景。内容大致如下：

此刻，黑天正与罗陀一起荡秋千，美丽无限。罗陀穿着蓝色衣裙，金色秋千上镶嵌着红宝石、珍珠和钻石，珍贵无比。伯勒杰的美丽少女们聚集在一起为他们摇秋千，欢乐地玩耍、欢笑、歌唱着，相互间用甜美的话语交谈。

本诗末尾，苏尔达斯以“主人情郎与情女，摇来摆去秋千戏”对整首诗的核心内容进行了回顾和强调，与诗开头呼应。

मथुरा गमन
前往马图拉

अक्रूर ब्रज आगमन
阿格鲁尔来到伯勒杰

【原文】

उत नंदहिं सपनौ भयौ, हरि कहूँ[①] हिराने।
बल मोहन कोउ लै गयौ, सुनि कै[②] बिलखाने।
ग्वाल सखा रोवत कहैं, हरि तौ कहुँ[③] नाहीं।
संगहि सँग खेलत रहे, यह कहि पछिताहीं।
दूत एक सँग लै गयौ, बलराम कन्हाई।
कहा ठगौरी सी करी, मोहिनी लगाई।
वाही के[④] दोउ ह्वै गए, हम देखत ठाढ़े।
सूरज प्रभु वै निठुर है, अतिहीं[⑤] गए गाढ़े॥
(1/3554)

① Sabha 本作 kahuṁ。
② Gupta 本作 ke。
③ Sabha 本作 kahūṁ。
④ Sabha 本作 kai。
⑤ Gupta 本作 atihī。

【对译】

那厢难陀入梦乡

那厢难陀入梦乡，诃利某处影无踪，
某带大力莫亨走，闻之怆然泪直流。
牧童伙伴哭诉言：无论何处无诃利，
一直结伴共玩耍，言及于此懊恼悔。
使臣一起携离去，大力罗摩与黑儿，
施以何种魔法术，致使迷惑不自已，
二人跟随他离开，徒留我等伫立望。
苏尔吉[1]言，
无情离去彼胜尊，极度悲痛忧愁苦。

【释译】

本诗描述的是难陀梦见黑天和大力罗摩被人带走、不见踪影的情境。内容大致如下：

一天，难陀梦见黑天失踪了。在梦中，有人来到牛村，带走了大力罗摩和黑天。村里人知道这件事后，都十分诧异和悲伤。牧童们跑过来，哭着道："我们都找遍了，可哪儿都找不到黑天，刚才他还一直和我们玩游戏呢。"小伙伴们沮丧地接着说道："一位使臣来到村里将大力罗摩和黑天带走了。不知道这个使臣施了什么魔法将他们迷惑，然后兄弟二人就跟随他离开了，我们站在一旁看到了整个过程。"

本诗以难陀的梦境开篇，通过牧童的言语详尽描写了黑天离开牛村时的情况。这个梦境对于难陀、耶雪达乃至整个牛村来说都是一个不祥的预兆。以这样的梦境作为《苏尔诗海》之"前往马图拉"

① 苏尔吉，原文为 sūraj，指诗人苏尔达斯（Sūradās），此处音译为"苏尔吉"。

这一部分诗的开端，间接预示了噩梦即将变成现实——黑天即将离开牛村。诗人苏尔达斯通过最后一句“无情离去彼胜尊，极度悲痛忧愁苦”表现的虽是梦境中伯勒杰居民的心情，但同时暗示了黑天离开后牧人、牧女、牧童等所有人悲伤忧愁的离别情状。整首诗寓事、寓情于梦，托梦告知后续情节的发展，为后文埋下了伏笔，为这部分诗奠定了悲伤忧愁的感情基调。

【原文】

कंस नृपति अक्रूर बुलाये।

बैठि इकंत मंत्र दृढ़ कीन्हौ, दोऊ बंधु मंगाये।

कहूँ मल्ल, कहुँ गज दै राखे, कहूँ धनुष कहुँ बीर।

नंद महर के बालक मेरैं, करषत रहत सरीर।

उनहिं बुलाइ बीच ही मारौं, नगर न आवन पावैं।

सूर सुनत अक्रूर, कहत नृप मन मन मौज बढ़ावैं॥

（2/3559）

【对译】

刚沙[①]王传召阿格鲁尔[②]

独坐秘密定计谋：传唤兄弟二人来。

某处指派大力士，某处弓弩[③]勇士象。

难陀族主小儿郎，纠缠我身久成患，

招徕途中下杀手，城中不令现身影。

苏尔言，

① 刚沙，原文为 kaṃs，马图拉国王，是黑天亲生母亲提婆吉的堂哥，音译为“刚沙”。

② 阿格鲁尔，原文为 akrūr，国王刚沙的一名使臣，音译为“阿格鲁尔”。

③ 此处用“弓弩”代指持有强弩的英勇之人。

阿格鲁尔听罢语：国王暗自欢喜增。

【释译】

本诗描述了刚沙王传召使臣阿格鲁尔一起商议除掉黑天的场景。内容大致如下：

马图拉国王刚沙王传令召见使臣阿格鲁尔。两人单独坐在一起商议后，刚沙王决定派遣阿格鲁尔前往伯勒杰将大力罗摩和黑天两兄弟召唤至马图拉城。刚沙王计划指派强壮的大力士、勇猛的战象、手持弓箭的勇士还有许多战士在途中设下埋伏，准备杀害大力罗摩和黑天。他道："难陀的儿子是我的心头之患，这些年来让我不得安宁。我口上虽说召唤他们来城里，但实则是派人在途中把他们杀死，不让他们出现在城里。"

那罗陀仙人曾预言马图拉国王刚沙将被提婆吉与富天的孩子置于死地。于是，刚沙王将富天与提婆吉囚禁起来，并先后杀死了提婆吉所生的六个孩子。当提婆吉怀上第七胎时，毗湿奴大神将胎儿转移到富天第二个妻子罗醯尼的腹中，自己作为第八个孩子投胎到提婆吉的腹中。不久，罗醯尼生下一子，名为大力罗摩，此后，提婆吉也诞下一子，名为黑天。与此同时，牧人难陀的妻子耶雪达生了一个女孩。当夜，富天将黑天送到难陀家中，与难陀交换了孩子。这样黑天和大力罗摩就躲过了国王刚沙的杀害，黑天也就成了难陀与耶雪达的养子，在牛村长大。然而，当刚沙王得知提婆吉的孩子生活在牛村时，他多次派遣阿修罗，如之前诗中提到的毒乳怪、罪蛇怪、鹤妖等前去杀害黑天，但均被黑天消灭。至此，国王刚沙多年来处心积虑的计谋均遭失败。为消除自己的心头之患，刚沙王找来使臣阿格鲁尔一起密谋消灭黑天的办法。本诗所展现的情节即是在这样的背景下发展的。"阿格鲁尔听罢语：国王暗自欢喜增"是本诗的点睛之笔，道出了阿格鲁尔并不相信国王的阴谋能够得逞这一内心想法。刚沙一个人暗自高兴，妄自尊大地认为这次可以消灭黑天和大力罗摩。阿格鲁尔的怀疑态度为后文情节的发展埋下了伏笔。除了怀疑以外，阿格鲁尔心中暗自窃喜，对他来说此次牛村之行不仅可以完成国王的命令，更为重要的是可以得见黑天。作为宫中使臣，阿格鲁尔早已听闻黑天的传奇事迹，并逐渐他对黑天产生了钦佩之情，欲早日登门拜访，国王刚沙的这一计策将使他的愿望得以实现。

本首诗是对上一首诗“梦境预兆”的呼应。在伯勒杰地区，难陀梦见黑天失踪；与此同时，国王在马图拉正计划着将黑天从牛村带离。两个地点、两个场景一因一果，共同推进了同一个情节的发展。

【原文】

सुफलक सुत हरि दरसन पायौ।

रहि① न सक्यौ रथ पर सुख व्याकुल②, भयौ वहै मन भायौ।

भू पर दौरि हरि आयौ, चरननि चित्त लगायौ③।

पुलक अंग, लोचन जल-धारा, श्रीपद सिर परसायौ।

कृपासिंधु करि कृपा मिले हँसि, लियौ भक्त उर लाइ।

सूरदास यह सुख सोइ जानै④, कहौं कहा मैं गाइ॥

（3/3571）

① Sabha 本作 rahī。

② Varma 本作 byākul。

③ Gupta 本作 lagāyo。

④ Gupta 本作 jānaiṁ。

【对译】

苏普勒格[①]之子得见诃利

福乐激动坐不安，车上彼心生喜悦。

下车奔至诃利旁，心神专注双足上，

周身颤抖眼盈泪，额头触碰吉祥足[②]。

恩海[③]施惠笑相见，拥抱信徒入心怀。

苏尔达斯言，

唯有他知此福乐，吾以何言来歌颂？

【释译】

本诗描述的是阿格鲁尔得见黑天时激动不已、虔诚行礼的场景。内容大致如下：

苏普勒格的儿子——刚沙王的使臣阿格鲁尔从马图拉经过沃林达林来到牛村，终于见到了黑天的尊容。一时间，相见的福乐让他激动不已，他急忙起身下车，疾趋至黑天身边，全神贯注地凝视着黑天的双足。阿格鲁尔激动地全身上下毫毛竖立、眼含泪水，他虔诚地向黑天行了触足礼。此后，被誉为“恩惠之海”的黑天以笑相迎，上前拥抱了他的虔信者，这样的仁慈之爱让阿格鲁尔感到十分幸福。

本诗承接上一首诗，描写了阿格鲁尔来到牛村见到黑天时的激动心情。本诗最后一句“唯有他知此福乐，吾以何言来歌颂”是诗人苏尔达斯的诗外音，黑天施予的福乐只可意会、不可言传，只有对此深有体会的阿格鲁尔知晓所获福乐的感受。虽身为诗人，但苏

---

① 苏普勒格，原文为 suphalak，使臣阿格鲁尔的父亲，音译为“苏普勒格”。

② 吉祥足，原文为 śrīpad，字面义为“吉祥的双足”，译为“吉祥足”，此处指黑天的双足。

③ 恩海，原文为 kṛpāsindhu，字面义为“恩惠的大海”，译为“恩海”，黑天的名号之一。

尔达斯无法用言语来描述这份幸福之情。本诗一方面描写了阿格鲁尔激动喜悦、心神专注礼敬黑天的场面，展现了他对黑天的钦佩与虔诚之意；另一方面赞颂了黑天作为神明对自己信徒所施予的恩惠，表明黑天是能够给予人间福乐的至上存在，体现了黑天仁惠慈爱的高大形象。两相结合，展现了神与信徒之间仁爱与虔敬的相互关系。

गोपिकाओं की उद्विग्नता
牧女惶然

【原文】

चलन चलन स्याम कहत, लैन कोउ आयौ।

नंद भवन भनक सुनी, कंस कहि पठायौ।

ब्रज① की नारि गृह बिसारि, ब्याकुल② उठि धाईं।

समाचार बूझन कौं, आतुर ह्वै आईं।

प्रीति जानि, हेत मानि, बिलखि बदन ठाढ़ीं।

मानहु वै अति विचित्र③, चित्र लिखी काढ़ीं।

ऐसी गति ठौर ठौर, कहत न बनि आवै।

सूर स्याम बिछुरैं, दुख बिरह काहि भावै॥

（4/3578）

【对译】

黑子屡道将离去

黑子屡道将离去，接引之人已来到。

难陀家中闻风言，或为刚沙王令遣。

① Gupta 本作 vraj。
② Gupta 本作 vyākul。
③ Gupta 本作 bicitr。

伯勒杰女家忘却，忧虑不安疾步趋，
但为打听得准信，焦急不堪前来到。
知晓承认情爱意，忧伤啜泣身伫立，
她等失常甚奇异，宛若图画所呈现。
此种情形处处是，无以言表不可述。
苏尔言，
别离黑子之痛苦，能使何人心欢喜？

【释译】

本诗描述的是牧女听说黑天将要启程前往马图拉这一消息时惊诧、焦急和忧伤的场景。内容大致如下：

一位牧女道："哎，女伴啊，以前黑天经常开玩笑说他要走，要离开我们。你看，现在果真有人来牛村要把他带走。听说，刚沙王从马图拉城派来一使者要将黑天和大力罗摩带走，而且黑天竟然答应要跟他一起离开牛村，前往马图拉。"牧女从难陀家听来这个消息，随即迅速传遍整个牛村。伯勒杰的牧女们听闻此讯即刻放下手中的家务活，慌慌张张地跑到难陀家一探究竟。她们承认自己对黑天的爱意，也知晓黑天对她们的情意，她们目不转睛地注视着即将离别的黑天，回忆着一起玩耍嬉戏的快乐时光。牧女就这样站在一旁不禁啜泣哽咽，此时的她们就像画中人一样，一动不动，呆若木鸡。这样的异常景象在伯勒杰处处可见，无以言表。

本诗最后一句"别离黑子之痛苦，能使何人心欢喜"是苏尔达斯的诗外音，他以全知者的角度描述了众人听闻黑天离开这一消息后无人欢喜皆悲愁的场面。这一场面呼应第一首诗中"极度悲痛忧愁苦"，并贯穿之后讲述"离别"的诗之中。牧女的忧虑不安、焦急不堪、悲伤啜泣体现了她们对黑天离开的不解与惶恐，同时也流露出了她们对黑天的浓浓爱意。

【原文】

चलत जानि चितवतिँ① ब्रज② जुवती③, मानहु④ लिखीँ चितेरैँ।
जहाँ सु तहाँ एकटक रहि गईँ, फिरत न लोचन फेरैँ।
बिसरि गईं⑤ गति भाँति देह की, सुनतिँ न स्रवननि टेरैँ।
मिलि जु गईँ⑥ मानै पै पानी, निबरतिँ⑦ नहीँ निबेरैँ।
लागीँ⑧ संग मतंग मत्त ज्यौँ, घिरतिँ न कैसैँहुँ⑨ घेरैँ।
सूर प्रेम आसा अंकुस जिय, वै नहिँ इत उत हेरैँ ॥

（5/3579）

【对译】

伯勒杰女知离去

伯勒杰女知离去，凝望宛如画师绘。
原地不动久注视，纵使转睛目不动。
身体知觉已忘却，纵使呼唤耳不闻。
如同牛奶混于水，纵使分离终不成。
又如醉象齐相随，纵使围拢不得困。
苏尔言，

---

① Varma 本作 citavahiṁ。
② Gupta 本作 vraj。
③ Sabha 本作 jubatī。
④ Varma 本作 mānahuṁ。
⑤ Varma 本作 gaīṁ。
⑥ Gupta 本作 gaī。
⑦ Varma 本作 nibarahiṁ。
⑧ Gupta 本作 lāgī。
⑨ Varma 本作 kaiseṁhu，Gupta 本作 kaisaihuṁ。

心中爱愿之象钩，然她却未顾它处。

【释译】

本诗描述了牧女知晓黑天即将离开这一消息后目不转睛地凝视黑天的场景。内容大致如下：

牧女们得知黑天计划跟随使臣阿格鲁尔前往马图拉的消息后，一个个目瞪口呆，站在原地一动不动地注视着黑天。这异常的场面就像画家的作品一样，仿佛所有人都凝固在原地，纹丝不动。她们全然忘却了身体的知觉和意识，甚至听不见任何人的召唤。她们如此爱恋黑天，以至于就像牛奶和水搀在一起后融为一体，无法分开。而如今的离别，对牧女来说是何等残忍！她们就像迷醉般跟随在黑天身边的母象，无论别人怎样劝阻，怎样围拢都无法将她们控制。

本诗最后一句“心中爱愿之象钩，然她却未顾它处”道出了牧女的心之所向，情之所往。对黑天的爱恋就像象钩一样拖拽着如同发情母象般的牧女。随着黑天渐渐远去，扎入身体的钩子越拉越紧，牧女所感受的分别之苦就像钩子在身体上造成的剧痛，难以忍耐。然而，她们站在原地一动不动，没有因痛苦而摇晃，依旧目不转睛地注视地黑天，哪怕只剩下一秒钟，她们也要望着心爱的郎君，任何事物都无法阻挡她们对黑天的爱恋与渴求。本首诗运用比喻、夸张的修辞手法将牧女对黑天极为深切的爱意，以及在黑天离去时流露的不舍之情表现得淋漓尽致。

यशोदा की उद्विग्नता
耶雪达之忧虑

【原文】

(मेरे)① कमलनैन प्राननि तैं प्यारे।

इन्हैं कहा मधुपुरी पठाऊँ, राम कृष्न दोऊ जन बारे।

जसुदा कहै सुनौ सुफलक सुत, मैं इन बहुत दुषनि② सौं पारे।

ये कहा जानैं राज सभा कौं, ये गुरुजन बिप्रहुँ न जुहारे।

मथुरा असुर समूह बसत है③, कर कृपान, जोधा हत्यारे।

सूरदास ये लरिका दोऊ, इन कब देखे मल्ल अखारे॥

（6/3587）

【对译】

爱惜（我之）莲眼④胜生命

罗摩⑤黑天⑥两孩童，怎派他等至摩城⑦？

耶雪达言述说道：苏普勒格子⑧且听，

我把他俩抚养大，千辛万苦受折磨，

不敬长辈婆罗门，宫廷朝堂他怎知？

勇士杀者手中剑，众阿修罗居马城⑨。

苏尔达斯言，

---

① Gupta 本无（mere）。

② Gupta 本作 dukhani。

③ Varma 本作 haiṁ。

④ 莲眼，原文为 kamalanain，字面义为“像莲花一样的眼睛”，译为“莲眼”，此处代指大力罗摩与黑天。

⑤ 罗摩，原文为 rām，通 Rām，罗摩，此处指大力罗摩。

⑥ 黑天，原文为 kṛṣṇ，通 Kṛṣṇa，克里希纳，译为“黑天”。

⑦ 摩城，原文为 madhupurī，字面义为“摩图之城”，据传说，这座城市由一个名为摩图（Madhu）的阿修罗建立，因此而得名，译为“摩图城”，即马图拉。此处因字数限制，缩译为“摩城”。

⑧ 苏普勒格子，原文为 suphalak sut，字面义为“苏普勒格的儿子”，即阿格鲁尔，国王刚沙的使臣。

⑨ 马城，原文为 mathurā，马图拉，此处因字数限制，缩译为“马城”。

此两孩童何时见，摔跤场中大力士？

【释译】

本诗描述的是耶雪达向阿格鲁尔说明两兄弟年纪尚小，不宜前往马图拉的恳求之言。内容大致如下：

耶雪达对阿格鲁尔道：“眼睛如莲花般美丽的大力罗摩与黑天对于我们甚为重要，我们爱他们胜过自己的生命。他们现在还都是小孩子，年幼无知，我怎么能把他们送到马图拉去呢？苏普勒格的儿子啊，他们很不听话，难以管教，你不知我受了多大的苦才把他们养大，可他们至今仍不会向邻里长辈、婆罗门鞠躬敬礼，更别提朝廷里的各种礼节了。如今，马图拉满城都是阿修罗和手持刀剑的勇士，而大力罗摩和黑天还只是孩子，连摔跤场和大力士还都没见过呢。”

本诗最后一句“此两孩童何时见，摔跤场中大力士”表达了耶雪达作为母亲对孩子的疼爱，连大力士都没有见过的孩子怎么对付城中的阿修罗和各方勇士呢？耶雪达句句深切，向阿格鲁尔表达了黑天和大力罗摩不能前往马图拉的缘由，希望阿格鲁尔能够宽容谅解。继牧女闻讯伤心忧愁，通过动作与神情间接地表达了自己的深深爱意之后，耶雪达通过对阿格鲁尔的恳求直接表达了自己对孩子的怜爱与不舍。

【原文】

जसुमति अति हीँ भई बिहाल।

सुफलक सुत यह तुमहिँ बूझियत, हरत हमारे बाल।

ये दोउ भैया जीवन हमरे, कहति रोहिनी रोइ।

धरनी गिरति, उठति अति ब्याकुल, कहि राखत नहिं कोई[①]।

निठुर भए जब तैं यह आयौ, घरहू[②] आवत नाहिं।

सूर कहा नृप पास तुम्हारौ, हम तुम बिनु मरि जाहिं॥

（7/3597）

【对译】

耶雪达极度忧伤

苏普勒格之子你，夺走我儿此事明？

啜泣诉说罗醯尼[③]：此两兄弟我等命。

倒地复起极焦虑，言说无人能阻拦，

自他来到变无情，亦不返回至家中。

苏尔言，

有你何事国王处？无你我们命将终。

【释译】

本诗描述的是耶雪达和罗醯尼知晓黑天和大力罗摩即将离开时的忧虑心情。内容大致如下：

耶雪达万分忧伤，向阿格鲁尔问道："苏普勒格的儿子啊，你知道自己在做什么吗？你在抢走我们的孩子啊，你觉得这是一件好事吗？"

这时，大力罗摩的母亲罗醯尼哭着道："这两兄弟就是我们的生命啊！"说罢，便晕倒在地。良久，她好不容易站起来，焦虑不安地说道："怎么没有人能够阻止他们兄弟俩呢？自从这个阿格鲁尔来到牛村，这两兄弟就变得残酷无情。他们成天和阿格鲁尔在一起，连自己的家都不回了。"

---

① Gupta 本作 koi。

② Varma 本作 gharahūṁ。

③ 罗醯尼，原文为 rohinī，通 Rohiṇī，大力罗摩的亲生母亲，译为"罗醯尼"。

罗醯尼的此番抱怨实为对黑天和大力罗摩的怜惜与不舍。本诗承上一首，同样描写了身为母亲的耶雪达和罗醯尼得知自己儿郎即将离家而哭泣悲伤的情状。本诗最后一句“有你何事国王处？无你我们命将终”表达了两兄弟在母亲心中的至上地位，她们向黑天和大力罗摩呼喊道：“国王刚沙那里能有你们什么事呢？你们此行有什么意义呢？可是我们要是失去了你们，就会死在这里。”她们将黑天和大力罗摩视为自己的生命，要是与他们离别，两位母亲生不如死。本诗通过感人肺腑的请求体现了黑天和大力罗摩之于耶雪达与罗醯尼的重要性，体现了母亲对儿子难以割舍的感情。

【原文】

सूने हैं स्याम मधुपुरी जात।
सकुचनि कहि न सकति① काहू सौं, गुप्त हदय की बात।
संकित बचन अनागत कोऊ, कहि जु गयौ अधरात।
नींद न परै, घटै नहिं रजनी, कब उठि देखौं प्रात।
नंद नँदन तौ② ऐसे लागे③, ज्यौं④ जल पुरइनि पात।
सूर स्याम सँग तैं बिछुरत हैं, कब ऐहैं कुसलात॥
（8/3600）

【对译】

闻黑子赴摩图城

羞涩未能向他人，诉说心中隐秘事。

深更半夜某前来，讲述可疑之言语。

① Varma 本作 sakat。
② Gupta 本作 to。
③ Varma 本作 lāgaiṁ。
④ Sabha 本作 jyau。

夜不消减睡意无，何时清晨起来见？

难陀之子这般样，觉若莲花叶上露。

苏尔言，

黑子与众分离别，平安归来在几时？

【释译】

本诗描述的是一位牧女听说黑天即将前往马图拉一事后夜不能寐、多愁善感的场景。内容大致如下：

一位牧女道：“听说黑天准备启程前往马图拉了。以前，我顾及家族颜面，加之内心羞涩，我没有向任何人诉说隐藏在内心深处对黑天的爱意。今天，一人深更半夜来到我家，告诉我黑天准备离开牛村了。我不知道此事是真是假，结果整晚思绪烦乱，夜不能寐，感觉漫漫长夜似乎没有尽头，不知道什么时候才能熬到天亮。要是黑天真的离开我们，那我们何时才能再次相会呢？他就像莲花叶片上的露水一样，清晨日出时分便消失得无影无踪了，令人失落沮丧。”

此时，牧女知道黑天的离开已经成为不可改变的事实，而这位牧女因之前没有向黑天表露自己的爱恋而心生悔意。本诗最后一句“黑子与众分离别，平安归来在几时”表达了牧女期盼黑天早日回到伯勒杰的心情，以及对黑天的不舍之情。本诗以漫漫长夜为时间背景，加强了独自悲伤、懊悔莫及的画面感，渲染了苦苦思念的忧愁气氛。

कृष्णबचन नंद के प्रति
黑天对难陀语

【原文】

अब नँद गाइ लेहु सँभारि।
जो तुम्हारैं आनि बिलमे, दिन चराई चारि।
दूध दही खवाइ कीन्हे, बड़े अति प्रतिपारि।
ये तुम्हारे गुन हृदय तैं, डारिहै① न बिसारि।
मातु जसुदा द्वार ठाढ़ी, चलै आँसू ढारि।
कह्यौ रहियौ सुचित सौं, यह ज्ञान गुर उर धारि।
कौन सुत, को पिता माता, देखि हृदै बिचारि।
सूर के प्रभु गवन कीन्हौ②, कपट कागद फारि॥
(9/3610)

【对译】

如今难陀照管牛
来到你处停留下，放牧已有些许日。
喂食牛奶与酸奶，悉心照料抚养大。
你之此般好品德，记于心中不忘却。
耶雪达母门边立，泪水潸然簌簌流。
言说心存此渊识③，无忧无虑享生活，
且请内心作思量：谁为父母谁为儿？
苏尔言，

① Varma 本作 ḍārihauṁ，Gupta 本作 ḍārihu。
② Gupta 本作 kīnho。
③ 识，原文为 jñān，意为“知识、学问、想法”，此处译为“识”，指识见、认识。此句黑天劝告耶雪达和难陀应该心存深远的识见，即他与难陀、耶雪达之间的父子、母子关系终究是要结束的，黑天希望两位长辈不要过于担忧，应该快乐地享受生活。

撕下虚伪之纸张，胜尊动身启程去。①

【释译】

本诗描述的是黑天在离别之时对难陀和耶雪达所说的话。内容大致如下：

离别之时，黑天对难陀道："父亲啊，以前我在这里看管的那些牛，现在你去喂养和放牧吧。我在牛村的这些日子，你喂我牛奶、酸奶，对我悉心照料，把我抚养成人。你对我的养育之恩，我永远都不会忘记。"

此时，母亲耶雪达站在门口，泪流不止。黑天对她道："妈妈啊，愿您无忧无虑、健康幸福地生活。您想想，谁是谁的儿子，谁又是谁的父母呢？实际上，无论是父子还是母子，这样的关系只是暂时的。您要有这样的远识，世间一切皆无常，没有什么是永恒不变的。"

本诗是黑天对父母难陀和耶雪达的劝慰之言。本诗最后一句"撕下虚伪之纸张，胜尊动身启程去"是诗人苏尔达斯的诗外音，描绘了黑天揭开虚伪的面目，登上阿格鲁尔的马车启程前往马图拉城的一幕。黑天身为儿子，离别之言虽怀有感恩之情，但无论如何离别对于父母来说都是残酷无情的，况且黑天的一句"谁为父母谁为儿"更让父母感到心碎。此诗将离别的悲伤情绪推向高潮。

【原文】

जबहिँ रथ अक्रूर चढ़े।

तब रसना हरि नाम भाषि कै, लोचन नीर बढ़े।

① 此句中作者将人的面目比作纸张，"撕下虚伪之纸张"意为黑天揭开了虚伪的面目，表露了自己真实的想法。黑天不顾父母对他的怜爱，决定跟随阿格鲁尔前往马图拉。

महरि, पुत्र कहि सोर लगायौ, तरु ज्यौं धरनि लुटाइ।

देखतिं नारि चित्र सी[1] ठाढ़ीं, चितये कुँवर कन्हाइ।

इतनैं[2] हि मैं सुख दियौ सबनि कौं, दीन्ही[3] अवधि बताइ।

तनक हँसे, हरि मन जुवतिन कौं, निठुर ठगौरी लाइ।

बोलतिं नहीं रहीं सब ठाढ़ी, स्याम ठगीं ब्रजनारि[4]।

सूर तुरत मधुबन पग धारे, धरनी के हितकारि[5]॥

（10/3611）

【对译】

阿格鲁尔登车时

彼时口诵诃利名，泪水充盈于双眸。

夫人撕心唤儿郎，如树一般倒在地。

女子伫望似图画，少年黑儿亦回眸，

瞬间赐福予众人，并把归来之期告。

诃利微笑向少女，心中施予无情法。

默默无语众女立，伯勒杰女黑子欺。

苏尔言，

大地仁慈行善者[6]，即刻启程摩图林[7]。

【释译】

本诗描述了黑天登上马车即将离开，伯勒杰居民伤心无奈的场景。内容大致如下：

---

① Gupta 本作 so。

② Varma 本作 itanai。

③ Varma 本作 dīnhīṁ。

④ Varma 本作 braj nārī，Gupta 本作 vraj nāri。

⑤ Varma 本作 hitakārī。

⑥ 大地仁慈行善者，原文为 dharanī ke hitakāri，意为“在大地行善的，对世间有益的”，此处译为“大地仁慈行善者”，指黑天。

⑦ 摩图林，原文为 madhuban，字面义为“摩图之林”，即马图拉、摩图城，此处译为“摩图林”。

使臣阿格鲁尔登上马车时，口中念诵着黑天的名字，激动得热泪盈眶。母亲耶雪达一遍遍叫喊着：“儿子、儿子……”，声嘶力竭，哭倒在地。伯勒杰的牧女们就像画中人一样站在原地一动不动，目不转睛地注视着黑天。黑天抬眼朝她们看去，那一瞬间，黑天的目光恩泽众女，让她们感到无比幸福。随后，黑天告知了自己归来的时间。黑天微笑地看着众牧女，这样的笑靥霎时夺走了她们的心，好似在少女心中施了魔法，令她们又喜又忧。被黑天深深迷住的牧女们久久站在原地，欲说无言。

本诗描写了母亲、牧女等女性形象在黑天离开时悲伤无助的样子，黑天一走，母亲和牧女就像丢了魂一样茫然失措。一边是母亲撕心裂肺的呼喊和牧女沉默无语的呆望，一边是黑天的回眸一笑，用迷人的眼神向众人道别。两景相比，黑天作为神的至上形象得以浮现。本诗最后一句“大地仁慈行善者，即刻启程摩图林”是诗人苏尔达斯的诗外音，黑天不顾母亲和牧女的伤感与不舍执意前往马图拉城。苏尔达斯通过“大地仁慈行善者”这一称号赞颂黑天，并预示后文。他的离别虽然为伯勒杰众人带来了无限忧伤，但同时也将为马图拉居民送去福祉。

【原文】

रहीं जहाँ सो तहाँ सब ठाढ़ीं।

हरि के चलत देखियत ऐसी, मनहु① चित्र लिखि काढ़ी।

सूखे बदन, स्रवति नैननि तैं, जलधारा उर बाढ़ी।

कंधनि बाँह धरे चितवतिं मनु, द्रुमनि बेलि दव दाढ़ी।

---

① Sabha 本作 manahuṁ。

नीरस करि छांड़ी सुफलक सुत, जैसैं[1] दूध बिनु साढ़ी।

सूरदास अक्रूर कृपा तैं, सहीं बिपति[2] तन गाढ़ी॥

（11/3613）

【对译】

众人原地不动

诃利离时此般现，仿若图画所描绘。

双目盈泪出细流，淌经干颊过胸前，

双臂抱肩注目望，若林火灼之树藤。

苏普勒格子离去，如奶去皮失情味。

苏尔达斯言，

阿格鲁尔之恩惠，生身忍受大悲痛。

【释译】

本诗描述的是黑天离开时牧女悲伤痛苦的样子。内容大致如下：

当黑天坐上马车准备离开的时候，伯勒杰的景象如画一般。牧女们站在原地，一动不动，泪水夺眶而出，经过干瘦的面颊，流淌在胸前。她们双臂紧抱肩膀，感觉就像被森林之火烧焦的藤蔓一样，紧紧地缠在树上，但已毫无生气。她们目不转睛地注视着黑天乘坐的马车，望着渐渐远去的背影。苏普勒格的儿子阿格鲁尔带走了黑天，就像夺走了她们的希望，使她们的生活变得像没有奶皮的牛奶一样索然无趣。

本诗承接上一首诗，同样描绘了黑天离开时牧女泪流面目、孤立无援的样子。本诗最后一句“阿格鲁尔之恩惠，生身忍受大悲痛”为苏尔达斯的诗外音，他讽刺道：“阿格鲁尔带走黑天对于牧女来说可真是大恩惠啊，牧女由此陷入了离别愁苦之中。”

---

① Varma 本作 jaiseṁ。

② Sabha 本作 vipati。

【原文】

बिछुरत श्री ब्रजराज[①] आजु, इनि नैननि की परतीति गई।
उड़ि न गए हरि संग तबहिं[②] तैं, ह्वै न गए सखि स्याममई।
रूप रसिक लालची कहावत, सो करनी कछुवै न भई।
साँचे क्रूर कुटिल ये लोचन, वृथा मीन छबि[③] छीन लई।
अब काहैं जल-मोचत, सोचत, समौ गए तैं सूल नई।
सूरदास याही तैं जड़ भए, पलकनिहूँ हठि दगा दई॥
（12/3615）

【对译】

吉祥伯勒杰之王

吉祥伯勒杰之王，今别此眼信任失。
彼时未随诃利飞，未变青黑[④]女伴啊。
谓为色味贪恋者，丝毫没有那作为。
虚假无情此双眼，鱼之光彩徒侵有。
今怎流泪陷忧愁，失去时机新苦痛，
苏尔达斯言，
正因此般失知觉，眼睑固执亦欺骗。

【释译】

本诗描述的是牧女因见不到黑天而责备双眼的言辞。内容大致如下：

一位牧女道：“如今，堪称伯勒杰之王的黑天与我们分别，此时

① Gupta 本作 vrajarāj。
② Sabha 本作 tabahi。
③ Varma 本作 chavi。
④ 青黑，原文为 syāmamaī，字面义为“青黑色的”。如果牧女能够见到黑天，就会目不转睛地注视着他，肤色青黑的黑天将会充溢整个眼睛之中，因此，眼睛就会变成青黑色。此处，眼睛没有变成青黑色的原因即黑天离开了伯勒杰，从牧女们的视线中消失了。

的我们已不再相信自己的双眼了。这一双双眼睛本应跟随黑天前往马图拉，但它们无力飞走；它们对黑天如此爱恋，至少应该满眼都是黑天的模样，或者与黑天一样呈现青黑的颜色，但终究也没有成功。这些眼睛一直被称为黑天形色的情人和贪求者，但如今在其中既看不到那样的美丽，也看不见贪求的迹象，真是名不副实。这双眼睛虚伪又狡猾，徒有鱼儿般美丽的外形，可见不到黑天的踪影，外观迷人又能如何呢？如今，双眼泪流不止，陷入了忧愁与伤痛之中。现在，无论如何努力已经见不到黑天，这又为双眼增添了新的痛苦。”

本诗通过双眼的意象间接表达了牧女如今见不到黑天，泪流不止、日夜思念的情状。牧女对眼睛失去信任，实为埋怨自己没有跟随黑天一起前往马图拉。正因为牧女爱恋黑天的形色，贪求与黑天一起欢娱的情味，因此，她们将对自己的嘲讽强加于双眼上，双眼便成了牧女所谓的“色味贪恋者”。行文中牧女与眼睛分别为两个独立个体，但实为一个整体。牧女借泪眼表达了自己内心的悲伤与惆怅。本诗最后一句苏尔达斯诗外音道：“正因此般失知觉，眼睑固执亦欺骗”，他描述了牧女的双眼因为流泪伤心失去了知觉，眼皮不再闭合，表现了牧女发怔无助、彻夜无眠的相思之状。

【原文】

आजु रैनि नहिं नींद परी।

जागत गिनत गगन के तारे, रसना रटत गोविंद[①] हरी।

वह चितवनि, वह रथ की बैठनि, जब अक्रूर की बाँह गही।

① Varma 本作 gobind。

चितवति रही ठगी सी ठाढ़ी, कहि न सकति कछु काम दही।

इते मान ब्याकुल भइ सजनी, आरज पंथहुँ तैं बिडरी।

सूरदास प्रभु जहाँ सिधारे, कितिक दूर मथुरा नगरी॥

（13/3623）

【对译】

今夜无眠

无眠细数天上星，牛得[①]诃利口中诵。

抓臂阿格鲁尔时，那般回眸车上坐。

似受欺骗久伫望，爱欲灼烧不能语。

如此这般焦灼忧，偏离正道女伴啊。

苏尔达斯言，

胜尊前往何处去，马图拉城几多远？

【释译】

本诗描述的是一位牧女不堪离别之苦，欲前往马图拉寻找黑天的场景。内容大致如下：

一位牧女道：“女伴啊，今天晚上我一点儿困意都没有。我整夜醒着，望着夜空数着星星，口中默念‘牛得诃利，牛得诃利’的名字。自从黑天离开后，我禁不住回忆曾经一起嬉戏欢娱的时光。黑天离开时回望我们的那个眼神、抓着阿格鲁尔的手臂坐上马车的场景对我来说是多么的残酷无情啊！当时我们就像上当受骗了一样诧异地站在那里，眼睁睁看着黑天离去，为何没能上去阻拦他呢？如今，我们像被爱欲之火灼烧了一般苦痛难耐，无言以对。女伴啊，年少时我丝毫没有畏惧所谓的忠贞，偏离了正道，如此深切地爱上了黑天。但如今，我们的黑天去哪里了呢？那个马图拉城离我们多

① 牛得，原文为 govind，go 为“牛”，vind 为“得到的，获得的”，因此，govind 字面义为“得到牛的”，引申义为“牧人”。黑天是牧人难陀的养子，以牧童的身份在牛村长大，因此获得 Govind 之名。此处译为“牛得”，黑天的名号之一。

远呢？我要去那里找他。”

本诗承接上一首诗，描写了与黑天分离后，牧女在无眠之夜的离愁别绪，体现了黑天在牧女心中至上唯一的地位，以及牧女对黑天的无尽之爱。

【原文】

री मोहिँ भवन भयानक लागै, माई स्याम बिना।
काहि जाइ देखौँ भरि लोचन, जसुमति कैँ अँगना।
को संकट सहाइ करिबे① कौँ, मेटै बिघन घना।
लै गयौ क्रूर अक्रूर साँवरौ, ब्रज② कौ प्रानधना।
काहि उठाइ गोद करि लीजै, करि करि मन मगना।
सूरदास मोहन दरसन बिनु, सुख संपति सपना॥
（14/3627）

【对译】

没有黑子相与伴

无有黑子女伴啊，在家我亦觉惶恐。
耶雪达家之庭院，前去满目把谁瞧？
灾难之中谁相助，困难重重谁消除？
阿格鲁尔真残酷，无情携走离开去，
伯勒杰地生命宝③，皮肤颜色青黑者。
将谁揽入怀中拥，内心沉醉喜乐生？
苏尔达斯言，
不得相会见莫亨，福乐财富皆梦幻。

---

① Varma 本作 karibai。
② Gupta 本作 vraj。
③ 生命宝，原文为 prānadhanā，字面义为“生命的财富、最亲爱的人”，此处译为“生命宝”，指黑天。

【释译】

本诗描述黑天离开后，牧女艰难度日的生活状态。内容大致如下：

一位牧女道："女伴们啊，没有黑天，这寂静无人的房子让我感到十分可怕。如今，我们跑到耶雪达家还有什么意义？没有黑天，还有谁能让我大饱眼福呢？如今灾难降临的时候，谁能伸出援助之手拯救我们，帮我们消除这样深重的困苦呢？无情的阿格鲁尔将我们伯勒杰最亲爱的人、我们的生命之宝——黑天从这里带去马图拉城了。如今，还有谁能像黑天一样把我们满心欢喜地揽入怀中呢？"

本诗与上几首诗相似，描写黑天离别后，牧女孤苦无依的状态。本诗最后一句"不得相会见莫亨，福乐财富皆梦幻"是苏尔达斯的诗外音，描述了如今伯勒杰的牧女因得不到与黑天相见昼夜思念、忧伤哀叹的情状。黑天离开后，往昔的幸福与财富如梦幻泡影一般瞬间消散，导致伯勒杰不仅失去了往日的欢声笑语，一派欣欣向荣的景象也不见踪影了，取而代之的是一片凄凉之景。

【原文】

कहा हौं ऐसे① ही मरि जैहौं।
इहिं आँगन गोपाल लाल कौ, कबहुँ कि कनिया लैहौं।
कब वह मुख बहुरौ देखौंगी, कह वैसो② सचु पैहौं।
कब मोपै माखन माँगैंगे③, कब रोटी धरि दैहौं।
मिलन आस तन प्रान रहत हैं, दिन दस मारग ज्वैहौं।

---

① Sabha 本作 aisau。
② Gupta 本作 vaisau。
③ Gupta 本作 māṁgaige。

जौ न सूर आइहैं[1] इते पर, जाइ जमुन धँसि लैहौं[2]॥

（15/3630）

【对译】

难道教我这般死

此庭院中牛护[3]儿，何时拥入怀中抱？

何时复见他面庞，何处再获那幸福？

何时向我索奶油，何时抹在饼上予？

身命系于相见愿，些许时日望归路。

苏尔言，

此间若不返回来，自将投身叶木拿[4]。

【释译】

本诗描述的是母亲耶雪达与黑天分离之后苦苦思念时所说的话。内容大致如下：

耶雪达自言自语道："难道我再也见不到黑天了吗？难道我将这样遗憾地死去吗？我还能在这个院子里抱着小黑天走来走去吗？我什么时候才能再次见到他的面庞呢？我什么时候还能获得那样的福乐呢？小黑天什么时候再向我索要奶油呢？我什么时候才能把涂有黄油的烙饼喂给他呢？再次与他相见的愿望是我的生命得以维持的动力。再等些日子吧，如果这些天黑天还不回来，我就要跳入叶木拿河自尽了。"

本诗中，耶雪达回忆了黑天在牛村时的日常生活，即使是索要奶油等顽皮之举，此时此刻对于耶雪达都是一种溢于言表的幸福。

---

① Varma 本作 aihaiṁ。

② Sabha 本作 lehauṁ。

③ 牛护，原文为 gopāl，go 为"牛"，pāl 为"保护、养育"，因此，gopāl 字面义为"保护牛的"，译为"牛护"，黑天名号之一。

④ 叶木拿，河流名，原文为 jamun，通 Yamuna，译为"叶木拿"，位于印度北方邦，亦有译作"亚穆纳""朱木拿"等。

黑天作别后，母亲耶雪达陷入了深深的思念之中，她回想着黑天如月亮般美丽的脸庞，也回想着他可爱淘气的样子。如今，没有黑天在牛村，耶雪达痛苦不堪，生不如死。本诗表现了耶雪达因失去黑天而忧伤苦闷的生活境遇。

मथुरा प्रवेश तथा कंस-वध
入马图拉，除刚沙王

【原文】

बूझत हैं अक्रूरहिं स्याम।
तरनि किरनि महलनि पर झाईं[1], इहै मधुपुरी नाम।
स्रवननि सुनत रहत है[2] जाकौं, सो दरसन भए नैन।
कंचन कोट[3] कँगूरनि की छबि[4], मानौ[5] बैठे मैन।
उपवन बन्यौ चहूँघा पुर के, अतिहीं मोकौं भावत।
सूर स्याम बलरामहिं पुनि पुनि, कर पल्लवनि दिखावत॥
（16/3639）

【对译】

黑子询问阿格鲁尔
日光照耀宫殿上，其名乃为摩图城[6]？
耳闻其名时日久，而今亲眼将其见。

① Gupta 本作 āīṁ。
② Sabha 本作 haiṁ。
③ Varma 本作 koṭi。
④ Gupta 本作 chavi。
⑤ Varma 本作 māno。
⑥ 摩图城，原文为 madhupurī，即马图拉城。据传说，这座城市由一个名为摩图（Madhu）的阿修罗建立，madhupurī 字面义为“摩图之城”，此处译为“摩图城”。

城堡黄金雉堞美，仿若欲天[1]端端坐，
花园绕城四边见，心生欢喜我深爱。
苏尔言，
黑子遍遍指花草，示予大力罗摩瞧。

【释译】

本诗描述的是黑天一行到达马图拉城附近时所看到的城市景象。内容大致如下：

黑天、大力罗摩跟随国王刚沙的使者阿格鲁尔到达马图拉城附近时，黑天向阿格鲁尔问道："你看，太阳的光辉照耀在那边的宫殿上，熠熠生辉、光彩耀人，那里就是马图拉了吧？以前我只听说过'马图拉'这个名字，今天亲眼看见，果真不同凡响！城堡金碧辉煌，城墙散发的光辉瑰丽壮观，仿佛欲天坐在那里一样。你看，大大小小的花园点缀着这座城市，百花齐放，馥郁芬芳，太令我着迷了！"

黑天到达马图拉城附近时一身轻松，丝毫没有战斗之前的紧张情绪，竟然欣赏起马图拉城的风景来。不仅如此，"黑天遍遍指花草，示予大力罗摩瞧"——黑天还时不时指着城中的嫩芽花蕾，和大力罗摩分享自己看到如此欣欣向荣景象时的欢喜之情。黑天带着对这座城市的喜爱，带着自己的闲情逸致开始一步步走近敌人刚沙。苏尔达斯通过言语与动作的描写展现了一个镇定自若、不同寻常的少年黑天，力求渲染一种轻松祥和的气氛，并在以下描写战斗场面的诗歌中一以贯之。

① 欲天，原文为 main，通 Madan，为欲天的一个名号。

【原文】

मथुरा हरषित आजु भई।

ज्यौं जुवती पति आवत सुनि कै, पुलकित अंग मई① ।

नवसत साजि सिँगार सुंदरी, आतुर पंथ निहारति।

उड़ति धुजा तनु सुरति बिसारे, अंचल नहीँ सँभारति।

उरज प्रगट महलनि② पर कलसा, लसति पास बन सारी।

ऊँचे अटनि छाज की सोभा, सीस उचाइ निहारी।

जालरंध्र इकटक मग जोवति, किंकिनि③ कंचन दुर्ग।

बेनी लसति कहाँ छबि ऐसी, महलनि चित्रे उर्ग।

बाजत नगर बाजने जहँ तहँ, और बजत घरियार।

सूर स्याम बनिता ज्यौं चंचल, पग नूपुर झनकार॥

（17/3642）

【对译】

马图拉城今欢愉

仿若听闻夫归来，少妇全身激动喜，

梳妆打扮十六事④，美女焦急望归途。

旗帜飞扬若裙裾，忘却身躯不得控，

殿上丰乳罐塔现，周边花园纱丽美，

辉煌闪耀高楼台，昂头远眺注目望，

窗棂凝视归来路，金色城墙如腰带，

殿上绘蛇美若辫，此般妙景何处有？

城中处处乐声起，锣鼓喧天钟齐鸣，

---

① Gupta 本作 bhaī。

② Varma 本作 mahamani。

③ Varma 本作 kiṅkin。

④ 十六事，原文为 navasat siṁgār，nav 为九，sat 为七，意即有关女子梳妆打扮的十六件事，如盥洗、涂油膏、沐浴、更衣、梳头、扑粉、抹香水、涂口红等。

苏尔言，

若女脚上镯晃动，叮当作响黑子啊。

【释译】

本诗描述的是黑天到来时马图拉城的景象。内容大致如下：

阿格鲁尔听罢黑天对马图拉的赞美之辞，对黑天道："你看，今天大家知道您大驾光临，整座城市热闹非凡，处处洋溢着喜悦祥和的气氛，就好像少妇得知夫君即将归来一样激动不已，欣喜若狂。整座城市焕然一新，就像女子经过沐浴、更衣、梳头、擦粉、涂油膏、抹香水等一步步精心打扮后呈现出娇美如画的姿态一样，令人赏心悦目。你看，马图拉正等待着您的到来，如同少妇焦急地注视着夫君的归途。城中飘扬着五彩旗帜，迎风招展，如同裙裾罔顾遮盖女子的身躯而恣意飞舞。城堡顶端金黄色的罐状小塔如女子的双峰一样突显出来，丰腴圆润。城中四周的花园如女子身着的纱丽般绚烂多彩。高高的楼台在日光的照耀下熠熠生辉，看起来就像马图拉的女子正在昂首远眺。你看，那一个个窗棂仿若女子的一双双眼睛，期待着您的到来。金色的城墙就像她们金色的腰带，墙壁上刻画的蛇图就像她们的发辫，光彩夺目，美妙绝伦。这样的美景在哪里还能找到呢？"

本诗承接上一首诗，更加详尽地描写了城中旗帜、楼台、窗棂、城墙等光辉闪耀的景观。最后两句"城中处处乐声起，锣鼓喧天钟齐鸣，若女脚上镯晃动，叮当作响黑子啊"又将城中热闹非凡、喜庆欢快的场面刻画出来。整首诗静动结合，展现了马图拉辉煌盛大、鼓乐齐鸣的非凡景象。然而何以出现这番景象？实际上是为了迎接能够降魔除妖、施予恩惠的黑天的到来。因此，可以说这首诗与上一首诗交相呼应，上一首诗描述的是黑天眼中的马图拉城，而在这一首诗中苏尔达斯通过阿格鲁尔问出“此般妙景何处有”，旨在道出美景出现的原因，即只有黑天显现的地方，才会有这样的景象出现。此处，苏尔达斯借助马图拉城的景象表达了对至上神明黑天的膜拜与崇敬之情。本诗以城市景观为本体，以女子为喻体，既描写了壮丽美景，同时又通过梳妆、衣着、身体、发辫、脚镯以及神情等细节将马图拉女子翘首企盼黑天的渴望之情表达出来，景观与女子虽合二为一，但表达意义却不尽相同，可谓一箭双雕。

【原文】

मथुरा पुर मैं सोर पर्यौ।
गरजत कंस बंस सब साजे, मुख कौ नीर हर्यौ।
पीरौ भयो①, फेफरी अधरनि, हिरदै② अतिहि डर्यौ।
नंद महर के सुत दोउ सुनि कै, नारिनि हर्ष भर्यौ।
कोउ महलनि पर कोउ छज्जनि पर, कुल लज्जा न कर्यौ।
कोउ धाईं पुर गलिन-गलिन ह्वै, काम धाम बिसर्यौ।
इंदु बदन③ नव जलद सुभग तनु, दोउ खग नयन कर्यौ।
सूर स्याम देखत पुर नारी, उर उर प्रेम भर्यौ॥
（18/3644）

【对译】

马图拉城遍喧闹

下令族众准备好，刚沙吼叫口舌燥，
嘴唇干裂脸蜡黄，恐惧慌乱心惶惶。
难陀族主之二子，众女听闻满心喜。

① Varma 本作 bhayau。
② Varma 本作 hiraday。
③ Gupta 本作 vadan。

你上宫殿我登台，家族荣誉无顾及，

城中小巷某奔跑，全然忘却家务事。

新云美身如月颜，双目变为鹧鸪鸟[①]。

苏尔言，

城中众女见黑子，颗颗心中爱意满。

【释译】

本诗描述的是听闻黑天来临，国王刚沙与马图拉城女子截然不同的反应。内容大致如下：

在阿格鲁尔的带领下，黑天和大力罗摩一行到达马图拉城。此时此刻，城中人声鼎沸，欢声雷动，大家都叫喊着："快看，快看，黑天来了，黑天来了！"然而，国王刚沙此刻却忐忑不安，惊慌失措。他大声命令所有人检查自己的装备，全副武装，以便随时应战。一听见"黑天"两个字，刚沙王便吓得面无血色，嘴唇干裂，心慌意乱，惊恐万状。而城中女子听说难陀的两个儿子已经到来，心中却十分欢喜。她们有的爬上城墙，有的站上房顶，有的放下手中的家务纷纷从各条小巷跑来。她们为了见到黑天，丝毫不顾家族的荣誉。她们将自己的双眼变成鹧鸪鸟，这样就可以专心致志地凝视黑天如月亮一般的面容和如新云一样的青黑色身躯了。

本诗承接上一首诗。上一首诗将女子作为喻体间接含蓄地描写其渴求见面、激动不安的情状，而本首诗直截了当地将女子的所作所为、所思所想表达出来。本诗最后一句苏尔达斯的诗外音"城中众女见黑子，颗颗心中爱意满"，为本诗的点睛之笔，将女子见到黑天

① 此处指的是鹧鸪鸟望月的故事。鹧鸪鸟因对月亮的爱恋整夜目不转睛地注视着月亮。在看不见月亮的时候，鹧鸪鸟将火光误以为是月光，于是啄食火苗，因此它被认为以食火为生。在印度，文学家经常借用鹧鸪鸟这一意象表达对某人或某物虔诚专一、苦苦追寻的思想感情。

心中即刻充满虔诚之爱、心潮涌动之情一语告破。此外，本诗中刚沙王闻风丧胆、城中女子欢欣鼓舞，两者反应如此之大，形成鲜明对比。由此，黑天除民害、得民心的高大仁爱形象得以间接地体现出来。

【原文】

ढोटा नंद कौ यह री।

नाहिँ जानति बसत ब्रज① मैं, प्रगट गोकुल री।

धर्यौ गिरिवर बाम कर जिहिँ, सोई है यह री।

दैत्य सब इनहीँ सँहारे, आपु भुज बल री।

ब्रज② घरनि जो करत चोरी, खात माखन री।

नंद घरनी जाहिँ③ बाँध्यौ, अजिर ऊखल री।

सुरभि ठान④ लिये बन⑤ तैँ आवत, सबहि⑥ गुन इन री।

सूर प्रभु ये सबहि लायक, कंस डरै जिन री।

（19/3646）

【对译】

此乃难陀小儿郎

伯勒杰地之中住，现身牛村岂不知？

左手托起妙山者，此人其实就是他。

凭借自己臂膀力，妖魔鬼怪他尽除。

光顾各家吃奶油，伯勒杰地他小偷。

① Gupta 本作 vraj。
② Gupta 本作 vraj。
③ Gupta 本作 jāhi。
④ Gupta 本作 gan。
⑤ Gupta 本作 van。
⑥ Varma 本作 sabahiṁ。

庭院之中木臼上，难陀妻子将他绑。

带牛群自林中返，所有功德尽属他。

苏尔言，

胜任一切此胜尊，刚沙恐慌惧怕他。

【释译】

本诗描述的是一位马图拉女子向他人介绍黑天的诸般事迹。内容大致如下：

一位马图拉女子道："这就是难陀的儿子。难道你不知道吗？他住在伯勒杰，现身于牛村。就是他用左手托起了牛增山，一直坚持了七天七夜，拯救了伯勒杰百姓的生命。就是他凭借自己的力量打败了所有的妖魔鬼怪。就是他窜进伯勒杰各家各户偷吃奶油，难陀的妻子耶雪达还因此把他绑在了院中的木臼上，以示惩罚。就是他白天在沃林达林放牛，傍晚赶着牛群哼着牧歌返回牛村。这些都是黑天的功德。"

黑天到达后，马图拉城热闹一片，城中女子纷纷跑来，只为一睹黑天尊容。本诗通过一位马图拉女子之口回顾了黑天在牛村的各种功绩，将黑天顽皮淘气的可爱形象和庇护民众的英勇形象展现出来，以表赞颂。言语之间显露出马图拉女子们对黑天早已久闻大名、如今终可目睹真容的激动心情。本诗最后一句苏尔达斯的诗外音"胜任一切此胜尊，刚沙恐慌惧怕他"，借恶王刚沙反衬黑天的无所不能。本诗可视为马图拉女子对黑天的称颂之辞。

【原文】

भए सखि नैन सनाथ हमारे।

मदनगोपाल देखतहिं सजनी, सब दुख सोक बिसारे।

पठये हे[1] सुफलक सुत गोकुल लैन, सो इहाँ सिधारे।
मल्ल जुद्ध प्रति कंस कुटिल मति, छल करि इहाँ हँकारे।
मुष्टिक अरु चानूर सैल सम, सुनियत हैं अति भारे।
कोमल कमल समान देखियत, ये जसुमति के बारे।
होवे जीति बिधाता[2] इनकी, करहु सहाइ सबारे[3]।
सूरदास चिर जियहु दुष्ट दलि, दोऊ नंद दुलारे[4]॥
（20/3651）

【对译】

女伴啊，我等双眼终有主

迷醉牛护[5]瞧望见，悲苦皆忘女伴啊。
遣去苏普勒格子，携他到此自牛村。
心智狡诈之刚沙，设局角力唤至此。
穆希提克[6]迦奴尔[7]，听闻强壮如大山，
耶雪达之此儿郎，看似柔弱同莲花。
造物[8]速速予帮助，以使他等获胜利。
苏尔达斯言，
难陀爱儿两兄弟，消灭敌人寿无疆。

【释译】

本诗描述的是马图拉女子祈求造物主帮助黑天和大力罗摩两兄弟消灭刚沙、获取胜利的言辞。内容大致如下：

---

① Sabha 本作 haiṁ。
② Varma 本作 vidhātā。
③ Varma 本作 savāre。
④ Gupta 本作 dulārai。
⑤ 迷醉牛护，原文为 madanagopāl，madan 意为“迷醉的，沉醉的”，gopāl 意为“牛护”，因此，madanagopāl 译为“迷醉牛护”，黑天的名号之一。
⑥ 穆希提克，原文为 muṣṭik，国王刚沙的一名大力士。
⑦ 迦奴尔，原文为 cānūr，国王刚沙的一名大力士。
⑧ 造物，原文为 bidhātā，意为“创作者、造物主”，也可作大神梵天、毗湿奴或湿婆的一个称号。此处译为“造物”。

马图拉的女子见到黑天和大力罗摩之后互相谈论着黑天以前在牛村的各种功行，说道：“嗨，女伴们，我们的双眼见到黑天和大力罗摩就如同拥有了主人一样，从此有了归属感，从此不再伶仃孤苦。一见到黑天，我们就忘记了所有的痛苦和悲伤，满心皆是得见黑天的喜悦和欢愉。你们知道吗？是刚沙王下令派遣苏普勒格的儿子阿格鲁尔到牛村把黑天带到城里。我们这才得以目睹他的真容。听说，刚沙王生性凶恶残暴，为骗取黑天的到来处心积虑设计了一场摔跤比赛，他的大力士穆希提克和迦奴尔像大山一样强壮，力大无比，而耶雪达的孩子黑天看起来却像莲花一样柔弱，他怎么打得过那些大力士呢？造物主啊，快来帮帮黑天和大力罗摩吧，让他们取得胜利吧！”

本诗中，马图拉城的女子看到黑天柔弱的身躯便由最初的兴奋激动陷入焦急与担忧之中。她们祈求造物主施予帮助，表达了她们对黑天的怜爱之情。殊不知，黑天看似柔弱，却战无不胜。本诗最后一句“难陀爱儿两兄弟，消灭敌人寿无疆”是苏尔达斯的诗外音，他为难陀的儿子黑天和大力罗摩呐喊助威，并以全知者的视角确信二人一定能够打败国王刚沙，永生不灭，同时表达了自己对黑天的赞颂与崇敬之意。

【原文】

धनुषसाला चले नँदलाला।

सखा लिए संग प्रभु रंग नाना करत, देव नर कोउ न लखि सकत ख्याला।

नृपति के रजक सौं भेंट मग मैं① भई, कह्यौ दै बसन हम पहिरि जाहीं②।

---

① Varma 本作 meṁ。

② Varma 本作 jāhī。

बसन ये नृपति के जासु की प्रजा तुम, ये बचन① कहत मन डरत नाहीँ।

एक ही मुष्टिका प्रान ताके गए, लए सब बसन कछु सखनि दीन्हे।

आइ दरजी गयौ बोलि ताकौँ लयौ②, सुभग अँग साजि उन विनय③ कीन्हे।

पुनि④ सुदामा कह्यौ गेह मम अति निकट, कृपा करि तहाँ हरि चरन धारे।

धोइ पद कमल पुनि हार आगैँ धरे, भक्ति दै, तासु सब काज सारे।

लिए चंदन बहुरि आनि कुबिजा मिली, स्याम अँग लेप कीन्हौ⑤ बनाई।

रीझि तिहिँ रूप दियौ अंग सूधौ कियौ, बचन सुभ भाषि निज गृह पठाई।

पुनि गए तहाँ जहँ धनुष, बोले सुभट, हौँस जनि मन करौ बनबिहारी।

सूर प्रभु छुवत धनु टूटि धरनी पर्यौ, सोर सुनि कंस भयौ भ्रमित भारी॥

（21/3666）

【对译】

难陀儿赴置弓处⑥

胜尊携伴做诸戏，人神无一能料及。

路遇国王洗衣匠，令予我衣穿上走。

此衣属王你臣民，口出此言心不怕？

一拳毙命衣皆夺，些许分予诸伙伴。

有裁缝来即唤停，装扮美身恭敬他。

苏达玛言我家近，诃利施恩彼处临，

濯莲足又戴花环，予他虔爱万事成。

复遇驼女⑦持檀来，细细涂抹黑子身，

---

① Gupta 本作 vacan。

② Gupta 本作 layo。

③ Sabha 本作 binay。

④ Varma 本作 suni。

⑤ Gupta 本作 kīnhī。

⑥ 置弓处，原文为 dhanuṣasālā，通 dhanuṣaśālā，指刚沙王专门放置弓弩和准备弓祭的地方，此处译为“置弓处”。

⑦ 驼女，原文为 kubijā，是国王刚沙的女仆。kubj 一词本义为“驼背的”，因此，kubijā 译为“驼背女”，此处因字数限制，缩译为“驼女”。

心喜赐美背舒展，吉言遣其回自家。

随后来到置弓处，力士高声威吓言：

林中嬉戏小孩童，莫要胆大妄作为！

苏尔言，

胜尊触弓断坠地，刚沙闻喧深迷惑。

【释译】

本诗描述的是黑天和伙伴前往国王刚沙的置弓处并触断弓弩的情节。内容大致如下：

难陀的儿子黑天带着自己的伙伴们一路玩耍，来到了国王刚沙放置弓弩的地方。由于他们的轻松恣意，不论天神还是凡人都没有仔细考虑他们的意图何在。

途中，他们遇到了刚沙王的洗衣匠。黑天调皮地对那个洗衣匠说：“你快把这些衣服给我们，我们要穿上再走。”洗衣匠听到这样的狂言，愤怒地说道：“这是国王的衣服，你是他的臣民。你口出狂言，竟敢索要国王的衣服，你难道一点都不害怕吗？你难道不知道这样做的后果吗？”听罢此言，黑天上前一拳击向洗衣匠，瞬间夺走了他的性命。黑天取来了所有的衣服并分给了众伙伴，大家穿戴好后继续往前走。

不久，他们遇上了国王刚沙的一个裁缝。黑天即刻叫住了那个裁缝，裁缝趋步前来，并为他美丽的身躯缝制了合适的衣服，随后，毕恭毕敬地向黑天行了触足礼。

此后，他们遇到了国王刚沙的园丁苏达玛。苏达玛向黑天请求道：“我家离这儿非常近，请您赏光莅临。”黑天向他施予恩惠并前往他家。苏达玛为黑天洗濯美丽的莲花足，然后为他献上由各色鲜花串成的花环。相应地，黑天给予了他仁慈的爱意，并且让他所有的愿望均得以实现。

随后，他们遇到了手拿檀香的驼背女，她将所有的檀香仔细地涂抹在黑天身上。黑天看到她对自己如此虔诚，心中十分欢喜，于是主动消除了她的驼背之苦，让她变成了一位美女。此后，黑天还赐她吉言，让她返回家中。

最后，他们来到了放置弓弩的地方。守护的勇士看到一帮小孩朝这边走来，于是吼道："你们这些在森林里游玩的小孩儿，不要触碰这张弓！"但是，黑天偏要碰一碰。不料想，经黑天的手一碰，弓就断了，掉在了地上。刚沙王听见巨响，陷入了深深的疑惑之中，不知道到底发生了什么。

本诗所渲染的气氛与第 16 首诗一致，即黑天轻松自若地前往战斗场，正如"胜尊携伴做诸戏，人神无一能料及"所言，无论是天神还是凡人都没有意识到这是即将前往战场的黑天。此后，诗中的"一拳毙命"和"触弓即断"等情节亦充满传奇色彩，使得本应在紧张气氛中互相搏斗的场面变得如此滑稽有趣，就像孩子们在做游戏一样。在常人看来异常艰难的事情在黑天那里却如探囊取物，手到擒来。虽然此时的黑天尚为少年，但苏尔达斯借此突出展示了黑天作为神明所具有的毁山转海的力量和无懈可击的本领，展现了一位少年英雄挺身而出、万夫莫当的勇敢形象。与此同时，黑天在遇到虔诚信奉自己的人时，毫不犹豫地"施恩惠遂诸愿"和"赐美貌舒展背"。他不顾信徒的身份，只要具有虔诚之心，尽接纳并仁爱施恩。本诗作为黑天消灭刚沙王的序曲，展现了黑天骁勇无敌的英雄气概以及宽广仁慈的博爱胸怀。

【原文】

सुनिहि महावत बात हमारी।

बार बार संकर्षन भाषत, लेत नाहिं ह्याँ तैं गज टारी।

मेरौ कह्यौ मानि रे मूरख, गज समेत तोहिं डारौं मारी।

द्वारैं खरे रहे हैं कबके, जनि रे गर्व करहि जिय भारी।

न्यारौ करि गयंद तू अजहूँ, जान देहि कै आपु सँभारी।

सूरदास प्रभु दुष्ट निकंदन, धरनी भार उतारनकारी॥

（22/3671）

【对译】

象夫听我言

拉转① 遍遍言说道：怎不自此牵象走？

笨蛋且当听我言：你与象王齐消灭，

早已站立在门口，狂妄骄横心莫做，

你牵象王即刻离，让路抑或自应对。

苏尔达斯言，

胜尊消灭恶人者，卸除大地重负者。

【释译】

本诗描述的是大力罗摩对赶象人呵斥威胁的言语。内容大致如下：

大力罗摩道："象夫，你听我说！我屡次跟你说把大象从这里牵走，但你却不听我的话。你这个笨蛋，照我的话做，否则，我不仅会把大象打死，连你也不放过。我们早就站在门口了，可你却蛮横地阻挡我们的去路。不要这么傲慢，快把大象牵走，让我们进去。

① 拉转，原文为 saṃkarṣan，通 Saṃkarṣaṇ，字面义为"拉、拖、拽"。据传说，提婆吉的第七胎通过神力被转移到富天的另一位妻子罗醯尼腹中，此后，罗醯尼生下一子，即大力罗摩。此处译为"拉转"，是大力罗摩的名号之一。

如果你不这样做，那就准备送命吧。”

本诗承接上一首诗，进一步推动黑天消灭国王刚沙的情节。黑天触断弓弩后，继续前行，来到了城门前，遇到了国王刚沙的战象与象夫。这段言语表现了大力罗摩的英勇气魄。本诗主体部分以大力罗摩为核心，这在《苏尔诗海》中并不多见。然而，本诗最后一句又回到黑天身上，苏尔达斯通过“胜尊消灭恶人者，卸除大地重负者”赞颂黑天骁勇善战的英雄气概，以及拯救众生的仁爱形象。

【原文】

तब रिस कियौ महावत भारि① ।
जौ नहिं आज मारिहौं इनकौं, कंस डारिहै मारि② ।
आँकुस राखि कुंभ पर③ करष्यौ, हलधर उठे हँकारि④ ।
धायौ पवनहुँ तैं अति आतुर, धरनी दंत⑤ खंभारि⑥ ।
तब हरि पूँछ गह्यौ दच्छिन कर, कंबुक⑦ फेरि सिर वारि⑧ ।
पटक्यौ भूमि फेरि नहिं मटक्यौ, लीन्हौ दंत उपारि⑨ ।
दुहुँ कर दुरद दसन इक इक छबि, सो निरखतिं पुरनारि⑩ ।
सूरदास प्रभु सुर सुखदायक, मार्यौ नाग पछारि⑪ ॥
（23/3677）

---

① Gupta 本作 bhārī。
② Gupta 本作 mārī。
③ Gupta 本作 pai。
④ Gupta 本作 haṁkārī。
⑤ Gupta 本作 det。
⑥ Gupta 本作 khaṁbhārī。
⑦ Gupta 本作 kaṃduk。
⑧ Gupta 本作 vārī。
⑨ Gupta 本作 upārī。
⑩ Gupta 本作 puranārī。
⑪ Gupta 本作 pachārī。

【对译】

彼时象夫怒气盛

今日若不杀他俩，刚沙将夺性命去。

铁钩置于耳上拽，持犁大吼迎挑战。

疾步狂奔胜似风，牙齿打颤大地震。

彼时右手抓象尾，诃利绕头甩大象，

摔死地上动不得，连根拔出大象牙。

二人手各一象牙，城中女观此壮景。

苏尔达斯言，

胜尊予神福乐者，击倒大象毙其命。

【释译】

本诗描述的是黑天打败战象的过程。内容大致如下：

这个时候，赶象人非常生气，自言自语道："今天我要是不杀死你们这两个小孩儿，就会被国王刚沙杀掉。"想到这儿，赶象人用象钩勒紧大象的耳朵，用力拽向自己一边。不远处，大力罗摩大声吼叫，准备迎接挑战。此时，只见战象疾步奔来，速度堪比风速，大地被震得隆隆作响，四周观战的人们吓得浑身发抖。黑天眼看着发狂的大象朝自己飞奔而来，却临危不惧。他身手敏捷，瞬间用右手捉住象尾，像球一样抡起大象，绕着自己的头顶甩转几周，随后将大象摔在地上，大象即刻便动弹不得。黑天打败战象，拔出象牙，与大力罗摩两人手中各持一颗，昂首挺胸，气宇轩昂。这种景象甚为壮观，城中女子或在房檐上或在宫殿上，都目不转睛地注视着战场上熠熠生辉的两位英雄，深深为他们感到骄傲，同时陷入了对他们的爱慕之情中。

本诗承接上一首诗，大力罗摩起初提醒并劝告象夫尽早离开战场，尚可获得一条生路，但他却不愿善罢甘休，执意挑起事端准备一决雌雄。本诗是黑天与战象之间展开的最后一个回合，同样展现了黑天力大无穷的能量与处乱不惊、机智勇猛的英雄形象。本诗最后一句“胜尊予神福乐者，击倒大象毙其命”是苏尔达斯的诗外音，他以全知者的视角赞颂了黑天是给予天神福乐的至高存在，是打败战象冠蓝莲的英雄。

【原文】

एई सुत नंद अहीर के।
मार्यौ रजक बसन① सब लूटे, संग सखा बल बीर के।
काँधे धरि दोऊ जन आए, दंत कुबलयापीर के।
पसुपति मंडल मध्य मनौ मनि, छीरधि नीरधि नीर के।
उड़ि आए तजि हंस मात मनु, मानसरोवर② तीर के।
सूरदास प्रभु ताप निवारन, हरन संत दुख पीर के॥
（24/3682）

【对译】

此乃牧人难陀子
大力弟杀洗衣匠，尽夺衣装偕伙伴。
肩扛冠蓝莲③象牙，二人威武前来至。

① Gupta 本作 vasan。
② Sabha 本作 mānasarobar。
③ 冠蓝莲，原文为 kubalayā，通 Kubalayāpīḍ。其中 kubalay，通 kuvalaya，意为“生长在水中的莲花”，通常指蓝色的莲花；āpīḍ 意为“戴在头上的东西”。此处意译为“冠蓝莲”，是国王刚沙的一头战象的名字。

兽主[①]之于众人间，仿若乳海之摩尼[②]。

宛若天鹅弃母至，飞离玛纳斯湖[③]畔。

苏尔达斯言，

消解痛楚之胜尊，祛除修行者之苦。

【释译】

本诗描述的是马图拉女子口中的黑天的光辉形象。内容大致如下：

马图拉的女子看到黑天英勇打败战象冠蓝莲后，这样道："这就是牧人难陀的儿子。就是他，带着大力罗摩和伙伴们打死了国王的洗衣匠，抢走了他所有的衣服。两兄弟现在肩扛冠蓝莲象牙，雄赳赳、气昂昂地走过来。黑天在这些牧童中就如同乳海中的摩尼宝石一样光彩耀目。黑天和大力罗摩像两只玛纳斯湖畔的天鹅，将自己的母亲抛弃在那里，飞来此处。他们在战场上英姿飒爽、威风凛然。"

看到黑天和大力罗摩胜利后，马图拉的女子不禁赞颂黑天如摩尼宝石般光辉闪耀，她们心中对黑天不由生出钦佩之情与爱慕之意。本诗最后一句"消解痛楚之胜尊，祛除修行者之苦"是诗人苏尔达斯的诗外音，他赞颂黑天是祛除修行者苦痛的人，是为他们消除灾难的人。以上三首诗表现的是黑天和大力罗摩与象夫、战象之间的较量，这是黑天为消灭国王刚沙前往王宫途中遇到的第一关挑战，下面即将展开的是两兄弟与大力士之间的争斗。

---

① 兽主，原文为 pasupati，通 Paśupati，字面义为"鸟兽之主"，译为"兽主"，此处指黑天。

② 摩尼，原文为 mani。根据印度神话传说，众天神与阿修罗为求得"不死甘露"，决定一起搅拌乳海。在此过程中，海中依次出现月亮、吉祥天女、宝石、酒神、牛、如意树、白马、大象、毒药等。摩尼即为搅出的宝石。

③ 玛纳斯湖，原文为 Mānasarovar，是印度教圣地之一。根据印度教传统，天鹅兼具美丽与智慧，夏日栖息在玛纳斯湖畔。

【原文】

सुनौ[1] हो बीर[2] मुष्टिक चानूर सबै, हमहिँ नृप पास नहिँ जान दैहौ।
घेरि[3] राखे हमैं, नहीँ बूझे[4] तुम्हैं, जगत मेँ[5] कहा उपहास लैहौ।
सबै यहै कैहै[6] भली मति[7] तुम पै है, नंद के कुँवर दोउ मल्ल मारे।
यहै जस लेहुगे, जान नहिँ देहुगे, खोजहीँ परे अब तुम हमारे।
हम नहीँ कहैं तुम मनहिँ जौ यह बसी, कहत हौ कहा तौ करौ तैसी।
सूर हम तन निरखि देखियै आपुकौं, बात तुम मनहिँ यह बसी नैसी॥
(25/3688)

【对译】

所有勇士且听好

所有勇士且听好，穆希提克迦奴尔，
阻挡我们前行路，不让去往国王处。
拦阻我等你不知，讨取世间何笑话？
众人言你真聪明，二勇亡于难陀子！
为获此誉不让路，现你将我来纠缠。
你心存此我不言，快快动手言无益。[8]
苏尔言，
看看我等复看己，你此心思很危险。

---

① Sabha 本作 suno。
② Gupta 本作 vīr。
③ Varma 本作 ghari。
④ Gupta 本作 būjhai。
⑤ Varma 本作 maiṁ。
⑥ Gupta 本作 kaihaiṃ。
⑦ Varma 本作 mat。
⑧ 此句是大力士对黑天的回话。

【释译】

本诗描述的是黑天与大力士的对话。内容大致如下：

打败战象后，黑天遇到了国王刚沙的大力士们，黑天高声喝道：“穆希提克、迦奴尔，还有所有的大力士，你们听着！你们是在阻止我们继续前行，阻止我们到达刚沙的王宫吗？你们紧紧把我们包围，简直不知好歹！难道你们不知道吗？这样阻拦我们，将会被世人所耻笑。将来，所有人都会说：‘他们号称大力士，却被难陀家的两个小孩子打败了。’你们这样声势浩大，是想获得这样的‘赞誉’吗？看来，你们真是为了获得这样的名声不让我们去见国王，才要死死地纠缠我们。”

大力士听罢此言怒火中烧，吼道：“你在我们面前耍滑头，我也没什么好说的了，别废话，赶紧动手吧。你看看我们，再看看你自己，我们是如此强壮的大力士，你们就是两个毛头小儿，想打败我们？这种想法会让你身处险境的。”

本诗中，黑天机智地嘲讽了自不量力的大力士，羞辱了他们的自尊。黑天的威吓之言激起了大力士的愤怒，加快了与大力士进行决斗的进程。大力士自信于身躯的强壮力量，藐视了黑天和大力罗摩弱小的体格，不听黑天的警告执意一决雌雄。殊不知，在瘦弱的体格之内蕴藏了巨大的能量，而这种能量在接下来的争斗中将一触即发。

【原文】

गह्यौ कर स्याम भुज मल्ल अपने धाइ, झटकि लीन्हौ तुरत पटकि धरनी।

भटकि अति सब्द भयौ, खटक नृप के हियैँ, अटकि① प्रानिनि पर्यौ चटक करनी।

① Gupta 本作 aṭak。

लटकि निरखन लग्यौ मटक सब भूलि गइ, हटक करि देउँ इहै लागी।
झटकि कुंडल निरखि, अटक ह्वैकै गयौ, गटकि सिल[1] सौं रह्यौ मीच जागी।[2]
मल्ल जे जे रहे सबै मारे तुरत, असुर जोधा सबै तेउ सँहारे।
धाइ दूतनि कहयौ, मल्ल कोउ न रह्यौ, सूर बलराम हरि सब पछारे॥

（26/3692）

【对译】

摔跤斗士奔跑来

摔跤斗士奔跑来，亲手抓持黑子臂，
黑子即刻甩挣脱，随后将其摔在地。
巨响使王心惶然，呼吸骤停命若悬，
骄横尽失垂头探，觉此应当去拦阻。
见耳环动心惊愕，仿若吞石死神[3]醒。
余下力士他速败，复诛斗士阿修罗。
使者疾步禀告言：无一力士得幸免。
苏尔言，
大力罗摩与诃利，击倒诛灭所有人。

【释译】

本诗承接上一首诗，描写的是黑天和大力罗摩打败所有勇士以及阿修罗的场面。内容大致如下：

大力士看见国王刚沙的战象已被黑天打败，怒火中烧，心想一定要为它们报仇。迦奴尔快速跑来一把抓住黑天的手臂，黑天即刻甩开了他，挣脱束缚，反将他摔倒在地。迦奴尔摔在地的巨大声响传到国王刚沙的耳中，国王顿时心生疑虑，惶恐不安，暗

① Gupta本无此词。
② Gupta本在此句后多一诗行：muṣṭikai maradi, cānūr cirakuṭ kiyo, kaṃs ko kamp, raṅgabhūmi rāṅgī。
③ 死神，原文为 mīc，字面义为“死亡”，此处引申译为“死神”。

自心想可能是大力士被打死了。想着想着，刚沙王感到自己如今已经命悬一线、危在旦夕了。他低垂着脑袋，失魂落魄地呆望着。此刻，他所有的威风与傲慢都消失得无影无踪了。他心想，我应该上前阻止他们的，可是如今一切都于事无补了。迦奴尔看到黑天晃动的耳环呆若木鸡，就像正在吞咽一块石头一样，此时他感到死神已经苏醒并正向自己走来。随后，黑天和大力罗摩将刚沙王派来的大力士一一摔倒在地，他们还打败了其他所有的阿修罗和勇士。这时，一名使臣疾步上前禀告国王刚沙：“所有人都战败了，无一幸免。”

以上两首诗展现的是黑天和大力罗摩与国王刚沙的大力士之间的较量。兄弟二人将所有的战士都消灭了，为消灭刚沙又前进了一步。与此同时，刚沙似乎已经意识到自身岌岌可危的处境中，他威风尽失、惶恐不安的国王形象渐渐显露出来。本诗最后一句“大力罗摩与诃利，击倒诛灭所有人”同样也是苏尔达斯的诗外音，作为诗人，他赞颂了黑天和大力罗摩的英勇行为，再一次向他们表达了自己的崇敬之情。

【原文】

नवल नंद नंदन रंगभूमि राजैं।

स्याम तन, पीत पट मनौ घन मैं तड़ित, मोर के पंख माथैं बिराजैं।

स्रवन कुंडल झलक मनौ चपला चमक, दृग अरुन कमल दल से बिसाला।

भौंहँ① सुंदर धनुष, बान सम सिर तिलक, केस कुंचित सोह भृंग माला।

हृदय बनमाल, नूपुर चरन लाल, चलत गज चाल, अति बुधि बिराजैं② ।

---

① Varma 本作 bhauṁh，Gupta 本作 bhauṃheṃ。

② Varma 本作 birājai。

हंस मानौ मानसर अरुन अंबुज सुभर, निरखि आनंद करि हरषि गाजैं।
कुबलया मारि चानूर मुष्टिक पटकि, बीर दोउ कंध गज दंत धारे।
जाइ पहुँचे तहाँ कंस बैठ्यौ जहाँ, गए अवसान प्रभु के निहारे।
ढाल तरवारि आगैं धरी रहि गई, महल कौ पंथ खोजत न पावत।
लात कैं लगत सिर तैं गयौ① मुकुट गिरि, केस गहि लै चले② हरि खसावत।
चारि भुज③ धारि तेहिँ चारु दरसन दियौ, चारि आयुध चहूँ हाथ लीन्हे।
असुर तजि प्रान निरवान④ पद कौं गयौ, बिमल⑤ मति भई प्रभु रूप चीन्हे।
देखि यह पुहुप वर्षा करी सुरनि मिलि, सिद्ध गंधर्व जय धुनि सुनाई।
सूर प्रभु अगम महिमा न कछु कहि परति, सुरनि की गति तुरत असुर पाई॥
（27/3697）

【对译】

年轻难陀子战场闪光辉

蓝黑身披黄衣衫，宛若云间闪电光，
头戴美丽雀翎冠，熠熠生辉现光彩，
耳环闪光如闪电，红莲花瓣大眼睛，
额志似箭眉美弓，卷发迷人黑蜂群，
胸前佩戴野花环，红足佩镯叮当响，
稳健有力似象步，无比智慧耀光辉。
玛纳斯湖满红莲，既见欢呼如天鹅。⑥
摔死两位大力士，穆希提克迦奴尔。

---

① Gupta 本作 gayauṃ。
② Gupta 本作 calai。
③ Varma 本作 bhujā。
④ Gupta 本作 nirabān。
⑤ Varma 本作 vimal。
⑥ 玛纳斯湖，原文为 Mānasar，是印度教圣地之一。根据印度教传统，天鹅兼具美丽与智慧，夏日栖息在玛纳斯湖畔。此处作者将黑天喻为天鹅，旨在表达黑天在战场上获胜后与天鹅看到玛纳斯湖之后一样欢欣雀跃。

杀死大象冠蓝莲，肩扛象牙两英雄。

胜尊来到王座前，刚沙既见魂魄散，

座前盾剑犹然在，宫殿之路[①]寻不得。

一蹴王冠从头落，诃利扯发拖其走。

四臂形相四方现，四般兵器四手握。

刚沙国王阿修罗，丢掉性命获解脱，

辨识胜尊色相身，心智转变纯无瑕。

众神齐聚观此景，降下花雨同喜乐，

乾达婆[②]与修行者，欢呼雀跃庆胜利。

苏尔言，

胜尊至大无言表，阿修罗即入神趣。[③]

【释译】

本诗描述的是黑天与大力罗摩在战场上获胜后熠熠生辉的形象以及众神与修行者为其欢庆胜利的场景。内容大致如下：

在摔跤场上，少年黑天打败了所有敌人，胜利的光辉照耀四方。

肤色蓝黑的黑天身着黄袍，如同闪电穿过云层一般耀眼夺目。他头戴雀翎冠、双耳坠环，熠熠生辉。他的双眸就像红莲花的花瓣一样美丽迷人。他的眉毛如弯弓，点在额头的符志像弓箭的箭矢一样，卷发恰似一群黑蜂，招人喜爱。他胸前戴着色彩鲜艳的花环，脚底涂满红色的颜料。他走起路来，步伐稳健有力，如大象一样，脚镯随之叮当作响。此时此刻，黑天的智慧之光照

---

① 宫殿之路，指的是刚沙王为藏身保命寻找返回宫殿的路。

② 乾达婆，原文为 gandharv，即伎乐天，是主管歌舞音乐的天神。

③ 此处的“趣”原文为 gati。在印度哲学中，有关“趣”的说法有很多种，比如“三界五趣”和“六趣”以及“七趣”等。趣是趣向的意思，因此，“六趣”又被称为“六道”，包括地狱趣、饿鬼趣、畜生趣、阿修罗趣、人趣以及天趣，这首诗中刚沙王是阿修罗，被黑天杀死后获得解脱，因此，刚沙王由阿修罗趣进入了天趣即神趣。

耀四方。他神采奕奕，就像天鹅看到玛纳斯湖开满红莲花一样欣喜万分。

黑天和大力罗摩兄弟二人在摔跤场上一同杀死了名为冠蓝莲的战象，打败了大力士穆希提克和迦奴尔。此后，两位英雄肩扛象牙向刚沙王走去，气势如虹。看到黑天走来，刚沙王顿时失魂落魄，不知所措。他在慌乱之中四处逃窜，走投无路，连自己的宝剑和盾牌都忘记拿了。正在这时，黑天猛踢刚沙王一脚，王冠从他的头顶滑落到了地上。黑天揪着刚沙王的头发，拖着他走出宫殿之外并亲手杀死了他。此时，黑天展现出了拥有四只手臂的神相，他的四只手中拿着四种武器。刚沙王被黑天杀死后获得解脱并识出黑天的神相，获得了纯洁的心智。众天神看到了这般壮观的景象，聚在一起，撒下花雨，庆祝两位英雄的胜利。修行者和乾达婆也开始欢庆这一吉祥的时刻。

至此，黑天和大力罗摩诛灭刚沙王及其族众的情节结束。在本诗之前的叙事中，黑天和大力罗摩兄弟已经教训了冒犯他们的国王臣属，不费吹灰之力击败了战象冠蓝莲，打倒了刚沙王如山一般威武的大力士，更不用说众多普通的兵勇了。这首诗既是对之前战斗情节的回顾，也以刚沙王伏诛将黑天推翻暴君的故事推向了高潮。最后苏尔达斯赞颂道："胜尊至大无言表，阿修罗即入神趣。"至上伟大的黑天施予恩惠，使得身为阿修罗的刚沙王得以解脱，进入了天神的世界。本诗着重展现了难陀之子黑天的英勇和神性。作者主要运用比喻的修辞手法，为读者呈现出黑天获胜后光辉威武的英姿。与上几首一样，苏尔达斯在最后歌颂了黑天的功行，表达了自己的虔诚敬拜之情。

诛灭刚沙王为黑天作为少年英雄的故事画上了一个句号，此后的黑天摄政王国，开始以一个贤德的君王身份出现在世人的面前。

उग्रसेन को राज्य-प्रदान

将王权施予乌格尔森

【原文】

उग्रसेन कौं दियौ हरि राज।

आनँद मगन सकल पुरवासी①, चँवर② डुलावत श्री ब्रजराज③।

जहाँ तहाँ तैं जादव आए, कंस डरनि जे गए पराइ।

मागध सूत करत सब अस्तुति, जै जै जै श्री जादवराइ।

जुग जुग बिरद यहै चलि आयौ, भए बलि के द्वारैं प्रतिहार।

सूरदास प्रभु अज अबिनासी, भक्तनि④ हेत लेत अवतार॥

（28/3704）

【对译】

诃利予乌格尔森⑤王位

全城居民喜沉醉，吉祥伯王⑥拂尘摇。

惧怕刚沙别处去，雅度族人得返回。

歌者吟游诗人颂：胜利吉祥雅度王⑦！

---

① Varma 本作 purabāsī。

② Varma 本作 cambar。

③ Gupta 本作 vrajarāj。

④ Varma 本作 bhaktan。

⑤ 乌格尔森，原文为 ugrasen，是刚沙王的父亲，被刚沙软禁在监狱中，黑天杀掉刚沙王以后使他再次获得王权。

⑥ 伯王，原文为 brajarāj，字面义为“伯勒杰地区的王者”，因此译为“伯勒杰王”，由于字数限制，此处缩译为“伯王”，指黑天。

⑦ 雅度王，原文为 jādavarāi，字面义为“雅度族的王者”，此处译为“雅度王”，黑天名号之一。

世代传颂此名声：波利王之看门人[1]。

苏尔达斯言，

胜尊不灭永恒存，化身下凡为信徒。

【释译】

本诗描述的是黑天扶持老国王乌格尔森复位的故事。内容大致如下：

黑天杀掉马图拉的国王刚沙后，将王权交给了刚沙的父亲——老国王乌格尔森。得知这一消息后，马图拉城的所有居民都沉浸在喜悦之中。黑天扶着乌格尔森坐上王位，像仆人一样为他摇动拂尘。黑天在马图拉打了胜仗，给予城中居民和平与安宁，之前那些由于害怕刚沙而离开的雅度族臣民也纷纷从各地返回了马图拉。当地的吟游诗人和歌者这样唱诵他的功绩："雅度族王黑天必胜！"世世代代都传诵着黑天的美誉："他服务于自己的信徒，他为虔信者驱逐痛苦，他是波利王的看门人，如今他又为老国王乌格尔森摇动拂尘。"

黑天一一打败战象、力士、勇士还有国王刚沙后，并没有自己登上王位，而是让老国王乌格尔森复位。由此可见，黑天并不是贪图权位之人。在苏尔达斯心中，他是世间公正的主持者，他时刻为信徒的利益着想，仁慈厚爱，正如本诗最后一句"胜尊不灭永恒存，

---

① 波利，原文为 bali。根据《薄伽梵往世书》记载，波利是伯拉哈拉德（Prahlād）的孙子，他凭借自己的实力，一步步地征服了三界。众天神向毗湿奴大神祈求庇护，于是毗湿奴大神化身为一个侏儒，乞求波利赐给他三步之地。当波利得知这个装扮成乞丐的人便是大神毗湿奴的时候，他毫不犹豫地答应赠予所需之地。结果，话一出口，毗湿奴大神两步横跨了整个世界。当问及波利第三步应该落在哪里的时候，波利非常喜悦地愿以自己的头接受大神的足迹。虽然波利失去了一切，但得到了大神毗湿奴的恩惠，即毗湿奴成为他永远的朋友与看门人。这里将黑天称作波利王的看门人，说明了在苏尔达斯心中，黑天不仅是毗湿奴大神的化身，而且已经是至高存在的神明，能够为虔诚信徒施予恩惠的仁爱之神。

化身下凡为信徒”所言，苏尔达斯赞颂黑天是永恒的、不灭的，为了自己虔诚的信徒而降生，他是信徒的拯救者和保护者。

बसुदेव-दर्शन
见到富天

【原文】

तब बसुदेव① हरषित गात।
स्याम रामहिँ कँठ लाए, हरषि देवै मात।
अमर दिवि दुंदुभी दीन्ही②, भयौ जैजैकार।
दुष्ट दल सुख दियौ संतनि, ये बसुदेव③ कुमार।
दुख गयौ बहि हर्ष पूरन, नगर के नर नारि।
भयौ पूरब फल सँपूरन, लह्यौ सुत दैत्यारि।
तुरत④ बिप्रनि⑤ बोलि पठये, धेनु कोटि मँगाइ।
सुर के प्रभु ब्रह्मपूरन, पाइ हरषे⑥ राइ॥
（29/3710）

【对译】

彼时富天⑦身欢愉
拥抱黑子与罗摩，提婆吉⑧母欢愉喜。
不朽天神擂大鼓，欢呼雀跃庆胜利。
此富天子诛恶敌，福乐施予修行者。

---

① Gupta 本作 vasudev。
② Varma 本作 dīnhīṁ。
③ Gupta 本作 vasudev。
④ Varma 本作 turati。
⑤ Gupta 本作 viprani。
⑥ Varma 本作 haraṣai。
⑦ 富天，原文为 basudev，黑天的亲生父亲。
⑧ 提婆吉，原文为 devai，通 devakī，黑天的亲生母亲，国王刚沙的妹妹。

城中男女满欣喜，痛苦悲伤皆流逝。

前世业果得圆满，获得儿郎提迭敌[①]。

立遣去请婆罗门，并征奶牛千万头。

苏尔言，

胜尊圆满大梵者，获之喜悦又欢愉。

【释译】

本诗描述的是富天与提婆吉与黑天相见后的喜悦之情。内容大致如下：

见到自己的儿子，富天十分高兴。母亲提婆吉上前将黑天和大力罗摩拥入怀中，喜上眉梢，溢于言表。天界诸神钟鼓齐鸣，奏响了祥和喜庆的音乐，一遍遍为黑天的胜利而欢呼。富天的这两个儿子消除恶人，为修行者带来了福乐，驱散了城中居民的所有烦恼，一派欢欣鼓舞的景象在马图拉城上演。富天和提婆吉的前世功德与善行结出了好果——得到了能够降服妖魔的黑天。富天将此视为神明给予的至上恩惠，于是立即派人邀请婆罗门祭司准备参加庆祝仪式，并让人赶来了成千上万头奶牛作为对婆罗门的施舍。

黑天打败刚沙后，立即从狱中将被囚禁的亲生父母富天和提婆吉解救出来，这是黑天打败刚沙王后，继扶持乌格尔森复位之后的第二个功绩。本诗最后一句“胜尊圆满大梵者，获之喜悦又欢愉”亦是苏尔达斯的诗外音，他赞颂黑天是圆满的大梵，富天得到这样至上崇高的神明真是十分幸运。此外，本诗体现了印度宗教思想中的“业报”思想，“前世业果得圆满，获得儿郎提迭敌”，富天与提婆吉获得能够消灭恶敌的黑天作为自己的儿子，被认为是前“业”

① 提迭敌，原文为 daityāri，是梵语 daitya 与 ari 的合成词。daitya 指提迭，是提底（diti）之子，被视为妖魔，恶魔；ari 意为敌人，因此，daityāri 意为“恶魔的敌人、提迭的敌人”，此处译为“提迭敌”，指黑天。

得报。根据印度传统礼俗，为了回报这一“业果”，他们为人间掌握神权的婆罗门祭司献上神牛，这样循环往复的“业报”与前生今世的“轮回”是印度教思想的重要体现。

【原文】

बसुद्यौ① कुलब्यौहार बिचारि।
हरि हलधर कौं दियौ जनेऊ, करि षटरस ज्यौनारि।
जाके स्वास उसाँस लेत मैं, प्रगट भए श्रुति चार।
तिन गायत्री सुनी गर्ग सौं, प्रभु गति अगम अपार।
बिधि② सौं धेनु दई बहु बिप्रनि③, सहित सर्वऽलंकार④।
जदुकुल⑤ भयौ परम कौतूहल, जहँ तहँ गावतिं नार।
मातु देवकी परम मुदित ह्वै, देति निछावरि वारि।
सूरदास की यहै आसिषा⑥, चिर जियौ नंदकुमार॥
（30/3712）

【对译】

富天顾及家族礼

六味⑦佳肴大宴客，诃利持犁佩圣线⑧。

彼之一呼一吸间，四部吠陀呈显现，

① Gupta 本作 vasudyau。

② Gupta 本作 vidhi。

③ Gupta 本作 viprani。

④ Gupta 本作 sarv laṅkār。

⑤ Varma 本作 jadakul。

⑥ Gupta 本作 āsisā。

⑦ 六味，原文为 ṣaṭaras，分别为甜、咸、苦、辣、涩和酸。此处用“六味”指代佳肴盛宴。

⑧ 圣线，原文为 janeū。根据印度教传统，再生族种姓的家中，孩子一般成长到 10~12 岁时，家长要为孩子举办佩戴圣线礼，是印度教重要仪式之一。

迦耶特利格氏授，胜尊听闻状无边。[1]

盛装粉饰众奶牛，依礼赠予婆罗门。

雅度家族至欢乐，女子处处唱赞歌。

提婆吉母至上喜，供奉作礼献一切。

苏尔达斯言，

此般心愿与祝福：难陀儿郎寿无疆。

【释译】

本诗描述的是富天为黑天和大力罗摩举行圣线礼的场景。内容大致如下：

富天根据家族的习俗为黑天和大力罗摩举行圣线佩戴仪式，并用六味食物宴请宾朋。在仪式上，黑天跟随家庭祭司格尔格学习迦耶特利咒语，黑天的呼吸之间四吠陀得以呈现，这种景象堪为一种神迹，难以言表。苏尔达斯不由自主地赞颂道："黑天的功德无边无际！"

富天按照礼俗赠予婆罗门成千上万头装扮好的奶牛。雅度族呈现出一派欢腾喜悦的景象，女子处处歌唱吉祥的赞歌。母亲提婆吉欣喜万分，为黑天和大力罗摩两兄弟供奉了各种物品，并表示愿为他们奉献一切。

本诗承接上一首诗，描绘了黑天与父母团聚后，热闹欢腾的佩戴圣线礼的场面。从诗中可见，黑天的到来对于富天和提婆吉，乃至整个雅度族来说都是一桩喜事。不仅有众多女子唱颂黑天，诗人

---

① 此两句的意思是在佩戴圣线的仪式上，黑天跟随格尔格祭司念诵迦耶特利咒语，黑天的呼吸之间四部吠陀得以呈现，这样一种神迹是至上至高的、无法描述的。格氏，原文为 Garg，通 Garga，为雅度族祭司，译为"格尔格"，此处因字数限制，缩译为"格氏"。他在富天的请求下来到伯勒杰地区，根据《薄伽梵往世书》的记载，他为黑天和大力罗摩起了名字。迦耶特利，原文为 gāyatrī，是一个重要的咒语，据认为，通过念诵以及理解此咒语，可以获得大梵。

苏尔达斯也称赞黑天。富天、提婆吉、马图拉女子的行为不仅展现了他们的喜悦之情，而且表达了他们对黑天的虔诚爱意。本诗最后一句“此般心愿与祝福：难陀儿郎寿无疆”是诗人苏尔达斯对黑天的祝福，同时表达了他对黑天虔诚敬拜的宗教感情。

【原文】

मथुरा दिन दिन अधिक बिराजै।
तेज प्रताप राइ केसौ कैँ, तीनि लोक पर गाजै।
पग पग तीरथ कोटिक राजैँ, मधि विश्रांत[①] बिराजै।
करि अस्नान प्रात जमुना कौ, जनम मरन भय भाजै।
बिट्ठल बिपुल बिनोद बिहारन, ब्रज[②] कौ बसिबौ छाजै।
सूरदास सेवक उनहीँ कौ, कृपा सु गिरिधर राजै॥
（31/3715）

【对译】

日增光辉马图拉

美发[③]王者大光辉，威力勇猛震三界。
步步千万圣地耀，此中更胜维舍兰[④]。
清晨沐浴叶木拿，生死恐惧尽消逝。

---

① Varma 本作 viśrānti。

② Gupta 本作 vraj。

③ 美发，原文为 kesau，通 Keśava，黑天名号之一。Keśava 字面义为“美丽的头发”，根据《莲花往世书》的记载，Keśava 指拥有美丽长发的人，代指黑天。在《薄伽梵歌》中，阿周那经常以 Keśava 称呼黑天，因为黑天消灭了一个叫作 Keśī 的野马怪。根据《毗湿奴往世书》的记载，这只野马怪曾受国王刚沙派遣前去除掉黑天，后被黑天所杀，由此，黑天得到 Keśava 这个名号。印度史诗《摩诃婆罗多》中根据字面义将其译为“美发者”，此处译为“美发”。

④ 维舍兰，原文为 viśrāt，通 viśrām，字面义为“休息、平静、安宁”。此处指的是今天位于马图拉城的 Viśrām Ghāt，据传说，黑天消灭国王刚沙后在此处休息，由此得名，此处音译为“维舍兰”。

立砖之人[①]诸多戏，欢喜居于伯勒杰。

苏尔达斯言，

作为托山之人[②]仆，他之恩惠光辉照。

【释译】

本诗描述的是黑天战胜所有敌人后，马图拉城熠熠生辉的景象，以及作者对黑天功行的赞颂。内容大致如下：

自从黑天来到马图拉城，这里的光辉日益增加。被称为美发者的黑天威力勇猛，堪称王者，这一名声震响三界。他在马图拉所走过的每一个地方都变成了圣地，共有成千上万个，叶木拿河附近的维舍兰堤岸是其中之一。清晨在叶木拿河中沐浴能够洗掉对生死存亡的恐慌，因为黑天曾在这里玩耍嬉戏。人们非常喜欢住在这充满欢乐的伯勒杰地区，因为这里是黑天曾经驻留的圣地。

本诗以赞辞总结黑天在马图拉的功行。黑天消灭了施行暴政的国王刚沙及其族众，他踏遍马图拉城每一个地方，使其成为圣地，黑天消除了所有居民的痛苦与烦恼，黑天的名声享誉三界。本诗最后一句“作为托山之人仆，他之恩惠光辉照”，苏尔达斯表达了自己作为黑天的信徒，得到了黑天施予的独一无二的恩惠，进而唱诵黑天仁慈施恩，为虔信者谋福乐的神明形象。

① 立砖之人，原文为biṭṭhal，黑天名号之一，也是黑天的一个形相。这一形相主要在马哈拉施特拉邦的本特尔布尔（Paṇḍharapur）为人们所崇拜，本特尔布尔是印度宗教圣地之一。biṭṭhal字面义为“站立在砖块上的”，此处译为“立砖之人”。

② 托山之人，原文为giridhar，意为“托起山的人”，黑天曾为拯救伯勒杰居民一手托起牛增山，使所有牧民和牧牛免遭因陀罗降下的大雨之灾，由此，黑天获得“托山之人”“托山者”“托妙山者”和“托牛增者”等名号。

कुब्जा-कथा
驼背女故事

【原文】

कुबरी पूरब तप करि राख्यौ।

आए स्याम भवन ताही कैं, नृपति महल सब नाख्यौ।

प्रथमहिं धनुष तोरि आवत हे, बीच मिली यह धाइ।

तिहिं अनुराग बस्य भए ताकैं, सो[①] हित कह्यौ[②] न जाइ।

देव काज करि[③] आवन कहि गए, दीन्हौ रूप अपार।

कृपा दृष्टि चितवतहीं श्री भइ, निगम न पावत पार।

हम तैं दूरि दीन के पाछैं, ऐसे दीनदयाल।

सूर सुरनि करि काज तुरतहीं, आवत तहाँ गोपाल॥

（32/3719）

【对译】

驼女[④]前世修苦行

离开国王诸宫殿，黑子来到她家中。

来断强弩路途中，疾趋而至她初会。

如此虔爱受其控，此种爱意不可述。

曾言履毕圣业来，并予无边美色相。

惠目一瞥吉祥现，尼笈摩经[⑤]不可及。

追随穷人离傲慢，如此这般仁慈主。

苏尔言，

牛护完成神圣业，即刻前来至彼处。

---

① Varma 本作 sī。

② Varma 本作 kahyo。

③ Varma 本作 hari。

④ 驼女，原文为 kubarī，字面义为“驼背的女人”，译为“驼背女”，此处因字数限制，缩译为“驼女”。

⑤ 尼笈摩经，原文为 nigam，字面义为“不可达到的”，指印度宗教文献四吠陀。

【释译】

本诗讲述的是黑天前往驼背女家的缘由，赞颂黑天为穷苦人施予恩惠的事迹。内容大致如下：

驼背女前世历经磨难，修炼苦行，一心崇敬黑天。正因如此，黑天离开国王刚沙的宫殿后才会来到她家中。此前，在黑天去刚沙王放置弓处的途中，驼背女第一次见到了黑天。那时，黑天便陷入了对她的爱恋，这种“一见钟情”溢于言表。黑天曾对驼背女道：“我杀掉刚沙王，完成这项神圣的任务后就来见你。”随后，黑天赐予了驼背女举世无双的美貌。黑天注视着她，目光中充满了仁爱与怜悯，这目光中所展现的恩惠连吠陀都无法描述。驼背女看到黑天这样的眼神，心中即刻充满了幸福。

本诗回顾了黑天与驼背女初次见面的场景。驼背女心怀虔诚地为黑天涂抹檀香末，相应地，黑天赐予她恩惠。最后两句“追随穷人离傲慢，如此这般仁慈主。牛护完成神圣业，即刻前来至彼处”是苏尔达斯的诗外音，他赞颂黑天从不骄傲自大，悲悯慈悲、心胸宽广，一心为自己的虔信者施恩谋福。正是在他的仁慈趋使下，黑天才会来到驼背女家中。本诗表现了黑天恩泽民众、消灾避难的仁爱形象。此外，黑天和驼背女之间的这段爱恋后来引起了牛村牧女的嫉妒，是黑天与牧女故事中一段广为流传的插曲。

【原文】

कियौ सुर काज गृह चले ताकैं।

पुरुष औ नारि कौ भेद भेदा नहीँ, कुलिन अकुलीन[①] अवतर्यौ काकैं।

दास दासी कौन, प्रभु निप्रभु कौन है, अखिल ब्रह्मांड इक रोम जाकैं।

① Gupta 本作 akulin。

भाव साँचौ हृदय जहाँ, हरि तहाँ हैं, कृपा प्रभु की माथ भाग वाकैं।

दास दासी स्याम भजनहु तैं जिये, रमा सम भई सो कृष्नदासी।

मिली वह सूर प्रभु प्रेम चंदन चरचि, कियौ जप[①] कोटि, तप कोटि कासी॥

（33/3720）

【对译】

既尽圣业她家去

男女贵贱无分别，下凡降世他身边。

谁为胜尊谁仆众，他一毫中大梵卵[②]。

虔情心处有诃利，胜尊恩处得幸运。

虔敬黑子众仆存，黑天仆若悦人女[③]。

苏尔言，

她会胜尊抹爱檀，迦尸千万修诵果。

【释译】

本诗描述的是苏尔达斯对黑天施予信徒恩惠的赞颂。内容大致如下：

黑天消灭刚沙王后来到了驼背女家中。在黑天看来，男人或女人、出身高贵或卑微没有任何区别，众生平等。凡是能够以虔诚之心念诵黑天、敬拜黑天的人，黑天就会下凡降生在他们身边，因为黑天的每一根毫毛中都蕴含了一个梵卵，他就是宇宙的创造者，是世间的保护神。哪里心存虔爱，黑天就会出现在哪里。谁得到了黑天施予的恩惠，谁才是真正的幸运。驼背女就是这样的幸运者，她虔诚地敬拜黑天，如今得以像吉祥天女一样与黑天出双入对。

本诗承接上一首诗，同样通过黑天来到驼背女家中这一行为表

---

① Sabha 本作 jay。

② 梵卵，原文为 Brahmāṇḍ，据印度教说法，宇宙诞生于梵卵。

③ 悦人女，原文为 ramā，字面义为“美丽的女子”，此处译为“悦人女”，指黑天的妻子吉祥天女。

现了黑天施予恩惠的仁爱形象。诗人苏尔达斯通过本诗最后一句“她会胜尊抹爱檀，迦尸千万修诵果”的诗外音，再一次表明驼背女获得黑天的爱恋是她在迦尸城修炼的果报。本诗重在强调只要以虔诚之心敬拜黑天就会得到黑天给予的至上福乐。

नंद का ब्रज प्रत्यागमन
难陀返回伯勒杰

【原文】

गोपालराइ हौं न चरन तजि जैहौं।
तुमहिं छाँड़ि[1] मधुबन मेरे मोहन, कहा जाइ ब्रज लैहौं।
कैहौं कहा जाइ जसुमति सौं, जब सन्मुख उठि ऐहै।
प्रात समय दधि मथत छाँड़ि कै, काहि कलेऊ दैहै।
बारह बरस दियौ हम ढीठौ, यह प्रताप बिनु जाने।
अब तुम प्रगट भए बसुद्यौ सुत, गर्ग बचन परमाने।
रिपु हति काज सबै कत कीन्हौ, कत आपदा बिनासी।
डारि न दियौ कमल कर तैं गिरि, दबि मरते ब्रजवासी[2]।
बासर संग सखा सब लीन्हे, टेरि न धेनु चरैहौ।
क्यौं रहिहैं मेरे प्रान दरस बिनु, जब संध्या नहिं ऐहौ।
ऊरध स्वाँस चरन गति थाकी, नैन नीर भरहाइ[3]।
सूर नंद बिछुरत की वेदनि, मो पै कही न जाइ॥
（34/3735）

---

① Sabha 本作 chāṁṛ。
② Gupta 本作 vrajabāsī。
③ Varma 本作 bharaāi。

【对译】

牛护王啊，我不会离开你[①]

弃你摩林我莫亨，伯勒杰往何所得？
起至面前耶雪达，彼时将以何言对？
清晨酸奶搅拌好，准备早饭为何人？
不知你此大威力，我等怠慢十二年。
你现显身富天子，格尔格[②]言得证实。
为何杀敌行诸事，为何消除诸灾难？
莲手何不弃大山，压死伯勒杰居民？
白天不见放牛去，偕同众伴齐吆喝，
傍晚不见归家来，不见我命怎延续？
呼吸艰难行不便，盈盈泪水眼中溢。
苏尔言，
难陀离别之痛楚，我自无能将其述。

【释译】

本诗描述的是难陀恳求黑天一同返回伯勒杰的话语。内容大致如下：

难陀道："黑天啊，我不会把你抛弃在马图拉，独自返回伯勒杰的。我一个人回去能得到什么好处呢？大家只会谴责我，怪罪我。当我回到家直面耶雪达的时候，我该怎么向她解释？她早上搅好酸奶，备好早饭，都是为了谁？十几年来我们因为不知你的威力怠慢了你，还希望你能够原谅我们的冒犯之举。如今，你以富天之子的

① 原文为 caran taji jaihaum，字面义为"弃足离开"，这里的足指的是黑天的双足。此句的意思是难陀表达自己不会丢弃黑天一个人回到伯勒杰。

② 格尔格，原文为 Garg，通 Garga。他是雅度族的祭司，在富天的请求下来到伯勒杰地区。根据《薄伽梵往世书》，他为黑天和大力罗摩起了名字，并教授两人迦耶特利咒语。

身份出现，并且用自己非凡的行动证实了格尔格祭司的预言，难道你就这样成为富天的儿子而忘记了我们之间的关系吗？要是你一开始就想离开我们，那你为什么还要为伯勒杰居民消灭所有的敌人呢？为什么要解除我们面临的灾难呢？你那如莲花般柔弱的手为什么不放下牛增山压死我们呢？要是压死我们，我们今天就不用忍受与你分离的巨大痛苦了。如今，白天不见你与牧童伙伴们一起上山放牛，傍晚也不见你赶着牛群回到家中。看不到你的身影，我们还怎么活下去呢？”说着说着，难陀长叹一口气，站在那里一动不动，眼泪瞬间夺眶而出。

黑天消灭刚沙王后，养父难陀再次请求黑天跟随他返回伯勒杰。“不知你此大威力，我等怠慢十二年”体现了父亲难陀的自责，“傍晚不见归家来，不见我命怎延续”流露了难陀深切的恳求之意。其间的几句反问体现了他对黑天不返牛村的疑惑。最后一句“难陀离别之痛楚，我自无能将其述”，诗人苏尔达斯作为一位旁观者，难以用言语将难陀所经受的与黑天分离的痛苦表述出来，可见痛苦之极。本诗开启了“前往马图拉”部分的另一主题——离别，其中包括难陀、耶雪达以及牛村中牧女所表现的离别之情。

【原文】

<u>बेगि</u>① <u>ब्रज</u>② <u>कौँ</u>③ फिरिए नँदराइ।
हमहिं तुमहिं सुत तात कौ नातौ, ओर पर्यौ <u>है</u>④ आइ।
बहुत कियौ प्रतिपाल हमारौ, सो नहिं जी तैँ जाइ।

---

① Gupta 本作 vegi。
② Gupta 本作 vraj。
③ Gupta 本作 kau。
④ Varma 本作 haiṁ，Gupta 本作 hī。

जहाँ रहैँ तहँ तहाँ तुम्हारे, डार्यौ जनि बिसराइ।

जननि जसोदा भेँटि सखा सब, मिलियौ कंठ लगाइ।

साधु समाज निगम जिनके गुन, मैँ गनि न सिराइ①।

माया मोह मिलन अरु बिधुरन, ऐसैं ही जग जाइ②।

सूर स्याम के निठुर बचन सुनि, रहे नैन जल छाइ॥

（35/3736）

【对译】

难陀王，快快返回伯勒杰

父亲儿子你与我，此种关系至尽头。

悉心照料抚养我，牢记于心此不忘。

无论我居在何方，切勿忘却我属你。

且会母亲耶雪达，相见拥抱众伙伴。

修行圣人尼笈摩，我数不尽彼功德。

摩耶迷惑与聚散，如此这般世界逝。

苏尔言，

听闻黑子无情语，泪水盈盈眼中溢。

【释译】

本诗描述的是黑天劝难陀偕同众牧人返回伯勒杰的场景。内容大致如下：

黑天听罢难陀的恳求之言，说道："难陀族主，您赶快返回伯勒杰吧！我们之间所谓的父子关系现在已经不存在了。长久以来，您悉心养育我们，我将永远记在心里。无论我们到哪里，都会记得我是属于你们的，请您也不要忘记我们。请代表我们看望母亲耶雪达，拥抱我们所有的伙伴。您和母亲将我养大成人，你们所具备的那些

---

① Gupta 本作 sirāiṁ。

② Varma 本作 chāi。

苦修圣人赞颂的和吠陀中描述的功德，我数也数不尽。您对我的养育之恩，我将铭记于心。但也希望您能理解，每个时代都会在摩耶、迷误、相见和分离中逝去。因此，离别是我们迟早需要经历的过程，请您不要伤心。”

黑天在劝慰难陀的过程中表现得冷酷无情，与他即将离开牛村时的言语相似。此处的“父亲儿子你与我，此种关系至尽头”与之前的“且请内心作思量：谁为父母谁为儿”意思相近。自黑天离开牛村之时，他已不认难陀与耶雪达为自己的父母，这对于难陀和耶雪达来说如同灾难一般，无论如何也难以摆脱这样的困境。“摩耶迷惑与聚散，如此这般世界逝”体现出了黑天全知者的形象，他知道万事万物的变化，了解宇宙运行的规律，是无所不知、无所不能的至上存在。听到这样理性的规劝之辞，作为父亲的难陀忍不住流下眼泪。

【原文】

नंद बिदा होइ घोष सिधारौ।
बिछुरन मिलन रच्यौ बिधि ऐसौ①, यह संकोच निवारौ।
कहियौ जाइ जसोदा आगैं②, नैंन नीर जनि ढारौ।
सेवा करी जानि सुत अपनौ, कियौ प्रतिपाल हमारौ।
हमैं तुम्हैं अंतर कछु③ नाहीं, तुम जिय ज्ञान बिचारौ।
सूरदास प्रभु यह बिनती है, उर जनि प्रीति बिसारौ॥
（36/3738）

① Gupta 本作 aiso。
② Gupta 本作 āgai。
③ Gupta 本作 kachu antar。

【对译】

难陀啊，道别启程回牛村[①]

造物[②]作此聚与散，且请消除这犹豫。

耶雪达前去劝言，双眼莫再泪水流。

将我视为自己儿，养育呵护深关切。

你我丝毫无差别，请你心念此等识。

苏尔达斯言，

胜尊这般请求道：亲情爱意心莫忘。

【释译】

本诗描述的是黑天与父亲难陀道别时黑天所说的话。内容大致如下：

黑天对难陀道："爸爸，我们就此作别吧，您快回牛村吧！我们这样的相见与别离都是造物者所创造的。因此，您无须惆怅，不必犹豫，速速返回伯勒杰就好！请您回去对母亲耶雪达说，不要因为我的离去而伤心流泪。她视我为己出，抚养我、保护我，对此我感激不尽。实际上，我与你们之间没有任何区别，我们之间也不存在任何关系，我们的父子、母子关系迟早是要结束的，请您理智地看待今天的别离。我只有一个请求，那就是请你们大家不要忘记你们对我的爱，无论我走到哪里，我还是属于你们的。"

本诗承接上一首诗，同样描述了黑天的劝慰之言。其中，"你我丝毫无差别，请你心念此等识"与前文的"且请内心作思量：谁为父母谁为儿"具有异曲同工之妙，黑天否定了父母与儿女关系的永恒性，但最后却要求难陀和众位牧人不要忘记心中对他的怜爱。话语间一方面展现了儿郎黑天的无情冷漠，另一方面突显了神明黑天

---

① 牛村，原文为 ghoṣ，字面义为"牧牛人居住的地方"，此处指牛村。

② 造物，原文为 bidhi，字面义为"大梵、造物者"，此处译为"造物"。

的全知全能。

【原文】

(मेरे)[1] मोहन तुमहिँ बिना नहिँ जैहौँ।

महरि दौरि आगे जब ऐहै, कहा ताहि मैँ कैहौँ।

माखन मथि राख्यौ ह्वैहै, तुम हेत, चलौ मेरे बारे।

निठुर भए मधुपुरी आइ कै, काहैँ असुरनि मारे।

सुख पायौ बसुदेव[2] देवकी, अरु सुख सुरनि दियौ।

यहै कहत नँद गोप सखा सब, बिदरन चहत हियौ।

तब माया जड़ता उपजाई, निठुर भए जदुराइ[3]।

सूर नंद परमोधि पठाए, निठुर ठुगौरी लाइ॥

(37/3739)

【对译】

（我的）莫亨啊，无你不离去

夫人奔跑前来时，我以何言向她语？

搅好奶油为你备，我的孩儿且返回！

摩图城至变无情，诛阿修罗为哪般？[4]

得福富天提婆吉，并予福乐众天神。

难陀牧伴皆言此：内心欲将破碎裂。

雅度之王无情现，彼时摩耶虚幻生。

苏尔言，

① Gupta 本无（mere）。

② Gupta 本作 vasudev。

③ Sabha 本作 jadurāī。

④ 此句的意思是难陀不知道黑天为什么到达马图拉之后变得十分无情，要知如今何必当初，他曾在牛村为保护伯勒杰居民的性命消灭了所有的阿修罗，让人民过上了安宁无忧的生活。往日的英勇行为让伯勒杰居民依赖于他，但如今他却不肯返回伯勒杰，让人们倍感失落与悲伤。

无情诡计魔法施，规劝难陀把家还。

【释译】

本诗描述的是难陀请求黑天与自己一同返回伯勒杰时所说的话。内容大致如下：

听完黑天的话，难陀道："我的黑天啊，我不会丢下你独自返回伯勒杰的。要是我这样回到了家，耶雪达跑到我面前，却没有看见你的身影，她会说些什么呢？我将如何向她解释呢？她一定已为你搅好了奶油。我的孩子，请你和我一起返回伯勒杰吧！你怎么来到马图拉之后变得这么冷漠无情？你不是为消除我们的痛苦才杀死那些阿修罗的么？那你现在怎么忍心带给我们新的痛苦呢？你英勇地消灭了刚沙，可是我们却没有从中得到任何好处，反而陷入了更大的孤苦与悲伤之中。如今，富天和提婆吉终于见到了自己的亲生儿子，他们才是最大的受益者，而诸位天神也获得了同样的福乐。"

随后，难陀和所有的牧人都道："现在我们的心都要碎了。以前你住在伯勒杰的时候，你的所作所为欺骗了我们。我们简直太愚蠢了，把你当成了自己人。如今你如此冷漠无情，就好像你与我们没有关系一样。"

本诗内容与之前的难陀恳求之辞相似，但本诗中增加了难陀与牧人对黑天的抱怨。"得福富天提婆吉，并予福乐众天神。难陀牧伴皆言此：内心欲将破碎裂"一句突出了富天、提婆吉和难陀、牧人两方状况的对比，一方欢天喜地，一方悲苦哀愁。然而，无论难陀和牧人如何恳求，黑天依然没有动摇。本诗最后一句"无情诡计魔法施，规劝难陀把家还"是苏尔达斯的诗外音，道出了难陀及牧人最终不得不独自返回伯勒杰的无奈结局，同样表现了一个冷漠无情的儿郎黑天。

【原文】

उठे कहि माधौ इतनी बात।
जिते मान सेवा तुम कीन्ही[1], बदलौ दयौ न जात।
पुत्र हेत प्रतिपार कियौ तुम, जैसैं जननी तात।
गोकुल बसत हँसत खेलत मोहिं, द्यौस[2] न जान्यौ जात।
होहु बिदा घर जाहु गुसाईं, माने रहियौ नात।
ठाढ़ौ[3] थक्यौ उतर नहिं[4] आवै, लोचन जल न समात।
भए बल-हीन खीन तन कंपित, ज्यौं बयारि बस पात।
धकधकात हिय बहुत सूर उठि, चले नंद पछितात॥
（38/3743）

【对译】

摩豆裔[5]忽出此言
你们此般细照料，无予回报无以偿。
你们宛如亲爹娘，呵护疼爱养儿郎。
我居牛村嬉笑戏，白日逝去亦不知。
牛主[6]启程且回家，且认关系并存留。
久立疲惫无言对，泪水盈眼难再容。
虚弱无力身颤抖，宛如树叶随风摇。
苏尔言，

---

① Varma 本作 kīnhau。
② Varma 本作 dyos。
③ Varma 本作 ṭhāḍhauṁ。
④ Sabha 本作 nahi。
⑤ 摩豆裔，原文为 mādhau，字面义为“摩豆（Madhu）的后裔”。摩豆是迅行王之子雅度的后裔，而富天是摩豆的后裔，因此，黑天也是摩豆的后裔。此处译为“摩豆裔”。
⑥ 牛主，原文为 gusāīṁ，通 Go-svāmī，字面义为“牛的主人”，译为“牛主”，此处指难陀。

忧虑不堪心慌乱，难陀懊恼启程去。

【释译】

本诗描述的是黑天劝告难陀启程回家的情景。内容大致如下：

听完难陀的话，黑天道：“我终生无法报答你们的养育之恩。你们就像我的亲生父母，日日悉心照料，把我养大。在牛村生活的这段时间里，我每天不知昼夜地玩耍嬉戏，这段快乐生活的时光我永不会忘。爸爸，现在你启程回家吧！请不要忘记我们以前的父子关系。”

难陀听闻黑天的这番话，沉默无语，一动不动地站在那里。瞬间泪水夺眶而出，簌簌落下。一时间，难陀变得虚弱无力，身体就像风中的树叶一样颤抖不停。

本诗同样叙述了黑天规劝难陀及牧人返回伯勒杰的言语，苏尔达斯诗外音“忧虑不堪心慌乱，难陀懊恼启程去”，父亲难陀与众牧人不得不自己返回牛村了。

【原文】

बार बार मग जोवति माता। ब्याकुल① बिनु मोहन बल भ्राता॥
आवत देखि गोप नँद साथा। बिबि बालक बिनु भई② अनाथा॥
धाई धेनु बच्छ ज्यौं ऐसैं। माखन बिना रहे धौं कैसैं③॥
ब्रजनारी④ हरषित सब धाईं। महरि जहाँ तहँ आतुर आईं॥
हरषित मातु रोहिनी आई। उर भरि हलधर लेउँ कन्हाई॥
देखे नंद गोप सब देखे। बल मोहन कौं तहाँ न पेखे॥

---

① Gupta 本作 vyākul。
② Gupta 本作 māī。
③ Varma 本作 kaisṁ。
④ Gupta 本作 vrajanārī。

आतुर मिलन काज ब्रज[1] नारी। सूर मधुपुरी रहे मुरारी॥

（39/3746）

【对译】

不见莫亨与大力

无有莫亨见大力，屡望归途母心焦。

只见牧人随难陀，双童未归陷孤苦。

仿若母牛奔向犊：无有奶油怎生活？

伯勒杰女皆欢喜，急切跑至夫人处。

罗醯尼母欢愉至，欲拥持犁与黑儿。

唯睹难陀众牧人，大力莫亨却未见。

苏尔言，

伯勒杰女急欲会，穆罗敌[2]住摩图城。

【释译】

本诗描述了母亲耶雪达、罗醯尼及众牧女听闻难陀返回牛村消息后的喜悦，以及未见黑天和大力罗摩的失落与悲伤。内容大致如下：

在牛村，母亲耶雪达一遍又一遍地翘首远望黑天和大力罗摩归来的道路。这些天来，她看不见这两个孩子甚为忧虑。这时，她看到难陀和牧人回来了，心想：终于可以再次见到自己的儿子了。可她在人群中寻寻觅觅，却不见两个孩子的身影。耶雪达顿感失落，她像母牛见到小牛犊一样急忙跑上前问道："我的黑天呢？他怎么没有回来？他不吃我做的奶油怎么生活得下去呢？"

牧女们听说难陀回来的消息后焦急地从四方赶来，母亲罗醯尼也高兴地跑过来，很想抱抱黑天和大力罗摩。她们见到了难陀，见

① Gupta 本作 vraj。

② 穆罗敌，原文为 murārī，字面义为"穆罗的敌人"，译为"穆罗敌"，此处指黑天。妖魔穆罗因其有五个头，也被称为"五首王"，后被黑天消灭。

到了所有的牧人牧童，却怎么也找不到黑天和大力罗摩。

本诗最后一句“伯勒杰女急欲会，穆罗敌住摩图城”是苏尔达斯的诗外音。在伯勒杰，所有牧女为了与黑天相见焦急不堪，而黑天和大力罗摩却不顾亲人的思念留在了马图拉。伯勒杰和马图拉两地场景的对比，一边是愁苦悲伤的思念凄切之状，一边是热闹欢快的喜庆功绩之景，表现了伯勒杰居民失去黑天的悲伤忧愁之情，以及与黑天再次相见的渴望。

【原文】

उलटि पग कैसैं दीन्हौ नंद।
छाँड़े कहाँ उभै सुत मोहन, धिक जीवन मतिमंद।
कै तुम धन जोबन मद माते, कै तुम छूटे बंद।
सुफलक सुत बैरी भयौ हमकौं, लै गयौ आनँदकंद।
राम कृष्न बिनु① कैसैं② जीजै, कठिन प्रीति कैं③ फंद।
सूरदास मैं भई अभागिन, तुम बिनु गोकुलचंद④॥
（40/3749）

【对译】

难陀啊，怎得转身回
迷人二子何处弃？诅咒蠢人之生命！
金钱美色你迷醉？抑或你自牢房释？
苏普勒格之儿郎，夺走福根⑤为我敌。

① Varma 本作 bin。
② Gupta 本作 kaisai。
③ Varma 本作 kai。
④ Varma 本作 gokulakand。
⑤ 福根，原文为 ānandakand，字面义为“快乐的根源”或快乐的源泉”，此处译为“福根”，指黑天。

无有罗摩与黑天，深陷爱索怎得活？

苏尔达斯言，

无有你这牛村月[①]，我实痛苦大不幸。

【释译】

本诗描述的是耶雪达对难陀的责问。内容大致如下：

耶雪达责备难陀道：“难陀，你怎么自己回来了？你这个笨蛋！我要拿你的性命诅咒你！你是被财富、青春冲昏了头脑，还是刚从国王刚沙的牢房中逃脱出来？我的两个孩子黑天和大力罗摩呢，你把他们丢在哪里了？”随后，耶雪达哭着诉说道：“苏普勒格的儿子阿格鲁尔现在是我们的敌人，他将我们快乐的源头黑天带走了。没有黑天和大力罗摩我们怎么活下去呢！我们深深地陷入了对黑天之爱的套索中，无论如何也不得解脱。黑天啊，你是牛村的月亮，没有你的陪伴，我现在无依无靠，请你回来看看这些孤苦伶仃的人儿吧！”

耶雪达期盼着难陀能够带黑天回牛村，满心的期待却终化为泡影。没有看见黑天，母亲又气愤又悲伤，并将自己的怨气都发泄在难陀身上。本诗表达了耶雪达失去黑天时心如刀割的悲伤之情。对黑天的珍惜和依赖使耶雪达将黑天看得比自己的生命还重，因此，黑天拒绝返回牛村让耶雪达痛不欲生。

【原文】

दोउ ढोटा गोकुल नायक मेरे।

काहैं नंद छाँड़ि तुम आए, प्रान जिवन सब केरे।

---

① 牛村月，原文为 gokulacand，字面义为“牛村的月亮”，引申义为“牛村的子民”或“牛村的儿子”，此处译为“牛村月”，指黑天。

तिनकैं जात बहुत दुख पायौ, रोर[1] परी[2] इहिं खेरे।

गोसुत गाइ फिरत हैँ दहुँ दिसि, वै न चरैँ तृन घेरे।

प्रीति न करी राम दसरथ की, प्रान तजे बिनु हेरैँ।

सूर नंद सौँ कहति जसोदा, प्रबल पाप सब मेरैं॥

（41/3750）

【对译】

我两儿郎牛村主

乃为众人之生命，难陀你怎弃之归？

他俩离时痛伤悲，躁动混乱此村中，

母牛牛犊四处转，围拢它亦不食草。

不具十车之父爱，不见罗摩生命弃。[3]

苏尔言，

耶雪达向难陀道：一切皆我大罪果。

【释译】

本诗描述的是耶雪达对难陀的责难之言。内容大致如下：

母亲耶雪达对难陀道："我的两个孩子黑天和大力罗摩是牛村的主人，他们就是我们的生命。难陀啊，你怎么能把这两个孩子丢在马图拉独自回来呢？他们从这里离开的时候所有人都十分悲伤，村里一片嘈杂慌乱，难道你都忘记了吗？连母牛和牛犊都显得忧心忡忡，失落地向四面八方走去，无论如何都不再吃草了。你知道十车

① Gupta 本作 roi。

② Varma 本作 paro。

③ 此句所涉内容出自印度史诗《罗摩衍那》。阿逾陀国王十车王有三个王后，共育有四子，分别为罗摩、婆罗多、罗什曼那和设睹卢衹那。十车王年迈，决定立长子罗摩为太子，继承王位。但第二个王后吉迦伊受侍女怂恿提出流放罗摩 14 年并立自己的亲生儿子婆罗多为太子的非分要求。由于十车王有诺言在先，因此，他答应了王后的要求。罗摩为使父亲不失信义，甘愿流放。同时，悉多、罗什曼那甘愿随同罗摩一起流放。他们离开都城不久，十车王抑郁而亡。在此句中，耶雪达借十车王的故事谴责难陀冷漠无情，不具有像十车王一样的父爱。

王对孩子的父爱有多深吗？对被放逐林中的罗摩的深深思念夺去了他的生命，他抱憾终生！难陀啊，我看你不具备那般慈爱。”

本诗最后一句“耶雪达向难陀道：一切皆我大罪果”为母亲耶雪达的懊悔之言，耶雪达最初将罪过归咎于难陀，而后又归罪于自己，表达了她如今无依无靠而又手足无措的无奈心情。

【原文】

नंद कहौ हो कहँ छाँड़े हरि।

लै जु गए जैसैं तुम ह्याँतैं, ल्याए किन वैसहिं① आगैं धरि।

पालि पोषि मैं किए सयाने, जिन मारे गज मल्ल कंस अरि।

अब भए तात देवकी बसुद्यौ②, बाँह③ पकरि ल्याये न न्याव④ करि।

देखौ दूध दही घृत माखन, मैं राखे सब वैसैं ही धरि।

अब को खाइ नंदनंदन बिनु, गोकुल मनि मथुरा जु गए हरि।

श्रीमुख देखन कौं⑤ ब्रजवासी⑥, रहे ते घर आँगन मैंं भरि।

सूरदास प्रभु के जु सँदेसे, कहे महर आँसू गदगद करि॥

（42/3751）

【对译】

难陀啊，且言何处弃诃利

如同自此你带走，为何不复带前来？

悉心养大杀敌去，大象力士与刚沙。

今成提母⑦富天儿，何不抓臂来论理？

---

① Sabha 本作 vaisehiṁ。

② Gupta 本作 vasudyau。

③ Sabha 本作 bāhaṁ。

④ Sabha 本作 nyāy。

⑤ Varma 本作 kau。

⑥ Gupta 本作 vrajavāsī。

⑦ 提母，原文为 devakī，提婆吉，此处因字数限制，缩译为“提母”。

看我那般置奶油，牛奶酸奶与酥油。

无难陀子今谁食，被挟马城牛村宝[①]。

伯勒杰民来我家，为见美颜聚满院。

苏尔达斯言，

族主盈泪哽咽语，述说胜尊之讯息。

【释译】

本诗描述了耶雪达的抱怨之言，以及难陀含泪述说黑天消息的场景。内容大致如下：

母亲耶雪达向难陀问道："难陀啊，你说说你把黑天丢在哪了？之前，你是怎么把他从这里带走的？如今，你怎么能不把他带到我的面前还给我？这些年来，我细心呵护，将他抚养成为一个强壮有力的男子汉。如今，他在马图拉打败了冠蓝莲战象、杀死了穆希提克和迦奴尔两位大力士还有我们的敌人刚沙王。明明是我把他抚养大，可他现在到了马图拉却成了富天和提婆吉的儿子了。你应该抓他回来，为我讨回公道。你看看，牛奶、酸奶、酥油、奶油等所有的一切我都为他备置好了。现在黑天不在谁来享用呢？我们牛村的宝贝黑天已经被带到马图拉去了。为了见他一面，伯勒杰的居民都聚集在我家院子里了，就等着你把他带回来呢！"

本诗承接上一首诗，耶雪达继续向难陀发难。不仅耶雪达期待见上黑天一面，整个牛村的牧民都聚集在院子里，而得知难陀独自归来，无人不伤感失落。由此，可以感受到耶雪达家院子里此时此刻的一片哀愁凄切之景。面对村里人的责问，难陀眼含泪水抽泣着说出了黑天想要传递给大家的信息，即本诗最后一句苏尔达斯的诗

① 牛村宝，原文为 gukul mani，字面义为"牛村的宝石"，引申义为"牛村的宝贝"，此处译为"牛村宝"，指黑天。

外音:“族主盈泪哽咽语，述说胜尊之讯息。”

【原文】

जसुदा कान्ह कान्ह कै बूझै।

फूटि न गईं तुम्हारी चारौ[①], कैसैं मारग सूझै।

इक तौ जरी जात बिनु देखैं, अब तुम दीन्हौ[②] फूँकि।

यह छतिया मेरे कान्ह कुँवर बिनु, फटि न भई द्वै टूक।

धिक तुम धिक ये चरन अहौ पति[③], अध[④] बोलत उठि धाए।

सूर स्याम बिछुरन की हम पै, दैन बधाई आए॥

(43/3753)

【对译】

耶雪达问：黑黑在哪里

你之四眼[⑤]怎未坏，如何竟识回家路?

一来焦灼因不见，而今你又加风来。[⑥]

黑黑儿郎我无有，此心怎不碎两半?

诅咒你并此双足，言半起返夫君啊。

苏尔言，

相与黑子分离别，前来贺喜于我等?

---

① Varma 本作 cāraum̐。

② Gupta 本作 dīnhī。

③ Gupta 本作 cali。

④ Gupta 本作 ab。

⑤ 四眼，此处指的是一双“肉眼”(karmacakṣu)和一双“心眼”(jñānacakṣu)，所谓“心眼”可理解为慧眼、见识、智慧。此处耶雪达责骂难陀没心没肺，竟然将黑天留在马图拉而独自返回伯勒杰了。

⑥ 加风，原文为 phūṅki，字面义为“吹气、呼气”。在此句中，耶雪达本来因为没能与黑天相见就像被火灼烧一样痛苦难耐，而看到难陀没有将黑天和大力罗摩带回来之后，更加难过，就像有人在火上吹了几口气一样，火焰越烧越旺，与中文的“火上浇油”意思相近。

【释译】

本诗描述了耶雪达对难陀的责骂与抱怨。内容大致如下：

母亲耶雪达一遍又一遍地问难陀：“我的黑天在哪里？我的黑天在哪里？与黑天分别的时候，你那两只眼睛还有你的心怎么没坏掉呢？你是怎么认得归返牛村的路的呢？本来由于没能与黑天相见我就一直遭受离别之火的灼烧，痛苦难耐，而此时看见你独自回来就像火上浇油一样让我更加痛苦、更加悲伤。没有黑天，我的心还不如碎成两半，没有黑天，我活着还有什么意义？难陀啊，我诅咒你，诅咒你的双足！黑天肯定还有话跟我们说，可你却没有耐心，听到一半你就起身回到了牛村。”

本诗与上几首诗相似，亦是耶雪达对难陀的责骂。本诗最后一句“相与黑子分离别，前来贺喜于我等”，耶雪达讽刺难陀：“难道你是与黑天分开后来向我们‘道喜’的吗？”耶雪达的责难表面上体现了她对难陀的愤怒与不解，实际上却表达了她内心难以言表的无奈与悲伤。通过这样一种间接的方式，耶雪达进而流露出自己对黑天无比的怜爱。这几首诗中对黑天的称呼，如“牛村主”“牛村月”“牛村宝”和“众人之生命”突显了黑天在耶雪达心中乃至整个伯勒杰地区唯一的、不可替代的至高地位，他是牛村居民的依靠，是牧人牧女的生命。

【原文】

नंद हरि तुमसौं कहा कह्यौ।

सुनि सुनि निठुर बचन मोहन के, कैसैं हृदय रह्यौ।

छाँड़ि सनेह चले मंदिर कत, दौरि न चरन गह्यौ।

दरकि न गई बज्र[1] की छाती, कत यह सूल सह्यौ।

सुरति करत मोहन की बातैं, नैननि नीर बह्यौ।

सुधि न रही अति गलित गात भयौ, मनु[2] डसि गयौ अह्यौ।

उन्हैं छाँड़ि गोकुल कत आए, चाखन दूध दह्यौ।

तजे न प्रान सूर दसरथ लौं, हुतौ जन्म निबह्यौ॥

（44/3754）

【对译】

难陀啊，诃利向你道何言

莫亨无情冷漠语[3]，听罢内心怎忍受？

为何弃爱归家来，而不跑去抓双足？

心如金刚[4]未破碎，如何忍受此般苦？

想起莫亨言语时，眼中泪水簌簌流；

身体虚弱无生气，仿若蛇咬失知觉。

为何弃他回牛村，享用牛奶与酸奶？

苏尔言，

未如十车[5]弃性命，此生本来应相续。

【释译】

本诗描述了耶雪达由于难陀未将黑天带回牛村而向他抱怨。内容大致如下：

耶雪达问难陀："难陀，黑天都跟你说什么了？是怎么跟你说的？听到黑天那般无情的言语，你的心怎么能够忍受得了呢？难道

①　Gupta 本作 vajr。

②　Varma 本作 manu。

③　此处的"无情冷漠语"指的是黑天劝告难陀归返牛村时所说的话，如"父亲儿子你和我，此种关系至尽头"等。

④　金刚，原文为 bajr，金刚石，金刚石为自然界中天然存在的最坚硬的物质，此处缩译为"金刚"。

⑤　此处十车指的是十车王。

你还没有心碎吗？你的心难道和金刚石一样坚硬吗？你怎么能放弃对黑天的爱而回到牛村呢？你为什么不跑上去抓住黑天的双足，向他恳求，请他回来呢？”

耶雪达一想到黑天的无情言语瞬间泪流满面。她的身体失去了知觉，越来越虚弱，就像被蛇咬了一样，瘫倒在地。随后，耶雪达又对难陀道：“难道你把他们丢在马图拉，想要回来独自享用牛奶和酸奶吗？十车王晚年因见不到罗摩抑郁而终，可是同样身为父亲，为什么你见不到自己的儿子却还能苟活，回来见我们呢？”

本诗与上一首诗相近，耶雪达通过对难陀的责怨表达了自己失去黑天的痛苦。正如诗中所言“此生本来应相续”，如今，没有黑天，耶雪达的生命便失去了意义。

【原文】

कहाँ रह्यौ मेरौ मनमोहन।

वह मूरति जिय तैं नहिं बिसरति, अंग अंग सब सोहन।

कान्ह बिना गौवैं सब ब्याकुल, को ल्यावै भरि दोहन।

माखन खात खवावत ग्वालनि, सखा लिए सब गोहन①।

जब वै लीला सुरति करति हौं, चित चाहत उठि जोहन।

सूरदास प्रभु के बिछुरे तैं, मरियत है② अति छोहन॥

（45/3756）

---

① Sabha 本作 mohan。

② Gupta 本作 haiṁ。

【对译】

我的迷心者[①]在哪里

心中不忘他模样，周身迷人闪光辉。

黑黑不在众牛忧，谁来挤奶装满罐？

偕同牧人众伙伴，吞食黄油并喂予。

忆及那些本事时，心想起身去寻望。

苏尔达斯言，

因与胜尊分离别，怜爱至深命渐尽。

【释译】

本诗描述的是耶雪达想念黑天时自言自语的场景。内容大致如下：

耶雪达道："我的黑天啊，他在哪里呀？黑天周身光彩夺目，他那青黑色的迷人样子我永远无法忘记。如今，没有黑天，所有的母牛都无精打采、忧心忡忡。如今，没有黑天，谁还会去挤牛奶，将奶罐装满呢？以前，黑天总是和伙伴们形影不离，一起偷吃黄油，一起嬉戏玩耍。当我想起黑天玩耍的那些情景时，就想起身再去看看他。可是，他在哪里呢？"

黑天离开牛村后，母亲耶雪达日夜想念，回忆着黑天在牛村时放牧挤奶、偷吃黄油、嬉戏玩耍等各种本事，仿佛又回到了曾经快乐的时光。然而，正当耶雪达起身寻找玩耍中的黑天时，她才意识到，黑天已经不在牛村了。这样美好的回忆却带给耶雪达无尽的痛苦。本诗最后一句"因与胜尊分离别，怜爱至深命渐尽"是苏尔达斯的诗外音，表现了耶雪达无法忍受与黑天离别之苦，在痛不欲生的悲伤中艰难度日的凄凄之景。

① 迷心者，原文为manamohan，字面义为"迷醉内心的"，此处译为"迷心者"，指黑天。

गोपी वचन तथा ब्रजदशा

牧女之言与伯勒杰状况

【原文】

ग्वारनि कही ऐसी जाइ।
भए हरि मधुपुरी राजा, बड़े बंस कहाइ।
सूत मागध बदत बिरदनि, बरनि बसुद्यौ तात[①]।
राज-भूषण अंग भ्राजत, अहिर कहत लजात।
मातु पितु बसुदेव[②] दैवै, नंद जसुमति नाहिँ।
यह सुनत जल नैन ढारत, मींजि कर पछिताहिँ[③]।
मिली कुबिजा मलै लै कै, सो भई अरधंग।
सूर प्रभु बस भए ताकैँ, करत नाना रंग॥
(46/3760)

【对译】

牧人回来言说此
人称诃利出身好，已成摩图城之王。
述说父亲为富天，歌者苏多[④]颂荣耀。
身着王服闪光辉，被称牧民觉羞愧。
提婆吉母富天父，而非难陀耶雪达。
闻此眼中泪奔流，以手擦拭悔不已。[⑤]
所遇持檀驼背女，她已成为结发妻。
苏尔言，

① Sabha 本作 sāt。
② Gupta 本作 vasudev。
③ Varma 本作 pachitāhiṁ。
④ 歌者，原文为 māgadh，指印度中世纪宫廷中专为国王及其祖先歌功颂德的歌手，也可指流浪艺人。苏多，原文为 sūt，根据《摩奴法论》，苏多是婆罗门女子与刹帝利男子的婚生子，其职责主要是担任帝王的御夫与歌手。
⑤ 此句指的是伯勒杰居民听到这些话后悲伤懊悔。

胜尊已为她所控，享受多种欢娱乐。

【释译】

本诗描写的是牧人从马图拉回来后对伯勒杰居民所说的话。内容大致如下：

牧人从马图拉回来后这样道："黑天现在已经是马图拉的国王了。他已经不再是牧民了，而是出身高贵的雅度族后裔。现在，苏多和说唱诗人都在歌颂黑天的光辉事迹，并将黑天当作富天的儿子。如今，黑天身着国王般的服饰，闪闪发光。他甚至都不愿被称作'牧人'，觉得那是在羞辱自己。他的父母现在是富天和提婆吉，而不再是难陀和耶雪达了。"

听到这样的话，所有人的泪水夺眶而出，懊悔不已。最后，牧人告诉了大家黑天不返回牛村，除了在马图拉可以坐拥权贵以外，还有一个重要原因："所遇持檀驼背女，她已成为结发妻。胜尊已为她所控，享受多种欢娱乐。"原来，黑天已经在马图拉"成家立业"，既拥有了高贵的身份，又收获了甜美的爱情，难怪黑天眷恋马图拉城的生活，难怪他全然忘却了在牛村苦苦期待他的父老乡亲。此处，黑天对驼背女的爱恋被牛村居民，尤其是牧女们解读为黑天忘旧爱获新欢的不义之举，这件事深深伤害了牛村的牧女，引起了她们强烈的嫉妒。

【原文】

कैसैं री यह हरि करिहैं।

राधा कौं तजिहैं मनमोहन, कहा कंस-दासी धरिहैं।

कहा कहति वह भइ पटरानी, वै राजा भए जाइ उहाँ।

मथुरा बसत लखत नहिं कोऊ, को आयौ को रहत कहाँ।

लाज बेंचि कूबरी बिसाही, संग न छाँड़त एक घरी।

सूर जाहि परतीति न काहू, मन सिहात यह करनि करी॥

（47/3765）

【对译】

诃利怎会做此事

迷心者怎弃罗陀，接受刚沙之女仆[①]？

彼处他既成国王，怎说她成正宫后？

居于马城无人察，谁住何处谁来到。

卖掉名声买驼女，一时一刻不分离。

苏尔言，

无人相信此作为，心中却生嫉妒意。

【释译】

本诗描述的是关于黑天娶驼女为妻一事两位牧女之间的议论。内容大致如下：

一位牧女道："你在说什么呢？黑天怎么能做这样的事呢，难道他放弃了罗陀这么美丽的女子而接受了那位刚沙王的女仆吗？你怎么能说那个驼背女是国王黑天的妻子，成为王后了呢？这是不可能的呀！"另一位牧女回答道："有什么不能信的？在马图拉这么大的城市中，人来人往，谁会在意有人来到这里，有谁住在这里呢？在马图拉做了什么不好的事情也不必觉得羞耻，没人会注意的，因此，黑天娶了驼背女根本不会影响他的声誉。这有什么难以置信的？现在黑天和驼背女住在一起，一分一秒都不分离。"

牧女听说黑天在马图拉娶驼背女为妻后，大为惊愕，无法相信曾经与自己恋爱的黑天如今已经移情别恋了。很多牧女听后全然不肯相信，彼此之间展开了议论。诗中的两位牧女一正一反，虽然其

① 女仆，指的是国王刚沙的女仆驼背女。

中一位相信黑天这一不可理喻的行为，表面上看似不以为意，淡定自若，但嫉妒的波澜却已在心中荡漾，使她无法平静。正如本诗最后苏尔达斯诗外音所言：“无人相信此作为，心中却生嫉妒意。”一边半信半疑，一边泰然处之，牧女的不同表现流露出她们此时此刻复杂的心情。

【原文】

कुबिजा नहिं① तुम देखी है।

दधि बेचन जब जाति मधुपुरी, मैं नीकैं करि पेषी② है।

महल निकट माली की बेटी, देखत जिहिं नर-नारि हँसैं③।

कोटि बार पीतरि④ जौ दाहौ, कोटि बार जो कहा कसैं।

सुनियत ताहि सुंदरी कीन्ही, आपु भए ताकौं राजी।

सूर मिलै मन जाहि जाहि सौं, ताकौ कहा करै काजी॥

（48/3766）

【对译】

你没见过驼背女吗

我去摩城卖酸奶，彼时看见细端详。

宫殿附近园丁女，男女见她皆嘲笑。

烧炼试验千万次，黄铜能有何变化？⑤

听闻将她变美女，自己欢喜迷恋她。

苏尔言，

---

① Gupta 本作 kahiṁ。

② Gupta 本作 pekhī。

③ Sabha 本作 hasaiṁ。

④ Gupta 本作 pītar。

⑤ 此句是伯勒杰牧女因黑天被驼背女深深迷恋而嘲讽驼背女的话。在牧女看来，无论驼背女外表发生什么样的变化，但她的本质不会变，还是原来那个奸诈狡猾的女人。

心心相印情意合，对此法官复何为？

【释译】

本诗描述的是两位牧女冷嘲热讽驼背女相貌的言语。内容大致如下：

一位牧女问道："你从来没在马图拉见过那个驼背女吗？"

另一位牧女回答说："我见过。以前去马图拉卖酸奶的时候，我还仔细端详过她呢。她就住在宫殿的附近，是一位园丁的女儿。所有人，无论男女见到她驼背的样子都会大笑起来。即使黄铜经过上千万次的灼烧，然后在试金石上试验千万次又能怎么样呢？黄铜终究还是黄铜，永远成不了黄金！听说黑天将那个驼背女变成了一位美女，并被她深深迷住了，但驼背女终究还是驼背女，就算看上去是个美女，内心也还像以前一样狡猾邪恶。"

本诗承接上一首诗，牧女心生嫉妒后开始挖苦驼背女的长相。"烧炼试验千万次，黄铜能有何变化"，牧女这一句尖酸刻薄的评价实际上是一种自我安慰，牧女如今已经见不到黑天，又得知黑天与驼背女结为连理，可谓"祸不单行"。在这种境遇下，牧女将驼背女视为她们的共同敌人，言语攻击能够发泄怒气，得到暂时的平静。但是，牧女终究要回归现实，"心心相印情意合，对此法官复何为"，她们知道如果两个人心心相印，就算不知羞耻，犯下罪过，法官又能做什么呢？谁能将这样的两个人生生拆散呢？牧女激烈的言辞无法改变黑天已经结交新欢的事实。最后一句是本诗的点睛之笔，展现了如今牧女心怀嫉妒、手足无措的无奈之状。

【原文】

कोटि करौ[1] तनु प्रकृति न जाइ।

ए अहीर वह दासी पुर की, बिधिना[2] जोरी भली मिलाइ।

ऐसेन कौं[3] मुख नाउँ न लीजै[4], कहा करौं कहि आवत मोहिं[5]।

स्यामहिं दोष किधौं कुबिजा कौ[6], यहै कहौ मैं बूझति तोहिं।

स्यामहिं दोष कहा कुबिजा कौ, चेरी चपल नगर उपहास।

टेढ़ी टेकि चलति पग धरती, यह जानै दुख सूरजदास[7]॥

（49/3767）

【对译】

纵使作千万，身体本性去不了

城中女仆与牧人，造物[8]使其结好对。

对此不应以貌名，言及之时我何为？

我问你且告知此，黑子之错或驼女？

驼女何辜黑子错，蹒跚女仆贻笑城；

苏尔吉达斯[9]言，

弓身拄杖路上行，苏尔达斯知此苦。

【释译】

本诗描述的是两位牧女间关于黑天和驼背女展开的议论。内容大致如下：

一位牧女道：“你用上千万种办法试试，无论如何身体的样子是

---

① Gupta 本作 karo。

② Sabha 本作 bidhanā。

③ Gupta 本作 kau。

④ Gupta 本作 līje。

⑤ Gupta 本作 mohi。

⑥ Sabha 本作 kauṁ。

⑦ Gupta 本作 sūradās。

⑧ 造物，原文为 bidhinā，通 bidhi，字面义为“大梵”或“造物主”，此处译为“造物”。

⑨ 苏尔吉达斯，原文为 sūrajadās，指苏尔达斯。

无法改变的。黑天是牛村的牧民，驼背女是马图拉城的女仆。造物主创造了多么好的一对！我们不应该根据相貌给人起名字，可我又能怎么办呢？说起她的时候总得有个名字吧。女伴啊，我问你，这件事情是黑天的错还是驼背女的错？”

另一位牧女答道：“当然是黑天的错。驼背女有什么错呢？她就是一个步履蹒跚的女仆，满城都在嘲笑她的样子。她有什么能耐讨好黑天呢？一定是黑天这个多情的人，一见驼背女的美貌就被深深迷醉了。”

本诗承接上一首诗，牧女之间继续议论着驼背女和黑天的故事。本诗最后一句“弓身拄杖路上行，苏尔达斯知此苦”是苏尔达斯的诗外音，表达了对驼背女的一种同情。一位驼背，一位眼瞎，二人同为患病者，方能体会彼此的痛苦。本诗中，牧女在表面上抒发了自己对驼背女的同情与怜悯，但“女仆与牧人”“以貌取名”和“满城贻笑”等细节流露了牧女的嫉妒，以及对驼背女的恶意讽刺。

【原文】

कंस बध्यौ कुबिजा कैं काज।
और नारि हरि कौं न मिली कहुँ, कहा गँवाई लाज।
जैसैं काग हँस की संगति, लहसुन संग कपूर।
जैसैं कंचन काँच बराबरि, गेरू काम सिँदूर।
भोजन साथ सूद्र बाम्हन के, तैसौ उनकौ साथ।
सुनहु सूर हरि गाइ चरैया, अब भए कुबिजा नाथ॥
（50/3771）

【对译】

诛灭刚沙为驼女

难道未遇其他女，诃利怎将名声丢？

仿若乌鸦伴天鹅，又如蒜头与樟脑。

仿若玻璃同金子，又如赭石代朱砂。

首陀罗与婆罗门，相伴一起享饭食，

黑天驼女两相伴，仿若以上诸般对。

苏尔言，

且听放牛之诃利，现已成为驼女主。

【释译】

本诗描述的是牧女对黑天娶驼背女为妻一事的怨念之言。内容大致如下：

一位牧女道："黑天就是为了驼背女才杀掉刚沙王的。他怎么把所有的名誉都给丢了？他难道没有遇见任何其他出身好的女子吗？驼背女和黑天在一起就像乌鸦与天鹅做朋友，就像大蒜被放在樟脑旁边，又像玻璃与金子在一起，又像朱砂中掺杂了赭石，还像坐在一起进食的首陀罗和婆罗门。黑天以前是个放牛的牧民，现在他成了驼背女的主人了。"

本诗承接上一首诗，通过五组比喻加强了黑天与驼背女身份差距的对比，黑天是天鹅、是樟脑、是金子、是朱砂、是婆罗门，而驼背女被相应比作乌鸦、大蒜、玻璃、赭石、首陀罗。二者身份悬殊如此之大，却能够一起享乐，这引起了牧女强烈的嫉妒和不满。本诗在赞颂黑天至高地位的同时，有意贬低驼背女的身份，牧女借此一吐心中不快。

【原文】

वै कह जानैँ पीर पराई।

सुंदर स्याम कमल दल लोचन, हरि हलधर के भाई।

मुख मुरली सिर मोर पखौवा[①], बन बन धेनु चराई।

जे जमुना जल रंग रँगे हैं, अजहुँ न तजत कराई।

वहई देखि कूबरी भूले, हम सब गईं बिसराई।

सूरज चातक बूँद भई है, हेरत रहे हिराई॥

（51/3773）

【对译】

他岂知晓别人苦

持犁之弟青黑美，诃利双眸莲花瓣，

头上雀翎口边笛，树林丛中牧群牛。

被染叶木拿水色，至今仍未消退去。

遇见驼女他自忘，我等尽皆被忘却。

苏尔吉言，

她成杜鹃之雨露，寻寻觅觅他迷失。[②]

【释译】

本诗描述的是牧女对黑天沉浸在驼背女的爱恋中而忘记她们的抱怨之言。内容大致如下：

一位牧女道："黑天怎么知道别人的痛苦呢！黑天是大力罗摩的弟弟，他皮肤青黑，双眼如莲花瓣一样迷人美丽。他头戴翎羽，口吹竹笛，和小伙伴们一起在森林中放牛。他在叶木拿河中嬉戏玩耍，被叶木拿青黑色的河水染黑了身体，而且至今都未能消去。他与驼

① Gupta 本作 pakhauā。

② 据传说，印度杜鹃鸟（cātak）只饮用亢宿时段降下的第一场雨。作者选用印度杜鹃鸟寻找雨滴的故事用来比喻黑天寻找自己的情人。

背女一见钟情，却将我们全部忘记。现在黑天仿若杜鹃鸟一样，在寻找驼背女这一水滴时迷失了自我。”

牧女回忆着黑天的青黑肤身、迷人莲眼、头戴雀翎、口吹竹笛的样子，心中不禁思念与黑天一起玩耍嬉戏的快乐时光。如今，黑天在马图拉寻得了爱人，将牧女的情意全然忘却。本诗将黑天比作杜鹃鸟，将驼背女喻为雨水，黑天沉醉于驼背女的美貌之中并迷失了自我。这样的比喻在《苏尔诗海》中并不常见，将牧女比作杜鹃鸟，将黑天比作雨滴的形式更为多见，黑天由牧女渴求的雨滴变成了寻求雨滴的杜鹃鸟，这样的角色转换颇具讽刺意味。

【原文】

तब तैं मिटे सब आनंद।
या ब्रज[①] के[②] सब भाग संपदा, लै जु गए नँदनंद।
विह्वल[③] भई जसोदा डोलति, दुखित नंद उपनंद।
धेनु नहीं पय स्रवतिं रुचिर मुख, चरतिं नहीं तृण कंद।
बिषम[④] बियोग[⑤] दहत उर सजनी, बाढ़ि रहे दुख दंद।
सीतल कौन करै री माई, नाहिं इहाँ ब्रज[⑥] चंद।
रथ चढ़ि चले गहे नहिं काहू, चाहि रहीं मतिमंद।
सूरदास अब कौन छुड़ावै, परे विरह[⑦] कैं फंद॥
（52/3776）

① Gupta 本作 vraj。
② Gupta 本作 kai。
③ Sabha 本作 bihval。
④ Varma 本作 viṣam。
⑤ Gupta 本作 viyog。
⑥ Varma 本作 braj。
⑦ Varma 本作 birah。

【对译】

喜乐皆逝自彼时

难陀之子皆带走，伯勒杰此好运财。

忧虑徘徊耶雪达，难陀乌波难陀①悲。

母牛奶汁不再流，妙口不食草和根。

艰难离别灼心焦，悲苦愈增女伴啊。

伯勒杰月②不在此，谁使平静女伴啊？

登车离时无人抓，愚笨之人盼已久。

苏尔达斯言，

陷入离别苦情网，而今谁人能解救？

【对译】

本诗描述的是黑天离开牛村后众人悲伤忧虑的场景。内容大致如下：

一位牧女道：“自从黑天带着伯勒杰的幸福、好运与财富离开而前往马图拉之后，这里所有的快乐都消失得无影无踪。母亲耶雪达忧虑不堪，焦急不安地四处徘徊。难陀和弟弟也十分悲伤。奶牛产不出奶，也吃不下草。哎，女伴们！离别的苦火在心中灼烧，愈燃愈烈。哎，女伴们！黑天不在，谁能扑灭这熊熊烈火呢？谁能让我们安宁平静下来呢？当黑天踏上马车前往马图拉的时候，没有任何人阻拦他。现在我们只能像傻子一样等他回来。我们陷入了离别的情网，谁能将我们拯救出来呢？”

黑天离别后，伯勒杰地区陷入了一片混乱之中，无论是难陀、耶雪达、牧女，还是伯勒杰的母牛和花草树木都毫无生气，因为黑

---

① 乌波难陀，原文为 upanand，一说为族主难陀的弟弟，音译为“乌波难陀”。

② 伯勒杰月，原文为 brajacand，字面义为“伯勒杰的月亮”，译为“伯勒杰月”，指黑天。

天是伯勒杰的至上之宝，是伯勒杰的生命。黑天一别，昔日充满欢声笑语、富裕吉祥的伯勒杰已不复存在了，如今此处死气沉沉，处处充斥着哀叹与啜泣。苏尔达斯通过本诗最后一句“陷入离别苦情网，而今谁人能解救”的诗外音，表达了伯勒杰的牧女兀自思念、懊悔、悲伤、无助的复杂心情。

【原文】

इक दिन नंद चलाई बात।

कहत सुनत गुन राम कृष्न कै, ह्वै आयौ परभात।

वैसैंहि भोर भयौ जसुमति कौ, लोचन जल न समात।

सुमिरि सनेह बिहरि उर अंतर, ढरि आवत ढरि जात।

जद्यपि वै बसुदेव① देवकी, हैँ निज जननी तात।

बार एक मिलि② जाहु सूर प्रभु, धाई हू कैँ नात॥

（53/3780）

【对译】

一日难陀起话端

罗摩③黑天之德行，言述直至黎明时。

亦如那般至拂晓，耶雪达泪眼难容。

忆及怜爱内心碎，泪水涟涟簌簌流。

虽彼富天提婆吉，乃为亲生父母亲，

苏尔言，

但为养母之关系，胜尊且来会一面！

---

① Gupta 本作 vasudev。

② Gupta 本作 mil。

③ 此处指大力罗摩。

【释译】

本诗描述的是难陀忆及黑天与大力罗摩的功行以及耶雪达想念黑天的悲伤场景。内容大致如下：

一天晚上，难陀与耶雪达聊起了大力罗摩与黑天。他俩彻夜回忆着黑天和大力罗摩的功德，直到天亮。耶雪达熬到天明，双眼盈盈，泪流不止。回想起黑天和大力罗摩，耶雪达难以抑制对他们的思念，这种痛苦令她心如刀割，泪水再次夺眶而出。耶雪达自言自语地说道："虽然富天和提婆吉是你的亲生父母，但我将你抚养成人，你把我当作奶娘回来看看也可以啊！"

本诗着重描写了身为养父母的难陀和耶雪达对黑天的思念之情。"忆及怜爱内心碎，泪水涟涟簌簌流"展现了耶雪达忧伤哭泣的伤感场面，身为母亲，不知道儿子离家不再归的日子应该如何度过，这位抚养黑天长大成人的母亲哀求着黑天再次返回伯勒杰。

【原文】

चूक परी हरि की सेवकाई।
यह[1] अपराध कहाँ लौं बरनौं, कहि कहि नंद महर पछिताई।
कोमल चरन कमल कंटक कुस, हम उन पै बन गाइ चराई।
रंचक दधि के[2] काज जसोदा, बाँधे कान्ह उलूषल[3] लाई।
इंद्र प्रकोप जानि ब्रज[4] राखे, बरुन फाँस तैं मोहिं मुकराई।
अपने तन धन लोभ, कंस डर, आगैं कै दीन्हे दोउ भाई।
निकट बसत कबहुँ न मिलि आयौ[5], इते मान मेरी निठुराई।

① Gupta 本作 vah。
② Varma 本作 kai。
③ Varma 本作 ulūṣan，Gupta 本作 ulūkhal。
④ Gupta 本作 vraj。
⑤ Varma 本作 āyai。

सूर अजहुँ नातौ मानत हैं, प्रेम सहित करैं नंद दुहाई ॥

（54/3781）

【对译】

抚养诃利时犯错

此等罪过难描述，族主难陀言时悔。

我们曾让纤莲足，牧牛拘棘[1]树林中。

为点酸奶耶雪达，捆绑黑黑木臼上。

得知因陀罗盛怒，保护庇佑伯勒杰；

伐楼那神之圈套，从中将我解救出。[2]

贪生爱财惧刚沙，我将哥俩置前方。[3]

住在附近从未会，我竟如此大无情。

苏尔言，

至今仍认此关系，深怀爱意唤难陀。

【释译】

本诗描述的是难陀反省在抚养黑天的过程中自己犯下的错误并自责的场景。内容大致如下：

族主难陀懊悔地道："在养育黑天的过程中我犯下了严重的错误。我都不知道如何述说此等严重的罪过？我竟然曾经让他到森林中去放牛，他那如莲花般纤柔美丽的双足怎么能够踏入那遍布荆棘的森林呢？耶雪达也同样犯了错误。她为了一点点酸奶就把黑天绑在了木臼上。然而，我们的黑天却丝毫没有因此而记恨我们。当他看到因陀罗勃然大怒连降大雨，想要冲毁牛增山的时候，便左手托山，帮助所有居民得以躲避这场灾难。不仅如此，当得知我被伐楼那的

① 拘棘指拘舍草和荆棘草。

② 根据《薄伽梵往世书》的记载，伐楼那曾派使者将正在河中沐浴的难陀抓走，随后黑天前往伐楼那的住处将难陀解救出来。此处讲的就是这一故事。

③ 此句说的是黑天和大力罗摩杀害刚沙的故事，在两兄弟离开牛村前往马图拉之际，难陀没有阻拦，如今，黑天不再返回伯勒杰，于是，难陀心生悔意。

使者抓走后，黑天前往伐楼那的居所将我解救了出来。哎，看看我多么忘恩负义啊，由于顾及自己的性命和诱人的金钱，又由于自己对刚沙王的惧怕，我把黑天和大力罗摩两兄弟送到了马图拉。我真是个铁石心肠的家伙！与黑天住得这么近，竟然没有去看看他。马图拉离这里能有多远呢？只要我想，每天都可以去看他。”

身为父母，难陀和耶雪达没有一味地抱怨黑天不归，而是将如今离别的结局归咎于自己平日对黑天的怠慢。通过“放牛”“偷吃奶油”和“绑于木臼”等情节，难陀回忆了可能对黑天造成伤害的几件事情。然而，黑天并没有计较他们的冒犯，依然毫不犹豫地在危难之时拯救伯勒杰居民。因而，难陀反思了自己与黑天之间的差距，正如最后一句“至今仍认此关系，深怀爱意唤难陀”，难陀不禁感慨道：“你再看看黑天是多么宽容啊，直至今天，他还爱着我们，还念及我们的父子关系，而且还屡屡呼唤我的名字，把我当作他的保护神。”事实上，难陀与耶雪达对黑天的怜爱只是一厢情愿，如今，黑天已不再认他们做父母，而难陀仍以“至今仍认此关系”安慰自己，表现了他不愿接受失去黑天的现实，难陀希望通过自己的懊悔之言能够使黑天念及旧情，从而返回伯勒杰。

【原文】

लै आवहु गोकुल गोपालहिं।

पाइँनि परि क्यौं हूँ बिनती करि, छल बल बाहु बिसालहिं।

अब की बार नैंकु दिखरावहु, नंद आपने लालहिं।

गाइनि गनत ग्वार गोसुत सँग, सिखवत बैन रसालहिं।

जद्यपि महाराज सुख संपति, कौन गनै मनि लालहिं[1]।

तदपि सूर वै[2] छिन न तजत हैं, वा घुँघची की मालहिं॥

（55/3783）

【对译】

且带牛护回牛村

何不恳求触双足，施计哄骗壮臂者[3]？

这回且让看一看，难陀你家小儿郎。

清点牧牛偕牧童，教授竹笛奏妙音。

虽为福乐财富王，宝石红玉谁人数？

苏尔言，

那条相思子项链，他却片刻不弃离。

【释译】

本诗描述的是耶雪达劝说难陀再次前往马图拉将黑天带回牛村的言语。内容大致如下：

耶雪达劝说难陀道："你去把那拥有强壮手臂的黑天带回来吧，你或是触摸他的双足恳求他或是使用诡计哄骗他，无论使用什么办法反正你要把他带回来让我见见！以前黑天和牧人们一起数牛犊和母牛的数量，从来不会出错；他还经常教伙伴们吹笛子，奏出美妙的声音。虽然我的黑天现在是国王了，不缺少任何福乐和财富，他的宝石多得数不过来，但是他也从来没有摘下用相思子串成的项链呀，这就说明他还是很看重和挂念伯勒杰的！你快去把他带回来吧！"

耶雪达经过数日的忍耐后，再次向难陀提出将黑天带回牛村的恳求。黑天在牛村的本事对于耶雪达来说历历在目，不分昼夜地浮

① Sabha 本作 lājahiṁ。

② Gupta 本作 ve。

③ 原文为 bāhu bisālahiṁ，字面义为"强壮的手臂"，此处译为"壮臂者"，代指黑天。

现在其眼前，因此，耶雪达对他的思念也愈来愈深。她想起黑天佩戴的相思子项链，理所当然地认为黑天还没有忘记牛村。耶雪达将唯一的希望寄托在一串项链上，可见母亲的深切思念与万般无奈。

【原文】

हौं तौ माई मथुरा ही पै जैहौं।

दासी ह्वै बसुदेव① राइ की, दरसन देखत रैहौं।

राखि राखि एते दिवसनि मोहिं, कहा कियौ तुम नीकौ।

सोऊ तौ② अक्रूर गए लै, तनक खिलौना जी कौ।

मोहिं देखि कै लोग हँसैंगे③, अरु किन कान्ह हँसै।

सूर असीस जाइ④ देहौं, जनि न्हातहु बार खसै॥

（56/3789）

【对译】

女伴啊，我定前往马图拉

富天王之女仆做，才得会面久相见。

这些时日阻拦我，你们做了何好事？

阿格鲁尔携走他，娱悦卑微生命者。

人们见我或将笑，黑黑又怎不嘲笑？

苏尔言，

前往给予祝福愿：沐浴时刻不掉发。

【释译】

本诗描述的是耶雪达向牧女们表达自己将前往马图拉的坚定意愿。内容大致如下：

---

① Gupta 本作 vasudev。
② Gupta 本作 tauṃ。
③ Varma 本作 hasaiṁge。
④ Varma 本作 jāī。

耶雪达对牧女们道："女伴啊，我一定要去马图拉。我去那里给富天王做女仆，这样我就可以一直见到我的黑天了。这些天来你们一直阻止我去马图拉，这不是什么好事。那个可以让我开心的黑天已经被阿格鲁尔带到马图拉去了。虽然那里的居民看到我之后也许都会嘲笑我，甚至连我的黑天也可能嘲笑我，不过没有关系，我想为他送去祝福，希望他健康快乐，连沐浴时都不损失一根头发。"

耶雪达按捺不住渴望见到黑天的急切心情，想要亲自前往马图拉与黑天相见。本诗中，耶雪达为了能见到黑天，甘愿成为富天的女仆，甘愿被大家嘲笑，但只要能够见到黑天，她愿意献出自己的一切，一个伟大崇高的母亲形象跃然纸上。这样坚定的意愿表达了耶雪达对黑天深厚的爱意。

【原文】

पंथी इतनी कहियौ बात।

तुम बिनु इहाँ कुँवर वर① मेरे, होत जिते उतपात।

बकी अघासुर टरत न टारे, बालक बनहिं न जात।

ब्रज② पिंजरी रुधि③ मानौ राखे, निकसन कौं अकुलात।

गोपी गाइ सकल लघु दीरघ, पीत बरन कृस गात।

परम अनाथ देखियत तुम बिनु, केहिं अवलंबैं④ तात।

कान्ह कान्ह कै टेरत तब धौं, अब कैसैं जिय मानत।

यह ब्यवहार⑤ आजु लौं है ब्रज⑥, कपट नाट छल ठानत।

---

① Sabha 本作 bar。
② Gupta 本作 vraj。
③ Gupta 本作 rūndhi。
④ Varma 本作 avalambai。
⑤ Varma 本作 vyavahār。
⑥ Gupta 本作 vraj。

दसहूँ दिसि तैं उदित होत हैं, दावानल के कोट।

आँखिनि[1] मूँदि रहत सनमुख ह्वै, नाम कवच दै ओट।

ए सब दुष्ट हते हरि जेते, भए एकहीं पेट।

सत्वर सूर सहाइ करौ अब, समुझि पुरातन हेट॥

（57/3790）

【对译】

路人且把此言传

优秀我儿你不在，大难降临于此地。

罪蛇[2]鹤女[3]赶不走，孩童不敢去森林。

若困伯勒杰牢笼，狂躁不安为逃离。

老牛小牛与牧女，面黄身瘦皆憔悴。

至极孤苦不见你，可依谁人爱儿啊。

彼时声声唤黑黑，现今怎得慰内心？

伯勒杰今仍此状，虚假骗人把戏做。

森林大火之堡垒，熊熊升起自十方。

闭目直面久驻留，名号铠甲施庇佑。

诃利消灭诸彼妖，尽皆齐降于一腹。

苏尔言，

顾念往日情爱意，如今速速予帮助。

【释译】

本诗描述的是耶雪达让一位过路人转达她想对黑天说的话，表达了耶雪达对黑天的深深思念以及希望立即见到黑天的急切心情。内容大致如下：

---

① Varma 本作 ākhini。

② 罪蛇，原文为 aghāsur，字面义为“罪阿修罗”，刚沙王派来谋害黑天的阿修罗，因以蛇的样子出现而被称作“罪蛇怪”，后被黑天消灭。此处因字数限制，缩译为“罪蛇”。

③ 鹤女，原文为 bakī，刚沙王派来谋害黑天的阿修罗，本来是一只鹤，后变成了毒乳怪来到牛村，但也被黑天消灭。

有一位女子正在朝马图拉方向走去。耶雪达叫住她并对她道："过路人啊，你这是去马图拉吧？我的儿子住在那里，你把我这些话转达给他吧！我的爱儿黑天啊，没有你在，伯勒杰现在一片混乱，再次陷入灾难之中。罪蛇怪和鹤妖卷土重来，无论怎样我们都无力把它们赶走。现在孩子们害怕得都不敢去森林中放牛了。这两个妖怪在伯勒杰暴躁不安，肆意破坏，就好像陷入了伯勒杰这个大笼子里而奋力挣脱一样。由于见不到你，牧女们面黄肌瘦，牛儿也都无精打采，虚弱无力。没有你在这里，他们顷刻之间变得孤苦无依。哎，儿子啊！他们现在能向谁去寻求帮助呢？以前你在这里的时候，他们每天'黑儿、黑儿'地呼唤着，可是现在，她们用什么安慰自己的内心呢？虽然他们都知道你不在这里，但是至今仍和以前一样呼唤着你，重复以前的这种场景，这骗人的一幕至今都还在伯勒杰上演。与你离别后，我们内心痛苦不堪，离别思愁就像森林之火从四面八方扑面而至，而我们闭上眼睛，念诵你的名字，在'黑天'这一铠甲的庇护下才敢于直面熊熊烈火，默默忍受灼烧之痛。黑天啊，你曾经为保护伯勒杰居民消灭过的众敌，又霎时间出现在了我们的面前，扰乱了这里的秩序。现在伯勒杰确实是灾难重重啊！"

本诗详细描写了黑天离开后伯勒杰地区的颓败景象，耶雪达希望通过路人告知黑天如今灾难再一次降临伯勒杰，发出了"顾念往日情爱意，如今速速予帮助"的请求。本诗在表现牛村居民失去黑天忧愁惶恐，日日不得安宁的生活状态外，侧面烘托了黑天尽诛妖魔鬼怪的少年英雄形象。

【原文】

सँदेसौ देवकी सौं कहियौ।

हौं तौ धाइ तिहारे सुत की, मया करत ही रहियौ।

जदपि टेव तुम जानतिं उनकी, तऊ मोहिं कहि आवै।

प्रात होत मेरे लाल लड़ैतैं, माखन रोटी भावै।

तेल उबटनौ अरु तातौ जल, ताहि देखि भजि जाते।

जोइ जोइ माँगत सोइ सोइ देती, क्रम क्रम करि कै न्हाते।

सूर पथिक सुनि मोहिं रैनि दिन, बढ़्यौ रहत उर सोच।

मेरौ अलक लड़ैतौ मोहन, ह्वैहै करत सँकोच॥

(58/3794)

【对译】

向提婆吉传达口信

我乃你儿之养母，且请怜悯行慈悲。

虽你已知他习惯，但我仍要告知言：

我的爱儿清晨时，喜爱奶油和烙饼。

香脂油膏[1]与热水，见此随即跑离去。

无论要何尽皆予，步步满足才肯浴。

路人且听我言道，心中担忧日夜增，

苏尔言，

亲爱莫亨我儿郎，或许害羞难为情。

① 香脂油膏，原文为 tel ubaṭanau，由油、姜黄和香料制成，在沐浴时擦拭于身体上以清洁皮肤。

【释译】

本诗描述的是耶雪达希望路人转达给提婆吉的话。内容大致如下：

耶雪达继续向路人道："朋友，请将我的这些话转达给提婆吉：看在我是你儿子养母的份上，请你同情同情我吧。虽然你现在可能已经知道黑天的生活习惯了，但我还是觉得应该告诉你一些事情。早上，我亲爱的黑天喜欢吃奶油和烙饼。他一看见洗澡用的油膏和热水就会立即跑开。为了让他洗澡，无论他要什么东西，我都会给他。只有这样，所有要求全部得到满足之后，他才会去洗澡。"

耶雪达讲述如今伯勒杰地区令人担忧的状况之后，她担心黑天在马图拉的新家中生活不适，于是将黑天的生活习惯告诉给黑天的生母提婆吉。最后她还向路人倾诉道："路人且听我言道，心中担忧日夜增，亲爱莫亨我儿郎，或许害羞难为情。"耶雪达担心黑天在陌生的环境中可能表现得腼腆羞涩，也许饿了都不好意思要东西吃。黑天不可能挨饿，这是不言而喻的事实，但在母亲的眼中，黑天还是一个尚不懂事的孩子，母亲所担心的这些生活细节虽然看起来不足挂齿，但却承载了一份厚重的母爱。

【原文】

मेरे कुँवर कान्ह बिनु सब कुछ, वैसहिं① धर्यौ रहै।
को उठि प्रात होत लै माखन, को कर नेति गहै।
सूने भवन जसोदा सुत के, गुन गुनि सूल सहै।
दिन उठि घर घेरत ही ग्वारिनि, उरहन कोउ न कहै।

① Varma 本作 vaisaihiṁ，Gupta 本作 vaisahi。

जो ब्रज[1] मैं आनंद हुतौ, मुनि मनसा हू न गहै।

सूरदास[2] स्वामी बिनु गोकुल, कौड़ी हू न लहै॥

（59/3799）

【对译】

无有黑黑我儿郎

无有黑黑我儿郎，一切皆如那般置。

谁人晨起吃奶油，谁人手抓搅棒绳？

屋内冷清耶雪达，念儿德行忍苦痛。

牧女日起围家院，无人再叙抱怨言。

伯地[3]往昔之欢娱，牟尼心中亦不持。

苏尔达斯言，

牛村无有主人在，小贝壳币[4]亦不值。

【释译】

本诗描述的是路人向提婆吉转达耶雪达口信的场景。内容大致如下：

那位路人对提婆吉道："耶雪达让我告诉你：我的爱儿黑天不在，酸奶、奶油等等所有的一切都像原来一样放在那里。现在，有谁会一大早起来用小手去抓奶油吃，有谁会在我搅酸奶的时候抢走我手中的绳子？黑天不在，家中冷冷清清，耶雪达回忆着黑天的德行，默默忍受着思念的痛苦。以前，邻家的牧女早上以向耶雪达抱怨为借口将耶雪达围住，但如今，谁也不再来家里抱怨了。那个时候伯勒杰的居民非常幸福，那种幸福连修行者都无法得到。现如今，黑天不在，牛村简直一文不值。"

① Gupta 本作 vraj。

② Varma 本作 sūradāsī。

③ 伯地，原文为 braj，伯勒杰，此处因字数限制，缩译为"伯地"。

④ 小贝壳币，原文为 kauṛī，旧时用作钱币的小贝壳。

路人按照耶雪达的嘱托，向提婆吉述说了如今伯勒杰的状况，昔日的幸福变成了今朝的悲苦，昔日的欢声化为了今朝的哀叹。最后一句“牛村无有主人在，小贝壳币亦不值”是本诗的点睛之笔，失去了黑天的伯勒杰变得毫无价值，对于牧人来说，住在伯勒杰已经没有任何意义了。

（本章未完，接下册）

中印经典和当代作品
互译出版项目
CHINA-INDIA TRANSLATION PROJECT

苏尔诗海（下）

सूरसागर

【印】苏尔达斯◎著
姜景奎 等◎译

中国大百科全书出版社

目　录

मथुरा गमन
前往马图拉
（接中册）

गोपी विरह
牧女离别

【原文】

चलत गुपाल के सब चले।
यह प्रीतम सौं प्रीति निरंतर, रहे न अर्ध पले।
धीरज पहिल करी चलिबैं[①] की, जैसी करत भले।
धीर चलत[②] मेरे नैननि देखे, तिहिं छिन[③] आँसु हले।
आँसु चलत मेरी बलयनि देखे, भए अंग सिथिले।
मन चलि रह्यौ हुतौ पहिलैं ही, चले सबै बिमले[④]।
एक न चलै[⑤] प्रान सूरज प्रभु, असलेहु साल सले॥
（60/3800）

---

① Gupta 本作 calibai。
② Gupta 本作 uṭhat。
③ Varma 本作 chini，Gupta 本作 chan。
④ Gupta 本作 vimale。
⑤ Gupta 本作 cale。

【对译】

牛护离时周身去

绵绵此爱向情郎，一时半刻不停留。

仿若高尚人作为，忍耐离别先行去；

见忍耐离我双目，泪水涌流彼瞬间；

见泪涌流我手镯，便觉宽松于身上。

心绪最先离别行，随之离去纯洁者[①]。

苏尔言，

难以忍受刺苦痛，唯命未离胜尊啊。

【释译】

本诗描述的是牧女与黑天离别后借用心绪、手镯等发生的变化表达自身无法忍受与黑天别离之苦的心情。内容大致如下：

一位牧女道："当黑天离开伯勒杰的时候，我的心、沉着与忍耐也跟随他离开了我。它们如此爱恋黑天，一刻都不肯留在这里。我们最先失去了耐心，因为善良高尚的人往往也都会这样，因此，我们不觉有任何不妥。随后，我的双眼看到我的忍耐离开了我，焦躁不安，一瞬间泪水夺眶而出。此后，手镯见到泪流不止，渐渐松垮，从消瘦的手腕上滑落下来。我的心最先跟随黑天离开了，随后，所有跟随着我的纯洁无瑕之众都离开了我，只留下了这等罪身。"

本诗将心、泪水和手镯拟人化，赋予了这三个意象以情感。心的离去表明牧女与黑天离别后朝思暮想、魂不守舍的状态，泪水的奔涌表现了牧女离别后日夜悲伤、泣声不断的凄凄之景，而手镯的松垮则说明了牧女因离别而日渐消瘦、虚弱憔悴的身体状况。由此可见，本诗通过这三个意象将离别中女子苦苦思念的悲苦之状刻画

① 纯洁者，原文为 bimale，字面义为"纯洁的"或"无瑕的"，此处译为"纯洁者"。牧女将自己的身心、眼泪、佩戴的装饰拟人化，称它们为"纯洁者"。

出来。最后一句“难以忍受刺苦痛，唯命未离胜尊啊”是本诗的点睛之笔，离别之苦使牧女丧失一切——灵魂、福乐、财富，只有承载着生命的身躯尚存，但仍不能幸免于这种痛苦带来的焦灼。即便忍受这样的痛苦，牧女还依然一刻不停地爱恋黑天，可见，她们对黑天的深切爱意。

【原文】

करि गए थोरे दिन की प्रीति।

कहँ वह प्रीति कहाँ यह बिछुरनि, कहँ मधुबन की रीति।

अब की बेर मिलौ मनमोहन, बहुत भई बिपरीति।

कैसैं प्रान रहत दरसन बिनु, मनहु गए जुग बीति।

कृपा करहु गिरिधर हम ऊपर, प्रेम रह्यौ तन जीति।

सूरदास प्रभु तुम्हरे मिलन बिनु, भईं भुस पर की भीति॥

（61/3803）

【对译】

仅爱几日遂离去

昔日彼爱现此别，那方习俗摩图林。

如今状况尤相反，且与迷心者会面。

不得相见怎活命，仿若度过几时代。

托山者且施恩惠，爱恋已胜我等身。

苏尔达斯言，

不得会见胜尊你，宛若墙于稻草上。

【释译】

本诗描述的是牧女们由于见不到黑天而陷入孤苦无依的状况，表达了牧女们对黑天的思念之情。内容大致如下：

牧女们道：“黑天对我们的爱如过眼云烟般短暂，仅仅数天之后他就离开了我们。以前黑天爱着我们，整天和我们在一起嬉戏娱乐。现如今，连做梦都没有想到，黑天竟然离开了我们，而且他既不给我们写信，也没有任何消息，这难道是马图拉的习俗吗？难道那里的人都这样无情吗？黑天啊，现在伯勒杰的情况和之前不一样了，以前因为你的存在这里一片欣欣向荣，而现在却陷入了灾难之中，你快回来看看我们吧！见不到你我们怎么活下去呢？虽然你才离开了几天，但我们却度日如年。黑天啊，请你可怜可怜我们吧！对你的爱恋已经完全战胜了我们的身体，我们无法忍受与你离别的痛苦。”

牧女与黑天离别后，回忆着往日的欢愉与福乐。对于黑天的突然离开、杳无音信，牧女焦急不堪，离愁别绪油然而生。本诗最后一句“不得会见胜尊你，宛若墙于稻草上”体现了牧女如今孤苦虚弱的状态，就像立在稻草上的墙一样，没有坚实的依靠，随时都会倒下。

【原文】

प्रीति करि दीन्ही गरैं छुरी।
जैसैं बधिक चुगाइ कपट कन, पाछैं करत बुरी।
मुरली मधुर चेप काँपा करि, मोर चंद्र फँदवारि।
बंक बिलोकनि लगी, लोभ बस, सकी न पंख पसारि।
तरफत छाँड़ि गए मधुबन कौं, बहुरि न कीन्ही सार।
सूरदास प्रभु संग कल्पतरु, उलटि न बैठी डार॥
（62/3804）

【对译】

爱恋之后刀割喉

仿若假装喂谷粒，猎人随后做坏事。

竹笛妙音之诱饵，雀翎纹作篾条网。

一被斜睨陷贪恋，翅膀不得伸展开。

焦急挣扎遭抛弃，摩图林去未再寻。①

苏尔达斯言，

如意神树随胜尊，回身不得坐枝上。

【释译】

本诗描述的是牧女以猎人捕鸟为喻，表达自身陷入黑天的情网之中而无法自拔的痛苦心情。内容大致如下：

一位牧女道："黑天在伯勒杰的时候，他深深地爱着我们。可是，现在他离开了我们，这种分离让我们深受折磨。就像猎人先将米粒撒在地上，吸引鸟儿飞来吃食。当鸟儿开始吃食的时候，猎人便立刻撒下罗网将它们抓走。黑天就是这样欺骗我们，让我们深陷情网不得自拔。黑天的竹笛就像编网用的竹篾条，吹奏出来的美妙声音就是吸引我们的诱饵，那美丽的雀尾翎上金翠钱纹就是那张迷惑、欺骗我们的罗网。他那斜睨的眼神使我们情不自禁陷入爱河。我们如此贪恋他的美丽，以至于能让我们逃脱的那双翅膀都不再张开扇动。然而，我们不幸坠入情网，焦急不堪，而黑天却抛弃了我们。他到了马图拉之后就再也没有回音，再也没有思念我们。"

诗中牧女将自己比作觅食的鸟儿，将黑天比作猎人，黑天的美貌、笛声、勇敢与仁慈就像猎人囊中的米粒，把单纯的牧女深深迷住。随即，牧女陷入了对黑天的情爱之中，不得自拔。诗中依次表

① 此行的前半句说的是牧女陷入情网之中却被黑天抛弃，焦灼不堪；后半句讲述的是黑天到了马图拉城以后，从没有回来再寻找牧女，冷酷无情。

现了牧女的兴奋、沉醉、焦急、失落与无奈。本诗最后一句“如意神树随胜尊，回身不得坐枝上”是本诗的点睛之笔，道出了牧女面对今非昔比之状的忧伤与哀愁之情。如意神树象征着吉祥、安宁与幸福，而如今，没有黑天的陪伴，这一切都已消散逝去。牧女们再也不能坐在如意树的枝头上嬉笑怒骂，再也得不到它的恩惠了，所有的欢乐一瞬间都消失得无影无踪。

【原文】

नाथ अनाथनि की सुधि लीजै।

गोपी ग्वाल गाइ गोसुत सब, दीन मलीन दिनहिं दिन छीजैं①।

नैननि जलधारा बाढ़ी अति, बूड़त ब्रज किन कर गहि लीजै।

इतनी बिनती सुनहु हमारी, बारक हूँ पतिया लिखि दीजै।

चरन कमल दरसन नव नवका, करुनासिंधु जगत जस लीजै②।

सूरदास प्रभु आस मिलन की, एक बार आवन ब्रज③ कीजै॥

（63/3809）

【对译】

主人且念无依人

牧女牧人牛与犊，日渐消瘦皆沮丧。

眼泪奔流欲淹没，怎不佑护伯勒杰？

且听我们此恳求：好歹写信并寄予。

慈海④且念世名誉，展现美妙莲足舟。

苏尔达斯言，

---

① Varma 本作 chījai。

② Varma 本作 laujai。

③ Gupta 本作 vraj。

④ 慈海，原文为 karunasindhu，字面义为“仁慈的海洋”，此处译为“慈海”，指黑天。

渴求会面与胜尊，且回一次伯勒杰！

【释译】

本诗描述的是牧女恳求黑天寄信回来，并渴求与黑天相见的急切心情。内容大致如下：

一位牧女道：“我的主人啊，请你想想我们这些孤苦无依的人吧！牧人、牧女、母牛和小牛，无一不日渐消瘦，忧伤沮丧。整个伯勒杰都快被我们的泪水淹没了，你怎么还不回来拯救我们呢？请你听听我们的恳求：时不时写信回来告知你的消息吧。黑天啊，你是仁慈的海洋，请你想想世间的名誉，展现你莲足般美妙的小船，载着我们渡过这片世俗的海洋吧！”

本诗承接上一首诗，同样表达了牧女无法忍受别离之苦却又万般无奈的心情。深受离别的牧女如今无依无靠，她们赞颂黑天的仁慈与高尚，并强烈地恳求黑天能够回来与之相见，正如本诗最后一句所言“渴求会面与胜尊，且回一次伯勒杰”。

【原文】

देखियति[1] कालिंदी अति कारी।

अहौ पथिक कहियौ उन हरि सौं, भई बिरह जुर जारी।

गिरि-प्रजंक तैं गिरति धरनि धँसि[2], तरँग तरफ[3] तन भारी।

तट बारू उपचार चूर, जुल पूर प्रस्वेद[4] पनारी।

बिगलित कच कुस काँस कूल[5] पर, पंक जु[6] काजल सारी।

---

① Varma 本作 dekhiyat。
② Varma 本作 dhasi。
③ Gupta 本作 talaph。
④ Varma 本作 prasbed。
⑤ Varma 本作 kul。
⑥ Varma 本作 jū。

भौंर भ्रमत अति फिरति भ्रमित गति, दिसि[1] दिसि[2] दीन दुखारी।

निसि दिन चकई पिय जु रटति है, भई मनौ अनुहारी।

सूरदास प्रभु जो जमुना गति, सो गति भई हमारी॥

（64/3810）

【对译】

迦林德裔[3]现玄青

告彼诃利路人啊，离别炙苦焦灼痛。

沉降大地自山床[4]，滚滚波浪身中起。

岸边沙粒疗伤粉，汗滴细流聚成河。

岸边拘舍长草[5]淤，头发凌乱抹眼圈。

漩涡踯躅徘徊状，处处悲苦极忧伤。

鸯鸟昼夜唤情郎，此乃宛若作仿效。

苏尔达斯言，

胜尊叶木拿之状，我们即为那般状。

【释译】

本诗通过叶木拿河的形态变化，描述了牧女与黑天离别后沮丧迷茫的状态。内容大致如下：

一位牧女对正在前往马图拉的路人道："路人啊，请你将这些话转告给黑天。我们就像叶木拿河与你离别后一样，焦躁不安。离别的苦痛如熊熊烈火将叶木拿河烧得黢黑一片。我们的眼泪就像湍急的河水因不堪忍受与你的分别从河床上顺流而下，波涛汹涌，上下翻滚。岸边的细沙是安抚心灵的药末，适当缓解了河水的凶猛之势。叶木拿将自己的身体融化后形成了汩汩河流。岸边的拘舍草和长草

---

① Varma 本作 nisi。

② Varma 本作 din。

③ 迦林德裔，原文为 kālindī，因其发源于迦林德（kalind）山而得名，指叶木拿河。

④ 山床，原文 giri-prajaṅk，指叶木拿河发源的地方。

⑤ 长草，原文为 kāṁs，是生长于叶木拿河畔的一种长草。

是恰似我们凌乱的头发，淤泥恰似涂在眼睛上的油烟圈。我们迷茫地四处徘徊，就像河水中处处可见的漩涡一样。停在岸边的雌鸯向对岸的雄鸳咕咕地日夜叫个不停，就像在模仿我们现在一遍遍地呼唤情郎一样。”

本诗描写了黑天离开牛村后，叶木拿河不再如往常一样湍湍细流平缓而至，而却呈现出河水奔涌、漩涡四起、长草杂乱、处处淤泥的异常景象。河中的鸯鸟日夜呼唤着情郎，烘托了哀婉悲戚的氛围。牧女寓情于景，表达了自己无法忘记黑天，无法忍受与他的离别之苦。最后一句“胜尊叶木拿之状，我们即为那般状”是对本诗的总结，牧女将自己的状态与叶木拿相比，抒发了思念黑天的无尽悲伤。

【原文】

परेखौ कौन बोल कौ कीजै।

ना हरि जाति न पाँति हमारी, कहा मानि दुख लीजै।

नाहिँन मोर चंद्रिका माथैं, नाहिँन उर बरमाल।

नहिँ सोभित पुहुपनि① के भूषन, सुंदर स्याम तमाल।

नंद नँदन गोपी जन बल्लभ②, अब नहिँ कान्ह कहावत।

वासुदेव③ जादवकुल दीपक, बंदी④ जन बरनावत।

बिसर्यौ⑤ सुख नातौ गोकुल कौ⑥, और हमारे अंग।

सूर स्याम वह गई सगाई, वा मुरली कैँ संग॥

（65/3811）

① Varma 本作 pahumpani。

② Gupta 本作 vallabh。

③ Varma 本作 bāsudev。

④ Gupta 本作 vandī。

⑤ Varma 本作 bisaryo。

⑥ Gupta 本作 ko。

【对译】

谁把言语[1]来检验

诃利不是我种姓，为何认定徒悲伤？

孔雀月华头上无，胸前亦无野花环。

美丽黑子多摩罗[2]，耀眼花饰不再有。

牧女情人[3]难陀子，今不以此唤黑黑；

雅度族灯[4]富天子，吟游歌者称赞颂。

关于牛村之福乐，并与我身尽皆忘。

苏尔言，

与黑子之彼关系，伴随竹笛同逝去。

【释译】

本诗描述的是与黑天分离后牧女自嘲的言语。内容大致如下：

一位牧女道："现在我们还能相信什么呢？我们自认为黑天的种姓和我们一样，都是牧人。但是，现在黑天已经不是牧人了，他成了雅度族的后裔了。既然这样，我们悲伤还有什么用呢？如今，他头上不再佩戴雀翎冠，取而代之的是光彩闪耀的王冠，胸前的野花环也换成了金珠银串了。他的身体依然如多摩罗树一般美丽，但如今已经不见那些用花做成的装饰物了。现在我们已经不能称他为'难陀子'了，他现在是富天的儿子，所以要叫他'富天子'。黑天如今也已经不是牧女们的情人了，而是驼背女的夫君。吟游诗人们都以'富天子'和'雅度族明灯'这样的名字称颂他。他已经忘记了他与牛村的关系，忘记了在这里生活的一切快乐，连那能够奏出美妙声音的

① 指黑天之前对牧女立下的誓言和说过的甜言蜜语。

② 多摩罗，原文为 tamāl，多摩罗树，是儿茶树的一种。儿茶树，是一种中型乔木，在印度分布广泛。因其树皮呈黑褐色，因此，常将多摩罗树与黑天联系在一起。

③ 牧女情人，原文为 gopī-jan-ballabh，字面义为"牧女们的情人"，指黑天。

④ 雅度族灯，原文为 jādavakul-dīpak，字面义为"雅度族的明灯"，指黑天。

竹笛也被他抛弃了。我们与他之间的爱恋就这样结束了。”

黑天离开后毫无音讯，这让伯勒杰的牧女不知所措，她们不知道黑天曾经许下的诺言、曾经的甜言蜜语是否依然可信。牧女的这番自嘲流露了她们的无奈。往日的“难陀子”现已成“富天子”，自己的情郎今已归属他人，今非昔比的状况让牧女束手无策。本诗最后一句“与黑子之彼关系，伴随竹笛同逝去”更加强烈地表现了牧女的无奈，她们不得不接受被黑天抛弃的客观事实。

【原文】

अब वै बातैं उलटि गईं।

जिन बातनि लागत सुख आली, तेऊ दुसह भईं।

रजनी स्याम स्याम सुंदर सँग, अरु पावस की गरजनि।

सुख समूह की अवधि माधुरी, पिय रस बस की तरजनि।

मोर पुकार गुहार कोकिला, अलि गुंजार सुहाई।

अब लागति पुकार दादुर सम, बिनही कुँवर कन्हाई।

चंदन चंद समीर अगिन सम, तनहिं देत[1] दव[2] लाई।

कालिंदी अरु कमल कुसुम सब, दरसन ही दुखदाई।

सरद बसंत सिसिर अरु ग्रीषम, हिम रितु की अधिकाई।

पावस जरैं सूर के प्रभु बिनु, तरफत रैनि बिहाई॥

（66/3817）

【对译】

那些事情今相反

女伴曾觉福乐事，彼等今已难忍耐。

偕美黑子漆黑夜，还有雨季雷轰鸣，

① Sabha 本作 dev。
② Sabha 本作 dab。

情郎威吓受味控，甜美诸福之极限。①

孔雀啼与杜鹃鸣，黑蜂嗡声美妙音，

无有儿郎黑儿在，如今却如蛙聒噪。

旃檀月亮与微风，如火一般炙身体。

迦林德裔与莲花，见即悲伤难自已。

秋春凉季与夏季，冬季时间最为长。

苏尔言，

胜尊不在雨季灼，焦躁苦闷度长夜。

【释译】

本诗描述的是黑天离开后伯勒杰今非昔比的变化，表达了牧女们因思念黑天焦躁不安、烦闷悲伤的心情。内容大致如下：

牧女们道："女伴啊，现在所有的事情都不一样了。那些曾经让我们快乐的事情，现在都变得难以忍受。以前，在有黑天陪伴的漆黑夜晚中，连雨季的电闪雷鸣都是那么的美丽动人，听到因爱而生的嬉笑怒骂是我们最幸福的时刻。那时孔雀、杜鹃鸟、黑蜂的啼鸣声都十分美妙，而如今，没有黑天的陪伴，它们的叫声如青蛙一样聒噪嘈杂，不堪入耳。旃檀、月亮和寒冷现在都像火一样灼烧着我们的身心。我们一看到叶木拿河还有盛开的莲花，顿感悲伤。黑天不在这里，我们孤寂难耐，好像六季之中冬季的时间最长，我们的生活变得艰难不堪。雨季本应为人们带来凉爽舒适，但如今它却像燃烧的火一样，令我们焦躁不安。没有黑天的陪伴，我们只能孤苦无依地度过每一个漫漫长夜。"

本诗承接上一首诗，通过牧女之言展现了伯勒杰今非昔比的状

① 此句的意思是在漆黑雨夜里，牧女从情郎口中听到了那般具有情味的威胁与指责，从而感到无限的幸福与快乐。这里想要突出的是牧女与黑天之间打情骂俏的情节。

况，与黑天相伴的黑夜原来是那么快乐幸福，而如今却让牧女感到恐惧，往日鸟儿悦耳的欢歌如今变成了恼人的聒噪，往日清凉的弯月如今也像烈火一样让牧女感到痛苦难耐。本诗最后一句“胜尊不在雨季灼，焦躁苦闷度长夜”描写了牧女在雨季黑夜中煎熬度日的凄惨状况，展现了牧女的无尽忧愁。

【原文】

मिलि बिछुरन की बेदन① न्यारी।
जाहि लगै सोई पै जानै, बिरह पीर अति भारी।
जब यह रचना रची बिधाता②, तबहिँ क्यौँ न सँभारी।
सूरदास प्रभु काहैँ जिवाई, जनमत ही किन मारी॥
（67/3825）

【对译】

会离之苦非寻常

感受经历才知晓，离别苦痛极深切。
造物③行此创造时，为何没有做安排？
苏尔达斯言，
胜尊为何予生命，出生之时怎不杀？

【释译】

本诗描述的是牧女们对于造物主创造了她们而又让她们与黑天分离的抱怨之言，表达了牧女们不堪忍受与黑天离别之苦的境况。内容大致如下：

牧女们道：“与亲爱的人相见又离别的痛苦是非同寻常的，只

① Varma 本作 bed na。
② Gupta 本作 vidhātā。
③ 造物，原文为 bidhātā，字面义为“大梵”或“造物主”，此处译为“造物”。

有那些经历过的人才能感受得到这种刻骨铭心的痛苦。当造物主创造这一切时，他怎么没有考虑到永远不要让相恋的人分开呢？造物主为什么要创造我们？既然他能创造我们，为什么不可以让我们再获生机呢？其实，早在我们刚出生的时候，他就应该把我们消灭。这样一来，虽然我们享受不到相恋的快乐，但也不用承受分离的痛苦了。”

本诗同样展现了牧女身处别离之苦中悲伤无奈的心情。

【原文】

मधुबन तुम क्यौं रहत हरे।
बिरह बियोग स्याम सुन्दर के, ठाढ़े क्यौं न जरे।
मोहन बेनु बजावत तुम① तर, साखा टेकि खरे।
मोहे थावर अरु जड़ जंगम, मुनि जन ध्यान टरे।
वह चितवनि तू मन न धरत है, फिरि फिरि पुहुप धरे।
सूरदास प्रभु बिरह दवानल, नख सिख लौं न जरे॥

（68/3829）

【对译】

你怎常青摩图林

分别离开美黑子，为何挺立竟未灼？
莫亨站在你下方，倚靠枝干奏竹笛。
有生无生皆着迷，牟尼冥想皆打断。②
你不在意那眼神，朵朵繁花屡屡开。
苏尔达斯言，

① Varma 本作 drum。

② 此句的意思是世间所有一切都被黑天悠扬美妙的笛声所吸引，正在禅定冥想的修行者也被笛声所吸引，冥想因此被打断。

别离胜尊似林火，从头到脚竟未燃。

【释译】

本诗通过描写马图拉常青的状况，来表达牧女们内心深受离别之苦的焦躁。内容大致如下：

牧女们埋怨道："摩图林啊，你现在怎么还是郁郁葱葱的呢？与黑天分离后，你怎么一点儿都不痛苦，竟然依旧挺立在这里？黑天曾经抓着你的枝条，站在你的下面吹奏竹笛。这美妙的笛声让世间万物着迷，连修行牟尼的冥想都被打断了。你啊，从来没有在意过黑天那迷人的眼神，所以，你现在竟然不知羞耻地盛开朵朵繁花！为什么离别之苦一点儿都没有灼伤到你呢？"

摩图林指的是马图拉城边的小树林，正因为黑天的到来，摩图林才呈现出一派郁郁葱葱、生机勃勃的景象，而牛村却因失去黑天而变得寂寥冷清、颓败消沉。牧女看到摩图林不禁发出疑问："别离胜尊似林火，从头到脚竟未燃。"摩图林的茂盛反衬了牧女深受离别之苦而枯槁的面容。本诗通过对比、反衬展现了牧女悲伤忧愁的情状。

【原文】

बहुरौ देखिबौ इहिँ भाँति।

असन बाँटत खात बैठे, बालकन की पाँति।

एक दिन नवनीत चोरत, हौँ रही[①] दुरि[②] जाइ।

निरखि मम छाया भजे, मैँ दौरि पकरे धाइ।

पोँछि कर मुख लई कनियाँ, तब गई रिस भागि।

---

① Varma 本作 rahau。

② Varma 本作 dūri。

वह सुरति जिय जाति नाहीं, रहे छाती लागि[1]।
जिन घरनि वह सुख बिलोक्यौ, ते लगत अब खान।
सूर बिनु ब्रजनाथ[2] देखे, रहत पापी प्रान॥
（69/3835）

【对译】

复见此般景

分发食物予伙伴，坐成一排齐享用。
一日来偷鲜奶油，我即闪身远处去，
既见我影起身逃，我紧追赶擒拿住。
亲手擦净小嘴巴，拥入怀中怒顿消。
那般记忆未曾忘，长久留存在心间。
家中得见彼福乐，如今遭受折磨苦。
苏尔言，
伯勒杰主不得见，有罪生命怎存活?

【释译】

本诗描述的是牧女回忆黑天童年趣事而引发对黑天无限思念的场景。内容大致如下：

一位牧女道：“我还能见到以前那般幸福的场景吗？过去，牧童们坐成一排，黑天将手中的食物分给小伙伴们并和他们一起开心地吃起来。”

“有一次，他溜进我家想偷吃奶油，我发现后悄悄地躲起来想看看他究竟怎样偷吃。可是，他一看到我的身影就立马跑开了，我紧追上去抓住了他。我擦去他手上和嘴上的奶油将他抱进怀里，一瞬间，怒火即刻消失了，不禁对黑天产生了怜爱之心。我永远忘不了

① Sabha 本作 sābhi。
② Gupta 本作 vrajanāth。

这份珍贵的回忆。那些原来充满欢乐幸福的房屋，现在却被痛苦和悲伤笼罩。”

牧女在黑天离别的日子里回忆了黑天在牛村偷吃奶油的场景，每一个细节都历历在目，牧女喜欢这个调皮的捣蛋鬼，喜欢这个能够带来欢乐的黑天，逐渐地，黑天已经成为牧女生活中不可或缺的一部分。然而，黑天突然离开牛村，这使伯勒杰的居民不知所措，他们日夜哀叹：“伯勒杰主不得见，有罪生命怎存活？”他们认为自己的生命是有罪的，只有黑天能够施予恩惠，只有黑天能够帮助他们从有罪的生命中解脱出来。由此，可以窥见黑天在牛村的重要地位。

【原文】

कब देखौं इहिं भाँति कन्हाई।
मोरनि के चँदवा माथे पर, काँध कामरी लकुट सुहाई।
बासर के बीतैं सुरभिन सँग, आवत एक महाछवि① पाई।
कान अँगुरिया घालि निकट पुर, मोहन राग अहीरी गाई।
क्यौं हुं न रहत प्रान दरसन बिनु, अब कित जतन करै री माई।
सूरदास स्वामी नहिं आए, बदि जु गए अवध्यौSब② भराई॥
（70/3836）

【对译】

此般黑儿何时见

小木棍与肩上毯，头上孔雀月华美。
相伴牛群度白日，归来盛景得以见：
置指耳旁到村头，莫亨高歌牧人曲。
不见命终不成活，今何努力女伴啊？

① Gupta 本作 mahāchabi。
② Sabha 本作 abadhyauab。

苏尔达斯言，

言定归期现已满，主人却未返回来。

【释译】

本诗描述的是归来期限已到，但牧女们仍未见到黑天而流露的思念及无奈之情。内容大致如下：

一位牧女道："我什么时候能够再次见到那般美丽的黑天呢？他头戴美丽的雀翎冠，肩披小毯子，手上拿着小木棍，这样的形象真是迷人可爱。白天，他到山上放牛，放牧归来的场景真是一幅无可比拟的画面。走到村子附近的时候，黑天将手放在耳边，引吭高歌，悦耳的牧人歌调传入村中。"

本诗承接上一首诗，牧女们回忆了黑天和伙伴们黄昏时分赶牛回村时的样子，她们依旧能够想起黑天的穿着装扮以及悦耳的歌声。黑天离开后，如诗中所言："不见命终不成活，今何努力女伴啊"，无论牧女们想什么办法都不能与黑天相见，这样离别的日子让牧女们痛不欲生。黑天离开时所告知的归来之期已到，但他却还没有回来，即本诗最后一句："言定归期现已满，主人却未返回来。"牧女们日日翘首以盼，直到约定期限仍不见黑天的身影，这无疑增加了牧女们的思念之苦闷与哀愁之深切。

【原文】

गोपालहिं पावौं धौं किहिं देस।

सिंगी मुद्रा कर खप्पर लै, करिहौं जोगिनि भेस।

कंथा पहिरि बिभूति लगाऊँ, जटा बँधाऊँ केस।

हरि कारन गोरखहिं जगाऊँ, जैसैं[1] स्वाँग महेस।

तन मन जारौं भस्म चढ़ाऊँ, बिरहा के उपदेस।

सूर स्याम बिनु हम हैं ऐसी, जैसैं मनि बिनु सेस॥

（71/3845）

【对译】

何处可以得牛护

兽角耳环手持钵，修行女之装束扮。

身着衲衣[2]灰烬抹，束扎头发成鬏髻，

扮若自在[3]为诃利，修行得道格勒克[4]。

灭却心欲磨肉体，涂抹灰烬别苦训。

苏尔言，

我等这般无黑子，若失宝石之湿舍。[5]

【释译】

本诗描述的是一位牧女即将扮成女修行者四处寻找黑天的情景。内容大致如下：

一位牧女道："女伴啊，我们扮成瑜伽行者去找黑天吧！看看我能在什么地方与他相见。我要带着兽角，戴上耳环，手里拿着乞讨碗，全身涂满灰烬，穿着破旧的衣服，头上束个发髻，扮成一个女瑜伽行者的样子。为了我的黑天，我要扮成湿婆大神的样子，或者

① Gupta 本作 jaise。

② 衲衣，原文为 kanthā，字面义为"破旧的衣服"，此处译为"衲衣"，指修行者所穿衣服。

③ 自在，原文为 mahes，字面义为"伟大的主"，是大神湿婆的一个称号，译为"自在"。

④ 格勒克，原文为 gorakh，通 Gorakhanāth、Gorakshanath，是一位信奉湿婆的纳特瑜伽修行者，此处音译为"格勒克"。

⑤ 据印度神话传说，一次，雪山神女掉落了一只镶有宝石的耳坠，后被千头蛇王（śeṣanāg）拾走。随即，千头蛇王消失在大地中，直到湿婆神跳起舞蹈时，耳坠从水中涌出，从此，千头蛇王失去了这颗宝石。此处作者将"牧女无黑天"比喻为"蛇王无宝石"，表达牧女失去黑天后痛苦与无助的心情。湿舍，原文为 ses，通 śeṣ，即千头蛇王，此处音译为"湿舍"。

就像修行者格勒克一样通过苦修证得正果。与黑天的离别就像老师的训诫一样指导我将自己的身心灼烧，然后让我涂抹灰烬，从而成为一名瑜伽修行者。没有黑天，我们就像蛇王失去了自己的宝石一样痛苦无助。”

伯勒杰的牧女们想方设法与黑天相见，她们以为成为一名瑜伽修行者后，经过不断的苦修就能与黑天相见了。本诗同样表达了牧女们苦苦思念不得解脱的苦闷与无奈。

【原文】

फिरि ब्रज बसौ गोकुलनाथ।
अब न तुमहिं जगाइ पठवैं, गोधननि के साथ।
बरजैं न माखन खात कबहूँ, दह्यौ देत लुटाइ①।
अब न देहिं उराहनौ, नँद-घरनि आगैं जाइ।
दौरि दावरि देहिं② नहिं, लकुटी जसोदा पानि।
चोरी न देहिं उघारि कै③, औगुन न कहिहैं आनि।
कहिहैं न चरननि देन जावक, गुहन बेनी④ फूल।
कहिहैं न करन सिँगार कबहूँ, बसन जमुना कूल।⑤
करिहैं न कबहूँ मान हम, हठिहैं न माँगत दान।
कहिहैं न मृदु मुरली बजावन, करन तुमसौं गान।
देहु दरसन नंद नंदन, मिलन की जिय आस।
सूर हरि के रूप कारन, मरत लोचन प्यास॥
（72/3847）

---

① Sabha 本作 luṭhāi。
② Gupta 本作 dehi。
③ Varma 本作 udhārikakaiṁ。
④ Gupta 本作 belī。
⑤ Gupta 本作 karan kahihaiṃ ab siṅgār na, jāi jamunā kūl。

【对译】

牛村主，请再居住伯勒杰

现今不再唤你起，打发你去伴牛群。
不再阻止吃奶油，任由随便取酸奶。
现今难陀妻面前，不再去诉抱怨言。
不再奔向耶雪达，绑绳与棍予之手。
不再揭发小偷为，过错毛病不传言。
不再令使染足红，发辫之中编花朵。
不再令驻叶木拿，梳妆打扮于河畔。
我们不再生怨气，不再执拗讨礼物。
不再令使奏妙笛，不再令你来演唱。
难陀之子且显现，心中盼望欲相见。
苏尔言，
但为诃利之形相，双目渴求或将死。

【释译】

本诗描述的是牧女们反省自己的所作所为并恳求黑天回到伯勒杰的言语。内容大致如下：

牧女们道：“黑天啊，请你回到伯勒杰吧！现在我们不会一大早把你叫醒，让你去山上放牛。我们不会再阻止你偷吃奶油，不会再阻止你抢夺酸奶。我们不会再去耶雪达母亲那里告状了，不会再跑过去给她绑你的绳子和打你的棍子了。我们不会再揭发你小偷小摸的行为，不会再向别人说你的坏话了。我们不会再让你往我们脚上涂红色的颜料，不会再让你把美丽的花朵编入我们的发辫。我们不会再让你到叶木拿河畔为我们梳妆打扮。我们不再生气，不再执意索要礼物，不再要求你吹笛子歌唱了。”

本诗中牧女们反省了自己对黑天做过的错事，希望以此得到黑天的原谅，更希望黑天能够回到自己的身边。最后，牧女表达了自己的祈求："难陀之子且显现，心中盼望欲相见。但为诃利之形相，双目渴求或将死"，这是本诗的点睛之笔，直接表达了牧女欲与黑天相见的强烈愿望。

【原文】

काहैं पीठी दई हरि मोसौं।
तुमही[①] पीठि भावते दीन्हौ, और[②] कहा कहि कोसौं।
मिलि बिछुरे की पीर सखी री, राम सिया पहिचाने।
मिलि बिछुरे की पीर सखी री, पय पानी उर आने।
मिलि बिछुरे की पीर कठिन है, कहैं न कोऊ मानै।
मिलि बिछुरे की पीर सखी री, बिछुर्यौ होइ सो जानै।
बिछुरे रामचंद्र औ दसरथ, प्रान तजे छिन माहीं।
बिछुर्यौ पात गिर्यौ तरुवर तैं, फिरि न लगै उहि ठाहीं।
बिछुर्यौ हंस काय घटहूँ[③] तैं[④], फिरि न आव घट माहीं।
मैं अपराधिनि जीवत बिछुरी, बिछुर्यौ जीवत नाहीं।
नाद कुरंग मीन जल बिछुरे[⑤], होइ कीट जरि खेहा।
स्याम बियोगिनि अतिहिं सखी री, भई साँवरी देहा।
गरजि गरजि बादर उनये हैं, बूँदनि बरषत मेहा।
सूरदास कहु कैसैं निबहै, एक ओर कौ नेहा ॥
（73/3848）

① Gupta 本作 tumahīṃ。
② Varma 本作 kaur。
③ Sabha 本作 ghaṭahū。
④ Sabha 本作 ta。
⑤ Gupta 本作 bivhuraiṃ。

【对译】

诃利为何背离我

爱人你既背离去，怎能责备其他人？

会别离苦女伴啊，罗摩悉多可体悟。

会别离苦女伴啊，牛奶与水心知晓。

会别离苦深切痛，纵言亦无人相信。

会别离苦女伴啊，唯有离别之人悉。

十车王与罗摩别，刹那之间生命逝。

叶片落下与树别，无法再与彼处接。

灵魂[①]别离身体罐[②]，无法再回彼罐中。

别离之后命不保，而我有罪仍存生。

鹿离声音鱼无水，飞蛾扑火化成灰。[③]

离别黑子诸女郎，身体已呈深黑色。[④]

雷鸣隆隆乌云布，暴雨瓢泼滂沱下。

苏尔达斯言，

一厢情愿单相思，且说如何来维系？

【释译】

本诗描述的是牧女们诉说与黑天离别之苦的言语。内容大致如下：

一位牧女道：“女伴啊，黑天为什么要离开我呢？亲爱的黑天啊，

① 灵魂，原文为 haṃs，字面义为“天鹅”，引申义为“精神”“灵魂”“生命”，此处译为“灵魂”。

② 身体罐，原文为 ghaṭahūṁ，字面义为“水罐”或“陶罐”，引申为“身体”，此处译为“身体罐”。

③ 根据印度神话传说，鹿生性喜好乐声，一听到美妙的曲调，鹿就会停止不前，从而容易被猎人发现，甚至被猎杀。因而，牧女在此句中用“鹿离声音”“鱼无水”“飞蛾扑火”这三个例子说明自然界的动物可以为了自己的爱情而放弃生命。然而，牧女自己却没有因为离开黑天而抛弃生命，因此，牧女认为自己是有罪的。

④ 此句中用“深黑色”表示牧女经受与黑天离别之苦而日渐消瘦枯槁的样子。

是你离开了我，我还怎么能责骂其他人呢？相见又别离的这种痛苦只有像罗摩和悉多这样经历过的人才能够体会，牛奶和水也得以知晓。相见又别离的痛楚万分深切、难以忘怀，虽然说起来容易，但是会有谁相信这痛苦的程度呢？十车王与罗摩分离后，不久便离开了人世；树叶与树分离后就再也不能回到原来的枝条上；灵魂与身躯分离后，也不能再回到原来的躯体之中了。黑天离开了我们，我们还能再次相见吗？与黑天分离后我竟然还活在世上，而那些经历离别之苦的人理应是无法活下去的。因此，我们是有罪的。在自然界，鹿离开了维纳琴的声音将不得生存，鱼儿离开了水将上下翻腾直至死去，飞蛾看见火苗就会奋不顾身地扑过去，自己却被烧成灰烬。女伴们啊！我是与黑天分离别的苦人儿啊，我在烈日下苦苦思念，日渐憔悴。此时，空中电闪雷鸣，乌云密布，大雨滂沱而下。”

本诗首先连续使用四个“会别离苦”表现了牧女思念黑天之深，并引经据典和形象的比喻说明了牧女和黑天的关系如同罗摩与悉多，又宛若牛奶与水，无法分离。其次，诗中运用十车王与罗摩的故事、树叶和树的依存关系说明了离别酿成悲剧的事实。最后，牧女赞扬了鹿、鱼、飞蛾为爱奋不顾身的勇气。本诗最后一句“一厢情愿单相思，且说如何来维系”表达了牧女对黑天深深的爱恋以及一厢情愿的无奈与哀愁。

【原文】

बारक जाइयौ मिलि माधौ।

को जानै तन छूटि[1] जाइगौ, सूल रहै जिय साधौ।

① Varma 本作 chūṭ。

पहुनैंहु[1] नंद बबा के आवहु, देखि लेउँ पल आधौ।

मिलैंही मैं बिपरीत[2] करी बिधि, होत दरस कौ बाधौ।

सो[3] सुख सिव[4] सनकादि न पावत, जो सुख गोपिनि[5] लाधौ।

सूरदास राधा बिलपति है, हरि कौ रूप अगाधौ॥

（74/3851）

【对译】

摩豆裔且去一见

身体渐逝谁人知，渴求之苦心中驻。

且作难陀爸爸客，前来一时片刻见。

造物反对相会面，亦成显现之阻碍。

湿婆萨纳格等无，牧女所获那般福。

苏尔达斯言，

罗陀悲痛哀声泣：诃利形相大无边。

【释译】

本诗描述的是罗陀恳求黑天回来的话语。内容大致如下：

罗陀道："黑天啊，请你回来一次，见见我们这些遭受离别之苦的人儿吧！那种渴望相见的苦楚在心中阵阵作痛，谁知道我的生命什么时候结束？你回到家中坐一坐吧，哪怕你把自己当作难陀的客人呢？只要我能见到你，哪怕只有一瞬间我就心满意足了。无情的造物者不仅反对我们约会，如今连我想看你一眼他都百般阻碍。我们和你在一起的时光是多么快乐！连湿婆、萨纳格等这些神明都无法获得的福乐，我们这些牧女们却可以得到。我们是多么的幸运！

---

① Varma 本作 pahunaihuṁ。

② Varma 本作 viparīt。

③ Gupta 本作 sau。

④ Varma 本作 śiv。

⑤ Varma 本作 gopin。

然而，如今这些福乐却消失得无影无踪了。”

本诗表达了牧女罗陀欲与黑天相见的强烈愿望。本诗最后一句，诗人苏尔达斯以旁观者的视角描绘了罗陀此时此刻的样子：“罗陀悲痛哀声泣：诃利形相大无边。”表现了罗陀与黑天别离后心痛欲碎的悲伤情状。

【原文】

सखी इन नैननि तैं घन हारे।
बिनहीं① रितु बरषत② निसि बासर, सदा मलिन दोउ तारे।
ऊरध स्वास समीर तेज अति, सुख अनेक द्रुम डारे।
बदन सदन करि बसे बचन खग? दुख पावस के मारे।
दुरि दुरि③ बूँद परत कंचुकि पर, मिलि अंजन सौं कारे।
मानौ परनकुटी सिव कीन्ही, बिबि मूरति धरि न्यारे।
घुमरि घुमरि बरषत जल छाँड़त, डर लागत अँधियारे।
बूड़त ब्रजहिं④ सूर को राखै, बिनु गिरिवरधर प्यारे॥
（75/3853）

【对译】

女伴啊，浓云败于这双眼

不分时节昼夜雨，双瞳模糊久朦胧。
长吁短叹急骤风，摧毁诸多福乐树。
雨季之由鸟驻巢，悲伤致使言滞口。
泪溶油烟呈黑色，渐渐滴落胸衣上，

① Gupta 本作 binahī。
② Gupta 本作 barasat。
③ Gupta 本作 ḍhuri ḍhuri。
④ Gupta 本作 vrajahiṁ。

宛若湿婆搭叶棚，两座雕像分放置。[①]

雨水聚集降落下，漆黑之中恐惧生。

苏尔言，

亲爱托妙山者[②]无，谁庇被淹伯勒杰？

【释译】

本诗描述的是罗陀悲伤哭泣的样子，表现了罗陀对黑天的无限思念以及自己痛苦无助的境况。内容大致如下：

罗陀道："女伴们啊！我这双眼睛打败了雨季的乌云。乌云只有在雨季降下大雨，而我的眼睛却不分季节、不分昼夜地让泪雨下个不停。正因如此，我的两个瞳孔一直模糊不清，眼前一片浑浊。我的长吁短叹就像一阵阵疾风将我们很多福乐之树或连根拔起或吹倒在地。由于悲伤，我缄默无言，就像雨季中鸟儿都躲在自己的巢穴中，不敢出来迎接雨季的挑战一样。泪珠顺着脸颊流下，溶入了油烟的黑色泪水慢慢地流淌在我的胸衣上。我的胸衣就像湿婆大神用叶子搭建的一座草舍，而我的双峰就像放在里面的两座神像。双眼之中乌云笼罩，持续降下倾盆大雨，久久不得停息。在这一片漆黑之中，我感到十分害怕。如今除了黑天，还有谁能拯救这即将被淹没的伯勒杰呢？"

本诗将女子的眼睛比作空中的乌云，不分季节、不分昼夜地落下泪雨，永不停息。疾风喻哀叹、鸟筑巢对言滞口等这样的比喻展现了女子啜泣无言、楚楚可怜的样子。最后一句"亲爱托妙山者无，谁庇被淹伯勒杰"是本诗的点睛之笔，如今伯勒杰已快被牧女的泪

① 此句作者将牧女的乳房比作两座神像，将紧身胸衣比作湿婆大神用树叶为神像搭建的茅棚。

② 托妙山者，原文为 girivaradhar，意为"托起妙山的人"，此处译为"托妙山者"，指黑天。

水淹没，可是没有黑天，谁能够拯救伯勒杰的居民呢？谁能够拯救离别中的女子呢？本诗承接上一首诗，同样刻画了牧女罗陀因思念黑天而悲伤忧愁的形象。

【原文】

निसि दिन बरषत नैन हमारे।

सदा रहति बरषा रितु हम पर, जब तैं स्याम सिधारे।

दृग अंजन न रहत निसि बासर, कर कपोल भए कारे।

कंचुकि पट सूखत नहिं कबहूँ, उर बिच बहत पनारे।

आँसू सलिल सबै भइ[①] काया, पल न जात रिस टारे।

सूरदास प्रभु यहै परेखौ, गोकुल काहैं बिसारे॥

（76/3855）

【对译】

我等双眼昼夜雨

自从黑子离别去，雨季常驻我们间。

眼上油烟日夜褪，双手面颊呈黑色，

紧身上衣从未干，眼泪细流经胸间，

周身上下泪水淌，一刻不停任怨生。

苏尔达斯言，

如此这般行考验，胜尊怎把牛村忘？

【释译】

本诗描述的是牧女思念黑天泪流不止的场景。内容大致如下：

女伴们道：“我们日日夜夜泪流不止。自从黑天离开这里前往马

① Sabha 本作 bhaī。

图拉之后，我们一直被雨季的阴霾笼罩着。泪水已将涂抹在眼圈上的油烟冲洗干净，丝毫没有剩余。我用手扶着脸颊坐着、呆望着，黑色的泪水已将我的面颊和双手都染成了黑色。我的胸衣一直被泪水浸湿，至今都没有干过。泪水的溪流顺着双峰流淌下来。如今，我的全身都已被泪水浸透了，无论我如何生气，无论如何阻止这涌流不息的泪水，这泪流都不愿停息，无有终止。黑天啊，你看看现在的我们，难道这就是你对我们的考验吗？可是你怎么就把牛村给忘了呢？”

本诗承接上一首诗，将思念的泪水比作永不休止的大雨，同样展现了一位女子的哀愁。本诗最后一句“如此这般行考验，胜尊怎把牛村忘”是牧女对黑天的发问，如果这么多时日的离别是黑天对牧女的考验，那么如今牧女已泪流成河，悲戚成伤，这足以显示她们对黑天深深的爱意。然而，黑天仍没有回到牛村，这让牧女大为不解。

【原文】

हरि दरसन कौ① तरसतिँ② अँखियाँ।

झाँकतिँ③ झखतिँ झरोखा बैठी, कर मीड़तिँ ज्यौँ मखियाँ।

बिछुरीँ④ बदन सुधानिधि रस तैँ, लगतिँ नहीँ पल पँखियाँ।

इकटक चितवतिँ उड़ि न सकतिँ, जनु थकित भईँ लखि सखियाँ।

बार बार सिर धुनतिँ बिसूरतिँ, बिरह ग्राह जनु भखियाँ।

---

① Varma 本作 kauṁ。
② Varma 本作 tarasati。
③ Varma 本作 jhāṅkati。
④ Varma 本作 bichurī。

सूर सुरूप मिले[1] तैं जीवहिं, काट किनारे नखियाँ ॥

（77/3859）

【对译】

双眼渴望见诃利

窗栅旁坐注目望，悲伤搓手若蜜蜂。[2]

离别月容[3]情味汁，眼睑如翼不闭合，[4]

目不转睛飞不得，倦怠仿若见女伴。[5]

屡屡捶头苦不堪，如被离别鳄鱼[6]咬。

苏尔言，

妙相[7]消灭抵岸边，见面相会得活命。

【释译】

本诗描述的是牧女们因没能与黑天相见而悲苦绝望的境况。内容大致如下：

一位牧女道："我们的双眼十分渴望见到黑天。我们坐在窗栅边凝望着窗外，期盼着黑天的归来。可是，黑天迟迟不归，这让我们感到万分悲伤，我们像蜜蜂一样搓着手懊悔不已。见不到黑天那如月般美丽的面容，我们的眼睛一眨也不眨，眼睑就像蜜蜂正在采蜜

① Varma 本作 milai。

② 此处将女子搓手比作蜜蜂两足相搓，形容牧女懊悔不已的样子。另据 Gupta 本的解释，女子失去黑天就像蜜蜂失去蜂蜜一样，不禁悲伤懊悔。

③ 月容，原文为 badan sudhānidhi，badan 意为"面容"或"脸"，sudhānidhi 是 sudhā 和 nidhi 的合成词，意为"储藏甘露的地方"，即"甘露宝藏"，指月亮，此处将黑天美丽的面容比喻为月亮，译为"月容"。

④ 此句中的"翼"指的是蜜蜂的翅膀，蜜蜂一直在采蜜，翅膀是不闭合的。牧女与黑天分别后，由于思念彻夜无眠，此处"眼睑如翼不闭合"表达了牧女夜不能寐的情状。

⑤ 此句中"目不转睛飞不得"指的是眼睑就像蜜蜂的翅膀一样丝毫没有扇动，表现了此时此刻牧女呆望的眼神。"倦怠仿若见女伴"的意思是牧女好像看到了其他女伴和自己情况一样因此现出倦怠之态，表现了牧女绝望的心情。

⑥ 离别鳄鱼，原文为 virah grāh，两个词分别意为"离别"与"鳄鱼"，作者将与黑天的离别比作一条凶猛的鳄鱼，如今，牧女对黑天的思念之苦，就好像被这条鳄鱼吞噬了一样令她们痛苦难耐。

⑦ 妙相，原文为 surūp，字面义为"美丽的色相"，此处译为"妙相"，黑天名号之一。

时不得扇动的翅膀一样，让我们目不转睛地注视着黑天归来的道路。我们坐在一旁一动不动，倦怠而绝望，仿佛看到女伴们和自己身处同样的境地，没有任何希望的迹象。我们屡屡捶头顿足，懊悔不已。离别之苦就像一条凶猛的鳄鱼，将我们吞噬，令我们痛苦不堪。”

本诗着重表现了牧女与黑天分别后懊悔绝望的心情。本诗最后一句“妙相消灭抵岸边，见面相会得活命”道出了只有黑天才能消灭凶猛的鳄鱼，只有黑天才能将牧女从离别之苦中解救出来的事实，表达了牧女渴求与黑天相见的强烈愿望。

【原文】

(मेरे)① नैना बिरह की बेलि बई।
सींचत नैन-नीर के सजनी, मूल पताल गई।
बिगसित लता सुभाइ आपनैं, छाया सघन भई।
अब कैसैं निरवारौं सजनी, सब तन पसरि छई।
को जानै काहू के जिय को, छिन छिन होत नई।
सूरदास स्वामी के बिछुरैं, लागी प्रेम जई॥
（78/3865）

【对译】

离别藤蔓（我之）眼中植
眼泪浇灌女伴啊，深深扎根大地下。
藤蔓自然生长成，郁郁葱葱阴影现。
今怎祛除女伴啊，攀缘延展遍周身？
他者内心谁人知，每时每刻呈新貌，
苏尔达斯言，

① Gupta 本无（mere）。

相与主人分离别，既已结出爱情果。

【释译】

本诗描述了牧女的离别愁绪。内容大致如下：

一位牧女道：“如今，离别的藤蔓已扎根在我的双眼中。女伴啊，我一直用泪水不断地浇灌它，因此，它的根深深地扎入这片土地中，并且不断地蔓延开来。在泪水的滋润下，离别蔓藤自然快速地生长，现在已经非常茂盛，以至于它的影子都可以遮挡住我的全身。女伴啊，它现在已经向我的全身蔓延，我怎样才能把它们清除掉呢？谁会知道我们心中的痛苦呢？如今，这些藤蔓每时每刻都不断地长出新的枝条，越来越茂盛，越来越葱郁。”

本诗承接上一首诗，仍以眼睛为描写对象，与黑天分别的日子里，泪水灌溉了离别的田地，使其不断滋长、发芽、繁茂。直至此时此刻，“相与主人分离别，既已结出爱情果”，藤蔓已结出了爱情的果实，这爱情果实的结出归功于泪水的浇灌。由此可见，牧女与黑天分别后，日益忧愁，昼夜不停地悲伤流泪。本诗将离别愁绪比作藤蔓，而无限的相思恰似藤条蔓延，永无休止，表达了牧女对黑天深深的思念之情。

【原文】

ब्रज① बसि काके बोल सहौं।

इन लोभी नैननि के काजैं, परबस भइ जो रहौं।

बिसरि लाज गइ सुधि नहिं तन की, अब धौं कहा कहौं।

मेरे जिय मैं② ऐसी आवति, जमुना जाइ बहौं।

---

① Gupta 本作 vraj。

② Gupta 本作 mai。

इक बन ढूँढ़ि, सकल बन ढूँढ़ौं, कहूँ न स्याम लहौं।

सूरदास प्रभु तुम्हरे दरस कौं, इहिं दुख अधिक दहौं॥

（79/3866）

【对译】

住在伯勒杰，忍受谁人语

由于此双贪婪眼，长久受控于他人。

身失知觉忘羞耻，如今还能作何言？

我心之中现此般：叶木拿中流逝去。

各个林中尽寻觅，但却无处得黑子。

苏尔达斯言，

为与主人你相见，此般苦痛深焦灼。

【释译】

本诗描述的是牧女无法忍受与黑天分离的痛苦而身心焦灼的境况。内容大致如下：

一位牧女道："女伴啊，如今我还能忍受谁说的话啊？伯勒杰的居民都嘲笑我的双眼如此贪婪，痴迷于黑天的形色，让我一直被黑天的情爱所控，无法自拔。由于这份贪婪和爱恋，我抛弃了所有的家族荣誉，放下了自己的荣辱之心，与黑天坠入了爱河。如今，因为离别，我的身体已失去了知觉。不知道黑天为何还不返回伯勒杰，我还能怎么办呢？我想随叶木拿的水流一起漂走，结束自己的痛苦生活。失去黑天，我真是生不如死。我已经找遍了伯勒杰所有的树林，却没有发现黑天的丝毫踪迹。"

牧女见不到自己的爱人，痛不欲生，想要结束自己的生命，不再忍受离别之苦。本诗最后，牧女呼唤黑天"为与主人你相见，此般苦痛深焦灼"，牧女希望这样的倾诉能够唤回黑天的内心，能使昔日的欢乐重现。

【原文】

हो, ता दिन कजरा मैं देहौं।

जा दिन नंदनँदन के नैननि, अपने नैन मिलैहौं।

सुनि री सखी यहै जिय मेरैं, भूलि न और चितैहौं।

अब हठ सूर यहै ब्रत[①] मेरौ, कौंकिर[②] खै मरि जैहौं॥

(80/3868)

【对译】

彼日我再涂眼圈

那日难陀子双眸，与己双目相遇时。

女伴且听心此念：我绝不把他人瞧。

苏尔言，

我此誓言今坚定，但服钻粉[③]求一死。

【释译】

本诗描述的是牧女对黑天一心一意的感情。内容大致如下：

一位牧女道："女伴啊，我现在不会再往自己眼睛上涂抹油烟了，直到我看见黑天的那天为止。我已经下定决心，除了黑天，我绝对不会偷看其他人一眼的。"

牧女死心塌地地爱着黑天，一往情深。本诗最后一句"我此誓言今坚定，但服钻粉求一死"可以有两种解释。第一种解释，牧女们的誓言指除了黑天，她们谁也不会看。如果看了其他人，就将服用钻石粉自尽。第二种解释，牧女的誓言指要是见不到黑天就服用

---

① Gupta 本作 vrat。

② Gupta 本作 kaukir。

③ 钻粉，原文为 kauṅkir，金刚石粉末，又称钻石粉末，吞食下去后金刚石粉末会粘在胃壁上，在长期的摩擦中，使人患上胃溃疡，可能导致死亡。此处指牧女想要吞食金刚石粉末寻求一死。此处因字数限制，缩译为"钻粉"。

钻石粉以求一死。根据这一部分诗歌的整体感情基调，笔者认为第二种解释更为合理，牧女们想要通过求死而从离别之苦中获得解脱。

【原文】

देखि सखी उत है वह गाउँ।
जहाँ बसत नँदलाल हमारे, मोहन मथुरा नाउँ।
कालिंदी कैँ① कूल रहत हैँ, परम मनोहर ठाउँ।
जौ तन पंख होइँ② सुनि सजनी, अबहिँ③ उहाँ उड़ि जाउँ।
होनी होइ होइ सो अबहीँ, इहिँ ब्रज④ अन्न न खाउँ।
सूर नंदनंदन सौँ हित करि, लोगनि⑤ कहा डराउँ॥
（81/3872）

【对译】

女伴且看，彼处即为那村庄
我们难陀爱儿居，彼处妙名马图拉。
坐落迦林德裔岸，迷人胜地至上美。
身若有翼伴且听，即刻飞至那边去。
注定之事今将现，不再食此伯地粮⑥。
苏尔言，
既与难陀子相爱，何必惧怕众他人？

---

① Gupta 本作 ke。
② Gupta 本作 hohiṁ。
③ Gupta 本作 abai。
④ Gupta 本作 vraj。
⑤ Gupta 本作 logan。
⑥ 伯地粮，原文为 braj ann，指伯勒杰地区的粮食，此处因字数限制，缩译为“伯地粮”。牧女表示不再食用伯勒杰地区的粮食，意即她们将离开伯勒杰，前往马图拉寻找黑天。

【释译】

本诗描述的是牧女为了心爱的黑天想要大胆前往马图拉与之相见的场景。内容大致如下：

一位牧女道："女伴们，你们看，那就是我们的黑天现在居住的地方。它有一个美丽的名字叫作马图拉。马图拉城坐落在叶木拿河畔，是一个非常迷人的地方。如果我有一双翅膀，我现在立刻就飞到那里去。有些事情是命中注定的，我不会再吃伯勒杰的粮食了，我准备前往马图拉与我心爱的郎君见面。"

黑天在牛村时，牧女不顾家族的荣誉，不顾自己的羞耻心，大胆与黑天恋爱。如今，黑天已离开牛村，牧女不甘愿在此唉声叹气地苦苦等待，她们再一次鼓起勇气，计划亲自前往马图拉与黑天相见，最后，牧女道："既与难陀子相爱，何必惧怕众他人"，牧女此时意识到既然与黑天相爱，何必害怕其他人的流言蜚语呢？前往马图拉寻找黑天实为牧女的无奈之举，在后续的情节中并未发生。因此，本诗着重表现的是牧女不得与黑天相见，深受离别之苦折磨而又束手无策的无奈情状。

【原文】

लिखि नहिं पठवत हैं द्वै बोल।

द्वै कौड़ी के कागद मसि कौ, लागत है बहु मोल ?

हम इहि पार, स्याम पैले तट, बीच बिरह कौ जोर।

सूरदास प्रभु हमरे मिलन कौं, हिरदै कियौ कठोर ॥

（82/3873）

【对译】

只言片语不写寄

纸张墨水两文钱，岂觉昂贵价不菲？

黑子彼岸我这边，中间别苦势猛烈。

苏尔达斯言，

对与我们相会面，胜尊冷酷心无情。

【释译】

本诗描述的是牧女对于黑天离开后至今毫无音信的抱怨之言。内容大致如下：

一位牧女道："女伴啊，黑天怎么这么狠心呢？他连一封信甚至几个字都不写给我们。好像两文钱的纸和墨水对于他来说是无价之宝一样。我们住在叶木拿河岸这边的伯勒杰，黑天住在河岸那边的马图拉，这短短的距离却是别离的湍流，汹涌澎湃，无法逾越。"

自黑天离开牛村后，没有给牧女寄来任何一封信件，也没有捎来一点口信，这让牧女不知所措，黯然神伤。因此，牧女抱怨道："对与我们相会面，胜尊冷酷心无情。"在牧女看来，黑天不与牧女相见，黑天是冷漠无情的。

【原文】

सुपनैं हरि आए हौं किलकी।

नींद जु सौति भई रिपु हमकौं, सहि न सकी रति तिल की।

जौ जागौं तौ[①] कोऊ नाहीं, रोके रहति न हिलकी।

तन फिरि जरनि भई नख सिख तैं, दिया बाति जनु मिलकी।

पहिली दसा पलटि लीन्ही है, त्वचा तचकी तनु पिलकी।

अब कैसैं सहि जाति हमारी, भई सूर गति सिल की॥

（83/3880）

① Gupta 本作 to。

【对译】

梦诃利来我雀跃

睡意如妾为我敌，瞬间之爱不容忍。

醒来时分却无人，哽咽啜泣止不住。

从头到脚身再灼，宛若灯芯被点燃。

恢复返至之前状，身体灼烧肤肌黄。

苏尔言，

我等情状宛如石，现今如何堪忍受？

【释译】

本诗描述的是罗陀在享受梦中遇见黑天这样短暂的幸福后又回到现实思念生活中的场景。内容大致如下：

罗陀道："女伴啊，我今天梦见黑天回到我的身边了。看到他回来，我非常高兴，不禁欢呼起来。然而，睡意就像小妾一样是我的敌人，不愿看到我享受这么一丁点儿的福乐。于是，它打断了我的美梦。我醒来后，不见黑天，也找不到梦中的场景，不禁悲伤地啜泣起来，泪流不止。随后，我感到全身从头到脚再一次经受了离别之火的熊熊燃烧，就像油灯的灯芯被点燃了一样，愈燃愈烈，让我苦不堪言。我又回到了原来的状态，面黄肌瘦，虚弱憔悴。如今，我该怎么忍受这样的痛苦呢？"

正所谓"日有所思，夜有所梦"，牧女不分昼夜地思念，终于在梦境中得以遇见黑天。然而，这一美梦并没有延续很长时间，牧女醒来后，却不见黑天的踪影。牧女大喜又大悲，心中激起了无尽的波澜，无限思念涌上心头。牧女借最后一句"我等情状宛如石，现今如何堪忍受？"吐露了自己的心声，她们就像冰冷的石头一样，已经失去了生命的活力。这句是本诗的点睛之笔，将牧女此时此刻虚弱无力、苦闷忧愁的情状展现出来。

【原文】

पिय बिनु नागिनि कारी रात।
जौ कहुँ जामिनि उवति[①] जुन्हैया, डसि उलटी[②] ह्वै जात।
जंत्र न फुरत मंत्र नहिं लागत, प्रीति सिरानी जात।
सूर स्याम बिनु बिकल बिरहिनी, मुरि मुरि लहरैं खात॥
（84/3891）

【对译】

无有情郎，黑夜似黑蛇
但有夜晚明月升，如噬之后翻仰状。[③]
巫术咒语不奏效，爱情消弱渐逝去。
苏尔言，
无有黑子离女慌，翻滚煎熬苦不堪。[④]

【释译】

本诗将黑夜比作黑蛇，描述了与黑天离别后牧女孤苦无依，煎熬度过漫漫长夜的场景。内容大致如下：

与美丽的黑天分离后，黑夜对于牧女来说就像黑蛇一样令她们感到恐惧。当月亮升起、黑夜降临时，仿佛一条蛇黑背朝下、白肚朝上地盘踞在夜空当中。光芒四射的月光恰如黑蛇白色的肚皮照亮天际，而漆黑的苍穹笼罩着大地，让人觉得阴森可怕。每当夜幕降

① Varma 本作 ubati。

② Varma 本作 ulaṭi。

③ 此句描写的是牧女在没有黑天陪伴的夜晚里愁思加重，就像被黑蛇咬了一样痛苦难耐。此时的夜晚之景就像吃过东西的黑蛇盘踞在空中一样，月亮如其白肚照亮了天际，其黑背朝下笼罩着整个大地。

④ 原文为 laharaiṁ khāt，字面义为“波浪翻滚、起伏”，此处比喻牧女深受煎熬的身体就像波浪一样起伏不定，苦不堪言。

临，寂静无声的夜晚让牧女更加思念黑天，她们好像被蛇咬了一样痛苦难耐。这种痛苦不仅无药可医，而且任何巫术咒语也不能治疗这种病痛。就这样，牧女的内心、对黑天的爱意渐渐冷却，仿佛“心”的生命即将结束一样。

本诗以黑夜作为时间背景，再一次突出强调了牧女对黑天的苦苦思念之情。本诗最后一句“无有黑子离女慌，翻滚煎熬苦不堪”，没有黑天在，牧女们对他的想念就像蛇毒在体内持续不断地发作一样，牧女煎熬度日，苦不堪言。

【原文】

मोकौं माई जमुना जम ह्वै रही।
कैसैं मिलौं स्याम सुंदर कौं, बैरिनि बीच बही।
कितिक[1] बीच मथुरा अरु गोकुल, आवत हरि जु नहीं।
हम अबला कछु मरम न जान्यौ, चलत[2] न फेंट गही।
अब पछिताति प्रान दुख पावत, जाति न बात कही।
सूरदास प्रभु सुमिरि सुमिरि गुन, दिन दिन सूल सही॥
（85/3893）

【对译】

女伴啊，叶木拿于我如阎摩
怎去会见美黑子，中有敌人涌动流。
相距几许马图拉，诃利不再回牛村。
玄机不晓孤苦女，离时我未抓裤脚。[3]
如今懊悔不成言，生命遇挫得悲苦。

① Varma 本作 kitaki。
② Sabha 本作 calan。
③ 抓裤脚的意思是抓住黑天的裤脚，阻拦他离开。牛村牧女懊悔当初没有阻拦黑天，要不然，她们如今就不用忍受这份离别之苦了。

苏尔达斯言，

忆及胜尊之德行，日日忍受折磨痛。

【释译】

本诗描述的是牧女对当初没有阻拦黑天离开的懊悔之言。内容大致如下：

一位牧女道："女伴啊，叶木拿对我来说就像阎罗王一样，与我为敌，流淌在马图拉与牛村之间，阻挡我前去与黑天相见。唉，马图拉和牛村相距这么近，但黑天却从不回来看我们。如果说这两个地方相距很远，那我们也不会计较，可是如今我看黑天分明就是不想回！我们这些孤苦无依的女人之前并不知黑天终究要离开这一玄机。要是我们知道，当时我们肯定会拽住他的围裤边，不让他走，现在我们只能独自懊悔了。我们失去了黑天就像失去了生命的依靠。"

牧女回忆起当初黑天离开牛村时，没有勇敢上前阻拦，如今，追悔莫及，却又无能为力。本诗最后一句"忆及胜尊之德行，日日忍受折磨痛"，道出了牧女昼夜思念黑天的情状，她们与黑天分别后，每天都回忆着黑天的种种功行，默默忍受着这种折磨，苦不堪言。本诗表达了牧女对黑天深切的思念之情。

【原文】

नैन सलोने स्याम, बहुरि कब आवहिंगे।

वै जो देखत राते राते, फूलनि फूली डार।

हरि बिनु[1] फूलझरी सी लागत, झरि झरि परत अँगार।

फूल बिनन नहिं जाउँ सखी री, हरि बिनु कैसे फूल।

---

① Gupta 本作 bin。

सुनि री सखि मोहिँ राम दुहाई, लागत फूल त्रिसूल।

जब मैं पनघट जाउँ सखी री, वा जमुना कैं तीर।

भरि भरि जमुना उमड़ि चलति है, इन नैननि① कैं② नीर।

इन नैननि③ कैं नीर सखी री, सेज भई घरनाउँ④।

चाहति हौं ताही पै चढ़ि कै, हरि जू कैं ढिग जाउँ।

लाल पियारे प्रान हमारे, रहे अधर पर आइ।

सूरदास प्रभु कुंज बिहारी, मिलत नहीं क्यौं⑤ धाई॥

（86/3894）

【对译】

美眸黑子，何时再来

枝上满开彼鲜花，看去嫣红娇艳美，

觉似焰火无诃利，火花飘零纷落下。

不去采花女伴啊，花又怎样无诃利？

女伴听我以神誓⑥，鲜花宛如三叉戟。⑦

当我来到汲水处，叶木拿畔女伴啊，

此般双眼泪水流，涨满溢出叶木拿。

此般双眼泪水流，床如罐舟⑧女伴啊，

我欲登乘于其上，去至诃利近旁处。

---

① Varma 本作 naiṁnani。

② Gupta 本作 ke。

③ Varma 本作 naiṁnani。

④ Gupta 本作 gharanauṁ。

⑤ Varma 本作 jyauṁ。

⑥ 以神誓，原文为 rām duhāī，字面义为“呼唤罗摩、向大神罗摩求救”，引申为“以大神罗摩立誓”，这是印度人生活常用短语，用以表达自己坚定无疑的言语或观点。

⑦ 此处“鲜花宛如三叉戟”指的是没有黑天的陪伴，那些鲜花增加了牧女对黑天的思念，它们就像三叉戟一样刺痛牧女的内心。

⑧ 罐舟，原文为 gharanāu，字面义为“用陶罐做成的小船”，此处译为“罐舟”。诗中将牧女的床比喻为罐舟，旨在说明牧女的床已被泪水浸湿，就像漂浮在海上的小船一样，从而表明了牧女因相思之苦而泪流满面。

可亲可爱之人啊，我命悬于嘴唇上。[1]

苏尔达斯言，

胜尊林中之玩主，何不跑来相与会？

【释译】

本诗描述的是牧女忆及与黑天一起嬉闹玩乐不禁暗自悲伤，表达了牧女迫切希望与黑天相见的心情。内容大致如下：

一位牧女道：“女伴啊，黑天什么时候才能回来呀？你看，没有诃利在这里，那些开满鲜花呈现一派红艳的枝条，如今就像一团焰火一样剧烈燃烧，朵朵繁花就像火花一样纷纷落下。”

“女伴啊，如今我不会再去采摘鲜花了，没有诃利在，那些花儿对于我们来说还有什么意义吗？以前诃利在这里的时候，我用采回来的鲜花制编成花环，然后给他戴上。如今，这些鲜花就像三叉戟一样时时刺痛我的内心。”

“女伴啊，如今我一到叶木拿畔打水的地方，就会想起与黑天一起嬉戏玩闹的情景，勾起了我无尽的思念，瞬间泪流满面，泪水就像叶木拿河水一样奔流不息。”

“女伴啊，没有诃利在，我的小床已经被泪水浸湿，就像漂浮在海上的用陶罐做成的小船，要是我能够乘着这只小船到黑天身边该多好啊！”

本诗先以“鲜花”为载体描述了牧女由昔日的兴高采烈到如今心灰意冷的巨大心理落差。此后，忆及在叶木拿河畔打水时与黑天一起打情骂俏的场景，牧女不禁潸然泪下。与前一首诗相同的是，作者运用夸张的手法继而描写了牧女泪流成河的悲戚情状。如今，

① “我命悬于嘴唇上”意思为命悬一线，此处旨在描述这段时间以来牧女因朝思暮想而憔悴虚弱的状态。

牧女没有黑天的陪伴，她们生不如死，正如诗中所言“可亲可爱之人啊，我命悬于嘴唇上”，她们不分昼夜地苦苦思念，在朝不保夕的情况下艰难度日。她们向黑天发出哀切的乞求：“胜尊林中之玩主，何不跑来相与会。”如果黑天还是那个和牧女在林中一起玩耍的孩童，他为什么不回来见见牧女呢？本诗通过牧女回忆的思绪以及悲戚的状况表现了她们百般忧愁、万念俱灰的复杂心情。

【原文】

प्रीति करि काहू सुख न लह्यौ।
प्रीति पतंग करी पावक सौं, आपै प्रान दह्यौ।
अलि सुत प्रीति करी जल सुत सौं, संपुट माँझ गह्यौ।
सारँग प्रीति करी जु नाद सौं, सन्मुख बान सह्यौ।
हम जौ प्रीति करी माधव सौं, चलत न कछू कह्यौ।
सूरदास प्रभु बिनु दुख पावत, नैननि नीर बह्यौ॥
（87/3907）

【对译】

无人得福因爱恋

飞蛾爱恋向火苗，灼烧自己生命尽。
黑蜂子恋水之儿，被抓捕入花苞中。①
鹿向乐声现爱恋，忍受对面之箭矢。②
我们爱恋摩豆裔，离别之时未曾言。
苏尔达斯言，
胜尊不在遭苦痛，双眼泪水簌簌流。

① 此句中“水之儿”指的是“莲花”，黑蜂因为贪恋莲花的花蜜，到了夜晚时分也不从莲花上飞走，而晚上莲花叶片闭合，将黑蜂包在了其中。

② 根据印度神话传说，鹿生性喜爱音乐，一听到美妙的曲调，鹿就会停止不前，于是，猎人轻而易举地用箭将鹿杀死。

【释译】

本诗描述的是牧女因见不到黑天而遭受离别之苦的状况。内容大致如下：

一位牧女道："即使深爱过也无法获得福乐，甚至还要奉献自己的生命，正如飞蛾扑火，即使知道会被烧成灰烬，也会奋不顾身地扑向自己心爱的火苗。黑蜂喜爱莲花，因为贪恋花蜜，夜晚时分陷入了花苞之中，无法自拔；鹿喜爱聆听维纳琴的声音，却被猎人轻而易举地用箭矢刺中心脏。我们迷恋黑天，然而他却无情地离开了我们，没有留下一句劝慰之言，这让我们如何活下去呢？"

无论是飞蛾扑火、黑蜂陷入莲花还是鹿因音乐而死，这些实际上都是大自然中动物的生性习惯或境遇，而在离别的牧女眼中，它们失去生命被解读为因为爱情而奋不顾身，它们不仅没有因为爱情而获得福乐，而且还牺牲了自我，紧扣本诗题目"无人得福因爱恋"。牧女和黑天也是这样一对因爱恋而被系在一起的情侣，但是没有自己心爱之人的陪伴，牧女意志消沉，不得不认为爱情是残酷无情的，是致命的毒药。本诗最后一句"胜尊不在遭苦痛，双眼泪水簌簌流"描写了牧女悲伤的情状，在牧女看来，如今的苦痛与自然界动物牺牲自我别无两样，都是爱情的代价。

【原文】

प्रीति तौ मरिबौऊ न बिचारै।

निरखि पतंग ज्योति पावक ज्यौं, जरत न आपु सँभारै।

प्रीति कुरंग नाद मन मोहित, बधिक निकट ह्वै मारै।

प्रीति परेवा उड़त गगन तैं, गिरत① न आपु सँभारै।

① Varma 本作 ginat。

सावन मास पपीहा बोलत, पिय पिय करि जु पुकारै।

सूरदास प्रभु दरसन कारन, ऐसी भाँति बिचारै॥

（88/3909）

【对译】

爱情生死不思量

飞蛾一见火苗光，无法自控被灼烧。

鹿恋音乐心迷醉，猎人杀死于近处。

无法自控飞行鸽，因爱坠落自空中。

印历五月杜鹃啼，声声不停唤情郎。[①]

苏尔达斯言，

为与胜尊相见面，如此这般作思量。

【释译】

本诗描述的是牧女决定即便是冒着生命危险也要见到黑天，表达了牧女渴求见到黑天的迫切心情。内容大致如下：

一位牧女道："恋爱中的人从不在意生与死。你想想，飞蛾见到火苗的光亮奋不顾身地扑过去，无法控制自己而葬身于火海，丝毫没有考虑自己的生命。鹿被声音深深吸引，被猎人用弓箭射杀。正在空中飞翔的雄鸽一见地上的雌鸽，不能自控，从天上直接摔了下来。印历五月，杜鹃鸟哀切地日夜啼叫，向着大角星呼唤自己的情郎。"

本诗承接上一首诗，仍以自然界的生物来衬托牧女此时此刻不知所措的迷茫状态。飞蛾、鹿、飞鸽还有五月的杜鹃鸟，都为了自己心中所爱或是牺牲了自己，或是如痴如醉地奉献着自己的一切。看到这样的景象，牧女不禁想出了可以见到黑天的办法，正如本诗

① 根据印度神话传说，印度杜鹃鸟只饮用亢宿时段大角星降下的第一场雨。杜鹃鸟在此之前会日夜不停地啼鸣。此句用杜鹃鸟对雨滴的渴求比喻牧女对黑天的等待。杜鹃鸟的叫声哀婉悲切，烘托了此时此刻牧女忧愁悲伤的心情。

最后一句“为与胜尊相见面，如此这般作思量”，只要可以见到黑天，牧女们愿意牺牲自我。本诗表达了牧女对黑天的深厚情意以及不能与黑天相见的无奈心情。

【原文】

जनि कोउ काहू कैँ① बस होहि।
ज्यौँ चकई दिनकर बस डोलत, मोहिँ फिरावत मोहि।
हम तौ रीझि लटू भईँ② लालन, महा प्रेम तिय③ जानि।
बंधन अवधि भ्रमति④ निसि बासर, को सुरझावत आनि।
उरझे संग अंग अंगनि प्रति बिरह, बेलि की नाईँ⑤।
मुकुलित कुसुम नैन निद्रा तजि, रूप सुधा सियराई।
अति आधीन हीन मति ब्याकुल, कहँ लौँ कहौँ बनाई।
ऐसी प्रीति रीति रचना पर, सूरदास बलि जाई॥
（89/3910）

【对译】

谁能不受他人控

如鸯游摆受日控，我被迷醉四徘徊。
视为于妻之大爱，我为爱郎迷醉狂。
缚于约期昼夜惑，谁来解救使摆脱?
离别宛若藤蔓枝，缠绕身身在一起。
眼弃困意花半开，形色甘露为满足。
无知受控极忧虑，怎能将其讲述出?

---

① Varma 本作 kai。
② Varma 本作 bhaī。
③ Gupta 本作 jiy。
④ Varma 本作 bhramatiṁ。
⑤ Varma 本作 nāī。

苏尔达斯言，

为了此般爱情状，苏尔达斯献一切。

【释译】

本诗描述的是牧女陷入对黑天的爱恋不能自拔，而今遭受别离之苦的状况。内容大致如下：

一位牧女道："请求大神保佑，今后谁也不要受别人的控制了！雌鸯受控于太阳，白天它和自己的雄鸳可以相会，一起畅游摇摆，但是到了晚上这对鸳鸯不得不分离开来。我们和黑天也是这样，黑天让我们迷醉，如今不得寻见黑天，我们四处徘徊。当得知黑天将对妻子之爱视作伟大之爱的时候，我们欢欣愉悦，为他痴狂。在约定的归期内，我们苦苦等待，不知黑天什么时候才能回来。如今，归期已过，黑天仍然没有回来，这让我们深陷迷惑之中。谁能将我们从中解救出来呢？离别就像藤蔓一样将我们和黑天紧紧地缠绕在一起，眼前尽是黑天的模样，至今我们都无法忘记黑天带给我们的快乐。如今，我们的双眼全然忘记了困意，就像半开的花儿一样半睁半闭，无精打采，只有饮用黑天这滴甘露才会感到清爽愉悦，绽放出美丽。如今，我们如此依附于黑天，完全失去了理智，焦虑不堪。这样绝望痛苦的情状我怎么能够将它描述出来呢？"

牧女诉说了如今她们等待黑天、思念黑天时忧愁沮丧的状况。本诗最后一句"为了此般爱情状，苏尔达斯献一切"是苏尔达斯的诗外音，作为诗人，他为了呈现牧女的凄凄切切，为了表现牧女对黑天炽烈忠贞的爱情，他不惜一切将此描述出来。

【原文】

ये दिन रूसिबे[1] के नाहीं।

कारी[2] घटा पौन झकझोरै, लता तरुन लपटाहीं।

दादुर मोर चकोर मधुप पिक, बोलत अंमृत बानी।

सूरदास प्रभु तुम्हरे दरस बिनु, बैरिनि[3] रितु नियरानी॥

（90/3917）

【对译】

此非生气之时日

狂风呼啸乌云布，树上藤蔓紧缠绕。

孔雀鹧鸪黑蜂蛙，杜鹃啼鸣甘露音。

苏尔达斯言，

不得相见胜尊你，雨季如敌逼近来。

【释译】

本诗描述的是雨季来临时的景象。内容大致如下：

牧女道："黑天啊，雨季时节不是你生气的时候啊！乌黑的云团不断聚拢，一阵阵狂风呼啸而来，条条藤蔓缠绕在树上随风摆动。青蛙、孔雀、蜜蜂、杜鹃鸟、鹧鸪不停地啼叫。"

本诗寓情于景，雨季既可以是浪漫的恋爱时光，也可以是离别愁绪滋长的温床。由于没有黑天的陪伴，狂风暴雨让牧女心生恐惧，鸟儿啼鸣增添了牧女心中的惆怅。此时此刻，雨季对于牧女来说是伤感的，是忧愁的，她们将雨季视为敌人，正如本诗最后一句"不得相见胜尊你，雨季如敌逼近来"所言，她们隔空呼唤黑天："没有你在，雨季像敌人般向我们袭来，越来越近。黑天啊，你为什么不

① Gupta 本作 rūsibai。
② Varma 本作 kārau。
③ Varma 本作 bairani。

回来呢，为什么不让我们见到你呢？难道你和我们生气了吗？”本诗以雨季为时间背景，烘托了牧女如今苦苦思念的悲戚之状。

【原文】

अब बरषा कौ आगम आयौ।

ऐसे निठुर भए नँदनंदन, संदेसौ न पठायौ।

बादर घोरि[①] उठे चहुँ[②] दिसि तैं, जलधर गरजि सुनायौ।

एकै सूल रही मेरैं जिय, बहुरि नहीं ब्रज[③] छायौ।

दादुर मोर पपीहा बोलत, कोकिल सब्द सुनायौ।

सूरदास के प्रभु सौं कहियौ, नैननि है झर लायौ॥

（91/3918）

【对译】

如今雨季已来临

如此无情难陀子，竟不寄送予消息。

四面升起浓密云，发出隆隆轰鸣声。

有一苦痛存我心：不再笼罩伯勒杰。[④]

青蛙噪鹃与孔雀，凤头杜鹃啼鸣语。[⑤]

苏尔达斯言，

且请诉说向胜尊：双眼泪流倾泻下。

---

① Varma 本作 gheri。

② Varma 本作 cahūṁ。

③ Varma 本作 braj。

④ 此句指的是因陀罗发怒降下大雨一事。那一次，因陀罗由于没有得到伯勒杰地区牧民的祭祀而大发雷霆，下令降下大雨，以示惩罚，但黑天托起了即将被雨水冲毁的牛增山，拯救了所有的伯勒杰居民。此句“不再笼罩伯勒杰”指的就是乌云不再像那次一样来到这里降下大雨，意味着黑天无法再像那次一样为伯勒杰居民排忧解难。

⑤ 此句中有两种杜鹃鸟。噪鹃，原文为 kokil，拉丁学名为 Cuculus indicus；凤头杜鹃，原文为 papīhā，拉丁学名为 Clamator jacobinus。当两种杜鹃鸟的名称同时出现在同一首诗中时，用“噪鹃”与“凤头杜鹃”作以区分；当一首诗中只出现一种杜鹃鸟的名称时，则译为“杜鹃”。

【释译】

本诗描述的是牧女由大雨回忆起黑天托牛增山拯救居民一事，从而引发了深深思念。内容大致如下：

一位牧女道："如今，雨季已经来临。可是，无情的黑天却还没有一点音信。四方乌云密布，电闪雷鸣。此时此刻，一种思念在我心头隐隐作痛，这乌云不像那次一样笼罩着我们了。那次，因陀罗大神盛怒，想要淹没伯勒杰以惩罚黑天的傲慢和伯勒杰居民的不敬，于是，空中乌云密布，随即下起了滂沱大雨，黑天立刻用手托起了即将冲毁的牛增山，保全了伯勒杰居民的性命。要是再来一次这样的状况，要么我们就全部被淹死，要么黑天还会回来再一次拯救我们。要是他回来，我们就可以再次相见了。可如今，物是人非事事休！青蛙、孔雀、杜鹃鸟不停地啼叫，增加了我们的烦忧。"

本诗承接上一首诗，通过雨季景象的描写衬托了牧女悲伤的心情，她们无法忍耐乌云摧城的恐怖，无法忍耐杜鹃鸟如泣如切的哀婉啼鸣。牧女通过"且请诉说向胜尊：双眼泪流倾泻下"发出强烈的诉求，希望有人能够向黑天倾诉，如今天上的雨与眼中的泪已然融为一体。本诗同样通过雨水展现了牧女昼夜哭泣的悲戚情状。

【原文】

सँदेसनि मधुबन कूप भरे।

अपने तौ पठवत नहिं मोहन, हमरे फिरि न फिरे।

जिते पथिक पठए मधुबन कौं, बहुरि न सोध करे।

कै वै स्याम सिखाइ प्रमोधे, कै कहुँ बीच मरे।

कागद गरे मेघ, मसि खूटी, सर दव लागि जरे।

सेवक सूर लिखन कौ आँधौ, पलक कपाट अरे[1] ॥

（92/3919）

【对译】

书信填满摩图林水井

莫亨自己不寄送，亦不回复予我们。

多少路人派遣去，摩图林至无回复。

抑或黑子训诫他，抑或途中某处亡；

云溶纸张墨水逝，林火烧毁芦苇秆[2]。

苏尔言，[3]

书写仆人亦眼瞎，眼睑之门紧紧闭。

【释译】

本诗描述的是牧女由于等不到黑天的任何信息而焦急失望的心情。内容大致如下：

一位牧女道："女伴啊，我们给黑天寄去那么多的信件，托付路人捎去那么多的口信，恐怕快将马图拉城中所有的井都填满了。黑天却从来没有给我们寄来任何信息，帮我们送信的人也一去不复返了。没有人回来找我们，更不用说带来黑天的信息了。感觉就像，要么是黑天故意将他们迷惑，让他们不要回来，要么就是他们在途中不幸离世了。其实，也不能全怪黑天，你看这滂沱大雨，雨水能把上面的墨水字迹给洗掉，纸张也有可能被浸坏，连用芦苇秆做成的笔也会被离别之苦火烧毁。这样，黑天就没有办法给我们回信了。"

牧女们等不到黑天的身影，连一点音讯也无从听闻，对此她们无法理解，但却没有完全归罪于黑天，她们猜测也许是捎信人途中遇到意外，也许是雨水浇湿了纸张等等。更加不幸的是，黑天的仆

① Gupta 本作 dhare。
② 芦苇秆是指用芦苇秆做成的笔。
③ 本诗中本无"苏尔言"，为翻译体例的统一，此处"苏尔言"系笔者添加。

人、信徒，能够帮助黑天写信的苏尔达斯是位盲人。因此，他亦爱莫能助，正如本诗最后一句“书写仆人亦眼瞎，眼睑之门紧紧闭”。牧女想象着马图拉城也下着暴雨，黑天也承受着离别之苦，因此，黑天无法寄予信件。这些臆想是牧女们为自己寻求的心灵安慰，表达了她们的无奈与忧愁。

【原文】

ब्रज① पर बदरा आए गाजन।

मधुबन को पठए② सुनि सजनी, फौज मदन लग्यौ③ साजन।

ग्रीवा रंध्र नैन चातक जल, पिक मुख बाजे बाजन।

चहुँदिसि तैं तन बिरहा घेर्यौ, कैसैं पावति भाजन।

कहियत हुते स्याम पर पीरक, आए संकट काज न④।

सूरदास श्रीपति की महिमा, मथुरा लागे राजन॥

（93/3921）

【对译】

云至雷鸣伯勒杰

摩图林遣女伴啊，莫登⑤听闻整军队：

颈孔眼雨凤头鹃，⑥噪鹃口中奏乐鸣。

离苦困身自四方，如何才能逃离开？

言说黑子前来到，他苦灾难之事中。

① Gupta 本作 vraj。

② Sabha 本作 kop ṭhae。

③ Varma 本作 lāgyau。

④ Varma 和 Sabha 本作 kājan。

⑤ 莫登，原文为 madan，此处指欲天 kāmadev。

⑥ 此句指的是凤头杜鹃伸长脖子，双眼凝望空中的云彩，渴求雨水的样子。杜鹃一动不动凝望时，从远处看上去，头和脖子已经成为一体了，而眼睛就像脖子上的两个小孔，因而，此处用“颈孔”指代眼睛，表现了杜鹃目不转睛的姿态以及望眼欲穿的心情。

苏尔达斯言，

伟大崇高吉祥主，为王统治马图拉。

【释译】

本诗描述的是雨季来临，牧女深深思念黑天却不见黑天归来而发出的怨念之词。内容大致如下：

一位牧女道：“女伴啊，你看，现在乌云笼罩在伯勒杰上空，发出隆隆的雷鸣声。欲天听说黑天前往马图拉以后开始召集自己的‘乌云’大军，准备降下大雨。凤头鹃渴求着雨水的到来，噪鹃仿佛在奏响乐器一样咕咕悲苦地叫个不停。离别之苦将我们从四面八方包围，无论如何，我们都无法逃脱。人们都说黑天是能够消除他人痛苦的人，可是，如今，他怎么没有消除我们的痛苦呢？怎么不把我们从灾难中拯救出来呢？”

本诗同样描写了雨季之景，诗中将欲天视为引领乌云军队的首领，他使看到浓厚乌云的牧女心生欲念，进而更加思念黑天。同时，杜鹃鸟悲苦凄切的叫声，加重了离别的忧愁氛围。本诗最后一句“伟大崇高吉祥主，为王统治马图拉”是本诗的点睛之笔，牧女抱怨道：“黑天将她们置于困苦之后不管不顾，自己却前往马图拉做起了国王，难道这就是伟大崇高的黑天吗？”这是牧女对黑天的抱怨之言，从而表现了牧女渴望与黑天相见的急切心情。

【原文】

बहुरि हरि आवहिंगे किहि काम।

रितु बसंत अरु ग्रीषम बीते, बादर आए स्याम।

छिन मंदिर छिन द्वारैं ठाढ़ी, यौं सूखति हैं घाम।

तारे[1] गनत गगन के सजनी, बीतैं चारौ जाम।

औरौ कथा सबै बिसराई, लेत तुम्हारौ नाम।

सूर स्याम ता दिन तैं बिछुरे, अस्थि रहै कै चाम॥

（94/3928）

【对译】

诃利何事再回来

已过春季和夏季，青黑乌云临至来。

时站门口时屋中，如此枯槁烈日下，

细数天上之繁星，度四亚姆[2]女伴啊，

其他诸事尽皆忘，呼唤念叨你姓名。

苏尔言，

自从黑子离别日，徒留只剩皮或骨？

【释译】

本诗描述的是牧女与黑天分别之后日渐消瘦、忧愁憔悴的倦息之状。内容大致如下：

一位牧女道："黑天啊，什么才能让你再回来一次呢？春季和夏季已经都过去了，现在雨季来临，乌云密布，连夜天降大雨。白天，烈日炎炎，我们时而待在家中，时而站在门口，日渐虚弱枯槁。每天如此一般地度过，我们变得十分消瘦憔悴。晚上我们望着夜空，数着星星度过漫漫 12 小时，丝毫没有困意。我们把其他所有的事情都忘记了，但唯独记得你的名字。"

本诗同样表现了牧女因为思念日渐憔悴、百无聊赖的形象。即便如此，她们没有放弃对黑天的爱恋，本诗最后一句"自从黑子离别日，徒留只剩皮或骨"再一次具象地将牧女消瘦的身躯形态描写出来，从而体现了牧女爱之深切、思之忧愁。

---

① Varma 本作 tārai。

② 亚姆，原文为 jām，通 yam，印度计时单位，指三个小时，此处音译为"亚姆"。

【原文】

किधौं घन गरजत नहिं उन देसनि।

किधौं हरि हरषि इंद्र हठि बरजे, दादुर खाए सेषनि।

किधौं उहिं देस बगनि मग छाँड़े, घरनि① न बूँद प्रवेसनि②।

चातक मोर कोकिला उहिं बन, बधिकनि बधे बिसेषनि।

किधौं उहिं देस बाल नहिं झूलतिं, गावतिं सखि न सुदेसनि।

सूरदास प्रभु पथिक न चलहीं, कासौं कहौं सँदेसनि॥

（95/3929）

【对译】

抑或彼处乌云不轰鸣

抑或湿舍③吞青蛙，诃利顽强喜阻帝？④

抑或水滴家不进，苍鹭弃离彼地路？

孔雀噪鹃凤头鹃，猎人彼林殊⑤杀死？

抑或妙地伴⑥不歌，不荡秋千彼地女？

苏尔达斯言，

路人不过胜尊啊，述说消息向何人？

【释译】

本诗描述的是由于得不到黑天的任何消息牧女对马图拉城产生的无尽想象。内容大致如下：

---

① Gupta 本作 dharani。

② Varma 本作 prabesani。

③ 湿舍，原文为 seṣani，通 śeṣ，即 śeṣ-nāg，千头蛇王，此处音译为“湿舍”。

④ 帝，原文为 Indr，通 Indra，即吠陀神话中的神王因陀罗。佛经中称其为 Śakro devānām indraḥ，汉译“帝释天”，其中 śakra 音译为“释”，deva 意译为“天”，Indra 意译为“帝”。此处由于字数限制，姑且将 Indra“因陀罗”依此意译为“帝”。此句指的是牧女们所猜想的马图拉城没有声音的原因之一，即黑天阻止了因陀罗神降下大雨。

⑤ 殊，原文为 biseṣani，通 viśeṣ，意为“特殊的”或“特别的”，此处用一个“殊”字表示“特殊的方法”。

⑥ 此处“伴”指女伴。

一位牧女道："女伴啊，怎么马图拉城没有传来一丁点儿消息呢？甚至连一点儿声音也没有。难道那里不降大雨，不电闪雷鸣吗？抑或黑天顽强地抵抗了因陀罗，从而因陀罗没有降下大雨？马图拉城连青蛙的聒噪声都听不到，难道是千头蛇王已经把它们全部吃掉了？难道啼鸣的鹭鸶离开了马图拉？我们连一点儿水声都听不到，难道没有一滴雨落在家里吗？难道马图拉的杜鹃鸟、孔雀都被猎人用什么特殊的方式给杀死了？难道马图拉的女子都不荡秋千，不歌唱吗？"

黑天离开牛村后没有任何讯息，牧女不禁因此而彷徨不安、手足无措。她们对马图拉城无尽的遐思表现了牧女"离愁渐远渐无穷，迢迢不断如春水"的愁绪，可是，"路人不过胜尊啊，述说消息向何人"，如今在这个雨季，没有任何路人经过这里，让谁帮她们给黑天捎去信息呢？

【原文】

आजु घन स्याम की अनुहारि।

आए उनइ साँवरे सजनी, देखि रूप की आरि।

इंद्र धनुष मनु पीत बसन छबि①, दामिनि दसन बिचारि②।

जनु बगपाँति माल मोतिनि③ की, चितवत④ चित्त निहारि।

गरजत गगन गिरा गोविंद⑤ मनु, सुनत नयन भरे वारि⑥।

① Varma 本作 chavi。
② Varma 本作 vicāri。
③ Gupta 本作 mitin。
④ Varma 本作 citavati。
⑤ Sabha 本作 gobiṁd。
⑥ Varma 本作 bāri。

सूरदास गुन सुमिरि स्याम के, बिकल भईं ब्रजनारि[1] ॥

（96/3934）

【对译】

如今浓云似黑子

青黑笼罩女伴啊，且看固执争形色：

彩虹宛若美黄衫，且将闪电想作齿，

凝神贯注仔细瞧，苍鹭行如珍珠串，

空中鸣如牛得音，听闻泪水溢双眼。

苏尔达斯言，

忆及黑子之德行，伯勒杰女忧愁苦。

【释译】

本诗描述的是牧女凝望天空思念黑天的场景。内容大致如下：

一位牧女道："女伴啊，你看那正向我们笼罩的乌云，它的样子看起来就和黑天一模一样。云中升起的彩虹就像黑天的黄衫一样美丽耀眼。云间闪电就像黑天的牙齿一样熠熠闪光。仔细看去，一行苍鹭就像黑天胸前佩戴的花环。空中响起隆隆的雷鸣声，好似黑天的声音。一听到这样的声音，我们的眼中就充满了泪水。"

本诗同样描写的是雨季之景，但与之前的诗不同，牧女看着乌云密布的天空仿佛看见了朝思暮想的黑天。由此可见，牧女对黑天的思念更加深切。乌云的颜色和形态、云间的闪电、轰鸣的雷声等等曾令牧女感到恐惧的景象，如今却如黑天一样光彩耀目。如今，牧女的眼中只有黑天、心中只有黑天，她们看着这番景象，不禁回忆起与黑天一起玩耍的往事。本诗最后一句"忆及黑子之德行，伯勒杰女忧愁苦"是苏尔达斯的诗外音，描述了牧女孤寂苦思、伤心欲绝的情状。

① Gupta 本作 vrajanārī。

【原文】

हमारे माई मोरवा[1] बैर परे।

घन गरजत[2] बरज्यौ नहिं मानत, त्यौं त्यौं रटत खरे।

करि करि प्रगट पंख हरि इनके, लै लै सीस धरे।

याही तैं न बदत बिरहिनि कौं, मोहन ढीठ करे।

को जानै काहे तैं सजनी, हमसौं रहत अरे।

सूरदास परदेस बसे हरि, ये बन तैं न टरे॥

（97/3948）

【对译】

女伴啊，孔雀变成我等敌

伴随乌云雷声鸣，不顾阻止尖声啼。

曾取它等之翎羽，置于头上诃利现。

由此无视离别女，莫亨使其粗无礼。

谁知为何女伴啊，一直固执对我等。[3]

苏尔达斯言，

诃利居住于异地，它们不离森林中。

【释译】

本诗描述的是牧女将孔雀视为自己敌人的场景。内容大致如下：

一位牧女道：“女伴啊，这些孔雀如今已成为我们的敌人。随着乌云发出隆隆的轰鸣声，它们的叫声也越来越大，越来越刺耳。

① Sabha 本作 morabā。

② Varma 本作 gharajat。

③ 此句的意思为孔雀昼夜不停地尖声啼叫，这样的叫声加深了牧女对黑天的思念。因此，牧女将孔雀视为敌人，认为孔雀这样的做法对她们极不友善，因而，牧女发出疑问：“为什么孔雀一直固执地啼鸣，让我们感到痛苦不堪？”

无论我们怎么阻止也停不下来。黑天因为喜爱它们，曾经摘下它们的翎羽，戴在自己的头上。正是因为得到了黑天这样的重视与宠爱，它们如今妄自尊大，竟然对我们如此无礼。是黑天让它们变得这样的无礼粗鲁，不知廉耻。谁知道它们为什么要对我们这么固执呢？”

在雨季，孔雀的啼鸣让牧女更加思念黑天。因此，在牧女眼中，孔雀似乎在趾高气扬地显示着自己的美丽以及自己所得的恩宠。牧女借孔雀抒发了自己内心的烦闷与焦躁。她们将自己的忧愁迁怒于林中的孔雀，将它们视为敌人，并怨念地说道：“诃利居住于异地，它们不离森林中”，如今，黑天现在已经住在马图拉了，但是孔雀却还在沃林达林四处走动。它们本应该离开，却坚持留在这里，哪里也不去，不断在这里给牧女增加痛苦。本诗借孔雀这一意象表现了牧女没有黑天陪伴孤苦无依、忧愁烦闷的情状。

【原文】

बहुरि पपीहा बोल्यौ माई।
नींद गई चिंता चित बाढ़ी, सुरति स्याम की आई।
सावन मास मेघ की बरषा, हौं उठि आँगन आई।
चहुँ[①] दिसि गगन दामिनि कौंधति, तिहिं जिय अधिक डराई[②]।
काहूँ राग मलार अलाप्यौ, मुरलि मधुर सुर गाई।
सूरदास बिरहिनि भइ ब्याकुल, धरनि परी मुरझाई॥
（98/3951）

① Varma 本作 cahūṁ。
② Gupta 本作 burāī。

【对译】

女伴啊，杜鹃复啼鸣

睡意离去想黑子，心中忧虑愁苦增。

印历五月云中雨，起身我来庭院中。

天空四处闪电耀，由此心中多恐惧。

某人起调莫拉尔，甜美声音伴笛歌。

苏尔达斯言，

离别之女忧伤苦，昏迷晕厥倒在地。

【释译】

本诗描述的是牧女梦中惊醒，思念黑天，痛苦不堪的场景。内容大致如下：

一位牧女道："女伴啊，你听，杜鹃鸟又开始啼叫了。它的叫声把睡梦中的我惊醒了，增添了我心中的忧伤与愁苦，令我想起了美丽的黑子。印历五月，雨水淅淅沥沥地下着，没有止息。我起身来到院子中，伫立凝望着电闪雷鸣的夜空，顿时我感到十分恐惧。"

本诗的创作手法与上一首诗相同，在漫漫长夜中，杜鹃鸟哀婉的啼鸣叫醒了睡梦中的牧女，并增加了牧女对黑天的思念。而在雨季的黑夜中，牧女听见有人吹奏着竹笛甜美的莫拉尔曲调。听到这样的声音，"离别之女忧伤苦，昏迷晕厥倒在地"，离别的牧女痛苦不堪，昏厥晕倒在地上了。

【原文】

सखी री चातक मोहिं जियावत।

जैसैंहि रैनि रटति हौं पिय पिय, तैसैंहि वह पुनि गावत।

अतिहिं सुकंठ, दाह[1] प्रीतम कैं, तारू जीभ न लावत।

आपुन पियत सुधा-रस अंमृत, बोलि बिरहिनी प्यावत।

यह पंछी जु सहाइ न होतौ, प्रान महा दुख पावत।

जीवन सुफल सूर ताही कौ, काज पराए आवत॥

（99/3953）

【对译】

女伴啊，杜鹃拯救我

如我夜晚唤情郎，那般复又它歌唱，

极妙嗓音为情郎，无休无止痛苦吟，

自饮不朽甘露汁，言罢喂饮离别女。

若非此鸟相帮助，生命将遭大痛苦。

苏尔言，

来助他人事业者，彼之生活善果报[2]。

【释译】

本诗描述的是看到杜鹃鸟最终得到雨水的滋润，牧女受到鼓舞的场景。内容大致如下：

一位牧女道："女伴啊，这些杜鹃鸟和我们一样，曾经身处离别的苦痛之中，和我们一样，每晚不停地呼唤着自己的情郎。如今，它们在雨季中得到了自己的情郎，这使我们大受鼓舞，重新点燃了生存的希望。杜鹃鸟的声音是多么的甜美！为了自己的爱郎云彩，它一直喋喋不休地痛苦啼鸣。如今，雨季来临，它们品尝到了甜美的甘露，它们的欢快叫声也让我们这些离别之女像喝到甘露一样心情舒畅。在这些离别的日子里，要不是这些杜鹃鸟相助，我们的生活将会遭受更大的痛苦。能够助人为乐的人，他们的生活就会

① Varma 本作 dās。

② 善果报，原文为 suphal，字面义为"好的果实"，引申义为"善果"。此处根据上下文译为"善果报"。

有意义。”

看到杜鹃鸟坚持不懈终于修成正果的爱情，伯勒杰地区的牧女恢复了对生活的信心。本诗最后一句“来助他人事业者，彼之生活善果报”是对本诗的总结。在牧女心中，杜鹃鸟因这样帮助别人的善行将会得到善报。伯勒杰的牧女由于与黑天离别一直处于孤苦无依的状态，但杜鹃鸟的爱情故事对于她们来说是一桩鼓舞人心的好事，能够帮助她们度过艰难时日。由此，她们相信只要执着地呼唤黑天、思念黑天，坚守自己的爱情，终将可以等到黑天归来相会的那一天。本诗中杜鹃鸟这一意象所起的作用与之前有所不同，以往的诗中，杜鹃鸟的悲啼加重了牧女的思念之情，突出表现牧女因相思而孤立无援、忧愁不堪的状态，而在本诗中，杜鹃鸟的爱情修成正果让牧女重拾生存下去的信心，一种积极的情感蕴含其中。

【原文】

कोकिल हरि कौ① बोल सुनाउ।

मधुबन तैं उपहारि② स्याम कौं, इहिं ब्रज③ कौं लै आउ।

जा जस कारन देत सयाने, तन मन धन सब साज।

सुजस बिकात बचन के बदलैं, क्यौं न बिसाहतु आज।

कीजै कछु उपकार परायौ, इहै सयानौ काज।

सूरदास पुनि कहँ यह अवसर, बिनु बसंत रितुराज।

（100/3959）

① Gupta 本作 ko。
② Varma 本作 upaṭāri。
③ Gupta 本作 vraj。

【对译】

杜鹃且向诃利述

携黑子自摩图林，带来此地伯勒杰。

聪慧之人为名誉，身心财物俱皆予，

以言得买好名声，如今为何不获取？

行善些许为他人，聪慧之人此作为。

苏尔达斯言，

季节之王春不在，何处再有此机会？[①]

【释译】

本诗描述的是牧女希望杜鹃鸟能够劝回黑天的场景。内容大致如下：

一位牧女道："杜鹃鸟啊，如果你非要一直这样不停地叫，那你飞去马图拉那里吧，让黑天听听你的声音。你劝劝黑天让他回来吧！你最好能把他从那里带回伯勒杰。聪明的人为了自己的名声肯付出身体、心灵和财富等等一切。现在这样的好名声你只需要说几句话就可以得到，你怎么不去获取呢？聪明的人往往都是助人为乐的人。你也帮帮我们吧！"

本诗最后一句，苏尔达斯以诗外音道："季节之王春不在，何处再有此机会？"春季已过，杜鹃鸟不会再欢快地啼鸣了。这样的客观事实将牧女的愿望化为泡影。牧女劝说杜鹃鸟为了自己的好名声、为了成为聪慧之人飞往马图拉将黑天召唤回来，但这只是牧女的一厢情愿而已，最终无法实现。作者通过最后一句表现了牧女因离别苦思而陷入孤苦无依、无奈绝望的境况。

---

① 根据杜鹃鸟的习性，它们在春季叫得最欢。此句的意思是春季已过，已经没有再听得见杜鹃鸟欢快啼鸣的季节了，因此，杜鹃鸟无法按照牧女的嘱咐前往马图拉劝解黑天返回牛村了。

【原文】

अब यह बरषौ बीति गई।

जनि सोचहि, सुख मानि सयानी, भली रितु सरद भई।

फुल्ल सरोज सरोवर सुन्दर, नव बिधि[①] नलिनि नई।

उदित चारु चन्द्रिका किरन, उर अंतर अमृत[②] मई।

घटी घटा अभिमान मोह मद, तमिता तेज हई।

सरिता संजम स्वच्छ सलिल सब, फाटी काम कई।

यहै सरद संदेस सूर सुनि, करुना कहि पठई[③]।

यह सुनि सखी सयानी आईं, हरि रति अवधि हई॥

（101/3961）

【对译】

现此雨季已过去

慧女且莫作思虑，妙好秋季当福乐。

池塘莲花绽放美，焕然一新莲池[④]貌，

甘露充满内心中，月光皎洁又迷人。

傲慢惑醉乌云减，黑暗蒙昧速消失，

河流克制水皆清，欲望青苔亦消退。

且听秋之此信息，怜悯言说派送来。

苏尔言，

闻此聪慧女伴来，恋诃利期已结束。[⑤]

---

① Sabha 本作 bighi。

② Varma 本作 aṃmrit。

③ Sabha 本作 paṭhāī。

④ 莲池，原文为 nalini，该词有“莲花”和“莲池”两个意思，联系上下文内容，此处选译“莲池”。

⑤ 此句中“恋诃利期已结束”是指在印度，雨季是恋爱的季节。诗中“雨”去“秋”来，因而，爱恋黑天的日子随雨季的消逝而结束。

【释译】

本诗描述的是牧女劝慰罗陀不要忧愁，享受美好秋日的言语。内容大致如下：

一位牧女对罗陀道："女伴啊，你别再胡思乱想了。你看，曾经让你感到痛苦的雨季现在已经过去了。如今凉爽美好的秋日已经来到，你应该把它当作福乐，享受其中！你看，池塘清澈见底，朵朵美丽的莲花在其中绽放，呈现出了新的面貌。夜晚，空中升起充满甘露的月亮，月光皎洁明亮，它能够驱散乌云、黑暗还有我们心中的傲慢、迷惑和蒙昧。河水清澈纯净，潺潺不息，平静流淌。我们爱恋的欲望已经消退去，正如岸边的青苔没有河水的滋润已悄然离开。你听，秋季慈悲行善，为我们派送了这样的信息。"

秋季不再是一个多愁善感的季节，本诗中秋天的种种美景让牧女心情舒畅，摆脱离苦，消除欲望。其中，明月悬空驱赶了雨季时节萦绕在牧女心头的烦忧和离苦，河水平静不再泛滥、岸边青苔渐渐消退去表现了牧女不再流泪，心中不再有欲望的情状。本诗最后一句"闻此聪慧女伴来，恋诃利期已结束"是本首诗歌的点睛之笔，阴霾的雨季已经过去，迎来了晴空万里、月色皎洁的秋季。然而，看到如此美好的秋景，牧女能够放下心中的思念，能够忘记曾经爱恋的黑天吗？此时时刻，牧女的泪水已经干涸，她们对于等待黑天归来已经不抱任何希望了，她们的爱恋随着雨季的结束而终止。本诗从反面着重表现了牧女无奈绝望的心境。

【原文】

सरद समै[1] हू स्याम न आए।

को जानै काहे तैं सजनी, किहिं बैरिनि बिरमाए।

अमल अकास कास कुसुमित[2] छिति, लच्छन स्वच्छ जनाए।

सर सरिता सागर जल उज्ज्वल, अति[3] कुल कमल सुहाए।

अहि मयंक[4], मकरंद कंज अलि, दाहक गरल जिवाए।

प्रीतम रंग संग मिलि सुंदरि, रचि सचि सींचि सिराए।

सूनी सेज तुषार जमत चिर, बिरह सिंधु उपजाए।

अब गइ आस सूर मिलिबे की, भए ब्रजनाथ[5] पराए ॥

（102/3962）

【对译】

秋时黑子仍未归

谁知何故女伴啊，某位女敌使着迷？

天碧地开长草花，明净迹象已显现，

池塘河海水清澈，丛丛莲花极迷人。

月救蛇自燃烧毒，莲花花蜜于黑蜂。[6]

梳妆相会与情郎，共戏滋润美女欢。

空床寂铺久结霜，离别苦海油然生。

苏尔言，

---

① Gupta 本作 samaiṃ。

② Varma 本作 kusumit。

③ Gupta 本作 ali。

④ Sabha 本作 mayak。

⑤ Gupta 本作 vrajanāth。

⑥ 此句的意思是夜晚明月当空，蛇在这个时候得以尝到夜晚的露水，因而，体内正在燃烧的毒素得以消减。莲花为爱恋它的黑蜂献出了自己的花蜜。明月与毒蛇，莲花与黑蜂，在牧女心中，这是两对恋爱中的情人。牧女将自己的境遇与毒蛇和黑蜂相比，毒蛇和黑蜂能够从明月和莲花那里得到自己需要的甘露和花蜜，但牧女却不能从黑天那里得到任何福乐，只有独自忍受悲伤与寂寞。

相见愿望现落空，伯勒杰主属他人。

【释译】

本诗描述了牧女由于秋季黑子仍未归来而感到绝望痛苦的心情。内容大致如下：

一位牧女道：“女伴啊，秋季已经来到，可是黑天还没有回来，也没人知道他为什么不回来。难道是哪个敌人把他迷惑住了？如今，晴空如洗，万里无云，地上开满了长草花，各种纯净清新的迹象都已显现出来。河流、池塘、大海所有的水流都清澈干净，簇簇莲花盛开绽放，美丽无限，蜜蜂在其上翩翩起舞。夜晚，明月当空，蛇品尝到了露水，熄灭了体内正在燃烧的毒火，生命得以解救。莲花为黑蜂献出了自己的花蜜，让它们得以生存。在这样的秋季里，那些女子打扮得十分漂亮和自己的爱郎共同嬉戏娱乐，她们被爱情滋润，感到欢愉满足。可是，只有我们这些离别的女子没有爱郎陪伴，我们的床铺凝结了冰霜，冰冷难耐，由此，离别的苦海涌入了我们的心中，令人痛苦不堪。”

本诗承接上一首诗，作者描绘了莲花绽放、河水清澈等秋日景色以渲染令人愉悦的气氛。在这样的气氛中，其他情侣共同嬉戏，感到欢快满足，而唯独伯勒杰的牧女不得不忍受“空床寂铺久结霜，离别苦海油然生”的孤寂与忧伤，强烈的对比反衬出牧女孤苦无依、黯然神伤的情状。本诗最后一句“相见愿望现落空，伯勒杰主属他人”为苏尔达斯的诗外音，道出了伯勒杰牧女痛苦的原因。伯勒杰的主人黑天此时已成为驼背女的夫君，这让牧女想与之相见的愿望落空，牧女因此感到绝望无奈。

【原文】

दूरि करहि बीना कर धरिबौ।
रथ थाक्यौ, मानौ मृग मोहे, नहिंन[①] होत चंद्र कौ[②] ढरिबौ।
बीतै जाहि सोइ पै जानै, कठिन सु प्रेम पास कौ परिबौ।
प्राननाथ[③] संगहिं तैं बिछुरे, रहत न नैन नीर कौ झरिबौ।
सीतल चंद अगिन सम लागत, कहिए धीर कौन बिधि धरिबौ।
सूर[④] सु कमलनयन के बिछुरैं, झूठौ सब जतननि कौ करिबौ॥
(103/3976)

【对译】

于手远置维纳琴

若鹿着迷车停止，月亮不得降落下。[⑤]
经受之人方知晓，彼爱套索陷入苦。
自与生命之主[⑥]别，眼泪流淌止不住。
清凉月亮宛若火，且言何种忍耐持？
苏尔言，
与彼莲眼分离别，所作努力皆徒劳。

【释译】

本诗描述的是牧女因与黑天离别而内心焦灼不安的情状。内容大致如下：

一位牧女道：“女伴啊，不要再弹维纳琴了。把它拿到别的地方放着吧！你看，这月亮也不落下，好像它的驭者——鹿一听

① Varma 本作 nāhiṁn，Gupta 本作 nāhin。
② Gupta 本作 ko。
③ Varma 本作 prāṇanāth。
④ Sabha 本作 sur。
⑤ 此句的意思是鹿拉着车带着月亮升起和降落，鹿生性喜欢音乐，因此，一听到维纳琴的乐声，鹿便停滞不前，从而忘记了载月而降，这样，夜晚就会由于月亮不降而延长。此处体现了夜晚牧女煎熬过活的艰难状况。
⑥ 生命之主，原文为 prānanāth，意为“生命的主人”或“生命的主宰”，指黑天。

见维纳琴这般美妙的声音就被深深吸引，站在那里一动不动，也不拉着月亮之车往前跑动了。我们什么时候才能度过这漫漫长夜呢？陷入这样的爱情套索是一件非常痛苦的事情，无论怎么挣脱也无法逃离。只有那些身受灾难的人才会知晓这样的苦痛，其他人是无法知道的。自从与黑天离别后，我们日夜泪流不止。如今，这般清凉的月亮就像火一样让我们焦灼不安。用什么办法能够承受住这样的痛苦呢？与黑天分离后，无论怎样我们都无法平静，一切的努力都是徒劳的。只有再次与黑天相见，我们才能重获福乐与安宁。”

这首诗着重描述的是与黑天分别后，牧女在黑夜中痛苦煎熬的状态。本诗最后一句“与彼莲眼分离别，所作努力皆徒劳”为苏尔达斯对本诗的总结。由于思念，牧女夜不能寐、辗转反侧，悬挂在夜空的月亮让牧女更加焦灼难耐，不知什么时候漫漫长夜才能结束，不知什么时候黑天归返之日才能到来。与黑天分离后，牧女懊悔、忧愁、痴想的心绪以及她们面黄肌瘦、日益憔悴的体态黑天是不知道的，她们一厢情愿，孤独想念，但却是徒然无益的。

【原文】

कोउ माई बरजै री या चंदहिं① ।

अति② हीँ क्रोध करत है हम पर, कुमुदिनि कुल आनन्दहि③ ।

कहाँ कहौ बरषा रबि④ तमचुर, कमल बलाहक कारे⑤ ।

① Varma 本作 cadahiṁ。

② Varma 本作 ahi。

③ Varma 本作 ānandahiṁ。

④ Gupta 本作 ravi。

⑤ Sabha 本作 kākai。

चलत न चपल रहत थिर कै रथ, बिरहिनि के तन जारै[①]।

निंदतिँ सैल उदधि पन्नग कौँ[②], श्रीपति कमठ कठोरहिँ।

देतिँ असीस जरा देवी कौ[③], राहु केतु किन जोरहिँ।

ज्यौँ जल हीन मीन तन तलफतिँ, ऐसी गति ब्रजबालहिँ[④]।

सूरदास अब आनि मिलावहु, मोहन मदन गुपालहिँ॥

（104/3978）

【对译】

女伴啊，谁来阻止此月亮

大发怒气于我等，却去愉悦众莲女。⑤

且说莲花乌云雨，太阳公鸡在何方？⑥

不行停止车不移，离别之女身灼烧。⑦

谴责大海蛇与山，无情龟与吉祥主。⑧

---

① Varma 本作 jāre。

② Varma 本作 kau。

③ Varma 本作 kauṁ。

④ Gupta 本作 vrajabālahiṁ。

⑤ 莲女，原文为 kumudini，kumud，指白莲、红莲，也可为毗湿奴的一个名号，此处可指黑天。kumudini，可理解为黑天女，特指驼背女。此句的意思是在明月当空的夜晚，牧女因思念黑天而痛苦不堪，诗中将牧女的痛苦视为月亮对牧女大发怒气时牧女的感受；与此同时，黑天却与驼背女在马图拉享受欢愉。这样强烈的对比突出了牧女的孤寂与忧愁。

⑥ 此句中，莲花指一般的莲花，在日出时盛开，公鸡在日出时啼鸣，因此莲花、太阳和公鸡的出现意味着月亮已经落下；降雨时由于月亮会被乌云挡住。由此，当莲花、太阳、公鸡、雨水和乌云出现时，牧女就不会看到月亮，就不会痛苦。此句表达了牧女想尽快度过漫漫长夜的愿望。

⑦ 此句的意思是拉载月亮的车不再前行，因而月亮不再降落，漫漫长夜让牧女感到更加孤苦烦闷。

⑧ 此句指的是印度神话传说搅乳海的故事。大神毗湿奴令将草药投入乳海，拔取曼陀罗山（Mandara）作为搅棒，以蛇王婆苏吉（Vāsukī）作为搅棒的搅绳。毗湿奴自己化为一只海龟沉入海底以龟背作为搅棒的底座，最后，搅出了包括月亮在内的多种宝物。因此，牧女要谴责大海、蛇、山、龟和毗湿奴，正因为在他们的共同努力下，搅出了令伯勒杰牧女焦灼不安的月亮。吉祥主，原文为 śrīpati，此处指大神毗湿奴。

献祝福于遮罗[①]神，罗睺计都怎不连[②]？

如鱼无水身翻滚，伯勒杰女此般状。

苏尔达斯言，

且使今来相与会，莫亨莫登牛护者[③]。

【释译】

本诗承接上一首诗，通过描写牧女对月亮的厌恶之情，表达她们在黑夜中愁肠难断、孤苦悲伤的状态。同时，漫漫长夜让牧女产生更加深切的思念之情，这种痛苦让她们无法忍受，焦灼难耐。内容大致如下：

一位牧女道："女伴啊，谁来将这月亮阻止吧！它让驼背女分外喜悦，却与我们这些离别之女大发怒气。那些可以将它隐藏的乌云、雨水到哪里去了，会让它失去光芒的太阳到哪里去了，日出时开花的莲花还有清晨啼鸣的公鸡都到哪里去了？月亮之车停下来，在空中一动不动。黑夜愈加漫长，我们愈发思念黑天，月亮当空高悬，我们的身体就像被灼烧一样，痛苦难耐。"

伯勒杰地区这些离别的牧女责备蛇王、乳海、曼陀罗山、毗湿

---

① 遮罗，原文为jarā。根据《摩诃婆罗多》，妖连（Jarāsaṃdh）的父亲巨车王有两位妻子，她们是迦尸国一对孪生公主。她们在仙人的帮助下，怀胎足月，生下了两个身体状的两爿肉块。两爿肉块上各有一只眼、一只手臂、一条腿、半个脸、半个肚子和半个屁股。两个王后看了吓得浑身发抖。随后，奶妈将这两个怪胎扔掉了。而一个名为遮罗的女罗刹捡到了这两爿肉块，为便于携带，遮罗将肉块合在一起，这一合立即变出了一个身体，即妖连。因为身体是女妖连接起来的，所以巨车王为儿子取名妖连。此句牧女希望通过向遮罗献祝福，从而遮罗能为牧女将罗睺和计都连在一起，这样罗睺就可以完整地吃掉月亮，使让牧女倍感煎熬的漫漫长夜立刻消失。

② 在搅乳海的过程中，一位名为罗睺（Rāhu）的阿修罗在搅出甘露之后混入天神之中分饮甘露，被太阳神和月亮神发现，并告知大神毗湿奴。毗湿奴立即用神盘将罗睺拦腰砍成两截。由于罗睺饮用了甘露，他的头得以永生，身体化作计都（ketu）升入天空。为了报仇，罗睺无休止地追逐太阳和月亮，不时地吞食它们，由此，形成了日食和月食。但又因为罗睺没有身体，所以被吞下的日月又从他的喉部掉了出来，届时日食和月食结束。此句中牧女希望罗睺的头和身体计都能够合二为一，这样就能将月亮完全吃掉，使它不再出现。此外，罗睺和计都是古印度占星术中天体的名称，与日、月、水、火、木、金、土合称九曜。

③ 此处，"莫亨""莫登"和"牛护者"指同一个人，即黑天。

奴大神还有他的化身海龟，因为他们联合起来搅乳海搅出了月轮。她们向遮罗女神献上了祝福，希望她能够像连接妖连的两段身体一样将罗睺和计都连为一体，这样，它们就可以吞掉整个月亮，从而消除她们的痛苦。牧女们就像离开水上下翻腾的鱼儿一样，煎熬成活，苦不堪言。

本诗同样描述了牧女在黑夜中煎熬的情状，最后一句“且使今来相与会，莫亨莫登牛护者”为苏尔达斯的诗外音，他替牧女发出呼唤：“如今，谁去把黑天带来，让牧女和他相见吧。”

【原文】

माई मोकौं चंद लग्यौ दुख दैन।
कहँ वै स्याम कहाँ वै बतियाँ, कहँ वै सुख की रैन।
तारे गनत गनत हौं① हारी, टपकन लागे नैन।
सूरदास प्रभु तुम्हरे दरस बिनु, बिरहिनि② कौं नहिं चैन॥
（105/3979）

【对译】

女伴啊，月亮始予我苦痛

那般话语那黑子，彼福乐夜在何方？
数星数着我失败，开始滴落自双眼。
苏尔达斯言，
不得相见胜尊你，离别之女不安宁。

【释译】

本诗承接上一首诗，描述牧女因月亮而感到痛苦的场景。内容大致如下：

① Gupta 本作 hiṁ。
② Gupta 本作 birahin。

一位牧女道："女伴啊，如今月亮让我遭受很大的痛苦。曾经和我们一起玩耍的黑天现在到哪里去了？他曾经说过的那些甜言蜜语、那些诺言在哪里？那些幸福快乐的夜晚在哪里？所有一切都一去不复返了。望着夜空中的繁星，数着数着我又想起了黑天，又回忆起我们在一起嬉戏的快乐时光。此时，泪水不禁夺眶而出，不断地滴落流淌。"

本诗最后一句苏尔达斯诗外音道："不得相见胜尊你，离别之女不安宁。"漫漫长夜里，伯勒杰牧女对黑天的思念更加深切，辗转反侧、夜不能寐。在没有黑天陪伴的日子里，牧女回忆着与黑天一同玩耍的幸福时光，不思茶饭，终日不得安宁。

【原文】

अब या तनहिँ राखि कह कीजै।

सुनि री सखी स्याम सुंदर बिनु, बाँटि बिषम① बिष② पीजै।

कै गिरिऐ③ गिरि चढ़ि सुनि सजनी, सीस संकरहि दीजै।

कै दहिऐ④ दारुन दावानल, जाइ जमुन धँसि लीजै।

दुसह बियोग बिरह माधौ के, को दिन ही दिन छीजै।

सूर स्याम प्रीतम बिनु राधे, सोचि सोचि कर मींजै⑤ ॥

（106/3981）

【对译】

今留此身做什么

无美黑子女伴听，饮下磨碎之剧毒，

① Varma 本作 viṣam。
② Varma 本作 viṣ。
③ Gupta 本作 giri。
④ Gupta 本作 dahi。
⑤ Varma 本作 mīje，Gupta 本作 gījai。

或献头颅予湿婆[①]，爬山坠落女伴听，
或灼烧于烈林火，前去沉溺叶木拿。
别摩豆裔痛难忍，谁堪日日渐消瘦？
苏尔言，
罗陀无有亲黑子，想着想着搓双手。[②]

【释译】

本诗描述的是罗陀不堪忍受与黑天离别的痛苦，煎熬过活的状态。内容大致如下：

罗陀道："女伴啊，如今我们活着还有什么用呢？没有黑天在身边，这种离别之苦日日夜夜不断地折磨着我，我还不如一口喝下磨成碎末的毒药，迅速地结束我的性命，或者爬上牛增山一跃而下，或者直接将头颅献给湿婆大神，或者点燃熊熊烈火将自己燃烧，或者跳入叶木拿河中被河水淹没。在与黑天别离的痛苦中，有谁能够忍受这日益消瘦的身体呢？与其经受这样的折磨，不如让我痛快地死掉！"

以罗陀为代表的牧女在与黑天分别的这段日子里，不分昼夜地苦苦思念，日无饥、夜无眠，泪流成河，消瘦憔悴，经历了多日的折磨与煎熬，牧女实在不能忍受这样的离别之苦，于是，这样痛不欲生的艰难过活对她们来说还不如寻求一死。本诗最后一句"罗陀无有亲黑子，想着想着搓双手"是苏尔达斯的诗外音，他作为局外者，将此时此刻的罗陀可怜懊悔的形象描写出来，罗陀懊悔当初没有及时阻止黑天，导致如今的徒然独自悲伤。本诗通过女子寻死这样极端的方式旨在表达别离后罗陀对黑天的苦思之情。

---

① 湿婆，原文为 saṃkar，通 śaṃkar，湿婆神的一个称号。
② 搓手的动作表示懊悔不已。

【原文】

काहे कौँ पिय पियहिँ[1] रटति हौ, पिय[2] को[3] प्रेम तेरौ[4] प्रान हरैगौ[5]।
काहे कौँ[6] लेति[7] नयन जल भरि भरि, नैन भरे[8] कैसैँ[9] सूल टरैगौ[10]।
काहे कौँ[11] स्वास उसास लेति हौ, बैरी बिरह कौ दवा[12] बरैगौ[13]।
छार सुगंध सेज पुहुपावलि, हार छुवैँ, हिय हार जरैगौ[14]।
बदन दुराइ बैठी मंदिर मैँ, बहुरि निसापति उदय करैगौ।
सूर सखी अपने इन नैननि[15], चंद चितै जनि चंद जरैगौ॥

（107/3987）

【对译】

呼唤情郎为何故

呼唤情郎为何故，爱恋情郎夺你命。
泪满双眼为何故，双目充盈怎除苦？
长吁短叹为何故，离别敌之林火燃，
芬芳花床与项链，一触成灰胸骨灼。
遮掩面容坐家中，夜晚之主[16]复升起，

---

① Gupta 本作 piu piuhiṁ。
② Gupta 本作 piu。
③ Varma 本作 kau。
④ Gupta 本作 tuv。
⑤ Gupta 本作 haraigo。
⑥ Gupta 本中无 kauṁ。
⑦ Gupta 本作 let。
⑧ Varma 本作 bharai。
⑨ Gupta 本作 kyauṁ。
⑩ Gupta 本作 ṭaraigo。
⑪ Gupta 本作 ko。
⑫ Varma 本作 dabā。
⑬ Gupta 本作 baraigo。
⑭ Gupta 本作 jaraigo。
⑮ Gupta 本作 nainan。
⑯ 夜晚之主，原文为 nisāpati，字面义为“夜晚的主人”，指月亮。

苏尔言，

自己此眼莫望月，月将被燃女伴啊。

【释译】

本诗描述的是牧女劝慰罗陀不要再陷入离别苦痛之中的场景。内容大致如下：

牧女劝慰道：“你为什么要一遍一遍地呼唤‘情郎’呢？对情郎的这种深情爱意会夺走你的性命的。你为什么一直泪流不止呢？难道这样哭泣能够消除心中的离别之苦吗？你为什么总要唉声叹气呢？你的敌人——离别一听到你的叹息将会燃起熊熊烈火，让你更加痛苦。如果你还心存离别之苦火的话，你若触碰用鲜花装饰、芬芳四溢的小床，或触碰胸前佩戴的项链，它们都会因为你心中离苦的火焰而瞬间变成灰烬，不仅如此，你的胸骨也会随之燃烧起来。因此，你就乖乖地待在家里，哪里也别去，什么都别碰。”

本诗以烈火为喻体，以离苦为本体，描述了深受离别之苦的罗陀就像在熊熊烈火中燃烧一样，痛苦难耐。与此同时，花床、项链、胸骨等意象的描写突出了离别之火的猛烈。本诗最后两句“遮掩面容坐家中，夜晚之主复升起，自己此眼莫望月，月将被燃女伴啊”加强了“离火中烧”的程度，牧女们告诉罗陀：“待到夜晚月亮升起的时候，你要遮掩着自己的脸坐在家中，不要去看月亮，否则，月亮也会因你的火焰而燃烧起来。”由此可见，苏尔达斯通过离别之苦火表现罗陀所经受的折磨与煎熬，几个意象的夸张呈现将离别之情表达得淋漓尽致。

【原文】

बिछुरे री मेरे बाल सँघाती।

निकसि न जात प्रान ये पापी, फाटति① नाहिँन छाती।

हौं② अपराधिनि दही मथति ही, भरी जोबन मदमाती।

जो③ हौं जानति हरि कौ चलिबौ, लाज छाँड़ि सँग जाती।

ढरकत नीर नैन भरि सुंदरि, कछु न सोह दिन राती।

सूरदास प्रभु दरसन कारन, सखियनि④ मिलि लिखि पाती॥

（108/4000）

【对译】

我之儿时伙伴别

胸口没有破裂开，此命有罪未离去。

沉醉整个青春时，罪女我只搅酸奶，

若我知晓诃利走，抛弃羞耻并随去。

美女盈目泪流淌，白天黑夜无所喜。

苏尔达斯言，

为与胜尊相会面，女伴相聚写书信。

【释译】

本诗描述的是牧女们思念黑天并准备给他写信的场景。内容大致如下：

一位牧女道："黑天是我们童年时的伙伴。如今，他与我们分别了。而我却还在牛村，我为什么没有跟随他前往马图拉呢，我真是个罪人啊！离别后，我怎么能够还活在这里，我怎么没有死去，我真是罪孽深重啊！我的内心竟然没有破碎，让我遭受如此深切的痛

① Gupta 本作 phāṭat。
② Sabha 本作 hau。
③ Gupta 本作 jau。
④ Gupta 本作 sakhiyan。

苦。整个少年时代，我都沉醉于对黑天的爱恋，除了每天为他搅酸奶以外我什么也不知道。我真为自己当初的懵懂而感到懊恼，要是我知道黑天即将前往马图拉，我将抛弃所有的荣誉和羞耻心跟随他一起离开这里。”想着想着，牧女的泪水夺眶而出。如今，无论是白天还是夜晚，没有任何事物能够让她开心，终日不得宽慰。

本诗最后一句苏尔达斯诗外音道：“为与胜尊相会面，女伴会聚写书信。”描述了牧女由于后悔没有和黑天一同前往马图拉而打算写信的场景，以表达心中对黑天的爱恋与思念。

【原文】

हरि परदेस बहुत दिन लाए।

कारी घटा देखि बादर की, नैन① नीर भरि आए।

बीर② बटाऊ③ पंथी हौ तुम, कौन देस तैं आए।

यह पाती हमरी लै दीजौ, जहाँ साँवरे छाए।

दादुर मोर पपीहा बोलत, सोवत मदन जगाए।

सूर स्याम गोकुल तैं बिछुरे, आपुन भए पराए॥

（109/4000）

【对译】

诃利长久居他处

望见乌黑浓密云，泪水充盈溢双眼。

兄弟你是过路人，从何地方前来到？

且请捎上我此信，带至青黑笼罩处。④

---

① Varma 本作 nainani。

② Gupta 本作 vīr。

③ Sabha 本作 baṇṭāū。

④ 由于黑天皮肤呈青黑色，因此，用“青黑笼罩处”代指黑天居住的地方。

青蛙孔雀杜鹃鸣，唤醒沉睡之莫登。[1]

苏尔言，

黑子自从离牛村，自己变成外乡人。

【释译】

本诗描述的是牧女请求过路人给黑天捎信，希望他不要将自己视为外乡人并快快回家的言语。内容大致如下：

一位牧女道："黑天已经在外面住了很多天了。一看到乌云密布，我就想起了亲爱的黑天，眼中充盈着泪水。哎，过路人啊，告诉我，你是从什么地方来的？请你替我们给黑天捎个信息，让他快快回家。如今青蛙、孔雀和杜鹃鸟的叫声已经把沉睡中的欲天叫醒，让我更加思念黑天，这种离别苦火愈燃愈烈。"

本诗描写了雨季的情形，乌云的形态让牧女想起了黑天美丽迷人的身姿，青蛙、孔雀、杜鹃鸟的叫声增加了牧女对黑天的思念，这种深情爱意、这种苦求相见的心情如何才能得到满足呢？然而，牧女不得不接受这样的残酷现实，她们自言自语道："黑子自从离牛村，自己变成外乡人。"难怪黑天不回来，原来黑天已经把自己当成外人了。这样的感慨表现了牧女心灰意冷、失落彷徨的心境。

【原文】

एक द्यौस कुंजनि मैं माई।

नाना कुसुम लेइ अपनैं कर, दिए मोहिं सो सुरति न जाई।

इतने मैं घन गरजि वृष्टि करी, तनु भीज्यौ मो भई जुड़ाई।

① 莫登，原文为 madan，此处指欲天。

कंपत देखि उढ़ाइ[1] पीत पट, लै करुनामय कंठ लगाई।

कहँ वह प्रीति रीति मोहन की, कहँ अब धौं[2] एती निठुराई।

अब बलवीर[3] सूर प्रभु सखि री, मधुबन बसि सब रति बिसराई॥

（110/4003）

【对译】

一天林中女伴啊

我此记忆未消逝：亲手携予各色花，

彼时云鸣又下雨，身被淋湿我觉冷，

颤抖见罢仁慈者，黄衫遮挡拥入怀。

何方莫亨彼爱状，何以今却此无情。

苏尔言，

女伴胜尊大力弟，今居摩林[4]爱尽忘。

【释译】

本诗描述的是牧女回忆之前黑天为她遮风挡雨的场景。内容大致如下：

一位牧女道："女伴啊，还记得有一天，我在沃林达林的一个小树林中。黑天亲自挑选了五颜六色的鲜花送给了我。就在这时，乌云密布，雷声轰鸣，降下大雨。我被雨水淋湿了，感到很冷。黑天看到我冷得发抖后，将自己的黄色衣衫遮在我的头上为我遮挡雨水，还拥抱着我，为我取暖。我永远都不能忘记这件令我感到幸福的事情。黑天以前对我们的那种爱恋到哪里去了，如今他却如此无情，抛下了我们，让我们忍受苦苦的思念。这截然不同的两种做法我们怎么能接受得了呢，这是同一个人的所作所为吗？"

---

① Varma 本作 uṛāi。

② Varma 本作 dhau。

③ Gupta 本作 balabīr。

④ 摩林，原文为 madhuban，即摩图林，此处因字数限制，缩译为"摩林"。

最后，苏尔达斯以全知者的视角诗外音道：“女伴胜尊大力弟，今居摩林爱尽忘。”这厢伯勒杰的牧女们回忆着黑天对自己的各种恩惠，苦苦等待黑天归来的那一天，而在马图拉，黑天却已将对牧女的爱恋全部忘记了，丝毫没有回乡的打算。这样的对比更加突出表现了牧女孤苦无依、楚楚可怜的境况。

【原文】

मेरे मन इतनी सूल रही।

वे① बतियाँ छतियाँ लिखि राखीं②, जे नँदलाल कही।

एक द्यौस मेरैं गृह आए, हौं ही महत③ दही।

रति माँगत मैं मान कियौ सखि, सो हरि गुसा गही।

सोचति अति पछिताति राधिका, मुरछित धरनि ढही।

सूरदास प्रभु के बिछुरे तैं, बिथा न जाति सही॥

（111/4014）

【对译】

我心存留此多苦

难陀之子所言述，那般话语写心间。

一日来到我家中，我正搅拌酸牛奶，

索爱我怒女伴啊，由此诃利闷气生。

罗陀想着极懊悔，晕厥昏迷倒在地。

苏尔达斯言，

自与胜尊相别离，不堪忍受忧愁苦。

【释译】

---

① Varma 本作 ye，Gupta 本作 te。

② Varma 本作 rākhī。

③ Varma 本作 mathat。

本诗描述的是罗陀回忆与黑天相关的一则往事。内容大致如下：

罗陀道："现在，每天思念黑天，我感到痛苦不堪。当初黑天对我说的那些情话，我都牢牢地记在了心里，一字一句我都记得很清楚。记得有一天，黑天来到我家，当时我正在搅拌酸奶。他向我说了些调情的言语，我很生气地拒绝了他，可他却因此和我生气。现在想起来我非常后悔，我当时怎么就没有欣然接受他那些请求呢？现在连那番情话都听不到了。"

本诗与上一首诗相似，由回忆往事生发无限思念。本诗最后两句"罗陀想着极懊悔，晕厥昏迷倒在地，自与胜尊相别离，不堪忍受忧愁苦"将罗陀从美好的回忆中拉回残酷的现实。诗人苏尔达斯作为旁观者，他看到可怜的罗陀懊悔不已，昏厥倒在了地上。与黑天分离之后，罗陀不分昼夜地思念让他无法忍耐这样的别离之苦。

【原文】

हरि कौ मारग दिन प्रति जोवति।
चितवत① रहत② चकोर चंद ज्यौं, सुमिरि सुमिरि गुन रोवति।
पतियाँ पठवति मसि नहिं खूँटति③, लिखि लिखि मानहु धोवति।
भूख न दिन निसि नींद हिरानी, एकौ पल नहिं सोवति।
जे जे बसन स्याम सँग पहिरे, ते अजहूँ नहिं धोवति।
सूरदास प्रभु तुम्हरे दरस बिनु, बृथा④ जनम सुख खोवति॥
（112/4022）

① Gupta 本作 citavati。
② Gupta 本作 rahati。
③ Gupta 本作 sūkhati。
④ Gupta 本作 vṛthā。

【对译】

每日瞧望诃利路

宛若鹧鸪凝视月，忆及德行啜泣哭。

信将寄送墨未尽，如被冲洗书写时。

夜失困意昼不饥，一时片刻不能眠。

伴随黑子所穿着，彼衣如今没有洗。

苏尔达斯言，

不得相见胜尊你，徒失此生之福乐。

【释译】

本诗描述的是罗陀因思念黑天不思茶饭、流泪哭泣的样子。内容大致如下：

罗陀每天都凝视着黑天归来的路，望眼欲穿。就像鹧鸪望月一样目不转睛地注视着。她回忆着黑天的各种美德和功行，忍不住掉下眼泪。她不断地给黑天写信，但是纸上的墨水却总也不干，就好像写着写着墨水就被冲洗了一样，其实冲洗墨水的正是她的眼泪，她回忆着与黑天在一起嬉戏玩耍时的各种福乐，回忆着黑天的各种功行，思念之情涌上心头，啜泣不止，泪珠掉落在纸上，模糊了字迹。现在她白天感觉不到饥饿，夜晚也毫无睡意，辗转反侧。以前和黑天在一起玩耍时穿的衣服，至今都没舍得洗掉。

本诗最后一句“不得相见胜尊你，徒失此生之福乐”描述了以罗陀为代表的牧女没有黑天日夜忧愁，百无聊赖的生活状态。黑天不仅是伯勒杰牧女儿时的伙伴、情郎，更为重要的是，他是牧女们的生活支柱，失去黑天就失去了精神依赖，生活也随之失去了意义。

【原文】

इहिँ दुख तन तरफत मरि जैहैँ।

कबहुँ न सखी स्याम सुंदर घन, मिलिहैँ आइ अंक भरि लैहैँ?

कबहुँ न बहुरि सखा सँग ललना, ललित त्रिभंगी छबिहिँ दिखैहैँ?

कबहुँ न बेनु अधर धरि मोहन, यह मति लै लै नाम बुलैहैँ?

कबहुँ न कुंज भवन सँग जैहैँ, कबहुँ न दूती लैन पठैहैँ?

कबहुँ न पकरि भुजा रस बस ह्वै, कबहुँ न पग परि मान मिटैहैँ?

याही तैँ[1] घट प्रान रहत हैँ, कबहुँक फिरि दरसन हरि दैहैँ?

सूरदास परिहरत न यातैँ, प्रान तजैँ नहिँ प्रिय ब्रज[2] ऐहैँ॥

（113/4026）

【对译】

此身将死苦挣扎

云美黑子女伴啊，不再来会拥满怀？

不再偕友女伴啊，展现美丽三道弯？

不再唇上持竹笛，莫亨唤名凭此智？

不再同往林中屋，不再为携[3]派女使？

不再味控[4]握手臂，不再触足消愠怒？

命留罐中缘于此，诃利某时复让见？

苏尔达斯言，

情人将至伯勒杰，由此不把生命弃。

【释译】

本诗描述的是牧女忆及黑天的往事并相信黑天一定会回来的场景。内容大致如下：

① Gupta 本作 te。
② Gupta 本作 vraj。
③ 为携，意为“为了带着牧女前去林中屋游戏”。
④ 味控，指受情味所控，此处指黑天陷入情味中，即黑天满怀爱意的样子。

一位牧女道："女伴啊，难道我们就要在这种离别之苦中死去了吗？黑天再也不会回来见我们了吗？再也不会将我们紧紧拥入怀中了吗？难道他再也不会和伙伴们在一起吹响竹笛，展现美妙的三道弯了吗？难道他再也不会用美妙的笛声来召唤我们的名字了吗？难道他再也不会和我们一起前往林中小屋了吗？再也不会派来使者叫我们去那里了吗？难道他再也不会陷入爱情的情味之中而紧握我们的双臂了吗？再也不会触碰我们的双足来平息我们心中的怨怒了吗？我一直坚信，黑天总会回来见见我们的。正是由于这样的信念，我的生命才得以延续。"

本诗最后两句："命留罐中缘于此，诃利某时复让见？情人将至伯勒杰，由此不把生命弃。"表达了牧女对黑天归来的坚定信心。黑天吹奏竹笛、调皮玩闹以及对牧女的爱恋让牧女心中充满了对黑天的思念，但他们相信那样一个善解人意、满怀爱意的黑天一定会回来与她们相聚的。正是依靠这样的信念，牧女的生命才能维持到今天。

【原文】

सबैं① सुख लै जु गए ब्रजनाथ।

बिलखि बदन चितवतिं मधुबन तन, हम न गईं उठि साथ।

वह मूरति चित तैं बिसरति नहिं, देखि साँवरे गात।

मदन गोपाल② ठगौरी मेली, कहत न आवै बात।

नंद नँदन जु बिदेस गवन कियौ, बैसी③ मींजतिं हाथ।

सूरदास प्रभु तुम्हरैं बिछुरे, हम सब भईं अनाथ॥

（114/4027）

---

① Varma 本作 sabai，Gupta 本作 sab。

② Gupta 本作 gupāl。

③ Gupta 本作 kaisī。

【对译】

伯勒杰主携诸福去

泣容看向摩图林，我等未起相随去。

青黑身体瞧见罢，自心不忘彼形相。

莫登[1]牛护施骗术，话语不能言诉出。

难陀之子去外地，自此徒坐搓双手。

苏尔达斯言，

与你胜尊相别离，我等一众皆孤苦。

【释译】

本诗描述的是牧女懊悔自己没有跟随黑天一起前往马图拉的场景。内容大致如下：

牧女道："黑天将我们所有的福乐都带到马图拉去了。如今，我们每天啜泣不止，注视着马图拉——黑天居住的地方。我们竟然没有和黑天一起前往马图拉，这是犯下了多大的错误啊！自从看到了他那青黑色美丽的身躯，那般形象就不再从我的眼中消失，我们无时无刻不在想念他。黑天离开的时候，不知道对我们施展了什么魔法，我们竟然什么都没说出来就让他走了。如今，我们只能留在这里徒然懊悔。"

牧女回忆起黑天离开牛村时的场景，后悔当时没有阻拦黑天，没有向他表达自己的浓情蜜意与恋恋不舍。分别后，牧女如今孤苦无依，失去了生活的依靠，正如本诗最后一句所言："与你胜尊相别离，我等一众皆孤苦。"

① 莫登，原文为 madan，此处指黑天。

【原文】

करिहौ मोहन कहूँ सँभारि, गोकुल जन सुखहारे।

खग, मृग, तृन, बेली वृंदाबन[1], गैया ग्वाल बिसारे।

नंद जसोदा मारग जोवैं, निसि दिन दीन दुखारे।

छिन छिन सुरति करत चरननि की, बाल बिनोद तुम्हारे।

दीन दुखी ब्रज[2] रह्यौ न परि है, सुन्दर स्याम ललारे।

दीनानाथ कृपा के सागर, सूरदास प्रभु प्यारे॥

（115/4028）

【对译】

夺牛村人福乐者

夺牛村人福乐者，莫亨某时曾记起？

沃林达林藤蔓草，牧童母牛鸟鹿忘。

望路难陀耶雪达，日夜忧愁苦悲伤，

时时刻刻忆双足，你之儿时娱乐戏。

苦不堪住伯勒杰，俊美宠儿黑子啊。

苏尔达斯言，

可亲可爱胜尊啊，穷苦之主仁慈海。

【释译】

本诗描述的是伯勒杰居民因思念黑天而日夜忧愁的痛苦情状。内容大致如下：

牧女道："黑天啊，你是夺取整个牛村居民幸福的人啊！你从来都没有想起我们，你把沃林达林的飞禽走兽、花草树木、母牛、牧童甚至整个沃林达林都忘记了。难陀和耶雪达非常忧虑悲伤，不分昼夜地注视着你归来的方向，无时无刻不在想念你儿时嬉戏玩闹的

① Varma 本作 vṛndāvan，Gupta 本作 bṛndāban。

② Gupta 本作 vraj。

场景还有你可爱的双足。”

本诗是牧女对黑天恳切的请求，句句满含深情，表达了包括父母、苏尔达斯自己还有万事万物对黑天的想念。牧女通过最后一句“可亲可爱胜尊啊，穷苦之主仁慈海”的诗外音，赞颂黑天是穷苦之人的保护者，是充满仁慈的海洋。没有黑天在，牧女们苦不堪言。本诗表现了牧女以及整个牛村对黑天的思念以及黑天在牛村的重要性。

【原文】

उनकौं ब्रज① बसिबौ नहिं भावै।

ह्वाँ वै भूप भए त्रिभुवन के, ह्याँ कत ग्वाल कहावैं②।

ह्वाँ वै छत्र सिंहासन राजत, को बछरनि सँग धावै।

ह्वाँ तौ बिबिध वस्त्र③ पाटंबर, को कमरी सचु पावै।

नंद जसोदा हूँ कौ बिसर्यौ, हमरी कौन चलावै।

सूरदास प्रभु निठुर भए री, पातिहु लिखि न पठावै④॥

（116/4029）

【对译】

他不喜居伯勒杰

彼处他为三界王，怎于此处称牧童？

彼处他耀华盖座，谁与牛犊齐奔跑？

彼处黄衫各式衣，谁得满足小毯子？

难陀耶雪达亦忘，谁会把我来提及？

苏尔达斯言，

① Gupta 本作 vraj。

② Varma 本作 kahāvai。

③ Sabha 本作 bastr。

④ Gupta 本作 paṭhāvaiṁ。

胜尊变得冷无情，书信亦不写寄送。

【释译】

本诗描述的是牧女抱怨黑天贪恋马图拉城的优越条件而不返回牛村的言辞。内容大致如下：

牧女道："黑天现在不喜欢住在伯勒杰。他到马图拉之后，成为三界的国王，为什么还要回来被人称作'牧童'呢？他在那里坐在美丽的王座上，头上金色的华盖光辉闪耀，为什么还要在这里放牧牛群呢？在那里，他可以穿着各式各样的丝绸衣服还有黄色的长袍，在这里披个小毯子怎么能让他满足呢？到那里去以后，他连抚养自己的妈妈耶雪达和爸爸难陀都忘记了，更不用说我们了！"

本诗前三句运用三组对比，突出了黑天在牛村与马图拉生活条件以及社会地位的悬殊差距。牧女借此埋怨黑天喜新厌旧。最后，苏尔达斯诗外音道："胜尊变得冷无情，书信亦不写寄送。"她们抱怨黑天冷漠无情，至今都没有寄来任何书信。本诗在表面上是牧女对黑天的抱怨与责难，实际上是牧女的自嘲，既然自己生活在条件穷苦的牛村，如何能够攀上国王黑天的高枝呢？牛村居民既不能给黑天华衣锦服、显赫地位，还要让黑天上山放牛，连一点儿奶油都要斤斤计较，难怪黑天到了马图拉后不再想念曾经放牛娃般的生活了。牧女这样的自嘲不但没有缓解心中的苦闷，而且还加深了她们对黑天的思念，对黑天热切渴求。

उद्धव संदेश
乌陀送信

उद्धव को ब्रज भेजना
派乌陀赴伯勒杰

【原文】

अंतरजामी कुँवर कन्हाई।
गुरु गृह पढ़त हुते जहँ विद्या, तहँ ब्रज-बासिन① की सुधि आई।
गुरु सौं② कह्यौ जोरि③ कर दोऊ, दछिना कहौ सो देउँ मँगाई।
गुरु-पतनी कह्यौ पुत्र हमारे, मृतक भये④ सो देहु जिवाई।
आनि दिए गुरु-सुत जमपुर तैं, तब गुरुदेव असीस सुनाई।
सूरदास प्रभु आइ मधुपुरी, ऊधौ कौं ब्रज⑤ दियौ पठाई॥
（1/4030）

① Gupta 本作 vrajavāsin。
② Gupta 本作 soṃ。
③ Gupta 本作 joṛi。
④ Gupta 本作 bhai。
⑤ Gupta 本作 vraj。

【对译】

少年黑儿乃内控者

师尊家中习知识，思念伯勒杰居民。

双手合十谓师尊：旦言所需皆满足。

师尊之妻言说道：愿我亡儿得重生。

带师尊子自地狱，彼时师尊予祝福。

苏尔言，

胜尊来到马图拉，派乌陀使伯勒杰。

【释译】

本诗描写了少年黑天结束在师尊家的学习，一心思念伯勒杰人的故事：

少年黑天虽然长着一副孩童模样，实际上却是洞悉一切的大神。他在位于马图拉的师尊家中学习知识，但内心对伯勒杰居民的思念却难以抑制。当修习行将结束的时候，黑儿感恩师尊的教导，双手合十对师尊道："无论您有什么需要，都请吩咐我，我定会一一满足。"师尊的妻子便道："我们的儿子不幸死去了，如果可以的话，请让他活过来！"黑儿兑现诺言，从地狱带回了师尊的儿子，奇迹般地使他死而复生。师尊见状万分欣喜，宣布黑儿的梵行圆满结束，并为他赐福。自从来到马图拉，黑儿一直思念故乡，因此，他打算派遣使者乌陀去往伯勒杰，为那里的人们捎去消息。

作为"乌陀送信"部分的开篇，本诗设定了故事发生的背景，即在马图拉结束修习的少年黑天因思念伯勒杰亲人，决定派他的挚友乌陀到那里传递信息，寥寥数语将事件的时间、地点、人物等要素交代得清楚明了。其间，穿插了一段黑天使师尊之子起死回生的故事，一方面展现出他敬重师长、信守诺言的品质，另一方面也凸显了他遁天入地、超凡脱俗的神力，与标题“少年黑儿乃内控者”呼应。

【原文】

जदुपति जानि उद्धव रीति।

जिहिं प्रगट निज सखा कहियत, करत भाव अनीति।

बिरह① दुख जहँ नाहिं-नैकहुँ, तहँ न उपजै प्रेम।

रेख, रूप न बरन जाक②, इहिं धर्यौ वह नेम।

त्रिगुन तन करि लखत हमकौं, ब्रह्म मानत और।

बिना गुन क्यौं पुहुमि उधरै, यह करत मन डौर।

बिरस रस किहिं③ मंत्र कहिऐ, क्यौं चलै संसार।

कछु कहत यह एक प्रगटत, अति भर्यौ अहँकार।

प्रेम भजन न नैंकु याकैं④, जाइ क्यौं समुझाइ।

सूर प्रभु मन यहै आनी, ब्रजहिं⑤ देउँ⑥ पठाइ॥

（2/4032）

【对译】

雅度主⑦知乌陀本性

公开称其乃己友，作为却与常理悖。

某处若无离别苦，爱意亦然不会生。

形⑧色⑨显色⑩彼皆无，这般法则他遵从。

---

① Varma 本作 virah。

② Varma 本和 Gupta 本作 jākaiṁ。

③ Varma 本作 ke。

④ Varma 本作 yākauṁ。

⑤ Gupta 本作 vrajahiṁ。

⑥ Varma 本作 deu。

⑦ 即黑天。

⑧ 形，原文为 rekha，本意为线条，指事物的外在轮廓。

⑨ 色，原文为 rūp，广义指色蕴，即客观存在，包括物质的四种元素（即地、水、火、风）及其所造色。狭义指色境，即眼根的对象，包括形色、显色和表色。

⑩ 显色，原文为 baran，指颜色、肤色。

将我视为三德[①]身，却将他者尊为梵。

若无有德怎救世，心中暗把办法想。

念诵无味之味[②]咒，世界如何得运转？

公开称此乃一元，极度狂妄又自负。

丝毫不颂爱意者，如何能将其说服？

苏尔言，

胜尊心中生此意：差遣出使伯勒杰。

【释译】

本诗揭示了黑天派乌陀去牛村的原因，表现了作者对“无形”思想的批判。内容大致如下：

雅度族之主黑天十分了解乌陀的本性，深知他对“无形”思想的恪守与执着。他暗想：“这个表里不一的乌陀！当面口口声声称我是他的好朋友，背地里的所作所为却与常理迥然相悖。通常情况下，人在面对离别的时候总会流露出感伤惆怅的情愫，而乌陀却从不因分别而感到一丝痛苦。像他这样麻木不仁的家伙，内心之中绝不会产生爱意。”

黑天接着思忖：“在乌陀的意识里，世间万物没有外在形相，看

---

① 三德，原文为 trigun。gun 是世界运转、物质构成的属性，trigun 即印度教数论哲学认为的自然界最初物质的三种本质——喜德（sattva）、忧德（rajas）、暗德（tamas）。喜德的特征是有识，忧德的特征是情欲和不快，暗德的特征是无知。“三德”的本质是三种趋势：喜德是物质趋于明朗、纯净、有序的积极趋势，忧德是物质变化、运动、更新的稳定趋势，暗德是物质趋于迷惘、迟钝、漠然的消极趋势。由这“三德”进而产生了世间万物的创造、维系和毁灭。“有形派”和“无形派”的根本分歧在于，“梵”是否具备“德”的属性。本诗中，以黑天为代表的“有形派”认为，“德”是“梵”的属性，“梵”既依存于“德”而存在，同时又凌驾于“德”之上。黑天在《薄伽梵歌》中明确指出：“为三德所惑的世界并不了解我，我居于它们之上，是不可磨灭的。”由此可见，黑天认为“三德”是“梵”的低级层次。相反，以乌陀为代表的“无形派”则仅仅承认黑天“三德身”的属性，却否定了他“梵”的本质，割裂了“梵”与“德”的依存关系，这是黑天所反对的。

② 无味之味，原文为 biras ras。ras 本义为汁液、滋味，后被引申为印度文学作品中的情味。情味通常分为十种：艳情味、滑稽味、悲悯味、英勇味、厌恶味、暴戾味、恐怖味、奇异味、平静味、慈爱味。“无味之味”指没有情味，这里用来形容“无形派”的咒语是毫无情味可言的。

不见、摸不着，这是他一贯遵从的‘无形’法则。在他眼里，我只是三种基本元素的聚合，而非至高无上的大梵。殊不知，大梵虽高于三德，却也依附于它而存在。如果没有德，世界将如何得到救赎？倘若人们都念诵无情无味的晦涩咒语，世界又将如何运转？乌陀从不认真思考这些问题，只是骄傲自大地宣扬他的‘无形’理论，还把自己奉为一元论的坚定倡导者。他心无爱意，不敬神灵，在我面前毫无敬畏，从不唱颂满怀虔爱的歌曲。对于这样的人，我究竟怎样才能说服他呢？”黑天考虑良久，最终决定把乌陀派往伯勒杰，让他到那里接受牛村人的洗礼，借此修正他的“无形”理论。

作为中世纪帕克蒂文学中“有形派”的代表诗人，苏尔达斯在作品中主张将黑天视为最高实在和绝对精神，倡导信徒通过虔爱和颂扬黑天来达到自我解脱的最终归宿。相反，本诗中的乌陀心口不一，表面将黑天称作朋友，实则，从不因离别生苦，也不唱虔爱之歌，不仅遵从无色无相的法则，更无心把黑天视作世界的至高主宰。由此可见，苏尔达斯将乌陀这一人物形象与帕克蒂运动中“无形派”联系在一起，作为批判、打击的对象。

本诗承上一首诗，为后文的延展交代了背景，埋下了伏笔。为达到劝诫乌陀的终极目的，黑天施展计谋，选择了一条“曲线救国”的独特路径。从情节铺设的角度看，这无疑增加了该部分诗歌的戏剧性和冲突感，给读者以出其不意的阅读体验。与此同时，本诗充分展现了少年黑天足智多谋的一面，与聪颖机灵的幼年黑天、深谋远略的成年黑天巧妙呼应，塑造了生动、饱满的黑天形象。此外，本诗通过对乌陀“无形”思想的有力抨击，进一步树立了作者鲜明的宗教观，即黑天乃“有形梵”，是半人半神的正义化身。念诵“无味之咒”不能达到“梵我合一”的终极目标，世人只有像牧女那样全心全意地虔信黑天，才能实现“小我”与“大我”的完美统一。

【原文】

संग मिलि कहौँ कासौँ बात।

यह तौ कहत जोग की बातैँ, जामैँ रस जरि जात।

कहत कहा पितु मातु कौन के①, पुरुष नारि कह नात।

कहाँ जसोदा सी है मैया, कहाँ नंद सम तात।

कहँ बृषभानु-सुता सँग कौ सुख, वह बासर वह प्रात।

सखी सखा सुख नहिँ त्रिभुवन मैँ, नहिँ बैकुंठ सुहात।

वै बातैँ कहिये किहिँ आगैँ, यह गुनि② हरि पछितात।

सूरदास प्रभु ब्रज③ महिमा कहि, लिखी बदत बल भ्रात॥

（3/4034）

【对译】

会面如何把话言

他所言说皆瑜伽，话语之间情味焚。

言称谁有父与母，男女又有何关系？

哪有耶雪达般母，哪有难陀这般父？

伴牛光女之福乐，彼日彼夜何处得？

伙伴之乐三界无，天堂亦不令喜欢。

彼言可于谁前说？诃利念此懊恼悔。

苏尔达斯言，

伯勒杰之大荣耀，胜尊写下语大力。

① Gupta 本作 ko。

② Varma 本作 suni。

③ Gupta 本作 vraj。

【释译】

本诗描写了黑天设想与乌陀见面后向他描述牛村的种种福乐却又有口难言的无奈心理。内容大致如下：

黑天在心中思忖："我是'有形'的崇尚者，乌陀是'无形'的追随者，纵使我心中有千言万语，但是应该如何向乌陀诉说呢？他总是津津有味地谈论瑜伽之道，言语之间爱的滋味统统被焚烧殆尽，毫无情感可言。他总是宣称，这世上没有什么父亲、母亲，男女之间也没有任何关系。这论断真是荒谬不堪！我现在待的这个地方，哪有耶雪达这样善良的母亲？哪有难陀这样慈爱的父亲？那些日日夜夜和牛光之女罗陀相会的幸福又该到哪里去找？对我而言，三界之中都找不到一种福乐能与在牛村中与大家相伴媲美，如今，就算天堂也不能把我吸引。现在，我能对谁说这些话呢？"想到这儿，诃利懊悔不已。他决定在信中写下伯勒杰的光辉伟大，然后去向哥哥大力吐露心声。

【原文】

तबहिं उपँग-सुत आइ गए।
सखा सखा कछु अंतर नाहीँ, भरि भरि अंक लए।
अति सुन्दर तन स्याम सरीखो, देखत हरि पछिताने।
ऐसे कैं① वैसी बुधि होती, ब्रज② पठऊँ मन आने।
या आगैं③ रस-कथा प्रकासौं, जोग-कथा प्रगटाऊँ।
सूर ज्ञान याकौ④ दृढ़ करिकै, जुवतिन्ह पास पठाऊँ॥
（4/4039）

① Gupta 本作 kauṁ。
② Gupta 本作 vraj。
③ Gupta 本作 āge。
④ Gupta 本作 yākauṁ。

【对译】

彼时乌本戈子[1]来

亲密无间两朋友，激动不已相拥抱。

同样至美青黑身，诃利见罢觉懊恼。

心生念派伯勒杰，如此方可具彼智。

他前展示情味事，阐释说明瑜伽言。

苏尔言，

待他认识得坚定，少女身旁方派遣。

【释译】

本诗描写了黑天与乌陀会面，决意将他派往伯勒杰的故事。内容大致如下：

就在黑天暗自纠结之时，乌陀来到他的身边。他俩是亲密无间的朋友，一见面便激动万分地拥抱在一起。与黑天一样，乌陀的身体也呈现极美的青黑色。黑天看到之后，不禁心生惋惜：如果乌陀的智慧也能像他的身躯一样完美，那该多好啊！只可惜，他的脑袋里装的全是“无形”的歪理邪说。于是，黑天想出一个办法，我要把乌陀派往伯勒杰，因为只有通过这种方式才能让他具备完满的智慧。我会先对他讲牧女们充满情味的爱情故事，再向他展现瑜伽的深明奥义。等他坚定了自己的认识，我就把他派到伯勒杰少女们的身边。

本诗阐明了黑天的计谋。他计划先向乌陀讲述伯勒杰的情爱故事，以此试探乌陀的态度。不出意外，乌陀应该对此表现出嗤之以鼻的不屑，并运用自己的“无形”大道和瑜伽理论予以反驳。到那时，黑天再假装赞许乌陀的观点，表面上是派他去伯勒杰教化那些沉迷于痴恋之中的牧女，实际上是让他去那里接受牧女们的改造和洗

① 乌本戈子，原文为 upaṁg-sut，意为乌本戈的儿子，即乌陀。

礼。这招“欲擒故纵”的妙计生动地描画出黑天足智多谋的形象。

【原文】

हरि गोकुल की प्रीति चलाई।
सुनहु उपँग-सुत मोहिँ न बिसरत, ब्रज बासी सुखदाई।
यह चित होत जाउँ मैं अबहीं, इहाँ नहीं मन लागत।
गोपी ग्वाल गाइ बन चारन, अति दुख पायौ त्यागत।
कहँ माखन-रोटी, कहँ जसुमति, जेंवहु कहि-कहि प्रेम।
सूर स्याम के बचन हँसत सुनि, थापत अपनौ नेम॥

（5/4041）

【对译】

诃利讲述牛村爱

乌本戈子且闻听，予福[①]伯民[②]我未忘。
我在这里不快活，心存此念现欲归。
牧女牧童林中牧[③]，弃之受得无尽苦。
哪有母亲耶雪达，爱语绵绵喂油[④]饼[⑤]？
苏尔言，
笑闻黑子之话语，自我原则得确立。

【释译】

本诗描写了诃利向乌陀讲述他对牛村的热爱和思念。内容大致如下：

“乌陀你听啊，我从未忘记那些曾带给我福乐的伯勒杰居民。我

① 予福，原文为 sukhadāī，意为给予福乐的、令人幸福的。
② 伯民，原文为 braj bāsī，意为伯勒杰的居民，此处因字数所限缩译为“伯民”。
③ 林中牧，原文为 gāi ban cāraṇ，意为林中放牛，此处因字数所限缩译为“林中牧”。
④ 油　原文为 mākhan，意为奶油。
⑤ 饼，原文为 rotī，意为面饼。

的脑海中一直有个念头，真想现在就离开这里返回伯勒杰，因为身在此地，我丝毫不觉得愉悦。如今，我离开了牛村的牧童和牧女，抛弃了和他们一起在林间放牛的乐趣，心中感到无比痛苦。在马图拉，哪儿有美味可口的黄油饼？哪儿有一边说着慈爱的言语，一边喂我吃饭的母亲耶雪达？”乌陀微笑着听完黑天的话，暗暗在心中确立了自己的原则。

描述自己与伯勒杰的深厚情谊是黑天改造乌陀的第一步。在这首诗中，黑天一方面表达对牛村男女的浓浓思念，另一方面回忆耶雪达对他的深深关切。最后一句中的“笑闻”生动表现了乌陀的反应，他对黑天讲述的情爱故事不以为然，甚至带着些许不屑，进而在心底萌生出用“无形”理论教化牛村人的愿望。

【原文】

जदुपति लख्यौ तिहिं मुसुकात।
कहत हम मन रही जोई, भई सोई बात।
बचन परगट करन कारन, प्रेम कथा चलाइ।
सुनहु ऊधौ मोहिं ब्रज की[1], सुधि नहीं बिसराइ।
रैनि सोवत, दिवस जागत, नाहिंनै मन आन।
नंद-जसुमति, नारि-नर-ब्रज[2], तहाँ मेरौ प्रान।
कहत हरि सुनि उपँग सुत यह, कहत हौं रस रीति।
सूर चित तैं टरति नाहीं, राधिका की प्रीति।
（6/4042）

① Varma 本作 kau。
② Gupta 本作 vraj。

【对译】

雅度主微笑看他

言说[①]我之心间事，桩桩件件皆实现。

为用言语阐释明，爱之故事来讲述。

乌陀你且听我说：未曾忘却伯勒杰。

夜晚寝寐昼醒时，脑海之中无他现。

彼处难陀耶雪达，伯地[②]男女皆我命。

诃利我[③]述此情事，乌本戈子且闻听，

苏尔言，

小小罗陀之爱恋，从未移除自心间。

【释译】

本诗承上一首诗，描写了黑天明确了乌陀内心的想法并进一步向他讲述牛村故事的场景。内容大致如下：

雅度之主黑天见罢乌陀洋洋自得的神态，一边面带微笑看着他，一边暗中自语："我心中对乌陀的种种猜测诚然不假，他果真对有形的理论不屑一顾。"黑天接着说："乌陀啊，我是为了清楚地向你阐释有形的法则才说了这些爱的故事，请你继续聆听！我从未将伯勒杰忘却，无论是夜晚入眠还是白天清醒的时候，我的脑海之中除了伯勒杰别无他物。对我来说，难陀、耶雪达以及牛村的男男女女都像生命一样珍贵，我心中对罗陀的爱更是难以磨灭。"

① 原文为 kahat，意为言说，此处引申为在心里自言自语。
② 伯地，原文为 braj，意为伯勒杰地，此处因字数限制缩译为"伯地"。
③ "诃利"和"我"是同位语，均指黑天。

【原文】

सखा सुनि एक मेरी बात।

वह[1] लता गृह संग गोपिन, सुधि करत पछितात।

बिधि लिखी नहिँ टरत क्यौं हूँ, यह कहत अकुलात।

हँसि उपँग-सुत बचन बोले, कहा हरि पछितात।

सदा हित यह रहत नाहीँ, सकल मिथ्या जात।

सूरप्रभु एक यह सुनौ मोसौं, एक ही सौं नात॥

（7/4043）

【对译】

朋友且听我一言

相伴牧女于藤架，追忆及此感懊悔。

命中注定[2]不可除，言说于此觉怅惘。

乌本戈子微笑语：诃利懊悔为何故？

此爱不可永留存，一切皆将化虚无。

苏尔言，

胜尊且听我一言，唯与一元有关联。

【释译】

本诗承接上一首诗，黑天继续抒发对过往情爱的留恋，而乌陀则以一元论加以反驳。内容大致如下：

黑天对乌陀道：“朋友啊！请你听我说句话。当我还在牛村的时候，时常和牧女们相伴在藤架下嬉戏玩耍，每每想到这里，我都会暗自懊悔。两相爱恋却要异地相望，这命中注定的事情无论如何都无法消除。”说到这里，黑天心中感到无限惆怅。乌陀见状笑着道：“诃利

① Gupta 本作 yah。

② 此处的“命中注定”既可以理解为黑天和牧女之间的情爱，也可以解释为黑天与牧女分别的无奈。

啊，有什么好懊悔的？你们之间的情爱不会永驻，这世间的一切都会化为虚妄。只有遵循一元的法则，实现梵我合一，才能铸造永恒。”

以上三首诗中，黑天通过反复叙述牛村情事促使乌陀道出了内心的真实想法，印证了他最初的猜想，并坚定了派遣乌陀前往牛村的决心。

【原文】

जब ऊधौ यह बात कही।
तब जदुपति अति ही सुख पायौ, मानी प्रगट सही।
श्री मुख कह्यौ जाहु तुम ब्रज[1] कौं, मिलहु जाइ ब्रज[2]-लोग।
मो बिन, बिरह भरीं ब्रज[3] बाला, जाइ सुनावहु जोग।
प्रेम मिटाइ ज्ञान परबोधहु, तुम हौ पूरन ज्ञानी।
सूर उपँग-सुत मन हरषाने[4], यह महिमा इन जानी॥
（8/4044）

【对译】

乌陀说及此言时
雅度之主获至喜，认定所现为真实。
吉口[5]言说且启程，伯勒杰民你去见。
伯勒杰女离我苦，前去且把瑜伽授。
消除情爱启智慧，你乃十足有知者。
苏尔言，
此般伟大他既知，乌本戈子心欢喜。

---

① Gupta 本作 vraj。
② Gupta 本作 vraj。
③ Gupta 本作 vraj。
④ Sabha 本作 haraṣānai。
⑤ 吉口，原文为 śri mukh，意为吉祥之口，指黑天之口。

【释译】

本诗承接上一首诗，描写了黑天鼓励乌陀去伯勒杰传授瑜伽的场景。内容大致如下：

听了乌陀的这番话，黑天心中感到无比欢喜。他坚信不疑地认定之前的想象确凿真实，这家伙果然是个“无形”理论的崇尚者。他说：“乌陀啊，请你速速启程，去见见伯勒杰的人们吧。没有我在身边，那里的少女皆为离愁所苦，请你向她们传授瑜伽的智慧。你这知晓一切的睿智者，去为她们消除情爱、启迪正见吧！”乌陀从黑天的话中了解到自己的重要性，心中暗自欢喜。

本诗中，黑天通过赞美和激励的方式将神圣的使命赋予乌陀，表面上赞许他的瑜伽智慧，实则是想敦促他启程前往牛村，接受牧女们的感化和改造。

【原文】

उधौ तुम यह निहचौ① जानौ।
मन, बच, क्रम मैं तुमहिं पठावत, व्रज② कौं③ तुरत पलानौ।
पूरन ब्रह्म अकल अविनासी④, ताके तुम हौ ज्ञाता।
रेख न रूप जाति कुल नाहीं, जाके नहिं पितु माता।
यह मत दै गोपिनि⑤ कौं आवहु, बिरह नदी मैं भासत।
सूर तुरत तुम जाइ कहौ यह, ब्रह्म बिना नहिं आसत॥
（9/4045）

① Varma 本作 niścay。
② Varma 本作 braj。
③ Gupta 本作 kau。
④ Varma 本和 Gupta 本作 abināsī。
⑤ Gupta 本作 gopin。

【对译】

乌陀你要明知此

心言行动[1]我遣你，启程速往伯勒杰。

睿智不灭完满梵，你应知悉通晓此，

无相无色无种姓，无有家族无父母。[2]

离别河中牧女溺，且去传授此般智。

苏尔言，

你速前去将此述：无有大梵无所存。

【释译】

本诗描写了黑天向乌陀描述大梵属性、敦促他即刻启程的情景。内容大致如下：

乌陀，你应该清清楚楚地明白，我是全心全意派遣你去伯勒杰的，因此希望你速速启程。你是“无形”法则的崇尚者，应该知晓大梵是完满、睿智、永恒不灭的。它没有外在形象，不属于任一种姓或家族，更没有父亲和母亲。离别的痛苦犹如一条深不见底的大河，请你为那些淹溺其中的牧女们阐释这个道理，告诉她们世间的一切事物只要离开大梵都无法留驻。希望她们明白这个道理之后能够获得解脱。

【原文】

ऊधौ मन अभिमान बढ़ायौ।

जदुपति जोग जानि जिय साँचौ, नैन अकास चढ़ायौ।

नारिनि पै मोकौं पठवत हैं, कहत सिखावन जोग।

मन ही मन अप करत प्रसंसा, यह मिथ्या सुख-भोग।

① 心言行动，原文为 man, bac, kram，意为全心全意、竭尽全力。

② 这两句中的睿智、不灭、完满、无相、无色、无种姓、无家族、无父母均是形容大梵的属性。

आयसु मानि लियौ सिर ऊपर, प्रभु आज्ञा[1] परमान।

सूरदास प्रभु गोकुल पठवत, मैं क्यौं[2] कहौं कि आन॥

（10/4048）

【对译】

乌陀内心骄傲增

雅度主心之瑜伽，明其真谛目举天。

派遣我至少女处，言说传授瑜伽道。

心中暗暗夸自己，此等享乐实虚妄。

顶礼主谕领旨意，胜尊之令至无上。

苏尔达斯言，

胜尊派遣去牛村，我又怎会言其他[3]？

【释译】

本诗描绘了乌陀得到黑天赞赏之后得意扬扬的神态。内容大致如下：

得知黑天对自己的殷切期许，乌陀内心的骄傲极度膨胀。他认定黑天心中的瑜伽真谛和自己的“无形”理念别无二致，于是洋洋自得地扬起头，望向天空。他在心中暗暗自夸：“黑天派我到伯勒杰少女身边，嘱托我向她们讲授瑜伽之道，因为只有我的教化才能使她们获得解脱。那些所谓的欢娱享乐不过都是虚妄，是引人堕落的泥沼。而今，我尊黑天的旨意为至高无上的权威，除了顶礼领命还能说什么呢？”

本诗中，乌陀在黑天的鼓动和激励下已经建立起充分的自信，做好了前往牛村一展身手的准备。乌陀在言语间流露出傲慢自大的性格特征，在黑天看来，那却是蠢笨无知的表现。他认为只有把乌

① Gupta 本作 ajñā。

② Varma 本作 kyoṁ。

③ “言其他”，既可理解为说反对的话，也可理解为提议让其他人去。

陀派往牛村，才能让他领悟以虔爱为核心的“有形”智慧。

【原文】

तुम पठवत गोकुल कौं जैहौं।
जौ मानिहैं ब्रह्म की बातैं, तौ उनसौं मैं कैहौं।
गदगद बचन कहत मन प्रफुलित, बार-बार समुझैहौं।
आजु नहीं जो करौं काज तुव, कौन काज पुनि लैहौं।
यह मिथ्या संसार सदाई[1], यह कहिकै उठि ऐहौं।
सूर दिना द्वै ब्रज[2]-जन सुख दै, आइ चरन पुनि गैहौं॥
（11/4049）

【对译】

受你派遣去牛村
大梵之道[3]若接受，我便传授于她们。
内心激动语不连，言称遍遍做解释。
今若不务汝之事，复有何事可作为？
永远虚幻此世界，将此言罢既返回。
苏尔言，
赐予伯民两日福，便来再次行触足。

【释译】

本诗展现了乌陀前往牛村传授瑜伽论的坚定决心。内容大致如下：

黑天啊，我受你派遣即将启程前往牛村，如果那里的人们能够接受与大梵相关的道理，我便认认真真为他们讲述。此刻，乌陀内心甚为兴奋，激动得连话都说不清楚，他结结巴巴地对黑天道：“我会一遍

① Gupta 本作 sadā hī。
② Gupta 本作 vraj。
③ 大梵之道，原文为 brahm kī bātaiṁ，意为与大梵有关的言论或事情，引申为与大梵相关的道理，即宣扬瑜伽理论的“无形”说。

一遍不厌其烦地向她们讲授梵的真意。这对我来说是再神圣不过的事情了，倘若今天我不去完成你交予的任务，还有什么别的工作值得做呢？我不会在牛村耽搁太久，等我向她们解释清楚世界虚妄的道理并带给她们两三天的幸福，就动身回到您身边，再次顶礼您的双足。”

本诗中，乌陀向黑天表达了自己前往牛村完成使命的心意。他虽然表面上把黑天的命令奉为圣谕，实际上是想借此机会宣扬自己的宗教理念，这种带有自私色彩的恭顺礼敬和他从牛村返回后对黑天的由衷虔爱有本质的差别。

【原文】

तुरत ब्रज① जाहु उपँग-सुत आजु② ।
ज्ञान बुझाइ खबरि दै आवहु, एक पंथ द्वै काज।
जब तैं मधुबन कौं हम आए, फेरि गयौ नहिं कोइ।
जुवतिन③ पै ताही कौं पठवैं④, जो तुम लायक होइ।
इक प्रवीन अरु सखा हमारे, ज्ञानी तुम सरि कौन।
सोइ कीजौ जातैं ब्रज-बाला⑤, साधन सीखैं पौन।
श्रीमुख स्यान कहत यह बानी, ऊधौ सुनत सिहात।
आयसु मानि सूर प्रभु जैहौं, नारि मानिहैं बात ॥

（12/4051）

【对译】

乌本戈子，今日速去伯勒杰

传授智慧捎信去，旅途一程事两件。

---

① Gupta 本作 vraj。

② Varma 本作 āj。

③ Varma 本作 jubatini。

④ Varama 本作 paṭhavauṁ。

⑤ Gupta 本作 vraj-bālā。

自我来到摩图林[1]，未曾有人返回去。

派遣如你胜任者，去往众位少女旁。

一来[2]聪颖亦吾友，谁人智慧与你同？

请让伯勒杰少女，学习调息修行法[3]。

美颜黑子道此语，乌陀听罢心欢愉。

苏尔言，

领胜尊命便出发，少女会把话接受。

【释译】

本诗描写了乌陀临行之前接受黑天嘱咐的场景。内容大致如下：

“乌陀啊，请你今天就速速启程去伯勒杰吧！这趟旅途你肩负着两个使命，其一是传授瑜伽智慧，其二是捎去我安好的消息。自我从伯勒杰来到马图拉，就没有找人带信回去，那里的人们一定念我心切。如今，把你派到牧女身边再合适不过了，你既聪明过人又是我的好友，还有谁的智慧可与你相提并论？请你耐心阐释调息等瑜伽修行之法，让伯勤杰的牧女好好学习。”听了黑天的上述话语，乌陀内心泛起一阵欢愉。他信心十足地回应道：“请胜尊放心，我已领了您的旨意，即刻便要启程。我会依照您的嘱咐传授大梵之道，牧女们一定会接受我的理论。”

【原文】

हलधर कहत प्रीति जसुमति की।

कहा रोहिनी इतनी पावै, वह बोलनि अति हित की।

---

① 摩图林，原文为 madhuban，即马图拉。

② 一来，原文为 ik，意为其一或首先，应与二来、再者等构成一组连词，后者在原文中被省略。

③ 瑜伽修行的一种方式。

एक दिवस हरि खेलत मो सँग, झगरौ कीन्हौ पेलि।
मोकौं दौरि गोद करि लीन्हौ, इनहिं दियौ कर ठेलि।
नंद बबा तब कान्ह गोद करि, खीझन लागे मोकौं।
सूर स्याम नान्हौं तेरौ भैया, छोह न आवत तोकौं॥
（13/4053）

【对译】

持犁①讲述耶雪达之爱

慈爱至极那言语，怎可得自罗醯尼②？
一日诃利与我嬉，故意推搡引争吵。
跑来将我揽入怀，顺手把他推挡开。③
父亲难陀搂黑天，愤然冲我发脾气。
苏尔言，
黑子是你小弟弟，对他丝毫不疼惜！

【释译】

听了黑天一遍遍向乌陀描绘牛村人的种种善举，一旁的大力罗摩也按捺不住了。本诗描写了大力罗摩深情回忆耶雪达疼爱自己的场面：

我自幼在牛村长大，黑天是我最亲密的童年玩伴。每次我去他家嬉耍的时候，耶雪达都会用充满爱意地跟我说话，那种备受宠爱的感觉连我的母亲罗醯尼都未曾给予。我还清楚记得，一天我和小

---

① 持犁，原文为 Haladhar，黑天之兄大力罗摩的一个称号。

② 罗醯尼，原文为 Rohinī，与提婆吉同为富天之妻。马图拉国王刚沙是提婆吉的兄长，他听说有神谕预言自己将被富天和提婆吉的第八个孩子杀掉，便决定除掉这对夫妇所生的每个孩子，前六个新生儿均不幸遭此厄运。一日，被刚沙囚禁在狱中的提婆吉怀上了第七个孩子，为免重蹈覆辙，他们在神的庇佑下将子宫中的胎儿转移到了罗醯尼的子宫，大力罗摩由此而生。不久，提婆吉又怀上了黑天，小黑天刚一降生就被暗中与难陀、耶雪达夫妇的新生儿对调，得以幸存，并在牛村长大。作为提婆吉的第八个孩子，黑天后来成功除掉了刚沙，解救了自己的原生父母富天和提婆吉。

③ 本句省略主语，Varma 本将施动者理解为罗醯尼，但笔者认为理解成耶雪达更加合宜，一者更符合故事发生的背景，二者更能紧扣题意，表现耶雪达对大力罗摩的关爱。

黑天结伴玩耍，玩着玩着他突然耍起性子，故意推了我一把，还蛮不讲理地吵闹起来。听到动静，耶雪达急忙从屋子里跑出来将我抱起，顺手把黑天推到一旁。闻讯赶来的难陀倒是护子心切，他一边把黑天搂入怀中，一边愤愤不平地责备我：“黑天是你弟弟，你竟然对他一点儿也不怜惜！”

本诗借大力罗摩之口赞颂了耶雪达的慈爱善良。对待大力罗摩，她比罗醢尼更有母爱和柔情；对待黑天，她不像难陀那样一味偏袒自家孩子。诗中巧妙运用这两组对比突显出耶雪达的高尚品质。

【原文】

जसुमति करति मोकौं हेत।

सुनौ ऊधौ कहत बनत न, नैन भरि-भरि लेत।

दुहुँनि कौ कुसलात कहियौ, तुमहिं भूलत नाहिं।

स्याम हलधर सुत तुम्हारे, और के न कहाहिं।

आइ तुमकौं धाइ मिलिहैं, कछुक कारज और।

सूर हमकौं तुम बिना सुख, कौ नाहीं कहुँ ठौर[①]॥

（14/4054）

【对译】

耶雪达疼爱我

乌陀且听话未起，眼睛已然满充盈。

旦说二人[②]俱安好，始终未把你忘记。

黑子持犁皆你儿，从未自称别家人。

定将奔去把你见，正有其他些许事。

苏尔言，

① Sabha 本作 ḍhaur。

② 指黑天和持犁两兄弟。

我等不论于何处，无你便无福乐享。

【释译】

本诗描写了黑天托付乌陀向母亲耶雪达转达思念之情的场景。内容大致如下：

黑天感叹道："耶雪达多么疼爱我啊！"他正想对乌陀细数母亲对自己的种种疼爱，然而，话音未起，眼中已是泪水盈盈。他平复心绪接着说："乌陀，请你代我向母亲耶雪达致敬，告诉她我和持犁在这边一切安好，从未把她忘记。我俩都是她的儿子，从来没有自称是别人家的儿郎。之所以不能即刻回去看她，是因为眼下正忙于别的事情。待事毕之后，我俩一定飞奔回牛村拜见母亲。请你务必告诉她，没有她在身边的日子里，我俩无论身在何方都感受不到幸福的存在。"

本诗用细腻的笔触刻画了黑天对母亲耶雪达的爱意和思念。他再三叮嘱乌陀捎去自己和持犁安好的消息，以抚慰母亲思念爱子的急切之心。言语未起泪先落的场面令人动容，表现了青年黑天重情重义、体恤至亲的美好形象。

तीन पाती तथा संदेश
三封书信与寄语

【原文】

स्याम कर पत्री लिखी बनाइ।

नंद बाबा सौं बिनै, कर जोरि जसुदा माइ।

गोप ग्वाल सखानि① कौं, हिलि②-मिलन कंठ लगाइ।

① Varma 本作 sakhān。

② Varma 本作 hil。

और ब्रज[1]-नर नारि जे हैं, तिनहिं प्रीति जनाइ।

गोपिकनि लिखि जोग पठयो[2], भाव जानि न जाइ।

सूर प्रभु मन और यह कहि, प्रेम लेत दिढ़ाइ॥

（15/4055）

【对译】

黑子亲手写书信

向爸难陀行恭顺，合掌向妈耶雪达。

亲切相会揽脖颈，牧牛之人众伙伴。

复又倾诉情与爱，述予伯勒杰男女。

书写瑜伽送牧女，深意不可被明悉。

苏尔言，

心有他想虽言此，胜尊情爱更坚定。

【释译】

乌陀临行之前，收到了来自黑天、富天提婆吉夫妇以及驼背女的三封书信。本诗描写了黑天在信中向牛村的亲人、朋友表达问候的场景。内容大致如下：

黑子亲手写了一封信，托乌陀带往牛村。他在信中首先向爸爸难陀和妈妈耶雪达顶礼致敬，接着描绘了与牧人朋友亲切相逢、相互拥抱的场面，继而又向伯勒杰的男男女女倾诉自己的爱意与思念。书信末尾，黑天特意为牧女们写下瑜伽的高深奥义，供她们修习参悟。蠢笨的乌陀怎能了解这其中的微妙心意啊！黑天虽在信中一再强调瑜伽要义，心里想的却是借用此机使乌陀改邪归正。至此，事态的发展令黑天十分满意，他确认乌陀已经中了自己的妙计，心中的情爱愈发坚定。

---

① Gupta 本作 vraj。

② Gupta 本作 paṭhayau。

【原文】

ऊधौ जात ब्रजहिं[1] सुने।

देवकी बसुदेव सुनि कै, हृदै हेत गुने।

आपु सौं पाती लिखी, कहि धन्य जसुमति नंद।

सुत हमारे पालि पठए, अति दियौ आनंद।

आइकै मिलि जात कबहुँ न, स्याम अरु बलराम।

इहौ कहत पठाइहौं अब, तबहिं तन बिस्राम।

बाल-सुख सब तुमहिं लूट्यौ, मोहिं मिले कुमार।

सूर यह उपकार तुम तैं, कहत बारंबार॥

（16/4061）

【对译】

听说乌陀将去伯勒杰

富天提婆吉听闻，细数恩惠与情谊。

亲自来把信札写，感谢难陀耶雪达。

抚养我家儿长大，予乐无限复送还。

大力罗摩与黑天，自从来此未再见。

现今寄信言说此，如是身体方得安。

童年欢乐你尽据，少年时期由我得。

苏尔言，

遍遍对你来称颂，此般善举大恩情。

【释译】

本诗承接上一首诗，描写了富天和提婆吉夫妇在信中向难陀、耶雪达表达谢意的情景。内容大致如下：

---

① Gupta 本作 vrajahiṁ。

富天和提婆吉一听说乌陀将去伯勒杰的消息，心中不禁想起了住在那里的难陀和耶雪达。他俩迫不及待地提笔写信，言诚意切地向他们表达自己的感激之情。他们在信中道："谢谢你们含辛茹苦把我的两个儿子大力罗摩和黑天抚养成人，带给他们无穷无尽的快乐，而今又无私地把他们送还我们身边。自从他俩离开牛村来到马图拉，再未得到机会与你们重逢，这让我们颇感亏欠。如今，我们写下这封信让乌陀带去，把想说的话尽数说清，这样一来我们的身心方可得到慰藉和安宁。二位恩人啊，你们已经占有了两个孩子童年时代的所有快乐，现在就让我们享受陪伴孩子度过少年时期的幸福吧，他俩毕竟也是我们的亲骨肉。你们的善意恩情我们不会忘记，它值得我们一遍遍地称颂。"

本诗借富天和提婆吉之信简要交代了他们与难陀、耶雪达的关系，表达了他们对后者深深的感激。读者从中不仅可以感受到难陀和耶雪达对黑天兄弟二人真挚的爱，也能感受到他们不计得失、无私奉献的宽厚胸怀。

【原文】

हम पर काहैँ झुकतिँ <u>ब्रजनारी</u>① ।
साझे भाग नहीँ काहू कौ, हरि की कृपा निनारी ।
कुबिजा लिख्यौ संदेस सबनि कौ, अरु कीन्ही मनुहारी ।
हौँ तौ दासी कंसराइ की, देखौ मनहिँ बिचारी ।
फलनि माँझ ज्यौँ करुइ तोमरी, रहत <u>घुरे</u>② पर डारी ।
अब तौ हाथ परी जंत्री के, बाजत राग दुलारी ।

---

① Gupta 本作 vrajanārī。
② Varma 本作 dhure。

तनुतैं टेढ़ी सब कोउ जानत, परसि भई[①] अधिकारी।
सूरदास स्वामी करुनामय, अपने हाथ सँवारी॥
（17/4063）

【对译】

伯勒杰女为何生我气？
诃利恩惠实非凡，名人福运不可分。[②]
驼背女[③]把书信写，澄清劝慰向众人：
用心考量再来看，我乃刚沙王女仆。
水果之中苦葫芦，遭人弃置垃圾堆。
今得落入乐师[④]手，奏出美妙拉格曲。
身体伛偻众人晓，一经触碰变直挺。
苏尔达斯言，
主人慈悲又仁爱，亲自用手来装饰。

【释译】

本诗是驼背女在信中写下的内容。她在信中楚楚可怜地陈明了自己的身世，希望以此博得牧女们的同情：

“牧女们啊，我实在想不明白，你们为何要怨我、恨我？我扪心自问，从未做过任何于你们有愧的事情。要知道，诃利对他信徒的爱和恩惠是无与伦比、无穷无尽的，我无法占据你们欣然享受的那

① Gupta 本作 gaī。
② 黑天的恩惠不同寻常，每个人享有的那部分福运都不会被他人分割。
③ 驼背女，原文为 kubijā，又作 kubjā，意为驼背的女人。她是马图拉国王刚沙的女仆，专为其供应涂抹身体的香膏。面容姣好，但身形佝偻，有驼背之疾。黑天和大力罗摩刚到马图拉，就在路上遇见了驼背女。她将本该送予刚沙的香膏分给了两兄弟一些。作为回馈，黑天用自己的莲花足触碰了驼背女的脚（一说是手指），瞬间消除了她身体的残疾，将她变成了全城最美的女子，她也随之成为虔爱黑天的信徒。这个故事不胫而走，传到了牛村牧女们的耳中。她们将黑天流连异乡、迟迟不返的原因统统归咎于驼背女，认为是她蛊惑了黑天的心，致使他忘却了与牛村的种种联系。下文“黑蜂歌”一节收录有牧女挖苦驼背女的诗歌。
④ 乐师，原文为 jaṃtrī，意为巫师、术士、演奏者，此处译为乐师，指黑天。

部分，你们也休想觊觎我所拥有的好福运。眼下，你们久别情郎，内心痛苦，诚然令人怜惜，可一味将责任归于我也未免太强词夺理。人人都知道，我不过是刚沙手下的一介女仆，身份卑微，体态佝偻，就像那水果中的苦葫芦，不过是人人嫌弃的对象。如今，我通过向黑天敬献香膏而幸得他的恩惠。经他轻轻一触，我便恢复了挺直的腰身，好似幸运的苦葫芦被乐师打造成精美的乐器，随即奏出迷人婉转的拉格音调。我的福气绝非不劳而获的果实，我也丝毫没有要独占黑天的念想，请你们再三思量，莫再妄下断言！”

本诗是一首驼背女的辩白诗，字里行间既有感叹身世凄惨的自怨自艾，也有承蒙黑天恩泽的喜悦欢愉，还夹带着不堪诋毁非议的辩驳之意，可谓五味杂陈、百感交集。驼背女将黑天的恩惠描绘成非凡而不可分割的馈赠，似乎隐含着更深一层的意义，即牧女对驼背女的否定实际上也是对黑天的否定，因为作为至高存在的黑天对每个信众的爱和恩惠都具有专属性，而牧女们怨恨驼背女的表现恰恰与此相悖。此外，苏尔达斯希望借助驼背女的事例说明另外一则道理，即一心一意地虔信和礼敬黑天便会得到他的眷顾和青睐，大神与信徒的爱是两相呼应的整体。类似的观点在《薄伽梵歌》中也有体现，如第七章《智慧和知识瑜伽》中黑天对阿周那说：“智者永远修习瑜伽，虔诚专一，优异杰出，因为智者最热爱我，所以我也热爱智者。”[①]

---

① 毗耶娑著、黄宝生译：《薄伽梵歌》，北京：商务印书馆，2010 年，第 75 页。

【原文】

सुनियत ऊधौ लए सँदेसौ, तुम गोकुल कौं① जात।
पाछैं② करि गोपनि सौं कहियौ, एक हमारी बात।
मातु पिता कौ नेह समुझि कै, स्याम मधुपुरी आए।
नाहिं न कान्ह तुम्हारे प्रीतम, ना जसुदा के जाए।
देखौ बूझि आपने जिय मैं, तुम धौं कौन सुख दीन्हे।
ये बालक तुम मत्त ग्वालिनी, सबै मूँड़ करि③ लीन्हे।
तनक दही माखन के कारन, जसुदा त्रास दिखावै।
तुम हँसि सब बाँधन कौं दौरीं④, काहू दया न आवै।
जो वृषभानु-सुता उत कीन्ही, सो सब तुम जिय जानौ।
ताहीं जाल तज्यौ ब्रज⑤ मोहन, अब काहैं दुख मानौ।
सूरदास प्रभु सुनि-सुनि बातैं, रहे भूमि सिर नाए।
इत कुबिजा उत प्रेम गोपिकनि, कहत न कछु बनि आए॥

（18/4066）

【对译】

且请乌陀你闻听

且请乌陀你闻听，带上消息赴牛村，
牧女身后紧相随，将我一言来诉说：
父母⑥之爱既知晓，黑子来到摩图城⑦。
黑黑⑧既非你至爱，亦非耶雪达亲生。

---

① Varma 本作 kau。
② Varma 本作 pāchai。
③ Sabha 本作 kar。
④ Varma 本作 daurī
⑤ Gupta 本作 vraj。
⑥ 这里的“父母”指的是黑天的亲生父母（富天和提婆吉），而非其养父母（难陀和耶雪达）。
⑦ 摩图城，原文为 madhupurī，即马图拉。
⑧ 黑黑，原文为 kānh，即黑天。

你等扪心且自问，曾经给予何福乐？

尔等一众怀春女，皆来戏弄小童他。

少许酸奶奶油故，耶雪达便施恐吓。

尽皆嬉笑跑来绑，你们无一生怜悯。

牛光之女[①]何作为，尔等心中俱知晓。

迷伯地者[②]弃罗网，如今为何觉苦恼？[③]

胜尊将话闻听毕，久久垂首向大地。

苏尔达斯言，

彼牧女情此驼女[④]，言语丝毫不可成。

【释译】

本诗承接上一首诗，描写了驼背女逐一声讨牛村众人的场景：

“乌陀，请你接受我的嘱托尽快捎信到牛村去吧。你不仅要把信交到牛村人的手中，还要紧紧跟在牧女身后，把我的话如数说给她们听：‘姑娘们，别再埋怨黑天了，他绝不是你们口中的那种负心汉，他来马图拉可是有要务在身。想必你们一定知道，黑天的亲生父母富天和提婆吉正被刚沙王囚在牢中，过着炼狱般的生活。黑天得知此事，念及生育之恩，毅然来到马图拉解救亲人。如此孝心仁道在你们口中竟成了忘恩负义，真是可悲可叹！黑黑既不是你们此生挚爱的郎君，也不是耶雪达的亲生骨肉。你们倒是说说看，自己到底给过他什么样的幸福？现在怕是要无言以对了吧！那就让我来告诉你们。当年在牛村，众位姑娘正值芳心荡漾的青春年华，小黑天他不过是个烂漫的孩童。你们整天围着他嬉笑玩耍，把他当猴子一样

① 牛主之女，vṛṣabhānu-sutā，即罗陀。

② 迷伯地者，原文为 braj mohan，意为使伯勒杰着迷的人，此处缩译为迷伯地者。

③ 后半句主语是牧女。

④ 即驼背女，此处因字数限制缩译为驼女。

戏弄。只因黑天偷了一点酸奶和奶油，耶雪达便勃然大怒，对他大加斥责。你们非但不保护他，反倒幸灾乐祸地跑来帮着耶雪达把他捆绑在木臼上，你们难道连一丝一毫的怜悯之心都没有吗？至于那个罗陀，她蛊惑黑天的所作所为，想必你们都心知肚明。如此看来，偌大的牛村里竟没有一个真心诚意善待黑天的人！如今他远走他乡，重获自由，如同挣脱了束缚已久的罗网。你们若真希望黑天幸福，为何不替他感到高兴，反而要自寻烦恼呢？’”一旁的黑天听了驼背女的话，瞬间哑口无言。他深知牛村人对自己的爱，但驼背女所说亦非妄言。一边是牧女的执着情爱，一边是驼背女的殷勤眷恋，黑天俯首沉思，在二者间左右为难。

本诗中，驼背女在前情基础上转守为攻，用一连串的犀利质问控诉了牛村人对黑天的种种不义之举。她的观点虽有以偏概全之嫌，但此间流露的情感却是真真切切。站在二元对立的立场上讨论驼背女和牧女孰是孰非显然是无益的，她们相互挖苦、争风吃醋的表象恰好生动展现了各自对黑天的虔爱和亲近黑天的愿望。黑天的两难情状也反映出他对信徒的公子和关爱。

【原文】

तब ऊधौ हरि निकट बुलायौ।

लिखि पाती दोउ हाथ दई तिहिं, औ मुख बचन सुनायौ।

ब्रजवासी[1] जावत नारी नर, जल थल द्रुम बन पात।

जो जिहिं बिधि तासौं तैसैंही, मिलि कहियौ कुसलात।

जो सुख स्याम तुमहिं तैं पावत, सो त्रिभुवन कहुँ नाहिं।

① Gupta 本作 vrajavāsī。

सूरदास प्रभु दई[1] सौंह आपुनी[2], समुझत हौ मन माहिं ॥

（19/4067）

【对译】

诃利召唤乌陀到近旁

写罢书信双手递，交付于他开口言：

伯勒杰地之男女，水陆树木林与叶，[3]

于其所处情状下，与其相见道平安。

黑子自你所得福，三界之中无处有。

苏尔达斯言，

胜尊促令亲自誓，[4]心中一切皆了然？

【释译】

本诗描写了黑天叮嘱乌陀向伯勒杰居民问好的场景：

诃利把乌陀叫到身旁，将写好的书信递给他道："你去见见伯勒杰的男女老少，看看那里的一山一水、一草一木。相见的那一刻，无论他们处于何种情形，你都不必烦扰，就在那样的状态下对他们说：'黑子在马图拉一切安好，请众位放心。他说从你们身上所获得的幸福，在三界之中的其他任何地方都不存在。'"黑天担心乌陀不能很好地领会自己的意思，便让他亲自发誓，确保他已了解自己所述一切。

---

① Varma 本作 dai。

② Varma 本作 āpanī。

③ 水、路、树木、林、叶分别对应原文中的 jal、thal、drum、ban、pāt，代指伯勒杰的一切自然之物。

④ 本句省略了宾语乌陀。

【原文】

पहिलैं प्रनाम नंदराइ सौं।

ता पाछैं मेरौ पालागन, कहियौ जसुमति माइ सौं।

बार एक तुम बरसाने लौं, जाइ सबै सुधि लीजौ।

कहि वृषभानु महर सौं मेरौ, समाचार सब दीजौ।

श्रीदामाऽदि सकल ग्वालनि कौं, मेरौ कोतौ भेंट्यौ।

सुख संदेस सुनाइ सबनि कौं, दिन दिन कौ दुख मेट्यौ।

मित्र एक मन बसत हमारैं, ताहि मिलैं सुख पाइहौ①।

करि करि समाधान नीकी बिधि, मोकौं माथौ नाइहौ②।

डरपहु जनि तुम सघन कुंज मैं, हैं तहँ के तरु भारी।

वृन्दाबन③ मति रहति निरंतर, कबहुँ न होती④ निनारी।

ऊधौ सौं समुझाइ प्रगट करि, अपने मन की बीती।

सूरदास स्वामी सौ छल सौं, कही सकल ब्रज⑤-प्रीती॥

（20/4068）

【对译】

首先礼敬难陀王

之后请将我敬意，述于母亲耶雪达。

伯勒萨那⑥走一遭，众人消息你探问。

且对族主牛光言，将我情况悉数讲。

且请替我去拥抱，室利达马⑦等牧人。

---

① Gupta 本作 paihau。

② Gupta 本作 naihau。

③ Gupta 本作 bṛṃdāban。

④ Varma 本作 hot。

⑤ Gupta 本作 vraj。

⑥ 伯勒萨那，原文为 barsānā，马图拉附近的一个村庄，罗陀在这里度过了她的童年。今为印度教毗湿奴教派的一个圣地。

⑦ 室利达马，原文为 śridāmā，黑天的童年玩伴，也是罗陀的兄弟，曾和黑天一起托起牛增山。

幸福讯息予众人，消除连日之痛苦。

我有一友居心间，与她相会得福乐。

好生安慰除疑惑，垂首代我行鞠礼。

密林之中你莫怕，那里树木高又大。

沃林达林心永驻，时刻不曾相分离。

自己心中之所想，已对乌陀阐述清。

苏尔达斯言，

主人借口有百般，伯勒杰爱尽数言。

【释译】

本诗讲述了黑天吩咐乌陀去牛村和伯乐萨那拜会亲友的情节：

“乌陀，你到牛村之后务必先对难陀和耶雪达转达我的敬意，他们此刻一定盼子心切，我的消息会带给他们极大的慰藉。之后，劳烦你去一趟伯勒萨那，去向那里的人们问好。在那里，你将见到尊贵的族主牛光先生，请把我的情况细细说给他听，接着再替我拥抱室利达马和其他牧人，我们是一同长大的玩伴，请把幸福的讯息传递过去，消除他们整日难耐的苦闷。最重要的是，我的心中一直惦念着一位名叫罗陀的友人，她是个相貌娇美、品行端庄的姑娘。毫不夸张地说，只消见她一面就会带给你无限的快乐。我走之后，她势必日日沉浸在思念情郎的痛苦之中，请你找到她，好好为她解除心中的困惑，代我向她鞠躬致意，并且告诉她我不日即将归返的消息。去往伯勒杰的途中，你会穿过茂密的森林。不要害怕，因为那里的树木十分高大，它们会像威武的侍卫一样庇护你平安前行。”

就这样，黑天用尽一切办法将心中深藏的念头尽数向乌陀阐明。正如诗中所述，“沃林达林心永驻，时刻不曾相分离”，这是黑天最真切的情感流露。在本诗及其前后的几首诗中，黑天为乌陀的伯勒杰之行做了精心周密的部署，何时何地拜会何人均已安排妥当。但是，黑天的此番举动绝非仅仅是让乌陀向亲友问好那么简单，他的终极目的在于让乌陀尽可能多地与伯勒杰人接触，进而最大限度地接受后者的感化和洗礼，如此一来，他被引上正途的可能性就越大。

【原文】

ऊधौ इतनी कहियौ① जाइ।

हम आवैंगे दोऊ भैया, मैया जनि अकुलाइ।

याकौ बिलग बहुत हम मान्यौ, जो कहि पठयौ② धाइ।

वह③ गुन हमकौं कहा बिसरिहै, बड़े किए④ पय प्याइ।

अरु जब मिल्यौ नंद बाबा सौं, तब कहियौ समुझाइ।

तौ लौं दुखी होन नहिं पावैं⑤, धौरी धूमरि गाइ।

जद्यपि इहाँ अनेक भाँति सुख, तदपि रह्यौ नहिं जाइ।

सूरदास देखौं ब्रजवासिनि⑥, तबहीं हियौ सिराइ॥

（21/4057）

【对译】

乌陀且去说此言

我两兄弟会归来，妈妈切莫神慌乱。

捎信言称为乳母，我俩为此甚烦恼。

喂饮乳汁抚养大，我等怎忘此美德？

当你见到难陀爸，向他言说做解释。

① Varma 本作 kahiyo。

② Sabha 本作 paḍayau。

③ Gupta 本作 yah。

④ Gupta 本作 kiyo。

⑤ Gupta 本作 pāvai。

⑥ Gupta 本作 vrajavāsini。

小白牛与小黑牛，彼时不再受苦痛。

纵有福乐诸多种，亦不停留于此地。

苏尔达斯言，

待把伯勒杰人见，届时内心方可安。

【释译】

本诗承接上一首诗，描写了黑天让乌陀宽慰耶雪达和难陀的场景：

“乌陀，在牛村众人里难陀和耶雪达分量最重，你要格外对他们加以关照。请你代我向耶雪达说：‘妈妈别慌，我和持犁两兄弟很快就会回来。别怪我们无情无义，更别像来信中那样妄自菲薄地称自己为乳母，这会让我们更加痛苦和自责！是您用鲜美的乳汁将我们养育成人，这样的恩情我们会铭记终生。’之后，再请你向爸爸难陀稍做解释，让他感到些许慰藉，也让那一黑一白两头小牛摆脱寂寥无主的苦痛。乌陀啊，我们到马图拉并非来纵情享乐，而是有要事傍身，这你是知道的。即便这里有金山银山、如花美眷，千种妙趣、万般欢愉，我们也毫不在意，更不会长期停留在这里。这些话请你务必带到，如此一来，我的内心才会感到一丝安慰。”

【原文】

नीकैं रहियौ जसुमति मैया।

आवैंगे दिन चारि पाँच मैं, हम हलधर दोउ भैया।

नोई, बैंत, बिषान, बाँसुरी, द्वार अबेर सबेर①।

लै जनि जाइ चुराइ राधिका, कछुक② खिलौना मेरे③।

जा दिन तैं हम तुमतैं बिछुरे, कोउ न कहत कन्हैया।

---

① Varma 本和 Gupta 本作 saberaiṁ。

② Sabha 本作 kachuv。

③ Varma 本和 Gupta 本作 meraiṁ。

उठि न सबेरे कियौ कलेऊ, साँझ न चाषी[1] धैया।

कहिये कहा नन्द बाबा सौं, जितौ निठुर मन कीन्हौ।

सूरदास पहुँचाइ मधुपुरी, फेरि न सोधौ[2] लीन्हौ॥

（22/4058）

【对译】

耶雪达妈且保重

我与持犁两兄弟，四五日内便回来。

兽角竹笛绳与藤，[3] 我之些许小玩具，

小罗陀常顾家门，切莫让她偷拿去。

自我那日与你别，再未有人唤黑儿。

晨起不再吃早饭，晚上亦不饮牛奶。

对难陀爸何所言，他心冷漠又无情。

苏尔达斯言，

送至摩图城即返，便再未曾探消息。

【释译】

本诗承接上一首诗，继续描写黑天让乌陀向耶雪达等捎信的情节：

“乌陀，请你对耶雪达说：‘妈妈，我们兄弟俩过几天就回来。临走的时候，我把号角、竹笛、绑绳和藤条留在家中交由您看管，它们现在是否完好？我走之后，罗陀一定不时来家中打听我的消息，您可要好生留意，别让她偷偷拿走我心爱的玩具！自从与您作别，再也没有人用温柔如丝的声音呼唤我的乳名，也没有人早起为我备置早餐，睡前给我煎煮牛奶。我对您的想念如此深切，甚至让我对

① Gupta 本作 coṣī。

② Gupta 本作 soṃdhau。

③ 兽角、竹笛、绳、藤依次对应原文中的 biṣān、bāṁsurī、noī、beṁt，分别指用动物犄角制成的号角、竹子制成的笛子、绑牛腿的绳子、赶牛的藤条，均是黑天幼时放牧时喜欢随身携带的小玩具。他离开牛村以后，这些玩具放置在家中，由耶雪达看管。罗陀迷恋黑天，常到他的家中打探消息，企图拿走几件情郎的玩物留在身边，以作纪念。黑天对此早有预料，特意托付母亲照看好自己的玩具。

生活中的一切事物都失了兴致。相比之下，我对难陀爸爸有什么好说的呢？他自从把我们兄弟俩送到马图拉，就再也没有托人捎来一封信，更别说设法打探我们的消息了，真是冷酷无情！’”

本诗与之前几首诗略有不同，黑天不再是单纯向亲朋致以问候，而是对不同的人显现出不同的态度，例如对母亲耶雪达的深深思念、对女伴罗陀的小心防备，以及对父亲难陀的隐隐埋怨。由此可见，苏尔达斯在塑造黑天至上神形象的同时，也注重对其世俗形象的刻画。他试图向信徒传达，黑天不仅是无所不能、无所不知的大神，也具有凡人的七情六欲，也会为凡人之事感到喜悲。

【原文】

गहरु जनि लावहु गोकुल जाइ।

तुमहिं बिना ब्याकुल हम ह्वैहैं, जदुपति करी चतुराइ।

अपनौ ही रथ तुरत① मँगायौ, दियौ तुरत पलनाइ।

अपने अंग अभूषन करि-करि, आपुन ही पहिराइ।

अपनौ मुकुट पितंबर अपनौ, देत सबै सुख पाइ।

सूर स्याम तदरूप उपँगसुत, भृगुपद एक बचाइ॥

（23/4070）

【对译】

到了牛村别耽搁

雅度之主耍机灵：你若不在我难安。②

自己车驾即唤来，迅速备好马上鞍。

自己身上装饰品，亲自用手装扮戴。

① Varma 本作 turaṁt。

② 黑天嘱咐乌陀速去速回，谎称没有乌陀心不安，实则是敦促后者尽快去往牛村，为那里的人们带去消息，解除他们的相思之苦。

自己王冠与黄衫，送予即获诸般福。

苏尔言，

除一婆利古足印[①]，乌本戈子似黑子。

【释译】

本诗是黑天嘱托乌陀部分的最后一首诗，描写了黑天精心装扮乌陀的场面：

为了催促乌陀速速踏上前往牛村的路途，黑天灵机一动，假装对乌陀道："你不在身边的时候，我会感到不安，你快去快回吧。"于是，他招呼车夫拉来自己的座驾，亲自备好马鞍。既然乌陀肤色和容貌都与自己极为相像，不如索性把他打扮成自己的模样，牛村人见了也会得到一丝满足。看到酷似自己的乌陀，黑天把自己的王冠、黄衫和各种饰品一一取下，亲手戴在乌陀身上。经过一番装扮的乌陀虽没有黑子胸口的足印，但两人看起来几乎没有二致。黑子见罢不由得感到欢喜，他确定可以让乌陀上路了。

从派遣乌陀去牛村的情节可以看出，黑天已经慢慢摆脱之前天真顽皮的孩童形象，逐渐转变为一位富有巧思的智者。他用正面激励的方法说服乌陀前往牛村，既实现了为亲友带信的愿望，也达到了感化乌陀的目标。这与黑天成年时期作为多门岛国王和般度族军师的形象可谓一脉相承。

---

① 婆利古足印，原文为 bhṛgupad。婆利古相传为古印度七大仙人之一，他为判定梵天、湿婆、毗湿奴谁为三大主神中最殊胜者，依次对他们进行了考验。他先来到梵界，对梵天施以轻蔑，梵天一怒之下决定严惩婆利古，结果遭到这位仙人的诅咒，此后再无人敬奉梵天。随后，婆利古来到盖拉莎山拜访湿婆，适逢湿婆夫妇正享男女之欢，气愤的仙人诅咒湿婆将仅以林伽（男性生殖器）的形象接受信徒膜拜。最后，婆利古找到毗湿奴，后者正在休息。婆利古在他胸口猛踢一脚，留下一个足印。惊醒后的毗湿奴非但没有愤怒，反而关切地询问仙人："我的胸口强健坚硬，没有伤到您的脚吧？"婆利古听后欣然宣告，毗湿奴乃三神之首。婆利古足印后被印度教毗湿奴派信徒视为隐忍和宽容的象征。

उद्धव ब्रज आगमन
乌陀抵达伯勒杰

【原文】

जबहिं चले ऊधौ मधुबन तैं, गोपिनि मनहिं जनाइ गई।
बार-बार अलि लागे स्त्रवननि, कछु दुख कछु हिय हर्ष भई।
जहँ तहँ काग उड़ावन लागी, हरि आवत उड़ि जाहिं नहीं।
समाचार कहि जबहिं मनावतिं[1], उड़ि बैठत सुनि औचकहीं।
सखी परस्पर यह कही बातैं, आजु स्याम कै आवत हैं।
किधौ सूर कोऊ ब्रज[2] पठयौ, आजु खबरि कै पावत हैं॥
（24/4072）

【对译】

乌陀离开摩图林

乌陀离开摩图林，牧女内心便获知。
黑蜂阵阵凑耳畔，悲喜交加盈心间。
处处试图赶乌鸦，诃利来时不愿飞，
祈祷念及信息时，听闻忽飞复落停。
女伴相互道此语：今日黑子或来临？
苏尔言，
抑或遣使伯勒杰？今日便可得消息。

【释译】

本诗描述了伯勒杰的牧女们猜测黑天是否将要来到牛村的情景：

乌陀刚从马图拉离开的时候，伯勒杰牧女们的心中便隐隐知道了这个消息。一只大黑蜂在她们耳畔不断飞舞，似乎在向她们传达这个的讯息。但是，牧女们并不确定这讯息是真是假；即便是真，也难以确定黑天是亲自前来，还是派遣使者而来。此刻，她们的内心喜悲交错，虽有一丝希望，但看起来却是那么渺茫。牧女们按捺

① Gupta 本作 manāvati。
② Gupta 本作 vraj。

不住内心的急切，她们想通过驱赶乌鸦的方式来试探消息的真假。当她们口中说“诃利就要来了”的时候，乌鸦都停在原地一动不动；当她们在心中默默祈祷“就要来信了”的时候，这群乌鸦突然振翅起飞，在空中盘旋一阵后才落下。见到此情此景，牧女们不由得黯然神伤，因为乌鸦暗示的结果是黑天遣使而来。她们只好相互安慰：“莫急莫慌，乌鸦的预测也不能完全相信。耐心等等，今天就能得知真相了。”

本诗生动刻画了牧女们期盼黑天到来又无法确定来者何人的矛盾心理。此时此刻，她们内心有多么迫切的期待，就有多么强烈的担忧。她们生怕远方的来客不是自己日思夜想的情郎，因为希望破灭的感觉比没有希望更难以忍受。诗中借用了两种动物的意象，其一是用于占卜预测的乌鸦，其二是作为传信使者的黑蜂，二者在之后的诗歌中会多次出现。

【原文】

आजु कोउ नीकी बात सुनावै।
कै मधुबन तैँ नन्द लाड़िलौ, कैऽब दूत कोउ आवै।
भौँर एक चहुँ दिसि तैँ उड़ि-उड़ि, कानन लगि-लगि गावै।
उत्तम भाषा ऊँचे चढ़ि-चढ़ि, अंग-अंग सगुनावै।
भामिनि एक सखी सौँ बिनवै, नैन नीर भरि आवै।
सूरदास कोऊ ब्रज[①] ऐसौ, जो ब्रजनाथ[②] मिलावै॥
（25/4074）

① Gupta 本作 vraj。
② Gupta 本作 vrajanāth。

【对译】

今日有人传喜讯？

自摩图林所来人，难陀爱子[①]或使者？

一只黑蜂四处飞，紧贴耳畔把歌唱，

言语美妙调高扬，使得周身显吉祥。

多情女[②]求一女伴，泪水涟涟盈双眼。

苏尔达斯言，

伯勒杰地可有人，让与伯勒杰主[③]见？

【释译】

本诗承接上一首诗，描写了罗陀渴望知道来者是否为黑天的焦急心态：

得知有人将从马图拉来的消息，罗陀激动万分。她难以抑制内心的好奇，向身旁的女伴询问："我有预感，今天会有好运降临。你看，这只四下飞舞的黑蜂，外形倒与黑天有几分神似，或许这就是他派来报信的使者呢！你听，它正贴着你我的耳朵唱着美妙的歌，悠扬的曲调让它看上去那么光彩吉祥。可它在唱些什么呢？那动人旋律的背后藏着什么含义呢？女伴啊，请你告诉我，伯勒杰有谁能让我见黑天一面？"说着说着，罗陀的双眼渐渐被泪水充满，豆大的泪滴串成晶莹的珍珠链，在脸颊上摇曳。

---

① 难陀爱子，原文为 nand lāṛilau，指黑天。

② 多情女子，原文为 bhāmini，指罗陀。

③ 伯勒杰主，原文为 brajanāth，指黑天。

【原文】

तौ तू उड़ि न जाइ रे काग।
जौ गुपाल गोकुल कौं आवैं①, तौ② ह्वैहै बड़भाग।
दधि ओदन भरि दोनौ दैहौं, अरु अंचल की पाग।
मिलि हौं हृदय सिराइ स्त्रवन सुनि, मेटि बिरह के दाग।
जैसैं मातु पिता नहिं जानत, अंतर कौ अनुराग।
सूरदास प्रभु करैं कृपा जब, तब तैं देह सुहाग॥
(26/4075)

【对译】

乌鸦啊，你为何不飞？
倘若牛护③来牛村，便为天大好福气。
酸奶米饭满叶盘，连同裙裾一并予。
耳朵听闻心安宁，相见消除离别苦。
何似父亲与母亲，内心之爱不知晓？
苏尔达斯言，
胜尊降福施恩惠，彼时周身得幸运④。

【释译】

本诗承接上一首诗，罗陀楚楚可怜地表达了她对黑天的殷殷企盼：

罗陀难以接受乌鸦不飞的情形，更不愿相信黑天不来牛村的事实。她凑近成群的乌鸦，用甜美却略带哀求的语气道："乌鸦，飞啊！你们若是飞翔，就意味着黑天会驾临。他的到来不仅是我的福气，也是你们的福气！乖乖飞吧，我会奉上满满当当的叶盘，里面

① Gupta 本作 āvai。
② Varma 本作 to。
③ 牛护，原文为 gupāl，指黑天。
④ 幸运，原文为 suhāg，特指丈夫健在并受其保护的状况，也指有丈夫相伴的幸运和福气。

盛着你们最爱吃的酸奶和米饭。你们飞累了就回来稍事休憩，我会掀起纱丽的裙角，为你们提供舒适的荫蔽。”然而，不论罗陀费多少口舌，乌鸦仍旧留在原地。罗陀无助地自言自语起来：“听到黑天要来的消息，我烦闷的内心终于感到一丝安宁。如果能让我见到他，哪怕只是匆匆忙忙的一瞥，也能消除数月以来折磨我的离别之苦。黑天与父母不同，他能体会到我内心对他虔诚的爱意。快来吧，我的情郎！你的陪伴是我今生最大的福分。”

本诗生动描绘了罗陀驱赶乌鸦、乌鸦不飞的片段，她的百般讨好和乌鸦的无动于衷形成鲜明对比，充分表现出罗陀期盼情郎而不得的无助之感。随后的独白进一步揭示了罗陀内心的祈愿，她将黑天视作洞察世间、知悉一切的至高者，坚信他能体察自己内心的爱恋与哀愁，更确信他会回来解救自己于水深火热之中。这种没有理由、没有条件的信念恰恰是虔爱的核心内涵。

【原文】

है कोउ वैसी ही अनुहारि।

मधुबन तन तैं आवत सखि री, देखौ नैन निहारि।

वैसोइ[1] मुकुट मनोहर कुंडल, पीत बसन रुचिकारि।

वैसैहिं बात कहत सारथि सौं, ब्रज तन बाहँ पसारि।

केतिक बीच कियौ हरि अंतर, मनु बीते जुग चारि।

सूर सकल आतुर अकुलानी, जैसैं मीन बिनु बारि॥

（27/4078）

---

① Gupta 本作 taisoi。

【对译】

某人那般相似

来自摩图林方向，女伴且请定睛看。

那般王冠美耳环，可爱迷人黄衣衫。

那般言语谓车夫，展臂迎向伯勒杰。

诃利作别几多时，仿若度过四时代[①]。

苏尔言，

众人好似鱼离水，焦躁煎熬神不安。

【释译】

本诗描写了伯勒杰牧女远远望见乌陀，却误将其认作黑天的场景：

牧女一边指着远方的来客，一边兴奋地对身旁的女伴道：“快看！那个来自马图拉方向的人是不是像极了我们的黑天？你瞧他头顶的王冠、耳垂上的金环、身上的黄衣衫，还有他对车夫说话的神态，简直和黑天一模一样。看啊！他正张开双臂朝伯勒杰的方向走来，他就要回到我们的身边！黑天离开不过数月，但我感觉却像煎熬了整整四个时代。而今日思夜想，终于盼到了重逢这一天。”

本诗最后，苏尔达斯从全知者视角出发，将离开黑天的牧女比作离开水的鱼儿，生动地展现了她们的无助和痛苦。

【原文】

घर घर इहै सब्द पर्यौं।

सुनत जसुमति धाइ निकसी, हरष हियौ[②] भर्यौं।

---

① 据印度教神话，世界由创造到毁灭分为圆满时代、二分时代、三分时代和迦利时代四个阶段，四者构成一个摩奴时期。

② Sabha 本作 hiṣau。

नन्द हरषित चले आगैं, सखा हरषित अंग।
झुंड झुंडनि नारि हरषित, चलीं उदधि तरंग।
गाइ हरषित ते स्त्रवतिं थन, चौंकरत गौ बाल।
उमँगि अंग न मात कोऊ, बिरध तरुनऽरु बाल।
कोउ कहत बलराम नाहीँ, स्याम रथ पर एक।
कोउ कहत प्रभु सूर दोऊ, रचित[1] बात अनेक॥

(28/4081)

【对译】

家家户户传此话

耶雪达母一听闻，满心欢愉跑出门。
难陀欣喜走上前，伙伴欢乐不可支。
喜悦女子聚成群，行进似若海中浪。
奶牛快活淌乳汁，牛犊哞哞啼叫欢。
老者青年与孩童，人人狂喜难自控。
某说车上仅一人，乃为黑子非大力[2]。
苏尔言，
某说胜尊两皆至，[3]所执言词各不同。

【释译】

本诗描写了伯勒杰的人和动物得知黑天即将到来时的喜悦情状：

伯勒杰的家家户户都流传着黑天将至消息。一听此信，耶雪达就满心欢喜地从家中跑了出去，等待黑天的到来。难陀也无比高兴地走出家门，目不转睛地向远方张望。黑天童年时代的玩伴们一个个手舞足蹈，难以抑制内心的激动。喜悦的牧女们三五成群地聚在一起，她们嬉笑着在路间行进，清亮的笑声和绚丽的纱丽交织在一

① Sabha 本作 racat。
② 即大力罗摩。
③ 指黑天和大力罗摩两人。

起，好似大海中的浪涛恣意翻涌。无论是老人、青年还是幼童，每个人的心中都涌起一股狂喜。这时，感到喜悦的远不止有牛村的居民，就连围栏里的母牛也兴奋异常，它们欢快地淌下汩汩新鲜的乳汁，身旁的小牛犊也哞哞地叫个不停。人们看着远方渐行渐近的马车，三三两两聚在一起议论起来。有人说，马车上只坐着黑天一个人，大力罗摩没有跟来，也有人说，黑天和大力罗摩都来了。大伙各执一词，所言各不相同。

本诗绘制了一幅牛村群像图。黑天到来的消息就像大旱之际垂死的天幕上闪落的一道霹雳，击中了大地上所有的生灵，点燃了他们内心沉熄已久的火焰。诗中竭力渲染的欢腾场面与随后几首诗中失落绝望的情景形成鲜明反差，这种情节的突转使作品极具张力和表现力。牧女们由此生发的失望、痛苦、愤怒、怨恨、无助、怀念等百般情绪全部发泄在乌陀身上，在很大程度上增强了牧女情感和言语的力度，使乌陀的归顺变得合情合理。

【原文】

कोउ माई आवत है तनु स्याम।
वैसे[①] पट वैसिय रथ बैठनि, वैसीयै उर दाम।
जो जैसैं तैसैं उठि धाईं, छाँड़ि सकल गृह काम।
पुलक रोम गदगद तेहीं छन, सोभित अँग अभिराम।
इतने बीच आइ गए ऊधौ, रहीं ठगी सब बाम।
सूरदास प्रभु ह्याँ कत आवैं, बँधे कुबिजा-रस दाम॥
（29/4085）

① Varma 本和 Gupta 本作 vaisai。

【对译】

女伴啊，身似黑子某人来

那般衣衫那车坐，那般花环在胸前。

众人抛开家中事，无论如何跑出来。

彼时身颤汗毛立，美妙躯体显光彩。

此间乌陀现身至，诸女惊愕如受骗。

苏尔达斯言，

驼女情线困胜尊，他怎会到此处来？

【释译】

本诗描写了人们远望马车时的期盼心理以及见到乌陀后的失落反应：

一个牧女在街上高喊：“女伴啊，快出来！远处有个酷似黑天的人来了，你们还坐在家里干什么？毫不夸张地说，他乘坐的马车、身上的衣饰、胸前的花环都和黑天的一模一样！”听了这番话，那些还在家中的女人心头一喜，不管是正在挤奶的、扫地的、煮饭的还是照看小孩的，纷纷抛下手中的活计，起身跑出来一探究竟。她们内心激动，身体颤抖，就连汗毛都根根竖起。她们的身体因喜悦而显出美好的模样，散发出熠熠的光彩。她们目不转睛地盯着前方走来的这位来客，仔细辨认，才失望地发现这人不是黑天。一瞬间，所有的牧女都像上当受骗一样惊愕不已。她们悻悻地说：“黑天怎么会到咱们这儿来呢，他早就被那该死的驼背女用情线牢牢绑住了！”

本诗是情节发展的一个重要转折点。随着乌陀的登场，牧女的愿望霎时化成梦幻泡影。她们对驼背女的抱怨与上文驼背女的书信相互对应，构建出一种两军对峙、剑拔弩张的态势。

【原文】

जबहिँ कह्यौ ये स्याम नहीँ।

परीँ[1] मुरछि धरनी ब्रजबाला[2], जो जहँ रही सु तहीँ।

सपने की रजधानी ह्वै गइ, जो जागीँ कछु नाहीँ।

बार-बार रथ ओर[3] निहारहिँ, स्याम बिना अकुलाहीँ।

कहा आइ करिहैँ ब्रज[4] मोहन, मिली कूबरी नारी।

सूर कहत सब ऊधौ[5] आए, गईँ काम सर मारी॥

(30/4087)

【对译】

言说此非黑子时

伯勒杰女凡在场，尽皆昏厥倒在地。

幻梦都城本已成，清醒之后一场空。

遍遍凝望向马车，不见黑子心沮丧。

莫亨[6]已遇驼背女，为何还来伯勒杰？

苏尔言，

众人言称乌陀至，皆被爱神箭矢伤。

【释译】

本诗描述了伯勒杰人得知来者并非黑天时的失落场面：

当有人说，所来之人并非黑天的时候，当时凡是在场的牧女都难以接受这个事实，一个个失魂落魄地昏倒在地。她们原本已经在梦境中建造了一座辉煌的城堡，醒来后却发现空无一物，所有期待不过是美梦一场，那座心中的城堡也瞬间崩塌倾倒。她们不愿相信

① Sabha 本作 parī。
② Gupta 本作 vrajabālā。
③ Sabha 本作 ori。
④ Gupta 本作 vraj。
⑤ Sabha 本作 udhau。
⑥ 莫亨，原文为 mohan，即黑天。

自己的眼睛，痴痴地反复凝望马车的方向，幻想着黑天突然从车上款款走下的模样。无奈事与愿违，她们只好沉浸在无尽的沮丧之中。牧女们暗想：“黑天自从在马图拉遇到驼背女，心就被她夺走了。他巴不得与那美丽的女子两厢厮守，又怎会到伯勒杰来？”得知真相的人们开始四处奔走，逢人便说：“来者不是黑天，而是个叫乌陀的信使。”听到这个消息，伯勒杰的居民都像被爱神之射伤一般，痛苦难耐。

【原文】

भली भई हरि सुरति करी।

उठौ महरि कुसलात बूझिए, आनँद उमँगि① भरी।

भुजा गहे गोपी परबोधति, मानहु सुफल घरी।

पाती लिखि कछु स्याम पठायौ, यह सुनि मनहिं ढरी।

निकट उपँगसुत आइ तुलाने, मानौ रूप हरी।

सूर स्याम कौ सखा यहै री, स्त्रवननि सुनी परी॥

（31/4089）

【对译】

好在诃利仍铭记

夫人且起予问候，满怀愉悦盈欢喜。

牧女挽臂施慰藉：且请视作好时机。

黑子写信托送来，闻此内心方平静。

乌本戈子至近旁，模样身形似诃利。

苏尔言，

双耳方才得听闻：黑子挚友乃为彼。

① Varma 本和 Gupta 本作 umaṁg。

【释译】

本诗描写了牧女安慰耶雪达的场景：

听说黑天没来的消息，耶雪达当即晕倒在地。牧女们见状连忙搀起她的胳膊，轻轻将她唤醒。她们安慰耶雪达：“夫人呐，你的黑天虽然没来，但他托自己最好的朋友乌陀给你捎了一封信，说明他还一心记挂着你，这已然是值得庆幸的事了。你这样瘫倒在地毫无意义，不如满心欢喜地看看信的内容，顺便打听一下黑天的消息。这样一来，乌陀的到来也算是一桩好事。”耶雪达本以为黑天早将母子情分忘得一干二净。此刻，听说黑天特意给自己写了信，还亲自派乌陀送到伯勒杰来，耶雪达才慢慢平静下来渐渐从晕厥的状态中苏醒。她把乌陀叫到身边仔细打量，不禁感叹道：“他简直和我的黑天一模一样！”自此，耶雪达的心中重新生腾出一股暖流，感到无比欢喜。

本诗展现了耶雪达在牧女的劝慰下从极度失落中逐渐走出的片段，这其实也是一个希望破灭后重建希望的过程。后面的诗歌中，随着书信内容公之于众，牧女和耶雪达才发现其中关爱之语寥寥，尽是有关瑜伽修行的无形理论，这就导致她们刚刚重建的希望再度瓦解，进而彻底激发了她们反攻的斗志。本节诗歌的精妙之处在于，不断通过制造情节上的转折来突显情绪上的起伏，赋予作品以强烈的戏剧性和情感张力。

【原文】

निरखत ऊधौ कौं सुख पायौ।

सुन्दर सुलज सुबंस[1] देखियत, यातैं स्याम पठायौ।

① Gupta 本作 subes。

नीकैं हरि संदेस कहैगौ, स्त्रवन सुनत सुख पैहै।

यह जानति हरि तुरत आइहैं, यह कहि हृदै सिरैहै।

घेरि लिए रथ पास चहूँधा, नन्द गोप व्रजनारी[①]।

महर लिवाइ गए निज मंदिर, हरषित लियौ उतारी।

अरघ देत भीतर तिहिं लीन्हौ[②], धनि-धनि दिन कहि आज।

धनि धनि सूर उपँगसुत आए, मुदित कहत व्रजराज[③]॥

（32/4090）

【对译】

见到乌陀得福乐

俊美谦恭佳族显，黑子遂将他派遣。

传达诃利好消息，耳朵听闻得福乐。

言说诃利速将至，得知此事心安宁。

难陀牧人与伯女[④]，马车四周来围聚。

族主[⑤]引路至自家，欢欢喜喜接下车。

献水礼[⑥]毕引进屋，连称今乃幸运日。

苏尔言，

伯勒杰王[⑦]欢欣语，大幸乌本戈子至。

【释译】

本诗描写了难陀迎接乌陀到自家做客的场景：

得知乌陀是黑天的好友，人们纷纷从悲伤愤恨的情绪中走了出来，并且对这位不速之客产生了浓厚的兴趣。他们一边细致打量马

① Varma 本作 brajanārī。

② Gupta 本作 līnhī。

③ Varma 本作 brajarāj。

④ 即伯勒杰牧女。

⑤ 族主，原文为 mahar，即难陀。

⑥ 献水礼，原文为 aragh。印度教徒在家迎客时，通常会在客人进门之前为其呈上一小壶水，供客人饮用、净身，以示欢迎和尊重。

⑦ 伯勒杰王，原文为 brajarāj，即难陀。

车上的乌陀，一边窃窃私语：“这个乌陀外表俊美，言行谦恭，看上去像是出身于名门望族。黑天既然派他到我们这里，想必一定是个有头有脸的人物。”“是啊，他一定带来了好消息，或许黑天不久之后就要回来了！我们应该仔细听听他的话，或许会收获极大的福乐和安宁。”人们你一言我一语地簇拥在马车四周，当中不仅有成群的牧人、牧女，还有族主难陀。他对乌陀的到来表示欢迎，不仅亲自将马车领到自己家里，还在门口为乌陀行献水礼，以示敬意。难陀一想到即将听到儿子的消息，便难以抑制内心的喜悦。他笑脸盈盈地看着乌陀，反复对他说：“今天是幸运的一天，你的到来对我们牛村人来说真是一桩大幸事！”

【原文】

कबहुँ सुधि करत गुपाल हमारी।
पूछत पिता नंद ऊधौ सौं, अरु जसुदा महतारी।
बहुतै चूक परी अनजानत, कहा अबकैं पछिताने।
बासुदेव घर भीतर आए, मैं अहीर करि जाने।
पहिलैं गर्ग कह्यौ हुतौ हमसौं, संग दुख① गयौ② भूल।
सूरदास स्वामी③ के बिछुरैं, रति दिवस भयौ सूल॥
（33/4091）

【对译】

牛护可曾想我们

耶雪达母难陀父，一并问询向乌陀。
无意之中铸大错，现在后悔有何用？

---

① Gupta 本作 dekhe。
② Gupta 本作 jini。
③ Varma 本作 svāmī。

富天之子至家中，我却把他当牧人。

格尔戈[①]早告诉我，相聚之时忘痛楚。

苏尔达斯言，

自与主人相别离，白昼黑夜皆苦痛。

【释译】

本诗描写了难陀和耶雪达担心黑天忘记自己的场景：

难陀、耶雪达将乌陀迎入家中，便迫不及待地开始向他发问：“乌陀，你是黑天最好的朋友，应该了解他的全部想法。请你实言相告，黑天是否还惦念着我俩？唉，说不定他早就把我们忘了吧！他本是富天、提婆吉的亲生骨肉，是个王子。祭司格尔戈也早有预言，这个孩子异乎常人，他是大神那罗延的化身。这话让我们倍感焦虑，因为我们担心这小小的牛村总有一天会被他嫌弃。但是，每每和他一起嬉戏欢笑，看着他茁壮成长的时候，我们就忘了他非凡的身份，只当他是个普通牧人家的孩子，心中的隐忧和苦楚便尽数消失。现在想想，我们当时可真是蠢笨至极啊，无意之中竟犯了如此严重的错误！如今，悔恨懊恼还有什么意义？我们已经和黑天建立了无比深厚的情谊，自从他离开牛村，我们心中的思念就从未断绝，为此，我们心中日日夜夜都充满了痛苦。”

本诗刻画了难陀、耶雪达的矛盾心理。一方面，他们已经对黑天产生了难以割舍的感情，深深希望他也能顾念养育之恩，铭记这段情谊；另一方面，他们已经意识到黑天的大神身份，理性告诉他们不能用凡人的逻辑和世俗的标准去要求神祇。二人深陷在此种进

① 格尔戈，原文为 garg，是难陀的家庭祭司，也是“往世书”中最伟大的圣人之一。他曾给婴儿时期的黑天算命，预言他超乎常人，并将这一情况告予难陀、耶雪达夫妇。夫妇二人听后难以置信，他们担心这非凡的孩子长大后将做出超乎想象的事情，从而与他们分离，因此感到深深的痛苦和担忧。

退维谷的困境中，然而，他们并不了解，作为三界之主的黑天既有神性的一面，也有人性的一面；他存于世间，同时又超于世间。

【原文】

कह्यौ कान्ह सुनि जसुदा मैया।
आवहिंगे दिन चारि पाँच मैं, हम हलधर दोउ भैया।
मुरली बेंत विषान हमारौ, कहूँ अबेर सबेरौ।
मति लै जाइ चुराइ राधिका, कछुक खिलौना मेरौ।
जा दिन तैं हम तुम सौं बिछुरे, काहु न कह्यौ कन्हैया।
प्रात न कियौ कलेऊ कबहूँ, साँझ न पय पियौ घैया।
कहा कहौं कछु कहत न आवै, जननी जो दुख पायौ।
अब हमसौं बसुदेव देवकी, कहत आपनौ जायौ।
कहिऐ कहा नन्द बाबा सौं, बहुत निठुर मन कीन्हौ।
सूर हमहिं पहुँचाइ मधुपुरी, बहुरि न सोधौ लीन्हौ॥
（34/4092）

【对译】

黑黑说，耶雪达妈且听言
我与持犁两兄弟，四五日内便回来。
竹笛藤条与兽角，我之些许小玩具，
无论何时与何地，勿让小罗陀偷去。
自我那日与你别，再未有人唤黑儿。
清晨不再吃早饭，晚上亦不饮牛奶。
欲言所受之痛苦，然却无法对妈说。
如今富天提婆吉，已称我为亲骨肉。
请传话予难陀父，他心冷漠又无情。

苏尔言，

送我来到摩图城，便再未曾探消息。

【释译】

本诗对应“乌陀送信”第22首诗，乌陀向耶雪达和难陀转达黑天的话：

乌陀回答难陀和耶雪达的疑问：“二位，请勿多虑，黑天无时无刻不惦念你们。他让我如是转达：‘妈妈，我们兄弟二人过几天就回来了。临走的时候，我把号角、竹笛和藤条留在家中交由您保管，它们现在是否完好？我走之后，罗陀一定不时来家中打听我的消息，您可要好生留意，别让她偷偷拿走我心爱的玩具！自从与您作别，再也没有人用温柔如丝的声音呼唤我的乳名，也没有人早起为我备置早餐，睡前给我煎煮牛奶。我对您的想念让我对生活中的一切事物都失了兴致。妈妈啊，我在这里承受着各种痛苦，想跟您诉说却不知从何说起，同时也生怕您担心多虑。如今，富天和提婆吉已经把我视作他们自己的亲生骨肉，这虽是无可辩驳的事实，但我的心还是跟你们在一起。相比之下，爸爸难陀可真是冷酷无情！他自从把我们兄弟俩送到马图拉，就再也没有托人捎来一封书信，更别说设法打探我们的消息了。’”

本诗与第22首诗基本相同。从乌陀转述的内容来看，他完全遵照黑天的旨意，一五一十地转达黑天的论语，没有妄自修改。由此可见，黑天此前苦口婆心所做的准备工作十分有效，这也构成了乌陀归顺黑天的信任基础。

【原文】

हमतैं कछु सेवा न भई।
धोखैं ही धोखैं जु रहे हम, जाने नाहिं त्रिलोकमई।
चरन पकरि कर बिनती करिबौ, सब अपराध क्षमा कीबै।
ऐसौ भाग होइगौ कबहूँ, स्याम गोद पुनि मैं लीबै।
कहै नन्द आगैं ऊधौ के, एक बेर दरसन दीबे।
सूरदास स्वामी मिलि अबकैं, सबै दोष निज गत कीबे॥
（35/4093）

【对译】

我等丝毫未礼敬

我等一直受蒙蔽，不识遍布三界者[①]。
以手触足来恳求，所有罪过且宽宥。
何时再有此般幸，复将黑子拥入怀。
乌陀面前难陀语：且请现身再一次。
苏尔达斯言，
现若得与胜尊会，自身罪过尽消除。

【释译】

本诗描述了难陀让乌陀传话，恳请黑天与自己见面并宽恕自己罪过的场景：

听了乌陀的话，难陀懊悔不已。他对乌陀道："一直以来，我们都把黑子当作普通牧人家的孩子来抚养。虽然他在成长过程中不时做出非凡之举，但我从未多加思索，所以没能认出他就是遍及三界的大神，更别说对他顶礼膜拜了。乌陀啊，如今再多的解释都是徒劳。请你返回马图拉时，代我向他行触足礼，恳求他宽恕我之前所

① 遍布三界者，原文为 trilokamaī，黑天的一个称号。

犯下的诸般罪过！”言说之际，难陀的眉宇间凝聚着深深的忏悔之意。他停顿了一下接着道：“不知道黑子是否会原谅我，更不知道此生是否有机会再将他揽入怀中？请你劝说他回来吧，哪怕只让我们再见一面！到那时，我会承认自己犯下的全部过失，诚心诚意地请求黑天宽赦，这样一来我的罪过也可以一一消除。”

本诗是对上一首诗的回应。面对黑天的指责，难陀深表忏悔。他没有做过多的辩解，而是毫无怨言地请求原谅、表达恭顺。这与牧女对黑天的情爱、耶雪达对黑天的慈爱一样，都是苏尔达斯宣扬的一种虔诚之道。

【原文】

ऊधौ कहौ साँची बात।
दधि, मह्यौ नवनीत माधव, कौन के घर खात।
किन सखा सँग संग लीन्हे, गहे लकुटी हाथ।
कौन की गैयाँ चरावत, जात को धौँ साथ।
कौन गोपी कूल-जमुना, रहत गहि-गहि घाट।
दान हठ कै लेत कापै, रोक किनकी बाट।
कौन ग्वालनि साथ भोजन, करत किनतैँ बात।
कौन कैँ माखन चुरावन, जात[①] उठिकै प्रात।
इतौ बूझत माइ जसुमति, परी मुरछित गात।
सूरदास किसोर मिलवहु, मेटि[②] हिय की तात॥
（36/4094）

① Varma 本作 jāti。
② Gupta 本作 bheṭi。

【对译】

乌陀且把实话告

酸奶乳酪鲜奶油，摩豆裔[①]于谁家食？

与谁一起结成伴，小小木棍手中持？

放牧何人之牛群，谁又与他一同行？

叶木拿畔河阶上，又将哪位牧女抓？

强行阻挡何人路，硬要向人讨礼物？

与何牧童共进餐，又与何人把话谈？

一大清早起床后，去偷谁人之奶油？

耶雪达妈问及此，失魂晕厥身倒地。

苏尔达斯言，

且让我与儿郎会，心中苦楚得消除。

【释译】

本诗描写了耶雪达再三向乌陀追问黑天近况的场景：

耶雪达十分担心黑天在马图拉的近况，不断追问乌陀："乌陀，请你说实话！自从离开牛村到了马图拉，黑天都在什么人家吃酸奶、乳酪和鲜奶油？他每天手里拿着小木棍，和什么人成为朋友，整天一起玩耍？他都放牧哪户人家的牛群，又有哪些牧童常常与他相伴同行？当他走过叶木拿河河阶的时候，会一把抓住哪位牧女，与之嬉戏？他会顽皮地阻拦谁前行的道路，然后固执地向他索要礼物？他与哪些牧童一起吃饭、谈天？清晨起床以后，他又偷偷溜到谁的家中偷吃人家新鲜的奶油？"耶雪达句句急切，生怕自己的孩子在遥远的异乡蒙受苦难。问完这些，耶雪达心力交瘁，地倒在地上，她一遍又一遍恳求乌陀："让我见见我的儿子吧，只有这样才能消除我内心的痛苦！"

① 摩豆裔，原文为 mādhav，意为摩豆（Madhu）的后裔，即黑天。

耶雪达用一连串密集的发问表达了对黑天的关爱。这些问题关乎黑天成长的点滴经历，是孩童时代与他相伴的欢乐记忆。耶雪达唯恐远方的游子吃苦受难，再也享受不到这样的快乐，这是每一个念子心切的母亲最为真实、自然的感情流露。

【原文】

ब्रज① घर-घर सब होति बधाइ② ।

कंचन कलस दूब दधि रोचन, लै वृन्दावन③ आइ④ ।

मिली ब्रजनारि⑤ तिलक सिर कीनौ, करि प्रदच्छिना तासु।

पूछत कुसल नारि-नर हरषत, आए सब ब्रज-बासु⑥ ।

सकसकात तन धकधकात उर, अकबकात सब ठाढ़े।

सूर उपंग-सुत बोलत नाहीँ, अति हिरदै ह्वै गाढ़े ॥

（37/4098）

【对译】

伯勒杰家家皆欢庆

杜波⑦酸奶金罐耀，携至沃林达林来。

与他见面点额志，伯勒杰女行绕礼⑧。

伯勒杰民尽数来，男女喜悦予问候。

身体颤抖心狂跳，众人诧异皆站定。

---

① Gupta 本作 vraj。

② Varma 本作 badhāī。

③ Sabha 本作 bṛṃdāban。

④ Varma 本作 āī。

⑤ Gupta 本作 vrajanāri。

⑥ Gupta 本作 vrajavās。

⑦ 杜波，原文为 dūb，又作 dūrvā。学名狗牙根，又称百慕大，是一种印度教仪式中常用的草，其历史可追溯至吠陀时代。在印度中世纪文学中，这种草常与酸奶（dadhi）连用。用神圣的杜波草蘸上酸奶涂在前额上，是印度教徒庆祝孩子降生的一种传统仪式。

⑧ 绕礼，原文为 pradacchinā，意为绕着某人或某物顺时针行进，以表达崇敬之意，对象通常为神祇或神庙。

苏尔言，

乌本戈子不言语，内心深深被慑服。

【释译】

本诗描写了伯勒杰居民欢迎乌陀到来的场面：

听说乌陀来到牛村，伯勒杰家家户户都洋溢着欢庆的氛围。他们不仅企盼从这位远方来客的口中听到有关黑天的消息，更因他和黑天是关系亲密、形象相似的朋友，所以本能地将其视作自己人。当地的男女老少闻讯赶来，激动地向乌陀表达问候和祝福，喜悦之情溢于言表。牧女们一见乌陀便兴奋地走上前去，在他的额头点上吉祥志，在他四周款款绕行，以示恭敬。就连附近村子的居民也都捧着金制水罐、吉祥的杜波草和新鲜的酸奶纷至沓来。刹那间，牛村像过节一般变成了欢乐的海洋。乌陀被股股人流团团围住，眼前的这个场面对他来说着实是前所未见，他的身体不由自主地颤抖起来，心跳也随之加速，一举一动都显露出窘迫惶恐的情状。看到乌陀的异常反应，在场的伯勒杰人都感到十分惊异：“这位朋友可真怪，居然被欢迎的仪式吓得说不出话来！”

本诗中，牛村人的热情和乌陀的震惊构成鲜明对比。乌陀清楚，他能在牛村享受如此礼遇绝非自己的功劳，而是托黑天的福气，是牛村人对黑天之爱的一种投射。他无法想象，倘若黑天有朝一日回到牛村，这里的欢腾场景该会如何盛大。乌陀第一次深切感受到牛村人对黑天的虔爱之情。他不仅被这种从未体验过的强烈情感所折服，更担心这种情感会成为他传播瑜伽之道的巨大阻力。所以，他的举动在牧人和牧女看来极为怪异，实际上却是他惊讶心理的自然表现。

【原文】

ऊधौ कहौ हरि-कुसलात।
कह्यौ आवन किधौं नाहीं, बोलिऐ मुख बात।
एक छिन[①] जुग जात हमकौं, बिनु सुने हरि प्रीति।
आपु आए कृपा कीन्ही, अब कहौ कछु नीति।
तब उपँग-सुत सबनि बोले, सुनौ श्रीमुख जोग।
सूर सुनि सब दौरि आईं, इटकि दीन्हौ लोग॥
（38/4102）

【对译】

乌陀啊，且说诃利可安好
是否言说将前来，且请亲口把话讲。
我等不闻诃利爱，度一刹那若时代。[②]
你来已属施恩惠，现在请将正理授。
乌本戈子彼时语，美颜[③]瑜伽众且听。
苏尔言，
众人闻之皆奔来，并将他人推开去。

【释译】

本诗描述了乌陀在伯勒杰人的请求下传授正理的情景：

人们将乌陀团团围住，争抢着跟他说话。有人问："乌陀啊，请你跟我们说说黑天的消息吧，他在马图拉是否安好？"还没等乌陀思忖回答，有人就来插话："你亲口告诉我们，黑天到底有没有说过要回牛村？听不到他的充满爱意的话语，我们实在是度日如年！"

① Gupta 本作 din。
② 刹那（kshaṇ）、时代（yug），均为时间单位。据《大毗婆沙论》《俱舍论》等佛典记载，一刹那约为 1/75 秒；据印度古代神话记载，宇宙从创造到毁灭的一个周期分四个时代，即圆满时代、三分时代、二分时代和迦利时代，四个时代共计 12000 年。此处，刹那和时代分别代指极短和极长的时间。
③ 美颜，原文为 śrimukh，意为面容吉祥俊美者，黑天的一个名号。

一时间，乌陀被牛村人发问的阵势压得说不出话来。这时候，一个人用温和的语气对他道："乌陀，别慌！你能风尘仆仆地来到牛村，这对我们来说已经是极大的恩惠。那么就请你不要吝惜自己的言语，再给我们讲些启迪人心的正见吧，这样我们焦躁的心绪才能得到一丝安宁。"这番话像凉风一般抚慰了乌陀的心，他终于开口说道："我正有此意。临行前，黑天亲口嘱咐我向你们传达瑜伽的道理。这可是你们闻所未闻的大智慧，快来听听吧！"好奇的人们听后接踵而来，为了听清乌陀的箴言，他们相互推搡，一心想凑得更近。

故事情节发展至此，乌陀和牛村人终于有了言语的交汇。然而，此时牛村人内心期待的"正理"应该是黑天对他们的关怀和宽慰；相反，乌陀准备传授的"正理"恰恰是枯燥无味的瑜伽理论。所有矛盾在此汇集，颇有大战前一触即发的紧迫感。

【原文】

गोपी सुनहु हरि संदेस।
गए संग अक्रूर मधुबन, हत्यौ कंस नरेस।
रजक मार्यौ बसन पहिरे, धनुष तोर्‍यौ जाइ।
कुबलया, चानूर, मुष्टिक, दिए धरनि गिराइ।
मातु पितु के बंद छोरे, बासुदेव कुमार।
राज दीन्हौ[①] उग्रसेनहिं, चौंर निज कर ढार।
कह्यौ तुमकौं ब्रह्म ध्यावन, छाँड़ि बिषय[②] बिकार[③]।
सूर पाती दई लिखि मोहिं, पढ़ौ गोप-कुमारि॥
（39/4104）

① Gupta 本作 dīnho。
② Varma 本和 Gupta 本作 viṣay。
③ Gupta 本作 vikār。

【对译】

牧女且听诃利信

偕同阿格鲁尔[①]去，摩图林诛刚沙王。

杀洗衣匠着衣衫，去将弓箭弯折断。

穆希提克迦努尔，打倒在地冠蓝莲。[②]

松开枷锁救父母，富天之子少年郎。

牛尾拂尘亲手编，拥立乌格尔森[③]王。

告诫汝等冥想梵，摒除世俗邪恶念。

苏尔言，

写罢书信交于我，令诵读予牛村女。

【释译】

本诗中，乌陀向牛村牧女讲述了黑天在马图拉的英勇事迹：

乌陀对牧女道："你们不是想知道诃利的消息吗？那我就把他在马图拉的光辉事迹原原本本地说给你们听。黑天和阿格鲁尔一同来到马图拉。他一路上先杀死了刚沙的洗衣匠，夺走他的衣服穿在自己身上。接着，他在军械库毫不费力地将弯弓折断。随后，他又战胜了迦努尔和穆希提克两位大力士，并把大象冠蓝莲打倒在地。就这样，黑天扫清了一切障碍，成功诛杀了万恶的刚沙王，将自己的生父富天、生母提婆吉从囚牢中解救出来。最后，他将自己亲手用牦牛尾编制的拂尘赠予刚沙之父乌格尔森，并拥他为王。黑天在马图拉伸张正义、为民除害的事迹使他受到当地臣民的拥戴。不过，他从未忘记牛村的百姓，深知你们正在思念的泥沼中百般挣扎，所以才派我来为你们报信。他让我告诉你们，要摈除一切尘世间的欲望和感情，

① 阿格鲁尔，原文为 akrūr，刚沙手下的将领。

② 穆希提克（muṣviṭik）、迦努尔（cānūr），刚沙派出阻击黑天的大力士；冠蓝莲（kubalayā），是刚沙的大象。

③ 乌格尔森，原文为 ugrasen，刚沙的父亲。

全心全意冥想大梵，这样才能从思念的苦海中解脱出来。”听了乌陀的话，人们都不敢相信自己的耳朵，因为他们从未从黑天口中听过类似的表达。见到牛村人惊讶的表情，乌陀接着道：“我说的都是黑天信里的内容，没有掺杂半句假话，你们不信就自己拿去看看吧。”

关于黑天在马图拉的一系列英雄事迹可参见前文中“前往马图拉”一节。

【原文】

पाती मधुबन ही तैं आई।
सुन्दर स्याम आपु लिखि पठई, आइ सुनौ री माई।
अपने अपने गृह तैं दौरीं, लै पाती उर लाई।
नैननि निरखि[①] निमेष न खंडित, प्रेम-तृषा न बुझाई।
कहा करौं सुनौ यह गोकुल, हरि बिनु कछु न सुहाई।
सूरदास ब्रज[②] कौन चूक तैं, स्याम सुरति बिसराई॥
（40/4105）

【对译】

书信来自摩图林

亲自写就派送来，女友来听美黑子。
自各家中奔跑至，拿到书信置胸前。
双眼不眨凝神看，爱恋渴望未消减。
荒凉牛村何所为？无有诃利皆不美。
苏尔达斯言，
伯勒杰地因何过，黑子竟将记忆忘？

① Varma 本作 nirakh。
② Gupta 本作 vraj。

【释译】

本诗承接上一首诗，描写了牧女们跑来读黑天亲笔信的场景：

一位牧女迫不及待地从乌陀手中接过黑天的书信，顿时激动得难以自持。她大声呼喊：“女伴们，快来看！黑子托人从马图拉给我们带信了！”牧女们闻讯纷纷放下手中的家务事，毫不犹豫地从家中跑来。她们一一接过信笺，小心翼翼地捧在胸前，目不转睛地细细打量，好像手里捧着的不是一封普通的书信，而是情郎黑天俊美的脸庞。从牧女们含情脉脉的眼神中可以看出，虽然时隔数月，其间备受离别之苦煎熬，但她们对于爱情的渴望非但丝毫未减，反而与日俱增。兴奋之余，她们回想起那些以泪洗面的伤感时光，不由得对乌陀抱怨起来：“没有黑子的日子，牛村到处空空荡荡，呈现一派萧肃荒凉之景，所有事物都被夺去了光彩，所有人都失去了生活的意义。我们百思不得其解，自己当初犯了什么过错，竟让黑子把对伯勒杰的美好记忆忘得一干二净？好在今天终于收到了他的来信，我们倒要看看他都说了些什么！”

本诗描写了牧女们接到黑天来信却尚未细读内容时的反应，表现了她们喜悦和哀怨两相交织的矛盾心理。黑子的信里究竟写了什么内容？这是牧女此刻心中最大的疑问，也为之后的情节发展埋下了伏笔。

【原文】

निरखतिँ अंक स्याम सुन्दर के, बार-बार लावतिँ लै छाती।

लोचन जल कागद मसि मिलि कै, ह्वै गइ स्याम स्याम जू की पाती।

गोकुल बसत नंदनंदन के, कबहुँ बयारि न लागी ताती।

अरु हम उती कहा कहैँ ऊधौ, जब सुनि बेनु नाद सँग जाती।

उनकैं लाड़ बदति नहीं काहूँ[1], निसि दिन रसिक-रास-रस राती।

प्रान-नाथ तुम कबहि, मिलौगे, सूरदास प्रभु बाल-सँघाती॥

（41/4106）

【对译】

凝视俊美黑子字

凝视俊美黑子字，一遍一遍置胸口。

眼泪混合纸上墨，黑子书信成黑色。

难陀子居牛村时，从未感觉风炙热。

乌陀我等何责他？听闻笛声相随去。

日夜情味圆圈舞，不理他人醉其宠。

苏尔达斯言，

何时得见胜尊你？生命之主儿时伴[2]。

【释译】

本诗描述了牧女看到黑天的来信激动不已、感慨万千的景象：

牧女们从乌陀手中接过黑天的书信，小心翼翼地在眼前铺展。她们定睛瞧看，发现这信纸上的字迹果然是黑子亲手写就，霎时激动万分。她们完全顾不得这纸上的内容，只是一遍遍把信紧紧贴在胸口，又一遍遍捧在眼前。滚滚热泪夺眶而出，似滂沱大雨敲打在信纸上。信上的墨迹与泪水交融，信纸一时间被染成了黑色。牧女们感慨道：“乌陀啊，黑天住在牛村的时候，我们整日聚在一起，从不觉得夏天的风炙热难耐。那时候，每当黑天吹起美妙的竹笛，我们就不能自已地循声而去，在林中寻找他的踪迹。我们日日夜夜和他一起跳圆圈舞，享受那甜美迷人的情味。我们一心沉浸在他的宠爱之中，对其他人根本不屑一顾。这一切都是我们自己的选择，而

---

① Varma 本作 kāhū。

② 生命之主，原文为 pran-nath；儿时伴，原文为 bal-sṃghatī。二者均为牧女称呼黑天的名号。

非受黑天强迫，如今又怎能反过来怪罪他呢？”

本诗中，牧女的心态较上一首有所变化。她们不再凭空抱怨被黑天抛弃的痛楚，转而将一切缘由归结为自己当初的义无反顾，这是一种由外向型情感宣泄到内向型理性反思的转变。本诗揭示了信徒追随和虔爱大神黑天的根本动因是一种无条件的、不计后果的内在需求。最后一句“何时得见胜尊你？生命之主儿时伴”包含了三种黑天名号，恰恰展现了黑天之于牧女的三重意义：“儿时伴”即童年时代形影不离的玩伴，是现实层面的生活伴侣；“生命之主”即分别之后的情感寄托，是精神层面的生命支柱；“胜尊”即至高神，是永恒层面的宇宙主宰。苏尔达斯认为，只有将黑天视为三位一体的化身，才能对其有最真切和全面的认识。

【原文】

पाती मधुबन तैं आई।

ऊधौ हरि के परम सनेही, ताकैं हाथ पठाई।

कोउ पढ़ति, कोउ धरति नैन पर, काहूँ[1] हृदै लगाई।

कोउ पूछति फिरि फिरि ऊधौ कौं, आपुन लिखी कन्हाई।

बहुरौ दई फेरि ऊधौ कौं, तब उन बाँचि सुनाई।

मन मैं ध्यान हमारौ राख्यौ, सूर सदा सुखदाई॥

（42/4107）

【对译】

书信来自摩图林

身为诃利之至交，乌陀亲手来送予。

或置眼前或诵念，某人放置于胸前。

① Sabha 本作 kāhū。

某人遍遍问乌陀：确为黑儿亲自写？

复又归还予乌陀，彼时他来做讲解。

苏尔言，

内心专注冥想我，永恒福乐便可得。

【释译】

本诗描绘了牧女们读信之后难以置信的情状：

一位牧女从乌陀手中接过书信，迫不及待地与众位女伴分享：“姐妹啊，这是黑子从马图拉托人捎来的信，送信之人名叫乌陀，他可是黑子最为亲近的朋友，你们快看看吧！”于是，牧女们开始竞相争抢。有的拿到来信，声声念诵信的内容；有的为了看得更加真切，遂将信纸贴近眼前；有的把信紧紧贴在胸口，爱不释手。但是，人们发现信里的内容与她们之前设想的相去甚远。信中丝毫未提黑天对牧女的思念之情，通篇都是虚无缥缈的无形理论。她们不敢相信自己的眼睛，所以一边把信交回乌陀手中，一边惊诧地问他：“乌陀，这信真的是黑天亲笔所写吗？”看到牧女们的反应，乌陀心中窃喜。他认定自己施展才能的时候到了，于是笑着说：“信确为黑子所写，上面盖有他的印戳。黑天让我转告你们：‘专注地在心中冥想我，这将为你们带去永远的福乐’。至于这句话的内涵，且听我细细为你们讲解。”

本诗及随后几首诗都生动描画了牧女初读书信时的惊讶反映，她们的失望与乌陀的得意形成鲜明对比，为之后二者的激烈论战埋下了伏笔。

【原文】

लिखि आई ब्रजनाथ[①] की छाप

ऊधौ बाँधे फिरत सीस पर, बाँचत आवै[②] ताप।

उलटी रीति नंदनंदन की, घर-घर भयौ संताप।

कहियौ जाइ जोग आराधैं, अविगत[③] अकथ अमाप।

हरि आगैं कुबिजा अधिकारिनि, को जीवै इहिं[④] दाप।

सूर सँदेस सुनावन[⑤] लागे, कहौ[⑥] कौन यह पाप॥

（43/4108）

【对译】

伯勒杰主信印来

乌陀来时绑头顶，[⑦] 诵读之际带激情。

难陀之子反常举，家家户户生悲伤。

言说去把瑜伽崇，不灭不可述与测。[⑧]

驼女主宰诃利前，此等痛苦谁可受？

苏尔言，

开始宣传此训诫，且说此乃何般罪？

【释译】

本诗描写了牧女因不愿听乌陀讲授瑜伽而分外悲伤的场景：

一位牧女对另一位牧女道："女伴啊，乌陀带来的信上盖有黑天

① Gupta 本作 vrajanāth。
② Varma 本作 āvaiṃ。
③ Gupta 本作 abigat。
④ Varma 本作 ihiṁ。
⑤ Varma 本作 sunāvat。
⑥ Varma 本作 kaho。
⑦ 乌陀送信的时候把信绑在头巾里，以防丢失。
⑧ 不灭，原文为 avigat，意为不可磨灭的、永恒的；不可述，原文为 akath，意为不可言说、难以描述的；不可测，原文为 amāp，意为不可测量、难以计算的。三者均用来描述无形大梵的特性。

的印戳，说明这信确实是他亲手所写。可蹊跷的是，这信的内容尽数与瑜伽相关，这在我们听来是那么陌生又那么刺耳！伯勒杰居民无法理解黑天的反常举动，不知道他究竟为什么把乌陀派来。曾经和我们共同沉浸在爱中的黑天如今却让我们崇拜难以捉摸的瑜伽，想必他一定是受那驼背女的蛊惑才迷失了方向。这样的痛苦让你我如何忍受？天晓得我们做了什么对不起黑天的事，他竟要用传授瑜伽的方式来惩罚我们！”

【原文】

कोउ ब्रज[1] बाँचत नाहिंन पाती।
कत लिखि–लिखि पठवत नँद-नंदन, कठिन बिरह की काँती।
नैन सजल कागद अति कोमल, कर अँगुरी अति ताती।
परसैं जरैं, बिलोकैं भींजै, दुहूँ भाँति दुख छाती।
को बाँचै ये अंक सूर प्रभु, कठिन मदन-सर-घाती।
सब सुख लै गए स्याम मनोहर, हमकौं दुख दै थाती॥
（44/4109）

【对译】

伯勒杰无人读信

难陀之子为何写，送来扎人离别刺？[2]
泪水潸然盈眼眸，手指极烫纸极柔。
触碰即燃看即湿，二者皆令心苦痛。

① Gupta 本作 vraj。
② 此处用痛苦离别之刺比喻乌陀送来的信。对牧女来说，阅读信上的每个字都像被尖刺刺中一般痛苦不堪。

胜尊此信谁人读？已被摩登[①]冷箭伤。

苏尔言，

迷人黑子夺诸乐，送我至宝[②]赐苦痛。

【释译】

本诗描绘了牧女看完黑天书信，内心忧伤的凄楚场景：

牧女们质问乌陀："黑天为什么要写这样一封信？他明知这封信对我们来说无异于离别的尖刺，会一点一点扎进我们柔弱的心房。这信纸是如此的纤柔，而我们的手指滚烫异常，仿佛轻轻一触便可让纸燃起火光；我们的眼中充满泪水，仿佛匆匆一瞥就能把这信纸浸湿。无论触碰抑或瞧看，都会令我们的心疼痛难耐。你快把这信拿去吧，我们不会再看一眼！它已像爱神射出的冷峻之箭把我们彻底击伤。黑子离开伯勒杰的时候已经把我们的福乐统统带走，如今却送来这无情无味的瑜伽理论供我们消受。他以为这是什么了不起的稀世珍宝，却不知它会带给我们怎样的痛苦忧伤。"

【原文】

ऊधौ कहा करैं लै पाती।

जौ लौं मदनगुपाल न देखैं, बिरह जरावत छाती।

① 摩登，原文为 madan，本意为使人迷醉的，常被认为是欲神（kāmadev）的一个称号。kāmadev 的名字早在《梨俱吠陀》中已经被提及，而在《毗湿奴往世书》和《薄伽梵往世书》中，kāmadev 则被作为毗湿奴的一个名号。中世纪高迪亚毗湿奴教派（Gaudiya Vaishnavism）认为 kāmadev 源自黑天，且是黑天的一部分，因为两者无论从肤色、外貌到特质都极为相似。黑天居于牛村时，无数牧女为他着迷痴心，因而由这一特质衍生出 madan 的称号，类似的名号还有 mahan-modan、madan-gupāl、madan-tribhaṃgī 等。将 madan 等同于黑天的这一传统认知，目前已被大多数印度教徒所接受。

② 至宝，原文为 thātī，本意为承诺、寄存物，指人的一生所留下的最为宝贵的东西，此处指黑天宣扬的瑜伽。牧女们认为，瑜伽对黑天来说是至上财宝，可对她们来说却是莫大的苦难。

निमिष निमिष मोहिं[1] बिसरत नाहीं, सरद सुहाई राती।

पीर हमारी जानत नाहीं, तुम हौ स्याम सँघाती।

यह पाती लै जाहु मधुपुरी, जहँ वै बसैं सुजाती।

मन जु हमारे उहाँ लै गए, काम कठिन सर घाती।

सूरदास प्रभु कहा चहत हैं, कोटिक बात सुहाती।

एक बेर मुख बहुरि दिखावहु, रहैं चरन-रज-राती॥

（45/4113）

【对译】

乌陀啊，捎来书信何所为

迷醉牛护[2]不得见，彼时胸口觉烧灼。

时时刻刻我未忘，迷人静雅美秋夜。

你乃黑子之友人，我等苦楚不得知。

此信带去摩图城，他乃贵族居彼处，

我心已被带去那，亦被爱欲冷矢伤。

千万甜言和蜜语，胜尊是否仍渴望？

苏尔达斯言，

且再现身见一面，足上尘土永眷恋。

【释译】

本诗描写了牧女作别黑天后内心的惆怅，以及企盼与黑天重逢的情感场景：

牧女对乌陀道："朋友，你千里迢迢把这样的书信带给我们，想要干什么呢？只要看不到黑天，我们便会受离别之苦折磨，胸口无时无刻不感到灼热难耐。这所谓的瑜伽理论根本不能抚平我们心头的伤痛，反而是往上面无情地撒盐。我们日日夜夜惦念黑天，时时

① Sabha 本作 mohi。

② 迷醉牛护，原文为 madan-gupāl，黑天的一个名号。

刻刻都在回忆那些充满美妙情爱的迷人秋夜。唉，跟你说这些有什么用呢？你是黑天的朋友，你不会理解我们内心的痛苦。走吧，带上你的信回马图拉吧！黑天离开牛村的时候已经把我们的心一并带走了，现在，我们只剩这副躯壳在这里自怨自艾，被那冰冷的爱欲之箭连连刺伤。如今，出身高贵的黑天正和他的同族居住在马图拉，过着荣华富贵的生活，不知道他是否还像过去一样渴望听到我们口中的蜜语甜言？或许，这不过是我们一厢情愿的奢望，他有风姿绰约的驼背女陪在身旁，我们的性命于他而言早已轻如草芥。”牧女说罢哀伤地垂下头。她们虽然嘴上这样说，内心却抑制不住地呐喊：“黑天啊，让我们再见你一面吧！我们将虔诚地触摸你莲花般的双足，用你足上的尘土涂抹前额。让我们永远沉醉在这无尽的福乐之中吧！”

黑天的离去已经让牧女们在数月之内饱受煎熬，而今乌陀携来的瑜伽理论更让她们的处境雪上加霜。纵有百般不情万般不愿，牧女们还是难以消除内心对黑天的依恋，她们执着的虔爱已经通过了离别的考验，如今又要接受瑜伽的磨炼。

भ्रमर गीत

黑蜂歌[①]

【原文】

इहिं अन्तर मधुकर इक आयौ।

निज स्वभाव अनुसार निकट ह्वै, सुन्दर शब्द सुनायौ।

① 从内容来看,《苏尔诗海》中与乌陀相关的诗歌主要包含四部分：1. 黑天向乌陀传达指令，派他前往伯勒杰；2. 乌陀初到伯勒杰，向当地人宣扬瑜伽之道；3. 牧女与乌陀就崇拜“有形”还是“无形”展开争论；4. 乌陀被牧女说服，返回马图拉向黑天反省。其中，第三部分描述了牧女们将一只周身青黑的采花蜂作为指责对象的场景，她们表面上抱怨黑蜂，实际上是指桑骂槐地驳斥一旁的乌陀和他的“无形”说。这组描写牧女和乌陀对话的诗统称“黑蜂歌”。

पूछन लागीं ताहि गोपिका, कुबिजा तोहिं पठायौ।
कीधौं[①] सूर स्याम सुन्दर कौं, हमैं सँदेसौं[②] लायौ॥
（46/4116）

【对译】

此间一只黑蜂来

依照本性至近旁，甜言蜜语把话讲。
牧女向它询问道：驼背女子遣你来？
苏尔言，
或是英俊美黑子，捎来讯息予我等？

【释译】

本诗描写了牧女初见黑蜂并询问它从何而来的场景：

就在牧女质问乌陀的时候，一只大黑蜂翩然而至。它自由自在地绕着牧女们飞舞，在她们耳畔发出动听的“嗡嗡”声，像是在诉说什么。牧女们的注意力从乌陀移向黑蜂，问道：“大黑蜂，你来做什么？派你来的究竟是那图谋不轨的驼背女还是我们英俊迷人的黑子？你是不是有什么消息要传达给我们？”

【原文】

(मधुप तुम) कहौ कहाँ तैं आए हौ।
जानति हौं अनुमान आपनै, तुम जदुनाथ पठाए हौ।
वैसेइ[③] बसन, बरन तन सुंदर, वेइ भूषन सजि ल्याए हौ।
लै सरबसु सँग स्याम सिधारे, अब का पर पहिराए हौ।
अहो मधुप एकै मन सबकौ, सु तौ उहाँ लै छाए हौ।

① Varma 本作 kaudhaum̐。
② Sabha 本作 sam̐desau。
③ Varma 本作 baisei。

अब यह कौन सयान बहुरि ब्रज[1], ता कारन उठि धाए हौ।

मधुबन की मानिनी मनोहर, तहीँ जात जहँ भाए हौ।

सूर जहाँ लौँ स्याम गात हैँ, जानि भले करि पाए हौ॥

（47/4119）

【对译】

（黑蜂啊，你）且说你从哪来

自己猜度便可知，你乃雅度主所派。

那般衣衫美肤色，那般首饰装扮戴。

黑子带走尽数财，如今穿戴复为何？

人皆一心黑蜂啊，他却掳走居彼处。

如今因为何诡计，复又跑至伯勒杰？

摩图林之傲女媚，前去彼处享欢愉。

苏尔言，

但凡青黑身躯者，皆能彻底看通透。

【释译】

本诗描写了牧女们猜想黑蜂乃黑天所派，劝它返回马图拉的故事。内容大致如下：

“黑蜂啊，快告诉我们你是从哪儿来的吧！不过，即便你不说，我们也能猜个大概，你一定是雅度之主黑天派来的吧？你的衣着与他相似，美丽的青黑肤色与他相近，浑身上下戴着那样的首饰，简直与黑天别无二致。但是，黑天离开牛村的时候已经带走了我们全部的财产，如今他让你精心装扮来到这里，又想从我们这些失无可失的牧女手中拿走什么？黑蜂啊，我们每个人都只有一颗心，而且这颗心早已被黑天带去。这次他派你来伯勒杰，心里究竟藏着什么诡计？回去吧！牛村已经一无所有，而马图拉却住着娇媚动人的高

① Gupta 本作 vraj。

贵女郎，你在那里可以畅享无与伦比的欢愉。你的心思瞒不过我们，但凡身色青黑之人，我们都能彻彻底底看个明白。因为他们不仅肤色发黑，心也是黑的。”

面对黑天派来的信使乌陀，不明真相的牧女一时间难以自持。她们一边满腹怨念地控诉黑天久别不返的行为，一边用尖酸挖苦的语气暗讽他已在马图拉另寻新欢，甚至将全天下的黑肤者都视为抨击的对象。牧女们以为心上人忘了自己，害怕曾经的浓情蜜意化作梦幻泡影，这恰恰是她们对黑天爱恋之深、思念之切的表现。

【原文】

रहु रे मधुकर मधु मतवारे।
कौन काज या निरगुन सौं, चिर जीवहु कान्ह हमारे।
लोटत पीत पराग कीच मैं, नीच[①] न अंग सम्हारे।
बारम्बार सरक मदिरा की, अपरस रटत उघारे।
तुम जानत हौ वैसी ग्वारिनि , जैसे कुसुम तिहारे।
घरी पहर सबहिनि बिरमावत, जेते आवत कारे।
सुंदर बदन कमल-दल लोचन, जसुमति नंद-दुलारे।
तन मन सूर अरपि रहीं स्यामहीं, का पै लेहिं उधारे॥
（48/4123）

【对译】

沉醉蜜中的黑蜂啊

此无形道有何用？我们黑黑命长久。
黄色花粉[②]沼泽中，自身挣扎不可控。
流连忘返迷醉饮，公开宣讲无味言。

① Varma 本作 bīc。
② 此处用黄色花粉比喻乌陀的瑜伽理论，用黑蜂对花粉的眷恋比喻乌陀对瑜伽的痴迷。

你所以为众牧女，宛若你之美花朵，

无论多少黑者来，随时皆可停驻留！

俊美面容莲瓣眼，难陀耶雪达宠儿。

苏尔言，

身心俱已献黑子，复又去向何人借？

【释译】

本诗描绘了牧女谴责乌陀的“无形”理论，表达对黑天忠贞不贰的情景。内容大致如下：

“你这愚昧无知的黑蜂啊，竟沉醉于瑜伽的蜜酿中不肯自拔！你所讲述的“无形”之道对伯勒杰的牧女来说有什么意义？没有它，我们的黑黑一样长命百岁，我们自己也活得幸福美满。你贪恋瑜伽就像贪恋黄色的花粉，身体早已像陷入沼泽般无法自拔，你自己却浑然不觉。你一遍遍沉醉在花粉的蜜酿中，喋喋不休地宣扬那没有情味、不受欢迎的言论。你把我们视作可供自己采撷蜂蜜的花朵，天真地以为只要是黑色的东西，我们都会毫不犹豫地让他留在我们心里。可是黑蜂你错了，我们的身体和心灵早已献给难陀和耶雪达宠爱的儿子，那面容俊美、眼如莲花的黑天。要想接受你的瑜伽理论，我们又能向谁去借第二颗心呢？”

本诗巧妙借用了黑蜂与花的意象，表现了乌陀对“无形”理论的痴迷以及牧女对黑天矢志不渝的爱恋。

【原文】

मधुकर हम न होहिं वै बेलि।

जिन भजि तजि तुम फिरत और रँग, करन कुसुम-रस केलि।

बारे तैं बर बारि बढ़ी हैं, अरु पोषी पिय पानि।

बिनु पिय परस प्रात उठि फूलत, होति सदा हित हानि।

ये बेली बिरहीं बृंदावन, उरझीं स्याम तमाल।

प्रेम-पुहुप-रस-बास हमारे, बिलसत मधुप गोपाल।

जोग समीर धीर नहिं डोलतिं, रूप डार दृढ़ लागीं।

सूर पराग न तजतिं हिए तैं, श्री गुपाल अनुरागीं॥

（49/4127）

【对译】

黑蜂啊，我等绝非那藤蔓

将其抛弃你离开，追逐他色戏花汁。

自幼生长有甘霖，复有情郎水滋养。

晨起不得情郎触，花儿幸福永损伤。

沃林达林相思藤，缠绕青黑多摩罗。

黑蜂我有情爱花，汁美味香悦牛护。

瑜伽之风摇不动，有形① 枝头紧缠绕。

苏尔言，

钟爱吉祥牛护者，心中花粉不抛弃。

【释译】

本诗承接上一首诗，牧女自比缠绕多摩罗树的藤蔓，借此表达对黑天的虔爱。内容大致如下：

黑蜂啊，你可不要小看我们！我们绝非你想象中的那种藤蔓，任你说来即来说走就走。我们知道，你总是狠狠地抛弃它们，接着又去追寻新的花朵，在它的花汁中嬉戏作乐。我们是坚韧高贵的藤蔓，自幼在优质水源的浇灌下茁壮生长，还有情郎黑天把我们悉心滋养。如今，我们清晨绽放花朵，却得不到黑天满怀深情的触碰，

① 有形，原文为 rūp，意思是外在形象，是“有形派”崇尚的观点，与乌陀宣扬的“无形”理论相对。

内心的幸福因此大为折损。我们如同沃林达森林里的相思藤，尽管日夜忍受思念之苦，仍旧紧紧缠绕着黑天这棵多摩罗树。黑蜂啊，休想打我们的主意！我们盛开的情爱之花，它的汁液和香气只供黑天一人独享。我们围绕在“有形”的枝头牢不可动，你那冥顽的瑜伽之风根本无法将我们撼动。去找别的花朵吧！我们心中的花粉为黑天而留，绝对不会轻易抛弃。

本诗在上一首诗的基础上有所延伸。牧女们坚守心中的花粉、不为歪风所动的行为不仅是为了报答黑天精心滋养的恩情，更是抵御外在诱惑、强化内心虔爱的修行。诗中引用了甘霖、藤蔓、多摩罗树等林间意象，将牧女紧紧附于黑天的情态刻画得淋漓尽致。

उद्धव गोपी संवाद
乌陀与牧女对话

【原文】

पहला संवाद

सुनौ गोपी हरि कौ संदेस।

करि समाधि अंतरगति ध्यावहु, यह उनकौ उपदेस।

वै अविगत① अविनासी② पूरन, सब-घट रहे समाइ।

तत्व ज्ञान बिनु मुक्ति नहीं है, वेद③ पुराननि गाइ।

सगुन रूप तजि निरगुन ध्यावहु, इक चित इक मन लाइ।

वह④ उपाइ करि बिरह तरौ तुम, मिलै ब्रह्म तब आइ।

---

① Gupta 本作 abigat。

② Gupta 本作 abināsī。

③ Sabha 本作 bed。

④ Gupta 本作 yah。

दुसह सँदेस सुनत माधौ कौ, गोपी जन बिलखानी।

सूर बिरह की कौन चलावै, बूड़तिं मनु बिनु पानी॥

（50/4121）

【对译】

首次对话

牧女且听诃利信

内心禅定①修三昧②，此道乃他所教导。

完满不灭不可知，它见容于诸罐③中。

吠陀往世书中颂：无真实智④不解脱。

有形形色摈除去，禅定无形一心意。

践行彼法渡离苦，彼时梵来与你见。

摩豆裔信难忍受，牧女听罢皆啜泣。

苏尔言，

离别之苦谁人述，仿若无水亦沉没。

【释译】

本诗描写了一位牧女向自己的女伴描述乌陀所传之道的情节：

一位牧女听罢乌陀的布道，转而向其他牧女诉道："女伴啊，来听听诃利捎来的消息吧，你们万万想不到他都说了些什么！他在信中让我们心无旁骛地进行冥想和禅定，追寻永恒的无形之道。黑天让我们抛弃对他的膜拜，转而崇奉完满的大梵。大梵既不为人所知，也不趋于幻灭，它无所不在，存系于每个人的体内。四吠陀、往世书等印度古代典籍中都有这样的颂词：没有对梵性和世界本原的真

① 禅定，原文为 dhyāvahu，意为不执着于外在的感官对象，摆脱爱憎，专注于内在的安定。

② 三昧，原文为 samādhi，意为通过集中意识，摈弃各种杂念，使心神宁静。

③ 罐，原文为 ghaṭ，本意为瓶子、用陶土制成的水罐，引申为人的身体。在巫白慧翻译的《圣教论》（1999）中将该词译为"瓶"，但考虑其多为陶罐，故此处译为罐。

④ 真实智，原文为 tatv-jñan，意为关于梵性及世界本原的真知，也可引申为哲学。

知，就不可能得到解脱。他让我们消除对有形理论和外在形色的执念，转而一心一意地潜心崇尚无形的正见。他说，只有这样才能帮助我们渡过离别的苦海，摆脱思念之痛的折磨。到那时，你我才能与大梵合二为一。”听了如上讯息，牧女们感到分外震惊，心底的失落化作涟涟泪水，从眼眶中汩汩而出。她们承受着深切的别离之苦，却找不到人可以倾诉。思念的痛苦犹如一片汪洋，虽然没有真正的水，但是牧女们早已没入其中，无法自拔。

本诗是“黑蜂歌”部分首轮对话的第一首诗，集中展现了乌陀“无形”理论的三个核心要义：第一，建立对大梵属性的正确认识；第二，采用冥想禅定的修行方式；第三，追求梵我合一的解脱之境。这与牧女们通过虔爱的方式追求与黑天合二为一的观念有着本质上的区别。

【原文】

परी पुकार द्वार गृह-गृह तैँ, सुनौ सखी इक जोगी आयौ।
पवन सघावन, भवन छुड़ावन, रवन-रसाल, गोपाल पठायौ① ।
आसन बाँधि, परम ऊरध चित, बनत न तिनिहिँ कहा हित ल्यायौ।
कनक बेलि, कामिनी ब्रजबाला, जोग अगिनि② दहिबे कौँ धायौ।
भव-भय हरन, असुर मारन हित, करिन कान्ह मधुपुरी छायौ।
ब्रज मैँ जादव एकौ नाहीँ, काहैँ उलटौ जस बिथरायौ।
सुथल जु स्याम धाम मैँ बैठैँ, अबलनि प्रति अधिकार जनायौ।
सूर बिसारी प्रीति साँवरे, भली चतुरता जगत हँसायौ॥
（51/4132）

① Gupta 本作 ju pāyau。
② Varma 本作 jogini。

【对译】

各户门口呼女伴

各户门口呼女伴，且听来一瑜伽者。

迷人多情牛护派，令调呼吸[①]弃家室。

端坐提心至最高[②]，无用他携何福来？

奔跑来燃瑜伽火，灼烧金藤美伯女[③]。

除妖世俗忧患故，黑黑居于摩图城。

伯地无一雅度裔，为何传颂相悖誉？

安坐佳地宅屋中，复对慧女施控制。

苏尔言，

青黑肤者忘爱恋，诡计精妙笑俗尘。

【释译】

本诗描述了牧女听罢乌陀布道后的反应：

一时间，牛村里家家户户门前都传来喧闹的呼喊：“女伴啊，快来听！黑天派了个瑜伽行者到村里来。他口口声声让我们抛弃各自的家庭，一心学习调息的法则，还让我们用意念提升自己的心气，凝神定坐，专注冥想。真想不通，这些瑜伽修行的方法对我们来说有什么益处？这位瑜伽行者风尘仆仆从马图拉而来，非但没有带来黑天的消息，反而想用瑜伽的烈火将我们这些金藤般的牧女尽数点燃。当初，黑黑为诛灭刚沙王、消除百姓的恐惧去往马图拉，这套瑜伽的修行办法或许更适合居住在那儿的雅度族人。黑黑明知我们伯勒杰和马图拉不同，这里的人们崇尚有情有义的有形之道，为什么还要派人来宣扬不受欢迎的荒谬论调？莫非他身居富饶美丽的马

① 调呼吸，原文为 pavan sadhavan，是瑜伽的修行方式之一。

② 端坐，原文为 āsan baṁdhi，意思是保持禅定时的坐姿；提心至最高，原文为 param ūradh cit，意思是将心提至两眉之间的地方。二者皆为修习瑜伽的方式。

③ 伯女，即伯勒杰女。

图拉，安坐在自己富丽堂皇的屋宅中，还想对牛村的牧女们施加控制？我们个个聪慧过人，才不会中了他的诡计！好啊，黑天已经彻底忘记了我们之间的爱恋，恐怕他现在正得意于自己的小把戏，倨傲地嘲笑我们这些凡夫俗子吧！”

本诗将瑜伽比作烈火，把牧女比作藤蔓，这对比喻在后文中频繁出现。面对乌陀送来的无形理论，牧女们心中的无助和伤感逐渐发酵成不羁的反叛。在她们看来，如果被黑天抛弃尚可隐忍的话，被改造成瑜伽修行者则万万不能接受。她们认为这是对其内在本性和外在名誉的一种侮辱，这种愤怒的情感进而转化为对黑天的抱怨、对乌陀的抨击和对驼背女的嘲讽。

【原文】

देन आए ऊधौ मत नीकौ।
आवहु री मिलि सुनहु सयानी, लेहु सुजस कौटीकौ।
तजन कहत अंबर आभूषन, गेह नेह सुत ही कौ।
अंग भस्म करि सीस जटा धरि, सिखवत निरगुन फीकौ।
मेरे जान यहै जुवतिनि कौ, देत फिरत दुख पी कौ।
ता सराप तैं भयौ स्याम तन, तउ न गहत डर जी कौ।
जाकी प्रकृति परी जिय जैसी, सोच न भली बुरी कौ।
जैसैं सूर ब्याल रस चाखैं, मुख नहिं होत अमी कौ॥

（52/4133）

【对译】

乌陀来予好意见

慧女且来聚首听，涂抹荣誉之标记。

言说且弃衣和饰，家庭爱子与温情。

头顶发辫身涂灰，说教无味无形道。

我知他为众少女，游走给予爱恋苦。

缘此诅咒身变黑，内心仍不觉畏惧。

心生本性既如此，好坏善恶不思辨。

苏尔言，

宛若毒蛇品甘露，口亦不会出甘露。

【释译】

本诗描写了牧女谴责乌陀无形谬论的情节：

牧女对女伴道："这个乌陀真是没有自知之明！他以为自己带来了什么高妙的见解，殊不知那些理论是多么荒谬可笑。你听，他在各家各户门口高喊：'聪明的姑娘啊，快聚到一起听听我的训教！要知道，聆听这些瑜伽理论就像在你们的额间涂抹上荣誉的记号一样。'我们满怀期待地洗耳恭听，没想到他竟劝我们把衣服、首饰、家庭、孩子、爱情统 7 统抛掉，让我们像瑜伽行者一样头顶蓬乱的发辫，身上涂满祭火烧成的灰烬。我知道，乌陀之所以四处散播瑜伽理论，不过是想让我们这些沉浸于爱恋情味的女人品尝其中的苦涩。但他这套宣扬无形的歪理无情无味，对我们来说毫无吸引力可言。他的身体在我们的诅咒下已经变成了黑色，但他的内心却未感到一丝一毫的畏惧。看来善恶不分就是他内心的本性，任何人都无法改变，就像毒蛇虽吞下了长生不死的甘露，但它的嘴里吐出的依然是毒液。"

本诗引发了关于本性的探讨。牧女认为乌陀骨子里是无形理论的崇拜者，绝不会放弃宣扬瑜伽之道。同理，牧女的本性是崇尚有形、虔爱黑天，她们既会欣然享受浸淫在爱恋情味中的欢愉，也会坦然接受与之相伴的离别之痛，这一本性绝不会因为乌陀的训教而发生转变。

【原文】

प्रकृति जो जाकैं अंग परी।

स्वान पूँछ कोउ कोटिक लागै, सूधी कहूँ न करी।

जैसैं काग भच्छ नहिं छाँड़ै, जनमत जौन घरी।

धोए रंग जात नहिं कैसेहुँ, ज्यौं कारी कमरी।

ज्यौं अहि डसत उदर नहिं पूरत, ऐसी धरनि① धरी।

सूर होइ सो होइ सोच नहिं, तैसेइ② एऊ री॥

（53/4145）

【对译】

彼身已具之本性

纵使拉捋千万般，谁都难使狗尾直。

正如乌鸦自生时，即不抛弃污秽食③。

仿若黑毯之颜色，无论如何难洗除。

好比咬人蛇不饱，托大地者④亦如此。

苏尔言，

顺其自然别妄想，他呀亦是此般样。

【释译】

本诗承接上一首诗，牧女用一系列比喻说明江山易改本性难移的道理：

---

① Varma 本作 dharanim̐。

② Gupta 本作 vaisei。

③ 污秽食，原文为 bhacch，本意为食物。根据乌鸦生来以垃圾、腐食为餐的习性，此处作“污秽食”。

④ 托大地者，原文为 dharni dharī，意为托起大地者，是蛇王湿舍（Śeṣanāga）的一个别称。根据《摩诃婆罗多》的记载，蛇王湿舍因不满自己蛇族兄弟的恶行而投入了极端的苦行。它的这一举动令梵天折服，梵天赐予它一个恩典，使其得以持续不断地进行苦行。作为交换，梵天也向湿舍提出了一个请求，让它遁入地下，用兜帽托起晃动的大地。湿舍从命，并永久地居于地狱之中，“托大地者”的名号由此而来。

牧女道：“人或事物所具有本性很难改变。这就好比狗的尾巴生来就是弯的，一个人就算拉拽千万次也无法将其捋直；就像乌鸦从出生那一刻起便以肮脏的垃圾为食，终其一生也难以改掉这样的习性；好比一条黑色的毯子，无论如何用力刷洗，都难以将这颜色除去；亦如毒蛇虽然无法通过咬人填饱肚皮，但它依然顽固地坚持这一习性，就连蛇中之王湿舍也不例外。该是怎样就怎样呢，我们应当顺其自然，不要妄想改变人或事物本来的模样。乌陀亦是如此，宣扬瑜伽是他的本性，我们如何能奢望他将其摈弃？”

【原文】

समुझि न परति तिहारी ऊधौ।
ज्यौं त्रिदोष उपजैं जक लागत, बोलत बचन न सूधौ।
आपुन कौ उपचार करौ अति, तब औरनि सिख देहु।
बड़ौ रोग उपज्यौ है तुमकौं, भवन सबारैं लेहु।
ह्वाँ भेषज नाना भाँतिन के, अरु मधु-रिपु से बैद।
हम कातर डरपतिं अपनैं सिर, यह कलंक है खेद।
साँची बात छाँड़ि अलि तेरी, झूठी को अब सुनिहै।
सूरदास मुक्ताहल भोगी, हंस ज्वारि क्यौं चुनिहै॥
（54/4148）

【对译】

不懂乌陀你所言

如三缺陷[①]生执念，所说话语非直言。

好生治疗医自身，彼时训教予他人。

① 三缺陷，原文为tridoṣ，即tri和doṣ的组合。tri指数量三，doṣ的本意为疾病、灾害、缺陷，此处指人体内的三种基本物质：风（vāt）、胆汁（pitta）和痰（kaph），确切地说是三种物质发生紊乱的状态。根据印度古代医学理论，当三者调和平衡时，人的身体和精神便可维系健康。三者中任意一者异常增多或减少，人体就会生出疾病和困扰。

你已罹患大顽疾，且踏归途返家去。

那里药材种类多，还有郎中摩图敌[1]。

我等惧怕此污名，落于己首徒懊恼。

黑蜂你将真言弃，如今让人听诳语？

苏尔达斯言，

天鹅乐享美珍珠，怎会选择印度黍？[2]

【释译】

本诗描述了牧女认为乌陀头脑不清，胡言乱语，病情严重，劝他返回马图拉就医的情节。内容大致如下：

“乌陀啊，你说的话我们一句都听不懂！你大概是生了重病，意识不清，所以才在这里胡言乱语。我劝你还是速速返回马图拉好好服药调养，先医好自己的身子再来教训我们吧！听说，马图拉有各种各样的灵丹妙药，还有医术高明的黑天亲自为你治疗。倘若你在伯勒杰病入膏肓，这样的污名岂不是要落到我们头上？我们可不愿担负这样的罪名，更不愿为此徒生懊恼。你不讲真话，难道是想让我们听信你的谎言吗？”

本诗中，牧女展开了抨击乌陀的猛烈攻势。最后一句巧用类比，言下之意，那些以宝贵珍珠为食的天鹅不会选择廉价的印度黍，崇尚“有形”真谛的牧女也不会接受荒谬的“无形”理论。

① 此处郎中和摩图敌均指黑天。

② 在印度教神话里，天鹅是文艺女神 Saraswati 的坐骑，被认为是一种高贵优雅的鸟类，以珍珠为食。印度黍，原文为 jvāri，是一种普通农作物，在印度十分常见。此处，牧女将自己比作天鹅，把“有形”之道比作宝贵的珍珠，把“无形”理论比作廉价的印度黍。

【原文】

ऊधौ हम आजु भईं बड़ भागी।

जिन अँखियनि[①] तुम स्याम बिलोके, ते अँखियाँ[②] हम लागीं।

जैसैं सुमन बास लै आवत, पवन मधुप अनुरागी।

अति आनंद होत है तैसैं, अंग-अंग सुख रागी।

ज्यौं दरपन मैं दरस देखियत, दृष्टि परम रुचि लागी।

तैसैं सूर मिले हरि हमकौं, बिरह-बिथा तन त्यागी॥

(55/4151)

【对译】

乌陀啊，今日我们大幸运

瞧过黑子你双眼，复又来将我等看。

恰似风携花香至，黑蜂迷醉深爱恋。

如此极致喜乐生，周身沉浸享福乐。

即如觐见于镜中，目光亦觉至上悦。

苏尔言，

我等由此见诃利，离别苦痛身抛弃。

【释译】

本诗描绘了牧女自我安慰的心态，她们认为间接地被黑天看到也是一种福乐：

牧女对乌陀道："乌陀啊，今天对我们来说真是个极为幸运的日子。你那双眼睛曾经仔细瞧看过黑子，如今又落在我们身上，这就等同于黑天亲自望着我们。对于迷恋花香的黑蜂来说，无法直接嗅到花蜜芬芳的时候，闻一闻微风中携带的花香也算是一种享受。正因如此，此刻的我们感受到了极大的福乐，周身上下每个部分都沉

① Varma 本作 aṁkhiyan。

② Varma 本作 aṁkhiyā。

浸在浓浓的幸福之中。乌陀啊，我们如此思念黑天，现在哪怕能在镜子中看他一眼，我们也能获得无上的欢愉。而今，我们只能通过这种方法想象自己与诃利相见的场景，能让自己体内积聚的离别之苦稍稍减少一些。”

【原文】

(अलि हौं) कैसैं कहौं हरि के रूप रसहिं।
अपने तन मैं भेद बहुत बिधि, रसना जानै न नैन दरहिं।
जिन देखे ते आहिं बचन बिनु, जिनहिं बचन दरसन न तिसहिं।
बिनु बानी ये उमँगि प्रेम जल, सुमिरि-सुमिरि वा रूप जसहिं।
बार-बार पछितात यहै कहि, कहा करौं जो बिधि न बसहिं।
सूर सकल अंगनि की यह गति, क्यौं समुझावैं[①] छपद पसुहिं॥
（56/4153）

【对译】

（黑蜂啊，）诃利色味（我）怎述
自身体内差异多，眼之情状舌不知，
看者无法把话语，言者它亦不能视。
忆及那般形色誉，无以言此爱泪涌。
遍遍憾言何可为，不得控制造物主？
苏尔言，
周身上下皆此状，如何释于六足虫[②]？

【释译】

本诗描述了牧女欲向黑蜂描述黑天形色却无以言表的场景：

---

① Varma 本作 samujhāvai。

② 六足虫，原文为 chapad pasuhiṁ。chapad 意为六条腿的，pasuhiṁ 指蠢笨的动物，合译为六足虫，此处指大黑蜂。

牧女道：“黑蜂啊！诃利的形色和情味是如此的妙不可言，叫我如何向你描述？人的身体虽是一个整体，但各个器官功能不同，多有差别。眼睛所见的情状不一定能被舌头清晰地表述出来。视觉器官不能言语，发声器官无法视物，这是造物主订立的规则，由不得我们控制。所以，我们纵使内心对此充满悔恨，也无力做出任何改变。黑天的形色在我们的眼里栩栩如生、熠熠夺目，奈何眼睛无法言语，只能在每每忆及黑天的时候流下滚滚热泪。黑蜂啊，并非我们不愿向你展示黑天的无限之美，只是心有余而力不足。这是我们身体与生俱来的局限，你这愚昧无知的六足小虫怎能理解！”

本诗中，牧女用自己的切身感受反映出一个事实：黑天的非凡形色不可言说。虽然对她们而言，这一事实尚未从个体经验上升到哲学思辨，但是她们依旧利用客观的自然规律对乌陀的无形理论进行了有力反驳。乌陀宣扬大梵无形无色、不可测量、不可言说，牧女们则认为黑天即大梵，有形有色，只不过这种形色无法以凡人之口来测量和言说。

【原文】

हम तौ सब बातनि सचु पायौ।

गोद खिलाइ पिवाइ देह पय, पुनि पालनै झुलायौ।

देखति रही फनिग की मनि ज्यौं, गुरुजन ज्यौं न भुलायौ।

अब नहिं समुझति कौन पाप तैं, बिधना सो उलटायौ।

बिनु देखैं पल-पल नहिं छन-छन, ये ही चित ही चायौ।

अबहिं कठोर भए ब्रजपति-सुत, रोवत मुँह न घुवायौ।

तब हम दूध दही के कारन, घर-घर बहुत खिझायौ।

सो अब सूर प्रगट[①] ही लाग्यौ, योगSरु ज्ञान पठायौ ॥

（57/4154）

【对译】

我等诸事得幸福

怀抱逗乐喂身乳，复把摇篮来摇晃，

好似长辈不忘怀，宛如照看蛇宝石[②]。

现今不知因何罪，将此颠覆造物主。

片刻不见亦不行，此乃内心之愿望。

伯主之子[③]今冷酷，哭泣亦不予濯面。

彼时牛奶酸奶故，扰怒我等各家中。

苏尔言，

如今此事方明了，送来瑜伽与知识。

【释译】

本诗描写了牧女们对往昔疼爱黑天的回忆，以及对如今黑天冷酷表现的不解：

牧女对黑蜂道："想当初，我们和小黑天一起居住在牛村的时候，为他做任何事都能让我们感到快乐。我们把他抱在怀里逗乐，温柔地给他喂奶，然后把他放进摇篮，轻轻地摇晃，哄他入睡。我们深情地凝视睡梦中的小黑天，就像凝视蛇兜帽上的稀世珍宝一样，片刻也不愿将目光移开。我们虽然和黑子非亲非故，但还是把自己当作他至亲的长辈，举手投足爱意深深，他的一颦一笑均难以忘怀。而今，也不知我们犯了怎样的过错，造物主竟要把之前所有的情谊彻底颠覆，曾经与我们亲密无间的伴侣竟成了冷酷无情的陌路人！

① Varma 本作 pragaṭ。

② 蛇宝石，原文为 phanig kī mani，意为蛇兜帽上的宝石，又作 śrī nāg mani，指眼镜蛇兜帽上的宝石，是极为珍贵之物。

③ 伯主之子，原文为 brajpati-sut，意为伯勒杰主难陀之子，即黑天。

殊不知，我们一刻见不到黑天都会倍感焦灼，与他重逢是我们所有人心中迫切的期盼。如今的黑天已是铁石心肠，对牛村人毫无怜爱之心，就算我们哭得泪水涟涟，他也不来为我们擦洗面庞。莫非是因为黑天小时候挨家挨户偷喝牛奶和酸奶的时候，我们借机戏弄过他，结果使他怀恨在心？怪不得他派人送来所谓的瑜伽知识，原来是在对我们进行报复。”

本诗用牧女曾经对黑天的温情之举来衬托黑天现今对牧女的不义之行，两者形成鲜明对比，表现了牧女内心的忧伤和困惑。

【原文】

मधुकर कहिऐ काहि सुनाइ।

हरि बिछुरत हम जिते सहे दुख, जिते बिरह के घाइ।

बरु माधौ मधुबन ही रहते, कत जसुदा कैं आए।

कत प्रभु गोप-बेष ब्रज① धरि कै②, कत ये सुख उपजाए।

कत गिरि धर्यौ, इंद्र मद मेट्यौ, कत बन रास बनाए।

अब कहा निठुर भए अबलनि कौं, लिखि लिखि जोग पठाए।

तुम परबीन सबै जानत हौ, तातैं यह कहि आई।

अपनी को चालै सुनि सूरज, पिता जननि बिसराई॥

（58/4156）

【对译】

黑蜂且言与谁说

我等分别与诃利，忍痛离伤何其多！

摩豆裔居摩图林，耶雪达处为何至？

恩主为何扮牧人，为何伯地造此福？

---

① Gupta 本作 vraj。

② Varma 本作 kauṁ。

为何林中作圈舞，托山除傲因陀罗？

现怎冷酷对弱女，写下瑜伽派送来？

通晓一切你聪慧，因之才把此来述。

苏尔言，

听说父母都忘却，怎还自吹又自擂？

【释译】

本诗承接上一首诗，牧女埋怨黑天当初为伯勒杰带来快乐而今却对众人无情冷酷的行为：

牧女道：“黑蜂啊，自从与诃利分离，我们承受了那么多痛苦，忍耐了那么多寂寞，如今能够找谁倾诉？你倒是说说，黑天身为摩豆后裔、雅度族人，为什么要降生在耶雪达的襁褓中？又为什么要扮成牧人的模样为伯勒杰人带来如此之多的福乐？他为什么要和牧女在林中跳起充满情味的圆圈舞，引得她们在沉陷情爱的泥沼中无法自拔？他又为什么要托起牛增山，保护牛村人的性命，灭掉因陀罗的傲气？不幸的是，当年那个与牛村休戚相关的黑天已经化为泡影。现在的他对我们如此冷酷绝情，竟然写下瑜伽这样无情无味的东西让你送来！乌陀啊，你是通晓一切的聪明人，所以我们才对你说这些话。你说，黑天连含辛茹苦养育自己的难陀、耶雪达都忘得一干二净，怎么还有心思惦记我们呢？我们可真是自作多情啊！”

दूसरा संवाद
第二次对话

【原文】

जानि करि बावरी जनि होहु।

तत्व भजैं[①] वैसी है जैहौ, पारस परसैं लोहु।

मेरौ बचन सत्य करि मानौ, छाँड़ौ सबकौ मोहु।

तौ लगि सब पानी की चुपरी, जौ लगि अस्थित दोहु।

अरे मधुप ! बातैं ये ऐसी, क्यौं कहि आवतिं तोह।

सूर सुबस्ती छाड़ि परम सुख, हमैं बतावत खोह ॥

（59/4158）

【对译】

知晓之后莫发疯

歌颂真实[②]成那般，宛如铁触点金石。

认我言语作真谛，所有迷惘尽弃除。

只要确立二元说，一切就如水沾油。[③]

大黑蜂啊你为何，来说如此这般话？

苏尔言，

抛弃美宅至上福，告诉我等山中洞。

【释译】

本诗描写了乌陀反驳牧女，向她们传授瑜伽却遭到抵制的情节。内容大致如下：

乌陀对众牧女道：“牧女啊，听听黑天派我来伯勒杰传授瑜伽的

---

① Varma 本作 bhaje。

② 真实，原文为 tatv，印度教哲学概念，指一切的本质、万物的根源。

③ 乌陀和牧女都认为自己崇尚的是“不二”的理论，但他们在具体的认识上存在差别。在牧女看来，黑天即唯一的最高真实；而在乌陀看来，最高真实并非黑天，所以牧女对黑天的虔信就是对“二元”的尊崇。乌陀认为，牧女们如果在心中确立了这样的“二元”思维，就是混淆了真伪，个体和大梵就像水和油永远两不相容。

原因吧，知道以后可千万不要发疯抓狂！正如寻常的铁石只要碰到神奇的点金石就能变成黄金，你们这些平凡的牧女只有通过唱颂世界的本真实在，方可获得无上的智慧。请你们把我的话认作真理吧，这会帮助你们消除一切世俗的迷惘。只要你们在心中确立‘二元’的思想，那么个体与大梵就会变得像水和油一样两不相容。”牧女回答：“黑蜂啊，你为什么要来这儿说这番话？你的意思无非是让我们抛弃华丽的房子和至上的福乐，到那暗无天日的山洞里修习瑜伽吧。”

本诗是乌陀对牧女言论的回应，集中体现了他崇尚智慧、反对二元的“无形”思想。

【原文】

ऊधौ हरि गुन हम चकडोर।
गुन सौं ज्यौं भावै त्यौं फेरौ, यहै बात कौ ओर।
पैँड़ पैँड़ चलियै तो चलियै, ऊबट रपटै[①] पाइँ[②]।
चकडोरी की रीति यहै फिरि, गुन हीं सौं लपटाइ।
सूर सहज गुन ग्रन्थि हमारैं, दई स्याम उर माहिं।
हरि के हाथ परै तौ छूटै, और जतन कछु नाहिं॥
（60/4163）

【对译】

乌陀啊，我等陀螺诃利鞭[③]
随鞭所愿即旋转，乃为此言之奥秘。
坦途之上尚可行，坎坷崎路脚打滑。
转罢复又与鞭缠，此乃陀螺之习性。

① Varma 本作 rapaṭ。
② Varma 本作 pāi。
③ 鞭，原文为 guna，本意为“绳、线”，常被引申为“属性、性质”。此处一语双关，既指抽打陀螺的鞭绳，也指黑天的本性。

我等天生内心中，黑子系下鞭绳结。

苏尔言，

唯有落四诃利手，方得解脱无他法。

【释译】

本诗中，牧女用陀螺和鞭绳比喻自己和黑天的关系。内容大致如下：

乌陀啊！如果说我们是陀螺，那么黑天就是鞭绳。我们长久依附于黑天，就像陀螺永远顺着鞭子的意愿旋转。只有在平坦的“有形”大路上，陀螺方可顺利前行。倘若走上崎岖不平的“无形”小道，我们恐怕随时都会脚底打滑，摔倒在地。陀螺虽被鞭子抽打，任其摆布，但每每转罢还是要和鞭子紧紧缠绕在一起，这就是陀螺的本性！我们心中生来便被黑子用鞭绳系了一个结，因此，我们只有再次回到他的手中方可得到解脱，除此之外，别无他法。

本诗中，牧女用陀螺和鞭绳作比诠释了自己对黑天的虔诚情感，即便黑天以冷酷之心相待，她们也毫无怨言，最终还要紧紧依附在他的身边。牧女爱恋黑天，甘愿像陀螺一样承受抽打之痛、忍耐离别之苦，这种坚守的执着和隐忍的不易，恰恰是牧女自我修行的一种方式。她们追求的终极目标是再次“落四诃利手”，因为只有这样才能“得解脱”，方可实现“小我”与“大我”的合二为一。

【原文】

उलटी रीति तिहारी ऊधौ, सुनै सो ऐसी को है।

अलप बयस अबला अहीरि सठ, तिनहिं जोग कत सोहै।

बूची खुभी, आँधरी काजर, नकटी पहिरै बेसरि।

मुड़ली पटिया पारौ चाहै, कोढ़ी लावै केसरि।

बहिरी पति सौ मतौ करै तौ, तैसोइ उत्तर पावै।

सो गति होइ सबै ताकी जो, ग्वारिनि जोग सिखावै।

सिखई कहत स्याम की बतियाँ, तुमकौं नाहीं दोष।

राज काज तुम तैं न सरैगौ[①], काया अपनी पोष।

जाते भूलि सबै मारग मैं, इहाँ आनि का कहते।

भली भई सुधि रही सूर, नतु मोह धार मैं बहते॥

（61/4169）

【对译】

谁人会把此来听

谁人会把此来听，乌陀你之相悖法？

年轻无知孤牧女，瑜伽怎将其吸引？

无耳佩环盲抹烟，[②]无鼻之人戴鼻环。

无发女子想发缝，麻风病人抹红花。[③]

聋女向夫寻意见，得到回答亦那般。

教授瑜伽于牧女，其况即如此诸状[④]。

学黑子话来言说，你无过失与过错。

靠你国事无法成，且把自己身将养。

路途之中尽皆忘，来到此处作何语？

苏尔言，

幸好记忆尚留存，否则漂流迷惑中。

【释译】

本诗描写了牧女们拒绝接受乌陀所传瑜伽理论的场景。内容大致如下：

乌陀啊，你所宣扬的瑜伽之道与伯勒杰尊崇的法则大相径庭，

① Varma 本作 saraigo。

② 意思是“耳环对于无耳之人、油烟对于眼盲之人”，本句与后五句类似，都表示做徒劳无益的事情。

③ 此处“红花”指“藏红花”，印度人常将其研磨成粉，涂抹在身上作为装饰。麻风病人的主要症状是皮肤斑疹、结块，即便涂抹藏红花也遮挡不了自己的丑陋。

④ 此诸状，指上文所述的诸般状况。

谁会听你的歪理邪说？对于我们这些年纪轻轻、天真无知又孤苦无依的牧区女子来说，瑜伽这种玄而又玄的理论有什么吸引力呢？你对我们宣扬瑜伽之道，就像给盲人的眼周涂抹油烟，给耳朵被割的人佩上耳饰，给鼻子被削的人戴上鼻环；就像没有头发的女人想分出迷人美丽的发缝，得了麻风病的病人想往自己身上涂抹番红花的粉末；还像耳朵失聪的女子与丈夫讨论问题、征询意见，即便得到回答，也是一样徒劳无益。如今，你在我们面前传授瑜伽知识，结果必然和上述诸般情况如出一辙，不会有任何差别。

乌陀啊，我们知道是黑子叫你到伯勒杰来的，你本身并无任何过失。但我们也清楚地告诉你，你的这套瑜伽理论在我们这儿是行不通的，黑天授予的神圣使命靠你也实在难以完成，你还是老老实实回到马图拉好生休养吧！我们坚信，这套“无形”说断然不是黑天的本意，你必定是在来的路上把黑天嘱托的话统统忘记了吧？好在我们仍然记得曾经和黑天一同度过的快乐时光，否则我们就只能无依无助地在迷惘的洪流之中四处漂流。

本诗连用六组比喻，暗示乌陀对牧女宣扬瑜伽理论是徒劳无益的行为。

【原文】

अँखियाँ हरि दरसन की प्यासी।
देख्यौ चाहतिँ कमलनैन कौँ, निसि-दिन रहतिँ उदासी।
आए ऊधौ फिरि गए आँगन, डारि गए गर फाँसी।
केसरि तिलक मोतिनि की माला, वृन्दावन① के बासी।
काहू के मन की कोउ जानत, लोगनि के मन हाँसी।
सूरदास-प्रभु तुम्हरे दरस कौँ, करवट लैहौँ कासी॥
（62/4176）

① Gupta 本作 bṛṃdāban。

【对译】

双眼渴望见诃利

盼望见到莲花眼[①]，日日夜夜久悲伤。

抵院即返乌陀啊，戴予绳套于脖颈，

红花符志珍珠链，居于沃林达林者[②]。

谁人知晓他者意？众人心中暗暗笑。

苏尔达斯言，

为了觐见胜尊你，领受刀锯于迦尸[③]。

【释译】

本诗描写了牧女心中对黑天的埋怨和期盼。内容大致如下：

牧女对乌陀道："我们的双目无比渴望见到眼如莲花的诃利。没有见到他，我们日夜哀伤，无休无止。黑天本是沃林达林的居民，他额上点着藏红花涂抹的符志，脖子上戴着珍珠串成的项链，那光彩照人的样子令人永生难忘。可是乌陀啊，我们谁也料想不到，他走进我们的院子没待多久便匆匆返回。可以说，他的到来非但没有给我们带来任何福祉，反而给我们的脖子戴上沉重的枷锁，让我们被离别之痛束缚，几乎快要窒息。虽说任何人都不可能知道其他人脑子里的想法，但我们可以确定，人们此刻一定在暗暗嘲笑我们这些悲哀的牧女，把我们看成被郎君抛弃的怨妇。"

牧女对黑天的感情在本诗最后一句得到了极致的升华，"领受刀锯于迦尸"表明了她们为见黑天甘愿牺牲性命的决心，这是虔诚的极端表达形式，也是寻求解脱的至高途径。

---

① 莲花眼，原文为 kamalanain，此处指黑天。

② 居于沃林达林者，此处指黑天。

③ 原文为 karavat laihauṃ kāsī，karavat 意为锯子，kāsī 意为迦尸，即印度教圣城贝纳勒斯的古称。据载，印度教有这样的传统，即极端崇拜大神湿婆的信徒会来到贝纳勒斯的某个寺庙，庙中悬着一架锯子，信徒躺卧其下，然后被落下的锯子砍断脖颈，他们认为这样的方式可以带来永恒的解脱。也有的版本称，信徒是投入一口置有锯齿的井中而死。与这一说法类似的有"淹死在贝纳勒斯的恒河水中"等，因为在印度教徒看来，能够死在圣城贝纳勒斯是神的恩赐，是跳出轮回、通往解脱的一条途径。

【原文】

जब तैं सुंदर बदन निहार्यौ।

ता दिन तैं， मधुकर， मन अटक्यौ, बहुत करी निकरै न निकार्यौ।

मातु, पिता, पति, बंधु, सुजन, नहिं तिनहूँ कौ कहिबौ सिर धार्यौ।

रही न लोक लाज मुख निरखत, दुसह क्रोध फीकौ करि डार्यौ।

ह्वैबौ[①] होइ सु होइ कर्मबस, अब जी कौ सब सोच निवार्यौ[②]।

दासी भई[③] जु सूरदास प्रभु, भलौ पोच अपनौ न बिचार्यौ॥

（63/4183）

【对译】

自从凝视俊美身

自彼日起心深陷，欲拔不出黑蜂啊！

父母夫兄自家人，不再遵从彼等言。

见颜不存世俗耻，难忍之怒淡然抛。

顺其自然业所控，内心顾虑现尽消。

苏尔达斯言，

已成胜尊之女仆，好坏自己不思量。

【释译】

本诗描写了牧女讲述自己为了黑天不惜抛弃一切的情节。内容大致如下：

黑蜂啊！自从凝视过黑天那俊俏绝伦的面容，我们的心就深陷其中，久久迷醉，不能自拔。什么父亲、母亲、丈夫、兄弟、自家人，他们的话我们再也听不进去。自从见过黑天的面容，我们哪还顾得上什么礼义廉耻？无论别人投来的怒火和谩骂多么难以忍受，我们都能淡然抛开，毫不在意。我们从不担心业报之事，那些命中注定的事就让它顺其自然地发生吧！为了黑天，我们无所畏惧。现如今，我们已然成为黑天的女仆，一切意志皆以他为准，再也无暇思考俗世的好坏

---

① Gupta 本作 hvaibo。

② Varma 本作 nibāryau。

③ Varma 本作 bhaī，Gupta 本作 bhaīṃ。

善恶。

本诗中，牧女甘愿为了黑天放弃亲人、无视伦理、不顾廉耻、不计得失，以奴仆之心奉献自己，诗人以此突显了她们虔爱黑天的程度之深。

【原文】

और सकल अंगनि तैँ ऊधौ, अँखियाँ अधिक दुखारी।
अतिहिँ पिरातिँ सिरातिँ न कबहूँ, बहुत जतन करि हारी।
मग जोवत पलकौ नहिँ लावतिँ, बिरह बिकल भईँ भारी।
भरि गइ बिरह बयारि दरस बिनु, निसि दिन रहतिँ उघारी।
ते अलि अब ये ज्ञान सलाकैँ, क्यौँ सहि सकतिँ तिहारी।
सूर सु अंजन आँजि रूप रस, आरति हरहु हमारी॥
（64/4189）

【对译】

较之周身各部位

较之周身各部位，双眼更痛乌陀啊！
百般努力仍落败，极度苦痛从未消，
眼皮不眨凝望路，别离苦痛愈沉重，
不得觐见充离风，日日夜夜久张开。
现今如何能忍受，黑蜂你那知识箭[①]？
苏尔言，
涂抹色味美油烟，[②]我等痛苦且祛除。

【释译】

本诗描绘了牧女们的双眼因不见黑天感到格外痛苦的场景：

① 知识箭，指乌陀宣扬的瑜伽之道。牧女难以忍受此般说教，故将其比作箭矢。
② 色味分别对应原文中的 rūp 和 ras，此处将二者比作美丽的油烟，可以让黯淡的双眼焕发光彩。

牧女道："乌陀啊！我已经说过，造物主让我们身体的每个部分具有不同的功能，视觉器官不能言语，语言器官没有视觉。由此看来，较之其他部位，我们的眼睛更加痛苦。为了看到黑天，它们付出了无数次的努力，然而，最后均以失败告终，它们的苦楚也从未得到一丝一毫的消减。我们的眼睛日日夜夜眺望着村口的道路，恨不得一刻都不闭合，只待有朝一日盼来情郎俊美的身影。离别的炙风越是在眼中充盈，相思的痛苦就越是沉重。现如今，黑蜂你又带来利箭一般的瑜伽，这对我们来说无疑是雪上加霜，无法容忍！快让我们见黑天一面吧，请让我们黯淡的双眸欣赏黑天俊美的模样，享受与他共戏的欢乐情味吧！只有这样，它们才能像涂抹了油烟一般焕发光彩，它们无限的痛苦才能得以消除。"

本诗最后一句点明了"有形"理论的核心观念：只有黑天的形相和情味才能祛除牧女的苦痛，使她们从无依无靠的孤苦状态中解脱出来，重新找到人生的主宰和信仰的寄托。

【原文】

उपमा नैन एक न रही।
कवि जन कहत कहत सब आये, सुधि कर नाहिं① कही।
कहि चकोर बिधु मुख बिनु जीवत, भ्रमर नहीं उड़ि जात।
हरि-मुख कमल कोष बिछुरे तैं, ठाले कत ठहरात।
ऊधौ बधिक ब्याध ह्वै आए, मृग सम क्यौं न पलात।
भागि जाहिं बन सघन स्याम मैं, जहाँ न कोऊ घात।
खंजन मन-रंजन न होहिं ये, कबहुँ नहीं अकुलात।

① Varma 本作 nāhin。

पंख पसारि न होत चपल गति, हरि समीप मुकुलात।
प्रेम न होइ कौन बिधि कहियै, झूठैं हीँ तन आड़त।
सूरदास मीनता कछू इक, जल भरि कबहुँ न छाँड़त॥
（65/4191）

【对译】

无一可与眼比拟

诗人尽皆来畅谈，思忖琢磨又不语。
无有面庞如皓月，鹧鸪如何得活命？
离开莲蕊诃利颜，蜂怎徒留不飞去？[1]
乌陀前来似猎人，若像小鹿怎不奔？
逃至青黑密林[2]中，陷阱圈套彼处无。
它非悦心鹡鸰鸟[3]，从不焦躁与惊惶，
不会展翅灵巧状，诃利近旁欢雀跃。
哪般言说皆不爱，装模作样留身上。
苏尔达斯言，
倒有一丝似鱼儿，从来不弃水满盈。

【释译】

本诗中，诗人尝试用各种事物比喻牧女的双眼，却无法给出最为确切的比拟：

诗人们高谈阔论地来到这里，自以为可以找出最恰当的比喻。有人把牧女的眼睛比作鹧鸪，可是鹧鸪如果看不到月亮是没法活命的，现在，牧女的双眼看不到黑天那皓月一般的面庞，是如何存活下来的？有人把牧女的双眼比作蜜蜂，可是蜜蜂一旦离开莲花蕊，不过多时还会依依不舍地返回，现在，牧女的双眼看不到诃利那莲

① 鹧鸪和月、蜂和莲蕊是印度文学中常用的两对意象，鹧鸪迷恋月亮，蜜蜂眷恋莲蕊，常用于表现恋人之间难舍难分的爱情。

② 青黑密林代指肤色青黑的黑天。

③ 鹡鸰鸟，原文为 khaṃjan，一种小巧好动的鸟类，在印度文学中常用于比喻形状优美、神态灵动的眼睛。

蕊一般的容颜，为何还痴痴留在这里？有人把牧女的双眼比作小鹿，可小鹿遇到猎人定会拔腿奔逃，躲进青黑色的密林里寻求庇护，因为那里没有暗中埋设的陷阱。现在，牧女的双眼却无法从乌陀面前移开，因为她们找不到肤色青黑的情郎，更得不到他温柔体贴的慰藉。还有人把牧女的双眼比作令人欢愉的鹡鸰，可是离开主人的鸟儿定会惊慌失措，随即摆弄灵巧的双翅翩然归返。现在，牧女的双眼再灵动非凡，也没有能力回到主人黑天的身边。诗人们绞尽脑汁反复思忖，还是没能想出一个合宜的比喻来形容牧女的双眼。他们百般无奈，只好徒然放弃，纷纷沉默不语。不论那对眼睛多想自由地飞到黑天身旁，最终还是无法摆脱身体的束缚，只得假惺惺地留在身上。

最后一句“倒有一丝似鱼儿，从来不弃水满盈”是本诗的点睛之笔。苏尔达斯以全知者视角提出了一个最为恰当的比方，他把浸泡在泪水里的眼睛比作水中的鱼儿，生动地描绘了牧女有心无力、黯然沮丧的情状，真切地表现出她们对黑天至深至极的思念。

【原文】

ऊधौ अँखियाँ अति अनुरागी।

इकटक मग जोवतिँ अरु रोवतिँ, भूलेहुँ पलक न लागी।

बिनु पावस पावस करि राखी, देखत हौ बिदमान।

अब धौं कहा कियौ चाहत हौ, छाँड़ौ निरगुन ज्ञान।

तुम हौ सखा स्याम सुंदर के, जानत सकल सुभाइ।

जैसैं मिलैं सूर के स्वामी, सोई करहु उपाइ॥

（66/4196）

【对译】

乌陀啊，双眼极度深爱恋

定睛望路并哭泣，闭合眼睑亦忘记。

虽非雨季雨连绵，清楚分明可看见。

现今究竟欲何为？且把无形知识弃！

你乃俊美黑子伴，诸般本性尽知晓。

苏尔言，

如何得与胜尊会，便且采用那般法。

【释译】

本诗描写了牧女思念黑天、渴望与之相见的情景：

牧女对乌陀哭诉："乌陀啊，你知道我们的眼睛有多么眷恋黑天吗？让我来告诉你。这双眼睛不分昼夜地凝望着村口的小径，那是连接伯勒杰和马图拉的必经之路。它们时时期盼黑天出现，连眨眼都忘得一干二净。它们强忍着无尽的酸涩，泪水像雨季连绵不断的雨水一样汩汩涌出，片刻也不曾停歇。我们凄楚悲凉的样子你分明都看在眼里，为什么还要把瑜伽知识强加给我们？你若尚存一丝怜悯之心，就请把你的无形理论彻底抛弃吧！如今，唯有黑天才能给我们带来慰藉。乌陀啊，你是他的密友，你应该了解他内心的想法和现实的处境。告诉我们，如何才能再见黑天一面？我们一定遵照你的指引全力以赴，也恳请你助我们一臂之力。"

本诗中，牧女对乌陀的态度稍有缓和。她们试图通过示弱来博取乌陀的同情，并从他那里获取与黑天重逢的方法。诗中对牧女定睛望路、泪水盈盈的场面描写极富画面感，令人动容。

【原文】

सब खोटे मधुबन के लोग।

जिनके संग स्याम सुंदर सखि, सीखे हैं अपजोग।

आए हैं ब्रज के हित ऊधौ, जुवतिनि कौ[①] लै जोग।

① Gupta 本作 kauṃ。

आसन, ध्यान नैन मूँदे सखि, कैसैं कढ़ै बियोग।

हम अहीरि इतनी का जानैं, कुबिजा सौं संजोग।

सूर सुवैद[1] कहा लै कीजै, कहैं न जानै रोग॥

（67/4209）

【对译】

摩图林人皆邪恶

与之一道美黑子，习恶瑜伽女伴啊！

为伯勒杰乌陀来，携带瑜伽为众女。

端坐禅定眼紧闭，怎抽离苦女伴啊！

我等牧女怎知此，已与驼女结连理。

苏尔言，

良医能有何作为？述说亦不晓疾病。

【释译】

本诗描写了牧女们抱怨瑜伽无法消除离别之苦的场景：

牧女向女伴们诉苦："马图拉人各个虚伪狡诈，不安好心。咱们的黑子原本善良单纯，现在却受到那里人们的熏染，学起什么古怪的瑜伽来了！这还不算，如今乌陀竟把瑜伽这般歪风邪气带到牛村来了，还口口声声说是为了我们的福祉。女伴们，你们扪心自问，通过打坐、禅定、闭目的修行方法能让你我从离别的苦海里解脱出来吗？这等高妙的玄机我是不懂，我只知道黑子一定已经受那狡黠驼背女的妖术蛊惑，与她合为一体。姐妹啊，就算这乌陀是妙手回春的神医又有什么用？我们已经再三描述了自己的症状他却始终无法判病。他自认为瑜伽是什么起死回生的灵丹妙药，却不晓得我们生病的根源是对黑天的思念。"

① Gupta 本作 su baid。

【原文】

मधुबन लोगनि को पतियाइ।
मुख औरै अंतरगति औरै, पतियाँ लिखि पठवत जु बनाइ।
ज्यौं कोइल-सुत काग जियावै, भाव भगति भोजन जु खवाइ।
कुहुकि कुहुकि आएँ बसंत रितु, अंत मिलै अपने कुल जाइ।
ज्यौं मधुकर अंबुज-रस चाख्यौ, बहुरि न बूझे बातैं आइ।
सूर जहाँ लगि स्याम गात हैं, तिनसौं कीजै कहा सगाइ॥

（68/4210）

【对译】

谁会相信摩图林人

嘴上一套心一套，编造书信写寄出。
似鸦哺育杜鹃子，满怀爱意喂肉食，
春季到来咕咕叫[①]，终究去会自家族。
似蜂尝罢莲花汁，不再回来探消息。
苏尔言，
无论哪有黑身者，怎可与之建联系？

【释译】

本诗承接上一首诗，描写了牧女们指责黑天像杜鹃鸟一样忘恩负义的场景：

牧女道："身在马图拉的黑天已经被当地人带坏了。他在信里写道'数日将返伯勒杰'，恐怕只是在敷衍我们这些天真的牧女。他心中想的全是自己的同族和那个驼背女人！想当初，牛村人全心全意把小黑天抚养成人，不知倾注了多少心血。到头来才发现，我们不过像蠢笨的乌鸦一样哺育了杜鹃鸟的幼崽。待到来年春天小杜鹃鸟

① 啼叫时发出"咕咕"的声音是杜鹃鸟区别于乌鸦的天性。

羽翼渐丰，它的本性便会暴露无遗。它把鸦巢糟蹋一番之后定会咕咕地挥动翅膀去与自己的同类汇合。摩图后裔黑天亦是如此。他长大成人便转身离开，给牛村留下了无尽的痛苦。而今，他和自己的亲生父母、同族至交在马图拉享受非凡之乐。他就像个采撷花蜜的黑蜂，尝罢我们身上的花汁便一去不返。我算看透了，凡是肤色青黑的家伙没几个品行端正的，跟他们建立交情不过是自讨苦吃！”

本诗中，牧女用犀利的言辞批判了黑天抛弃她们、独享清福的恶劣行径。爱愈深、责愈切，由此可见牧女对黑天的爱恋已经到了深入骨髓的地步。

【原文】

आए जोग सिखावन पाँड़।
परमारथी पुराननि लादे, ज्यौं बनजारे टाँड़े।
हमरे गति-पति कमल-नयन की, जोग सिखैं ते राँड़े।
कहौ मधुप कैसे समाहिंगे, एक म्यान दो खाँड़े।
कहु षट्पद कैसैं खैयतु है, हाथिनि① कैं② सँग गाँड़े।
काकी भूख गई बयारि भषि③, बिना दूध घृत माँड़े।
काहे④ कौं झाला लै मिलवत, कौन चोर⑤ तुम डाँड़े⑥।
सूरदास तीनौ नहिं उपजत, धनिया, धान कुम्हाँड़े⑦॥
（69/4223）

① Varma 本作 hāthin。
② Varma 本作 kai。
③ Gupta 本作 bhakhi。
④ Varma 本作 kāhai。
⑤ Gupta 本作 coṛh。
⑥ Gupta 本作 cāṁṛe。
⑦ Gupta 本作 kumhāṛe。

【对译】

学者[①]前来授瑜伽

满载至真往世书，好似商人之牛队。

我等一切属莲眼[②]，彼等寡妇修瑜伽。

黑蜂且说一剑鞘，如何容纳两把剑？

六足[③]且言大象旁，如何可将甘蔗食？[④]

无有牛奶酥油饼[⑤]，谁人餐风可充饥？

为何见面胡乱语，谁为小偷你惩罚？[⑥]

苏尔达斯言，

三种作物不同生：香菜南瓜与稻谷。

【释译】

本诗借用大量比喻来表现牧女对黑天不掺杂质的坚贞之心：

牧女对黑蜂道："乌陀看上去充满智慧，像位满腹经纶的大学者。他用马车满载吠陀、往世书等各类典籍，在牛村里四处宣讲，好似一个拉着牛队兜售货品的商人。他在这里售卖无情无味的瑜伽知识，我们这些牛村牧女对此毫无兴趣。我们的身心已完全被黑天占据，再也容不得别的人和物，这就像一支剑鞘里无法同时放入两把剑。他所谓的瑜伽奥义还是留给那些无牵无挂、无欲无求的寡妇去修炼吧。黑蜂啊，你说谁能跟大象争抢甘蔗？对于吃惯了牛奶、酥油和油饼的人而言，喝西北风哪能消除腹中的饥饿？我们没偷没抢，没做伤天害理的事情，乌陀他为什么要来用瑜伽惩罚我们？没关系，

---

① 此处指乌陀。

② 即黑天。

③ 即黑蜂。

④ 牧女自比甘蔗，将黑天比作大象。意思是，但凡有大象的存在，甘蔗绝不会被其他人抢走。同理，牧女已经有了黑天，绝不会被乌陀的瑜伽理论蛊惑。

⑤ 奶油、酥油和饼分别对应原文中的 dūdh、ghṛt 和 maṁṛe。

⑥ 此处的惩罚指让牧女们学习瑜伽。

他执意讲授瑜伽就由他去吧，总之我们对黑天的衷心不会更改。一块田地里不会同时长出香菜、南瓜、稻谷三样作物，而我们的心田里只埋藏着爱恋黑天的种子。”

तीसरा संवाद
第三次对话

【原文】

ज्ञान बिना कहुँवै सुख नाहीँ।

घट घट व्यापक, दारु अगिनि ज्यौँ, सदा बसै उर माहीँ।

निरगुन छाँड़ि सगुन कौँ दौरतिँ, सु धौँ① कहौ किहिँ② पाहीँ।

तत्व भजौ जो निकट न छूटै, ज्यौँ तनु तैँ परछाहीँ।

तिहि तैँ कहौ कौन③ सुख पायौ, जिहिँ अब लौँ अवगाहीँ।

सूरदास ऐसैँ करि लागत, ज्यौँ कृषि कीन्हे पाहीँ॥

（70/4225）

【对译】

无知之处便无福

罐罐充盈如木火，④ 永恒长久驻心间。

抛弃无形奔有形，那便且言谁旁边？

真实好似影随身，虽近难触且赞颂。

由彼可得何福乐，时至今日仍沉迷？

苏尔达斯言，

---

① Varma 本作 sudhauṁ。

② Gupta 本作 kehiṁ。

③ Varma 本作 kauṁna。

④ 罐，原文为 ghaṭ，本意为“陶罐”，引申为“身体”。该句的意思是，每个人的体内都存有知识，就像每根木头的体内都蕴藏有火的属性一样。

感觉好似如此般，他乡田里行耕作[①]。

【释译】

本诗描写了乌陀劝诫牧女迷途知返、赞颂“无形”的场景。内容大致如下：

牧女啊，你们必须意识到知识的重要性！哪里没有知识，哪里就不可能有福乐。每个人的体内都暗藏着知识的因子，就好像每根木头里都蕴含火的属性，这知识存于你我心中，永不消除。你们摒弃“无形”的真理，转而奔向“有形”的谬论，你们倒是说说，究竟要跑去找谁？关于世界本源的智慧虽然看不见、摸不着，但这并不等于它不存在、不重要。你们想想自己的影子，它虽不可触碰，却紧紧跟随着你们的身体。明白了这个道理，你们就去潜心赞颂“无形”之道吧！切莫再沉迷于“有形”的误区，在那儿你们得不到任何福乐。

本诗中，乌陀没有放弃对牧女的劝导。他在苦口婆心反复说教的同时，也夹带着对牧女和“有形”思想的嘲讽。全诗最后一句“感觉好似如此般，他乡田里行耕作”便能很好地体现这种意味。乌陀将“无形”和“有形”分别比作“本乡田”和“他乡田”，认为牧女白白抛弃如影随身的“无形”真谛，反而不辞劳苦地追随远在他乡的黑天，是舍近求远、多此一举的愚昧表现。

【原文】

ऊधौ कही सु फेरि न कहिऐ।

जौ तुम हमैं जिवायौ चाहत, अनबोले ह्वै रहिऐ।

प्रान हमारे घात होत है, तुम्हरे भाऐं हाँसी।

या जीवन तैं मरन भलौ है, करवट लैहैं कासी।

---

① 他乡田，原文为 pāhīṁ，指主人居住在一个村子而庄稼种在另一个村子的农田。

पूरब प्रीति सँभारि हमारी, तुमकौं कहन पठायौ।

हम तौ जरि बरि भस्म भईं, तुम आनि मसान जगायौ।

कै हरि हमकौं आनि मिलावहु, कै लै चलिये साथै[1]।

सूर स्याम बिनु प्रान तजति हैं, दोष तुम्हारे माथैं॥

（71/4226）

【对译】

乌陀啊，说过之语勿再言

如若你想救我等，保持沉默莫作声。

我等生命受伤害，于你不过为笑言。

此命终亡倒也好，领受刀锯于迦尸。

念及我等往日爱，将你派遣来言说。

我们已然烧成灰，你诵经咒于焚场[2]。

或让诃利来见我，或携同行共前去。

苏尔言，

无有黑子弃生命，你之头顶担罪行。

【释译】

本诗描写了牧女们驳斥乌陀的场景。内容大致如下：

牧女厉声道："乌陀啊，你若想说服我们，就别再一味重复讲过的话；你若想救我们于水火之中，那就老老实实地保持沉默。你这人看上去斯文有礼，内在却毫无仁爱之心。我们的生命正在经受痛苦的煎熬，这在你看来却不过是一个滑稽的玩笑。我们真是生不如死，还不如去迦尸以锯断首，这样死去倒也是一种解脱！黑天之所以派你来牛村，想必是念及旧情，不忍让我们再受折磨。而你又做了什么？非但没有给我们带来一丝慰藉，反而用瑜伽之火把我们烧

① Varma 本作 sāthaiṁ。

② 原文为 masān jagāyau，指在露天的火葬场上为死者念诵经咒、驱除鬼魂的仪式，是印度教的一种习俗。

成了灰烬，如今还一本正经地坐在火葬场上念起经咒来了。难道你真以为我们的心已经死了吗？妄想！我们对黑天的爱经得起任何形式的考验。乌陀，你面前只有两条路，要么让诃利来见我们，要么带我们去马图拉见他。否则我们就自绝性命，到时候罪魁祸首只有一个人，那就是你！”

从本诗起，牧女的心态和语气发生了微妙的变化。最后两句中牧女对乌陀提出了严苛的要求和警告，这与她们此前哀婉凄楚的形象形成了较为鲜明的对比。由此可见，在和乌陀“无形”理论的较量中，牧女们的“有形”思想开始逐渐占据上风。

【原文】

घर ही के बाढ़े रावरे।
नाहिन मीत-वियोग बस परे, अनब्यौंगे अलि बावरे[①]।
बरु मरि जाइ चरैं नहिं तिनुका, सिंह को[②] यहै स्वभाव रे।
स्रवन सुधा-मुरली के पोषे, जोग जहर न[③] खवाव[④] रे।
ऊधौ हमहिं सीख कह दैहौ, हरि बिनु अनत न ठाँव रे।
सूरदास कहा लै कीजै, थाही नदिया नाव रे॥
（72/4235）

【对译】

家宅之中你膨胀
未陷友谊离别控，蠢钝癫狂大黑蜂！
宁死不去食草芥，此乃狮子之本性。
竹笛甘露滋养耳，勿要喂食瑜伽毒。

① Varma 本作 bābare。
② Gupta 本作 kau。
③ Varma 本作 va。
④ Varma 本作 khavāb。

乌陀授何予我等，别处非处[1]无诃利。

苏尔达斯言，

河流水浅可探底，复要舟船作何用？

【释译】

本诗承接上一首诗，继续展现牧女对乌陀的激烈驳斥。内容大致如下：

牧女道：“愚蠢癫狂的大黑蜂啊，你固执地坚守“无形”的思想，认为自己拥有无上的智慧，于是，沉浸在自己的小天地里自我膨胀！你就像一只井底之蛙，没见过什么大世面，也未和别人结下醇厚的友谊，更未陷入过离别之苦的泥沼，难怪你无法理解我们如此深沉的情感。你要知道，狮子的本性是以肉为食，它们宁死也不会去吃草芥。同理，我们的耳朵一直被黑天的竹笛妙音所滋养，根本无法接受你那毒药一般的瑜伽理论。乌陀啊，我们的身心皆属黑天。离开了他，任何地方都不是归宿，任何道理我们都听不进去。”

最后一句是本诗的点睛之笔，牧女将解脱比作渡河，将“有形”比作脚，将“无形”比作舟船。在她们看来，寻求解脱并非难事，只需坚守“有形”、脚踏实地。这里也体现出苏尔达斯对“无形”的鄙夷，他认为“无形”之道不过是外表华丽的大船，看似高深玄妙，实际上却毫无意义。

【原文】

हमकौं हरि की कथा सुनाउ।

ये आपनी ज्ञान गाथा अलि, मथुरा ही लै जाउ।

नागरि नारि भलैं समझैंगी, तेरौ बचन बनाउ।

① 别处非处，原文为 anat na ṭhāṁv，anat 意为别的地方，na 为否定词，ṭhāṁv 意为（合适的）地方。全句的意思是，对于牧女来说，只有黑天才是最心仪的归宿，没有了他，别的地方都算不上地方。

पा लागौँ ऐसी इन बातनि, उनही जाइ रिझाउ।

जौ सुचि सखा स्याम सुंदर कौ, अरु जिय मैँ सति भाउ।

तौ बारक आतुर इन नैननि, हरि मुख आनि दिखाउ।

जौ कोउ कोटि करै कैसिहुँ बिधि, बल विद्या व्यवसाउ।

तउ सुनि सूर मीन कौँ जल बिनु, नाहिँन① और उपाउ॥

（73/4237）

【对译】

且对我述诃利事

自己此般知识言，黑蜂带去马图拉！

你所编造之言语，慧女清楚又明白。

触脚② 如此这般话，前去取悦于彼等。

若真俊美黑子友，心中情感亦真挚，

便再来将诃利颜，现于焦急此双眼。

无论某用何方式，力智心愿③ 千万般，

苏尔言，

且听再无他方法，此若无水之鱼儿。

【释译】

本诗承接上一首诗，描写了牧女让乌陀返回马图拉把黑天带来的情节：

牧女道："黑蜂啊，你若实在想开口说话，就给我们讲讲诃利的故事吧。他在马图拉都做了些什么、交了哪些朋友、喜欢怎样的食物，诸如此类的事情还能引起我们的兴致。至于那些有关瑜伽知识的枯燥言论，你还是趁早带回马图拉，去取悦那里的女子吧！她们聪慧过

① Varma 本作 nāhiṁ na。

② 触脚，原文为 pā lāgauṁ，即行触脚礼，此处表示礼貌的请求。

③ 力智心愿，原文为 bal vidyā vyavasāu，bal 为"力量"之义，vidyā 为"智慧"之义，vyavasāu 为"心愿、意愿"之义，此处因字数所限缩译为"力智心愿"。

人，定能清清楚楚地理解你说的内涵。自从离了黑天，我们千方百计试图摆脱相思的困扰，然而，我们的努力均以失败告终。此刻的我们就像离开水源的小鱼，只有回归江河才能重获新生。你口口声声称自己是黑天的朋友，来牛村是为了牧女的福祉。若真如此，就请你把黑天带来，让我们焦急渴求的双眼再一次看到他那迷人的面庞吧！”

【原文】

ऊधौ बानी कौन ढरैगौ①, तोसौँ उत्र कौन करैगौ।
या पाती के देखत हीँ अब, जल सावन कौ नैन ढरैगौ।
बिरह-अगिनि तन जरत निसा-दिन, करहिं छुवत तुव जोग जरैगौ।
नैन हमारे सजल हैँ तारे, निरखत ही तेरौ ज्ञान गरैगौ।
हमहिं बियोगSरु② सोग स्याम कौ, जोग रोग सौँ कौन अरैगौ।
दिन दस रहौ जु गोकुल महियाँ, तब तेरौ सब ज्ञान मरैगौ।
सिंगी सेल्ही भसमSरु कंथा, कहि अलि काके गरैँ परैगौ।
जे ये लट हरि सुमननि गूँधी, सीस जटा अब कौन धरैगौ।
जोग सगुन लै जाहु मधुपुरी, ऐसै निरगुन कौन तरैगौ।③
हमहिं ध्यान पल छिन मोहन कौँ, बिनु④ दरसन कछुवै न सरैगौ।
निसि दिन सुमिरन रहत स्याम कौ, जोग अगिनि मैँ कौन जरैगौ।
कैसैँहुं⑤ प्रेम नेम मोहन कौँ, हित चित तैँ हमरैँ न टरैगौ।
नित उठि आवत जोग सिखावन, ऐसी बातनि कौन भरैगौ।
कथा तुन्हारी सुनत न कोऊ, ठाढ़े ही अब आप रैगौ।

---

① Gupta 本作 ḍharaigo。
② Varma 本作 viyogaru，Gupta 本作 biyog ru。
③ Gupta 本将该句整句遗漏。
④ Varma 本作 bin。
⑤ Varma 本作 kaisahuṁ。

बादिहीँ रटत उठत अपने जिय, को तोसौँ बेकाज लरैगौ।

हम अँग अंग स्याम रँग भीनी, को इन बातनि सूर डरैगौ॥

（74/4238）

【对译】

乌陀之言谁满意

乌陀之言谁满意，谁又对你作回答？

现今方一看此信，眼眸流泪似五月。①

离火日夜灼身躯，你之瑜伽触手燃。

我等眼瞳盈泪水，你之知识一看溶。

别离黑子我悲伤，谁会执着瑜伽疾？

牛村之中留十日②，你之知识将尽亡。

角珠祭灰百衲衣，③黑蜂且说落谁颈？

此辫诃利繁花编，今谁头顶蓬乱发？

携妙瑜伽④去摩城⑤，以此无形谁可渡？

我等时刻作禅定⑥，不见莫亨无可成。

日夜不停忆黑子，瑜伽火中谁烧灼？

爱情戒规对莫亨，爱自我心不可除。

每日起来授瑜伽，谁能忍受此言语？

无人会听你故事，现且站立自空谈。

生自己心徒唠叨，谁会与你徒争执？

---

① 印历五月乃为雨季，此处将牧女泪比作五月雨，形容泪水之多。

② 十日，原文为 din das，此处为虚指，意为几日或多日。

③ 角珠祭灰百衲衣，原文为 siṃgī selhī bhasamaru kaṃthā。其中，siṃgī 意为“小的兽角”，selhī 意为“瑜伽行者的念珠”，bhasam 意为“瑜伽行者涂抹在身上的祭灰”，kaṃthā 意为“打满补丁的百衲衣”，这四样物品均为瑜伽修行过程中必备之物。

④ 妙瑜伽，原文为 jog sagun，意思是“表面美好的瑜伽”。此处因字数所限缩译为“妙瑜伽”。

⑤ 摩城，是“摩图城”的简称，即马图拉。

⑥ 禅定，原文为 dhyān，与乌陀瑜伽理论中的“禅定”不同，此处指牧女们心无旁骛地冥想黑子。

苏尔言，

我身浸透黑子色，此番言语谁畏惧？

【释译】

本诗描述了牧女进一步反驳和感化乌陀的场景。内容大致如下：

乌陀啊，我们之中有谁会对你说的话感到满意，又有谁会对你的疑问做出回答？今天一看到你捎来的书信，我们的双眼就簌簌落泪，如同五月时分天空降下倾盆大雨。离别之火日日夜夜灼烧我们的身体，使我们周身滚烫，只要用手指轻轻一触，你的瑜伽就会被瞬间点燃；我们双眼的瞳孔中充斥着无尽的泪水，我们只要用余光匆匆一瞥，你的知识就会被尽数溶解。如今的我们沉浸在离别黑子的悲伤中不能自拔，谁还会听从你的教导，蠢笨地染上那瑜伽的顽疾？不如你听我们的劝告，在牛村停留几日，好好感受一下这里的人们对黑天的虔爱，到那时你的一切知识都会径自消亡。

黑蜂啊，你嘴里反反复复地念叨兽角、念珠、祭灰、百衲衣，这些都是瑜伽修习之人的行头，如今你想把它们强加在我们身上？简直是痴心妄想！过去，我们的辫子都是诃利亲手用林中的美艳鲜花编就而成，如今谁会愿意蓬头垢面地顶着杂乱的发髻？不要在这儿做徒劳无功的努力了，快快带着你那外表美妙的瑜伽返回马图拉吧，我们牛村的居民不可能靠你的"无形"理论得到解脱。

我们的注意力无时无刻不聚焦在莫亨身上，日日夜夜只顾着把他追忆，谁还会被你的瑜伽之火无情灼烧？我们对莫亨的爱矢志不渝，如戒规般牢不可破，这份爱永远无法从我们的内心之中移除。你每天早上醒来第一件事就是跑来教授瑜伽知识，这岂是我们这些孤苦无依的牧女所能承受的？乌陀啊，你要是识趣的话就赶紧回去吧，不然就只能站在这儿自说自话。你口中所说的话不过是你自己心中生出的胡言乱语，牧女们不会和你一般见识！我们周身上下都沉浸在对黑天的爱意之中，充满力量和勇气，对你的话语毫无畏惧！

本诗既有思念情郎的痛苦情状，亦有反对“无形”的坚定决心，更有笃信黑天的不二忠贞，是“黑蜂歌”组诗中牧女情怀的集中展现。值得一提的是，牧女所说“牛村之中留十日 ，你之知识将尽亡”恰与黑天派乌陀来牛村的意图高度契合。

【原文】

ऊधौ तुम ब्रज① की दसा बिचारौ।
ता पाछैं② यह सिद्धि③ आपनी, जोग कथा बिस्तारौ।
जा कारन④ तुम पठए माधौ, सो सोचौ जिय माहीं।
केतिक बीच विरह परमारथ, जानत हौ किधौं नाहीं।
तुम परवीन चतुर कहियत हौ, संतत निकट रहत हौ।
जल बूड़त अवलंब फेन कौ, फिरि-फिरि⑤ कहा गहत हौ।
वह मुसकान मनोहर चितवनि, कैसैं उर तैं तारौं।
जोग जुक्ति अरु मुक्ति परम निधि, वा मुरली पर वारौं।
जिहिं उर कमल-नयन जु बसत हैं, तिहिं निरगुन क्यौं आवै।
सूरदास सो भजन बहाऊँ, जाहि दूसरौ भावै॥
（75/4241）

【对译】

乌陀啊，伯勒杰况你且思⑥
之后再将此宣扬，自己成功瑜伽言。
摩图后裔派遣你，心中且想此缘由。

① Gupta 本作 vraj。
② Sabha 本作 pāch。
③ Varma 本作 siddh。
④ Varma 本作 kāraṇ。
⑤ Varma 本作 phir。
⑥ 此处，“伯勒杰况”为伯勒杰的状况。整句为，乌陀啊，请你想想伯勒杰的状况吧。

离苦胜义[1]几多别，知晓抑或不明了？
据说聪敏你机智，长久以来居近旁[2]。
溺水求助向泡沫，反反复复何可抓？
迷人眼神那微笑，如何移除自心中？
解脱至宝瑜伽术，为那竹笛来奉献。
内心已有莲眼居，它怎接受无形道？
苏尔达斯言，
如有心仪他人者，那般赞颂洗刷除。

【释译】

本诗承接上一首诗，继续描写牧女对瑜伽的抵触和对黑天的虔爱：

牧女道："乌陀啊，别再自顾自地夸夸其谈了！你最好还是先了解了解伯勒杰的境况，再来宣扬什么所谓的瑜伽正见吧。我猜你一定是在来的路上忘记了黑天最初派遣你的初衷，好好在心中回想一下吧。离别之苦和瑜伽之道究竟有多大差别，你真的了然于胸吗？都说你长久以来守在黑天身旁，拥有过人智慧。那你应该明白，对于溺水之人来说，反复去抓那一触即破的泡沫以寻求帮助，注定是自取灭亡。对于我们这些沉浸于离别之苦的牧女来说亦是如此，你的'无形'理论就像虚幻的泡沫，压根不能让我们得到解脱。"

本诗最后四句中，牧女直抒胸臆，表达了对黑天念念不忘的依恋，她们宁可抛弃浩瀚如海的瑜伽知识，也要得到黑天唇边的小小竹笛。本诗最后一句"如有心仪他人者，那般赞颂洗刷除"显示出牧女对黑天忠贞不贰的情感，她们甚至不允许别人赞颂黑天以外的对象，其虔爱之心无比专一。

① 胜义，原文为 paramārath，意为至高的真谛、殊胜的奥义，此处指瑜伽。
② 此处指居于黑天近旁。

【原文】

ऊधौ हरि काहे के अंतरजामी।

अजहुँ न आइ मिलत इहिं अवसर, अवधि बतावत लामी।

अपनी चोप आइ उड़ि बैठत, अलि ज्यौं रस के कामी।

तिनकौ कौन परेखौ कीजै, जे हैं गरुड़ के गामी।

आई उघरि प्रीति कलई सी, जैसी खाटी आमी।

सूर इते पर अनखनि मरियत, उधौ पीवत मामी॥

（76/4248）

【对译】

乌陀啊，诃利怎为内控者

今此机会未来见，言说期限久漫长。

如若黑蜂贪恋汁，随己所愿飞来落，

何人会将他信任，乘迦楼罗行动者[①]。

揭开若锡之情爱，好似酸涩生杧果。[②]

苏尔言，

由此愤愤将终亡，乌陀漠然不认错。

【释译】

本诗描写了牧女对黑天“内控者”名号的质疑。内容大致如下：

牧女对乌陀道：“诃利如果诚如人们所说，可以洞察世人内心的话，那么他为何不借今天这个大好机会来与我们相会，还说相见之时遥遥无期？每当黑蜂想念花蜜的甘美，就会由着性子恣意飞去，落在花瓣上尽情吮吸。黑天若真念及旧情，也应像黑蜂那样毫不犹豫地回到他眷恋的地方，与我们共享浪漫时分。何况他的坐骑是迅

---

① 乘迦楼罗行动者，原文为 garuṛ ke gāmī，指黑天。garuṛ，即迦楼罗，又译金翅鸟，是毗湿奴的坐骑。

② 本句将黑天对牧女的爱比作外表光鲜、肉质生涩的小杧果，还将其比作金属器皿外的一层锡，看上去闪亮华丽，揭去表层不过是普通铜铁。kalaī ughari，本义为揭开锡质的涂层，引申为撕掉伪装、揭露真相。

如闪电的大鹏迦楼罗，返回牛村只在弹指一瞬间。如今，黑天迟迟不归，说明他早已不在乎我们，一直在用虚伪的谎言搪塞我们这些天真幼稚的牧女。他是这样一个心口不一的人，以后谁还会对他报以信任？只是可怜了我们这些牧女，深深地爱恋着他，最终只能这样自怨自艾，悻悻终亡。"听了牧女的自白，乌陀沉默不语。他发自内心同情这些女子的境遇，却依旧不愿妥协，放弃自己的"无形"理论。

本诗中，牧女由最初迟质疑黑天"内控者"的名号，进而演绎为质疑黑天对她们的情感。她们认为，黑天对她们的爱无非是表面诱人的生杧果，薄薄的果皮下藏着无尽的酸涩。牧女们愤怒不已，却也无可奈何，因为她们的内心无论如何都放不下对黑天的爱。实际上，这正是黑天考验牧女对自己虔爱忠贞的一种手段。

【原文】

निरगुन कौन देस कौ बासी[①] ?
मधुकर कहि समुझाइ सौंह दै, बूझतिं साँच[②] न हाँसी।
को है जनक, कौन है जननी, कौन नारि, को दासी।
कैसे[③] बरन भेष है कैसौ, किहिं रस मैं अभिलाषी ?
पावैगौ पुनि कियौ आपनौ, जो रे करैगौ गाँसी।
सुनत मौन ह्वै रह्यौ बावरौ, सूर सबै मति नासी॥
（77/4250）

【对译】

无形乃为哪国民？
黑蜂立誓且讲述，真心询问非玩笑。
谁为父亲谁为母，谁为妻子谁为仆，
何种肤色何衣裳，贪恋何种情味中？

① Gupta 本作 vāsī。
② Varma 本作 sāṁci。
③ Varma 本作 kaisau。

如若欺瞒与哄骗，便得自己之所为[1]。

苏尔言，

疯者听罢久缄默，一切智慧尽消亡。

【释译】

本诗描写了牧女对乌陀“无形”理论的尖锐质疑：

牧女道：“乌陀啊，我们真心诚意地问你，作答之前你也得发誓不说假话。你口中的‘无形’究竟是哪国人？他的父母、妻子、仆人是谁？他的皮肤是什么色泽？平日里喜欢穿什么衣服？又贪恋于怎样的情味？这些问题请你一一作答，你若敢说谎，就等着自食恶果吧！”听罢牧女们的轮番质问，乌陀哑口无言。他绞尽脑汁也想不出合宜的答案，所有智慧都瞬间瓦解。

本诗中，乌陀终于在牧女强大攻势中败下阵来。他的瑜伽知识再强大，也无法抵御牧女们的“有形”逻辑。由此，乌陀对自己的“无形”理论产生了怀疑，黑天派他来牛村的目的也初显成效。

【原文】

कहियौ ठकुराइति हम जानी।

अब दिन चारि चलहु गोकुल मैं, सेवहु आइ बहुरि रजधानी।

हमकौं हौंस बहुत देखत की, संग लियैं कुबिजा पटरानी।

पहुनाई ब्रज[2] कौ दधि माखन, बड़ौ पलँग अरु तातौ पानी।

तुम जनि डरौ उखल तौ तोयौं, दाँवरिहू अब भई पुरानी।

वह बल[3] कहाँ जसोमति कैं कर, देह रावरैं सोच बुढ़ानी।

सुरभी बाँटि दई ग्वालनि कौं, मोर-चन्द्रिका सबै उड़ानी।

---

① 自食其果之意。

② Gupta 本作 vraj。

③ Varma 本作 val。

सूर नंद जू के पालागौं, देखहु आइ राधिका स्यानी ॥

（78/4256）

【对译】

且言我等知尊贵

现赴牛村行四日，再来效力于都城。

携行驼女正宫后，我等欲见甚强烈。

酸奶奶油伯勒杰，大床热水盛情待。

木臼已毁你莫怕，绑绳现今亦陈旧。

耶雪达手力何在？思你念你身老朽。

牛犊被分予牧人，孔雀月华[①]皆撵飞。

苏尔言，

向难陀行触足礼，来看聪慧小罗陀。

【释译】

本诗中，牧女让乌陀回到牛村向黑天转达她们的邀请。内容大致如下：

牧女振作精神，满怀深情地对乌陀道："朋友，快回去吧！快到黑天身边告诉他，我们牛村的牧女已经见识了他的尊贵和威严，知道他忙于政务，无暇挂念。但我们还是恳请他来牛村走一遭，之后再回马图拉料理国事也不迟嘛。记得提醒他，来的时候别忘了带上王后驼背女，我们久仰大名，早就迫不及待想一睹她的芳容。乌陀，你一定要向黑天转达我们盛情的邀约。等到他来的时候，伯勒杰上上下下都将准备上好的酸奶和奶油、华丽的大床和滚烫的热水来招待远方贵客。还有，让他不用担心，小时候捆绑他的绳子已经老旧，木臼也已塌毁。耶雪达的手早没了往昔的力气，因为想念心急，她

① 孔雀月华，原文为 mor-caṃdrikā，指孔雀尾部上方的覆羽上带有的形如"眼圈"的图案，其周围通常围绕以蓝色及青铜色，具有彩虹般的光泽，也像夜晚的月华，即由云中水滴或冰晶衍射而形成的出现在月亮周围的彩色（内紫外红）光环。

的身体已老态尽显。黑天走后，他曾经放牧的牛群已经分给了村中牧人，孔雀羽毛上如月华一般的图案也早已褪色。请你让黑天快来走一遭吧，来向难陀行礼问安，再去看看他青梅竹马的罗陀，只有这样他们才能得到一丝安慰。”

【原文】

सुनि सुनि ऊधौ आवति हाँसी।
कहँ वै ब्रह्मादिक के ठाकुर, कहाँ कंस की दासी।
इंद्रादिक की कौन चलावै, संकर करत खवासी।
निगम आदि बंदीजन जाके, सेष सीस के बासी① ।
जाकैं रमा रहति चरननि तर, कौन गनै कुबिजा सी।
सूरदास-प्रभु दृढ़ करि बाँधे, प्रेम-पुंज की पासी॥
（79/4262）

【对译】

乌陀啊，听着听着笑起来
梵天等主②他在哪，刚沙女仆又在哪？
因陀罗等谁提及？商迦罗③亦效劳力。
尼笈摩等唱颂他，④居于湿舍头顶者⑤。
他足下乃悦人女，⑥驼女之辈怎算数？
苏尔达斯言，

---

① Gupta 本作 vāsī。

② 梵天等主，原文为 brahmādik ke ṭhākur。brahmādik 是 brahmā 和 ādik 的复合，指梵天和其他大神。ṭhākur 为“主人”“首领”之义。梵天和其他大神的首领，即毗湿奴，此处缩译为“梵天等首”。

③ 商迦罗，原文为 saṃkar，本义为“赐予福乐者”，是大神湿婆的一个名号。

④ 该句中 baṃdījan 的本义为游吟诗人，此处将尼笈摩（吠陀典籍）比作黑天的游吟诗人、唱颂者。

⑤ 居于湿舍头顶者，原文为 seṣ sīs ke bāsī，指毗湿奴。seṣ 即湿舍，是众蛇之王。据“往世书”记载，湿舍以兜帽撑起大地，并且不断唱颂毗湿奴的美名。传说湿舍仰身漂浮于乳海之上，为毗湿奴撑起一张漂浮之床，毗湿奴在其上休憩，肚脐中生出一朵莲花，由此创造了梵天。

⑥ 悦人女，原文为 ramā，指吉祥天女。传说毗湿奴在湿舍身上休息之时，吉祥天女正在为他按摩双足。

情爱聚集[1]之圈套，捆绑胜尊坚又牢。

【释译】

本诗描写了牧女对黑天的至高赞颂和对驼背女的不屑之情：

牧女对乌陀道："听你诉说黑天在马图拉的功行，我们十分激动。唯独说到驼背女的时候，我们不由自主地想笑出来。乌陀你是个聪明人，请你主持公道，我们的黑天尊为众神之主，那驼背女不过是刚沙王的卑贱女仆，他们二者怎能相提并论？在伟大的黑天面前，梵天、湿婆、因陀罗都显得微不足道。神圣的吠陀经典将他称颂，蛇王湿舍把他托起，吉祥天女为他按摩双足，他是世间万物的主宰，区区一个驼背女又算得了什么？她一定是要了什么阴谋诡计，用爱的妖术把黑天牢牢捆绑，不让他回到我们身边。"

本诗中，苏尔达斯借牧女之口表达了对大神黑天的赞颂，强调其神中至高者的地位，并以此贬低驼背女的身份，认为黑天受其蛊惑无法脱身，才迟迟不回伯勒杰。

【原文】

काहे कौं गोपीनाथ कहावत।

जौ मधुकर वै स्याम हमारे[2], क्यौं न इहाँ लौं आवत।

सपने की[3] पहिचानि मानि[4] जिय, हमहिं कलंक लगावत।

जो पै कृष्न कूबरी रीझे, सोइ किन बिरद बुलावत।

ज्यौं गजराज काज के औरै, और[5] दसन दिखावत।

① 情爱聚集，原文为 prem-puṃj，指大量的爱。

② Gupta 本作 hamārai。

③ Varma 本作 kau。

④ Gupta 本作 jāni。

⑤ Gupta 本作 auro。

ऐसैं हम कहिबे सुनिबे कौं, सूर अनत बिरमावत ॥

（80/4266）

【对译】

为何言称牧女主[①]

若彼黑子属于我，何不来此黑蜂啊？

内心承认认作梦，涂抹污名于我等。

黑天若恋驼背女，为何还唤此美名？

仿若象王之牙齿，一套展示一套用。

苏尔言，

我等言听若此般，流连停驻在他处。

【释译】

本诗中，牧女言辞尖厉地质疑黑天使用“牧女主”这一名号：

牧女怨愤地道：“黑蜂啊，黑天在牛村的时候，我们都把他视作自己的主人，所以他被冠以‘牧女主’的美誉。而今，黑天在马图拉还有什么资格延用这个名号？他若真是牧女的主人，为什么不回牛村日夜陪伴我们？想必他已经在心里认定，曾经发生在牛村的一切不过是梦幻泡影罢了。黑天如今爱的是驼背女，昼夜与她两相厮守，他何不干脆改名叫‘驼女主’？保留‘牧女主’的称号无异于对我们是一种侮辱！他的行径和那狡黠的象王有什么两样？你也知道，那象王天生具备两套牙齿，一套用来使用，一套用来炫耀。即便如此，我们没有任何办法？该听的都听了，该说的也说了，现实距离我们的梦想依旧那么遥远。纵使我们在这里哭成泪人，黑天也毫不在意，仍旧继续留在马图拉享受他的惬意生活。”

① 牧女主，原文为 gopīnāth，意为牧女的主人，即黑天。

【原文】

साँवरौ[1] साँवरी रैनि कौ जायौ।

आधी राति कंस के त्रासनि, बसुद्धौ गोकुल ल्यायौ।

नंद पिता अरु मातु जसोदा, माखन मही[2] खवायौ।

हाथ लकुट कामरि काँधे पर, बछरुन साथ डुलायौ।

कहा भयौ[3] मधुपुरि अवतरे, गोपीनाथ कहायौ।

ब्रज बधुअनि मिलि साँट कटीली, कपि ज्यौं नाच नचायौ।

अब लौं कहाँ रहे हो ऊधौ, लिखि-लिखि जोग पठायौ।

सूरदास हम यहै परेखौ, कुबरी हाथ बिकायौ॥

(81/4270)

【对译】

青黑者[4]生于黑夜

畏惧刚沙半夜时，富天带至牛村来。

耶雪达母难陀父，喂食奶油与乳浆。

肩上毯子手中棍，牛犊旁边使趋行。

化身降生摩图城，为何称作牧女主？

伯勒杰之新妇聚，刺棍使舞似猴儿。

乌陀此前居何处？书写瑜伽派遣来。

苏尔达斯言，

沦为驼女手中奴，我等对此觉懊恼。

【释译】

本诗中，牧女向乌陀描述了黑天在牛村成长的种种趣事，同时表达了对自身命运的叹惋：

---

① Gupta 本作 sāṁvaro。

② Varma 本作 nahī。

③ Gupta 本作 bhai。

④ 指黑天。

牧女道："小黑天降生的那晚，富天唯恐自己的孩子再次沦为刚沙杀戮的对象，于是，连夜把他抱至牛村，与难陀耶雪达的新生子对调，使黑天的性命得以保全。从此，难陀和耶雪达视小黑天为己出，每日用新制的奶油和乳浆把他养大。那时候，黑天整日无忧无虑地披着小毯子、拿着小棍子在森林里放牛，还时不时到我们家中偷吃奶油。无论他做什么，在我们看来都那么可爱而迷人。尽管我们已是新婚的少妇，却也不由自主地聚在一起，手拿带刺的小棍逗他起舞。只可惜，那些一同嬉戏、一起欢笑的时光已经一去不返了。黑天明明是降生在马图拉的摩豆后裔，当初为什么要来牛村？如果他不在牛村长大成人，就不会和我们结下情谊，也不会顶上'牧女主'的名号，更不会使我们沦落到今天这般悲惨的境地！乌陀，你之前跑到哪里去了？为什么偏偏现在出现在牛村？你若趁我们还未陷入黑天情网的时候就来推销你的'无形'理论，或许我们早已成为云游四方的瑜伽行者。可人生不能重演，一切都为时已晚。如今黑天已沦为驼背女手中的奴隶，心甘情愿地任其摆布。我们只能接受这个事实，继续在懊恼中度过余生。"

【原文】

जोग ठगौरी ब्रज[①] न बिकैहै।
मूरी के पातनि के बदलैं, को मुक्ताहल दैहै।
यह ब्यौपार तुम्हारौ ऊधौ, ऐसैं[②] ही धर्यौ रैहै।
जिन पै तैं लै आए ऊधौ, तिनहिं के पेट समैहै।
दाख छाँड़ि कै कटुक निबौरी, को अपने मुख खैहै।

① Gupta 本作 vraj。
② Gupta 本作 aisauṃ。

गुन करि मोही सूर साँवरैं, को निरगुन निरबैहै ॥
（82/4283）

【对译】

瑜伽骗术伯勒杰地卖不出

谁人付出以珍珠，交换片片萝卜叶？
乌陀你之此交易，如此这般将持续。
自谁拿来乌陀啊，便且充填彼之腹。
何人会将葡萄弃，自己口食苦楝果[①]？
苏尔言，
迷恋美德青黑者，何人践行无形道？

【释译】

本诗刻画了牧女维护“有形”、拒绝“无形”的坚定决心：

牧女对乌陀道：“别再做无用的努力了，你的瑜伽骗术在我们伯勒杰的土地上是没有市场的！打个再简单不过的比方：我们的‘有形’理论是稀世珍珠，是甘美葡萄；而你的‘无形’思想不过是被丢弃在田间地头的萝卜叶，是楝树枝头无人采摘的苦果。你自己想想，哪会有人甘心用珍珠换萝卜叶，用葡萄换苦楝果呢？我们牛村的牧女个个迷恋德形俱佳的黑天，哪里看得上你的无形外道！如果你继续执拗地在牛村推销自己的产品，最终的结果也只会像现在这样无人问津。你若真把瑜伽视作什么人间美味，不如带回马图拉去给当地人充饥吧，他们品味独到，定会爱不释手！”

本诗运用两对比喻（珍珠和萝卜叶、葡萄和苦楝果），形象地勾勒出牧女眼中“有形”和“无形”的天壤之别。相较于乌陀缥缈玄妙、捉摸不透的瑜伽说教，牧女们更善用生活中常见的具体事物作为依据，这自然而然地增强了言辞的生动性和说服力，是牧女在论

① 楝果，原文为 nibaurī，即楝树的果实。味苦，有驱虫治病的功用。

战中获胜的重要手段。

【原文】

मीठी बातनि मैं कहा लीजै।
जौ पै हरि होहिं हमारे, करन कहैं सोइ कीजै।
जिन मोहन अपनैं कर, काननि करनफूल पहिराए।
तिन मोहन माटी के मुद्रा, मधुकर हाथ पठाए।
एक दिवस बेनी बृन्दावन[1], रचि पचि बिबिध बनाइ।
ते अब कहत जटा माथे पर, बदलौ नाम कन्हाइ।
लाइ सुगन्ध बनाइ अभूषन[2], अरु कीन्ही अरधंग।
सो वै अब कहि-कहि पठवत हैं, भसम चढ़ावन अंग।
हम कहा करैं दूरी नँद-नंदन, तुम जु मधुप मधुपाती।
सूर न होहिं स्याम के मुख की, जाहु न जारहु छाती॥
(83/4284)

【对译】

甜蜜语中何所携

若彼诃利属我等，所言之举将践行。
莫亨亲自以己手，佩戴花饰于双耳，
借由蜂足彼莫亨，泥质指环[3]派送来。
沃林达林某一日，竭力编辫花样多，
今言头顶鬏髻发，黑儿之名且更改！
携来香物[4]制首饰，复结伴侣做妻子，
现今他言将此派：涂抹祭灰于身体。

① Gupta 本作 vṛṃdāban。
② Varma 本作 ābhūṣan。
③ 瑜伽修行者的一个标志。
④ 此处指各式各样的花。

难陀子远我何为？蜜中堕落黑蜂你！[1]
苏尔言，
非乃黑子口中语，且去勿令心烧灼。

【释译】

本诗描述了牧女不愿相信瑜伽之言出自黑天之口的场景。内容大致如下：

牧女对黑蜂道："你嗡嗡地四处飞舞，表面上像是在诉说什么甜言蜜语，实际上却是在宣扬枯燥乏味的瑜伽道理。你说说，我们可以从中获得什么好处？你口口声声说黑天亲自派你来牛村宣扬'无形'思想，若你口中的'黑天'真是我们心中的那个'黑天'，我们定会毫无怨言地执行他的旨意。不过，我们也不是任人欺蒙的等闲之辈，你说的话漏洞百出，我们实在无法相信！我们的黑天曾在密林之中亲手为我们的双耳佩戴花饰，你却说他托你捎来泥质指环，奉劝我们皈依瑜伽；我们的黑天曾费尽心思为我们编束美丽的发辫，你却说他让我们不要梳头，任由头发蓬乱；我们的黑天不仅用芬芳的花朵为我们装点周身，而且待我们像自己的妻子一样，日日相伴，不弃不离。你却说他命令我们在身上涂抹祭灰，扮成瑜伽行者的模样。你所描述的那个人与我们印象里的黑天判若两人，若真如你所述，那他就不配再用'黑儿'这个名字！虽然黑天如今远在异乡，无法找他当面对质，但我们凭借以往的经验断定他绝不会说出瑜伽之类的言辞。沉溺在花蜜中的大黑蜂啊，一定是你篡改了黑子的原话，借机宣扬自己的观点。离开这儿吧，别再用瑜伽之火灼烧我们的内心了！"

本诗展现的牧女形象与此前不同。她们刚得知乌陀受黑天之托来牛村传授瑜伽的时候，曾出于一时震惊和失落发泄过对黑天的不满。本诗中，牧女们逐渐平复心绪，开始理性地运用自身经验来衡

① 本句将乌陀比作黑蜂、瑜伽比作花蜜，用蜂恋花蜜的意象比喻乌陀对瑜伽理论的固执。

量、检验乌陀的言论，进而得出乌陀之言不可信的结论。这与黑天的本意不谋而合，体现了牧女对黑天持之以恒的虔诚心。

【原文】

ऊधौ तुम हौ निकट के बासी।

यह निरगुन लै तिनहिं सुनावहु, जे मुड़िया बसैं कासी।

मुरलीधरन सकल अंग सुन्दर, रूप सिंधु की रासी।

जोग बटोरे लिए फिरत हौ, ब्रजवासिन की फाँसी।

राजकुमार भलैं[①] हम जाने, घर मैं कंस की दासी।

सूरदास जदुकुलहिं लजावत, ब्रज[②] मैं होति है हाँसी॥

（84/4287）

【对译】

乌陀啊，你乃近旁居住者

削发之人[③]居迦尸，携此无形向彼述。

周身俊美持笛者，色相[④]海洋之聚集。

采集瑜伽四徘徊，伯勒杰民之枷锁。

我等清楚知王子[⑤]，家中刚沙之女仆[⑥]。

苏尔达斯言，

雅度之族遭羞辱，伯勒杰中嘲笑现。

【释译】

本诗承接上一首诗，继续描写牧女劝说乌陀离开牛村的情景。内容大致如下：

① Gupta 本作 calaiṃ。
② Gupta 本作 vraj。
③ 削发之人，原文为 muṛiyās，指出家修行的僧侣。
④ 色相，原文为 rūp，指黑天的外在形象。
⑤ 王子，原文为 rājakumār，指黑天。
⑥ 即驼背女。

牧女道：“乌陀啊，你从黑天身旁而来，那么你应该了解，他的形相绝妙非凡，就像一片汇集了所有美好元素的汪洋大海。你到牛村来待了这么长时间，应该已经感受到我们伯勒杰女人对他的无限爱恋，所以，你就别再对我们做无用的劝诫了！你的那些理论对于我们来说就像是冰冷的枷锁。你若仍执迷于自己的‘无形’学说，那就去恒河之畔的圣城迦尸吧，那里瑜伽行者云集，你的言论一定会受他们欢迎。如今，黑天虽在马图拉贵为王子，但我们深知他的本性不会变化。至于他家里那位奴仆出身的驼背女人，她的品性我们也了如指掌。黑天和她结为连理不仅羞辱了整个雅度族，他自己也会遭到伯勒杰人的嘲笑。”

【原文】

जा दिन तैं गोपाल चले।
ता दिन तैं ऊधौ या ब्रज① के, सब स्वभाव बदले।
घटे अहार बिहार हरष हित, सुख सोभा गुन गान।
ओज तेज सब रहित सकल बिधि, आरति असम समान।
बाढ़ी निसा, बलय② आभूषन, उर-कंचुकी उसास।
नैननि जल अंजन अंचल प्रति, आवन अवधि की आस।
अब यह दसा प्रगट या तन③ की, कहियौ जाइ सुनाइ।
सूरदास प्रभु सो कीजौ जिहिं, बेगि मिलहिं अब आइ॥
（85/4293）

① Gupta 本作 vraj。
② Gupta 本作 valay。
③ Gupta 本作 tanu。

【对译】

自从牛护离去日

此伯勒杰自彼日，本性俱变乌陀啊！
饮食娱乐喜友爱，福乐光辉颂歌减。①
一切方式失光芒，痛苦艰辛一般样。
夜晚延长镯饰松，胸衣肥大叹息增。②
泪和油烟向衣襟，归来期限之希冀。③
此身状况现清晰，且请去将此诉说。
苏尔达斯言，
现今怎使见胜尊，便且即刻做彼行。

【释译】

本诗描写了牧女们离开黑天后悲伤不堪的景象：

牧女用忧伤的语气对乌陀道："你可知道，自从黑天离开伯勒杰，这里的一切都变了。曾经洋溢在生活里的各种欢愉都荡然无存，我们用尽一切办法试图恢复昔日的快乐，但却始终没能摆脱痛苦和辛酸。就这样，我们沉浸在浓得化不开的阴郁中度日如年。夜晚也变得格外漫长。相思让我们日渐消瘦，那些往日里光鲜亮丽的镯饰和胸衣开始变得宽松，我们的叹息也与日俱增。即便如此，我们仍未放弃等待黑天的念想，他是我们生命存续的唯一支柱。他不在身边，我们只能日日以泪洗面，泪水与眼周的油烟混在一起，沾湿了

---

① 本句列举了伯勒杰的各种美好景象：ahār 为"饮食"之义，bahār 为"消遣、嬉戏"之义，haraṣ 为"喜乐"之义，hit 为"友爱、情谊"之义，sukh 为"福乐"之义，sobhā 为"光辉"之义，gun 为"美德"之义，gān 为"唱颂"之义。黑天离去后，伯勒杰的上述美好之物统统消减，故此处缩译作"饮食娱乐喜友爱，福乐光辉颂歌减"。

② 原文整句只使用了一个动词 bāṛhī，表示数量的增多或程度的加剧，此处为表意清晰，在"夜晚""镯饰""胸衣""叹息"四个名词后根据语境将 bāṛhī 翻译了四次，分别作"延长""松""肥大""增"。

③ 本句的意思是，牧女们怀抱着黑天归来的希冀，黑天却迟迟不返，牧女们因此泪水沾襟。

我们的衣襟。乌陀，如果你怜惜我们这些孤弱的牧女，那就请回到马图拉，把我们痛苦的状态告诉黑天，想方设法让他快来与我们相见吧！”

本诗中，牧女用凄婉的语言描述了自己思念情郎而不得的痛苦状态。为表现这一点，她们不仅直接使用“痛苦”“艰辛”这样的词汇，还巧妙描述自身形态的微妙变化，如“夜晚延长镯饰松”“胸衣肥大叹息增”“眼泪油烟向衣襟”等，栩栩如生地将自己的凄楚情状衬托得更为鲜明。

【原文】

हम तौ कान्ह केलि की भूखी।
कहा करैं लै निरगुन तुम्हरौ, बिरहिनि बिरह बिदूषी।
कहियै कहा यहै नहिं जानत, कहौ जोग किहि जोग।
पालागौं तुमहीं से वा① पुर, बसत बावरे लोग।
चंदन, अभरन, चोर चारु बर, नेंकु② आपु③ तन कीजै।
दंड, कमंडल, भसम, अधारी, तब जुवतिनि कौं दीजै।
सूर देखि दृढ़ता गोपिन की, ऊधौ दृढ़ ब्रत④ पायौ।
करी कृपा जदुनाथ मधुप कौं, प्रेमहिं पढ़न पठायौ॥
（86/4301）

【对译】

我等渴望与黑黑戏
离女悲恸苦别离，拿你无形作何为？
且道瑜伽有何用，不知晓此作何言？

① Varma 本作 sevā，Gupta 本作 se yā。
② Varma 本作 neku。
③ Varma 本作 āp。
④ Gupta 本作 brat。

向你敬行触足礼，疯人所居之城邑。[①]

檀香首饰华美衣，自己身体稍穿着，[②]

木棍水罐祭灰杖，彼时方予众少女。

目睹牧女之坚定，乌陀亦得坚定誓。

苏尔言，

雅度之主施恩惠，派遣黑蜂学爱恋。

【释译】

本诗承接上一首诗，牧女们继续向乌陀表达自己拒绝“无形”、渴望见到黑天的场景：

牧女道：“乌陀啊，我们热切期望再次和黑黑一同玩耍嬉戏，除此之外别无他求。如今的我们是沉浸在离别痛苦之中的怨女，如何能够通过你的‘无形’之道获得解脱？你的瑜伽理论我们闻所未闻，也断然不会接受，你还在这里喋喋不休究竟有什么意义？请你立即返回马图拉吧，那里住着和你一样执着于‘无形’的疯子，你在那里更容易觅得知音。如果你真想让我们崇尚瑜伽，就请拿出些诚意，给自己涂上檀香，戴上珠宝，穿上漂亮的衣裳。如果你能做到，那时再来让我们接受木棍、水罐、祭灰、竹杖这些瑜伽修行的器具吧。”

看到牧女们捍卫“有形”的决绝之心，乌陀更加坚定布道“无形”的决心。他决意再次劝说牧女，由此引出了接下来的第四轮对话。本诗最后一句，苏尔达斯跳出故事情节，以全知者视角道出了黑天派遣乌陀前往牛村的根本意图——为了让后者彻底领悟虔爱的真义，由此揭示了黑天的良苦用心。

---

① 此处省略了动词“返回”，意为牧女对乌陀行触足礼，求他立刻返回马图拉。

② 对于崇尚瑜伽的人来说，华丽的外在修饰是不可取的。

चौथा संवाद
第四次对话

【原文】

गोपी सुनहु हरि संदेस।
कह्यौ पूरन ब्रह्म ध्यावहु, त्रिगुन मिथ्या भेष।
मैं कहौं सो सत्य मानहु, सगुन डारहु नाखि।
पंच त्रय-गुन सकल देही, जगत ऐसौ भाषि①।
ज्ञान बिनु नर-मुक्ति नाहीं, यह विषय② संसार।
रूप-रेख, न नाम जल-थल③, बरन अबरन सार।
मातु-पितु कोउ नाहिं नारी, जगत मिथ्या लाइ।
सूर सुख-दुख नहीं जाकैं, भजौ ताकौं जाइ॥
(87/4304)

【对译】

牧女且听诃利信
言说禅定完满梵，三德④表象乃虚妄。
认我所述为真理，且将有形消除掉。
五大⑤三德诸躯体，世界亦被如此宣。
人无知识不解脱，此即尘世之轮回。
有色无色水路名，色形无有乃本质。⑥

---

① Gupta 本作 bhākhi。

② Gupta 本作 viṣam。

③ Gupta 本作 mal。

④ 三德，原文为 tray-gun，通 trigun，指印度教数论哲学认为的自然界最初物质的三种本质属性——喜德（sattva）、忧德（rajas）、暗德（tamas）。

⑤ 五大，原文为 paṃc，指物质构成的五种基本要素，分别是地、水、火、风、空。

⑥ 有色，原文为 baran，意为有种姓的。无色，原文为 abaran，与有色相对，指无种姓的。水路名，泛指水中、地上一切事物的名称。色，原文为 rūp，广义指色蕴，即客观存在；狭义指色境，即眼根的对象，包括形色、显色和表色。形，原文为 rekh，本意为线条、轮廓，引申为外在形象。

无有父母与妻子，世界所携亦虚妄。

苏尔言，

且请前去赞颂他，无有福乐痛苦者。

【释译】

本诗描写了乌陀所宣扬的世界虚妄说。内容大致如下：

一位牧女向女伴们道："让我来告诉你们乌陀都讲了什么荒谬的道理吧。他说：'由喜德、忧德、暗德构成的物质表象虚幻不实，你们不要执着于此，应去禅定那永恒完满的大梵。请你们把我的言论当成真理，一心一意去践行，把崇尚有形的错误想法彻底断除掉！要我说，这世间的一切躯体都是由地、水、火、风、空五大元素和喜、忧、暗三种属性聚合而成，整个世界又何尝不是如此？人如果不懂得虔敬大梵，就无法获得知识，没有知识就只能永远困在俗世的轮回中，得不到解脱。你们要清楚地认识到，一切表象、身份、关系都是虚妄的。从本质上来说，人没有种姓之分，水中陆上的各种事物也没有名字；世人所拥有的外在形相和父母妻子都不是真实存在的。真正的大梵是没有喜乐悲伤的永恒者，你们应该满怀虔意地赞颂他！'"

本诗通过牧女的转述呈现了乌陀"无形"说的理论精髓，即不要执迷于事物的外在表征，因为那是肤浅的、短暂的、虚假的。乌陀劝诫牧女不要被黑天的形色所惑，更不要因之感到悲伤。世人只有看到本质，认识到大梵才是唯一真实并加以虔敬，方可证悟至高智慧，进而获得解脱。

【原文】

ऐसी बात कहौ जनि ऊधौ।
कमलनैन की कानि करनि करति हैं, आवत बचन न सूधौ।
बातनि ही उड़ि जाहिं और ज्यौं, त्यौं नाहीं हम काँची।
मन, बच, कर्म सोधि एकै मत, नंद-नँदन रँग राँची।
सो कछु जनत करौ पालागौं[①], मिटै हियै की सूल।
मुरलीधरहिं आनि दिखरावहु, ओढ़े पीत दुकूल।
इनहीं बातनि भए स्याम तनु, मिलवत हौ गढ़ि छोलि।
सूर बचन सुनि रह्यौ ठगौसौ[②], बहुरि न आयौ बोलि॥
（88/4305）

【对译】

乌陀啊，切勿言说此般话
尊重顾及莲花眼，否则出言不客气！
只言片语便飞去[③]，我非幼稚如那般。
心言行动寻一意：难陀子色深迷恋。
触足稍作彼尝试，且请祛除心中苦。
穿裹黄衫持笛者，且使前来令瞧看。
编排混杂此言语，身体变成青黑色。
苏尔言，
听罢话语久呆滞，便再未曾作言辞。

【释译】

本诗描写了牧女抵制“无形”、拥护黑天的坚定决心：

牧女道：“乌陀啊，别再反反复复说同样的话了！我们是出于对

① Gupta 本作 pā lāgauṃ。
② Gupta 本作 ṭhagau sau。
③ 本句意为，牧女们不会轻易被乌陀的言语带跑。

黑天的尊重才给你面子，不然早就恶语相向了！虽说我们不是什么聪慧过人的女子，但也绝不似你想象得那般天真，你绝不可能靠着只言片语就把我们改变，更不要妄想让我们笃信于你。我们寻遍自己的内心、言语和行动，只发现一个念头，那就是一心一意地爱恋黑天。我们内心深处惦记着他，口中默默念诵着他，所做一切都是为了与他团聚。乌陀啊，我们再三恳请你把那身着黄衫、手持竹笛的黑天带来牛村，只有这样才能去除我们心中的苦痛。而你却对我们的处境视而不见，仍然执迷不悟地胡言乱语，怪不得你的身体都变成了青黑色！”

面对牧女们的犀利驳斥，乌陀倍感震惊，一时无言以对。他难以想象牧女对黑天的虔爱之情已经到了“心言行动寻一意：难陀子色深迷恋”的程度，宣扬瑜伽理论的计划遭遇了巨大阻力。

【原文】

फिरि फिरि कहा बनावत बात।
प्रातकाल उठि खेलत ऊधौ, घर-घर माखन खात।
जिनकी बात कहत तुम हमसौं, सो है हमसौं दूरि।
ह्याँ हैं निकट जसोदा-नंदन, प्रान सजीवन मूरि।
बालक संग लिऐं दधि चोरत, खात खवावत डोलत।
सूर सीस नीचौ कत नावत, अब काहैं नहिं बोलत॥
（89/4307）

【对译】

为何一再编言语

晨起嬉戏乌陀啊，挨家挨户吃奶油。

你对我等所述言，之于我等彼遥远。

近旁耶雪达之子，乃为救命还魂根[①]。

偕与孩童偷酸奶，相互喂食闲游逛。

苏尔言，

为何将头低垂下，现今怎不再言语？

【释译】

本诗承接上一首诗，牧女们指出乌陀的“无形”理论对她们来说是远水不解近渴：

牧女道：“够了乌陀，不要再编造玄妙高深的理论了！即便你说的确为真理，它们对我们这些蠢笨无知的牧女而言也只是可望而不可即的幻象，根本解除不了内心的痛苦。相比之下，黑天与我们那么接近。虽然他现在身处异乡，但是他那俊美的样子却时时出现在我们一脑海里。想当初，他每天早起四处玩耍，悄悄溜进我们院中偷吃新鲜奶油和酸奶。他和伙伴们一边相互喂食一边游逛嬉戏的调皮模样至今仍历历在目。我们有太多共同经历的过往，其间积累的深厚感情于你而言简直难以想象！所以，我们的离别之苦因黑天而起，也只能因黑天而灭，不是单凭你的空洞理论就可以消除的。”听罢牧女的话，乌陀悻悻地低下头，一时哑口无言。

【原文】

फिरि-फिरि कहा सिखावत मौन।

बचन दुसह लागत अलि तेरे, ज्यौं पजरे पर लौन।

सृंगी, मुद्रा, भस्म, त्वचा-मृग, अरु अवराधन पौन।

हम अबला अहीरि सठ मधुकर, धरि जानहिं कहि कौन।

यह मत जाइ तिनहिं तुम सिखवहु, जिनहिं आजु सब सोहत।

---

① 耶雪达之子，即黑天。救命还魂根，原文为 sajīvan mūri，一种救命仙草。

सूरदास कहुँ सुनी न देखी, पोत सूतरी पोहत ॥

（90/4309）

【对译】

为何遍遍教静默

你言难忍黑蜂啊，好似被灼伤上盐。

兽角耳环与祭灰，鹿皮呼吸皆尊崇，

我等愚笨孤牧女，黑蜂且言谁知持?

你且前去授此理，于彼如今皆喜爱。

苏尔达斯言，

既不听闻亦不看，珠子细线方可串。

【释译】

本诗承接上一首诗，继续描写牧女对乌陀的驳斥，内容大致如下：

乌陀啊，你为什么要一遍遍地教授我们修持静默的方法呢？你的这些瑜伽箴言在我们听来格外刺耳，就像撒在烧灼伤口上的盐巴一样让人难忍。你口口声声让我们吹奏兽角、佩戴耳环、涂抹祭灰、身披鹿皮、调制呼吸，不遗余力地劝我们奉行这套瑜伽修行的法则。可黑蜂你倒是说说，我们只不过是愚笨无知的牧女，有谁会懂得如何践行你的这套理论呢？你还是去对那些瑜伽行者诉说这些道理吧，他们肯定会欢迎你的。你的瑜伽理论不适合我们，所以我们既不想听，也不愿了解。你可知道，珠子只有用合适的细线才能串得起来，粗绳虽然结实，却无法穿过珠身上的小孔。

本诗最后一句中，牧女自比珠子，将“有形”比作适宜的细线，“无形”比作粗绳，意指她们无法接受乌陀的“无形”理论，乃为本诗的点睛之笔。

【原文】

ऊधौ हमहिँ न जोग सिखैयै।
जिहिँ उपदेस मिलैँ हरि हमकौँ, सो व्रत[1] नेम बतैयै[2]।
मुक्ति रहौ घर बैठि आपने, निर्गुन सुनि दुख पैयै[3]।
जिहिँ सिर केस कुसुम भरि गूँदे, कैसैँ भस्म चढ़ैयै[4]।
जानि जानि सब मगन भई हैँ, आपुन आपु लखैयै[5]।
सूरदास-प्रभु सुनहु नवौ[6] निधि, बहुरि कि इहिँ ब्रज[7] अइयै[8]॥
（91/4311）

【对译】

乌陀啊，勿将瑜伽授我等
何道使我会诃利，便且宣说彼戒规。
解脱徒坐自家中，听罢无形得苦痛。
彼头发中编满头，祭灰如何来抹擦？
渐知渐觉皆沉浸，且请亲自将己现。
苏尔达斯言，
胜尊九宝[9]且听闻，复来此地伯勒杰？

【释译】

本诗描写了牧女一心愿见黑天、拒绝再听瑜伽之言的场景：

牧女道：“乌陀，曾经饰满鲜花的头发不可能甘愿被擦上祭灰。我们不想再听任何关于瑜伽的言论了，只想知道是否有办法可以让

---

① Gupta 本作 vrat。
② Gupta 本作 bat ai’ai。
③ Gupta 本作 pai’ai。
④ Gupta 本作 caḍh ai’ai。
⑤ Gupta 本作 lakh ai’ai。
⑥ Gupta 本作 navai。
⑦ Gupta 本作 vraj。
⑧ Gupta 本作 a’i’ai。
⑨ 九宝，原文为 navau nidhi，通 navanidhi，一般指财神俱毗罗的九样法宝，此处代指黑天。

我们再次见到日思夜想的黑天？倘若有的话，无论是什么严苛的戒律、规定都请告诉我们，我们定会遵照执行。你口中所说的‘解脱’是你闭门造车的产物，它只配留在你自己家里，不值得这样大肆宣传。我们不感兴趣，更不需要。现如今，我们已经从你卑劣的骗术中清醒过来，绝不会被瑜伽的邪说蒙蔽。黑天啊，请你赶紧出现在我们面前，救我们于水深火热之中吧！你听到了吗？告诉我们，你还会再回伯勒杰吗？”

本诗表现了牧女抵制乌陀“无形”理论的决绝之心，以此衬托出她们渴望与黑天见面的迫切之情。诗末的两个问句生动地抒发了牧女心底最真实的呐喊，她们既对再见黑天抱有极度的热望，同时又难以掩饰自己的无助和担忧。

【原文】

मधुकर स्याम हमारे ईस।
तिनकौ ध्यान धरैं निसि बासर, औरहिं नवै[①] न सीस।
जोगिनि जाइ जोग उपदेसहु, जिनके मन दस-बीस।
एकै[②] चित एकै वह मूरति, तिन चितवतिं दिन तीस।
काहैं[③] निरगुन ग्यान आपनौ, जित कित डारत खीस।
सूरदास प्रभु नंद-नँदन बिनु, हमरे को जगदीस॥
（92/4321）

【对译】

黑蜂啊，黑子乃为我等主
日夜对彼持禅定，从不低头向他人。

① Gupta 本作 navaiṃ。
② Gupta 本作 ek。
③ Gupta 本作 kāhe。

瑜伽女心一二十，[1] 且去训教瑜伽道。

彼形像一心亦一，[2] 瞧之看之三十日[3]。

为何将己无形识，丢弃销毁于各处？

苏尔达斯言，

无有胜尊难陀子，谁为我等世界主？

【释译】

本诗承接上一首诗，描写了牧女对黑天忠贞不贰的虔爱。内容大致如下：

牧女道："黑蜂啊，黑子是我们唯一的主人，我们日日夜夜对他修持禅定，在心中把他冥想，从不低头敬拜他人。你若真想宣传自己的'无形'说，就回马图拉去吧！那里的聪慧女子个个都有几十颗心，她们一定可以领会你的瑜伽奥义。我们却不同，我们伯勒杰的牧女只有一颗心，心里也只有黑天一人的形相，我们在心中久久地看着他、念着他，容不下其他任何杂质。你这样在牛村挨家挨户地宣说布道，无异于让自己的理论在众人的指责和抵制中一点点瓦解。对我们来说，这世上没有谁能超越胜尊黑天，他是我们在这世上唯一的主人！"

本诗中，牧女将自己和马图拉的女子作对比，看似自贬自嘲，实则是在宣示自己忠于黑天的意志。

【原文】

सतगुरु चरन भजे बिनु विद्या, कह कैसैं कोउ पावै।

उपदेसक हरि दूरि रहे तैं, क्यौं हमरे मन आवै।

① 指瑜伽女有很多心，可以接受乌陀的瑜伽道。

② 彼形像指黑天，心指牧女的心。

③ 三十日，原文为 din tīs，直译为"三十天"，指时间长久。

जो हित कियौ तौ अधिक करहि[1] किन, आपुन आनि सिखावैँ।
जोग बोझ तैँ चलि न सकैँ तौ, हमहीँ क्यौँ न बुलावैँ।
जोग ज्ञान मुनि नगर तजे बरु, सघन गहन बन धावैँ।
आसन मौन नेम मन संजन, बिपिम मध्य बनि आवैँ।
आपुन कहैँ करैँ कछु औरै, हम सबहिनि डहकावैँ।
सूरदास ऊधौ सौँ स्यामा, अति संकेत जनावै[2] ॥

（93/4328）

【对译】

若不膜拜良师足

若不膜拜良师足，且言某怎得智慧？
布道之人诃利远，我等内心怎可至？
所做益事谁人胜？且请亲自来教诲。
负载瑜伽不能行，为何不将我召唤？
牟尼甘为瑜伽识，弃城投奔密深林，
端坐默戒驭心意，丛林之中方可成。
自说这般做那般，我等尽皆被欺骗。
苏尔达斯言，
极力示意使明了，黑子女[3]向乌陀释。

【释译】

本诗描写了罗陀抱怨黑天言行不一的情节。内容大致如下：

罗陀对乌陀道：“你说你是在黑天的授意下前来牛村，可他如果真想让我们修习瑜伽，为何不亲自前来？就算我们心甘情愿接受了这套理论，但是没有亲自向老师行礼讨教，又如何能得到至高无上的智慧？真正的布道者远在天边，仅仅凭着你的转述，我们怎能把

① Varma 本作 karahiṁ。
② Varma 本作 janāvaiṁ。
③ 黑子女，原文为 syāmā，意为黑子的爱侣，即罗陀。

这些玄妙缥缈的道理记在心间？你说，黑天做过的善行义举数不胜数，无人能及，他怎么不来牛村一趟亲自施教呢？若是为瑜伽重负所累不便行动，为何不召唤我们去马图拉耳提面命呢？据我们所知，那些真正追求瑜伽智慧的牟尼往往选择放弃富贵安逸的城市生活，遁入密林深处的无人之境，因为打坐、缄默、斋戒、静心这些瑜伽修行之术只有在脱离了世俗诱惑的密林中才能实现。反观黑天，他一边口口声声派你来宣扬瑜伽的高妙义理，一边却自得其乐地享受着国王般的至高礼遇，我们这些单纯愚笨的牧女险些就被他的诡计欺骗了！”

就这样，罗陀极力向乌陀阐明自己的心意。与前诗中一味感情用事的牧女不同，她有理有据地对黑天说一套做一套的行为进行了理性分析，这点恰好突显出罗陀聪明伶俐的本性。

【原文】

ऊथौ मन नहिं हाथ हमारैं[1]।

रथ चढ़ाइ हरि संग गए लै, मथुरा जबहिं सिधारे।

नातरु कहा जोग हम छाँड़हिं, अति रुचि कै तुम ल्याए।

हम तौ झँखति स्याम की करनी, मन लै जोग पठाए।

अजहूँ मन अपनौ हम पावैं, तुम तैं होइ तो होइ।

सूर सपथ हमैं कोटि तिहारी, कही करैंगी सोइ॥

（94/4338）

【对译】

乌陀啊，心智不在我等手

诃利启程马图拉，彼时登车偕带走。

① Varma 本作 hamāre。

否则我怎弃瑜伽，极大心愿你携来。
黑子所为令我悲，拿走心智派瑜伽。
如果由你可以成，使我今朝获己心，
苏尔言，
我即对你誓千万，言说做何便做何。

【释译】

本诗描写了牧女哀诉自己的心被黑天带走的场景。内容大致如下：

牧女道：“乌陀啊，其实我们并非有意与你为敌。你是黑天的朋友，理应也是我们的朋友。我们只是无心听你解释生涩的瑜伽理论，因为我们唯一的一颗心已经在黑天登车前往马图拉的时候被他带走了。否则，我们怎会对你满怀一腔热血辛苦携来的箴言不闻不问呢？伯勒杰的牧女绝不是那种不通人情、不明是非的孤傲之人！请原谅我们的一时鲁莽，只是因为黑子的不辞而别太叫人悲伤。现在唯有他回到牛村，我们的心才有可能回到我们身边。乌陀，倘若你能把他带来，我们发誓会听从你的教诫！”

本诗中，牧女的语气有所缓和。她们从失落、怨恨和愤懑的激烈情绪中短暂抽离，以无可奈何的哀婉之情陈诉了自己不接受瑜伽理论的根本原因。从本诗的最后两句可以看出，黑天是牧女开展一切行动的先决条件，只要黑天在，她们便会心甘情愿地做出任何形式的改变乃至牺牲。这正是苏尔达斯希望宣扬的无怨无悔、不计代价的虔爱之情。

【原文】

ऊधौ मन न भए दस बीस।
एक हुतौ सो गयौ स्याम सँग, को अवराधै ईस।
इंद्री सिथिल भईं[①] केसव बिनु, ज्यौं देही बिनु सीस।
आसा लागि रहति तन स्वासा, जीवहिं कोटि बरीस।
तुम तौ सखा स्याम सुंदर के, सकल जोग के ईस।
सूर हमारैं नंद-नँदन बिनु, और नहीं जगदीस॥
（95/4345）

【对译】

乌陀啊，没有心智一二十
仅一彼随黑子去，谁人对主[②]敬膜拜？
无美发者[③]感官倦，仿若无首之躯干。
寄予希冀身存息，生存活命千万年。
你乃俊美黑子友，一切瑜伽之主人，
苏尔言，
我等无有难陀子，再无其他世界主。

【释译】

本诗承接上一首诗，描述的是牧女们忠于黑天，只奉黑天一人为自己主人的心意。内容大致如下：

牧女道："乌陀啊，我们不像马图拉的女子那样机敏多思，我们人人都只有一颗心。如今，这唯一的心也随黑天而去了，空留这副没有生机的皮囊，你叫我们用什么去信奉无形的大梵？离开黑天的日子里我们倍受煎熬。没有黑天，我们就像丢了头脑的躯干，身体

① Varma 本作 bhaī。
② 主，原文为 īs，此处指乌陀崇尚的"无形梵"。
③ 美发者，原文为 kesav，指黑天。

里每个感官都丧失了曾经饱满而旺盛的生命力。然而，我们从未放弃再次见到黑天的念想，正是这种念想让我们身存希望、命得维系，也让我们拥有面对等待的隐忍和抵抗孤独的勇气。为了黑天，哪怕等待千年万载也在所不惜。乌陀啊，我们知道你是黑子的挚友，是精通一切瑜伽知识的智者。但我们无法遵从你的意愿，因为对我们而言，这茫茫世间除了黑天之外再无其他主宰。”

本诗集中探讨了“主”的问题。乌陀将无形无色、不可描述的“梵”视为至上，而牧女把形像俊美、实实在在的黑天奉为主宰。对“主”的不同认识构成了“无形”和“有形”两种派别的根本差别。

【原文】

इहिं उर माखन चोर गड़े।

अब कैसैं निकसत सुनि ऊधौ[①], तिरछे[②] ह्वै जु अड़े।

जदपि अहीर जसोदा-नंदन, कैसैं जात छँड़े।

हवाँ जादौपति प्रभु कहियत हैं, हमैं न लगत बड़े।

को बसुदेव देवकी नंदन, को जानै को बूझै।

सूर नंद-नंदन के देखत, और न कोऊ सूझै॥

（96/4350）

【对译】

偷奶油者扎入此心

乌陀且听现已弯，牢固驻留怎移出？[③]

耶雪达子虽牧人，如何又能弃离去？

胜尊被称雅度主，我等却未觉伟大。

---

① Varma 本作 ūdho。

② Varma 本作 tirachem̐。

③ 该句意思是，黑天偷奶油的形象已经深入牧女的内心，并且弯作钩状，所以牢固不易拔出。

富天提婆吉子谁，谁人知晓谁人问？

苏尔言，

瞧看见罢难陀子，不想其他任何人。

【释译】

本诗描写了牧女对黑天的忠贞情感。内容大致如下：

牧女对乌陀道：“我们无法理解你那否定一切外在形相和关系的论调，因为黑天与我们的感情真实不虚，他幼时偷吃奶油的模样深深烙在我们心底，就像钩子一样牢牢挂在上面，坚固不可移除。对我们来说，他永远都是那个在牛村里长大的可爱少年，我们不会嫌弃他作为牧人的平凡身份，也不会因为别人尊称他为‘雅度之主’而对他另眼相看。在我们认知的范畴里，黑天永远是难陀、耶雪达的儿郎，没人关心富天、提婆吉的儿子究竟是谁。现在你应该明白，除了黑天，我们的心中容不下其他任何人。”

本诗中，牧女对待黑天始终如一不会因为别人的看法而改变黑天在她们心中的位置，这点体现了虔爱恒常的特性。

【原文】

मन मैँ रह्यौ नाहिंन ठौर।

नंद-नंदन अछत, कैसैँ आनियै उर और।

चलत चितवत दिवस जागत, स्वप्न सोवत राति।

हृदय तैँ वह मदन मूरति, छिन न इत उत जाति।

कहत कथा अनेक ऊधौ, लोग लोभ दिखाइ।

कह करौँ मन प्रेम पूरन, घट न सिंधु समाइ।

स्याम गात सरोज आनन, ललित मृदु मुख हास।

सूर इनकैं दरस कारन, मरत लोचन प्यास ॥

（97/4351）

【对译】

心中无有地方留

内心已有难陀子，如何装载其他人？

行走瞧看昼醒时，夜晚沉睡梦境里，

莫登彼像自心中，瞬间亦未到处移。

诸多故事乌陀讲，展示尘世贪婪欲，

陶罐无法容汪洋，[①] 心已满爱何可为？

青黑身躯莲花面，俊美温柔微笑颜，

苏尔言，

因为觐见此之故，眼睛渴求将终亡。

【释译】

本诗承接上一首诗，继续表现牧女对黑天坚贞不二的虔爱之心：

牧女道："乌陀，你在牛村四处宣扬瑜伽理论，不断向人们解释世俗境域里的种种贪欲，以求把我们引上寻求解脱的'无形'之道。但我们诚心实意地奉劝你，再多的努力也是徒劳，因为我们的心早已被黑天满满占据，没有一丝一毫的空隙可以留给别人，更别说装下你那浩若汪洋的瑜伽奥义了！无论是清晨初醒的时候，走路张望的时候，还是夜晚做梦的时候，我们的脑海里全是黑天的模样。他那青黑色的身躯、莲花般的面容、美好温柔的微笑深深刻在我们心上，一刻也未曾转移。为了见到他，我们整日整夜守在村口，朝远处的来路张望。一刻不与黑天相会，我们双眼的渴盼就一刻得不到消解。"

---

① 此处牧女将自己的内心比作陶罐，把乌陀的"无形"理论比作大海，表面上看是说小小的陶罐容不下浩瀚的海洋，实际上表现了牧女对乌陀"无形"理论的抗拒和不屑。

【原文】

मधुकर स्याम हमारे चोर।
मन हरि लियौ तनक चितवनि मैं, चपल नैन की कोर।
पकरे हुते हृदय उर अंतर, प्रेम प्रीति① कैं जोर।
गए छँड़ाइ तोरि सब बंधन, दै गए हँसनि अँकोर।
चौंकि परीं जागत निसि बीती, दूत② मिल्यौ इक भौंर।
सूरदास प्रभु सरबस लूट्यौ, नागर नवल किसोर॥
（98/4353）

【对译】

黑蜂啊，黑子乃为我小偷
灵动眼角稍瞧看，此间心儿便被夺。
爱恋情意之力量，本已俘获心胸间，
施予微笑之贿赂，桎梏便解尽销毁。
惊愕清醒度夜晚，遇见使者一黑蜂。
苏尔达斯言，
聪慧青春少年郎，胜尊夺走尽数财。

【释译】

本诗运用比喻的手法刻画了牧女失去黑天后的怅惘之情。内容大致如下：

牧女道：“黑蜂啊，黑天身上有一种奇妙的魅力。他只用那灵动迷人的眼睛轻轻瞥我们一眼，我们的心和魂魄就立马被他偷去了。我们好不容易用尽自身爱的力量将他俘虏，关进心的牢房，以为这

① Varma 本作 prīt。
② Varma 本作 dūr。

样就能永远占有他。没想到，他只用一抹微笑便轻而易举地摧毁了我们内心的防线，跑去了别的地方，还带走了我们全部的情与爱。就这样，我们在惊慌和清醒中度过了无数漫漫长夜。几近绝望之际，你的出现一度为我们重燃了希望的光亮，而你的瑜伽理论又将我们再次打入了无底的深渊。”

【原文】

सब दिन एकहिं से नहिं होते[1]।

तब अलि ससि सीरौ अब तातौ भयो, बिरह जरि मोतैं।

तब षट मास रास-रस-अंतर, एकहु निमिष न जाने।

अब औरै गति भई कान्ह बिनु, पल पूरन जुग माने।

कहा[2] मति जोग ग्यान साखा श्रुति, ते किन कहे घनेरे।

अब कछु और सुहाइ सूर नहिं, सुमिरि स्याम गुनि केरे॥

（99/4356）

【对译】

诸日不会同一般

彼时月凉今滚烫，离苦烧我黑蜂啊！

彼时圈舞情味中，一瞬未觉已六月。

无有黑黑现别状，片刻以为整时代。

天启枝节[3]瑜伽识，何须赘言彼何智？

苏尔言，

追忆黑子之德行，其他现今皆不喜。

① Varma 本作 hotaiṁ。

② Varma 本作 kah。

③ 天启，原文为 śruti，指婆罗门教原始经典，包括四部吠陀本集以及梵书、森林书、奥义书等吠陀文献。枝节，原文为 sākhā，指只修习吠陀经典中某些特定部分的印度教派别，也指这些派别所尊奉的经典。

【释译】

本诗描写了黑天离开牛村前后牧女生活的天壤之别。内容大致如下：

牧女哀怨地道："黑蜂啊，我们现在的生活每一天都有所不同。可能前一天还沉浸在幸福的蜜罐里，后一天便坠入了痛苦的深渊。自从黑天离开之后，牛村的牧女们判若两人，周遭的一切都变得不再美好。曾经施人以清凉的月光如今却毒辣滚烫，那是离别的痛苦在把我们灼烧。曾经与黑天在沃林达林里跳舞、谈情，六个月的时间转瞬即逝，幸福的光阴永远让人觉得短暂。而今，身边没有情郎迷人的笑靥和动人的舞姿，我们在无休止的孤寂中度日如年，短短一瞬也像是整个时代那么漫长。为了保住性命，我们只能在脑海中拼命追忆那些与黑子共享的爱恋时刻，反复回想他曾经对我们的种种好。除此之外，没有任何事物可以让我们提得起兴致。黑蜂啊，你还是放弃喋喋不休的布道吧！你的吠陀经典和瑜伽知识再怎么高深，也无法医治我们内心的顽疾。任凭你苦口婆心，也无异于对牛弹琴。"

本诗用两组对比生动描绘了牧女与黑天分离后的变化，突显出她们被离别之苦折磨摧残的凄惨情状。

【原文】

सखी री स्याम सबै इक सार।

मीठे बचन सुहाए बोलत, अंतर जारनहार।

भँवर कुरंग[①] काक अरु कोकिल, कपटिन की चटसार।

कमलनैन मधुपुरी सिधारे, मिटि गयौ मंगलचार।

सुनहु सखी री दोष न काहू, जो बिधि लिख्यौ लिलार।

① Gupta 本作 bhujaṃg。

यह करतूति उनहिँ की नाहीँ, पूरब बिबिध बिचार।

कारी घटा देखि बादर की, सोभा देति अपार।

सूरदास सरिता सर पोषत, चातक करत पुकार॥

（100/4368）

【对译】

女伴啊，黑者本质皆一样

所说甜言令愉悦，内在却使焦灼烧。

黑蜂黑鹿噪鹃鸦，伪善骗子之学校。①

莲眼启程摩图城，喜庆赞歌断除消。

无人有罪女伴听，造物之主写前额，②

此非彼之所作为，而是先前诸般念。

且看密布黑云团，展现光辉无边际，

苏尔达斯言，

河流湖泊被滋养，凤头杜鹃徒啼叫。

【释译】

本诗中，牧女将黑天和其他黑色动物类比，表达了自己惨遭欺骗的怨恨之情。内容大致如下：

一位牧女对女伴道：“要我说，天下乌鸦一般黑！凡是肤色泛黑的家伙本质上没一个是好的。他们总是表面上装模作样地说漂亮话，背地里却做出令人痛心的不义之事。比如黑蜂，‘嗡嗡’的声音倒是悦耳，可它取悦花儿的目的不过是为了采蜜，一旦得手便弃之不理，立马飞到别的花枝上施展相同的诡计。再比如黑色的噪鹃，它把蛋产在别的鸟巢里，让其他鸟类哺育自己的幼崽。初生的噪鹃把身边的小鸟挤出巢穴，独享养父母的宠爱，长大后又迫不及待地抛下一

① 黑蜂、乌鸦、噪鹃和黑鹿都是黑色的动物，此处将它们比作骗子学校的成员。

② 造物之主写前额，原文为 bidhi likhyau lilārs，为“命中注定”之义。

切，回归自己的同族。类似的情况在乌鸦和黑鹿身上也可见一斑，它们这些伪善的家伙都是骗子学校培养出来的佼佼者。黑天何尝不是如此？他用俊俏的面庞、悠扬的笛声和甜蜜的言语将我们迷惑，骗取我们的芳心之后便一走了之，转而去到驼背女人的身边。自从黑天前往马图拉，牛村就再未响起过喜庆的赞歌，人们的脸上也再未扬起过甜美的微笑。”

听罢此话，女伴答道：“黑肤者生性狡黠，这是造物主决定的，而非他们自己的选择。前世的业导致今世的果，怪罪他们又有何用？你看远方穹窿中密布的黑云，正用它的甘霖滋养异乡的河流和湖泊。黑天亦是如此，他正在马图拉展现自己的无限光彩，用浓情蜜意浇灌驼背女的心田，可怜我们这些干渴难耐的凤头鹃日夜啼叫，呼唤雨云的到来。”

本诗巧用多组比喻和类比，将黑天在牧女心中的形象刻画得极为鲜活而立体，同时把牧女怨恨黑天却又不忍怪罪于他的复杂心理表现得入木三分。

【原文】

बिलग जनि मानौ ऊधौ कारे①।

वह मथुरा काजर की ओबरि②, जे आवैं ते कारे।

तुम कारे सुफलक सुत कारे, कारे कुटिल सँवारे।

अमलनैन की कौन चलावै, सबहिनि मैं मनियारे।

मानौ नील माट तैं काढ़े, जमुना आइ पखारे।

---

① Gupta 本作 pyāre。

② Gupta 本作 koṭharī，Sabha 本作 obari。

तातैं स्याम भई कालिंदी, सूर स्याम गुन न्यारे ॥

（101/4381）

【对译】

乌陀啊，勿将黑者认不同

彼马图拉油烟窝，凡前来者乌黑色。

你黑梳卷发者①黑，苏普勒格子亦黑。

之于莲眼②何可述？众中宛若宝石耀。

好似取自青陶罐，前来洗于叶木拿，

苏尔言，

迦林德裔③由此黑，黑子之德实独特。

【释译】

本诗承接上一首诗，描写了牧女对黑天及马图拉人的讽刺。内容大致如下：

牧女道："乌陀啊，正所谓天下乌鸦一般黑，你可别觉得不同的黑肤者之间有什么差别。我虽未去过传说中的马图拉，但我能猜到那儿一定是个巨大的油烟窝，因为凡是来自那里的人无一例外都是皮肤青黑的，比如你和头梳卷发的黑天，还有苏普勒格的儿子阿格鲁尔。若是非要在你们之中分个高下，黑天毫无疑问是最黑的。他就像从青黑色的陶罐里走出来似的。他在叶木拿河沐浴一番之后，河水也变成了黑色。黑子的德行实在独特，普天之下无人能及。"

① 梳卷发者，原文为 kuṭil saṁvāre，指黑天。

② 莲眼，指黑天。

③ 迦林德裔，原文为 kāliṃdī，指迦林德山的女儿，即叶木拿河，也有"黑色的"之意。

【原文】

ऊधौ भली भई ब्रज① आए।

बिधि कुलाल कीन्हे काँचे घट, ते तुम आनि पकाए।

रँग दीन्हौ हो कान्ह साँवरैं, अँग-अँग चित्र बनाए।

यातैं गरे न नैन नेह तैं, अवधि अटा पर छाए।

ब्रज② करि अँवा③ जोग ईंधन करि, सुरति आनि सुलगाए।

फूँक उसास, बिरह प्रजरनि सँग, ध्यान दरस सियराए।

भरे सँपूरन सकल प्रेम-जल, छुवन न काहू पाए।

राज काज तैं गए सूर प्रभु, नंद-नँदन कर लाए॥

（102/4400）

【对译】

乌陀啊，伯勒杰地来得好

造物陶匠做生罐④，你来将其烧制成。

黑黑涂予青黑色，绘制图案于周身，

铺展归期露台上，由此不被眼爱溶。

伯勒杰窑瑜伽柴，思念来临即燃烧，

呼吸鼓风伴离火，禅定觐见乃冷却。

尽皆充满爱之水，任何人亦碰不得。

苏尔言，

胜尊离去因国事，携来难陀子之手。

【释译】

本诗用烧制陶罐的比喻表现了牧女虔爱黑天之心得以坚定的过程：

---

① Gupta 本作 vraj。

② Gupta 本作 vraj。

③ Gupta 本作 avāṁ。

④ 生罐，即没有烧制的陶罐坯子，此处指牧女的身体。

牧女道：“乌陀啊，你的到来虽然给我们平添了诸多烦扰，但归根结底还算是件好事。你可能会觉得奇怪，让我来打个比方为你解释。一开始，我们的身体就像是造物主用泥土捏制的陶罐坯子，空有一副皮囊，没有活力且十分脆弱。直到小黑天出现，我们才渐渐焕发生机，周身一点一点染上他的颜色。恰恰就在陶坯被施上釉彩的时候，黑天却突然转身而去，留下我们这些被情郎抛弃的怨女日夜以泪洗面。好在我们心中始终坚信，黑天的归期总会有一天到来。这份希望好似一块突起的露台，将我们湿漉漉的罐身托在上面缓缓晾干，所以我们才没有在恣意流淌的泪水中归于消融。就在这时，你携着‘无形’理论来到牛村，瞬间把伯勒杰变成了一座巨大的陶窑。你的瑜伽知识好似干柴，每当我们忆及黑天的时候，便会燃起熊熊不熄的烈火。我们每一丝不由自主的呼吸和每一寸被离别折磨的痛苦都使火势愈演愈烈，我们的罐身也被烧得愈来愈硬。我们在心中不断冥想，反复祈求与黑天再度相见，最终凭着这份隐忍的信念使大火平息，让自己的罐身渐渐冷却。之后我们发现，当初黑天涂抹在罐身的色彩变得愈发鲜亮，罐内也盛满爱恋情郎的纯净之水。历经瑜伽之火的淬炼，我们已经成长为结实的容器，绝不会在外力冲击下轻易破碎。这一过程原本应由黑天完成，但他在马图拉忙于国事，所以派你来续写他的使命。所以，我们说你的到来是件好事。”

本诗将牧女比作陶罐，将期盼与黑天重逢的希冀比作露台，将乌陀的瑜伽理论比作烧制陶罐的柴火，用整个烧制过程比喻牧女们在瑜伽之火和离别之火的双重痛苦中自我修炼的经历。修行得道后的牧女更加坚定了自己虔爱黑天的信念，相比之下，乌陀的“无形”之道也随之相形见绌。

【原文】

जौ पै हिरदै माँझ हरि।

तौ कहि इती अवज्ञा उनपै, कैसैं सही परी।

तब दावानल दहन पायौ, अब इहिं बिरह जरी।

उर[①] तैं निकसि नंद-नंदन, हम सीतल क्यौं न करी।

दिन प्रति नैन इंद्र जल बरषत, घटत न एक घरी।

अति ही सीत भोत तन भींजत[②], गिरि अंचल[③] न धरी।

कर-कंकन दरपन लै देखौ, इहिं अति अनख मरी।

क्यौं अब जियहिं जोग सुनि सूरज, बिरहिनि बिरह भरी॥

（103/4409）

【对译】

诃利[④]若仍在心间

如此这般违背他，且说如何来忍受？

彼时未被林火烧，现今被此离火灼，

难陀之子为何不，自心出来冷却我？

眼降因陀罗之雨[⑤]，每日片刻亦未减，

受惊身躯极湿冷，衣角之山不托起。

拿来镜子瞧手镯，由此怒极将死去。

苏尔言，

离女充斥离别苦，现听瑜伽怎活命？

---

① Varma 本作 tab。

② Gupta 本作 bhījat。

③ Gupta 本作 āṁcal。

④ 诃利，原文为 hari。在乌陀的语境中指无形的大梵、世界的主宰，而在牧女看来世界之主就是黑天。

⑤ 因陀罗之雨，形容雨势之大，此处比喻牧女眼泪如注的场景。在印度教神话中，因陀罗是司管降雨的天神。相传黑天曾用手掌托起牛增山，为牛村提供庇护，使其免遭因陀罗雨的侵犯。

【释译】

本诗描写了牧女斥责瑜伽无用的场景。内容大致如下：

牧女对乌陀道：“你宣称至高的大梵、世界的主宰就在我们心中，还让我们用瑜伽修行的方式再默默冥想，宣称这样就能带来解脱。你的想法实在天真！对于牛村的牧女来说，世界之主就是黑天。倘若黑天驻于心中，我们怎会容忍自己对他有分毫的忽视和违背，又怎会有半点兴致聆听你的异理邪说？回想那个炙热的夏夜，林中树木突然起火。黑天为救同伴，把猛如狮虎的森林大火一饮而尽。现如今，我们正被离别之火苦苦煎熬，倘若黑天驻于心中，为何不出来施展神迹，为我们熄灭火焰，施予清凉？自从黑天走后，我们日夜为相思所苦，眼泪像因陀罗降下的大雨一样滂沱不止。被泪水浸湿的身体不断颤抖，忍受着孤独的恐惧。倘若黑天驻于心中，为何不像托起牛增山一样托起衣角，为我们遮风挡雨，带来慰藉？乌陀啊，通过种种迹象可以确定，黑天此刻并不在我们心中，自从他离开伯勒杰的那日起，他便已经走出我们的心里。正如人们无须多此一举地借助镜子来打量腕上的手镯，我们也无须借由你的瑜伽之道在自己内心寻找黑天。他在或不在，我们都清清楚楚。所以，请你不要再宣扬瑜伽理论了，这样下去只会让我们更加愤怒，更加痛不欲生！”

本诗中，牧女将黑天视为世界的至高主宰，等同于乌陀所谓的大梵，这是“有形”与“无形”理论的本质区别。从牧女的言论可以看出，无论黑天是否与她们同在，无论自己是喜乐抑或痛苦，她们的心都矢志不渝地忠于黑天，体现出虔爱的专一与恒定。

【原文】

ऐसौ जोग न हम पै[1] होइ।

आँखि मूदि[2] कह पावैं ढूँढ़े, अँधरे ज्यौं टकटोइ।

भसम लगावन कहत जु हमकौ[3], अंग कुंकुमा[4] धोइ।

सुनि कै बचन तुम्हारे ऊधौ, नैना आवत रोइ।

कुंतल कुटिल मुकुट कुंडल छबि, रही जु चित मैं पोइ।

सूरज प्रभु बिनु प्रान रहैं नहिं, कोटि करौ किन कोइ॥

（104/4413）

【对译】

此般瑜伽不适我

闭眼摸索似盲人，如何找寻可获得？

言说洗去身红粉，让我涂抹祭火灰，

你之言语乌陀啊，听罢眼眸始啜泣，

卷发头冠耳环美，长久串联于心间。

苏尔言，

某人尝试纵千万，无有胜尊不活命。

【释译】

本诗描写了牧女抵制瑜伽的情景。内容大致如下：

牧女道：“乌陀啊，无论你的瑜伽理论再怎么玄妙高深，但它终归不适合我们。你让我们紧闭双眼打坐禅定，那么我们如何寻找梦寐以求的黑天？你让我们洗净身上装扮的红粉，涂上祭火烧成的灰烬，可我们不是深山中以苦修为生的瑜伽行者，如何忍受这样的事情？听了你的话，我们涕泪涟涟。你越是布道不休，我们心中对黑

① Gupta 本作 hamapai。
② Varma 本作 mūṁdi。
③ Gupta 本作 hamakauṃ。
④ Varma 本作 kuṃkumā。

天的爱就越是坚定。他迷人俊美的模样永远牵动着我们的心弦，如果再不与他重逢，无论我们用尽什么办法，都无法继续活命。”

【原文】

हमसौँ उनसौँ कौन सगाई।

हम अहीर अबला ब्रजवासी, वै जदुपति जदुराई।

कहा भयौ जु भए जदुनंदन, अब यह पदवी पाई।

सकुच न आवत घोष बसत की, तजि ब्रज① गए पराई।

ऐसे भए उहाँ जादौपति, गए गोप बिसराई।

सूरदास यह ब्रज② कौ नातौ, भूलि गए बलभाई॥

（105/4418）

【对译】

我等与他何关系

我等牧人孤伯民③，彼雅度主雅度王。

现今获得此地位，④成雅度子又如何？

抛弃离开伯勒杰，毫不犹豫居别村，

如此这般于彼处，成雅度主忘牧人。

苏尔达斯言，

与伯勒杰此关系，大力之弟⑤已忘记。

【释译】

本诗描写了牧女谴责黑天忘恩负义的场景。内容大致如下：

牧女道：“如今，我们依旧是牧人家的孩子，是孤独柔弱的牧女；

---

① Gupta 本作 vraj。

② Gupta 本作 vraj。

③ 应为“伯勒杰民”，此处因字数所限缩译为“伯民”。

④ 此处指雅度之主的王位。

⑤ 大力罗摩的弟弟，指黑天。

他已成为雅度人的族主，马图拉的君王。我们之间的差距，如同难以逾越的天堑，两相之间还能有什么关联？当初黑天登车离开伯勒杰的时候，丝毫没有犹豫。而今他在遥远的异乡被尊为国主，享受着千万人的拥戴和敬爱，恐怕早已把我们牛村的男男女女忘得一干二净了吧！”

从本诗可见，牧女虽对黑天忠贞不贰，仍旧难免受到世俗心理的干扰。她们从情感上难以忍受被抛弃的厄运和单相思的厮守，情之所至时难免会宣泄内心的不满。爱之愈深，责之愈切，这恰恰也是虔爱的另一种表现形式。

【原文】

तौ हम मानैँ बात तुम्हारी।

अपनौ ब्रह्म दिखावहु ऊधौ, मुकुट पितांबर धारी।

मनिहैँ तब ताकौ सब गोपी, सहि रहिहैँ बरु गारी।

भूत समान बतावत हमकौँ, डारहु स्याम बिसारी।

जे मुख सदा सुधा अंचवत हैँ, ते विष क्यौँ अधिकारी।

सूरदास-प्रभु एक अंग पर, रीझि रहीँ ब्रजनारी[1] ॥

（106/4423）

【对译】

彼时我等认你言

乌陀且将自己梵，穿戴黄衫头冠现。

彼时牧女皆认它，忍受谩骂亦情愿。

幽灵一般对我言：且将黑子忘却掉。

一向品饮甘露口，怎成毒液占有者？

① Gupta 本作 vraj-nārī。

苏尔达斯言，

只为胜尊一身躯，伯勒杰女久迷恋。

【释译】

本诗表现了牧女坚持捍卫“有形”的决心。内容大致如下：

牧女道：“乌陀啊，我们誓死不会接受你的瑜伽理论。除非你幡然悔悟，给自己的‘大梵’披上黄衫，戴上头冠，把它装扮成黑天的模样。到那时，我们势必对你言听计从，就算忍受侮辱谩骂也心甘情愿。你若不思悔改，继续像幽灵一样纠缠不止，一遍遍劝我们忘掉黑天，我们必定会将内心的虔爱捍卫到底！就像惯饮甘露的圣洁之口永远不会沾染恶浊的毒液，我们长久以来迷恋俊美黑天的心也永不可能接受你的谬论邪说。”

【原文】

ऊधौ जोग बिसरि जनि जाहु।

बाँधौ गाँठि छूटि परिहै कहुँ, फिरि पाछैँ पछिताहु।

<u>ऐसौ</u>[①] बहुत अनूपम मधुकर, मरम न जानै और।

<u>ब्रज</u>[②] बनितनि के नहीँ काम <u>की</u>[③], है तुम्हरेई ठौर।

<u>जो</u>[④] हित करि पठयौ मनमोहन, सो हम तुमकौँ दीनौ।

सूरदास ज्यौँ बिप्र नारियर, करहीँ बंदन कीनौ॥

（107/4428）

【对译】

乌陀啊，勿将瑜伽忘却掉

系紧绳结可别掉，否则背后复懊恼。

① Gupta 本作 aiso，Sabha 本作 aisī。

② Gupta 本作 vraj。

③ Gupta 本作 ko。

④ Varma 本作 jau。

如此甚殊[①]黑蜂啊，精髓他人不知晓。

无益伯勒杰之女，仅仅属于你处所[②]。

施惠迷心者[③]所派，我等将其还予你。

苏尔达斯言，

似婆罗门之椰果[④]，已然亲手膜拜过。

【释译】

本诗描写了牧女对乌陀“无形”理论的挖苦讽刺。内容大致如下：

牧女道：“乌陀啊，虽然你的瑜伽理论在牛村不受欢迎，但你切莫灰心，千万别把它们丢掉。这些知识是如此高妙深奥，以至于个中真意只有你一人明了。牛村的牧女天生愚钝，难以企及你超凡脱俗的境界。不过好在马图拉的居民个个聪明机灵，定会与你心意相契，将这瑜伽哲学好生珍存。黑天派你送来如此贵重的厚礼，只可惜牛村人无福消受。我们已像礼敬婆罗门祭司手中的椰果一样膜拜了你口中的瑜伽智慧，现在将它原封不动地归还于你。请记住我们善意的提醒，务必系紧绳结，把这些知识牢牢绑住，别在归乡途中不慎掉落，免得日后徒生懊恼。”

本诗明褒暗讽，用婉转的言辞宣示出对乌陀及其瑜伽理论的排斥，突显出牧女的智慧。

---

① 原文为 bahut anūpam，意为“特别非凡的”“甚为殊胜的”。此处牧女们讽刺乌陀的瑜伽之道是如此非凡，以至于到了除他自己以外别人都无法知晓的地步。

② 指乌陀所在的地方，即马图拉。

③ 指黑天。

④ 婆罗门之椰果，原文为 bipr nāriyar。在印度教传统中，椰子被认为是圣洁、吉祥的果实。相传众友仙人用椰子取代动物作为祭祀时的牺牲，蕴含了不杀生的思想。由于椰树生长在盐分较高的土地上，结出的果实却香甜多汁，因而象征了坚韧、高洁的品质。印度教徒通常在祭祀后将椰子留在神庙，置于祭火或水中。牧女用椰子比喻乌陀携来的瑜伽理论，她们只是象征性地膜拜一番后却不带走。

【原文】

ऊधौ काहे कौं भक्त कहावत।

जु पै जोग लिखि पठयौ हमकौं[1], तुमहुँ न भस्म चढ़ावत।

श्रृंगी मुद्रा भस्म अधारी, हमहीँ कहा सिखावत।

कुबिजा अधिक स्याम की प्यारी, ताहिँ नहीँ पहिरावत।

यह तौ हमकौं तबहिँ न सिखयौ, जब तैँ गाइ चरावत।

सूरदास प्रभु कौं कहियौ अब, लिखि-लिखि कहा पठावत॥

（108/4431）

【对译】

乌陀啊，为何言称乃信徒

书写瑜伽送于我，为何你不抹祭灰？

兽角手势祭灰杖，为何教授于我等？

驼女甚得黑子宠，怎么不为她穿戴？

放牧牛群之彼时，从未授此予我等。

苏尔达斯言，

如今且向胜尊言，为何书写派送来？

【释译】

本诗描写了牧女抓住乌陀和黑天言行中的两处疑点展开反问的场景。内容大致如下：

牧女质问乌陀："你自称是黑天的信徒，是瑜伽理论的崇尚者。你布道的时候口口声声让我们涂抹祭灰，摆正手势，手持号角和竹杖。可你看看自己，一副衣着华美、光彩照人的模样，这些瑜伽修行的法门在你身上看不到半点踪影。再说那位驼背女子，她现在深得黑子宠幸，日夜陪伴在他的身边。若这瑜伽之道真是如此绝妙，

① Varma 本作 hamakau。

黑子为何不教授给她，为何不给她穿戴上瑜伽女的行头？回想当初黑天在牛村的时候，从未对我们说过类似的言语，为何一到马图拉就像变了一个人，开始宣说这样无情无义的理论？依我们看，要么是乌陀你假传旨意，要么是黑天受了那驼背恶女的蛊惑。”

【原文】

(ऊधौ) ना हम बिरहिनी ना तुम दास।

कहत सुनत घट प्रान रहत हैं, हरि तजि भजहु अकास।

बिरही मीन मरै जल बिछुरैं, छाँड़ि जियन की आस।

दास① भाव नहिं तजत पपीहा, बरषत मरत पियास।

पंकज परम कमल मैं बिहरत, बिधि कियौ नीर निरास।

राजिव रबि② कौ दोष न मानत, ससि सौं सहज उदास।

प्रगट प्रीति दसरथ प्रतिपाली, प्रीतम कैं③ बनबास④।

सूर स्याम सौं दृढ़ ब्रत⑤ राख्यौ, मेटि जगत उपहास॥

（109/4432）

【对译】

（乌陀啊）我非离女你非仆

言听颂空⑥弃诃利，陶罐⑦之中命仍存。

与水分离鱼儿死，抛开生存之希冀。

杜鹃不弃奴仆情，⑧雨中仍旧干渴亡。

---

① Gupta 本作 daras。
② Varma 本作 ravi。
③ Gupta 本作 k ai。
④ Varam 本作 banavās。
⑤ Gupta 本作 vrat。
⑥ 空，原文为 akās，“虚妄”“不实”之义，此处指“无形”说。
⑦ 指身体。
⑧ 此处杜鹃指凤头鹃。由于这种鸟只饮每年五月大角星显现之际落下的雨滴，因而被诗人比喻为角星雨的奴仆。

莲花享乐浩泽中，造物以水使苦恼，[1]

莲不以为太阳罪，因月自然哀伤颓。

放逐至爱[2]森林中，十车践行昭昭爱。[3]

苏尔言，

坚定立誓为黑子，尘世嘲笑灭除消。

【释译】

本诗表现了牧女宁死不向乌陀妥协的气节。内容大致如下：

牧女道："乌陀啊，我们不是与情郎分别的普通女子，你也不是黑天虔诚的仆人。你若笃信黑天，就不会说出'抛弃诃利，赞颂无形'的言语；我们若只是与郎君分别的普通女子，听完你的话恐怕要当即毙命。天下多少人和物，离开自己心爱的对象便再也无法存活。你看那鱼儿，一旦离开水源就失了生存的希冀；你看那凤头杜鹃，宁可在守候角星雨的漫长等待中干渴而死，也不啜饮其他时节的雨滴；你看那泥塘中恣意绽放的莲花，纵使炙热的阳光将池中的水分一点点吸干，她们也丝毫不怪罪太阳，因为日光中尚有怒放的机会，待月光降临之时，她们便会自然凋零；再看那阿逾陀的十车王，他在万不得已的情况下将自己至爱的儿子罗摩放逐森林，之后便在极度的爱与悔恨中升入天界。同样的例子数不胜数，而我们却不是其中之一。纵使听完你冷酷无情的瑜伽理论，我们仍旧要努力维系自己的性命，更要坚定为黑子活下去的决心。我们无论如何都要等到与黑子重逢的那一天，为此不惜忍受世间的一切嘲笑和谩骂。"

---

① 造物主创造了昼夜，白昼的耀眼日光既促使莲花绽放，也加速水分蒸发。所以莲花在享受阳光之美的同时，也要忍受它所带来的苦恼。

② 至爱，指十车王的爱子罗摩。

③ 此处指离开罗摩的十车王因极度的爱而生出极度的悔恨，后因不堪忍受如此强烈的情感而与世长辞。诗人将此视为十车王践行对罗摩之爱的一种表现。

前诗多用鱼和水、凤头鹃和角星雨、莲花和太阳等事物比喻牧女与黑天的关系。由本诗可见，牧女对黑天的感情已然超越了过去。她们不再将自己视作为离别所苦的普通女人，而是甘愿忍受一切痛苦，直到与情郎再度结合。这体现出牧女在瑜伽理论洗礼下的意识升华，她们对黑天的虔爱之心得到了空前的坚定。

【原文】

ऊधौ, लै चल, लै चल।
जहँ वै सुन्दर स्याम बिहारी, हमकौं तहँ लै चल।
आवन-आवन कहि गए ऊधौ, करि गए हमसौं छल।
हृदय की प्रीति स्याम जू जानत, कितिक दूरि गोकुल।
आपुन जाइ मधुपुरी छाए, उहाँ रहे हिलि मिल।
सूरदास स्वामी के बिछुरैं, नैननि नीर प्रबल॥
（110/4440）

【对译】

乌陀啊，请带去请带去
那美黑子游玩处，且带我等去彼处。
反复言说会归来，却将我骗乌陀啊！
黑子若知心中爱，牛村又有几多远？
自己去覆[①]摩图城，交友融入于彼处。
苏尔达斯言，
作别分离与主人，双眼泪水恣滂沱。

【释译】

本诗描写了牧女抱怨黑天一去不返的场景：

① 覆，原文为 chāi，本意为覆盖、展开，此处指黑天在马图拉名声大震，为全城人所赞颂。

牧女对乌陀道："你是黑天的朋友，一定知晓他的下落。请你把我们带到他的身旁，带到他经常逍遥游弋的地方，否则我们担心永远都没有机会与他重逢。黑天离开牛村的时候，口中反复承诺事毕即返，后会有期。可长久以来，我们没有收到任何与他有关的信息，好不容易盼到他派来的使者，不曾想，那人的言语却更加令人痛不欲生。我们就这样被那个负心的黑天欺骗。他若真心牵挂我们，了解我们内心对他的爱，回一趟牛村又能费多少周折？想必此刻他正醉心于马图拉人的礼敬赞颂，享受着自己声名倾城的伟大荣光，早已把与牛村人的往日情分抛到九霄云外了。如今，徒留我们这些失去主人的牧女失魂落魄，整日与潸然泪水为伴，不知何时才是尽头。"

【原文】

गुप्त मते की बात कहौं, जो कहौ न काहू आगैं।

कै हम जानैं, कै हरि तुमहूँ, इतनी पावहिं माँगैं।

एक बेर खेलत बृन्दावन, कंटक चुभि गयौ पाइँ।

कंटक सौं कंटक लै काढ़्यौ, अपनैं हाथ सुभाइ।

एक दिवस बिहरत बन भीतर, मैं जु सुनाई भूख।

पाके फल वै देखि मनोहर, चढ़े कृपा करि रूख।

ऐसी प्रीति हमारी उनकी, बसतैं गोकुल बास।

सूरदास प्रभु सब बिसराई, मधुबन कियौ निवास॥

（111/4441）

【对译】

秘密之事来讲述

秘密之事来讲述，任何人前勿言说。

你我抑或诃利知，如此请求且满足。

沃林达林有一回，嬉戏之时脚扎刺，
亲自用己美妙手，拿刺将刺挑取出；
漫步游逛有一日，我于林中喊饥饿，
看到成熟迷人果，施予恩惠爬上树。
牛村居所驻留时，我等与他此爱情，
苏尔达斯言，
落户居于摩图林，胜尊尽数皆忘记。

【释译】

本诗中，牧女不再一味驳斥乌陀的“无形”理论，转而追忆起黑天曾经对她们的爱。内容大致如下：

一位牧女凑近乌陀耳畔，悄悄地道：“乌陀啊，我要告诉你一个小秘密。不过这个秘密只有你、我、诃利三人知晓，千万不能对别人说起，请你务必答应我的请求！话说有一次，我与诃利相伴在林间嬉戏，一不留神脚底扎了一根刺。诃利灵机一动，舞动他美丽的巧手，温柔地用另一根刺将我脚上的刺挑了出来。另有一天，我和诃利在林中漫步，走着走着我突感饥饿，便撒娇向他索要食物。诃利四下张望，欣然瞧见不远处的一棵大树上垂着许多熟透的果子，煞是诱人。他径直跑去，爬上树枝，为我采下最甜美的果实。回想诃利住在牛村的日子，我们与他的爱是如此烂漫而温馨。如今，身在马图拉的他怕是早把这些美好的片段忘得一干二净，徒留我们在寂寥的回忆里自怨自艾。”

本诗中，牧女一改此前咄咄逼人、讥讽交加的口吻，以一种温婉中略带羞涩的方式叙述了两个与诃利有关的恋爱细节，风格清新明丽、生动感人，颇具画面感。从劝服的角度来看，此举具有春风化雨、润物无声、以柔克刚的效果，在“黑蜂歌”组诗中是比较少见的。

【原文】

ऊधौ जौ हरि हितू तुम्हारे।

तौ तुम कहियौ जाइ कृपा करि, ए दुख सबै हमारे।

तन तरिवर उर स्वास पवन मैं, बिरह दवा अति जारे।

नहिं सिरात नहिं जात छार ह्वै, सुलगि-सुलगि भए कारे।

जद्यपि प्रेम उमँगि जल सींचे, बरषि-बरषि घन हारे।

जौ सींचे इहिं भाँति जतन करि, तौ एतैं प्रतिपारे।

कीर कपोत कोकिला चातक, बधिक बियोग बिडारे।

क्यौं जीवैं इहिं भाँति सूर प्रभु, ब्रज[1] के लोग बिचारे॥

（112/4453）

【对译】

乌陀啊，诃利若为你之友

请你施以恩惠去，将我此痛尽数言：

胸息[2]如风身似树，此间离火燃至极。

不成灰烬亦不凉，烧着烧着变黑色。

降雨连绵云失败，由爱涌出水浇灌，

此般竭力行浇灌，方得保全如此多。

鹦鸽噪鹃凤头鹃，离火猎人来驱赶，[3]

苏尔言，

伯勒杰人惨不幸，此般怎活胜尊啊！

---

① Gupta 本作 vraj。

② 指胸口的呼吸。

③ 鹦鸽，指鹦鹉和鸽子。此处因字数所限缩译为“鹦鸽”。本句诗用各种鸟类比喻牧女的美态：鹦鹉形容鼻子挺丽，鸽子形容脖颈修长，噪鹃比喻声音甜美，凤头鹃比喻呼唤情郎的悠扬叫声。诗人又将离别之火比作闯入森林的猎人，将这些鸟儿尽数驱赶，意指夺取了牧女原有的美好情态。

【释译】

本诗描写了牧女恳请乌陀将自己的痛苦情状告知黑天的场景。内容大致如下：

牧女用乞求的语气诉道：“乌陀，你作为黑天最亲密的朋友，即使不能把我们带到他的身边，至少可以把我们的痛苦说给他听吧！我们由衷地恳请你即刻动身返回马图拉，让狠心的黑天知道我们的悲惨处境。请你告诉他，伯勒杰的牧女自与情郎分别之日起，身体就变成了干枯的树干，日日被熊熊离别之火灼烧。不仅如此，我们从胸腔呼出的每股气息都像疾风一般，使大火愈燃愈烈。生命悬在凋零的边缘，但是怀揣着与黑天再度相见的希冀，我们勉强守护着最后一线生机。天降大雨浇不熄滚滚林火，我们就把对黑天的爱化作泪水，浇灌在身上，以求自保。纵使眼泪恣意，似雨倾盆，也无法使我们的身躯冷却，只能维持不被烧成灰烬的状态。渐渐地，俏丽妩媚的少女在烟熏火燎的摧残下变得黯无光彩，丧失了原有的诸般美态。乌陀啊，请你务必把我们的不幸境况悉数告知黑天，他若再不回来，我们真要撑不下去了！”

本诗用森林之中大火蔓延比喻牧女倍受离苦煎熬的场面，用泪水倾注的画面表现她们对抗痛苦、保全性命的顽强形象，并以此突显出牧女不惜一切代价誓与黑天再度合一的隐忍之心和虔诚之情。

【原文】

बिलग हम मानैँ ऊधौ काकौ।

तरसत रहे बसुदेव देवकी, नहिं हित मातु पिता कौ।

काके मातु पिता को काकौ, दूध पियौ हरि जाकौ।

नंद जसोदा लाड़ लड़ायौ, नाहिं भयौ हरि ताकौ।

कहियौ जाइ बनाइ बात यह, को हित है अबला कौ।

सूरदास प्रभु प्रीति है कासौं, कुटिल मीत कुबिजा कौ॥

（113/4475）

【对译】

乌陀啊，我等怨恨向何人

向往富天提婆吉，而非父母之关爱。

谁为某人之父母？彼之乳汁诃利饮。

耶雪达宠难陀爱，诃利仍未属于他。

措辞前去将此言：谁人怜爱伶仃女[①]？

苏尔达斯言，

驼背女之伪善友[②]，胜尊对谁有爱恋？

【释译】

本诗描写了牧女抱怨黑天忘恩负义的场景。内容大致如下：

牧女对乌陀道："我们万万没有想到，黑天竟是喜新厌旧、无情忘本之人！虽说富天、提婆吉是他的亲生父母，但人人皆知，自打呱呱坠地之日起，他便是难陀、耶雪达的儿子。如今，黑天义无反顾地前往马图拉，投奔与自己有名无实的'亲人'，完全忘记是谁用自己的乳汁把他哺育，是谁含辛茹苦把他抚养成人。黑天对朝夕相处、恩重如山的父母尚且如此，对我们这些非亲非故的牧女又能好到哪去？乌陀啊，请你到马图拉当面问问黑天，问问他究竟要如何向我们这些孤苦伶仃的女子交代，问问他到底对谁存有真爱？别看那驼背女如今与黑天形影不离，如胶似漆，谁能保证我们的悲惨遭遇不会有朝一日降临在她的头上？所以，我们埋怨任何人都是徒劳的，要怪只能怪自己当初选错了郎君。"

① 指牧女自己。

② 指黑天，与后半句的胜尊构成同位语。

【原文】

जीवन मुख देखे कौ नीकौ।

दरस-परस दिन-राति पाइयत, स्याम पियारे पी कौ।

सूनौ जोग कहा लै कीजै, जहाँ ज्यान है जी कौ।

नैननि मूँदि मूँदि कह देखौं, बँधौ ज्ञान पोथी कौ।

आछे सुन्दर स्याम हमारे, और जगत सब फीकौ।

खाटी① मही कहा रुचि मानै, सूर खवैया घी कौ॥

（114/4479）

【对译】

见颜②生活才美好

昼夜可得觐见触，亲爱黑子亲爱郎。

生命消逝于某处，空洞瑜伽携作何？

双目紧闭看什么，知识经典如何绑？

我等黑子美又善，世间其他皆索然。

苏尔言，

品食享用酥油者，怎会倾心酸乳浆？

【释译】

本诗描写了牧女忠于黑天、蔑视瑜伽的坚定意志。内容大致如下：

牧女对乌陀道："与黑天分别之后，我们沉浸在无尽的痛苦中几近死亡。对于将死之人来说，学习空洞缥缈的瑜伽知识又有何用？你一边让我们修持禅定，一边让我们汲取智慧。若真依照你的劝导紧闭双眼，如何能把传递知识的典籍绑得牢靠？现在，我们唯有与

---

① Varma 本作 khāṭe。

② 指见到黑天的容颜。

情郎再度相见才能保全性命，唯有亲手触碰黑子俊美的容颜才能重获喜悦，除此之外的一切事物都不会引起我们的兴趣。就像吃惯了美味酥油的人，绝不会对发酸的乳浆萌生好感。”

【原文】

अपने सगुन गोपालहिँ माई, इहिँ बिधि काहैँ देति।
ऊधौ की इन मीठी बातनि, निर्गुन कैसैँ लेति।
धर्म, अर्थ, कामना सुनावत, सब सुख मुक्ति समेति।
काकी भूख गई मन लाडू, सो देखहु चित चेति।
जाकौ मोक्ष बिचारत बरनत, निगम कहत हैँ नेति।
सूर स्याम तजि को भुस फटकै, मधुप तुम्हारे हेति॥
（115/4480）

【对译】

如此怎予女伴啊

如此怎予[①]女伴啊，自己有形之牛护[②]？
如何接受此无形，乌陀甜言和蜜语？
言说解释法利欲，诸般福乐连解脱。[③]
且明心智将此瞧：意糖[④]可除谁饥饿？
讨论描述之解脱，尼笈摩称非此也[⑤]。
苏尔言，

---

① 予，原文为 deti，本意为给出，此处引申为放弃、抛弃。

② 指黑天。

③ 法、利、欲、解脱是印度教徒信奉的人生四大目的。“无形”的终极是解脱，法利欲都是为了解脱。

④ 意糖，原文为 man lāṛū，即思想的甜食。此处牧女讽刺乌陀的无形道是思想的甜食，听起来玄妙，实际上却无法充饥。

⑤ 非此也，原文为 neti，源自梵语，意为“不是这个”。奥义书中常用 neti neti 即“非此也，非此也”或“非此也，非彼也”表示对世间一切的否定，强调自我（atman）的不可描述性。此处，牧女借用吠陀经典中的这一说法来表达对瑜伽理论的否定。

谁人会为黑蜂你，抛弃黑子筛米糠？[①]

【释译】

本诗承接上一首诗，描写了牧女对乌陀“无形”说的质疑。内容大致如下：

一位牧女对女伴道：“姐妹啊，不论乌陀宣说的言辞再怎么动人，试问你我当中谁会听从他的劝说，抛弃心中的俊美黑天，转而皈依无情无义的瑜伽理论？乌陀口口声声说，只要我们遵循‘无形’之道，便可实现法、利、欲、解脱的人生四大目的，进而获得至高无上的福乐。可是女伴啊，请你擦亮心窗细细考量，这些玄妙的理论就像人们在意念中幻想的糖果一样，永远无法满足现实中的饥饿。乌陀在布道中连篇引用吠陀经典中‘非此也，非彼也’的句子，否定父母之情，否定朋友之谊，甚至还否定我们和黑天之间的亲密关系。要我看，他其实把自己宣扬的瑜伽理论和解脱之术也一并否定了！”一番对话和思索后，牧女的信念变得更加坚定。她们转而对黑蜂道：“我们已经拥有了黑子这样的无价精米，怎么还会劳神费力去筛你的瑜伽糙米，作徒劳无益的努力呢？”

पाँचवाँ संवाद

第五次对话

【原文】

वे हरि सकल ठौर के बासी।

पूरन ब्रह्म अखंडित मंडित, पंडित मुनिनि[②] बिलासी।

---

① 本句中，牧女分别把黑天和瑜伽比作精米和粗米，将修习瑜伽的过程比作筛米糠，即费力不讨好的无用功。

② Varma 本作 munin。

सप्त पताल ऊरध अध पृथ्वी, तल नभ बरुन बयारी।
अभ्यंतर दृष्टी देखन कौं, कारन रूप मुरारी।
मन, बुधि, चित, अहँकार दसेंद्रिय①, प्रेरक थभनकारी।
ताकौं काज बियोग② बिचारत, ये अबला-ब्रजनारी③।
जाकौं जैसौ रूप मन रुचै, सो अपबस करि लीजै।
आसन बैसन ध्यान धारना, मन आरोहन कीजै।
षट दल④ अठ द्वादस दल निरमल, अजपा जाप जपाली।
त्रिकुटी संगम ब्रह्म द्वार भिदि, यौं मिलिहैं बनमाली।
एकादस गीता श्रुति साखी, जिहिं बिधि मुनि समुझाए।
ते सँदेस श्रीमुख गोपिनि कौ, सूर सु मधुप सुनाए॥
（116/4485）

【对译】

遍居各处彼诃利

美好完整完满梵，使智牟尼显光彩，
七重地狱⑤陆上下，土地苍穹水与风。
穆罗敌⑥色之缘故，内在视线行观照。

① Gupta 本作 rasemḍriy。
② Varma 本作 viyog。
③ Gupta 本作 vrajnārī。
④ Gupta 本作 ras。
⑤ 七重地狱，原文为 sapt patāl，通 sapt pātāla。印度神话一般把世界分为三重，即三界，分别是地下、地上和天上。陆地之下为地狱，地狱分七层，由上至下分别是 atala、vitala、sutala、talātala、mahātala、rasātala、pātāla（nāgaloka），是罗刹、檀奴之子、提迭等恶魔居住的地方。
⑥ 穆罗敌，即黑天。

意智心灵与自我，① 十根 ② 驱动抑制者，③

此众伯勒杰孤女，因彼之故忧别离。

那般意驰彼之色，便且将其征服控，

端姿稳坐持禅定，且把意念乘驾驭。

六八十二无暇瓣，④ 且默念诵无声咒。

两眉交会 ⑤ 梵门 ⑥ 穿，既会饰野花环者 ⑦。

牟尼所释之方法，十一颂歌 ⑧ 天启证。

苏尔言，

---

① 意，原文为 man；智，原文为 budhi；心灵，原文为 chit；自我，原文为 ahṁkār。此乃思维的四重功能，四者好像一个轮子的四根轮辐，相互作用不断推进，唯有轮心的“我”保持稳定。瑜伽修行的关键便是从“我”出发，通过禅定对思维的四重功能进行观照。

② 十根，原文为 dasemdriy，即 das+imdriy，意为“十种感官”。根据数论派哲学，“十根”包括五“知根”（jnanendriya），即眼、耳、鼻、舌、身，以及五“作根”（karmendriya），即口、手、足、排泄器官、生殖器。“知根”即感受外在世界的器官，“作根”即对外在世界的表达，从“知根”到“作根”的过程便是人的思维过程。

③ 本句将黑天描述为牧女的主宰，既可以驱动也可以抑制她们的感官和思维。

④ 印度教瑜伽理论用七个“轮”（chakra）指代人体经脉系统中七个主要的能量汇集点，自下而上依次为“根轮”（mūlādhāra）、“腹轮”（svādhisthāna）、“脐轮”（manipūra）、“心轮”（anāhata）、“喉轮”（viśuddha）、“眉心轮”（ājñā）、“顶轮”（sahasrāra）。依照七个“轮”的内在人格特质，它们又被称作“纯真轮”“真知轮”“正道轮”“仁爱轮”“大同轮”“宽恕轮”“自觉轮”，七者分别对应由盆骨至头顶的七个部位，掌管人体的各种活动和状态。印度古代瑜伽大师用莲花对“轮”进行描绘，不同的“轮”具有不同的颜色和数量不等的花瓣，莲花中央有该“轮”的种子咒语，每个花瓣又分别对应一个音节的咒语，各自代表某种心理活动或身体状态。七个“轮”所对应的花瓣数自下而上分别为 4、6、10、12、16、2 和 1000。本句中“六八十二无暇瓣”分别指“腹轮”“脐轮”和“心轮”。

⑤ 两眉交会，原文为 trikuṭī saṃgam，对应七“轮”中的“眉心轮”。该“轮”被称为人的“第三只眼”，与人的视觉和洞察力有关。

⑥ 梵门，原文为 brahm dvār，仍指“眉心轮”。此“轮”是通往宇宙无意识的闸口，形如一个狭窄的通道。当这个通道畅顺之时，灵量便会升入“顶轮”，思绪便会趋于静止，人将处于一种全知全觉却又无思无虑的状态，乃瑜伽修行的至高境界。通常阻碍“眉心轮”的原因是自我的执念，此处乌陀指的是牧女对黑天不可动摇的虔爱和依恋。“顶轮”代表自觉的境界，人将具备前所未有的能量，在中枢神经感知从前无法感知的对象。此处乌陀意在劝服牧女破除对黑天的执念，方可亲证完满的大梵。

⑦ 即黑天。

⑧ 十一颂歌，原文为 ekādas gītā，分别是《湿婆歌》（shiv gītā）、《罗摩歌》（rām gītā）、《莎维德丽歌》（sāvitrī gītā）、《般度歌》（pāṇḍav gītā）、《薄伽梵歌》（bhagavad gītā）、《随歌》（anugītā）、《女神歌》（bhagavatī gītā）、《后歌》（uttar gītā）、《生命解脱歌》（jīvanmukti gītā）、《婆罗门歌》（brāhmaṇ gītā）、《牧女歌》（gopī gītā）。

吉祥口[1]之此信息，彼黑蜂谓众牧女。

【释译】

本诗中，乌陀劝诫牧女用瑜伽修行的方式消除心中对黑天的执念。内容大致如下：

乌陀对牧女道：“你所崇拜的诃利不应囿于居住在马图拉的黑天，而应是遍及陆地上下、水风之中的大梵，它至高无上又完满无瑕，无所不在又不可描述。倘若你们能像牟尼贤圣一样虔敬大梵，便会得到完满的智慧和非同寻常的光彩。透过之前的对话，我感到你们的一切思维和感官已被黑天牢牢掌控，他的一举一动都会牵引你们的意识和情绪。瞧瞧你们被他抛弃后孤苦无依的悲惨模样吧！难道你们为了黑天，不惜献出纯真的自我，甘愿忍受无尽的苦痛吗？我了解，你们既想摆脱眼下的困境，又不愿放弃对俊美黑天的爱恋。我有一种方法可以帮助你们，那就是修行瑜伽。你们要静心打坐，修持禅定，默念咒语，像车夫驾驭马车一样，用坚韧的缰绳控制自己的心意。由此一来，你们的修行等级就会不断提升，直至冲破执念的阻碍，达到瑜伽的至高境界。到那时，你们便会与梦寐以求的黑天相会了。请相信我，这是精通世间诸般智慧的牟尼所阐释的方法，吠陀经典对此亦有论证。黑天亲口让我对你们讲授，快快依照他的旨意去实践吧！”

本诗是乌陀与牧女之间第五次对话的序幕。与“黑蜂歌”中前四次对话的范式相同，此次对话依然始于乌陀向牧女讲授的瑜伽奥义，但较之前诗亦有明显的不同之处。第一，从布道内容上看，本诗超越了“祭灰”“竹杖”“兽角号”和“百衲衣”等表面形式，而是较为深入地阐释了瑜伽的修行方法和次第进阶。第二，从布道形

① 即黑天。

式上看，乌陀改变了以往直抒胸臆、自说自话的无效模式，转而试图利用牧女渴望黑天的迫切心理来达到自己的目的。他偷换了黑天和大梵的概念，谎称瑜伽修炼至最高境界时便可与“饰野花环者”相会，实际上是在以黑天为诱饵引牧女上钩，让她们走上崇尚大梵的“无形”之道。从后诗可见，乌陀这次孤注一掷的努力仍与之前一样以失败告终。

【原文】

ऊधौ हमरी सौं तुम जाहु।

यह गोकुल पूनौ कौ[1] चंदा, तुम ह्वै आए राहु।

ग्रह के गुसे गुसा परगास्यौ, अब लौं करि निरबाहु।

सब रस लै नँदलाल सिधारे, तुम पठए बड़ साहु।

जोग बेचि कै तंदुल लौजै, बीच बसेरे खाहु।

सूरदास जबहीं उठि जैहौ, मिटिहै मन कौ दाहु॥

（117/4499）

【对译】

乌陀啊，对我起誓你走吧

此牛村乃望日月[2]，你乃罗睺前来至。

现今为止仍维持，吞曜[3]致使愠怒显。

难陀子携诸味去，伟大圣人[4]派遣你。

贩卖瑜伽讨谷米，留宿期间可餐食。

① Gupta 本作 ko。

② 阴历月份望日的月亮，即满月。

③ 吞曜，原文为 grah grase，本意为吞噬星辰，引申为使受到不好的影响。此处一语双关，既指乌陀像罗睺一样吞噬满月般的牛村，也指此举给牛村人带来了消极的影响，使她们愤懑。

④ 伟大圣人，和前半句中的难陀子一样代指黑天，略带讽刺意味。

苏尔达斯言，

待到起身离去时，内心苦痛方消逝。

【释译】

本诗中，牧女表达了希望乌陀尽快离开牛村的迫切心愿。内容大致如下：

牧女道：“乌陀啊，牛村人民不欢迎你。如果你识趣的话，便请立下誓言，赶快离开这里吧！我们的痛苦因黑天而生，他离开的时候带走了我们全部的欢乐。如今他把自己当作伟大的仙圣，派遣你来传授瑜伽。殊不知，这只会让我们本就艰难的处境愈发难忍。曾几何时，牛村像阴历月份的望日之月一样美好而圆满，直到有一天，你像凶恶的罗睺一般闯入我们的生活，试图用不可理喻的瑜伽理论侵扰我们的家园。虽然你的举动早已激起我们的怨念，但看在你是黑天朋友的份上，我们一直压抑着心底的愤怒。所以我们由衷地奉劝你，趁我们怒火爆发之前速速离开牛村，找个地方变卖你的瑜伽知识，换些实实在在的谷米，中途留宿某地的时候还可拿来充饥。快去吧，你转身离去之际便是我们痛苦消除之时。”

【原文】

ऊधौ मौन साधि रहे।

जोग कहि पछितात मन-मन, बहुरि कछु न कहे।

स्याम कौं यह नहीं बूझै, अतिहि रहे खिसाइ।

कहा मैं कहि-कहि लजानौ, नार रह्यौ नवाइ।

प्रथम ही कहि बचन एकै, रह्यौ गुरु करि मानि।

सूर प्रभु मोकौं पठायौ, यहै कारन जानि॥

（118/4501）

【对译】

乌陀保持沉默

说罢瑜伽暗暗悔，再亦未作些许言。
未能理解黑子此，愤愤不已极恼怒。
遍遍我言莫非辱？脖颈久久弯曲下。
当初言说一元话，认作世尊一直敬。
苏尔言，
胜尊将我差遣派，此般缘由已知晓。

【释译】

本诗描写了乌陀自我反省的场景。内容大致如下：

听了牧女的话，乌陀久久不语。他从牧女的回应中渐渐意识到，让她们接受瑜伽根本是件不可能的事情。那么，此前自己的种种尝试、喋喋言语岂不都是徒劳无益的努力？想到这里，乌陀倍感羞愧。他暗自思忖，原来是我当初没有理解黑天派我来牛村的本意，还扬扬得意地把自己信仰的一元论奉为真谛，自以为是地打着黑天的旗号在牛村贩卖瑜伽理论。乌陀默默低下头，他为自己愚蠢而自大的表现感到懊恼，一时竟哑口无言。

本诗是“黑蜂歌”组诗的转折点，最后一句“胜尊将我差遣派，此般缘由已知晓”明确宣告了乌陀的觉悟，标志着乌陀的“无形”意志开始松动，虽然尚未完全瓦解。在此后的数首诗中，牧女进一步用自己对黑天的虔爱感化乌陀，使其逐渐从“无形”的崇尚者转变为“有形”的虔信者。这一本质转变在“乌陀心中变化与牧女讯息”一节中有集中呈现。

【原文】

मधुकर भली करी तुम आए।
वै बातैँ कहि कहि या दुख मैँ, ब्रज[1] के लोग हँसाए।
मोर मुकुट मुरली पीतांबर, पठवहु सौँज हमारी।
आपुन जटाजूट, मुद्रा धरि, लीजै भस्म अधारी।
कौन काज बृन्दावन[2] कौ सुख, दही भात की छाक।
अब वै स्याम कूबरी दोऊ, बने एक ही ताक।
वै प्रभु बड़े सखा तुम उनके, जिनकैँ सुगम अनीति।
या जमुना जल कौ सुभाव यह, सूर बिरह की प्रीति॥
（119/4505）

【对译】

黑蜂你啊来得好

遍遍言说彼话语，使此苦中伯民[3]笑。
且请寄来我等物：笛子黄衫雀翎冠。
自且携杖涂祭灰，顶乱发髻戴耳环。
沃林达林之福乐，酸奶饭足有何用？
黑子驼女彼二者，看来现今已成一。[4]
他乃胜尊易无理，你为彼之伟大友。
苏尔言，
这般离别之爱意，叶木拿水此本性。

【释译】

本诗展现了牧女对乌陀和黑天的冷嘲热讽。内容大致如下：

牧女道：“大黑蜂啊，黑天乃世界主宰，一切行动随心所欲，从

---

① Gupta 本作 vraj。
② Gupta 本作 vṛndāvan。
③ 伯民，指伯勒杰居民。
④ 指黑子和驼背女已经结为连理，合二为一。

不顾及他人感受。你真不愧是黑天挚友，竟也沾染了他的习气，练就一身以自我为中心的本领。初时听闻你的瑜伽言论，我们感到痛苦万分。不过后来，看着你一遍遍做徒劳无功的努力，说着空洞无味的理论，我们又觉得十分滑稽，忍俊不禁。所以，你的到来从某种程度上来说也是件好事。你若不想继续自取其辱，就尽快打道回府吧。回去后，请把属于黑天的衣饰统统寄来，再将瑜伽修行的法门逐一实践。如此一来，你走你的阳关道，我过我的独木桥，咱们各取所需，各得其所。只是黑天何时归来仍是个谜。或许，伯勒杰的种种福乐、儿时的美好回忆对他来说已经毫无意义；或许，他早已和驼背女结为连理，享受着两相厮守的淋漓快意。如今，伯勒杰只留下我们这些孤弱的牧女，与连绵不绝的相思之情日夜做伴。”

【原文】

काहे कौं रोकत मारग सूधौ।
सुनहु मधुप निरगुन कंटक तैं, राजपंथ क्यौं रूँधौ।
कै तुम सिखि पठए हौ कुबिजा, कह्यौ स्यामघनहूँ[①] धौं।
वेद पुरान सुमृति सब ढूँढ़ौ, जुवतिनि जोग कहूँ धौं।
ताकौ कहा परेखौ कीजै, जानै छाँछ न दूधौ।
सूर मूर अक्रूर गयौ लै, ब्याज निबेरत ऊधौ॥
（120/4509）

【对译】

为何阻挡笔直路

黑蜂且听因何故，以无形障阻大道？
驼女教唆将你派，抑或青黑云[②]吩咐？

① Varma 本作 syām ghanahūṁ。
② 指黑天。

吠陀传承[1]往世书，遍寻何有女瑜伽[2]？

乳浆牛奶亦不知，如何可将彼相信？

苏尔言，

阿格鲁尔携财[3]走，乌陀又把利息征。

【释译】

本诗中，牧女以质问的方式表达了对乌陀及其瑜伽理论的排斥。内容大致如下：

牧女道："恼人的黑蜂啊，我们原本两不相干，而今你为何要用'无形'的屏障阻挡我们前行的道路？或许这并非出于你的本意，那便坦白地告诉我们，你究竟是受黑天派遣，还是被那邪恶的驼背女人指使？你是极具智慧的聪明人，那么请你回答，'吠陀''往世书'和传承经等各类经典里，可有关于女人修习瑜伽的描述？若是没有，你又凭什么让我们涂抹祭灰，手持竹杖，修习瑜伽？对于你这种连乳浆和牛奶都分不清楚的人，我们有什么理由要施以信任，投以礼敬呢？"

本诗最后一句"阿格鲁尔携财走，乌陀又把利息征"是本诗的点睛之笔。在牧女看来，当初阿格鲁尔把黑天拉上车驾，带往马图拉的时候，已经夺走了她们最宝贵的财富。如今，乌陀又来变本加厉地征收利息，宣扬瑜伽，这对于原本已经苦不堪言的牧女们来说真可谓是雪上加霜。

---

① 即传承经，为印度古老的法经类典籍，权威性仅次于吠陀。

② 指专门给女人修行的瑜伽。

③ 财，原文为 mūr，"根基""财富"之义，此处指黑天。

【原文】

ऊधौ कोउ नाहिंन अधिकारी।

लै न जाहु यह जोग आपनौ, कत तुम होत दुखारी।

यह तौ बेद[①] उपनिषद मत है, महा पुरुष ब्रतधारी[②]।

हम अबला अहीरि ब्रज-बासिनि[③], नाहीँ परत सँभारी।

को है सुनत कहत हौ कासौँ, कौन कथा बिस्तारी।

सूर स्याम कैं संग गयौ मन, अहि काँचुली उतारी॥

（121/4520）

【对译】

乌陀啊，无有任何所有者[④]

你自己之此瑜伽，怎不携走还痛苦？

此乃吠陀奥义[⑤]见，信守誓言伟大人，[⑥]

我等居于伯勒杰，乃孤牧女受不起。

对谁言说谁会听，谁人会把故事传？

苏尔言，

蛇将蛇皮蜕落掉，心儿伴随黑子去。

【释译】

本诗承接上一首诗，表现了牧女对瑜伽理论的抵制。内容大致如下：

牧女道：“乌陀啊，我们已经反复对你说了很多遍，牛村人没有一个人愿意接受你的‘无形’理论。为何还不即刻携带你的瑜伽宝贝离开这里，难道你宁愿忍受被我们羞辱谩骂的痛苦吗？你的瑜伽

① Gupta 本作 ved。

② Gupta 本作 vratdhārī。

③ Gupta 本作 vraj-vāsini。

④ 所有者，指情愿接受并修行瑜伽的人。

⑤ 即奥义书。

⑥ 本句的意思是，吠陀和奥义书中关于瑜伽的理论是为那些信守承诺、善于克己的伟人准备的，言外之意即不适合我们这些普普通通的牧女。

虽好，但它终究不适合我们。它是‘吠陀’‘奥义书’里的真知灼见，是只有伟大圣贤才能参透的高妙境界。对于我们这些孤苦无依、心力薄弱的牧女来说，这理论太过厚重，实在难以消受。黑天离开牛村的时候，我们的心丢下我们，随他而去了。如今，我们身边只剩下这副空空如也的皮囊，它就像蛇蜕下的老皮一样，毫无用处。你就不要希望这副皮囊能盛得下你的瑜伽理论，更莫奢望我们会倾听、传播你的‘无形’言辞。”

【原文】

वै बातैं जमुना-तीर की।

कबहुँक सुरति करत हैं मधुकर, हरन हमारे चीर की।

लीन्हे बसन देखि ऊँचे द्रुम, रबकि चढ़न बलबीर की।

देखि-देखि सब सखी पुकारतिं①, अधिक जुड़ाई नीर की।

दोऊ हाथ जोरि करि माँगैं, ध्वाई नंद अहीर की।

सूरदास प्रभु सब सुख दाता, जानत हैं पर पीर की॥

（122/4533）

【对译】

叶木拿畔之彼事

我等衣衫偷夺去，可曾记得黑蜂啊？

大力之弟②携衣裳，攀上高树兴奋看。

女伴深受水之寒，瞧着望着皆叫喊。

双手合十行恳求，向牧人难陀呼救。

苏尔达斯言，

胜尊给予诸福乐，知晓他人之痛苦。

① Gupta 本作 pukārati。

② 指黑天。

【释译】

本诗描写了牧女回忆黑天偷看她们沐浴的多情场景。内容大致如下：

牧女道："黑蜂啊，你之所以执着于向我们传授瑜伽理论，只因你不了解黑天在我们心中的至高地位，不知晓伯勒杰曾经上演的爱情故事。有一次，我和女伴们相约在叶木拿河畔沐浴净身。调皮的黑天偷偷跟来，瞅准时机，偷走我们的衣服，攀坐在高高的树枝上，偷看河边的动静。我们洗完上岸的时候才发现他的恶作剧，于是再三请求他将衣物还给我们。他却幸灾乐祸地稳坐树端，还让我们赤身从水中走出来。无奈之下，我们只好一边战战兢兢忍受水中的寒意，一边大声向族长难陀呼救。这故事看似是黑天在戏弄我们，殊不知那也是我们嬉戏调情的方式。黑天是至高无上的世界之主，他予人福乐，也知人痛苦。我们坚信，他能感受到我们内心强烈的渴望，愿他早日回到我们身边。"

"黑蜂歌"组诗中，牧女说服乌陀放弃"无形"之道的策略大致分两种。一种是对乌陀及其瑜伽理论的抨击和贬损，一种是对黑天及往日情爱的赞美和颂扬。本诗属于后者。牧女通过讲述她们与黑天之间的非凡情事，试图填补乌陀的认知空白，使他意识到原来有一种超越经典，贴近生活，显而易见又深不可测的解脱法门，那便是虔爱黑天。

【原文】

प्रेम न रुकत हमारे बूतैं।

किहिं गयंद बाँध्यौ सुनि मधुकर, पदुम नाल के काँचे सूतैं ?

सोवत मनसिज आनि जगायौ, पठै सँदेस स्याम के दूतैं।

बिरह-समुद्र सुखाइ कौन बिधि, रंचक जोग अगिनि के लूतैं।
सुफलक सुत अरु तुम दोऊ मिलि, लीजै मुकुति हमारे हूतैं।
चाहतिं मिलन सूर के प्रभु कौं, क्यौं पतियाहि तुम्हारे धूतैं॥
（123/4535）

【对译】

我等之力难阻爱

黑蜂且听何象王，被缚易断莲茎绳？
黑子使者送信来，唤醒沉睡之爱欲。
微弱瑜伽火之焰，何法可使离海干？
苏普勒格子[①]同你，俩且将我解脱[②]夺。
苏尔言，
想要相会与胜尊，怎能相信你欺骗？

【释译】

本诗表现了牧女们专注虔爱黑天，不为瑜伽所惑的情形。内容大致如下：

牧女道："黑蜂啊，请你说说看，用莲花茎制成的绳索柔弱不堪，怎能绑得住力大无边的群象之王？微弱的瑜伽之火星星点点，如何能够烤干浩瀚无际的汪洋大海？如今，我们爱恋黑天的热情因你的到来被再度点燃，并且正以熊熊之势迅速蔓延。这爱是象王，是浩海；而你的瑜伽理论是莲茎，是微焰。我们渴望黑天的心狂躁不安，可以冲破一切形式的阻拦。现在，与黑天再次相见不仅是我们心头的热望，更是我们获得解脱的唯一途径，而你和阿格鲁尔恰恰是这路途之中最大的屏障。你说，我们还有什么理由轻信你的谎言？"

---

① 即阿格鲁尔。
② 即黑天。

【原文】

ऊधौ सुनहु नैकु जो बात।
अबलनि कौं तुम जोग सिखावत, कहत नहीं पछितात।
ज्यौं ससि बिना मलीन कुमुदिनी, रवि बिनुहीं[①] जलजात।
त्यौं हम कमलनैन बिनु देखे, तलफि-तलफि मुरझात।
जिन स्त्रवननि मुरली सुर आँचयौ, मुद्रा सुनत डरात।
जिन अधरनि अमृत फल चाख्यौ, ते क्यौं कटु फल खात।
कुंकुम चंदन घसि तन लावतिं, तिहिं न बिभूति[②] सुहात।
सूरदास प्रभु बिनु[③] हम यौं हैं, ज्यौं तरु जीरन पात॥
(124/4541)

【对译】

乌陀啊，稍稍且将言语听
你授瑜伽于弱女，言罢难道不懊悔？
宛若无月悲睡莲，无有太阳之莲花，[④]
不见莲眼[⑤]我那般，扭曲挣扎昏晕厥。
饮罢笛音之双耳，听闻手印[⑥]畏惧怕。
彼唇曾品甘露果，如何会将苦果食？
涂抹红花檀香身，粪灰不能使其美。
苏尔达斯言，
无有胜尊我如是，好似树上枯叶片。

---

① Gupta 本作 binahīṃ。
② Gupta 本作 vibhūri。
③ Gupta 本作 bin。
④ 睡莲，原文为 kumudinī，只在有月亮的夜晚开放；莲花，原文为 jalajāt，只在白日的阳光中绽放。
⑤ 指黑天。
⑥ 手印，原文为 mudrā，指修行瑜伽时摆出的各种特定手势。

【释译】

本诗描写了牧女与黑天离别后的凄怆情状。内容大致如下：

牧女道："乌陀啊，正如你亲眼所见，离了黑天的我们整日在无尽的痛苦中备受煎熬，几近昏厥，好似无月悬空时萎靡不振的睡莲，阴霾白昼里黯淡无光的莲花，又像深秋枝头上悬挂的枯败树叶。难道你目睹了这般惨状后，仍要执意向我们传授冷冰冰的瑜伽理论？难道你一遍遍用针尖似的'无形'言辞刺伤我们，心中竟不生出丝毫懊悔怜悯之情？乌陀，无论你是否回心转意，我们忠于黑天的意志永不动摇，因为人一旦拥有过美好，就不会把丑恶的东西看在眼里。所以，我们听惯美妙笛音的耳朵害怕听到'手印'这样的字眼，品过美味长生果的嘴唇绝不能忍受楝果的苦涩，曾经遍抹番红花粉和檀香粉的美好胴体一定不会接受肮脏的粪灰。"

本诗运用睡莲、莲花、枯叶生动刻画了牧女被黑天离弃之后的悲惨境遇，又用笛音和手印、甘露果和苦果食、红花檀香和粪灰三组意象，呈现出黑天和瑜伽在牧女心中的极大反差，体现了牧女甘愿忍受困境，也要追随黑天的忠贞情感。

【原文】

उधौ जोग जोग हम नाहीँ।

अबला सार-ज्ञान कह जानैँ, कैसैँ ध्यान धराहीँ।

तेई मूँदन नैन कहत हौ, हरि मूरति जिन माहीँ।

ऐसी कथा कपट की मधुकर, हमतैँ सुनी न जाहीँ।

स्रवन चीरि सिर जटा बँधावहु, ये दुख कौन समाहीँ।

चंदन तजि अँग भस्म बतावत, बिरह-अनल अति दाहीँ।

जोगी भ्रमत जाहि लगि भूले, सो तौ[1] है अप माहीँ।

सूरस्याम तैँ न्यारी न पल छिन, ज्यौँ घट तैँ परछाहीँ॥

（125/4543）

【对译】

乌陀啊，瑜伽于我不合适

弱女怎知本质智[2]，如何能把禅定持？

言说且将彼眼闭，诃利形象在其中。

如此这般虚妄话，我等不听黑蜂啊。

扯耳[3]头绑乱发髻，谁人可忍此苦痛？

令弃檀香身祭灰，离别之火极烧灼。

瑜伽行者徘徊游，迷失因己内在物。

苏尔言，

片刻不与黑子分，恰似影子与罐身。

【释译】

本诗中，牧女继续表达对瑜伽的排斥，并且进一步用影子与罐身的比喻说明自己与黑天的关系。内容大致如下：

乌陀啊，正如之前所述，瑜伽对我们来说并不合适。你那些玄妙理论只有博学睿智之人才能理解，我们这些蠢钝柔弱的女子怎会懂得世界起源的智慧，如何能够一心一意地修持禅定？你劝诫我们紧闭双眼念诵咒语，可我们一合眼睛，脑海中浮现的全是诃利的样子。黑蜂啊，你那些虚无缥缈的假话不会把我们迷惑！你反复让我们扯下耳朵上的装饰，头顶缠起蓬乱的发髻，丢掉迷人的檀香粉，在身上涂满祭火烧出的灰烬。可你不想想，对于我们这些正受离别

① Gupta 本作 to。

② 本质智，原文为 sār-jñāna，通 tatv-jñāna。sār 为“本质、内涵、精髓”之义，sār-jñāna 即有关世界本源的智慧。

③ 扯耳，stravan cīri，字面义为“撕扯耳朵”，实指扯掉耳朵上的饰品。

之火煎熬的牧女来说，谁还能够额外忍受这样的苦痛？那些四处逡巡的瑜伽行者被自己冥顽的内心所惑，并不了解真正的解脱之道。我们一分一秒也不能离开黑子，就像影子永远追随身体一样。

影子和身体的比喻曾在上文出现，被乌陀用以说明真知无所不在的道理。本诗中，牧女巧妙地“窃取”了这两个喻体，形象地描摹了自己与黑天不离不弃的关系，更生动阐释了只有追求与黑天的无间结合方可获得解脱的真谛。

【原文】

हम तौ नंद-घोष के बासी।

नाम गुपाल, जाति कुल गोपक, गोप गुपाल उपासी।

गिरिवर धारी गोधन चारी, बृन्दावन① अभिलाषी।

राजा नंद जसोदा रानी, सजल नदी जमुना सी।

मीत हमारे परम मनोहर, कमलनैन सुख रासी।

सूरदास-प्रभु कहौं कहाँ लौं, अष्ट महा-सिधि दासी॥

（126/4546）

【对译】

我乃难陀村②之民

族姓③牧人名牛护，牧人崇拜敬牛护，

沃林达林渴求盼，托妙山者牧牛人。④

耶雪达后⑤难陀王，叶木拿般涵水河。

① Gupta 本作 vṛndavan。

② 难陀村，原文为 naṃd-ghoṣ，意为族主难陀的村子，即牛村。

③ 族，原文为 kul，指家族；姓，原文为 jāti，指种姓。二者表示黑天的出身乃牧人。

④ 牛护、托妙山者、牧牛人均指黑天。

⑤ 指王后。

莲花眼者福乐聚[①]，我之至极迷人友。

苏尔达斯言，

无论言说至何处，八大成就[②]胜尊仆。

【释译】

本诗中，牧女悉数了黑天与牛村的诸般联系。内容大致如下：

牧女道："乌陀啊，黑天的童年在牛村度过，他过往的一切都属于这里。对于牛村的子民来说，黑天就是我们的同伴。纵使他有托起奇妙牛增山的非凡本领，在我们眼中却永远都是个天真无邪的放牛郎。请你返回马图拉后当面问他：是否想念族主难陀和耶雪达夫人？是否记得叶木拿那清澈灵动的河水？是否惦记牛村的牧女和伙伴？请你告诉他，我们一众牧女一直思念他，期盼他，崇拜他！无论他身在何方，我们都视他为至高无上的主人，甘愿匍匐在莲足之下，做他永远的仆人。我们恳请他遂了我们的心愿，快快回牛村来吧！"

【原文】

यह गोकुल गोपाल उपासी।

जे गाहक निरगुन[③] के ऊधौ, ते सब बसत ईस-पुर कासी।

जद्यपि हरि हम तजी[④] अनाथ करि, तदपि रहतिँ चरननि रस रासी।

अपनी सीतलता नहिँ छाँड़त, जद्यपि बिधु भयौ राहु-गरासी।

किहिँ अपराध जोग लिखि पठवत, प्रेम भगति[⑤] तैँ करत उदासी।

① 福乐聚，原文为 sukh rāsī，意为诸般福乐的积聚，和"莲花眼"一样代指黑天。

② 八大成就，即黑天。

③ Varma 本作 nirgun。

④ Varma 本作 taji。

⑤ Varma 本作 bhagat。

सूरदास ऐसी को बिरहिनि, माँगि मुक्ति छाँड़ै गुन रासी ॥

（127/4547）

【对译】

此牛村崇拜牛护

买无形者[①]乌陀啊，主城[②]迦尸彼皆居。
诃利弃我致无主，双足味聚[③]仍存留。
纵使月被罗睺食，自己清凉[④]仍不弃。
写送瑜伽因何罪？冷淡漠然对虔爱。
苏尔达斯言，
弃功德聚[⑤]求解脱，哪有如此之离女？

【释译】

本诗描写了牧女虔爱黑天的坚定心意。内容大致如下：

牧女道："乌陀啊，如果你真想兜售自己的瑜伽理论，那就根本不该到牛村来，这里的居民都是黑天的崇拜者，不会光顾你的瑜伽的。虽然他抛弃了我们，远走异乡，但我们从未断绝对他的爱，亦未停止对他莲花足的眷恋。可我们无论如何也想不到自己犯了什么过错，黑天竟对我们的虔爱之心无动于衷，甚至要用瑜伽作为利器责罚我们。我们资质蠢钝，一时猜不透背后的原因，但我们坚信黑天一定有他自己的想法和打算。乌陀，我们已经对你说过许多遍，我们绝不会为了追求所谓的解脱之道，而放弃集万千美德于一身的俊美黑子！"

---

① 买无形者，指那些推崇和追慕"无形"理论的人。

② 主城，原文为 īs-pur。īs 本意为"主"，是大神湿婆的一个名号。īs-pur 指湿婆的城邑，即迦尸。

③ 双足味聚，原文为 caranani-ras-rāsī，指黑天的一双莲足是情味的积聚，牧女们对之眷恋不已。

④ 本句中，牧女把自己比作月亮，把对黑天的爱比作月亮的清凉，把讲授瑜伽的乌陀比作罗睺，表达了她们纵使被瑜伽理论一点点蚕食，也不放弃虔爱黑天的决心。

⑤ 功德聚，原文为 gun rāsī，指集诸般美德于一身者，即黑天。

“纵使月被罗睺食，自己清凉仍不弃”是本诗的点睛之笔。牧女巧用罗睺吞月的典故比喻乌陀试图用瑜伽理论消磨、蚕食她们虔爱黑天的决心的场景，同时以清凉常驻比喻虔爱永存，象征她们对黑天矢志不渝的衷心。

【原文】

ऐसौं① सुनियत द्वै बैसाख।
देखति नहीं ब्यौंत जीवे② कौ, जतन करौ कोउ लाख।
मृगमद मलय कपूर कुमकुमा, केसर मलियै साख।
जरत अगिनि मैं ज्यौं घृत नायौ, तन जरि ह्वैहै राख।
ता ऊपर लिखि जोग पठावत, खाहु नीम, तजि दाख।
सूरदास ऊधौ की बतियाँ, सब उड़ि बैठीं ताख॥
（128/4556）

【对译】

如此听说双二月③
某做努力十万般，生存方法亦不见，
麝香樟果白檀香，藏红花粉擦身体。
似掷酥油燃火中，身体烧灼化灰烬。
派送瑜伽其上写：且弃葡萄食楝果④。
苏尔达斯言，
乌陀尽数之话语，飞去落于壁龛上⑤。

① Gupta 本作 esa'uṁ。
② Gupta 本作 jībe。
③ 原文为 baesākh，拜沙克月，即印历二月。
④ 该比喻已在上文出现，意思是放弃美味的葡萄（黑天），选择苦涩的楝果（瑜伽），比喻舍优取劣、颠倒是非。
⑤ 落于壁龛上，原文为 baeṭhīṁ tākh，俗语。意思是无用的、徒劳无益的。

【释译】

本诗描写了煎熬的牧女们竭力维系生命的场景。内容大致如下：

牧女对黑蜂道：“听说今年有两个拜沙克月，这对我们来说真是一个晴天霹雳！一个拜沙克月已经十分漫长，再多一个岂不是遥遥无期？如此一来，我们还要在思念黑天的煎熬中沉沦多久？由于心中尚存一丝渺茫的希冀，我们想尽一切办法保全自己的性命。然而，无论我们再怎么往身上涂抹美艳的花粉和芬芳的香膏，再怎么努力让自己打起精神，到头来仍旧无济于事。因为我们的身体早已被离别之火烧得炙热，任何东西碰到它，都会像丢入火中的酥油一样迅速燃成灰烬。如今，黑子派乌陀来传授苦涩无味的瑜伽理论，引诱我们放弃正途，步入邪径。这样的言论实在不可理喻，任凭他乌陀再怎么宣说，结果也无异于对牛弹琴。”

【原文】

इहिं <u>बिधि</u>① पावत सदा हमारैं।

पूरब पवन स्वास उर ऊरध, आनि मिले इकठारैं।

बादर स्याम सेत नैननि मैं, <u>बरषि</u>② आँसु जल ढारै।

अरुन प्रकास पलक दुति दामिनि, गरजनि नाम पियारैं।

चातक दादुर मोर प्रकट <u>ब्रज</u>③, बसत निरंतर धारैं।

ऊधव ये तब तैं अटके <u>ब्रज</u>④, स्याम रहे हित टारैं।

कहिऐ काहि सुनै कत कोऊ, या ब्रज के ब्यौहारैं।

---

① Varma 本作 vidhi。
② Varma 本作 barasi。
③ Gupta 本作 vraj。
④ Gupta 本作 vraj。

तुमही[1] सौं कहि-कहि पछितानी, सूर बिरह के धारैं॥

（129/4561）

【对译】

我之雨季永如此

胸息向上似东风，汇集而来于一处。

双眼之中黑白云，泪水雨落倾泻流。

红光眼睑闪电耀，隆隆雷响情郎名。

青蛙孔雀杜鹃[2]现，久久居于伯勒杰，

此[3]留伯地[4]乌陀啊，自从黑子移情时。

伯勒杰之此情状，如何言说谁会听？

苏尔言，

对你言罢懊恼悔，离别苦楚似水流。

【释译】

本诗生动描绘了牧女为离别所苦的凄怆境况。内容大致如下：

牧女对黑蜂道："自从黑天走后，我们日夜被思念侵扰，以泪洗面，几乎快要成为雨季的化身。我们从胸口呼出的气流好似携雨的东风，汇于一处，凝成万千颗晶莹剔透的珍珠；被眼白包围的黑色瞳孔，就像深邃的乌云夹杂在白色的云朵里，终日降下无休无止的倾盆大雨；因哭泣而泛红的眼睑密布着曲折蜿蜒的血丝，仿若从云中劈落的道道闪电；我们口中反复呼喊着情郎的美名，一声声撕心裂肺，好比暴雨倾泻时因陀罗抖落的滚滚雷声。这样的场景可见诸于每个牧女身上。这些泪人日夜聚在一起守候黑天，已经把伯勒杰变成了洪水泛滥的雨乡，每一汩湍急的水流都是我们苦别相思的情

① Gupta 本作 tumahīṃ。

② 青蛙、孔雀、杜鹃（此处特指凤头鹃）均为喜雨的动物。

③ 指上述场景。

④ 即伯勒杰。

愫。现如今，那些喜爱雨水的动物纷纷从遥远的地方赶来，在伯勒杰筑巢觅穴，成为我们仅有的伴侣。黑蜂啊，对你说这么多又有何用？这只会徒增自己的懊恼和悔恨。若是连黑天都对我们的遭遇无动于衷，那我们还能指望谁投来怜悯之心呢？”

本诗借丰富的雨云意象绘制了一幅雨季图景，形象地用比拟的修辞手法描绘了牧女落泪的场面，还用青蛙、孔雀、凤头鹃等动物意象侧面烘托出意境的凄凉感，将牧女被离别折磨的愁苦刻画得丝丝入扣，是“黑蜂歌”组诗中较为出众的一首抒情诗。

【原文】

ऊधौ कोकिल कूजत कानन।
तुम हमकौं उपदेश करत हौ, भस्म लगावन आनन।
औरौ सिखी सखा सँग लै लै, टेरत चढ़े पखानन।
बहुरौ आइ पपीहा कैं मिस, मदन हनत निज बानन।
हमतौ निपट अहीरि बावरी, जोग दीजिऐ जानन।
कहा कथत मासी① के आगैं, जानत नानी नानन।
तुम तौ हमैं सिखावन आए, जोग होइ निरवानन②।
सूर मुक्ति कैसैं पूजति है, वा मुरली के तानन॥
（130/4565）

【对译】

乌陀啊，林中噪鹃咕咕啼
你对我等做训教：涂抹祭灰于面庞。
另有孔雀偕同伴，跃上山岩啼鸣叫。
复又装作凤头鹃，欲神已箭来诛杀。

① Varma 本作 mausī。
② Gupta 本作 nirabānan。

我等极度疯牧女，瑜伽且予有识者。
姨母面前言说何？知晓外公与外婆。[1]
你来教授于我等：涅槃可由瑜伽成。
苏尔言，
竹笛那般曲调音，解脱[2]如何能相比？

【释译】

本诗表现了牧女对情郎的渴望之情。内容大致如下：

牧女道："乌陀啊，林中的噪鹃正在枝头啼叫，一声声全是对情爱的渴望。而你却在这儿宣扬无情的瑜伽理论，让我们把肮脏不堪的祭灰抹在脸上。你这么做，非但不会改变我们的信仰，反而会使我们心中虔爱黑天的火焰愈烧愈旺！你瞧，此刻沃林达林里所有痴情的鸟儿都因情爱而躁动。一众孔雀抖动双翼，站上高高的山岩，向远方的雷鸣发出炽烈的啼鸣；凤头鹃凄厉地呼唤情郎，痴痴地守候着大角星降下的甘美雨滴。它们的一举一动都是爱的符号，每一声鸣叫都像爱欲之神的箭矢一样直插我们心房。在这样的情境下，请不要再说什么'无形'之道！这样无味的理论只适合那些心如止水的智者贤达，而不适合我们这些为爱所困的疯癫女人。对我们而言，修炼瑜伽到达不了涅槃之境。只有相伴黑天左右，倾听他吹奏美妙的笛音，才是获得解脱的不二法门。"

牧女对黑天的渴望象征着小我对大我的向往。"有形"派认为，信徒只有在心中无限趋近黑天，展现纯洁无瑕的虔诚，方可实现小我与大我的结合，达到"梵我合一"的解脱境界。

---

① 在姨母面前介绍外公外婆是毫无意义的举动，因为没有人比她更熟悉自己的父母。牧女的意思是，她们深谙解脱之道，无须乌陀用瑜伽理论加以阐释。

② 指"无形"理论中宣扬的通过修行瑜伽而获得的解脱。

【原文】

हमतैं हरि कबहूँ न उदास।

रास खिलाइ पिलाइ अधर रस, क्यौं बिसरत ब्रज बास।

तुमसौं प्रेम कथा कौं कहिबौ[①], मनौ काटिबौ घास।

बहिरौ तान-स्वाद कह जानै, गूँगौ बात मिठास।

सुनि री सखी बहुरि हरि ऐहैं, वह सुख वहै बिलास[②]।

सूरदास ऊधौ अब हमकौं, भए तेरहौं मास॥

（131/4578）

【对译】

诃利从未冷落我

戏圆圈舞饮唇汁，怎将伯勒杰民忘？

爱情故事对你讲，好似除草[③]一般样。

聋子怎知曲滋味，哑巴怎晓语甘美？

诃利复来伴且听，那般福乐那愉悦。

苏尔达斯言，

如今现在乌陀啊，于我已有十三月。

【释译】

本诗描述了牧女期盼黑天归来的心理。内容大致如下：

牧女对乌陀道："黑天当初在牛村的时候，我们日夜相守，常在林中舞蹈欢笑。他以温柔的姿态亲吻我们的双唇，爱是那段美妙时光中唯一的主题。正如聋子听不见声音，所以不知道乐曲的悠扬；哑巴不能说话，所以不晓得语言的魅力，很多事情只可意会不可言传，人们只有亲身经历，才能知晓其中滋味。因此，对你这种不知

---

① Gupta 本作 kabibauṁ。

② Gupta 本作 vilās。

③ 草被割了以后，很快又会长出来，比喻做无用的努力。

爱为何物的瑜伽崇尚者讲述我们和黑天情事，无异于对牛弹琴，白费口舌。让我们费解的是，为什么今日的黑天与当初判若两人？他曾对我们报以无限温存，为何现在又不闻不问？眼看已经过了当时许下的归期，黑子总该回来了吧？待他回到牛村之时，充满情味的快乐时光将原景重现，再度为伯勒杰增添迷人的光彩。”

【原文】

आयौ घोष बड़ौ ब्यौपारी①।

खेप लादि गुरु ज्ञान जोग की, ब्रज② मैं आनि उतारी।

फाटक दै कै हाटक माँगत, भोरौ निपट सुधारी③।

धुरही तैं खोटौ खायौ है, लिए④ फिरत सिर भारी।

इनकैं कहे कौन डहकावै, ऐसी कौन अनारी।

अपनौ दूध छाँड़ि को पीवै, खारे कूप कौ बारी।

ऊधौ जाहु सबारैं ह्याँ तैं, बेगि गहरु जनि लावहु।

मुख माँगौ पैहौ सूरज प्रभु, साहुहिं आनि दिखावहु॥

(132/4584)

【对译】

村里来了大商人⑤

瑜伽知识重货载，伯勒杰地来卸下。

予以糠皮索黄金，太过单纯与天真。

自一开始不义食⑥，头顶负载重物转。

① Gupta 本作 vyaupārī。
② Gupta 本作 vraj。
③ Gupta 本作 su dhārī。
④ Varma 本作 liye。
⑤ 指乌陀。
⑥ 不义食，原文为 khoṭau khayau，指做不公平的买卖，赚不正当的钱。

彼言可将谁误导，谁又愚笨如此般？

谁会将己牛奶弃，啜饮盐碱井之水？

清早便且自此去，快勿耽搁乌陀啊！

苏尔吉言，

胜尊商人[1]来展现，口中所求便可得。

【释译】

本诗表现了牧女对乌陀的讽刺。内容大致如下：

一位牧女对女伴道：“姐妹啊，你们知道吗？村子里来了个名叫乌陀的大商人！他挨家挨户四处游走，不停贩卖一种叫作瑜伽的新鲜玩意。他自己对此赞不绝口，在我看来不过是中看不中用的花架子。这位来自城市的大商人自视甚高，把所有人都当成傻子，竟想用廉价的糠皮去交换别人手里的宝贵黄金？他可真是天真至极！我们牛村人虽不是饱读经书的智者，却也不至于蠢到好坏不分、是非不辨的地步。试问，有谁会抛弃甘醇牛奶，去喝咸涩的井水呢？”牧女转而对乌陀说：“你的货品在伯勒杰没有市场，还是趁早离开这里，到别的地方碰碰运气吧。或者，你去马图拉把黑天带回来。到那时，无论你提什么要求，我们都会尽力满足。”

从本诗可以看出，牧女并非不接受乌陀的瑜伽理论，前提是得和黑天再度相见。换句话说，牧女为与黑天相见，宁愿忍受痛苦，接受瑜伽。这种虔爱是一种无条件的极致情感，她们甘愿为之献出自己的一切。

① 指黑天。

【原文】

ऊधौ जोग कहा है कीजतु।
ओढ़ियत है कि बिछैयत है, किधौं खैयत है किधौं पीजत।
कीधौं कछू खिलौना सुंदर, की कछु भूषन नीकौ।
हमरे नंद-नँदन जो चहियतु, मोहन जीवन जी कौ।
तुम जु कहत हरि निगुन निरंतर, निगम नेति है रीति।
प्रकट रूप की रासि मनोहर, क्यौ छाँड़े प्रतीति।
गाइ चरावन गए घोष तैं, अबहीं हैं फिरि आवत।
सोई सूर सहाइ हमारे, बेनु रसाल बजावत॥

（133/4585）

【对译】

乌陀啊，瑜伽做何用
可以穿戴可铺展，还是可吃或可饮？
抑或什么美玩具，还是什么好首饰？
我等渴求难陀子，使命得活之莫亨。[①]
你言诃利永无形，尼笈摩中非此式。
迷人明显色之聚，为何要将信仰弃？
由村前去放牧牛，现今即将返回来。
苏尔言，
吹奏有味竹笛者，彼乃我等之依靠。

【释译】

本诗描写了牧女以质问的方式反对瑜伽理论的场景。内容大致如下：

牧女道："乌陀，如果瑜伽真如你所赞颂的那样完美无瑕，那么

① 难陀子和莫亨均指黑天。

请你说说看，它究竟有什么用？是可以像衣服、首饰一样供人穿戴，使人变美？还是像被褥一样可以铺展，予人温暖？它能像美食琼酿一样填充饥饿、取悦味蕾？还是像什么精致的玩具一样，能制造无限欢乐？你为什么哑口无言，莫非已经承认自己的瑜伽只是徒有其表的把戏？你说诃利无形无色，不可测量，不可言喻，可奥义书里明确写着‘非此，非彼’，所以你也只了解了事物的一面。我们眼中的诃利便是集万千形色于一身的俊美黑子，看得见、摸得着，有了他就拥有一切。在黑天面前，你的‘无形’之道简直苍白无力，毫无魅力可言。虽然黑天离开了牛村，但我们只当他去村郭外放牧，迟迟没有回来。而今，归返之日将近，我等翘首以待！”

本诗中，牧女先用一系列问题盘诘乌陀，后用“无形”（尼笈摩中非此式）反驳“无形”，再以“有形”（迷人明显色之聚）抨击“无形”，环环相扣，展现了高超的辩论技艺。最后一句“吹奏有味竹笛者，彼乃我等之依靠”为点题之句，表现了牧女忠于黑天的坚贞之情。

【原文】

अपने[①] स्वारथ के[②] सब कोऊ।
चुप करि रहौ मधुप रस लंपट, तुम देखे अरु ओऊ।
जो कछु कह्यौ कह्यौ चाहत हौ, कहि निरवारौ[③] सोऊ।
अब मेरैं मन ऐसियै षटपद, होनी होउ सु[④] होऊ।
तब कत रास रच्यौ बृंदावन[⑤], जौ पै ज्ञान हुतोऊ।

① Gupta 本作 apanaiṃ。
② Gupta 本作 kaiṃ。
③ Gupta 本作 nirabārau。
④ Gupta 本作 so。
⑤ Gupta 本作 vṛndāban。

लीन्हे जोग फिरत जुवतिनि मैं, बड़े सुपत तुम दोऊ।
छुटि गयौ मान परेखौ रे अलि, हृदै हुतौ वह जोऊ।
सूरदास प्रभु गोकुल बिसर्यौ, चित चिंतामनि खोऊ॥
（134/4594）

【对译】

人人都为自己利

贪味[①]黑蜂且闭嘴，看透认清你和他[②]。
已经讲述道些许，凡所欲语且言毕。
六足我现此心意：该生之事任其成。
彼时倘若已有识，沃林达林怎圈舞？
女中游逛携瑜伽，你俩岂会受敬重？
内心尊敬与信任，彼已消失黑蜂啊。
苏尔达斯言，
胜尊已将牛村忘，心把如意宝珠[③]失。

【释译】

本首诗描述的是牧女告诉黑蜂自己已经心灰意冷的言语。内容大致如下：

牧女对黑蜂道："黑蜂啊，我们知道所有人都是自私的，每个人都只想着自己的利益，从不考虑其他人的感受。你这个贪图情味的人，我们早已将你和你的朋友黑天看得清清楚楚。到现在为止，你已经说了很多话，要是还想说些什么，都尽快说完吧！你这个六只脚的家伙，现在我们已经想通了，该发生的就任他发生吧，逃避总不是办法。可是，我仍旧想问问你，既然你们一直遵奉这样的无形

① 贪味，原文为 ras-lampaṭ，意为"贪恋情味的"，此处译为"贪味"，指黑蜂。
② 此处的"他"指黑天。
③ 如意宝珠，原文为 cintāmani，字面义为"能够遂愿的宝石"，也指搅乳海时搅出的宝石，后可代指大梵、至上神明。此处译为"如意宝珠"指黑天，黑天对于牧女来说就是一枚如意宝珠。

之道，那么当初为什么还要在沃林达林中和我们一起跳圆圈舞呢？现在，黑天离开了我们，留下一段美好的回忆，让我们感到十分痛苦。现在，你带着瑜伽知识在我们这些牧女中间徘徊，给我们讲授无形之道，你以为自己是大人物吗？这样做就能受到我们的尊敬吗？我们对你和黑天的尊敬和信任，早已消失得无影无踪。”

因为见不到黑天的牧女本已焦灼难耐，而黑蜂作为黑天的使者却前来传授无形之道，这让牧女更加愤怒，她们认为这是黑天不予相会的借口，所以牧女不愿理睬，更不用说接受这样的传道了。对于牧女来说，与黑天相见胜过所有高深莫测的道理，只有与之会面，才能将她们从离别苦海之中解救出来。因此，当听到黑蜂这样的劝慰与讲解时，她们不禁感到失落绝望，于是，她们讽刺挖苦黑蜂自恃高傲，不知好歹。本诗最后一句“胜尊已将牛村忘，心把如意宝珠失”，如今牧女与黑天之间爱恋已逝，黑天到了马图拉以后将牛村所有的一切都忘记了，而牧女也失去了自己心爱的黑天。此句是对现今状况的概括。

【原文】

मधुकर प्रीति किये पछितानी।
हम जानी ऐसैंहि① निबहैगी, उन कछु औरै ठानी।
वा मोहन कौं कौन पतीजै, बोलत मधुरी बानी।
हमकौं लिखि लिखि जोग पठावत, आपु करत रजधानी।
सूनी सेज सुहाइ न हरि बिनु, जागत② रैनि बिहानी।

① Varma 本作 aisaihiṁ。
② Varma 本作 jāgati。

जब तैं गवन कियौ मधुबन[1] कौं, नैननि बरषत पानी।

कहियौ जाइ स्याम सुंदर कौं[2], अंतरगत की जानी।

सूरदास प्रभु मिलि कै बिछुरे, तातैं भईं दिवानी॥

（135/4606）

【对译】

黑蜂啊，爱恋过后懊恼悔

我等以为此般续，他却决意另些许。

谁还相信彼莫亨，甜言蜜语曾诉说。

书写瑜伽送予我，自己行事都城中。

不喜冰冷之床第，度夜无眠无诃利。

自从启程摩图林，眼中泪雨簌簌下。

且去言向俊黑子，知晓明晰内中者。

苏尔达斯言，

相见胜尊再别离，由此发疯已痴狂。

【释译】

本首诗描述的是牧女与黑天离别后懊恼悲伤的状态。内容大致如下：

一位牧女道："黑蜂啊，我们真是好后悔，自己曾经爱上黑天。我们以为自己会与黑天一起度过幸福安宁的生活，但是黑天却下定决心要做其他一些事情。谁还会再相信那个曾经对我们述说甜言蜜语的他呢？如今，他写下瑜伽知识寄送过来，让我们接受这无形之道，自己却在马图拉城当上国王，独自享受王宫里的欢乐。"

黑天离开牛村后，没有任何音讯，牧女就此向黑蜂表达了自己的怨怒与无奈。但是，更为重要的是，牧女还是希望黑蜂告诉黑天

① Gupta 本作 madhuvan。
② Varma 本作 kau。

她们的悲伤与思念，于是，牧女这样道：“没有黑天在，这冰冷的床铺让我们心生厌恶，彻夜无眠。自从黑天前往马图拉以后，我们的眼泪不断簌簌流淌，无有终止。乌陀啊，你去告诉黑天，经受了相见又别离的痛苦，我们已经发疯了。”无论黑天是喜新厌旧的多情之人，还是言而无信的无情儿郎，牧女对他的爱从始至终没有丝毫改变，即使面对黑蜂的时候，牧女还是希望能够将自己的愁思转达给黑天，以求获取黑天的同情与怜悯。本诗通过牧女对黑天先抱怨后恳求的态度转变表达了牧女对黑天的绵长爱意与深切思念。

【原文】

हमारैं हरि हारिल की लकरी।

मन क्रम बचन नंद-नंदन उर, यह दृढ़ करि पकरी।

जागत सोवत स्वप्न दिवस-निसि, कान्ह-कान्ह जकरी।

सुनत जोग लागत है ऐसौ, ज्यौं करुई ककरी।

सु तौ ब्याधि हमकौं लै आए, देखी सुनी न करी।

यह तौ सूर तिनहिं[1] लै सौंपौ, जिनके मन चकरी॥

（136/4607）

【对译】

绿鸠[2]木棍我诃利

此般坚定心业言，抓牢于心难陀子。

醒时睡时做梦时，日夜反复念黑黑。

听闻瑜伽觉此般，宛若苦涩之黄瓜，

① Sabha 本作 nitahiṁ。

② 绿鸠，原文为 hāril，学名为 Treron phoenicopteta，黄脚绿鸠，也称普通绿鸠。这类鸟的鸟爪（一说喙）经常抓着一根小木棍，不会轻易丢弃。本诗将牧女和黑天分别比作绿鸠及其木棍，旨在阐明牧女无时无刻都坚定地将黑天置于心间，从未抛弃，从未忘记，进而表达了牧女对黑天的虔爱之情。

为我带来此疾患，未见未闻未经历。

苏尔言，

且请携此予他等，彼心犹豫不坚定。

【释译】

本首诗描述的是牧女向乌陀表达自己心已坚定，无须修炼瑜伽的言语。内容大致如下：

牧女道："乌陀啊，绿鸠鸟一直紧握着小木棍，从不丢弃。如果说我们是绿鸠鸟，那么黑天就是我们的小木棍，我们一直将他牢牢抓在心中，一时一刻都没有忘记。无论是醒着还是睡觉的时候，我们都一直反反复复地念着他的名字。乌陀啊，听了你讲的瑜伽知识，我们感觉那就像苦涩的黄瓜一样，难以下咽。对于我们来说，瑜伽知识所带来的这种困扰，我们从来没有听说过，没有见过，也从来没有经受过。你不要再跟我们讲授瑜伽知识了。"

本诗承接上一首诗，牧女向乌陀展示了自己对黑天坚定不渝的爱情。黑天占据了牧女的整个内心，已然成为牧女生存下去的唯一依靠。乌陀传授的瑜伽知识不仅于事无补，而且为牧女增添了许多烦忧。因此，本诗最后一句"且请携此予他等，彼心犹豫不坚定"，牧女劝告乌陀去把这瑜伽知识带给那些心意尚不坚定，犹豫不决的人，她们的心已经完全属于黑天，所以对她们讲授这些并不能改变她们对黑天的爱恋，实属徒劳。

【原文】

कहा होत जो हरि हित चित धरि, एक बार ब्रज[1] आवते।
तरसत ब्रज[2] के लोग दरस कौं, निरखि निरखि सुख पावते।
मुरली सब्द[3] सुनावत[4] सबहिनि, हरते तन की पीर।
मधुरे बचन बोलि अमृत मुख, बिरहिनि देते धीर।
सब मिलि जग जस गावत उनकौ, हरष मानि उर आनत।
नासत चिंता ब्रज[5] बनितनि की, जनम सुफल करि जानत।
दुरी दुरा कौ खेल न कोऊ, खेलत है ब्रज[6] महियाँ।
बाल दसा लपटाइ गहत हे[7], हँसि हँसि हमरी बहियाँ[8]।
हम दासी बिनु मोल की उनकी, हमहिं जु चित्त बिसारी।
इत तैं उन[9] हरि रमि रहे[10] अब तौ, कुबिजा भई पियारी।
हिय मैं बातैं समुझि समुझि कै, लोचन भरि भरि आए।
सूर सनेही स्याम प्रीति के, ते अब भए पराए॥
（137/4614）

【对译】

诃利内心若持爱

诃利内心若持爱，伯地一返又如何？
伯勒杰民渴求见，瞧着瞧着福乐得。
使众闻听竹笛声，消除身体之苦痛，

① Gupta 本作 vraj。
② Gupta 本作 vraj。
③ Sabha 本作 śabd。
④ Varma 本作 sunāhat。
⑤ Gupta 本作 vraj。
⑥ Gupta 本作 vraj。
⑦ Gupta 本作 hai。
⑧ Gupta 本作 bahiṁyaṁ。
⑨ Gupta 本作 ut。
⑩ Gupta 本作 rahai。

口言甜美甘露语，平静安宁予离女，

世人皆聚歌颂他，感到愉悦相拥抱，

伯勒杰女担忧消，认为此生善果修。

伯勒杰中无人玩，躲躲藏藏之游戏，

儿时嬉笑抓我臂，紧紧拥抱之情状。

我乃他奴未要价，心中竟把我等忘！

自此享乐彼诃利，如今驼女成情女。

心中诸事渐明了，双目充盈泪汪汪。

苏尔言，

恋爱情郎之黑子，现彼已属其他人。

【释译】

本首诗描述的是伯勒杰牧女抱怨黑天无情无义，导致自己后悔懊恼的情景。内容大致如下：

一位牧女道："如果黑天想着我们对他的爱恋，心中还有我们这些牧女，那他就应该返回伯勒杰一次，这会给他带来什么坏处吗？伯勒杰的人民都十分渴望见到他。要是能够得见他的尊容，所有人都将再获福乐。到时候，他能够用竹笛为大家吹奏出美妙的旋律，消除所有人的痛苦；他能够再次说出甜言蜜语，让深受离别之苦的我们心定神安。那时候，整个世界的人们都会相聚在一起，欢欣雀跃地相互拥抱，歌颂他的功德。他能够消除伯勒杰女子的担忧，让她们知道自己已经修得善果，不枉今生。然而如今，黑天始终没有返回伯勒杰，所以没有人再在这里跟我们一起玩耍捉迷藏的游戏。还记得我们小的时候，就是这个黑天常常紧紧依偎在我们身边，嬉笑着紧握我们的双臂，拥抱我们。如今，我们心甘情愿地成为他的奴隶，可他却将我们忘得一干二净，现在，他住在马图拉城，成为了驼背女的情人，这是何等道理？”

牧女设想着黑天返回牛村的场景，沉浸在遐想的幸福之中。然而，她们又忍不住回忆与黑天在一起的各种往事。“心中诸事渐明了，双目充盈泪汪汪。恋爱情郎之黑子，现彼已属其他人”为本诗最后两句，描写了牧女在现实生活中的真实状况。渐渐地，牧女已经知道黑天如今不再念及旧日的爱恋，他有了新欢，驼背女已经取代了牧女的位置，成为黑天的情人。正因为如此，黑天全然忘记了牛村的一切，于是，他再也没有回来过。本诗通过描绘黑天在与不在两种情况下伯勒杰地区的状况以及牧女的心境，突显出此时此刻离别之女的无奈与孤苦。

【原文】

मधुकर आपुन होहिं बिराने।

बाहर <u>हेत</u>① हितू कहवावत, भीतर काज सयाने।

ज्यौं सुक पिंजर माहिं उचारत, ज्यौं ज्यौं कहत बखाने।

<u>छूटत</u>② हीं उड़ि मिलै अपुन कुल, प्रीति न पल ठहराने।

जद्यपि मन नहिं तजत मनोहर, तद्यपि कपटी जाने।

सूरदास प्रभु कौन काज कौं, माखी मधु लपटाने॥

（138/4627）

【对译】

黑蜂啊，自己人已成外人

于外称作好心友，内中之事却狡猾。

宛若鹦鹉于笼中，随所言说学舌道，

释放飞走自家聚，爱意一刻不停留。

---

① Varma 本作 hetu。

② Sabha 本作 chaṭat。

虽心不弃美迷人[1]，却知虚伪假仁义。

苏尔达斯言，

蜜蜂缠于蜂蜜中，胜尊又为何许事？

【释译】

本首诗描述的是牧女抱怨黑天离开伯勒杰之后变得无情无义的言语。内容大致如下：

一位牧女道："黑蜂啊，黑天嘴巴上说是我们的亲人，但他心里早已把自己当作外人。在别人看来，他是个心怀善意的人，是我们的朋友，能够为我们排忧解难，带来幸福与快乐。但实际上，他心中想的却是其他的事情，他是个非常狡猾的人。要不然，他曾经与我们相爱，与我们共同嬉戏，如今怎么就将我们给忘了呢？这就像鹦鹉一样，它在笼子里的时候，教它说什么它就学什么。一旦把它从笼子中放飞出去，回到自己的鹦鹉家族以后，以前对主人的爱恋也随之飞走，片刻都不再停留。如今，虽然我们心中仍然不能忘记那个迷人的黑天，但我们已经知道他是多么的虚伪，多么的狡猾！"

诗中虽未提及驼背女与黑天的情事，但牧女的抱怨之词是在指责黑天喜新厌旧。外表美丽迷人的黑天内心虚伪奸诈，他欺骗了牧女的感情后又将牧女抛弃。本诗最后一句"蜜蜂缠于蜂蜜中，胜尊又为何许事"是本诗的点睛之笔，苏尔达斯将黑天比作蜜蜂，将驼背女喻为蜂蜜，黑天为了寻找融入心田、沁入肺腑的蜂蜜，像蜜蜂一样飞到了马图拉城，深深地沉醉于与驼背女的爱恋之中。这里，牧女在抱怨黑天无情无义的同时表达了自己苦苦思念、束手无策的百般无奈。

---

① 美迷人，原文为 manohar，字面义为"迷人的，美丽的"，此处译为"美迷人"，代指黑天。

【原文】

हरि तैं भलौ[1] सुपति सीता कौ।
जाकैं बिरह जतन ए कीन्हे, सिंधु कियौ बीता कौ।
लंका जारि सकल रिपु मारे, देख्यौ मुख पुनि ताकौ।
दूत हाथ उन लिखि जु पठायौ, ज्ञान कह्यौ गीता कौ।
तिनकौ कहा परेखौ कीजै, कुबिजा के मीता कौ।
चढ़े सेज सातौं सुधि बिसरी, ज्यौं पीता चीता कौ।
करि अति कृपा जोग लिखि पठयौ, देखि डराइ[2] ताकौ।
सूरजदास प्रीति कह जानैं, लोभी नवनीता कौ॥

（139/4628）

【对译】

悉多良夫胜诃利

与她别离此努力，变海洋于一拃间[3]，
火烧楞伽尽诛敌，再次瞧见他面容。
使者手中他写送，称为薄伽梵歌[4]识，
怎能信任依赖他，驼背女子之情郎！
上榻回忆尽忘却，宛若饮罢之心智。
写送瑜伽施至恩，瞧见它后担忧怕，
苏尔吉达斯言，
贪恋新鲜奶油者，视爱情为何等物？

① Varma 本作 bhalī。
② Varma 本作 ḍarāīṁ。
③ 此句所描述的情节在《罗摩衍那》和《罗摩功行之湖》之中均未出现。该句旨在描述罗摩为与悉多相见想方设法排除各种艰难困苦，表达了罗摩欲与悉多重逢的坚定决心。牧女以此讽刺黑天，认为黑天无情无义，别离后对牧女丝毫没有一点思念之情。
④ 薄伽梵歌，原文为 gītā，通 Bhagavat Gītā，即《薄伽梵歌》。

【释译】

本首诗描述的是牧女以罗摩作为对比，讽刺黑天离别后无情无义的言语。内容大致如下：

一位牧女道：“你看，悉多的那位丈夫罗摩就比诃利好。他与悉多别离之后，做了许多努力，他先将浩瀚的大海缩小在一拃之间，然后火烧楞伽城，杀死了所有的敌人，最终救出悉多，与她再次相聚。可是，黑天呢，他写了一些被称为“薄伽梵歌”的知识，交给使者，让他讲授给我们听，可他自己却留在马图拉，与驼背女一起享乐欢愉。我们怎么还能相信这样的人呢？他一爬上床，便忘却了以前所有的回忆，就像喝醉了酒丧失了知觉一样。”

本诗承接上一首诗，叙述了牧女对黑天更加尖刻的抱怨与责难之词。诗中引用《罗摩衍那》中罗摩与悉多的故事，以罗摩的一心一意反衬黑天的朝三暮四。对于黑天的所作所为，牧女感到心如刀割，她们已不相信黑天曾经许下的诺言，更不会相信黑天派人传授的无形之道。于是，便有了诗歌的后两句：“写送瑜伽施至恩，瞧见它后担忧怕，贪恋新鲜奶油者，视爱情为何等物”，牧女讽刺地道：“黑天真是太仁慈了，为我们书写并送来这样的瑜伽知识，这真是他的良苦用心啊！但是我们看了之后感到害怕，这个贪恋奶油的少年，不知他把我们对他的爱情当成什么了？”牧女的此番言辞展现了她们的无奈以及对黑天的失望。

【原文】

ऊधौ क्यौं बिसरत वह नेह।

हमरैं हृदय आनि नँद-नंदन, रचि रचि कीन्हे गेह।

एक दिवस गई गाइ दुहावन, वहाँ जु बरष्यौ मेह।

लिए उढ़ाइ कामरी मोहन, निज करि मानी देह।

अब[1] हमकौं लिखि-लिखि पठवत हैं, जोग जुगुति तुम लेहु।

सूरदास बिरहिनि क्यौं जीवैं, कौन सयानप एहु॥

（140/4636）

【对译】

乌陀啊，怎能忘却彼爱恋

难陀之子至我心，精心巧妙建屋舍。

一日去给牛挤奶，云降雨时于彼处，

莫亨拿毯来遮挡，认属身体于自己。

如今写送于我等：你且修炼瑜伽道。

苏尔达斯言，

离别之女怎成活，此乃哪般鬼把戏？

【释译】

本首诗描述的是罗陀回忆黑天为自己遮雨的往事。内容大致如下：

罗陀道："乌陀啊，我们怎么能忘记与黑天的爱恋呢？黑天来到牛村后，我们一起嬉戏玩耍，渐渐地，我们彼此之间产生了浓浓的爱意。黑天在我们心里精心巧妙地建造了一个爱情小屋，我们在其中彼此相爱，幸福又温馨。记得有一天，我去挤牛奶的时候，突然下起雨来，黑天把我的身体当作自己的身体一样爱惜。他细心地用小毯子遮在我的头上，为我挡雨。那时，我感到无比的幸福。然而如今，那个黑天却派你来牛村为我们讲授瑜伽知识，还写信让我们修炼瑜伽之道，难道在他看来这与约会见面可以相提并论吗？难道这也能给予我们一样的福乐吗？"

罗陀回忆着往事，感慨黑天今非昔比的变化。她一时无法理解

① Varma 本作 jab。

黑天所作所为的意图，于是发出这样的疑问：“离别之女怎成活，此乃哪般鬼把戏”，谁知道这个黑天又在耍什么鬼机灵呢？这些深受离别之苦的女子怎么能够通过瑜伽之道得到解脱呢？本诗再一次表达了牧女尤其是罗陀对黑天忠贞不渝的虔诚之爱，在她们看来，只有见到黑天才能从离别苦海之中解脱。

【原文】

ऊधौ मन माने की बात।

दाख छुहारा छाँड़ि अमृत-फल, बिषकीरा बिष खात।

ज्यौँ चकोर कौँ देइ कपूर कोउ, तजि अंगार अघात।

मधुप करत घर कोरि काठ मैँ, बँधत[1] कमल के पात।

ज्यौँ पतंग हित जानि आपनौ[2], दीपक सौँ लपटात।

सूरदास जाकौ मन जासौँ, सोई ताहि सुहात॥

（141/4640）

【对译】

乌陀啊，事关心所认

葡萄甜枣甘露果，毒虫弃之食毒物。

宛若鹧鸪饱食火，抛弃某所予樟脑。

挖空木头筑巢穴，黑蜂受缚莲花瓣。

宛若飞蛾晓己爱，紧紧拥抱向油灯。

苏尔达斯言，

某为他之心所向，他便对其喜又爱。

【释译】

本首诗描述的是牧女向乌陀表达自己义无反顾爱恋黑天的言语。

---

① Varma 本作 baṁghat。

② Sabha 本作 āpano。

内容大致如下：

牧女道：“乌陀啊，我认为，你的内心认定了谁，谁就会成为你的至爱。这就像毒蛇从来不吃葡萄、甜枣这些味道甜美的果子，却甘愿忍受剧毒给它身体带去的痛苦食用毒物；鹧鸪从来不吃别人送来的樟脑，却甘愿冒着被烧伤的危险吞噬火焰，获得满足；虽然大黑蜂通常挖空木头在其中建造自己的蜂房，却会因为贪恋花蜜而被束缚于莲花瓣中；飞蛾爱恋油灯的火焰，就算知道会被烧成灰烬，依旧义无反顾地朝它扑去。”

牧女通过向乌陀讲述毒蛇、鹧鸪、黑蜂和飞蛾为爱奋不顾身的故事，说明自己对黑天亦是如此，尽管饱受离别煎熬，甚至可能为此献出生命，但也绝对不会改变自己对黑天的爱恋。最后一句“某为他之心所向，他便对其喜又爱”是本诗的点睛之笔，呼应了本诗题目“乌陀啊，事关心所认”，牧女告诉乌陀：“你的心要是和谁在一起，接受他，认定他，你就会义无反顾地爱恋他。”借此，牧女表达了自己对黑天坚贞不屈、至死不渝的深情爱意。

【原文】

इहिं डर बहुरि न गोकुल आए।
सुनि री सखी हमारी करनी, समुझि मधुपुरी छाए।
अधरातक तैँ उठि सब बालक, मोहिं टैरैंगे आइ।
मातु पिता मोकौं पठवैंगे, बनहिं चरावन गाइ।
सूने भवन① आइ रोकैंगी, दधि चोरत नवनीत।
पकरि जसोदा पै लै जैहैं, नाचहु गावहु गीत।

① Sabha 本作 bhaban。

ग्वारिनि मोहिं बहुरि बाँधैंगी, कैतव बचन सुनाइ।

वै दुख सूर सुमिरि मन ही मन, बहुरि सहै को जाइ॥

（142/4653）

【对译】

惧此不再回牛村

女伴且听我行为，明了即覆摩图城。

一众孩童半夜起，前来呼喊把我唤。

爸爸妈妈差遣我，放牧牛群于林中。

偷鲜奶油酸奶时，空宅之中来阻拦，

耶雪达旁抓携至：跳个舞来唱支歌！

牧女言说欺人语，还是将我来捆绑。

苏尔言，

心中暗自忆彼苦，谁人还能再忍受？

【释译】

本首诗描述了牧女回忆当初怠慢黑天，导致黑天离去而暗自懊悔的场景。内容大致如下：

一位牧女道："女伴啊，黑天肯定是因为害怕当初在伯勒杰遭受那些痛苦，所以才不愿再回来。他肯定想起：'曾经，牧童们大半夜起床来到我家把我叫醒，不让我好好睡觉；妈妈和爸爸每天让我到沃林达林去放牛，走破了双脚，也不让休息；我趁房间里没人的时候去偷酸奶和奶油，可惜却被牧女们抓个正着，她们万般阻拦不放我走；还有一些牧女们曾把我抓到妈妈耶雪达那里，让我为她们唱歌跳舞；更可恶的是，我曾经和那些牧女们说了些玩笑话，她们竟然直接向耶雪达妈妈告状，令得妈妈把我绑在木臼上。'是啊，或许正是我们之前对他所做的这些不敬行为让他义无反顾地离开了我们。"

本诗中牧女设想黑天如今对牛村的回忆，尝试站在黑天的角度审视自己当初的所作所为，猜测这些不当的行为正是黑天不回牛村的原因所在，于是，颇感悔恨。本诗最后一句“心中暗自忆彼苦，谁人还能再忍受”是对本首诗内容的总结，牧女心想：黑天一定是暗自回忆着这些痛苦，并下定决心再也不回伯勒杰来受罪了。我们以前对他如此怠慢，让他遭受了那么多的痛苦，他怎么可能会再回来？本诗展现了牧女幡然悔悟、羞愧内疚的心情。

【原文】

जौ कोउ बिरहिनि कौ दुख जानै।
तौ तजि सगुन साँवरी मूरति, कत उपदेसै ज्ञानै।
कुमुद चकोर मुदित बिधु निरखत, कहा करै लै भानै।
चातक सदा स्वाति[①] कौ सेवक, दुखित होत बिनु पानै।
भौंर कुरंग काग कोइल कौं, कविजन[②] कपट बखानैं।
सूरदास जौ सरबस दीजै, कारे कृतहि न मानैं।।
（143/4661）

【对译】

若某知晓离女苦

怎弃有形青黑像，而将知识来训教？
睡莲鹧鸪见月喜，要来太阳作何为？
永为角星之仆人，凤头杜鹃无雨苦。
黑蜂乌鸦噪鹃鹿，被众诗人称虚假。
苏尔达斯言，
一切所有纵给予，黑者亦不会感恩。

---

① Varma 本作 svānti。
② Varma 本作 kabijan。

【释译】

本首诗描述的是牧女向乌陀抱怨黑天薄情寡义的言语。内容大致如下：

一位牧女道："乌陀啊，你怎么会知道我们的痛苦呢？要是你知晓离别女子的痛苦的话，怎么还会放弃黑天青黑的有形形象而来传授无形的瑜伽之道呢？睡莲和鹧鸪望见月亮之后才能得到欢愉，对于它们来说，太阳有什么意义呢？杜鹃鸟从不接受其他时节的雨水，它们只有品尝到大角星的雨水后才得到快乐，否则的话，它们将永远痛苦地哀鸣，所以它们向来都是大角星的仆人。对于我们来说，黑天就是我们的月亮，就是我们的角星雨，那些瑜伽知识在我们看来毫无用处。然而，黑天却是如此的冷酷无情，将我们久弃于这一片苦海之中。"

通过诗人的创作，我们知道了关于大黑蜂、鹿、乌鸦还有杜鹃鸟这些动物欺诈狡猾的故事。大黑蜂整夜被束缚在莲花的花苞中，看似独恋这一朵莲花，但随着太阳升起，花苞开放，它便立即飞到其他花朵上采集蜜汁。鹿喜欢音乐，即使与一只母鹿相爱，它也会随时因为美妙的旋律离开它的母鹿。乌鸦则是最狡猾的动物，它常常伺机偷取别人的东西。杜鹃鸟妈妈常让乌鸦来照顾自己的幼雏，待到它们成年，它便立刻会将乌鸦赶走。黑天和它们一样多情狡猾。即使你向这样居心叵测的人献出了一切，他也不会感激你。

本诗前三行中牧女向乌陀表达了自己不会接受瑜伽之道的坚定信念，后两行中牧女仍然抱怨黑天的虚伪狡猾、忘恩负义。本诗一方面展现了牧女对黑天无法动摇的爱情，另一方面又展现了牧女如今得不到黑天之爱的无奈与怨怒。

【原文】

ऊधौ सुधि नाहीँ या तन की।

जाइ कहौ तुम कित हौ भूले, हमSब भईँ बन बन की।

इक बन ढूँढ़ि सकल बन ढूँढ़े, बन बेली मधुबन की।

हारि परीँ बृंदाबन① ढूँढ़त, सुधि न मिली मोहन की।

किए बिचार② उपचार न लागत, कठिन बिथा भइ③ मन की।

सूरदास कोउ कहै स्याम सौँ, सुरति करैँ गोपिनि की॥

（144/4664）

【对译】

乌陀啊，已不顾此身

你且去说怎已忘？我等现为林中人，

逐一寻遍所有林，摩图林之林中蔓。

搜寻沃林达林中，失败未得莫亨讯。

任怎思量亦无效，内心苦痛深切重。

苏尔达斯言，

某且述说向黑子：且请想想众牧女！

【释译】

本首诗描述的是牧女向乌陀诉说思念黑天之苦的场景。内容大致如下：

一位牧女道："乌陀啊，现在我们如此想念黑天，以至于身体都失去了知觉。你去问问黑天，他怎么就把我们忘记了呢？我们整日整夜在树林中找他，都已经快把树林当成家，长久住在其中了。我们一个一个树林寻找，翻遍了里面所有藤蔓，但都没有看见他的身

① Varma 本作 bṛndāvan，Gupta 本作 vṛndāban。

② Varma 本作 vicār。

③ Varma 本作 bhaī。

影。我们怎么想也想不明白，黑天为什么要离开我们，为什么这么长时间还没有回来，对此我们感到十分痛苦。”

诗中牧女向乌陀倾诉自己的相思之苦，最后请求乌陀道：“某且述说向黑子：且请想想众牧女”，牧女希望乌陀能够向黑天陈情，请求与黑天相见。虽然乌陀前来牛村传授牧女不愿接受的瑜伽之道，但牧女依旧不想放弃这唯一可以向黑天传信的机会，于是，她们向乌陀道出了自己的真实想法以及离别的情怀，从而，展现出牧女深处忧愁与孤独的生活状态。

【原文】

लरिकाईं कौ प्रेम कहौ अलि कैसैं छूटत।
कहा कहौं ब्रजनाथ[1] चरित, अंतरगति लूटत।
वह चितवनि वह चाल मनोहर, वह मुसकानि मंद-धुनि गावनि।
नटवर-भेष नंद नंदन कौ वह बिनोद[2], वह बन तैं आवनि।
चरन कमल की सौंह[3] करति हौं, यह सँदेस मोहिं विष[4] लागत।
सूरदास पल मोहिं न बिसरति, मोहन मूरति सोवत जागत॥

（145/4665）

【对译】

黑蜂且说，少时爱恋怎遗忘
伯勒杰主夺内心，功行如何来述说？
那美步态那目光，那般微笑柔声歌，
难陀子之舞胜[5]装，那戏那般自林来。

---

① Gupta 本作 vrajanāth。
② Varma 本作 vinod。
③ Varma 本作 sauhaṁ。
④ Varma 本作 viṣasauṁ，Gupta 本作 biṣ。
⑤ 舞胜，原文为 naṭavar，字面义为“舞中胜者”，此处译为“舞胜”，指黑天。

我向莲足立誓言：我觉此讯如毒药，

苏尔达斯言，

无论我睡或我醒，片刻不忘莫亨像。

【释译】

本诗描述的是牧女回忆黑天年少时的各种迷人姿态，告诫乌陀无须讲述瑜伽知识的场景。内容大致如下：

一位牧女道："黑蜂啊，你说说，我们如何能够轻易忘记少年时候的爱恋呢？我又该怎样向你描述黑天的功行？他是伯勒杰的主人，他将我们的心偷走，令我们沉醉于他的情爱之中。他那深邃的眼神、美丽的身姿、迷人的微笑、悦耳的笛声还有动听的歌曲，他那舞中胜者般的装束，嬉戏娱乐时的百般姿态，放牛归来时可爱的模样，所有这一切都深深地吸引着我们。至今，我们对此仍记忆犹新。我以黑天的莲足起誓，你所传授的瑜伽对于我们来说就像毒药一样。"

本诗再一次表达了牧女不肯接受瑜伽知识的决心。牧女回忆着黑天美丽的身躯，满眼都是黑天迷人的模样，因此，牧女说道："无论我睡或我醒，片刻不忘莫亨像。"牧女无时无刻不在思念黑天，借此，本诗再一次表达了牧女对黑天的思念之深切。

उद्धव हृदय परिवर्तन तथा गोपी संदेश
乌陀心中变化与牧女讯息

【原文】

मैं ब्रजवासिन[1] की बलिहारी।

जिनके संग सदा क्रीड़त हैं, श्री गोबरधन धारी।

① Varma 本作 brajabāsin，Gupta 本作 vrajabāsin。

किनहूँ कैँ घर माखन चोरत, किनहूँ कैँ सँग दानी।

किनहूँ कैँ सँग धेनु चरावत, हरि की अकथ कहानी।

किनहूँ कैँ[1] सँग जमुना कैँ तट, बंसी टेरि सुनावत।

सूरदास बलि बलि चरननि की, यह सुख मोहिँ नित भावत॥

（146/4672）

【对译】

我为伯勒杰民献一切

吉祥托牛增山者[2]，与彼常常共游戏。

与某同作贡礼事[3]，于某家中偷奶油。

与某一同去放牛，诃利故事不可述。

叶木拿畔偕同某，吹响竹笛高声奏。

苏尔达斯言，

我献一切为双足，永远钟爱此福乐。

【释译】

本诗描述的是乌陀被牧女说服之后愿为伯勒杰居民奉献一切的言语。内容大致如下：

乌陀道："我愿为伯勒杰的居民奉献自己的一切，因为黑天以前经常和他们在一起玩耍。黑天曾经在他们家中偷吃奶油，曾经和他们一起拦住牧女索要礼物，曾经一起放牛，一起在叶木拿河畔吹奏竹笛。黑天的故事百般多样，趣味横生，实在难以一一尽述。我将为黑天的双足献出一切，我将时时刻刻热爱这样无与伦比的福乐。"

乌陀听罢牧女的言语，为牧女对黑天至死不渝的爱恋以及拒绝接受无形之道的坚定信念所深深感动，于是，他改变了自己的想

① Gupta 本作 ke。

② 吉祥托牛增山者，原文为 śrī gobaradhan dhārī，字面义为"吉祥的托牛增山之人"，指黑天。

③ 此处指的是黑天曾经拦在牧女前面讨要过路费的情节。

法，不再继续为牧女讲授瑜伽知识，表示愿意为伯勒杰的居民奉献一切，本诗即是在这样的背景下形成的。乌陀是黑天的信徒，是黑天派来的使者，当他得知黑天曾经在牛村所演绎的各种本事时，他意识到伯勒杰的居民与自己一样，也是黑天虔诚的信众。最后，乌陀说道："我献一切为双足，永远钟爱此福乐"，表达了自己对黑天的崇敬之意。

【原文】

हौं इन मोरनि की बलिहारी।
जिनकी सुभग चंद्रिका माथैं①, धरत② गोबरधनधारी।
बलिहारी वा③ बाँस-बंस की, बंसी सी सुकुमारी।
सदा रहति है कर जु स्याम कैं, नैकहुँ होति न न्यारी।
बलिहारी वा गुंज जाति की, उपजी जगत उज्यारी।
सुंदर हृदय रहत मोहन कैं, कबहूँ टरत न टारी।
बलिहारी कुल सैल सरित जिहिं, कहत कलिंद दुलारी।
निसि दिन कान्ह अंग आलिंगन, आपुनहूँ भई④ कारी।
बलिहारी वृंदावन⑤ भूमिहिं, सुतौ भाग की सारी।
सूरदास प्रभु नाँगे पाइनि, दिन प्रति गैया चारी॥
（147/4673）

① Varma 本作 māthai。
② Varma 本作 dharat。
③ Gupta 本作 van。
④ Gupta 本作 bhai。
⑤ Varma 本作 bṛndāvan，Gupta 本作 vṛndāban。

【对译】

我愿为此孔雀献

彼之美丽月华翎[①]，托牛增者额上置。

愿为彼等竹族献，娇柔精美小竹笛，

黑子手中长久存，一丝一毫不分离。

愿为彼红豆类献，生发光辉于世间，

久在莫亨美胸前，无论何时未曾移。

愿为群山之河献，被称迦林德爱女，

日夜拥抱黑黑身，自己亦已成黑色。

愿为沃林[②]之地献，它之一切皆幸运，

苏尔达斯言，

胜尊光着俩脚丫，每日放牧母牛群。

【释译】

本诗描述的是乌陀愿为与黑天相关的世间万物奉献一切的言语。内容大致如下：

乌陀道："我愿为沃林达林的这些孔雀奉献一切，因为黑天将它们美丽的翎羽做成王冠戴在头上。我愿为那些竹子奉献一切，因为黑天手里每天都持握着由它制成的美妙竹笛，一刻都不曾分离。我愿为那些相思子奉献一切，因为黑天胸前一直戴着由它编成的项链，为世界带来了耀眼的光辉。我愿为叶木拿河奉献一切，她自迦林德山顺流而下，流经群山万壑，来到黑天身边，黑天整日在河边嬉戏，正因为如此，河水也浸染上青黑的颜色。我愿为沃林达林的土地奉献一切，它们极其幸运，因为黑天每天都在这里赤足放牛。"

---

① 月华翎，原文为 candrikā，意为"孔雀尾翎上的金翠钱纹"，此处译为"月华翎"，指黑天头上戴的雀翎冠。

② 沃林，原文为 vṛndāvan，沃林达林，此处因字数限制，缩译为"沃林"。

本诗承接上一首诗，乌陀通过对孔雀、竹子、相思子、叶木拿、沃林达林等与黑天相关的事物致敬，表达了自己对黑天的无比崇爱。苏尔达斯也借乌陀之言对至高无上的大神黑天表达了自己的虔诚爱意。这是一首对神明的赞辞诗。

【原文】

हम पर हेत किये रहिबौ।

या ब्रज[①] कौ ब्यौहार सखा तुम, हरि सौँ सब कहिबौ।

देखे जात आपनी अँखियनि, या तन कौ[②] दहिबौ।

तन की बिथा कहा कहौँ तुमसौँ, यह हमकौँ सहिबौ।

तब न कियौ प्रहार प्राननि कौ, फिरि फिरि क्यौँ चहिबौ।

अब न देह जरि जाइ सूर, इनि नैननि कौ बहिबौ॥

（148/4675）

【对译】

且请一直爱我们

朋友你且向诃利，尽述伯勒杰此况。

自己双眼已瞧见，这具躯体受灼烧。

怎向你诉身之苦，我等将其来忍受。

彼时未将性命害，为何反复来企图？

苏尔言，

簌簌流淌此双眼，身体现方未烧毁。

【释译】

本诗描述的是牧女请求乌陀将伯勒杰的现状真实地告诉黑天的场景。内容大致如下：

---

① Gupta 本作 vraj。

② Varma 本作 ko。

一位牧女道："黑天，请你一直爱我们吧。乌陀啊，请你友善地对待我们，施恩于我们吧。你看，如今伯勒杰的居民忍受着巨大的离别之苦，请你将这里的悲惨状况告诉黑天吧。你已经亲眼看到我们的身体正在遭受熊熊离别之火的灼烧，我怎么向你诉说这样的痛苦呢？我们只能自己忍受。以前因陀罗没有夺取我们的性命，现在却一遍遍将我们推向死亡的边缘，这是为什么呀？如今，我们昼夜泪流满面，幸好泪水流淌下来，我们的身体才没有被离别之苦烧得焦枯，我们才得以存活。"

待乌陀被说服后，牧女请求乌陀将亲眼所见的伯勒杰颓败衰落的状况以及牧女悲戚孤寂的情状转达给黑天。本诗最后一句"簌簌流淌此双眼，身体现方未烧毁"道出了如今牧女苦中度日的状况。一边是离别之苦火将身躯烧得干枯，一边又是无有止息的泪水将身躯浸湿，由上可见，牧女如同经历千万次鬼门关一样，苦不堪言。

【原文】

स्वामी पहिलौ प्रेम सँभारौ।
ऊधौ① जाइ चरन गहि कहियै, जी तैं हित न उतारौ।
जो तुम मधुबन राज काज भए, गोकुल हम न अधारौ।
कमल नयन सो चैन न देखौ②, नित उठि गोधन चारौ।
ये ब्रज③ लोग मया के सेवक, तिनसौं क्यौं न बिहारौ।
सूरदास प्रभु एक बार मिलि, सकल बिरह दुख टारौ॥
（149/4676）

---

① Varma 本作 ūdho。
② Gupta 本作 dekhauṃ。
③ Gupta 本作 vraj。

【对译】

恩主请念从前爱

乌陀且去触足言，心中爱意莫去除。

马图拉你朝政忙，牛村我等无人庇。

不见莲眼心难安，日日起身放牛景。

伯勒杰民情爱仆，为何不与他们嬉。

苏尔达斯言，

胜尊你且见一面，消除所有离别苦。

【释译】

本诗描述的是牧女嘱托乌陀替她们向黑天转达思念之情，请黑天念及与她们之前的情分赶回伯勒杰与她们见上一面的情形。内容大致如下：

牧女对乌陀诉说她们对黑天的思念。她们道：“乌陀啊，请你替我们去恭敬地触摸黑天的双足，请你向他转达我们的思念，请你替我们对他说：‘恩主啊！请你永怀对我们的爱意！你去往马图拉成为国王，那里的政务很繁忙吧？是不是都忘记我们了？现今身在牛村的我们无人庇护。我们再也看不到你那莲花般的双眼，再也欣赏不到你每天去林中放牛的美丽景象了，我们伤心又难过，心中没有一丝安宁。

恩主啊，在情爱游戏里，你是我们的国王，我们都是你的奴仆。可现如今你为何不再理会我们这些伯勒杰的女子呢？为何不再与我们谈情说爱，玩耍嬉戏呢？可亲可爱的恩主黑天啊，请你念及从前与我们欢爱的情分，前来见我们一面吧！请来慰藉一下与你别后饱受相思之苦的我们吧！只要能够见你一面，我们的所有痛苦都会立刻消失得无影无踪。’”

本诗通过牛村牧女对于乌陀的倾诉，表现了与黑天分离后牧女们的痛苦与希冀，一方面，与黑天分离使她们饱受相思之苦的折磨，另一方面，黑天总有一天会回来与她们相见的希望与念想一直支撑着她们消瘦的身体。她们这些被黑天的爱情所俘获的奴隶，就这样日复一日地等待着黑天归来。苏尔达斯在本诗中主要通过牧女的言语呈现出她们对黑天的虔诚，展现了诗歌的分离艳情味。

【原文】

इतनी बात अलि कहियौ हरि सौँ, कब लगि यह मन दुख मैँ गारैँ।
पथ जोहत तन कोकिल बरन भइँ, निसि न नीँद① पिय पियहिँ पुकारैँ।
जा दिन तैँ बिछुरे नँद-नंदन, अति दुख दारुन क्यौँ निरवारैँ②।
सूरदास प्रभु बिनु यह बिपदा, काकौ दरसन देखि बिसारैँ॥
（150/4680）

【对译】

黑蜂③将此语诃利

黑蜂将此语诃利，苦熔此心何时休？
望路身成杜鹃色④，声唤郎亲夜不寐。
难陀子别那日起，极苦难忍怎消除？
苏尔达斯言，
无有胜尊旦有谁，相见方可祛此苦？

① Varma 本作 nīṁd。
② Varma 本作 nirabāraiṁ。
③ 黑蜂，原文 ali，意思是“黑蜂”，用以指代“乌陀”。乌陀来见牧女之时，恰好飞来了一只大黑蜂。它在牧女周围嗡嗡作响，缠绕纷飞。黑蜂飞来飞去，又具有与乌陀肤色一般的黑色。因此，牧女有些话，不直接对乌陀说，假借告诉黑蜂，要黑蜂带去她们捎给黑天的口信。实际上，这番话是牧女说给黑天派来的使者乌陀听的。
④ 杜鹃色，原文 kokil baran，印度杜鹃鸟身呈黑色，此处意指牧女身体经过长久日晒风吹变成黑色。

【释译】

本诗描述了牧女假借对黑蜂说话，嘱托乌陀向黑天转达她们的离别之苦的情形。内容大致如下：

牧女诉道："黑蜂啊！请你将这番话转告诃利：我们的心痛苦不已，怕是要渐渐溶化在这种离别苦楚中了。我们日复一日地盼望诃利归来，站立在大路上眼望诃利你离去的方向苦苦等待，我们日日经历风吹日晒，憔悴不已，不仅身体逐渐消瘦，连皮肤都变得血色全无，成了杜鹃鸟儿般的黑色。我们夜夜唤着情郎的名字，一遍又一遍，以致不能成眠！

"难陀子啊，自你离别我们的那日起，我们就饱受离别之苦的折磨，这种苦难怎样才能够消除呢？除了恩主黑天你，再没有人能够拯救我们了。只有与你相见，才能祛除我们身体和精神所遭受的痛苦啊！"

本诗通过牧女对黑天诉说的饱含深情的话语，更加细腻地表达出牧女对于情郎黑天的相思情意。其中，"望路身成杜鹃色，声唤郎亲夜不寐"两句最为精妙。牧女将渴望情郎归来的自己比作夜夜啼鸣的黑色身体的杜鹃鸟再贴切不过。

【原文】

ऊधौ जू, कहियौ तुम हरि सौं जाइ, हमारे हिय कौ दरद।

दिन नहिं चैन, रैन① नहिं सोवति②, पावक भई जुन्हाई③ सरद।

जबतैं लै अक्रूर④ गए हैं, भई बिरह तन बाइ छरद।

① Varma 本作 raini。

② Sabha 本作 sovatiṁ。

③ Sabha 本作 jumhāī。

④ Sabha 本作 akrar。

काम प्रबल जाके अति ऊधौ, सोचत भइ जस पीत-हरद।

सखा प्रवीन[1] निरंतर हरि के, तातैं कहति हैं खोलि परद।

ध्यावतिं[2] रूप दरस तजि हरि कौ, सूर मूरि बिनु होतिं मुरद॥

（151/4681）

【对译】

乌陀你且语诃利

乌陀你且语诃利，前去言说我心苦。

日不能安夜不寐，秋日月光亦为火。

阿格鲁尔[3]带离时，离苦风中身消瘦。

对他爱欲极强烈，念成姜黄[4]乌陀啊。

永为诃利聪慧友，因此揭帘说亮话。

苏尔言，

弃诃利色习禅定，[5]如无妙药成尸体。

【释译】

本诗承接上一首诗，描述的依然是牧女托乌陀向黑天转达她们离别之苦的情形。内容大致如下：

牧女对乌陀使者道："乌陀啊！你去对诃利说，说我们的心有多苦！说我们日不能安，夜不成寐！见不到诃利你，即便是秋日美丽

---

① Varma 本作 prabīn。

② Gupta 本作 dhyāvahiṁ。

③ 阿格鲁尔，原文 akrūr，刚沙王的使者，领刚沙王之命到牛村带黑天去马图拉城。

④ 念成姜黄，原文 socat bhai jas pīt-harad，socat 意思是"思念，想念"，pīt 意思是"黄色"，harad 意即印地语 haladī，意思是"姜黄"，此处指牧女们因为极度想念黑天，强烈的爱欲使她们的身体消瘦至极，意同汉语"面黄肌瘦"的意象。

⑤ 弃诃利色习禅定，原文 dhyāvatiṁ rūp daras taji hari kau，daras 通 darśan，意思是"观看"，taji 意思是"抛弃"，rūp 意思是"色"，"诃利色"指有形的黑天，即有形梵，dhyāvatiṁ，即为 dhyān karanā 一般现在时的阴性复数形式，意思是"习禅定"，指冥想无形梵。此句中，"弃诃利色"是指抛弃有形梵，"习禅定"是指修习无形瑜伽知识，皈依无形梵，亦指放弃信仰有形黑天而去信仰无形黑天。

明亮、凉爽怡人的月光，对我们来说，也像一股炙热的烈火，日日灼烧我们的身体，让我们备受折磨！自阿格鲁尔带你离去之日起，我们就在离别苦楚的风中日日盼你归来，盼不到你，我们身消体瘦，就要在这风中憔悴死去了！乌陀啊！我们对诃利的爱炙热浓烈，身体也因为日日沉浸在对他的无边思念之中而变得憔悴消瘦，肌肤甚至呈现出姜黄一般的颜色。

“乌陀啊！因为你永远是诃利聪慧的朋友，所以我们才对你打开天窗说亮话，直言不讳。你说的那些道理，对我们毫无益处。你要我们抛弃对诃利身体及德行的爱慕和歌颂，去修习禅定，这对我们来说，无异于将死之人抛弃灵丹妙药不用，最后只能变为一具尸体。”

本诗对于牧女相思之苦的描写依然精妙无比，“秋日月光亦为火”以及因为相思身体呈“姜黄”色的比喻不仅充满了浓郁的印度文化特色，而且栩栩如生地描绘出牧女苦等黑天归来的场景，可使读者身临其境般地感受到牧女的相思苦痛。同时，诗人苏尔达斯也在诗末通过牧女之口表达了自己对于瑜伽修行的思想主张，即宣扬虔爱和信奉有形梵即黑天，摒弃和反对无形派关于信奉无形梵的主张。“弃诃利色习禅定，如无妙药成尸体”这两句诗明确地表达出牧女对于有形梵的崇拜，即对黑天的虔爱和信奉，以及对于通过传授知识与冥想来修习瑜伽和信奉无形梵的鄙夷与不屑。

【原文】

ऊधौ इक पतिया हमरी[①] लीजै।

चरन लागि गोबिंद[②] सौं कहियौ, लिखौ हमारौ दीजै।

हम तौ कौन रूप गुन आगरि, जिहिं[③] गुपाल जू रीझैं।

निरखत नैन-नीर भरि आए, अरु कंचुकि पट भींजै[④]।

तलफत रहतिं[⑤] मीन चातक ज्यौं, जल बिनु तृषा न छीजै।

अति ब्याकुल अकुलातिं बिरहिनी, सुरति[⑥] हमारी कीजै।

अँखियाँ[⑦] खरी निहारतिं मधुबन, हरि-बिनु ब्रज[⑧] बिष पीजै।

सूरदास-प्रभु कबहिं मिलैंगे, देखि देखि मुख जीजै॥

(152/4683)

【对译】

乌陀为我带封信

行礼触足语牛得[⑨]，将我所写来呈递。

何种妙色美德具，我可凭此悦牛护[⑩]？

望眼欲穿泪盈盈，胸前衣裳尽湿透。

仿若鱼儿与鹧鸪，无水焦灼渴不消。

心神不安惶恐极，勿忘我等苦别女[⑪]。

双目候望马图拉，凝神注视眼不眨。

---

① Varma 本作 hamarau。

② Gupta 本作 govind。

③ Gupta 本作 jihi。

④ Varma 本作 bhījaiṁ。

⑤ Gupta 本作 rahati。

⑥ Sabha 本作 sūrati。

⑦ Sabha 本作 aṁkhiyā。

⑧ Gupta 本作 vraj。

⑨ 牛得，原文 Gobiṁd，黑天的名号之一。

⑩ 牛护，原文 Gupāl，黑天的名号之一。

⑪ 苦别女，原文 birahinī，意思是离别爱人的苦楚女子，此处因字数限制，缩译为“苦别女”。

无有诃利在此地，饮鸩自尽伯勒杰。

苏尔达斯言，

何时方与胜尊会，得见容颜把命活。

【释译】

本诗描述了牧女拜托乌陀为她们捎带信件给黑天的情形。内容大致如下：

牧女恳求乌陀道：“乌陀啊，请你为我带封信给黑天吧！请你替我向黑天恭敬地行触足礼吧！请你把我这封信呈送给黑天吧！我深知自己不是什么风华绝代的佳人，也不具备什么贤淑恭良的美德，我知道自己没什么引以为荣的优点能拿出来取悦黑天。我唯有对他奉献自己的一颗真心，唯有对他矢志不渝的满怀爱意，我也只能凭借这些取悦于他。他可在乎我的一颗真心和满腔爱意呢？我每日每夜望眼欲穿地站在这里候望去往马图拉的方向，对于黑天的强烈思念让我泪如雨下，眼泪浸染，湿透了胸前的衣裳。我仿若那离水的鱼儿，盼水的鹧鸪，失去了河水雨露的滋养，焦渴难耐，垂死挣扎。见不到黑天，我整日惶恐，心神不宁，他可还记得我这被离别之苦折磨的女子啊？他可别忘了我们啊！如果黑天不在这里，不在我身边，我活着还有什么意义？他如果决定不再回来，我还不如饮鸩自尽算了！黑天啊，快快回来吧，我每日凝神屏气站在这里候望，注视着从马图拉归来的方向，双眼连眨都不敢眨一下，生怕错过了看你一眼的机会。黑天啊，你何时才能归来与我相会呢？只有得见你的容颜，我才能活命啊！”

本诗精妙地展现了牧女视黑天如生命般的真爱以及她与黑天分离后的焦灼与痛苦。苏尔达斯将牧女比作离开河水的鱼儿和渴望雨水的鹧鸪，间接地将黑天比作滋养鱼儿的河水和滋润鹧鸪的雨水。

鱼儿离不开水的给养，鹧鸪渴求雨水的滋润，牧女离不开黑天，她们渴求见到黑天，渴盼黑天似雨露般的润泽。可如今黑天不在身旁，所以她们觉得生命没有意义，生不如死。不过，她又不愿轻易放弃生命，渴望见到黑天的念想支撑着她。因此，牧女只能在饱受相思离苦中盼望，期望黑天能够回来，哪怕只让她看上一眼。诗人通过对这些情态举止的细腻描写淋漓尽致、惟妙惟肖地刻画了饱受离别之苦折磨的牧女形象，让人不禁为之动容。

【原文】

हम मति हीन कहा कछु जानैं, ब्रजबासिनी① अहीर।
वै जु किसोर नवल नागर तन, बहुत② भूप की भीर।
बचन③ की लाज सुरति करि राखौ, तुम अलि इतनौ④ कहियौ।
भली भई जौ दूत पठायौ, इतनौ⑤ बोल निबहियौ।
एक बार तौ मिलौ कृपा करि, जौ अपनौ ब्रज⑥ जानौ।
यहै रीति संसार सबनि की, कहा रंक कह रानौ।
हम अनाथ तुम नाथ गुसाईं, राखौ, क्यौं नहिं सोई।
षट रितु ब्रज⑦ पै आनि पुकारैं, सूरदास⑧ अब कोई॥
（153/4684）

① Gupta 本作 vrajvāsinī。
② Sabha 本作 uhut。
③ Gupta 本作 vacan。
④ Varma 本作 itanī。
⑤ Varma 本作 itanī。
⑥ Gupta 本作 vraj。
⑦ Gupta 本作 vraj。
⑧ Gupta 本作 sūr nāhiṁ，由上下文推测，此处用表示否定的 sūr nāhiṁ 用法更合逻辑，因此翻译依据 sūr nāhiṁ 意思译出。

【对译】

我们伯勒杰牧女[①]

我们伯勒杰牧女，智低浑噩无所知。
他为国王事务忙，年轻聪慧有教养。
黑蜂你且去言说，勿忘誓言守诚信。
幸好派遣使者来，总算兑现些许诺。
若识伯勒杰属己，发发慈悲见一面。
世间各地皆此俗，无论贫民与国王。
我等孤苦你为主，何不护你主人誉。
苏尔言，
六季前来声声唤，今无主人伯勒杰。

【释译】

本诗承接上一首诗，描述的是一位牧女挖苦黑天，希望乌陀转告给黑天听，想用激将法让黑天赶快回来看望她们的情形。内容大致如下：

使者乌陀站在牧女身旁，牧女故意道："我们只是伯勒杰这个小地方的人，是在牛村里放牧挤奶的村妇村姑，不具智慧，没有文化没教养，对高深的道理一无所知。他黑天年青英俊又风流倜傥，是个有文化有教养的城里人。作为国王，他公务繁忙，当然没有时间，没有精力，也没有必要搭理我们。"这时，飞来了一只黑蜂，牧女继续对黑蜂说道："黑蜂啊！你去黑天那里，对他说：'莫要忘记曾

① 牧女，原文 ahīr，也作 ahira，有几种说法，一说 ahira 就是波你尼、钵颠阇利等人记载中的 abhira，以放牧为生，雅度族（yadav）可能是其中一支；一说认为 abhira 和 yadav 是同义词；一说 abhira 族群中同样出现了瓦尔纳制度（varna）分化，有可能雅度族就成了刹帝利种姓的 ahira，同时还存在婆罗门、吠舍等种姓的 ahira。此处牧女称自己为 ahīr，有自嘲的含义，虽然 abhira 和 yadu 本是一类人，但现如今黑天的雅度族更高贵，牧女自称为 ahīr，以示区别于黑天的高贵种姓，故意讽刺黑天成为国王以后忘恩负义的行为。

经的誓言，定要信守自己承诺啊！’他离去的时候答应我们不日便回来看望我们，可至今也没有见到他的踪影。不过他也算没有忘记我们，还派遣了使者乌陀来教育我们。可是他自己为何不亲自前来呢？见不到他的容颜，我们痛苦不堪啊！你告诉他，如果他真的了解我们这些可怜的牧女在离别的痛苦中受到多少煎熬，那就请大发慈悲回来与我们相见吧，哪怕只见一面也好啊！信守承诺，衣锦还乡，看望父母乡亲，世间各个地方都有这种基本的风俗礼仪啊！不论是贫苦之人还是一国之主，都应该遵守这种风俗礼数啊！黑天啊，你是我们唯一的恩主，是我们生命唯一的依靠，只有你才能庇佑我们，可是现在你离开了我们，所以我们成了没有恩主、无依无靠的孤苦伶仃之人，作为牛主，你为何不继续维系你与我们这些牧人之间的联系呢？一年六季都来到了伯勒杰，声声呼唤你前来，可是四处都寻不见你。除了你没有任何一个人能解救我们这些离开了心爱之人的悲苦女人，可你却狠心离开，现如今伯勒杰再无人能解救我们了。”

在本诗中，牧女看似是对黑天进行挖苦和嘲讽，实则是为了使用激将法，欲让黑天恼羞成怒地回来与她们对质，与她们见面；看似对黑蜂说了一大段诉苦之言，实则是想让乌陀转告给黑天听，希望博取黑天的怜悯。牧女们为见黑天一面，可谓用心良苦。本诗中所有嘲讽言语的背后都深藏着牧女对黑天的真挚爱意和渴求。

【原文】

नंद-नँदन सौँ इतनी कहियौ।

जद्यपि ब्रज[①] अनाथ करि डार्यौ, तद्यपि सुरति किये चित रहियौ।

तिनका तोर करहु जनि हम सौँ, एक बास की लाज निबहियौ।

गुन औगुननि दोष नहिँ कीजतु, हम दासिनि की इतनी सहियौ।

तुम बिनु[②] प्रान कहा हम करिहैँ, यह अवलंब[③] न सुपनेहु लहियौ।

सूरदास[④] पाती लिखि पठई, जहाँ प्रीति तहँ ओर निबहियौ॥

（154/4685）

【对译】

且对难陀子言此

虽置伯勒杰无主，但请将其系心间。

维系我们同邻誉，莫断关系如折草。

德行好坏莫怪罪，忍耐我们女仆过。

梦中我们失此依，无你纵活有何用？

苏尔达斯言，

写信送去表此意，既爱就请爱到底。

【释译】

本诗承接上一首诗，描述的是另一位牧女站出来对乌陀说话，让乌陀向黑天转达她的情意的场景。内容大致如下：

前一位牧女的激烈陈词刚结束，马上又有另一位牧女紧接着她的话，继续对乌陀道：“你去对黑天转述这番话：‘虽然你已经狠心离开伯勒杰，让这里的牧女无依无靠，孤苦伶仃，但请你不要忘记我们过去共度的美好时光，不要忘记我们对你的真挚情意，请将我们

---

① Gupta 本作 vraj。
② Gupta 本作 bin。
③ Sabha 本作 avalab。
④ Gupta 本作 sūr nāhiṁ。

放在心里，切勿忘却！请你不要如折断稻草般轻易断绝与我们之间的情感关系。请你继续维护你与我们居住在一起，赐予我们福乐的荣耀！我们都是深陷于你情爱之中的奴仆，请原谅宽恕我们的过错，包容我们的不足。我们全心全意奉献于你，你不在我们身边，我们痛苦不堪，饱受煎熬，孤苦无依。你好狠心，就算在梦中也不让我们与你相见，依靠你。黑天啊，身处这般境地，我们活着还有什么意义？我们把这些话都写在信里，交由乌陀给你送去，你既然深爱我们，深爱伯勒杰，就请你把这种爱继续维护到底！'"

本诗中牧女借由对乌陀的言语，直抒胸臆，哀求黑天可怜她们的孤苦无依，请求黑天不要忘记她们，就算为了他的荣耀，也要维系好与她们的情感关系。苏尔达斯在本诗中刻画的牧女形象十分丰满，可谓爱怨交加，既描绘了牧女对于黑天不客气的指责和劝告，又表现出她对黑天的虔诚与爱意。

【原文】

बिनु गुपाल बैरिनि① भईं कुंजैं।
तब वै लता लगति तन सीतल, अब भईं② विषम ज्वाल की पुंजैं।
वृथा③ बहति जमुना, खग बोलत, वृथा④ कमल-फूलनि अलि गुंजैं।
पवन, पान, घनसार, सजीवन, दधि-सुत किरनि भानु भईं भुंजैं।
यह ऊधौ⑤ कहियौ माधौ सौं, मदन मारि कीन्हीं⑥ हम लुंजैं।

---

① Varma 本作 bairin。
② Varma 本作 bhaīṁ。
③ Varma 本作 vṛthā。
④ Varma 本作 vṛthā。
⑤ Gupta 本作 ūdhav。
⑥ Gupta 本作 kīnhīṁ。

सूरदास प्रभु तुम्हरे दरस कौं, मग-जोवत अँखियाँ भईं छुंजैं① ॥

（155/4687）

【对译】

无有牛护林成敌

彼时身觉藤蔓凉，而今却成烈火堆。

叶木拿河空自流，鸟蜂徒鸣莲徒绽。

樟脑灵药风与水，月光炙烤如烈日。

乌陀你语摩豆裔②，爱欲毁我失手脚。

苏尔达斯言，

为睹胜尊你容颜，望路双眼已黯然③。

【释译】

本诗描述了牧女极度思念和渴望黑天的情形。内容大致如下：

牧女向乌陀倾诉道："乌陀啊，你可知道，没有黑天在此地，过去繁茂葱郁、惹人喜爱的森林都变成了我的敌人。每次见到这森林，我都会回忆起过去与黑天同在这林中嬉戏的欢乐时光，可现在黑天不在，留下我自己孤苦一人，林中的回忆只会徒增我的悲伤，这森林也就从可亲可爱的密友变成了面目可憎的敌人！如今对我来说，那原本美丽宽阔的叶木拿河不过是一条兀自流水的沟渠，那原本散发着阵阵幽香的清丽莲花不过是一株在那儿自开自败的植物，那原本悦耳动听的鸟叫蜂鸣成了嘈杂刺耳的一团乱叫，那原本荫蔽怡人的藤蔓架成了炙热烤人的烈火堆，那原本怡人的凉风与清水，还有

① Varma 本作 ghuṃjaiṁ。

② 摩豆裔，原文 mādhau，意通 mādhav，即摩豆（madhu）的后裔。摩豆是迅行王（yayāti）之子雅度（yadu）的后裔，他有 100 个儿子，其中以 vrishni 为长。传说黑天的父亲富天是 vrishni 后裔 vrishnis 的孙子，因此黑天也被称为 vrishni 的后裔（varṣaney），此处"摩豆裔"指黑天。

③ 黯然，原文 chuñjaiṁ，意思是"昏暗的，缺乏光线的，模糊不清的，暗淡的"，此处一语双关，既指牧女的眼睛因候望太久而模糊暗淡，失去光彩，又指牧女因黑天归来的希望渺茫而心情阴郁。

那凉爽喜人的月光也变得像烈日一般灼热。乌陀啊，你去对黑天说，对他强烈的相思之情已经把我折磨得憔悴不堪，就连那散发着香气的樟脑和灵丹妙药也无法将我拯救。我就像被爱恋砍断了手脚一样，只能一动不动地站在这路上苦苦守候，期盼着他归来的时候能见他一面，看他一眼，渴盼的双眼就这样渐渐失去了光彩。它们明知希望渺茫，却连眨都不敢眨一下，生怕错过瞧见他的机会。”

本诗表现了与黑天离别后的牧女因相思而渴望和烦恼的状态。与黑天的离别、荫蔽的森林、阴凉的藤蔓、叶木拿河流、鸟蜂的嗡鸣、莲花的绽放、樟脑和草药、风水和月光都引发了牧女对于黑天的思恋，爱欲折磨得她痛苦不堪。就连这些原本美好而凉爽怡人的景物，也因为黑天的离别而变得面目可憎，平白增添了牧女的焦灼与烦恼。

【原文】

ऊधौ इतनी कहियौ बात।
मदन गुपाल बिना या ब्रज[①] मैं, होन लगे उतपात।
तृनावर्त, बक, बकी, अघासुर, धैनुक[②] फिरि-फिरि[③] जात।
ब्योम, प्रलंब, कंस केसी इत, करत जिअनि की घात।
काली काल-रूप दिखियत है, जमुना जलहिं अन्हात।
बरुन फाँस फाँस्यौ चाहत है, सुनियत अति मुरझात।
इंद्र आपने परिहँस कारन, बार-बार अनखात।
गोपी, गाइ, गोप, गोसुत सब, थर-थर काँपत गात।

① Gupta 本作 vraj。
② Gupta 本作 dhenuk。
③ Varma 本作 phir。

अंचल फारति जननि जसोदा, पाग लिये कर तात।
लागौ बेगि गुहारि सूर प्रभु, गोकुल बैरिनि घात॥
（156/4688）

【对译】

乌陀且言此

迷醉牛护不在此，伯勒杰地灾祸生。
鹤妖兄妹旋风怪，罪蛇妖与大驴怪。
巨树妖与天行怪，刚沙王与野马怪。
妖怪屡屡来进犯，这里生活遭破坏。
沐浴叶木拿河中，迦利现出死亡相。
伐楼那[①]神再设套，闻此沮丧愁更愁。
由于自己出洋相，因陀罗[②]神屡发怒。
牧女牧人牛与犊，哆哆嗦嗦身颤抖。
耶雪达母撕裙裾，父亲手握缠头巾。
苏尔言，
敌人正在毁牛村，胜尊快快应呼救。

【释译】

本诗承接上一首诗，描述了牧女向乌陀诉说失去黑天的庇护之后，牛村居民屡遭敌人侵犯，并拜托乌陀向黑天转达他们的呼救的情景。内容大致如下：

牧女对乌陀道："乌陀啊，请你前去对黑天说：没有他在此地，伯勒杰灾祸连连。之前被他打败的鹤妖兄妹、旋风怪、罪蛇妖、大驴怪、

① 伐楼那，原文 barun，通 varuṇa，印度神话中的水神，曾囚禁了难陀，因为难陀在错误的时刻进入圣河叶木拿河中沐浴，后黑天出面解救了难陀。一说是因为伐楼那欲要亲见黑天，故意设局让难陀犯错，因而创造与黑天相见的机会。

② 因陀罗，原文 indr，通 indra，印度神话中的天神之王，因伯勒杰居民在黑天的劝说下停止供奉他而发怒报复当地民众，连降数日暴雨，欲摧毁伯勒杰，黑天托举起牛增山保护了众人和众牛的安全。

巨树妖、天行怪和野马怪等妖怪又在刚沙王的命令之下屡次前来侵犯我们，我们被折磨得痛苦不堪。我们在叶木拿河中沐浴的时候，大蛇迦利曾向我们展示出末日来临的死亡形相。不仅如此，连天神也来欺负我们，我们实在是愁上加愁，愁更愁啊！水神伐楼那又欲设计圈套来囚禁难陀，天神因陀罗也因为之前被他打败，在我们面前出了洋相，现在屡屡发难，导致伯勒杰不是电闪雷鸣，就是狂风暴雨。我们所有牧女、牧人还有牛群与牛犊，大家都吓得哆哆嗦嗦、浑身发抖。由于害怕，你的妈妈耶雪达双手使劲攥着裙裾，你的爹爹难陀双手紧紧握着缠头巾。他们俩现在真是可怜，儿子不在身边，又受敌人的骚扰和欺负。总之，他之前打败的敌人现在都回到牛村来实行报复了。他们气焰嚣张，十分可怕，牛村人民的生命现在岌岌可危。乌陀啊，请你告诉黑天，他若听得见我们的呼唤，就快快前来解救我们，解救他的父母双亲吧！”

本诗中牧女为了呼唤黑天的速速到来，不仅搬出了之前被黑天打败的一众妖怪和天神，还一口气列举出众多妖怪的名字以突显出事态的危险和急迫。本诗对于牛村人民情态的描写也是惟妙惟肖，“身颤抖”“撕裙裾”和“手紧握缠头巾”表现出牛村民众面对灭顶之灾时的恐惧与无助。牧女如此述说的目的就是为了催促黑天快快归来拯救他们。

【原文】

ऊधौ इतनी कहियौ जाइ।

अति कृस गात भईं ये तुम बिनु, परम दुखारी गाइ।

जल समूह बरषतिं① दोउ अँखियाँ, हूँकति लीन्हैं② नाउँ।

① Sabha 本作 baraṣati。
② Gupta 本作 līnhai。

जहाँ जहाँ गो दोहन कीन्हौ[1], सूँघतिं सोई ठाउँ।
परतिं[2] पछार खाइ छिन ही छिन, अति आतुर ह्वै दीन।
मानहु सूर काढ़ि डारी हैं, बारि[3] मध्य तैं मीन॥
(157/4689)

【对译】

乌陀前去言此语

无有你在此众牛，极其悲伤身剧瘦。
双目之中泪雨下，咆哮吼叫你美名。
你曾给牛挤奶处，它们前往来闻嗅，
大恸大悲焦躁苦，瞬间昏迷失知觉。
苏尔言，
仿若水中那游鱼，自水中央被捞出。

【释译】

本诗承接上一首诗，牧女向乌陀描述完牛村居民的危险处境和痛苦情状之后，继续向乌陀倾诉黑天离去后牛村群牛的悲惨状况。内容大致如下：

牧女对乌陀倾诉道："乌陀啊，请你前去对黑天说，没有他在这里，牛村的众牛悲恸无比，黯然神伤，因为见不到他所以身体急剧消瘦。因为极度思念他，它们泪如雨下，日日咆哮着呼唤他的名字。母牛们奔跑到他曾为它们挤奶的地方，闻嗅那里的土地，希望能闻到他的气息，由于一无所获，没有获得半点他的痕迹，所有母牛都悲伤欲绝，瞬间失去知觉，昏厥倒地。无有黑天，它们就像被人从水中捞出的鱼儿，片刻都不能存活。"

本诗通过描述群牛的悲恸昏厥，刻画出牛村众牛离开黑天皆不

① Varma 本作 kīnho。
② Sabha 本作 parati。
③ Sabha 本作 vāri。

能活命的状态。诗中苏尔达斯对于母牛闻嗅黑天曾经挤奶之处的描绘，更是细腻地体现出众牛对于黑天的深切思念，可谓精妙！

【原文】

अति मलीन बृषभानु① -कुमारी।
हरि स्रम-जल भीँज्यौ उर-अंचल, तिहिँ लालच न धुवावति सारी।
अध मुख रहति अनत नहिँ चितवति, ज्यौँ गथ हारे थकित जुवारी।
छूटे चिकुर बदन कुम्हिलाने, ज्यौँ नलिनी हिमकर की मारी।
हरि सँदेस सुनि सहज मृतक भइ, इक बिरहिनि, दूजे अलि जारी।
सूरदास कैसैँ करि जीवैँ, ब्रज② बनिता बिन स्याम दुखारी॥

（158/4692）

【对译】

蓬头垢面③牛光女④

胸衣浸湿诃利汗，贪恋情爱不浣纱。
垂首不向别处顾，仿若输钱赌徒乏。
面容枯槁发凌乱，宛如莲花遭霜打。
闻诃利信即昏死，离女⑤本苦蜂又蛰⑥。
苏尔达斯言，
伯勒杰女忧伤苦，无有黑子怎存活？

---

① Gupta 本作 vṛṣabhānu。

② Gupta 本作 vraj。

③ 蓬头垢面，原文 malīn，意思是“肮脏的；忧伤的”，此处一语双关，既指罗陀外表凌乱不堪，又指其内心忧伤悲痛。

④ 牛光女，原文 bṛṣbhānu-kumārī，bṛṣbhānu，人名，意译为“牛光”，bṛṣbhānu-kumārī 意译为“牛光女”。

⑤ 离女，原文 birahini，指代与诃利离别的女子。

⑥ 蜂又蛰，原文 dūje ali jārī，字面义为被黑蜂蜇了，实际指代乌陀带来的所谓黑天的讯息，乃是传播黑天无形的瑜伽知识。牧女不仅没有见到黑天，反而还要听乌陀劝导她们不要爱慕思念黑天，不要信奉有形的黑天，而要修习无形派的瑜伽。这如同在伤口上撒盐，她们更觉伤心，苦上加苦。

【释译】

本诗描述了牧女托乌陀向黑天描述罗陀饱受离别之苦，面容枯槁、痛苦不堪的情形。内容大致如下：

牧女对乌陀道："乌陀啊！因为见不到黑天，牛光的女儿罗陀痛苦不堪！她的胸衣曾被诃利身上的汗水所浸湿，因为贪恋诃利的味道，留恋与黑天曾经的浓情蜜爱，所以她一直舍不得清洗这件胸衣。自从与诃利分别，罗陀就一直低首哀默，再也不看向别处，好似那输了钱的赌徒一般乏力失落，伤心痛苦。因为饱受离别的相思之苦，罗陀如今再也无心梳妆，所以变得头发凌乱，面容枯槁，此时的她就像饱受寒霜打击的莲花一般枯萎衰败。她这个离别苦女本就可怜，刚刚闻听诃利的消息就马上昏死过去。乌陀啊！你可倒好，又来跟我们讲授什么无形派的瑜伽知识。本已凄苦不堪的罗陀，听到你这些话，就像被黑蜂蜇了一样，愈发悲伤！我们伯勒杰这些女子忧伤痛苦，失去黑子，我们要怎么活下去呢？"

本诗通过牧女之口展现了与黑天离别的罗陀悲痛欲绝、几近死亡的状态。苏尔达斯将此时的罗陀比作"输钱的赌徒"和"霜打的莲花"，表现出罗陀离别黑天之后虚弱、消瘦、忧郁和悲痛的情态。

【原文】

ऊधौ तिहारे पा लागति हौं, बहुरिहुँ इहिं ब्रज① करबी② भाँवरी।
निसि न नींद भोजन नहिं भावै, चितवत मग भइ दृष्टि झाँवरी।
वहै वृंदाबन③, वहै कुंज-घन, वहै जमुना, वहै④ सुभग साँवरी।

① Gupta 本作 vraj。
② Gupta 本作 karibī。
③ Varma 本作 bṛndāban。
④ Gupta 本作 bahai。

एक स्याम बिनु कछू न भावै, रटति फिरतिँ ज्यौँ बकति बावरी।

चलि न सकति मग डुलत धरत-पग, आवति बैठत उठत ताँवरी।

सूरदास-प्रभु आनि मिलावहु, जग मैँ कीरति होइ रावरी ॥

（159/4699）

【对译】

乌陀我来触你足[1]

乌陀我来触你足，请君再游伯勒杰。

夜不成寐饭不香，目光焦灼望来路。

那沃林达那密林，那叶木拿那美女，

失去黑天无所喜，反复念叨若癫狂。

触地脚颤不能行，落座起身头晕眩。

苏尔达斯言，

且使胜尊来相会，你之美名世间扬。

【释译】

本诗描绘的是牧女邀请乌陀再来伯勒杰看望她们，请求乌陀促成黑天归来与她们相会的情景。内容大致如下：

牧女最后请求乌陀道：“乌陀啊，我向你行触足礼，请你将我们这些话转告给黑天。没有黑天在我们身边，我们终日茶不思，饭不想，昼不能安，夜不能寐，只能呆站在这大路旁目光焦灼地遥望着马图拉的方向。没有黑天在身旁，怡人的沃林达森林，葱郁茂盛的树林，圣洁美丽的叶木拿河，还有美丽的棕肤姑娘罗陀都失去了炫目的光彩，变得死气沉沉的。我们发了疯似的日复一日一遍遍地念叨黑天的名字，不吃不喝，不眠不休，渴望他能前来与我们相会。我们在这里伫立等候他的归来，不知道时间过去多久。如今，我们的双脚都不能触地行走了，稍一走路就颤抖晃悠几近摔倒，起身或

① 此处触足的意思是向你行触足礼。

坐下就一阵头晕目眩。乌陀啊，我们是如此可怜之人，你就行行好，再回来看望我们啊！乌陀啊，请你劝说黑天来与我们相会吧，哪怕只来见我们一面，我们也心满意足。你若能促成这桩美事，我们这些牛村的居民将永远传颂你的美名。”

本诗中有大量的动作描写，例如“目光焦灼望来路”“反复念叨若癫狂”“触地脚颤不能行”和“落座起身头晕眩”等。苏尔达斯通过对牧女这些动作的描绘，展现了黑天离去后牧女因思恋黑天而痛苦和几近疯癫的状态。

पूर्ण परिवर्तन तथा यशोदा संदेश
彻底转变与耶雪达之信

【原文】

अब अति चकितवंत मन मेरौ।

आयौ हौ[1] निरगुन उपदेसन, भयौ सगुन कौ चेरौ।

जो मैं ज्ञान कह्यौ गीता कौ, तुमहिं न परस्यौ नेरौ।

अति अज्ञान कछु कहत[2] न आवै, दूत भयौ हरि केरौ।

निज जन जानि मानि जतननि तुम, कीन्हौ नेह घनेरौ।

सूर मधुप उठि चले मधुपुरी, बोरि जोग कौ बेरौ॥

（160/4698）

【对译】

如今我心甚惊异

我前来传无形道，现却变为有形仆。

① Gupta 本作 ho，Varma 本作 hauṁ。

② Sabha 本作 kahat。

我述《薄伽梵歌》[①]智，不能接近打动你。

虽为诃利之使节，极为无知不成言。

视为亲人多勤敬，你们关爱深且切。

苏尔言，

黑蜂[②]遂沉瑜伽舟，起身返回摩图城。

【释译】

本诗描述了乌陀结束牛村之行，即将返回马图拉时发觉自己观念转变而内心惊异的情形。内容大致如下：

乌陀结束了牛村之行，准备返回马图拉城。那时，他内心惊异不已，暗自言道：我本为向牛村村民传播无形梵和瑜伽知识而来，结果现在却成为虔爱有形梵的信仆。这里的居民完全不愿听我讲述《薄伽梵歌》中的那些无形瑜伽的知识。作为黑天派来的使者，我不但没有完成传播无形瑜伽的任务，最后反而成为虔爱有形梵的信徒，实在惭愧不已。在这里，我空有那些无用的知识，却根本不能说出一些对牛村村民有用的话来，我是多么的无知啊！不过，因为我是黑天的使者，这些牛村人依旧对我敬爱有加，把我当作亲人一样关爱礼敬，至此，我已经被他们深深感动、深深影响了。

此时，乌陀原本信奉无形梵的瑜伽渡舟已经完全被虔爱黑天的有形信仰潮水所湮没。乌陀带着这样的心情和信仰返回了马图拉城。

苏尔达斯在本诗中着重刻画了结束牛村之行时在乌陀心理和观念上的巨大转变。牛村居民对于黑天强烈而虔诚的爱意深深影响了原本信奉无形梵的乌陀。乌陀惊异于自己观念和信仰的转变，并且

① 《薄伽梵歌》，原文 gītā，文中的"《薄伽梵歌》智"，应是指《薄伽梵歌》中有关无形梵，即黑天无性无形的知识，乌陀传讲的是其中关于黑天无性无形的知识，而非全部知识。

② 黑蜂，原文 madhup，此处指乌陀。

通过自省认识到原本信奉的无形派瑜伽知识太过空洞和虚伪。苏尔达斯通过牛村居民虔爱黑天，礼敬乌陀，以及乌陀受到他们影响而发生信仰转变的策略性描写，展现和宣扬了有形派黑天支的主张——毫无保留、身心合一地虔爱黑天。

【原文】

ऊधौ पा लागति हौं कहियौ, स्यामहिं इतनी बात।
इतनी दूरि[①] बसत क्यौं बिसरे, अपने जननी-तात।
जा दिन तैं मधुपुरी सिधारे, स्याम मनोहर गात।
ता दिन तैं[②] मेरे नैन पपीहा, दरस प्यास अकुलात।
जहँ खेलन के ठौर तुम्हारे, नन्द देखि मुरझात।
जौ कबहूँ उठि जात खरिक लौं, गाइ दुहावन प्रात।
दुहत देखि औरनि के लरिका, प्रान निकसि नहिं जात।
सूरदास बहुरौ[③] कब देखौं, कोमल कर दधि-खात॥
（161/4701）

【对译】

行礼我触乌陀足

行礼我触乌陀足，且对黑子言此语：
居住如此近距离，怎把自己爹娘忘？
那日黑子离别时，美妙身往摩图城，
彼时我眼化杜鹃[④]，渴望相见燥不安。

① Varma 本作 dūr。

② Sabha 本作 tai。

③ Varma 本作 bahuro。

④ 杜鹃，原文 papīhā，印度杜鹃鸟，不随便喝水，只喝月入大角星时天降的雨露，它一年之中只有这个季节能喝到，所以一直渴望雨露，此处指耶雪达如杜鹃鸟盼雨露般渴望见到黑天。

你曾玩耍所到处，难陀见之伤悲厥。
每当清晨起身后，为挤牛奶至牛舍，
眼见别家儿挤奶，叹命为何还不休？
苏尔达斯言，
何时能够再看见，稚嫩小手食酸奶。

【释译】

本诗描述了乌陀结束牛村之行，即将返回马图拉时，黑天之母耶雪达托付乌陀向黑天转述自己思儿之情的场景。内容大致如下：

耶雪达对乌陀道："乌陀啊！我向你行触足礼，希望你能为我捎个口信给黑子。你前去对他说，牛村和马图拉不过相隔如此短的距离，为何就把他的爹娘忘了呢？为何不回来看看他们？自从那日黑子离别我们前往马图拉，我便天天站在路上张望，期待我儿能早日回来，可我望眼欲穿也见不到我的儿啊！为此，我的双眼就像那杜鹃鸟一样焦急不安！他的难陀老爹每每看到他曾经玩耍嬉戏的地方都黯然神伤。每天清早去牛舍挤奶的时候，只要一看到别人家的孩子在给母牛挤奶，我就忍不住想起我的小黑儿，见不到他，我痛彻心扉，生不如死。乌陀，请你问问他，什么时候我才能再次见到他用稚嫩的小手抓酸奶吃呢？"

本诗中苏尔达斯把母亲耶雪达对儿子黑天的思念之情描绘得淋漓尽致。这种情感中既有母亲对儿子的期盼，亦有盼而不得的埋怨，两者相互交织，勾勒出耶雪达对黑天的慈爱之心。

【原文】

तब तुम मेरैं काहे कौं आए।

मथुरा क्यौं न रहे जदुनंदन, जो[1] पै कान्ह देवकी जाए।

दूध, दही काहे कौं चोर्यौ, काहे कौं बन बच्छ चराए।

अघ अरिष्ट, काली फनि काढ्यौ, बिष जलतैं सब सखा जिवाए।

पय पीवत हरे प्रान पूतना, सदा किए जसुमति के भाए।

सूरदास लोगनि के भुरए, काहैं कान्ह, अब होत पराए॥

（162/4703）

【对译】

缘何你到我身边

雅度子为提母[2]生，黑黑何不住马城[3]？

牛奶酸奶缘何偷，缘何林中牧牛犊？

罪蛇牛怪黑蛇除，又于毒水救众伴。

吃奶夺取毒乳命，长久取悦耶雪达。

苏尔达斯言，

众人迷惑小黑黑，如今怎成他人儿？

【释译】

本诗描述了黑天之母耶雪达托付乌陀送口信给黑天，转达她对黑天诸般埋怨的情形。内容大致如下：

耶雪达让乌陀代她质问黑天道："黑黑啊，你既然是提婆吉的亲生儿子，为何不待在马图拉做你的雅度王子，为何要来到我的身边生活？为何要在牛村偷食牛奶和酸奶，为何要在森林中为我们放牧牛群？你又为何要消灭前来侵犯的妖怪保护我们，为何要驱除河

① Varma 本作 jau。
② 提母，即母亲提婆吉。
③ 马城，即马图拉城。

水中的毒蛇，使河水恢复清澈，又为何要从毒水中救活你的那些伙伴？你为何要降服毒乳怪？你为何要一直做这些取悦我的事情？黑黑啊，你是受了人们的迷惑吧，他们都说你是提婆吉的儿子，你就相信了吗？现如今你怎么就成了别人的儿子呢？”

本诗中耶雪达回顾了小黑天曾在牛村生活的种种事迹，用黑天过去对她、对牛村居民的种种恩情来反衬黑天现在的无情，言语之间满是对黑天的抱怨和质问，但是这些言辞背后却饱含着母亲对儿子的深切思念。

【原文】

(मोहन) अपनी गैयाँ घेरि लै।

बिडरी जातिँ काहु नहिँ मानतिँ, नैँकु मुरलि की टेर दै।

धौरी, धूमरि, पीरी, काजरि, बन-बन फिरती पीय।

अपनी जानि कै आनि सँभारहु, धरौ चेत अब जीय।

तुम हौ जग जीवनि प्रतिपालक, निठुराई नहिँ कीजै।

ग्वालऽरु बाल बच्छ गो बिलखत, सूर सु दरसन दीजै॥

(163/4707)

【对译】

（莫亨，）圈起你的牛

四处散开不认人，且稍奏响竹笛声。

白牛灰牛黄与黑，亲瞧[1]游荡森林中。

知道属已来照控，现将此念放心中。

世间众生你庇护，切莫残酷又无情。

苏尔言，

---

① 亲瞧，此处“亲”，指对黑天的称呼，亲爱的，瞧是补词。

牧童母牛牛犊泣，且见它们把身现。

【释译】

本诗描述了黑天之母耶雪达托付乌陀送口信给黑天，向黑天诉说牛村中群牛与牧童的情状，希望黑天前来相见的情形。内容大致如下：

耶雪达托乌陀代自己对黑天说："莫亨啊！快来把你的小牛们围圈起来吧！因你不在此处，你的那些牛，小白牛、小灰牛、小黄牛和小黑牛，在森林中四处奔走游荡，不肯聚在一起，任谁也没有办法。亲儿啊！赶快来奏响你的竹笛，只要它们听到你的笛声，就会听话。你要知道这些都是你的牛，只有你才能照顾控制得了它们，你快回来吧，快来履行自己照顾牛群的责任吧！你是世间众生的庇护者，我们都在你的护佑中！请你不要如此残酷无情，请你不要抛弃我们。因为见不到你，牛群中的母牛和牛犊都在悲泣，还有你的好伙伴——那些牧童都痛苦不已，你快快现身来与他们相见啊！"

本诗中耶雪达向黑天倾诉他曾经放牧的群牛现在处于无人照料的可怜情状，想要以此来打动黑天，呼唤他的归来。

【原文】

तब तैँ छीन सरीर सुबाहु।

आधौ भोजन सुबल करत हैँ, सब ग्वालनि उर दाहु।

नंद गोप पिछवारे डोलत, नैननि नीर प्रवाहु।

आनँद मिट्यौ मिटी सब लीला, काहू मन न उछाहु।

एक बेर बहुरौ ब्रज① आवहु, दूध पतूखी खाहु।

① Gupta 本作 vraj。

सूर सपथ गोकुल जौ पैठहु, उलटि मधुपुरी जाहु ॥

（164/4708）

【对译】

那时妙臂[1]身渐瘦

妙力[2]食饭仅一半，牧童内心皆焦灼。

屋后难陀与牧人，双眼流泪空徘徊。

本事喜乐皆消逝，无人心中存热情。

再来一次伯勒杰，且吃酸奶满叶杯[3]。

苏尔言，

进得牛村片刻后，发誓允返摩图城。

【释译】

本诗承接上一首诗，描述了黑天之母耶雪达托付乌陀送口信给黑天，言说牧童们十分思念黑天，并祈求黑天回牛村与他们相见的情形。内容大致如下：

耶雪达托乌陀对黑天说："自从那日与你别离，你的朋友妙臂和妙力便茶饭不思，总是吃饭吃到一半便再也难以下咽。为此，他们身形消瘦，变得十分虚弱。其他牧童也是如此。你的父亲难陀还有牧人们皆心情悲伤，泪流不止，不能劳作，只能在房屋后院漫无目的地徘徊游荡。没有你在，伯勒杰的一切生趣都消失了，我们原来所享有的福乐也都烟消云散了。失去了生活的热情和生存的支柱，整个伯勒杰都沉浸在悲伤痛苦之中。请你快快回到伯勒杰吧，请你再来吃满满一叶片的酸奶吧！我发誓，只要你一进到牛村的边界，

① 妙臂，原文 subāhu，黑天的一个朋友。

② 妙力，原文 subal，黑天的一个朋友。

③ Patukhi，印度的大树叶片，古时印度人用叶片做碗盘和杯子来盛饭和饮品，今天的印度农村仍有此俗。

只要能让我们再见你一眼，你就可以马上返回马图拉，我们绝不会耽搁你的时间。”

本诗中耶雪达诉说了牛村牧童、难陀和其他牧人离开黑天之后的痛苦情状，想要以此打动黑天，促使他快快返回牛村与众人相见。

【原文】

कहियौ जसुमति की आसीस।

जहाँ रहौ तहँ नंद लाड़िलौ, जीवौ कोटि बरीस।

मुरली दई दोहनी घृत भरि, ऊधौ धरि लइ सीस।

यह तौ घृत उनही सुरभिनि कौ, जे प्यारी जगदीस।

ऊधौ चलत सखा मिलि आए, ग्वाल बाल दस-बीस[1]।

अबकैं यह ब्रज[2] फेरि बसावहु, सूरदास के ईस॥

（165/4709）

【对译】

传去耶雪达祝福

无论居住在何处，难陀爱子寿千万。

酥油满罐与竹笛，交予乌陀置头顶。

世主喜爱之母牛，此油乃是其所产。

乌陀离时伙伴来，数十牧童与之会。

苏尔达斯之主人，复来安居伯勒杰。

【释译】

本诗承接上一首诗，描述了黑天之母耶雪达托付乌陀送口信给黑天，转达她对黑天的祝福和期望的情形。内容大致如下：

耶雪达对乌陀道：“请你转达我对黑天的祝福。请你告诉黑天，

① Varma 本作 das-dīs。

② Gupta 本作 vraj。

无论他这个难陀最亲爱的宝贝身居在何处，都会长命百岁，万寿无疆。”言毕，她将黑天的竹笛和盛满酥油的奶罐交予乌陀，让乌陀把这些东西顶在头上。接着，耶雪达又道：“乌陀啊，你要对黑天说明，这些酥油，正是世界之主，我的黑天最喜爱的那头母牛所产的。”

乌陀起身离别牛村之时，黑天的数十位牧童伙伴赶来与乌陀相见，托付乌陀转达他们对黑天的思念之情并转交各种礼物。耶雪达最后嘱咐乌陀，要他对苏尔达斯之主黑天说：“请你一定要再来伯勒杰吧，保佑这里的居民安居乐业啊！”

本诗中耶雪达倾诉了自己对黑天的深爱与思念。无论孩儿身在何方，无论他能不能在身旁尽孝，慈母对于孩儿所怀的却永远只有深爱和祝福。

उद्धव मथुरा प्रत्यागमन तथा कृष्ण उद्धव संवाद
乌陀返回马图拉、黑天与乌陀的对话

【原文】

ऊधौ जब ब्रज① पहुँचे जाइ।
तबकी कथा कृपा करि कहियै, हम सुनिहैं मन लाइ।
बाबा नंद, जसोदा मैया, मिले कौन हित आइ ?
कबहूँ सुरति करत माखन की, किधौं रहे बिसराइ।
गोप सखा दधि-भात खात बन, अरु चाखते चखाइ।
गऊ बच्छ मुरली सुनि उमड़त, अब जु रहत किहिं भाइ।
गोपिन गृह ब्यवहार② बिसारे, मुख सन्मुख सुख पाइ।

① Gupta 本作 vraj。
② Gupta 本作 vyavahār。

पलक[1] ओट निमि पर अनखातीँ, यह दुख कहाँ समाइ।

एक सखी उनमैँ जो राधा, लेति मनहिँ जु[2] चुराइ।

सूर स्याम यह बार बार कहि, मनहीँ मन पछिताइ॥

（166/4715）

【对译】

乌陀到达伯勒杰时

劳烦告知彼时事，专心致志我来听。

耶雪达妈难陀父，怀何爱意来相见？

有否忆起奶油事，抑或已将其忘记？

牧童伙伴互请尝，酸奶米饭林中食，

母牛牛犊闻笛聚，如今他们怎过活？

家庭德行牧女忘，见面相对得福乐，

不喜瞬间眼皮闭，此种悲痛怎容忍？

其中一友罗陀女，她已将心偷取去。

苏尔言，

黑子遍遍言此语，心中暗自悔不已。

【释译】

本诗描述了乌陀从伯勒杰牛村回到马图拉，黑天急切地向乌陀询问他到达伯勒杰时父母、众友、群牛、牧女和罗陀的情况。内容大致如下：

乌陀刚从伯勒杰返回马图拉，黑天便急切向他询问道："乌陀啊，请快快把你到达伯勒杰牛村时的所有事情讲述给我听，我会专心致志地听你讲。难陀爸爸和耶雪达妈妈来见你时是何表现，他们是满怀慈爱之意来的吗？他们可还记得我偷吃奶油的事情，抑或他们早

① Varma 本作 palaṭ。

② Gupta 本作 su。

已把这些事情忘记？那些曾在沃林达林中与我一起分食酸奶、米饭以及其他各种美味吃食的牧童伙伴们，他们现在的情况又如何？还有那些母牛和牛犊过去，它们总是听到我吹奏的笛声才会聚拢在一起。现在听不到我的笛声，它们又是如何过活的？还有那些牧女，她们过去总是为了见我一面，抛弃家中所有亲人，忘却家中一切事物。她们一见到我的脸庞，就获得了极大的福乐。她们甚至连眼皮都不愿眨一下，因为眨眼的那一瞬间她们看不到我。现在我离开她们这么久，她们的痛苦该会有多么的剧烈啊，她们如何能够忍受这巨大的离别苦痛啊？她们之中有一位名唤罗陀的姑娘，她早已经把我的心偷走了，这个偷心者她现在过得如何，是否安好？我是多么怀念与她们在一起的快乐和幸福，多么怀念爸妈的慈爱，多么怀念与牧童伙伴们在一起的友谊和游戏呀！”黑天一遍又一遍说着这些话语，心中暗自后悔不已。

苏尔达斯在本诗中着重描绘了黑天对于父母、乡亲及其过去美好乡村生活的思念，他急切地询问乌陀关于父母双亲、牧童牧女的一切近况，怀念起过去与他们在一起度过的美好时光。其中，本诗末所颂“黑子遍遍言此语，心中暗自悔不已”两句，揭示了黑天此时的心理状态。黑天一边言说过去曾度过的种种幸福快乐的乡村时光，一边暗自叹息自己离开牛村之后便再也无法体会那样的快乐，于是，感慨万千，遗憾不已。

【原文】

जब मैं इहाँ तैं जु गयौ।

तब ब्रजराज[①] सकल गोपी जन, आगैं होइ लयौ।

उतरे जाइ नंद बाबा कैं[②], सबहीं सोध लह्यौ।

मेरी सौं मोसौं साँची कहि, मैया कहा कह्यौ ?

बारंबार कुसल पूछी मोहिं, लै लै तुम्हरौ नाम।

ज्यौं जल तृषा बढ़ी चातक चित, कृष्न-कृष्न बलराम।

सुन्दर परम बिचित्र[③] मनोहर, यह मुरली दै घाली।

लई[④] उठाइ सुख मानि सूर प्रभु, प्रीति आनि उर साली॥

（167/4717）

【对译】

我自此地到达时

伯勒杰王众牧女，彼时上前来迎接。

难陀爸爸处下车，众人皆来行打探。

以我起誓说真话，母亲所说有何言？

遍遍向我问安好，每每提起你之名，

黑天黑天大力儿[⑤]，犹如杜鹃心求水[⑥]。

至上美丽真奇妙，迷人此笛来交予。

苏尔言，

胜尊欣喜接过来，爱意满具心触刺。

---

① Gupta 本作 vrajarāj。

② Sabha 本作 k。

③ Gupta 本作 vicitr。

④ Gupta 本作 lai。

⑤ 大力，原文 balarām，指大力罗摩，因字数所限，缩译为“大力”。

⑥ 根据印度民间传说，一说杜鹃鸟只爱饮用每年十月，月入大角星之时降下的雨滴，这是杜鹃鸟唯一的饮水途径；一说杜鹃鸟只饮用印历五月亢宿时从天而降的雨水，所以一年之中的其他时刻杜鹃鸟都在发出“piv-piv”的叫声，以此多指对亲人或情人的思念，抑或对爱的渴求。

【释译】

本诗描述了乌陀向黑天讲述他刚到牛村的见闻，以及受耶雪达所托，转递竹笛给黑天的情形。内容大致如下：

乌陀回答黑天的询问道："当我从此地（马图拉）离开，去往伯勒杰的时候，伯勒杰的主人难陀和一众牧女远远便上前来迎接我。他们簇拥着我和马车，把我接到了难陀族主家里。我刚下车，众人便涌上前来打听你在马图拉的一切消息。"

黑天此时急切地道："乌陀，你向我发誓，但凡你所讲的都是真话！你快对我说说牛村的情况，快说说耶雪达妈妈都对你说了什么？"

看到黑天如此急切，乌陀赶紧回答道："耶雪达妈妈一次又一次地提起你的名字，向我打听你是否一切安好。她不断念叨着黑天和大力罗摩的名字，询问有关你们的一切情况。她对你们的思念之情就如同那杜鹃鸟渴求月圆之夜的雨水一样强烈。耶雪达妈妈把你这根奇异迷人、美妙无比的竹笛递到我手中，要我亲手转交给你。"言罢，乌陀便将竹笛呈递给黑天。

本诗末尾"胜尊欣喜接过来，爱意满具心触刺"两句形象深刻地描绘了黑天接过竹笛时复杂微妙的心理变化。黑天满怀欣喜地接过竹笛，反复翻看。谁料这根竹笛让他回忆起耶雪达母亲对他的拳拳爱意，回忆起牧童伙伴们的深厚情谊，回忆起牧女们的浓情蜜意。这些回忆如厉刺一般扎入黑天心中，激起了他对双亲、对牧人及牧女的思念和依恋。

【原文】

सुनियै ब्रज[1] की दसा गुसाईं।
रथ की धुजा पीत-पट भूषन, देखत ही उठि धाईं।
जो तुम कही जोग की बातैं, सो हम सबै बताईं।
श्रवन मूँदि[2] गुन-कर्म तुम्हारे, प्रेम मगन मन गाईं।
औरौ कछू सँदेस सखी इक, कहत दूरि लौं आई।
हुतौ कछू हमहूँ सौं नातौ, निपट कहा बिसराई।
सूरदास प्रभु बन[3] बिनोद[4] करि, जे तुम गाइ चराई।
ते गाई अब ग्वाल न घेरत, मानौ भईं पराई॥
（168/4718）

【对译】

牛主且听伯勒杰情况
马车旗帜黄衫饰，见罢即刻奔跑来。
你之所述瑜伽言，我已尽告于众人。
充耳不闻心醉爱，把你德行来歌颂。
有一女伴远处来，别种信息口中念：
与我也有些关系，怎能尽数全忘却？
胜尊林中嬉戏时，你所放牧那些牛，
苏尔达斯言，
现今牧人不围圈，仿若属于他人家。

【释译】

本诗承接上一首诗，描述了乌陀向黑天讲述他到达牛村，向众人传授瑜伽知识时的见闻。内容大致如下：

① Gupta 本作 vraj。
② Sabha 本作 mūdi。
③ Gupta 本作 van。
④ Varma 本作 vinod。

乌陀对黑天讲述道：“牛主啊，现在请你听我讲讲牛村的情况吧！我驾着马车刚刚到达时，牧女们远远看到马车上的旗帜，又看到我身穿的黄衫和佩戴的首饰，她们欣喜不已，都以为是恩主你回来了。她们立刻狂奔至我的马车前面来迎接我。这时，她们才发现我只是作为恩主你的使者前来传信的。她们都围拢着我，向我打听你的讯息。于是，我按照你的嘱托，把你曾传授于我的那些瑜伽知识，全部讲述给她们听。可是，她们充耳不闻，一味沉醉在对恩主你的爱意之中不可自拔，除却对你全心全意的爱，她们心中什么也装不下。接下来，她们纷纷唱咏赞颂起你的品德和功行，根本不给我片刻说话的机会。那时，一位女伴（罗陀）从远处快步走来，口中念念不断：‘黑子啊，我跟你还算有些不寻常的关系，你怎么就能一下子全部忘却呢？’她走上前来看到我，知晓我是作为你的使者来传信的，便对我说了这样的话，让我转达给你，‘恩主啊，你在沃林达林中嬉戏之时放牧的那些牛，现在因为见不到你，所以四处找寻你的足迹，再也不愿聚在一起。牧人们也不去围圈它们，任由它们在林中各处游荡，就像它们是别人家的牛一样。’”

苏尔达斯在本诗中通过乌陀之口描述了牛村牧女不顾一切、一心一意虔爱黑天，并对乌陀所传授的无形派瑜伽知识和理论充耳不闻的状态。牛村牧女的这种状态表明她们心无旁骛、毫无杂念地崇拜黑天，虔信黑天，是黑天最为忠实的信徒，也是苏尔达斯想要为世人树立的榜样。

【原文】

ब्रज[1] के बिरही लोग दुखारे।

बिन गोपाल ठगे से ठाढ़े, अति दुर्बल तन कारे।

नंद जसोदा मारग जोवति, निसि-दिन साँझ सकारे।

चहुँ-दिसि कान्ह-कान्ह कहि टेरत, अँसुवन बहत पनारे।

गोपी, ग्वाल, गाइ, गो सुत सब, अतिहीँ दीन बिचारे।

सूरदास-प्रभु बिनु यौँ देखियत, चंद बिना ज्यौँ तारे॥

（169/4719）

【对译】

伯勒杰民苦别离

无有牛护惊诧立，极度虚弱身黑瘦。

日日夜夜晨与昏，望路难陀耶雪达。

四处呼喊小黑黑，眼泪流淌成溪渠。

牧女牧人甚可怜，母牛牛犊极悲伤。

苏尔达斯言，

无有胜尊彼好似，群星失去月光华[2]。

【释译】

本诗承接上一首诗，描述了乌陀向黑天讲述伯勒杰地区居民别离黑天后的痛苦情形。内容大致如下：

乌陀对黑天道："伯勒杰地区的人们与你离别之后十分痛苦。牛护啊！由于见不到你，他们时时处于深深的思念和忧伤当中，身体在盼望和等待中渐渐失去光彩，越变越瘦，他们总是痴痴地站在路上等你，仿若失去了最珍贵的宝贝一样失魂落魄。他们不愿相信你

① Gupta 本作 vraj。

② 此句的意思是没有月亮的光华照耀，群星显得暗淡无光，此处指别离黑天后，伯勒杰居民忧伤不已。

会离开他们，心中反复念叨：黑天怎么走了呢？耶雪达妈妈和难陀爹爹从清晨到黄昏，眼巴巴地望着你离去时的大路，日日夜夜盼望你的归来。他们时常四处呼喊你的名字：‘小黑黑，小黑黑。’最终还是见不到你，他们因而伤心流泪，眼泪瞬间即成溪河。那些牧人和牧女，母牛和牛犊也十分可怜。因为见不到你，他们都伤心不已，悲痛欲绝。恩主啊，如同群星因为没有月亮的光华照耀就会失去光彩一样，伯勒杰的人们与你别离后，再也得不到你的庇佑，所以心神悲沮，黯然神伤。”

本诗末尾“无有胜尊彼好似，群星失去月光华”两句通过形象的比喻，准确地刻画出与黑天离别后伯勒杰的牧人、牧女与群牛黯然失色、无精打采、奄奄一息的悲惨情状。

【原文】

सुनहु स्याम वै सब ब्रज-बनिता①, बिरह तुमहारैँ भईँ बावरी।
नाहीँ बात और कहि आवति, छाँड़ि जहाँ लगि कथा रावरी।
कबहुँ कहतिँ हरि माखन खायौ, कौन बसै या कठिन गाँव री।
कबहुँ कहतिँ हरि ऊखल बाँधे, घर-घर ते लै चलौ दाँवरी।
कबहुँ कहतिँ ब्रजनाथ② बन गए, जोवत-मग भई दृष्टि झाँवरी।
कबहुँ कहतिँ वा मुरली महियाँ, लै-लै बोलत हमरौ नाँवरी।
कबहुँ कहतिँ ब्रजनाथ③ साथ तैँ, चंद उयौ④ है इहै ठाँवरी।
सूरदास प्रभु तुम्हरे दरस बिनु, अब वह मूरति भईँ⑤ साँवरी॥
（170/4722）

---

① Gupta 本作 vraj-vanitā。
② Gupta 本作 vrajnāth。
③ Gupta 本作 vrajnāth。
④ Gupta 本作 uyo。
⑤ Varma 本作 bhaī。

【对译】

黑子且听别你后

黑子且听别你后，伯勒杰女皆成疯。

除却言说你故事，其他之事不再提。

时说诃利吃奶油，谁还会住这难村[①]。

时说诃利绑木臼，家家户户拿绳索。

时说望路目焦灼，伯勒杰主去林中。

时说彼之笛声中，声声呼唤我等名。

时说此地升明月，只因伯勒杰主伴。

苏尔达斯言，

现今不见胜尊你，她已化为黑雕像[②]。

【释译】

本诗描述了乌陀向黑天讲述伯勒杰的女子因为极度思念而发疯的情形。内容大致如下：

乌陀对黑天讲述道："黑子啊，请你听我说！伯勒杰的女子与你别离后，因为过分思念，现在都变成了疯子。她们口中除了述说你的本事，不再说其他任何的话语。她们有时候会念叨说：'诃利总是偷吃我们的奶油和酸奶，现在谁还愿意住在这个糟糕的村子？'有时候会念叨说：'耶雪达妈妈要把偷吃奶油的诃利绑在木臼上了，大家快去拿绳子啊！他实在是太顽皮啦。'有时她们又会说：'我们站在这里瞧着大路等待黑天，我们看得眼睛都像被灼烧了一样痛苦，怎么黑天还不回来？不是说他去森林里放牧了吗？'有时她们又会念叨说：'诃利在吹奏笛子，他正在用笛声吸引我们，呼唤我们的名

① 难村，原文 kaṭhin gāṁv，此处指因为小黑天的顽劣捣蛋，在这个村子里生活变得很困难。

② 黑雕像，原文 mūrati bhaīṁ sāṁvarī，mūrati 意思是"雕像"，sāṁvarī 意思是"黑色的"，bhaīṁ 是系动词，意思是"成为"，此处形容姑娘身体消瘦变黑。

字。'有时候她们会说：'和伯勒杰之主在一起的时候，月亮会从那个地方升起来。'这些女子还让我转告你说：'恩主啊，因为见不到你，你那位美丽的棕肤姑娘现在已经失去往日神采，瘦成皮包骨了，远远看去，就像座黑色的雕像一样。"

苏尔达斯在本诗中将离别情郎的苦情女子的状态描绘得淋漓尽致，让人情不自禁为已成疯魔的牧女和化为黑雕像的罗陀哀婉叹息。

【原文】

फिरि ब्रज① बसौ नंदकुमार।
हरि तिहारे बिरह राधा, भई तन जरि छार।
बिनु अभूषन मैं जु देखी, परी है बिकरार।
एकई रट रटत भामिनि, पीव पीव पुकार।
सजल लोचन चुअत उनके②, बहति जमुना धार।
बिरह अगिनि प्रचंड उनकैं, जरे हाथ③ लुहार।
दूसरी गति और नाहीं, रटति बारंबार।
सूर प्रभु कौ नाम उनकैं, लकुट अंध अधार॥
（171/4727）

【对译】

难陀子，且请再住伯勒杰
罗陀与你诃利别，她身灼烧成灰烬。
我瞧见她无妆饰，不安焦躁心慌乱。
多情女子反复念，只把一个情郎唤。
她眼充盈泪滴落，流淌宛若叶木拿④。

① Gupta 本作 vraj。
② Varma 本作 unakaiṁ。
③ Gupta 本作 bhāthi。
④ 此处指叶木拿河。

她之别离苦烈火，灼热能烧铁匠手。

无有其他之情状，反反复复叨叨念。

苏尔言，

胜尊你名之于她，即如盲人依拐杖。

【释译】

本诗中，乌陀向黑天转述了他从牧女处了解的罗陀的悲惨情状。内容大致如下：

乌陀对黑天道："牧女们曾让我这样对你说：'难陀子啊，请你再回伯勒杰居住吧！诃利啊，与你别离后，罗陀的身体已被离别的苦火烧成灰烬。我看到她的身体已经瘦成皮包骨，身上也不做任何的打扮和装饰。她因为思念你，变得焦躁不安，几近疯魔。这位多情的女子口中反复念诵情郎你的名字，如同杜鹃鸟声声啼叫，渴望亢宿的雨水一样。她的眼中充盈着泪水，眼泪滴落，汇成河流，如同叶木拿河一般。她所承受的离别之火如此炙烈，甚至能将铁匠手中的铁块熔化。她一遍遍地念诵着你的名字，除此之外，再也没有做其他事情。恩主啊，你的名字对于她来说是唯一的依赖，就像盲人手中的拐杖一样不可或缺。'"

苏尔达斯在本诗中将苦情女子罗陀悲伤苦痛的情状描绘到了极致。诗中罗陀的形象哀婉动人，她的"身体灼烧成灰烬"，别离黑天之后她的"离苦烈火灼烧铁匠手"，她思念黑天的"眼泪滴落流淌成叶木拿河"，所有这些都让人为之动容。连苏尔达斯在本诗末也感叹道："胜尊你名之于她，即如盲人依拐杖"，黑天的名号不仅对于罗陀，对于苏尔达斯这位双目皆盲的诗人来说也是绝对不能离身的生存倚靠和生活支柱。

【原文】

ब्रज[1] तैं द्वै रितु पै न गई।

ग्रीषम अरु पावस प्रवीन हरि, तुम बिनु अधिक भई।

ऊर्ध उसास समीर नैन घन, सब जल जोग जुरे।

बरषि[2] प्रगट-कीन्हे दुख दादुर, हुते जो दूरि दुरे।

बिषम बियोग जु बृष दिनकर सम, हिय[3] अति उदौ करै।

हरि-पद बिमुख भए सुनि सूरज, को तन ताप हरै॥

（172/4736）

【对译】

两季不离伯勒杰

无有诃利你不在，夏季雨季更长久。

叹息成风眼含云，雨水条件皆聚齐。

痛苦如蛙藏远处，大雨致使其现身。

剧烈别苦升心中，犹如日入金牛宫[4]。

苏尔吉言，

且听别离诃利足，身体煎熬谁祛除。

【释译】

本诗描述了乌陀向黑天转述牛村牧女所遭受的相思之苦的场景。内容大致如下：

乌陀对黑天转述道："牧女说：'黑子啊，夏季和雨季这两个季节如今长驻伯勒杰了。聪慧杰出的黑子啊，六季本是相互更替的，但是因为你的缺席，这两个季节极其猖獗地盘踞于此。与你别离后，

---

① Gupta 本作 vraj。

② Gupta 本作 barasi。

③ Varma 本作 hit。

④ 日入金牛宫，原文 ju bṛṣ dinakar，bṛṣ dinakar 意思是"金牛宫"，星宿十二宫之一。太阳入主金牛宫，此时太阳直射赤道，是夏季雨季两季交接之时，印度炙热无比之时，此处意指牧女所受离别之苦的剧烈和与黑天相见的极度渴望。

牧女们长吁短叹，声声叹息向上化作天上的风，思念你的泪水抑制不住在眼中打转，眼睛正好化作饱含泪水的云朵，这叹息的风和这含泪的云恰恰构成了下雨的便利条件啊。于是，雨季一再来临。我们心中的痛苦如同青蛙一般，你在的时候躲得远远的，如今待到雨后便纷纷出现。我们所忍受的与你别离的痛苦，也像那金牛宫的太阳一样炙热无比，痛苦难忍！现在我们与你的双足分别，还有谁能来消除我们的这份痛苦呢？”

苏尔达斯在本诗中对于牧女离别痛苦的描绘十分唯美，对于牧女情感的描绘细腻深刻，将牧女对于黑天缠绵悱恻的感情表达得详尽透彻。

【原文】

दिन दस घोष चलहु गोपाल।
गाइनि की अवसेरि मिटावहु, मिलहु आपने ग्वाल।
नाचत नहीं मोर ता दिन तैं, रटत न बरषा-काल।
मृग दुबरे तुम्हरे दरसन बिनु, सुनत न बेनु रसाल।
बृन्दावन[1] हर्यौ होत न भावत, देख्यौ स्याम तमाल।
सूरदास मैया अनाथ है, घर चलियै नँदलाल॥
（173/4742）

【对译】

牛护，且作牛村十日行
去除母牛之忧虑，见见自己之牧友。
孔雀不舞自那日，不再欢叫下雨时。[2]

① Gupta 本作 vṛndāban。

② 印度民间认为，孔雀看见浓云就跳舞，然后开始欢叫，雨季是孔雀的发情期，一下雨，孔雀就欢叫求偶。

见不到你鹿消瘦，悦耳笛声不得闻。

沃林达林不喜绿，且看青黑多摩罗[①]。

苏尔达斯言，

妈妈孤苦无依靠，且请回家难陀子。

【释译】

本诗描述了乌陀殷切恳求黑天重回牛村与民相见，慰藉父母乡亲、牧人和牧牛思念之情的情形。内容大致如下：

乌陀恳求黑天道：“牛护啊，请你再回到牛村吧，哪怕只在那里待上十天也行啊。请你回去看望自己曾经的牧童朋友吧！请你去见见你曾经放牧的母牛吧！请你再回到你曾经玩耍放牧的沃林达森林吧！请你返回家中探望孤苦可怜的耶雪达妈妈吧！请你去除母牛们的思恋之苦！请你让森林中的孔雀再次翩翩起舞，在下雨的季节再次欢叫吧！请你去见见那林中身形消瘦的小鹿吧，请对它们再次吹响竹笛，用悦耳的笛声使它们欢乐起来吧！请你让沃林达森林再次看到你那犹如多摩罗树般青黑色的身躯吧！难陀子啊，你的妈妈孤苦无依，你快快返回牛村的家中看望父母双亲吧！”

本诗运用排比和拟人的修辞手法描绘了乌陀对于黑天的恳请，沃林达森林以及林中的母牛、孔雀、小鹿等动植物也都如牛村的父老乡亲一般思念着黑天，沉浸在与黑天离别的悲痛中。如此描写，更加烘托出了牛村人民对于黑天的苦苦思念之情。

【原文】

ऊधौ भलौ ज्ञान समुझायौ।

तुम मोसौं अब कहा कहत हौ, मैं कहि कहा पठायौ।

① 多摩罗，印度一种青黑色的树木，多用之指代黑天。

कहवावत हौ बड़े चतुर पै, उहाँ न कछु कहि आयौ।

सूरदास ब्रजबासिन[1] कौ हित, हरि हिय माहँ दुरायौ॥

（174/4743）

【对译】

乌陀啊，知识传授得好

我作何言派遣去，今你对我作何语？

言说聪明大智慧，却在彼处不成言？

苏尔达斯言，

之于伯勒杰民爱，诃利掩藏在心间。

【释译】

本诗承接上一首诗，描述了黑天闻听乌陀向他讲述伯勒杰之行的情况后，假意责备乌陀没能好好完成传授瑜伽知识的任务，进而对乌陀说出嘲讽之语的场景。内容大致如下：

黑天听了乌陀的回话，对乌陀道："乌陀啊乌陀！你此次去伯勒杰，向那里的居民传授瑜伽知识真是传得好啊！你回来对我讲和转述的这些话，这些情况，没有一句是关于你传授瑜伽知识的。我将你派往伯勒杰之前是如何对你讲的？你出发之前我所传授于你的那些瑜伽知识怎么没听你说起？人们都说乌陀你是个聪明又机灵的人，怎么偏偏到了伯勒杰这个地方你就哑口无言了呢？"

黑天为了教育乌陀，使乌陀转变为信奉有形梵的虔爱者，故意避开不谈伯勒杰人们的种种爱意和离别苦痛，而从口中说出此番话来嘲讽和责备乌陀，欲使乌陀将话题转向讲述他在伯勒杰传授瑜伽知识时碰到的种种困难。这里，黑天希望通过乌陀自身的转述和反省，促使乌陀在不知不觉中转变自己的观念。因此，黑天把对伯勒杰居民的爱和思念深藏在心中，没有在乌陀面前表露出来。

① Gupta 本作 vrajavāsin。

【原文】

मैँ समुझाई अति अपनौ सौ।
तदपि उन्हैँ परतीति न उपजी, सबै लख्यौ सपनौ सौ।
कही तुम्हारी सबै कही मैँ, और कही कछु अपनी।
स्रवननि बचन सुनत भइ उनकैँ, ज्यौँ घृत नाऐँ[①] अगनी।
कोऊ कहौ[②] बनाइ पचासक, उनकी बात जु एक।
धन्य-धन्य ब्रजनारि[③] बापुरी, जिनकी और न टेक।
देखत उमग्यौ प्रेम इहाँ कौ, धरे[④] रहे सब ऊलौ।
सूर स्याम हौँ रह्यौ थक्यौ सौ, ज्यौँ मृग चौका भूलौ॥
(175/4744)

【对译】

我已尽力传授多
奈何她们不相信，所有一切视幻梦。
你之言语我全授，还讲自己些许话。
言语一入彼之耳，即如酥油入火中。
任说五十之多言，彼众言语只一句：
可怜伯勒杰女幸，其他依赖不复有。
一见充盈此处[⑤]爱，众人又将兴奋敛。[⑥]

---

① Varma 本作 nāeṁ。

② Varma 本作 kahī。

③ Gupta 本作 vrajanāri。

④ Varma 本作 dharai。

⑤ 原文 ihāṁ，原意是“这里”，从字面义看，此半句是指伯勒杰这个地方充满了爱，但是从上下文来看，此处应指乌陀和黑天现在所在的地方马图拉，代指黑天，此半句应是指对黑天的爱；一说在马拉提语（Marathi）和博杰普尔（Bhojpuri）等方言里面 ihāṁ 是敬称，现在仍使用，为第二人称的尊称，意为“您”，此处指黑天。

⑥ 此句中，众牧女刚开始以为看到的是黑天，所以兴奋不已，立马表现出了对黑天狂热的爱意。但仔细一看，原来不是黑天来了，而是与黑天相像的乌陀，所以就又收敛起了狂热的感情，控制住了自身的兴奋。

苏尔言，

黑子啊我惊惶样，失措如鹿忘奔跃。

【释译】

本诗承接上一首诗，描述了乌陀向黑天辩解，讲述他在伯勒杰向牧女传授瑜伽知识时受挫的情形。内容大致如下：

乌陀对黑天道："黑子啊，我已经根据自己的思想和体验对她们讲了很多话。但是，她们把所有这些瑜伽知识视为荒诞的梦，根本不予采信。我不仅将你之前传授于我的所有话原原本本讲给她们听，还增加了自己的许多见解，可她们根本不听我说话呀！我讲的话一进入她们的耳朵就仿若酥油被投入火中，立马消失无影踪。对她们来说，我的话不仅没有益处，反而会让她们的离别苦火烧得更旺。所以，任我说多少句，任我以何种方式去说，她们就是不肯接受，只是反复念叨说：'我们虔爱黑天，瑜伽对我们有何用？伯勒杰的可怜女子都很幸运，离别虽是痛苦的，但皈依黑天是幸运的。除了黑天我们再无其他依靠。'起初，由于我的身形穿着都如黑子你一样，这些女子见到我，误以为你回到牛村，她们欣喜若狂，兴高采烈，心中洋溢着对你浓烈的爱意。然而，看清楚是我而不是你之后，众女子——立马收敛起心中的狂喜，不再兴奋。看着眼前这般景象，我大吃一惊，一时手足无措不知该对她们如何传授瑜伽知识，我就像一只忘记奔跳的小鹿，呆若木鸡地站在那里。"

本诗中"言语一入彼之耳，即如酥油入火中"两句既形象生动地描绘了乌陀为牧女传授无形派瑜伽知识的无用与徒劳，犹如酥油入火中瞬间融化蒸发而不留丝毫痕迹一样，又暗指乌陀如此做法只会激发牧女对于黑天更为强烈炙热的爱意，犹如酥油入火中会使火焰更加高涨炙热一般。同时，本诗末"黑子啊我惊惶样，失措如鹿忘奔跃”两句中，乌陀将自己比作惊慌失措而忘记奔跳的鹿，以此突显自己的无辜，不是他不尽力讲授，而是牧女只愿沉浸在热烈思恋黑天的世界里。

【原文】

बातैं सुनहु तौ स्याम सुनाऊँ।
जुवतिनि① सौं कहि कथा जोग की, क्यौं न इतौ दुख पाऊँ।
हौं पचि एक कहौं निरगुन की, ताहू मैं अटकाऊँ।
वै उमड़ैं बारिधि② के जल ज्यौं, क्यौं हूँ थाह न पाऊँ।
कौन कौन कौ उत्तर दीजै, तातैं भज्यौ अगाऊँ।
वै मेरे सिर पटिया पारैं, कंथा काहि उढ़ाऊँ③।
एक आँधरौ④, हिय की फूटी, दौरत पहिरि खराऊँ।
सूर सकल षट दरसन वै, हौं बारहखरी पढ़ाऊँ॥
（176/4745）

【对译】

黑子若听我便讲

我对少女述瑜伽，怎能不受此番苦？
无形一句竭力授，我却受阻在其中。
她们汹涌若海水，深不可测我怎探？
能将答案予谁人，因此早早逃夭夭。

① Varma 本作 jubatini。
② Gupta 本作 vāridhi。
③ Gupta 本作 uṛāūṁ。
④ Sabha 本作 āṁdharauṁ。

她们为我分发缝，① 百衲褛衣 ② 披予谁？

一个盲人心眼瞎，③ 穿着木屐 ④ 奔走忙。⑤

苏尔言，

六派哲学 ⑥ 彼皆具，我还讲授十二音 ⑦？

【释译】

本诗承接上一首诗，描述了乌陀向黑天讲述他在伯勒杰向牧女传授瑜伽知识时遇到困难的情形。内容大致如下：

乌陀对黑天道："黑子啊，你若想听，我便继续跟你讲述我在伯勒杰传授瑜伽知识的情形。我向伯勒杰的女子传授瑜伽知识时所承受的痛苦，你可知晓？我殚精竭虑、挖空心思才想出一句关于无形梵的理论，不曾想却在传授过程中屡屡受阻。无论我怎样努力尝试，都无法跟她们讲述瑜伽修习的道理。那些女子簇拥在一起，如同无边无际的海水，她们的热情和对你的爱仿佛高涌翻滚的海浪，海水卷着海浪向我袭来，我用尽各种方法也没有探清海水的深度。她们纷纷向我提出各种各样的问题，我又该如何作答？反正我是招架不住，所以早早就从那里逃跑了。

---

① 分发缝，是牧女们戏弄乌陀的做法，为乌陀梳头发分发缝，要把乌陀打扮成牧女的样子。此处实际指代牧女欲让乌陀皈依有形派，信仰有形的大梵——黑天。

② 百纳褛衣，原文 kanthā，意思是"瑜伽行者穿的衣服，百衲衣"，瑜伽修行者的衣服，此处乌陀欲披予牧女，是指乌陀试图使牧女们皈依无形梵，信仰无形黑天。

③ 此半句是乌陀的自比，犹如瞎子一般，不仅肉眼瞎了，心眼也破碎了。此处指乌陀表达自己愚昧无知，没有智慧。

④ 木屐，原文 kharāūṁ，通印地语 khaṛāūṁ，印度瑜伽修行者穿的木屐，此处指乌陀扮作瑜伽行者在伯勒杰地区传播无形梵的瑜伽道。

⑤ 此句指乌陀说自己愚昧无知，不具智慧，却还扮作一个瑜伽行者一样在牧女们面前传授无形梵之道，自不量力。

⑥ 六派哲学，原文 ṣaṭ darasan，意思为"六派哲学"，指印度正统六派哲学，分别为 sāṃkhya 数论派、yoga 瑜伽派、vaiśeṣika 胜论派、nyāya 正理论、pūrva mīmāṃsā 前弥曼差、uttara mīmāṃsā 后弥曼差，此处指代一切正统派哲学知识。

⑦ 十二音，原文 bārahakharī，通 bāraha-khaṛī，指 a，ā，i，ī，u，ū，e，ai，o，au，ṃ，ḥ 等十二个元音符号分别和一个辅音的组合（拼写或拼读）（如可 ka，kā，ki，kī，ku，kū，ke，kai，ko，kau，kṃ，kḥ），参见《印地语汉语大词典》，北京：北京大学出版社，2000 年，第 1042 页。此处"十二音"指代最基本最原始的知识。

后来，我想为她们穿上瑜伽行者的百衲衣，而她们却准备好要把我打扮成牧女的模样，为我梳头发分发路，要我也如她们一般虔爱有形的梵。处在这样的情形之中，我又如何能向她们讲述无形梵的瑜伽知识呢？

在她们面前，我如同一个瞎子，不仅肉眼瞎了，心眼也破碎了。我愚昧无知，没有智慧，却还穿着木屐扮作瑜伽行者的模样，四处奔走传授瑜伽。我实在无颜面对这些女子。她们聪慧无比，精通六派哲学，无所不晓，你让我传授的瑜伽知识，对她们来说，如同牙牙学语时的十二个音节一般简单，我还有什么必要在她们面前继续讲述？”

本诗中乌陀将自己在牛村为牧女传授无形派瑜伽知识遇挫而不能招架的情况禀明了黑天。诗中“一个盲人心眼瞎，穿着木屐奔走忙”两句是乌陀对自己在牛村传授知识时状态的生动比喻，彼时的乌陀就是一个肉眼和心眼皆瞎，且傻里傻气的盲人，穿着木屐装扮苦行僧在牛村胡乱奔走，徒劳地传播自己坚定不移信奉的瑜伽知识。可他在牧女们强烈情感的影响下慢慢意识到自己之前遵循的瑜伽修行方式是徒劳的、错误的。乌陀原本以为自己拥有高深的知识，认为自己高人一等，甚至在内心之中还有些看不起牧女这些低级的村民群体。他本想用自己原以为的正确修行方式去影响和教导牧女们，但他在牛村所见所闻的事实重重地打击了他的自信，“六派哲学彼皆具，我还讲授十二音？”牧女们并非他原来所想的那样愚昧无知，她们用自己的言行举止深深感动了乌陀，深刻影响了乌陀，颠覆了乌陀原本所持有的错误想法。

【原文】

कहिबे मैं न कछू सक राखी।

बुधि[1] बिवेक[2] अनुमान आपनैं, मुख आई सो भाषी[3]।

हौं मरि एक कहौं पहरक मैं, वै पल माहिं अनेक।

हारि मानि उठि चल्यौ दीन ह्वै, छाँड़ि आपनी टेक।

हौं पठयौ कतहीं बे काजै[4], सठ मूरख जु अयानौ[5]।

तुमहिं बूझ बहुतै बातनि की, उहाँ जाहु तौ जानौं।

श्री मुख के सिखए ग्रंथादिक, ते सब भए कहानी।

एक होइ तौ उत्तर दीजै, सूर सु मठी उफानी॥

（177/4749）

【对译】

传讲之中无保留

据己智慧理智断，但入口中即道来。

力述三时我一句，刹那之间彼多言。

己所坚持认输弃，忧伤失落离身去。

愚昧蠢钝又无知，为何徒劳遣我去？

诸多事情你知晓，前往彼处便明了，

吉祥口授众经典，彼皆成为荒诞谈[6]。[7]

苏尔言，

若仅一人尚可应，怎奈彼村已沸腾。

---

① Varma 本作 buddhi。

② Gupta 本作 vivek，Varma 本作 bibek。

③ Gupta 本作 bhākhī。

④ Varma 本作 kājaiṁ。

⑤ Varma 本作 ayānauṁ。

⑥ 荒诞谈，原文是 kahānī，此处指虚假空洞的言论。

⑦ 此处乌陀的意思是黑天让他在牧女面前所教授的那些“吠陀”和“往世书”等有关无形梵的经典知识，对她们来说就是空话，就是虚假的故事。

【释译】

本诗描述了乌陀对黑天讲述他在伯勒杰向人们传授瑜伽知识时受挫的情形。内容大致如下：

乌陀对黑天道："诃利啊，我在传授瑜伽知识时毫无保留，竭尽全力。我倾尽自身所有，根据自身的智慧、理智和判断，只要能够讲述的，我都说出来。我殚精竭虑，花费三个小时才说出一句话来，但他们顷刻之间便已说出千言万语。我实在无法应对，无力招架这些狂热的人们。在他们面前，我无法言语，惊惶失措。最后，我只得认输，放弃自己之前的传道之志，伤心失落地从伯勒杰起身返回这里。我是个愚昧蠢笨又无知的人，你为何要徒劳无功地把我派去那里传道呢？"

"你知晓一切事情，你若也去一次那里，就会知道你先前教我的那些瑜伽知识荒诞不经，对他们毫无用处，他们对你唯有虔爱。我根本争辩不过他们，也无法说服他们。诃利啊，你用自己的吉祥之口所传授于我的那些经典，'吠陀''往世书'和'奥义书'等知识，我把这些知识原原本本地讲给他们听，但是他们完全不肯接受，还把它们当作虚假的故事和空谈。如果我面对的是一个人的质疑和提问，我还勉强可以回答争辩。但是整个地区，整个村子的人们都饱含着对你的浓情厚爱争相向我提问。他们又狂热又激动，我实在无法应对所有人，最后只能落荒而逃。"

本诗中乌陀对黑天继续讲述了他在伯勒杰地区宣讲无形派瑜伽知识时万分艰难的情形。不只是牧女，伯勒杰地区的所有居民都如牧女一般沉浸在对黑天饱含深爱的思念中悲痛不已，他们全心全意热爱黑天，虔敬黑天，所以自然会把乌陀的传讲当作是"荒诞谈"。"若仅一人尚可应，怎奈彼村已沸腾"两句道出了伯勒杰所有民众对黑天的强烈爱意以及对黑天信仰的极力维护。

【原文】

कोऊ सुनत न बात हमारी।

मानैं कहा जोग जादवपति, प्रगट प्रेम ब्रजनारी①।

कोउ② कहतिँ हरि गए कुंज बन, सैन धाम वै देत।

कोऊ कहतिँ इन्द्र बरषा तकि, गिरि गोबर्धन③ लेत।

कोऊ कहतिँ नाग काली सुनि, हरि गए जमुना तीर।

कोऊ कहतिँ अघासुर मारन, गए संग बलबीर④।

कोऊ कहत⑤ ग्वाल बालनि सँग, खेलत बनहिँ लुकाने।

सूर सुमिरि गुन नाथ तुम्हारे, कोऊ कह्यौ न माने॥

（178/4751）

【对译】

无人听我言

向雅度主显爱恋，伯女缘何认瑜伽？

某说诃利林中去，林屋之中来示意。

某说因陀罗降雨，见之托举牛增山。

某说闻听迦利蛇，叶木拿畔诃利往。

某说为杀罪蛇怪，偕同大力兄长去。

某说林中与牧童，嬉戏玩耍捉迷藏。

苏尔言，

追忆恩主你美德，任何言语皆不认。

---

① Gupta 本作 vraj-nārī。

② Varma 本作 koū。

③ Gupta 本作 govardhan。

④ Sabha 本作 balavīr。

⑤ Varma 本作 kahatiṁ。

【释译】

本诗仍然描述了乌陀对黑天讲述他在伯勒杰向牧女传授瑜伽知识受挫的情形。内容大致如下：

乌陀对黑天道："诃利啊，我依你之言向伯勒杰的牧女讲授瑜伽知识，但她们之中没有人愿意听我说啊！雅度之主啊！伯勒杰的女子深爱着你，早已将身心奉献于你，她们怎会接受空洞枯燥的瑜伽知识呢？她们因为狂热地爱你，口中不断念叨你的名字和你过往的种种事迹。有位女子说：'诃利去了树林。他已在林屋中铺好花床，暗示我们要我们前去与他一起欢愉。'有位女子说：'他是因为看到了因陀罗降下的暴雨，所以为了保护伯勒杰的居民免受灾害，用一只小指托举牛增山去了。'有位女子说：'他听说迦利耶蛇在叶木拿河中作怪，致使河水染上剧毒，便到叶木拿河岸去驱除这条大蛇，去拯救自己的乡亲好友了。'有位女子说：'他和大力兄长一起去杀罪蛇怪了。'有位女子说：'他和牧童伙伴们一起到沃林达森林中玩捉迷藏去了。'"

"恩主啊，她们就这样不断追忆你过往的种种本事，诵念你的功德，丝毫不愿承认你已离去的事实。因此，她们不会听取或接受任何我所谓的瑜伽和大神无形之言。"

本诗中乌陀原原本本地向黑天禀报了伯勒杰牧女的各种情态。她们一味沉浸在对黑天的强烈思恋中，因为见不到情郎，所以极度痛苦，几近疯魔，根本听不进他的传讲。牧女只顾"向雅度主显爱恋"，"追忆恩主你美德"，因此她们"任何言语皆不认"，更不会接受有关无形梵的瑜伽知识了。

【原文】

माधौ जू कहा कहौं उनकी गति।

देखत बनै कहत नहिं आवै, अति प्रतीति तुम तैं रति।

जद्यपि हौं षट मास रह्यो[①] ढिग, लही[②] नहिं उनकी मति।

तासौं कहौं सबै एकै बुधि, परमोधी नहिं मानति।

तुम कृपालु करुनामय कहियत, तातैं मिलत कहा छति।

सूरदास प्रभु सोई कीजै, जातैं तुम पावहु पति॥

（179/4753）

【对译】

摩豆裔，彼等情状如何述

极为信任爱恋你，不可言传但可见。

我虽近旁待六月，彼等心思却未得。

因言众人心智一，劝说解释不认可。

仁慈悲悯你被称，与彼会面何所失？

苏尔达斯言，

胜尊你且行此为，由此能得好声望。

【释译】

本诗描述了乌陀对黑天讲述他与伯勒杰居民相处的状况，并请求黑天回伯勒杰会见众人的情形。内容大致如下：

乌陀对黑天道："摩豆裔啊，我要如何向你描述伯勒杰居民的状况啊？虽然我无法向你描述他们心中对你的爱恋和信仰，但是它们极具明显，是能够看得见，能够直接感受到的。"

"尽管我和牧女们在一起待了六个月，但却始终没有获得同她们一样的智慧。我在那里能对谁讲述瑜伽之道？又能对谁解释无形理

---

① Gupta 本作 rahyau。

② Gupta 本作 lahīṃ。

论呢？她们都抱有同一种信念，任我怎么劝说她们也不听从。”

“你被称作是仁慈悲悯的恩主，就请你前去伯勒杰与她们见一面吧！这样做你会有什么损失呢？胜尊啊，在我看来，这样做只会增加你的声望和名誉！”

本诗中，乌陀已经完全被伯勒杰民众对黑天的强烈爱意和思恋所折服。因此，他怀着对他们深深的敬佩和同情，真切恳求黑天返回伯勒杰与众人相见，并颂出“胜尊你且行此为，由此能得好声望”，希望以“得好声望”之名诱使黑天快快回去。

【原文】

ब्रज① मैं एकै धरम रह्यौ।
स्रुति सुंमृति② औ बेद③ पुरानिन, सबै गोविंद कह्यौ।
बालक वृद्ध④ तरुन अबलनि कौ, एक प्रेम निबह्यौ।
सूरदास प्रभु छाड़ि⑤ जमुन जल, हरि की सरन गह्यौ ॥

（180/4758）

【对译】

伯勒杰唯存一达摩⑥

所有吠陀往世书，天启⑦传承⑧言牛得⑨。

---

① Gupta 本作 vraj。
② Varma 本作 sumṛti。
③ Gupta 本作 ved。
④ Sabha 本作 bṛddh。
⑤ Varma 本作 chāṁṛi。
⑥ 达摩，原文 dharam，通 dharma，意思是“宗教”，此处音译为“达摩”。
⑦ 天启，指《天启经》，即吠陀本集和吠陀本集注疏本，每种吠陀本集都包括一整套内容庞杂、丰富的注疏性的《梵书》《森林书》《奥义书》，上述 4 种作品统称为吠陀经，即天启经类。
⑧ 传承，即传承经，有 6 种吠陀分集，为“吠陀的枝节”。它们是：式叉论、劫波论、毗耶羯罗那论、尼禄多论、阐陀论和竖底沙论。吠陀分集不包含在天启书之内，但是作为辅助性论文与天启书密切相关，因而被称作传承经，主要探讨语音学、仪礼学、文法学、语源学、音韵学和天文学方面的内容。
⑨ 牛得，原文 govimd，黑天的名号之一。

老幼青年与妇人，保持践行一种爱。

苏尔达斯言，

叶木拿水抛弃掉，胜尊诃利庇佑抓。

【释译】

本诗描述的是乌陀向黑天禀明伯勒杰地区居民只有一种信仰，即虔爱黑天的情形。内容大致如下：

乌陀对黑天道："伯勒杰地区的居民目前只信仰一种宗教。对于他们来说，无论是天启吠陀经，传承经，还是'往世书'，所有这些宗教经典都只在讲述牛得，就是恩主黑天你啊。那里无论男女老幼，都坚守践行唯一一种宗教，即心无旁骛地虔敬你，全心全意地爱恋你。他们为了你，甘愿抛弃他们所拥有的一切事物。比如说，叶木拿水是圣洁的，是他们赖以生存的水，维系生命的水。如今他们为了抓住诃利你的庇佑，连叶木拿水都抛弃了。"

苏尔达斯在本诗中通过乌陀对伯勒杰民众信仰的描述，展现了他作为有形派黑天支忠实信徒的主张。"所有吠陀往世书，天启传承言牛得"两句直接表述了苏尔达斯的宗教观点，对于他来说，黑天就是一切经典，是宇宙至高存在。

【原文】

तब तैं इन सबहिनि सचु पायौ[1]।

जब तैं हरि संदेस तुम्हारौ, सुनत ताँवरौ आयौ।

फूले ब्याल दुरे ते प्रगटे, पवन पेट भरि खायौ।

खोले मृगनि चौक चरननि के, हुतौ जु जिय बिसरायौ।

ऊँचे बैठि बिहंग सभा मैं, सुक बनराइ कहायौ।

① Sabha 本作 pāyo。

किलकि-किलकि कुल सहित आपनैं, कोकिल मंगल गायौ।

निकसि कंदराहू तैं केहरि, पूँछ मूड़ पर ल्यायौ।

गहवर तैं गजराज आइकै, अंगहिं गर्व बढ़ायौ।

अब जनि गहरु करहु हो मोहन, जौ चाहत हौ ज्यायौ।

सूर बहुरि ह्वै है राधा कौं, सब बैरिनि कौ भायौ॥

（181/4760）

【对译】

此众得乐自彼时

听闻诃利你之信，当时即刻便昏厥。

自隐蔽处蛇出现，欣喜尽情吸空气。

鹿心本已忘奔跃，复又撒开四蹄跑。

群鸟大会高高坐，鹦鹉言称林中王。

杜鹃偕同自家族，咕咕欢呼唱庆歌。

自山洞中狮子出，尾巴翘到头顶上。

自密林中象王来，周身上下傲慢增。

如若想要施救治，莫亨现今别耽搁。

苏尔言，

如若罗陀再这般，一众敌人皆欢喜。

【释译】

本诗描述了乌陀对黑天讲述罗陀听闻诃利消息之后晕厥昏倒的情形。内容大致如下：

乌陀对黑天道：“罗陀刚一听到诃利你的消息，立刻昏倒在地。从那刻起，罗陀的所有敌人都变得欣喜欢乐。”

“罗陀的发辫柔软纤长，乌黑发亮，黑蛇看到之后自惭形秽，于是躲了起来。但罗陀晕倒之后，它便从隐蔽处现身，大吃大喝，吃饱喝足后还在外面吹风散步。”

“罗陀的眼睛大而有神，灵动美丽，小鹿看到之后自愧不如，于是忘记了奔跳。但罗陀晕倒之后，它便撒开曾经停住的四只蹄足，尽情奔跑跳跃。”

“罗陀的鼻子又挺又尖，美妙可爱，鹦鹉看到之后自觉惭愧，于是躲了起来。但罗陀晕倒之后，它便在群鸟大会中坐上高位，自称林中之王。”

“罗陀的声音甜美悠扬，清脆嘹亮，杜鹃鸟听到，与之一比，相形见绌，于是不再歌唱。但罗陀晕倒之后，它偕同自己整个家族，欢唱庆歌。”

“罗陀的腰肢纤细柔顺，婀娜灵活，狮子看到后自惭形秽，于是躲进山洞之中，不敢出来招摇。但罗陀晕倒之后，它便趾高气扬，把尾巴翘到头上，大摇大摆从山洞阔步迈出。”

“罗陀的腿脚步态从容，端庄稳重，象王看到后自觉不如，于是羞愧地躲进密林之中。但罗陀晕倒之后，它便洋洋自得地从密林中走了出来，周身上下都充满了傲慢和得意。”

“莫亨啊，你若想要救活罗陀，现在就别再耽搁，快快赶去伯勒杰吧！如果你再拖延下去，罗陀真的性命难保！这是她的敌人们都欣喜盼望的事情啊！”

本诗中乌陀之所以向黑天描述罗陀因极度思恋他而晕厥倒地的情形，是想要以此催促黑天赶快返回伯勒杰去拯救处于困苦悲痛中的民众。苏尔达斯在诗中对丰姿绰约的罗陀的描绘可谓新奇生动、形象有趣，这也与之前《神奇无双大花园》等描写罗陀之美的诗歌进行了呼应，其中体现出印度民众独特的审美情趣。

【原文】

माधौ जू मैं अतिही सचु पायौ।
अपनौ जानि सँदेस ब्याज करि, ब्रज① जन मिलन पठायौ।
छमा करौ तौ करौं बीनती, उनहिं देखि जौ आयौ।
श्रीमुख ग्यान पंथ जौ② उचर्यौ, सो पै कछु न सुहायौ।
सकल निगम सिद्धांत जन्म क्रम, स्यामा सहज सुनायौ।
नहिं स्रुति, सेष③, महेस प्रजापति, जो रस गोपिनि गायौ।
कटुक-कथा लागी मोहिं मेरी, वह रस सिंधु उम्हायौ।
उत तुम देखे और भाँति मैं, सकल तृषा जु बुझायौ।
तुम्हरी अकथ कथा तुम जानौ, हम जन नाहिं बसायौ।
सूर स्याम सुन्दर यह सुनि कै, नैननि नीर बहायौ॥
（182/4770）

【对译】

摩豆裔啊，极致福乐我得到
当作自己传信由，派遣会见伯地民④。
且请原谅来陈述，所见彼处之情况：
美颜者言知识道，彼道丝毫不受喜。
转生理论尼笈摩⑤，黑子女皆自然述。
天启经典与湿舍，大自在天与生主⑥，
亦不具备此情味，一众牧女所歌唱。

---

① Gupta 本作 vraj。
② Gupta 本作 jo。
③ Gupta 本作 ses。
④ 此处指伯勒杰地区的居民。
⑤ 此处指尼笈摩经，原文为 nigam，与阿笈摩经（agam，汉译佛经中常用“阿含经”之名）均为印度教对经典的类别划分中的两个类别，尼笈摩经即指吠陀经典。
⑥ 生主，原文 prajāpati，此处应指梵天，在“奥义书”中生主是由梵天慢慢演化而来的。

我觉我言[1]辛辣苦，那情味海却满溢。
彼处我见你另样，所有渴望皆消除。[2]
你知你言[3]不可述，我们却不能把握。
苏尔言，
俊美黑子闻听此，眼中泪水簌簌流。

【释译】

本诗描述了乌陀领悟黑天派遣他前往伯勒杰的良苦用心之后，向黑天讲述他在伯勒杰的所见所闻及由此获得大福乐的情形。内容大致如下：

乌陀对黑天道："摩豆裔啊，你把我当作最亲密的朋友，让我代表你前去伯勒杰传信。与伯勒杰居民相处的这些日子里，我获得了极大的福乐。如果你允许的话，就让我向你讲述我前往伯勒杰地区所见到那些情况吧。"

"美颜啊，你所传授的那些瑜伽知识，那些有关无形梵的理论在那里一点都不受欢迎。吠陀经典中那些转生的理论，牧女们自然全都知晓。她们对你的唱颂充满情味，无论是天启经，还是蛇王湿舍，梵天和湿婆所唱诵的赞歌都不能与之相比，更别提我在伯勒杰所讲述的那些佶屈聱牙、空洞乏味的无形道知识了。闻听牧女们的唱颂，沉浸在情味的海洋之中，人们可以获得极大的福乐。我便是在她们的唱颂中见到了你的其他形相，你一会儿是淘气顽皮的牧童，一会儿是风流倜傥的少年。在牛村的所见所闻已经让我在不知不觉中沉入爱慕歌颂你的热烈情感里，连一丁点传播无形道的欲望都没有了。黑天啊，你知道你的言语，你所说的知识是不可转述的，任何人都

① 此处指乌陀所传的无形道。
② 此半句指乌陀看到牧女们如此情状，他连传播无形道的欲望也没有了。
③ 此处指黑天让乌陀向伯勒杰人民所传播的瑜伽知识。

不能言说得清。现在我明白了，即便你亲口将其传授于我，我也是不能掌握的。”

俊美且慈悲的黑天听了乌陀的诉说，顷刻之间便“眼中泪水簌簌流”，一是感动于伯勒杰牧女对他虔诚炽热的爱恋与崇拜，二是欣慰于乌陀受到了伯勒杰人民的感化，终于明白了黑天教化他的良苦用心。

【原文】

ब्रज① मैं संभ्रम मोहिं② भयौ।

तुम्हरौ ज्ञान सँदेसौ प्रभु जू, सबै जू भूलि गयौ।

तुमहीं सौं③ बालक किसोर बपु, मैं घर-घर प्रति देख्यौ।

मुरलीधर घनस्याम मनोहर, अद्भुत नटवर पेख्यौ।

कौतुक रूप ग्वाल वृंदनि④ सँग, गाइ चरावन जात।

साँझ प्रभातहिं गो दोहन मिस, चोरी माखन खात ।

नँद-नंदन अनेक लीला करि, गोपिनि⑤ चित्त चुरावत।

वह सुख देखि जु नैन हमारे, ब्रह्म न देख्यौ भावत।

करि करुना उन दरसन दीन्हौ⑥, मैं पचि जोग बह्यौ।

छन मानहु षट्मास⑦ सूर प्रभु, देखत भूलि रह्यौ॥

(183/4771)

---

① Gupta 本作 vraj。
② Gupta 本作 mohi。
③ Gupta 本作 sau。
④ Varma 本作 bṛndani。
⑤ Gupta 本作 gopin。
⑥ Varma 本作 dīnhauṁ。
⑦ Gupta 本作 ṣaṭ māsa。

【对译】

在伯勒杰我迷惑

你之知识胜尊啊，所有信息尽忘却。

若你孩童少年身，各家各户我见到。

看见非凡妙舞胜[1]，持笛深黑美迷人，

与众牧童去放牛，尽情游戏之色相，

借口为牛挤牛奶，偷吃奶油晨与昏，

难陀子行诸本事，牧女之心被偷去。

我眼见到此福乐，看见大梵亦不喜。

他们慈悲予呈现，竭力我漂瑜伽中。

苏尔言，

见到即忘胜尊啊，六月仿若一刹那。

【释译】

本诗承接上一首诗，描述了乌陀向黑天讲述他在伯勒杰见到黑天本事的情形。内容大致如下：

乌陀对黑天道："胜尊啊，我在伯勒杰的时候总是陷入迷惘。你派我前去传信，可我去到那里却将一切讯息都忘掉了。我在伯勒杰的家家户户中见到了一位与你一样具有美妙身躯的人，他时而显现为孩童，时而显现为少年郎。我见到他手持竹笛，皮肤青黑，美丽迷人，奇异美妙的舞胜形相。我见到他与牧童伙伴一起游戏的形相，见到他去林中放牧牛群的形相，见到他清晨和黄昏以为牛挤奶为借口跑去偷吃奶油的形相。我还见到他在伯勒杰演绎诸多本事的形相，与牧女们一起共欢享乐的形相，正是他偷走了牧女们的心。"

"我亲眼见到这些形相，获得了无与伦比的大福乐，以后，即便

① 舞胜，原文 naṭavar，此处指黑天。

再见到大梵，我也不会欢喜。幸好伯勒杰的居民怀着慈悲心向我详细描述了你的种种形相，让我感同身受，仿佛亲眼见到你过去在牛村演绎的种种本事，让我体会到福乐，找到正确的方向，抓住活命的稻草，否则我将在无形瑜伽的洪流中迷失漂流，徒劳挣扎，无法前行，最后终将湮没。”

苏尔达斯在诗末用乌陀的口吻颂唱道：“见到即忘胜尊啊，六月仿若一刹那。”乌陀沉浸于黑天在牛村所作种种本事的极大福乐之中流连忘返，六个月漫长的时光亦如刹那般短暂！

【原文】

ब्रज① मैं एक अचंभौ देख्यौ।
मोर मुकुट पीतांबर धारे, तुम गाइनि सँग पेख्यौ।
गोप बाल सँग धावत तुम्हरें, तुम घर घर प्रति जात।
दूध दहीऽरु मही लै ढारत②, चोरी माखन खात।
गोपी सब मिलि पकरतिं तुमकौं, तुम छुड़ाइ कर भागत।
सूर स्याम नित प्रति यह लीला, देखि देखि मन लागत॥

（184/4772）

【对译】

在伯勒杰见一奇异事

戴雀翎冠着黄衫，见你与牛在一起。
偕同牧童你奔跑，家家户户你去往。
牛奶酸奶乳浆淌，行窃来把奶油吃。
牧女齐聚抓住你，你却挣脱逃夭夭。
苏尔言，

① Gupta 本作 vraj。
② Varma 本作 ṛārat。

黑子每日此本事，瞧着看着心欢喜。

【释译】

本诗承接上一首诗，描述了乌陀向黑天讲述自己在伯勒杰见到黑天童年本事的奇异情形。内容大致如下：

乌陀道："黑天啊，我在伯勒杰见到一桩奇事。我见到你头戴雀翎冠，身着黄衣衫，去森林中放牧牛群，与牧童伙伴在一起玩耍，你们跑进各家各户偷吃奶油，还把家家户户的装奶罐子打碎，使得牛奶酸奶流淌一地。我还见到牧女们齐聚在一起把你抓住，你却使出诡计脱身逃跑了。美颜黑子啊，我在牛村的时候每天每日都能见到你在演绎这些本事，瞧着看着，我的心不知不觉便沉迷其中，不可自拔了。"

乌陀现在已经完全沉浸在听闻和观看黑天本事的福乐之中，彻底转变为崇拜和虔爱有形黑天的忠实信徒。

श्रीकृष्ण वचन

吉祥黑天的话

【原文】

सुनि ऊधौ मोहिं नैकु न बिसरत, वै ब्रजबासी① लोग।

तुम② उनकौं कछु भली न कीन्ही, निसि दिन दियौ बियोग③।

जउ बसुदेव④-देवकी मथुरा, सकल राज-सुख भोग।

तद्यपि मनहिं बसत बंसी बट⑤, बन जमुना संजोग।

---

① Gupta 本作 vrajavāsī。

② Gupta 本作 ham。

③ Varma 本作 viyog。

④ Gupta 本作 vasudev。

⑤ Gupta 本作 vaṭ。

वै उत रहत प्रेम अवलंबन, इत तैं[1] पठयौ जोग।

सूर उसाँस छाँड़ि भरि लोचन, बढ़्यौ बिरह ज्वर सोग॥

（185/4774）

【对译】

乌陀听我未稍忘

乌陀听我未稍忘，彼等伯勒杰居民。
分毫未对彼行善，日夜你予离别苦。[2]
富天提婆吉王乐，马图拉城纵尽享，
然心仍系小竹笛，榕树森林叶木拿。
彼等那厢赖爱生，这厢却将瑜伽派。
苏尔言，
唉声叹气眼充盈，离别焦虑忧伤增。

【释译】

本诗描述了黑天向乌陀诉说自己并未忘记伯勒杰民众的场景。内容大致如下：

黑天对乌陀道："乌陀啊，你听我说，我丝毫没有忘记伯勒杰的居民！我十分想念他们，可你却误解了我的意思，非但没有向他们转达我的思念之情，反而一味向他们传授那些枯燥乏味的瑜伽知识，加剧他们的痛苦。你这样做实在不妥！你可知道我一直想着念着这些亲爱的伯勒杰子民！尽管我来到这马图拉城，寻得亲生父母富天和提婆吉，当上一国之君，享尽荣华富贵，但我的心却一直系附在这根小竹笛上，系附在伯勒杰的榕树上、森林中，还有叶木拿河水里啊！我亲爱的伯勒杰子民依赖着对我的爱而活命，可我却派你去向他们传播瑜伽知识，这不是让他们无法活命吗？唉……"

---

① Varma 本作 teṁ

② 此句中，黑天辩白自己没有忘记伯勒杰的居民，黑天责怪乌陀误解了他的意思，不但没有替黑天向他们转达黑天想念他们的意思，反而去了之后勾起了他们离别的痛苦。

苏尔达斯在本诗末尾描述道:“唉声叹气眼充盈,离别焦虑忧伤增。”黑天说着便感慨起来,不知不觉眼眶中溢满了泪水,乌陀之前向他转述的伯勒杰民众的言语以及眼前手中握着的竹笛,都勾起了他对家乡人民的思念,也加剧了他与父老乡亲分离的无奈、焦虑和忧伤。苏尔达斯在本诗中着重描绘了黑天有情有义的形象。

【原文】

ऊधौ मोहिं ब्रज बिसरत नाहीं।
बृन्दावन① गोकुल बन② उपवन, सघन कुंज की छाहीं।
प्रात समय माता जसुमति अरु, नंद देखि सुख पावत।
माखन रोटी दह्यौ सजायौ, अति हित साथ खवावत।
गोपी ग्वाल बाल सँग खेलत, सब दिन हँसत सिरात।
सूरदास धनि-धनि ब्रजबासी③, जिनसौं हित जदु तात④॥
(186/4775)

【对译】

乌陀啊,我未忘记伯勒杰
沃林达林牛村林,密林之荫小树林。
耶雪达妈与难陀,清晨瞧见得福乐,
奶油饼子酸奶摆,极具慈爱来喂食。
牧女牧童偕同戏,嬉笑度过一整天。
苏尔达斯言,
伯勒杰民大幸运,友爱彼众雅度子⑤。

---

① Gupta 本作 vṛndāvan。
② Gupta 本作 van。
③ Gupta 本作 vrajavāsī。
④ Varma 本作 jadunāth。
⑤ 雅度子,原文 jadu tāt,意思是“雅度之子”,黑天的名号之一。

【释译】

本诗承接上一首诗，描述的依然是黑天向乌陀诉说自己并未忘记伯勒杰的父母朋友，十分怀念过去欢乐幸福时光的场景。内容大致如下：

黑天对乌陀道："乌陀啊，我并没有忘记伯勒杰和那里的父母朋友。我想念沃林达森林，还有牛村中葱郁的密林，以及荫蔽的小树林。我想念耶雪达妈妈和难陀爹爹，他们每日清晨起床第一件事就是欢欣喜乐地瞧看我，在我面前摆上香甜的奶油、松软的大饼和浓醇的酸奶，这些都是我最喜欢吃的饭食。他们满怀慈爱地喂我吃饭，宠爱着我。我想念牧女和牧童伙伴们，他们天天与我在一起玩耍嬉戏，我们时常这样快快乐乐度过一整天。"

苏尔达斯在本诗末赞颂道："伯勒杰民大幸运，友爱彼众雅度子。"黑天深爱着伯勒杰的人民，他们是多么幸运啊！在本诗中，苏尔达斯重点描述了黑天对于伯勒杰生活的点滴回忆，以及对于往日时光不复回的感慨。

【原文】

ऊधौ मोहिं ब्रज① बिसरत नाहीं।
हंस सुता की सुंदर कगरी, अरु कुंजनि की छाँहीं②।
वै सुरभी, वै बच्छ दोहनी, खरिक दुहावन जाहीं।
ग्वाल-बाल मिलि करत कुलाहल, नाचत गहि गहि बाहीं।
यह मथुरा कंचन की नगरी, मनि मुक्ताहल जाहीं।
जबहिं सुरति आवति वा सुख की, जिय उमगत तन नाहीं।

① Gupta 本作 vraj。
② Varma 本作 chāhīṁ。

अनगन भाँति करी बहु लीला, जसुदा नंद निबाहीँ।

सूरदास प्रभु रहे[1] मौन ह्वै, यह कहि कहि पछिताहीँ॥

（187/4776）

【对译】

乌陀啊，我未忘记伯勒杰

太阳女[2]之美丽畔，还有丛林之树荫，

挤奶彼牛与彼犊，为挤牛奶去牛圈，

相会牧童喧哗嚷，抓挽手臂来跳舞。

黄金之城马图拉，此处宝石与珍珠，

然回忆起彼福乐，心中激动身体无。[3]

多方法行众本事，难陀耶雪达迁就。[4]

苏尔达斯言，

胜尊沉默不言语，言此言此懊恼悔。

【释译】

本诗承接上一首诗，描述的依然是黑天向乌陀诉说自己十分怀念过去在伯勒杰与父母朋友一起度过的幸福时光的场景。内容大致如下：

黑天对乌陀道："乌陀啊，我从来没有忘记伯勒杰和那里的子民。我还记得与牧童朋友们嬉戏玩要的情形。在那美丽的叶木拿河畔，还有那葱郁茂密的森林树荫之下，我们相互挽着手臂，尽情歌舞，欢闹喧哗。我还记得那些母牛和牛犊。我常带它们到林中吃草，在牛圈中给它们挤奶。我还记得曾在牛村用多种方式演绎本事，时

① Varma 本作 rahai。

② 太阳女，原文 hansa sudā，hansa 意思是"太阳"，sudā 意思是"女儿"，此处译为"太阳女"，指叶木拿河。印度传说中，叶木拿河 yamunā 之神是阎蜜 yamī，是阎摩 yama 的双胞胎妹妹，父亲是太阳神苏利耶。

③ 此处指虽有意识，但身体器官不受控制。

④ 此处黑天回忆起儿时难陀爸爸和耶雪达妈妈宠溺他，迁就容忍他的顽劣调皮。

而化作天真可爱的婴儿，时而化作顽劣调皮的孩童，然而，不论我以哪种形相展示予人，不论我是可爱抑或可气，难陀爹爹和耶雪达妈妈都一样宠爱我，迁就我，容忍我。这些美好快乐的时光是多么珍贵啊！即便现在我身处这满是珠宝黄金的马图拉城，每天过着锦衣玉食的生活，我却再也没有体会过那时的幸福快乐。如今每每回忆起往日的种种福乐，心中仍然激动难耐，身体完全不受控制，恨不能马上飞奔回到伯勒杰。”

苏尔达斯在本诗末唱颂道：“胜尊沉默不言语，言此言此懊恼悔。”黑天说完便沉默了。他沉浸在过去的回忆中，心头百感交集。回忆起过往得到的种种爱意，包括父母的慈爱，伙伴的友爱，牧女的情爱，黑天越发感到不舍，不禁后悔当初为何要离开伯勒杰，离开深爱他的人们。

【原文】

जो जन ऊधौ मोहिं[1] न बिसारत, तिहिं न बिसारौं एक घरी।
मेटौं जनम जनम के संकट, राखौं सुख आनंद भरी।
जो मोहिं भजै भजौं मैं ताकौं, यह परिमिति[2] मेरे पाइँ परी।
सदा सहाइ करौं वा जन की, गुप्त हुती सो प्रगट करी।
ज्यौं भारत भरुही के अंडा, राखे गज के घंट तरी।
सूरजदास ताहि डर काकौ, निसि बासर जो जपत हरी॥

（188/4778）

【对译】

乌陀彼民未忘我

乌陀彼民未忘我，片刻亦未将其忘，

① Gupta 本作 mohi。
② Gupta 本作 paramiti。

世世灾难消除掉，盈喜福乐庇护佑，

虔敬我者我敬他，我脚落于此准则。①

永远帮助彼等民，展示显现此奥秘。

如婆罗多②鹬鸟蛋③，庇护佑于象铃下，

苏尔吉达斯言，

日夜念诵诃利者，需要畏惧害怕谁？

【释译】

本诗描述的是黑天向乌陀诉说，他会一直庇佑虔信他，深爱他的伯勒杰子民。内容大致如下：

黑天对乌陀道："乌陀啊，伯勒杰的子民没有忘记我，我也片刻不会将他们忘却。我会消除他们生生世世的灾难，保佑他们永世平安，保佑他们喜乐幸福。我一直坚守这样的准则，虔敬深爱我的人，我也会礼敬深爱他们。我会永远帮助那些如伯勒杰居民一般深爱我的人们。我已经向世人展现了这个奥秘，就如我在《摩诃婆罗多》中展现的那样，那只鹬鸟虔拜我，念诵我的名字，所以它尚未孵化出世的孩子便在我的庇护下安全藏于象铃中，没有在残酷混乱的战场上受到丝毫伤害。"

苏尔达斯在本诗末赞颂道："日夜念诵诃利者，需要畏惧害怕

---

① 我脚落于此准则，原文 yah parimiti mere pāiṁ parī，其字面义为"此准则落我脚"，在伯勒杰方言中，pāiṁ parī 其引申义为"决定，确定，固定"，此处黑天的意思是"对我来说，这是一个固定的准则，原则"。

② 婆罗多，原文为 bhārata，指大史诗《摩诃婆罗多》。

③ 鹬鸟蛋，原文 bharuhī ke aṇḍā，印度大史诗《摩诃婆罗多》中，有一则关于鹬鸟的故事。俱卢之野战场上，飞着一只怀孕的母鹬鸟。群雄激战时，它在慌忙飞离战场途中，肚中两枚鸟蛋落在了战场上，它立刻连声念诵大神之名。由于之前母鹬鸟已向大神祈求，并求得了大神对它孩子的庇护，所以在阿周那战斗时，他射出的箭中有一支射落了战象脖间的铃铛，铃铛掉落地上，正巧覆盖住了两枚鸟蛋。由此，这两枚鸟蛋得到了保护，在残酷激烈的战斗中，它们没有受到丝毫伤害。《摩诃婆罗多》所述此故事，是为了说明黑天是一位仁慈万能的神主，他会保护一切信徒，哪怕他们弱小如一枚鸟蛋，黑天也会庇护他们不受到丝毫伤害。诗中此处引述这则故事也是如此意图。

谁？”日夜虔诚念诵黑天大神名号的人，身心合一虔敬深爱黑天的人，都是黑天大神的忠实信徒，都是受到黑天庇护保佑的福运之人，他们无须感到害怕，因为黑天会替他们消灾解难，保佑他们世世平安。

द्वारिका चरित
德瓦尔卡功行

द्वारिका प्रयाण
远迁德瓦尔卡[①]

【原文】

बार सत्तरह जरासंध, मथुरा चढ़ि आयौ।
गयौ[②] सो सब दिन हारि, जात घर बहुत लजायौ।
तब खिस्याइ कै कालजवन, अपनैं सँग ल्यायो।
हरि जु कियौ[③] बिचार, सिंधु तट नगर बसायौ।
उग्रसेन सब लै कुटुंब, ता ठौर सिधायौ।
अमर पुरी तैं अधिक, तहाँ सुख लोगनि पायौ।
कालजवन मुचुकंदहिं[④] सौं, हरि भसम करायौ।
बहुरि आइ भरमाइ अचल रिपु ताहि जरायौ।

---

① 德瓦尔卡，原文为 Dwālikā，音译为德瓦尔卡，意译为多门岛，在今印度古吉拉特邦境内，印度西海岸宗教圣地。

② Gupta 本作 gayo。

③ Gupta 本作 kiyo。

④ Varma 本作 mucukundahiṁ，Gupta 本作 mucakundahi。

जरासिंधु ह् ह्वाँ[1] तैं पुनि, निज देस सिधायौ।

गए द्वारिका स्याम राम, जस सूरज गायौ॥

（1/4782）

【对译】

妖连[2]千次来犯马图拉

次次尽皆败阵去，返回本国甚羞怒。

彼时愤怒又生气，带上迦罗耶婆那[3]。

诃利考虑细思量，大海岸边置城郭。

携带整个大家族，乌戈尔森[4]赴彼处。

人们那里得富乐，甚于因陀罗天国[5]。

姆具贡德[6]诃利凭，致灭迦罗耶婆那。

永恒之敌多次来，于彼迷惑被焚毁。

妖连只得从彼处，再次奔回自己国。

黑子罗摩[7]赴多门[8]，苏尔吉来颂美名。

【释译】

本诗讲述的是黑天移居多门岛，诛杀迦罗耶婆那的故事。内容大致如下：

妖连一次又一次地来进犯马图拉，可是每次都以失败告终。为

① Varma 本作 hyaṁ。

② 妖连，原文为 jarāsandh，古印度摩竭陀国王，马图拉国王刚沙（Kaṃsa）的岳父。

③ 迦罗耶婆那，原文为 Kālajawan，通 Kālayawana，字面意思为黑肤的希腊人，根据“往世书”等文献记载，他是一个希腊人国家的国王，曾率三千万希腊人进攻马图拉，后为黑天借姆具贡德之手杀死。

④ 乌戈尔森，原文为 Ugrasen，马图拉国王刚沙的父亲，为刚沙所苦，追随黑天。

⑤ 因陀罗天国，原文为 amar-purī，字面义为不朽之城，指神王因陀罗居住的天国。

⑥ 姆具贡德，原文为 Mucukand，通 Mucukunda，古印度日族的一个国王，其父是阿逾陀国的芒踏达王（Mandhata）。姆具贡德曾协助天神与阿修罗奋力战斗，整个过程中未曾阖眼，后得到因陀在山洞中罗恩典，至喜马拉雅山的一个山洞安眠。后黑天与迦罗耶婆那战斗中佯败逃入山洞，黑天用黄衫覆盖住在山洞中睡着的姆具贡德，致使迦罗耶婆那误认为那就是黑天，抬脚便踢，结果惊醒了睡梦中的姆具贡德。姆具贡德睁开眼睛，用目光杀死了迦罗耶婆那。

⑦ 此处罗摩指大力罗摩。

⑧ 多门，原文为 Dwālikā（德瓦尔卡），即多门岛，受字数限制，故缩译为多门。

此，他恼羞成怒，联合希腊人的国王迦罗耶婆那来挑战黑天。考虑到联军的人数和实力，为了避免妖连接二连三的侵扰，黑天再三思量后决定在海边建立一个新的城市——德瓦尔卡。马图拉的国王乌戈尔森得知此事后，连忙带着家人奔赴德瓦尔卡。在那儿，人们安居乐业，幸福喜乐胜过因陀罗的天国。为了摧毁迦罗耶婆那，黑天假装从战场逃走，来到姆具贡德安眠的山洞。追击在后面的迦罗耶婆那将姆具贡德误认作黑天，将他惊醒，最终被姆具贡德的目力焚毁。迦罗耶婆那死后，妖连只能无奈地接受失败，回到自己的国家。战胜了时时来犯的敌人，黑天和大力罗摩两兄弟也前往德瓦尔卡去了。

这首诗中，苏尔达斯主要交代了黑天和大力罗摩迁居德瓦尔卡的前因后果，其间着重强调了两点：第一，人们在黑天之城所得到的无上喜乐；第二，黑天战胜强大敌人的英勇和智慧。对于此两点，诗人在末尾表明了自己的态度——“苏尔吉来颂美名”，即向世人赞颂和推崇黑天的功德，这也是贯穿整部《苏尔诗海》的主旨。

रुक्मिणी परिणय
艳光公主①婚姻

【原文】

हरि हरि हरि सुमिरन करौ। हरि चरनाबिंद② उर धरौ।

हरि सुमिरन③ जब रुकमिनि कर्यौ। हरि करि कृपा ताहि तब बर्यौ।

① 艳光公主，原文为 Rukmini，音译鲁格米妮，贡顶布尔（Kundinapur）国王毗湿摩（Bhisma/Bhismak）的女儿，黑天的第一位妻子。马哈拉施特拉邦的一个古城名，马哈拉施特拉邦以前也称作维德尔婆（Widarbha）或巴拉尔（Barara）。

② Gupta 本作 caranāravind。

③ Gupta 本作 sumaran。

कहौं सो कथा सुनौ चित लाइ। कहै सुनै सो रहै सुख पाइ[1]।
कुंडिनपुर को भीषम राइ। बिश्नु भक्ति कौ तिहिं चित चाइ।
रुक्म आदि ताके सुत पाँच। रुकमिनि पुत्री हरि रँग राँच।
नृपति रुकम सौं कह्यौ बनाइ। कुँवरि जोग बर[2] श्री जदुराइ।
रुक्म रिसाइ पिता सौं[3] कह्यौ। जदुपति ब्रज[4] जो चोरत मह्यौ।
रुक्मनि कौं सिसुपालहिं[5] दीजै। करि बिवाह[6] जग मैं जस लीजै।
यह सुनि नृप नारी सौं कह्यौ। सुनि ताकौं अंतरगत दह्यौ।
रुक्म चँदेरी बिप्र[7] पठायौ। ब्याह[8] काज सिसुपाल बुलायौ।
सो बारात जोरि तहँ आयौ। श्री रुकमिनि के मन नहिं भायौ।
कह्यौ मेरे पति श्री भगवान। उनहिं बरौं कै तजौं[9] परान।
यह निहचै करि पत्री लिखी। बोल्यौ बिप्र[10] सहज इक सखी।
पाती दै कह्यौ बचन सुनाइ। हरि कौ[11] दै कहियौ या भाइ।
भीषम सुता रुकमिनी बाम। सूर जपति निसि दिन तुव नाम॥
(2/4786)

【对译】

遍遍忆想念诃利

遍遍忆想念诃利，诃利莲足置心间。
艳光忆念诃利时，诃利施恩选中她。
言说彼事用心听，说者听者皆得福。

---

① Gupta 本作 cā'i。
② Gupta 本作 var。
③ Gupta 本作 so。
④ Gupta 本作 vraj。
⑤ Sabha 本作 Sisupālahi。
⑥ Varma 本作 vivāh。
⑦ Gupta 本作 vipr。
⑧ Gupta 本作 vyāh。
⑨ Gupta 本作 tajai。
⑩ Gupta 本作 vipr。
⑪ Varma 本作 ko。

贡顶城王[1]毗湿摩[2]，心愿虔爱毗湿奴。

具备宝光[3]等五子，女儿艳光恋诃利。

国王熟虑告宝光，雅度王适公主郎。

宝光怒向父亲言：伯地[4]偷奶雅度主，

且将艳光许童护[5]，联姻世间享美名。

国王闻此向妻诉，听后彼心如火焚。

宝光派遣婆罗门，出使前往车底国，

皆为婚姻之事宜，召唤邀请童护来。

组队迎亲他至彼，吉祥艳光心不悦，

言称我夫吉世尊，或嫁予他或自尽。

决意如此写书信，一伴即唤婆罗门。

赋予书信把话言：呈给诃利此般诉，

苏尔言，

毗湿摩家艳光女，日夜吟唱汝美名。

【释译】

本诗描述的是艳光欲嫁黑天却遭兄长反对的场景。内容大致如下：

贡顶城的国王毗湿摩是毗湿奴大神的虔诚信徒，他有宝光等五个儿子。他的女儿艳光公主深爱着黑天。为此，国王毗湿摩经过一番深思熟虑后对宝光道："我认为，雅度之王黑天是我们艳光公主夫

---

① 贡顶城，原文为 Kuṇḍinapur，也作贡顶布尔，古印度维多尔普国（Vidarbha）的首都。该国又被称为贝拉尔（Berar），疆土包括今马哈拉施特拉邦那格浦尔和阿姆劳蒂地区，北与中央邦、东与切蒂斯格尔邦、南与特伦甘纳邦接壤，位于印度中央，具有独特的历史、文化背景。

② 毗湿摩，原文为 Bhīṣama，也作 Bhīṣamaka，贡顶城的国王、艳光公主的父亲。

③ 宝光，原文为 Rukma，艳光公主的哥哥。

④ 伯地，原文为 braj，字面义为伯勒杰地区，此处受字数限制故缩译为伯地。

⑤ 童护，原文为 Sisupāl，通 Śiśupāla，字面义为童护，古印度车底国（Canderī，也作 Cedi）的国王，为黑天所戮。车底国在今拉贾斯坦邦境内。

君的合适人选。”听到父亲的话，宝光勃然大怒。他对父亲道：“那个所谓的雅度之主，就是在伯勒杰地区四处偷取奶油的那个人，他怎么能与我尊贵的妹妹匹配呢？您还是将她许配给车底国的国王童护吧！只有通过这样的联姻，我们才能在世间享有美名呢！”此后，毗湿摩将儿子的话转述给自己的妻子，王后听完之后感觉心里就像大火焚烧一般痛苦。

不顾父母与妹妹的意愿，为了这桩婚事，宝光派遣了一位婆罗门前往车底国邀请童护。于是，童护带领迎亲队来到贡顶城。艳光公主心中郁结，说道：“吉祥的世尊黑天才是我的夫君。我要么与他完婚，要么宁可死去！”做出这个决定之后，艳光给黑天写了一封书信，她的一个女伴随之请来一位婆罗门。艳光请他将书信带给黑天，对他说道：“请您将这封书信呈与黑天，并告诉他，贡顶城毗湿摩国王的女儿艳光日日夜夜都想着念着他的名字。”

通过宝光反对与艳光坚持的对比过程，本诗着重表现了艳光公主对黑天坚定、忠贞的爱。借由此故事，苏尔达斯一方面抒发了自己对黑天的虔诚之情，另一方面也希望为世人树立典范，号召他们如艳光般信爱黑天。实际上，在诗的开篇既已明确点出诗人的这一倾向。讲述整个故事之前，苏尔达斯首先对听众唱道：“请你们反复忆念黑天的名号，将黑天的莲花足置于心中。当艳光如此忆念黑天的时候，黑天就施恩满足了她的心愿，与她结为夫妻。我来细细向你们讲述其中原委，请你们用心聆听。黑天的事迹功德无边，凡是讲述或者聆听的人都会得到无上的福乐。”

【原文】

द्विज पाती दै कहियौ स्यामहिं।
कुंडिनपुर की कुँवरि रुकमिनी, जपति तिहारे नामहिं।
पालागौं[①] तुम जाहु द्वारिका, नंद-नँदन के धामहिं।
कंचन, चीर-पटंबर दैहौं, कर कंकन[②] जु इनामहिं।
यह सिसुपाल असुचि अज्ञानी, हरत पराई बामहिं।
सूर स्याम प्रभु तुम्हरौ भरोसौ, लाज करौ किन नामहिं॥
（3/4787）

【对译】

婆罗门啊，予信语黑子
贡顶城之艳光女，时常念诵你美名。
触足顶礼您且赴，难陀子处多门岛[③]。
赠予黄金及丝衣，复有手镯作奖励。
不洁无知此童护，抢夺霸占他人妻。
苏尔言，
黑子胜尊依靠你，为何不来护名誉?

【释译】

本诗承接上一首诗诗，描述的是艳光请求婆罗门捎信给黑天的场景。内容大致如下：

艳光公主对女伴唤来的婆罗门道："尊敬的婆罗门啊！我向您致敬！请您赴至黑天居住的德瓦尔卡，将我的信笺带给他。同时，也请您告诉他，贡顶城的艳光时时刻刻想念着他，口中不断念诵着他的名号。如今，车底国那个不洁且无知的童护王已经来到贡顶城，

---

① Gupta 本作 pā lāgau。
② Varma 本作 kañcan。
③ 多门岛，即德瓦尔卡。

欲要强娶他的妻子——我。他是我的夫君、我唯一的依靠，怎能坐视不管，任由童护抢夺，而不来维护自己的名誉呢？尊敬的婆罗门啊！我将赠予您黄金、丝绸以及手镯作为奖励，请您跑这一趟吧！”

这首诗通过艳光公主对婆罗门的请求，表达出她对黑天的深情以及对童护的不满，主题与上一首诗相似。

【原文】

द्विज कहियौ जदुपति सौं बात।
बेद बिरुद्ध होत कुंडिनपुर, हंस के अंस काग नियरात।
जनि हमरे अपराध बिचारहु①, कन्या लिख्यौ मेटि② गुरु तात।
तन आतमा समरप्यौ तुमकौं, उपजि परी तातैं यह बात।
कृपा करहु उठि बेगि चढ़हु रथ, लगन समै आवहु परभात।
कृष्न सिंह बलि धरी तुम्हारी, लैबे कौं जबुक अकुलात।
तातैं मैं द्विज बेगि पठायौ, नेम धरम मरजादा जात।
सूरदास सिसुपाल पानि गहै, नेम धरम रचौं करौं अपघात॥
（4/4790）

【对译】

婆罗门啊，将话告知雅度主

贡顶城内反吠陀，乌鸦靠近天鹅身③。

切莫在意我等罪，罔顾父师女子书。

---

① Sabha 本作 bicārahū。

② Sabha 本作 preṭi。

③ 根据印度民间传说，从前海边住着一位乐善好施的吠舍，他的儿子们常用肉食、凝乳、牛奶等喂养乌鸦，致使这只乌鸦变得傲慢无礼，甚至自不量力地飞到一群落在海边休憩的天鹅中间，要与其中擅长远程飞行的天鹅王较量，最后险些命丧大海。《摩诃婆罗多》的《迦尔纳篇》中，沙利耶曾借用这则故事（8.28.9~54），将迦尔纳比作乌鸦，试图羞辱、贬损他，以扰乱他的作战情绪。此处，艳光以天鹅比喻黑天，乌鸦比喻童护，用来指责童护无知狂妄，企图强娶自己（她自认为自己已是黑天之妻）。

身体灵魂既献你，故而产生此话语。

施恩起身速登车，清晨吉时赶过来！

黑天雄狮献你物，置妥豺狗为夺狂。

规矩达摩礼法逝，为此速遣婆罗门。

苏尔达斯言，

如若童护敢抓手，定然点火自了断！

【释译】

本诗交代的是艳光公主请求婆罗门向黑天转述自己的话语。内容大致如下：

艳光公主对婆罗门道："尊敬的婆罗门啊！请您将我的话告诉黑天！您就说，艳光说，如今贡顶城就要发生违背吠陀礼教的大事了！童护这如乌鸦一般卑贱、无知的人竟然带领迎亲队来抢夺我——你的妻子。虽然我作为女子，不顾父亲和师尊的命令写信给你，犯下了过错，但是请你不要在意，因为我早已把自己的身体和灵魂都献给了你，自然就会对你说出这样的话。黑天啊，请你施恩，速速登车，在清晨赶到贡顶城来吧！黑天啊，你是人中的雄狮，我为你置办的祭品，童护这般豺狗看见后竟然迫不及待地过来抢夺。现在贡顶城内已经没有规矩、达摩和礼法了，所以我才赶紧请这位婆罗门前去找你，请你快来吧！如果这段时间内，童护胆敢抓住我的手冒犯我，我定会为了维护清白点燃火堆自行了断！"

这里，一方面，艳光以"贡顶城内反吠陀"和"规矩达摩礼法逝"强调事态的恶劣和严峻，表达出自己对黑天到来的期盼和渴望；另一方面，艳光以天鹅、雄狮比喻黑天，以乌鸦、豺狗比喻童护，两者对比鲜明，既突显出公主心中黑天的高贵、童护的卑贱，又表达出她对黑天的爱慕眷恋以及对童护的鄙夷愤恨，感情色彩较上一首诗更为强烈。本诗末尾两句——“如若童护敢抓手，定然点火自了断”更为坚决，颇有宁死不从、以死明志的味道。

【原文】

सुनत हरि रुकमिनि कौ संदेश।
चढ़ि रथ चले बिप्र कौँ सँग लै, कियौ① न गेह प्रवेस।
बारंबार बिप्र कौँ पूछत, कुँवरि बचन सो सुनावत।
दीनबंधु करुना निधान सुनि, नैन नीर② भरि आवत।
कह्यौ हलधर सौँ आवहु दल लै, मैँ पहुँचत हौँ धाइ।
सूरज प्रभु, कुँडिनपुर आए, बिप्र सो जाइ सुनाइ॥
（5/4796）

【对译】

诃利闻得艳光信
登车偕同婆罗门，未曾进入家宅中。
屡屡细询婆罗门，彼将少女话语诉。
穷人朋友慈悲藏，听闻双眼泪充盈。
语向持犁携军来，我将即刻奔赴至。
苏尔吉言，
胜尊来到贡顶城，婆罗门去将此传。

【释译】

本诗描述的是黑天从婆罗门处得到艳光口信后的反应。内容大致如下：

婆罗门来到黑天面前，将艳光交代的话转告了他。听到来意之后，黑天立刻与婆罗门一起登车赶往贡顶城，连家门都没来得及进。

---

① Gupta 本作 kiyo。
② Gupta 本作 bīr。

路上，黑天一遍又一遍地向婆罗门询问艳光的具体状况，婆罗门依言作答。黑天是穷人的朋友、慈悲的宝藏，当他知晓一切后，不禁对艳光的不幸遭遇感到同情，双眼充满泪水。他对兄长大力罗摩道："哥哥！请你带领军队前往贡顶城，我这就准备赶过去了！"就这样，黑天与婆罗门一同来到了贡顶城，婆罗门急忙前去向艳光报告这个消息。

这里，苏尔达斯通过急忙登车、过门不入、反复垂询、双目盈泪等细节，着重摹画了黑天得知艳光有难后想其所想、忧其所忧的情态，意在向世人展现黑天作为"穷人朋友慈悲藏"的一面。在诗人看来，黑天仁慈、关爱信徒，正是值得世人顶礼崇拜、全心依赖的大神。

【原文】

रुकमिनि देवी-मंदिर आई।

धूप दीप पूजा-सामग्री, अली संग सब ल्याई।

रखवारी कौं बहुत महाभट, दीन्हे रुकम पठाई।

ते सब सावधान भए चहुँ दिसि, पंछी तहाँ न जाई।

कुँवरि पूजि गौरी बिनती करी, वर① देउ जादवराई।

मैं पूजा कीन्ही इहिं कारन, गौरी सुनि मुसकाई②।

पाइ प्रसाद अंबिका-मंदिर, रुकमिनि बाहर आई।

सुभट देखि सुन्दरता मोहे, धरनि गिरे मुरझाई।

इहिं अंतर जातौपति आए, रुकमिनि रथ बैठाई।

① Sabha 本作 bar。

② Sabha 本作 musukā'ī。

सूरज प्रभु पहुँचे दल अपनैं, तब सुभटनि सुधि पाई॥

（6/4800）

【对译】

艳光行至女神庙

香料灯与祭拜物，偕同女伴皆拿来。

且为保卫与守护，宝光派遣众勇士。

彼众警惕四周围，彼处鸟雀无从入。

少女祭拜求高利[①]，赐予新郎雅度王。

我为此故行祭礼，高利听罢笑微微。

安必迦[②]庙获神赐[③]，艳光公主出门来。

力士见美心迷醉，失去知觉倒在地。

此间雅度之主至，安置艳光车上坐。

苏尔吉言，

自己军中胜尊至，彼时力士方苏醒。

【释译】

本诗描述的是艳光公主在神庙祭拜高利女神的场景。内容大致如下：

艳光公主在女伴的陪同下，带着油灯、香料等祭拜所需的物品来到高利女神的神庙。为了保护公主，宝光派遣了大批勇士随行。他们站在神庙门口，警惕地环顾四周，甚至连一只小鸟都不放过。神庙中，艳光向高利女神敬拜祈求：“女神啊，我向您礼敬，请您将雅度之王黑天作为丈夫赐予我吧！”高利女神听到她的请求，默默地笑了。

① 高利，原文为 gaurī，湿婆之妻杜尔迦女神的名号之一。

② 安必迦，原文为 ambikā，湿婆之妻杜尔迦女神的名号之一。

③ 神赐，原文为 prasād，字面义为恩赐、恩惠、恩典，指祭礼后分发给信徒的祭品或供品，通常被视作神的恩赐。

祭拜结束，得到神恩赐的祭品后，艳光走出神庙。护卫的勇士们看见她美丽的容颜都沉醉其中不能自拔，甚至失去知觉倒在地上。这时候，黑天驾车来到神庙门前。他让艳光坐在车上，神不知鬼不觉地将她带走了。一直到黑天回到自己的营地，那些勇士才苏醒过来。

前文略去的诗中，艳光得知黑天到达贡顶城心中十分欢喜，于是遣人约黑天相见。从情节上可以推想，祭拜女神实际上是艳光为避人耳目，出门与情郎幽会的托词。对于妹妹的意图，宝光并非没有察觉，故而他派出大批勇士名为保护，实乃看守，防止艳光与黑天接触。某种程度上来说，兄妹二人的这场“心理战”象征着当时宗教运动中虔爱黑天者与反对黑天者之间的一种争斗，其结果在黑天派虔诚诗人的作品中自然是黑天信徒得神恩获胜，正如本诗中艳光成功迷晕护卫，被黑天接走。

【原文】

आवहु री मिलि मंगल गावहु।

हरि रुकमिनी लिए आवत हैं, यह आनँद जदुकुलहिं सुनावहु।

बाँधहु बन्दनवार मनोहर, कनक कलस भरि नीर धरावहु।

दधि अच्छत फल फूल परम रुचि, आँगन चंदन चौक परावहु।

कदली जूथ अनूप किसल दल, सुरँग सुमन लै मंडल छावहु।

हरद दूब केसर मग छिरकहु, भेरी मृदंग निसान बजावहु।

जरासंध सिसुपाल नृपति तैं, जीते हैं उठि अरघ चढ़ावहु।

बल समेत तन कुसल सूर प्रभु, आए हैं आरती बनावहु।।

（7/4804）

【对译】

一起来唱吉祥歌

诃利偕同艳光来，雅度族中传此喜。

迷人彩带[①]且挂起，金罐盛水且安置。

美味酸奶花米[②]果，檀香院中满祭台。

拿来蕉串妙嫩叶，艳丽鲜花搭彩棚。

姜黄圣草番红花，铺洒在地锣鼓敲。

打败妖连童护王，起身敬奉献圣水[③]。

苏尔言，

胜尊大力安好至，画圈致敬阿尔迪[④]。

【释译】

本诗描述的是德瓦尔卡居民欢庆黑天和大力罗摩胜利归来的场景。内容大致如下：

得知黑天成功带着艳光公主回来，德瓦尔卡的居民们喜悦万分。他们互相议论道："来吧来吧，我们赶紧一起将这好消息告知雅度族的族人。我们得赶紧将美丽的彩带挂在门上，把金罐子都装满水放在门边。赶紧去把酸奶、鲜花、生米、美味的水果以及檀香拿来吧，赶紧把院中搭建的祭台铺满！赶紧去把一串串的香蕉、鲜嫩无比的叶子以及五颜六色的花朵拿来搭建凉棚吧！黑天打败了邪恶的妖连和童护，这真是天大的喜事！我们得赶紧喷洒圣水迎接他的到来！

---

① 彩带，原文为 bandanavār，指印度喜庆时挂在门、墙或柱子上的彩带，多用鲜花和叶子等编成。

② 米，原文为 accat，指用以敬神、米粒完整无损的生米。

③ 圣水，原文为 aragh，指与花、米、圣草等一同敬献神而向神像喷洒的水、迎接贵宾时为其洗手（脚）的水或是为迎接某人到来向门上洒的水，综合上下文，此处应指德瓦尔卡居民为迎接黑天胜利归来所举行的洒水的欢庆仪式。

④ 阿尔迪，原文为 arti，印度教徒的一种礼节，主人用手托着点着酥油灯的铜盘在神像或贵宾面前画圈致敬。

黑天和大力罗摩毫发无伤地回来啦！走！我们去向他们以阿尔迪礼致敬吧！”

这首诗中，苏尔达斯通过语言描写，生动刻画了德瓦尔卡居民得知黑天胜利回归的喜悦情态，从侧面衬托出黑天作为君王、作为英雄在广大民众心中备受爱戴和崇拜的辉煌形象，进而达到歌颂、赞美黑天的目的。

बलभद्र ब्रज यात्रा

力贤① 的伯勒杰之行

【原文】

स्याम राम के गुन नित गाऊँ। स्याम राम ही सौं चित लाऊँ।

एक बार हरि निज पुर छए। हलधर जी वृंदाबन② गए।

रथ देखत लोगनि सुख पाए। जान्यौ स्याम राम दोउ आए।

नंद जसोमति जब सुधि पाई। देह गेह की सुरति भुलाई।

आगैं ह्वै लैबे कौं धाए। हलधर दौरि चरन लपटाए।

बल कौं हित करि गरैं लगाए। दै असीस बोले या भाए।

तुम तौ भली करी बलराम। कहाँ रहे मन मोहन स्याम।

देखौ कान्हर③ की निठुराई। कबहूँ पातीहू न पठाई।

आपु जाइ ह्वाँ राजा भए। हमकौं बिछुरि बहुत दुख दए।

कहौ कबहुँ हमरी सुधि करत। हम तौ उन बिनु बहु दुख भरत।

कहा करैं ह्वाँ कोउ न जात। उन बिनु पल पल जुग सम जात।

---

① 力贤，原文为 balabhadr，通 balabhadra，即 bala（力）+bhadra（贤），是大力罗摩的称号之一。

② Varma 本作 bṛndāban，Gupta 本作 vṛndāvan。

③ Gupta 本作 kānhā。

इहिँ अंतर आए सब ग्वार। भेँटे सबनि जथा ब्यौहार।

नमस्कार काहूँ कौ कियौ। काहू कौँ अंकम भरि लियौ।

पुनि गोपी जुरि मिलि सब आईँ तिन हित साथ असीस सुनाईँ

हरि सुधि करि सुधि बुधि बिसराई। तिनकौ प्रेम कह्यौ नहिँ जाई।

कोउ कहै हरि ब्याही बहु नार। तिनकौ बढ़्यौ बहुत परिवार।

उनकौँ यह हम देतिँ असीस। सुख सौँ जीवैँ कोटि बरीस।

कोउ कहै हरि नाहीँ हम चीन्हौ। बिनु चीन्हैँ उनकौ मन दीन्हौ।

निसि दिन रोवत हमैँ बिहाइ। कहौ करैँ अब कहा उपाइ।

कोउ कहै इहाँ चरावत गाइ। राजा भए द्वारिका जाइ।

काहे कौँ वै आवैँ इहाँ। भोग बिलास① करत नित उहाँ।

कोऊ कहै हरि रिपु छै किए। अरु मित्रनि कौ बहु सुख दिए।

बिरह हमारौ कहँ रहि गयौ। जिन हमकौँ अति हीँ② दुख दयौ।

कोउ कहै③ जे हरि की रानी। कौन भाँति हरि कौ पतियानी।

कोउ चतुर नारि जो होइ। करै④ नहीँ पतिआरौ सोइ।

कोउ कहै हम तुम कत पतियाईँ उनकैँ हित कुल लाज गवाईँ⑤।

हरि कछु ऐसौ टोना जानत। सबकौँ मन अपनैँ बस आनत।

कोउ कहै⑥ हरि हम सब बिसराईँ कहा कहैँ कछु कह्यौ न जाई।

हरिकौँ सुमिरि नयन जल ढारैँ। नैँकु नहीँ मन धीरज धारैँ।

यह सुनि हलधर धीरज धारि। कह्यौ आइहैँ हरि निरधारि⑦।

जब बल यह संदेश सुनायौ। तब कछु इक मन धीरज आयौ।

---

① Gupta 本作 vilās。

② Gupta 本作 hī。

③ Gupta 本作 kahe。

④ Gupta 本作 kehai。

⑤ Gupta 本作 gaṁvā'ī。

⑥ Gupta 本作 kahe。

⑦ Gupta 本作 girdhāri。

बल तहँ बहुरि रहे द्वै मास। ब्रज बासिनि[1] सौं करत बिलास[2]।

सब सौं मिलि पुनि निजपुर आए। सूरदास हरि के गुन गाए।

（8/4819）

【对译】

常颂黑子罗摩[3]德

常颂黑子罗摩德，心系黑子与罗摩。

一回诃利居己城[4]，沃林达林持犁往。

众人见车得福乐，以为黑子罗摩至。

难陀耶雪达得信，身体家舍全忘记。

疾步前趋来迎接，持犁奔来行足礼。

慈爱大力拥入怀，给予祝福此般言：

大力罗摩你行善[5]，迷心黑子在哪里？

且看黑黑多无情，连封书信也不送。

自己去那当国王，与我分离赐多苦。

且言何时想念我？我们无他却受苦。

无人赴彼何可为，无他度瞬如时代。

此间牧人皆来到，循规依礼俱相见。

问候致敬向某人，或将某人拥入怀。

复有牧女结伴来，彼怀爱意道祝福。

思念黑天理智失，彼等爱恋无法诉。

某说诃利婚多女，人丁增多家兴旺，

我们予他此祝福，幸福生活千万年。

---

① Gupta 本作 vraj vāsini。

② Gupta 本作 vilās。

③ 此处指大力罗摩。

④ 己城，原文为 nij pur，字面义为自己的城，指德瓦尔卡。

⑤ 行善，原文为 bhali karī，即所行乃善之意，指做得好。

某说诃利不识我，不识亦向他献心，
我等痛哭度日夜，且言现今有何法？
某说此处曾牧牛，赴多门岛成国王，
为何他还回此地，彼处时常享欢乐。
某说诃利消灭敌，赐予朋友众多福，
与我分别何时休，予我悲苦大至极。
某说诃利之王后，如何会将诃利信？
如若乃为聪颖女，断然不会相信他。
某说你我怎信他，为他失去家族誉，
诃利知晓某符咒，得以掌控众人心。
某说诃利把我忘，无言以对可言何？
忆及诃利泪盈眼，心中片刻无安宁。
闻此持犁耐心语，诃利将至确无疑。
听闻大力传此信，心绪方才些许定。
大力在此住两月，伯勒杰民共欢愉。
苏尔达斯言，
见罢众人回己城，诃利功德得唱诵。

【释译】

本诗描述了大力罗摩独自回到伯勒杰与众人见面的场景。内容大致如下：

有一次，黑天留在德瓦尔卡，大力罗摩独自回到沃林达林。远远地望见他的车驾，伯勒杰居民欣喜万分，以为黑天和大力罗摩一起回来了。难陀和耶雪达得知这个消息后，将一切都抛诸脑后，急匆匆地跑来迎接他们。看见他们，大力罗摩也疾步前行，向二老行触足之礼。他们满怀慈爱地拥抱大力，向他送上自己的祝福。他们对大力说："大力啊！你能回来看望我们，做得好！黑子现在在哪儿呀？你瞧，他多么冷酷无情，连封信都不送给我们！他自己跑那儿去当了国王，过得逍遥自在，却跟我们分离，带来了许多痛苦。你说说，他什么时候会想起我们！没有他，我们倒是悲苦难耐。有什么办法呢，也没有人去那儿给我们捎信。没有他，我们真是度日如年。"

就在这个时候，牧人们都来了。大力罗摩依礼向长者致敬，又将年幼者拥入怀中。接着，牧女们结伴前来，大力罗摩友好地向她们送上自己的祝福。由于过于思念黑天，牧女们理智全无。她们的爱如此浓烈，无法描述。她们之中，有人说，黑天娶了许多妻子，生了很多孩子，人丁兴旺，我们祝他永远幸福快乐。有人说，虽然黑天不认识我们，可是我们还是将自己的心交给了他，为此只能日日夜夜在哭泣中度过，别无他法。有人说，黑天曾在这里放牛，现在却在德瓦尔卡当国王，他总是在那儿快活享乐，怎么还会回来呢？有人说，黑天总是消灭敌人，给予朋友幸福，可他却与我们分离，给我们带来极大的痛苦，这种状况要到什么时候才能结束？有人说，黑天的妻子怎么会相信他呢，如果她是个聪慧的女子，就不应该相信他。有人说，你我怎么会如此信赖他，甚至为他失去了家族的荣誉，黑天他肯定懂得某种咒语，能够使所有人都受他掌控。有人说，黑天已经把我们都忘记了，我们还有什么可说的，每当想起黑天，眼睛里就充满泪水，心里也没有片刻安宁。

听完她们的话，大力罗摩耐心地劝慰道，黑天一定会回来的。此时，牧女们才稍稍安定下来。就这样，大力罗摩在那里停留了两个月，与伯勒杰居民一起共享欢乐，之后又回到德瓦尔卡去了。

以上这首诗中，苏尔达斯自大力罗摩出城到与伯勒杰居民会见再到返回德瓦尔卡，比较完整地交代了大力罗摩独自返乡的全过程。从他与伯勒杰居民尤其是牧女交谈的言辞中，我们可以看出，诗人想要表达和强调的还是信徒对黑天的渴盼和虔诚。或者说，这里，苏尔达斯故意安排大力罗摩单独回去，一方面给伯勒杰居民带去希望，另一方面又没有完全满足他们的心愿，两种反差间，人们内心的情感能够得到更加强烈的激发。

从结构上来看，这首诗也是印度叙事诗中比较典型的一首诗。诗人首先向黑天和大力罗摩致敬顶礼，言称自己永远心系他们，歌颂他们的美德。讲述完整个故事之后，诗人又再一次表示，自己要歌颂黑天的美德。这种从颂神到叙事再回归到赞美神的结构正是印度传统叙事诗所独有的。

सुदामा चरित
苏达玛功行

【原文】

कंत सिधारौ मधुसूदन पै, सुनियत हैं वे मीत तुम्हारे।
बाल-सखा अरु बिपति① बिभंजन②, संकट हरन मुकुंद मुरारे।
और जु अतिसय प्रीति देखियै, निज तन मन की प्रीति बिसारे।
सरबस रीझि देत भक्तनि कौं, रंक नृपति काहूँ न बिचारे।
जद्यपि तुम संतोष भजत हौ, दरसन सुख तैं होत जु न्यारे।
सूरदास प्रभु मिले सुदामा, सब सुख दै पुनि अटल न टारे॥
（9/4845）

---

① Gupta 本作 vipati。
② Gupta 本作 vibhañjan。

【对译】

摩图诛[①] 处夫君去

摩图诛处夫君去，听说他是你朋友，

发小祛灾又灭祸，解脱授[②] 和穆罗敌[③]。

若见深厚虔爱意，自心身爱即忘却。

既喜所有予信众，不思穷人或国王。

知足常乐你所颂，觐见福乐你却离。

苏尔达斯言，

恩主[④] 赐见苏达玛，恒福尽予不再移。

【释译】

本诗描述的是苏达玛的妻子劝苏达玛去拜会黑天，以求得福乐的状况。内容大致如下：

夫君啊，请你到黑天那里去吧，听说你是他的发小，他是你的朋友。黑天是个大英雄，他诛灭了恶魔摩图，杀死了阿修罗穆罗，是给予人们解脱的人，是个禳灾灭祸者；他慈爱信众，如果发现别人对他满怀深爱，他会非常高兴，会忘却自己的身心，会尽己所有帮助虔爱他的人，而不考虑这个人的身份如何，穷人和国王对他来说毫无二致。夫君啊，我知道你是个知足常乐的人，这没什么不好，但你却离弃了觐见这样的朋友和君王的乐趣和幸福。去吧，请你去拜会他。见到他以后，咱们将福乐无尽。

---

① 摩图诛，原文为 Madhusūdan，黑天的名号之一。Madhu 是一个恶魔的名字，sūdan 为诛灭之意，全译应为“诛灭摩图者”，此处缩译为“摩图诛”。

② 解脱授，原文为 mukund，通 mukunda，即 mukun+da。根据 Monier Williams Sanskrit-English Dictionary，其中 mukun 即 muku，通 mukti，mukunda 即 mukti dene vālā，意思是赐予解脱的人，即解脱授，黑天的名号之一。

③ 穆罗敌，原文为 murāre，通 murāri，即 mura+ari，其中 mura 指五首阿修罗穆罗，他是大地女神之子阿修罗那罗迦（Naraka）的帮手，ari 意为敌人。由于黑天在与那罗迦的斗争中杀死了穆罗，所以得名号“穆罗敌”。

④ 恩主，原文“Prabhu”，“主人”或“恩主”之意，此处固定译为“恩主”，指黑天。

这里，苏尔达斯通过苏达玛的妻子歌颂黑天的功绩，告诉世人黑天是降魔者，是给予信众福乐的仁慈之主，他值得敬仰、顶礼和膜拜。本诗最后一句“恩主赐见苏达玛，恒福尽予不再移”乃点睛之笔，恩主指黑天，他即将赐见苏达玛，并给予他福乐，这种福乐将恒定不变，永享不尽。

【原文】

सुदामा सोचत पंथ चले।

कैसैँ करि मिलिहैँ मोहिँ श्रीपति, भए तब सगुन भले।

पहुँच्यौ जाइ राजद्वारे पर, काहूँ नहिँ अटकायौ।

इत उत चितै धँस्यौ मंदिर मैँ, हरि कौ दरसन पायौ।

मन मैँ अति आनंद कियौ हरि, बाल-मीत पहिचान।

धाए मिलन नगन पग आतुर, सूरज प्रभु भगवान॥

（10/4846）

【对译】

苏达玛边走边想

吉祥之主①怎见我？彼时出现祥瑞兆。

王宫门口前来到，无有谁人行阻拦。

四处张望入宫殿，得以来把诃利②见。

辨得儿时之伙伴，诃利内心极愉悦。

苏尔吉言，

激动赤脚疾步趋，恩主世尊来相会。

---

① 吉祥之主，原文为 śripati，即 śri+pati，字面义有两种解释：其一，śri 意“吉祥”，pati 意“主人”，即吉祥主，为黑天的一个名号；其二，śri 为吉祥天女的名号之一，pati 意为丈夫，śripati 即吉祥天女之夫，吉祥天女之主，指毗湿奴大神，此处指黑天。

② 诃利，原文为 Hari，意“大神”，黑天的名号之一。

【释译】

本诗描述了苏达玛去见黑天时的状况。内容大致如下：

苏达玛边走边想：黑天现在是国王，是吉祥之主，他会以何种形式见我呢？忐忑不安之际，他的面前出现了祥瑞之兆，这预示着他能见到黑天。苏达玛这样走着想着，不知不觉间来到了王宫门口。他本以为会有人上前阻挡，但却没遇到任何障碍。他小心翼翼，东张西望，慌慌张张地进了宫门，一下子就见到了黑天。苏达玛进门后，黑天立刻认出了他，记起了这个儿时伙伴和老同学。黑天非常高兴，激动万分，疾步向前，迎接苏达玛，连鞋子也忘记穿了。他就这样平等仁和地会见了苏达玛。

这首诗是苏尔达斯展现穷人心态及黑天美德的代表作之一。儿时的苏达玛和黑天，虽家有贫富之别，但年龄相仿，玩耍、读书都在一起。现在境况大变，苏达玛在农村，和妻子过着食不果腹、衣不蔽体、屋不遮雨的日子；黑天则在德瓦尔卡做了国王，住的是宫殿，吃的是美食，穿的是锦衣，伺候自己的是娇妻丽妾，拥有无上的荣耀。二人差距可想而知。由于妻子劝说，也出于家境考虑，苏达玛来见黑天，寻求帮助。但他有尊严，不愿意失去颜面，自卑不自信的心理跃然纸上。黑天的表现是他没有想到的，“激动赤脚疾步趋，恩主世尊来相会”。他不嫌贫爱富，能记住儿时伙伴，能平等地会见老朋友。这里，诗人苏尔达斯从现实和理想两方面出发，一者描写了下层人民的精神状态，二者描写了上层统治者的优良品德。这是现实和理想的结合，是诗人对现实的升华和憧憬，更是他虔信黑天之理由的表达。所以，这首诗既有安抚穷人的意思，也有鞭策统治者的目的，更是颂扬印度教神灵的追求，可谓一石三鸟。

【原文】

दूरहिं तैं देख्यौ बलवीर[①]।

अपने बालसखा जु सुदामा, मलिन बसन अरु छीन सरीर।

पौढ़े हे परजंक[②] परम रुचि, रुकमिनि चौंर डुलावति तीर।

उठि अकुलाइ अगमने लीन्हें, मिलत नैन भरि आए नीर।

निज आसन बैठारि स्याम-घन, पूछी कुसल कह्यौ मति धीर।

ल्याए हौ सु देहु किन हमकौं, कहा दुरावन लागे चीर।

दरस परस हम भए सभागे, रही न मन मैं एकहु पीर।

सूर सुमति तंदुल चाबत हीं[③], कर पकरच्यौ कमला भई धीर॥

（11/4687）

【对译】

大力之弟[④]远远见

儿时伙伴苏达玛，身体疲弱衣衫脏。

惬意卧躺睡床上，艳光旁边拂尘摇。

不安起身来迎接，见面双眼泪充盈。

扶上自己之座位，黑子问安沉着答。

何不予我携来物？衣服之中藏什么？

见颜触体我幸运，心中丝毫无痛楚。

苏尔言，

① Gupta 本作 balabīr。

② Varma 本作 parajaṅk。

③ Gupta 本作 hī。

④ 大力之弟，原文为 Balavīr，指黑天。Bala 指大力罗摩，vīr 在现代标准印地语中一般为英雄之意，在伯勒杰方言中有兄弟之意。

智者口嚼米饭团[①]，抓手不安[②]莲花女[③]。

【释译】

本诗承接上一首诗，内容有部分交叉，描写苏达玛和黑天见面时的状况。内容大致如下：

黑天正惬意地躺在床上，妻子艳光在旁边为他摇着拂尘。此时，苏达玛出现了，他瘦弱不堪，衣服破旧肮脏，但黑天立刻认出了他，并急忙站起身，把他迎进屋，让他坐在自己的座位上。看着儿时伙伴穷困潦倒的样子，黑天很不安，满含泪水，嘘寒问暖。苏达玛呢？有些激动，有些惶恐，但仍能保持尊严，沉着应对，一一回答黑天的提问，并说自己看到并接触到黑天很幸运，很高兴，别无他求。为了缓和气氛，也为了显示自己不把苏达玛当外人，黑天问苏达玛给他带来什么礼物，衣服下面藏着什么，然后亲手拿过苏达玛从家里带来的米饭团，毫不嫌弃地吃了起来。看着黑天吃米饭团，待在旁边的妻子艳光不安起来，可能出于卫生和洁净考虑，抓住黑天的手加以阻止。

苏尔达斯在这首诗里同样表现了黑天友善对待穷困朋友的美好品德。

---

① 米饭团，原文为 tandul，字面义指一种经过敲打脱壳和筛选的扁米，此处特指一种质量不好的扁米，一般为穷人食用。苏达玛去拜见黑天时，因为家里一贫如洗，只好带着妻子从别处讨要来的扁米作为礼物。见面后，黑天发现苏达玛羞于拿出，就主动将扁米拿过来吃下，以示厚待。

② 不安，原文为 dhīr，字面义为耐心、稳重，根据上下文语境，此处应作 adhīra，为不安、无耐心之意。

③ 莲花女，Kamalā，毗湿奴之妻吉祥天女的名号之一，这里指黑天之妻艳光。

【原文】

ऐसी प्रीति की बलि जाउँ।

सिंहासन तजि चले मिलन कौं, सुनत सुदामा नाउँ।

कर जोरे हरि बिप्र[1] जानि कै, हित करि चरन पखारे।

अंकमाल दै मिले सुदामा, अर्धासन बैठारे।

अर्धंगी पूछति मोहन सौं, कैसे हितू तुम्हारे।

तन अति छीन मलीन देखियत, पाउँ कहाँ तैं धारे।

संदीपन कैं हम रु सुदामा, पढ़े एक चटसार।

सूर सयाम की कौन चलावै, भक्तनि कृपा अपार॥

（12/4849）

【对译】

但为此情献一切

苏达玛名既听闻，离开王座来相见。

诃利知为婆罗门，深情致礼洗其足。

相见拥抱苏达玛，同与自己坐一位。

妻子询问向莫亨[2]，你之朋友怎这样？

身体瘦弱腌臜现，步行前来自何处？

求学光明[3]师尊处，苏达玛我同一塾。

苏尔言，

谁人能把黑子[4]评？恩泽信众无边际。

【释译】

本诗描述了黑天欢迎苏达玛到访并与妻子对话的状况。内容大致如下：

① Gupta 本作 vipr。
② 莫亨，原文为 Mohan，黑天的名号之一。
③ 光明，原文为 Sandīpan，黑天和苏达玛小时候的老师。
④ 黑子，原文为 syām，黑天的名号之一，多为牧区伙伴和牧女对黑天的称呼。

听说苏达玛来了，黑天赶紧离开王座，出来迎接。两人是发小，但苏达玛是婆罗门种姓，黑天是刹帝利种姓。黑天深知其礼，于是，满怀深情、仁慈地为苏达玛洗脚。而后，他亲切地与苏达玛拥抱，并把他让到自己的王座上，两个人坐在一个座位上叙旧聊天。这一切都被黑天的妻子艳光看在眼里，她不明白身为国王的丈夫为何这样对待一个肮脏褴褛的穷苦人，就问黑天："您的朋友怎么是这个样子呢？身体瘦弱不堪，肮脏不修边幅，而且还是步行来的，他是哪里人啊？"妻子不仅不解，而且看不起苏达玛这个乡下人。黑天则毫不避讳，回答道："他是我的同窗，我们曾在一个学校读书，光明是我们共同的老师。"

这首诗具有对比色彩，一者黑天和苏达玛，前者尊贵，后者落魄，但前者尊敬厚待后者；二者黑天和妻子，前者没有贵贱之分，后者具有穷富之念。所以，"谁人能把黑子评？恩泽信众无边际"。凡人怎么能理解黑天呢？谁有资格评论他呢？他可是个仁慈之海，赐予信众的恩泽广大无边。"但为此情献一切"，诗人苏尔达斯追随黑天，为黑天恩泽所动，甘愿为黑天献出一切，自然也就希望其他信众也能为黑天奉献一切。

【原文】

गुरु-गृह हम जब बन कौं① जात।

जोरत② हमरे बदलैं लकरी, सहि सब दुख निज गात।

एक दिवस बरषा भई बन मैं, रहि गए ताहीं ठौर।

① Varma 本作 kī。

② Gupta 本作 torat。

इनकी कृपा भयौ नहिं मोहिं स्रम[1], गरु आए भऐं भोर।

सो दिन मोहिं बिसरत न सुदामा, जौ कीन्हौ उपकार।

प्रति उपकार कहा करौं सूरज, भाषत आप मुरार॥

(13/4850)

【对译】

当初我们从师尊家去森林

替我聚拢拾木柴，所有劳苦自身受。

一日林中下大雨，滞留彼处不得回，

我未受累他恩赐，次日黎明回师门。

那日之事我未忘，苏达玛之恩惠施。

苏尔言，

自言自语穆罗敌[2]，做何能把此恩报？

【释译】

本诗承接上一首诗，是黑天回答妻子问题的延展。内容大致如下：

黑天告诉妻子，苏达玛对自己有恩，并讲述了两人曾一起出去帮师尊家干活的经过："我和苏达玛经常一起出去捡拾木柴，他从不让我劳作，自己承担所有辛苦。一天，我们又出去捡拾木柴，中途下起雨来，雨很大，不得不在森林里过了一夜，第二天黎明才回到师尊家里。苏达玛那次同样没有让我受任何委屈，尽心尽力地帮助我。那天的事情我至今未忘，一直记着他的恩情。"黑天自言自语："哎，我怎么做才能报答他的恩情呢？"

这里，苏尔达斯把黑天描绘成一个知恩图报的君子。作为国王，黑天完全可以"忘记"小时候的事情，完全可以不理会穷困潦倒的苏达玛，但他丝毫没有这种想法，反而记忆犹新，实事求是地告知

① Varma 本作 śram。

② 穆罗敌，原文为 murār，从字面义来看，此处应为 murāri，作 murār 可能更为押韵故。

妻子苏达玛从前对自己的照顾和友爱。这样的国王自然能够得到普通百姓的爱戴，自然也就成为大家膜拜的对象。

【原文】

सुदामा गृह कौं गमन कियौ ।
प्रगट बिप्र[①] कौं कछु न जनायौ, मन मैं बहुत दियौ ।
वेई चीर कुचील वहै बिधि[②], मोकौं कहा भयौ ।
धरिहौं कहा जाय तिय आगैं, भरि भरि लेत हियौ ।
सो संतोष मानि मन हीं मन, आदर बहुत लियौ ।
सूरदास कीन्हे करनी बिनु, को पतियाइ बियौ ॥
（14/4853）

【对译】

苏达玛返家

未予点滴明确示，内心厚赐婆罗门。
那般敝衣那般状，我有何处起变化？
妻子面前置何物，心里被堵神情慌。
暗自认可意满足：受到隆隆大尊重。
苏尔达斯言，
事情不被完成后，谁会相信其他人？

【释译】

本诗主要描述苏达玛自黑天处返家途中的心理状况。内容大致如下：

受到黑天的热情接待，苏达玛感到高兴。他没想到黑天如此平易近人，对自己如此尊重。他自尊也自卑，所以一直没有开口，没

① Gupta 本作 vipr。
② Varma 本作 vidhi。

有向黑天提出什么要求，不久就踏上了返家的路途。不过，他很清楚这次来的目的，妻子指望他能从黑天这里得到些什么，借此改善家境。所以，在返家的路上他又开始了思想斗争：虽然黑天对自己非常尊重，内心也获得了很大满足，但表面上自己却没有任何变化，仍然穿着这身破旧的衣服，仍然这般狼狈不堪，回家该怎么面对妻子呢？该拿什么交差呢？他越想越沮丧，心口堵得厉害，感到惶恐。他哪里知道，黑天是全知者，口头上虽然没有一点明确表示，内心却已经赐予他很多很多，没有亲眼看到，苏达玛哪能相信这些呢？世人哪能相信这些呢？

与前一首诗一样，苏尔达斯颂扬了黑天的伟大和仁慈，希望信众能有所了解，进而以黑天为至上，对他顶礼膜拜。

【原文】

सुदामा मंदिर देखि डरच्यौ।

इयां हुती मेरी तनक मड़ैया, को नृप आनि छयौं[1]।

सीस धुनै दोऊ कर मींड़ै, अंतर सोच पर्यौ।

ठाढ़ी तिया जु मारग जोवै, ऊंचै चरन धरयौ।

तोहिं आदरच्यौ त्रिभुवन कौ नायक, अब क्यौं जात फिर्यौ।

सूरजास प्रभु की यह लीला, दारिद दुःख हर्यौ॥

（15/4854）

【对译】

苏达玛看到宫殿感到怕

这里曾是我小屋，哪个国王来侵占？

猛搓双手捶脑袋，内心不由作联想。

---

① Gupta 本作 chalyau。

脚置高处起站立，妻子正把路眺望：[1]

三界之主[2]尊重你，此刻何故转回去？

苏尔达斯言，

此乃恩主之本事，贫困痛苦均消除。

【释译】

本诗描述苏达玛返家后看到自家变化的状况。内容大致如下：

苏达玛返回后，没有看到自家原来那个破旧的茅屋，因为茅屋原基上耸立着高大的宫殿。他感觉不妙，心生恐惧；他思前想后，搓手捶脑，却怎么也想不明白。他想，这里明明是自家小茅屋的所在地，今天怎么变样了呢？是不是哪个国王来侵占了呢？另一边，他的妻子正站在高处，眺望他来的路。看到他迷茫的神情后，妻子说，三界之主黑天敬重你，赐予你这么多，你怎么不敢进去，反而要转身离开呢？

本诗末尾"此乃恩主之本事，贫困痛苦均消除"是苏尔达斯的诗外音，他借苏达玛的疑惑向信众宣告：黑天降世的功行是为世人消除贫困、根除痛苦的，他是世人的大救星，是世人的唯一选择。

【原文】

भूलौ द्विज देखत अपनौ घर।

औरहिं भाँति रची रचना रुचि, देखतही उपज्यौ हिरदै डर।

कै वह ठौर छुड़ाइ लिया किहुँ, कोऊ आइ बस्यौ समरथ नर।

कै हौं भूलि अनतहीं आयौ, यह कैलास जहाँ सुनियत हर।

बुध-जन कहत दुबल घातक बिधि, सो हम आज लही या रटतर।

① 脚置高处起站立，妻子正把路眺望，原文为 ṭhāḍhi tiyā ju mārag jovai, ūñcai caran dharyau，字面义为妻子把脚放在高处，眺望道路，意思是妻子站在高处眺望路上。

② 三界之主，原文"Tribhuvan kau nāyak"，指黑天。

ज्यौं नलिनी बन छाँड़ि बसे जल, दाहै हेम जहाँ पानी-सर।

पाछे[1] तैं तिय उतरि कह्यौ पति, चलिए द्वार गह्यौ कर सौं कर।

सूरदास यह सब हित हरि कौ, द्वारैं आइ भयौ जु कलपतर॥

（18/4856）

【对译】

婆罗门看见自家犯迷惑

其他形式美建筑，一见内心生恐惧。

抑或某人夺彼地，某个强人来定居?

抑或我迷来它处，闻此诃罗[2]盖拉莎[3]？[4]

造物伤弱智者言，我们现今得此例，

若莲离林水中居，湖中仍被寒灼烧。

自后下来妻谓夫，请进家门手牵手。

苏尔达斯言，

此皆诃利之恩爱，如意神树[5]上门来。

【释译】

本诗承接上一首诗，仍然描述的是苏达玛看到自己茅屋地基之上有了宫殿的状况。内容大致如下：

---

① Varma 本作 pāchai。

② 诃罗，原文为 har，通 hara，源自动词根√hṛ，字面义为持有的、取走的、占有的，可引申为毁灭的，代指毁灭者，湿婆大神的名号之一。

③ 盖拉莎，原文为 Kailās，通 Kailāśa，即位于今西藏普兰县境内的冈仁波齐峰（冈底斯山的主峰），印度河上游狮泉河的发源地，是印度教、耆那教、藏传佛教以及苯教的神山。印度教认为此山是湿婆大神的居所，宇宙的中心；耆那教认为此山是其第一代祖师勒舍波提婆（Ṛṣabhadeva）的涅槃之地；藏传佛教认为此山是胜乐金刚的住所，也是米拉日巴斗法战胜苯教徒的地方；苯教则被认为发源于此。

④ 闻此诃罗盖拉莎，原文为 yah kailās jahāṁ suniyat hara，意思是这就是传闻中湿婆的所在盖拉莎山吗。

⑤ 如意树，原文 kalapatar，通 kalpataru，又称 kalpadruma、kalpavṛkṣa。在印度神话传说中，如意神树能够满足人的一切愿望，它与月亮、吉祥天女、天女兰跋、神马高耳、憍斯杜跋宝石、酒女神、医神檀文陀梨、甘露、如意神牛等宝物一同出现在诸天神与众阿修罗为求甘露，以曼陀罗山作搅棍、蛇王婆苏吉作搅绳，共同搅动乳海的过程中，后来被因陀罗带回栽种于其天国（svarga）中。印度有关如意神树的实际所指说法不一，一说为刺桐树，一说为椰子树，一说为菩提树。

看见自己的房子变成了宫殿，变成了完全不同于茅屋形式的高大壮美的建筑，苏达玛内心恐慌，非常迷惑。他不知道发生了什么，心想，是不是有人来抢夺了这块土地？是不是某个强有力的人看上这里，来此定居了？或者是我走错路，来到了其他地方？建筑这么雄伟，难道这里是传闻中湿婆大神的居住地盖拉莎山峰？唉，智者说，造物弄人，上天专门伤害弱者，一点都不错啊，今天我算是见到了活生生的实例了！唉，我一生无求，就想安安静静地生活，但就像莲花为了逃难钻入水中，水中的寒气也把它“烤”出水面一样，我这个老实人不管到哪里都会遇上倒霉事！正在他无奈瞎想之际，他的妻子从后面过来，牵着他的手把他招呼进屋。

同样，苏尔达斯以“此皆诃利之恩爱，如意神树上门来”作为诗外音，颂扬了黑天对待普通信众的宽厚仁慈。

【原文】

हौं फिरि बहुरि द्वारिका आयौ।

समुझि न परी मोहिँ मारग की, कोउ बूझौ न बतायौ।

कहिहैं स्याम सत्त इन छांड्यौ, उतौ रांक ललचायौ।

तृन की छाहं मिटी निधि मांगत, कौन दुखनि सौं छायौ।

सागर नहीं समीप कुमति[①] कैं, बिधि कह अंत भ्रमायौ।

चितवत चित्त बिचारत मेरौ, मन सपनैं डर छायौ।

सुरतरु, दासी, अस्व, गज, बिभौ[②] बिनोद बनायौ।

सूरज प्रभु नंद-सुवन मित्र ह्वै, भक्तनि लाड़ लड़ायौ॥

（16/4857）

---

① Gupta 本作 sumati。

② Gupta 本作 vibhau。

【对译】

我乞复返德瓦尔卡

我不识路亦不晓，无人告知没问询。

黑子定会言语说：他穷弃真贪心起。

求财致使茅屋失，何其艰辛翻盖就。

愚笨蠢钝近无海，造物为何终致惑？

瞧看之余我心想，内心恐惧梦境覆。

如意神树仆马象，财物娱乐一应全。

苏尔言，

恩主难陀子[①]为友，宠爱有加予信徒。

【释译】

本诗和上一首诗一样，描述了苏达玛看到自家变化后的迷茫状态。内容大致如下：

看到家里大变样后，苏达玛不敢相信自己的眼睛，有些迷惑。他想，我不认识路，也没有人告诉我怎么走，我自己也没有跟别人打听过，难道我走错了？难道我又回到了德瓦尔卡黑天的住所？唉，看到我回来，黑天肯定会说我不安分，说我因为贫穷放弃了真理和纯洁，起了贪念。他一下子又回过神来，看着高大的建筑，感觉自己求财不得反而失去了原先的茅屋，想到自己和妻子费尽艰辛才建好的茅屋，他暗暗责备自己愚蠢，羞愧得甚至有跳河而死的冲动。可是，附近并没有河海，连寻死的机会都没有！他进一步联想，唉，造物主为什么要这么迷惑我呢？为什么让我起了求财之心呢？再一抬头，他又看见了面前的宫殿，看到了如意神树、仆人、马、象及其他财物，还有一应俱全的娱乐设施。看着看着，他觉得这些都是

① 难陀子，原文为 nand-suvan，意思是“难陀的儿子”，为黑天的名号之一。

自己的东西，都是黑天的赐予，但又觉得自己似乎是在做梦，担心这些不是真实的。

这里，苏尔达斯着重描画了苏达玛的矛盾心理，他希望家中的变化是真的，是黑天赐予自己的实实在在的东西，但又担心不是，担心自己走错了路看错了家，担心自己是在做梦，甚至怀疑这是黑天的宫殿，怀疑自己不知不觉又走回了黑天在德瓦尔卡的住所。本诗末尾“恩主难陀子为友，宠爱有加予信徒”是苏尔达斯的又一诗外音，他以全知者视角宣告，这一切都是真的，都是黑天的赐予，苏达玛是黑天的朋友，黑天对他的宠爱自然更胜一筹，给予的自然也更多。

【原文】

कहा भयौ मेरौ गृह माटी कौं।

हौं तौ गयौ[1] गुपालहिं भेंटन, और खरच तंदुल गाँठी कौ।

बिनु ग्रीवा कलसु भगन आन्यौ, हुतौ कमंडल दृढ़ काठी कौ।

घुनौ बाँस जुत बुनौ[2] खटोला, काहु कौ पलँग कनक पाटी कौ।

नूतन छीरोदक जुवती पै, भूषन हुतौ न लोह माटी कौ।

सूरदास प्रभु कहा निहोरौ, मानत रंक त्रास टाटी कौ॥

（17/4858）

【对译】

我的茅屋怎么了

我去拜会见牛护[3]，并以饭团作花销[4]。

① Gupta 本作 gayo。

② Varma 本作 buno。

③ 牛护，原文为 Gupalahiṁ，通“Gopala+hi”，其中 gupala 是黑天的名号之一，hi 为语气词，起强调作用。

④ 花销，原文为 kharac，字面义为花销、开支之意，此处指苏达玛从家里给黑天带来作礼物的米饭团。

曾有无颈破[①]水罐[②]，另有硬皮木饭钵，

虫蛀竹编成床榻，镶金床笫属谁人？

铁质陶土首饰无，妻子身上新穗衣[③]？

苏尔达斯言，

尚有何求向恩主？忧屋[④]穷人亦接受。

【释译】

本诗也承接上一首诗，仍然描述的是苏达玛的迷惑状态。内容大致如下：

唉，我的茅屋怎么没有了？这里怎么出现了宫殿？我带着家里仅有的几个饭团去拜见黑天，他也高兴地接受了饭团。但那只是几个饭团而已，怎么出现了这种状况？我的房子怎么变成了宫殿？家里原来只有一个低矮的茅屋，全部财产也只是一个断了脖子的破水罐、一个木制的硬硬的饭钵，还有一张被虫子蛀了的竹子编成的床；妻子的首饰更不用说了，不要说金的，连铁质、陶土类的都没有。现在怎么啦？家里床笫镶满了黄金，妻子身上的衣服焕然一新，而且缀满了穗子。床是谁的？新衣服又是谁赐予的？苏达玛被眼前的变化惊呆了，他不停地这里看看那里瞧瞧，不敢相信自己的所见。

最后，苏尔达斯又站了出来，以全知者视角唱到："尚有何求向恩主？忧屋穷人亦接受。"意思是说，黑天对信众很仁慈，从房子到床铺，从衣服到首饰，各个方面都照顾到了。对穷人来说，防寒遮雨的房子是最重要的，他们也最担心这个。不过，黑天对他们仁慈

---

① 破，原文为 subhag，根据上下文，似为 bhagana/bhagna，"断裂"或"破裂"之义。

② 水罐，原文为 kal，根据上下文，似为 kalasu，"水罐"之义。

③ 穗衣，原文为 chīrodak，根据上下文，与 chīra 同义，为"布边"或"布边上的缨穗"之义，可引申为"带穗子的华丽美服"。

④ 忧屋，原文为 trāsa ṭāṭī，字面义为担心茅屋，即没有为茅屋而担忧。

有加，给予他们的不是一般的房子，而是宫殿美建筑！这样的主子谁人不拜呢？这便是苏尔达斯所要达到的目的。

【原文】

कैसैं मिले पिय स्याम सँघाती।
कहियै कंत कौन बिधि परसे, बसन कुचील छीन अति गाती।
उठिकै दौरि अंक भरि लीन्हौ, मिलि पूछी इत-उत कुसलाती।
पटतैं छोरि लिए कर तंदुल, हरि समीप रुकमिनी जहाँ ती।
देखि सकल तिय स्याम-सुँदर गुन, पट दै ओट सबै मुसक्याती।
सूरदास प्रभु नवनिधि दीन्ही, देते और जो तिय न रिसाती[1] ॥
（19/4859）

【对译】

亲爱的，朋友黑子如何会
夫衣肮脏身极瘦，且说何种方式触？
站起跑来满怀拥，见后询问处处安。
解衣饭团手中拿，艳光即在诃利旁。
既见俊美黑子德，所有女人遮衣笑。
苏尔达斯言，
恩主已经赐九宝[2]，若妻不嗔还将予。

【释译】

本诗描述的是苏达玛和妻子的对话，说的是黑天会见苏达玛的情形。内容大致如下：

---

① Varma 本作 risātīṁ。

② 九宝，原文为 navanidhi，指财神俱毗罗的九样财宝，包括莲花（padma）、大莲花（mahāpadma）、海螺（shaṅkha）、一种类似海豚或鳄鱼的海怪（makara）、乌龟（kacchapa）、穆昆陀宝石（mukunda）、万字茉莉（kunda）、青玉或蓝宝石（nīla）和侏儒（kharva）。这里概指财宝。

苏达玛完全回过神来、恢复正常以后，妻子问他道：“夫君啊，你和你的朋友黑子是如何见面的？你瘦骨嶙峋，潦倒不堪，脏兮兮的，他是怎么跟你接触的？你们拥抱了吗？”苏达玛则高兴地回答说，黑天很和气，见到自己就赶紧从王座上站起跑过来迎接自己，跟自己紧紧拥抱，并体贴地问这问那，热情有加。不仅如此，黑天还自己动手，从苏达玛的脏旧衣服中“翻出”了米饭团子，那是苏达玛带给他又不好意思拿出来的，这令苏达玛极为感动。苏达玛跟妻子描述到，黑天在对他做这些亲切举动的时候，他的妻子艳光和其他妾女就站在旁边。妾女们看到黑天如此行事，都用衣服遮着脸窃窃而笑。由此可见黑天的大度、友好和善解人意。

苏尔达斯以诗外音道，“恩主已经赐九宝，若妻不嗔还将予。”意思是说，黑天已经赐予苏达玛大量财富了，如果妻子艳光不生气，他还会赐予更多。这与“苏达玛功行”的第一首诗，即总第4845首诗中的诗句“若见深厚虔爱意，自心身爱即忘却。既喜所有予信众，不思穷人与国王”两句相呼应，表现了黑天视信众如己出的美好品德。这也是苏尔达斯极力所宣扬的。

【原文】

हरि बिनु कौन दरिद्र हरै।
कहत सुदासमा सुनि सुन्दरि, हरि मिलन न मन बिसरै।
और मित्र ऐसी गति देखत, को पहिचान करै।
बिपति परैं कुसलात न बूझै[1], बात नहीं बिचरै।
उठि भेटैं हरि तंदुल लीन्हे, मोहिं न बचन फुरै।

① Gupta 本作 būjhaiṃ。

सूरदास लछि दई कृपा करि, टारी निधि न टरै।

（20/4861）

【对译】

无有诃利谁祛穷

苏达玛言美女听，相会诃利心不忘。

见到如此之境况，其他朋友岂相认？

陷于艰难无问安，无有交谈不理会。

诃利起取饭团礼，我未得空把话言。

苏尔达斯言，

降恩施惠予财富[①]，宝藏挪移亦不移。

【释译】

本诗承接上一首诗，描述的仍然是苏达玛和妻子的关于黑天的对话。大致内容如下：

苏达玛对妻子道："美女啊，你要知道，我永远也忘不了与黑天见面的情形，它已深入我的内心。试想，看到我这么穷困潦倒的境况，谁还会认我这个朋友呢？别人不会关心陷入困境中的人的，他们不会来问安，不会来找你说话，不会搭理你。但黑天就不一样，他从座位上站起身径直过来拿了我带给他的饭团礼物，我连话都没来得及说，真是感人啊！他真是大好人，他赐予我的财富胜似财富女神，这些宝藏怎么挪移也移不动，怎么花也花不完。幸亏有他，否则，谁还会为我们祛除贫困呢？"

这里，苏尔达斯表达了与前几首诗一样的意思，即黑天是穷人的朋友、恩主和大救星，只有他才能拯救信众，只有他才值得世人

---

① 财富，原文为 lachi，为 lakṣmī 的一个变体，字面义为财富、吉祥，亦指毗湿奴大神的配偶财富女神。根据上下文，该词在此处可有两解：一指财富，即黑天施恩于苏达玛，给予他无限的财富，这些财富消耗不尽；二指财富女神，即黑天施恩把财富女神都给了苏达玛，因此苏达玛也就拥有了无尽的财富。

去顶礼和膜拜。

ब्रजनारी पथिक संवाद
伯勒杰女与路人对话

【原文】

तब तैं बहुरि न कोऊ आयौ।
वहै जु एक बेर ऊधौ सौं, कछु संदेसौ पायौ।
छिन-छिन सुरति करत जदुपति की, परत न मन समुझायौ।
गोकुलनाथ हमारैं हित लगि, लिखि हूँ क्यौं न पठायौ।
यहै बिचार करौं[①] धौं सजनी, इती गहरु क्यौं लायौ।
सूर स्याम अब बेगि न मिलहू, मेघनि अम्बर छायौ॥
（21/4865）

【对译】

自彼再也无人来
就那一次自乌陀，些许消息方获悉。
时刻思念雅度主，心中无法得慰藉。
为我之益牛村主，何不写信派送来？
确作此想朋友啊，何以耽搁至如此？
苏尔言，
密云已将天遮覆，黑子现仍不速会！

【释译】

本诗描述的是牧女思念黑天，向路人倾诉的场景。内容大致如下：

---

① Gupta 本作 karī。

一位牧女对路人道："路人啊，自从上一次乌陀来到伯勒杰，带给我们一点点关于黑天的消息，至今再也没有人来过了。我的心时时刻刻都挂念着黑天，无论如何劝慰它，它都得不到一丝安宁。朋友啊，我一直在想，是什么让黑天耽搁这么久都没有回来呢？你瞧，现在乌云已经布满了天空，就要下雨了，黑天怎么还不快快回来与我们相会呢！"

这首诗中，苏尔达斯通过语言描写，主要表现的是牧女对黑天的渴盼之情。本诗最后一句——"密云已将天遮覆，黑子现仍不速会"是全诗的点睛之笔。这里，诗人以代表爱情的雨水作为契机，雨水将至，心爱的情郎却在远方未归，如此将牧女盼归重聚的心情表现得淋漓尽致。

【原文】

बहुरौ हो ब्रज[1] बात न चाली।
वहै सु एक बेर ऊधौ कर, कमल नयन पाती दै घाली।
पथिक तिहारे पा लागति हौं, मथुरा जाहु जहाँ बनमाली।
कहियौ प्रगट पुकारि द्वार ह्वै, कालिंदी फिरि आयौ काली।
तब वह कृपा हुती नँदनंदन, रुचि रुचि रसिक प्रीति प्रतिपाली।
माँगत कुसुम देखि ऊँचे द्रुम, लेत उछंग गोद करि आली।
जब वह सुरति होति उर अंतर, लागति[2] काम बान की भाली।
सूरदास प्रभु प्रीति पुरातन, सुमिरत दुसह सूल उर साली॥
(22/4866)

① Gupta 本作 vraj。
② Varma 本作 lāgat。

【对译】

未再谈及伯勒杰

就那一次莲花眼，予信乌陀放在手。

我向你行触足礼，且请前往马图拉，

装饰野花环之人①，居于彼处路人啊！

公开叫唤于门前，迦利耶回叶木拿②。

彼时仁惠难陀子，情人护爱兴致高。

高树花朵瞧见讨，却将少女揽入怀。

心中每每忆及此，皆被爱欲箭镞伤。

苏尔达斯言，

胜尊情爱成往事，忆时刺痛心难忍。

【释译】

本诗承接上一首诗，描述的仍是牧女与路人的对话。内容大致如下：

牧女对路人道："路人啊！自从那一次，黑天将写好的信笺交予乌陀，让他带来伯勒杰，他就再也没有想起过我们。我向你致敬，请你前往马图拉，我们亲爱的黑天居住的地方吧。你就在他门前大声呼喊，黑天啊，迦利耶又回到叶木拿河危害百姓啦！黑天他就会跟你一起回来了。是啊，那时候，黑天他是那么仁慈，总是兴致勃勃地满足我们的愿望，保护我们的爱。记得有一天我们看见树上盛开的花朵，趁机向他讨要撒娇，他明白我们的心思，于是顺势将我们抱在怀中。现在每每想起这些欢乐的时光，内心总是被情欲所伤。黑天走了，他对我们的爱也留在过去，想到这里，我们真是悲

---

① 装饰野花环之人，原文为 banamālī，该词由 banamālā 变化而来，banamālā 指用杜勒西草（tulasī）、万字茉莉（kund）、曼陀罗花（mandār），以及刺桐（pārijāt）4 种植物的叶子及花串成的长串，黑天常常将其戴在胸前，故也被称为装饰野花环之人。

② 叶木拿，原文为 kālindī，由于叶木拿河发源于迦林德山（kalinda），故得此名。

痛难耐。”

这首诗以悲伤的情绪作为感情基调，既通过现在之“悲”烘托出牧女饱受离别之苦折磨的凄惨境况，奠定了牧女请求路人前往黑天所在的合理性基础，又通过过往之“喜”反衬出黑天仁爱慈悲、善待信徒的优秀品质，阐明了牧女请求路人带回黑天的可能性。与此同时，一悲一喜的反差更加能够突出牧女对黑天的渴盼和思念。

【原文】

तुम्हरे देस कागद मसि खूटी।
भूख प्यास अरु नींद गई सब, बिरह लयौ तन लूटी।
दादुर मोर पपीहा बोले, अवधि भई सब झूठी।
पाछैं आइ तुम कहा करौगे, जब तन जैहै छूटी।
राधा कहति सँदेश स्याम सौं, भई प्रीति की टूटि①।
सूरदास प्रभु तुम्हरे मिलन बिनु, सखी करति हैं कूटि②॥
（23/4867）

【对译】

你地纸墨已穷尽

离别之苦掳身体，饥渴困倦皆离去。
青蛙孔雀杜鹃鸣，归期皆已成虚假。
之后你来何作为，彼时身体已逝去。
罗陀言信于黑子，爱恋之情已破碎。
苏尔达斯言，
未与胜尊你相会，女友同伴施打击③。

① Varma 本作 ṭūṭī。
② Varma 本作 kūṭī。
③ 施打击，原文为 kūti，字面义为捶打、碾碎、击碎、舂米，此处意为黑天远走他乡，撇下罗陀，女伴纷纷嘲笑罗陀，罗陀感觉就像遭受重击一般。

【释译】

本诗描述的是罗陀请路人捎口信给黑天的场景。内容大致如下：

罗陀对路人道："路人啊，请你帮忙捎信给黑天。你就这样跟他说，黑天啊，你那里的墨水和纸张是否都用完了？否则的话，怎么都不送封信回来？如今离别的痛苦侵占了我的身体，什么饥饿、口渴、瞌睡都感觉不到了。你听，青蛙、孔雀、杜鹃鸟都在鸣叫，雨季来临，你却还没回来。你当时定下的归期都成了谎言。你说说，等我死去之后，你再回来干吗？大概你已经不爱我了吧。黑天啊，没有跟你相会，女伴们都在嘲笑我、打击我，不让我好过。"

这首诗主要表现的是罗陀与黑天分离的苦闷。然而，与前面两首诗所展现的牧女纯粹的思念和忧伤不同，这里罗陀的渴盼和哀痛中夹杂着埋怨、不满，甚至指责。或许，对待黑天的不同态度也是罗陀在黑天崇拜体系中地位超越其他牧女的一种体现。

【原文】

पथिक कह्यौ ब्रज[①] जाइ, सुने हरि जात सिंधु तट।
सुनि सब अँग भए सिथिल, गयौ नहिं बज्र हियौ फट।
नर नारी घर-घरनि सबै, यह करतिं[②] बिचारा।
मिलिहैं कैसी भाँति हमैं, अब नन्द कुमारा।
निकट बसत हुती आस, कियौ अब दूरि पयाना।
बिना कृपा भगवान, उपाइ न सूरज आना॥
（24/4868）

① Gupta 本作 braj

② Varma 本作 karati。

【对译】

赴伯勒杰路人言

赴伯勒杰路人言，听说诃利去海边。

闻罢周身虽瘫软，心如金刚未破碎。

家家户户众男女，尽皆将此来思量：

我等现以何方式，相会见面难陀子？

居于附近尚有望，如今启程赴远方。

苏尔吉言，

无有世尊之恩慈，无计可施无办法。

【释译】

本诗描述的是路人来到伯勒杰传信的场景。内容大致如下：

一个路人来到伯勒杰，对那里的居民道：“我听说啊，黑天好像搬到美丽的海边——德瓦尔卡去了。”听完路人的话，所有人都四肢发软，只有心脏还一如既往地跳动，大概它就像金刚石一般坚硬所以才没有破碎吧。此时，伯勒杰家家户户、男男女女都在思量同一件事：以后我们如何才能见到心爱的黑天呢？以前他就住在马图拉，离得不远，还能有一丝希望见面，现在他却搬到那么远的地方去了。

针对伯勒杰居民远离黑天这种渴盼却无奈的心态，苏尔达斯在诗歌的末尾，站在全知者的视角点评道：没有黑天的恩慈，谁也没有任何办法能够解决如今的困境。言外之意，信徒想要见到黑天，得到解脱，所能依靠的只有取悦黑天，得到黑天的恩慈。

【原文】

नैना भए अनाथ हमारे।
मदनगुपाल उहाँ तैं सजनी, सुनियत दूरि सिधारे।
वै समुद्र हम मीन बापुरी, कैसैं जीवैं न्यारे।
हम चातक वै जलद-स्याम-घन, पियतिं सुधा-रस प्यारे।
मथुरा बसत आस दरसन की, जोइ नैन मग हारे।
सूरदास हमकौं उलटी बिधि, मृतकहुँ[①], तैं पुनि मारे॥

(25/4871)

【对译】

我等双眸无所依

迷醉牛护自彼处，听闻远去女伴啊！
我等乃为可怜鱼，离开彼海怎成活？
彼深黑云我杜鹃，享饮情郎甘露汁。
居马图拉相见愿，双眼望路终失败。
苏尔达斯言，
大梵背离与我等，已死之人复遭杀。

【释译】

本诗描述的是牧女向女伴倾诉苦闷的场景。内容大致如下：

牧女对女伴道："女伴啊！听说黑天已经从马图拉移居到遥远的地方去了，从此我们再也见不到他，所以我们的这双眼睛再也找不到主人可以依靠。黑天他就像广阔的大海，而我们这些牧女就像那些可怜的鱼，鱼一旦离开大海，还如何存活下去呢？他就像浓密的乌云，我们就像杜鹃鸟，一直享受着他带来的甘露和甜蜜。从前，他虽然住到马图拉去了，但是毕竟相隔不远，我们还能存有相见的

① Varma 本作 mṛtakahūṁ。

希望。可是就算这样，我们望穿秋水，还是没能见到他，以后就更不用说了。”

这首诗主要表现的是牧女得知黑天迁居至德瓦尔卡后，自觉相见无望的无奈与悲痛。为了使得这种情感能够更加生动地展现在大众面前，苏尔达斯借用了鱼与海洋、杜鹃鸟与乌云的比喻，重点突出了黑天对于牧女生存的必要性。在本诗的末尾，牧女对命运的两句抱怨更将全诗的情感推向高潮，即黑天离开伯勒杰前往马图拉时，我们已经伤心欲绝，然而，命运仍肯不罢手，甚至连我们最后的一丝希望也夺走了。

【原文】

उती दूर तैं को आवै री।
जासौं कहि संदेस पठाऊँ, सो कहि कहन कहा पावै री।
सिंधु कूल इक देस बसत है, देख्यौ सुन्यौ न मन धावै री।
तहँ नव-नगर जु रच्यौ नंद-सुत, द्वारावति पुरी कहावै री।
कंचन के बहु भवन मनोहर, रंक तहाँ नहिं त्रन[1] छावै री।
ह्वाँ के[2] बासी[3] लोगनि कौं क्यौं[4], ब्रज[5] कौ बसिबौ मन भावै री।
बहु बिधि करतिँ बिलाप बिरहिनी, बहुत उपायनि चित लावैं[6] री।
कहा करौं कहँ जाउँ सूर प्रभु, को हरि पिय पै पहुँचावै री॥
（26/4873）

① Gupta 本作 trin。
② Varma 本作 kai。
③ Gupta 本作 vāsī。
④ Gupta 本作 kyau。
⑤ Gupta 本作 vraj。
⑥ Sabha 本作 lāvai。

【对译】

那般远处谁前来

言请某人送信息，彼答如何得所言。

大海岸边一国居，心未驰往未见闻。

难陀之子建新城，彼称德瓦尔卡城。

彼处迷人金房多，不盖茅屋无穷人。

彼处居民怎认为，居住伯勒杰地好？

多种方式离女泣，多种方法心中想。

苏尔言，

作何去哪胜尊啊，谁送情郎诃利旁？

【释译】

本诗描绘的是牧女思量如何与黑天取得联系的场景。内容大致如下：

牧女们相互讨论道：“德瓦尔卡位于那么遥远的地方，有谁能够从那儿到我们这儿来？即使我们能够请求某人去给黑天送信，可他也一定会问，你们如何能得到黑天的回信呢？黑天他如今居住在大海岸边的一个国家，我们从来没有见过，也没有听说过，所以只能在心里想象一下那里的景象。黑天他在那儿建立了一座叫德瓦尔卡的新城。那里大概有许多美丽迷人的黄金房屋，人人都很富裕，没有穷人需要用茅草来盖房子。也对，在那种地方生活的人又怎么还会觉得住在伯勒杰这种穷地方好呢？”

至此，苏尔达斯站在全知者的视角以诗外音的方式对牧女们此时此刻的外在情态进行了概括性的交代，即与黑天别离的牧女痛哭流涕，为与黑天相见，她们想尽了各种办法。然而，不幸的是，她们仍然一筹莫展，正如本诗最后一句所描述的她们的心声：我们能怎么办呢，我们应该去哪儿找黑天，又能够让谁去给他送个信呢？

【原文】

हौं कैसौं कै दरसन पाऊँ।

सुनहु पथिक उहिं देस द्वारिका, जौ तुम्हरैं सँग जाऊँ।

बाहर भीर बहुत भूपनि की, बूझत बदन दुराऊँ।

भीतर भीर भोग भामिनि की, तिहि[①] ठाँ काहि पठाऊँ।

बुधि बल जुक्ति जतन करि उहिं पुर, हरि पिय पै पहुँचाऊँ।

अब बन बसि निसि कुंज रसिक बिनु, कौनैं दसा सुनाऊँ।

श्रम कै सूर जाउँ प्रभु पासहिं, मन मैं भलैं मनाऊँ।

नव-किसोर मुख मुरलि बिना, इन नैननि कहा दिखाऊँ॥

（27/4874）

【对译】

如何我得以觐见

路人且听若伴你，德瓦尔卡彼地去：

众多国王外群聚，询问起来将面藏，

多情女众内享乐，那般地点可派谁？

竭尽智力与手段，送往彼城诃利旁。

现无情郎树丛中，夜居林状向谁诉？

心中专注来祈祷，努力赴往胜尊旁。

苏尔言，

无有唇笛美少年，何可示于此双眼？

【释译】

本诗描述的是牧女向路人倾诉为何至今未能派人给黑天送信的

① Varma 本作 tihiṁ。

场景。内容大致如下：

牧女对路人道：“路人啊！你说我究竟要怎么样才能与黑天相见呢？如果我跟你一起前往德瓦尔卡的话，肯定会在黑天宫殿的外面碰见聚集在那儿的众多国王。如果他们问我为什么要求见黑天的话，我肯定会羞愧得把脸遮起来。还有啊，他的宫殿里面肯定有许多美丽多情的女子在嬉戏享乐。我还能让谁到那样的地方去呢？我真是用尽了我全部的智慧、力气和办法，想要送信到黑天身边。如今心爱的他已经不在沃林达林的小树丛里停留了，我就算晚上去那儿又能向谁倾诉呢？纵使我已经在心里祈祷千万次，让我去往黑天身边吧，可还是没能见到他呀！没有唇边吹着竹笛的那个美少年，我还有什么能展示给我这双眼睛看呢？”

总结起来，牧女在这段话中一共阐述了两层意思：其一，我自己无法前去与黑天相会，而且无法让别人代去；其二，由于不能与黑天见面，如今我只能在离别的痛苦中挣扎。因此，归根结底，牧女真正想对路人说的是，我深切思念着黑天，麻烦路人你前往德瓦尔卡给黑天送信，让他回到伯勒杰来与我重聚。实际上，这是一种以自己的无奈和悲伤来换取路人同情的迂回请求方式。

【原文】

तातैँ अति मरियत अपसोसनि।

मथुरा हू तैँ गए सखी री, अब हरि कारे कोसनि।

यह अचरज सु बड़ौ मेरैँ जिय, यह छाँड़नि, वह पोषनि।

निपट निकाम जानि हम छाँड़ी[1], ज्यौँ कमान बिन गोसनि।

---

① Sabha 本作 chāṛī。

इक हरि के दरसन बिनु[1] मरियत, अरु कुबिजा के ठोसनि।

सूर सु जरनि कहा उपजी जो, दूरि होति करि ओसनि॥

（28/4877）

【对译】

自此极痛快要死

自马图拉诃利去，现距甚远女伴啊！

我等心中此大诧：这厢抛弃那厢养！

视作无用将我弃，仿若无端之弓箭！

一者不见诃利死，复又嫉恨驼背女。

苏尔言，

彼等怒火已升起，露水岂可使熄灭？

【释译】

本诗描述的是牧女向女伴倾诉自己内心痛苦的场景。内容大致如下：

牧女对女伴道："女伴啊！自从黑天离开马图拉去往德瓦尔卡，他就距离我们十分遥远。从那时起，一想到以后无法跟他相见，我就痛苦得快要死去。现在我的心里感到十分诧异，你说他住在伯勒杰的时候，对我们那么好，那么仁慈，现在怎么就这么绝情地将我们抛弃了呢！大概他现在觉得我们一无是处，就像没有箭头的弓箭一样再也没有什么利用价值了吧。女伴啊，我内心饱受煎熬，一方面见不到黑天难过得要死，另一方面想到他跟驼背女共享欢乐，就对她百般妒忌。如今我心中对他的愤怒已经燃烧起来，除非他回来与我相见，否则单凭一些露水如何能够使它平息？"

这首诗中，牧女的感情经历了悲伤、惊诧和愤怒三层转变，其

① Gupta 本作 bin。

中悲伤是主调，惊诧和愤怒皆由它产生，可被视为它发展到极致的两种衍生形态。因此，尽管诗歌最终落脚到“怒”上，但是实际上表现的还是牧女因为离别黑天而遭受的种种痛苦。

【原文】

माई री कैसैं बनै हरि कौ ब्रज① आवन।

कहियत है मधुबन② तैं सजनी, कियौ स्याम कहुँ अनत गवन।

अगम जु पंथ दूरि दच्छिन दिसि, तहँ सुनियत सखि सिंधु लवन।

अब हरि ह्वाँ परिवार सहित गए, मग मैं मार्यौ कालजवन।

निकट बसत मतिहीन भईं हम, मिलिहुँ न आईं सु त्यागि भवन।

सूरदास तरसत मन निसि दिन, जदुपति लौं लै जाइ कवन॥

（29/4880）

【对译】

女伴啊，怎使诃利来伯勒杰

自摩图林女伴啊，闻听黑子赴别地。

女伴彼处咸水海③，闻听南向路艰远。

诃利举家现彼去，途诛迦罗耶婆那④。

居近我等无心智，未曾弃家来相见。

苏尔达斯言，

心中日夜受折磨，雅度主处谁携去？

---

① Gupta 本作 vraj。

② Gupta 本作 madhuvan。

③ 咸水海，原文为 sindhu lavan，乃为“往世书”神话中记载的七大海之一。

④ 根据印度神话，迦罗耶婆那为耶婆那人的首领。有一回，他来进攻黑天。黑天佯逃，遁入一个山洞，洞中姆具贡德正在酣眠。黑暗中，迦罗耶婆那误将他认作黑天，抬脚便踢，致使他惊醒。姆具贡德曾帮助众天神打败阿修罗，后得到因陀罗恩赐，许他长眠，并能够将打扰者化作灰烬。因此，在姆具贡德睁眼看见迦罗耶婆那的那一刻，就将他化作了灰烬。

【释译】

本诗仍描述的是牧女对女伴的倾诉。内容大致如下：

牧女对女伴道："女伴啊，我如何才能让黑天回到伯勒杰，与我们相见呢？我听说，黑天从马图拉迁居到别的地方去了。听说黑天去的那个地方在咸水海的边上，它不仅在南方，而且路途遥远又艰难。黑天现在偕同整个家族都移居到那儿去了，途中还设计杀死了耶婆那族的首领迦罗耶婆那。唉！以前他住在邻近的马图拉时，我们就愚蠢得没有不顾一切地前去跟他相见。现在倒好，想见也见不到了，只能日日夜夜遭受离别的折磨。如今，还有谁能把我们带到黑天的身旁去呢？"

同样表现的是牧女对黑天的思恋和渴盼，然而，与上一首充满怀疑、愤怒情绪的诗不同，本诗中更多流露的是对过往未曾及时行动的懊恼和悔恨，颇有一种"情人远去方恨晚"的味道。

【原文】

सुनियत कहुँ द्वारिका बसाई।
दच्छिन दिसा① तीर सागर कैं, कंचन कोट गोमती खाई।
पंथ न चलै सँदेस न आवै, इती दूर नर कोऊ न जाई।
सत जोजन मथरा तैं कहियत, यह सुधि एक पथिक पै पाई।
सब ब्रज② दुखी नंद जसुदा हू, इक टक स्याम राम लव लाई।
सूरदास प्रभु के दरसन बिनु, भई बिदित ब्रज③ काम दुहाई॥
（30/4881）

① Varma 本作 diśā。
② Gupta 本作 vraj。
③ Gupta 本作 vraj。

【对译】

闻听居某德瓦尔卡地

南向海岸黄金墙，戈默蒂乃护城河。

路不可行信不来，如此遥远无人去。

距马图拉百由旬①，此讯得一路人语。

痛苦难陀耶雪达，还有整个伯勒杰，

瞬间专注来凝视，大力罗摩②与黑子。

苏尔达斯言，

不见胜尊伯勒杰，欲天③宣言尽知晓。

【释译】

本诗描述的是伯勒杰居民知晓德瓦尔卡具体状况后的反应。内容大致如下：

听一位路人说，黑天如今居住在一个叫作德瓦尔卡的地方。那里靠近南方的海岸，具有黄金的城墙和名为戈默蒂的护城河。那里十分遥远，大约距离马图拉有一千多公里。并且，去那里的道路十分艰辛，所以没有人到那里去，黑天的信息也没有办法传递过来。知晓这些状况之后，难陀、耶雪达和整个伯勒杰都陷入了悲伤之中。他们翘首以盼，目不转睛地盯着黑天和大力罗摩两兄弟离去时的道路。

本诗最后一句——“不见胜尊伯勒杰，欲天宣言尽知晓”是苏

---

① 由旬，原文为 jojana，通 yojana，又称逾阇那、逾缮那，字面义为附轭，印度古时以此代指公牛挂轭走一天的旅程，用作计程单位。关于由旬所指代的确切长度，目前存在多种说法。据《大唐西域记》载，“旧传一逾缮那四十里矣，印度国俗乃三十里，圣教所载惟十六里”。若换算成现代计量单位，一般认为 1 由旬约等于 8 至 16 公里。

② 大力罗摩，原文为 rām，通 Rāma，此处指 Balrāma，即大力罗摩，黑天的兄长。

③ 欲天，原文为 kām，指 kāmadev。在印度神话传统中，欲天是大梵天的儿子，掌管情爱和欲望，坐骑为鹦鹉，伴侣为罗蒂（Rati）。他通常以拿着弓箭的英俊男子形象出现，周围总有天女环绕。相传他的弓是由甘蔗制成，箭上装饰着白莲花、无忧花、杧果花、茉莉花和蓝莲花，无论谁，一旦被他的箭射中，就会在心中燃起情欲之火。

尔达斯的诗外音。这里，诗人站在全知者的角度点评道，没有与黑天相会的伯勒杰居民正遭受着相思之苦的折磨，就像受到欲望掌控、感悟到欲天的威力一般。

【原文】

बीर① बटाऊ पाती लीजौ।

जब तुम जाहु द्वारिका नगरी, हमरे रसाल गुपालहिं दीजौ।

रंगभूमि रमनीक मधुपुरी, रजधानी ब्रज② की③ सुधि कीजौ।

छार समुद्र छाँड़ि किन आवत, निर्मल जल जमुना कौ पीजौ।

या गोकुल की सकल ग्वालिनी, देतिं असीस बहुत जुग जीजौ।

सूरदास प्रभु हमरे कोतैं, नंद नँदन के पाइँ परीजौ ॥

（31/4884）

【对译】

路人兄弟，且请带上信

你去德瓦尔卡时，请予牛护我情郎：

且忆伯勒杰都城④，迷人战场摩图城。

何不抛弃盐碱海，来饮圣水叶木拿？

此牛村之众牧女，给予祝福命长久⑤。

苏尔达斯言，

代表我等行足礼⑥，朝向胜尊难陀子。

【释译】

本诗描述的是牧女请求路人捎信给黑天的场景。内容大致如下：

牧女们对路人道：“路人兄弟啊！请你带上我们的信！当你前往

① Gupta 本作 vīr。

② Gupta 本作 vraj。

③ Varma 本作 ko。

④ 都城，原文为 rajadhānī，字面义为首都、都城，此处指伯勒杰地区的都城马图拉。

⑤ 命长久，原文为 bahut jug jījai，字面义为生存许多个时代，即为命长久之意。

⑥ 此处指行触足礼，意在礼敬胜尊黑天。

德瓦尔卡的时候，请你将它交给我们心爱的黑天。然后，请你对他说，黑天啊，请你想想伯勒杰的都城，你过去迷人的战场马图拉吧！请你放弃那充满盐碱的海水，还是回来享用叶木拿河那圣洁的河水吧！我们牛村的所有牧女都衷心地祝愿你长长久久地活下去。路人啊！请你代表我们，向黑天行触足礼，表达我们对他的敬意吧！”

这里，牧女对路人的交代实际包含三层意思：第一，请他想想过去生活和战斗过的地方，从而由景及人，想到她们自己；第二，请他回到叶木拿河畔来与她们相聚；第三，表达自己对黑天的祝福和敬意，希望能够以此取悦、打动他，让他回到她们身边。由此可见，无论之前牧女们对黑天的离去有多少埋怨、不满或恼怒，终究她们心里还是无法舍弃黑天，还是对他充满爱慕、思念和渴盼。

रुक्मिणी कृष्ण संवाद
艳光黑天对话

【原文】

रुकमिनि बूझति हैं गोपालहिं।
कहौ बात अपने गोकुल की, कितिक प्रीति ब्रजबालहिं[①]।
तब तुम गाइ चरावन जाते, उर धरते बनमालहिं।
कहा देखि रीझे राधा सौं, सुंदर नैन बिसालहिं।
इतनी सुनत नैन भरि आए, प्रेम बिबस नँदलालहिं।
सूरदास प्रभु रहे मौन ह्वै, घोष बात जनि चालहिं॥
（32/4889）

① Gupta 本作 vrajbālahiṁ。

【对译】

艳光询问牛护

且言自己牛村事，伯勒杰女几多爱？

你去放牧牛群时，胸前佩戴野花环。

看到罗陀可着迷？美丽动人大眼睛。

如此听闻眼充盈，为爱所控难陀子。

苏尔达斯言，

胜尊沉默久不语，牛村之事勿要提。

【释译】

本诗描述的是艳光向黑天询问牛村往事的场景。内容大致如下：

艳光向黑天询问道："黑天啊，跟我说说你在牛村的那些往事呗！伯勒杰的那些牧女有多么爱你？你去放牛的时候胸前总是戴着野花环，她们看到这么俊美的你，一定都痴迷吧。当你看到长着美丽大眼睛的罗陀是不是也着了迷呢？"听完艳光的话，黑天回想起往日在牛村的种种，不由得陷入爱中，双眼充满了泪水，久久沉默无法回答。

这首诗中，苏尔达斯准确地抓住了女人之间为情郎争风吃醋的心理状态：一方面，生动地将艳光对黑天过往情事的介怀展现在世人面前，使得本诗富有生活的情趣；另一方面，以此为契机，借黑天对伯勒杰的深切思念告知世人，无论黑天走到哪里都不会忘记全心信爱自己的信徒。由此，本诗最后半句——"牛村之事勿要提"，既可被视作苏尔达斯的诗外音，艳光你何必要用那些往事来让黑天难过呢，表达的是信徒对神的爱，也可被视作黑天此刻的心声，艳光你无端说起这些，我能怎么回答你呢，表达的是神对信众的爱。

【原文】

रुकमिनि मोहिँ निमेष न बिसरत, वे ब्रजवासी① लोग।

हम उनसौँ कछु भली न कीन्ही②, निसि-दिन मरत बियोग③।

जदपि कनक मनि रची द्वारिका, विषय सकल संभोग।

तद्यपि मन जु हरत बंसी-बट, ललिता कै संजोग।

मैँ ऊधौ पठयौ गोपिनि पै, दैन सँदेसौ जोग।

सूरदास देखत उनकी गति, किहिँ उपदेसै सोग॥

（33/4890）

【对译】

彼等伯勒杰居民

彼等伯勒杰居民，瞬未忘我艳光啊！

我未对他些许好，日夜因别却将死。

德瓦尔卡金宝建，欢愉设施一应全。

然而心却被此夺，笛榕树会罗丽达。

我遣乌陀牧女处，给予瑜伽之训教。

苏尔达斯言，

彼等痛苦伤心状，瞧见能予谁训教？

【释译】

本诗承接上一首诗，讲述的是黑天对艳光问话的答复。内容大致如下：

黑天对艳光道："艳光啊！那些伯勒杰的居民，他们从来没有把我忘记啊！其实我也未曾对他们有多好，可是如今他们却因为跟我分别，日日夜夜伤心难过，饱受煎熬。虽然德瓦尔卡是用黄金和宝石建造的，这里享乐的设施也一应俱全。可是我的心却时时想着念着过去

① Gupta 本作 vrajavāsī。

② Varma 本作 kīnhīṁ。

③ Varma 本作 viyog。

与罗丽达在箇榕树下相会的场景。我曾派遣乌陀去向牧女们讲授瑜伽的知识，可是看见她们痛哭流泪的模样，乌陀还能给谁训教呢？”

这首诗主要表现的是黑天对伯勒杰居民的想念。从世俗的角度来看，针对妻子充满醋意的问话，黑天故意转移矛盾，开始谈论整个伯勒杰居民对他的深情厚谊。即便后来不能不提牧女，他也丝毫不说罗陀的事，而将重点放在乌陀传授瑜伽的情形上，实属机智。从宗教角度来看，苏尔达斯借此想要宣告，信众对黑天的种种思念、渴盼和信爱，黑天都会放在心里想着念着，号召世人全心虔爱黑天。

【原文】

रुकमिनि मोहिँ ब्रज बिसरत नाहीँ।

वह क्रीड़ा वह केलि जमन तट, सघन कदम की छाहीँ।

गोप बधुनि की भुजा कंध धरि, बिहरत कुंजनि माहीँ।

और बिनोद[1] कहाँ लगि बरनौँ, बरनत बरनि न जाहीँ।

जद्यपि सुख निधान द्वारावति, गोकुल के सम नाहीँ।

सूरदास घनस्याम मनोहर, सुमिरि-सुमिरि पछिताहीँ॥

（34/4891）

【对译】

艳光啊，伯勒杰我从未忘

叶木拿畔那嬉戏，团花树下浓密荫。

牧人少妇臂搭肩，树丛之中来消遣。

复有娱乐何可述，即便描摹说不出。

德瓦尔卡福乐藏，却与牛村不一样。

苏尔达斯言，

① Sabha 本作 vinod。

美妙迷人青黑云，后悔懊恼回忆时。

【释译】

本诗仍为黑天对艳光的答复。内容大致如下：

黑天对艳光道："艳光啊！我也从来没有忘记过伯勒杰。叶木拿河畔，团花树浓密的树荫下，我曾经在那里嬉戏玩乐。牧人和牧女们相互搭着肩膀，在树丛中嬉闹游戏。我该怎么形容那时候的欢乐场景呢，即便我想说也说不出来呀！德瓦尔卡的确是福乐的宝藏，但是这儿却跟牛村不一样啊！"回忆着回忆着，俊美的黑天为自己的离去懊恼不已。

这首诗以黑天的回忆为主，着重表现的是黑天对牛村的思念以及对往昔欢乐时光的怀念。与此同时，呼应之前牧女们对黑天居住德瓦尔卡福地，终会把她们忘记的担忧，这里，黑天自己明确表示，纵使德瓦尔卡再好，他也不会忘记过往种种，显示出重感情、不忘本的优秀品质，这也是苏尔达斯想要歌颂和赞扬的。

【原文】

रुकमिनि चलौ जन्म भूमि जाहिं।
जद्यपि तुम्हरौ बिभव[1] द्वारिका, मथुरा कैं सम नाहिं।
जमुना कैं तट गाइ चरावत, अमृत जल अँचवाहिं।
कुंज केलि अरु भुजा कंध धरि, सीतल द्रुम की छाँहिं।
सरस सुगंध मंद मलयानिल, बिहरत कुंजन माहिं।
जो क्रीड़ा श्री बृन्दावन[2] मैं, तिहूँ लोक मैं नाहिं।
सुरभी ग्वाल नंद अरु जसुमति, मम चित तैं न टराहिं।
सूरदास प्रभु चतुर सिरोमनि, तिनकी सेव कराहिं॥

（35/4892）

① Varma 本作 vibhav。
② Gupta 本作 vṛndāvan。

【对译】

艳光啊，到出生地去

德瓦尔卡有你财，却不能同马图拉：
叶木拿畔牧牛群，不朽之水来品饮。
树从之中凉荫下，手臂搭肩来嬉戏，
湿润芬芳柔南风[①]，树丛之中来消遣。
吉祥沃林达林戏，绝无仅有三界中。
牧人难陀耶雪达，母牛自我心不移。
苏尔达斯言，
胜尊聪颖头上宝，彼等服务来施行。

【释译】

本诗承接上一首诗，描述的仍是黑天对伯勒杰的回忆。内容大致如下：

黑天对艳光说道："艳光啊！走吧！我们一起去家乡伯勒杰吧！虽然你在德瓦尔卡有无数财宝，可是这里却跟马图拉不一样啊！我曾在叶木拿河畔放牧牛群，享用那里不朽圣洁的河水。我曾在沃林达林的树荫下，同牧人牧女们搭着肩膀做游戏。温润芬芳的南风柔和地拂过树林，我曾在那儿消遣享乐。牧人、牧女、难陀、耶雪达以及我放牧过的母牛，我片刻都没有忘记过他们啊！"

从本诗的内容可以看出，尽管德瓦尔卡富丽堂皇、财宝万千，可是黑天心里真正珍视和惦念的却是伯勒杰人民对他的真心热爱。于是，在本诗末尾，苏尔达斯站在全知者的视角赞颂道："胜尊聪颖头上宝，彼等服务来施行。"虽然黑天他是人中翘楚，但是他却甘愿以想念的方式来为伯勒杰的普通牧众服务，实际上这也是诗人对世

① 南风，原文为 malayānil，指来自摩罗耶山的风，即南风，亦可泛指和风、春风等。

人虔信黑天的一种号召。

कुरुक्षेत्र में कृष्ण-ब्रजवासी भेंट

俱卢之野① 黑天和伯勒杰人会面

【原文】

ब्रज② बासिनि कौ हेत③, हृदय मैं राखि मुरारी।
सब जादव सौं कह्यौ, बैठि कै सभा मझारी।
बड़ौ परब रवि-ग्रहन, कहा कहौं तासु बड़ाई।
चलौ सकल कुरुखेत, तहाँ मिलि न्हैयै जाई।
तात, मात, निज नारि लिए, हरि जू सब संगा।
चले नगर के लोग, साजि रथ तरल तुरंगा।
कुरुच्छेत्र मैं आइ, दियौ इक दूत पठाई।
नंद जसोमति गोपि ग्वाल, सब सूर बुलाई॥
（36/4894）

【对译】

伯勒杰民之爱意

伯勒杰民之爱意，穆罗之敌置心间。
端坐朝堂正中央，言向雅度众族人：
日食乃为大节日，彼之重要言不尽。
俱卢之野众人去，彼处会同行沐浴。
父亲母亲自己妻，诃利携同一众人，
装饰快马与车驾，城中居民亦出发。

---

① 俱卢之野，原文为Kurukṣetra，印度地名，位于今印度哈里亚纳邦。据“往世书”所述，该地以古代婆罗多族的国王俱卢王，命名。根据史诗《摩诃婆罗多》，俱卢王的后裔持国百子和般度五子曾在这里发生大战。

② Gupta 本作 vraj。

③ Varma 本作 hetu。

俱卢之野前来到，一名使者派遣出。

苏尔言，

召唤难陀耶雪达，复有牧人与牧女。

【释译】

本诗描述的是黑天携众前往俱卢之野的场景。内容大致如下：

伯勒杰居民对黑天的爱，黑天一直将它放在心里。有一天，黑天端坐在朝堂上对雅度族人道：“日食是个大日子，它的重要性我怎么说也说不完。为了迎接这一天的到来，我们都到俱卢之野去沐浴礼拜吧！”于是，黑天带着自己的父母、妻子和城中的一众百姓装饰好马匹和车辆，浩浩荡荡地出发了。来到俱卢之野后，黑天立刻派出一名使者，让他把难陀、耶雪达以及牧人、牧女都带来与他会面。

这首诗中，黑天将心中所想化作行动，正好借日食沐浴为由，前往俱卢之野与伯勒杰居民会面，为后续情节的发展奠定了基础。

【原文】

हौं इहाँ तेरेहि कारन आयौ।

तेरी सौं सुनि जननि जसोदा, मोहिं गोपाल पठायौ।

कहा भयौ जो लोग कहत हैं, देवकि माता जायौ।

खान-पान परिधान सबै सुख, तैंही लाड़ लड़ायौ।

इतौ हमारौ राज द्वारिका, मौं[①] जी कछू न भायौ।

जब जब सुरति होति उहिं हित की, बिछुरि बच्छ ज्यौं धायौ।

अब हरि कुरुच्छेत्र मैं आए, सो मैं तुम्हैं सुनायौ।

सब कुल सहित नंद सूरज प्रभु, हित करि उहाँ बुलायौ।

（37/4897）

① Gupta 本作 māṃ。

【对译】

因你之故我来此

耶雪达母向你诉，牛护将我派遣来。

发生何事人皆言，提婆吉母生产下。

饮食衣物众福乐，宠溺爱抚唯有你。

此多门岛我王国，我心些许不觉喜。

每每忆及那般爱，飞奔仿若离母犊。

俱卢之野诃利至，现我对你将此告。

苏尔吉言，

难陀偕同众家族，胜尊怀爱唤去彼。

【释译】

本诗描述的是使者代黑天向耶雪达传信的场景。内容大致如下：

使者对耶雪达道："耶雪达夫人啊，你听我对你说！黑天派我来传递信息，所以，我是为了您才来到这儿的。黑天让我对您说，现在不知道怎么回事，人们都说我是母亲提婆吉生下来的。可是，自小明明是您宠我爱我，照顾我的衣食住行，带给我许许多多的欢乐和幸福。虽然如今我成了德瓦尔卡的国王，可是我却一点都高兴不起来。每当想起您往日对我的深爱，我就像一头离开母亲许久的小牛一样飞奔而来。耶雪达夫人啊！现在黑天已经到达俱卢之野了，我就是来告诉您这个消息的。"

这首诗中，苏尔达斯将耶雪达与提婆吉进行对比，着力刻画了黑天对养母的感激和厚爱。从某种角度来看，提婆吉出身高贵，相比之下，耶雪达的身份略显卑微。然而，这里，黑天显然更加依恋自小爱他养育他的耶雪达。借此，苏尔达斯想告诉世人，无论出身如何，只要全心虔爱黑天，就能得到他的青睐，正如本诗末尾所言，黑天心中怀着对牛村众人的爱，将难陀以及众人一起唤去俱卢之野与他相见。

【原文】

नंद जसोदा सब ब्रजवासी①।
अपने अपने सकट साजिकै, मिलन चले अबिनासी②।
कोउ गावत कोउ बेनु बजावत, कोउ उतावल धावत।
हरि दरसन की आसा कारन, बिबिध③ मुदित सब आवत।
दरसन कियौ आइ हरि जू कौ④, कहत स्वप्न कै साँची।
प्रेम मगन कछु सुधि न रही अँग, रहे स्याम रँग राँची।
जासौं जैसी भाँति चाहियै, ताहि मिले त्यौं धाइ।
देस-देस के नृपति देखि यह प्रीति, रहे अरगाइ।
उमँग्यौ प्रेम समुद्र दुहूँ दिसि, परिमिति कही न जाइ।
सूरदास यह सुख सो जानै, जाक हृदय समाइ।।
（38/4901）

【对译】

难陀耶雪达及众伯勒杰民
各自装扮大牛车，前往会面不灭者。
某人奏笛某人歌，某人匆匆奔走忙。
愿与诃利相见故，欢欣而至众不同。
来到瞧见诃利时，言说梦幻或现实。
身体些许知觉无，染黑子色沉浸爱。
何人应以何方式，如是疾走与彼会。

① Gupta 本作 vrajavāsī。
② Sabha 本作 avināsī。
③ Sabha 本作 bividh。
④ Varma 本作 kauṁ。

各国君主见此爱，长久独立默不语。

双方爱海高潮涌，边界无法来言说。

苏尔达斯言，

唯有充盈彼心间，方可知晓此福乐。

【释译】

本诗描述的是伯勒杰居民前往俱卢之野与黑天会面的场景。内容大致如下：

获悉使者带来的信息，难陀、耶雪达以及所有伯勒杰居民纷纷装点好自己的牛车，迫不及待地奔赴俱卢之野与黑天见面。由于即将与黑天相会，他们一路上欢欣愉悦，有的人高声歌唱，有的人奏响竹笛，有的人疾步前行，表现出各自不同的喜悦情态。

终于，伯勒杰众居民来到了俱卢之野，实现了自己与黑天相聚的愿望。然而，他们心中却产生了疑惑，互相询问道："我是真的与黑天见面了吗，还是我在做梦？"此刻，他们完全沉浸在对黑天的深爱中，以至于全然忘记了自我。黑天也依照礼仪，热情地与他们一一相见。前来此地沐浴的其他国王看见黑天对他们的爱都惊讶万分，只能沉默地各自呆立着。这时候，伯勒杰居民对黑天的爱以及黑天对伯勒杰居民的爱得到了完全释放，就像浪潮翻涌的大海，无边无际。

这首诗中，苏尔达斯首先通过伯勒杰居民与黑天见面的激动喜悦，展现了信众对黑天的爱，然后通过黑天与他们见面的热情以及各国旁观君主的反应，展现了黑天对信众的爱。最后，本诗的末尾，苏尔达斯以诗外音的方式告知世人，他们相互间的这种无上福乐，只有心中充满虔爱，为黑天所喜之人才能体悟得到，意在号召世人全心膜拜黑天、取悦黑天。

राधा कृष्ण मिलन
黑天与罗陀会面

【原文】

हरि सौं बूझति रुकमिनि इनमै, को बृषभानु① किसोरी।
बारक हमैं दिखावहु, अपने बालापन की जोरी।
जाकौ हेत निरंतर लीन्हे, डोलत ब्रज② की खोरी।
अति आतुर ह्वै गाइ दुहावन, जाते पर-घर चोरी।
रचते सेज स्वकर सुमननि की, नव पल्लव पुट तोरी।
बिन देखैं ताके मन तरसैं, छिन बीतै जग कोरी।
सूर सोच सुख करि भरि लोचन, अंतर प्रीति न थोरी।
सिथिल गात मुख बचन फुरत नहिं, ह्वै जु गई मति भोरी॥
（39/4904）

【对译】

艳光询问向诃利

艳光询问向诃利，此中谁为牛光女？
且予我等瞧一次，自己童年之伴侣。
时常满怀彼之爱，伯勒杰巷四徘徊。
为牛挤奶匆忙极，前往别家行偷窃。
亲手装扮鲜花床，摘下嫩叶铺成盖。
无有见彼心渴求，度过瞬间如时代。
回想福乐眼充盈，内心爱恋未曾减。
苏尔言，
口不成言身瘫软，彼之心智已迷乱。

---

① Gupta 本作 vṛṣabhānu。
② Gupta 本作 vraj。

【释译】

本诗描述的是艳光向黑天询问有关罗陀情况的场景。内容大致如下：

艳光向黑天询问道："黑天啊，这些伯勒杰居民当中谁是牛光族主的女儿罗陀啊？你就指给我看一看，你少年时代心心念念的那个女伴吧！那时候，你时常想着她爱着她，在伯勒杰的小巷子里四处游玩。为了她，你假装要给牛挤牛奶，吃饭吃了一半急急忙忙就跑走了；为了她，你还跑去别人家偷奶油；为了她，你亲手用鲜花铺成花床，还摘下鲜嫩的叶子铺在上面。只要没有见到她，你就满心焦灼，度日如年。"

回忆起往昔与罗陀欢爱的幸福，黑天双眼充满了泪水。这时候他才察觉，原来自己内心对她的爱恋一丝一毫都未曾减少。想到这些，黑天神魂颠倒，身体瘫软，口不能言。

关于少年黑天在牛村嬉戏的传闻，艳光先前肯定听说过不少。为此，来到俱卢之野与伯勒杰居民相见时，她自然会向黑天询问起他最钟爱的那个牧女——罗陀，这也符合人之常情。这里，苏尔达斯巧妙地抓住了艳光这种五味杂陈的复杂心态，利用她既好奇又妒忌的问话，回顾了黑天与罗陀少年时代的种种往事，既激发了黑天心中潜伏的爱恋，为诗人宣扬黑天对信徒长久不变的热爱奠定了基础，又为后文情节的发展埋下了伏笔，为黑天与罗陀、艳光与罗陀的会面提供了契机。

【原文】

बूझति है रुकमिनि[1] पिय इनमैं कौ वृषभानु[2] किसोरी।
नैंकु[3] हमैं दिखरावहु अपनी बालापन की जोरी।
परम चतुर जिन कीन्हे मोहन, अल्प बैस ही थोरी।
बारे तैं जिहिं यहै पढ़ायौ, बुधि बल कल बिधि चोरी।
जाके गुन गनि ग्रंथित माला, कबहुँ न उर तैं छोरी।
मनसा सुमिरन, रूप ध्यान उर, दृष्टि न इत उत मोरी।
वह लखि जुवति-वृंद[4] मैं ठाढ़ी, नील बसन तन गोरी।
सूरदास मेरौ मन वाकी, चितवनि बंक हर्यौ री।।
（40/4905）

【对译】

艳光询问向情郎

艳光询问向情郎，此中谁为牛光女？
且予我等瞧一瞧，自己童年之伴侣。
彼使莫亨至机灵，尽管年少岁数小。
彼自童年教会此，偷窃智力与技法。
彼之美德数成串，从来没有自心弃。
专注形色心忆想，视线未曾四处移。
且瞧彼立众女间，蓝色衣衫身肤白。
苏尔达斯言，
彼之斜视之目光，将我心儿尽夺去。

【释译】

本诗承接上一首诗，仍是艳光对黑天的询问。内容大致如下：

---

① Sabha 本作 rukumini。
② Varma 本作 bṛṣabhānu。
③ Gupta 本作 naiku。
④ Varma 本作 bṛnd。

艳光继续向黑天询问道：“黑天啊，这些牧女当中，谁才是罗陀啊？你就指给我看一下，谁是你童年最钟爱的玩伴呢！我听说，她虽然年纪小，却有本事让我的黑天变得机灵无比。从童年开始，她就教会了你偷东西的各种智慧、力量、技巧和方法。你如今仍整天细数着她的各种美德，从来没有忘记过。你还总是专注地在心里回想她的容貌和体态，甚至连眼珠子都不转一下。”

这时候，黑天回答道：“你瞧！她就站在那群牧女当中，就是穿着蓝色衣裙，肤色洁白的那个。她那斜视的目光如此迷人，让我沉醉。”

这首诗与前一首诗主题相同。然而，如果说前一首诗对往事的回顾中艳光的问话还略带好奇的色彩，那么这一首诗对罗陀的讥讽中女人妒忌、吃醋的情感则表达得愈发强烈。本诗末尾，黑天明确指出罗陀的所在——“且瞧彼立众女间，蓝色衣衫身肤白”，无疑又将故事情节的发展向前推进了一步。

【原文】

हरि जू इते दिन कहाँ लगाए।

तबहिं अवधि मैं कहत न समुझी, गनत अचानक आए।

भली करी जु बहुरि इन नैननि, सुंदर दरस दिखाए।

जानी कृपा राज काजहु हम, निमिष नहीँ बिसराए।

बिरहिनि बिकल बिलोकि सूर प्रभु, धाइ हृदै करि लाए।

कछु इक सारथि सौँ कहि पठायौ, रथ के तुरंग छुड़ाए।।

（41/4907）

【对译】

河利啊，这段日子何处留？

彼时约期我未明，数着数着忽然至。

所做乃为大善事，复向此眼展现美。

视作仁慈国务中，瞬间未曾将我忘。

离女不安胜尊见，飞奔而去紧相拥。

苏尔言，

言说些许遣车夫，拉车之马亦松开。

【释译】

本诗描述的是牧女与黑天的谈话。内容大致如下：

牧女对黑天道："黑天啊，这些日子你都在哪儿逗留啊？去往马图拉的时候，你跟我们约定了回来相见的日期。大概是我没有理解透彻吧，这不，我数着数着日子，你突然就回来了。黑天啊，你又让我们看见了你那俊美的容颜，真是太好了！我们都知道你是仁慈的，所以即使在那么繁忙的国务中，你仍没有将我们忘记。"

看见牧女们饱受离别之苦折磨的样子，黑天急忙飞奔过去，将她们搂在怀中。然后，他决定在这里陪伴牧女一段时间，所以对车夫说了一些话，让他们各自回去，又将拉车的马也放走了。

从字面来看，这首诗表达了三种情感：第一，牧女与黑天重逢的喜悦，过往思念的种种痛苦此刻已烟消云散；第二，牧女对黑天归来的感激以及对黑天仁慈、没有忘记自己的赞美；第三，黑天对牧女的体贴和热爱。实际上，在此背后，诗人真正想向世人传达的是：第一，尽管追求、虔信黑天的过程中会遭受种种痛苦，但是与黑天结合的喜悦足以使其消弭；第二，黑天仁慈，所以只要虔爱黑天，必得善果；第三，黑天具有体贴信徒、关爱信徒的美好品质。

总而言之，黑天是值得世人顶礼、膜拜的大神。

【原文】

रुकमिनि राधा ऐसैं भैंटी।

जैसैं बहुत दिननि की बिछुरी, एक बाप की बेटी।

एक सुभाव एक वय दोऊ, दोऊ हरि कौं प्यारी।

एक प्रान मन एक दुहुनि कौ[①], तन करि दीसति न्यारी।

निज मंदिर लै गई रुकमिनि, पहुनाई बिधि ठानी।

सूरदास प्रभु तहँ पग धारे, जहँ दोऊ ठकुरानी॥

（42/4910）

【对译】

艳光罗陀如此会

仿若离别许多日，同一父亲之女儿。

两人同龄同本性，两人同为诃利爱。

两人命一心亦一，唯有身体显区分。

艳光引入自己屋，依礼殷勤行招待。

苏尔达斯言，

两位女主之所在，彼处胜尊来踏足。

【释译】

本诗描述的是艳光与罗陀会面的场景。内容大致如下：

艳光与罗陀热情相会，就像一对长久分别的亲生姐妹。她们两个人年龄相同、本性相同，而且都是黑天的挚爱。她们两人同心同命，只有身体不同。艳光将罗陀带入自己的房屋中，按照礼法殷勤周到地招待她。这时，黑天也来到了屋子里。

① Sabha 本作 ko。

按照黑天派的宗教理论，这里，艳光、罗陀、牧女皆为世间无数个体灵魂即“小我”的象征，故而她们本质同一，只有外在显现的身体各异。虽然在人物设定上艳光是公主，是黑天明媒正娶的王后，而罗陀只是牧女，是黑天年少时的情人，但是本诗中艳光并未对她有丝毫怠慢，苏尔达斯也将她们同称为女主人，这一方面可以反映出诗人追求平等的社会观，另一方面也可以显现出罗陀在黑天崇拜体系中的超凡地位。甚至可以说，作为黑天的欢愉之力，罗陀的地位远超艳光。

【原文】

राधा माधव भेँट भई।

राधा माधव, माधव राधा, कीट① भृंग गति ह्वै जु गई।

माधव राधा के रँग राँचे, राधा माधव रंग रई।

माधव राधा प्रीति निरंतर, रसना करि सो कहि न गई।

बिहँसि कह्यौ हम तुम नहिँ अंतर, यह कहिकै उन ब्रज② पठई।

सूरदास प्रभु राधा माधव, ब्रज-बिहार③ नित नई नई।

（43/4911）

【对译】

罗陀与摩豆裔相会

摩豆后裔与罗陀，彼状已成蜂与虫④。

摩豆裔染罗陀色，摩豆裔色罗陀染。

摩豆后裔与罗陀，爱恋长久舌难言。

① Sabha 本作 krīt。

② Gupta 本作 vraj。

③ Gupta 本作 vraj-vihār。

④ 蜂与虫，原文为 kīṭ bhṛṅg，字面义为爬虫与黑蜂，因其二者都是昆虫，故此用来形容黑天与罗陀重聚，情意绵绵、本性同一、不可分割的情状。

笑语你我无差别，言此送彼往伯地[1]。

苏尔达斯言，

罗陀胜尊摩豆裔，伯勒杰戏永弥新。

【释译】

本诗描述的是黑天与罗陀重聚的场景。内容大致如下：

黑天与罗陀重聚在俱卢之野。他们本性同一，如同黑蜂与爬虫皆为昆虫一般。他们情意绵长，沉醉在对彼此的爱恋中不可自拔。黑天与罗陀之间的爱永恒长久，仅用言语难以描述。黑天笑着对罗陀说道："罗陀啊！我深爱着你，你我之间并没有差别。"如此说完，他就让罗陀回到伯勒杰去了。

如前所述，罗陀作为小我的象征，她和黑天的重聚象征着小我和大梵的结合。故而，本诗末尾，苏尔达斯站在全知者的视角对两人的爱恋歌颂道，黑天和罗陀在伯勒杰的嬉戏历久弥新，也就是说，在诗人看来，世间唯有小我和大梵的合一才是永恒长存、亘古不变的，才值得世人努力追求。

【原文】

हम तौ इतनैं ही सचु पायौ।

सुंदर स्याम कमल दल लोचन, बहुरौ दरस दिखायौ।

कहा भयौ जो लोग कहत हैं, कान्ह द्वारिका छायौ।

सुनिकै बिरह दसा गोकुल की, अति आतुर ह्वै धायौ।

रजक धेनु गज कंस मारि कै, कीन्हौ जन[2] कौ भायौ।

महाराज ह्वै मातु पिता मिलि, तऊ न ब्रज[3] बिसरायौ।

---

① 伯地，原文为 braj，字面义指伯勒杰地区，此处因字数限制，故缩译为伯地。

② Gupta 本作 jag。

③ Gupta 本作 vraj。

गोपी गोप अरु नंद चले मिलि, प्रेम समुद्र बढ़ायौ।

अपने बाल गुपाल निरखि मुख, नैननि नीर बहायौ।

जद्यपि हम सकुचे जिय अपनैं, हरि हित अधिक जनायौ।

वैसेइ सूर बहुरि नँदनंदन, घर घर माखन खायौ॥

（44/4915）

【对译】

此般福乐我等得

眼如莲瓣美黑天，能够再次瞧看见。

那又如何众人云，黑黑居住多门城。

听闻牛村离别状，极度不安飞奔来。

驴[①]象[②]刚沙洗衣匠[③]，诛杀使得众人喜。

虽为大王会父母，彼未忘却伯勒杰。

牧人牧女与难陀，相会离去爱海涨。

己儿牛护之面容，瞧见双目泪水淌。

尽管我等心踌躇，诃利展现诸多爱。

苏尔言，

复又那般难陀子，家家户户食奶油。

【释译】

本诗描述的是伯勒杰居民相会黑天后的感受。内容大致如下：

伯勒杰居民相互言道："我们又见到了那眼若莲瓣的俊美黑天，又得到这么多的福乐，我们多么幸运啊！即使大家都说，黑天搬到遥远的德瓦尔卡去了，那又怎么样呢？黑天如此仁慈，他听说我们

① 驴，原文为 dhenuk，指在沃林达林中被黑天和大力罗摩所诛杀的母驴怪，相关故事详见"沃林达林本事部分"总第 1117 首诗。

② 象，原文为 gaj，指被黑天诛杀的刚沙的战象，相关故事详见"前往马图拉"部分总第 3677 首诗。

③ 洗衣匠，原文为 rajag，指被黑天诛杀的刚沙的洗衣匠，相关故事详见"前往马图拉"部分总第 3666 首诗。

牛村的人们深切地思念着他，饱受离别之苦的煎熬，他就急忙赶来与我们相见了。他曾杀死了大驴怪、战象、洗衣匠和刚沙王，让大家都十分欢喜。如今他虽然贵为大王，可他依旧没有忘了自己的父母，没有忘记牛村。”

与黑天相会之后，牧人、牧女和难陀怀带着对黑天的深爱一起返回牛村。临别时，看见黑天的面容，他们的双眼不停地流淌着泪水。他们在心里不断感慨着，尽管我们面见黑天时满心犹豫，他却给了我们许多的爱。

这首诗中，伯勒杰居民与黑天的重聚进入尾声。此时此刻，他们可谓得偿所愿、心满意足，所以这里他们对黑天所表达的除了恒久不变的爱之外，更多的还有感激和赞美。实际上，这也是苏尔达斯对黑天仁爱慈悲、善待信众的歌颂。本诗末尾，诗人更是以诗外音的方式对这场相会中间的场景补叙道，黑天又如从前一样在伯勒杰各家中食用奶油。借此，穿越时空，苏尔达斯瞬间将镜头拉回到昔日的牛村，小黑天调皮地在各家偷吃奶油，伴随着牧女们的抱怨、小孩童的嬉闹，整个画面欢乐满溢、喜悦无限。

परिशिष्ट: राम चरित
附录：罗摩功行[1]

《苏尔诗海》中的罗摩颂诗基本可以确定是后期加入的作品。在黑天颂诗的基础上加入包括罗摩在内的其他题材颂诗旨在模仿《薄伽梵往世书》的十二篇体例，从而使诗集更加符合“圣典”的标准。天城体推广协会的《苏尔诗海》根据《薄伽梵往世书》的编排顺序，将罗摩颂诗编入第九篇，但也有版本将其编入附录。

北印度地方语言罗摩文学的源头均出自梵语大史诗《罗摩衍那》，不过在一千多年的流传过程中，罗摩故事本身也发生了变化。16世纪后半叶前后，杜勒西达斯编写了被誉为“印地语罗摩衍那”的《罗摩功行之湖》，将印地语的罗摩故事传统推向了一个高潮。从内容和手法上来看，《苏尔诗海》中的罗摩颂诗与蚁垤的《罗摩衍那》有一定的差别，与《罗摩功行之湖》更为接近。虽无法排除《罗摩功行之湖》影响了《苏尔诗海》中罗摩颂诗的可能性，但更有可能两者共同受益于中世纪北印度吟游诗人所传唱的罗摩故事。

---

① Sabha 本标题为 Rāmāvatār。

吉祥罗摩出生

【原文】

रघुकुल प्रगटे हैं रघुबीर।
देस-देस तैं टीकौ आयौ, रतन-कनक-मनि-हीर।
घर-घर मंगल होत बधाई, अति पुरबासिनि① भीर।
आनँद मगन भए सब डोलत, कछू न सोध सरीर②।
मागध-बंदी-सूत लुटाए, गो-गयंद-हय③-चीर।
देत असीस सूर, चिरजीवौ रामचंद्र रनधीर॥

(1/462)

【对译】

罗怙勇者④现身罗怙家
礼物来自诸多国，黄金珠宝和钻石。
家家户户贺吉祥，城中居民极拥挤。
众人沉浸喜乐中，游逛丝毫不觉身。⑤
歌者苏多⑥说书人，获赏牛马衣象王⑦。
苏尔言，
送予长寿之祝福，战勇⑧罗摩占陀罗⑨。

① Sabha 本作 puravāsini。

② Sarma 本作 śarīr。

③ Sabha 本作 har。

④ 罗怙勇者，原文为 raghubīr，通 raghuvīra，字面义为罗怙家的勇者，罗摩的名号之一。

⑤ 丝毫不觉身，形容人们由于兴奋而忘我的样子。

⑥ 苏多，原文为 sūt，根据《摩奴法论》和《摩诃婆罗多》等经典的说法，苏多为刹帝利男子与婆罗门女子所生的孩子，多为战车御者和宫廷诗人。

⑦ 象王，原文为 gayand，通 gajendra，此处指大象。

⑧ 战勇，原文为 ranadhīr，通 Raṇadhīra，字面义为“战场上勇猛、坚毅（者）”，罗摩的名号之一。

⑨ 罗摩占陀罗，原文为 Rāmcandra，罗摩的名号之一。参见季羡林译《罗摩衍那》第一卷尾注第 517。

【释译】

本诗描写了阿逾陀国的民众庆祝罗摩诞生的场景。内容大致如下：

罗摩降生于罗怙家族。为此，各国都送来了种种贺礼，包括宝石、黄金、珠宝、钻石，等等。阿逾陀的家家户户都忙着庆祝，国人们也纷纷聚在一起，熙熙攘攘，蔚为壮观。人们欢天喜地、来来往往、不知疲倦。高兴的人们给了说书人、歌者和苏多大量赏赐，包括牛、大象、马和衣服。人们纷纷送上祝福：愿勇敢的罗摩长命百岁！

弓箭游戏

【原文】

करतल-सोभित बान धनुहियाँ।
खेलत फिरत कनकमय आँगन, पहिरे लाल पनहियाँ।
दसरथ-कौसिल्या कै आगैं, लसत सुमन की छहियाँ।
मानौ चारि हंस सरबर तैं बैठे आइ सदेहियाँ।
रघुकुल-कुमुद-चंद चिंतामनि, प्रगटे भूतल महियाँ।
आए ओप देन रघुकुल कौं, आनँद-निधि सब कहियाँ।
यह सुख[①] तीनि लोक मैं नाहीं, जो पाए प्रभु पहियाँ।
सूरदास हरि बोल[②] भक्त[③] कौं, निरबाहत गहि बहियाँ॥

（2/463）

① Sabha 本作 suyahakh。
② Sabha 本作 bol。
③ Sabha 本作 bhakti。

【对译】

小小弓箭耀手掌

穿着红色小木屐，嬉戏奔跑金院[①]中。

十车憍萨厘雅[②]前，鲜花荫中光辉耀。

自湖来落栩如生，仿若如同四天鹅。

罗怙家族睡莲月，如意宝珠现大地。

来赐荣耀罗怙家，亦授众人欢喜藏。

自胜尊处所获得，此般福乐三界无。

苏尔达斯言，

诃利[③]呼唤虔信徒，抓住双臂来履行[④]。

【释译】

本诗描写了罗摩与兄弟在院落中嬉戏的场景。内容大致如下：

罗摩手持着小弓箭，显现出无限光辉。他穿着红色的小木屐在金色的院落中奔跑嬉戏。十车王和王后憍萨厘雅身前是一片花丛，花丛的阴影中光芒万丈。四个孩子如同从湖边飞来的四只天鹅一般，坐在国王和王后的身前。罗摩便是罗怙家庭的睡莲、月亮、如意宝珠，他降生在这片大地上，不仅光耀了整个罗怙世系，也给所有人带来了欢乐的宝藏。胜尊所赐予的幸福无与伦比，并非三界所有。诃利召唤着虔信者，拥抱他们、保护他们。

刻画童年黑天的形象，从而激发信徒心中的爱意是苏尔达斯诗的一大特点。本诗将这种表现手法运用到了罗摩颂诗中，同样

---

① 金院，原文为 kanagamay，字面义为满是金色（黄金）的院子，用以形容十车王宫苑的金碧辉煌。

② 十车，原文为 dasarath，通 Daśaratha，即罗摩之父十车王。憍萨厘雅即罗摩之母。

③ 此处指大神，即毗湿奴。

④ 履行，原文为 nirbāhat，字面义为履行（承诺），此处对应的承诺为本行中的“抓住双臂”，也就是保护、庇佑信徒。

刻画了嬉戏玩耍的童年罗摩，以期达到激发人们对罗摩萌生爱意的目的。

抢夺婚线

【原文】

कर कंपै, कंकन[1] नहिं छूटै।
राम सिया-कर-परस मगन भए, कौतुक निरखि सखी सुख लूटैं।
गावत नारि गारि सब दै दै, तात भ्रात की कौन चलावै।
तब[2] कर-डोरि छुटै रघुपति जू, जब कोसिल्या माता आवै।
पूँगी फल जुत जल निरमल धरि, आनी भरि कुंडी जो कनक की।
खेलत जूप सकल जुवतिनि मैं, हारे रघुपति, जिती जनक की।
धरे निसान अजिर गृह मंगल, बिप्र बेद अभिषेक करायो।
सूर अमित आनंद जनकपुर, सोइ सुकदेव पुराननि गायो॥
（3/469）

【对译】

手抖未能松婚线

触悉多[3]手罗摩醉，瞧见婚线[4]女伴喜。
众女唱起俚俗歌，父亲兄弟何人提。
憍萨厘雅妈来时，罗怙主松手中线？
槟榔果之净水持，装满金罐取将来，

① Varma 本作 kampan。
② Varma 本作 tav。
③ 悉多，原文为 siyā，通 Sītā。
④ 婚线，原文为 kaṅgan，指举行婚礼时系在新郎新娘手腕上的婚带。

众女之中赌输赢，罗怙主输遮女[1]赢。[2]

庭院家中置吉符，吠陀水礼[3]祭司行。

苏尔言，

遮那竭城喜无边，苏迦[4]往世书中唱。

【释译】

本诗描写了罗摩与悉多新婚的场景。内容大致如下：

罗摩激动地双手不住颤抖，一时没能解开缠在手上的婚线。他碰到了悉多的手，深深陶醉其中！悉多的女伴们瞧见了俩人还没解开婚线，不禁大喜。她们围着新婚夫妇，唱起了婚礼上流行的那些俚俗歌调，谁还管在一旁的父亲兄弟怎么看呢？她们调侃着羞涩的罗摩，说道："罗摩啊！你看看你，难道要等到你妈妈憍萨厘雅亲自前来，你才会解开这手上的婚线吗？"

人们嬉闹着拿来装满清水的金罐，然后把槟榔果放进水里。在女伴们的簇拥之下，罗摩和悉多开始竞猜女伴从水中抓了几颗槟榔果，结果悉多猜中了，罗摩猜错了。

此时，在院子中、房子上，人们已经涂上了吉祥的符志，婆罗门祭司们也正在按照吠陀的要求举行祭祀。

此时此刻，遮那竭城中喜乐无限，苏迦提婆在"往世书"中也正是如此歌颂的啊！

《罗摩衍那》《薄伽梵往世书》和《罗摩功行之湖》中均对罗摩

---

① 遮女，原文为 janak kī，字面义为"遮那竭的（女儿）"，即悉多。因字数所限，故缩译为遮女。

② 这两行诗描述的是印度民间女子闹洞房的方式。游戏开始由新娘的女伴将槟榔果放入水中，然后以手拿出，由新郎和新娘猜手中握有几颗槟榔果。游戏过程中女伴们会以种种方式确保新娘获胜，新郎失败。

③ 水礼，原文为 abhiṣek，以水加持的仪式。

④ 苏迦，原文为 sukadev，通 Śukadeva，毗耶娑之子。《薄伽梵往世书》即由苏迦向阿周那之孙继绝王讲述。

与悉多的婚礼进行了描述，然而却很少如本诗一般描述得活灵活现。本诗将印度的许多民俗融入其中，例如在女方家举办婚礼、松婚线、女伴们唱俚俗歌调等，使得遥不可及的大神功行变成了人人熟知的喜庆之事。罗摩的羞涩、女伴的调侃令婚礼的场景跃然纸上，以活泼的民众生活丰富了宗教诗歌的内容，实乃佳作。

相会持斧罗摩

【原文】

परसुराम तेहिं औसर आए।

कठिन पिनाक कहौ① किन तोयौं②, क्रोधित बचन सुनाए।

बिप्र③ जानि रघुबीर धीर, दोउ हाथ जोरि, सिर नायौ।

बहुत दिननि को हुतौ पुरातन, हाथ छुअत उठि आयौ।

तुम तौ द्विज, कुल-पूज्य हमारे, हम-तुम कौन लराई ?

क्रोधवंत कछु सुन्यौ नहीँ, लीयौ सायक-धनुष चढ़ाई।

तबहूँ रघुपति न क्रोध④ कीन्हौ, धनुष न बान सँभार्यो।

सूरदास प्रभु-रूप समुझि, बन परसुराम पग धार्यौ⑤ ॥

（4/472）

【对译】

持斧罗摩彼时来

说出愤怒之言语：且说何人断硬弓！

罗怙勇知婆罗门，双手合十头低垂：

① Sabha 本作 kahau。

② Sabha 本作 tonyau。

③ Sabha 本作 vibr。

④ Sabha 本无此 krodh，Gupta 本作 kop。

⑤ Sabha 本作 dhānyo。

天长日久已老旧，手一碰触即断裂，
我家敬你婆罗门，你我何人会争斗？
盛怒丝毫不闻听，拿起长箭拉开弓。
纵使彼时亦不愠，不握弓箭罗怙主。
苏尔达斯言，
既知胜尊之色相，持斧罗摩足置林[①]。

【释译】

本诗描写了罗摩与持斧罗摩对峙的场景。内容大致如下：

正在这时，持斧罗摩来了。他怒火中烧，说道："说！湿婆之弓被谁拉断了？"在得知持斧罗摩是婆罗门之后，罗摩耐心地双手合十，低下了头向持斧罗摩致敬。罗摩道："湿婆之弓已经很老了，我只是用手碰了一下，它就断了。您是婆罗门，是我们家族所敬拜的人，我们之间怎么可能发生争斗？"愤怒的持斧罗摩什么也听不进去，他将弓箭拉开。即便如此，罗摩也没有生气，没有开弓。不过，持斧罗摩很快明白了罗摩是毗湿奴大神的化身，便转身向森林走去。

这首诗所描绘的是两个罗摩相会的情节，该故事见诸大史诗《罗摩衍那》以及《罗摩功行之湖》，但情节均有不同。

在《罗摩衍那》中，持斧罗摩并没有因为罗摩折断湿婆神弓而愤怒，而是在得知罗摩的神勇之后带来了另一张毗湿奴神弓要求罗摩拉开，并且说："如果我看到你有力量，能够把箭装到弓上，你的力量值得赞扬，我就同你比试一场。"（1.74.4）尽管十车王试图劝解，但是持斧罗摩依旧坚持。此时，年轻的罗摩坚持"按照我们刹帝利的达磨……怯懦不允许"（1.75.3），愤然接过毗湿奴神弓并上弦对准了持斧罗摩，威胁要消灭持斧罗摩的神通。摄于罗摩的威严，持斧

① 足置林，原文为 pag dhāryau，字面义为将脚放到森林里，即去往森林。

罗摩最终承认“你终于把我打败了，你这个三界之主”。(1.75.19) [1]

在《罗摩功行之湖》中，持斧罗摩因为罗摩折断了湿婆神弓而愤怒，罗摩也尽力表现得忍让、谦卑，这一点与本诗是一样的。但是最终，罗摩还是表现出了刹帝利的威严，并以神力让毗湿奴的神弓自动上弦、射箭，折服了持斧罗摩。此外，在这一过程中，罗什曼那对持斧罗摩极尽调侃，不仅将持斧罗摩重视的神弓与玩具弓相提并论，“我小时候折断过很多玩具弓，您从不发火。今天您的态度为什么与往日不同，竟如此喜欢这张破烂不堪的弓” [2]，还挖苦持斧罗摩“吹牛皮，吓唬人，想用一口气把大山吹走”。[3]

《苏尔诗海》只收录了这一首有关两个罗摩相会的诗，可以看出其情节与《罗摩功行之湖》，而非《罗摩衍那》更为相近，即持斧罗摩因为湿婆神弓断裂而愤怒，罗摩表现谦恭。不过，与《罗摩功行》不同，本诗中罗摩是以宽容和神性令持斧罗摩折服，而非神力。这里，罗摩由大史诗中威严、果敢的刹帝利帝王逐渐向一个宽容、仁慈的大神化身形象的转变，可以从另一个侧面展现罗摩故事在北印度的演变。

城中女子之问

【原文】

कहि धौँ सखी बटाऊ को हैँ?

अद्भुत बधू लिए सँग डोलत देखत त्रिभुवन मोहैँ।

परम सुसील सुलच्छन जोरी, बिधि की रची न होइ।

---

① 《罗摩衍那》引文引自《季羡林全集》卷 22，北京：外语教学与研究出版社，2008 年。

② 金鼎汉译:《罗摩功行之湖》，北京：人民文学出版社，1988 年，第 181 页。

③ 金鼎汉译:《罗摩功行之湖》，北京：人民文学出版社，1988 年，第 183 页。

काकी तिनकौं उपमा दीजै, देह धरे धौं कोइ।

इनमैं को पति आहिं तिहारे, पुरजनि पूँछैं धाइ।

राजिवनैन मैन की मूरति, सैननि दियौ बताइ।

गईं सकल मिलि संग दूरि लौं, मन न फिरत पुर-बास।

सूरदास स्वामी के बिछुरत, भरि भरि लेतिं उसास॥

（5/489）

【对译】

女友且说路人是谁

非凡新娘偕随行，见之三界陷沉迷。

一对端庄妙相极，并非造物之所作，

谁人能予其比喻？倒像某[1]持肉身躯。

城中女子奔走问：此中谁为你夫婿？

给出暗示来告知：欲神形象莲花眼。

众人结伴远行去，城中住所心不回。

苏尔达斯言，

待与主人分别时，长长唉声又叹气。

【释译】

本诗描写了阿逾陀的女子沉迷于罗摩和悉多的美貌而紧紧相随的场景。内容大致如下：

罗摩迎娶悉多之后返回阿逾陀。城中的女子见到他们，便相互询问起来："嘿，姐姐，这些行人是谁？和他们一起的有一位惊为天人的新娘，看见她三界都会为之沉醉。这一对夫妻真是品行端正又具吉祥妙相，简直不是梵天创造出来的。有谁能够比喻这美妙的容貌呢？感觉他们像是天神下凡。"村妇们追了上来问悉多："这些人中谁是你的丈夫？"悉多指了指，告诉她们："拥有如蓝莲花一般美丽

① 此处指的是某位天神。

眼眸和欲神一般隽秀身躯的便是我的夫君。”所有女子一起追了很远很远，她们的心早已离开城中的家里。然而，她们终究得和罗摩分别，分别之时，她们伤心不已，长长叹息。

这是一首典型的“苏尔式”罗摩颂诗，与大史诗《罗摩衍那》以及《罗摩功行之湖》均不相同。《苏尔诗海》将其收入《阿逾陀篇》，但《罗摩衍那》以及《罗摩功行之湖》中的《阿逾陀篇》开篇即是十车王向大臣征求为罗摩灌顶的意见，类似情节仅见诸《童年篇》，但与本诗皆有一定的差异，例如：

“城里挤满了欢乐的居民，他们热诚祝愿国王回宫。”（《罗摩衍那》1.76.7）

“这一群国王的老婆，都出来欢迎杰出的悉多。”（《罗摩衍那》1.76.9）

“迎亲队伍在鼓声中欢欢喜喜地踏上归途，沿途村庄的男男女女见到罗摩，大饱眼福。”（《罗摩功行之湖》第 226 页）

“女人以满意的心情看着漂亮的新娘，揭开轿帘，看看坐在里面的美貌新娘。”（《罗摩功行之湖》第 229 页）

相比之下，本诗的描写更为生动，并且无论在具体的比喻意象（“欲神形象莲花眼”）还是叙事场景（女子之间的议论）方面都十分接近《苏尔诗海》中其他描述黑天和罗陀的诗。

悉多被掳

【原文】

राम धनुष अरु सायक साँधे।

सिय-हित मृग पाछैं उठि धाए, बलकल[1] बसन, फेंट[2] दृढ़ बाँधे।

नव-घन, नील-सरोज बरन बपु, बिपुल बाहु, केहरि-कल[3] काँधे।

इंदु-बदन, राजीव-नैन बर[4], सीस जटा सिव-सम सिर बाँधे।

पालत, सृजत, सँहारत, सैंतत, अंड अनेक अवधि पल आधे।

सूर भजन-महिमा दिखरावत, इमि अति सुगम चरन आराधे॥

（6/502）

【对译】

罗摩弓箭已上弦

树皮衣衫腰带紧，因爱悉多逐鹿奔。

身如新云蓝莲色，手臂宽大腰雄狮。

月容眼如最妙莲，头顶束扎湿婆髻。

半瞬之间几多卵，维持创造毁与聚。

苏尔言，

颂歌之中伟大现，敬拜如此可及足。

【释译】

本诗描写了罗摩在悉多的要求之下去捕捉罗刹摩哩遮幻化的金鹿的故事。内容大致如下：

出于对悉多的爱意，在悉多的要求下，罗摩弓箭上弦，去追逐罗刹摩哩遮化身的金鹿。他身着树皮衣，腰间扎紧腰带。他的身体

---

① Varma 本作 valakal。
② Sabha 本作 pheṭ。
③ Sabha 本和 Varma 本作 phal。
④ Varma 本作 var。

如新云一般呈现出美丽的蓝莲色，他的手臂宽大，腰身如雄狮一般纤细。他的脸如同皓月一般，眼睛如同最为精美的莲花，他的头顶上还扎着如湿婆大神一般的苦行者发髻。罗摩是伟大的世界之主，只在半瞬之间就能维持、创造、毁灭、聚拢无数个梵卵（世界）。颂歌之中所歌颂的伟大现在得以在我们面前展现，我们真是应当敬拜这种可以触及的神足！

罗刹摩哩遮化身金鹿，以调虎离山之计骗开了罗摩和罗什曼那，进而使得罗波那得以掳走悉多的故事在《罗摩衍那》和《罗摩功行之湖》中均具有重要的转折意义。不过，本诗的重点不在于情节，而在于描述罗摩的伟大和光辉，“身如新云蓝莲色”“手臂宽大腰雄狮”和“月容眼如最妙莲”均是《苏尔诗海》中常用于黑天的比喻。

罗摩恸哭

【原文】

सुनहु अनुज, इहिँ बन इतननि मिलि जानकी प्रिया हरी।
कछु इक अंगनि की सहिदानी, मेरी दृष्टि परी।
कटि केहरि कोकिल कल बानी, ससि मुख-प्रभा धरी।
मृग मूसी नैननि की सोभा, जाति न गुप्त करी।
चंपक-बरन, चरन-कर कमलनि, दाड़िम दसन लरी।
गति मराल अरु बिंब अधर-छबि, अहि अनूप कवरी।
अति करुना रघुनाथ गुसाइँ, जुग ज्यौं जाति धरी।
सूरदास प्रभु प्रिया-प्रेम-बस, निज महिमा बिसरी॥
（7/507）

【对译】

弟听此林这多众

弟听此林这多众，会同抢夺遮爱女，
身体诸部些许迹，落入我之视野中：
狮腰杜鹃甜蜜声，月亮[1]持有[2]面容光；
双眼光辉鹿儿偷，隐藏掩饰遮不住；
金香木色[3]莲手足，石榴牙齿之排列；[4]
栝楼唇美天鹅步，无与伦比发辫蛇。[5]
至慈牛主罗怙主，一刻仿若时代度。
苏尔达斯言，
因受情女之爱控，自己伟大胜尊忘。

【释译】

本诗描写了罗摩发现悉多失踪以后悲痛欲绝，控诉林中生灵夺走悉多的场景。内容大致如下：

罗摩发现妻子悉多失踪后，悲恸万分，四处寻找。他对弟弟罗什曼那道："弟弟啊，你听我说！就是这森林中的种种生物，因为嫉妒悉多的美貌，将她掳走了。悉多身体各部分的一些痕迹，我都看在眼里：你看！狮子夺走了悉多纤细灵巧的腰身；杜鹃鸟抢走了悉多甜蜜的嗓音；月亮夺走了悉多脸庞的容光；那狡猾的鹿，抢走了悉多眼中的光辉，如今无论如何也掩藏不了！再看那金香木抢走了

① 月亮，原文为 sasi，字面义为"表面有兔子的"。印度神话中也有月兔一说，故而将月亮称为"表面有兔子的"。

② 本行前两个意象均省略了动词"持有"，即狮子（持有）腰，杜鹃（持有）甜蜜的声音，月亮持有面容的光辉。

③ 金香木呈黄色，这种颜色被印度人用以形容肤色"白"。此处"金香木色"实为"具有金香木色的"，指的是悉多的肤色。

④ 石榴的果实由紧密排列的颗粒构成，此处用以比喻悉多整齐的牙齿。

⑤ 本行诗以红色的栝楼果比喻悉多的嘴唇，以天鹅的优雅比喻悉多的步态，以蛇比喻悉多的发辫。

悉多的肤色，莲花夺走了悉多的手和脚，石榴的果实一粒粒严丝合缝，不正像悉多整齐的牙齿吗？更有栝楼的果实抢走了悉多唇上艳丽的红色，天鹅夺走了悉多优雅的步伐，就连那蛇也不放过悉多无与伦比的发辫！”

罗怙之主罗摩是至善至慈的主人，失去了悉多，他度日如年，一刻也仿佛一个时代一般漫长。胜尊就这样为爱所控，甚至忘却了自己的伟大！

悉多被劫之后罗摩四处寻找的情节见诸《罗摩衍那》，其中也有不少对悉多身体各部分的比喻，其中一些与本诗提到的比喻类似，例如：“瞻部（即金香木）呀！如果你看到她，颜色像金子一样的悉多；如果你认识这可爱的人，请千万要告诉我”（3.58.19）。“小鹿呀！她眼睛像你，也或许你就认识悉多”（3.58.20）。“老虎呀！她的脸庞像月亮”（3.58.22）。但不同的是，《罗摩衍那》中的罗摩是向这些与悉多相仿的生物询问，而本诗中罗摩则因为思念和悲伤而直接指责这些生物夺走了悉多身体的不同部分。类似诗未见诸《罗摩功本诗行之湖》，反而与《苏尔诗海》中其他描述罗陀体态的诗歌在风格、手法上较为相似，可以说本诗是一首苏尔式的罗摩诗。

商婆底与猴子对话

【原文】

बिछुरी मनौ संग तैं हिरनी।

चितवत रहत चकित चारौं दिसि, उपजी बिरह तन जरनी।

तरुवर-मूल अकेली ठाढ़ी, दुखित राम की घरनी।

बसन कुचील चिहुर लपिटाने, बिपति जाति नहिं बरनी।

लेति उसास नयन जल भरि-भरि, धुकि सो परै धरि धरनी।

सूर सोच जिय पोच निसाचर, राम नाम की सरनी ॥

（8/517）

【对译】

宛若母鹿离同伴

环顾四周惊慌恐，生出离苦灼身体。

独自站立于树根，罗摩之妻伤痛苦。

衣衫褴褛发蓬乱，苦难处境不可述。

眼中盈泪哀叹息，俯身倒下伏在地。

苏尔言，

心忧卑鄙夜行者①，罗摩名号乃庇护。

【释译】

本诗借由神鹫商婆底之口描述了悉多在楞伽的惨状。内容大致如下：

商婆底对哈奴曼等猴子道："那离开了丈夫的悉多十分悲惨，就好像掉队了的母鹿一样。她环顾四周，担惊受怕，离别之苦如烈火一般灼烧着她的身体。罗摩的妻子悉多现在一个人独自站在树下，痛苦万分！她衣衫褴褛，头发蓬乱，苦难的情状难以描述。她因为悲伤而哀叹，眼中充满了泪水，伏倒在地。她担心卑鄙的罗刹罗波那会对她做出什么不好的事，所以，只能在罗摩的名号中寻求庇护。"

① 夜行者，原文为 nisācar，通 niṣācara，字面义为在夜晚行动的，多指罗刹等妖魔。此处特指罗波那。

特哩竭吒与悉多对话

【原文】

सो दिन त्रिजटी, कहु कब ऐहै ?

जा दिन चरनकमल रघुपति के हरषि जानकी हृदय लगैहै।

कबहुँक लछिमन पाइ सुमित्रा, माइ-माइ कहि मोहिं सुनैहै।

कबहुँक कृपावंत कौसिल्या[①], बधू-बधू कहि मोहिं बुलैहै।

जा दिन कंचनपुर प्रभु ऐहैं बिमल ध्वजा रथ[②] पर फहरैहै।

ता दिन जनम सफल करि मानौं मेरी हृदय-कालिमा जैहै।

जा दिन राम रावनहिं मारैं, ईसहिं लै दससीस चढ़ैहै।

ता किन सूर राम पै सीता सरबर वारि बधाई दैहै॥

(9/525)

【对译】

特哩竭吒[③]，那日何时能来到

罗怙主之莲花足，遮女喜贴心口日，

终得须弥多罗母，我听罗什曼那唤，[④]

憍萨厘雅大慈悲，终以儿媳叫唤我。

胜尊驾临金城[⑤]日，圣洁旗帜车上扬，

那日我心污点去，此生圆满才承认。

罗摩诛杀罗波那，十首奉给自在[⑥]日，

---

① Varma 本作 kauśilyā。

② Varma 本作 radh。

③ 特哩竭吒，原文为 trijaṭī。在《罗摩衍那》中作 trijaṭā，季羡林本译为“特哩竭吒”。特哩竭吒是一名女罗刹，她曾经在悉多被囚期间做梦预见楞伽岛的沦陷，并劝说罗刹善待悉多，但悉多与特哩竭吒并没有更多的交流。(参见《罗摩衍那》5.25)这个角色在《罗摩功行之湖》中也出现了，译为“德利遮达”。在《罗摩功行之湖》中德利遮达不仅向悉多和女罗刹讲述了自己的梦，悉多还与德利遮达诉说自己的心情。

④ 本行诗的意思是“什么时候我才能听到罗什曼那呼唤自己的母亲须弥多罗？”

⑤ 金城，黄金之城，即楞伽。

⑥ 自在，原文为 īs，通 īśa，此处指湿婆。

苏尔言，

那日悉多为罗摩，献出一切予庆贺。

【释译】

本诗描写了被囚的悉多与善良的罗刹女特哩竭吒的对话。内容大致如下：

悉多对特哩竭吒道："特哩竭吒，你说那一天什么时候才能到来啊？等到那一天，遮那竭的女儿我就可以将罗怙之主罗摩如莲花一般的双脚捧在心间；须弥多罗和罗什曼那也终将得以会面，我也能听到罗什曼那呼唤母亲的声音；仁慈的妈妈憍萨厘雅也终将亲口将我唤作儿媳妇。那一天，胜尊将亲临这黄金之城楞伽，他那圣洁的旗帜将在战车上飘扬。等到那一天，我的人生才会得到善果，我心中的污点和耻辱也将随之消去；等到那一天，罗摩会杀了罗波那，并将他的十个脑袋献给湿婆大神。等到那一天，我悉多愿为庆祝罗摩的胜利献出一切。"

哈奴曼为悉多解除忧虑

【原文】

जननी, हौं अनुचर रघुपति कौ।

मति माता करि कोप सरापै, नहिं दानव ठग मति कौ।

आज्ञा होइ, देउँ कर-मुँदरी, कहौं सँदेसौ पति कौ।

मति हिय बिलख करौ सिय, रघुबर हतिहैं[①] कुल दैयत कौ।

कहौ तौ लंक उखारि डारि देउँ, जहाँ पिता संपति कौ।

कहौ तौ मारि-संहारि नसाचर, रावन करौं अगति कौ।

① Sabha 本作 hati haiṁ。

सागर-तीर भीर बनचर की, देखि कटक रघुपति कौ[1]।

अबै[2] मिलाऊँ तुम्हैं सूर प्रभु, राम-रोष डर अति कौ ॥

（10/528）

【对译】

主母啊，我乃罗怙主之仆[3]

主母且勿怒诅咒，并非骗心檀奴裔。

有令便奉手指环，主人讯息来述说。

悉多勿要心啜泣，罗怙胜[4]杀提迭族。

下令便将楞伽拔，掷向财富之父处[5]。

下令便诛夜行者，让罗波那再难行。

试看罗怙主大军，海边聚集林行者[6]。

苏尔言，

现可使你会胜尊，然犹深恐罗摩怒。[7]

【释译】

本诗描写了哈奴曼安慰陷于惶恐之中的悉多的场景。内容大致如下：

哈奴曼对悉多道："主母啊，你不要因为愤怒而诅咒我，我不是心存欺诈的妖魔，而是罗怙之主罗摩的奴仆。若你允许的话，我这就奉上罗摩的指环作为信物，并且告诉你主人罗摩让我转达的信息。悉多啊！你不要暗自啜泣，罗怙家族中的翘楚罗摩一定

① Sabha 本作 ko。

② Varma 本作 abahiṁ。

③ 罗怙主之仆，原文为 anucara raghupatikau，其中罗怙主指罗怙族的主人，即罗摩。此处，罗怙主之仆指神猴哈奴曼。根据印度神化传说，哈奴曼是风神之子，拥有四张脸和八只手，虔信罗摩。

④ 罗怙胜，原文为 raghubar，通 Raghuvara，字面义为罗怙家族中最为殊胜、出色的人，此处指罗摩。

⑤ 财富之父，指财神俱毗罗。他的处所即盖拉莎山。

⑥ 林行者，原文为 bancar，通 vana-cara，字面义为奔跑在树林之中的，此处指猴子。

⑦ 本行诗的意思是哈奴曼虽然可以带悉多飞过大海见到罗摩，但由于那样就不可避免要触碰悉多的身体，进而招致罗摩的愤怒，故哈奴曼最终打消了这一念头。

会斩杀所有妖魔。若你下令，我这就把楞伽整个连根拔起，扔向财神俱毗罗所在的盖拉莎山。若你下令，我就杀尽这些夜行的罗刹，打到罗波那走不了路。你看看罗怙之主庞大的军队啊！海岸边已经聚集了如此众多的猴子大军。虽然我现在就可以带你去见罗摩，但那样我又怕会触碰到你的身体，进而让罗摩生气。我确实十分畏惧他的愤怒。”

【原文】

सुनु कपि, वै रघुनाथ नहीँ ?
जिन रघुनाथ पिनाक पिता-गृह तोर्यौ निमिष महीँ।
जिन रघुनाथ फेरि भृगुपति-गति डारी काटि तहीँ।
जिन रघुनाथ-हाथ खर-दूषन-प्रान हरे सरहीँ।
कै रघुनाथ तज्यौ प्रन अपनौ, जोगिनि दसा गही①?
कै रघुनाथ दुखित कानन, कै नृप भए रघुकुलहीँ।
कै रघुनाथ अतुल बल राच्छस दसकंधर डरहीँ ?
छाँड़ी नारि बिचारि पवन-सुत, लंक बाग बसहीँ।
कै हौँ कुटिल, कुचील, कुलच्छनि, तजी कंत तबहीँ !
सूरदास स्वामी सौँ कहियौ अब बिरमाहिँ नहीँ ॥
(11/535)

【对译】

猴子且听，难道不再是那罗怙主
罗怙之主眨眼间，折断父亲家中弓②。
罗怙之主打断退，婆利古主之行径。
罗怙之主亲手夺，伽罗突舍那③之命。

① Varma 本作 gahīṁ。
② 弓，原文为 bināk，此处特指罗摩折断的湿婆神弓。
③ 伽罗，原文为 khar。突舍那，原文为 duṣan。两人均为罗波那的兄弟，为罗摩所杀。

罗怙主或抛己誓，抓持瑜伽士之状？
罗怙主或林中苦？或成罗怙家国王？
罗怙主或畏罗刹，无比大力十颈者？
思虑之后抛妻子，驻楞伽园风之子？
或因邪脏不吉相，因此丈夫将我弃？
苏尔达斯言，
且请告知向主人，现在切莫再停滞。

【释译】

本诗交代了悉多责问哈奴曼的话，表现出悉多深陷不安、顾虑重重的情态。内容大致如下：

悉多焦虑地对哈奴曼道："猴子，你告诉我，难道罗摩已经变了吗？他已不再是那个威武的罗怙之主了吗？曾经的罗怙之主，只在一瞬之间就把我父亲家中的湿婆神弓给折断了。曾经的罗怙之主，甚至让他人不敢开罪的婆利古家族的主人持斧罗摩无功而返。曾经的罗怙之主亲手杀死了罗刹伽罗和突舍那。难道罗怙之主已经抛弃了要保护我的誓言，出家成为云游的瑜伽士了吗？还是他仍在林中受苦？抑或他已经回到阿逾陀，当上罗怙家族的国王？还是说，他也惧怕拥有十首的大力罗刹罗波那？哦，风之子哈奴曼啊，难道说，他考虑再三，还是决定将自己的妻子抛弃在这楞伽岛上的花园中？还是说他以为我失去了贞洁，所以将我抛弃？"

到了此时，苏尔达斯也不禁急切道："快快把悉多的情况告诉主人罗摩吧，可别再耽误了！"

本诗从大框架来看描绘了受困的悉多惶恐不安、焦虑不堪的情状，但另一方面也以悉多之口歌颂了罗摩的种种功行，通过一种特殊的表述方式将引经据典歌颂大神功行嵌入到情节发展之中。

悉多给吉祥罗摩的口信

【原文】

मैं परदेसिनी① नारि अकेली।

बिनु रघुनाथ और नहिं② कोऊ, मातु-पिता न सहेली।

रावन भेष धर्यौ तपसी कौ, कत मैं भिच्छा मेली।

अति अज्ञान मूढ़-मति मेरी, राम-रेख पग पेली।

बिरह-ताप तन अधिक जरावत, जैसैं दव द्रुम बेली।

सूरदास प्रभु बेगि मिलावौ, प्रान जात हैं खेली॥

（12/538）

【对译】

女子我在异乡孤

除罗怙主再无他，无有父母无女伴。

罗波那扮苦行者，为何我要予施舍？

我心愚蠢极无知，双足越过罗摩线③。

离火猛烈灼身体，宛若林火树木藤。

苏尔达斯言，

胜尊速速来相会，生命很快将消逝。

【释译】

本诗描述的是悉多央求哈奴曼给罗摩带口信，表达自己极其无助和悔恨的场景。内容大致如下：

悉多道："我一个弱女子，孤身待在这楞伽国，没有父亲、母亲，也没有伙伴，除了罗怙之主罗摩，如今再也没有谁可以让我依

① Varma 本作 paradesin；Gupta 本作 paradesini。

② Sabha 本作 nahi。

③ 罗摩线，原文为 rām-rekh，是罗摩为悉多捕捉金鹿之前留下保护悉多的一道线，罗摩叮嘱悉多不要越过这条线，但悉多受罗波那蛊惑，越过了这条线，终为罗波那所掳。

靠。那狡猾的罗波那装扮成苦行者来行乞，当初我为什么要去施舍他呢？我实在是愚蠢至极啊，就这样被罗波那欺骗，越过罗摩给我留下的保护线。现在我与罗摩分别，离别之苦灼烧着我的身体，就好像林火点燃了树木和藤蔓一样。胜尊罗摩啊！你快来与我相会吧，不然我的生命就要在这命运的捉弄之中消逝了呀！”

离别之苦是印度文学的一大主题，也是帕克蒂文学表现对大神虔诚爱意时常运用的一种手法。本诗以悉多之口表达了女主人公孤苦伶仃、悔恨、思念相交织的复杂情感，以此来表达对大神的深深眷恋。

罗摩立誓

【原文】

तब हौं नगर अजोध्या① जैहौं।
एक बात सुनि निस्चय मेरी, राज्य बिभीषन② देहौं।
कपि-दल जोरि और सब सैना③, सागर सेतु बँधैहौं।
काटि दसौ सिर, बीस भुजा, तब दसरथ-सुत जु कहैहौं।
छिन इक माहिं लङ्क गढ़ तोरौं, कंचन-कोट ढहैहौं।
सूरदास प्रभु कहत बिभीषन, रिपु हति सीता लैहौं॥
（13/557）

【对译】

彼时我回阿逾陀
且听一言我决定：王国赐维毗沙那④；

① Varma 本作 ayodhyā。
② Sabha 本作 vibhīṣan。
③ Varma 本作 senā。
④ 维毗沙那，原文为 bibhīṣan，根据史诗《罗摩衍那》，维毗沙那是十首王罗波那的弟弟，但是他却站在正义的一方，协助罗摩与哈奴曼击败了罗波那。

集合猴群与众军，大海之上搭桥梁；

砍臂二十削十首，至此方称十车子；

破楞伽城一刹间，摧毁黄金之要塞。

苏尔达斯言，

胜尊语维毗沙那：诛杀敌人接悉多。

【释译】

本诗叙述的是罗摩在战斗之前立下的誓愿，凸显了罗摩的英雄气概。内容大致如下：

罗摩对维毗沙那道："维毗沙那，我决定，待到我一一完成这些目标时，我才会回阿逾陀！我要将楞伽的王位赐予维毗沙那你。我要集合猴军和其他军队，在大海上搭建桥梁。我要杀了罗波那，砍下他的二十支手臂和十个脑袋，不然我就不叫十车王之子。我要在一刹那间摧毁布满黄金的楞伽城。我要杀了所有敌人，接回悉多，不然我誓不回国！"

相比黑天，罗摩的形象更加英武。虽然在《苏尔诗海》的黑天颂诗中也包含黑天诛杀刚沙王的战斗篇章，但是黑天单刀赴会直取刚沙的形象和罗摩指挥千军万马渡海作战的形象还是有很大差别的。本诗以及下一首诗交代的均是罗摩出征前的誓师之词，相比黑天，罗摩更具大将之风。

罗摩大战罗波那

【原文】

दूसरैं कर बान न लैहौं।

सुनि सुग्रीव, प्रतिज्ञा मेरी, एकहिं बान असुर सब हैहौं।

सिव-पूजा जिहिं भाँति करी है, सोइ पद्धति परतच्छ दिखैहौं।

दैत्य प्रहारि[1] पाप-फल-प्रेरित, सिर-माला सिव-सीस चढ़ैहौं।
मनौ तूल-गन परत अगिनि-मुख, जारि जड़नि जम-पंथ पठैहौं।
करिहौं नाहिं बिलंब कछू अब, उठि रावन सन्मुख[2] ह्वै धैहौं।
इमि दभि दुष्ठ देव-द्विज मोचन, लंक बिभीषन[3], तुमकौं दैहौं।
लछिमन, सिया समेत सूर कपि, सब सुख सहित अजोध्या[4] जैहौं ॥

（14/601）

【对译】

手中不拿第二箭

妙项且听我誓言，一箭尽诛阿修罗。
以何方式拜湿婆，便把那般方式现。[5]
罪果所驱提迭[6]灭，头颅链奉湿婆首。
若棉团落火神口，烧蠢货[7]遣阎摩路。
现今不会再延迟，起身冲向罗波那。
如此降伏堕落者，救出天神婆罗门，
对你维毗沙那啊，给予封赐楞伽城。
苏尔言，
偕众喜往阿逾陀，罗什曼那悉多猴。

【释译】

本诗依然叙述的是罗摩大战前立下的誓愿。内容大致如下：

罗摩道："妙项，我在此发誓，我只消用一支箭就能消灭所有阿

---

① Varma 本作 prahār。

② Varma 本作 sammukh。

③ Varma 本作 vibhīṣan。

④ Varma 本作 ayodhyā。

⑤ 罗波那曾经意欲砍下自己的头颅以取悦湿婆，湿婆为他的诚意所动，令他砍下头颅时即长出另一个头颅。如此重复九次，罗波那便拥有了十个头颅，成为十首王。罗摩这里说要罗波那再次展现取悦湿婆的方式，也就是说要砍下罗波那的头颅杀了他。

⑥ 提迭，原文为 daitya，字面义为生自提底（Diti）的，特指大梵天之孙迦叶波仙人与陀刹仙人与女提底所生的后裔。他们时时扰乱正法，与众天神为敌，因而也被称为恶魔、阿修罗。

⑦ 愚，指无知、愚蠢的罗刹。

修罗，决不取用第二支箭。罗波那如何将头砍下来取悦湿婆，我便要他如何去死。我将消灭那些为恶果所驱使的提迭，将他们的头颅串成项链挂到湿婆的脖子上。我要像点燃棉团一样烧了这些愚蠢无知的行尸走肉，将他们送上去见阎王的路。现在我不会再耽搁，我这就杀向罗波那，惩罚这些堕落的生灵，解救婆罗门和天神。嘿，维毗沙那！楞伽就交给你了！罗什曼那、悉多、猴军，让我们欢喜地凯旋回归阿逾陀！”

【原文】

आजु अति कोपे हैं रन राम।
ब्रह्मादिक आरूढ़ बिमाननि①, देखत हैं संग्राम।
घन तन दिव्य② कवच सजि करि अरु कर धार्यौ सारंग।
सुचि करि सकल बान सूधे करि, कटि-तट कस्यौ निषंग③।
सुरपुर तैं आयौ रथ सजि कै④, रघुपति भए सवार।
काँपी भूमि कहा अब ह्वैहै, सुमिरत नाम मुरारि।
छोभित सिंधु, सेष-सिर कंपित, पवन भयौ गति पंग।
इंद्र हँस्यौ, हर हिय बिलखान्यौ, जानि बचन कौ भंग।
धर-अंबर, दिसि-बिदिसि⑤, बढ़े अति सायक किरन समाम।
मानौ महा-प्रलय के कारन, उदित उभय षट भान।
टूटत धुजा-पताक-छत्र-रथ चाप-चक्र-सिरत्रान।
जूझत सुभट जरत ज्यौं दव⑥ द्रुम बिनु साखा बिनु पान।

① Varma 本作 vimānani。
② Gupta 本作 dibya。
③ Varma 本作 niṣag。
④ Varma 本作 kaiṁ。
⑤ Varma 本作 bidis。
⑥ Varma 本作 nav。

स्रोनित छिंछ उछरि आकासहिं, गज-बाजिनि-सिर लागि।

मानौ निकरि तरनि रंध्रनि तैं①, उपजी है अति आगि।

परि कबंध भहराइ रथनि तैं, उठत मनौ झर जागि।

फिरत सृगाल सज्यौ सब② काटत चलत सो सिर लै भागि।

रघुपति रिस पावक प्रचंड अति, सीता-स्वास समीर।

रावन-कुल अरु कुंभकरन बन सकल सुभट रनधीर।

भए भस्म कछु बार न लागी, ज्यौं ज्वाला पट चीर।

सूरदास प्रभु आपु बाहुबल कियौ निमिष मैं कीर॥

（15/602）

【对译】

罗摩今朝盛怒战

梵天等等登上车，来把战斗瞧观看。

云躯穿戴神圣甲，复有彩弓手中握。

箭矢净毕皆拉直，箭壶束紧在腰间。

华饰战车神邑来，罗怙之主登其上。

大地颤言现何事？③念诵名号穆罗敌。

湿舍之头颤抖动，大海惊惶风踧足。

因陀罗笑诃罗④泣，心知诺言将被破。

远近各处天地间，箭矢激射如光芒。

仿若因为大毁灭，双六太阳升起来。

旌旗华盖战车破，弓箭车轮头盔残。

勇士鏖战此般状：无枝无叶火焚树⑤。

---

① Sabha 本作 t。

② Gupta 本作 sav。

③ 现何事，这是大地的想法，即大地颤抖地说："现在发生了什么事情？"

④ 诃罗，hara，字面义为毁灭，湿婆名号之一。

⑤ 无枝无叶火焚树，以树比喻身体，枝叶比喻四肢，火比喻战斗，即战斗中战士们被砍去了四肢，死在了沙场，如同树木在大火中被烧毁一样，形容战士们浴血奋战的惨烈景象。

血滴飞溅向天际，大象战马头沾染。

犹若太阳孔洞出，熊熊烈火生出来。

无头身躯[1]坠战车，宛若大火升起来。

豺狼[2]徘徊华饰尸，咬下头颅叼走逃。

罗怙之主怒火疾，悉多叹息如阵风，

罗波那族及恭波[3]，所有勇士如森林，

恰似烈火烧衣衫，不多时间化灰烬。

苏尔达斯言，

胜尊凭借自臂力，一瞬之间使成虫。

【释译】

本诗描写了罗摩与罗波那大战中战场壮观惨烈的状况。内容大致如下：

今天，罗摩在盛怒之下杀向了敌人。梵天等人登上飞车，观看罗摩与罗波那的激战。罗摩那云彩一般的身体披着铠甲，手持五彩神弓箭。所有弓箭都被赐福，瞄准了敌人，箭壶紧紧地扎在腰间。天国装饰的战车驶来，罗摩登上了车。大地不禁颤抖，谁也不知道将发生什么！所有人都惊恐万分，不断诵念穆罗敌的名号。大海不再平静，蛇王湿舍的头不住颤抖。风突然跛足难行。因陀罗大笑起来，商羯罗大神因为诺言被打破而心里难过。地上、空中，到处都

① 无头身躯，原文为 kabandh，字面义为“没有头的身体”。在大史诗《罗摩衍那》中，kabandh 特指迦槃陀，他曾因苦行而获得梵天恩赐得以长生不死，后因冒犯因陀罗被击碎了头和双股。得到罗摩兄弟的解救之后迦槃陀建议罗摩兄弟与猴王妙项结盟，寻回悉多。然而，罗摩兄弟遇到迦槃陀的故事在楞伽大战之前，并且《罗摩功行之湖》中并没有对迦槃陀的描写，但在《楞伽篇》中描写大战时写道“无头的躯体在地上乱窜乱蹦”（金鼎汉译：《罗摩功行之湖》第 565 页）。因而，可以推断此处 kabandh 并非特指迦槃陀，而是泛指被砍去头颅的尸体，用以描述战场的惨烈。

② 此处比喻胆小懦弱的人。

③ 恭波，原文 kumbhakaran，通 Kumbhakarṇa，即恭波迦罗那，是罗波那的兄弟，在罗波那的劝说下不得不违背自己的愿意参战。

是如光芒一样的箭矢，就好像大毁灭时十二个太阳同时升起一样。破损的旗帜、华盖、战车、弓箭、车轮和头盔散落一地。搏斗的英雄们仿佛被火点燃了的没有树枝和叶子的大树一样。飞溅的鲜血直冲天际，落在大象和战马头上，就像从太阳表面的小洞喷射而出的火焰一样。被砍去首级的尸体从战车上坠落而下，却依然张牙舞爪，如同大火般熊熊燃烧。胆小懦弱的人如豺狼一般在战场游荡，他们从将战士们装饰华丽的身躯上砍下首级，落荒而逃。罗摩愤怒的火焰，在悉多哀叹之风的助力下，没过多久就将罗波那的家族、恭波迦罗那和所有善战的勇士烧成灰烬，这就像大火迅速吞噬森林和衣物一样。如此，胜尊用自己强大的力量将一切在瞬间化作了微不足道的虫子。

从天界到战场，散落的武器、残破的身躯、飞溅的鲜血，通过直接描写这些景象，本诗呈现了战场残酷而令人生畏的一面。在本诗最后一句，“胜尊凭借自臂力，一瞬之间使成虫”中，苏尔达斯站在全知者的视角对全诗进行了概括，既突显出罗摩的强大，又表明自己的态度，即世人在罗摩面前显得多么微小，是以号召大家虔敬大神，寻求大神庇佑。

憍萨厘雅思良辰

【原文】

बैठी जननि करति सगुनौती।

लछिमन-राम मिलैं अब मोकौं, दोउ[1] अमोलक मोती।

① Varma 本作 doū。

इतनी कहत, सुकाग उहाँ तैं हरी डार उड़ि बैठ्यौ①।
अंचल② गाँठि दई, दुख भाज्यौ सुख जु आनि उर पैठ्यौ।
जब लौं हौं जीवौं जीवन भर, सदा नाम तव जपिहौं।
दधि-ओदन दोना भरि दैहौं, अरु भाइनि मैं थपिहौं।
अब कैं जौ परचौ करि पावौं अरु देखौं भरि आँखि।
सूरदास सोने कैं पानी मढ़ौं चोंच अरु पाँखि॥

（16/608）

【对译】

母亲安坐思吉兆

罗什曼那与罗摩，无价双珠我今得。
言此乌鸦自彼处，飞落端坐绿枝头。
裙裾系结愁苦去，福乐来临入心中。
只要今生我活命，必将永远念名号，
叶盛酸奶米饭施，诸兄弟中立起来。
现在若能得介绍，并用眼睛好好瞧，
苏尔达斯言，
鸟喙以及鸟翅膀，黄金之水来镀抹。

【释译】

本诗描写了憍萨厘雅等待儿子凯旋时的喜悦之情。内容大致如下：

憍萨厘雅坐在家中，想着罗摩流放的时间即将结束，好日子马上就要来到。她暗自道："我终于能够再次见到如同无价珍宝一般的罗摩和罗什曼那哥俩了。"这时，一只乌鸦飞来，落在枝头。憍萨厘雅心想，这一定是个好兆头，于是，她系紧裙裾，收拾衣装，心中

① Sabha 本作 baiṭyau。
② Sabha 本作 acal。

的愁苦顿时消失，取而代之的是无限的喜乐。憍萨厘雅对乌鸦说道：“乌鸦啊，你是所有鸟类中最为优秀的，只要我活着，就一定会默念你的名字，我要用叶盘盛满酸奶和米饭献给你。现在如果你能跟我说一说罗摩兄弟的情况，或者是让我亲眼看到他们的话，我一定会好好报答你，我会用黄金之水涂抹你的鸟喙以及羽毛！”

古典梵语作家迦梨陀娑的《云使》中，被俱毗罗贬谪的夜叉向雨云诉说对妻子的思念。本诗中，憍萨厘雅转而向乌鸦诉说对儿子归家的期待。值得一提的是，乌鸦在印度虽然不像在中国一样为人们所厌恶，但因为其叫声和习性也并不十分招人喜爱。此时此刻的憍萨厘雅却因为期待获知爱子情况对乌鸦许下了诸多承诺，中国人说“爱屋及乌”，沉浸在期待之中的憍萨厘雅却正是“爱子及乌”了。

罗摩钟爱阿逾陀

【原文】

हमारी जन्मभूमि यह गाउँ।

सुनहु सखा सुग्रीव-बिभीषन[①], अवनि अजोध्या[②] नाउँ।

देखत बन-उपबन-सरिता-सर, परम मनोहर ठाउँ।

अपनी प्रकृति[③] लिए बोलत हौँ, सुरपुर मैँ न रहाउँ।

ह्याँ के बासी अवलोकत हौँ, आनंद उर न समाउँ।

सूरदास जौ बिधि न सँकोचै, तौ बैकुंठ न जाउँ॥

（17/609）

① Sabha 本作 vibhīṣan。

② Varma 本作 ayodhyā。

③ Varma 本作 prakti。

【对译】

此乡乃我出生地

维毗沙那妙项[①]友，听阿逾陀世间名。

且看迷人至极处，森林花园河与湖。

我随自己本性言，神邑之中亦不住。

此地百姓我旦见，心中喜乐不可支。

苏尔达斯言，

若是造物不难堪，纵使天国亦不往。

【释译】

本诗中罗摩向妙项和维毗沙那介绍了阿逾陀，表达了自己对故土的热爱。内容大致如下：

罗摩对妙项和维毗沙那道："这里便是我的出生地。我的朋友妙项、维毗沙那啊，请听我说！这大地上最有名的地方便是阿逾陀。看看这里的森林、花园、河流、湖泊，多么引人入胜啊。若要由我自己选择，我宁可不去天国。看到这里的百姓们，我的心中就欢乐无边。说实话，如果不是顾及梵天的面子，我才不去那天国居住。"

本诗虽短，却借罗摩之口表达了对乡土的眷恋这一非常人格化的情感。是啊，罗摩固然是一个胜利归来的王者，却也是远离故土十数载的游子。在大史诗《摩诃婆罗多》中，般度五子最终放弃王权，登上天国，代表了一种出世的追求，不过本诗中罗摩却说"纵使天国亦不往"，具有更强的人文色彩。

---

① 妙项，原文为 Sugrīva，音译为须羯哩婆。根据史诗《罗摩衍那》，妙项为猴国的国王，曾与兄长波林因王位发生争斗，为罗摩所救，后与罗摩结盟，并派遣哈奴曼带领猴子大军协助罗摩攻打罗波那，救回悉多。

书笺

【原文】

बिनती किहिं बिधि प्रभुहिं सुनाऊँ ?

महाराज रघुबीर धीर कौं, समय न कबहू पाऊँ !

जाम रहत जामिनि के बीतैं[1], तिहिं औसर[2] उठि धाऊँ।

सकुच होत सुकुमार नींद मैं, कैसैं[3] प्रभुहिं जगाऊँ।

दिनकर-किरनि-उदित, ब्रह्मादिक-रुद्रादिक इक ठाऊँ।

अगनित भीर अमर-मुनि गन की, तिहिं तैं[4] ठौर न पाऊँ।

उठत सभा दिन मधि, सैनापति-भीर देखि फिरि आऊँ।

न्हात-खात सुख करत साहिबी, कैसैं करि अनखाऊँ।

रजनी-मुख आवत गुन-गावत, नारद तुंबुर नाऊँ।

तुमहीं कहौ कृपानिधि रघुपति, किहिं गिनती मैं आऊँ।

एक उपाउ करौ कमलापति, कहौ तौ कहि समझाऊँ।

पतित-उधारन नाम सूर प्रभु, यह रुक्का पहुँचाऊँ॥

（18/616）

【对译】

祈求如何禀胜尊

坚毅大王罗怙勇，时间从来不可得。

还差三时夜晚过，那时既已起身奔。

恐妙王子沉睡中，如何能唤胜尊醒?

楼陀罗等梵天等，日光现时在一处。

---

① Sabha 本作 bīt；Varma 本作 bītai。

② Varma 本作 avasar。

③ Varma 本作 kaiseṁ。

④ Varma 本作 taiṁh。

无数不朽牟尼众[①]，彼处拥挤地不得。
日间熙攘将上朝，见之转身折返回。
沐浴用膳享乐时，如何能去扫兴致？
那罗陀与敦钵罗[②]，暮容现时礼赞颂。
仁慈宝藏罗怙主，你说列入何中来？
行一方便莲女夫[③]，下令便即解说明。
苏尔言，
胜尊救赎沉沦者，美名此书呈送达！

【释译】

本诗表达了诗人渴望接近罗摩的心情。内容大致如下：

我该如何将我的祈求禀明胜尊呢？大王罗怙之主固然是耐心的，但他却没有一点空余时间来听我的请求。晚上才过了三个小时，我就匆匆起床赴至他的住所。但是到达之后，我又担心俊美的国王还在休息，我又如何能将他吵醒？然而，等到太阳升起，梵天、楼陀罗等不计其数的天神就汇集到一起，还有那些不朽的牟尼们，都来觐见胜尊，我根本就挤不进去。白天朝会时又来了许多将领，熙熙攘攘。看到这人群我只能悻悻而归。之后是大王沐浴、用膳、享乐的时间，我又如何能去打扰呢？傍晚时分那罗陀大仙和敦钵等乐师又唱着歌来了。求求你，仁慈的宝藏，罗怙家族的主人啊！你说，我到底该什么时候来呢？吉祥天女的丈夫啊！你想想办法吧！只要你同意，我就会向你禀明我的祈求！你具有“解救沉沦之人”的美

① 牟尼众，原文 munigan，其中 muni 指牟尼、圣人、修行者，gan 指组、群。此处牟尼众即一众牟尼之意。

② 那罗陀，在不同的世界之间传播消息，同时也是演唱歌曲的仙人。敦钵罗，即乾达婆，毗湿奴的侍从，擅长音乐。

③ 莲女夫，原文为 kamalāpati，即 Kamalā-pati。其中 Kamalā 是吉祥天女的名号之一，Kamalā-pati 即她的丈夫，也就是毗湿奴。

名，我要将它写在纸上呈送给您！

这首诗并非取材于罗摩的功行故事，而是一首类似第一部分的恭顺诗。不过，本诗所塑造的罗摩形象世俗性更强。诗人不仅给帝王宫廷的文臣武将们安上了天神和仙人的名字，之后描绘的沐浴、用膳、享乐等生活场景也出自现实中的宫廷生活。因而，这首诗虽然表面上表达的是对罗摩大神的虔诚和恭顺，但其中也隐含了对帝王的歌颂，具有一定宫廷文学的色彩。

译后记

看着厚厚的译稿，不免动容。

《苏尔诗海》是印度中世纪最为重要的印度教经典之一，也是最为重要的印度文学作品之一，其价值自不必说。记得是在读硕士研究生期间，刘安武先生给我一个人讲授“印度文学专题”课程，苏尔达斯及其《苏尔诗海》是课程内容的一部分。先生学养深厚，在讲授过程中不仅引经据典，探析作家作品思想、内容、风格及影响，还释译原文，展示原文汉译的风采。先生的译文见于他独著的《印度印地语文学史》及参著的《印度古代文学史》中，译文中幼年黑天的天真、童年黑天的顽皮、少年黑天的勇敢兼具田野气息和城市气象，令人向往。读着原文，嚼着译文，想着黑天咿呀学步、活泼淘气的场景，常常会想到儿时的故乡生活。当时便有了翻译《苏尔诗海》的想法，可惜能力不足，只得作罢。2010 年前后，我重新审视印度中世纪文学，苏尔达斯及其《苏尔诗海》再入眼帘，于是翻译《苏尔诗海》便提上了日程。此后进行相关准备，2012 年，“《苏尔诗海》翻译与研究”获批为教育部人文社科基地重大课题之一，此工作遂正式开始。

《苏尔诗海》的语言不是今天的标准印地语，而是中世纪的伯勒杰语，与今天流行的印地语方言伯勒杰语也多有不同。因此，语言的把控成为一大难题。好在我具备其后的印地语知识，也学过其前的梵语，在参考相关材料的基础上可以应付得来。还邀请了我的学生王靖、李亚兰、任婧、张忞煜、任筱可、贾岩、张书剑、李宝龙和 Binod Singh 等加入，组成了强大的工作团队。学生们都精通印地语，也学过梵语、乌尔都语、孟加拉语等，具备相关专业知识。我们的翻译方法是：分头主译、集体定稿，与古代的译场形式相似。首先把选定的内容进行分配，相关个人独立翻译，而后集体推敲定稿。有时候，一个人的译稿会被改得面目全非，甚至全盘否定，大家集体商量后给出新的直译文字。作为领衔负责人，我参与了所有内容的讨论定稿，其他人则可以酌情请假。所以，译稿虽有主译，却仍是大家的集体成果，不好说这是某某独立翻译的。一般而言，我们每周集体工作四次：周一下午、周二下午、周五上午和周六全天。频繁的“聚会”甚至引起了个别人的猜疑……

译文采取“对译”“释译”和“注释”相结合的形式体现。刚动手翻译的时候，我们并没有确定这一形式，对于直译、意译也没有统一意见。但随着工作的展开，我们逐渐意识到形式的重要性，于是在实践的基础上，我们确定了 7 字一断、14 字一行的基本形式，稍后又确定了“对译”“释译”和“注释”的基本内涵。现在呈现在诸位面前的就是这一样子。

在翻译的过程中，我们发现了不少之前没有注意到的问题，比如译名问题、印度教用词和佛教用词相混问题等。前者如“黑天”，后者如“三德”。“黑天”译名特别值得关注。前人的译文中用的是“黑天”，抑或是“小黑天”。但“黑天”是虔信者对作为大神化身黑天的称呼，而《苏尔诗海》中黑天的不少形象并非以大神形象示人，比如在养母耶雪达、养父难陀、情人罗陀以及众多牧童伙伴面前等，原文用的也不都是“黑天”一词，而是“黑黑”“黑儿”“黑子”等词。所以，本译文依原文及印度教文化内涵，把“黑天”译为“黑黑”“黑儿”“黑子”“托山者”“诃利”“胜尊”“雅度主”“内控者”“持笛者”“伯勒杰王”和“牛村之主”等，还“黑天”以“原型”。类似的翻译心得及发现还有很多，大多体现在译者的相关论文中，之后将结集出版，以接受读者批评。

说一说本书的署名问题，鉴于译场式的翻译方式，也鉴于一人主译、多人定稿的实际情况，很难说谁的贡献最大。所以，在综合诸多因素的情况下，我决定以学生的“资历”进行排序，即除我本人之外，排在前面的贡献不一定大，排在后面的贡献不一定小。好在大家风格高，不在乎这些。为学为人，我的学生做得很好。全书译完之后，任婧参与了整理工作；出版社一审之后，王靖、任婧、贾岩参与了修正工作。此外，梁海、何赟等参与了排版工作。

值得高兴的是，翻译本书之际，恰逢“中印经典和当代作品互译出版项目”实施之时，本书被列入书目之中，并成为中方出版的第一批书。幸哉！

最后是谢辞。从何说起呢？说多了流于滥、显得假，说少了不尽意、显得吝。想到哪说到哪儿吧。首先，感谢我的团队，感谢大家的团结和努力；其次，感谢中国大百科全书出版社的诸位先生，感谢你们的认真和宽容；第三，感谢我的家人，感谢你们的持续陪伴；最后，感谢所有关心我的人，感谢你们在我最困难时候的不弃和支持……

是为译后记。

姜景奎

北京燕尚园

2015 年 12 月 8 日

2019 年 12 月 29 日修订